কিশোর উপন্যাস সমগ্র

২

কিশোর উপন্যাস সমগ্র

২

শীর্ষেন্দু মুখোপাধ্যায়

আনন্দ

প্রথম সংস্করণ ডিসেম্বর ২০০৯
তৃতীয় মুদ্রণ আগস্ট ২০১১

অলংকরণ সুব্রত চৌধুরী, ওঙ্কারনাথ ভট্টাচার্য

ISBN 978-81-7756-886-8

আনন্দ পাবলিশার্স প্রাইভেট লিমিটেডের পক্ষে ৪৫ বেনিয়াটোলা লেন
কলকাতা ৭০০ ০০৯ থেকে সুবীরকুমার মিত্র কর্তৃক প্রকাশিত এবং
স্বপ্না প্রিন্টিং ওয়ার্কস প্রাইভেট লিমিটেড
৫২ রাজা রামমোহন রায় সরণি, কলকাতা ৭০০০০৯
থেকে মুদ্রিত।

KISHORE UPANYAS SAMAGRA: Volume II
[Anthology]
by
Shirshendu Mukhopadhyay

Published by Ananda Publishers Private Limited
45, Beniatola Lane, Calcutta-700009

"রা-স্বা"

পরম প্রেমময় শ্রীশ্রীঠাকুর অনুকূলচন্দ্রের
পাদপদ্মে বিনম্র প্রণামপূর্বক
নিবেদন

সূচি

কিছু কথা

ছোটদের কেউ হয়তো একটু বীরত্বের গল্প পছন্দ করে, কেউ হয়তো অ্যাডভেঞ্চার, আর কেউ-বা ডিটেকটিভ গল্প। আমি যখন ছোট ছিলাম তখন গোগ্রাসে গল্পের বই পড়তাম। তখন এবং এখনও বাচ্চাদের গল্প মানেই হল ডিটেকটিভ গল্প, পড়তে খারাপও লাগত না। কিন্তু বড় হওয়ার পর বুঝেছি প্রাইভেট ডিটেকটিভের ভূমিকা— যা গল্পে পড়া যায়— বাস্তবে মোটেই তা নয়। প্রাইভেট গোয়েন্দা হুটহাট পিস্তল বের করে কাউকে ভয় দেখালে সেটা অপরাধ বলে গণ্য হওয়ার কথা। খুনের মামলার কিনারা করার অধিকারও তাদের নেই। আর পুলিশেরা কখনওই প্রাইভেট গোয়েন্দাদের পুলিশের কাজে নাক গলাতে দেয় না। তবে চুরি-টুরির ব্যাপারে তাদের সাহায্য নেওয়া যেতে পারে। আর কারও সম্পর্কে গোপন তথ্য জোগাড় করে দেওয়ার কাজও তারা করে থাকে। তবে তাদের অবস্থান মোটেই ততটা রোমান্টিক নয়। তাদের কাজও নয় তেমন রোমহর্ষক। তবু আমরা প্রাইভেট গোয়েন্দাদের সূত্রসন্ধান ও যুক্তি-পরম্পরার কাল্পনিক কাহিনি অপছন্দ করি না। তার উৎকৃষ্ট উদাহরণ শার্লক হোমস বা হারকিউল পোয়রো। আমাদের দেশে ঠিক ওই ধরনের গোয়েন্দা কাহিনি সৃষ্টি হয়নি। তবু উপভোগ্য সাহিত্য বড় কম হয়নি। পাঁচকড়ি দে, দীনেন্দ্রকুমার রায়, শরদিন্দু বন্দ্যোপাধ্যায় এবং সত্যজিৎ রায় তার সর্বোত্তম উদাহরণ।

প্রাইভেট গোয়েন্দা ব্যাপারটা অলীক বলে বুঝতে পেরেই বোধহয় আমি গোয়েন্দা কাহিনি লেখার উৎসাহ হারিয়ে ফেলি। তবু বড়দের জন্য গোটাকয়েক থ্রিলার আর গোয়েন্দা কাহিনি লিখেছি বটে। আমার বড়দের গোয়েন্দা শবর দাশগুপ্ত অবশ্য প্রাইভেট আই নয়, সে পুরোদস্তুর পুলিশের লোক। সে যা-ই হোক, ছোটদের জন্য গোয়েন্দা বরদাচরণ নামে একজন মজার গেঁয়ো প্রাইভেট গোয়েন্দাকে কোনও কোনও কাহিনিতে এনেছি বটে, তবে সেটা শুধু মজা করার জন্যই। বরদাচরণ কোনও গুরুতর গোয়েন্দা নন। তাঁকে 'মনোজদের অদ্ভুত বাড়ি' উপন্যাসে দেখা গেছে। আর একজন অবশ্য গোয়েন্দা নন, তিনি গ্রহান্তরের মানুষ, রামরাহা। মহাকাশযান বিকল হওয়ায় যিনি এখনও পৃথিবীর কোনও সমুদ্রের তলদেশে অবস্থান করছেন বহাল তবিয়তে। মাঝে মাঝে তাঁকেও ধরে নিয়ে আসি। শাসন ভট্টাচার্য নামে একজন সাধুভাষায় কথা

বলা লোককেও একটি-দু'টি উপন্যাসে এনেছি। ইনি ঠিক ডিটেকটিভ না হলেও ডিটেকশন ভালই করেন।

কিশোর উপন্যাস সমগ্র-র দ্বিতীয় খণ্ডে অবশ্য এঁরা কেউই নেই। 'ঝিলের ধারে বাড়ি' উপন্যাসে রহস্য রোমাঞ্চ বড় কম নেই। এটা নিয়ে একটা টিভি সিরিয়ালও হয়েছিল বটে, তবে জমেনি। উপন্যাসটিতে আমার অন্যান্য উপন্যাসের মতোই গ্রামের পটভূমি আছে। আছে পুরনো ও রহস্যময় বাড়ি, গুপ্ত কুঠুরি, দুষ্টু লোক, ভাল লোক, বোকা লোক আর চালাক লোকও। ছোটদের কেমন লাগবে তা বলা শক্ত। গল্পের ভিতরে একটু মারপ্যাঁচ আছে। বেশি মারপ্যাঁচ ছোটরা তেমন পছন্দ করে না। আমি নিজে যখন ছোট ছিলাম, তখন আমিও করতাম না।

সরাসরি একজন ডিটেকটিভ না থাকলেও রহস্যমোচনে আমার চরিত্রের কেউ কেউ অগ্রণী ভূমিকা নেয়।

'পটাশগড়ের জঙ্গলে' উপন্যাসটা অর্ধেক মজার, বাকি অর্ধেক সায়েন্স ফিকশন। এটা ইচ্ছে করেই করেছি। দূর-ভবিষ্যৎ নিয়ে কল্পবিজ্ঞান অনেক লেখা হয়েছে। 'পটাশগড়ের জঙ্গলে' কিন্তু সেরকম নয়। এটা অনেকটা ধাঁধার মতো। এই গল্পে গোয়েন্দা যদি কেউ থাকে তবে সে গল্পের নায়ক বাচ্চা ছেলেটিই। সে যে পড়াশুনোয় খুব ভাল তা নয়, তবু সে-ই কিন্তু মাথা খাটিয়ে একটা শক্ত অঙ্ক কষে দিয়ে তার প্রিয় মাস্টারমশাই এবং অন্যদের রক্ষা করে। এই গল্পের বিজ্ঞানটা কিন্তু খুব সহজ ব্যাপার নয়। বিজ্ঞানীরা মানুন চাই না-মানুন, আমি এখানে সময় ও দূরত্ব এ দু'টি জিনিসকে গুরুত্ব দিয়েছি।

'গোলমাল' যখন ধারাবাহিকভাবে বেরোয় তখন আমিই লেখাটা নিয়ে গোলমালে পড়ে যাই। অনেক চরিত্রের ভিতরে আমি নিজেও যেন কিছুটা সামিল ছিলাম। আর গোলমাল মেটাতেও আমাকে বেশ হিমশিম খেতে হয়েছিল। যারা মজা-টজা ভালবাসে তাদের কাছে 'গোলমাল' উপন্যাস তেমন খারাপ না-ও লাগতে পারে।

'বনি' একটু বিদঘুটে কল্পবিজ্ঞান। নিজে বিজ্ঞান বিষয়ে তেমন জ্ঞানগম্যি রাখি না। তাই বিজ্ঞানের তত্ত্ব নিয়ে মোটেই কেরদানি দেখাতে চেষ্টা করি না। একটু আলগোছ থেকে কল্পনায় বিজ্ঞানের একটা আজগুবি চিত্র খাড়া করে দিই। সত্যি কথা বলতে কী, বিজ্ঞানের কারিকুরির চেয়ে ওর মজার দিকটাই আমার প্রতিপাদ্য বিষয়। 'বনি'তে যে বিজ্ঞান আছে তার সম্ভাব্যতা সামান্যই, কিন্তু গল্পটা বিজ্ঞানের চেয়েও বেশি মানবিক আবেগে নির্ভরশীল। যা-ই হোক, 'বনি' প্রকাশিত হওয়ার পর কেউ কেউ আমাকে বিজ্ঞানের কেওকেটা বলে ধরে নেয়। তারা অবশ্য নিজেরাও বিজ্ঞানের পথের পথিক নন।

‘চক্রপুরের চক্করে’ একজন বিপন্ন মানুষের কাহিনি, আর বরাবরই বিপন্ন মানুষরাই আমার প্রিয় চরিত্র। এই উপন্যাসে অরণ্য সংরক্ষণের প্রয়োজনের কথাও এসেছে। মানুষ এই সবুজ গ্রহটির কতখানি সর্বনাশ করে চলেছে তা ভেবে শিউরে উঠতে হয়। ছোটরা যদি এখন থেকে সচেতন হয় তা হলে পৃথিবী নামক সৌরলোকের একটিমাত্র প্রাণবান গ্রহটি বাঁচবে। আর আছে হেরো মানুষের জয়ী হওয়ার কথাও, যা আমার প্রিয় বিষয়। বরাবর দুর্বল, নির্যাতিত, আকিঞ্চন, বোকা আর ভালমানুষদের আমি শেষ অবধি জিতিয়ে দিই। এই উপন্যাসেও সেটা আছে। তবে মজার ভিতর দিয়ে।

‘ছায়াময়’ উপন্যাসের নামটা একটু গুরুগম্ভীর হয়ে গেছে। গল্পটা কিন্তু তেমন নয়। নানা অসঙ্গতি, মারদাঙ্গা এবং ভুল বোঝাবুঝির ভিতর দিয়ে গুপ্তধন উদ্ধারের কাহিনি। দুষ্টু লোক, খুনে গুন্ডা, ভালমানুষ মিলে মেলা চরিত্র। একজন ভণ্ড কাপালিকও আসরে নেমে পড়েছে। ‘ছায়াময়’ বড়দের পড়তেও বাধা নেই। এর ভিতরে বিস্তর ভৌতিক উপাদান আছে। আধিভৌতিক কাণ্ডকারখানারও অভাব নেই। আর আছে গ্রাম। বাংলার পল্লি বা পাড়া গাঁ নিয়ে লিখতে আমি বড্ড ভালবাসি। আর আমি যে বিষয় নিয়ে লিখি তা যেন গাঁয়ের পটভূমিতেই বেশি খোলতাই হয়। প্রতি বছর শীতকালে আমি ঠাকুরের কাজে নানা গাঁয়ে-গঞ্জে যাই। আর আমার বড় ভালও লাগে এইসব ভ্রমণ। পাহাড়-পর্বত বা সমুদ্র-র চেয়ে বাংলার গাঁয়ের আকর্ষণ আমার কাছে অনেক বেশি। ‘ছায়াময়’-এ সেরকমই এক গ্রামের কথাও আছে।

‘সোনার মেডেল’ উপন্যাসটিকে মজার উপন্যাস বলা যায় না। বরং একটু ডিটেকটিভ গল্প বা আরও বেশি থ্রিলারের আদল রয়েছে। এক আন্তর্জাতিক গুন্ডাবাহিনীর বিরুদ্ধে অসহায় গুটিকয়েক বাঙালির আত্মরক্ষার কাহিনি, আমার অন্যান্য উপন্যাসের মতো এটি নয়। আর এই উপন্যাসে আছে ভুতুড়ে এক বাঘের আকস্মিক আবির্ভাবের ঘটনাও, বাচ্চাদের কেমন লাগবে কে জানে।

‘নবীগঞ্জের দৈত্য’টি আসল দৈত্য নয়, একজন কুস্তিগীর। একটা পুরনো ক্ষয়িষ্ণু রাজবাড়ি, গাঁয়ের কয়েকজন বিটকেল মানুষ আর একজন ভূতের গাঁট্টা খাওয়া দুর্বল মানুষ— এরাই সব নানা কাণ্ডকারখানা পাকিয়ে তোলে। কিছু পাজি এবং লোভী হিংস্র মানুষের হামলায় একটি শান্তশিষ্ট পরিবেশ বিষিয়ে উঠতে যাচ্ছিল। নিরস্ত্র দুর্বল মানুষেরা জোট বাঁধলে কী হয় তাই দেখানো হয়েছে এই উপন্যাসে। শ্রদ্ধেয় তপন সিংহ এই উপন্যাস নিয়ে ‘আজব গাঁয়ের আজব কথা’ নামে একটি চলচ্চিত্র তৈরি করেছিলেন। সেটা খুব ভাল চলেনি, কিন্তু ছবিটা মন্দ হয়নি।

‘কুঞ্জপুকুরের কাণ্ড’ হল একটা অঘটনঘটন পটীয়ান হাতকে নিয়ে লেখা। সেই হাত সর্বশক্তিমান, কিন্তু লোভী লোকের হস্তগত হলে কী হয় সেটাই প্রতিপাদ্য বিষয়।

বুড়ো কবিরাজ, অলস দারোগা, বোকা মানুষ এবং হরেক বিচিত্র চরিত্র রয়েছে এতে। খলচরিত্রটি পাজিও বটে, চালাকও বটে। মজা হল, এই চরিত্রটি আগে এক বাড়ির চাকর ছিল। আমার লেখায় 'চাকর' কথাটি আনন্দমেলা কর্তৃপক্ষ কেটে 'ভৃত্য' করে দেন। এই পরিবর্তনে চাকরের চাকরত্ব ঘোচেনি, বরং ভৃত্য কথাটা বারবার কানে ঠেকেছে। যা-ই হোক আমি আবার 'ভৃত্য' কেটে 'চাকর' করতে পারিনি। যেমন ছিল তেমনই রেখে দিয়েছি।

'কিশোর উপন্যাস সমগ্র'-র দ্বিতীয় খণ্ড কার কেমন লাগবে সেটা অনুমান করতে যাওয়ার মানে হয় না। আমি লিখেই খালাস। বাদবাকিটা পাঠকদের হাতে।

কলকাতা
২২.১০.০৯

গ্রন্থকার

ঝিলের ধারে বাড়ি

সদাশিববাবু সকালবেলায় তাঁর পুবদিকের বারান্দায় শীতের রোদে বসে পাঁচ রকম তেতো পাতার এক কাপ রস আস্তে আস্তে তারিয়ে তারিয়ে খাচ্ছিলেন। এ হল পঞ্চতিক্ত। ভারী উপকারী। সামনে বেতের টেবিলে গত কালকের তিনখানা খবরের কাগজ, একখানা পঞ্জিকা, ডায়েরি আর কলম। আজ বন্দুক পরিষ্কার করার দিন। তাই বচন পাশে আর-একটা কাঠের টেবিলে তিনখানা ভারী বন্দুক, বন্দুকের তেল, শিক, ন্যাকড়া সব সাজিয়ে রেখে গেছে। রসটা শেষ করেই সদাশিববাবু খবরের কাগজে চোখ বোলাবেন। তার পর পঞ্জিকা খুলে আজকের তিথিনক্ষত্র ভাল করে ঝালিয়ে নেবেন। ডায়েরিতে কাল রাতে যা লিখেছেন, তার ওপর একটু সংশোধন করবেন। তার পর বন্দুক পরিষ্কার করতে বসবেন। এক-এক দিন এক-এক রকম কাজ থাকে। কোনওদিন বন্দুক পরিষ্কার করা, কোনওদিন এগারোটা দেওয়ালঘড়িতে দম দেওয়া, কোনওদিন পুরনো জিনিসপত্র রোদে বের করে ঝাড়পোঁছ করা, কোনওদিন চিঠি লেখা ইত্যাদি।

চারদিকে প্রায় কুড়ি বিঘে জমি আর বাগান দিয়ে ঘেরা সদাশিববাবুর বাড়িটা খুবই বিশাল। এ বাড়িতে যে কতগুলো ঘর আছে, তার হিসেব সদাশিববাবুরও ভাল জানা নেই। শোনা যায়, তাঁর পূর্বপুরুষেরা ডাকাত ছিলেন। ডাকাতি করে ধনসঞ্চয়ের পর জমিদারি কিনে ব্রিটিশ আমলে 'রাজা' উপাধি পেয়েছিলেন। এ বাড়িতে আগে কালীপুজোয় নরবলি দেওয়া হত। সদাশিববাবুর পূর্বপুরুষদের মধ্যে কেউ কেউ তান্ত্রিক ছিলেন, এবং একজন শবসাধনায় সিদ্ধিলাভ করে অনেক অলৌকিক কাণ্ডকারখানাও করতেন। কুলপঞ্জিকায় এসব ঘটনার কিছু কিছু হদিশ সদাশিববাবু পেয়েছেন। তবে এখন সবই ইতিহাস।

সদাশিববাবুর একটি মাত্র ছেলে। সেই ছেলে কলকাতায় বেশ বড় চাকরি করে। নাম রামশিব। রামশিবের এক ছেলে আর এক মেয়ে। মেয়ে অনন্যার বয়স বছর পনেরো, ছেলে বিল্বশিবের বছর-দশেক বয়স। দু'জনেই কলকাতার নামজাদা ইংরেজি স্কুলে পড়ে। তারা দাদুর বেজায় ভক্ত এবং বেজায় বন্ধুও। সপ্তাহে শনি-রবিবার এসে

দাদুর কাছে থেকে যায়। অনেক সময়ে রামশিব নিজেই মোটর চালিয়ে নিয়ে আসে, নয়তো ড্রাইভার ভুজঙ্গই আনে। সারা সপ্তাহ সদাশিব নাতি আর নাতনির জন্য অপেক্ষা করেন।

সদাশিবের স্ত্রী এখনও বেশ শক্তপোক্ত আছেন সদাশিবের মতোই। সারাদিনই নানা রকম কাজ নিয়ে ব্যস্ত থাকেন। এই রাঁধছেন, এই ডালের বড়ি দিচ্ছেন, এই নাড়ু পাকাচ্ছেন, এই আচার বানাচ্ছেন। সপ্তাহান্তে নাতি-নাতনি এসে খাবে বলে হরেক রকম খাবার বানিয়ে রাখেন। সদাশিব তাঁর টিকিরও নাগাল পান না সারাদিন।

তবে সদাশিবের আছে বচন মণ্ডল। সব কাজের কাজি।

সেই বচন মণ্ডলই হঠাৎ এসে উদয় হল। এবার খুব সাংঘাতিক রকমের শীত পড়েছে বলে সদাশিববাবুর পুরনো কাশ্মীরি একখানা ফুল-হাতা সোয়েটার বচনকে দেওয়া হয়েছে। বচন সাইজে সদাশিবের অর্ধেক। সেই ঢলঢলে সোয়েটার হাতা-টাতা গুটিয়ে পরে, মাথায় একখানা মিলিটারি টুপি চাপিয়ে যা একখানা সং সেজেছে, তাতে দিনে-দুপুরে দেখলেও লোকে আঁতকে ওঠে। বচন মণ্ডল বয়সে ছোকরা, তবে হাবভাব বিচক্ষণ বৃদ্ধদের মতোই। মুখে বড়-একটা হাসি নেই। বরং দুশ্চিন্তার ছাপ আছে।

বচন উদয় হয়ে বলল, "আজ্ঞে, তিনজন বাবু দেখা করতে এয়েছেন।"

শীতের সকালে এই সবে সওয়া ছ'টা, এর মধ্যে কারা এল?

সদাশিব জিজ্ঞেস করলেন, "কারা রে?"

"এখানকার লোক নয়। বাইরের। মোটরগাড়ি নে এয়েছেন। পেল্লায় মোটর। ঢুকতে দিইনি বলে আগ করেছেন খুব।"

"ঢুকতে দিসনি কেন?"

"সঙ্গে যে পেল্লায় এক রাগী কুকুর। বাগানে খরগোশ ছাড়া আছে, বেড়ালছানারা বাইরে রোদ পোয়াচ্ছে, রহিম শেখের মুরগিরা দানা খাচ্ছে, হরিণ চরছে, আমাদের তিনঠেঙে ভুলুও আছে। কাকে কামড়ায় কে জানে!"

সদাশিববাবু ভ্রু কুঁচকে বললেন, "অ। তা বাবুরা সাত-সকালে কুকুর নিয়ে এলেন কেন? তা যাক গে, কী চায় জিজ্ঞেস করেছিস?"

"করেছি। তবে তাঁরা জবাব দিতে চাইছেন না। কটমট করে তাকাচ্ছেন।"

"বটে! মতলবখানা কী?"

"খারাপও হতে পারে, ভালও হতে পারে।"

"তা বাবুদের বল গে, কুকুর গাড়িতে রেখে এবং গাড়ি বাইরে রেখে পায়ে হেঁটে আসতে।"

“তাই বলি গে।”

বচন চলে গেল। সদাশিববাবু ভ্রূ কুঁচকেই রইলেন। এই জায়গা হল কেটেরহাট, যাকে বলে ধাধধাড়া গোবিন্দপুর। কাছেই বাংলাদেশের সীমানা। এরকম জায়গায় বাবুভায়েরা বড় একটা আসেন না। এঁরা কারা এলেন তবে?

পঞ্চতিক্তের গেলাসখানা খালি করে রেখে দিলেন সদাশিববাবু। তার পর খবরের কাগজ তুলে নিলেন। এখান থেকে ফটক অবধি অনেকখানি পথ। বাবুভায়েদের হেঁটে আসতে সময় লাগবে।

বেশ কিছুক্ষণ বাদে হঠাৎ তিনঠেঙে ভুলুর চ্যাঁচানিতে সদাশিববাবু বুঝলেন, বাবুভায়েরা আসছেন। ভুলুর মাত্র তিনটে ঠ্যাং হলে কী হয়, গলায় দশটা কুকুরের জোর। তিন ঠ্যাঙে নেচে নেচে সে যে-কোনও আগন্তুককেই বকাঝকা করতে ছাড়ে না।

সদাশিববাবু খবরের কাগজখানা নামিয়ে রাখলেন।

সামনে অনেকটা ঘাসজমি, তার পর সবজির বিস্তৃত বাগান, তার ধারে-ধারে নারকোল, পাম আর ইউক্যালিপটাস গাছের সারি। মোরামের পথ ধরে গাছপালার ফাঁক দিয়ে জনা-তিনেক কোটপ্যান্ট-পরা লোককে আসতে দেখা গেল, তাদের আগে-আগে বচন আর ভুলু।

বচন আগে-আগে বারান্দায় উঠে এসে বলল, “এই যে এঁরা...”

যে তিনজন লোক সামনে এসে দাঁড়াল, তাদের তিনজনের বয়সই ত্রিশের কাছে-পিঠে। বেশ শক্ত-সমর্থ চেহারা। একজনের গায়ে কালো চামড়ার একটা জ্যাকেট, একজনের গায়ে গাঢ় হলুদ পুল-ওভার, তৃতীয়জনের পরনে নেভি ব্লু স্যুট।

তৃতীয়জনকেই নজরে পড়ে বেশি। বেশ লম্বা, সুঠাম চেহারা, মুখে বুদ্ধির ধার এবং ব্যক্তিত্বের ছাপ আছে। কোনও হেঁ হেঁ-ভাব নেই। মনে হচ্ছিল, এ-ই পালের গোদা।

প্রথম কথাও সে-ই বলল, “নমস্কার। আমরা একটা বিশেষ প্রয়োজনে আপনার কাছে এসেছি।”

সদাশিববাবু বিনয়ী লোক পছন্দ করেন। এ লোকটার গলায় অবশ্য বিনয় নেই, স্পর্ধাও নেই। কাজের লোক।

সদাশিববাবু বললেন, “বসুন।”

তিনজন তিনখানা বেতের চেয়ারে বসল। সদাশিববাবু খুব কূটচক্ষে তাদের ভাবভঙ্গি লক্ষ করছিলেন। না, কোনও জড়তা নেই, কাঁচুমাচু ভাব নেই, বিগলিত ভঙ্গি নেই। পা ছড়িয়ে দিব্যি আরামের ভঙ্গিতেই বসল।

লিডার লোকটা বলল, “যা বলছিলাম...”

সদাশিববাবু ভ্রু কুঁচকে বন্দুকের আওয়াজে বললেন, "নাম?"

"ওঃ, হ্যাঁ" বলে লোকটা একটু হাসল, "আমার নাম অভিজিৎ আচার্য। আমি একজন সায়েন্টিস্ট। আর এঁরা হলেন..."

সদাশিববাবু আবার বন্দুকের আওয়াজ ছাড়লেন। "সায়েন্স মানে কী? ফিজিক্স না কেমিস্ট্রি? না..."

অভিজিৎ চমকাল না। মৃদু স্বরে বলল, "সে প্রসঙ্গ অপ্রয়োজনীয়। তবু বলছি, আমার বিষয় হল, এনটেমোলজি। পোকা-মাকড় নিয়ে..."

সদাশিববাবু মাথা নেড়ে বললেন, "জানি। আর এঁরা?"

"এঁরা আমার সহকর্মী। সুহাস দাস আর সুদর্শন বসু।"

"এবার প্রয়োজনটার কথা বলুন।"

অভিজিৎ দুই সঙ্গীর দিকে এক পলক তাকিয়ে নিয়ে সদাশিববাবুর দিকে চেয়ে বলল, "বড় ঝিলের ধারে আপনার একটা বাড়ি আছে। সেই বাড়িটা আমরা কিছু দিনের জন্য ভাড়া নিতে চাই।"

সদাশিববাবু খুবই অবাক হলেন। বললেন, "ঝিলের ধারের বাড়ি ভাড়া নেবেন? বলেন কী?"

"আমরা একটু রিসার্চ করতে চাই। একটা ভাল স্পট বহুদিন ধরে খুঁজে বেড়াচ্ছি। এরকম স্যুটেবল স্পট আর দেখিনি।"

সদাশিববাবুর টাকার অভাব নেই। পৈতৃক সম্পত্তির সূত্রে তাঁর জমানো টাকা বিস্তর। বিষয়-সম্পত্তিও বড় কম নেই। তিনি জীবনে বাড়িতে ভাড়াটে বসাননি। সুতরাং মাথা নেড়ে বললেন, "ভাড়া-টাড়া আমি কাউকে দিই না। ওসব হবে না। তবে রিসার্চের কাজ হলে দু'-চার দিন আপনারা এমনিতেই এসে থাকতে পারেন।"

অভিজিৎ চেয়ারটা একটু সামনে টেনে আনল, তার পর বলল, "রিসার্চের কাজ এক-দু'দিনে তো কিছুই হয় না। মাসের পর মাস লেগে যায়। আরও একটা কথা হল, কাজটা একটু অ্যাডভান্সড স্টেজের এবং খুবই গোপনীয়। সেইজন্যই আমরা এরকম একটা রিমোট জায়গা খুঁজে বের করেছি। এ কাজে একটা খুব বড় সংস্থা আমাদের টাকা দিচ্ছে। ভাড়াও তারাই দেবে।"

সদাশিববাবু একদৃষ্টে লোকটার দিকে চেয়ে ছিলেন। বললেন, "কাজটা অ্যাডভান্সড স্টেজের এবং গোপনীয় বলছেন? কী রকম কাজ, তা বলতে বাধা আছে?"

অভিজিৎ একটু ভাবল। তারপর বলল, "শুধু বাধা নয়, বিপদও আছে।"

সদাশিববাবুর ভ্রু ওপরে উঠে গেল। তিনি তীক্ষ্ণ চোখে আগন্তুককে লক্ষ করে বললেন, "বিপদ! রিসার্চ ওয়ার্কে আবার বিপদ কিসের?"

অভিজিৎ নিজের দুই সঙ্গীর সঙ্গে একটা গোপন অর্থপূর্ণ দৃষ্টি বিনিময় করে নিয়ে বলল, "সব কথা খুলে বলতে পারছি না বলে আমাকে মাফ করবেন। কিন্তু এটুকু বলতে পারি, আমাদের কাজে যদি আমরা সফল হই, তবে দেশের উপকার হবে।"

সদাশিববাবু একটু হাসলেন। তারপর বললেন, "আমার বয়স কত জানেন?"

"জানি। সাতাত্তর। আপনি ছ ফুট এক ইঞ্চি লম্বা। ওজন বিরাশি কেজি। আপনি ইংরেজি অনার্স আর এম. এ.-তে ফার্স্ট ক্লাস পেয়েছিলেন। এক সময়ে দুর্দান্ত স্পোর্টসম্যান ছিলেন। টেনিসে ছিলেন ইন্ডিয়া নাম্বার থ্রি। ফ্রি রাইফেল শুটিং-এ ছিলেন ন্যাশনাল চ্যাম্পিয়ন। ভাল ক্ল্যাসিক্যাল গান গাইতে পারতেন। শিকারি ছিলেন। আরও বলতে হবে কি?"

সদাশিব এত অবাক হয়ে গেলেন যে, কয়েক সেকেন্ড কথা এল না মুখে। তার পর সোজা হয়ে বসে বললেন, "দাঁড়াও, দাঁড়াও ছোকরা। তুমি তো ডেঞ্জারাস লোক হে! অ্যাঁ! এত খবর তোমাকে দিল কে?"

অভিজিৎ মৃদু-মৃদু হাসছিল। বলল, "আপনার সম্পর্কে যা কিছু জানি, সেগুলো লোকের মুখে শোনা। আর লোকেরা শুনেছে আপনারই মুখে।"

"তার মানে?"

"সদাশিববাবু, বয়স হলে মানুষ তার অতীতের কথা লোককে বলতে ভালবাসে। আপনিও ব্যতিক্রম নন। এই কেটেরহাটের লোকেরা আপনার সেই স্মৃতিকথা শুনে শুনে মুখস্থ করে ফেলেছে। আমরা আপনার বাড়িটার খোঁজে এসে আপনার সম্পর্কেও অনেক কথা তাদের মুখেই শুনেছি।"

সদাশিববাবু একটা স্বস্তির শ্বাস ছেড়ে বললেন, "তাই বলো। আমি ভাবলাম বুঝি পেছনে গোয়েন্দা লাগিয়েছ।"

সদাশিববাবু নিজেও টের পাননি, কখন তিনি অভিজিৎকে "আপনি" থেকে "তুমি" বলে সম্বোধন করতে শুরু করেছেন।

অভিজিৎ মাথা নেড়ে বলল, "না, গোয়েন্দা লাগানোর তো কোনও প্রয়োজন নেই। কিন্তু বয়সের কথাটা কেন বলছিলেন তা বুঝতে পারিনি।"

সদাশিববাবু গম্ভীর হয়ে বললেন, "হুঁঃ। বয়সের কথাটা বলছিলাম তোমাদের লম্বা-চওড়া কথা শুনে। বাঙালিরা হচ্ছে ভেতো, গেঁতো আর তেতো। তাদের দিয়ে বড় কাজ হওয়ার কোনও আশাই আর নেই। তা, তোমরা এমন কী সাংঘাতিক কাজ করছ হে বাপু, যাতে দেশের উপকার হবে! আবার নাকি তাতে বিপদও আছে! আবার নাকি সেটা খুব টপ সিক্রেট!"

অভিজিতের মুখটা ম্লান হয়ে গেল। খানিকক্ষণ চুপ থেকে সে বলল, "কথাটা

আপনি ভুল বলেননি। বাঙালিরা— ওই আপনি যা বললেন, তাই— ভেতো, গেঁতো আর তেতো। তবে আমার শিক্ষাটা হয়েছিল বিদেশে। সেখানে দিনের মধ্যে আঠারো ঘণ্টা খাটতে হয়। তাই আমি পুরোপুরি বাঙালি হয়ে উঠতে পারিনি। দ্বিতীয় কথা হচ্ছে, আমার কাজটা কত দূর সাংঘাতিক তা আমিও জানি না। এমনও হতে পারে যে, সব পরিশ্রমই পণ্ড হয়ে যাবে, কিছুই ঘটবে না। কিন্তু যে-কোনও সত্যানুসন্ধানীকে তো এরকম হতাশার মুখোমুখি বার বারই হতে হয়।"

সদাশিববাবু ছোকরার কথাবার্তা শুনে অখুশি হলেন না। কথাগুলো খুব খারাপ তো বলছে না। তিনি নড়েচড়ে বসে বললেন, "তা বেশ। কাজ করার ইচ্ছে তো খুবই ভাল। বাঙালিরা কিছু করলে আমি খুশিই হই।"

"তা হলে বাড়িটা কি আমরা ভাড়া পাব?"

সদাশিববাবু একটু চিন্তা করলেন। তারপর বললেন, "ও বাড়িতে বহুকাল কেউ থাকেনি, সংস্কারও কিছু হয়নি, বুড়ো দারোয়ান সিদ্ধিনাথই যা দেখাশোনা করে। তাকে অবশ্য মাইনে দিয়ে পুষতে হয়। আমি বলি কী, আমাকে ভাড়া দিতে হবে না, তোমরা যে ক'মাস থাকবে, সিদ্ধিনাথকে মাসে মাসে চারশো টাকা করে দিয়ে দিয়ো।"

অভিজিৎ মাথা নেড়ে বলল, "আমরা রাজি।"

"আর সাফসুতরো যা করবার, তাও তোমাদেরই করিয়ে নিতে হবে।"

অভিজিৎ খুব বিনীত ভাবে বলল, "যে আজ্ঞে। তবে আমরা বাড়িটাতে ইলেকট্রিক ফেন্স লাগাব, জেনারেটর বসাব, ঘরগুলোতে কিছু যন্ত্রপাতি বসাতে হবে। আপনার অনুমতি চাই।"

"ঠিক আছে। যা করার করো। আর ইয়ে, মাঝে মাঝে এসে দেখা করে যেয়ো। কেমন কাজকর্ম হচ্ছে বোলো। কোনও অসুবিধে হলে তাও জানিয়ো। আগেই বলছি, ও বাড়িতে সাপখোপ থাকতে পারে। আর সিদ্ধিনাথ নাকি প্রায়ই ভূত দেখে।"

এবার তিনজনেই চাপা হাসি হাসল।

চা খেয়ে অতিথিরা বিদায় নিল।

সদাশিব বন্দুক পরিষ্কার করতে বসলেন। বসে ভাবতে লাগলে, কাজটা ঠিক হল কি না।

ডাকাতে ঝিলের তিন পাশে যে নিবিড় জঙ্গল আর ভুসভুসে কাদা, তাতে জায়গাটা মানুষের পক্ষে প্রায় অগম্য। দিনের বেলাতেই জঙ্গলের মধ্যে অন্ধকার ঘনিয়ে থাকে। ঝিলের জলেও বিস্তর আগাছা আর কচুরিপানা জন্মেছে। বহুদিন এই দূষিত জল কেউ ব্যবহার করেনি। এমনকী, স্নান করতে বা মাছ ধরতেও কেউ আসে না।

ঝিলের দক্ষিণ ধারে একখানা পুরনো বড় বাড়ি। বাড়িটার জীর্ণ দশা বাইরে থেকে বোঝা যায়। সিদ্ধিনাথ দিন-রাত শুনতে পায়, বাড়িটার ভিতরে ঝুরঝুর করে চুন-বালি খসে পড়ছে। মেঝেয় গর্ত বানাচ্ছে ইঁদুর। আরশোলা, উইপোকা, ঘুণ, বিছে, তক্ষক, কী নেই এই বাড়িতে? আর যারা আছেন, তাঁদের কথা ভাবলেও গায়ে কাঁটা দেয়। রাতের বেলায় কত শব্দ হয় বাড়ির মধ্যে, কত খোনা গলার গান, হাসি শোনা যায়। সিদ্ধিনাথ তখন আউট হাউসে নিজের ছোট ঘরখানায় কাঠ হয়ে থাকে। সিদ্ধিনাথ আগে রোজ ঝাড়পোঁছ করত। আজকাল হাল ছেড়ে দিয়েছে। সপ্তাহে এক দিন করে সে বাড়িটা ঝাড়পোঁছ করে বটে, কিন্তু বুঝতে পারে, নড়বড়ে বাড়িটার আয়ু বেশি দিন নয়। হঠাৎ ধসে পড়ে যাবে।

বাড়ির পিছনদিকে বাঁধানো ঘাটের সিঁড়ি নেমে গেছে ঝিলের জলে। সিঁড়ির অবস্থা অবশ্য খুবই করুণ। মস্ত-মস্ত ফাটল হাঁ করে আছে। তার মধ্যে কচ্ছপেরা ডিম পেড়ে যায়। ঢোঁড়া সাপ আস্তানা গাড়ে। পোকা-মাকড় বাসা বেঁধে থাকে। কোথাও কোথাও শান ফাটিয়ে উদ্ভিদ উঠেছে।

সিদ্ধিনাথই একমাত্র লোক, যে ঝিলের জল ব্যবহার করে। এই জলে সিদ্ধিনাথ কাপড় কাচে, বাসন মাজে, স্নান করে। তার অসুখ করে না। গত চল্লিশ বছর ধরে সদাশিববাবুর এই বাড়িখানায় পাহারাদারের চাকরি করছে সে। এই চল্লিশ বছর ধরে প্রায় প্রতিদিনই সে ঘাটের সিঁড়ি কত দূর নেমে গেছে, তা ডুব দিয়ে দেখার চেষ্টা করেছে। তার কারণ, কিংবদন্তি হল, এই সিঁড়ির শেষে, ঝিলের একেবারে তলায় কোনও গহিন রাজ্যে একখানা মন্দির আছে। সেখানে ভারী জাগ্রত এক দেবতা আছেন। যে একবার সেখানে পৌঁছতে পারবে, তার আর ভাবনা নেই। দুনিয়া জয় করে নেওয়া তার কাছে কিছুই নয়।

সিদ্ধিনাথ বহু দিনের চেষ্টায় এ পর্যন্ত জলের তলায় ষাটটা সিঁড়ি অবধি যেতে পেরেছে। তারও তলায় সিঁড়ি আরও বহু দূর নেমে গেছে। কোনও মানুষের পক্ষে তত দূর নেমে যাওয়া সম্ভব নয়।

সিদ্ধিনাথ পারেনি বটে, কিন্তু আজও সে প্রায়ই ঘাটের পৈঠায় বসে জলের দিকে চেয়ে থাকে।

আজ সকালে ঘাটে বসে যখন আনমনে নানা কথা ভাবছিল, তখন হঠাৎ কেমন যেন মনে হল, কেউ আড়াল থেকে তার দিকে তাকিয়ে আছে।

সিদ্ধিনাথ চারদিকে তাকিয়ে দেখল। কোথাও কেউ নেই। দিব্যি রোদ উঠেছে। ঠান্ডা বাতাস হাড় কাঁপিয়ে বয়ে যাচ্ছে, পাখি ডাকছে। ঝিলের ওপাশে নিবিড় জঙ্গলে অন্ধকার জমে আছে।

সিদ্ধিনাথ গায়ের চাদরখানা আর-একটু আঁট করে জড়িয়ে বসল। কিছুক্ষণ পর আবার তার কেমন মনটা সুড়সুড় করে উঠল। তার দিকে কে যেন আড়াল থেকে তাকিয়ে আছে।

সিদ্ধিনাথ ভারী অস্বস্তিতে পড়ে গেল। এরকম অনুভূতি তার বড় একটা হয়নি কোনও দিন। এই নির্জন জায়গায় কে আসবে, আর কারই বা দায় পড়েছে সিদ্ধিনাথের দিকে তাকিয়ে থাকার?

সিদ্ধিনাথ উঠে চারদিকের ঝোপঝাড় ঘুরে দেখল। হাতের লাঠিটা দিয়ে ঝোপঝাড় নেড়ে-চেড়ে দেখল। কেউ নেই।

সিদ্ধিনাথ আবার এসে পৈঠায় বসতে যেতেই ফটকের বাইরে একটা গাড়ির ভ্যাঁপোর ভোঁ শোনা গেল। বেশ ঘন-ঘন শব্দ হচ্ছে। কে যেন চেঁচাচ্ছে, "সিদ্ধিনাথ! ওহে সিদ্ধিনাথ!"

সিদ্ধিনাথ ভারী অবাক হল। কে আবার এল জ্বালাতে?

বাড়িটা ঘুরে সামনের দিকে বাগান পার হয়ে ফটকের কাছে এসে সিদ্ধিনাথ দেখল, জিপ গাড়ি দাঁড়িয়ে। কয়েকজন বাবু গেট ধরে ঝাঁকাঝাঁকি করছেন।

"কী চাই আপনাদের?"

"আপনিই কি সিদ্ধিনাথ?"

"হ্যাঁ, আপনারা কারা?"

"আমরা সদাশিববাবুর কাছ থেকে আসছি। এ বাড়ি আমরা ভাড়া নিয়েছি।"

সিদ্ধিনাথ চোখ কপালে তুলে বলল, "ভাড়া নিয়েছেন? বাড়ি যে পড়ো-পড়ো! শেষে কি বাড়ি-চাপা পড়ে মরার সাধ হল আপনাদের?"

অভিজিৎ বলল, "ফটকটা আগে খুলুন তো মশাই, বাড়িটা নিজের চোখে দেখতে দিন।"

লোকগুলোর চেহারা, পোশাক-আশাক বাবুদের মতো হলেও কেমন যেন মানুষগুলোকে বিশেষ পছন্দ হল না সিদ্ধিনাথের। কিন্তু সে হল হুকুমের চাকর। কোমরের কার-এ বাঁধা চাবি দিয়ে ফটকের তালা খুলে দিয়ে উদাস কণ্ঠে বলল, "দেখে নিন।"

আশ্চর্যের বিষয়, লোকগুলো বাড়িটা ঘুরে ফিরে দেখে পছন্দ করে ফেলল। বলল, "বাঃ, দিব্যি বাড়ি।"

অভিজিৎ নামে লোকটি হঠাৎ 'আপনি' ছেড়ে 'তুমি'তে নেমে সিদ্ধিনাথকে বলল, "তা, তুমি এখানে কত দিন আছ হে বাপু?"

"সে কি আর মনে আছে ভাল করে! তবে চল্লিশ বছর তো হবেই।"

“তা, তোমার দেশে-টেশে যেতে ইচ্ছে করে না?”

“দেশে যেতে?”

“হ্যাঁ হে। যাও না, দেশ থেকে কিছুদিন ঘুরে-টুরে এসো গিয়ে। আমরা না হয় থোক কিছু টাকা দিচ্ছি তোমাকে।”

সিদ্ধিনাথ মাথা চুলকে বলল, “দেশ একটা ছিল বটে মশাই। এখান থেকে বিশ-মাইলটাক ভিতরে। বিশ বছর আগেও এক খুড়ি বেঁচে ছিল সেখানে। মাঝে মাঝে যেতুম। বিশ বছর হল খুড়িমা মরে অবধি দেশের সঙ্গে সম্পর্ক ঘুচে গেছে।”

অভিজিৎ একটু হেসে বলল, “তা, দেশে না যাও, তীর্থ-টির্থও তো করতে যেতে পারো। এক জায়গায় এতদিন একনাগাড়ে থাকতে কি ভাল লাগে?”

সিদ্ধিনাথ এবার একটু ভেবে বলল, “সেটা একটা কথা বটে। এত কাছে কলকাতার কালীঘাট, সেটা অবধি দেখা হয়ে ওঠেনি।”

“কালীঘাট যাও, হরিদ্বার যাও, কাশী যাও। ঘুরে-টুরে এসো তো! এখন আমরা এসে গেছি, বাড়ি পাহারা দেওয়ার তো আর দরকার নেই।”

“কথাটা মন্দ বলেননি। আচ্ছা, বাবুকে বলে দেখি।”

অভিজিৎ মোলায়েম গলায় বলল, “তার দরকার কী? মাইনে তো তোমাকে আমরাই দেব, সুতরাং আমরাই এখন তোমার বাবু। আমরা যখন তোমাকে ছুটি দিচ্ছি, তখন আর তোমার ভাবনা কী?”

সিদ্ধিনাথ মাথা নেড়ে বলল, “যে আজ্ঞে। তা আপনারা কবে বাড়ির দখল নিচ্ছেন?”

“আজই। আমাদের সঙ্গে কিছু জিনিসপত্র আর যন্ত্রপাতি আছে, সেগুলো এ বেলাই চলে আসবে। তুমি একটু ঝাঁটপাট দিয়ে দাও ঘরগুলো।”

সিদ্ধিনাথ মিনমিন করে বলল, “বাড়ির অবস্থা কিন্তু ভাল নয় গো বাবুরা। কোন দিন যে হুড়মুড় করে পড়বে, তার কিছু ঠিক নেই কিন্তু।”

তার কথায় অবশ্য কেউ কান দিল না।

বাবুরা যে অন্য ধাঁচের, তা বুঝে নিতে বেশি সময় লাগল না সিদ্ধিনাথের। এরা সব শহর-গঞ্জের লোক, মেলা লেখাপড়া করেছে, চটাস-পটাস করে ইংরেজি বলে। এরা নিশ্চয়ই ভূত-প্রেত মানে না, ভগবানকেও মানে কি না সন্দেহ। আর আশ্চর্যের ব্যাপার হল, ভূতেরাও কখনও ভুলেও এসব বাবুদের কাছে ঘেঁযেন না, সুতরাং এদের কাছে এ বাড়ির ভূতের বৃত্তান্ত বলে লাভ নেই।

সিদ্ধিনাথ ঘর-দোর ভাল করে ঝাঁট-পাট দিয়ে ঝুল ঝেড়ে দিল।

বাগানটায় বড্ড জঙ্গল হয়েছে। আগে সিদ্ধিনাথ গাছ-টাছ লাগাত, আগাছা তুলে

ফেলত। আজকাল আর পণ্ডশ্রম করতে ইচ্ছে যায় না। ফলে বাগানটা একেবারেই জংলা গাছে ভরে গেছে।

কোদাল কুড়ুল কাঁচি নিয়ে সিদ্ধিনাথ বাগানটা পরিষ্কার করতে উদ্যোগ করছিল। বাবুরা ধেয়ে এল হাঁ হাঁ করে। অভিজিৎ বলল, "খবরদার, ও কাজও কোরো না। আগাছার জন্যই বাড়িটা আমরা ভাড়া নিয়েছি।"

আগাছায় কার কী কাজ তা জানে না সিদ্ধিনাথ। তবে পরিশ্রম বেঁচে যাওয়ায় খুশিই হল সে। কিন্তু ভুতুড়ে জংলা বাড়ি ভাড়া নিয়ে শহুরে বাবুরা কী করতে চায়, তা তার মাথায় কিছুতেই সেঁধোল না। তাকে দেশে যেতে বলছে, তীর্থ করতে যাওয়ার পরামর্শ দিচ্ছে, এটাও তেমন সুবিধের ঠেকছে না সিদ্ধিনাথের। তাকে সরিয়ে দিতে চাইছে কী?

সদাশিব-কর্তার বুদ্ধি-বিবেচনার ওপর তেমন ভরসা নেই সিদ্ধিনাথের। নামে যেমন সদাশিব, কাজেও তেমনি বোম-ভোলানাথ। দুটো মন-রাখা কথা বললেই একেবারে গলে জল হয়ে যান। তবু কর্তার কানে কথাটা তোলা দরকার। সিদ্ধিনাথ ফরসা ধুতি আর পিরান পরে, মাথায় একটা পাগড়ি বেঁধে লাঠিগাছ হাতে নিয়ে বেরিয়ে পড়ল।

পথে শ্রীপতির মুদির দোকান। সিদ্ধিনাথ দোকানের বাইরে একখানা বেঞ্চে বসে পড়ে, পাগড়ির ন্যাজ দিয়ে মুখ মুছে বলল, "ওরে, শ্রীপতি, শুনেছিস বৃত্তান্ত?"

"না গো সিদ্ধিনাথদা। বৃত্তান্তটা কী?"

"ঝিলের বাড়ি ভাড়া হল রে! একেবারে ফিটফাট সব বাবুরা এসে গেল।"

"বলো কী গো? তাই দেখছিলুম বটে একখানা ঢাকনা-খোলা জিপ গাড়ি হাঁকড়ে কারা সব যাতায়াত করছে।"

"তারাই। ওদিকে বাড়ি যে কখন মাথার ওপর ভেঙে পড়ে, তার ঠিক নেই।"

"তা, ওই ভূতের বাড়িতে কি তিষ্টোতে পারবে? তোমার মতো ডাকাবুকো লোক পারে বলে কি আর সবাই পারে? তে-রাত্তির কাটবার আগেই চোঁ-চাঁ দৌড় দিয়ে পালাবে।"

সিদ্ধিনাথ মুখখানা বিকৃত করে বলল, "ভূতের কথা আর বলিস না। তাদের আক্কেল দেখলে ঘেন্না হয়। এমনিতে তেনারা রোজ বাড়ির মধ্যে ভূতের নেত্য, ভূতের কেত্তন লাগাবেন, কিন্তু যখনই শহরের বাবুভায়েরা এল, অমনি সব নতুন বউয়ের মতো চুপ মেরে যান। এই কয়েক বছর আগে কলকাতা থেকে কর্তাবাবুর ছেলের বন্ধুরা সব বেড়াতে এল। বউ-বাচ্চা সব নিয়ে। বনভোজন করল, কানামাছি খেলল। দু'-তিন রাত্রি দিব্যি কাটিয়ে দিল। তা কই, তেনারা তো রা-ও কাড়েননি।"

শ্রীপতি একটু ভেবে বলল, "আসলে কী জানো সিদ্ধিনাথদা, গেঁয়ো ভূত তো, শহুরে লোককে ভয় দেখাতে ঠিক সাহস পায় না।"

সিদ্ধিনাথ উঠল, "যাই রে, কর্তাবাবুর কাছে যেতে হবে।"

বাজারের মুখে পীতাম্বরের দরজির দোকানেও খানিক বসল সিদ্ধিনাথ। গায়ের পিরানটার বোতাম নেই। সেটা খুলে দিয়ে বলল, "দুটো বোতাম বসিয়ে দে বাবা।... বৃত্তান্তটা শুনেছিস? ঝিলের বাড়িতে যে সব কলকাতার বাবুরা এসে গেল।"

পীতাম্বর বোতাম বসাতে বসাতে বলল, "বুঝবে ঠেলা।"

সিদ্ধিনাথ উদাস মুখে বলল, "মেলা টাকা। জিনিসপত্রও তো দেখছি পাহাড়প্রমাণ। কী মতলব কে জানে বাবা।"

পীতাম্বর দাঁতে সুতো কেটে বলল, "তোমার ঝিলের তলার সেই মন্দিরের হদিশ পায়নি তো?"

সিদ্ধিনাথ একটু চমকে উঠে বলল, "ভাল কথা মনে করিয়ে দিয়েছিস তো! নাঃ, এ তো বেশ ভাবনার কথা হল।"

পীতাম্বর নিশ্চিন্ত গলায় বলল, "ভাববার কী আছে? তুমি চল্লিশ বছর ধরে চেষ্টা করে যার হদিশ করতে পারোনি, বাবুরা কি আর হুট করে তার খোঁজ পাবে?"

"তা বটে। পাপী-তাপীদের কম্মও নয়। তবে কিনা এ হল ঘোর কলিকাল। উলট-পুরাণ যাকে বলে।"

পিরান গায়ে দিয়ে সিদ্ধিনাথ উঠে পড়ল।

পথে নবীনের বাড়ি। নবীন লোকটার জন্য সিদ্ধিনাথের ভারী দুঃখ হয়। সদাশিব-কর্তার মতো নবীনের পূর্বপুরুষেরাও ডাকাত ছিল। শোনা যায়, তাদেরই দাপট ছিল বেশি। অবস্থা ছিল রাজা-জমিদারের মতোই। সেই নবীনের আজ টিকি অবধি মহাজনের কাছে বাঁধা।

অথচ নবীন লোকটা বড় ভাল। দোষের মধ্যে বেড়ানোর নেশা আছে, লোককে খাওয়াতে ভালবাসে, আর উদ্ভট জিনিস দেখলেই অগ্র-পশ্চাৎ বিবেচনা না-করে কিনে ফেলে। এইসব করে করে হাতের টাকা সব চলে গেছে। বাড়িটা অবধি মহাজনের কাছে বিক্রি কবালায় বাঁধা।

থাকার মধ্যে নবীনের আছে এক বুড়ি পিসি আর এক পুরনো চাকর মহাদেব। প্রকাণ্ড দোতলা বাড়িটাতে তিনটে মোটে প্রাণী।

বয়সে নিতান্ত ছোকরা বলে সিদ্ধিনাথ নবীনকে নাম ধরেই ডাকে।

ফটকের কাছে দাঁড়িয়ে সিদ্ধিনাথ হাঁক দিল, "ও নবীন! বলি নবীন আছ নাকি হে?"

নবীন দোতলার বারান্দায় বসে বই পড়ছিল। মুখ বাড়িয়ে বলল, "কী ব্যাপার সিদ্ধিনাথ-খুড়ো?"

"আর ব্যাপারের কথা বোলো না। বলি কেটেরহাট যে কলকাতা হয়ে গেল হে! ঝিলের ধারের বাড়িতে যে ভাড়াটে এসেছে, সে খবর রাখো?"

"সে তো ভাল কথা খুড়ো। তুমি এতকাল একা ছিলে, এবার কথা বলার লোক হল।"

"হ্যাঁ, কথা বলতে তাদের বড় বয়েই গেছে। আমাকে তাড়াতে পারলে বাঁচে। একবার বলছে 'দেশে যাও,' আবার বলছে 'তীর্থ করে এসো গে।' মতলব বুঝে উঠতে পারছি না। পয়সা দিতে চাইছে।"

"দাঁওটা ছেড়ো না খুড়ো। এই বেলা ঘুরে-টুরে এসো গে।"

"ওরে বাপ রে, সে কি আর ভাবিনি? তবে কিনা কেটেরহাটের হাওয়া ছাড়া আমি যে হাঁফিয়ে উঠব বাপ।"

"তা বটে। তুমি হলে কেটেরহাট-মনুমেন্ট।"

"তোমার খবর-টবর কী? পাতালঘরের দরজা খুলতে পারলে?"

নবীন হতাশভাবে মাথা নেড়ে বলল, "না খুড়ো। বিশ বছরের চেষ্টাতেও খুলল না। আমি হাল ছেড়ে দিয়েছি।"

সিদ্ধিনাথ একটা দীর্ঘশ্বাস ফেলল। নবীনের কপালটা সত্যিই খারাপ। বাড়ির তলায় একখানা পাতালঘর আছে। কিন্তু মুশকিল হল, সেটার দরজা ভীষণ পুরু আর শক্ত, লোহার পাতে তৈরি। তাতে না-আছে কোনও জোড়, না আছে চাবির ফুটো। কীভাবে সেই দরজা খুলবে, তা কে জানে। হাতুড়ি শাবল দিয়ে বিস্তর চেষ্টা করা হয়েছে, দরজায় আঁচড়ও বসেনি। দেওয়াল ফুটো করার চেষ্টা হয়েছে। কিন্তু নিরেট পাথরের দেওয়াল টলেনি। কে জানে, হয়তো ওই পাতালঘরে গুপ্তধন থাকতেও পারে।

পাতালঘরের কথা মহাজন গোপীনাথ জানতে পেরে নবীনকে শাসিয়ে গেছে, "খবরদার, ও ঘরে হাত দেওয়া চলবে না। বাড়ি আমার কাছে বাঁধা, তার মানে বাড়ি এক রকম আমারই। এখন বাড়ির কোনও রকম চোট-টোট হলে কিন্তু জবাবদিহি করতে হবে।"

গোপীনাথ শুধু মহাজনই নয়, লেঠেলদেরও সর্দার। তার হাতে মেলা পোষা গুন্ডা-বদমাশ আছে। কাজেই তাকে চটিয়ে দিলে সমূহ বিপদ। নবীন তাই ভারী নির্জীব হয়ে আছে আজকাল।

"তোমার কপালটাই খারাপ হে, নবীন। পাতালঘরটা খুলতে পারলে বুঝি বরাত ফিরে যেত।"

নবীন একটা হতাশার ভঙ্গি করে বলল, "পাতালঘরের কথা বাদ দাও, খুড়ো, তোমার ঝিলের তলার মন্দিরের কী হল বলো।"

সিদ্ধিনাথ কপাল চাপড়ে বলল, "আমার কপালটাও তোমার মতোই খারাপ হে, নবীন।"

সিদ্ধিনাথ নবীনের কথাটা ভাবতে ভাবতে ফের এগোল। পথে আরও নানা চেনা লোক, চেনা দোকান, চেনা বাড়ি। সকলের সঙ্গে একটা-দুটো করে কথা বলতে বলতে যখন সদাশিবের বাড়ি গিয়ে হাজির হল, তখন প্রায় দুপুর, সদাশিব স্নানের আগে রোদে বসে তেল মাখছেন।

সিদ্ধিনাথ কাঁচুমাচু মুখ করে সামনে গিয়ে দাঁড়াতেই সদাশিব মুখ তুলে চেয়ে বললেন, "এই যে নবাবপুত্তুর, এত দিনে দেখা করার সময় হল? বলি, সারাদিন কী রাজকার্য নিয়ে থাকা হয় শুনি? ঝিলের তলার মন্দির নিয়ে ভেবে ভেবে বাবুর বুঝি ঘুম হচ্ছে না?"

সিদ্ধিনাথ মাথা চুলকে বলল, "কর্তাবাবু, আপনার তো দয়ার শরীর, সারা জীবন পাপ-তাপ কিছু করেননি, বুড়ো বয়সে কি শেষে নরহত্যার পাপে পড়বেন?"

সদাশিব হাঁ করে চেয়ে রইলেন কিছুক্ষণ। তার পর বললেন, "বটে! নরহত্যার পাপ? সেটা কী করে আমার ঘাড়ে অর্শাবে রে ধর্মপুত্তুর?"

সিদ্ধিনাথ যথেষ্ট বিনয়ের সঙ্গেই বলল, "আজ্ঞে, ভাল মানুষের ছেলেদের যে সব ঝিলের বাড়িতে থাকতে দিলেন, ওদের অপঘাত তো ঠেকানো যাবে না। বাড়ি পড়ো পড়ো অবস্থা। দেওয়াল-চাপা পড়ে সবগুলো মরবে যে!"

"তাতে আমার পাপ হবে কেন রে গো-মুখ্যু? ওরা তো দেখে-শুনেই ও বাড়িতে থাকতে চাইছে। মরলে নিজেদের দোষে মরবে।"

"তা না হয় হল, কিন্তু আমাকেও যে বিদেয় করতে চাইছে। বলছে দেশে যাও, না হয় তীর্থ করে এসো।"

"সে তো ভাল কথাই বলছে। যা না।"

সিদ্ধিনাথ বেজার মুখ করে বলল, "আপনি তো বলেই খালাস। কিন্তু আমি কেটেরহাট ছাড়া অন্য জায়গায় গিয়ে কি বাঁচব?"

সদাশিব চোখ মিটমিট করে সিদ্ধিনাথের দিকে কিছুক্ষণ চেয়ে থেকে বললেন, "তোর বয়স কত হল, তা জানিস?"

"আজ্ঞে না।"

"তুই আমার চেয়েও অন্তত দশ-পনেরো বছরের বড়।"

"তা হবে। আপনাকে এইটুকু দেখেছি।"

"হিসেব করলে তোর যা বয়স দাঁড়ায়, তাতে তোর দু'বার মরার কথা।"

"তা বটে।"

"অথচ তুই একবারও মরিসনি।"

"তা বটে।"

"তা হলে কেটেরহাটের বাইরে গিয়ে যদি না বাঁচিস, তা হলেই বা দুঃখ কী?"

নবীন নিজে যেমন খেতে ভালবাসে, তেমনই লোকজনকে ডেকে খাওয়াতেও ভালবাসে। কিন্তু তার এখন যা অবস্থা, তাতে নিজেদেরই ভাল করে জোটে না, লোককে ডেকে খাওয়ানোর প্রশ্নই ওঠে না।

তবে বুড়ি পিসি কী একটা ব্রত করেছে, তাতে নাকি দ্বাদশ ব্রাহ্মণ ভোজন না-করালেই নয়। ক'দিন ধরেই পিসি ঘ্যানঘ্যান করছে, নবীন কথাটা তেমন কানে তোলেনি।

কিন্তু আজ এসে পিসি ধরে পড়ল, "ও বাবা নবীন, তুই কি শেষে আমাকে চিরটা কাল নরক ভোগ করতে বলিস? নরক যে সাংঘাতিক জায়গা বাবা, যমদূতেরা বড় বড় সাঁড়াশি লাল টকটকে করে গরম করে নিয়ে, তারপর তাই দিয়ে নাক-কান হাত-পা সব টেনে টেনে ছেঁড়ে। তারপর হাঁড়ির মধ্যে গরম জলে ফেলে সেদ্ধ করতে থাকে। সেও শুনি হাজার হাজার বছর ধরে সেদ্ধ করতেই থাকে। মাঝে মাঝে হাতা দিয়ে তুলে দেখে নেয়, ঠিক মতো সেদ্ধ হয়েছে কি না, আর তাতেই কি রেহাই আছে বাপ? সেদ্ধ হলে পর নাকি সর্বাঙ্গে নুন মাখিয়ে রোদে শুকোয়, তার পর হেঁটমুন্ডু করে ঝুলিয়ে রাখে, তার পর কাঁটার বিছানায় শুইয়ে রাখে, তার পর..."

নবীন মাথা নেড়ে নেড়ে শুনছিল। বলল, "তার পর আর বাকি থাকে কী পিসি? এত কিছুর পর কি আর কেউ বেঁচে থাকে?"

পিসি মুখখানা তোম্বা করে বলল, "বাছা রে, একবার মরলে পরে আর যে মরণ নেই। নরকের ব্যবস্থাই তো ওরকম। যতই যা করুক না কেন, আর মরণ হবে না যে! তার পর সেখানে এঁটোকাঁটার বিচার নেই, চারদিকে নোংরা আবর্জনা আঁস্তাকুড়। একটু ভেবে দ্যাখ বাপ, মাত্র বারোটা বামুন খাওয়ালে যদি ফাঁড়াটা কাটে, তবে হাঁফ ছেড়ে বাঁচি।"

নবীন ম্লান মুখে বলল, "আচ্ছা পিসি, দেখছি কী করা যায়।"

পিসি নিশ্চিন্ত হয়ে চলে গেল। জানে, নবীনের মনটা বড় ভাল। ঠিকই ব্যবস্থা করবে।

নবীন দুপুরবেলা একতলায় নেমে এল। নাচঘরের দক্ষিণ-কোণে দেওয়ালের মধ্যে একটা ছোট্ট ছিদ্র। তার মধ্যে হাত ঢুকিয়ে একটা হাতল ঘোরালেই মেঝেতে একটা সিঁড়ির মুখ খুলে যায়। সরু সিঁড়ি, অন্ধকারও বটে।

সিঁড়ি দিয়ে টর্চ হাতে নবীন নেমে এল মাটির নীচে। চারদিকে একটা টানা গলি, মাঝখানে নিরেট পাতালঘর। পাথরের দেওয়াল, লোহার দরজা, নবীন অন্তত হাজারবার এই পাতালঘরে হানা দিয়েছে। দেওয়ালে বা দরজায় শাবল বা হাতুড়ি মারলে ফাঁপা শব্দও হয় না। এতই নিরেট।

নবীনের হাতে এখন একেবারেই টাকাপয়সা নেই। কারও কাছে হাত পেতেও লাভ নেই। কেউ দেবে না। সকলেই জানে যে, নবীনের অবস্থা খারাপ, তার বিষয়-সম্পত্তি মহাজনের কাছে বাঁধা। ধার নিলে নবীন শোধ করতে পারবে না।

নবীন পাতালঘরের দরজার সামনে বসে আকাশ-পাতাল ভাবতে লাগল। কী করা যায়?

নবীন বসে বসে ভাবতে লাগল। ভাবতে ভাবতে তার একটু ঢুলুনিও এসে গেল। ঢুলতে ঢুলতে তার মাথার মধ্যে নানা চিন্তা হিজিবিজি ঘুরে বেড়াতে লাগল। মহাজন টের পাওয়ার আগেই গোপনে লোক লাগিয়ে পাতালঘরের দেওয়াল যদি ডিনামাইট দিয়ে উড়িয়ে দেওয়া যায়! অবশ্য তা হলে বাড়িটাও ধসে পড়তে পারে। যদি সুড়ঙ্গ কেটে ঢোকা যায়? যদি...

হঠাৎ তার কানে কে যেন মৃদু স্বরে বলে উঠল "দূর বোকা! ওভাবে নয়।"

নবীন চমকে সোজা হয়ে বসে বলল, "কে?"

না, কেউ কোথাও নেই।

নবীন চারধারটা খুব ভাল করে খুঁজে দেখল। কারও দেখা পেল না। পাতালে নামবার দরজাটা যেমন বন্ধ ছিল, তেমনই আছে।

খুবই চিন্তিতভাবে ওপরে উঠে এল। তার পর মহাদেবকে ডেকে বলল, "দ্যাখো মহাদেবদা, তুমি বহু পুরনো আমলের লোক। আজ যে ঘটনাটা ঘটল, তার মানেটা কী আমাকে বুঝিয়ে দেবে?"

মহাদেব খুব গম্ভীর মুখ করে ঘটনাটা শুনল, পাকা মাথাটি নেড়ে মাঝে মাঝে 'হুঁ' দিল। তারপর অনেকক্ষণ ভেবে নিয়ে বলল, "না গো নবীনভায়া, ঠিক বুঝতে পারছি না।"

নবীন খুব আগ্রহের সঙ্গে বলল, "কিন্তু আমার মনে হচ্ছে, পাতালঘরে ঢোকার একটা সহজ পথ আছে।"

মহাদেব গম্ভীর মুখে বলল, "সেটা আমারও মনে হয়, তোমার ঠাকুরদাও সারাটা

জীবন ওই পাতালঘরে সেঁধোবার চেষ্টা করেছেন। শাবল-গাঁইতিও কিছু কম চালানো হয়নি। শেষে একেবারে শেষ জীবনে তিনি চুপচাপ পাতালঘরের সামনে বসে থাকতেন। তারপর যখন মৃত্যুশয্যায় পড়ে আছেন, তখন আমি তাঁর কাছেই দিন-রাত মোতায়েন থাকতাম। এক ঝড়বৃষ্টির রাতে হঠাৎ তোমার ঠাকুরদা চোখ মেলে চাইলেন। মুখখানা ভারী উজ্জ্বল দেখাচ্ছে। আমার দিকে চেয়ে বললেন, পেয়েছি রে, পেয়েছি।"

নবীন সাগ্রহে বলল, "তারপর?"

মহাদেব মাথাটা হতাশায় নেড়ে বলল, "কী পেয়েছেন, সেইটে আর বলতে পারলেন না। জিজ্ঞেস করলাম, উনি শুধু বললেন, পাতালঘর। তারপরই নেতিয়ে পড়লেন, চোখ উলটে গেল, জিভ বেরিয়ে পড়ল। মরে গেলেন।"

"ইস, অল্পের জন্য হল না তা হলে?"

"খুবই অল্পের জন্য। আমার মনে সেই থেকে বিশ্বাস, তুমি যেরকম ভাবে দেওয়াল বা দরজা ভাঙাভাঙির চেষ্টা করে যাচ্ছ, সেভাবে হবে না।"

"তবে কীভাবে হবে? মহাজনের হাতে বাড়ি চলে যেতে তো আর দেরি নেই, মহাদেবদা।"

"সবই তো বুঝি নবীনভায়া, কিন্তু আমার বুড়ো মাথায় তো কোনও কিছুই খেলছে না, আমিও কি কিছু কম ভেবেছি!"

নবীন চিন্তান্বিত হয়ে বলল, "পাতালঘরে ঢোকা ছাড়া যে আর পথ দেখছি না মহাদেবদা। পিসি বারোজন বামুন খাওয়াবে, তা তারও পয়সা হাতে নেই। এরকম করে চললে যে আমাকে আত্মহত্যা করতে হবে।"

মহাদেব ভ্রু কুঁচকে বলল, "দ্যাখো নবীনভায়া, ওটা পুরুষ-মানুষের মতো কথা নয়। তোমার বংশ ডাকাতের বংশ। তার একটা খারাপ দিক আছে বটে, আবার একটা ভাল দিকও আছে। তোমার বংশের লোকের বুকের পাটা ছিল। তারা ফুলের ঘায়ে মূর্ছা যেত না। তোমাকেও সেই রকম হতে হবে। সাহসী হও, দুনিয়াটা দুর্বলদের জায়গা নয়।"

নবীন মুখখানা হাঁড়ি করে বসে রইল।

আংটি ছিল, মায়ের গয়না ছিল, পুরনো কিছু মোহর ছিল। সবই গেছে। এখন এই বসত-বাড়িটা ছাড়া আর কিছু অবশিষ্ট নেই। দিন আর চলে না। কোনও বন্দোবস্ত না হলে বুড়ি পিসি আর বুড়ো মহাদেবদাকে নিয়ে গিয়ে গাছতলায় দাঁড়াতে হবে।

বিকেলের দিকে নবীন গিয়ে গোপীনাথ মহাজনের কাছে হাজির হল।

গোপীনাথের কারবার অনেক। নানা রকমের ব্যাবসা তার। তার মধ্যে একটা হল,

চড়া সুদে টাকা ধার দেওয়া আর বন্ধক রাখা। কেটেরহাটে তার মতো ধনী আর প্রতাপশালী লোক কমই আছে এখন। তার হাতে মেলা লোকজন। হাতে মাথা কাটতে পারে।

গোপীনাথের চেহারাখানাও পেল্লায়। থলথলে ভুঁড়িদার চেহারা নয়, রীতিমতো পালোয়ানের স্বাস্থ্য। চোখ দু'খানা সাংঘাতিক কুটিল। চোখের দিকে তাকালে যে-কোনও লোকেরই বুকটা গুড়গুড় করে উঠবে।

নবীন যখন তার সামনে গিয়ে হাজির হল, তখন গোপীনাথ তার বৈঠকখানায় বসে বাদামের শরবত খাচ্ছে আর নিজের পোষা ব্লাডহাউন্ড কুকুরের মাথায় হাত বুলিয়ে আদর করছে।

নবীনকে দেখে গোপীনাথ একটু বিরক্তির গলায় বলল, "কী খবর নবীনবাবু?"

নবীন কাঁচুমাচু মুখ করে বলল, "আপনার কাছে আজ আমার একটা প্রার্থনা আছে। এই শেষবার।"

গোপীনাথ বোধহয় এই সব বনেদি পড়তি বড়লোকের ছেলেদের বিশেষ পছন্দ করে না। শরবতের গেলাসটা ধীরেসুস্থে শেষ করে পাশের টেবিলে রেখে বলল, "পুরনো বাড়ি বাঁধা রেখে আপনাকে যা টাকা দিয়েছি, তাও আমার উশুল হবে না। যদি আর টাকা চান, তা হলে আগেই বলি, এক পয়সাও দিতে পারব না।"

নবীন মৃদু স্বরে বলল, "কিন্তু আমার পিসিকে যমদূতেরা নাকি গরম সাঁড়াশি দিয়ে ছিঁড়বে, কয়েক হাজার বছর ধরে সেদ্ধ করবে, রোদে শুকিয়ে হেঁটমুণ্ড করে রাখবে। তারপর আবার কাঁটার বিছানায় শোওয়াবে... ওফ... সে ভাবা যায় না..."

গোপীনাথ চোখ গোল করে এসব শুনল, তারপর বলল, "বটে? তা পিসিকে এত সব খবর কে দিল?"

নবীন অম্লানবদনে বানিয়ে বলল, "আজ্ঞে কয়েক দিন আগে এক মস্ত তান্ত্রিক এসেছিলেন বাড়িতে। যদুপুরের অঘোরবাবা, নাম নিশ্চয়ই শুনেছেন, সাক্ষাৎ পিশাচসিদ্ধ। স্বর্গ-মর্ত্য-পাতালে অনবরত যাতায়াত করেন। তিনি নরকের একেবারে হালের খবর এনে দিয়েছেন।"

গোপীনাথের মুখটা কেমন যেন পাঁশুটে মেরে গেল। চাকরকে ডেকে কুকুরটাকে নিয়ে যেতে বলে কিছুক্ষণ গুম হয়ে বসে রইল গোপীনাথ। তারপর বলল, "যদিও আমি ওসব গাঁজাখুরিতে বিশ্বাস করি না, 'অঘোরবাবা' বলে কারও নামও আমি শুনিনি, তবে নরকের ব্যাপারটা যেন কে আমাকে বলেছিল বটে।"

"আজ্ঞে, কী বলেছিল?"

"আরও খারাপ। দু'পায়ে দুই তেজি ঘোড়াকে বেঁধে দু'ধারে ছুটিয়ে দেওয়া হয়।

ফলে একেবারে মাঝখান দিয়ে চিরে দু'ফালা হয়ে যায় লোকে।"

"আজ্ঞে, নতুন নতুন গ্যাজেট তো নরকেও বেরোচ্ছে। হয়তো গায়ে জোঁক ছেড়ে দেয়, শুঁয়োপোকা ছেড়ে দেয়..."

"ও বাবা!"

গোপীনাথ নিমীলিত নয়নে কিছুক্ষণ নরকের দৃশ্যটাই বোধহয় কল্পনার চোখে প্রত্যক্ষ করে নিল। তারপর হঠাৎ একটা দীর্ঘশ্বাস ফেলে প্রবল কণ্ঠে বলে উঠল, "তারা ব্রহ্মময়ী, তুমিই ভরসা। সব সামাল দিয়ো মা..."

নবীন মৃদু হেসে বলল, "আজ্ঞে শুনেছি গরিব ব্রাহ্মণকে সাহায্য করলে নাকি যমদূতেরা আর ততটা অত্যাচার করে না। ধরুন, সাঁড়াশিটা হয়তো তেমন গরম করল না, সেদ্ধটা ভাল রকম হওয়ার আগেই তুলে ফেলল, কিংবা নুন মাখানোর বদলে পাউডার মাখাল..."

গোপীনাথ কটমট করে নবীনের দিকে চেয়ে বলল, "কত চান বলুন তো?"

মাথা চুলকে নবীন একটু ভাবল। লোককে খাওয়াতে সে খুবই ভালবাসে। দ্বাদশ ব্রাহ্মণের সঙ্গে যদি আরও কয়েকজন বন্ধুবান্ধব এবং পাড়া-প্রতিবেশীকে খাইয়ে দেওয়া যায়, তা হলে মন্দ কী!

"আজ্ঞে, দ্বাদশ ব্রাহ্মণের জন্য দ্বাদশ শত অর্থাৎ কিনা বারোশো টাকা হলেই চলবে।"

গোপীনাথ এত অবাক হল যে প্রথমটায় মুখে বাক্য সরল না। তারপর বলল, "আপনি জানেন যে, আমার নিজের এক দিনের খোরাকি মাত্র বারো টাকা?"

"বড়লোকদের একটু কমই লাগে। তাদের খিদেও কম, খাওয়াও কম। কিন্তু গরিবদের তো তা নয়। তারা কষি খুলে, প্রাণ হাতে নিয়ে খায়। একেবারে হাঘরের মতো। একটু বেশি তো লাগবেই।"

গোপীনাথ বিজ্ঞের মতো বলল, "আপনাকে যে টাকা দিতে রাজি হয়েছি, এই ঢের জানবেন। কুল্যে পঞ্চাশটা টাকা দিচ্ছি, ওইতেই বামুনদের চিঁড়ে-দই ফলার করান তো!"

নবীন ভারী বিনয়ের সঙ্গে বলল, "তার চেয়ে পিসি বরং নরকেই যাক গোপীবাবু। বামুন না-খাওয়ালে মেয়াদ কিছু কম হতে পারে। পিসির পাপ-টাপও বেশি নেই, সহজে উদ্ধার হয়ে যাবে। আর ফলার খাওয়ালে? বারোটা বামুনের অভিশাপ ঘাড়ের ওপর গদাম গদাম করে এসে পড়লে, নরকের যমদূতেরা পিসির গায়ে কাঁকড়াবিছেও ছেড়ে দেবে।"

গোপীনাথ একটু শিউরে উঠল, "তারা ব্রহ্মময়ী! দেখো মা। যাক গে, বারোশো টাকার সুদ গুনতে পারবেন তো? বড় কম হবে না।"

"যে আজ্ঞে।"

"আর শুনুন, ফের সাবধান করে দিচ্ছি, ওই পাতালঘরের ধারেকাছে কিন্তু আর যাবেন না। বাড়ি, বলতে গেলে, এখন আমারই। কোনও রকম ভাঙচুর হলে কিন্তু মুশকিলে পড়বেন। মনে থাকে যেন।"

"যে আজ্ঞে।"

খাজাঞ্চিকে ডাকিয়ে হ্যান্ডনোট লেখানোর পর নবীনকে টাকা দিয়ে দিল গোপীনাথ। আচ্ছা চশমখোর লোক! বারোশো টাকার এক মাসের সুদও ধরা হয়েছে বারোশো টাকাই। শোধ দিতে না পারলে চক্রবৃদ্ধি হারে ঋণ বেড়ে যাবে।

তবে নবীন বড় একটা ভবিষ্যতের ভাবনা ভাবে না। তার চিন্তা বর্তমানকে নিয়ে। সে টাকা নিয়ে বাড়ি এসে সোল্লাসে বলে উঠল, "পিসি, আর ভয় নেই। যমদূতেরা আর তোমাকে ছুঁতেও পারবে না। বারোটা বামুনের খাওয়ার জোগাড় করো।"

পিসি আহ্লাদে চোখের জল ফেলতে লাগল। বলল, "আমি যদি স্বর্গে যাই, তোকেও টেনে নেব বাপ, দেখিস। সেখানে ভারী ভাল ব্যবস্থা।"

"সেখানে কী রকম ব্যবস্থা গো পিসি?"

"সকালে উঠলেই দুধের সর দিয়ে খইয়ের মোয়া। বুঝলি? তারপর দুপুরে পোলোয়া তো রোজই হয়। অ্যাই বড়-বড় চিতল মাছের পেটি খাবি। তারপর বিকেলে গাওয়া ঘিয়ের লুচি। রাতে মাংস, পায়েস, কত কী!"

"আর কী?"

"ওরে, স্বর্গে কি কিছুর অভাব! সেখানে শীতকালে ল্যাংড়া আম, গ্রিষ্মিকালে কমলালেবু। চালে কাঁকর নেই। আরও একটা ভাল জিনিস হল, স্বর্গে নাকি একাদশী করতে হয় না।"

"তা হলে তো দারুণ জায়গা পিসি।"

পিসি ফোকলা মুখে হেসে বলল, "তবে?"

পিসির বামুন আর নবীনের বন্ধু-বান্ধব মিলে বড় কম হবে না। বিরাট আয়োজন করতে হবে। বহু দিন বাদে নবীনের মনে বড় স্ফূর্তি এল। সে গুনগুন করে গান গাইতে গাইতে বাগানে বেড়াতে গেল।

নবীনের বাগানটারও কোনও ছিরিছাঁদ নেই। দেখাশোনা করা হয় না বলে আগাছায় ভরে গেছে। তারই মধ্যে স্থলপদ্ম বা গোলাপও যে ফোটে না এমন নয়। তবে বাগানের চেয়ে জঙ্গল বললেই ঠিক বলা হয়।

বাগানে এক সময়ে পাথরের পরি, ফোয়ারা এসব ছিল। পরি বহু কাল আগে মুখ থুবড়ে পড়ে গেছে, তাকে আর তোলা হয়নি। ফোয়ারা বহুকাল বন্ধ।

ফোয়ারার ধারটা এক সময়ে চমৎকার বাঁধানো ছিল। বাড়ির লোকেরা তার ধারে বসে বিকেল কাটাত। এখনও নবীন এসে ফোয়ারার ধারেই বসে।

আজও নবীন ফোয়ারার ধারে বসে আকাশ-পাতাল ভাবছিল। কত কী যে সে ভাবে। ভোজটা হয়ে গেলে হাতে যা টাকা থাকবে, তাই দিয়ে সে একবার হরিদ্বার ঘুরে আসবে। সে বার হৃষিকেশের এক সাধু তাকে একটা স্ফটিকের মালা দেবে বলেছিল। বেজায় সস্তা। মাত্র দেড়শো টাকা দাম। সাধুকে খুঁজে পেলে মালাটা কিনে ফেলবে। আরও কত কী করবে সে... শুধু পাতালঘরটা যদি একবার খুলতে পারত!

দাদু কি সত্যিই পাতালঘর খোলার হদিশ পেয়েছিল? কীভাবে পেয়েছিল?

কাছেই কে যেন একটা দীর্ঘশ্বাস ফেলল। নবীন চমকে উঠে চেয়ে দেখল, কেউ কোথাও নেই।

একটু নড়েচড়ে বসল সে।

হঠাৎ ফটকের ওপাশ থেকে কে যেন হাঁক দিয়ে তাকে ডাকল, "নবীন! বলি ও নবীন! বাড়ি আছ নাকি?"

নবীন গিয়ে দ্যাখে, সদাশিববাবু।

"আজ্ঞে আসুন। গরিবের বাড়ি অনেক দিন পায়ের ধুলো দেননি।"

সদাশিববাবু নবীনের দিকে চেয়ে বললেন, "কী সব শুনছি বলো তো?"

"আজ্ঞে?"

"তুমি নাকি ফের টাকা ধার করেছ?"

নবীন লজ্জিতভাবে মাথা চুলকোতে লাগল। এই সদাশিববাবুর পূর্বপুরুষদের সঙ্গে নবীনের পূর্বপুরুষদের সাংঘাতিক শত্রুতা ছিল এক সময়ে। এ ওকে পেলে ছিঁড়ে ফেলে আর কী। দু'পক্ষের লোকজনের হাতে পারস্পরিক খুন-জখম লেগেই থাকত। বড় ঝিলে যে কত লাশ ফেলা হত, তার হিসেব নেই। নবীনের ঠাকুরদার আমলেও সেই রেষারেষি ছিল। এই আমলে আর নেই। নবীনের অবস্থা খুবই পড়ে গেছে, সদাশিববাবুর অবস্থা সেই তুলনায় যথেষ্ট ভাল। রেষারেষি হয় সমানে সমানে।

নবীন বলল, "আজ্ঞে, পিসি কী একটা ব্রত করেছে। দ্বাদশ ব্রাহ্মণ না খাওয়ালেই নয়।"

সদাশিব নবীনকে ভালই চেনেন। বললেন, "সে তো ভাল কথা। কিন্তু তুমি যে শুনছি গোপীনাথের কাছ থেকে বারোশো টাকা ধার নিয়েছ। এত টাকা শুধবে কী করে ভেবে দেখেছ?"

"আজ্ঞে না।"

সদাশিববাবু বাগানে ঢুকে চারদিকটা চেয়ে দেখলেন। তার পর দুঃখের সঙ্গে মাথা

নেড়ে বললেন, "কী বাড়ি ছিল, কী হাল হয়েছে! এ যে চোখে দেখা যায় না হে নবীন।"

"যে আজ্ঞে।"

"পাতালঘরটা খুলবারও তো কোনও ব্যবস্থা হল না। হলে, কে জানে, হয়তো কিছু পেয়েও যেতে পারতে। তোমার ঊর্ধ্বতন ষষ্ঠ পুরুষ তো হৃদয়পুর কাছারি লুঠ করে মেলা টাকা এনেছিল। অথচ সেটা লুঠ করার কথা আমার ঊর্ধ্বতন পঞ্চম পুরুষ জয়শিবের।"

নবীনের একটু আঁতে লাগল। সে বলল, "আজ্ঞে, ব্যাপারটা মোটেই তা নয়। জয়শিব হৃদয়পুরের লেঠেলদের ভয়ে কাছারি লুঠ করার পরিকল্পনা ত্যাগ করেন। আমার ঊর্ধ্বতন ষষ্ঠ পুরুষ কালীচরণ সাহসী পুরুষ ছিলেন। তিনি একাই উনিশজন লেঠেলকে ঘায়েল করেন। এ কথা সবাই জানে।"

সদাশিব ভ্রু কুঁচকে বললেন, "তুমি কিছুই জানো না। জয়শিব আর কালীচরণ, দু'জনের নিবিড় বন্ধুত্ব ছিল। বলতে গেলে কালীচরণ ছিলেন জয়শিবের অনুগত। ডান হাত। দু'জনের একসঙ্গেই কাছারি লুঠ করতে যাওয়ার কথা। অথচ জয়শিবের সঙ্গে বিশ্বাসঘাতকতা করে কালীচরণ আলাদা লোকজন নিয়ে গিয়ে আগেভাগেই কাছারি লুঠ করে সব টাকাপয়সা লুকিয়ে ফেলেন।"

"আজ্ঞে, কথাটা মোটেই ঠিক নয়। কালীচরণ কোনও দিনই কারও তাঁবেদারি করেননি। জয়শিবের সঙ্গে তাঁর বন্ধুত্ব ছিল ঠিকই, কিন্তু তিনি তাঁর অনুচর ছিলেন না। তাঁর বরাবরই আলাদা দল ছিল।"

"ইতিহাস তা বলে না রে, বাপু।"

"আজ্ঞে, তা-ই বলে। জয়শিব ভিতু ছিলেন।"

"কালীচরণ ছিলেন বিশ্বাসঘাতক।"

দু'জনের মধ্যে একটা বচসা বেধে উঠেছিল প্রায়। কিন্তু ঠিক এই সময়ে ঝোপের আড়াল থেকে কে যেন বলে উঠল, "দু'জনেই খুব খারাপ ছিল।"

সঙ্গে সঙ্গে সদাশিব বলে উঠলেন, "জয়শিব খারাপ ছিলেন না। তাঁর অনেক দানধ্যান ছিল।"

নবীনও বলে উঠল, "কালীচরণের মতো সাধু লোক কমই ছিল। ধ্যানে বসে তিন হাত ওপরে উঠে যেতে পারতেন।"

তারপর দু'জনেরই খেয়াল হল, কথাটা বলল কে আড়াল থেকে?

"নবীন, কথাটা কে বলল দ্যাখো তো! কোন বেয়াদব?"

ঝোপের আড়াল থেকে সাহেবি পোশাক-পরা একটা লোক বেরিয়ে এসে বলল, "আমি বলেছিলাম।"

সদাশিব লোকটার দিকে বিরক্তির চোখে তাকিয়ে বললেন, "তুমি! তা তুমি এখানে উদয় হলে কী করে?"

অভিজিৎ মৃদু হেসে বলল, "চারদিকটা ঘুরে ঘুরে দেখছিলাম। এখানে তো পোকামাকড়ের অভাব নেই। এই জঙ্গলটা দেখে আর লোভ সামলাতে পারিনি।"

"আড়াল থেকে অন্যের কথা শোনাটা ভাল কাজ নয়।"

অভিজিৎ জিভ কেটে বলল, "ইচ্ছে করে শুনিনি। একটা ক্যাটারপিলার দেখতে পেয়ে সেটাকে একটু অবজার্ভ করছিলাম। কানে আপনাদের কথা আসছিল। শুনে মনে হল, আপনাদের দু'জনেরই পূর্বপুরুষরা ডাকাত ছিলেন।"

"ছিলেন তো কী! সে-আমলে ডাকাতদেরও ইজ্জত ছিল। জয়শিবকে ব্রিটিশ সরকার 'রায়সাহেব' উপাধি দিতে চেয়েছিল তা জানো?"

নবীনও বলে উঠল, "আর কালীচরণকে সোনার মেডেল।"

অভিজিৎ হাত তুলে বলল, "ঘাট হয়েছে। আপনাদের দু'জন পাছে ঝগড়া পাকিয়ে তোলেন, তাই আড়াল থেকে কথাটা বলে ফেলেছি। কিছু মনে করবেন না। আচ্ছা, আপনিই তো নবীনবাবু?"

নবীন বলল, "আজ্ঞে হ্যাঁ।"

"আপনার এই বাড়িটা ভারী অদ্ভুত। বাগানে পোকা-মাকড় খুঁজতে খুঁজতে আমি জঙ্গলটায় কয়েকটা জিনিস আবিষ্কার করে ফেলেছি।"

"কী বলুন তো?"

"ওই দক্ষিণের দিকে ঘাস-জঙ্গলের মধ্যে একটা ঢাকনা দেওয়া কুয়ো আছে। ওটা কিসের বলুন তো?'

নবীন বেজার মুখে বলল, "কুয়ো আর কিসের হবে। জলের।"

সদাশিব অট্টহাসি হেসে বললেন, "জলের না হাতি! ওর ঠ্যাঙাড়ে পূর্বপুরুষেরা মানুষ মেরে ওই কুয়োয় লাশ ফেলত। খুঁজলে ওর মধ্যে বিস্তর কঙ্কাল পাওয়া যাবে।"

সদাশিব উঠে পড়লেন, "চলো হে অভিজিৎ।"

নবীন বেজার মুখ করে ফোয়ারার ধারে বসে রইল। বসে পূর্বপুরুষদের কথা ভাবতে লাগল।

ভুজঙ্গ গাড়িটা রাস্তার ধারে দাঁড় করিয়ে বলল, "এই সেরেছে!"

পিছন থেকে অনু অর্থাৎ অনন্যা বলল, "কী হয়েছে ভুজঙ্গদা?"

"গাড়িটা গড়বড় করছে গো দিদিভাই। এতটা পথ দিব্যি চলে এলাম। আর মোটে

মাইল চারেক পথ বাকি। একেবারে তীরে এসে তরী ডুবল রে ভাই।”

ভুজঙ্গ নেমে বনেট খুলে খুটখাট করতে লাগল।

বিলু অর্থাৎ বিল্বশিব দিব্যি ঘুমোচ্ছিল গুটিসুটি মেরে শুয়ে। দুই ভাইবোন পালা করে ঘুমোনোর কথা। কিছুক্ষণ অনু ঘুমিয়েছে, এবার বিলু।

অনু ডাকল, “এই বিলু, ওঠ ওঠ।”

বিলু ধড়মড় করে উঠে পড়ে বলল, “এসে গেছি! ওফ, আমার যা খিদে পেয়েছে না! ঠাকুমা নিশ্চয় ডালপুরি করেছে। গন্ধ পাচ্ছি।”

অনু হেসে বলল, “খুব তোর নাক! চার মাইল দূর থেকে ডালপুরির গন্ধ পাচ্ছিস!”

“চার মাইল!”

“গাড়ি খারাপ। আমাদের হয়তো হেঁটে যেতে হবে।”

শীতকাল বলে সন্ধ্যা তাড়াতাড়ি নামছে। এর মধ্যেই আলো সরে চারদিকটা গাঢ় কুয়াশায় ঢেকে গেছে। দু’ধারে জঙ্গল। লোকবসতি বিশেষ নেই।

বিলু নেমে গিয়ে ভুজঙ্গের পাশে দাঁড়িয়ে গাড়ির মেরামতি দেখতে লাগল।

“কী হয়েছে গো ভুজঙ্গদা?”

“ইঞ্জিন গরম হয়ে গেছে, তেলে ময়লা আসছে, ব্যাটারিও যেন মনে হচ্ছে ডাউন। বরাতটাই খারাপ দেখছি। একসঙ্গে এতগুলো গণ্ডগোল তো সহজে হয় না।”

“তা হলে কী হবে!”

ভুজঙ্গ বলল, “গাড়ি বরং এখানে থাক। পরে বচন তার লোকজন নিয়ে এসে ঠেলে নিয়ে যাবে। আমি সুটকেসটা নিই, তোমরা দু’জন ব্যাগগুলো কাঁধে ঝুলিয়ে নাও। তারপর চলো, হেঁটে চলে যাই।”

এ কথায় বিলু লাফিয়ে উঠে বলল, “সেইটেই ভাল হবে। চলো, ডাকাতে কালীবাড়ির রাস্তা দিয়ে শর্টকাট করি। ওখানে এক সময়ে ঠ্যাঙাড়েরা মানুষ মারত।”

ভুজঙ্গ চিন্তিতভাবে বলল, “ও রাস্তায় মাইলটাক পথ কমে যাবে ঠিকই, কিন্তু...”

অনন্যা নেমে এসে চুপচাপ দাঁড়িয়ে দু’জনের কথা শুনছিল। একটু হেসে বলল, “কিসের ভয় ভুজঙ্গদা? আমি ক্যারাটে-কুংফু জানি। তুমিও এক সময়ে সার্কাসে খেলা দেখাতে। ভয়টা কিসের? একমাত্র বিলুটাকে নিয়েই যা চিন্তা। ও তো কিছু জানে না!”

বিলু দিদির বেণীটা একটু নেড়ে দিয়ে বলল, “বেশি ফটফট করিস না। স্কুলে প্রত্যেকবার হান্ড্রেড মিটারে কে ফার্স্ট হয়?”

অনন্যা বলল, “দৌড় তো একটা কাজেই লাগে। পালানোর সময়। যাই হোক, বিপদে পড়লে তুই অন্তত পালাতে পারবি।”

ভুজঙ্গ লাগেজ বুট থেকে সুটকেস নামিয়ে আনল। বড়দিনের বনধে সপ্তাহখানেক

ছুটি কাটাতে ভাইবোন দাদুর কাছে যাচ্ছে। কাজেই মালপত্র এবার একটু বেশি। বিলু আর অনু চটপট তাদের হ্যান্ডব্যাগ নামিয়ে নিল।

গাড়ি লক করে তিনজনে হাঁটা ধরল। সঙ্গে টর্চ আছে, অন্ধকার হয়ে গেলে চিন্তা নেই।

সিকি মাইল এগোলে ডান ধারে ডাকাতে কালীবাড়ির রাস্তা। দিনমানেও লোক-চলাচল বিশেষ নেই। জঙ্গলে কিছু লোক কাঠকুটো কুড়োতে যায়। গ্রাম বা লোকবসতি না থাকায় পথটা ভারী নির্জন।

ঝোপঝাড়ের ভিতর দিয়ে সরু রাস্তা। এই রাস্তা গিয়ে ঝিলের পাশ দিয়ে কেটেরহাটে ঢুকেছে। শোনা যায়, এই রাস্তাই ছিল এক সময়ে কেটেরহাটের সঙ্গে বহির্জগতের একমাত্র সংযোগ পথ। কিন্তু ঠ্যাঙাড়ে আর ডাকাতদের অত্যাচারে সন্ধের পর এ রাস্তায় কেউ পা দিত না। এখন আর ঠ্যাঙাড়ে বা ডাকাতদের ভয় নেই, কিন্তু তবু লোকে পথটা এড়িয়েই চলে।

ডাকাতে কালীবাড়ির রাস্তায় যখন তারা পা দিল, তখন অন্ধকার বেশ ঘনিয়ে উঠেছে। মালপত্র নিয়ে খুব তাড়াতাড়ি হাঁটা সম্ভব নয়। তবু তারা যথাসাধ্য দ্রুত হাঁটছিল।

বিলু ডাকল, "ভুজঙ্গদা!"

"বলো দাদাবাবু।"

"কালীবাড়িটা কত দূর?"

"মাঝামাঝি পড়বে।"

"এখনও কি সেখানে পুজো হয়?"

"পাগল! কালীবাড়ি এখন শেয়ালের আস্তানা।"

"আচ্ছা, আমাদের পূর্বপুরুষেরা তো ডাকাত ছিল!"

"তা ছিল। কেটেরহাটের বারো আনা লোকই ডাকাত ছিল।"

"তারা কি কুংফু-ক্যারাটে জানত?"

"জানত বই কী, ভালই জানত।"

"দিদিও জানে?"

"হ্যাঁ।"

"দিদি, তুই তা হলে দেবী চৌধুরানির মতো ডাকাত হয়ে যা।"

"বয়ে গেছে। ডাকাত তো তুই হবি। যা বাঁদর হয়েছিস!"

"আমি হব টিনটিন। ভুজঙ্গদা হবে আমার ক্যাপ্টেন হ্যাডক, আর দাদুকে বানাব প্রোফেসর ক্যালকুলাস।"

ভুজঙ্গ মাঝে মাঝে সুটকেসটা নামিয়ে রেখে একটু জিরিয়ে নিচ্ছিল। বলল, "ডাকাতে কালীবাড়ি আর দূরে নয়। ওটা পেরোলেই ঝিলের ধারে গিয়ে পড়ব। ওখান থেকে কেটেরহাটের আলো দেখা যায়।"

ঝিঁঝির শব্দ হচ্ছে। মাঝে মাঝে শেয়াল ডেকে উঠছে ঝাঁক বেঁধে। গাছে পাখিদের ঝটাপটি। জোনাকি জ্বলছে থোকা থোকা।

"ভুজঙ্গদা, তুমি ভূতে বিশ্বাস করো?"

"খুব করি দাদাবাবু।"

"কখনও দেখেছ?"

"না। তবে জানি।"

"আমি করি না।"

অনু ফোড়ন কাটল, "আর সাহস দেখাতে হবে না। এখনও একা ঘরে শুতে পারিস না!"

তিনজনে ফের রওনা হতে যাবে, ঠিক এই সময়ে জঙ্গল ভেঙে কাছাকাছি কী একটা যেন দৌড়ে গেল।

ভুজঙ্গ বলল, "শেয়াল। চলো।"

তিনজনে নিঃশব্দে এগোতে লাগল। আঁকাবাঁকা পথ। দু'ধারের গাছপালা ঝুঁকে এসে পড়েছে পথের ওপর। গায়ে লেগে খরখর শব্দ হচ্ছে।

হঠাৎ কাছেই একদল শেয়াল চেঁচাল।

ভুজঙ্গ হঠাৎ দাঁড়িয়ে পড়ে বলল, "ওই যে! ওই হল কালীবাড়ি। কিন্তু... এ কী!"

বিলু বলল, "কী হল ভুজঙ্গদা?"

"কালীবাড়িতে আলো কিসের?"

এ জায়গায় চারদিকেই নিবিড় বাঁশবন। বাঁশবনের ভিতরে বাঁ ধারে প্রায় তিনশো গজ দূরে প্রাচীন কালীবাড়ির ধ্বংসাবশেষ। গাছ-টাছ গজিয়ে জায়গাটার এমন অবস্থা হয়েছে যে, দিনের বেলাতেও ধ্বংসস্তূপটাকে ভাল করে ঠাহর হয় না। ঘুটঘুটি অন্ধকারে সেই ধ্বংসস্তূপ থেকে একটা মৃদু আলোর রেশ আসছিল। ভাল করে ঠাহর করলে দেখা যায়, নইলে নয়।

বিলু বলল, "অবাক হচ্ছ কেন? কেউ হয়তো আছে ওখানে।"

ভুজঙ্গ সন্দিহান গলায় বলল, "কেটেরহাটে আমার জন্ম, বুঝলে? আমি এ জায়গার নাড়ি-নক্ষত্র জানি। এ তল্লাটের লোক কেউ এখানে সন্ধের পর আসবার সাহস রাখে না। তোমরা এখানে দাঁড়াও, ব্যাপারটা আমাকে একটু দেখতে হচ্ছে।"

অনু বলে উঠল, "তুমি একা যাবে কেন? চলো, আমরাও সঙ্গে যাচ্ছি।"

“তোমরা যাবে! কী দরকার। আমি যাব আর আসব।”

“আমরা অত ভিতু নই ভুজঙ্গদা। চলো, দেখি কোন ভূত-প্রেত-দত্যি-দানো ওখানে আস্তানা গেড়েছে।”

ভুজঙ্গ টর্চ হাতে আগে আগে চলল, এক হাতে সুটকেস। পিছনে অনু আর বিলু।

“এই যাঃ!”

“কী হল ভুজঙ্গদা?”

“আলোটা যে নিবে গেল!”

তিনজনেই থমকে দাঁড়িয়ে পড়ল। বাস্তবিকই কালীবাড়ির আলোটা আর নেই।

বিলু বলল, “তা হলে চলো, ফিরে যাই। আমার খিদে পেয়েছে।”

ভুজঙ্গ বলল, “আলো নিবে গেল তো কী! কেউ হয়তো এখনও ওখানে আছে। একবার দেখে যাওয়া ভাল।”

তিনজনে আবার এগোতে লাগল। গাছপালায় সরসর শব্দ হচ্ছে। আশপাশ দিয়ে শেয়ালের দৌড়-পায়ের আওয়াজ পাওয়া যাচ্ছে। ভারী নির্জন আর ছমছম করছে চারধার।

কালীবাড়িটা এক সময়ে বেশ বড়ই ছিল। সামনে মস্ত নাটমন্দিরের ধ্বংসাবশেষ। মূল মন্দিরের কিছুই এখন আর অবশিষ্ট নেই। চারদিকে শুধু ইট আর সুরকির স্তূপ জমে আছে।

মন্দিরের পিছনে এক সময়ে পুরোহিত থাকতেন। দু'খানা পাকা ঘর, একটু বারান্দা, একটা পাতকুয়ো। এই বাড়িটা হয়তো মন্দিরের মতো পুরনো নয়। পরবর্তীকালে তৈরি হয়েছিল। সেই ঘর দু'খানা এখনও কালজীর্ণ হয়েও কোনও রকমে খাড়া আছে।

ভুজঙ্গ বলল, “আলোটা জ্বলছিল ওই ঘরে।”

টর্চের আলোয় দেখা গেল, দরজা-জানালাহীন দু'খানা ঘর হাঁ-হাঁ করছে। সামনে হাঁটুসমান ঘাস-জঙ্গল।

“তোমরা আর এগিয়ো না। এখানেই দাঁড়াও। আমি আসছি।”

সুটকেসটা রেখে ভুজঙ্গ টর্চ জ্বেলে এগিয়ে গেল।

বিলু আর অনু চুপচাপ দাঁড়িয়ে রইল গা ঘেঁষাঘেঁষি করে। তারা ভিতু নয় ঠিকই, কিন্তু এই অচেনা পরিবেশে তাদের কিছু অস্বস্তি হচ্ছিল।

হঠাৎ ভুজঙ্গর গলা শোনা গেল, “বিলু, অনু, শিগগির এসো।”

ভাইবোনে দৌড়ে গেল। বাঁদিকের ঘরটার মেঝেতে হাঁটু গেড়ে বসে আছে ভুজঙ্গ। মেঝের ওপর একটা লোক পড়ে আছে। টর্চের আলোয় দেখা গেল, রক্তে মেঝে ভেসে যাচ্ছে।

বিলু আর অনু প্রায় একসঙ্গে বলে উঠল, "এ কে, ভুজঙ্গদা?"

ভুজঙ্গ মুখটা তুলে বলল, "সিদ্ধিনাথ।"

"কে সিদ্ধিনাথকে মারল?"

"ও কি মরে গেছে?"

ভুজঙ্গ মাথা নেড়ে বলল, "মরেনি। নাড়ি চলছে। তবে মাথায় চোট লেগেছে। বেশিক্ষণ এইভাবে থাকলে রক্ত বেরিয়েই মরে যাবে। বয়সও তো কম নয়।"

অনু বলল, "তা হলে কী করবে এখন?"

"ফেলেও তো যেতে পারি না।"

বিলু বলে উঠল, "কাঁধে করে নিয়ে গেলে কেমন হয়?"

ভুজঙ্গ মাথা নেড়ে বলল, "কাঁধে ঝুলিয়ে নিয়ে গেলে ওর মাথাটা নীচের দিকে থাকবে। সেটা ওর পক্ষে ভাল হবে না। একমাত্র উপায় হচ্ছে একটা খাটিয়া-টাটিয়া জোগাড় করে চার-পাঁচজন মিলে বয়ে নিয়ে যাওয়া।"

অনু আর বিলু পরস্পরের দিকে চেয়ে নিয়ে বলল, "আমরা তো তিনজন আছি।"

ভুজঙ্গ বলল, "তিনজনে হবে না। আমাদের নিজেদেরও মালপত্র আছে। তা ছাড়া, খাটিয়া পাব কোথায়? তার চেয়ে তোমরা দু'জন যদি গিয়ে লোকজন পাঠাতে পারো তবে হয়। আমি সিদ্ধিনাথকে পাহারা দিচ্ছি। যারা ওকে মেরেছে, তারা আশেপাশে কোথাও ওঁত পেতে থাকতে পারে। পুরোটা মারতে পারেনি, বোধহয় আমাদের সাড়া পেয়ে পালিয়েছে। তবে ফিরে আসতে পারে।"

বিলু চোখ গোল করে বলল, "তুমি একা থাকবে?"

"উপায় কী? সিদ্ধিনাথ অনেক দিনের বন্ধু আমার। ওকে ফেলে তো যেতে পারি না। এখন কথা হল, বাকি রাস্তাটা তোমরা যেতে পারবে কি না।"

অনু মাথা নেড়ে বলল, "খুব পারব।"

"যদি তোমাদের কিছু হয়, তবে কর্তাবাবু আমাকে গুলি করে মেরে ফেলবেন।"

অনু বলল, "কিছু হবে না ভুজঙ্গদা। আমি অত ভিতু নই।"

"তা হলে দেরি কোরো না। রুমাল দিয়ে সিদ্ধিনাথের মাথাটা বেঁধেছি বটে, কিন্তু ভালমতো ব্যান্ডেজ করতে হবে। কে জানে, হয়তো স্টিচও লাগবে। পারলে ফটিক ডাক্তারকেও পাঠিয়ে দিয়ো। সুটকেসটা থাক, পরে লোকজন এলে নিয়ে যাওয়া যাবে।"

বিলু একটু মিনমিন করে বলল, "দিদি আর আমি! না বাবা, আমি বরং থাকি। দিদি একা যাক।"

ভুজঙ্গ একটু হেসে বলল, "তুমি না পুরুষমানুষ! অত ভয় কিসের? রাস্তা আর বেশি

তো নয়। একটু গেলেই ঝিলের ধারে পড়বে। ওখান থেকে কেটেরহাট দেখা যায়।”

অনিচ্ছার সঙ্গে বিলুকে রাজি হতে হল।

কখন সন্ধে হয়ে অন্ধকার নেমেছে, তা নবীনের খেয়াল ছিল না। ভাঙা ফোয়ারার ধারে বসে পূর্বপুরুষদের কথা ভাবতে ভাবতে সে একেবারে বিভোর হয়ে গিয়েছিল।

পূর্বপুরুষদের সঙ্গে তার কখনও দেখাসাক্ষাৎ হয়নি বটে, কিন্তু তাঁদের গল্প সে মেলাই শুনেছে। তাঁরা ডাকাতি করে বেড়াতেন বটে, কিন্তু গরিব-দুঃখীদের উপকারও করতেন খুব। যে গাঁয়ে জল নেই, সেখানে পুকুর কাটিয়ে দিতেন; যার ঘর পড়ে গেছে, তার ঘর তুলে দিতেন; বিপন্নকে রক্ষা করতেন; জমিদারের পাইকরা হামলা করলে উলটে তাদের শিক্ষা দিয়ে দিতেন। তাঁরা প্রায়ই বিশাল ভোজ দিয়ে পাঁচ-সাতটা গাঁয়ের লোককে ডেকে আকণ্ঠ খাওয়াতেন। তাঁদের যত দোষই থাক, গুণেরও অভাব ছিল না। তার এক পূর্বপুরুষ এক-ডুবে নদী পারাপার করতে পারতেন। আর একজন এমন লাঠি ঘোরাতেন যে, বন্দুকের গুলি অবধি গায়ে লাগত না। আর-একজন কুস্তিতে ভারত-বিখ্যাত ছিলেন।

ভাবতে ভাবতে নবীন এমন বিভোর হয়ে গিয়েছিল যে, মশার কামড় অবধি টের পাচ্ছিল না।

হঠাৎ বাতাসে একটা গুনগুন ধ্বনির মতো কী একটা শোনা গেল। নবীন চোখ বুজে ছিল।

কে যেন বলল, “তাকাও! তাকাও! ওপরে-নীচে, ডাইনে-বাঁয়ে, সামনে-পিছনে।”

নবীন চমকে উঠল।

“কে?”

না, কেউ নেই।

মহাদেব এসে ডাকল, “কী গো দাদাবাবু, আজ কি বাগানেই রাতটা কাটাবে নাকি? ঠান্ডা পড়েছে না? এই শীতে এখানে বসে কোন খোয়াব দেখছ শুনি? পিসিঠাকরুন যে ডেকে ডেকে হয়রান!”

নবীন তাড়াতাড়ি মহাদেবের হাত চেপে ধরে বলল, “মহাদেবদা, আমি এইমাত্র কার যেন কথা শুনলাম।”

“তোমার মাথাটাই গেছে। ওঠো তো, ঘরে চলো।”

নবীন উঠল। তার মনে হচ্ছিল, সে ভুল শোনেনি। পাতালঘরেও আজ সে কার যেন গলা শুনতে পেয়েছে। কে যেন বলছিল, “ওভাবে নয়।”

নবীন ঘরে এসে গরম চাদরটা গায়ে দিয়ে বেরিয়ে পড়ল। এ সময়টায় সে লাইব্রেরিতে গিয়ে বইপত্র ঘাঁটাঘাঁটি করে।

রাস্তায় পা দিতেই একটা ধাক্কা খেয়ে পড়ে গেল নবীন। একেবারে পপাত ধরণীতলে। টের পেল, তার সঙ্গে সঙ্গে আরও দু'টি প্রাণী তারই মতো ছিটকে পড়ে গেছে মাটিতে।

নবীন তাড়াতাড়ি উঠে দু'জনকে ধরে তুলল। দেখল, সদাশিববাবুর নাতি আর নাতনি, বিলু আর অনু।

দু'জনেরই অবস্থা কাহিল। শীতে, ভয়ে দু'জনেই কাঁপছে থরথর করে।

"অনু! বিলু! তোমাদের কী হয়েছে? কোথা থেকে ছুটে আসছ?"

বিলু বলল, "বাঘ!"

"বাঘ! এখানে বাঘ কোথায়? কী হয়েছে বলো তো! তার আগে এসো, ঘরে বসবে। আগে একটু বিশ্রাম নাও। তার পর কথা।"

অনু মাথা নেড়ে বলল, "অত সময় নেই। সিদ্ধিনাথকে কে যেন জঙ্গলের মধ্যে মাথায় ডান্ডা মেরে ফেলে রেখে গেছে। তাকে এখনই হাসপাতালে দিতে হবে।"

এ কথায় নবীন ভারী চমকে উঠল। সিদ্ধিনাথকে কে মারবে? সাতে নেই, পাঁচে নেই!

নবীন বলল, "চলো, তোমাদের বাড়ি অবধি এগিয়ে দিয়ে আসি। লোকজন নিয়ে আমিই যাচ্ছি জঙ্গলে। কোথায় ঘটনাটা ঘটেছে বলো তো!"

"কালীবাড়িতে। ভুজঙ্গদা পাহারা দিচ্ছে।"

অনু আর বিলুকে তাদের বাড়ির ফটক অবধি এগিয়ে দিল নবীন। তার পর লোকজন নিয়ে রওনা হল।

কালীবাড়িতে সিদ্ধিনাথ কেন গেল, সেইটেই বুঝতে পারছিল না নবীন। ওদিকে সচরাচর কেটেরহাটের লোকেরা যায় না। বাঘের কথাটাতেও তার ধন্দ লাগছে। এ অঞ্চলে এক সময়ে বাঘ আসত ঠিকই, কিন্তু আজকাল আর বাঘের কথা শোনা যায় না।

কালীবাড়ির কাছ বরাবর পৌঁছে নবীন ডাকল, "ভুজঙ্গদা! ভুজঙ্গদা! কোথায় তুমি?"

কোনও জবাব পাওয়া গেল না।

তিন-চারটে টর্চের আলোয় চারদিকটা আলোকিত করে সবাই খুঁজছে।

অবশেষে কে একজন চেঁচিয়ে বলল, "এই তো সিদ্ধিনাথ! ইস, এ তো প্রায় হয়ে গেছে।"

সবাই দৌড়ে গিয়ে সিদ্ধিনাথকে দেখল। মাথার পিছনে গভীর ক্ষত। চারদিকে রক্ত জমাট বেঁধেছে বটে, কিন্তু এখনও ফোঁটা-ফোঁটা রক্ত পড়ছে। শ্বাস ক্ষীণ।

নবীন নাড়ি দেখল। সে একটু-একটু ডাক্তারি জানে। বহুকাল যতীন হোমিয়োপ্যাথের সাগরেদি করেছে। নানা জায়গায় ঘুরে বেড়াতে হয় বলে এবং বিদেশ বিভুঁয়ে অসুখ-বিসুখে বিপদে পড়তে হয় বলে, একটু সে শিখে রেখেছে।

পকেটে ওষুধ সে নিয়েই এসেছিল। সিদ্ধিনাথের মুখে চারটে বড়ি গুঁজে দিল সে। মাথাটা ব্যান্ডেজ করে দিল। তারপর বলল, "বাঁশ কেটে একটা মাচান তৈরি করে ফ্যালো চটপট।"

চারদিকে মেলা বাঁশগাছ। মাচান তৈরি হতে কয়েক মিনিট লাগবে।

নবীন নাড়ি ধরে বসে রইল। তার পর মুখ তুলে জিজ্ঞেস করল, "কিন্তু ভুজঙ্গ কোথায়? সে তো পাহারায় ছিল।"

পানু বলল, "না, তাকে দেখা যাচ্ছে না। বোধহয় ভয় পেয়ে পালিয়েছে।"

ভয় পেয়ে পালানোর লোক ভুজঙ্গ নয়, নবীন জানে। ভুজঙ্গ সার্কাসের দলে ছিল। ট্র্যাপিজের খেলা দেখাত। ভয় থাকলে ট্র্যাপিজের খেলা দেখাতে কেউ পারে?

নবীন মাথা নেড়ে বলল, "পালায়নি। হয় কাউকে তাড়া করেছে, নয়তো তারও সিদ্ধিনাথের মতো দশা হয়েছে। তোমরা কেউ এখানে বোসো, আমি দেখছি। আমার জন্য অপেক্ষা করার দরকার নেই। ফিরতে দেরি হবে। তোমরা মাচান তৈরি হলে সিদ্ধিনাথকে নিয়ে চলে যেয়ো। ঘণ্টাখানেকের মধ্যেই এখানে ফিরে এসো।"

নবীনের ভয়-ডর বলে কিছু নেই। দেশভ্রমণ করতে গিয়ে সে বহু বার বহু রকম বিপদে পড়েছে।

টর্চ আর একটা লাঠি হাতে সে একা বেরিয়ে পড়ল ভুজঙ্গকে খুঁজতে।

চারদিকেই নিবিড় বাঁশবন। ঝোপঝাড়। খানাখন্দ। চার হাত দূরের জিনিসও কুয়াশার জন্য ভাল দেখা যাচ্ছে না। নবীন মাঝে মাঝে ভুজঙ্গর নাম ধরে ডাকতে ডাকতে খুঁজে বেড়াতে লাগল।

শিমুল গাছের পিছনে এক সময়ে কালীবাড়ির টলটলে দিঘি ছিল। মজে-মজে এখন আর দিঘির অস্তিত্ব নেই। শুকনো একটা খাদ মাত্র। তার ভিতরে মাথা-সমান আগাছার জঙ্গল।

নবীন একবার ভাবল, নামবে না। টর্চ জ্বেলে সে দেখছিল দিঘির ধারে ভেজা মাটিতে মানুষের পায়ের দাগ আছে কি না।

হঠাৎ নবীনকে আপাদমস্তক চমকে দিয়ে একটা বাঘ হুংকার দিয়ে উঠল। এত কাছে যে, মনে হল, এক্ষুনি ঘাড়ে লাফিয়ে পড়বে।

নবীন প্রথমটায় কেমন বিহ্বল হয়ে গেলেও কয়েক সেকেন্ডের মধ্যে সামলে নিল। যদি ডাকটা সত্যিই বাঘের হয়ে থাকে, তবে তা বিশাল বাঘ। রয়েল বেঙ্গল টাইগার। আর না হলে কেউ বাঘের গলা নকল করে ডাকছে।

দ্বিতীয় সন্দেহটাই নবীনের দৃঢ়মূল হল। সিদ্ধিনাথকে যে বা যারা মেরেছে, তারাই নয় তো?

নবীন টর্চটা নিবিয়ে দিল। বাঘের ডাকটা শোনা গেছে পিছন থেকে, সুতরাং সামনে এগোতে বাধা নেই।

সামনে খাদ।

গুড়ি মেরে নবীন খাদের মধ্যে আগাছার জঙ্গলে নেমে গেল। সাবধানে হাত আড়াল করে টর্চ জ্বেলে সে দেখে নিচ্ছিল, জায়গাটা কতদূর বিপজ্জনক।

হঠাৎ নজরে পড়ল, এক জোড়া পা একটা ঝোপের আড়াল থেকে বেরিয়ে আছে।

নবীন এগিয়ে গেল। টর্চ জ্বেলে দেখল, ভুজঙ্গদাই।

নাকের কাছে হাত রাখল নবীন। শ্বাস চলছে। নাড়ি ধরে দেখল, আঘাত গুরুতর হলেও মারাত্মক নয়।

তারপর লক্ষ করল, ভুজঙ্গেরও মাথার পিছনে বেশ বড়সড় চোট। রক্তে মাটি ভেসে যাচ্ছে।

ব্যান্ডেজ পকেটেই ছিল। ওষুধ দিয়ে জায়গাটা বেঁধে দিল সে। তার পর চারটে বড়ি খাওয়াল।

দশ মিনিটের মধ্যেই ভুজঙ্গ চোখ মেলে চাইল।

"ভুজঙ্গদা।"

"কে?"

"আমি নবীন। এখন কেমন লাগছে?"

ভুজঙ্গ যন্ত্রণায় মুখটা বিকৃত করে বলল, "আমাকে ধরে তোলো তো।"

"চলতে পারবে?"

"পারব।"

নবীন তাকে ধরে বসাল।

"কী হয়েছিল ভুজঙ্গদা?"

ভুজঙ্গ ঠোঁট উলটে বলল, "কী করে বলব? সিদ্ধিনাথকে পাহারা দিচ্ছিলাম। হঠাৎ কাছে-পিঠে একটা বাঘ ডেকে উঠল! প্রথমটায় একটু ঘাবড়ে গিয়েছিলাম ঠিকই। কিন্তু সার্কাসে মেলা বাঘ-সিংহ দেখেছি, দিন-রাত তাদের ডাক শুনেছি। কেমন যেন মনে হল, এ সাচ্চা বাঘের ডাক নয়।"

"বটে! তোমারও তাই মনে হল?"

"তুমিও শুনেছ নাকি?"

"শুনেছি, আমারও মনে হয়েছে, ওটা আসল বাঘের ডাক নয়। তোমার ঘটনাটা আগে বলো।"

"বাঘের ডাকটা নকল বলে মনে হতেই আমি ঘর ছেড়ে বেরিয়ে এলাম। চারদিক শুনশান। হঠাৎ শুনলাম, ঝোপঝাড় ভেঙে কে যেন চলে যাচ্ছে। মনে হল, একটা বেশ লম্বা চেহারার লোক বাঁশবনের মধ্যে সেঁধিয়ে গেল। তাড়াতাড়ি পিছু নিলাম। লোকটাকে আর দেখতে পাচ্ছিলাম না। এক জায়গায় দাঁড়িয়ে ভাবছি, কোন দিকে যাব— হঠাৎ আবার সেই বাঘের ডাক। এই দিক থেকেই হল। দৌড়ে এলাম। তখন আচমকা কে যে পিছন থেকে মাথায় মারল, কিছু বুঝতে পারলাম না।"

নবীন চিন্তিতভাবে বলল, "তোমার কিছু সন্দেহ হয়?"

ভুজঙ্গ মাথা নেড়ে বলল, "শুধু মনে হচ্ছে কোনও পাজি লোক কেটেরহাটে এসে জুটেছে। সিদ্ধিনাথকে নইলে মারবে কে, বলো? তার টাকাপয়সা নেই, সম্পত্তি নেই।"

নবীন একটু হেসে বলল, "তা না থাক, তবে সিদ্ধিনাথ হয়তো গুপ্ত কোনও খবর রাখে, যা আমি বা তুমি জানি না।"

"কী জানি বাপু!"

"তুমি হাঁটতে পারবে ভুজঙ্গদা?"

"পারব।"

"তা হলে আমার কাঁধে ভর দিয়ে চলো। অনেকটা পথ।"

"পারব হে নবীন। ভুজঙ্গ সার্কাসে খেলা দেখাত। সে ফুলের ঘায়ে মূর্ছা যায় না।"

দু'জনে এগোতে লাগল।

ভোররাতে সিদ্ধিনাথের খুব জ্বর এল। সে ভুল বকতে শুরু করল।

হেলথ সেন্টারে চিকিৎসার ব্যবস্থা খুব ভাল নয়। তবে ডাক্তার লোক ভাল। নিজের ঘর থেকে ওষুধপত্র এনে দিলেন। কেটেরহাটের মেলা লোক রাত জেগে বসে রইল বাইরে, এই সাংঘাতিক শীতের মধ্যেও।

ভোরবেলা ডাক্তার এসে নবীনকে বললেন, "সিদ্ধিনাথের অবস্থা ভাল নয়। বিকারের মধ্যে সে কিছু বলছে। কথাগুলো আপনি এসে একটু শুনুন।"

নবীন গিয়ে দেখল, সিদ্ধিনাথ চিত হয়ে পড়ে আছে। মুখখানা নীলবর্ণ। মাঝে মাঝে

অস্ফুট 'উঃ আঃ' করছে। মাঝে মাঝে কথা বলে উঠছে।

নবীন কাছেই একটা চেয়ার টেনে বসল।

সিদ্ধিনাথ খানিকক্ষণ নিঝুম হয়ে থেকে হঠাৎ বলে উঠল, "নবীনের বাড়ির পশ্চিম কোণ... কালীবাড়ির দক্ষিণে... ওঃ, কী অন্ধকার! বাঘ ডাকছে... বাবা রে!...ওরা কারা?... ষাটটা সিঁড়ি আছে... সদাশিব-কর্তাকে বোলো, এরা ভাল লোক নয়..."

নবীন কিছুই বুঝতে পারল না। তবে কথাগুলো মনে রাখল।

সিদ্ধিনাথ ফের বলল, "পাতালঘর... নবীনের পাতালঘর... কেউ ঢুকতে পারবে না..."

নবীন পাতালঘরের কথায় সিদ্ধিনাথের মুখের ওপর ঝুঁকে পড়ল।

"সিদ্ধিনাথ খুড়ো! কী বলছ?"

সিদ্ধিনাথ আবার জ্ঞান হারিয়ে ফেলল।

নবীন ডাক্তারের দিকে চেয়ে বলল, "কী মনে হচ্ছে ডাক্তারবাবু? বাঁচবে?"

"বাঁচতে পারে। তবে বাহাত্তর ঘণ্টার আগে কিছু বলা যায় না। শুনছি, সদাশিববাবু কলকাতা থেকে ডাক্তার আনাবেন, দেখা যাক, তারা যদি কিছু করতে পারে।"

"কী করে আনাবে?"

"সদাশিববাবুর ঝিলের বাড়িতে কারা ভাড়া এসেছে। তাদের গাড়ি আছে। একজন সেই গাড়ি নিয়ে কলকাতা রওনা হয়ে গেছে।"

নবীন শুনে নিশ্চিন্ত হল।

বেলা আটটা নাগাদ কলকাতার ডাক্তার, ওষুধপত্র, অক্সিজেন সিলিন্ডার, সবই চলে এল। কেটেরহাটের লোকেরা ধন্য ধন্য করতে লাগল। চাকর-বাকরের জন্য মনিবেরা তো এত করে না। সদাশিববাবু নিজেই ডাক্তারকে সঙ্গে নিয়ে এলেন।

নবীনের দিকে চেয়ে সদাশিব বললেন, "বুঝলে নবীন, সিদ্ধিনাথ আমাদের পরিবারে আছে এইটুকু বয়স থেকে। তার জন্য দু'-চার-পাঁচশো টাকা খরচ করাটা কোনও বিরাট মহত্ত্ব নয়।"

নবীন মাথা নেড়ে বলল, "যে আজ্ঞে। তবে সিদ্ধিনাথের কিছু গোপন খবরও জানা আছে। সেটা বেশ মূল্যবান খবর।"

সদাশিব মৃদু একটু হেসে নবীনের কাঁধে হাত রেখে বললেন, "গোপন খবর মানে কি সেই দিঘির তলায় মন্দির? আরে পাগল! সেটা তো কিংবদন্তি।"

নবীন মাথা নেড়ে বলল, "কিংবদন্তির মধ্যে অনেক সময় সত্য লুকোনো থাকে। সিদ্ধিনাথ নিশ্চয়ই কিছু জানতে পেরেছিল। নইলে কেন ওকে কেউ মারবে, বলুন?"

সদাশিব গম্ভীর হয়ে বললেন, "সেটা ঠিক। তবে যেই মারুক, সে রেহাই পাবে না। আমি পুলিশে খবর দিয়েছি, তারা এল বলে।"

পুলিশের কথায় নবীন খুব নিশ্চিন্ত হল না। কেটেরহাটে থানা নেই। আছে দু'মাইল দুরে। পুলিশ এত দূর থেকে খুব বেশি কিছু করতে পারবে বলে তার মনে হয় না। কিন্তু মুখে সে কিছুই বলল না।

কলকাতার ডাক্তার সিদ্ধিনাথকে পরীক্ষা করে বেরিয়ে এসে বললেন, "লোকটার বয়স হয়েছে বটে, কিন্তু খুব শক্ত ধাতের লোক।"

সদাশিব জিজ্ঞেস করলেন, "বাঁচবে?"

"বাঁচবে বলেই মনে হয়। তবে ভাল হয়ে উঠতে সময় লাগবে। দিন তিনেক একদম কাউকে কাছে যেতে দেবেন না।"

নবীন নিশ্চিন্ত হয়ে বাড়ি এসে নেয়ে-খেয়ে ঘুম দিল। সারারাত ঘুমোয়নি।

বিকেলে গিয়ে খোঁজ নিয়ে জানল, সিদ্ধিনাথ ঘুমোচ্ছে। একটু ভালর দিকে।

নবীন লাইব্রেরিতে গিয়ে খানিকক্ষণ বইপত্র নাড়াচাড়া করল। উঠতে যাবে, এমন সময় বিলু এসে হাজির।

"নবীনদা!"

"আরে, বিলু!"

"তোমাকেই খুঁজছি কখন থেকে। চলো, কথা আছে।"

"কী কথা?"

"চলো না, বাইরে দিদি দাঁড়িয়ে আছে।"

নবীন তাড়াতাড়ি বেরিয়ে এল।

"কী ব্যাপার বলো তো?"

অনু বলল, "নবীনদা, আমরা জঙ্গলের মধ্যে যাব। তোমার সঙ্গে।"

"এই রাত্রে?"

"রাতেই তো যা ঘটবার ঘটে।"

"কিন্তু সদাশিববাবু শুনলে যে রাগ করবেন।"

"করবেন না। আমরা যাত্রা শুনবার নাম করে বেরিয়েছি। ভুজঙ্গদা সঙ্গে যাবে।"

নবীন তবু দোনোমোনো করে বলল, "ও জায়গাটা ভাল নয় যে! তোমরা ছেলেমানুষ। যাওয়াটা ঠিক হবে না।"

অনু তার গায়ের ওভারকোটটা খুলে পিঠ থেকে স্লিং-এ ঝোলানো একটা বন্দুক বের করে বলল, "দেখেছ? আমি বন্দুক ভালই চালাতে পারি। আমি কাউকে ভয়ও পাই না। তবে বিলুটা একটু ভিতু।"

বিলু সঙ্গে সঙ্গে দিদির হাত খিমচে ধরে বলল, "আরশোলা দেখে তোর মতো কি আমি চেঁচাই?"

নবীন বন্দুক দেখে বেশ ঘাবড়ে গেল। অনু বাচ্চা মেয়ে, তার কাছে বন্দুক থাকাটা সমীচীন নয়। সদাশিববাবু যদি জানতে পারেন যে, এই ঘটনাকে নবীন প্রশ্রয় দিয়েছে, তা হলে ভীষণ রেগে যাবেন।

নবীন তাই ভালমানুষের মতো বলল, "জঙ্গলে আজ রাতে গিয়ে লাভও হবে না। পুলিশ সেখানে গিজগিজ করছে। একটু আগে আমাদের মহাদেব দেখে এসেছে কিনা। সারা জঙ্গল বড় বড় লাইট ফেলে তল্লাশি হচ্ছে। বাইরের কাউকে ঢুকতে দিচ্ছে না।"

সর্বৈব মিথ্যে কথা। তবে কাজ হল। এ কথায় ভাইবোন একটু মুষড়ে পড়ল। রহস্যময় নৈশ অভিযান তা হলে তো সম্ভব নয়।

নবীন বলল, "আজ বাড়ি গিয়ে চুপটি করে থাকো। কাল জঙ্গলে যাওয়া যাবে।"

অনু আর বিলু হতাশ গলায় বলল, "আচ্ছা।"

নবীন দু'জনকে বাড়ির পথে খানিকদূর এগিয়ে দিয়ে বাড়ি ফিরে এল।

নবীনের মাথাটা বড্ড এলোমেলো। অল্প সময়ের মধ্যে এত ঘটনা ঘটে যাওয়ায় সে ঠিক তাল রাখতে পারছে না। কিন্তু কেটেরহাটের নিস্তরঙ্গ জীবনে যে হঠাৎ একটা বড় রকমের ঘটনা ঘটতে চলেছে, তার আভাস পাওয়া যাচ্ছে।

নবীন তাদের এগিয়ে দিয়ে ফিরে যাওয়ার পরই বিলু আর অনু দাঁড়িয়ে পড়ল।

অনু বলল, "দ্যাখ বিলু, আমার মনে হল, নবীনদা আমাদের ভাগিয়ে দেওয়ার জন্যই পুলিশের কথাটা বানিয়ে বলল।"

"আমারও ঠিক তাই মনে হচ্ছে রে দিদি। বড়রা তো এরকমই হয়, ছোটদের পাত্তা দিতে চায় না।"

"তা হলে আমাদের কী করা উচিত? নবীনদাকে বাদ দিয়েই যাব কি না ভাবছি। শুধু ভুজঙ্গদা সঙ্গে থাকবে।"

বিলু মাথা নেড়ে বলল, "ভুজঙ্গদা রাজি হয়েছে বটে, কিন্তু শেষ অবধি ভুজুং-ভাজাং দিয়ে যাওয়া আটকে দেবে।"

অনু একটু ভেবে নিয়ে বলল, "ঠিকই বলেছিস। ভুজঙ্গদা কেমন যেন 'আচ্ছা-আচ্ছা-হবে-হবে' বলে এড়ানোর চেষ্টা করছিল। তা হলে কী করা উচিত?"

"তুই আর আমি মিলে যাই, চল।"

"তোর ভয় করবে না তো?"

"না। আমাদের তো বন্দুক আছে। ভয় কী?"

অনু রাস্তাটা ভাল করে দেখে নিল। কেউ নেই। কেটেরহাটে এমনিতেই লোকজন কম। তার ওপর এবারকার সাংঘাতিক শীতে বিকেলের পর আর রাস্তাঘাটে বিশেষ লোক থাকে না।

অনু বলল, "তা হলে চল।"

দুই ভাইবোন অতি দ্রুত আবার উলটো দিকে হাঁটতে লাগল। একটু বাদেই ঝিলের ধার ঘেঁষে তারা জঙ্গলের পথে পা দিল।

"দিদি! বাঘটা তো আসল বাঘ নয়! না?"

"না।"

"ঠিক তো?"

"তাই তো ভুজঙ্গদা বলছে। ভুজঙ্গদা সার্কাসে ছিল, বাঘের ডাক ভালই চেনে। তোর কি ভয় করছে?"

"না তো! ভয় কী? বন্দুক আছে না?"

অনু একটু হেসে বিলুর হাতটা চেপে ধরে বলল, "বাঘ হলেই বা কী? আমি ভয় পাই না।"

"আমিও না।"

জঙ্গলের মধ্যে নিবিড় অন্ধকার। ঢুকবার আগে দু'জন একটু দাঁড়াল। পরস্পরের দিকে একটু তাকাল। তারপর দু'জনে দু'জনের হাত ধরে ঘেঁষাঘেঁষি হয়ে জঙ্গলের ভিতরে ঢুকল।

প্রথমটায় পথ দেখা যাচ্ছিল না। মাঝে মাঝে টর্চ জ্বালতে হচ্ছিল।

অনু বলল, "টর্চ জ্বালাটা ভাল হচ্ছে না। যদি পাজি লোক কেউ থেকে থাকে এখানে, তবে সে টের পেয়ে যাবে।"

"অন্ধকারে কী করে হাঁটবি?"

"একটু দাঁড়িয়ে থাকলে ধীরে ধীরে চোখে অন্ধকার সয়ে যাবে।"

দু'জনে কিছুক্ষণ দাঁড়িয়ে রইল চুপচাপ। ক্রমে ক্রমে চারদিককার নিবিড় জঙ্গল তাদের চোখে আবছা ফুটে উঠতে লাগল।

"এবার চল।"

অনু আর বিলু এগোতে লাগল।

হঠাৎ বিলু চাপা গলায় বলল, "দিদি!"

"কী রে?"

"কিছু দেখলি?"

"না তো! তুই দেখলি?"

"বাঁশবনের মধ্যে একটা ছায়া সরে গেল যেন!"

"ও কিছু নয়, শেয়াল।"

মুখে 'শেয়াল' বললেও অনু চারদিকে একবার চোখ বুলিয়ে নিল। কী তারা খুঁজতে বা জানতে এসেছে, তা তারা নিজেরাও ভাল জানে না।

অনু ভাইয়ের হাতটা শক্ত করে চেপে ধরে ফিসফিস করে বলল, "কালীবাড়ি আর বেশি দূরে নয়। সাবধানে আয়। কোনও শব্দ করিস না।"

আরও মিনিট কয়েক নিঃশব্দে হাঁটার পর অনু বলল, "দাঁড়া।"

"কেন রে দিদি?"

"মনে হচ্ছে অন্ধকারে রাস্তা হারিয়ে ফেলেছি।"

"তা হলে কী হবে?"

অনু বলল, "ভয় পাস না। বিপদে ভয় পেলে বিপদ আরও বাড়ে। চল এগোই। রাস্তা ঠিক পেয়ে যাব।"

অনু তার কবজির ঘড়িটা দেখল। উজ্জ্বল ডায়াল, অন্ধকারেও সময় বুঝতে অসুবিধে নেই। রাত মোটে পৌনে ন'টা বাজে। কিন্তু জঙ্গলের মধ্যে মনে হচ্ছে নিশুত রাত।

দু'জনে এগোতে লাগল। এবং কিছুক্ষণ পরেই বুঝতে পারল, তাদের পায়ের নীচের শুঁড়িপথটা আর নেই। তারা ঝোপঝাড়ের মধ্যে বিপথে এসে পড়েছে।

অনু টর্চটা জ্বালাল, তার পর বলল, "আমরা পথ হারিয়ে ফেলেছি।"

"চল, ফিরে যাই।"

"ফিরে যাওয়ার পথটাও তো খুঁজতে হবে। তার চেয়ে চল, এগোতে থাকি। এক সময়ে জঙ্গল শেষ হয়ে যাবে।"

"চল।"

দু'জনে সম্পূর্ণ আন্দাজে হাঁটতে লাগল। পায়ের নীচে লতাপাতা, চারদিকে ঝোপঝাড়, মাঝেমধ্যে বাঁশবন, বড় বড় গাছের জড়াজড়ি।

"কোথায় যাচ্ছি রে দিদি?"

"চল না!"

"জঙ্গলটা কত বড়?"

"বেশ বড় বলেই শুনেছি। সুন্দরবনে গিয়ে মিশেছে।"

"ও বাবা!"

অনু পিঠ থেকে বন্দুকটা খুলে হাতে নিল। তারপর বলল, "ভিতু কোথাকার! তোকে না আনলেই হত।"

"মোটেই ভয় পাইনি। চল না! আমার পকেটে গুলতি আছে।"

দু'জনে হাঁটতে হাঁটতে যত এগোচ্ছে, তত জঙ্গল গভীর আর ঘন হচ্ছে। ঘাস-ঝোপ প্রায় বুক-সমান উঁচু। লতাপাতায় বারবার পা আটকাচ্ছে। দু'বার পড়ে গেল বিলু। তেমন চোট লাগল না অবশ্য। অনু পড়ল একবার।

"দিদি, খরগোশ না?"

"খরগোশ আছে, শেয়াল আছে, শজারু আছে। ওগুলো কিছু করবে না।"

"জানি।"

ক্রমে ক্রমে চলাটাই অসম্ভব হয়ে পড়তে লাগল। এতক্ষণ কাঁটাঝোপের বাড়াবাড়ি ছিল না। কিন্তু এবার কাঁটাঝোপ পথ আটকাতে লাগল।

দু'জনের গায়েই পুরু গরমজামা আর মাথায় কান-ঢাকা টুপি থাকায় তেমন আঁচড় লাগেনি, কিন্তু এগোতে বাধা হচ্ছিল।

"কী করবি দিদি?"

অনু তার ওভারকোটের পকেট থেকে একটা বড় ফোল্ডিং ছুরি বের করে তাই দিয়ে সামনের পথ পরিষ্কার করতে করতে বলল, "এগিয়ে যাব।"

"কিন্তু কালীবাড়ি?"

"দেখাই যাক না।"

ঘাসবন ক্রমে উঁচু হতে হতে তাদের মাথা ছাড়িয়ে গেল। কাঁটাঝোপ এত নিবিড় হল যে, আর এগোনোই যায় না। এদিকে বিলুর ভীষণ জলতেষ্টা পেয়েছে। একটু খিদেও পাচ্ছে।

"দিদি?"

অনু দাঁতে দাঁত চেপে বলল, "যারা নতুন দেশ আবিষ্কার করেছে, যারা বড় বড় পাহাড়ে উঠেছে, যারা মরুভূমি পার হয়, যারা যুদ্ধ করে, তারা এর চেয়েও লক্ষ গুণ বেশি কষ্ট করে, তা জানিস!"

"জানি।"

"ভয় নেই, আমি যতক্ষণ সঙ্গে আছি, ততক্ষণ কেউ তোর কিছু করতে পারবে না। খিদে-তেষ্টা একটু সহ্য কর।"

"রাত বাড়লে যে ঘুম পাবে।"

"তখন আমার কোলে শুয়ে ঘুমোস।"

"হুঁ! তোর কোলে শোব কেন? আমি কি কচি খোকা?"

"তা হলে কচি খোকার মতো 'তেষ্টা পেয়েছে, খিদে পেয়েছে' করছিস কেন? আমার তো পথ হারিয়ে বেশ মজাই লাগছে। কলকাতায় কি এরকম অ্যাডভেঞ্চার হয়?"

বিলু সভয়ে চারদিক চেয়ে দেখল। এখানে জঙ্গল এত নিবিড় যে, আকাশ একটুও দেখা যায় না। চারদিকে ভুতুড়ে নির্জনতা। টর্চের আলো ছাড়া এগোনো অসম্ভব। কিন্তু টর্চের আলো ক্রমে ফুরিয়ে আসছে। এর মধ্যেই আলোটা লাল আর ম্যাড়মেড়ে হয়ে গেছে।

অনু হঠাৎ বলল, "অনেকক্ষণ হেঁটেছি। আয়, দু'জনে বসে একটু জিরিয়ে নিই।"

এ কথায় বিলু খুশি হল। তার আর দুর্ভেদ্য জঙ্গলে হাঁটতে ইচ্ছে করছিল না। অন্ধকারেই সে টের পাচ্ছিল, হাতের দস্তানা ছিঁড়ে গেছে কাঁটায়, আঙুলও ছড়ে গিয়ে জ্বালা করছে। গায়ে আঁচড় লেগেছে।

"কোথায় বসবি?"

"ওই যে গাছটা দেখা যাচ্ছে, আয়, ওর তলায় বসি।"

মস্ত গাছ। টর্চের আলো ফেলে অনু দেখল, বটগাছ। চারদিকে অজস্র ঝুরি নেমে গাছটা নিজেই জঙ্গল হয়ে আছে।

দু'জনে ধীরে ধীরে গাছটার কাছে এগোতে লাগল। আশ্চর্যের বিষয়, গাছটার চারধারে ঝোপঝাড় বিশেষ নেই।

অনু টর্চ জ্বেলে অবাক হয়ে দেখল, বটগাছের তলাটায় তত জঙ্গল নেই, আর মূল কাণ্ডের চারদিকটা বড় বড় চৌকো পাথর দিয়ে বাঁধানো।

অনু বলল, "বাঃ, এখানে শোওয়াও যাবে রে।"

বিলু পাথরের ওপর শোওয়ার প্রস্তাবে তেমন খুশি হল না। কিন্তু একটু বসতে পাবে, এটাই যা আনন্দের কথা।

দু'জনে পাথরের বেদিতে পাশাপাশি বসল। অনু টর্চ জ্বেলে চারদিকটা দেখতে লাগল।

"এ জায়গাটা কী ছিল বল তো বিলু?"

"জানি না তো!"

"আন্দাজ করতে পারিস না?"

"না। খিদে পেলে আমার মাথাটা একদম কাজ করতে চায় না।"

অনু উঠে চারদিকটায় আলো ফেলে ঘুরে ঘুরে দেখল। তার পর বিলুর পাশে এসে বসে বলল, "এখানে বহুকাল আগে লোকের আনাগোনা ছিল। একটা মস্ত ইঁদারার মুখ দেখলাম! তাতে আবার সিঁড়ি লাগানো। মনে হয়, ওটা ফাঁসি দেওয়ার কুয়ো।"

বিলু ভয় খেয়ে বলল, "ফাঁসি?"

অনু মাথা নেড়ে বলল, "আমাদের পূর্বপুরুষেরা ডাকাত ছিল জানিস তো! দাদুর কাছে শুনেছি, তারা বিশ্বাসঘাতকদের ধরে জঙ্গলের মধ্যে নিয়ে গিয়ে বিচার করত। তার পর ফাঁসি দিত।"

বিলু বলল, "ও বাবা!"

অনু আর বিলু খানিকক্ষণ জিরোল। তারপর অনু বলল, "এভাবে রাতটা কাটিয়ে দিবি নাকি রে, বিলু?"

"একটু ভয়-ভয় করছে রে, দিদি।"

"তা হলে আয়, চারদিকটা ভাল করে দেখি। ওই কুয়োটা আমার আর-একটু ভাল করে দেখার ইচ্ছে।"

"তোর সাংঘাতিক সাহস!"

"বিপদে না পড়লে মানুষের সাহস হয় না। আমার সব ভয়-ডর কেটে গেছে। আয় আমার সঙ্গে।"

"কুয়োর মধ্যে কী আছে?"

"জানি না। তবে ভিতরে কুয়োর গা বেয়ে অনেক দূর পর্যন্ত সিঁড়ি নেমে গেছে। কেন, তা দেখতে হবে।"

অনুর পিছু পিছু বিলু এগোতে লাগল। ঝোপঝাড়ের ভিতর দিয়ে খানিকটা এগোতেই কুয়োটা দেখা গেল। এই জায়গায় বহুকাল লোকজন আসেনি, বোঝাই যায়। ইটে বাঁধানো কুয়োটা বেশ খানিকটা উঁচু। কুয়োর ওপর এক সময়ে হয়তো ফাঁসির মঞ্চ ছিল। দু'ধারে দুটো ভাঙা থাম আজও দাঁড়িয়ে আছে। কুয়োর ধারে উঠবার সিঁড়িও আছে। তবে তা ভাঙাচোরা।

দু'ভাইবোনে কুয়োটার চারপাশ ঘুরে দেখল।

"দিদি! এখন কী করবি?"

"আয়, ওপরে উঠব।"

সিঁড়ি বেয়ে ওপরে উঠতে তাদের বেশি কষ্ট হল না। কুয়োর ভিতরে এত আগাছা জন্মেছে যে, সেইসব গাছপালার ডগা ওপর পর্যন্ত উঠে এসেছে। নীচে অন্ধকার। গাছপালার ফাঁক দিয়ে খুব সরু সিঁড়ির ধাপ নীচে নেমে গেছে।

"এর মধ্যে নামতে চাস দিদি? কিন্তু রেলিং নেই যে!"

"তাতে কী হল? ঠিক নামতে পারব। পড়ে গেলে ব্যথা লাগবে না, গাছপালায় আটকে যাব।"

অনু আগে, পিছনে বিলু। সাবধানে দুই ভাইবোনে কুয়োর মধ্যে নামতে লাগল। ভারী মজার সিঁড়ি, কুয়োর চারপাশে ঘুরে ঘুরে নেমে গেছে।

বিলুর প্রথমটায় পড়ে যাওয়ার ভয় হচ্ছিল। কারণ সিঁড়ির ধাপ এক ফুটও চওড়া নয়, কিন্তু নামতে গিয়ে দেখল, দিদির কথাই ঠিক। গাছপালাগুলোই দিব্যি রেলিঙের মতো কাজ করছে।

নামতে নামতে এক সময়ে বিলু ওপর দিকে তাকিয়ে দেখল।

"দিদি!"

"কী রে?"

"ওপরটা যে দেখা যাচ্ছে না। আমরা কোথায় নামলাম?"

"ভয় নেই। ওপরটা গাছপালার আড়ালে পড়েছে।"

এক সময়ে হঠাৎ থেমে গিয়ে অনু বলল, "বিলু! আর যে সিঁড়ি নেই!"

"তার মানে?"

"সিঁড়ি ভেঙে গেছে।"

"তা হলে?"

অনু একটু ভাবল। তারপর বলল, "গাছ বেয়ে নামতে পারবি? এখানে বেশ মোটা মোটা লতাপাতা আছে।"

"তার চেয়ে ফিরে যাই চল।"

অনু একদম শেষ ধাপটায় দাঁড়িয়ে ছিল। হঠাৎ সে একটা অস্ফুট আর্তনাদ করে উঠল, "মা গো!"

জরাজীর্ণ সিঁড়ির শেষ ধাপটা অনুর ভার সইতে না পেরে হঠাৎ হুড়মুড় করে ভেঙে পড়ে গেল নীচে।

বিলু অন্ধকারে বিহ্বল হয়ে কয়েক মুহূর্ত দাঁড়িয়ে থেকে হঠাৎ বুক-ফাটা ডাক দিল, "দিদি!"

তলা থেকে কোনও জবাব এল না।

বিলু প্রথমটা ভীষণ ঘাবড়ে গেলেও বুঝতে পারল, এ সময়ে ঠান্ডা মাথায় কাজ না করলে দিদিকে বাঁচানো যাবে না।

তার কাছে টর্চ নেই। সুতরাং নীচের দিকটা সে কিছুই দেখতে পাচ্ছিল না। তার চারদিকেই ঘন অন্ধকার।

বিলু বার কয়েক ডাকল, "দিদি! এই দিদি! শুনতে পাচ্ছিস?"

কেউ জবাব দিল না।

বিলুর চোখ ফেটে কান্না এল। দিদিকে সে ভীষণ ভালবাসে। দিদির যদি কিছু হয়, তা হলে সে থাকবে কী করে?

বিলু হাত বাড়িয়ে খুঁজতে খুঁজতে একটা মোটা লতা নাগালে পেয়ে গেল। খুব

ধীরে ধীরে লতাটা ধরে সে নামতে লাগল নীচে।

কাজটা খুব সহজ হল না। লতাপাতায় এতই নিশ্ছিদ্র হয়ে আছে তলার দিকটা যে, তার হাত-পা ছড়ে যাচ্ছিল। মাঝে মাঝে আটকে পড়ছিল সে। সে টারজান, অরণ্যদেব, টিনটিন এবং এই রকম সব বীরপুরুষদের কথা ভাবতে লাগল প্রাণপণে। এরা তো কতই শক্ত কাজ করে, তাই না?

আচমকাই বিলুর ধরে থাকা লতাটা হড়াস করে আলগা হয়ে গেল।

অন্ধকারে কী থেকে যে কী হয়ে গেল! ঝোপঝাড়, লতাপাতা ভেদ করে বিলু পড়ে যেতে লাগল। একেবারে অসহায়ের মতো।

"বাবা গো!"

তারপর ঝপ করে কিছুর ওপর আছড়ে পড়ল সে। মাথাটা ঘুরে গেল। চোখ অন্ধকার হয়ে গেল তার।

সদাশিববাবুর নাতি আর নাতনিকে বাড়িতে ফেরত পাঠিয়েও নবীন স্বস্তি পাচ্ছিল না। অনু আর বিলুকে সে খানিকটা চেনে। দু'জনেই ভারী একগুঁয়ে আর জেদি। সদাশিববাবুরই তো নাতি আর নাতনি। তার ওপর ওদের শরীরেও ডাকাতের রক্ত আছে।

সুতরাং নবীন ফের সদাশিববাবুর বাড়ির দিকে ফিরল। কথাটা সদাশিববাবুকে জানানো দরকার।

সদাশিববাবুর মনটা বিশেষ ভাল নেই। সিদ্ধিনাথের মতো পুরনো আর বিশ্বাসী লোককে এভাবে ঘায়েল করল কে, তা-ই ভেবে তিনি ভীষণ উদ্বেগ বোধ করছেন। বাইরের ঘরে শাল মুড়ি দিয়ে বসে তিনি এই সবই ভাবছিলেন।

নবীনকে দেখে বললেন, "এসো হে নবীনচন্দ্র, কেটেরহাট যে আবার বেশ বিপদের জায়গা হয়ে উঠল।"

"তা-ই দেখছি।"

"ডাকাতের আমলে এখানে খুন-জখম হত বটে, কিন্তু সে তো অতীতের কথা। ইদানীং তো কেটেরহাটের মতো নিরাপদ জায়গা হয় না।"

"যে আজ্ঞে।"

"তা হলে এসব হচ্ছেটা কী?"

"আমিও ভেবে পাচ্ছি না।"

"তার ওপর বাঘের ডাকও শোনা যাচ্ছে।"

নবীন একটা চেয়ারে বসে বলল, "ব্যাপারটা সবাইকেই ভাবিয়ে তুলেছে সদাশিববাবু। এমনকী, অনু আর বিলু অবধি জঙ্গলে যেতে চাইছে।"

সদাশিববাবু একটু চমকে উঠে বললেন, "জঙ্গলে? খবরদার না। কে ওদের এই বুদ্ধি দিয়েছে?"

"আপনি উত্তেজিত হবেন না। ছেলেমানুষ তো! ভারী অ্যাডভেঞ্চারের শখ। আমি ওদের বুঝিয়ে-সুঝিয়ে ঠান্ডা করেছি। আপনিও একটু নজর রাখবেন, যেন হুট করে বেরিয়ে না-পড়ে। বেরোলে বিপদ হতে কতক্ষণ?"

"বটেই তো! ওরে ও বচন, অনু আর বিলুকে ডাক তো। বল, এক্ষুনি আসতে।"

বচন এসে বলল, "ওনারা তো যাত্রা শুনতে গেছেন।"

"তাই তো! আমাকে তো বলেই গেছে।"

নবীন একটু অস্বস্তিতে পড়ে বলল, "না, যাত্রা শুনতে যাচ্ছিল বটে, কিন্তু আমি ওদের ফের ফিরিয়ে ফটক অবধি পৌঁছে দিয়ে গেছি। বচন, ভাল করে খুঁজে দ্যাখো তো!"

বচন গিয়ে একটু বাদে এসে বলল, "বাড়িতে নেই।"

সদাশিববাবু উত্তেজনায় উদ্বেগে খাড়া হয়ে উঠলেন, "বলিস কী? বাড়িতে নেই মানে?"

বুদ্ধিমান নবীন অবস্থাটা বুঝে চোখের পলকে সামলে নিল পরিস্থিতিটা। বলল, "আপনি উত্তেজিত হবেন না। যাত্রার লোভ আমি নিজেও সামলাতে পারি না। ও বড় সাংঘাতিক নেশা। আসলে হল কী জানেন, আমি ওদের যেতে বারণ করলেও ওরা মানতে চাইছিল না। আমার মনে হয় ওরা ফের যাত্রাতেই গেছে। আমি গিয়ে দেখে আসছি।"

সদাশিব খানিকটা শান্ত হয়ে বসলেন। বললেন, "সেটাই সম্ভব। তবু বচনকে সঙ্গে নিয়ে যাও। খবরটা না পেলে আমার হার্টফেল হয়ে যাবে।"

নবীন বেরিয়ে এসে বচনকে আড়ালে নিয়ে বলল, "দ্যাখো, ব্যাপারটা একটু গোলমেলে ঠেকছে। তুমি যাত্রার আসরটা দেখে এসো তো! কিন্তু যদি সেখানে ওদের না দেখতে পাও, তবে কর্তাবাবুকে এসে সেই খবরটা দিয়ো না। বোলো, ওরা যাত্রা দেখছে। আমি একটু জঙ্গলটা খুঁজে আসছি।"

নবীন বাড়ি ফিরে তার টর্চ-বাতিটা আর লাঠিগাছ সঙ্গে নিল। লাঠিটা বোধহয় দুশো বছরের পুরনো। শোনা যায়, এই লাঠি তার কোনও পূর্বপুরুষ ব্যবহার করতেন। প্রতিটা গাঁট পেতল দিয়ে বাঁধানো। মহাদেব আজও এটাকে খুব পরিচর্যা করে বলে এখনও মজবুত আর তেল-চুকচুকে আছে। গায়ের চাদর ছেড়ে নবীন একটা ফুলহাতা

সোয়েটার আর বাঁদুরে টুপি পরে নিল। ধুতির বদলে পরল প্যান্ট। পায়ে বুট জুতো।

তারপর বেরিয়ে পড়ল।

জঙ্গলের মধ্যে স্বাভাবিক পথে ঢুকে কোনও লাভ নেই। অনেকটা ঘুরতে হবে। নবীনের একটা শর্টকাট জানা আছে। ঝিলের পশ্চিম ধার দিয়ে গেলে জঙ্গলের কালীবাড়ি কাছেই হয়।

নবীন সেই পথই ধরল। আসলে পথ বলে কিছু নেই। ঝোপঝাড় ভেদ করেই হাঁটতে হয়। তবে দিনেরবেলা এখান দিয়ে কিছু লোক কাঠ কুড়োতে যায়। গরিবেরা আসে জঙ্গলের ফল-পাকুড় পাড়তে। দুষ্টু ছেলেদেরও আনাগোনা আছে। তাই সামান্য একটু পথের চিহ্নও আছে।

নবীন দ্রুত সেই পথ ধরে এগোতে লাগল।

তার পথ ভুল হওয়ার ভয় নেই। অল্প সময়ের মধ্যেই সে কালীবাড়ির কাছে পৌঁছে গেল। চারদিক অন্ধকারে ডুবে আছে। শেয়াল ডাকছে। ঝিঁঝি ডাকছে। পেঁচা ডাকছে।

নবীন চারদিকটা সতর্ক পায়ে ঘুরে দেখল। কোথাও অনু বা বিলুর কোনও চিহ্ন নেই। নবীন এই জায়গায় দিনে-দুপুরে বহুবার এসেছে। ছেলেবেলা থেকেই এই জায়গা তার চেনা। মাঝে মধ্যে এক সাধু এসে এখানে থানা গাড়তেন। ফের কিছুদিন পর চলে যেতেন। তাঁর নাম অঘোরবাবা। লোকে বলে, অঘোরবাবা গত আড়াইশো বছর ধরে প্রতি বছর একবার করে আসেন। ছেলেবেলায় নবীন অঘোরবাবার কাছে এসেছে। অঘোরবাবা কারও সঙ্গে কথা বলতেন না। আপন মনে ধুনি জ্বালিয়ে চুপচাপ বসে থাকতেন চোখ বুজে। লোকে ফল-মূল চাল-ডাল দিয়ে যেত মেলাই। সবই পড়ে থাকত। মাঝে মধ্যে হয়তো এক-হাতটা ফল খেতেন।

অঘোরবাবাকে নবীন মৌনী সাধু বলেই জানত। কিন্তু একদিন সেই ভুল ভাঙল। বছর তিনেক আগে অঘোরবাবা যখন সকালে ধ্যানে বসেছিলেন, তখন নবীন এসে প্রণাম করে সামনে বসতেই অঘোরবাবা চোখ মেলে চাইলেন।

নবীনের দিকে স্থির দৃষ্টিতে খানিকক্ষণ চেয়ে থেকে হঠাৎ জিজ্ঞেস করলেন, "এ জায়গাটার নাম কী রে?"

নবীন ভীষণ চমকে উঠল গমগমে সেই গলা শুনে। ভয়ে-ভয়ে বলল, "ঝিলের ওপাশটা কেটেরহাট। তবে এ দিকটার নাম হল চাঁপাকুঞ্জ। লোকে বলে 'চাঁপার বন'।"

অঘোরবাবা তাঁর বিপুল গোঁফদাড়ির ফাঁকে একটু হেসে বললেন, "বড্ড ফাঁকা জায়গা। ভিতরটা একেবারে খোল।"

কথাটার মানে নবীন বুঝতে পারেনি। অঘোরবাবাও আর ব্যাখ্যা করেননি।

অঘোরবাবার সেই কথাটা আজ মনে পড়ল নবীনের। তা হলে কি চাঁপাকুঞ্জের তলায় মাটির নীচে কোনও গুহা আছে?

নবীন ঘুরতে ঘুরতে খাদের কাছে চলে এল। এখানেই ভুজঙ্গকে মেরে ফেলে রাখা হয়েছিল। নবীন খাদের ভিতরে নেমে চারদিক ঘুরে দেখল। কোথাও অনু-বিলুর কোনও চিহ্ন নেই।

হঠাৎ একটু শিরশিরে বাতাস বয়ে গেল, পাতায় পাতায় শব্দ উঠল ফিসফিস। আর নবীনের গায়ে হঠাৎ কেন যেন কাঁটা দিয়ে উঠল।

তারপর নবীন সেই আশ্চর্য অশরীরী কণ্ঠস্বর শুনতে পেল, "চলো দক্ষিণে... দক্ষিণে... ভারী বিপদ।"

নবীন একটু হকচকিয়ে গিয়েছিল ঠিকই। কিন্তু চট করে দুর্বলতা কাটিয়ে সোজা হয়ে দাঁড়াল। তার পর দক্ষিণ দিকে এগোতে লাগল।

চলতে চলতে চাঁপাকুঞ্জের চেনা ছক হারিয়ে গেল। সে শুনেছে, দক্ষিণের জঙ্গল গিয়ে মিশেছে সুন্দরবনে। এ দিকটা সাংঘাতিক দুর্গম। লোকবসতি একেবারেই নেই।

"এগোও... ভয় পেয়ো না... এগিয়ে যাও।"

আবার সেই কণ্ঠস্বর।

নবীন প্রাণপণে এগোতে লাগল। ক্রমে লতাপাতা কাঁটাঝোপ এত ঘন হয়ে উঠল যে, চলাই যায় না।

কিন্তু সেই অশরীরীর কণ্ঠস্বর তার কানে কানে বলে দিতে লাগল, "বাঁদিক ঘেঁষে চলো... নিচু হও... ডাইনে ঘোরো..."

নবীন ঠিক-ঠিক সেই নির্দেশ মেনে চলতে লাগল।

আশ্চর্যের বিষয়, মিনিট পনেরো হাঁটবার পর সে একটা বেশ ফাঁকা জায়গায় পৌঁছে গেল। সামনে একটা বিশাল বটগাছ। তার তলাটা বাঁধানো।

নবীন টর্চ জ্বালল। শিশিরে-ভেজা নরম মাটিতে সে স্পষ্ট দেখতে পেল দু'জোড়া কেডসের ছাপ।

"পায়ের ছাপ ধরে এগোও... কুয়োর মধ্যে..."

নবীন কণ্ঠস্বরের নির্দেশ অনুযায়ী এগোতে লাগল। টর্চের আলোয় একটু বাদেই সে দেখতে পেল, একটা ভাঙা মস্ত উঁচু ইঁদারার মুখ।

এই কি সেই কুখ্যাত ফাঁসিখানা? এ অঞ্চলের লোকের মুখে-মুখে ফাঁসিখানার কথা শোনা যায় বটে। নবীন ভেবেছিল, নিতান্তই আজগুবি গল্প। কিন্তু এ তো সত্যিকারের ফাঁসির মঞ্চ বলেই মনে হচ্ছে।

নবীন সিঁড়ি বেয়ে ইঁদারার ধারে উঠে পড়ল। ভিতরে টর্চ ফেলে দেখল, অগাধ

গহ্বর। কিন্তু তলা থেকে বিস্তর লতাপাতা উঠে এসেছে ওপরে। সরু সিঁড়িটায় টর্চের আলো ফেলল সে। অনু আর বিলু কি এই সিঁড়ি দিয়ে নেমেছে? সাহস বটে বাচ্চা দুটোর।

এর পর কী করতে হবে, নবীনকে তা আর বলে দিতে হল না। সে নির্দ্বিধায় সিঁড়ি বেয়ে সাবধানে নামতে লাগল।

টর্চের আলোয় তলাটা কিছুই দেখা যাচ্ছে না। ইঁদারার গা বেয়ে নামতে নামতে নবীনের গায়ে ফের কাঁটা দিচ্ছিল। সে চাঁপাকুঞ্জের ফাঁপা অভ্যন্তরের সন্ধান পাবে কি?

সিঁড়ির শেষ ধাপটায় দাঁড়িয়ে পড়ে নবীন টর্চের আলোয় দেখতে পেল, পরের সিঁড়িটা যে সদ্য ভেঙে পড়েছে, তার সুস্পষ্ট দাগ রয়েছে ইঁদারার দেওয়ালে। দুই ভাইবোন কি পড়ে গেছে এখান থেকে? পড়ে গেলে বেঁচে আছে কি এখনও?

নবীন একটা মোটা লতা ধরে ঝুলে পড়ল নীচে। তারপর ধীরে ধীরে নামতে লাগল।

লতা খুব জোরালো নয়। মাঝে মাঝে হড়াস করে খসে যাচ্ছে। নবীন সঙ্গে সঙ্গে অন্য লতা ধরে ফেলছে চট করে।

বেশিক্ষণ লাগল না। নবীন মাটিতে নেমে দাঁড়াল। তলাটা ভেজা ভেজা, গোড়ালি অবধি ডুবে গেল নরম কাদায়।

নবীন টর্চ জ্বালতেই দেখতে পেল, অনু আর বিলু দুটো ডল পুতুলের মতো পড়ে আছে মাটিতে। নবীন নাড়ি দেখল, নাকে হাত দিয়ে দেখল। চোট খুব বেশি লাগেনি বলেই মনে হচ্ছে। ভয় আর শক-এ অজ্ঞান হয়ে গেছে।

নবীন ধীরে ধীরে দু'জনকে সোজা করে শুইয়ে দিল। তার পর নাক টিপে ধরল। চোখে ফুঁ দিল, এসব অবস্থায় কী করতে হবে, তা জানা না-থাকায় এবং কাছে হোমিয়োপ্যাথির ওষুধও নেই বলে সে দু'জনকে একটু কাতুকুতুও দিয়ে দেখল।

কয়েক মিনিট পরে প্রথমে চোখ মেলল অনু।

"অনু, ভয় পেয়ো না। আমি নবীনদা।"

"নবীনদা, বিলু কোথায়?"

"এই তো! ভয় নেই, এখনই জ্ঞান ফিরবে। তোমার তেমন চোট লাগেনি তো?"

অনু একটু হাত-পা নাড়া দিয়ে বলল, "ডান হাতটায় ব্যথা লেগেছে। মাথাতেও। তবে তেমন কিছু নয়।"

একটু বাদেই বিলুও বড় করে শ্বাস ছেড়ে হঠাৎ কেঁদে উঠল, "দিদি! দিদি!"

অনু তার ভাইকে কোলে টেনে নিয়ে বলল, "এই তো আমি। তোর তেমন ব্যথা লাগেনি তো? এই দ্যাখ, নবীনদা এসেছে।"

বিলু কান্না থামিয়ে নবীনের দিকে চেয়ে বলল, "নবীনদা, তুমি কী করে বুঝলে যে, আমরা এখানে পড়ে গেছি?"

"সে অনেক কথা। কিন্তু আপাতত এখান থেকে বেরোবার উপায় করতে হবে।"

নবীন চারদিকে টর্চের আলো ফেলে দেখতে লাগল। ইঁদারার দেওয়ালে পুরু শ্যাওলা জমে আছে। স্তব্ধ হয়ে বসে আছে নানা আকারের শামুক। ফটফট করে ব্যাং ডাকছে। একটা কাঁকড়াবিছেকেও দেখা গেল টুক করে গর্তে ঢুকে যেতে। ইঁদারার মাঝখানটায় মেলা গাছপালা থাকায় স্পষ্ট দেখা যাচ্ছে না। আর ইঁদারাটা তলার দিকে আরও অনেক বড়। প্রায় একটা হলঘরের মতো।

নীচে কাদা থাকায়, খুব সাবধানে পা ফেলতে হচ্ছিল তিনজনকে।

অনু বলল, "নবীনদা, এখান থেকে বেরোনোর তো আর উপায় নেই। লতাপাতা বেয়েই উঠতে হবে..."

বিলু বলল, "আমার কনুইতে ভীষণ ব্যথা হচ্ছে। আমি লতা বেয়ে উঠতে পারব না।"

নবীন একটু হেসে বলল, "ঘাবড়িয়ো না। এখান থেকে বেরোনোর কোনও একটা উপায় হবেই। কিন্তু আমি বারণ করা সত্ত্বেও তোমরা জঙ্গলে এসে ভাল কাজ করোনি। যে অবস্থায় পড়েছিলে, তাতে ভালমন্দ কিছু একটা হয়ে যেতে পারত।"

অনু একটু লজ্জিত হয়ে বলল, "আমরা ভেবেছিলাম, তুমি আমাদের ছেলেমানুষ ভেবে ভুলিয়ে-ভালিয়ে ফেরত পাঠাচ্ছ।"

"তোমরা তো ছেলেমানুষই। যাকগে, যা হওয়ার হয়েছে। এখন দেখা যাক, আমাদের ভাগ্যটা কেমন।"

তারা ইঁদারাটার চারধারে বার-দুই চক্কর দিল। দেওয়ালে পুরু শ্যাওলার আস্তরণ ছাড়া আর কিছুই নজরে পড়ল না।

নবীন দাঁড়িয়ে খানিকক্ষণ চিন্তা করে বলল, "অঘোরবাবা বলেছিলেন, চাঁপাকুঞ্জের তলাটা ফাঁপা। যদি সেকথা সত্যি হয়ে থাকে, তবে একটা পথ পাওয়া যাবেই।"

লাঠিটা দিয়ে নবীন ইঁদারার গায়ে ঘা মারতে লাগল ফাঁপা শব্দ শোনার জন্য। কিন্তু পাথরের গায়ে তেমন কোনও শব্দ পাওয়া গেল না।

বিলু একটু উত্তেজিত হয়ে উঠছিল। বলল, "ইস, সত্যিই যদি একটা সুড়ঙ্গ পাওয়া যায়, তা হলে কী দারুণ ব্যাপার হবে!"

তিনজনেই কাদায় মাখামাখি হয়েছে। জুতোয় কাদা ঢুকে বিতিকিচ্ছিরি ব্যাপার। হাঁটাই শক্ত। বিলুর খিদে পেয়েছিল অনেক আগেই। এখন তেষ্টাও পেয়েছে।

হঠাৎ বিলুই চেঁচিয়ে বলল, "নবীনদা, দ্যাখো ওটা কী?"

টর্চের আলোয় একটা মস্ত ছুঁচোকে দেখে নবীন হেসে বলল, "ভয় পেয়ো না। ছুঁচো।"

বিলু বলল, "ভয় পাচ্ছি না। ছুঁচোটাকে ফলো করলেই বোঝা যাবে কোনও গর্ত আছে কি না।"

ছুঁচোটা ঝোপঝাড়ের মধ্যে গা ঢাকা দিল। কিন্তু আরও দু'-একটাকে দেখা গেল, এদিক-ওদিক সরে যাচ্ছে।

বিলু চেঁচিয়ে উঠল, "নবীনদা! ওই যে! ওখানে একটা ছুঁচো ঢুকে গেল!"

নবীন জায়গাটা লক্ষ করে এগিয়ে গিয়ে আগাছা সরাতেই দেখতে পেল একটা গর্ত। গর্তটা বাস্তবিকই বেশ বড়। পাথরের জোড়ে একটা ফাটল। আগাছায় ঢেকে ছিল।

নবীন গর্তের মুখে লাঠিটা ঢুকিয়ে চাড় দিতে লাগল। ভয় হল, বেশি চাপ দিলে যদি লাঠি ভেঙে যায়!

নবীনের কানে কানে কে যেন বলে উঠল, "লাঠি ভাঙবে না। লাঠিতে আমি ভর করে আছি।"

নবীন প্রাণপণে চাপ দিতে লাগল। আর খুব ধীরে ধীরে পাথরটা সরতে লাগল। তারপর হঠাৎ খাঁজ থেকে খসে চৌকো পাথরটা ধপাস করে পড়ে গেল কাদার মধ্যে।

পাথরের পিছনে যে রন্ধ্রপথটা উন্মোচিত হল, তা সংকীর্ণ বটে, কিন্তু হামাগুড়ি দিয়ে ঢোকা যায়।

বিলু হাততালি দিয়ে চেঁচাল, "হুররে!"

বিলুর চিৎকারের প্রতিধ্বনি মিলিয়ে যাওয়ার আগেই আচমকা ওপরে ইঁদারার মুখ থেকে একটা ভীষণ শব্দ এল। দুম। ইঁদারার পরিসরে এবং গভীরে সেই শব্দ বোমার মতো ফেটে পড়ল। আর সেই সঙ্গে একটা আগুনের ফুলকির মতো কী একটা যেন ঝিং করে এসে বিঁধল ইঁদারার পাথরে।

তিনজনেই হতভম্ব হয়ে গিয়েছিল এই ঘটনায়।

অনু বলল, "কেউ আমাদের তাক করে গুলি চালিয়েছে।"

কথাটা শেষ হতে-না-হতেই ওপর থেকে পর পর কয়েকটা গুলির শব্দ হল। লতাপাতা ভেদ করে বিদ্যুৎগতিতে কয়েকটা বুলেট কাদায় গেঁথে গেল।

নবীন হ্যাঁচকা টানে অনু আর বিলুকে টেনে নিয়ে গর্তের মধ্যে ঢুকিয়ে দিয়ে বলল, "পালাও, ওরা নেমে আসছে। যত তাড়াতাড়ি সম্ভব আমাদের পালাতে হবে।"

তিনজনে গর্তের মধ্যে হামাগুড়ি দিয়ে ঢুকে পড়ল। অনু টর্চ নিয়ে আগে আগে। তার পর বিলু, সব শেষে নবীন।

নবীন বলল, "গর্তের মুখটা খোলা রইল। ওরা আমাদের সন্ধান ঠিকই পেয়ে যাবে।"

বিলু অবাক গলায় বলল, "ওরা কারা নবীনদা? গুলি করছে কেন?"

নবীন চাপা গলায় বলল, "বুঝতে পারছি না। গতকাল এরাই বোধহয় সিদ্ধিনাথ আর ভুজঙ্গকে মেরেছিল। ওদের প্রাণে মারেনি, কিন্তু আমাদের হয়তো প্রাণে মারবে।"

"কেন নবীনদা? আমরা কী করেছি?"

"হয়তো না জেনে এমন কিছু করে ফেলেছি, যাতে ওদের স্বার্থে ভীষণ ঘা লেগেছে।"

সুড়ঙ্গ-পথে হামাগুড়ি দিয়ে এগোনো মোটেই সহজ কাজ নয়। সুড়ঙ্গটা ভীষণ নোংরা। চোখে-মুখে মাকড়সার জাল জড়িয়ে যাচ্ছে। হাত-পায়ের ওপর দিয়ে ইঁদুর আর ছুঁচো দৌড়ে যাচ্ছে বার বার। নীচে নুড়ি পাথরে বার বার হড়কে যাচ্ছে হাঁটু। ছড়ে কেটে যাচ্ছে হাতের তেলো। কিছুক্ষণের মধ্যে তিনজনেই হাঁপিয়ে পড়ল।

অনু জিজ্ঞেস করল, "একটু বসব নবীনদা?"

নবীন তাড়া দিয়ে বলল, "বিশ্রাম পরে হবে। এখন প্রাণ বাঁচানোটা আগে দরকার।"

অনু সখেদে বলল, "নীচে পড়বার সময় আমার বন্দুকটা যে কোথায় ছিটকে পড়ল,কে জানে! বোধহয় কাদার মধ্যে তলিয়ে গেছে। বন্দুকটা থাকলে জবাব দিতে পারতাম।"

নবীন বলল, "বন্দুক থেকেও লাভ ছিল না। ওরা আমাদের চেয়ে অনেক বেশি এক্সপার্ট। চলো, এগোও।"

আবার তিনজনে হামাগুড়ি দিয়ে বদ্ধ গুহার মধ্যে এগোতে লাগল। চারদিকে স্যাঁতসেঁতে। বাতাসে কেমন একটা গুমোট। পচা গন্ধও নাকে আসছে। মরা ইঁদুরই হবে।

টর্চের আলোয় দেখা গেল, ক্রমেই সুড়ঙ্গটা ওপরে উঠছে।

চড়াইতে উঠতে গিয়ে বিলু হড়কে গড়িয়ে পড়ল নীচে। তার ধাক্কায় অনু আর নবীনও। কিন্তু তার পরই ধুলো ঝেড়ে আবার উঠতে লাগল ওপরে।

পালাতেই হবে। পালাতেই হবে।

চড়াইটা পার হয়ে ওপরে উঠতেই তিনজন অবাক।

একটা মস্ত ঘরের মধ্যে তারা দাঁড়িয়ে আছে। অবশ্য ঘর বললে একটু বাড়াবাড়িই হয়ে যায়। পাথরের এবড়ো-খেবড়ো দেওয়াল, নীচেও নুড়ি-পাথর ছড়ানো। ঘরের মধ্যে বোধহয় দুশো বছরের বদ্ধ বাতাসের সোঁদা গন্ধ। টর্চের আলোয় যত দূর দেখা গেল, এখান থেকে বেরোনোর কোনও রাস্তা নেই।

অনু বলল, "নবীনদা, এবার কী করবে? এ তো দেখছি অন্ধকূপ!"

নবীন একটু চিন্তিতভাবে বলল, "চিন্তা কোরো না, উপায় একটা হবেই।"

শীতে-জলে-কাদায় মাখামাখি হওয়ায় তিনজনেরই অবস্থা করুণ। তার ওপর পরিশ্রম বড় কম যায়নি।

নবীন টর্চটা ফেলে চারদিক ঘুরে ঘুরে দেখতে লাগল।

নিরেট পাথর, কোথাও ফাঁক-ফোকর তার নজরে পড়ল না।

নবীনের শেষ ভরসা সেই অশরীরীর কণ্ঠস্বর। কিন্তু গুহায় ঢুকবার পর থেকেই সে আর স্বরটা শুনছে না। তবে নবীনের স্থির বিশ্বাস, কণ্ঠস্বরটা তার ঠাকুরদার। সে কিছুক্ষণ ইতস্তত করে অনু আর বিলুর কাছ থেকে যত দূর সম্ভব দূরে সরে গিয়ে ঘরের একেবারে কোণে দাঁড়িয়ে চাপা গলায় বলল, "দাদু! প্রম্পট করছ না কেন বলো তো?"

জবাব নেই।

"বলি, ও ঠাকুরদা, তোমার হলটা কী?"

তবু জবাব নেই।

হতাশ গলায় নবীন বলল, "বলি ঘুমিয়ে পড়লে নাকি, দাদু?"

হঠাৎ গলার স্বরটা শোনা গেল। কানের কাছে কে যেন খিঁচিয়ে উঠে বলল, "আমি তোর দাদু কোন সুবাদে রে বাঁদর? কুলদা চক্কোত্তির নাতি হলে কি তুই এত গবেট হতিস? যা, জাহান্নমে যা।"

বিলু হঠাৎ হেসে উঠে বলল, "ও নবীনদা, তুমি কার সঙ্গে কথা কইছ?"

নবীন কাঁচুমাচু হয়ে বলল, "কারও সঙ্গে নয়, এই আপনমনেই একটু কথা বলছিলাম আর কী। যাকে বলে থিংকিং অ্যালাউড।"

"মাটির নীচে এই ঘরটা কারা বানিয়েছিল নবীনদা?"

"জানি না ভাই, তবে আমাদের পূর্বপুরুষেরাই কেউ হবে।"

"কেন বানিয়েছিল, তা বুঝতে পারছ? গুপ্তধন লুকিয়ে রাখার জন্য। কিন্তু কোথাও তো ঘড়া বা কলসি দেখছি না!"

নবীন পায়ের নীচের নুড়ি-পাথরগুলো নেড়েচেড়ে দেখতে লাগল। সময় যে হাতে বেশি নেই, তা সে ভালই জানে। একটা বড় চ্যাটালো পাথর সরিয়ে তলাটা পরীক্ষা করতে করতে সে বলল, "গুপ্তধনের দরকার নেই ভাই, এখন এখান থেকে সরে পড়াটাই বেশি দরকার।"

এমন সময় হঠাৎ নীচের সুড়ঙ্গে পর পর কয়েকটা গুলি চালানোর শব্দ হল। আর সেই শব্দটা এই বদ্ধ ঘরে এত জোরে ফেটে পড়ল যে, তিনজনেই ভীষণ চমকে উঠে কানে হাত চাপা দিল।

বারুদের পোড়া গন্ধে ঘরটা ভরে যাচ্ছিল ধীরে ধীরে।

নবীন হতাশ গলায় বলল, "ওরা নেমে এসেছে।"

অনু তার ভাইকে বুকে চেপে ধরে বলল, "কিন্তু আমরা তো ওদের শত্রু নই! যদি চেঁচিয়ে সেকথা ওদের বলা যায়, তা হলে কী হয়?"

নবীন চিন্তিতভাবে বলল, "চেষ্টা করা যেতে পারে, কিন্তু খুব লাভ হবে বলে মনে হয় না।"

নবীন সুড়ঙ্গের মুখটায় এগিয়ে গেল। তারপর চেঁচিয়ে বলল, "গুলি করবেন না। আমাদের সঙ্গে দুটো বাচ্চা আছে। আমরা বিপদে পড়েছি।"

কিন্তু নবীনের কথা শেষ হওয়ার আগেই ফের কয়েকটা গুলি এসে পাথরের গায়ে বিঁধল। পাথরের কুচি ছিটকে এসে লাগল নবীনের মুখে। সে সভয়ে সরে এল।

বলল, "এরা খুনে।"

বিলু অনুর হাত থেকে নিজেকে ছাড়িয়ে নিয়ে বলল, "তুই আমার জন্য ভয় পাচ্ছিস, দিদি? মরলে সবাই মরব। অত ভয় কী? এখানে অনেক পাথর আছে। ওরা ওপরে ওঠার চেষ্টা করলে পাথর ছুড়ে মারা যাবে। কিন্তু ওদের গুলিতে আমাদের কিছুই হবে না।"

নবীন টর্চটা অনুর হাতে দিয়ে বলল, "বিলু ঠিকই বলেছে। তবে ওদের ঠেকানোর ভার আমার ওপর। তোমরা দু'জনে ঘরটা খুঁজে দ্যাখো, কোথাও বেরোবার পথ পাও কি না।"

নবীন সুড়ঙ্গের মুখটায় ঘাপটি মেরে বসে রইল। হাতে পাথর। এই বিপদের মধ্যেও সে ভাবছিল, কুলদা চক্রবর্তী লোকটা কে? নামটা কখনও শুনেছে বলে তার মনে পড়ছিল না। তবে চাঁপাকুঞ্জের কালীবাড়ির পুরুতরা চক্রবর্তী ছিলেন। তাঁদের কেউ কি?

নবীন শুনতে পেল, সুড়ঙ্গ দিয়ে কয়েকজন লোক বুক-ঘষটে এগিয়ে আসছে। খুবই সন্তর্পণে আসছে, কিন্তু বদ্ধ জায়গায় শব্দ গোপন করা যাচ্ছে না।

নবীন শ্বাস বন্ধ করে অপেক্ষা করতে লাগল।

টর্চের অত্যন্ত জোরালো আলোয় তলার সুড়ঙ্গটা উদ্ভাসিত হয়ে গেল। একটা লোককে আবছা দেখা গেল, হামাগুড়ি দিয়ে নীচে এসে থেমেছে।

নবীনের হাতের পাথর নির্ভুল লক্ষ্যে ছুটে গিয়ে ঠং করে লাগল লোকটার মাথার টুপিতে। টুপিটা লোহার। লোকটা একটুও না দমে হাতটা উঁচু করে ধরল। একটা পিস্তলের মুখ দেখতে পেল নবীন। চট করে মাথাটা সরিয়ে নিল সে।

ঝিং করে গুলিটা গিয়ে লাগল ঘরের ছাদে। ঘরটা কি কেঁপে উঠল সেই শব্দে?

তারপর দু'পক্ষ চুপচাপ। নবীন টের পাচ্ছিল, তার পিছনে অনু-বিলু সারা ঘরময় দৌড়ে বেড়াচ্ছে। টর্চ জ্বেলে পথ খুঁজছে। যদি কোনও ফাটল বা গর্ত নজরে পড়ে।

নবীন সাবধানে আবার মুখটা বাড়াল। যা দেখল, তাতে বুক হিম হয়ে গেল তার। সামনের লোকটা বুক-ঘষটে আরও খানিকটা উঠেছে। কোমর থেকে কী একটা জিনিস খুলে নিয়ে লোকটা হঠাৎ ওপর দিকে ছুড়ে মারল।

কিছু বুঝে উঠবার আগেই একটা প্রচণ্ড শব্দ আর আলোর ঝলকানি। গুহাটা যেন ফেটে চৌচির হয়ে গেল, এবং এত প্রচণ্ড আওয়াজ নবীন কখনও শোনেনি। তার মাথাটা হঠাৎ ঝিম ধরে, কানে তালা লেগে, চোখ অন্ধকার হয়ে গেল। অজস্র পাথরের টুকরো আর ধুলোবালি খসে পড়ল তার ওপর।

নবীন জ্ঞান হারিয়ে ফেলল কিছুক্ষণের জন্য।

হঠাৎ তাকে নাড়া দিয়ে অনু বলল, "নবীনদা! নবীনদা! শিগগির! পথ পেয়েছি!"

নবীন চোখ খুলল। তারপর ধীরে ধীরে উঠে বসল। উঁকি মেরে দেখল, প্রচুর পাথরের টুকরো আর ধুলোবালি খসে পড়ায় নীচের সুড়ঙ্গটা প্রায় ঢেকে গেছে। লোকটাকে আর দেখা যাচ্ছে না। ধুলো আর ধোঁয়ায় তিনজনই কাঁপছে, চোখে জল।

নবীন উঠল, কিছুক্ষণ সময় পাওয়া যাবে। তবে বেশি নয়। ওরা এই সামান্য বাধা ডিঙিয়ে ঠিকই চলে আসবে।

অনু তার হাত ধরে টেনে নিতে নিতে বলল, "বোমার শব্দে আমরা ঘাবড়ে গিয়েছিলাম। কিন্তু শাপে বর হয়েছে। দেখবে এসো।"

নবীন দেখল, গুহার ডান ধারে পাথরের দেওয়ালে বিশাল চিড় ধরেছে। একটা চৌকো পাথর আলগা হয়ে নড়বড় করছে।

নবীন এবার একটু ভাবল, পাথরটাকে যদি সে সামনের দিকে টেনে সরায়, তা হলে ছিদ্রটা ফের বন্ধ করার উপায় থাকবে না, এবং পাজি লোকগুলো পথের সন্ধান সহজেই পেয়ে যাবে। তাই সে পাথরটাকে ভিতরের দিকে প্রাণপণে ঠেলতে লাগল।

পাথরটা ধীরে ধীরে সরে যেতে লাগল। মাত্র হাত-খানেক লম্বা এবং চওড়া একটা পথ পাওয়া গেল।

অনু আর বিলু সহজেই গলে গেল ভিতরে। সবশেষে নবীন।

পাথরটাকে আবার জায়গামতো বসিয়ে দিতে সামান্য সময় লাগল নবীনের। টর্চের আলোয় দেখা গেল, একটা লম্বা সরু পথ টানা বহু দূর চলে গেছে।

টর্চের আলো কমে আসছে। বেশিক্ষণ জ্বলবে না। ক্লান্ত পায়ে চুপচাপ তিনজন হাঁটতে লাগল। কোথায় যাচ্ছে তা বুঝতে পারছে না।

বিলু শ্রান্ত স্বরে বলল, "নবীনদা, ওরা যদি এই গলিতে ঢুকতে পারে, তা হলে

আমাদের তাক করে গুলি চালাতে খুব সুবিধে হবে, তাই না? গলিটায় কোনও বাঁক নেই, উঁচু-নিচু নেই।"

নবীন তা জানে। আর জানে বলেই সে নিজে পিছনে রয়েছে। গুলি যদি আসে, তবে তা তার গায়েই প্রথম বিঁধবে।

নবীন অভয় দিয়ে বলল, "ওরা নিজেরাও এখন বিপদের মধ্যে আছে। চলো, ওসব কথা ভাববার দরকার নেই। জীবনে সব সময়েই উজ্জ্বল সম্ভাবনার কথা ভাববে।"

কয়েক মিনিট হাঁটবার পর গলিটা হঠাৎ সরু হয়ে গেল। তার পর ঢালুতে নেমে থমকে দাঁড়াতে হল তিনজনকে, সামনে আর রাস্তা নেই। গলিটা ঢালু হয়ে কালো জলের মধ্যে নেমে হারিয়ে গেছে।

বিলু বলল, "এখন?"

অনুও সভয়ে নবীনের দিকে চেয়ে বলল, "নবীনদা, টর্চটা আর বেশিক্ষণ জ্বলবে না কিন্তু!"

নবীন জানে, বিপদে মাথা গুলিয়ে ফেললে লাভ নেই। এখনই মাথা ঠান্ডা রাখার সময়।

মনে যাই থাক, মুখে একটু নির্ভয় হাসি হেসে নবীন বলল, "ঘাবড়াচ্ছ কেন? সাঁতার জানো তো?"

অনু মাথা নেড়ে বলল, "সাঁতার জেনে তো লাভ নেই, সুড়ঙ্গটা জলের মধ্যে ঢুকে গেছে। তার মানে জলটা পার হতে হবে ডুব-সাঁতার দিয়ে। জলের ভিতর দিয়ে কতটা যেতে হবে, তা তো জানি না!"

নবীন তার কোটটা খুলে ফেলল। বলল, "আরে সেটা কোনও সমস্যাই নয়। আমি চট করে জলে নেমে দেখে আসছি। যদি পার না-হওয়াই যায়, তা হলে অন্য উপায় বের করতে হবে।"

"এই ঠান্ডায় তুমি জলে নামবে?"

"আমি কেন, তোমাদেরও হয়তো নামতে হবে, তৈরি থেকো। মনটাকে শক্ত করো, পারবে।"

নবীন সাবধানে জলে পা দিল, তারপর বুক ভরে দম নিয়ে বরফের মতো ঠান্ডা জলে ডুব দিল।

প্রথমটায় অন্ধকারে কিছুই দেখতে পেল না সে, শুধু এগিয়ে যেতে লাগল। ঠান্ডায় হাত-পা প্রায় অসাড় হয়ে আসছিল তার। কিন্তু বাঁচতেই হবে। এবং বাচ্চা দুটোকে বাঁচাতেও হবে।

তার বলিষ্ঠ হাত ও পায়ের তাড়নায় জল ছিটকে সে হুশ করে মাথা তুলল। বুঝতে

পারল, মাথার ওপরটা ফাঁকা। জলের ওপর গুহার ছাদ উঁচুতে উঠে গেছে।

নবীন জলে ভেসে কয়েক সেকেন্ড বিশ্রাম নিল। হাতে সময় একেবারেই নেই। বুক-ভরে দম নিয়ে সে আবার ডুব দিয়ে ফিরে চলল।

জলের ওপর মাথা তুলে সে দেখল, ঘুরঘুট্টি অন্ধকার।

"অনু! বিলু!"

প্রথমটায় কেউ সাড়া দিল না।

তারপর খুব ক্ষীণ কণ্ঠে অনু বলল, "নবীনদা! ফিরে এসেছ?"

"হ্যাঁ।"

"এই গলিতে ওরা ঢুকে পড়েছে। আলো ফেলছে। দু'বার গুলিও চালিয়েছে। ওপাশে কী দেখে এলে?"

"তোমরা ডুব-সাঁতার দিতে পারবে?"

"পারব। আমরা দু'জনেই ভাল সাঁতার জানি।"

"তা হলে ভয় নেই। মিনিট খানেক ডুব-সাঁতার দিতে পারলেই জলে-ডোবা জায়গাটা পেরিয়ে যাব। ওদিকে মাথার ওপর ফাঁকা জায়গা আছে। তবে তারপর খানিকটা সাঁতরাতে হবে! গায়ের ভারী জামাগুলো খুলে ফ্যালো। আর আমার লাঠিটা দু'জনেই চেপে ধরো। আমি টেনে নিয়ে যাব।"

দুই ক্লান্ত ভাইবোন কোট-টোট ছেড়ে ফেলল। তারপর লাঠি ধরে জলে নামল। বরফের মতো ঠান্ডা জলে নামতেই ঠকঠক করে কেঁপে উঠল দু'জন।

কিন্তু ঠিক এই সময়েই দুম করে একটা বিকট আওয়াজে গলিটা কেঁপে উঠল।

লাঠিটা চেপে ধরে অনু, বিলু আর নবীন দম বন্ধ রেখে জলে ডুবে পড়ল।

নিকষ কালো জলের মধ্যে শুধু লাঠিটাই তাদের পরস্পরের মধ্যে যোগাযোগ।

নবীন প্রাণপণে এগোচ্ছিল। তবে এক-হাতে লাঠি ধরে থাকায়, খুব জোরে সাঁতরাতে পারছিল না সে।

কিন্তু প্রাণের ভয় বড় ভয়।

আচমকাই নবীন টের পেল, অসাড় হাত থেকে কখন লাঠিটা খসে গেছে।

আতঙ্কে নবীন জলের মধ্যে চারধারে হাতড়াতে লাগল। লাঠি! লাঠিটা কোথায়?

মাথার ওপরে ছাদে দুম করে মাথা ঠুকে গেল তার। চোখ পলকের জন্য অন্ধকার হয়ে গেল। তবু দাঁতে দাঁত চেপে নিজেকে সচেতন রাখল সে।

আচমকাই লাঠিটা পেয়ে গেল পায়ের কাছে। চেপে ধরে এগোতে গিয়েই বুঝল, ওরা ভাইবোন লাঠিটা ছেড়ে দিয়েছে।

হায় হায় করে উঠল নবীনের বুকটা। বাচ্চা দুটো ছেলেমেয়ে এভাবে বেঘোরে ডুবে

গেল? সে কিছু করতে পারল না? নিজের হাত কামড়াতে ইচ্ছে করছিল তার।

কিন্তু দম শেষ হয়ে আসছে। আর বেশিক্ষণ নয়। এক্ষুনি সে নিজেও ডুবে যাবে, যদি সেও মরে, তবে বাচ্চা দুটোর খোঁজ করবে কে?

নবীন প্রাণপণে তার অসাড় হাত-পা নাড়তে লাগল।

যখন জল থেকে মাথা তুলে শ্বাস নিতে পারল নবীন, তখন তার বুক হাপরের মতো উঠছে পড়ছে।

কিছুক্ষণ কোনও কিছু চিন্তা করতে পারল না নবীন। শুধু হাঁ করে দম নিল। তার পর ধীরে ধীরে স্বাভাবিক হয়ে এল তার শ্বাস।

অনু আর বিলু কোন অতলে গেল, কে জানে! বিপদ থেকে বাঁচিয়ে এত দূর এনেও শেষরক্ষা হল না? নবীন কনকনে ঠান্ডা জলে থেকেও গায়ে শীত টের পাচ্ছে না। বাচ্চা দুটোর জন্য দুঃখে নিজের শরীরের কষ্টও সে ভুলে গেছে।

একটা দীর্ঘশ্বাস ফেলে সে আবার ডুব দিতে যাচ্ছিল। হঠাৎ একটা ক্ষীণ গলার স্বর শুনতে পেল, "নবীনদা!"

"কে অনু?" আশায় আনন্দে ব্যাকুল হয়ে নবীন চেঁচাল।

"হ্যাঁ। তুমি কোথায়?"

"এই তো! তোমরা দু'জনেই কি আছ একসঙ্গে?"

"হ্যাঁ। আমরা তো তোমার লাঠি ছেড়ে দিয়ে আগে-আগে সাঁতরে চলে এসেছি।"

নবীনের বুক থেকে একটা ভার নেমে গেল। গলার স্বর কোথা থেকে আসছে আন্দাজ করে সে এগিয়ে গেল। অনু আর বিলু প্রায় দশ-বারো হাত এগিয়ে গিয়ে তার জন্য অপেক্ষা করছিল।

অন্ধকারে কেউ কারও মুখ দেখতে পেল না। তিনজনেরই হাঁফ-ধরা অবস্থা। বেশি কথা বলা অসম্ভব।

নবীন শুধু বলল, "চলো।"

তিনজন পাশাপাশি সাঁতরাতে লাগল।

বিলু জিজ্ঞেস করল, "নবীনদা, ওরা কি জল পেরিয়ে আমাদের পিছু নিতে পারবে?"

নবীন বলে, "কিছুই অসম্ভব নয়। তবে ওরা হয়তো আমাদের ফেলে-রাখা জামাকাপড় দেখে ভাববে, ভয়ে আমরা জলে ডুবে গেছি, আর জলে-ডোবা সুড়ঙ্গ তো ভীষণ বিপজ্জনক। ওরা হয়তো চট করে এ পথে আসবে না।"

অনু আর বিলু সত্যিই ভাল সাঁতরায়। বেশি জল না ছিটকে, নিঃশব্দে লম্বা জল টেনে দু'জনে নবীনের চেয়েও দ্রুত এগিয়ে যাচ্ছিল।

"এরকম আর কতক্ষণ সাঁতরাতে হবে, নবীনদা? আমরা কোথায় যাচ্ছি বলো তো?" অনু জিজ্ঞেস করল।

নবীন সখেদে বলে, "কে জানে? জন্ম থেকেই তো কেটেরহাটে আছি, এখানে যে এরকম সব সুড়ঙ্গ বা মাটির নীচে এরকম জলে ডোবা জায়গা আছে, কস্মিনকালেও জানতাম না।"

আরও বেশ কিছুক্ষণ পর তিনজনেই একসঙ্গে পায়ের নীচে মাটি পেয়ে দাঁড়াল। ঢালু, পিছল জমি। সামনে নিকষ-কালো অন্ধকার। এত অন্ধকার যে মনে হয়, চোখ বুঝি অন্ধই হয়ে গেছে হঠাৎ।

ধীরে ধীরে তিনজন ঢালু বেয়ে উঠল। অবসন্ন, দুর্বল চলচ্ছক্তিহীন।

নবীন মায়াভরে বলল, "আর ভয় নেই, পথ এবার পাবই, বসে একটু জিরিয়ে নাও।"

অনু, বিলু ধপ-ধপ করে বসে পড়ল।

নবীন একটু দম নিয়ে বলল, "কেটেরহাটে অনেক কিংবদন্তি আছে। আমি সেগুলো এতকাল মোটেই বিশ্বাস করিনি। আজকের অভিজ্ঞতায় বুঝতে পারছি, সবটাই কিংবদন্তি নয়। পিছনে কিছু সত্যও আছে।"

বিলু সোৎসাহে বলে উঠল, "কিংবদন্তির গল্পগুলো বলবে আমাদের নবীনদা?"

নবীন একটু হাসল। বলল, "বলব। আগে তো তোমাদের এই অন্ধকূপ থেকে উদ্ধার করি।"

অনু কিন্তু দিব্যি হাসি-মাখানো গলায় বলল, "তুমি আমাদের কথা ভেবে এত ঘাবড়ে যাচ্ছ কেন বলো তো নবীনদা? আমি কিন্তু একটুও দুশ্চিন্তা করছি না। বরং অ্যাডভেঞ্চারটা বেশ ভাল লাগছে। আমি একবার বড়ধেমো কয়লাখনিতে নেমেছিলাম। আমার এক মেসোমশাই চাকরি করেন ওখানে। একটুও ভয় করেনি। এটাকেও তেমন একটা খনিগর্ভ বলে মনে হচ্ছে।"

নবীন চিন্তিতভাবে বলল, "কে জানে কী! হতেও পারে কোনও পুরনো আমলে ইংরেজরা হয়তো খনি-টনি খুঁড়েছিল। তারপর কাজ আর এগোয়নি। এখন চলো, ওঠা যাক।"

টর্চ নেই। সামনে নিবিড় অন্ধকার। ভরসা শুধু নবীনের লাঠিগাছ। নবীন লাঠিটা সামনে বাড়িয়ে ঠুকে ঠুকে রাস্তার আন্দাজ করে চলতে লাগল। পিছনে অনু আর বিলু।

বেশ কিছুটা চলার পর নবীন টের পেল, পায়ের তলার জায়গাটা যেন শান-বাঁধানো।

আরও খানিকটা এগোনোর পরই লাঠিটা একটা দেওয়ালে ঠেকে গেল। হয় রাস্তা বন্ধ, না হলে গলিটা বাঁক নিয়েছে।

নবীন বলল, "দাঁড়াও। সামনে বাধা আছে।"

অনু-বিলু দাঁড়িয়ে গেল।

নবীন দেওয়ালটা হাতড়ে দেখল। চৌকো পাথরের দেওয়াল। চারদিক হাতড়াতে গিয়ে হঠাৎ সে টের পেল, দেওয়ালের গায়ে একটা দরজা রয়েছে। কাঠের দরজা, নবীন দরজাটা ঠেলল।

বহু পুরনো কাঠে ঘুণ ধরে একেবারে ঝুরঝুরে হয়ে গেছে। এক ঠেলাতেই দরজাটা ভেঙে পড়ে গেল।

"কী হল নবীনদা?" অনু আর বিলু একসঙ্গে চেঁচিয়ে উঠল।

"একটা দরজা। তোমরা এখানেই দাঁড়াও, আমি ঘরের ভিতরটা আগে দেখে নিই।"

নবীন ভিতরে ঢুকল। ঘরের মধ্যে সেই পুরনো বদ্ধ বাতাসের সোঁদা গন্ধ। ইঁদুরের দৌড়োদৌড়ি তো আছেই। নবীন হাতড়ে দেখতে গিয়ে হঠাৎ একটা পুজোর ঘণ্টা পেয়ে গেল। বেশ ভারী আর বড়সড়। নাড়তেই চমৎকার ঠুনঠুন শব্দ হল।

সভয়ে বিলু চেঁচিয়ে উঠল, "ঘণ্টা বাজছে কেন নবীনদা?"

নবীন অভয় দিয়ে বলল, "ভয় নেই। আমিই বাজিয়েছি। এটা একটা মন্দির।"

"আমরা ঢুকব।"

"এসো। মাটির নীচে এরকম একটা মন্দিরের কথা আমরা ছেলেবেলা থেকে শুনে আসছি। আজ বিশ্বাস হল। সিদ্ধিনাথও এই মন্দিরটা বহুকাল ধরে খুঁজছে।"

অনু আর বিলুও অন্ধকারে চারদিক ঘুরে দেখতে লাগল। অন্ধকারে তারা মন্দিরের মধ্যে আরও কিছু জিনিস আবিষ্কার করল। একটা মস্ত পিতলের প্রদীপ, একটা পাথরের সিংহাসনে একটা বিগ্রহ, কয়েকটা পুজোর বাসন-কোসন, কোষাকুষি, একটা লোহার সিন্দুক।

সবচেয়ে প্রয়োজনীয় আবিষ্কারটা অবশ্য করল বিলু। দুটো পাথর। একটা জরাজীর্ণ কাঠের বাক্স হাতড়াতে গিয়ে দুটো পাথর আর কয়েকটা লম্বা সরু কাঠির মতো বস্তু পেয়ে গেল সে।

"নবীনদা, এগুলো কী বলো তো? দুটো পাথর, আর কয়েকটা কাঠি!"

নবীন বলল, "দাও, ওগুলো আমার হাতে দাও। কপাল ভাল থাকলে ও-দুটো চকমকি পাথরই হবে।"

নবীন পাথর দুটো সামান্য ঠুকতে চমৎকার স্ফুলিঙ্গ দেখা গেল। কাঠির মাথায় বারুদ বা ওই জাতীয় কোনও সহজ-দাহ্য বস্তু লাগানো। খুব সাবধানে কয়েক বারের চেষ্টায় নবীন একটা কাঠি ধরিয়ে ফেলতে পারল।

প্রদীপের সলতে বা তেল নেই। কাঠির সামান্য আগুনটা অবশ্য বেশ কিছুক্ষণ জ্বলল। নবীন খুঁজে পেতে একটা পেতলের ছোট কলসি পেয়ে গেল। থাকারই কথা। কেটেরহাটের বিখ্যাত শীতলা মন্দিরেও এরকমই কলসিতে প্রদীপের ঘি রাখা হয়। মুখবন্ধ কলসির মধ্যে হাত ঢুকিয়ে নবীন দেখল, তলানি ঘি এখনও আছে। তবে জমাট আর শক্ত। খামচে খামচে তাই তুলে প্রদীপে দিল নবীন। নিভন্ত কাঠি থেকে আর-একটা ধরিয়ে নিল। পকেট থেকে ভেজা রুমালটা বের করে অনুকে দিয়ে বলল, "চটপট এটা পাকিয়ে সলতের মতো করে দাও।"

সামান্য পরেই প্রদীপ জ্বলে উঠল। এতক্ষণ অন্ধকারে কাটানোর ফলে সামান্য প্রদীপের আলোতেই তিনজনের চোখ ধাঁধিয়ে গেল।

তারপর অবাক বিস্ময়ে তারা ভূগর্ভের মন্দিরটা ভাল করে তাকিয়ে দেখতে লাগল।

বেশি বড় নয়, মাঝারি একটা চৌকোনা ঘর। পাথর দিয়ে তৈরি। পাথরের সিংহাসনে কালো পাথর দিয়ে তৈরি একটা দেড় হাত লম্বা বিষ্ণুমূর্তি। ভারী চমৎকার মূর্তিটার গঠন। তবে ময়লা পড়েছে বিস্তর।

অনু বলল, "বাঃ, কী সুন্দর!"

নবীন লোহার সিন্দুকটার কাছে গিয়ে দেখল, পুরনো তালা মরচে পড়ে ঝুরঝুরে হয়ে আছে। লাঠির একটা ঘায়ে তালাটা ভেঙে পড়ে গেল।

নবীন ডালা খুলে দেখল, ভিতরে সোনা ও রুপোর কয়েকটা বাসন-কোসন রয়েছে। সন্দেহ নেই যে, ঠাকুরের ভোগের জন্যই এই সব বাসন-কোসন।

ডালাটা আবার বন্ধ করে দিল নবীন।

মন্দিরের চার দেওয়ালে চারটে দরজা। একটা ভেঙে তারা ঢুকেছে, আর তিনটে বন্ধ।

নবীন এক-এক করে চারটে দরজাই খুলে ফেলল। চার দিকে চারটে পথ গেছে। মহা সমস্যা। কোন পথে যাওয়া যায়?

বিলু বলল, "নবীনদা, এসো, টস করে ডিসিশন নিই।"

নবীন একটু চিন্তা করল, তারপর বলল, "এ জায়গাটা মোটামুটি নিরাপদ। তোমরা ভাইবোনে এখানেই বসে থাকো, আমি একটু দেখে আসি।"

কিন্তু এই প্রস্তাবে অনু আর বিলু রাজি হল না। অনু বলল, "আমাদের আর বিশ্রামের দরকার নেই। আমরাও তোমার সঙ্গে যাব।"

"তা হলে এসো, এক যাত্রায় আর পৃথক ফলের দরকার কী?"

মস্ত প্রদীপটায় আর-একটু ঘি দিয়ে নবীন সেটা হাতে তুলে নিয়ে বলল, "এই আলোই আমাদের এখন একমাত্র ভরসা।"

প্রথম দরজাটা দিয়ে বেরিয়ে খানিক দুর এগিয়ে বোঝা গেল, সেটা নদীর দিকে ঢালু হয়ে নেমে গেছে। খানিক দূর এগিয়ে যেতেই দেখা গেল, পথটা আবার গিয়ে জলে ডুবে গেছে।

নবীন বলল, "এটাই হয়তো বড় ঝিলের তলা। সিদ্ধিনাথদা এই পথটাই খুঁজে বের করার চেষ্টা করেছে এতদিন। চলো ফিরে যাই।"

তিনজন আবার মন্দিরে ফিরে এল। তারপর বিগ্রহের পিছন দিককার দেওয়ালের দরজাটা দিয়ে এগোতে লাগল। এই পথটা একটা সিঁড়ির মুখে গিয়ে শেষ হয়েছে। সরু একটা খাড়া সিঁড়ি উঠে গেছে ওপরদিকে।

নিঃশব্দে তিনজন ওপরে উঠতে লাগল। খানিক দূর উঠে একটা গলি পেল তারা। খুবই সংকীর্ণ গলি। খানিক দূর গিয়ে আবার সরু সিঁড়ি।

উঠতে উঠতে এক জায়গায় থেমে যেতে হল। সামনে একটা নিরেট দরজা।

নবীন দরজাটা নাড়া দিল। কিন্তু এ দরজাটা লোহার তৈরি। বেশ পুরু পাতের। সহজে নড়ল না। এমনও হতে পারে যে, ওপাশে তালা বা হুড়কো লাগানো আছে।

নবীন প্রদীপের আলোয় দরজাটার ওপর থেকে নীচ অবধি ভাল করে দেখল।

অনু বলল, "নবীনদা, এখানে দেওয়াল থেকে একটা শেকল ঝুলছে, টানব শেকলটা?"

নবীন করুণ গলায় বলল, "কিছু না করার চেয়ে কিছু করাই ভাল। টানো।"

অনু শেকলটা খুব টানল। প্রথমটায় কিছু হল না, তার পর কয়েকটা হ্যাঁচকা টান দিতেই দরজার ওপাশে একটা ঘং করে শব্দ হল। একটা হুড়কো বা কিছু যেন খুলে গেল।

এবার খুব সহজেই দরজাটা খুলে ফেলতে পারল নবীন। এবং ঘরে ঢুকে ভীষণ অবাক হয়ে গেল।

এ কি তার বাড়ির সেই পাতালঘর? তেমনই গোল আকারের?

প্রদীপের আলোয় নবীন আরও যা দেখল, তা মাথা ঘুরিয়ে দেওয়ার পক্ষে যথেষ্ট। ঘরের মধ্যে সাতটা বড় বড় মাটির জালা মুখ-ঢাকা অবস্থায় দেওয়ালের সঙ্গে সার দিয়ে দাঁড় করানো। দেওয়ালে মরচে ধরা সড়কি, বল্লম, তলোয়ার ঝুলছে। চারটে গাদা-বন্দুকও। মেঝেময় পুরু ধুলোর আস্তরণ।

নবীন হঠাৎ আনন্দে চেঁচিয়ে উঠল, "এ যে আমার সেই পাতালঘর!"

"কিসের পাতালঘর নবীনদা?" অনু অবাক হয়ে জিজ্ঞেস করে।

"আর চিন্তা নেই। আমরা আমাদের বাড়ির তলাকার পাতালঘরে পৌঁছে গেছি। এই

ঘরে ঢুকবার অনেক চেষ্টা করেও পারিনি, আজ তোমাদের জন্যই পেরেছি।"

নবীন ব্যগ্র হাতে জালার মুখের ঢাকনা সরাতে লাগল। যা ভেবেছিল, তা-ই। জালার মধ্যে রাশি রাশি সোনাদানা, বেশির ভাগই মোহর আর গয়না।

"ইস, নবীনদা, তুমি যে বড়লোক হয়ে গেলে?"

নবীন কেমন বিহ্বল হয়ে গিয়ে বলল, "বড়লোক! হ্যাঁ, তা এক রকম বলতে পারো।"

নবীন দেখল, ঘরের অন্য দিকে আর-একটা লোহার দরজা রয়েছে। এই দরজাটি তার বাড়িতে ঢোকার রাস্তা, সন্দেহ নেই। দেওয়াল থেকে একটা শেকল ঝুলছে।

নবীন শেকলটা টানল, প্রথমটায় কিছুতেই টানা যাচ্ছিল না, প্রাণপণে হ্যাঁচকা টান মারতেই দরজার ভিতরে একটা গুপ্ত হুড়কো খুলে যাওয়ার শব্দ হল ঘটাং করে। তারপর এক-পাল্লার পুরু দরজাটা ভিতর দিকে টানতেই খুলে যেতে লাগল। অবশ্য বিস্তর শব্দ হল তেলহীন কবজায়।

দরজার ওপাশে সেই চেনা গলি। নবীন কত দিন এইখানে বসে দরজাটা খোলার উপায় চিন্তা করেছে।

আবেগে নবীনের চোখে জল এসে গেল।

"কী হল নবীনদা? দাঁড়িয়ে ওরকম ভাবে চেয়ে আছ কেন?" অনু নরম গলায় জিজ্ঞেস করল।

নবীন চোখ মুছে বলল, "সে অনেক কথা। চলো, রাস্তা পাওয়া গেছে। তোমরাও এখন নিরাপদ। আমার সঙ্গে এসো।"

অনু আর বিলু কোনও কথা বলল না। নীরবে নবীনের পিছু-পিছু চলতে লাগল।

এবার নবীন তার চেনা জায়গায় এসে পড়েছে। সুতরাং পাতালঘর থেকে উঠে আসা কোনও সমস্যাই হল না।

নবীনের বাড়িতে এখন নিশুতি রাত। পিসি তার ঘরে ঘুমোচ্ছে। মহাদেব তার ঘরে।

এতক্ষণ বদ্ধ বাতাসে তাদের ততটা শীত করেনি। কিন্তু এখন বাইরে আসতেই খোলা হাওয়ায় ভেজা শরীরে প্রচণ্ড শীত করে তিনজনেই কেঁপে উঠল।

নবীন তার চাদর-টাদর যা পেল, তাই দিয়ে দুই ভাইবোনকে বলল, "এগুলো গায়ে জড়িয়ে নাও। তারপর চলো, তোমাদের বাড়ি পৌঁছে দিয়ে আসি। আমার এখন অনেক কাজ আছে।"

অনু সঙ্গে সঙ্গে উদ্বিগ্ন গলায় বলল, "কী কাজ নবীনদা?"

নবীন ঠান্ডা গলায় বলল, "যে বদমাশরা আমাদের খুন করতে চেয়েছিল, এবার তাদের একটু তল্লাশ নিতে হবে।"

অনু সঙ্গে সঙ্গে বলল, "আমিও যাব।"

নবীন মাথা নেড়ে বলল, "তা হয় না। কাজটা খুব বিপজ্জনক। ওই সুড়ঙ্গের মধ্যে তোমাদের আর নিয়ে যেতে পারব না।"

বিলু অত্যন্ত গম্ভীর হয়ে বলল, "আমরাও তা হলে বাড়ি যাব না।"

নবীন দেখল, মহা বিপদ। এরা দুই ভাইবোন মোটেই ভিতু ধরনের নয়। বরং রীতিমতো শক্তপোক্ত এবং দারুণ সাহসী, যথেষ্ট বুদ্ধিও রাখে। তার চেয়েও বড় কথা, ভীষণ একগুঁয়ে। সহজে এদের হাত এড়ানো যাবে বলে মনে হয় না।

নবীন বলল, "ঠিক আছে। তোমাদের কথাই থাকবে। কিন্তু আজ রাতের মতো যথেষ্ট হয়েছে। তোমাদের দাদু আর ঠাকুমা ভীষণ দুশ্চিন্তা করছেন। এবার তোমরা বাড়ি গিয়ে বিশ্রাম করো। কাল রাতে আবার আমরা সুড়ঙ্গে নামব।"

অনু সন্দিহান হয়ে বলল, "আমাদের ফাঁকি দিচ্ছ না তো?"

"না।"

"তা হলে কথা দাও।"

"দিচ্ছি।"

নবীন দুই ভাইবোনকে তাদের বাড়ি অবধি পৌঁছে দিল। ফটকে বচন দাঁড়িয়ে ছিল। তাদের দেখে দৌড়ে এসে বলল, "এসেছ? বাঁচা গেল। বাবুকে বলেছি, তোমরা যাত্রা দেখছ। বাবু আর গিন্নিমা তবু ঘুমোননি। ওপরতলায় বসে আছেন। তোমাদের এ কী দশা?"

নবীন বলল, "সে অনেক কথা বচন, পরে শুনো। খুব জোর বিপদ থেকে বেঁচে ফিরেছি। ওদের আগে নিয়ে গিয়ে শুকনো জামাকাপড় পরিয়ে কিছু খাওয়াও। কর্তাবাবু যেন টের না পান। পরে আমি সব বুঝিয়ে বলব'খন তাঁকে।"

বচন মাথা নেড়ে বলল, "কোনও চিন্তা নেই।"

নবীন নিশ্চিন্ত হয়ে বাড়ি ফিরে এল।

নবীন বাড়ি ফিরে সোজা পাতালঘরে নেমে এল। সুড়ঙ্গের দরজাটা খুব আঁট করে বন্ধ করে দিল সে। তারপর অন্য দরজাটাও বন্ধ করে সে ওপরে উঠে এল। জামাকাপড় পালটে হাত-মুখ ধুয়ে বিছানায় কম্বল-মুড়ি দিয়ে শুয়ে পড়ল সে।

আচমকাই কানের কাছে একটা 'খুক' শব্দ। তারপর কানে কানে সেই পরিচিত ফিসফিস আওয়াজ। "বাপের ব্যাটার মতো একটা কাজ করলে বটে হে। ওই চতুর্ভুজের মন্দিরে আমি এক সময়ে পুজুরি ছিলুম।"

নবীন একটু রেগে গিয়ে বলল, "মেলা ফ্যাচফ্যাচ করবেন না তো! আপনি কোথাকার পুজুরি ছিলেন, তা জেনে আমার লাভটা কী? বিপদের সময় তো আপনার টিকিটিরও নাগাল পাওয়া গেল না। জলে-ডোবা সুড়ঙ্গের মধ্যে আমরা যখন মরতে বসেছিলাম, তখন কোথায় ছিলেন? এখন যে ভারী আহ্লাদ দেখাতে এসেছেন!"

কণ্ঠস্বরটা একটু নিবু-নিবু হয়ে বলল, "সুড়ঙ্গের মধ্যে কি আর সাধে ঢুকিনি রে ভাই? তোমার ঊর্ধ্বতন ষষ্ঠপুরুষ কালীচরণকে দেখলে না? ইয়া গোঁফ, অ্যাই গালপাট্টা, ইয়া বুকের ছাতি, হাতির পায়ের মতো প্রকাণ্ড হাত, থামের মতো পা নিয়ে সুড়ঙ্গের মুখেই দাঁড়িয়ে ছিল।"

"কই দেখিনি তো!"

"দ্যাখোনি যে ভালই করেছ, অশরীরী তো! তবে দেখলে মূর্ছা যেতে, তাঁকে দেখেই আমি মানে-মানে সরে পড়েছিলাম।"

"তাঁকে আপনার ভয় কী?"

"ওরে বাবা! সে অনেক কথা। চতুর্ভুজের মন্দির থেকে ওই কালীচরণই আমাকে তাড়িয়েছিল। দোষঘাট যে আমার ছিল না, তা নয়। চতুর্ভুজ স্বপ্নাদেশ দিয়েছিলেন, নরবলি দিতে হবে। কালীচরণকে বলেও ছিলাম সেকথা। সে কানে তুলল না। বলল, 'তুমি আফিংয়ের ঘোরে কী সব আগড়ম-বাগড়ম দেখেছ, তাই বলেই কি তা মানতে হবে নাকি?' কিন্তু আমার ভয় হল; স্বপ্নাদেশ না মানলে যদি মহা সর্বনাশ হয়ে যায়! তাই একটা গরিব বামুনের পাঁচ বছর বয়সের ছেলেকে চুরি করে আনি। পাতাল-মন্দিরের বাইরের কাকপক্ষীও টের পাবে না। কালীচরণও তখন ছিল না। কিন্তু কী বলব তোমায়, সেই পাঁচ বছরের ছেলের যে কী তেজ! এই হাত-পা ছিটকে বাঁধন প্রায় ছিঁড়ে ফেলে, কাছে গেলেই কামড়ে দিতে চায়। সে এক জ্বালাতন। শেষে অতিরিক্ত ছটফট করায় মাথা পাথরে ঠুকে রক্তপাত হল। খুঁত হলে তো আর বলি দেওয়া যায় না, সুতরাং দেরি হয়ে গেল। আর তা করতে গিয়ে কালীচরণ ফিরে এল। ওঃ কী মারটাই মেরেছিল আমায়! তিনটে দাঁত পড়ে গেল, একটা চোখ ফুলে ঢোল, হাড়গোড় আর আস্ত রাখেনি। ঘাড় ধরে বের করে দিল মন্দির থেকে। সেই থেকে গুন্ডাটাকে বড্ড ভয় খাই। তবে চতুর্ভুজের মন্দিরটার জন্য এখনও মনটা কেমন করে।"

নবীন বলল, "আপনি তো ভীষণ খারাপ লোক ছিলেন দেখছি।"

কুলদা চক্রবর্তীর ভূত ভারী দুঃখের সঙ্গে বলল, "সবাই বলত বটে কথাটা, আমি নাকি খারাপ লোক। এমনকী, আমার ব্রাহ্মণীও বলত, তুমি একটা পাষণ্ড। আমার বাবা বলত, তুই ব্রাহ্মণ-বংশের কুলাঙ্গার। কিন্তু মুশকিল কী জানো, আমি নিজে কিন্তু কখনও টের পাইনি যে, আমি খুব একটা খারাপ লোক। নিজেকে আমার বরাবর বেশ ভাল লোক বলেই মনে হত।"

"খারাপ লোকেরা নিজের খারাপটাকে যে দেখতে পায় না!"

"তাই হবে। কিন্তু আমি যদি তেমন খারাপ হতুম, তা হলে কি আর খোকা-খুকি দু'টির বিপদের কথা জানিয়ে তোমাকে পথ দেখিয়ে জঙ্গলের মধ্যে ঠিক জায়গাটিতে

নিয়ে যেতুম? ওরে বাবা, আমাকে লোকে যতটা খারাপ বলে জানে, আমি ততটা খারাপ নই।"

নবীন বলল, "এখনও আপনাকে আমার ভাল লোক বলে মনে হচ্ছে না।"

কুলদা চক্রবর্তীর ভূত ফোঁত করে একটা নাক-ঝাড়ার শব্দ করে বলল, "এখন যে এসেছি, সেও তোমার ভাল করার জন্যই।"

"তাই নাকি? কী রকম শুনি?"

"যেসব খুনে গুন্ডা তোমাদের সুড়ঙ্গের মধ্যে ধাওয়া করেছিল, তারা সব উঠে এসেছে। তোমার খোঁজে এল বলে। যদি প্রাণ বাঁচাতে চাও তো পালাও, অন্তত এ ঘরটায় আজ রাতে আর শুয়ো না। তাদের অবশ্য ধারণা যে, তুমি ডোবা সুড়ঙ্গের জলে বাচ্চা দুটো-সহ ডুবে মরেছ। তবু তারা দেখতে আসছে, যদি কোনও রকমে বেঁচে গিয়ে থাকো তো নিকেশ করে যাবে।"

"ওরা কারা?"

"তা আমি জানি না বাপু। লোকের ধারণা, ভূত মানেই সর্বজ্ঞ। তাই কি হয় রে ভাই? সব জানলে ভূত থেকে কবে ভগবান হয়ে যেতুম।"

নবীন টের পেল, কুলদা চক্রবর্তীর ভূত গায়েব হয়ে গিয়েছে।

সে উঠে পড়ল। একটু দুশ্চিন্তা হচ্ছিল তার। বাড়িতে পিসি আর মহাদেব আছে। খুনেরা হয়তো তাদের কিছু করবে না। কিন্তু এত রাতে ঘুম থেকে তুলে তাদের অন্যত্র নিয়ে যাওয়াও প্রায় অসম্ভব। অনু আর বিলুর খোঁজ ওরা করবে কি না, তা সে বুঝতে পারছিল না। তবে মনে হয়, তাকে না পেলে ওরা ধরেই নেবে যে, তার সঙ্গে অনু আর বিলুও ডুবে মারা গেছে।

বিছানার চাদরটা টান-টান করে রাখল নবীন, যাতে বোঝা না যায় যে, বিছানায় কেউ শুয়েছিল।

তারপর নিঃশব্দে পাতালঘরের দিকে নেমে গেল নবীন।

দরজাটা এমনভাবে বন্ধ করেছিল, যাতে বাইরে থেকে খোলা যায়। ঘরে ঢুকে দরজাটা ফের বন্ধ করে দিয়ে নবীন ভাবতে বসল, এখন কী করা যায়? যারা পিছু নিয়েছিল, তারা যে চাঁপাকুঞ্জের সুড়ঙ্গ এবং ভিতরকার গুপ্তধনের কথা জানে, সে বিষয়ে সন্দেহ নেই। সশস্ত্র এবং নিষ্ঠুর প্রকৃতির এই লোকগুলোর বিরুদ্ধে নবীন কী করতে পারে?

নবীন কিছুক্ষণ ভাবল, এভাবে ইঁদুরের মতো গর্তে সেঁধিয়ে আত্মরক্ষা করা বেশিক্ষণ সম্ভব নয়। এভাবে বাঁচা যাবে না, বরং রহস্য উদ্‌ঘাটনের চেষ্টাটাই বেশি নিরাপদ হবে।

নবীন জানে, খুনেরা যত বেপরোয়াই হোক। তারা এই শীতে জলে ডোবা সুড়ঙ্গে কিছুতেই নামবার ঝুঁকি নেবে না। নবীনও নিত না। প্রাণের ভয়ে তারা ওই সাংঘাতিক

কাজ করেছে। সুতরাং মন্দিরের সুড়ঙ্গ এখনও নিরাপদ।

নবীন সুড়ঙ্গের দরজা খুলে সরু সিঁড়ি ধরে নামতে লাগল। এসবই তার পূর্বপুরুষেরা করে গেছেন। অনেক পরিশ্রম আর অনেক অর্থ ব্যয় করে তাঁরা তাঁদের ধনসম্পদ আর বিগ্রহকে রক্ষা করবার চেষ্টা করেছেন।

নবীন সিঁড়ির শেষে সরু গলিটা পেরিয়ে এসে ফের মন্দিরে ঢুকল। আর-একটা দরজা এখনও দেখা হয়নি। ওদিকটায় কী আছে তা জানা দরকার।

নবীন মন্দিরের চতুর্থ দরজাটা দিয়ে আবার একটা গলিতে এসে দাঁড়াল। গলিটা ঢালু হয়ে খানিকটা নেমে গেছে। তার পর আবার ওপরে উঠেছে। তার পর খাড়া নেমে গেছে জলের মধ্যে।

ফের জল দেখে থমকে গেল নবীন। ভারী হতাশও হল। ফিরে যাওয়া ছাড়া আর উপায় নেই। রাস্তাটাকে ইচ্ছে করেই কি এত দুর্গম করা হয়েছিল? না কি প্রকৃতির নিয়মে রাস্তা ধসে গিয়ে এই অবস্থা হয়েছে, তা চট করে বুঝে ওঠা মুশকিল। নবীন গলির দু'ধারের দেওয়াল ভাল করে পরীক্ষা করে দেখল, কোনও ফাটল বা গুপ্তপথ আছে কি না। নেই।

নবীন ফিরেই আসছিল। হঠাৎ জলে একটা ঝটপট শব্দ হওয়ায় ফিরে দেখল, মস্ত একটা কাতলা মাছ অল্প জলে খেলা করছে। টর্চের আলো দেখে ফিরে চলে গেল।

কেমন যেন মনে হল নবীনের, মাছটার এই হঠাৎ আসা আর যাওয়ার মধ্যে কোনও একটা ইঙ্গিত আছে। তাকে কি জলে নামতেই বলছে কেউ?

প্রচণ্ড ঠান্ডায় একবার জলে ভিজে কষ্ট পেতে হয়েছে। আবার ভিজলে নির্ঘাত নিউমোনিয়া। কিন্তু উপায়ই বা কী? জলের তলায় কী আছে না আছে, তা না জানলে এই জট খোলা যাবে?

নবীন তার গায়ের চাদর খুলে ফেলল। জুতো ছাড়ল, কী ভেবে টর্চটাও রেখে দিল। তারপর ধীরে ধীরে বরফের মতো ঠান্ডা জলে নেমে গেল।

ডুব না দিয়ে উপায় নেই। এখানেও সুড়ঙ্গটা সোজা জলে নেমে গেছে। কোথায় উঠেছে, কে জানে?

নবীন বুকভরে দম নিয়ে জলে ডুব দিল। তারপর প্রাণপণে সাঁতার দিতে লাগল।

এবার আর বেশি দূর যেতে হল না। হাত-দশেকও নয়, নবীন মাথা তুলতেই দেখল, মাথার ওপর ফাঁকা, দম নেওয়া যাচ্ছে।

নবীন ফিকে অন্ধকারে চারদিকে চেয়ে যা দেখল, তাতে তার চোখ স্থির। সে বড় ঝিলের মাঝ-বরাবর জলে ভাসছে। তিন দিকে বিশাল ঝিল আর জঙ্গল, একধারে ঝিলের ধারের বাড়িটা ভুতুড়ে বাড়ির মতো দাঁড়িয়ে আছে কুয়াশা-মাখা আবছা অন্ধকারে।

হঠাৎ বিদ্যুচ্চমকের মতো নবীনের মনে পড়ে গেল, ওই বাড়িতে কবে যেন ভাড়াটে এসেছে বলে বলছিল সিদ্ধিনাথ? নতুন ভাড়াটে? তারা কারা?

নবীন নিঃশব্দে দ্রুত গতিতে ঘাটের দিকে এগিয়ে গেল। তার পর সাবধানে সিঁড়ি বেয়ে উঠে এল পৈঠায়।

একটা ঝোপের আড়ালে দাঁড়িয়ে গায়ের জামা-টামা খুলে যতদূর সম্ভব নিংড়ে নিল সে। গা-হাত-পা মুছে নিল নিজের ভেজা জামাকাপড় দিয়েই। তারপর বাগানের গাছপালার আড়াল দিয়ে এগোতে লাগল বাড়িটার দিকে।

পুরনো ঝুরঝুরে বাড়ি। অন্ধকার, জনমনিষ্যি কেউ আছে বলে মনে হল না নবীনের।

সে পিছনের বারান্দায় উঠে সাবধানে দরজাগুলো একে-একে টেনে দেখল। সবই ভিতর থেকে বন্ধ। রাস্তার দিকে বাড়ির সদর। নবীন বাড়িটা ঘুরে সামনে চলে এল। একটা ঝোপের আড়াল থেকে লক্ষ করে দেখল। কেউ আছে বলে মনে হল না। ভাড়াটেরা হয় বেরিয়ে গেছে, নয়তো ঘুমোচ্ছে। বাইরে কোনও পাহারা নেই।

নবীন ঝোপের আড়াল থেকে উঠে এক-পা এগোল, পিছনে সামান্য মড়মড় শব্দ... নবীন ফিরে তাকাতে যাচ্ছিল... হঠাৎ তার ঘাড়ে ভালুকের মতো কে যেন লাফিয়ে পড়ল।

প্রথম ধাক্কাতেই হুমড়ি খেয়ে পড়ে গেল নবীন।

দুটো লোহার মতো হাত তার ঘাড়টা শক্ত করে ধরে মুখটাকে ঠেসে রইল মাটিতে। নবীন দম নিতে পারছে না। প্রবল চাপে তার চোখ ফেটে জল এল।

ধীরে ধীরে সাঁড়াশির মতো দুটো হাত আরও চেপে বসল ঘাড়ে। একটা হাঁটু চেপে রেখেছে তার কোমর।

নবীনের গায়ে যে জোর কম, তা নয়, তবে আচমকা এই আক্রমণে সে বড় বেকায়দায় পড়ে গেছে।

কানের কাছে আবার সেই 'খুক' শব্দ। একটা কণ্ঠস্বর ফিসফিস করে বলল, "ভাল খবর আছে হে। একটু আগে চাঁপাকুঞ্জের শ্মশানে কালীচরণের সঙ্গে দেখা, বুঝলে? দেখেই তো আমি তাড়াতাড়ি সটকে পড়ছিলাম। তা হঠাৎ হল কী, জানো? কালীচরণ এই দেড়শো কি পৌনে দুশো বছর পর হঠাৎ আমার সঙ্গে কথা কইল। কী কইল জানো? কইল, 'ওহে চখোত্তি, ওই নবীন ছোঁড়াটা একটু পাগলা বটে, কিন্তু আমার বংশের শিবরাত্তিরের সলতে, মনে হচ্ছে, বিপদে পড়বে, ওকে একটু দেখো।'"

নবীনের ইচ্ছে হচ্ছিল, কুলদা চক্কোত্তির টিকিটা ধরে আচ্ছাসে নেড়ে দেয়। নবীনের শ্বাস বন্ধ হয়ে আসছে, আর খিটকেলে ভূতটা বকবক করে যাচ্ছে।

কুলদা চক্রবর্তীর অবশ্য কোনও বৈলক্ষণ্য নেই। ফিসফিস করে বলল, "বুঝলে, এই

এত বছর বাদে কালীচরণের রাগ কিছু পড়েছে বলেই মনে হয়! যদি ভগবান মুখ তুলে চান, তবে চাই কী, ফের পুরুতগিরিতে বহালও করতে পারে। তা সেকথা যাক গে, এই গুন্ডাটা দেখছি তোমাকে বেশ পেড়ে ফেলেছে...ইঃ, তোমার যে একেবারে ল্যাজে-গোবরে অবস্থা! তা একটা কাজ করো, বাঁ পা-টা ভাঁজ করে ওপরে তুলে ঘোড়া যেমন চাঁট মারে, তেমনি একখানা ঝাড়ো তো বাপু?”

নবীনের জ্ঞান ধীরে ধীরে লুপ্ত হয়ে যাচ্ছিল। তবু এ কথাটা সে শুনল। বাঁ পা-টা তুলে চড়াক করে একখানা গোড়ালির গুঁতো বসিয়ে দিতে পারল লোকটার পিঠে। উপুড় হয়ে পড়ে থেকে এর বেশি আর সম্ভবও নয়।

লাথিটা কষাতেই ঘাড়ের চাপটা অর্ধেক কমে গেল হঠাৎ। আর সেই সুযোগে নবীন একটা ঝটকা মেরে পিঠের ওপর থেকে লোকটাকে ছিটকে ফেলে মাটিতে একপাক গড়িয়ে গেল।

তারপর সে বাঘের মতো লাফিয়ে পড়ল লোকটার ওপর। এরাই না তাদের তিনজনকে কুয়োর মধ্যে খুন করতে চেয়েছিল? এরাই না বোমা ছুড়ে মেরেছিল? দু'টি শিশুকেও এই পাষণ্ডরা মায়া করেনি।

নবীনের গোটা পাঁচ-ছয় ঘুসি খেয়ে লোকটা মাটিতে পড়ে গেল। নড়ল না।

নবীন উপুড় হয়ে লোকটাকে পরীক্ষা করে দেখল। কোমরের বেল্ট থেকে একটা টর্চ জ্বলছিল, সেটা খুলে নিয়ে নবীন লোকটার মুখে আলো ফেলল। অচেনা মুখ। তবে লোকটা যে শহরের, তাতে সন্দেহ নেই। পকেট-টকেটও হাতড়ে দেখল নবীন। না, কোনও অস্ত্র নেই। এমনকী, একটা লাঠিও না।

নবীন ধীর পায়ে বাড়ির বারান্দায় উঠল। একটা দরজা টানতেই খুলে গেল ক্যাঁচ-কোঁচ শব্দ করে।

ভিতরে ঢুকে চারদিকে আলো ফেলল নবীন। সামনের বড় ঘরটায় কয়েকটা বাক্স-প্যাঁটরা রয়েছে। এখনও খোলা হয়নি।

পরের ঘরটায় একটা পোর্টেবল র‍্যাকের ওপর দুটো মাইক্রোস্কোপ আর অনেকগুলো জার রয়েছে। কয়েকটা জাল-লাগানো কাঠের বাক্সও।

নবীন এ ঘরটা পার হয়ে পরের ঘরটায় ঢুকতে গিয়ে ভিতরে অদ্ভুত একটা শব্দ শুনে সভয়ে দাঁড়িয়ে গেল। মনে হচ্ছে, কোনও বিচিত্র হিংস্র প্রাণীর আওয়াজ।

একটু বাদেই তার ভুল ভাঙল। কোনও হিংস্র প্রাণী নয়, দুটো ক্যাম্প-খাটের ওপর দু'জন লোক অঘোরে ঘুমোচ্ছে আর তাদের নাক ওই রকম ভয়ংকরভাবে ডাকছে।

নবীন দু'জনের মুখেই টর্চের আলো ফেলল। শহরের লোক, ঘুমন্ত মুখ দেখে কিছু বোঝবারও উপায় নেই, এরা কেমন লোক। তবে এদের একজনকে সে চেনে।

অভিজিৎ। সদাশিববাবু আলাপ করিয়ে দিয়েছিলেন। এই লোকটাই ঘুরঘুর করছিল তার বাড়ির বাগানে।

হঠাৎ লোকটার নাকের আওয়াজ থেমে গেল। লোকটা চোখ মেলে তড়াক করে উঠে বসে বলল, "কে?"

নবীন টর্চটা নিভিয়ে দিয়ে বলল, "ভয় নেই। আমার নাম নবীন।"

"ওঃ, নবীনবাবু! এত রাতে কী ব্যাপার?"

"আমি জানতে চাই, আপনারা কারা?"

অভিজিৎ একটু বিরক্ত গলায় বলল, "এত রাতে ঘুম ভাঙিয়ে এটা কী ধরনের রসিকতা?"

"রসিকতা নয়। পরিচয় জিজ্ঞেস করার গুরুতর কারণ আছে। গত কয়েক ঘণ্টা যাবৎ কয়েকজন খুনে লোক বন্দুক-পিস্তল নিয়ে আমাকে তাড়া করছে। তারা আমাকে খুন করতে চায়। কিন্তু কেন চায় এবং তারা কারা, তা আমার জানা দরকার।"

অভিজিৎ একটু বিগলিত গলায় বলল, "তারা কারা, তা আমিই বা কী করে বলব? আপনার কি সন্দেহ যে, আমরাই আপনাকে খুন করার চেষ্টা করছিলাম?"

"কেটেরহাটে এমন কোনও লোককে আমি জানি না, যার কাছে বন্দুক-পিস্তল বা বোমা আছে।"

"কেন, সদাশিববাবুরই তো আছে।"

"তা আছে। তবে তাঁর বয়স আশির কাছাকাছি।"

অভিজিৎ উঠে একটা লণ্ঠন জ্বালল। তারপর নবীনের দিকে চেয়ে বলল, "আরে, আপনি যে শীতে কাঁপছেন! সর্বাঙ্গ ভেজা!"

"হ্যাঁ, আমি ঝিল থেকে একটু আগেই উঠে এসেছি।"

"আপনি কি পাগল? এই প্রচণ্ড শীতে ঝিলে নেমেছিলেন কেন?"

"সেকথা পরে। আপনাদের মতলব কী বলুন তো? আপনারা আসার পরেই কেন এসব ঘটনা ঘটছে? সিদ্ধিনাথকে আপনারা তাড়াতে চেয়েছিলেন, না পেরে তাকে মেরে যমের দক্ষিণ দোরে পৌঁছে দিয়েছেন। ভুজঙ্গের মাথা ফাটিয়েছেন, সদাশিবের দুটো ফুলের মতো নাতি-নাতনি আর আমাকে গুলি করে মারতে চেয়েছেন।"

অভিজিৎ এসব কথার কোনও জবাব দিল না। বেশ কিছুক্ষণ চুপ করে থেকে একটা দীর্ঘশ্বাস ফেলে বলল, "আমাদের কাছে বন্দুক একটা আছে বটে, কিন্তু সেটা ডাকাতের ভয়ে রাখতে হয়েছে। যদি বিশ্বাস না হয়, তবে নিজেই খুঁজে দেখতে পারেন। আমরা পোকা-মাকড় নিয়ে রিসার্চ করতে এসেছি। অন্য কোনও উদ্দেশ্য নেই। সিদ্ধিনাথ বা ভুজঙ্গকে কে মেরেছে, তাও আমরা জানি না। তবে গতকাল বিকেলে আমরা বেড়াতে

বেরিয়েছিলাম। ফিরে এসে দেখি, সদর দরজায় কে আঠা দিয়ে একটা কাগজ সেঁটে রেখে গেছে। আমরা কাগজটা খুলে রেখেছি। আপনিও দেখতে পারেন।"

এই বলে অভিজিৎ টেবিল থেকে একটা কাগজ তুলে নবীনের হাতে দিল। নবীন দেখল, তাতে লেখা: চব্বিশ ঘণ্টার মধ্যে এ জায়গা ছেড়ে চলে না গেলে মরতে হবে।

নবীন কাগজটা অভিজিতের হাতে ফিরিয়ে দিয়ে বলল, "আপনাদের একজন একটু আগে বাগানে আমাকে আক্রমণ করেছিল। আপনারা যদি ভাল লোকই হবেন, তা হলে গুন্ডা পুষেছেন কেন? যে আমাকে প্রায় মেরেই ফেলেছিল!"

অভিজিৎ একটু হেসে বলল, "আমাদের কাছে কিছু দামি যন্ত্রপাতি আছে। এ জায়গাটা কেমন, তা তো জানি না। তাই আমরা পালা করে সারারাত পাহারা দিই। সুহাস একটু মারকুটে বটে, কিন্তু খুনি নয়। আর আপনার সঙ্গে সে তো বিশেষ সুবিধেও করতে পারেনি দেখছি। তাকে কী অবস্থায় রেখে এসেছেন? মানুষটা আস্ত আছে তো?"

নবীন নিজের ঘাড়ে একটু হাত বুলিয়ে বলল, "আছে। শ্বাস পড়ছে, দেখে এসেছি। তবে জ্ঞান নেই।"

"তা হলে তার একটা ব্যবস্থা এখনই করতে হয়। বাগানে এভাবে পড়ে থাকলে ঠান্ডায় মরে যাবে।"

"চলুন, আমিও আপনাকে সাহায্য করছি।"

দু'জনে ধরাধরি করে সুহাসকে বাগান থেকে ঘরে নিয়ে এল। অভিজিৎ তার চোখে জলের ঝাপটা দিতেই সে চোখ মেলে উঠে বসল। আর এই সব গণ্ডগোলে সুদর্শনও ঘুম ভেঙে উঠে পড়েছে।

অভিজিৎ করুণাভরে বলল, "আমাদের কাছে কিছু এক্সট্রা জামা-কাপড় আছে। আপনি পরতে পারেন। সুহাস আর আপনার ফিগার একই রকম।"

নবীন শীতে কাঁপতে কাঁপতে রাজি হয়ে পোশাক পরে নিল। চমৎকার নরম উলের তৈরি প্যান্ট আর নাইলনের জামার ওপর একটা গলাবন্ধ পুল-ওভার।

একটা স্টোভ জ্বেলে অভিজিৎ কফিও বানিয়ে ফেলল কয়েক মিনিটে। নবীনের অভ্যেস নেই। তবু গরম কফি খেয়ে শরীরটা বেশ তেতে উঠল তার।

অভিজিৎ বলল, "এবার বলুন, কী করতে চান?"

নবীন মাথা নেড়ে বলল, "বুঝতে পারছি না।"

"কিছু বদমাশ আপনার পেছনে লেগেছে। তাদের টিট করতে হবে, এই তো?"

নবীন মাথা নেড়ে বলল, "তা-ই। টিট না করলে তারা আমাকে যমের বাড়ি পাঠাবে।"

"সেটাই স্বাভাবিক। আগেই বলে রাখছি, আমরা এসব কাজে অভ্যস্ত নই। আমরা বিজ্ঞানী। কিন্তু তবু আপনাকে সাহায্য করতে রাজি আছি।"

নবীন একটু ভাবল। এরা সত্যিই কেমন লোক, তা সে জানে না। এরা যদি তারা নাও হয়ে থাকে, তাতেও কিছু যায় আসে না। কিন্তু এরাও যদি খারাপ লোক হয়ে থাকে, তখন কী হবে?

তাই সে বলল, "আপনারা আমাদের অতিথি। আপনাদের বিপদে ফেলাটা কি ঠিক হবে?"

অভিজিৎ মৃদু হেসে বলল, "বিপদে আমাদের মাঝে মাঝেই পড়তে হয়। মাঠঘাট-জঙ্গলে কাজ করলে বিপদ ঘটবেই। আর-একটা কথাও আছে, এ লোকগুলো আজ আপনার পিছনে লেগেছে। কাল আমাদের পিছনেও লাগতে পারে। চলুন। আর দেরি করা ঠিক হবে না।"

অনু আর বিলু বাড়ি ফিরে এসে গরম জলে হাত-মুখ ধুয়ে জামা-কাপড় পালটে এবং দুধ খেয়ে শুয়ে পড়েছিল। কিন্তু এত সব ঘটনার ফলে তাদের মাথা এত গরম হয়ে গেছে যে, কিছুতেই ঘুম এল না।

অনু ডাকল, "বিলু! ঘুমোলি?"

"না রে, দিদি।"

"আমার কী মনে হচ্ছে জানিস? নবীনদা আমাদের ফাঁকি দিয়ে ফের গুহায় নেমেছে।"

"তা হলে চল, যাবি?"

"যাব। ওঠ।"

দুই ভাইবোন উঠে চটপট পোশাক পরে নিল। বাড়ি নিঃঝুম। কেউ জেগে নেই। কাজেই সকলের অজান্তে বেরিয়ে পড়তে তাদের কোনও অসুবিধেই হবে না।

কিন্তু বেরোবার মুখেই হঠাৎ পথ আটকে সদাশিব এসে দাঁড়ালেন, "কোথায় যাচ্ছিস?"

ছ'জন লোক যখন নিঃশব্দে নবীনের বাড়ি ঢুকল, তখন রাত আরও গাঢ় হয়েছে। চারদিক ভীষণ নিস্তব্ধ।

ছ'জন লোকের হাতেই বন্দুক-পিস্তল ইত্যাদি। সর্দার গোছের লোকটা একটু চাপা গলায় বলল, "দাঁড়িয়ে পড়। পালাতে না পারে।"

চোখের পলকে ছ'জন ছিটকে ছড়িয়ে পড়ল।

সর্দারের হাতে একটা পিস্তল। নবীনের বাড়ির সদর দরজাটা সে একটা তারের

সাহায্যে মাত্র কয়েক সেকেন্ডে বাইরে থেকে খুলে ফেলল। তারপর ঢুকল নবীনের শোবার ঘরে।

তারপর টর্চ জ্বালল।

বিছানায় নবীন গভীর ঘুমে অচেতন। সর্দার একটু তৃপ্তির হাসি হাসল। ছোট্ট করে মৃদু একটা শিস দিল সে। বাইরে থেকে তার আর-দু'জন স্যাঙাত ছায়ার মতো পাশে এসে দাঁড়াল।

সর্দার নবীনকে দেখিয়ে চাপা গলায় বলল, "জলে ডুবে মরেনি। তার মানে সুড়ঙ্গে জলের তলা দিয়ে রাস্তা আছে। আর সে রাস্তা এ বাড়িতে এসে উঠেছে। পাতালঘরে ঢোকার সন্ধান তা হলে পাওয়া গেছে। ওকে তোল।"

একজন গিয়ে নবীনের গা থেকে কম্বলটা ঝটকা মেরে সরিয়ে তার চুল ধরে টেনে তুলল।

নবীন আতঙ্কের গলায় বলল, "কী ব্যাপার? তোমরা কে?"

"কথায় কথা বাড়ে নবীনবাবু। আমাদের পাতালঘরে নিয়ে চলো। সময় বেশি নেই।"

"পাতালঘর?"

সর্দার মৃদু হেসে বলল, "সোজা আঙুলে ঘি উঠবে না, আমি জানি।" বলে সর্দার তার অস্ত্রটা উলটে নিয়ে নবীনের হাতটা টেনে ধরে বলল, "পিস্তলের বাঁট দিয়ে তোমার কবজিটা ভেঙে দেব নবীনবাবু?"

ঠিক এই সময়ে সর্দারের ডান চোয়ালে একটা ঘুসি এসে পড়ল। আর, দু'জন লোক লাফিয়ে পড়ল আর-দু'জনের ঘাড়ে। নবীন বিছানা থেকে লাফ দিয়ে নেমে সর্দারকে একটা ল্যাং মেরে ফেলে দিল।

প্রথম লড়াইটা নবীনরা এক রকম জিতেই গিয়েছিল। তিনজনই কুমড়ো-গড়াগড়ি। সংখ্যাতেও নবীনরা চারজন।

কিন্তু সর্দার পড়ে গিয়েও একটা টানা লম্বা শিস দিল।

লড়াইয়ের মাঝখানেই আরও তিনজন লোক পিস্তল হাতে ঘরে এসে ঢুকল।

অভিজিৎ হাঁফানো গলায় বলল, "নবীনবাবু, সারেন্ডার করে দিন। নইলে সবাই মরব।"

নবীনও বুঝল, লড়ে লাভ নেই। সর্দার উঠে পিস্তলটা কুড়িয়ে নিয়ে বলল, "এবার চলো নবীনবাবু। পাতালঘরের দরজাটা খোলো। ওরে, এই তিনজন মর্কটকে অজ্ঞান করে রেখে যা।"

তিনটে পিস্তলের বাঁটের ঘায়ে অভিজিৎ সুহাস আর সুদর্শন লুটিয়ে পড়ে গেল মেঝেয়। দু'জন ডাকাত তাদের পাহারা দিতে লাগল। চারজন নবীনকে

নিয়ে পাতালঘরে নামল। নবীন দরজা খুলল। তাকে সামনে নিয়ে ঘরে ঢুকল চারজন।

সর্দার এগিয়ে গিয়ে জালার মুখগুলো খুলে ফেলল। তারপর বলল, "বাঃ। নবীনবাবু তো এখন বেশ বড়লোক দেখছি। অবশ্য এসব ভোগ করা আর নবীনবাবুর কপালে হয়ে উঠবে না। ওরে কালু, সুড়ঙ্গে নিয়ে গিয়ে নবীনবাবুর ব্যবস্থা কর, যাতে আর কখনও মুখ দিয়ে শব্দ বার না হয়।"

দুটো পিস্তলের নল এগিয়ে এসে ঠেকল নবীনের বুকে।

"চলো।"

নবীনের মাথায় হঠাৎ আগুন জ্বলে গেল। অনেকক্ষণ ধরে সে সহ্য করছে। আর পারল না। বাঘের মতো একটা গর্জন ছেড়ে সে একজনের ওপর লাফিয়ে পড়ল। তারপর একটা খুব ঝটাপটি হতে লাগল। তার ওপর আরও দু'জন এসে পড়ল। নবীন দু'হাত এবং দু'পা সমান তেজে চালিয়ে যেতে লাগল। কে যেন কানের কাছে ফিসফিস করে বলে যেতে থাকল, "চালাও, চালাও স্বয়ং কালীচরণ কর্তা দাঁড়িয়ে দাঁড়িয়ে তোমার এলেম দেখছেন যে! খুশিও হচ্ছেন খুব। গোঁফে তা দিচ্ছেন আর হাসছেন।"

নবীনের গায়ে যেন বুনো জোর এল। সে প্রাণপণে লড়ে যেতে লাগল অন্ধকারে। তার মধ্যে দু'বার দুটো পিস্তলের আওয়াজ হল।

তারপরই হঠাৎ একটা মস্ত টর্চ বাতির আলো এসে পড়ল ঘরে। দরজার কাছ থেকে সদাশিববাবুর গলা পাওয়া গেল, "খবরদার! সব স্থির হয়ে দাঁড়াও। নইলে সব ক'টাকে পুঁতে ফেলব।"

সদাশিব একা নন। সঙ্গে বচন, লেঠেল রহিম শেখ, অনু, বিলু, আর অভিজিৎ। সদাশিবের হাতে বন্দুক।

চারজন ডাকাতের হাত থেকেই পিস্তল খসে পড়েছিল মারামারি করতে গিয়ে। সর্দার তার পিস্তলটার জন্য ঝাঁপ খেল বটে, কিন্তু রহিম শেখ বিদ্যুতের মতো লাঠিটা চালাতেই সর্দার চিৎপাত হয়ে পড়ে গেল। ওপরে পাহারাদার দুই ডাকাতকে ঠিক এরকম ভাবেই ঘায়েল করে এসেছে সে এই মাত্র।

মাঝরাতে গোপীনাথের পেটে কে যে কাতুকুতু দিল, কে জানে। গোপীনাথের ভারী কাতুকুতু। সে ঘুমের মধ্যেই খুব খিলখিল করে হাসতে হাসতে উঠে বসল। কার এমন সাহস?

"কার এত বুকের পাটা যে, আমায় কাতুকুতু দিল!"

"আজ্ঞে, আমার। আমি নবীন। একটু আগে পাতালঘরে খুন হয়েছি। আমি নবীনের ভূত।"

"ওরে বাবা রে।"

"নরক জায়গাটা ভীষণ খারাপ, গোপীনাথবাবু। যা ভেবেছিলাম, তার চেয়েও খারাপ। যে যমদূতেরা আমাকে ধরে নিয়ে যাচ্ছে, তারা বলছে যে, সেখানে নাকি সারা গায়ে ছুঁচ ফুটিয়ে মানুষকে পিন-কুশন বানিয়ে রাখা হয়। চোখের মধ্যে গরম সিসে ঢেলে দেয়..."

"বাবা গো!"

"আপনাকেও নরকেই যেতে হবে। বেশি দিন নেই। আপনার লোকেরা আমাকে খুন করেছে ঠিকই, কিন্তু তারা আপনাকে একটি মোহরও দেবে না। সব নিজেদের মধ্যে ভাগ-বাঁটোয়ারা করে নিচ্ছে দেখুন গে।"

"বটে! নিধিরামের এত সাহস! আমি বলে তাকে ভাল জেনে হাতরাশগড় থেকে আনালুম, আর তারই এই কীর্তি! দাঁড়াও, দেখাচ্ছি..."

গোপীনাথ উঠতে যাচ্ছিল। হঠাৎ মনে হল, ঘরে আরও লোক ঢুকেছে। গোপীনাথ আলোটা বাড়িয়ে তাকাল।

সামনেই দারোগা। পিছনে আরও অনেক লোক।

গোপীনাথ বলল, "ওরে বাবা।"

উপসংহার

গোপীনাথকে পুলিশে ধরে নিয়ে গেছে। তার ভাড়াটে গুন্ডাদেরও।

নবীন যেসব সোনা-দানা পাতালঘর থেকে পেল, তার একটাও সে নিজে নিল না। শুধু বাড়ির বাবদে গোপীনাথের কাছে যে দেনা ছিল, সেটা শোধ করে দিল গোপীনাথের ছেলেকে। বাকি সোনা-দানা বেচে সে কয়েক লাখ টাকা পেল, তা দান করে দিল গরিব-দুঃখীদের। বলল, "আমার পূর্বপুরুষেরা অন্যেরটা লুঠ করে এনেছিলেন। আমি তাই অন্যকেই দান করে দিলাম।"

সদাশিববাবু শুনে বললেন, "হুঁ! নবীন ছোকরা খারাপ নয় জানি। তা বলে কালীনাথ সুবিধের লোক ছিল না। তার চেয়ে আমার ঊর্ধ্বতন পঞ্চম পুরুষ..."

শুনে অনু আর বিলু হেসে খুন।

পটাশগড়ের জঙ্গলে

জয়পতাকাবাবুকে দেখে কিন্তু মোটেই বীর বলে মনে হয় না। তিনি ভজুরাম মেমোরিয়াল স্কুলের নামকরা অঙ্কের মাস্টারমশাই। কোঁচানো ধুতি, ধবধবে সাদা পাঞ্জাবি, চোখে গোল রোল্ডগোল্ড ফ্রেমের চশমা, মাথার মাঝখানে চেরা সিঁথি, পায়ে শীত গ্রীষ্ম বর্ষা সবসময়ে সাদা মোজা আর পাম্পশু। বয়স পঁচিশ-ছাব্বিশের বেশি নয়। কিন্তু গাম্ভীর্য, পোশাক আর চালচলনে প্রবীণের মতো দেখায়। ছেলেরা তাঁকে ভয় খায় বটে, কিন্তু বীর বলে মনে করে।

সেবার ভজুরাম মেমোরিয়ালের সঙ্গে কালীতলা স্কুলের ফুটবল ম্যাচ। দুটোই নামকরা টিম। সুতরাং মর্যাদার লড়াই। মাঠে কাতারে-কাতারে লোক জড়ো হয়েছে খেলা দেখতে। খেলা শুরু হয়-হয়। ঠিক এই সময়ে বিপত্তিটা ঘটল।

শহরের সবচেয়ে সাংঘাতিক জীবটির নাম হচ্ছে কালু। যে হল শিবের ষাঁড়। গায়ে-গতরে যেমন বিশাল, তেমনি তার গোঁ আর রাগ। খেপলে সে আরবি ঘোড়ার মতো দৌড়য়।

ঘোষবাড়ির ভুতু হচ্ছে এ শহরের সবচেয়ে বিচ্ছু ছেলে। ভজুরাম মেমোরিয়ালের ক্লাস এইটের ছাত্র। ফুটবল টিমে তার ঢোকা অনিবার্য ছিল। কিন্তু হেডসারের ইংরেজি ক্লাসের সময় সারের টেবিলের নীচে একটা জ্যান্ত কাঁকড়াবিছে ছেড়ে দেওয়ার অপরাধে তার বিরুদ্ধে শাস্তিমূলক ব্যবস্থা নেওয়া হয়েছে। খেলা তো বন্ধই, স্কুল থেকে তাড়িয়েও দেওয়া হতে পারে।

ভুতু খেলার দিন একটা পাকা কাঁঠাল জোগাড় করে সোজা বাজারের রাস্তায় কালুকে গিয়ে ধরল। কালু বটতলায় বসে ঝিমোচ্ছিল, কাঁঠালের মনমাতানো গন্ধে চনমন করে উঠল। ভুতু একটি একটি করে কাঁঠালের কোয়া নিজে হাতে কালুকে খাওয়াতে খাওয়াতে খেলার মাঠের দিকে হাঁটতে লাগল। কাঁঠালের সম্মোহনে কালুও তার পিছু-পিছু যাচ্ছে।

খেলার মাঠে সাংঘাতিক ভিড়। চেঁচামেচিও বেশ হচ্ছে। কাঁঠাল খাওয়ানো শেষ করে ভুতু কালুর লেজ ধরে পেল্লায় এক মোচড় দিয়ে বলল, "যাঃ, কালু যাঃ, লেগে পড়। সব লন্ডভন্ড করে দে।"

কালু লেজের মোচড় পছন্দ করে না। সে ফোঁস করে একটা শ্বাস ছেড়ে বাঘের মতো গর্জন করল। আর তখন কাঁঠালের ভুতিটা তাকে একবার শুঁকিয়ে ভুতু সেটা মাঠের মাঝখানে ছুড়ে দিয়ে পালাল।

তারপর আর কাণ্ডটা দেখতে হল না। কালু আর-একটা গর্জন ছেড়ে তীব্র গতিতে ভিড়ের মধ্যে গিয়ে পড়ল। গোটাচারেক লোক শূন্যে ডিগবাজি খেয়ে ছিটকে পড়ল। তারপর মাঠের মাঝখানে এক রণতাণ্ডব শুরু করে দিল কালু।

লোকে পড়ি কি মরি করে পালাতে লাগল চারিদিকে। প্লেয়াররা কিছু পালাল, কয়েকজন গোলপোস্টের ওপর উঠে পড়ল। চারদিকে হুড়োহুড়ি হুলুস্থুলু কাণ্ড।

একধারে দুই স্কুলের মাস্টারমশাইরা চেয়ারে বসে ছিলেন। মাঝখানে জেলা ম্যাজিস্ট্রেট, সামনের টেবিলের ওপর ষষ্ঠীচরণ স্মৃতি শিল্ড এবং বগলাপতি রানার্স আপ কাপ সাজানো। কালু মাঠে নামতেই মাস্টারমশাইরা উঠে দুড়দাড় পালালেন। ম্যাজিস্ট্রেটসাহেব চেঁচিয়ে পুলিশদের ডাকাডাকি করছিলেন। কেউ অবশ্য এগিয়ে এল না। এখানকার পুলিশদের ধারণা, কালু শিবের সাক্ষাৎ বাহন, তার গায়ে গুলিও লাগবে না। উপরন্তু শিবের কোপে নির্বংশ হতে হবে।

ঠিক এই সময়ে দেখা গেল, জয়পতাকাবাবু বীরদর্পে উঠে দাঁড়িয়েছেন। একটা লাল শালুতে 'ষষ্ঠীচরণ স্মৃতি শিল্ড' লেখা। যেটা প্যান্ডেলের মাথায় টাঙানো ছিল। একটা চেয়ারে উঠে শালুটা খুলে ফেললেন জয়পতাকাবাবু। তারপর সোজা মাঠে নেমে কালুর মুখোমুখি হলেন।

কালু এমনিতেই রাগী। এত লোক দেখে তার মাথা আরও গরম হয়েছে। তার ওপর ভিড়ের মধ্যে সে কাঁঠালের ভুতিটাও খুঁজে পায়নি। তার চোখ লাল, মুখে ফেনা, গলা দিয়ে ঠিক বাঘা গর্জন বেরোচ্ছে। ঠিক এই সময়ে ধুতি-পাঞ্জাবি-পরা জয়পতাকাবাবুকে সে দেখতে পেল। একেবারে মুখোমুখি। এবং দেখল, তাঁর হাতে লাল শালু।

লাল দেখে আর মাথার ঠিক রাখতে পারল না লালু। সব ভুলে সে তেড়ে এল জয়পতাকাবাবুর দিকে।

কিন্তু অকুতোভয় জয়পতাকা-সার স্পেনদেশীয় বুল-ফাইটারদের মতোই অনায়াস দক্ষতায় শালুটা একটু পাশ কাটিয়ে ধরলেন। কালু তেড়ে আসতেই চট করে সরিয়ে নিলেন। দিগ্‌ভ্রান্ত কালু খানিকটা দৌড়ে গিয়ে ভুল বুঝতে পেরে ফিরল। এবং আবার মাথা নিচু করে শিং উঁচিয়ে তেড়ে এল।

ডাকাবুকো জয়পতাকাবাবু আবার কালুকে দিগ্‌ভ্রান্ত করে দিলেন।

এই কাণ্ড দেখে পলাতক লোকজনেরা আবার ফিরে আসতে লাগল। চারদিকে

করতালি ও হর্ষধ্বনিও শোনা যেতে লাগল। এর ফলে জয়পতাকাবাবু খুবই উদ্দীপ্ত হয়ে উঠলেন। লোকে ফুটবল খেলা ছেড়ে তাঁর সঙ্গে ষাঁড়ের লড়াই দেখছে, এটা কম কথা নয়। তিনি দ্বিগুণ উৎসাহে কালুর সম্মুখীন হলেন এবং আবার কালুকে লাল শালু দিয়ে একেবারে বোকা বানিয়ে ছাড়লেন।

বারবার তিনবার, জয়পতাকাবাবু রীতিমতো চনমনে হয়ে উঠেছেন। বেঁচে থাকার একটা আলাদা স্বাদ পাচ্ছেন। অঙ্ক কষাতে বা ছেলেদের পড়াতে তিনি দারুণ আনন্দ পান, কিন্তু এ আনন্দ সেই আনন্দের চেয়েও যেন বেশি।

কালু দিগ্ভ্রান্ত হয়ে গোলপোস্ট বরাবর চলে গিয়ে থেমেছে, তারপর ঘুরে দাঁড়িয়ে সামনের দু'পায়ের খুর দিয়ে ক্রুদ্ধ ও ভয়াল ভঙ্গিতে মাটি খুঁড়তে খুঁড়তে, মুখে ফেনা তুলে একটা রণহুংকার দিয়ে তেড়ে আসতে শুরু করেছে।

এদিকে জয়পতাকাবাবুও তৈরি। কিন্তু মুশকিল হয়েছে তাঁর পরনে মাটাডোরের পোশাক নেই। তিনি পরেছেন নিরীহ বাঙালির ঢিলেঢালা পোশাক ধুতি আর পাঞ্জাবি। পায়ের পাম্পশুটাও ষাঁড়ের লড়াইয়ের উপযুক্ত জুতো নয়। ফলে হল কী, তাঁর কাছা খুলে গেল, একপাটি জুতো হল নিরুদ্দেশ।

অকুতোভয় জয়পতাকাবাবু এক হাতে কাছা গুঁজতে গুঁজতে অন্য হাতেই লাল শালু নাড়তে নাড়তে কালুর মুখোমুখি হলেন। আশ্চর্যের বিষয়, এবারও কালু জয়পতাকাবাবুকে ছুঁতে পারল না, দৌড়ে বেরিয়ে গেল।

চতুর্দিক থেকে সবাই কালুকে দুয়ো দিল, জয়পতাকা-সারকে জানাল অভিনন্দন।

জয়পতাকাবাবু হঠাৎ বুঝতে পারলেন, তাড়াহুড়োয় তিনি কাছাটা গুঁজেছেন পাঞ্জাবিসমেত। ফলে পাঞ্জাবি গায়ে টাইট হয়ে তাঁকে সামনে ঝুঁকতে দিচ্ছে না। একপায়ে জুতো না থাকাতে শরীরের ভারসাম্য রাখাও কঠিন হয়েছে।

কালু যখন পঞ্চমবার তাঁকে ক্রোধোন্মত্ত আক্রমণ করতে তৈরি হচ্ছে তখনও জয়পতাকাবাবু রণে ভঙ্গ দিলেন না। অত্যন্ত তৎপরতার সঙ্গে জামাটা টেনে বের করে কাছাটা ঠিকমতো আঁটতে গেলেন।

কালু তেড়ে এল। বিভীষণ বেগেই এল। জয়পতাকাবাবু শালুটা নাড়বার চেষ্টা করতে লাগলেন, কিন্তু তাড়াহুড়োয় এবার কাছার সঙ্গে গুঁজে ফেলায় ভারী মুশকিল হল। শালুটা পিছনে গোঁজা থাকায় জয়পতাকাবাবুকে কালুর দিকে পিছন ফিরে শালুটা নাড়তে হচ্ছিল। কালু সোজা এসে গদাম করে গুঁতিয়ে দিল জয়পতাকাবাবুকে।

সবাই হায়-হায় করে উঠল। অঙ্কের এমন মাস্টার যে সাতটা শহর খুঁজলেও মিলবে না। গেল, অমন একজন মাস্টার ষাঁড়ের গুঁতোয় শেষ হয়ে গেল।

কিন্তু দিনটা আজ কালুর নয়, আজ জয়পতাকাবাবুরই ছিল।

কালু গুঁতো মারল ঠিকই, কিন্তু সঠিক ক্যালকুলেশন করে মারেনি। গুঁতোটা যদিও জয়পতাকাবাবুকে শূন্যে তুলে ফেলল, এবং তিনি শূন্যে দুটো সামারসল্টও খেলেন, কিন্তু কালুর শেষরক্ষা হল না। ঝড়ের বেগে গুঁতিয়ে যখন শাঁ করে কালু বেরিয়ে যাচ্ছে, তখন দেখা গেল, শূন্যে ওই ডিগবাজি খেয়েও জয়পতাকা-সার নির্ভুলভাবে কালুর পিঠে সওয়ার হয়ে গেছেন। ঠিক ঘোড়সওয়ারের মতোই। তেমনি বুক ফোলানো দৃপ্ত ভঙ্গি। মেরুদণ্ড সোজা রেখে উপবিষ্ট। হাতে অবশ্য চাবুকের বদলে লাল শালু।

কালুর জীবনেও এই অভিজ্ঞতা প্রথম। এই মফস্বল শহরে সবাই তাকে দারুণ ভয় খায়। কেউ তাকে ঘাঁটায় না, মুখোমুখি লাল কাপড় দেখানো তো দূরস্থান। কিন্তু এই একটা লোক, শুধু তাকে খেপিয়েই তোলেনি, আবার নির্লজ্জের মতো পিঠের ওপরে বসেও আছে।

কালু আর ফিরল না। দিগ্বিদিক জ্ঞানশূন্য হয়ে ছুটতে লাগল। ছুটতে ছুটতে চোখের পলকে অদৃশ্য হয়ে গেল।

কালুর মতো ভয়ংকর ষাঁড়ের এরকম লেজে-গোবরে হওয়া দেখে দর্শকমণ্ডলী তুমুল হর্ষধ্বনি দিয়ে উঠল। গণ্ডগোল থামলে ম্যাজিস্ট্রেটসাহেব সকলকে উদ্দেশ করে গদগদ স্বরে বললেন, "পৃথিবীতে মানুষই যে শ্রেষ্ঠ জীব তা আজ আর-একবার প্রমাণিত হল। পশুশক্তি যে মানুষের কাছে চিরকালই পরাজিত হয়ে আসছে তার কারণ মানুষের প্রকৃত শক্তি হচ্ছে মনুষ্যত্ব, তার বীরত্ব। আজ সার্থকনামা জয়পতাকাবাবু মানুষের জয়পতাকাই আবার ঊর্ধ্বে তুলে ধরেছেন। ভীরু বাঙালি দুর্বল বাঙালির ভিতরেই লুকিয়ে আছে দুর্জয় বাঙালি। স্পেনদেশীয় বিখ্যাত মাটাডোরদের চেয়ে বাঙালি যে কোনও অংশে কম নয়, তা আবার প্রমাণিত হল। কে বলে বাঙালি হীন? বিজয়সিংহ লঙ্কা জয় করেননি? রবীন্দ্রনাথ নোবেল পাননি? স্বামী বিবেকানন্দ আমেরিকায় ঝড় তোলেননি? গোষ্ঠ পাল কি সাহেবদের পা-কে রেয়াত করেছেন? সুভাষ বোস বার্মা ফ্রন্টে ইংরেজদের তুলোধোনা করেননি?" ইত্যাদি ইত্যাদি।

এই আবেগপূর্ণ বক্তৃতায় সবাই তুমুল হাততালি ও হর্ষধ্বনি দিল। এরপর নির্বিঘ্নে খেলাও শুরু হয়ে গেল।

শুধু হেডসার শুকনো মুখে অ্যাসিস্ট্যান্ট হেডসারের কানে-কানে বললেন, "জয়পতাকাবাবুকে কালু কোথায় নিয়ে গিয়ে ফেলল সেটা একটু খোঁজ করা দরকার। আপনি কয়েকটা ছেলেকে চারদিকে পাঠিয়ে দিন।"

কিন্তু মুশকিল হল, ছেলেরা সব সন্ধেবেলা ফিরে এসে হেডসারকে বলল, কালু বা

জয়পতাকাবাবুকে শহরের কোথাও খুঁজে পাওয়া গেল না। তবে দৃশ্যটা অনেকেই দেখেছে, কালু তিরবেগে রাস্তা ধরে দৌড়ে যাচ্ছে, তার পিঠে অবিচল জয়পতাকাবাবু বসা। হাতে লাল শালু পতাকার মতো উড়ছে। দৃশ্যটা যারা দেখেছে তারাও বুঝতে পারছে না, ভুল দেখেছে কি না।

খবরটা যখন জয়পতাকাবাবুর বাড়ি পৌঁছল তখন জয়পতাকাবাবুর দাদু জয়ধ্বনি রায় এবং বাবা জয়োল্লাস রায় হাঁ। জয়পতাকা কালুকে টিট করেছে এটা তাঁদের বিশ্বাস হল না।

জয়ধ্বনি বললেন, "যদি এরকম একটা বীরের কাজ জয়পতাকা করেই থাকে, তা হলে ওকে আমি সোনার মেডেল দেব।"

জয়োল্লাসবাবুও বললেন, "আমি কাঁঠাল খেতে বড় ভালবাসি। কিন্তু কালুর ভয়ে বাজার থেকে কাঁঠাল কিনে আনতে ভরসা হয় না। একদিন পাকা কাঁঠালের গন্ধ পেয়ে আমাকে এমন তাড়া করেছিল যে, আর কহতব্য নয়। কালুকে যদি জয়পতাকা দেশছাড়া করেই থাকে, তবে হরির লুট দেওয়া উচিত।"

ওদিকে সন্ধেবেলা স্কুলেও মিটিং চলছে। জয়পতাকাবাবুর বীরত্বে ভজুরাম স্কুলে সকলেই গর্বিত। ম্যাচে তারা দু'গোলে হারা সত্ত্বেও ম্যাজিস্ট্রেটসাহেব জয়পতাকাবাবুর সম্মানে আগামীকাল স্কুল ছুটি দিতে অনুরোধ করায় হেডমাস্টারমশাই ছুটি দিয়েও দিয়েছেন। কিন্তু তাঁর মুখ শুকনো। কালু জয়পতাকাকে কোথায় নিয়ে গেল?

ঘটনার সময় মিউনিসিপ্যালিটির চেয়ারম্যান ব্যস্তবাগীশ ব্যোমকেশবাবু শহরে ছিলেন না। নিখিল জগদীশপুর মাছধরা প্রতিযোগিতা উদ্বোধন করতে গিয়েছিলেন। সেখান থেকে গিয়েছিলেন ঈশানগঞ্জ গণ-শৌচাগারের উদ্বোধন করতে। শহরে ফিরে খবরটা পেয়েই একটা রিকশা নিয়ে স্কুলে এসে হাজির।

"এই যে বিষ্টুবাবু, এসব কী শুনছি? এ তো সাংঘাতিক কাণ্ড মশাই। সেই যে বাঘা যতীন হাত দিয়ে বাঘ মেরেছিলেন তারপর থেকে ইনফ্যাক্ট বাঙালির তো আর তেমন বীরত্বের রেকর্ড নেই। অ্যাঁ, কী বলেন? ইনফ্যাক্ট আমি তো ভাবছি জয়পতাকাবাবুকে একটা নাগরিক সংবর্ধনা দেব।"

হেডসার বিষ্ণুবাবু সসম্ভ্রমে বললেন, "দেওয়াই উচিত।"

"ম্যাজিস্ট্রেটসাহেবের সঙ্গে আমার দেখা হয়েছিল। তিনি তো জয়পতাকাবাবুর গুণগানে পঞ্চমুখ। ইনফ্যাক্ট শহরের জনগণও একই কথা বলছে। অ্যাঁ, কী বলেন? তবে হ্যাঁ, ইনফ্যাক্ট বিরূপ প্রতিক্রিয়াও যে নেই, তাও বলা যায় না। ইনফ্যাক্ট অনেকে তো খুবই চটে গেছে। তাদের বিশ্বাস, কালু হচ্ছে স্বয়ং শিবের প্রতিনিধি। তাকে জনগণের সামনে হেনস্থা করা খুবই অন্যায় হয়েছে। আর যার পিঠে চেপে স্বয়ং শিব

ঘুরে বেড়ান, তার পিঠে চাপাটাও জয়পরাজয়বাবুর ঠিক হয়নি।"

বিষ্ণুবাবু সসম্ভ্রমে বললেন, "ওঁর নাম জয়পতাকা, জয়পরাজয় নয়।"

"হ্যাঁ, হ্যাঁ ভুল হয়েছিল। নাগরিক সংবর্ধনাটা ওঁকে দেওয়াই স্থির করে ফেলি তা হলে! অ্যাঁ, কী বলেন! অবশ্য ইনফ্যাক্ট একইসঙ্গে একটা ধিক্কার সভাও হবে। অনেকে তো সমবেতভাবে এই ঘটনার তীব্র নিন্দা করবে, ইনফ্যাক্ট আমাকে দুটো সভারই সভাপতি হতে হবে। আফটার অল সকলেই তো ভোটার, আমাকে সকলের দিকই দেখতে হবে।"

বিষ্ণুবাবু একটা দীর্ঘশ্বাস ফেলে বললেন, "তা তো বটেই।"

ব্যোমকেশবাবু উৎসাহিত হয়ে বললেন, "একই দিনে শহরের দু'জায়গায় জয়পরাজয়বাবুর নিন্দা এবং প্রশংসা— এ বেশ ভালই হবে। প্রশংসা করতে গিয়ে তো লোকের মাত্রাজ্ঞান থাকে না, বেশি বেশি বলে ফেলে। নিন্দা করতে গিয়েও ইনফ্যাক্ট তাই-ই হয়। এই একসেস ব্যাপারটা নিন্দা ও প্রশংসায় কাটাকাটি হয়ে যাবে। অ্যাঁ, কী বলেন? তা জয়পরাজয়বাবুকে একটু ডাকুন, আমি ওঁকে একটু অভিনন্দন জানিয়ে যাই।"

বিষ্ণুবাবু দুঃখিতভাবে মাথা নেড়ে বললেন, "কালু আর জয়পতাকা কারওই তো কোনও খোঁজ নেই।"

ব্যোমকেশবাবু চমকে উঠে বললেন, "অ্যাঁ, সে কী!"

"সব জায়গায় ছেলেরা খুঁজে এসেছে। কালুও নেই, জয়পতাকাও নেই। জয়পতাকাকে না পেলে স্কুল চলবে কী করে ভেবে পাচ্ছি না। সে আমাদের অঙ্কের জাদুকর, গাধা পিটিয়ে মানুষ করে।"

ব্যোমকেশবাবুকে খুবই চিন্তিত দেখাল। অনেকক্ষণ ভেবে বললেন, "যদি ধরুন, ইনফ্যাক্ট জয়পরাজয়বাবুকে না-ই পাওয়া যায়, তা হলে কী করবেন?"

"আমরা অতটা ভাবছি না। জয়পতাকা যেখানেই যাক ফিরে আসবেই। ভজুরাম মেমোরিয়াল স্কুলকে সে বড্ড ভালবাসে।"

ব্যোমকেশবাবু চিন্তিতভাবে বললেন, "নাগরিক সংবর্ধনা আর ধিক্কার সভা দুটোই যে পরশুদিন। উনি না এলে তো খুবই মুশকিল, ঢ্যাড়া পিটিয়ে দেওয়া হয়েছে। পরশুদিনও যদি জয়পরাজয়বাবুর খোঁজ পাওয়া না যায়, তা হলে..."

"তা হলে আমাদের মুরারীবাবুই অঙ্ক করাবেন। কিন্তু উনি বুড়ো হয়েছেন..."

ব্যোমকেশবাবু গম্ভীর মুখে বললেন, "পরশুদিনও জয়পরাজয়বাবু না ফিরলে আমরা নাগরিক সংবর্ধনাটাকে শোকসভা করে দেব। অ্যাঁ, কী বলেন? ধরেই নিতে হবে যে, ইনফ্যাক্ট উনি মারাই গেছেন। কিলড বাই কালু।"

সিদ্ধান্তের কথা ঘোষণা করেই ব্যোমকেশবাবু তড়িৎ-পায়ে বেরিয়ে গিয়ে রিকশায় চাপলেন। তাঁর মেলা কাজ। আজ রাতে একটা ব্রিজখেলা প্রতিযোগিতা, একটা ব্যায়াম প্রতিযোগিতা, একটা গানের জলসা উদ্বোধন করতে হবে। পকেট থেকে একটা ছোট্ট নোটবই বের করে এনগেজমেন্টগুলো দেখে নিয়ে আপনমনে বললেন, "উঃ কত কাজ! সকলের মুখেই কেবল ব্যোমকেশ আর ব্যোমকেশ। ব্যোমকেশ ছাড়া কারও চলে না। হুঁ হুঁ বাবা, শ্যাম লাহিড়ীকে আর কলকে পেতে হচ্ছে না।"

ওদিকে জয়পতাকাবাবুর কী হল সেটাও একটু দেখা দরকার।

এ কথা ঠিক যে, তিনি কালুকে নিরস্ত করতে গিয়ে প্রচণ্ড সাহস ও আত্মত্যাগের দৃষ্টান্ত স্থাপন করেছেন। তিনি যে স্পেনদেশে জন্মগ্রহণ করলে একজন প্রথম শ্রেণীর বুল ফাইটার হতে পারতেন, সে বিষয়েও আর সন্দেহ থাকার কথা নয়। কালুকে তিনি নিরস্ত ও পরাস্ত করেও একেবারে শেষরক্ষাটা হয়নি। লড়াইয়ের শেষ পর্যায়ে কালু তাঁকে ঢুঁ মেরে শূন্যে নিক্ষেপ করে এবং তিনি শূন্যে পুরোপুরি দুটো ডিগবাজি খান। এর পরের দৃশ্য যদিও জয়পতাকাবাবুর জয়ই ঘোষণা করে। দেখা যায় তিনি কালুর পিঠে সওয়ার হয়ে বসে আছেন এবং কালু ভীত ও বিস্মিত হয়ে দিগ্বিদিক জ্ঞানশূন্য ছুটছে।

দৃশ্যটা ভাল হলেও জয়পতাকাবাবুর কিন্তু এতে কোনও কৃতিত্ব নেই। কারণ শূন্যে ডিগবাজি খেয়ে কালুর পিঠে সওয়ার হওয়ার বিন্দুমাত্র ইচ্ছে তাঁর ছিল না। নেহাতই দৈবক্রমে তিনি কালুর পিঠের ওপর এসে পড়েন। কিন্তু লোকে তা জানে না। লোকে এও জানে না যে, কালুর গুঁতোয় জয়পতাকাবাবুর মাথায় এমনই এক সাংঘাতিক ঝাঁকুনি লাগে, যার ফলে তাঁর বুদ্ধিশুদ্ধি গুলিয়ে যায় এবং তিনি স্মৃতিভ্রংশ হয়ে পড়েন।

কালু যখন তাঁকে পিঠে নিয়ে ছুটছে, তখন জয়পতাকাবাবু বুঝতে পারছেন না ব্যাপারটা কী হচ্ছে। তবে তিনি বুদ্ধিভ্রংশ হয়ে পড়লেও স্বাভাবিক জৈব তাড়নায় ছুটন্ত কালুর পিঠ থেকে নামবার চেষ্টা করলেন না। বরং খুব আঁট হয়ে বসে রইলেন। বসে বসে তিনি চারিদিকের ছুটন্ত বাড়িঘর এবং লোকজন দেখতে লাগলেন। এটা কোন শহর তা তিনি বুঝতে পারছিলেন না। যদিও এই শহরেই তাঁর জন্ম। তিনি যে কে, তাও তিনি বুঝতে পারছিলেন না। পূর্বাপর কোনও ঘটনাই তাঁর মনে পড়ল না। তিনি শুধু বুঝতে পারছিলেন যে, এক বেগবান ষাঁড়ের পিঠে তিনি বসে আছেন। ব্যাপারটা

তাঁর কাছে খুবই স্বাভাবিক বলে মনে হচ্ছিল। যেন তিনি রোজই ষাঁড়ের পিঠে চেপে ঘুরে বেড়ান। তাই তিনি হাসি-হাসি মুখ করেই বসে রইলেন। শুধু তাই নয়, রাস্তার দু'ধারে দাঁড়ানো যেসব লোক বিস্ময়ে এবং আতঙ্কে দৃশ্যটা দেখছিল, তাদের উদ্দেশে হাত নেড়ে অভিনন্দনও জানাতে লাগলেন।

কালুর জীবনে এরকম অভিজ্ঞতা আর হয়নি। এই শহরে সে ছিল একচ্ছত্র সম্রাট। এই অঞ্চলে আরও কয়েকটা ষাঁড় আছে বটে, কিন্তু তারা কেউ কালুর সমকক্ষ নয়। কালুকে তারা রীতিমত মান্যগণ্য করে, এমনকী নিজেদের ভাষায় হয়তো কাকা-জ্যাঠা বা ওস্তাদ কিংবা মহারাজ বলে ডাকেও। কালুকে খাতির না করেই বা কে? গুঁতোর চোটে সে বহু লোককে ঢিট করেছে, স্বয়ং দারোগাবাবুকেও ছাড়েনি। এমনকী শ্যাম লাহিড়ীর খুনিয়া ডোবারম্যান কুকুরটা অবধি তাকে পথ ছেড়ে দেয়। কালুর পিঠে যখন একটা মাছিও বসবার আগে দু'বার ভাবে, তখন এ লোকটা যে কী করে উড়ে এসে জুড়ে বসল সেটাই কালুর মাথায় আসছে না। যতই ভাবছে কালু ততই এই হেনস্থা আর অপমানে আরও মাথা গুলিয়ে যাচ্ছে। আর আতঙ্কিত হয়ে সে ছুটছেও প্রাণপণে। আপদটাকে পিঠ থেকে না সরাতে পারলে তার শান্তি নেই।

ছুটতে ছুটতে কালু শহর পেরিয়ে এল। পথশ্রমে তার মুখ দিয়ে ফেনা উড়তে লাগল। তবু সে থামল না। সে পরিষ্কারই বুঝতে পারছে যে, শহরের অন্যান্য ষাঁড় আর তাকে আগের মতো মান্যগণ্য করছে না, লোকেরাও আর তাকে শিবের বাহন বলে কলাটা-মুলোটা ভেট দেবে না। শ্যাম লাহিড়ীর ডোবারম্যান কুকুর এবার তাকে দেখলেই নির্ঘাত ইংরেজিতে ঘেউ ঘেউ করে দুয়ো দেবে। গায়ের জ্বালা জুড়োতে সামনে নদী দেখে কালু তাতে নেমে পড়ল।

নদীতে জল বেশি নেই, কালুর পেটটাও ভিজল না জলে। সে নদী পেরিয়ে ডাঙায় উঠল। সামনে পটাশগড়ের ভয়াবহ জঙ্গল। এই জঙ্গলে ঢুকবার আগেই বাঘের গায়ের গন্ধ পাওয়া যায়। তা ছাড়া আরও কত হিংস্র জানোয়ার আছে। ভালুক, চিতা, গণ্ডার, বুনো শুয়োর, বন্য কুকুর আর মোষ।

পটাশগড়ের আরও নানা বদনাম আছে। তবে কালু সেগুলো জানে না। সে বাঘের গায়ের গন্ধটা অবশ্য ভালই টের পায়। বাঘ হল পশুর জগতে গুন্ডা বলো গুন্ডা, মস্তান বলো মস্তান। তাই অতীতে অনেকবার ধারেকাছে এলেও কালু পটাশগড়ের জঙ্গলে ঢুকতে সাহস পায়নি। কিন্তু আজ তার মাথার ঠিক নেই। পিঠের বিচ্ছিরি বোঝাটাকে না নামালেই নয়। পটাশগড় ঘন জঙ্গল। লতায়-পাতায়, গাছপালায় একেবারে নিশ্ছিদ্রই বলা যায়। কোনও একটা ফাঁক দিয়ে একবার জঙ্গলে ঢুকতে পারলে ডালপালায় আটকে লোকটা তার পিঠ থেকে পড়বেই।

কালু জানে না, পটাশগড়ের জঙ্গলে শুধু সে কেন, অমন বাঘা শিকারি শ্যাম লাহিড়ী অবধি একবারের বেশি দু'বার ঢোকেনি। জঙ্গলের ভিতরে ভুতুড়ে জলা, চোরাবালি, গভীর খাদ সবই আছে। আছে জোঁক, সাপ, বিছে, তা ছাড়া আর যা আছে তা নিয়ে লোকে বেশি উচ্চবাচ্য করে না। কিন্তু জায়গাটা সবাই এড়িয়ে চলে। এমনকী কাঠুরে বা পাতাকুড়ুনি বা মউলিরাও বড় একটা এদিকপানে আসে না। এসব জানে না বলেই কালু তার পিঠের অনভিপ্রেত সওয়ারটিকে নিয়ে সবেগে জঙ্গলে ঢুকে পড়ল।

জয়পতাকাবাবুর স্মৃতিভ্রংশ হলেও জৈবিক বুদ্ধি লোপ পায়নি। তিনি ঘন ডালপালা দেখেই কালুর পিঠে সটান শুয়ে পড়লেন উপুড় হয়ে। তাতে খুব একটা লাভ হল না। সন্ধের আবছা আঁধার নেমে এসেছে বাইরে। আর জঙ্গলের ভিতরটা ঘুরঘুট্টে অন্ধকার। সবেগে নানা গাছের ডাল হেডসারের বেতের মতো জয়পতাকাবাবুর পিঠে এবং হাতে-পায়ে এসে লাগছিল। তিনি উঃ-আঃ করতে লাগলেন। কালু আরও ভিতরে ঢুকে পড়তে লাগল। সপাং করে পিঠে একটা কচি বাঁশের ডগা লাগতেই জয়পতাকাবাবু 'গেলাম' বলে মাথাটা যেই তুলেছেন, অমনি গদাম করে একটা মোটা গাছের ডাল তাঁর কপালে এসে লাগল। জয়পতাকাবাবু মাটিতে ছিটকে পড়ে গেলেন।

সঙ্গে সঙ্গে কে যেন কাছ থেকেই ভারী মোলায়েম গলায় বলে উঠল, "আসুন! আসুন! কী ভাগ্য আমাদের!"

জয়পতাকাবাবু কপালটা চেপে ধরে খানিকক্ষণ ঝিম মেরে বসে রইলেন, তারপর হঠাৎ তাঁর মনে পড়ল, তিনি জয়পতাকাবাবু।

নামটা মনে পড়ার সঙ্গে সঙ্গে বাদবাকি সবকিছুই সিনেমার ছবির মতো তাঁর মনে পড়ে যেতে লাগল। মনে না পড়লেই অবশ্য ভাল ছিল, কারণ তাঁর এও মনে পড়ল যে, এই সেই ভয়াবহ মনুষ্যবর্জিত রহস্যময় পটাশগড়ের জঙ্গল। মনে পড়ার সঙ্গে সঙ্গে তাঁর গায়ে কাঁটা দিল ভয়ে। কার গলা একটু আগে শুনলেন তিনি? জয়পতাকাবাবু চারিদিকে তাকাতে লাগলেন। নিশ্ছিদ্র অন্ধকারে জোনাকি জ্বলছে। গাছপালায় বাতাসের সরসর শব্দ হচ্ছে। একটা হুতোম প্যাঁচা আর একঝাঁক শেয়ালের ডাক শোনা গেল। একটা কেমন বোঁটকা গন্ধও পাচ্ছেন জয়পতাকাবাবু।

তাঁর ভরসা এই যে, কাছাকাছি মানুষ আছে। একটু আগেই ভারী বিনয়ী আর মোলায়েম একটা মনুষ্যকণ্ঠ তিনি শুনতে পেয়েছেন।

জয়পতাকাবাবু গা-টা ঝেড়ে উঠে দাঁড়ালেন। তারপর বললেন, "কে? কেউ কি আছেন কাছাকাছি?"

কেউ কোনও জবাব দিল না। তবে চাপা হাসির একটা ভারী ক্ষীণ শব্দ শুনতে পেলেন জয়পতাকা। গায়ে আবার কাঁটা দিল। যতদূর জানা যায় সাহেবশিকারিরা

অবধি এই জঙ্গলকে এড়িয়ে চলত। ডাকাবুকো শ্যাম লাহিড়ী একবার ঢুকেছিলেন। কী হয়েছিল কে জানে। শ্যাম লাহিড়ী ভারী চাপা স্বভাবের গম্ভীর মানুষ। কাউকে সেই অভিজ্ঞতার কথা বলেননি। তবে নিজে আর কখনও ঢোকেননি এই জঙ্গলে।

জয়পতাকা খানিকক্ষণ স্থির হয়ে দাঁড়িয়ে চারিদিকটা অন্ধকারে অনুভব করার চেষ্টা করলেন।

জঙ্গলটা শহরের উত্তর দিকে। সুতরাং তিনি যদি দক্ষিণ দিকে এগোন, তা হলে একসময়ে জঙ্গলের বাইরে গিয়ে পৌঁছতে পারবেন, কিন্তু দিক ঠিক পাবেন কী করে? এই ভয়ংকর অন্ধকারে নিজের হাতের তেলো অবধি দেখা যাচ্ছে না যে! সুতরাং তিনি ঠিক করলেন নাক বরাবর এগিয়ে যাবেন। এক জায়গায় স্থির হয়ে না থেকে এগোনোই ভাল। পটাশগড়ের জঙ্গলে রাত কাটানোর কথা ভাবাই যায় না।

জয়পতাকা যেই পা বাড়িয়েছেন অমনি সেই মোলায়েম গলা যেন বলে উঠল, "ঠিকই যাচ্ছেন।"

গলাটা এত ক্ষীণ আর এত দূর থেকে এল যে, সেটা আসলে গলা না মনের ভুল তা বুঝতে পারলেন না জয়পতাকা। তবে তিনিও ভারী বিনয়ের সঙ্গে বললেন, "আপনি যদি আমাকে একটু সাহায্য করেন তবে ভারী ভাল হয়। বড় বিপদে পড়েছি।"

এ কথার কেউ জবাব দিল না। জয়পতাকা কিছুক্ষণ অপেক্ষা করে হতাশ হয়ে এগোতে লাগলেন। বন-জঙ্গলে এগোনো ভারী শক্ত। পদে পদে বাধা। ঝোপঝাড়, কাঁটাগাছ, লতাপাতা সবই পথ আটকায়। পায়ে লতা জড়িয়ে দু'বার মুখ থুবড়ে পড়লেন জয়পতাকাবাবু। তবে নীচে গাছের পাতা আর লম্বা ঘাসের নরম আস্তরণ আছে বলে তেমন ব্যথা পেলেন না। একবার খুব কাছ দিয়ে একটা মস্ত বড় প্রাণী দৌড়ে চলে গেল। দু'বার ক্রুদ্ধ বাঘের গর্জন শুনতে পেলেন দূর থেকে।

বুকটা ভারী ঢিবঢিব করতে লাগল কিন্তু যতক্ষণ শ্বাস ততক্ষণ আশ। আজ বিকেলে যে দুঃসাহসের সঙ্গে উনি খ্যাপা ষাঁড়ের মোকাবিলা করেছেন, সেই সাহসের কিছু তো এখনও অবশিষ্ট আছে। সেই সাহসে ভর করেই জয়পতাকা এগোতে লাগলেন। এগোনোর পথে কোনও বাধাই তাঁকে আটকাতে পারছিল না। হঠাৎ খানিকটা স্যাঁতসেঁতে জমি পেলেন পায়ের তলায়। কয়েক পা এগোতে ভচাত করে হাঁটু অবধি ডুবে গেল কাদায়। তারপর কোমর অবধি বরফ-ঠান্ডা জল। জয়পতাকা পরোয়া না করে শীতে হি হি করে কাঁপতে কাঁপতে গতি বজায় রাখলেন। অবশ্য এটা ঠিক শীতকাল নয়। শরৎকাল। তবু এইসব পাহাড়ি অঞ্চলে একটু ঠান্ডাই পড়ে যায় এ সময়ে। জয়পতাকা শীত প্লাস ভয় প্লাস উৎকণ্ঠাতেও কাঁপছেন। হঠাৎ সামনে ভুশ করে একটা নীলচে আলো লাফিয়ে উঠল শূন্যে। ভুতুড়ে লণ্ঠনের মতো কিছুক্ষণ

নিরালম্ব হয়ে দুলতে লাগল। তারপর নিবে গেল। ফের একটু দূরে আর-একটা আলো লাফিয়ে উঠল। অন্য কেউ হলে এই কাণ্ড দেখে চেঁচাত। জয়পতাকা আলেয়ার কথা জানেন। তাই চেঁচালেন না। যদিও প্রথম আলেয়াটা দেখে তাঁর চেঁচাতে ইচ্ছে হয়েছিল।

জলা পার হতেই অনেকক্ষণ সময় লাগল। জয়পতাকা যেন পরিশ্রান্ত বোধ করছেন। জলা থেকে ডাঙায় উঠে একটু জিরিয়ে নেবেন কি না ভাবছেন, এমন সময় সেই মোলায়েম কণ্ঠস্বর বাতাসের ফিসফিসানির মতো বলে উঠল, "এখন যে নষ্ট করার মতো সময় নেই। সাহেবের ডিনারের সময় হয়ে এল।"

কথাটার মানে কিছু বুঝতে পারলেন না জয়পতাকা। তবে বসতে তাঁর আর সাহস হল না। কোমরের লাল শালুটা খুলে হাত-পা একটু মুছে নিয়ে ফের এগোতে লাগলেন। ধুতি-পাঞ্জাবি জলে ভিজে শপশপ করছে। দিগ্‌ভ্রান্ত, শ্রান্ত, ক্লান্ত জয়পতাকা চলতে লাগলেন।

আচমকাই অন্ধকারে একবার পা বাড়াতেই তিনি টের পেলেন সামনে মাটি নেই। পা-টা টেনে নেওয়ার একটা শেষ চেষ্টা করলেন উনি। কিন্তু স্পষ্ট টের পেলেন কে যেন তাঁকে পিছন থেকে একটু ঠেলে দিল। জয়পতাকা একেবারে লাট খেয়ে খেয়ে এক বিশাল খাদের মধ্যে হু হু করে পড়ে যেতে লাগলেন।

পড়ছেন আর ভাবছেন, এটা কি ঠিক হয়েছে? আজই যে লোকটা অমন খ্যাপা কালু ষাঁড়কে জব্দ করল তার প্রতি ভগবানের এ কী বিচার? তবে কি কিছু লোক ঠিক কথাই বলে? কালু কি তা হলে সত্যিই শিবের ষাঁড়? তার পিঠে সওয়ার হওয়া কি আমার উচিত হয়নি!

পড়তে অনেকটা সময় লাগছিল জয়পতাকাবাবুর। সেই ফাঁকে তিনি একটা হাই তুললেন এবং একবার আড়মোড়াও ভেঙে নিলেন। তারপর দ্বিতীয় হাইটা তুলতে গিয়ে একটা ধপাস শব্দ শুনলেন এবং শরীরে একটা প্রবল ঝাঁকুনি লাগল। বুঝলেন যে, তিনি পড়েছেন। তবে বেঁচে আছেন কি না বুঝতে পারছেন না, শ্বাস অবশ্য চলছে। বুকটাও ঢিবঢিব করছে।

খাদের মধ্যে অন্ধকার আরও জমাট, আরও নিরেট। জয়পতাকা চারদিক হাতড়ে হাতড়ে বুঝতে পারলেন, তিনি পড়েছেন রাজ্যের জমে থাকা শুকনো নরম পাতা আর পচা ডালপালার ওপর। সেটা এতই নরম যে, ফোম-রবারের গদিকেও হার মানায়। জয়পতাকাবাবুর ইচ্ছে হচ্ছিল, এখানে শুয়ে রাতটা কাটিয়ে দেন।

কিন্তু সেই মোলায়েম কণ্ঠস্বর এখানেও সঙ্গ ছাড়েনি। বলে উঠল, "ডিনারের গং বেজে যাবে যে! সাহেব ভারী রাগ করবেন।"

কণ্ঠস্বরটি যারই হোক লোকটি হয়তো তেমন খারাপ নয়। তা ছাড়া ডিনারের

কথাও বলছে। জয়পতাকার পেটে এখন দাউ-দাউ খিদে। সুতরাং একটু দম নিয়ে তিনি খাদ থেকে উদ্ধারের ফিকির ভাবতে লাগলেন। আপাতদৃষ্টিতে এই গভীর খাদ থেকে উদ্ধারের কোনও পন্থাই নেই। যদিও বা থাকে, এই অন্ধকারে তা খুঁজে পাওয়ার ভরসা নেই। লতাপাতা বেয়ে যদি ওপরে উঠতে হয় তা হলেও জয়পতাকা পেরে উঠবেন না। তাঁর গায়ে আর জোর নেই। জীবনেও তিনি ব্যায়াম-ট্যায়াম করেননি। কেবল বই পড়েছেন।

"এগোলেই হবে, পথ পেয়ে যাবেন।" সেই মোলায়েম গলাটি বলল। জয়পতাকা সুতরাং ব্যাজার মুখ করে এগোলেন। সরু খাদ লম্বা একটা গলির মতো। কোনও সময়ে ভূমিকম্পের ফলে মাটিতে গভীর ফাটল ধরেছিল। সেটাই এখন হাঁ-করা খাদ। দু'দিকে হাত বাড়ালেই এবড়ো-খেবড়ো দুটো দেওয়ালই স্পর্শ করা যায়। জয়পতাকা এরোপ্লেনের মতো দু'দিকে হাত বাড়িয়ে সাবধানে এগোতে লাগলেন। দশ-বারো পা হাঁটতেই ডান ধারে আর-একটা গলি। কে যেন সেই গলির ভিতর থেকে চাপা গলায় বলে উঠল, "আসুন, এই পথ।"

জয়পতাকা অগ্রপশ্চাৎ না ভেবে ঢুকে পড়লেন গলির মধ্যে। কিছুই দেখতে পাচ্ছেন না। কিন্তু পায়ের নীচে বেশ মসৃণ মাটি। একটা ঢালু বেয়ে ধীরে ধীরে ওপরের দিকে উঠে গেছে।

কতক্ষণ ধরে যে হাঁটতে হল তা জয়পতাকার হিসেব নেই। হাঁটছেন তো হাঁটছেনই। পথ আর ফুরোচ্ছে না। জয়পতাকার বুদ্ধি-বিবেচনা তেমন কাজ করছে না। মাথাটা কেমন ধোঁয়া-ধোঁয়া লাগছে। ধকল তো বড় কম যায়নি। তিনি যন্ত্রের পুতুলের মতো হাঁটতে লাগলেন। হাঁটতে হাঁটতে ঘুমিয়ে পড়লেন।

হঠাৎ মনে হল, পথ শেষ হয়েছে। সামনে ফাঁকা জমি। চোখ কচলে জয়পতাকা চাইলেন। দেখলেন, বেশ মাখো-মাখো একটু চাঁদের আলো দেখা যাচ্ছে। সামনে ঝোপঝাড় থাকলেও তেমন বড় গাছপালা নেই। আর জ্যোৎস্নায় অনেকটা বালিয়াড়ি চিকচিক করছে।

জয়পতাকা আরও কয়েক পা এগিয়ে থমকে দাঁড়ালেন। দৃশ্যটা খুবই রহস্যময়। বালিয়াড়ির ঠিক মাঝখানে একটা বাড়ির মতো কিছু দেখা যাচ্ছে। বেশ বড় বাড়ি। তবে অন্ধকার। জ্যোৎস্নায় সেটাকে ধ্বংসস্তূপ বলেই মনে হতে লাগল তাঁর।

জঙ্গলের মধ্যে হরিণের গলা ঝাড়বার মতো বিশ্রী 'হ্যাক হ্যাক' ডাক শুনতে পেলেন। তারপরই চাপা একটা গর্জন। এক শিংঅলা হরিণ তিরবেগে পিছনের জঙ্গল থেকে বেরিয়ে এসে বালিয়াড়িতে পড়ে ছুটতে লাগল। কিন্তু দশ কদমও যেতে পারল না। জয়পতাকা বিস্ময়ে গোলাকার চোখে দেখলেন হরিণটার চারটে পা বালিতে বসে

গেল। তারপর পেট অবধি, তারপর সমস্ত শরীরটা মাত্র কয়েক সেকেন্ডে অদৃশ্য হয়ে গেল বালির তলায়। একটা চিতা বাঘ বালিয়াড়ির ধারে কিছুক্ষণ পায়চারি করে আবার জঙ্গলে ঢুকে গেল।

জয়পতাকা শুকনো মুখে একটা ঢোক গিললেন, এই সাংঘাতিক চোরাবালির মাঝখানে বাড়ি তৈরি করেছিল কে? কীভাবেই বা করল।

হঠাৎ তাঁর মনে পড়ল। পটাশগড় নামটা যা থেকে হয়েছে তা আসলে একটা কেল্লা। এই কেল্লার নামই পটাশগড়। শোনা যায় সাধারণত কেল্লার চারধারে পরিখা থাকে, পটাশগড়ের চারধারে পরিখা ছিল না, ছিল চোরাবালি। কেল্লা যারা আক্রমণ করতে আসত তাদের সমাধি রচিত হত চোরাবালিতে। পটাশগড়ে তাই বাইরের শত্রু কখনও ঢুকতে পারত না। কিন্তু এ গল্প কিংবদন্তি বলে জয়পতাকা বিশ্বাস করেননি। তা হলে কি এই সেই কুখ্যাত পটাশগড়?

জয়পতাকা অবিশ্বাসের চোখে চেয়ে রইলেন। চারদিকে হাহাকারের মতো চোরা বালিয়াড়ি। মাঝখানে একটা ধ্বংসস্তূপ। কী অদ্ভুত দেখাচ্ছে মৃদু জ্যোৎস্নায়!

"ডিনারের আর দেরি নেই, সময় হয়ে এল।"

জয়পতাকা চারদিকে ত্রস্ত হরিণের মতো তাকালেন। ফাঁকা জায়গা, কেউ লুকিয়ে থাকলেও আন্দাজ করতে পারবেন। কিন্তু কেউ কোথাও নেই। ফের যখন বাড়িটার দিকে ফিরে তাকালেন জয়পতাকা, তখন তাঁর চক্ষুস্থির হয়ে গেল। ধ্বংসস্তূপ আর নেই। সেই জায়গায় ছোট্ট একটা দোতলা কেল্লা যেন দুধে স্নান করে ঝকঝক করছে। ঘরে-ঘরে বাতি জ্বলছে। কী সুন্দর যে দেখাচ্ছে!

"যান, সামনেই রাস্তা। সাহেব অপেক্ষা করছেন।"

"কে আপনি?" হুংকার দিলেন জয়পতাকা।

কেউ জবাব দিল না। একটা দমকা বাতাস হা হা করে বয়ে গেল শুধু।

জয়পতাকা ফিরে যাওয়ার জন্য পা বাড়ালেন। কিন্তু পারলেন না। পায়ে-পায়ে তিনি এগিয়ে যেতে লাগলেন সম্মোহিতের মতো।

আশ্চর্যের বিষয়, তিনি বালিয়াড়িতে নামবার আগেই একটা শেয়াল কোত্থেকে এসে তাঁর আগে নেমে পড়ল। তারপর তাঁর দিকে একবার ঘাড় ঘুরিয়ে চেয়ে দুলকি চালে চলতে লাগল। চোরাবালিতে শেয়ালটা ডুবল না।

জয়পতাকা শেয়ালটার পিছু-পিছু হাঁটতে লাগলেন। পায়ের নীচে বেশ শক্ত আঁট বালি। কোথাও তেমন ভুসভুসে নয়। তা হলে কি ধরে নিতে হবে যে, চারদিকে চোরাবালি থাকলেও কেল্লায় যাওয়ার একটা রাস্তা আছে? জয়পতাকা তাঁর পকেট থেকে একটা কাঁচা টাকা বের করে পাশে দেড়ফুট তফাতে ছুড়ে দিলেন। সেটা ভুস

করে ডুবে গেল। জয়পতাকা তাঁর শস্তার কলমটাও ছুড়ে দিয়ে পরীক্ষা করলেন। সেটাও চোখের পলকে অদৃশ্য হয়ে গেল।

বেশ বোঝা যাচ্ছিল চোরাবালির ভিতর দিয়ে একটি সরু চোরাপথ রয়েছে কেল্লায় যাওয়ার জন্য। সেটা হাতখানেকের চেয়ে বেশি চওড়া নয়। বেভুলে একটু এদিক-ওদিক পা ফেললেই বেমালুম বালির মধ্যে গায়েব হয়ে যেতে হবে। জয়পতাকা শেয়ালটার পিছু-পিছু চলতে লাগলেন। কেল্লার জমিতে যখন পা রাখলেন, তখন উদ্বেগ আর উৎকণ্ঠায় তাঁর ঘাম হচ্ছে।

কিন্তু চারদিকে বালিয়াড়ির মধ্যে চমৎকার মরুদ্যানের মতো বাগান দেখে জয়পতাকার প্রাণ জুড়িয়ে গেল, ভারী সুন্দর বাগান। পাথরে বাঁধানো ফোয়ারা থেকে জল ছড়িয়ে পড়ছে গোল পাথরের চৌবাচ্চায়। কেল্লাটি বেশ ছোট। শ্বেতপাথরের চওড়া সিঁড়ি উঠে গেছে ওপরের দিকে। সামনেই সিংহদরজা। জয়পতাকা নির্বিঘ্নে সিংহদরজায় পৌঁছে চারদিকে চাইলেন। কোনও পাহারাদার নেই। মানুষজন নেই। কিন্তু ভিতরে ঘরে-ঘরে ঝাড়বাতির উজ্জ্বল আলো জ্বলছে। একটা পিয়ানোর মিষ্টি শব্দ ছড়িয়ে পড়ছে চারদিকে। ক্ষুধাতুর ক্লান্ত জয়পতাকা ভিতরে ঢুকলেন।

"আসুন, আসুন, ডানদিকে ডাইনিং-হল। ঢুকে পড়ুন!" সেই মোলায়েম গলা।

জয়পতাকা চারদিকে আবার চাইলেন। কেউ নেই।

ডানদিকে একটা টানা চওড়া বারান্দা। ঝকঝক করছে পরিষ্কার। বারান্দা পেরিয়েই মস্ত লম্বা ডাইনিং-হল। অন্তত পঞ্চাশজন বসে খেতে পারে এত বড় মেহগনির টেবিল। তার ওপর মোমদানিতে সার-সার মোম জ্বলছে। ওপরে জ্বলছে অন্তত দশটা ঝাড়বাতি। টেবিলের ওপর থরে-থরে খাবার সাজানো। গন্ধে বাতাস ম-ম করছে। কিন্তু কেউ নেই।

জয়পতাকা থমকে দাঁড়িয়ে আছেন। হঠাৎ একটা শব্দ পেয়ে ঘাড় ঘুরিয়ে দেখলেন টেবিলের চারধারে সাজানো চেয়ারের মধ্যে একটা চেয়ার কে যেন পিছনে টেনে সরিয়ে দিয়েছে।

"বসুন। ডিনারের সময় হয়েছে।" সেই বিনয়ী গলা।

হঠাৎ একটি মিষ্টি গং বেজে উঠল অলক্ষে।

জয়পতাকা সম্মোহিতের মতো টানা চেয়ারটায় বসলেন। ভারী অস্বস্তি হচ্ছে। গা-ছমছম করছে। আবার খিদেও ভয়ানক। একটু দ্বিধাগ্রস্ত হাতে তিনি চামচ তুলে নিলেন। তারপর খাওয়া শুরু করলেন।

রাতে রোজকার মতো দাবা খেলতে বসে জয়ধ্বনি বললেন, "বুঝলে লাহিড়ী, তুমি

বয়সকালে অনেক শেয়াল-টেয়াল মেরেছ বটে, রোগাপটকা লোকদের ধরে-ধরে এনে কুস্তিতেও হারিয়েছ, কিন্তু আমার নাতি জয়পতাকা আজ যা কাণ্ড করেছে শুনলে তোমার নিজের জন্যে দুঃখ হবে।"

শ্যাম লাহিড়ী খুব গম্ভীর মুখে বললেন, "তোমার নাতির ঘটনা সবই শুনেছি। কিন্তু বয়সকালে আমি মোটেই শেয়াল মারিনি। মেরেছি পাগলা হাতি আর মানুষখেকো বাঘ।"

জয়ধ্বনি খিঁচিয়ে উঠে বললেন, "রাখো রাখো। মেরেছ তো বন্দুক দিয়ে। ভারী বাহাদুরি। বাঘের তো দাঁত-নখ ছাড়া কিছু নেই, হাতি বেচারার সম্বল শুধু গায়ের জোর আর শুঁড়, তাদেরও যদি রাইফেল-বন্দুক থাকত তা হলেও না হয় বুঝতাম। পারবে আমার নাতির মতো খালি হাতে লড়তে? আমি তো জয়পতাকাকে একটা সোনার মেডেল দেব বলেছি। একটু আগে ঢ্যাঁড়া পিটিয়ে গেল, শুনেছ? জয়পতাকাকে পরশু নাগরিক সংবর্ধনাও দেওয়া হবে।"

"শুনেছি। আরও শুনেছি, ওইদিনই আবার জয়পতাকাকে নিন্দা করে আর-একটা সভায় একটা প্রস্তাবও নেওয়া হবে। ওই মর্কট ব্যোমকেশ দুটো সভারই সভাপতি।"

"কিছু লোক হিংসেয় জ্বলেপুড়ে মরছে। তারাই করছে ওসব।"

শ্যাম লাহিড়ী একটা বড় শ্বাস ফেলে বললেন, "জয়পতাকা খুব ভাল ছেলে। শুনেছি তার অঙ্কের মাথা খুব সাফ।"

"শুধু অঙ্ক? অঙ্ক ম্যাথামেটিক্স অ্যালজেব্রা, জিয়োমেট্রি, পাটিগণিত, জ্যামিতি, অ্যারিথমেটিক, বীজগণিত কোনটায় নয় বলো! শুনেছি ভূগোল, ইতিহাস এসবও তার মাথায় খুব খেলে। বিজ্ঞান বলো বিজ্ঞান, সায়েন্স বলো সায়েন্স, কোনটায় সে কার চেয়ে কম?"

শ্যাম লাহিড়ী গম্ভীর মুখে বললেন, "দ্যাখো জয়ধ্বনি, তুমি সেই যে কাশীর টোলে সংস্কৃত শিখে এসেছিলে, তারপর আর দুনিয়ার কিছুই শেখোনি।"

জয়ধ্বনি ফের খিঁচিয়ে উঠে বললেন, "যে সংস্কৃত শিখেছে তার আবার কিছু শেখার আছে নাকি? সংস্কৃত হচ্ছে শ্রেষ্ঠ শিক্ষা, দু'পাতা ইংরেজি, দু'পাতা অঙ্ক শিখলেই বুঝি চতুর্ভুজ হওয়া যায়? এই যে তুমি এত শিখলে, গাদা-গাদা পড়া মুখস্থ করলে, তা পারলে ব্যোমকেশের মতো মুখ্যুর সঙ্গে এঁটে উঠতে? তুমি এত শিখে বুড়ো বয়সে ঘরে বসে বসে লেজ নাড়ছ, আর ওদিকে ব্যোমকেশ পৌরপিতা হয়ে কত জায়গায় দাবড়ে বক্তৃতা দিয়ে আসর গরম করে বেড়াচ্ছে।"

শ্যাম লাহিড়ী মৃদু হেসে বললেন, "ভুলে যাচ্ছ কেন যে, এটা কলিযুগ। কলিযুগে

কী হয় জানো? যত ভাল লোক সবাই মাথা নিচু করে থাকে। আর খারাপ, মুখ্যু, অপদার্থরা দাবড়ে বেড়ায়।"

"ওসব হচ্ছে হিংসুটেদের মতো কথা। ব্যোমকেশের সঙ্গে এঁটে উঠতে না পেরে তুমি কলিযুগের দোহাই দিচ্ছ। কলিযুগ তো কী? এই কলিযুগেই তো আমার নাতি কত বড় একখানা কাণ্ড করে দেখাল।"

শ্যাম লাহিড়ী নিমীলিত চোখে চেয়ে বললেন, "তোমার নাতি হল সাক্ষাৎ কল্কি অবতার। তা সেই জাম্বুবানটা কালুর পিঠে চেপে গেলই বা কোথায়?"

"সে কালুকে দেশছাড়া করে তবে ফিরবে।"

শ্যাম লাহিড়ী মৃদু একটু হেসে বললেন, "তোমাকে একটা কথা জিজ্ঞেস করি, কালুর কত বয়স তা জানো?"

জয়ধ্বনি একটু বিপাকে পড়ে মাথা চুলকে বললেন, "কালুর বয়স! তা মন্দ হবে না, অনেককাল ধরেই তো তাকে দেখছি।"

"আমার হিসেব মতো সত্তরের ওপর। আশির কাছাকাছি।"

"তা হবে, তাতে কী?"

"তোমার নাতি যে কালুকে জব্দ করেছে বলে খুব বড়াই করছ, তুমি কি জানো যে, কালুর চোখে ছানি এসেছে। তার ব্লাডপ্রেশারও বেশ হাই! হার্টেরও একটু গোলমাল আছে। সে সুস্থ সবল এবং তরুণ হলে জয়পতাকা কি তাকে কাবু করতে পারত?"

জয়ধ্বনি হাঁ করে কিছুক্ষণ শ্যাম লাহিড়ীর দিকে চেয়ে থেকে বললেন, "কালুর চোখে ছানি? প্রেশার! হার্ট-ট্রাবল? ইয়ার্কি মারার আর জায়গা পাওনি। তোমার সঙ্গে দাবা খেলতে বসাই আমার ভুল হয়েছে। আমি চললুম।"

এই বলে রাগ করে জয়ধ্বনি দাবার ঘুঁটি হাটকে-মাটকে দিয়ে উঠে পড়লেন।

শ্যাম লাহিড়ী খুব শান্ত গলায় বললেন, "তোমার রাগের কারণ জানি। এই চালটা তুমি বাঁচাতে পারতে না। আমার গজ পরের চালেই তোমার রাজা-মন্ত্রী একসঙ্গে ধরত, সেই ভয়েই না উঠে পড়লে।"

জয়ধ্বনি রাগের চোটে লাট্টুর মতো বোঁ বোঁ করে দুটো চক্কর খেয়ে নিয়ে বললেন, "আমাকে ঘাঁটিয়ো না বলছি লাহিড়ী। রাজা-মন্ত্রী ধরলেই হল? আমি তোমার ও চাল অনেক আগেই দেখে নিয়েছি। রাজা-মন্ত্রী ধরলে ঘোড়া দিয়ে চাল চাপা দিতুম। তারপর বোড়ে ঠেললেই তোমার গজ লেজ তুলে পালিয়ে যেত, যেমন আমার নাতির পাল্লায় পড়ে কালু পালিয়েছে। বুঝলে?"

শ্যাম লাহিড়ী গম্ভীর হয়ে বললেন, "রাগ কোরো না। বোসো। কালু পালিয়েছে ঠিকই, কিন্তু তোমার নাতিকে পিঠে নিয়েই পালিয়েছে। ব্যাপারটা সুবিধের ঠেকছে না।

যতদূর খবর পেয়েছি, কালু জয়পতাকাকে পিঠে নিয়ে উত্তর দিকে গেছে। ওদিকটায় পটাশগড়ের জঙ্গল। জায়গাটার খুব সুনাম নেই, তুমিও জানো।"

জয়ধ্বনি এবার একটু নরম হলেন। বসলেনও। তারপর বললেন, "পটাশগড়ের জঙ্গলেই যে ঢুকেছে তার তো কোনও প্রমাণ নেই।"

শ্যাম লাহিড়ী মাথা নেড়ে বললেন, "নেই। তবে তোমাকে যা বললুম তা ঠাট্টা করে উড়িয়ে দিয়ো না। কালুর চোখে ছানি পড়েছে কি না বা তার রক্তচাপ আছে কি না, তা জানি না, কিন্তু খ্যাপা ষাঁড় খুবই ভয়ংকর। তার দিগ্বিদিক জ্ঞান থাকে না। যদি পটাশগড়ের জঙ্গলেই ঢুকে থাকে, তা হলে একটু ভাবনার কথা। তোমার নাতি যত বীরই হোক, তাকে আমি বেজায় ভিতু বলেই জানি।"

জয়ধ্বনি এবার চিন্তিত মুখে কোঁচার খুঁট দিয়ে মুখখানা মুছে বললেন, "এ তো বেশ ভাবনায় ফেললে ভায়া।"

শ্যাম লাহিড়ী খুবই বিষণ্ণ মুখে বললেন, "আমি যখন শিকার করতুম তখনও পারতপক্ষে পটাশগড়ের জঙ্গলে যেতুম না। যে-বারকয়েক ওখানে ঢুকেছি, প্রতিবারই নানারকম অভিজ্ঞতা হয়েছে।"

"কীরকম অভিজ্ঞতা?"

"শুনলে তুমি তোমার নাতির জন্যে দুশ্চিন্তা করবে।"

জয়ধ্বনি একটু খিঁচিয়ে উঠে বললেন, "ওটা বলে তো দুশ্চিন্তা আরও বাড়িয়ে দিলে। পটাশগড় সম্পর্কে আমিও নানারকম শুনে আসছি বহুকাল ধরে। তা বলে বিশ্বাস করিনি।"

শ্যাম লাহিড়ী মৃদু হেসে বললেন, "তুমি হচ্ছ কুনো বীর। ঘরে বসে ধারণা তৈরি করো, বিশ্বাস করো না ভাল কথা, কিন্তু পটাশগড়ের জঙ্গলে তুমি ঢোকোওনি কোনওদিন। কেন ঢোকোনি জানো? ভয়ে।"

জয়ধ্বনি মহা খাপ্পা হয়ে ফের উঠে পড়লেন, "ভয়! ভয়! আমাকে তুমি ভয়ের কথা বলছ? যদি ভিতুই হতুম হে, তা হলে আমার নাতি আজ এত বড় বীর বলে নাম করতে পারত না। আর জঙ্গলেই বা কেন আমাকে যেতে হবে হ্যাঁ! আমি কাঠুরে না মউলি, না তোমার মতো শেয়াল-তাড়ুয়া শিকারি যে জঙ্গলে-মঙ্গলে ঘুরে নিজেকে বড় বীর বলে জাহির করতে হবে? আর তোমার বীরত্বও খুব জানা আছে। সেবার ফাগু সিং যখন কুস্তি লড়তে এল, তুমি তো বাপু ন্যাজ দেখিয়েছিলে। ঘর থেকে বারটি পর্যন্ত হলে না। ফাগু সিং লজ্জায়, ঘেন্নায় শহর ছেড়ে চলে যাওয়ার সময় বলে গেল, লাহিড়ীবাবুকে আমি বীর বলে শুনেছিলুম। আরে ছোঃ, এ তো দেখছি এক নম্বরের ডরফোক লোক।"

শ্যাম লাহিড়ী চোখ বুজে ছিলেন। মৃদু-মৃদু মাথা নেড়ে বললেন, "ফাগু সিং যখন এসেছিল তখন আমি এ শহরে ছিলুম না। যদি থাকতুম, তা হলে ফাগু সিংকে বৃন্দাবন দেখিয়ে দিতুম।"

"ছিলে না মানে? আলবাত ছিলে। তবে ঘরের মধ্যে পালিয়ে ছিলে।"

"বোসো হে বোসো। নিজেকে বীর বলে জাহির করার কোনও দরকারই নেই আমার। বিশ-বাইশ বছর আগেকার খবরের কাগজ খুললে দেখতে পাবে যে, ফাগু সিংকে আমি অন্তত চারবার হারিয়েছি। সে এ শহরে এসেছিল শেষবারের মতো আমাকে হারানোর চেষ্টা করতে।"

কথাটা যে মিথ্যে নয় তা জয়ধ্বনি জানেন। বাস্তবিকই ফাগু সিং-এর মতো দুর্দান্ত কুস্তিগিরকে একসময়ে শ্যাম লাহিড়ী পটাপট হারিয়ে দিতেন। তবু জয়ধ্বনি ফের টেবিলে চাপড় মেরে বলেন, "সবাই জানে রামগড়ের জঙ্গলে তুমি যে বাঘটা মেরেছিলে সেটা ফোকলা ছিল। তার একটাও দাঁত ছিল না। সেই বাঘটাকে তুমি ম্যান ইটার বলে চালানোর চেষ্টা করেছিলে।"

শ্যাম লাহিড়ী মাথা নাড়তে নাড়তে বললেন, "রামগড়ের বাঘটা মোটেই ফোকলা ছিল না। তার দুটো সামনের দাঁত কোনও কারণে ভেঙে গিয়েছিল। তাতে মানুষ খেতে তার কোনও অসুবিধে হত না। সে কড়মড় করে হাড়গোড় গুঁড়িয়েই মানুষ খেত।"

জয়ধ্বনি হার মানার লোক নন। সতেজে বললেন, "আর ইংরেজি বলতে পারো বলে যে তোমার বড় অহংকার, সেটাও ঠিক নয়। ব্যোমকেশ তো সেদিনই বলছিল, শ্যাম লাহিড়ী সাহেবদের সঙ্গে খুব ফটাফট ইংরেজি বলে বটে, কিন্তু সব ভুল ইংরেজি। শুনে সাহেবরা আড়ালে হাসে।"

"ইংরেজি ভুল বলি, না ঠিক বলি, তা ধরার মতো বিদ্যে ব্যোমকেশের পেটে নেই। সেটা তুমিও জানো। খামোখা চটেমটে আমার ওপর ঝাল ঝাড়ছ কেন? মাথা ঠান্ডা করে বসে আসল কথাটা শোনো।"

জয়ধ্বনি ফুঁসছিলেন। তবে বসেও পড়লেন। তাঁদের দু'জনের মধ্যে এরকম ঝগড়া রোজই হয়। মাঝে মাঝে মুখ দেখাদেখি পর্যন্ত বন্ধ হয়ে যায়। আবার গুটিগুটি এ-ওঁর বাড়িতে গিয়ে হাজির হয়ে লাজুক-লাজুক মুখ করে হাঁক দেন, "ভায়া, আছ নাকি?" জয়ধ্বনির মাথাটা একটু বেশি গরম, শ্যাম লাহিড়ী ভারী ঠান্ডা মাথার লোক।

জয়ধ্বনি বসে কোঁচা দিয়ে মুখটা মুছে নিয়ে বললেন, "হ্যাঁ, পটাশগড়ের কথা কী যেন বলছিলে? যা-ই কেন বলো না, ওসব কথায় আমার কিন্তু তেমন বিশ্বাস নেই।"

"বিশ্বাস করা না-করা তোমার ইচ্ছে। তবে জায়গাটা সুবিধের নয়।"

জয়ধ্বনি চিন্তিতভাবে বললেন, "বাঘ-ভালুকের ভয় অবশ্য আছে। কিন্তু আমার ধারণা, কালু খুব চালাক ষাঁড়, সে জয়পতাকাকে পিঠে নিয়েই ঠিক ফিরে আসবে।"

"তাও আসতে পারে। তবে আধঘণ্টা আগে খবর পেলুম, কালু ফিরে এসেছে। বাজারে ঢুকে কার যেন সাতটা মোচা চিবিয়ে খেয়েছে। সঙ্গে কয়েক কেজি চালও সাপটে নিয়েছে। এখন বটতলায় বসে জিরেন নিচ্ছে।"

জয়ধ্বনি পাংশুমুখে বললেন, "তা হলে?"

"সেইটেই তো কথা।"

"আমার মনে হয়, জয়পতাকা কালুর পিঠ থেকে নেমে হেঁটে বাড়ি ফিরে গেছে।"

"অসম্ভব নয়। তবে যদি বাড়ি না ফিরে থাকে তা হলে ঘাবড়ে যেয়ো না।"

জয়ধ্বনি বুক ফুলিয়ে বললেন, "মোটেই ঘাবড়ে যাইনি। জয়পতাকা যে বীরত্বের কাজ করেছে তাতে আমার স্থির বিশ্বাস, সে বিপদে পড়লেও বেরিয়ে আসতে পারবে।"

শ্যাম লাহিড়ী খুশি হয়ে বললেন, "শাবাশ!"

এই সময়ে কাজের লোক এসে বলল, "হেডসার বিষ্ণুবাবু দেখা করতে এসেছেন।"

শ্যাম লাহিড়ী তটস্থ হয়ে বললেন, "নিয়ে আয়।"

বিষ্ণুবাবু একা নয়, সঙ্গে আরও দু'জন মাস্টারমশাই এসে ম্লানমুখে ঢুকলেন। বিষ্ণুবাবু বললেন, "জয়পতাকাকে নিয়ে কালু পটাশগড়ের জঙ্গলে ঢুকেছিল বলে খবর পেয়েছি। রাখাল ছেলেরা দেখেছে। কালু একটু আগে ফিরে এলেও জয়পতাকা ফেরেনি। আমরা বেশ ভাবনায় পড়েছি। কাল ছুটি বটে, কিন্তু পরশু থেকে স্কুলে অঙ্ক করানোর ভাল লোক নেই।"

জয়ধ্বনি ফুঁসে উঠে বললেন, "শুধু অঙ্কই বা কেন, অ্যারিথমেটিক, জিয়োগ্রাফি, জিয়োমেট্রি, অ্যালজেব্রা, ম্যাথমেটিক্স, ভূগোল, ইতিহাস, সায়েন্স, হিস্টরি, বিজ্ঞান এসবও তো সে পড়ায়।"

"আজ্ঞে হ্যাঁ।"

শ্যাম লাহিড়ী একটু ভেবে বললেন, "যদি গড়-ভুতুয়ার পাল্লায় পড়ে না থাকে তা হলে চিন্তা নেই।"

"গড়-ভুতুয়াটা কী বস্তু হে!"

"গড়-ভুতুয়া নামটা আমারই দেওয়া। পটাশগড়ের জঙ্গলে একটা পুরনো কেল্লা আছে বলে শোনা যায়। এমনিতে সেখানে যাওয়া যায় না। তবে গড়-ভুতুয়া ধরলে যেতেই হয়। সেটা ভারী মিস্টিরিয়াস জায়গা।"

জয়ধ্বনি বিরক্ত হয়ে বললেন, "আহা, গড়-ভুতুয়াটা কী জিনিস সেটা বলবে তো! ভূত নাকি?"

"তার চারদিকে গহিন চোরাবালি। একটা মাত্র সরু পথ আছে। কিন্তু সেটা খুঁজে পাওয়া অসম্ভব। গড়-ভুতুয়া যদি নিয়ে যায় তো ভাল, কিন্তু বেরোবার সময় সে কিছুতেই পথ দেখায় না। তখনই বিপদ। আমার চেনা-জানা তিনটে সাহেব সেখান থেকে আর ফেরেনি।"

জয়ধ্বনি উৎকণ্ঠিত হয়ে বললেন, "আমি ওসব গাঁজাখুরিতে বিশ্বাস করি না। কিন্তু এর একটা বিহিতও তো করা দরকার।"

বিষ্ণুবাবু বললেন, "স্কুলের বড় ছেলেরা অবশ্য সবাই লাঠি-সোঁটা, টর্চ, হ্যারিকেন নিয়ে পটাশগড়ের জঙ্গলে গেছে। শহরের আরও কিছু ডাকাবুকো লোকও আছে তাদের সঙ্গে। খুঁজে পেলে নিয়ে আসবে।"

শ্যাম লাহিড়ী চিন্তিত মুখে একটা দাবার ঘুঁটি হাতে নিয়ে নাড়াচাড়া করতে লাগলেন।

জয়ধ্বনি উঠে পড়ে বললেন, "তা হলে আমিও ঘরে বসে থাকতে পারব না। আমার নাতির যদি বিপদ হয়, তা হলে আর আমার বেঁচে থাকার মানেই হয় না। আমি চললুম।"

শ্যাম লাহিড়ী বললেন, "গেলেই তো হবে না। আটঘাট বেঁধে যেতে হবে। বোসো জয়ধ্বনি। আমিও তৈরি হয়ে নিই।"

"তুমি যাবে?"

"আমার যাওয়াটা বিশেষ দরকার। পটাশগড়ের জঙ্গলে আমি তবু বারকয়েক গেছি, অন্য সবাই আনাড়ি।"

জয়ধ্বনি বসে লাঠিটা বাগিয়ে ধরে বললেন, "যদি বাঘে তাকে ধরে তো পিটিয়ে ছাতু করব।"

শ্যাম লাহিড়ী মৃদু হেসে বললেন, "জঙ্গলে মেলা বড় গাছ আছে। তার একটায় উঠে পড়লে বাঘ তেমন কিছু করতে পারবে না। জয়পতাকা বুদ্ধিমান ছেলে। কিন্তু আমার ভয় অন্য। গড়-ভুতুয়া বড় পাজি জিনিস। লোককে বেভুল ভুলিয়ে-ভালিয়ে গড়ে নিয়ে তোলে। আমাকেও চেষ্টা করেছিল। সেবার আমার হাউন্ড কুকুর জিমি সঙ্গে থাকায় বেঁচে যাই। সে আমার প্যান্ট কামড়ে ধরে টেনে নিয়ে এসেছিল। থাকগে সেসব কথা। শুনুন বিষ্ণুবাবু, আমি পটাশগড়ের জঙ্গলে যাচ্ছি। কিন্তু সঙ্গে ব্যোমকেশকেও যেতে হবে। আপনারা তাঁকে গিয়ে বলুন।"

বিষ্ণুবাবু বললেন, "উনি যাবেন বলে মনে হয় না। ভারী ভিতু লোক। তার ওপর

কাল ওঁর দু'-দুটো সভা। একটা জয়পতাকা সংবর্ধনা সভা, আর-একটা জয়পতাকা ধিক্কার সভা। উনি এখন দু'-দুটো বক্তৃতা মুখস্থ করছেন।"

শ্যাম লাহিড়ী গম্ভীর মুখে বললেন, "তা বললে চলবে না। ব্যোমকেশকে গিয়ে বলুন যে, সে যদি না যায় তা হলে সে কাপুরুষ বলে ভোটারদের কাছে রটিয়ে দেব, ভোটাররা আর তাকে ভোট দেবে না।"

বিষ্ণুবাবু উঠতে উঠতে বললেন, "আমাদেরও যেতে হবে কি?"

শ্যাম লাহিড়ী মাথা নেড়ে বললেন, "অধিক সন্ন্যাসীতে গাজন নষ্ট, আপনি বরং যাদের পটাশগড়ে পাঠিয়েছেন তাদের ডেকে আনার ব্যবস্থা করুন। যদি তাকে গড়-ভুতুয়াই ধরে থাকে, তবে বেশি লোক গিয়ে লাভ নেই।"

"মোটে আপনারা তিনজন যাবেন?"

"তাই যথেষ্ট। আর কাউকে যেতে হবে না।"

জয়ধ্বনি বলে উঠলেন, "তা হলে ব্যোমকেশকেই বা নিচ্ছ কেন?"

"তাকে একটু শিক্ষা দেওয়া দরকার। লোকটা হিংসে করে। তার ওপর লোকটা বেজায় ভিতু। পেটে বিদ্যে নেই, কেবল বক্তৃতার জোরে টিকে আছে। বক্তৃতার জোরেই পৌরপিতা হয়েছে। সত্যিকারের কাজ কিছু করেনি। আহাম্মকটাকে দিয়ে কিছু করাতে হবে।"

এই বলে শ্যাম লাহিড়ী উঠে তৈরি হতে গেলেন। ভিতরের ঘরে পোশাক পালটাতে এসেই কিন্তু শ্যাম লাহিড়ীর মুখ গম্ভীর হয়ে গেল। তিনি ভালই জানেন, জয়পতাকাকে যদি গড়-ভুতুয়া ধরে থাকে তা হলে পটাশগড়ের জঙ্গল তন্ন-তন্ন করে খুঁজলেও লাভ নেই। পটাশের ওই অদ্ভুত কেল্লায় কেউ এমনিতে পৌঁছতে পারে না। গড়-ভুতুয়া যদি পথ চিনিয়ে না নিয়ে যায়, তা হলে পরিশ্রমই সার হবে। তা বলে ঘরে হাত-পা গুটিয়ে থাকাও চলে না। তাঁর বন্ধু জয়ধ্বনিকে এখন ব্যস্ত রাখা দরকার। নইলে নাতির চিন্তায় লোকটার হার্ট অ্যাটাক হয়ে যেতে পারে।

বাইরে বেরোবার পোশাক পরে পকেটে একটা ছয়ঘরা রিভলবার ভরে নিলেন শ্যাম লাহিড়ী। হাতে টর্চ আর নাল পরানো লাঠি। দুশ্চিন্তায় তাঁর বুকটা শুকিয়ে আছে। জয়পতাকাকে তিনি কোলেপিঠে করেছেন। খুব বিনয়ী, বুদ্ধিমান, ভাল ছেলে। পটাশের কেল্লায় যদি তাকে গড়-ভুতুয়া নিয়ে ফেলে থাকে, তা হলে উদ্ধারের আশা একরকম নেই। ওই কেল্লা নিয়ে অনেক কিংবদন্তি আছে। কিন্তু কিংবদন্তিগুলোও পরস্পরবিরোধী। এই পর্যন্ত মোট ত্রিশ-চল্লিশ জন লোক পটাশের গড় দেখতে পেয়েছে বলে জানা গেছে। কিন্তু কেউ বলে, গড়ের চারপাশে যে চোরাবালি আছে তা বোঝবার উপায় নেই। লতাপাতা ঘাসের চাঙড় দিয়ে এমন ঢাকা থাকে যে পা

দেওয়ার পর বোঝা যায় ঘাসের নীচে চোরাবালি আছে। অনেকে বলে, কেল্লাটাও লতাপাতায় ঢাকা একটা ধ্বংসস্তূপ মাত্র। আবার কেউ বলে, চোরাবালির ওপর লতাপাতা মোটেই নেই। আর কেল্লাটা মোটেই ধ্বংসস্তূপ নয়, রাত্রিবেলা সেখানে উজ্জ্বল আলো দেখা যায়, ডিনারের ঘণ্টার শব্দ পাওয়া যায়। কয়েকজন সাহেব একবার পটাশগড়ের জঙ্গল জরিপ করে মানচিত্র তৈরি করেছিল। সেখানে চোরাবালির কথা আছে, কিন্তু কেল্লার উল্লেখই নেই। অথচ সেই দলেরই একজন সাহেব নাকি এক সন্ধেবেলা 'ডিনার খেতে যাচ্ছি' বলে তাঁবু থেকে বেরিয়ে গিয়ে আর ফেরেনি। তার সঙ্গীদের সন্দেহ, লোকটা হঠাৎ পাগল হয়ে গিয়ে চোরাবালিতে ডুবে মরেছে। শ্যাম লাহিড়ীর নিজের অভিজ্ঞতা অবশ্য সেই পাগলা-সাহেবের সঙ্গেই মেলে। তিনি একবার পাগলা হাতির খবর পেয়ে পটাশগড়ের জঙ্গলে ঢুকেছিলেন। সঙ্গে জিমি ছিল। সেই সময়ে সন্ধেবেলা তিনিও বাতাসে উড়ো একটি কণ্ঠস্বর শুনতে পেয়েছিলেন, 'ডিনারের সময় হল'। নানা বেভুল রাস্তায় ঘুরপাক খেতে খেতে যখন চোরাবালির প্রান্তে পৌঁছে গেছেন এবং একটি অন্ধকার ধ্বংসস্তূপ দেখে থমকে দাঁড়িয়ে গেছেন, সেই সময়ে জিমি তাঁর প্যান্ট কামড়ে ধরে প্রবল প্রতিরোধ সৃষ্টি করে। অল্পের জন্য তিনি বেঁচে যান। জিমিই তাঁকে পথ দেখিয়ে একরকম টানতে টানতে নিয়ে আসে জঙ্গলের বাইরে।

বেরোবার মুখে বিষ্ণুবাবু এসে ম্লান মুখে বললেন, "ব্যোমকেশবাবু যেতে পারবেন না। তাঁর একশো পাঁচ ডিগ্রি জ্বর। কম্বল মুড়ি দিয়ে কোঁ-কোঁ করছেন।"

শ্যাম লাহিড়ী একটু হেসে বললেন, "বলুন গিয়ে, পৌরপিতা হিসেবে তাঁর কিছু কর্তব্য আছে। যদি ভয় খেয়ে থাকেন, তবে তাঁর বদনাম হবে। তিনি যদি একান্তই না যান, তা হলে এবার মিউনিসিপ্যাল ইলেকশানে আমি তাঁর বিরুদ্ধে দাঁড়াব।"

বিষ্ণুবাবু চলে গেলেন।

দশ মিনিটের মাথায় শ্যাম লাহিড়ীর বাড়ির সামনে একটা রিকশা এসে থামল। ব্যোমকেশবাবু প্রকাণ্ড একখানা লাঠি হাতে লাফ দিয়ে নেমে বেশ চেঁচিয়ে রাস্তার লোককে শুনিয়ে বললেন, "শহরের সবচেয়ে বড় বীর ছেলেটা জঙ্গলে হারিয়ে গেল এটা কি ইয়ার্কি নাকি? যতদিন আমার দেহে প্রাণ আছে ততক্ষণ এরকম কাণ্ড বরদাস্ত করব না। ভাইসব, এই আমি চললুম জয়পরাজয়বাবুকে ফিরিয়ে আনতে। না, না, কঠোর কর্তব্যকর্মে আপনারা কেউ আমাকে বাধা দেবেন না। আমি যাবই।"

এই বলে ব্যোমকেশ বাঁদুরে টুপিটা খুলে একগাল হেসে শ্যাম লাহিড়ীকে বললেন, "দাদাও যাচ্ছেন বুঝি? বাঃ বাঃ, বেশ হল।"

শ্যাম লাহিড়ী গম্ভীর হয়ে বললেন, "তোমার নাকি খুব জ্বর?"

ব্যোমকেশ মাথা চুলকে বললেন, "লোকে সারাক্ষণ এসে এত জ্বালাতন করে যে, ওসব একটু বানিয়ে বলতেই হয়। অপরাধ নেবেন না। দিনরাত লোকসেবা করে করে হাড়ে ঘুণ ধরে গেল। তা দাদা কি সত্যিই ইলেকশনে দাঁড়াবেন? আপনি দাঁড়ালে তো আমার আশা নেই।"

শ্যাম লাহিড়ী জবাব দিলেন না।

ভুতু যদি কাঁকড়াবিছে ক্লাসে না ছাড়ত তা হলে সে ভজুরাম মেমোরিয়াল স্কুল ফুটবল টিমে চান্স পেত। যদি ফুটবল টিমে চান্স পেত তা হলে সে প্রতিশোধ নেওয়ার জন্য কালুকে খেপাত না। কালু যদি না খেপত, তা হলে জয়পতাকাবাবুর মতো ভিতু আর নিরীহ লোকের ভিতরে বীরত্ব জেগে উঠত না। বীরত্ব না জাগলে এত লোক আজ জয়পতাকাবাবুকে মাটাডোরের ভূমিকায় দেখতে পেত না এবং মস্ত বড় একটা অভিজ্ঞতা থেকে বঞ্চিত হত। আর ষাঁড়ের লড়াই না হলে জয়পতাকাবাবু কোনওদিনই কালুর পিঠে চড়ার মতো বিরল অভিজ্ঞতা লাভ করতেন না। আর তা হলে পটাশগড়ের জঙ্গলটাও তাঁর কাছে অজানা থেকে যেত। জয়পতাকাবাবু নিরুদ্দেশ না হলে স্কুল কাল বন্ধ দেওয়া হত না। এবং আগামী কাল ভুতুকে জয়পতাকার ক্লাসে অঙ্কের জন্য বিস্তর নাকাল হতে হত। সুতরাং সব দিক ভেবে দেখলে, যা হয়েছে তা ভালই হয়েছে। এরকম একখানা কাণ্ড হওয়ার দরকার ছিল।

ভুতু ঘোষবাড়ির ছেলে বটে তবে তার নিজের মা-বাবা নেই। ঘোষবাড়ির বড় সংসার। সকলেই লেখাপড়ায় ভাল। ভুতুর কাকা-জ্যাঠারা রীতিমতো কৃতী মানুষ। কিন্তু সেই বাড়ির ছেলে হয়ে ভুতু বছর-বছর পরীক্ষায় গাড্ডা খায়। এক বিধবা পিসির কাছেই ভুতু মানুষ। সবাই বলে, পিসির লাই পেয়ে পেয়ে ভুতুর আজ এই দশা। দুষ্টুমির জন্য কুখ্যাতি তো তার আছেই। ফলে বাড়ির কেউ ভুতুকে সুনজরে দেখে না। ভুতু মারপিট করে বেড়ায়, গাছ বায়, ক্লাস পালিয়ে ঘুরে বেড়ায়, আজেবাজে ছেলেদের সঙ্গে মেশে। গুণের মধ্যে, সে খেলাধুলোয় বেশ ভাল। প্রাইজ-টাইজ মেলাই পায়।

কাণ্ডখানা করে সে বেশ খুশি ছিল। কালুকে খেলার মাঠে লেলিয়ে দেওয়ায় খেলা তো কিছুক্ষণের জন্যে পণ্ড হয়েছেই, তার ওপর টিমে ভুতু না থাকায় স্কুল গো-হারা হেরেছে।

ভুতু সন্ধের পর বই খুলে পড়ার ঘরে বসে বসে কাণ্ডখানা ভাবছিল আর ফিচিক-ফিচিক হাসছিল।

এমন সময় মেজো জ্যাঠামশাই ডেকে পাঠালেন। ভীষণ রাগী লোক। রাশভারীও বটে।

জ্যাঠামশাই অত্যন্ত গম্ভীরভাবে কয়েকজন লোকের সঙ্গে কথা বলছিলেন। তাদের বিদেয় করে দিয়ে ভুতুর দিকে তাকিয়ে জলদগম্ভীর গলায় বললেন, "তুমি আজ যা করেছ তার জন্য কোনও শাস্তিই তোমার পক্ষে যথেষ্ট নয়।"

ভুতু একটু অবাক হল, ভয়ও পেল।

জ্যাঠামশাই বললেন, "তুমিই সেই কালপ্রিট, যে কালুকে খেপিয়ে নিয়ে খেলার মাঠে ছেড়ে দিয়েছিলে। অনেকেই সেটা স্বচক্ষে দেখেছে। তোমার এই দায়িত্বজ্ঞানহীন কাজের ফলে তোমাদের মাস্টারমশাই জয়পতাকার কোনও খোঁজ পাওয়া যাচ্ছে না। শোনা যাচ্ছে, কালু তাঁকে নিয়ে গিয়ে পটাশগড়ের জঙ্গলে ফেলে দিয়ে এসেছে। ওই জঙ্গল খুবই বিপজ্জনক জায়গা। তাঁর প্রাণ যাওয়াও বিচিত্র নয়। তার ওপর কালু তাঁকে কোন অবস্থায় ফেলে দিয়ে এসেছে তাও আমরা বুঝতে পারছি না।"

ভুতু অত্যন্ত ক্ষীণ গলায় বলল, "জয়পতাকাসার যে ওরকম কান্ড করবেন তা আমি জানতাম না।"

"কিন্তু এ তো জানতে যে কালুকে ওই ভিড়ের মধ্যে ছেড়ে দেওয়ার ফলে বহু লোকের চোট হতে পারত।"

"আজ্ঞে, আমার ভুল হয়েছে।"

"ওটুকু বললেই যথেষ্ট বলা হল না। তুমি যেমন লোকের ক্ষতি করার চেষ্টা করেছিলে, জয়পতাকাবাবু তেমনই লোকের উপকার করার জন্যে বীরের মতোই এগিয়ে গিয়েছিলেন। সারা শহরে এখন তাঁর গুণগান হচ্ছে। আর তোমার নামে লোকে ধিক্কার দিচ্ছে। ছিঃ ছিঃ। তোমার জন্যে কাল থেকে আমাদের মুখ দেখানোর জো নেই।"

খবর পেয়ে পিসি ছুটে এল। বলল, "ও ভাই গোবর্ধন, আমার ভুতু কি আর অত ভেবেচিন্তে কিছু করেছে? ছেলেমানুষ, একটা দুষ্টুমি করে ফেলেছে। ওকে ছেড়ে দে।"

গোবর্ধনবাবু অতিশয় গম্ভীর হয়ে বললেন, "তোমার জন্যই তো ওকে মানুষ করা গেল না মেজদি। তোমার ভয়ে ওকে শাসন করা আমরা এরকম ছেড়েই দিয়েছি। ফলে কী হয়েছে জানো? স্পেয়ার দি কেন অ্যান্ড স্পয়েল দা চাইল্ড।"

পিসি একগাল হেসে বলল, "আমিও তো সেই কথাই বলি। এসপার দিয়ে কেন, ওসপার দিয়ে চলো। তা কি আর ও শোনে?"

জ্যাঠা গম্ভীরতর হয়ে বললেন, "তাই বললুম বুঝি?"

"তাই বললি না? নিজে কানে শুনলুম যে। তবে তুই ইংরেজিতে বললি আমি বাংলা করে নিলুম।"

জ্যাঠামশাই খুব হতাশ হয়ে ভুতুর দিকে তাকিয়ে বললেন, "জয়পতাকার জন্য একটা দায়িত্ব আমাদের আছে। বিশেষ করে যখন তুমিই এ ব্যাপারটার মূলে আছ। শুনলুম, আগামীকাল ব্যোমকেশবাবু জয়পতাকার একটা সংবর্ধনাসভা করবেন বলে ঠিক করেছেন। কিন্তু জয়পতাকাকে খুঁজে পাওয়া না গেলে ওটাকে উনি কনডোলেন্স মিটিং বলেও ঘোষণা করতে পারেন। ব্যাপারটা কতদূর গড়িয়েছে দেখেছ?"

"যে আজ্ঞে।"

"আর এই সবকিছুর মূলেই তুমি। পটাশগড়ের জঙ্গল যদি ভয়াবহ জায়গা না হত, তা হলে আমি তোমাকে সেখানে পাঠাতুম। কিন্তু সেটা অত্যন্ত দায়িত্বজ্ঞানহীন কাজ হবে। জেনেশুনে তোমাকে বাঘ-ভালুকের সামনে ঠেলে দিতে পারি না। তা ছাড়া ওটা রহস্যময় জায়গাও বটে। রাতবিরেতে অত্যন্ত মিস্টিরিয়াস আলো দেখা যায়। আমি নিজেও দেখেছি দূর থেকে। সুতরাং ভেবে পাচ্ছি না কী করা উচিত।"

পিসি সঙ্গে সঙ্গে হলে ওঠেন, "মিষ্টি কী রে? পটাশগড় বড্ড তেতো জায়গা। বাঘ-ভালুক ভূত-প্রেত রাক্ষস-খোক্কস, ব্যাঙ্গমা-ব্যাঙ্গমী গোরিলা-সিংহ জিন-পরি সব আছে। সন্ধের পর ও জায়গার নামও উচ্চারণ করতে নেই। রাম রাম রাম রাম।"

"দ্যাখো দিদি, তুমি তো রাম নাম করে বেঁচে গেলে, কিন্তু ওদিকে জয়পতাকার কী হবে তা ভেবে দেখেছ?"

"ও আর ভাবব কী? জয়পতাকাই কি কাজটা ভাল করেছে? কালু হল শিবের ষাঁড়। স্বয়ং মহাদেব যে-পিঠে চাপেন, সেখানে বসাটাও কি আস্পর্দ্ধা নয়? তা যার যেমন কর্ম তেমনই তো ফল হবে। শিবরাত্তিরে কালুকে কত লোক ভোগ দেয় জানিস? কত টাকাপয়সা ছুড়ে দেয় কালুর পায়ে? বৈতরণী পার হতে গেলে কালুর লেজ ছাড়া আমাদের গতি আছে? সেই কালুর পিঠে জয়পতাকা কোন সাহসে চাপে শুনি?"

গোবর্ধন আর কথা বাড়ালেন না। বাড়িয়ে লাভও নেই। তিনি ভুতুর দিকে চেয়ে বললেন, "নিজের অন্যায়টা বুঝবার চেষ্টা করো গে। আর জয়পতাকা যদি প্রাণ নিয়ে ফেরে, তবে তার কাছে গিয়ে একবার ক্ষমা চেয়ো।"

ভুতু যখন রাত সাড়ে-আটটা নাগাদ খেয়ে বিছানায় গেল তখন তার মনটা অন্যরকম হয়ে গেছে। চোখ দুটো ভারী-ভারী লাগছে, বুকটা ভার ঠেকছে। জয়পতাকাবাবুর কাছে ক্ষমা চাইতে সে রাজি। কিন্তু ক্ষমা করার জন্য জয়পতাকা যে ফিরবেন তার ঠিক কী?

ভুতুর যত দোষই থাক, তাকে কেউ ভিতু বলতে পারবে না। পটাশগড়ের জঙ্গলের যত বদনামই থাক, ভুতু সেখানে প্রায়ই দুপুরবেলা যায়। ভারী নির্জন জায়গা। বুনো কুল আর বনকরমচা পাওয়া যায় শীতকালে। টক-মিষ্টি ভারী সুন্দর স্বাদ। ভুতু একা-একা ওই জঙ্গলে অনেক ঘুরে বেড়িয়েছে। তার অত ভয় নেই।

খানিকক্ষণ শুয়ে থেকে ভুতু বুঝল যে, তার ঘুম আসবে না। মাথাটা বড্ড গরম। সে উঠে পড়ল। পাশের খাটে পিসি অঘোরে ঘুমোচ্ছে। তবে বাড়িতে বড়রা অনেকেই জেগে আছে। ঠাকুর-কাজের লোক রাতে খাওয়ার পর সাফাইয়ের কাজ করছে।

ভুতু একটা সোয়েটার পরে নিল। সঙ্গে নিল স্কাউট-ছুরি। দরজা খুলে ভুতু বেরোল। তারপর চারদিক দেখে নিয়ে নিজস্ব সাইকেলটা চালিয়ে বেরিয়ে পড়ল।

পটাশগড়ে দিনের বেলা এলেও রাতে কখনওই আসেনি। কাঠের পোলের ওপর দিয়ে সাইকেল চালিয়ে ভুতু নদীটা পেরিয়ে পটাশগড়ের অন্ধকার, নিঝুম, ঝিঁঝি-ডাকা জঙ্গলের সামনে পৌঁছে গেল। ভয়-ভয় ভাবটা শুরু হয়ে গেল। এই অন্ধকার জঙ্গলে ঢোকা কি বুদ্ধিমানের কাজ হবে? আর এখানে কী করেই বা খুঁজে পাবে জয়পতাকাবাবুকে?

সাইকেলটা মাটিতে শুইয়ে রেখে ক্ষণকাল মাত্র দ্বিধা করল সে। তারপর দৃঢ় পায়ে ঢুকে পড়ল ভিতরে।

ঢুকতেই সে একটা হরিণের মর্মন্তুদ আর্তনাদ শুনতে পেল। সঙ্গে চাপা একটা গরগর আওয়াজ। বাঘের ডিনার শুরু হল। ভুতু স্কাউট-ছুরিটা বাগিয়ে ধরে কিছুক্ষণ দাঁড়িয়ে রইল চুপচাপ। এগোতে সাহস হল না। তারপর সব আবার চুপচাপ আর নিঝুম হয়ে গেল, সে ধীরে ধীরে এগোতে লাগল। পটাশগড়ের জঙ্গল সামনের দিকটা তেমন ঘন নয়। কিন্তু গভীর জঙ্গল ভীষণ ঘন। চলাই মুশকিল। পাতলা জঙ্গলের মধ্যে একটু জ্যোৎস্না পড়েছে। আবছা আলোয় চারদিকটা আরও গা-ছমছম করা। কিন্তু সাহস না করতে পারলে জয়পতাকাবাবুকে খুঁজে বের করা আরও কঠিন হবে।

হঠাৎ একটা টর্চের আলো তার ওপর ঝলক তুলে সরে গেল। কে যেন চেঁচিয়ে উঠল, "ওই একটা বাচ্চা ভূত! বাবা গো!"

চমকে উঠেও গলাটা চিনল ভুতু। ব্যোমকেশবাবু।

আর-একজন গম্ভীর গলা বলল, "ভূত যদি এত সস্তা হত, তা হলে আর ভাবনা ছিল না হে ব্যোমকেশ।"

এ গলাটাও চেনে ভুতু। এ হল শ্যাম লাহিড়ী।

আর-একটা লোক বলল, "যাই হোক, ব্যোমকেশ কিছু একটা দেখেছে। সেটা জয়পতাকাও হতে পারে তো! চলো দেখি।"

এ গলা জয়ধ্বনির।

ভুতু প্রমাদ গুনল। আজ যে কাণ্ড সে করেছে তা সকলেই জেনে গেছে। লোকে তার সুনাম করছে না। এখন ধরা পড়লে বিপদ আছে।

সুবিধে হল এই গহিন জঙ্গলে গা-ঢাকা দেওয়ার মতো জায়গার অভাব নেই। ভুতু নিচু হয়ে হামাগুড়ি দিয়ে অন্যদিকে সরে যেতে লাগল। নিরাপদ দূরত্বে এসে ফের সোজা হল।

আর সোজা হয়েই সে দেখতে পেল, সামনে একটা জলা। খুব চওড়া। চাঁদের আলোয় জলটা ঝিকমিক করছে। জলার ধারে এর আগেও এসেছে ভুতু। তবে রাত্তিরে জলাটা অন্যরকম দেখাচ্ছে। যেন সত্যি নয়, যেন স্বপ্ন-স্বপ্ন।

এই জলায় বাঘে জল খায়। অন্য সব বন্যপ্রাণীও আসে। কাদায় তাদের গভীর পায়ের ছাপ জ্যোৎস্নাতে স্পষ্টই দেখা যাচ্ছে। এখানে গাছপালা না থাকায় চাঁদের আলো বেশ ফটফট করছে।

হঠাৎ ভুতু একটা পায়ের ছাপ লক্ষ করে চমকে গেল। নিচু হয়ে দেখল, মানুষের পায়ের ছাপই বটে। জয়পতাকাবাবু যদি জলায় নেমে থাকেন, তবে তো ভুতুকেও নামতেই হয়। আশায় ভরসায় ভয়টয় চলে গেল ভুতুর। জয়পতাকাবাবুর পায়ের ছাপ যখন পাওয়া গেছে, তখন জলার ওপাশে তাঁকে পাওয়া অসম্ভব নয়।

জলায় জোঁক আছে এবং ঢোঁড়া সাপ আছে। কিন্তু ভুতু সেসব নিয়ে মাথা ঘামায় না। ঘপাস করে কাদায় নেমে পড়ল। হুপহুপ করে একটা হনুমান বড় গাছের মগডালে খানিক লাফালাফি করল। বোধহয় ভালুক-টালুক দেখেছে। বাঘও দেখে থাকতে পারে। জলার ধারে ওরা তো আসবেই।

জলা পেরোতে অনেকটা সময় লাগল। ডাঙাজমিতে উঠে ভুতু তার ভেজা প্যান্ট থেকে যতটা পারে জল ঝরিয়ে নিয়ে চারদিকে চেয়ে দেখল। এবার আরও নিবিড় জঙ্গল। এদিকটায় ভুতু কখনও আসেনি। এ পাড়ে আর পায়ের ছাপ খুঁজে পেল না সে।

ডালপালা লতা-পাতায় নিশ্ছিদ্র অরণ্য। এগোনো ভারী শক্ত।

পায়ের ছাপ আর খুঁজে না পেয়ে ভুতু দমে গেল বটে, কিন্তু ক্ষীণ আশা ছাড়ল না।

"সার! জয়পতাকা সার!" বলে দু'বার বেশ জোরে ডাকল ভুতু।

আর তখনই হঠাৎ হা হা করে একটা বাতাস বয়ে গেল। সেই বাতাসে পরিষ্কার শব্দ শোনা গেল, "ডিনার শেষ, ফিরে যাও।"

ভুতু দাঁড়িয়ে চারদিকে তাকাল। ডিনার শেষ! এর মানে কী? কে তাকে ফিরে যেতে বলছে? ভূত নাকি?

ভুতু আবার এগোতে গেল। আবার একটা পাগলাটে দমকা হাওয়া বলে গেল, "ফিরে যাও, ফিরে যাও, ডিনার শেষ।"

ফের ভুতু থমকে দাঁড়াল, এ কার অশরীরী কণ্ঠস্বর? এ তো বাতাসের শব্দ নয়! বাতাসের সঙ্গে কে যেন মিশিয়ে দিচ্ছে কথা। তাকে ফিরে যেতে বলছে কেন? 'ডিনার শেষ', এ কথাটার মানেই বা কী?

ভুতুর আর যা-ই দোষ থাক, সে ভিতু নয়। সে ডানপিটে আর একগুঁয়ে। স্কাউট-ছুরিটা খুলে নিয়ে সে শক্ত করে ধরল, তারপর এগোতে লাগল। এত দূর এসে ফিরে যাওয়ার মানেই হয় না। তা ছাড়া জয়পতাকাবাবুর খবর না নিয়ে সে ফিরবেও না।

জলার এপাশের জঙ্গল অনেক বেশি ঘন। গাছপালার এত জড়াজড়ি যে, পথ করে এগোনো ভীষণ শক্ত। দিক নির্ণয় করা অসম্ভব। জঙ্গলের ভিতরে ঢোকার পর চাঁদের আলো মুছে গিয়ে নিবিড় অন্ধকার। সোজা হয়ে ভুতু এগোতে পারছে না। সে কখনও চলছে গুড়ি মেরে, কখনও হামাগুড়ি দিয়ে, কখনও সাপের মতো বুক ঘষটে। এইভাবে কতক্ষণ এগিয়েছে এবং কতটা, তা তার হিসেব নেই। কিন্তু হঠাৎ সে গাছপালা ভেদ করে একটা ছোট্ট খোলা জায়গায় এসে পড়ল। অনেকটা বড় একটা উঠোনের মতো জায়গা। বড়-বড় ঘাস আছে, আর কিছু ঝোপঝাড়। সে হঠাৎ দেখতে পেল, একটা ভালুক মস্ত একটা গাছ থেকে তরতর করে নেমে এল। বোধহয় ফল বা মৌচাক ভেঙে মধু খেতে উঠেছিল। ভুতুর মতোই সে ফাঁকা জায়গাটার ওপাশে দাঁড়িয়ে রইল। ভাবখানা যেন উঠোনটা পেরিয়ে সে এদিকে আসবে। ভুতু ভালুকটার মুখোমুখি পড়তে চায় না বলে দাঁড়িয়ে রইল। আর জ্যোৎস্নায় ভালুকটার গতিবিধি লক্ষ করতে লাগল।

ভালুকটা কিন্তু সরাসরি উঠোনটা পেরোল না। খানিকক্ষণ দাঁড়িয়ে থেকে ফাঁকা জায়গাটার দিকে চেয়ে রইল। তারপর বাঁদিকে ঘুরে টলতে টলতে ঝোপঝাড় ভেঙে অনেকটা ঘুরে এপাশে এসে ভুতুর কয়েক হাত দূর দিয়ে জঙ্গলে ঢুকে গেল।

ব্যাপারটা লক্ষ করে ভুতু একটু অবাক হল। সামনে বড়-বড় সবুজ ঘাসে ঢাকা চমৎকার চাতালটা কেন পেরোল না ভালুক-ভায়া?

ভাবতে ভাবতেই ভুতু আর-একটা কাণ্ড দেখল, এক পাল হরিণ তাদের দিঘল পায়ে কোথা থেকে এসে তার খুব কাছেই চাতালটার সামনে থমকে দাঁড়াল, এবং তারপর অবিকল ভালুকটার মতোই সাবধানে ডানদিকে ঘুরে ঝোপঝাড় ভেঙে ওপাশের জঙ্গলে গিয়ে অদৃশ্য হয়ে গেল।

আর-একটু দাঁড়িয়ে থেকে ভুতু লক্ষ করল, কোনও বন্যপ্রাণীই চাতালটাকে পছন্দ

করে না বা ভয় পায়। সে অন্তত দশ-বারোটা শেয়ালকেও একইরকম অদ্ভুত আচরণ করতে দেখল।

চাতালটায় কী আছে? এমনিতে তো সাধারণ একটা খোলা জায়গা বলেই মনে হয়, ভুতু চাতালটার খুব কাছে গিয়ে দাঁড়াল। তারপর সাবধানে পা বাড়াল, কিন্তু নামতে পারল না। একটা বাধা পাচ্ছে, কিসের বাধা তা সে বুঝতে পারল না। কোনও দেয়াল নেই, কাচ নেই, বেড়া নেই, অথচ একটা অদৃশ্য বাধা। পা বা হাত কিছুতেই ঠেকছে না, অথচ চেষ্টা করেও ভুতু খোলা জায়গাটায় নামতে পারল না।

ভারী অবাক হল সে। কেন নামতে পারছে না? কেন বন্যপ্রাণীরাও জায়গাটাকে এড়িয়ে যাচ্ছে? বাধাটা কিসের?

আবার একটা বাতাস হাহা করে বয়ে গেল খোলা জায়গাটা দিয়ে, "ফিরে যাও। ফিরে যাও। নইলে বিপদ।"

ভুতু হঠাৎ চেঁচিয়ে উঠল রাগে, "কিসের বিপদ? আমি বিপদকে ভয় পাই না।"

"ডিনার শেষ। ডিনার শেষ।"

"কে আপনি, সামনে এসে দাঁড়ান।"

কোনও জবাব নেই।

অগত্যা ভুতু বন্যপ্রাণীদের মতোই অনেকটা ঘুরে চত্বরটা পার হল। তারপর আবার জঙ্গলে ঢুকল। তাকে চমকে দিয়েই হঠাৎ নীলচে আলোয় চারদিকে ভরে গেল। ভারী মায়াবী নরম আলো। স্বপ্নের মতো। সেই আলোয় তার চারদিক উদ্ভাসিত হয়ে উঠল। নিবিড় অরণ্যের সবকিছু স্পষ্ট দেখা যেতে লাগল।

ভুতু টের পেল আলোর উৎস তার পিছন দিকে, ওই চত্বরে।

ভুতু চত্বরটার দিকে দৌড়ে ফিরে গেল।

কিন্তু সে যখন পৌঁছল, তখন আলো নিভে গেছে। চত্বরটা আগেকার মতোই ফাঁকা আর নির্জন। ভুতু কিছুক্ষণ অপেক্ষা করল। তারপর আবার ঘুরে তার পথে এগোতে লাগল।

জয়পতাকা যে খাদটার মধ্যে পড়ে গিয়েছিলেন, ভুতুও সেটার মধ্যে পড়ে যেতে পারত। তবে একেবারে শেষ মুহূর্তে শূন্যে পা ফেলেও সে টাল সামলে নিতে পারল। আর পারল সে একজন ভাল খেলোয়াড় বলেই।

খাদের ধারে দাঁড়িয়ে ভুতু একটু ভ্যাবাচ্যাকা খেয়ে চারদিকে তাকাল। এগোনোর আর কোনও উপায় নেই, যদি না খাদটা কোনওরকমে পেরোনো যায়।

কাছেপিঠে কোথাও একটা খ্যাপা বাঘ গর্জন করে উঠল হঠাৎ। ভুতু অত্যন্ত তড়িৎগতিতে কাছে যে-গাছটা পেল, তাতে উঠে পড়ল। অনেকটা উঁচুতে উঠে সে

চারদিকে তাকিয়ে দেখল। খাদের ওপার আর এপারের গাছের ডালপালা পরস্পরের মধ্যে ঢুকে পড়েছে। খাদটা গভীর হলেও চওড়া নয়। সাহস করে এক ডাল থেকে অন্য ডালে ঝুল খেয়ে যাওয়া যায়। যে-ই কথাটা সে ভেবেছে, অমনি একটা হুতোম প্যাঁচা 'ভুত-ভুতুম, ভুত-ভুতুম' করে ডেকে তাকে সমর্থন জানাল।

সন্তর্পণে ভুতু একটা লম্বা ডাল বেয়ে এগোতে লাগল। ওপাশের একটা গাছের ডাল মাত্র হাত-দুয়েক দূরে নুয়ে আছে। ভুতু চোখ বুজে নিজের বিপজ্জনক অবস্থাটা খানিকটা বুঝে নিল। হাত বাড়িয়ে সে ডালটা নাগালে পাবে না। তবে এ ডাল ছেড়ে যদি লাফিয়ে পড়ে তবে কপালজোরে ও ডালটা ধরলেও ধরে ফেলতে পারে। কাজটা অবশ্য খুবই বিপজ্জনক। নীচে অতল খাদ হাঁ করে আছে।

ভুতু সাহস সঞ্চয় করে নিল। যা হওয়ার হবে। এ এলাকায় সে হল গাছ বাওয়ার চ্যাম্পিয়ন। যে ডালটায় সে বসে আছে ঘোড়ার পিঠে সওয়ার হওয়ার মতো, সেটা ধরে সে ঝুলে পড়ল। তারপর শরীরটাকে একটু দুলিয়ে সে নিজেকে ছুড়ে দিল।

বাঁ হাতটা ফসকাল। কিন্তু পড়তে পড়তেও ডান হাতে সে ডালটা পেয়ে গেল। তার ভারে ডালটা এত নুয়ে গেল যে, একবার মনে হল ভেঙে পড়ে যাবে।

ভাঙল না, নুয়ে ফের উঠে গেল ওপরে। ভুতু কিছুক্ষণ ঝুলে থেকে খুব সন্তর্পণে ডাল বেয়ে গাছের মূল শাখাপ্রশাখায় পৌঁছে গেল।

গাছ থেকে নেমে যখন সে ফের মাটির ওপর দাঁড়াল, তখন তার ঘাম হচ্ছে পরিশ্রমে। কিন্তু থামলে তো চলবে না। জয়পতাকাবাবুর যদি কিছু হয়ে থাকে তবে সে-ই তো দায়ী।

বালিয়াড়িটার কাছাকাছি এসে পৌঁছতে আরও খানিকক্ষণ সময় লাগল তার। যখন পৌঁছল তখন নিশুত রাতের উজ্জ্বল জ্যোৎস্নায় চারদিক ভারী অদ্ভুত দেখাচ্ছে।

বাতাসে একটা কণ্ঠস্বর ফের হাহাকার করে উঠল, "ডিনার শেষ। ডিনার শেষ।"

ভুতু বালিয়াড়ির মাঝখানে ধ্বংসস্তূপটার দিকে চেয়ে চেঁচিয়ে বলল, "কিসের ডিনার?"

কেউ জবাব দিল না।

ভুতু বালিয়াড়ির দিকে পা বাড়াল। সে এই জঙ্গলে চোরাবালি আছে বলে শুনেছে। এই সেই চোরাবালি নয় তো? সে একটা মরা গাছের ডাল কুড়িয়ে নিয়ে ছুড়ে দিয়ে দেখল, ভুশ করে ডুবে যায়। তা হলে এই সেই চোরাবালি? কিন্তু ওই ধ্বংসস্তূপের ভিতরে সব রহস্যের সমাধান আছে— এরকম মনে হচ্ছিল তার।

সে জঙ্গলের মধ্যে চারপাশটা খুঁজে একটা শক্ত আর লম্বা ডান্ডা জোগাড় করে ফেলল। তারপর ডান্ডাটা বালির মধ্যে গুঁজে কতটা গভীর তা মেপে দেখার চেষ্টা

করল। ডান্ডাটা সম্পূর্ণই ঢুকে গেল ভিতরে, কোথাও ঠেকল না।

কিন্তু ধৈর্য হারাল না সে। ওখানে যখন ধ্বংসস্তূপ আছে, তখন পথও নিশ্চয়ই ছিল। সেটা খুঁজে বের করতে হবে।

সেই হাহাকার আবার বলে গেল, "পথ নেই। পথ নেই।"

ভুতু তবু ডান্ডাটা দিয়ে বালিয়াড়ির বিভিন্ন জায়গায় খুঁচিয়ে খুঁচিয়ে দেখতে লাগল। হঠাৎ তার মনে হল, পিছনে কে যেন এসে দাঁড়িয়ে আছে। সে ঘুরে তাকাল। কেউ নেই। কিন্তু যেই আবার খোঁচাখুঁচি শুরু করল, তখনই স্পষ্ট টের পেল, পিছনে কেউ এসে দাঁড়িয়েছে। তাকে লক্ষ করছে। হঠাৎ একটা দীর্ঘশ্বাস যেন পড়ল।

ভুতুর গায়ে একটু কাঁটা দিল। স্কাউট-ছুরিটা বাগিয়ে ধরে সে বিদ্যুৎবেগে ঘুরে দাঁড়াল, কেউ নেই। কিন্তু তবু যেন মনে হচ্ছে, কেউ আছে। সামনেই একটা মানুষ-সমান উঁচু ঝোপ। ভুতু এগিয়ে গিয়ে ঝোপটার গায়ে ডান্ডা দিয়ে কয়েকটা ঘা বসাল। তিন ঘা বসানোর পর চতুর্থবার লাঠিটা যেই তুলেছে, অমনি হঠাৎ তার হাত থেকে কে যেন এক মোচড়ে লাঠিটা কেড়ে নিল।

তারপর যে ঘটনা ঘটল তা চোখে দেখলেও বিশ্বাস হয় না। ভুতু দেখল, তার হাত-ছাড়া লাঠিটা শূন্যে লম্বমান হয়ে ঝুলে আছে। তারপর লাঠিটা ধীরে ধীরে দুলতে দুলতে বালিয়াড়ির ওপর দিয়ে ভেসে ভেসে চলে যেতে লাগল। আর লাঠিটার সঙ্গে সঙ্গে বালির ওপর ফুটফুটে জ্যোৎস্নায় পায়ের ছাপ ফুটে উঠতে লাগল।

ভুতুর গায়ে কাঁটা দিল। মাথা ঘুরে সে হয়তো অজ্ঞান হয়ে পড়েই যেত। অতি কষ্টে সে দাঁতে দাঁত চেপে, হাতে চিমটি কেটে নিজেকে ঠিক রাখল। দেখল লাঠিটা সেই ধ্বংসস্তূপে পৌঁছে ঝোপঝাড়ের মধ্যে অদৃশ্য হয়ে গেল।

স্তম্ভিতভাবে কিছুক্ষণ দাঁড়িয়ে রইল ভুতু। মাথাটা ধোঁয়াটে, বুকটা দুরদুর করছে। হাত-পা ঠান্ডা।

কিন্তু গোঁয়ারগোবিন্দ ডানপিটে ভুতু সহজে হার মানে না। সে ধীরে ধীরে বালিয়াড়ির কাছে এগিয়ে গিয়ে নিচু হয়ে পায়ের ছাপটা পরীক্ষা করল। মস্ত বড় পা, তবে আঙুল-টাঙুলের কোনও ছাপ নেই। হয়তো অদৃশ্য একজোড়া জুতো হেঁটে গেছে। বেশ গভীর ওজনদার ছাপ।

হঠাৎ ভুতুর ভয়ডর কেটে গেল। তার মনে হল, ওই ধ্বংসস্তূপে যাওয়ার পথ হয়তো এইটাই। কেউ তাকে হয়তো পথ দেখাচ্ছে। সে ভূত হলে হবে, ভুতুর তাতে আপত্তি নেই।

ভুতু প্রথম ছাপটার ওপর একটা পা রেখে দেখল, না দেবে যাচ্ছে না। সাহসে ভর করে সে ছাপটার ওপর দাঁড়াল, তারপর পরের পা রাখল পরের ছাপটার ওপর।

তারপর এইভাবে ধীরে ধীরে এগোতে লাগল। কপালে কিছু-কিছু ঘাম হচ্ছে। বুকটা দুরদুর করছে। গলা শুকিয়ে আসছে। তবু শেষ অবধি দেখতে হবে। তার খুব মনে হচ্ছে, জয়পতাকাবাবু নিরুদ্দেশ হয়েছেন ওই ধ্বংসস্তূপেই।

খুব ধীর পায়ে ভুতু এগোচ্ছিল। কিন্তু কেমন একটা অস্বস্তিও বোধ করছিল সে। কেবলই মনে হচ্ছে, সামনের ঝোপঝাড়ের আড়াল থেকে চোরাচোখে কেউ তাকে লক্ষ করছে।

হাহাকারের শব্দে বাতাসটা আর-একবার বালিতে ঝড় তুলে বয়ে গেল। বলে গেল, "ফেরার পথ নেই। ফেরার পথ নেই। ডিনার শেষ।"

ঝড়ে দাঁড়িয়ে গিয়ে চোখ ঢাকল ভুতু। বালির ঝাপটায় তার শরীর কণ্টকিত হল। তারপর চোখ চেয়ে যা দেখল তা আতঙ্কজনক। বালির ঝড়ে সামনের ও পিছনের সব পদচিহ্ন মুছে গেছে। সে ঠিক মাঝ বরাবর দাঁড়িয়ে।

ভুতু কী করবে তা প্রথমে বুঝতে পারল না। এক-পা এদিক-ওদিক হলেই বালিতে ডুবে মরতে হবে। কিন্তু অনন্তকাল তো দাঁড়িয়ে থাকাও যাবে না।

ভুতু স্কুলের সেরা খেলোয়াড়। সে চমৎকার দৌড়তে পারে। যদি বাকি পথটুকু সে খুব জোরে দৌড়োয়, তা হলে হয়তো চোরাবালিতে ডুববার আগেই পৌঁছে যেতে পারবে ডাঙা জমিতে। কিন্তু মুশকিল হল, বালির ওপর জোরে দৌড়নো অসম্ভব।

ভুতুকে বিপদের ঝুঁকি নিতেই হবে। সে জায়গায় দাঁড়িয়ে কয়েকবার জোড়পায়ে লাফিয়ে ওয়ার্ম আপ করে নিল। তারপর একশো মিটার দৌড়ে স্টার্ট নেওয়ার ভঙ্গিতে দাঁড়াল। বুক ভরে দম নিল। তারপর চিতাবাঘের মতো দৌড় শুরু করল। প্রতি পদক্ষেপেই তার পা ক্রমে গ্রাস করে নিচ্ছে চোরাবালি, কিন্তু ভুতু সময় নিচ্ছে না। পরের পা বাড়িয়ে পেছনের পা টেনে নিয়ে প্রায় উড়ে যাওয়ার চেষ্টা করছে। শেষ কয়েক ফুট যখন বাকি তখন সে পড়ে গেল। কিন্তু পড়েই গড়াতে শুরু করল। তারপর কী হল মনে নেই।

জয়পতাকা সম্পর্কে একটা গুপ্ত খবর কেউ জানে না। তাঁর যখন পেটে খিদে চাগাড় দেয় তখন তিনি বোকা হয়ে যান, ভিতু হয়ে পড়েন, কী করছেন না করছেন তা তাঁর ভাল জানা থাকে না। পেট ভরা থাকলে তাঁর মাথা ভাল কাজ করে, তখন তিনি বেশ সাহসী হয়ে ওঠেন, এবং কী করছেন না করছেন তা চমৎকার বুঝতেও পারেন।

যেদিন তিনি মনের মতো খাবার পরম আহ্লাদ ও তৃপ্তির সঙ্গে খেয়ে ওঠেন, সেদিন জয়পতাকার মাথা প্রায় আইনস্টাইনের সমকক্ষ হয়ে ওঠে, তিনি প্রচণ্ড সাহসী হয়ে পড়েন এবং দূর ভবিষ্যৎ পর্যন্ত দেখতে পান। তবে খাবারটা যতক্ষণ পেটে থাকে ততক্ষণ।

আজ দুপুরে যদি চমৎকার একটি ভোজ না খেতেন, তা হলে কি তিনি কালুর মতো দুরন্ত ও ভয়ংকর ষাঁড়ের মুখোমুখি দাঁড়াতে পারতেন দুঃসাহসে ভর করে?

আবার এই পটাশগড়ের ডাইনিং হল-এ বসে একা যখন ভোজ্যবস্তুর ঢাকনা একে-একে খুলে খেতে শুরু করলেন, তখন খাবারের স্বাদে ও গন্ধে তাঁর গান গাইতে এবং নাচতেও ইচ্ছে করছিল। এত ভাল সব খাবার তিনি জন্মেও খাননি। প্রথমেই চিনেমাটির একটা বাটির ঢাকনা খুলে দেখলেন তাতে রয়েছে আলফাবেট স্যুপ। সোনালি রঙের সুরুয়ার মধ্যে লাল নীল সবুজ হলুদ মেরুন রঙের এ-বি-সি-ডি, অ-আ-ক-খ সব ভাসছে। চামচ দিয়ে উষ্ণ স্যুপ থেকে একটা তুলে মুখে দিতেই তাঁর জিভ যেন আনন্দে উলু দিয়ে উঠল। স্যুপটা শেষ করে তিনি স্বর্গীয় স্বাদের আরও নানা খাবার চেখে এবং খেয়ে যেতে লাগলেন। মুশকিল হল, এসব খাবার তিনি জন্মেও খাননি। এসব কী ধরনের খাবার তাও তিনি বুঝতে পারলেন না। আমিষ না নিরামিষ তাও বুঝবার কোনও উপায় নেই। কিন্তু স্বাদ অতুলনীয়। যতই খেতে লাগলেন ততই ভয় কেটে যেতে লাগল, মাথা পরিষ্কার ও বুদ্ধি ক্ষুরধার হয়ে উঠতে লাগল, এবং তাঁর কী করা উচিত এবং উচিত নয়, তা স্পষ্ট বুঝতে পারলেন। তিনি বুঝতে পারলেন, এখন তাঁর একনাগাড়ে খেয়ে যাওয়া উচিত। তিনি কোনওদিকে না তাকিয়ে মাথা নিচু করে খেয়ে যেতে লাগলেন।

প্রায় চল্লিশ মিনিট খাওয়ার পর বুঝলেন, তাঁর পেট খুবই আপত্তি জানাচ্ছে। হাউস ফুল। আর কিছুর ঢুকবার জায়গা নেই। জয়পতাকা একটা বড় একটা মেজো এবং ছোট ঢেকুর পর্যায়ক্রমে তুললেন। তারপর একটা শ্বাস ফেলে বললেন, "না, ব্যবস্থা দেখছি ভালই। এরা খাওয়াতে জানে।"

ডাইনিং হল-এর কোণে ঝকঝকে বেসিন, র‍্যাকে ধপধপে তোয়ালে। জয়পতাকা আঁচিয়ে মুখ মুছে একটু তৃপ্তির হাসি হাসলেন। ভয়ডর কেটে গেছে। কৌতূহল বাড়ছে। বুদ্ধিও কাজ করছে। চারদিকটা একটু সরেজমিনে দেখার জন্য তিনি ডাইনিং হল থেকে বেরিয়ে একটা লম্বা দর-দালানের মতো জায়গায় ঢুকে পড়লেন। ডানদিকে একটা বেশ বড় ঘর। সবুজ কার্পেট দিয়ে মোড়া ঘরখানায় উজ্জ্বল ঝাড়বাতি জ্বলছে। চারদিকে চেয়ার-টেবিল সাজানো, টেবিলে টাটকা ফুলের তোড়াওয়ালা মস্ত রুপোর ফুলদানি। ভিতর থেকে পিয়ানোর ভারী মিষ্টি আওয়াজ আসছে। জয়পতাকা ঘরে

ঢুকে একটা কৌচে বসে পড়লেন। পিয়ানোর সামনে একটা টুল পাতা। তাতে কেউ বসে নেই। কিন্তু টুং-টাং করে পিয়ানো বেজে যাচ্ছে। খানিকক্ষণ পিয়ানো শোনার পর তিনি জায়গাটা আরও একটু ঘুরে দেখবেন বলে দর-দালান ধরে এগোলেন। পরের ঘরটা ইনডোর গেমসের ঘর। সেখানে টেবিল টেনিস, ক্যারম, দাবার ছকের বিভিন্ন টেবিল রয়েছে।

জয়পতাকা প্রথমে টেবিল টেনিসের ব্যাট তুলে নিলেন। অমনি শূন্য থেকে একটা পিংপং বল টুক করে টেবিলে এসে পড়ল। জয়পতাকা প্রতিদ্বন্দ্বীহীন। বলটা সার্ভ করলেন আনমনে। কিন্তু চমকে উঠে দেখলেন ওপাশে ব্যাটটা শূন্যে উঠে তাঁর সার্ভটাকে স্ম্যাশ করে ফেরত পাঠাল। কে যেন বলে উঠল, "লাভ ওয়ান।"

জয়পতাকা বেকুবের মতো কিছুক্ষণ দাঁড়িয়ে থেকে বলটা কুড়িয়ে নিলেন। ভজুরাম মেমোরিয়াল স্কুলে তিনি প্রায়ই কমনরুমে গিয়ে টেবিল টেনিস খেলেন। বেশ ভালই খেলেন। কাজেই তাঁর জেদ চেপে গেল। ওপাশে ব্যাটটা শূন্যে ঝুলছে, দুলছে, খুব হিসেব কষে জয়পতাকা বেশ জুতসই আর-একটা সার্ভ করলেন। বলটা সঙ্গে সঙ্গে মার খেয়ে বিদ্যুৎবেগে ফিরে এল এবং টেবিল ছুঁয়েই শাঁ করে গিয়ে দেওয়ালে লাগল।

সেই কণ্ঠস্বর বলে উঠল, "লাভ টু।"

জয়পতাকা এবার খুব কোনাচে একটা চমৎকার সার্ভ পাঠালেন ওপাশে। বলটা ফিরে এল বটে, কিন্তু জয়পতাকা সেটাকে ব্লক করলেন। কিন্তু ফেরত আসা চাপটা আর আটকাতে পারলেন না।

"লাভ থ্রি।"

খেলা চলতে লাগল। তবে একতরফা। দশ মিনিটের মাথায় লাভ গেম খেয়ে জয়পতাকা বিরক্তির সঙ্গে ব্যাটটা রাখলেন। ওপাশের ব্যাটটাও টেবিলে শুয়ে পড়ল।

দাবা খেলা তাঁর খুবই প্রিয়। ঘুঁটি সাজানো আছে দেখে তিনি সাদা ঘুঁটির দিকে বসে মন্ত্রীর ঘরের বোড়েটা দু'ঘর এগিয়ে দিলেন। ওপাশ থেকে রাজার ঘরের বোড়ে টুক করে দু'ঘর এগিয়ে এল। জয়পতাকা মগ্ন হয়ে গেলেন খেলায়। প্রতিপক্ষ অতিশয় শক্ত। মাত্র বারো চাল খেলার পরই তিনি বুঝতে পারলেন, এঁটে উঠছেন না। পরের চালেই প্রতিপক্ষের কালো গজ একটা বোড়ে খেয়ে রাজার সোজাসুজি বসে গেল।

সেই স্বর বলে উঠল, "কিস্তি।"

দু'চাল পরে মাত হয়ে উঠে পড়লেন জয়পতাকা। ক্যারমও তিনি ভালই খেলেন। ঘুঁটি সাজানো আছে দেখে লোভ সামলাতে পারলেন না। কিন্তু শুরুতে স্ট্রাইক নিয়ে গোটা-তিনেক ঘুঁটি ফেললেও প্রতিপক্ষ একবারেই একে-একে সব কালো ঘুঁটি

পকেটস্থ করে দিল। তিন বোর্ডেই গেম খেয়ে জয়পতাকা উঠে পড়লেন।

পরের ঘরটা লাইব্রেরি। মেঝে থেকে সিলিং অবধি চমৎকার কাঠের তাকে ঠাসা বই। কোণের দিকে একটা ইজিচেয়ার পাতা। তাতে কেউ নেই বটে, কিন্তু একখানা বই খোলা অবস্থায় শূন্যে ভেসে আছে। ঠিক যেন ইজিচেয়ারে বসে কেউ বইটা পড়ছে। জয়পতাকা ঢুকতেই বইটা ধীরে বন্ধ হয়ে গেল এবং শূন্য দিয়ে ভেসে গিয়ে একটা তাকে বইয়ের ফাঁকে ঢুকে পড়ল।

জয়পতাকা তাক থেকে একখানা বই টেনে নিয়ে খুলে পড়তে লাগলেন। এবং পড়তে পড়তে ভীষণ উত্তেজিত হয়ে উঠলেন। এয়ারোডাইনামিক্সের ওপর যে এত সাংঘাতিক বই আছে তা তাঁর জানা ছিল না। কিন্তু দুটো পাতা ভাল করে পড়তে-না-পড়তেই কে যেন হাত থেকে বইখানা কেড়ে নিল। সেটা শূন্যে ভেসে ওপরের একটা তাকে গিয়ে সেঁধোল। জয়পতাকা আবার একখানা বই টেনে নিলেন। খুলে দেখলেন, সেটা মহাকাশতত্ত্বের ওপর অতি উন্নত গবেষণাধর্মী রচনা। কিন্তু এটাও দু'-একপাতা পড়তে-না-পড়তেই বইটা তাঁর হস্তচ্যুত হল। কিন্তু যেটুকু পড়লেন তাতে তাঁর মাথা ঘুরে গেল। মহাকাশ-বিজ্ঞানের প্রায় অকল্পনীয় সব তত্ত্ব আর তথ্য রয়েছে বইটাতে। জয়পতাকা পাগলের মতো গিয়ে আর-একটা বই খুললেন। এটা শারীরবিদ্যার বই। কিন্তু যাদের শরীর নিয়ে লেখা তারা নিশ্চয়ই অতি মানুষ। বইটা হস্তচ্যুত হলে আর-একখানা বই খুলে জয়পতাকা দেখলেন, অঙ্কের বই। তবে সাধারণ অঙ্কের নয়, এই পৃথিবীর অঙ্কও নয়। এ একেবারে ধরাছোঁয়ার বাইরের সব অঙ্ক। যা দেখছেন জয়পতাকা তার কোনওটাই তাঁর বিশ্বাসযোগ্য মনে হচ্ছে না। এই পৃথিবীতে বিজ্ঞান বা অঙ্ক এত উন্নতি করেনি আজও। তা হলে এই বইগুলো কে লিখল? কোথা থেকে জঙ্গলের মধ্যে এক ভুতুড়ে বাড়িতে এসে জুটল বইগুলো?

ভাবতে ভাবতে মাথা গরম হয়ে গেল জয়পতাকার। হাত-পা থরথর করে কাঁপতে লাগল উত্তেজনায়। এতক্ষণ যা কিছু ঘটেছে তাতে ভয় বা উত্তেজনার কারণ ছিল বটে, কিন্তু জয়পতাকা তা গ্রাহ্য করেননি। কিন্তু এই লাইব্রেরিতে ঢুকে যা অভিজ্ঞতা হল, তাতে তাঁর আবার মাথা গুলিয়ে গেল। মাথা গুলিয়ে গেলেই তাঁর খিদে পায়। এবং খিদে পেলেই তিনি অগ্র-পশ্চাৎ বিবেচনাশূন্য হয়ে পড়েন।

তিনি বড়-বড় চোখে চারদিকে চেয়ে অস্ফুট গলায় বললেন, "ভূত! ভূত! ভূত ছাড়া এসব আর কিছুই নয়। এসবই মায়া? চোখের ভুল! ভীমরতি? পাগলামি? চালাকি? ধোঁকাবাজি? জোচ্চুরি?"

আর-একটা বই তাক থেকে নিয়ে তাড়াতাড়ি খুললেন জয়পতাকা। জীবজন্তুবিষয়ক বই। অনেক ছবি। কিন্তু একটাও জীবজন্তু তিনি চিনতে পারলেন না।

সবচেয়ে বড় কথা, জন্তুগুলি যেসব বনভূমিতে বিচরণ করছে, তার গাছপালাও জয়পতাকার চেনা নয়। জন্তুদের নামগুলোও অদ্ভুত বলে মনে হল তাঁর।

বইটা যখন তাঁর হাত থেকে নিয়মমাফিক কেড়ে নেওয়া হচ্ছিল তখন জয়পতাকা সবলে বইটা চেপে ধরে বললেন, "দেব না! কিছুতেই দেব না!"

প্রাণপণে বইখানা বুকে আঁকড়ে দু'হাতে চেপে ধরে রইলেন জয়পতাকা। কিন্তু বইটা নিজেই যেন তাঁর হাত থেকে ছাড়া পাওয়ার জন্য পাখির মতো ডানা ঝাপটাতে লাগল। ডানা বলতে আসলে দুটো মলাট। বইয়ের সঙ্গে কুস্তি করতে হবে এ কথা জয়পতাকা স্বপ্নেও কখনও ভাবেননি। কিন্তু সেই অমন কুস্তি আজ তাঁকে করতে হচ্ছে। প্রাণপণে চেপে ধরা সত্ত্বেও বইটা নিজেই যেন গোঁত খেয়ে একসময়ে ঠিকই বেরিয়ে গেল। আর তার ধাক্কায় মেঝের ওপর ছিটকে পড়ে গেলেন জয়পতাকা।

কোমরে বেশ ব্যথা পেয়েছেন। তবু ধীরে ধীরে তিনি উঠে দাঁড়ালেন। লাইব্রেরির চারদিকে অবিশ্বাসের চোখে চেয়ে দেখতে লাগলেন। বই তাঁর সাংঘাতিক প্রিয় জিনিস। বিশেষ করে অঙ্ক আর বিজ্ঞানের বই। যিনি বই এত ভালবাসেন, তাঁর সঙ্গে বই কখনও কুস্তি করে? আবার ধাক্কা মেরে ফেলেও দেয়? ভারী দুঃখ হল তাঁর।

আর এই দুঃখেই তিনি লাইব্রেরি থেকে বেরিয়ে করিডোরে পড়লেন। পরের ঘরটা কিসের?

দরজা ঠেলতেই নিঃশব্দে খুলে গেল। বাঃ, চমৎকার শোওয়ার ঘর। মস্ত খাটে নরম বিছানা পাতা। পাশে একটা টুলের ওপর সযত্নে ঢেকে রাখা এক গেলাস জল।

জয়পতাকা জলটা এক চুমুকে খেয়ে নিয়ে গেলাসটা রাখার সঙ্গে সঙ্গেই গেলাসটা আবার জলে ভরে গেল, ঢাকনাটা আপনা থেকেই উঠে গেলাসটাকে ঢাকা দিয়ে দিল। জয়পতাকা আবার জলটা খেয়ে ফেললেন। আবার গেলাস জলে ভরে উঠল। ঢাকনা আপনা থেকেই ঢাকা দিল গেলাসের মুখ। তিনবারের বারও একই ঘটনা ঘটায় জয়পতাকা হাল ছেড়ে দিয়ে বিছানায় শুয়ে ঘুমোবেন বলে তৈরি হতে লাগলেন। জামাকাপড় সবই তাঁর কাদামাখা এবং নোংরা। লাল শালুটা এখনও কোমরে গোঁজা। শোওয়ার ঘরের লাগোয়া একটা বাথরুম রয়েছে দেখে জয়পতাকা গিয়ে ঢুকলেন। কল খুলতেই এই শীতে ভারী আরামদায়ক জল পড়তে লাগল। আর সাবানখানার যা মনমাতানো গন্ধ, তা আর বলার নয়। বেশ করে মুখ-হাত-পা ধুয়ে তোয়ালে দিয়ে মুছে ঘরে আসতেই দেখলেন শূন্যে একটা পাজামা আর পাঞ্জাবি ভাসছে। জয়পতাকা জামাকাপড় পালটে নিলেন। তারপর বিছানায় শুয়ে সিলিং-এর দিকে চেয়ে রইলেন। যথেষ্ট ধকল গেছে। তাঁর তখন ঘুমোনো উচিত। কিন্তু ঘুম আসছে না।

জয়পতাকা একটু এপাশ-ওপাশ করলেন। হঠাৎ তাঁর মনে হল, ঘুম তাঁর আর

মোটেই আসবে না। শরীর যথেষ্ট ঝরঝরে। তাঁর মনে হচ্ছে, কোনও এক ফাঁকে তিনি অন্তত সাত-আট ঘণ্টা ঘুমিয়ে নিয়েছেন। শরীর যথেষ্ট বিশ্রাম পেয়েছে। আর শুয়ে থাকার মানেই হয় না। কিন্তু কখন ঘুমোলেন তা তিনি মোটেই ভেবে পেলেন না। তবে তিনি বিছানা থেকে উঠে চটিজোড়া পায়ে দিয়ে বেরোতে গিয়েই থমকে দাঁড়ালেন। চটিজোড়া এল কোত্থেকে? অবশ্য ভেবে লাভ নেই। সব কিছুই তো শূন্য থেকেই আসছে। কোনও উপকারী ভূত নিশ্চয়ই। আর ভুত যদি উপকারীই হয় তবে তাকে খামোকা ভয় পাওয়ারও মানে হয় না।

কিন্তু চটিজোড়া পায়ে দিয়ে তাঁর একটু মুশকিল হল। তিনি পরিষ্কার বুঝতে পারলেন, তাঁর চটি দু'টি একটু অবাধ্য এবং একগুঁয়ে। তিনি করিডোর দিয়ে ডানদিকে যেতে চাইছেন। কিন্তু চটি দু'টি তা হতে দিল না। তাঁকে অন্য দিকে হাঁটতে বাধ্য করতে লাগল। এ বাড়ির কিছুই জয়পতাকা চেনেন না। চটি যদি তাঁকে পথ দেখিয়ে নিয়ে যায় তো ক্ষতি কী? তিনি প্রথমে কয়েকবার চটি দু'টিকে নিজের মতো চালানোর চেষ্টা করে হাল ছেড়ে দিলেন। চটি তাঁকে তাদের ইচ্ছেমতো নিয়ে যেতে লাগল। দর-দালান থেকে বেরোনোর একটা দরজা খোলা রয়েছে। চটি তাঁকে সেই দরজা দিয়ে আর-একটা গলির মতো জায়গায় এনে ফেলল। গলিটা বেশ মসৃণ। একটা বাঁক খেয়ে ওপর দিকে উঠে গেছে। উঠতে বিশেষ পরিশ্রম করতে হল না জয়পতাকাকে। চটিজুতোই তাঁর পরিশ্রম ভাগাভাগি করে নিল।

একটা খোলা ছাদে এসে তিনি একটা পুরনো আমলের লম্বা ও সরু দূরবিনের সামনে থামলেন। বলা ভাল সেখানেই তাঁকে থামানো হল। এরকম দূরবিন আগেকার দিনে জাহাজের ক্যাপ্টেনরা ব্যবহার করতেন। জয়পতাকা দূরবিনে চোখ রাখলেন। চারদিকে ম্লান জ্যোৎস্নায় ভুতুড়ে বালিয়াড়ি, তার পরে ঘন জঙ্গল। কিন্তু আশ্চর্যের বিষয়, তিনি দূরবিনের ভিতর দিয়ে স্পষ্ট এবং পরিষ্কারভাবে সব দেখতে পাচ্ছিলেন। খুঁটিনাটি অনেক কিছুই তাঁর নজরে পড়ল। একটা হনুমান বসে বসে ঘুমোতে ঘুমোতে নিজের পেটটা খসখস করে চুলকে নিল। একটা কালো সাপ পাখির বাসায় ঢুকে পাখির ছানা গিলে ফেলল। একটা বাঘ নানা কথা ভাবতে ভাবতে একটা শিমুল গাছে গা ঘষটে নিয়ে একটা ঢেকুর তুলল।

দূরবিনটা খুবই শক্তিশালী তাতে সন্দেহ নেই। কিন্তু পৃথিবীতে যে এরকম দূরবিন আবিষ্কৃত হয়েছে সেটাই জয়পতাকার জানা ছিল না। অন্ধকারে দেখার জন্য ইনফ্রা রেড দূরবিন তৈরি হয়েছে, জয়পতাকা জানেন। কিন্তু তা দিয়ে এরকম পরিষ্কার দেখা সম্ভব নয়। অথচ এই দূরবিনটা দেখতে দাঁড়টানা জাহাজে ব্যবহৃত দূরবিনের মতো।

জঙ্গলের নানা দৃশ্য দেখতে দেখতে হঠাৎ জয়পতাকার চোখে পড়ল তিনজন বুড়ো

মানুষ গুড়ি মেরে মেরে ঝোপঝাড় ভেঙে এদিকেই আসবার চেষ্টা করছে। তিনজনকেই এক লহমায় চিনে ফেললেন জয়পতাকা। একজন তাঁর দাদু জয়ধ্বনি, একজন পুরপিতা ব্যোমকেশবাবু, তৃতীয়জন শ্যাম লাহিড়ী। সবার আগে শ্যাম লাহিড়ী, তাঁর পিছনে ব্যোমকেশ, তাঁর পিছনে জয়ধ্বনি এবং জয়ধ্বনির পিছনে একটা ডোরাকাটা বাঘ। বাঘটাকে জয়ধ্বনি দেখতে পাননি।

জয়পতাকা আতঙ্কিত হয়ে চেঁচিয়ে উঠলেন, "দাদু-উ।"

আশ্চর্যের বিষয় জয়ধ্বনি এই চিৎকার শুনতে পেলেন এবং চমকে উঠে বললেন, "ওই তো আমার নাতি!"

শ্যাম লাহিড়ীও শুনতে পেয়েছেন। তিনিও থমকালেন।

ব্যোমকেশ একগাল হেসে বললেন, "তা হলে তো সমস্যা মিটে গেল। কাল দু'-দুটো মিটিং।"

জয়পতাকা ফের চেঁচাল, "দাদু? পিছনে বাঘ!"

জয়ধ্বনি ভারী অবাক হয়ে পিছনে তাকিয়ে একেবারে বাঘটার মুখোমুখি পড়ে গেলেন। বাঘ ও জয়ধ্বনি দু'জনেই একটু অপ্রস্তুত। কিন্তু বাঘটার বোধহয় ডিনার জোটেনি। প্রথমটায় লজ্জায় মাথা নামিয়ে ফেললেও পরমুহূর্তেই সে গা-ঝাড়া দিয়ে লাফানোর জন্য গুড়ি মারল। শ্যাম লাহিড়ী পকেট থেকে রিভলভারটা বের করে ওপর দিকে একটা গুলি ছুড়লেন। সেই শব্দে বাঘটা বিরক্ত হয়ে একবার জয়ধ্বনিকে একটু মুখ ভেঙচে সামান্য খুঁড়িয়ে খুঁড়িয়ে ছুটে পালাল। এমনিতে বাঘ নরখাদক নয় বটে, কিন্তু আহত বা অক্ষম হলে তারা বাধ্য হয়ে সর্বভুক হয়।

বাঘ দেখে এবং পিস্তলের শব্দ শুনে ব্যোমকেশবাবু শ্যাম লাহিড়ীকে এমন চেপে ধরেছিলেন যে, আর ছাড়বার নামটি নেই।

শ্যাম লাহিড়ী বিরক্ত হয়ে বললেন, "করো কী হে ব্যোমকেশ? অমন চেপে ধরলে যে বাঘটাঘ এলে আর গুলিও চালাতে পারব না।"

ব্যোমকেশ লজ্জিত হয়ে ছেড়ে দিয়ে বললেন, "না না, আপনার মতো বীর পুরুষ সঙ্গে থাকলে আর ভয় কী? তবে কিনা ইনফ্যাক্ট বাঘটা জয়ধ্বনিদাদাকে প্রায় সাবাড় করে ফেলেছিল। কী বলেন, অ্যাঁ?"

জয়ধ্বনি একটু খেঁচিয়ে উঠে বললেন, "তাতে তোমার ভালই হত। বাঘ আমাকেই চিবোতে থাকত, তোমরা বেঁচে যেতে।"

ব্যোমকেশ বিষণ্ণ হয়ে বললেন, "আমার মরারও জো নেই কিনা। কাল দু'-দুটো মিটিং।"

"মিটিং-এর কথা যদি ফের উচ্চারণ করো তো এই লাঠি তোমার মাথায় পড়বে।"

“যে আজ্ঞে।” বলে ব্যোমকেশ চুপ করে গেলেন।

জয়ধ্বনি শ্যাম লাহিড়ীর দিকে তাকিয়ে বললেন, “কিন্তু আমি যে আমার নাতির গলা শুনলুম! কী হল বলো তো!”

শ্যাম লাহিড়ী বললেন, “আমিও শুনেছি।”

ব্যোমকেশ বললেন, “আমিও।”

জয়পতাকা চেঁচিয়ে উঠে হাত নেড়ে বললেন, “এই যে আমি এখানে।”

জয়ধ্বনি চমকে উঠে বললেন, “ওই আবার! এই যে দাদুভাই, আমি যাচ্ছি তোমার কাছে। ভয় পেয়ো না। চুপটি করে দাঁড়িয়ে থাকো।”

কিন্তু জয়পতাকা বুঝতে পারছিলেন, কাছে দেখালেও— তাঁর দাদু এবং তাঁর সঙ্গীরা এখনও অনেকটা দূরে। জলার ওধারে। কী করে যে অত দূরের কথা শোনা যাচ্ছে তা জয়পতাকা বুঝতে পারলেন না। তবে দেখলেন, তিন বুড়ো জলার কাছে এসে দাঁড়িয়ে গেছেন।

তিনজনেই জলার সামনে এসে পরস্পর মুখ চাওয়া-চাওয়ি করতে লাগলেন। জলে নামা এবং জলা পার হওয়া তাঁদের পক্ষে একটু শক্ত।

জয়পতাকা হঠাৎ লক্ষ করলেন, তাঁর দূরবিন থেকে হঠাৎ যেন সার্চ-লাইটের মতো একটা আলো ছুটে গিয়ে তিনজনের পায়ের কাছে পড়ল। দেখা গেল, জলার মধ্যে একটা সরু আলোকিত পথ ফুটে উঠেছে। আগুপিছু হয়ে অনায়াসে চলে আসা যায়।

তিনজনেই একটু স্তম্ভিত হয়ে রইলেন। তারপর শ্যাম লাহিড়ী চাপা স্বরে বললেন, “জয়ধ্বনি, বলেছিলুম কি না এই জঙ্গলে অনেক কিছু হয়!”

জয়ধ্বনি বললেন, “দেখতেই পাচ্ছি ভায়া। কিন্তু না এগিয়েও তো উপায় নেই।”

ব্যোমকেশ কথাটার সায় দিলেন, “যথার্থ বলেছেন। ইনফ্যাক্ট জয়পতাকাকে পাওয়া না গেলে কালকের দু’-দুটো মিটিং-ই বরবাদ হয়ে যাবে। ইনফ্যাক্ট আমি তো সংবর্ধনার বদলে শোকসভা করব বলে একরকম ঠিক করেই ফেলেছিলাম।”

জয়ধ্বনি লাঠিটা তুলে নামিয়ে নিয়ে বললেন, “না, তোমাকে এখন মারব না। আগে জয়পতাকার সঙ্গে দেখা হোক, তারপর তোমার ব্যবস্থা।”

ব্যোমকেশ সভয়ে জয়ধ্বনির কাছ থেকে সরে এলেন এবং সকলের আগেই আলোকিত পথটি ধরে হাঁটা দিলেন।

জলা পার হতে তাঁদের তিনজনের মোটেই সময় লাগল না। তারপর জঙ্গলের ভিতর দিয়ে হেঁটে তিনজন খাদের ধারে এসে দাঁড়ালেন। কিন্তু খাদ তাঁদের পথ আটকাতে পারল না। আলোর রশ্মি গিয়ে সোজা পড়ল খাদের ওপরে ওপার-এপার জুড়ে পড়ে থাকা একটা গাছের ওপরে। গাছটা কোত্থেকে এল কে জানে। তবে তিন

বুড়ো খাদটা ওই গাছের ওপর দিয়ে হেঁটে পার হওয়ার পরই গাছটা আবার সোজা হয়ে দাঁড়াল এবং অন্যান্য গাছের সঙ্গে মিশে গেল। কাণ্ডটা দেখে জয়পতাকা হাঁ করে রইলেন।

চোরাবালির ওপরেও আলোটা গিয়ে পড়ে তিন বুড়োকে পথ দেখাল। তিনজনে দিব্যি হেঁটে চোরাবালি পেরিয়ে এলেন।

"দাদুভাই, তুমি কোথায়?"

"এই যে এখানে!" বলে জয়পতাকা আত্মবিস্মৃত হয়ে আনন্দে লাফিয়ে উঠলেন।

উঠলেন বটে, কিন্তু নামলেন না। তাঁর বেয়াদব চটিজোড়া লাফ দেওয়ার সঙ্গে সঙ্গে তাঁকে একেবারে শূন্যে তুলে ছাদের কার্নিশ পার করে নীচের বাগানের মধ্যে নামিয়ে আনল। তবে নামাল খুব সাবধানে। ধরে।

জয়পতাকাকে দেখে জয়ধ্বনি এসে জড়িয়ে ধরে আনন্দে কেঁদে ফেললেন, "বেঁচে আছিস দাদুভাই? ভাল আছিস তো?"

"ইনফ্যাক্ট বাঘের পেটে যে যাওনি বাবা, সেটাই যথেষ্ট। গেলে খুব বিপদ ছিল। কাল তোমাকে নিয়েই দু'-দুটো মিটিং। স্বয়ং ডিস্ট্রিক্ট ম্যাজিস্ট্রেট আসছেন সভাপতি হয়ে।"

শ্যাম লাহিড়ীর মুখখানা খুবই গম্ভীর। তিনি চারদিকটা টর্চ ফেলে দেখবার চেষ্টা করছিলেন, তার দরকার হল না। হঠাৎ একঝাঁক উজ্জ্বল আলোয় চারদিকটা ভারী স্পষ্ট হয়ে উঠল।

জয়ধ্বনি চোখের জল মুছে বললেন, "এটা কীরকম জায়গা দাদুভাই? জঙ্গলের মধ্যে কার এমন সুন্দর বাড়ি?"

শ্যাম লাহিড়ী একটা শ্বাস ফেলে বললেন, "এই সেই পটাশগড় হে জয়ধ্বনি। জায়গাটা ভাল নয়।"

"ভাল নয় মানে? দিব্যি জায়গা।"

"যা দেখছ এসব কিছুই সত্যি নয়। ভ্রান্তি মাত্র।"

"তোমার মাথা! চলো দাদুভাই, বাড়ির মালিকের সঙ্গে একটু আলাপ করে আসি।"

জয়পতাকা ব্যাজার মুখ করে বলেন, "তার সঙ্গে আমার যে দেখাই হয়নি।"

"তা এত বড় বাড়ি দেখাশুনো করছে কে?"

"কেউ নয়।"

শ্যাম লাহিড়ী বললেন, "এখানে কেউ থাকে না জয়ধ্বনি। এটা একটা ধ্বংসস্তূপ। যা দেখছ সেটা শুধু দেখানো হচ্ছে।"

জয়ধ্বনি দার্শনিকের মতো বললেন, "ওরে বোকা, জলে যে চাঁদের ছায়া পড়ে

সেটাও তো মিথ্যে, তবে ছায়াটা পড়ে কেন জানো? ওই আসল চাঁদটা আকাশে আছে বলেই।”

ব্যোমকেশকেও এই প্রসঙ্গে কিছু বলতে হয়, নইলে তিনি আলোচনা থেকে বাদ পড়ে যান। তাই বললেন, “ইন ফ্যাক্ট চাঁদটা আমাদের খুবই উপকারে লাগে। জ্যোৎস্না রাতে আমরা শহরের রাস্তার আলোগুলো নিবিয়ে দিয়ে অনেক কারেন্ট বাঁচাই।”

জয়ধ্বনি কটমট করে ব্যোমকেশের দিকে চেয়ে বললেন, “যা বোঝো না তা নিয়ে কথা বলবে না বলে দিচ্ছি।”

ব্যোমকেশ জয়ধ্বনির লাঠিটার দিকে সভয়ে চেয়ে দু'পা পিছিয়ে দাঁড়ালেন। তারপর জয়পতাকার দিকে চেয়ে গদগদ স্বরে বললেন, “তুমি আমাদের গৌরব যে কী পরিমাণে বাড়িয়ে দিয়েছ, তা বলে শেষ করা যায় না। সামনের বছর ভজুরাম মেমোরিয়াল স্কুলে হুড়মুড় করে ছেলেরা ভর্তি হবে। কাল তোমাকে আমরা বিরাট করে নাগরিক সংবর্ধনা দিচ্ছি। বাঘা যতীনের পর বাঙালি আর এরকম বীরত্ব দেখাতে পারেনি। ইনফ্যাক্ট তোমাকে আমরা বৃষবিলাসী উপাধিও দেব। ‘বৃষবিলাসী জয়পতাকা’— চমৎকার হবে। কী বলো, অ্যাঁ? তবে কাজটা যে তুমি খুব ভাল করেছ এমনও বলা যায় না। শত হলেও কালু হচ্ছে শিবের বাহন। তার পিঠে চাপাটা তোমার পক্ষে একটু বাড়াবাড়িই হয়ে গেছে। ভবিষ্যতে এ ব্যাপারে তোমাকে সতর্ক হতে হবে। ঘোড়ার পিঠে চাপো, মোষের পিঠে চাপো, গাধার পিঠে চড়তেও বাধা নেই। কিন্তু ষাঁড় নেভার। অনেক ধর্মপ্রাণ নরনারী ভয়ংকর চটে গেছে। আমি হচ্ছি পুরপিতা, সোজা কথায় শহরের বাবা, সকলেরই বাবা। আমাকে সকলের প্রতি পক্ষপাতশূন্য হয়ে নজর রাখতে হয়...”

জয়ধ্বনি তেড়ে এসে লাঠি উঁচিয়ে বললেন, “থামবে কি না!”

“যে আজ্ঞে। তবে সত্যি কথা বলতে আমি কখনও ভয় খাই না।”

“নিকুচি করেছে তোমার সত্যি কথার।”

দু'জনের মধ্যে দিব্যি একটা তর্কাতর্কি বেধে গেল।

শ্যাম লাহিড়ী জয়পতাকাকে একটু দূরে টেনে নিয়ে গিয়ে বললেন, “ব্যাপারটা কী বলো তো? এ বাড়িতে কারা আছে?”

“কেউ নেই।”

“তবে আলো-টালো জ্বলছে কী করে?”

“অনেক ভেবেও কিছু বুঝতে পারছি না। ভিতরে এমন বন্দোবস্ত যে, মনে হয় মানুষের বসবাস আছে। কিন্তু কেউ নেই। অথচ...”

“অথচ কী?”

"সবকিছু আপনা থেকেই হয়ে যাচ্ছে।"

"তুমি ভয় পাওনি?"

"ভয়ও পেয়েছি। আবার ভয়টা একসময়ে কেটেও গেছে। আমার মনে হচ্ছে, কিছু একটা দেখানোর জন্যই যেন আমাকে এখানে টেনে আনা হয়েছে।"

শ্যাম লাহিড়ী চোরাবালির পরিখার দিকে অন্যমনস্কভাবে চেয়ে থেকে বললেন, "ফিরে যাওয়ার পথ জানো?"

জয়পতাকা মাথা নেড়ে বললেন, "না, একটা শেয়াল আমাকে পথ দেখিয়ে এনেছিল।"

"আমরা এলাম একটা আলোকে অনুসরণ করে।"

"হ্যাঁ। ছাদ থেকে দূরবিন দিয়ে আমি সবই দেখেছি।"

শ্যাম লাহিড়ী গম্ভীর গলায় বললেন, "এই জায়গা সম্পর্কে আমার ধারণা ভাল নয়। তুমি যে এখানে এসেও নিরাপদে আছ দেখে নিশ্চিন্ত হচ্ছি আবার অন্য দিকে দুশ্চিন্তাও হচ্ছে। আজ অবধি পটাশগড় থেকে কেউ ফেরেনি।"

"বলেন কী?"

"আমি বেশ কয়েকজনকে জানি।"

ঠিক এই সময়ে হাহা করে সেই দুষ্টু বাতাসটা বালিয়াড়ির ওপর দিয়ে বয়ে এল, "কেউ ফিরবে না। কেউ ফিরবে না।"

শ্যাম লাহিড়ী স্তব্ধ হয়ে গেলেন, জয়ধ্বনি-ব্যোমকেশের ঝগড়াও থেমে গেল। সবাই চারিদিকে তাকাতে লাগলেন।

আবার বাতাস বইল, বলল, "ফিরবার পথ নেই, ফিরবার পথ নেই।"

ভুতুর মরণ-দৌড় সফল হতে-হতেও হল না। মাত্র হাত-দশেক চোরাবালি পার হতে বাকি ছিল। ভুতু গড়াতে গড়াতে যখন পৌঁছে যাওয়ার মুখে তখন বালির গ্রাস তার কোমর অবধি গিলে ফেলল। কিন্তু শরীরে তার বেজায় ক্ষমতা। তাই ডুবতে ডুবতেও সে শরীরটাকে ওলট-পালট খাওয়াতে লাগল। সেই সাংঘাতিক ছটফটানি ডাঙায় সাঁতার দেওয়ার ব্যর্থ চেষ্টার মতো। কিন্তু ভুতু তাতে আরও দু'-চার হাত এগিয়ে যেতে পারল। একটা লতার মতো জিনিস বালিতে মুখ ডুবিয়ে আছে একটু তফাতে। ভুতু প্রাণপণে নিজেকে সেদিকে ঠেলে দিতে লাগল। শরীর এবং মন একসঙ্গে একযোগে একরোখা হয়ে উঠলে তাকে ঠেকানো শক্ত। দুর্জয় চেষ্টায় বালিতে ঝড়

তুলে ভুতু উপুড় হয়ে হাত বাড়িয়ে কোনওক্রমে লতাটা ধরে ফেলল। বেশ শক্ত আর মোটা একটা লতানে গাছ। সেটা প্রাণপণে চেপে ধরে নিজেকে বালির ওপর দিয়ে হেঁচড়ে টেনে নিয়ে গিয়ে সে ডাঙায় উঠল।

যে জায়গায় ভুতু ডাঙায় উঠল সেটা বন্য গাছপালায় ছাওয়া এবং জমি খুব উঁচু-নিচু। এখান থেকে বাড়িটা দেখা যায় না। সামনেই একটা টিলার মতো কিছু রয়েছে।

ভুতু বসে বসে কিছুক্ষণ হাঁফ ছেড়ে নিল। তারপর উঠে দাঁড়াল।

সে জানে আগেকার দিনে শত্রুর আক্রমণের ভয়ে দুর্গের চারদিকে পরিখা থাকত, থাকত ড্র ব্রিজ। এখানে পরিখার বদলে আছে চোরাবালি। এবং ড্র ব্রিজ বলতে কিছুই নেই। কিন্তু পরিবর্তনশীল একটা পথ আছে। সেই পথ কার ইচ্ছায় চলে তা বোঝবার উপায় নেই। ভুতু এও বুঝতে পারল, এখান থেকে বেরোবার কোনও উপায় নেই। পরিবর্তনশীল পথটি খুঁজে বের করা প্রায় অসম্ভব।

ভুতু মাথা ঠান্ডা রেখে জায়গাটা ভাল করে দেখল। সামনে টিলার ওপর একটা মস্ত বটগাছ ঝুরি নামিয়ে জায়গাটা অন্ধকার করে দাঁড়িয়ে আছে। এদিক-সেদিক মেলা ঝোপঝাড়।

ভুতু চট করে ওপরে উঠল না। সে একটু আড়ালেই থাকতে চায়। আগে বোঝা দরকার, এখানে কারবারটা কী।

স্কাউট-ছুরিটা বুদ্ধি করে পকেটে রেখেছিল ভুতু। সেটা হাতে নিয়ে সে চারদিকে ঘুরে ঘুরে দেখতে লাগল। ঝোপঝাড়ের ফাঁকে-ফাঁকে মেলা পাথরের চাঁই পড়ে আছে। এরকম জায়গায় পাথরের চাঁই থাকতেই পারে। কিন্তু কয়েকটা পাথরের চাঁই অস্বাভাবিক রকমের উজ্জ্বল। যেন ভিতর থেকে আলো বেরোচ্ছে। সে উজ্জ্বল পাথরগুলোকে স্পর্শ করল না। বরং একটু দূর থেকে লক্ষ করল।

অনেকক্ষণ লক্ষ করার পর ভুতুর মনে হল, পাথরগুলো একটা জ্যামিতিক নকশায় সাজানো। যদি সরলরেখা দিয়ে যুক্ত করা যায় তা হলে একটা ষড়বাহু-ক্ষেত্র তৈরি হবে। ভুতু এও লক্ষ করল, পাথরগুলোর রং একরকম নয়। লাল নীল সবুজ হলুদ বেগুনি আর কমলা। কিন্তু রং খুব ফিকে। ভাল করে লক্ষ না করলে বোঝা কঠিন।

ভুতু অঙ্ক বা জ্যামিতিতে খুবই কাঁচা। কিন্তু সেটা তার বুদ্ধির দোষ নয়, সে পড়াশুনো করতে ভালবাসে না, তাই সবাই তাকে কাঁচা বলে জানে। কিন্তু আজ তার মনে হল, ওই উজ্জ্বল পাথরগুলোর জ্যামিতিক নকশায় একটা কোনও সংকেত আছে। প্রত্যেকটা পাথর পরস্পরের চেয়ে সমান দূরত্ব রয়েছে। ভুতুর আন্দাজ এই দূরত্ব চার ফুটের মতো হবে।

ভুতু খানিকক্ষণ ভাবল। তারপর 'যা হওয়ার হবে' ভেবে নিয়ে সে গিয়ে ওই ষড়ভুজের ভিতরে ঢুকে একেবারে মধ্যবিন্দুতে দাঁড়াল।

কিছুই ঘটল না।

ভুতু দাঁড়িয়ে দাঁড়িয়ে চারদিক ঘাড় ঘুরিয়ে দেখতে লাগল। কোনও পরিবর্তন নেই। কিছুই ঘটল না।

ভুতু সাহস করে পাথরগুলোকে নাড়ানোর চেষ্টা করল। কিন্তু এক চুলও নড়াতে পারল না।

সে আবার একটু দূরে গিয়ে ষড়ভুজটাকে ভাল করে লক্ষ করল। ছ'টা ছ'রঙের পাথর জ্বলজ্বল করছে। কী মানে এর? কে এদের এভাবে মাটিতে সাজিয়ে রাখল? এর মধ্যে কি কোনও রহস্যের ইঙ্গিত রয়েছে?

ভুতু হতাশ হল না। কিন্তু ভাবতে লাগল।

পৃথিবীতে যা-কিছু আছে এবং যা-কিছু হয়, সবই যুক্তিপূর্ণভাবে। কোনও কিছুই অযৌক্তিক নয়। এমনকী ভূতও যদি থেকে থাকে তবে তার পিছনেও কোনও-না-কোনও যুক্তি এবং বিজ্ঞানও থাকবেই। ভুতু এটা বরাবর দেখছে। সুতরাং এই ছ'টা পাথরের পিছনেও যুক্তি আছে। কিন্তু কী সে যুক্তি?

ভুতু কাছে পিঠে পড়ে-থাকা পাথরগুলোর ভিতর থেকে একটা পাথর তুলে নিল। একটু দূরে দাঁড়িয়ে মাথার ওপর পাথরটা তুলে নীল রঙের পাথরটার ওপর খুব জোরে ছুড়ে মারল সে। সঙ্গে সঙ্গে চড়াক করে একটা মৃদু বজ্রাঘাতের শব্দ আর খানিকটা নীলচে আলো ঠিকরে উঠল পাথরটার থেকে। আর কিছু হল না। সে আবার লাল পাথরটার গায়ে একইরকমভাবে পাথর ছুড়ল। একইরকম শব্দ হল তবে এবার ঠিকরে বেরোল লাল আগুনের হলকা। একে-একে পঞ্চম পাথরটার গায়েও পাথর ছুড়ল সে। বাকি শুধু হলুদটা। শেষবার পাথর তুলে প্রাণপণে ছুড়ে মারল সে। সেই শব্দ আর সেই আগুন।

তারপরেই সে হঠাৎ দেখতে পেল, ছ'টা পাথর থেকেই ছ'রকমের আলোর রেখা বেরিয়ে পরস্পরের সঙ্গে ছ'টা বাহুর মতো লেগে গেছে। একটা অদ্ভুত সুন্দর নিখুঁত আলোর ষড়ভুজ। ভুতু মুগ্ধ হয়ে দেখল। ধীরে ধীরে কাছে এগিয়ে গেল। তারপর দেখল, ষড়ভুজের মাঝখানে একটা রন্ধ্র। ভেতরে আলো জ্বলছে। একটা সিঁড়ি নেমে গেছে নীচে।

ভুতু সময় নষ্ট না করে সিঁড়ি দিয়ে নামল। বেশি দূর নয়। মাত্র কয়েক হাত। সিঁড়ির সঙ্গেই একটা মাঝারি মাপের ঘর। চারটে মসৃণ দেওয়াল। কোনও আসবাব নেই। সিঁড়ির ঠিক বিপরীত দিকের দেওয়ালে ফুট-চারেক উচ্চতায় একটা কালো বৃত্ত।

অনেকটা ফুটবলের মতো বড়। ভুতু সেটার কাছে এগিয়ে গেল। কাছাকাছি যেতেই সে হঠাৎ একটা চুম্বকের মতো আকর্ষণ টের পেল। কিছু যেন তাকে টানছে। প্রচণ্ড টানছে। ভুতু সামলাতে পারল না, যেন একটা স্যাকশন যন্ত্র দিয়ে টেনে ধরে রেখেছে তাকে। দেওয়ালের খুব কাছাকাছি গিয়ে সে থামতে পারল। সে বোধ করল, একটা অদৃশ্য বলয়ের মধ্যে সে দাঁড়িয়ে আছে।

কারও কোনও কথা শুনতে পেল না ভুতু। কিন্তু তার মাথার মধ্যে যেন কেউ একটা সংকেতবার্তা পাঠাল, "তোমার যে-কোনও ইচ্ছে প্রকাশ করো, পূর্ণ হবে।"

ভুতু জবাবে বলল, "আপনি কে কথা বলছেন?"

"আমি কেউ নই।"

"আপনি কি ভূত?"

"না। আমি ইচ্ছা।"

"কার ইচ্ছা?"

"আমার নিজেরই।"

"তার মানে? আমাকে বুঝিয়ে দিন।"

"কিছু বুঝতে পারবে না।"

"তা হলে ইচ্ছে প্রকাশ করতে বলছেন কেন?"

"আমার যে তাই কাজ।"

"ওই ছ'টা পাথর কিসের?"

"একটা হেক্সাগন।"

"ওটা দিয়ে কী হয়?"

"ওটা একটা কম্বিনেশন। একটা দণ্ড আছে, তা দিয়ে ছ'টা পাথরকে পর্যায়ক্রমে স্পর্শ করলেই দরজা খুলে যায়। তুমি অবশ্য পাথর ছুড়েছ।"

"তাতে কি ক্ষতি হয়েছে?"

"না। পাথরগুলো ভাঙা যায় না। অ্যাটমবোমা দিয়েও না।"

"জয়পতাকাবাবু কোথায়?"

"কেল্লায়।"

"উনি কি নিরাপদ?"

"এখন পর্যন্ত।"

"তারপর কী হবে?"

"কেউ বাঁচবে না।"

"কেন?"

"এখানে কেউ এসে বাঁচে না।"

"আমি?"

"তুমি? তোমার কথা আলাদা।"

"কেন?"

"তুমি যে কম্বিনেশনটা বের করেছ।"

"জয়পতাকাবাবু বাঁচবেন না?"

"না।"

"কিন্তু আমি যে ওঁকে উদ্ধার করতে এসেছি।"

"উনি সাহেবের কেল্লায় ঢুকেছেন। ডিনার খেয়েছেন। ওঁকে উদ্ধার করা অসম্ভব।"

"এই যে বললেন আমার সব ইচ্ছা পূর্ণ হবে!"

"হবে।"

"জয়পতাকাবাবুকে উদ্ধার করাই যে আমার ইচ্ছা।"

"ওসব নয়। তোমার নিজের সম্পর্কে ইচ্ছা কী? সেটা পূর্ণ হবে।"

"সাহেব কে?"

"আমাদের প্রভু।"

"তিনি কোথায় থাকেন?"

"তিনি নেই।"

"তার মানে?"

"তিনি বহুকাল আগে মারা গেছেন।"

"তা হলে আপনি কে?"

"আমি কেউ নই। শুধু তাঁর পুঞ্জীভূত ইচ্ছা।"

"আমি বুঝতে পারছি না। বুঝিয়ে দিন।"

"বুঝতে পারবে না। তোমার মস্তিষ্ক তত উন্নত নয়।"

"আমার মস্তিষ্কের উন্নতি কী করে হবে?"

"হবে।"

"কী করে?"

"অপেক্ষা করো।"

ভুতু পরিষ্কার টের পেল, দুটো হাত দেওয়াল থেকে বেরিয়ে এল তার মাথার দু'দিক দিয়ে। তারপর বাক্সের ডালা খোলার মতো তার মাথার খুলি খুলে ফেলল। সে বিন্দুমাত্র ব্যথা টের পেল না। কয়েক সেকেন্ড শুধু মাথার মধ্যে বিদ্যুৎ-চমকের মতো কিছু ঘটতে লাগল। তারপর হাত দুটো আবার দেওয়ালে ঢুকে মিলিয়ে গেল।

"এটা কী করলেন?"

"ছোট একটা অপারেশন।"

"কই আমার মস্তিষ্কের তো উন্নতি ঘটল না?"

"ঘটেছে। অপেক্ষা করো, টের পাবে।"

"কতক্ষণ অপেক্ষা করতে হবে।"

"বেশিক্ষণ নয়। তোমার ধূসর কোষ জাগ্রত হয়েছে। সমন্বয়ের অপেক্ষা। তাড়াতাড়ি করলে তুমি মারা পড়বে। তাড়াতাড়ি এসব জিনিস হয় না।"

"কেন হয় না?"

"মস্তিষ্কের ক্রিয়া হঠাৎ বেড়ে গেলে তুমি তাল সামলাতে পারবে না।"

"ডিনার ব্যাপারটা কী বলবেন? আমি বাতাসে বারবার ডিনারের কথা শুনেছি।"

"ডিনার হল খুব গুরুত্বপূর্ণ ব্যাপার। সাহেব কখনও একা ডিনার খেতে পারতেন না। কিন্তু তাঁর সঙ্গী ছিল না। খুব কষ্ট হত ডিনারের সময়।"

"তারপর?"

"তারপর আমরা ডিনারের সময় লোক হাজির করতাম। কিন্তু তারা এত নির্বোধ যে সাহেবের সঙ্গে সমান পর্যায়ে জ্ঞান-বিজ্ঞান নিয়ে কথা বলার যোগ্য ছিল না। সাহেবের ডিনার মাটি হত।"

"তারপর? সেই লোকগুলোর কী হত?"

"এক রাত্রি তারা খুব আদর-যত্ন পেত। কিন্তু পরদিন সকালে উঠেই তারা দেখতে পেত, কেল্লার জায়গায় একটা ধ্বংসস্তূপ। চারদিকে চোরাবালি। তারা বেশিরভাগই পালাতে চেষ্টা করে চোরাবালিতে ডুবে মারা গেছে।"

"কেল্লাকে তারা ধ্বংসস্তূপ দেখত কেন?"

"ফ্রিকোয়েন্সি পালটে দেওয়া হত বলে।"

"বুঝিয়ে বলুন।"

"ফ্রিকোয়েন্সি কাকে বলে জানো?"

"কম্পন।"

"সূক্ষ্মাতিসূক্ষ্ম কম্পন। পৃথিবীর সব বস্তুরই কম্পন আছে। একটা জিনিসের ওই কম্পন বদলে দিলে সেটা অন্যরকম বা অদৃশ্যও হয়ে যেতে পারে। এসব উন্নত বিজ্ঞানের কথা।"

"কিন্তু আমি বুঝতে পারছি।"

"তোমার মস্তিষ্কের উন্নতি ঘটেছে। কী বুঝতে পারছ?"

"একটা জিনিস দৃশ্য বা অদৃশ্য হতে পারে কিন্তু তার অস্তিত্ব মুছে যায় না। তবে

তার কম্পন আমাদের কম্পনের সমানুপাতিক না হলে আমরা সেটাকে বোধ করতে পারি না।”

“অনেকটা বুঝেছ। কিন্তু কী করে তা ঘটানো হয় তা জানো না।”

“একটু একটু আন্দাজ করছি।”

“কী আন্দাজ?”

“সাহেব কিছু প্রাণহীন বস্তুর মধ্যে নিজের বোধ-বুদ্ধি ও ইচ্ছা সঞ্চার করতে পেরেছিলেন।”

“বিশ্বজগতে প্রাণহীন কিছু নেই। সবই প্রাণময়। তবে তোমাদের বিজ্ঞান দিয়ে তা বুঝে ওঠা অসম্ভব।”

“সব বস্তুর মধ্যেই কি প্রাণ আছে?”

“আছে।”

“কিন্তু বুদ্ধি বা কর্মকুশলতা তো নেই।”

“না।”

“সাহেব সেইসব বস্তুর মধ্যে সেটা সঞ্চার করেছিলেন, তাই তো!”

“তা-ই। আমরা আজ্ঞাবাহী ছিলাম।”

“আপনাদের স্বাধীন ইচ্ছা কি আছে?”

“প্রোগ্রাম আছে।”

“বুঝতে পারছি। অনেকটা কম্পিউটারের মতো, কিন্তু আরও অনেক উন্নত।”

“অনেক। তুমি বুদ্ধিমান।”

“আমার লাঠিটা কে কেড়ে নিয়েছিল?”

“ইচ্ছা।”

“আমার পথ কে মুছে দিয়েছিল?’

“ইচ্ছা।”

“বালিতে কার পায়ের দাগ পড়েছিল?”

“তুমি খুব সাহসী।”

“আবার জিজ্ঞেস করছি, বালিতে কার পায়ের দাগ পড়েছিল?”

“তুমি খুব সাহসী ও বুদ্ধিমান। তোমার জিদও প্রচণ্ড।”

“কিন্তু এ প্রশ্নটার জবাব দিচ্ছেন না কেন? বালিতে কার পায়ের ছাপ পড়েছিল?”

কিছুক্ষণ নীরবতা।

“বলব না।”

“তা হলে বলব, আপনি জানেন না।”

কণ্ঠস্বরটা হঠাৎ যেন ভয় খেয়ে একটু কেঁপে গেল, "অন্য প্রশ্ন করো।"

"আমি এই প্রশ্নেরই জবাব চাই।"

"আমি এই প্রশ্নের জবাব দেব না। আমি তোমার আজ্ঞাবাহী নই।"

"আপনি কি রাগ করেছেন?"

"আমাদের রাগ নেই। রাগ অযৌক্তিক ব্যাপার।"

"আমার মনে হয়, বালিতে যার পায়ের ছাপ পড়েছিল আপনি তাকে ভয় পান।"

"অন্য প্রশ্ন করো।"

"আপনার সাহেবের নাম কী?"

"আলফাবেট।"

"এটা কী ধরনের নাম?"

"সাহেব তোমাদের মতো মানুষ ছিলেন না।"

"তিনি কীরকম মানুষ ছিলেন?"

"অনেক উন্নত।"

"তিনি কি অন্য কোনও গ্রহের মানুষ?"

"তিনি একটা অঘটন।"

ভুতু বুঝল, এ প্রশ্নেরও জবাব পাওয়া যাবে না। সে তাই অন্য প্রশ্ন করল।

"তিনি কতদিন আগে মারা গেছেন?"

"চার বছর।"

"সাহেবের শরীরটার কী হল?"

"অন্য প্রশ্ন করো।"

"এই দুর্গটা কতদিনের?"

"দু'শো বছর।"

"সাহেব কি দু'শো বছর আগে এখানে ছিলেন?"

"না, এটা পটাশগড়ের এক রাজা বানিয়েছিল। দুর্গ কালক্রমে ধ্বংস হয়ে যায়। সাহেব দুর্গটা দখল করে ছিলেন।"

"বুঝলাম। দুর্গে কি আমি একবার যেতে পারি?"

"তুমি ইচ্ছা করলে সবই পারো। কিন্তু দুর্গে কাউকেই পাবে না।"

"কেন? জয়পতাকাবাবু কি দুর্গে নেই?"

"আছে, একা নয়, সঙ্গে আরও তিনজন লোক আছে। কিন্তু তুমি ওদের দেখতে পাবে না।"

"কেন পাব না?"

"ওদের ফ্রিকোয়েন্সি আলাদা হয়ে গেছে। তোমার সঙ্গে মুখোমুখি হলেও তুমি ওদের দেখতে পাবে না। তোমরা পরস্পরকে ভেদ করে যাবে, কিন্তু কেউ কারও অস্তিত্ব টের পাবে না।"

"কী সর্বনাশ? এর কোনও উপায় নেই?"

"না। ওরা চিরকাল এখানেই থেকে যাবে। যদি বেরোতে চায় তা হলে চোরাবালিতে ডুবে মরবে।"

"আর আমি?"

"তোমার কথা আলাদা। তুমি ইচ্ছা করলেই ফিরে যেতে পারো। বিপদ হবে না।"

"জয়পতাকাবাবুর সঙ্গে আর কে কে আছে?"

"জয়ধ্বনি, শ্যাম লাহিড়ী আর ব্যোমকেশ।"

"সর্বনাশ! এরা যে সবাই আমার ভীষণ চেনা।"

"দুঃখিত, ওদের জন্য কিছুই করার নেই।"

"ষড়ভুজটার অর্থ কী?"

"ষষ্ঠ ইকোয়েশন। মানুষ বুঝতেই পারবে না।"

"ইকোয়েশন আমি জানি।"

"এটা কঠিন। কেউ জানে না। সাহেব জানতেন।"

"এতে কী হয়?"

"ওই ইকোয়েশনেই বিশ্ব-রহস্যের চাবিকাঠি লুকিয়ে আছে, যে কষতে পারে সে দারুণ সব কাজ করতে পারে।"

"আমি কি ইকোয়েশন মিলিয়েছি?"

"না। তুমি শুধু কম্বিনেশনটা করতে পেরেছ। ওটা সোজা, তবু সবাই পারে না।"

"আমাকে কতক্ষণ আটকে রাখবেন?"

"তুমি চাইলেই ছেড়ে দেব।"

"আমি আর-একটা কথা জানতে চাই। পটাশগড়কে সকলে দেখতে পায় না কেন?"

"আমরা মাঝে মাঝে পুরো জায়গাটারই স্পন্দন বদলে দিই। তখন দুর্গ অদৃশ্য হয়ে যায়, চোরাবালিও অদৃশ্য হয়ে যায়।"

"জঙ্গলের মধ্যে একটা ফাঁকা জায়গা আছে, সেখানে জঙ্গলের পশুরা কেউ ঢুকতে পারেনি, আমিও না। ওই জায়গাটায় কী ছিল?"

"টাইম বেরিয়ার বললে বুঝবে?"

"না।"

“ওই জায়গাটা তোমার সময়ে নেই। ভিন্ন সময়ে প্রোগ্রাম করা আছে।”

“তার মানে?”

“তুমি যখন জায়গাটা দেখছ, তখন ওটা বর্তমানকালে নেই। পাঁচ বছর অতীতে পিছিয়ে রয়েছে। ওর চারদিকে সময়ের বেড়া থাকায় ঢুকতে পারোনি, ঢুকতে পারলে তোমার বয়স এক মুহূর্তে পাঁচ বছর পিছিয়ে যেত।”

“ঢোকা যায় না?”

“না। লক করা আছে। টাইম বেরিয়ার আছে।”

“আমি যদি যেতে চাই?”

“কেন চাও?”

“আমি পাঁচ বছর আগে কেমন ছিলাম তা জানতে চাই।”

“সত্যিই চাও?”

“হ্যাঁ।”

“তুমি বুদ্ধিমান।”

দেওয়াল থেকে একটা হাত বেরিয়ে এল। তাতে একটা ছোট স্ফটিকের দণ্ড।

“এটা নাও। টাইম বেরিয়ারে স্পর্শ করলেই ঢুকতে পারবে।”

ভুতু দণ্ডটা নিল। তারপর বলল, “এবার কী করব?”

“ইচ্ছা করো। ইচ্ছা করলেই ওই জায়গায় চলে যেতে পারবে।”

হঠাৎ সাকশনটা বন্ধ হয়ে গেল। ভুতু টের পেল, চারদিকের বলয়টা আর নেই। সে স্ফটিকের দণ্ডটা হাতে নিয়ে চোখ বুজে প্রাণপণ ইচ্ছা করল, “আমি ওখানে যাব।”

না, কোনও ম্যাজিক ঘটল না। তবে ভুতুর সমস্ত শরীরে যেন একটা বিদ্যুতের বেগ শিহরিত হয়ে বয়ে গেল। সে চলতে লাগল। সিঁড়ি বেয়ে উঠে সে সোজা চোরাবালিতে নেমে ছুটতে লাগল। জঙ্গলের ভিতর দিয়ে এঁকেবেঁকে তিরগতিতে সে হাজির হয়ে গেল সেই ফাঁকা ভূমিখণ্ডের সামনে।

স্ফটিকের দণ্ডটা সামনে বাড়াতেই একটা দীর্ঘশ্বাসের মতো শব্দ হল। কিছু সরে গেল সামনে থেকে।

ঢুকবার আগে ভুতু ক্ষণেক দ্বিধা করল। তার বয়স পাঁচ বছর কমে যাবে? কী করে হবে সেটা? কেমন লাগবে?

খুব সাবধানে পা বাড়াল ভুতু। খুব ধীর পদক্ষেপে পা রাখল মাটিতে। তারপরেই চমকে থেমে গেল। শরীরের ওপর থেকে কিছু খসে পড়ে গেল যে। যেন একটা খোলস। মাথাটা সামান্য ধাঁধিয়ে গেল।

সামলে উঠে ভুতু দেখল, তার শরীরের দৈর্ঘ্য অনেক কমে গেল। একটু রোগা হয়ে গেছে সে। পাঁচ বছর আগে সে কি এরকম ছিল?

ভুতু দাঁড়িয়ে চারদিকটা দেখতে লাগল। কিছু নেই। কিন্তু সে জানে, পাঁচ বছর আগে আলফাবেট-সাহেব বেঁচে ছিল। আর এই জায়গাটা নিশ্চয়ই কোনও কারণে সময়ের বাঁধ বেঁধে দিয়ে রাখা হয়েছে। খুব সম্ভব আলফাবেট-সাহেবের দেখা এখানেই পাওয়া যাবে।

ভুতু চুপ করে একটা ঝোপের ধারে বসে রইল। লুকিয়ে থাকাই ভাল।

খুব বেশিক্ষণ বসতে হল না ভুতুকে। আচমকা একটা নীল আলো ঝলসে উঠল আকাশে। একটা তীব্র শিসের শব্দ তার কানের পর্দা প্রায় ফাটিয়ে দিতে লাগল। চারদিকে মাটি গুড়গুড় করে কাঁপছে। ভুতু বাতাসে একটা তীব্র কম্পন টের পাচ্ছিল। সে সহ্য করতে পারল না। চোখ বুজে দাঁতে দাঁত চেপে হাত মুঠো করে মূর্ছিতের মতো ঢলে পড়ে গেল মাটিতে।

যখন চোখ মেলল, তখন সামনে একজন বিশাল চেহারার মানুষ দাঁড়িয়ে। প্রায় আট ফুট লম্বা, বিশাল দৈত্যের মতো আকৃতি। মানুষটা তাকে দেখছে।

ভুতু ভয়ে সিঁটিয়ে গেল।

লোকটা কথা বলল না, কিন্তু আশ্চর্যের বিষয় একটা বায়ু-তরঙ্গে লোকটা তার মগজে একটা প্রশ্ন পাঠিয়ে দিল, "কী চাও?"

ভুতু সভয়ে উঠে দাঁড়িয়ে বলল, "আমার এক মাস্টারমশাই..."

আবার বায়ু-তরঙ্গ এল। লোকটা যেন বলে পাঠাল, "তোমাকে কিছুই বলতে হবে না। তোমার মগজের সব কথা এবং চিন্তাই আমি ধরতে পারছি।"

"আমি এখন কী করব?"

বায়ু-তরঙ্গ তার মগজে একটা ওলট-পালট ঘটিয়ে বলল, "সমাধান তোমার হাতেই আছে। বুদ্ধি খাটালেই পারবে। তোমার মগজ অনেক বেশি ক্রিয়াশীল। তুমি ষড়ভুজের কম্বিনেশন বের করেছ। পারবে। চেষ্টা করো।"

"ওদের বাঁচানো যাবে?"

"চেষ্টা করো। হয়তো পারবে।"

"আপনি কী কৌশলে কথা বলছেন? এটাই কি টেলিপ্যাথি?"

"হ্যাঁ, তবে অনেক উন্নত ধরনের।"

"আপনি কোন গ্রহের মানুষ?"

"অনেক দূরের।"

"বালিতে কার পায়ের দাগ পড়েছিল?"

"নিউমারেলস-এর।"

"সে কে?"

"সে একটা অঙ্ক।"

"অঙ্ক। অঙ্ক কি কখনও হাঁটে? তাও জুতো পায়ে দিয়ে?"

"না, তবে অঙ্ককে শরীরী রূপ দিলে হয়।"

"তাকে কোথায় পাব?"

"কোথাও আছে। অঙ্কটা কষলেই পাবে। যেখান থেকে এসেছ, সেখানে ফিরে যাও। অঙ্ক প্রস্তুত আছে।"

আবার নীল আলোর ঝলকানি আর তীব্র শিসের শব্দ। ভুতু ফের চোখ বুজে ফেলল। যখন চোখ খুলল তখন কেউ নেই। তার মাথা ঘুরছিল। তবু সে টাইম বেরিয়ার ভেদ করে বেরিয়ে এল। তারপর ছুটতে লাগল।

যখন সেই ঘরটায় আবার ফিরে এল, তখন অবাক হয়ে দেখল, ঘরে একটা টেবিল আর চেয়ার পাতা, টেবিলের ওপর একটা প্যাড আর পেনসিল। প্যাডে দারুণ ইকোয়েশন।

ভুতু বসে পড়ল। অঙ্কটা তাকে করতেই হবে।

ওদিকে পটাশগড়ের কেল্লায় ডাইনিং হল-এ জয়পতাকা নিয়ে এসেছেন তিনজনকে। দেদার খাবার সাজানো।

জয়পতাকা বললেন, "যত খুশি খাও দাদু, এমন খাবার জীবনে খাওনি।"

জয়ধ্বনি একটু চটে উঠে বললেন, "তোর ঠাকুমার রান্নার চেয়েও ভাল? অত সোজা নয় রে। খাঁটি বিক্রমপুরের রান্না, ওর কাছে কেউ লাগে না। কচুর শাক বলো কচুর শাক, মুড়িঘণ্ট বলো মুড়িঘণ্ট, চাপড়ঘণ্ট বলো চাপড়ঘণ্ট, পিঠে-পায়েস— ওসব স্বর্গীয় জিনিস।"

"খেয়েই দ্যাখো না!"

সকলেরই খিদে পেয়েছে। রাত তো কম হয়নি।

খেতে বসেই প্রথম পদটা মুখে দিয়েই জয়ধ্বনি বলে উঠলেন, "এ হচ্ছে মাংসের সুরুয়া, বেশ রেঁধেছে।"

পরের পদটা খেতে গিয়ে ব্যোমকেশ বললেন, "এ কুমড়োর ছক্কা না হয়ে যায় না। তবে খাসা হয়েছে।"

শ্যাম লাহিড়ীই শুধু বিনা মন্তব্যে খেতে লাগলেন।

মাঝপথে একটা পদ আমিষ না নিরামিষ তাই নিয়ে ব্যোমকেশ আর জয়ধ্বনিতে একটু তর্ক বেধে উঠল। জয়ধ্বনি একটা কাঁটা-চামচ বিপজ্জনকভাবে উদ্যত করে ধরায় ব্যোমকেশ মিইয়ে গেলেন।

খেয়ে-দেয়ে উঠে ব্যোমকেশ বললেন, "আর দেরি নয়। এবার ফেরা যাক। ওদিকে দু'-দুটো মিটিং-এর মেলা কাজ বাকি। আমার এখনও বক্তৃতা মুখস্থ হয়নি।"

সকলেই সায় দিলেন।

শুধু শ্যাম লাহিড়ী বললেন, "ফেরা খুব সহজ হবে না।"

জয়পতাকা বললেন, "শক্তও কিছু নয়। আমি তো দিব্যি একটা শেয়ালের পিছু-পিছু চলে এলাম। আপনারা এলেন একটা আলো ফলো করে। আমি বরং ছাদে গিয়ে দূরবিনটা নামিয়ে আনি ওটাই হচ্ছে আলোর সোর্স। তা ছাড়া আমার চটিজোড়াও হেলপ করবে।"

জয়পতাকা ছাদে উঠলেন বটে, কিন্তু দূরবিনটা খুঁজে পেলেন না। চটিজোড়াও আগের চেয়ে ভারী লাগছিল।

নীচে এসে জয়পতাকা বললেন, "দূরবিনটা নেই। এখানে খুবই অদ্ভুত অদ্ভুত কাণ্ড ঘটে দেখছি। একেবারেই অবিশ্বাস্য।"

ব্যোমকেশ বললেন, "তা হলে আর দেরি নয়। দুর্গা বলে রওনা দেওয়া যাক।"

সকলে চোরাবালির সীমানায় এসে দাঁড়ালেন। ব্যোমকেশবাবু ধুতিটা একটু ওপরে তুলে বললেন, "তা হলে নামা যাক।"

জয়ধ্বনি বললেন, "ধুতি তুলছ কেন? জল পেরোবে নাকি?"

"তা বটে।" বলে ব্যোমকেশ ধুতি ফের নামিয়ে বললেন, "তা হলে চলুন।"

"তুমি আগে নামো।"

ব্যোমকেশ নামলেন, এবং চোখের পলকে কোমর অবধি হড়হড় করে চলে গেলেন বালির মধ্যে। শ্যাম লাহিড়ী সময়মতো না ধরলে বাকিটাও যেত।

যখন টেনে তোলা হল, তখন ব্যোমকেশ ঘড়ি দেখে বললেন, "সর্বনাশ! এ যে রাত চারটে বেজে গেল! আর কতক্ষণই বা সময় পাওয়া যাবে?"

চারজনে ভাবিত হয়ে পড়লেন। লক্ষণ ভাল নয়।

জয়পতাকা সাহস করে চটিসমেত একটা পা একটু বাড়ালেন। চোখের পলকে চটিটা পা থেকে যেন ইচ্ছে করেই খসে বালির মধ্যে তলিয়ে গেল। জয়পতাকা পিছিয়ে এলেন ভয়ে। ওই সামান্য সুযোগে দ্বিতীয় চটিটা পা থেকে একটা ব্যাঙের মতো লাফ মেরে বালিতে অদৃশ্য হল।

জয়পতাকা বললেন, "যাঃ।"

শ্যাম লাহিড়ী বিষণ্ণ গলায় বললেন, "তার চেয়ে কেল্লায় চলো। ফিরে গিয়ে ভোরের অপেক্ষা করি। দিনের বেলা যা হোক ঠিক করা যাবে।"

এ কথায় সকলে সায় দিয়ে কেল্লায় ফিরলেন। ডাইনিং হলের এঁটোকাঁটা সব

জাদুমন্ত্রবলে পরিষ্কার হয়ে গেছে। সকলে বেশ অস্বস্তি নিয়েই বসে রইলেন। একটু ঢুলুনিও এল।

হঠাৎ জয়পতাকা চেঁচিয়ে উঠলেন, "এ কী!"

সবাই চমকে চেয়ে দেখল, কোথায় কেল্লা, আর কোথায় তার সাজানো ডাইনিং হল! সব ফক্কা। তাঁরা একটা ধ্বংসস্তূপের ওপর বসে আছেন।

বিস্ময়ে কেউ প্রথমটায় কথা বলতে পারল না। তারপর শ্যাম লাহিড়ী ব্যস্ত গলায় বললেন, "এরকম যে হবে তা আমার জানা ছিল। এখান থেকে আজ অবধি কেউ ফিরে যায়নি। কিন্তু বসে থাকলে তো চলবে না। চলো, উপায় একটা বের করতে হবে।"

ধ্বংসস্তূপের ইট-পাথর পার হতে বেশ কসরত করতে হল। ব্যোমকেশ ঘন ঘন ঘড়ি দেখছিলেন বলে দু'বার আছাড় খেলেন।

ধ্বংসস্তূপের এক জায়গায় চারজনই থমকে দাঁড়ালেন। সেখানে উপুড় হয়ে একটা নরকঙ্কাল পড়ে আছে। হাত-দশেক দূরে আর-একটা।

জয়ধ্বনি শ্যাম লাহিড়ীকে বললেন, "ব্যাপারটা সুবিধের বুঝছি না। সবটাই দুঃস্বপ্ন বলে মনে হচ্ছে।"

"দুঃস্বপ্নই। তবে জ্যান্ত দুঃস্বপ্ন।"

চারদিকে ভোরের সুন্দর আলো ছড়িয়ে পড়েছে। একটু দূরে দেখা যাচ্ছে সবুজ বনভূমি। কিন্তু তাঁরা একটা চওড়া চোরাবালির মধ্যে কুৎসিত একটা ধ্বংসস্তূপে বন্দি।

শ্যাম লাহিড়ী হঠাৎ বললেন, "লক্ষ করেছ, পটাশগড়ে কোনও পাখিও আসে না!"

জয়ধ্বনি বললেন, "হ্যাঁ, জায়গাটা অস্বাভাবিক নিস্তব্ধ।"

শ্যাম লাহিড়ী কেল্লার চারদিককার ঝোপ-জঙ্গল, গাছপালা লক্ষ করলেন ঘুরে ঘুরে। চেনা গাছ খুবই কম। জলের ব্যবস্থা নেই বললেই হয়। একটা পুরনো ইঁদারায় অনেক নীচে জল। তাও ওপরে থিকথিক করে ময়লা ভাসছে।

ব্যোমকেশ হঠাৎ বললেন, "একটা নৌকো পেলে হত।"

জয়ধ্বনি অবাক হয়ে বললেন, "নৌকো! নৌকো কেন?"

"নৌকো যখন জলে ভাসতে পারে, তখন বালিতে ভাসবে এ আর বেশি কথা কী?"

"তা নৌকো পাবে কোথায়?"

"সেটাই ভাবছি।"

"ভাবো, কষে ভেবে ফ্যালো। মিটিং-এর এখনও ঢের দেরি।"

"আচ্ছা গাছপালা দিয়ে একটা ভেলা বানিয়ে নিলে মন্দ হয় না?"

"খুব হয়। চেষ্টা করে দ্যাখো।"

ব্যোমকেশ উদ্যোগী পুরুষ। সঙ্গে সঙ্গে কাজে লেগে গেলেন। জয়পতাকা বিশুষ্ক মুখে তাঁকে সাহায্য করতে লাগলেন। যদিও তাঁর সন্দেহ হল, নৌকো বা ভেলা চোরাবালিতে ভাসবার সম্ভাবনা খুবই ক্ষীণ। কিন্তু আশা জিনিসটাই ওরকম। যা অসম্ভব তাও মানুষ আশা করে।

শ্যাম লাহিড়ী আর জয়ধ্বনি একটু তফাতে দাঁড়িয়ে নিজেদের মধ্যে কথা বলছিলেন।

জয়ধ্বনি বললেন, "দ্যাখো লাহিড়ী, বুড়ো হয়েছি। আমাদের দিন শেষ হয়ে এল। কিন্তু নাতিটা এমন বেঘোরে মরবে এটা যে সহ্য করতে পারছি না। আমার প্রাণ দিয়েও যদি ওকে বাঁচানো যায়।"

"প্রাণ তো এমনিতেও দিতে হবে, অমনিতেও দিতে হবে। কিন্তু প্রাণটা দিলেই তো আর বাঁচানো যাবে না। এখানকার গাছপালায় কোনও ফল-টল দেখছি না। জল নেই। এভাবে দু'দিন বাঁচা যাবে হয়তো। তারপর ধুঁকতে ধুঁকতে মরতে হবে।"

"বিপদে মাথা ঠান্ডা রেখে ভাবতে হয়। এটা পুরনো কেল্লা, কোথাও সুড়ঙ্গ-টুড়ঙ্গও তো থাকতে পারে।"

"সেকথা আমিও ভেবেছি। কিন্তু থাকলেও সেটা এতদিনে বুজে যাওয়ার কথা। তা ছাড়া এই বিশাল ধ্বংসস্তূপ সরিয়ে সুড়ঙ্গ বের করাও তো অসম্ভব ব্যাপার।"

"হাল ছেড়ে দিচ্ছ? মরতে যখন হবেই, তখন চলো, চেষ্টা করে দেখি।"

"আমার আপত্তি নেই। চলো।"

দু'জনেই ধ্বংসস্তূপ সরানোর কাজে লেগে গেলেন।

কিন্তু এই পরিশ্রমে এবং রাত জাগার ফলে চারজনেরই দুপুর নাগাদ সাংঘাতিক খিদে এবং তেষ্টা পেয়ে গেল। ধ্বংসস্তূপের নীচে এখনও কিছু খুঁজে পাওয়া যায়নি। আর ভেলা একটা ডালপালা দিয়ে তৈরি প্রায় হয়েছে বটে, কিন্তু সেটার ছিরি দেখে কারও ভরসা হল না।

জয়পতাকা বয়সে তরুণ। তাঁর খিদেও বেশি। তিনি আর কিছু না বলে গাছের কয়েকটা পাতা চিবিয়ে নিলেন। তারপর ওয়াক থুঃ বলে ফেলে দিলেন। যম তেতো। বিশ্রী গন্ধ।

সবাই মিলে আরও কয়েকটা গাছের পাতা চিবোনোর চেষ্টা করলেন বটে, কিন্তু সুবিধে হল না।

শ্যাম লাহিড়ী বললেন, "কেউ বেশি কথা-টথা বোলো না। বেশি কথা বললে তেষ্টা পায়। জলের বন্দোবস্ত নেই। কাজেই সাবধান হতে হবে।"

ব্যোমকেশ ভেলার বাঁধা-ছাঁদা একরকম শেষ করে বললেন, "তা হলে এটাকে

ভাসানো যাক এবার। জয়ধ্বনিদা সবচেয়ে প্রবীণ মানুষ, উনিই আগে উঠুন।”

“কেন, আমাকে চোরাবালিতে ডুবিয়ে মেরে তোমার লাভ হবে কোন অষ্টরম্ভা? ওতে আমি উঠবার পাত্র নই। তুমি ওঠো গে।”

ব্যোমকেশ দমবার পাত্র নন। বললেন, “এবার একটা বৈঠা বা লগি দরকার। তা হলেই কেল্লা ফতে।”

লগির অভাব নেই। লম্বা একটা গাছের ডাল জোগাড় হয়ে গেল। তারপর ব্যোমকেশ ভেলাটা বালির দিকে ঠেলে নিয়ে গিয়ে উঠে পড়লেন।

লগিটা ছিল বলে রক্ষা। কারণ, বালিতে পড়েই ভেলাটা ব্যোমকেশসহ অদৃশ্য হয়ে গেল। ব্যোমকেশের হাতে ধরা লগিটার ডগা শুধু উঁচু হয়ে ছিল। সেইটে চেপে ধরে শ্যাম লাহিড়ী পয়লা চোট সামলালেন। তারপর তিনজনে মিলে টেনে তুললেন ব্যোমকেশকে।

ব্যোমকেশ প্রাণে বেঁচেও কিছুক্ষণ জীবন্মৃতের মতো বসে রইলেন। সর্বাঙ্গে বালি। এমনকী তাঁর দাঁতেও বালি কিচকিচ করছে, চোখে বালি কচকচ করছে। এমনকী তিনি কিছুক্ষণ মিটিং-এর কথাও ভুলে গেলেন।

ক্রমে বেলা বাড়তে লাগল। খিদে এবং তেষ্টাও বাড়তে লাগল। তারপর দেখা গেল চারজনই ঝিমোচ্ছেন।

জয়ধ্বনি হঠাৎ ঝিমোতে ঝিমোতে সোজা হয়ে উঠে বললেন, “লাহিড়ী!”

“বলো।”

“এভাবে হার মানা কি উচিত হবে?”

“কী করতে চাও?”

“চলো। চেষ্টা করি।”

“চলো।” বলে শ্যাম লাহিড়ী উঠে পড়লেন।

দু'জনে আবার ধ্বংসস্তূপ সরাতে লাগলেন। কিন্তু পণ্ডশ্রম বাড়তে লাগল। কিছুক্ষণ পর দু'জনই নেতিয়ে পড়লেন। হাঁফাতে লাগলেন।

বেলা গড়িয়ে বিকেল। তারপর সন্ধে। চারদিক অন্ধকার হয়ে এল।

ক্ষুধাতৃষ্ণায় কাতর চারজন মাটিতে শুয়ে পড়লেন ক্লান্ত হয়ে। কারও মুখে কথা নেই।

ক্রমে রাত হল। রাত গভীর হল। চারজনই একটা ঘোরলাগা তন্দ্রার মধ্যে ঝিম মেরে পড়ে রইলেন। বুক ফেটে যাচ্ছে তেষ্টায়। পেট জ্বলে যাচ্ছে খিদেয়।

মাঝরাতে হঠাৎ ব্যোমকেশ তড়াক করে উঠে বসে বেশ চেঁচিয়ে বলে উঠলেন, “মানুষ কী করে নরমাংস খায় আমি জানি না। কিন্তু আমার এখন খেতে ইচ্ছে করছে।”

এ কথা শুনে জয়ধ্বনি তাড়াতাড়ি লাঠি বাগিয়ে উঠে দাঁড়িয়ে বললেন, "খবরদার, আমার নাতির দিকে নজর দেবে না।"

ব্যোমকেশ আবার শুয়ে পড়ে বললেন, "আমি ঠাট্টা করলুম।"

"এই অবস্থায় কারও আবার ঠাট্টাও আসে নাকি? তোমার মতলব আমি বুঝেছি। যদি তেরিমেরি করো, তা হলে তিনজনে চ্যাংদোলা করে নিয়ে গিয়ে তোমাকে বালিতে ফেলে দেব।"

ব্যোমকেশ আর কথা বললেন না। গুনগুন করে একটু গান গাওয়ার চেষ্টা করে ব্যাপারটাকে হালকা করতে চাইলেন বোধহয়। কিন্তু সুরটা গলায় খেলল না।

ফের ভোর হল। কিন্তু চারজনের কারওরই আর উঠে বসবার মতো অবস্থা নেই। খিদের চেয়েও তেষ্টা প্রবল। শ্যাম লাহিড়ী উঠে কাঁপতে কাঁপতে ইঁদারার ধারে গিয়ে উঁকি দিয়ে বললেন, "বালতি আর দড়ি থাকলে ওই জলই খানিকটা খেতাম।"

ক্রমে বেলা বাড়ল। চারজন আজ আর উঠলেন না। পড়ে রইলেন মাটিতে। শ্বাসের কষ্ট হচ্ছে। শরীরে আর একরত্তি জোর নেই। মাঝে মাঝে এক-একজন "জল জল" বলে কাতরে উঠছেন।

বেলা গড়াতে লাগল। বিকেল হল। ফের রাত্রি ঘনিয়ে এল।

প্রথমে জয়ধ্বনি, তারপর ব্যোমকেশ, তারপর জয়পতাকা মূর্ছিত হয়ে পড়লেন। শ্যাম লাহিড়ীর জ্ঞানটা লুপ্ত হল না। কিন্তু তিনিও বেশিক্ষণ লড়তে পারবেন বলে তাঁর মনে হল না।

রাত্রি গভীর হল।

ইকোয়েশনটা করে যাচ্ছে তো করেই যাচ্ছে ভুতু। শেষ আর হয় না। পাতার পর পাতা সে একটা অঙ্কই করে চলেছে। প্রতি পদক্ষেপেই নতুন নতুন মোড় ফিরছে অঙ্কটা। এসে যাচ্ছে নানা নতুন সংখ্যা, নতুন সংকেত। কিন্তু ক্রমে ক্রমে বীজাকার ইকোয়েশন পরিণত হচ্ছে মহীরুহে। মস্ত মোটা প্যাডের পাতা ক্রমে ক্রমে ফুরিয়ে যাচ্ছে। কিন্তু অঙ্কটা বেড়ে যাচ্ছে তো বেড়েই যাচ্ছে।

ভুতুর কোনওদিকে খেয়াল নেই। তার মাথা চমৎকার খেলছে। অঙ্কের মধ্যে ডুবে গেছে সে। একসময়ে অঙ্কটাকে সে যেন অনুভব করতে পারল, অর্থাৎ তার মনে হল, এটা শুধু অঙ্কই নয়। অঙ্ক যেন এক ব্যক্তি, তার আলাদা সত্তা আছে, শরীর আছে।

কোথা দিয়ে রাত গেল, কোথা দিয়ে দিন, তা বুঝতে পারল না ভুতু। তেষ্টা পেলেই সে শুধু বলে, "জল!"

অমনি কোথা থেকে জল এসে যায়।

খিদে পেলেই সে বলে, "খাবার।"

অমনি খাবার এসে যায়।

ভুতু কোনওদিকে তাকায় না। একমনে অঙ্ক কষতে থাকে। কষতে কষতে প্যাডের পাতা শেষ হয়ে এল। একদম শেষ পাতায় চলে এল ভুতু।

কিন্তু অঙ্কটা কি শেষ হবে, ভুতুর মনে হচ্ছে, আরও বহুদূর গড়াবে অঙ্কটা।

কিন্তু প্যাডের শেষ পাতাটা যেই শেষ হল, অমনি সে বুঝতে পারল, তার চারদিকে সেই ঘেরাটোপ নেমে এসেছে। তার মাথার ভিতরে কেউ বার্তা পাঠাচ্ছে।

ভুতু কলম থামিয়ে উৎকর্ণ হল।

"আমি সংখ্যা। কী চাও?"

"অঙ্কটা কি হয়েছে?"

"অঙ্কটার কোনও শেষ নেই। যত কষবে তত বড় হতে থাকবে।"

"তা হলে কী হবে? প্যাডের পাতা যে শেষ হয়ে গেল!"

"তাতে কী? অঙ্কটা প্রাণ পেয়েছে। বাকিটা সে নিজেই করবে। করে যাবে।"

"কোথায় শেষ হবে?"

"শেষ বলে কিছু নেই। হয়ে চলবে। হতে থাকবে। ঠিক এই বিশ্ব-ব্রহ্মাণ্ডের মতো। অসীমের মতো।"

"কিন্তু আলফাবেট-সাহেব বলেছিলেন..."

"জানি। সাহেব বলেছিলেন, ইকোয়েশনটা করতে পারলে তুমি নিউমারেলসের নাগাল পাবে।"

"হ্যাঁ তাই।"

"আমি এসেছি।"

"আমি এই কেল্লার রহস্য ভাঙতে চাই।"

"পারবে না।"

"বালিতে কার পায়ের ছাপ পড়েছিল?"

"অবান্তর প্রশ্ন। এখানে যা কিছু ঘটে তার লৌকিক ব্যাখ্যা নেই। বৈজ্ঞানিক ব্যাখ্যা আছে। সে তুমি বুঝবে না।"

"জয়পতাকাবাবুর কী হবে?"

"তিনি মৃত্যুর কাছাকাছি।"

"আমি তাঁদের ফিরিয়ে নিতে চাই।"

"তাঁরা অন্য তরঙ্গে রয়েছেন। দেখা হবে না।"

"আমি তাঁদের তরঙ্গে ঢুকতে চাই।"

"তা হলে তোমারও ওই দশা হবে। তরঙ্গ বদলালে আর আমাদের সাহায্য পাবে না।"

"চোরাবালির মধ্যে পথ আছে, আমি জানি।"

"আছে। সরু পথ। সে পথ ঘড়ির কাঁটার মতো ঘুরে যায়।"

"ঠিক ঘড়ির কাঁটার মতো?"

নিউমারেলস প্রথমে জবাব দিল না। তারপর বলল, "হ্যাঁ, মিনিটের কাঁটা।"

"এখন ক'টা বাজে?"

"রাত বারোটা বাজতে দু'মিনিট বাকি।"

"এখন পথটা কোথায় আছে?"

"উত্তর তিরচিহ্নের বরাবর। প্রতি দশ মিনিটে ওখানে ঘুরে আসছে।"

"আমি একটা ঘড়ি চাই।"

"তুমি বুদ্ধিমান।"

"ঘড়িটা দিন।"

"ঘড়িটা তোমার কবজিতে বাঁধা হয়ে গেছে। দ্যাখো।"

ভুতু অবাক হয়ে দেখল, বাস্তবিকই তার বাঁ হাতের কবজিতে একটা ঘড়ি। বারোটা বাজতে দেড় মিনিট বাকি।

"আমার ফ্রিকোয়েন্সি পালটে দিন।"

"দিচ্ছি। তার আগে একটা কথা।"

"কী কথা?"

"যদি তরঙ্গ না বদলাও তবে তুমি এখানে রাজার মতো থাকতে পারো। তোমার ইচ্ছা সবসময়ে পূর্ণ হবে। এত সুখ ছেড়ে যেতে চাও কেন?"

"আমি একটা অন্যায় করেছিলাম। তার প্রায়শ্চিত্ত করতেই হবে।"

"জানি। ঠিক আছে, তোমার তরঙ্গ পালটে দিচ্ছি।"

ঘরের আলোটা হঠাৎ নিভে গেল। চারদিকে একটা ঝিঁঝির মতো শব্দ। তারপরেই ভুতু পড়ে গেল মাটিতে। টেবিল-চেয়ার উধাও হয়েছে।

ভুতু টের পেল, সে একটা ভাঙাচোরা গহ্বরের মধ্যে পড়ে আছে। হামাগুড়ি দিয়ে সে বেরিয়ে এল। তারপর ধীর পায়ে ঢালু বেয়ে উঠল। সামনেই অন্ধকার কেল্লার ধ্বংসস্তূপ। ভুতু কিছুক্ষণ বিষণ্ণ চোখে চেয়ে রইল।

বেশি খুঁজতে হল না। ঝোপজঙ্গলের মধ্যে চারজন শুয়ে আছে। জ্ঞান নেই। শক্তি নেই।

"শ্যামদাদু! শ্যামদাদু!"

ভুতু জানে একমাত্র শ্যামদাদুই শক্ত লোক।

শ্যাম লাহিড়ী চোখ মেলে বলেন, "কে?"

"আমি ভুতু। উঠুন। আমি আপনাদের নিতে এসেছি।"

ব্যোমকেশ আতঙ্কিত গলায় খোনা সুরে বললেন, "ভূত! আমাদের নিতে এয়েছ! কেন বাবা?"

"ভূত নই। ভুতু।"

শ্যাম লাহিড়ী উঠে বসলেন। অতি কষ্টে। বললেন, "কী ভাবে এলি?"

"পরে বলব। উঠুন।"

ধীরে ধীরে অবশ মৃতপ্রায় দুর্বল শরীরে সকলেই উঠে বসল। প্রাণের মায়া বড় মায়া।

ভুতু বলল, "খুব সাবধানে আমার পিছু-পিছু আসুন।"

জয়ধ্বনি বললেন, "পারবি তো?"

"পারব। কিন্তু পথটা খুব সরু। একটু এদিক-ওদিক হলেই কিন্তু তলিয়ে যেতে হবে।"

উত্তর তিরচিহ্ন কোথায় তা ভুতু জানে না। কিন্তু সে জানে ঠিক বের করবে। তার আত্মবিশ্বাস প্রচণ্ড।

উত্তর দিকে কিছু দূরে এগোল ভুতু। হঠাৎ চোখে পড়ল, চোরাবালির একটা জায়গায় একটা পাথরের টুকরো পড়ে আছে। জ্যোৎস্নায় দেখা গেল সেটার গায়ে তিরের মতো কিছু আঁকা। আশ্চর্যের ব্যাপার, পাথরের গায়ে খোদাই করা তিরচিহ্ন ধীরে ধীরে ঘুরে যাচ্ছে। তিরটা একপাক ঘুরে বালিয়াড়ির দিকে মুখ ফেরাল। ভুতু দেখল, তার হাতঘড়ির কাঁটার সঙ্গে তিরটা কাঁটায়-কাঁটায় মেলানো।

"আসুন।" বলে ভুতু বালিতে পা রাখল। চোখ ঘড়ির দিকে। সেকেন্ডে সেকেন্ডে পথটা সরে যাচ্ছে বাঁ থেকে ডাইনে। সরু পথ। প্রতি পদক্ষেপে তাকে হিসেব করতে হচ্ছে।

ব্যোমকেশ একটু পিছিয়ে পড়ায় একটা পা বালিতে গেঁথে গেল। ভুতু চেঁচিয়ে বলল, "সাবধান।"

ব্যোমকেশ প্রায় সাষ্টাঙ্গ হয়ে জয়ধ্বনির কোমর ধরে উঠে পড়ল।

"কেমন বেকুব হে! এই অবস্থায় কেউ কাউকে সাপটে ধরে?"

ঝগড়া লাগলে দু'জনেরই বিপদ। পথ সরে যাচ্ছে। ভুতু বলল, "সাবধান। একেবারে আমার পায়ে-পায়ে আসুন।"

সবাই নীরবে ভুতুকে অনুসরণ করতে লাগল। বাঁ থেকে ডাইনে ঘুরে কোনাকুনি

ভুতু এগোতে লাগল ঘড়ি ধরে। প্রত্যেক পদক্ষেপে অঙ্ক আর জ্যামিতি মেলাতে মেলাতেও।

দশ মিনিট পর তাঁরা সবাই ভুতুর পিছু-পিছু ডাঙাজমিতে উঠে এলেন।

ব্যোমকেশ পরিশ্রমে বসে পড়লেন। তারপর শুয়ে পড়ার উপক্রম করলেন।

জয়ধ্বনি শুধু বললেন, "মিটিং! মিটিং! দেরি হয়ে যাবে।"

ব্যোমকেশ সঙ্গে সঙ্গে উঠে পড়লেন, "তাই তো! মিটিং আছে ভুলে গিয়েছিলাম। চলুন চলুন, দেরি করা ঠিক হবে না।"

ভুতু একবার কেল্লার দিকে ফিরে তাকাল। দেখল, কেল্লা নেই। বনভূমি বিস্তার লাভ করেছে। ভুতু ফিসফিস করে বলল, "তরঙ্গ পালটে গেল। হয়তো আর কোনওদিনই কেল্লাটাকে দেখা যাবে না।"

দিন-সাতেক বাদে ক্লাসে একটা শক্ত অঙ্ক দিলেন জয়পতাকা।

ভুতু অঙ্কটা কষে যখন জয়পতাকার কাছে নিয়ে গেল, জয়পতাকা ঘ্যাঁচ করে কেটে দিয়ে বললেন, "হয়নি, কেন যে অঙ্কে তুই এত কাঁচা!"

ভুতু মাথা চুলকোতে চুলকোতে জায়গায় ফিরে গেল। "নাঃ, অঙ্কই আমাকে ডোবাবে দেখছি!"

গোলমাল

সকালবেলাটি বড় মনোরম। বড় সুন্দর। দোতলার ঘর থেকে জানালা দিয়ে বাইরে চেয়ে হরিবাবুর মনটা খুব ভাল হয়ে গেল। বাগানে হাজার রকম গাছগাছালি। পাখিরা ডাকাডাকি করছে, শরৎকালের মোলায়েম সকালের ঠান্ডা রোদে চারদিক ভারী ফটফটে। উঠোনে রামরতন কাঠ কাটছে। বুড়ি ঝি বুধিয়া পশ্চিমের দেয়ালে ঘুঁটে দিচ্ছে। টমি কুকুর একটা ফড়িঙের পিছনে ছোটাছুটি করছে। লকড়িঘরের চালে গম্ভীরভাবে বসে আছে বেড়াল ঝুমঝুমি। নীচের তলায় পড়ার ঘর থেকে হরিবাবুর ছেলে আর মেয়ের তারস্বরে পড়ার শব্দ আসছে। আর আসছে রান্নাঘর থেকে লুচি ভাজার গন্ধ। তিনি শুনেছেন, আজ সকালের জলখাবারে লুচির সঙ্গে ফুলকপির চচ্চড়িও থাকবে। হরিবাবু দাড়ি কামিয়েছেন, চা খেয়েছেন, লুচি খেয়ে বেড়াতে বেরোবেন। আজ ছুটির দিন।

ক'দিন ধরে হরিবাবুর মন ভাল নেই। তিনি ভাল রোজগার করেন। তাঁর কোনও রোগ নেই। সকলের সঙ্গেই তাঁর সদ্ভাব। কিন্তু তাঁর একটি গোপন শখ আছে। বাইরে তিনি যা-ই হোন, ভিতরে ভিতরে তিনি একজন কবি। তবে তাঁর কবিতা কোথাও ছাপা হয়নি তেমন। কিন্তু তাতে দমে না গিয়ে তিনি রোজ অনবরত লিখে চলেছেন কবিতার পর কবিতা। এ যাবৎ গোটা কুড়ি মোটামোটা খাতা ভর্তি হয়ে গেছে। কিন্তু গত প্রায় পাঁচ-সাতদিনে বিস্তর ধস্তাধস্তি করেও এক লাইন কবিতাও তিনি লিখতে পারেননি। তাই মনটা বড় খারাপ।

আজ সকালের মনোরম দৃশ্য দেখে তিনি মুগ্ধ হয়ে কবিতার খাতা খুলে বসলেন। মনটা বেশ ফুরফুর করছে। বুকের ভিতরে কবিতার ভুরভুরি উঠছে। হাতটা নিশপিশ করছে। তিনি স্পষ্ট টের পাচ্ছেন, কবিতা আসছে। আসছে। তবে আর একটা কী যেন বাকি। আর একটা শব্দ, গন্ধ, স্পর্শ বা দৃশ্য যোগ হলেই ভিতরে কবিতার ডিমটা ফেটে শিশু-কবিতা বেরিয়ে আসবে ডাক ছাড়তে ছাড়তে।

হরিবাবু উঠলেন। একটু অস্থিরভাবে অধীর পায়ে পায়চারি করতে লাগলেন দোতলার বারান্দায়। একটা টিয়া ডাক ছেড়ে আমগাছ থেকে উড়ে গেল। নীচের

তলায় কোণের ঘর থেকে হরিবাবুর ভাই পরিবাবুর গলা সাধার তীব্র আওয়াজ আসছে। কিন্তু না, এসব নয়। আরও একটা যেন কিছুর দরকার। কী সেটা?

হরিবাবু হঠাৎ থমকে দাঁড়ালেন। একটা ট্রেন যাচ্ছে। ঝিকির-ঝিকির ঝিকির-ঝিকির মিষ্টি শব্দে মাটি কাঁপিয়ে, বাতাসে ঢেউ তুলে গাছপালার আড়াল দিয়ে আপনমনে আপ ট্রেন চলে যাচ্ছে গন্তব্যে। বাঃ চমৎকার। এই তো চাই। কবিতার ডিম ফেটে গেছে।

হরিবাবু দৌড়ে টেবিলে বসে খাতা-কলম টেনে নিলেন। তারপর লিখলেন:

দ্যাখো ওই ভোরের প্রতিভা
ম্লান বিধবার মতো কুড়াতেছে শিউলির ফুল,
সূর্যের রক্তাক্ত বুকে দীর্ঘ ছুরিকার মতো ঢুকে যায় ট্রেন।

বান্টু নামে বাচ্চা চাকর এসে ডাকল, "বাবু, লুচি খাবেন যে! আসুন।"

হরিবাবু খুনির চোখে ছেলেটার দিকে চেয়ে বললেন, "এখন ডিস্টার্ব করলে লাশ ফেলে দেব! যাঃ।"

ছেলেটা হরিবাবুকে ভালই চেনে। হরিবাবু যে ভাল লোক তাতে সন্দেহ নেই, তবে কবিতা লেখার সময় লোকটা সাক্ষাৎ খুনে।

সুতরাং বান্টু মিনমিন করে "লুচি যে ঠান্ডা মেরে গেল" বলেই পালাল।

কিন্তু হরিবাবুর চিন্তার সূত্র সেই যে ছিন্ন হল, আর আধঘণ্টার মধ্যে জোড়া লাগল না। চতুর্থ পঙ্‌ক্তিটা আর কিছুতেই মাথায় আসছে না। বহুবার উঠলেন, জল খেলেন, মাথা ঝাঁকালেন, একটু ব্যায়ামও করে নিলেন। কিন্তু নাঃ, এল না।

পরিবাবুর গান থামল। ছেলেমেয়ের পড়া থামল। পাখির ডাক থামল। কাঠ কাটার শব্দও আর হচ্ছে না। রোদ বেশ চড়ে গেল। হরিবাবুর পেট চুঁইচুঁই করতে লাগল। তবু এল না।

হরিবাবু একটা দীর্ঘশ্বাস ছেড়ে খাতাটা বন্ধ করলেন। তারপর নীরবে খাওয়ার ঘরে এসে টেবিলে বসলেন।

তাঁর স্ত্রী সুনয়নী দেবী ঝংকার দিয়ে উঠলেন, "এত বেলায় আর জলখাবার খেয়ে কী হবে? যাও, চান করে এসে একেবারে ভাত খেতে বোসো। বেলা বারোটা বাজে।"

"বারোটা?" খুব অবাক হলেন হরিবাবু। দেয়ালঘড়িতে দেখলেন সত্যিই বারোটা বাজে। এক গ্লাস জল খেয়ে ঘোরাঘুরি করতে লাগলেন।

কিন্তু কোথাও শান্তি বা নির্জনতা নেই। বাগানের কোণের দিকে মাটি কুপিয়ে তাঁর সবচেয়ে ছোট ভাই ন্যাড়া একটা কুস্তির আখড়া বানিয়েছে। সেইখানে তিন-চারজন

এখন মহড়া নিচ্ছে। হুপহাপ গুপগাপ শব্দ। বিরক্ত হয়ে হরিবাবু বাড়ি থেকে বেরিয়ে পড়লেন।

বেরোবার মুখেই দেখলেন বাড়ির সামনে একটা উটকো লোক দাঁড়িয়ে আছে। গালে কয়েকদিনের রুখু দাড়ি, পরনে একটা ময়লা পাজামা, গায়ে তাপ্পি দেওয়া একটা ঢোলা জামা, কাঁধে একটা বেশ বড় পোঁটলা। রোগাভোগা কাহিল চেহারা। বয়স খুব বেশি নয়, ত্রিশের কাছাকাছি।

লোকটাকে দেখেই হরিবাবুর মনে পড়ল, ইদানীং খুব চোর-ছ্যাঁচড়ের উৎপাত হয়েছে শহরে। এই লোকটার চেহারাটাও সন্দেহজনক। উঁকিঝুঁকিও মারছে। সুতরাং তিনি লোকটার সামনে দাঁড়িয়ে বুক চিতিয়ে ধমকের স্বরে বললেন, "এই, তুমি কে হে? কেয়া মাংতা? হুম ডু ইউ ওয়ান্ট?"

তিন-তিনটে ভাষায় ধমক খেয়ে লোকটা কেমন ভ্যাবাচ্যাকা মেরে গিয়ে মিনমিন করে বলল, "আমি অনেক দূর থেকে আসছি।"

হরিবাবু খেঁকিয়ে উঠে বললেন, "তা হলে মাথা কিনে নিয়েছ আর কী! দূর থেকে আসছ তো কী? আসতে বলেছিল কে? না এলেই বা এমন কী মহাভারত অশুদ্ধ হত?"

লোকটা এসব প্রশ্নের কোনও সদুত্তর খুঁজে না পেয়ে মাথা চুলকোতে চুলকোতে বলল, "তা বটে, না এলেও হত।"

"তা হলে এবার কেটে পড়ো। যত দূর থেকে এসেছ, আবার তত দূরেই ফিরে যাও। নইলে পুলিশ ডাকব।"

লোকটা মাথা নাড়ল। অর্থাৎ সে বুঝেছে। কিছুক্ষণ ক্যাবলার মতো দাঁড়িয়ে থেকে লোকটা খুব ভয়ে-ভয়ে বলল, "আজ্ঞে একটা কথা ছিল। সেটা জেনেই চলে যাব।"

"কী কথা? অ্যাঁ! তোমার মতো ভ্যাগাবন্ডের আবার কথা কিসের? যত সব গাঁজাখুরি দুঃখের কথা বানিয়ে বানিয়ে বলবে, আর বাড়ির দিকে আড়ে-আড়ে চেয়ে কোথায় কী আছে নজর করবে তো? ওসব কায়দা আমি ঢের জানি।"

লোকটা সঙ্গে-সঙ্গে বুঝদারের মতো মাথা নেড়ে বলল, "আজ্ঞে কথাটা ঠিকই বলেছেন। দিনকাল ভাল নয়। চারদিকে চোর-জোচ্চোর সব ঘুরে বেড়াচ্ছে। উটকো লোককে প্রশ্রয় না দেওয়াই ভাল। তবে আমার কথাটা খুবই ছোট। আমি শুধু জিজ্ঞেস করছিলাম এটাই শিবু হালদার মশাইয়ের বাড়ি কি না।"

"হলে কী করবে?"

"তাঁর বড় ছেলেকে একটা কথা বলে যাব আর একটা জিনিসও দিয়ে যাব।"

"কী কথা? কী জিনিস?"

"আজ্ঞে সে তো শুধু হালদার মশাইয়ের বড় ছেলে ছাড়া আর কাউকে বলা যাবে না।"

হরিবাবু বিরক্ত হয়ে বললেন, "আমিই শিবু হালদারের বড় ছেলে, আর এটাই শিবু হালদারের বাড়ি।"

লোকটা মাথা নেড়ে বলল, "আমিও এরকমই অনুমান করেছিলাম।"

হরিবাবু বললেন, "আর তোমার অনুমানে কাজ নেই। শিবু হালদারের বাড়ি এ শহরের সবাই চেনে। বেশি বোকা সেজো না। যা বলবার বলে ফেলো।"

লোকটা ভারী কাঁচুমাচু হয়ে বলে, "আজ্ঞে আমি একরকম তাঁর কাছ থেকেই আসছি।"

"একরকম! একরকম মানেটা কী হল হে? তাঁর কাছ থেকে আসছ মানেটাই বা কী? ইয়ার্কি মারার আর জায়গা পেলে না?"

লোকটা সবেগে মাথা চুলকোতে চুলকোতে বলল, "আপনি বড় ভড়কে দেন মানুষকে। অত ধমকালে কি বুদ্ধি ঠিক থাকে?"

"বুদ্ধি অনেক খেলিয়েছ, এবার পেটের কথাটি মুখে আনো তো বাছাধন। শিবু হালদারকে তুমি পেলে কোথায়? তিনি তো বছর বিশেক আগেই গত হয়েছেন।"

"আজ্ঞে তা হবে। তিনি যে আর ইহধামে নেই সেকথা খবরের কাগজেই পড়েছিলাম। স্বনামধন্য লোক ছিলেন। বাঙালির মধ্যে অমন প্রতিভা খুব কম দেখা যায়।"

"তা কথাটি কী তা বলবে?"

"বলছি। তাঁর সঙ্গে আমার শেষ দেখা প্রায় ত্রিশ বছর আগে। আপনি তখন এইটুকু।"

"বটে! তা তুমি তখন কতটুকু?"

"আমাকে দেখে বয়সের অনুমান পাবেন না।"

"তাই নাকি ব্যাটা হনুমান। ডাকব ন্যাড়াকে?"

"থাক থাক, লোক ডাকতে হবে না। আপনি একাই একশো। শিবু হালদার মশাই বলতেন বটে, ওরে পীতাম্বর, তুই দেখে নিস, আমার বড় ছেলে এই হরি একদিন কবি হবে। ওর হাত পা চোখ সব কবির মতো, তা দেখছি, শিবু হালদারের মতো বিচক্ষণ লোকেরও ভুল হয়। কবি কোথায়, এ তো দেখছি দারোগা।"

এ কথায় হরিবাবুর এবার ভ্যাবাচ্যাকা খাওয়ার পালা। খানিকক্ষণ হাঁ করে তাকিয়ে থেকে বললেন, "বাবা বলতেন ও কথা?"

"তবে কি বানিয়ে বলছি?"

হরিবাবু ঢোঁক গিলে বললেন, "তুমি বাপু বড্ড ঘোড়েল দেখছি। শিবু হালদারকে চিনতে, তার মানে তোমার বয়স তখন..."

লোকটা শশব্যস্তে বলল, "বেশি নয়, চল্লিশের মধ্যেই। এখন এই সত্তর চলছে।"

"সত্তর?"

"সামনের মাঘে একাত্তর পূর্ণ হবে।"

"মিথ্যে কথা!"

লোকটা একটা দীর্ঘশ্বাস ফেলে বলল, "কেউ বিশ্বাস করে না। তা সে যাকগে। গত ত্রিশ বছর তাঁর একটা দায় কাঁধে নিয়ে ঘুরছি। সেই দায় থেকে মুক্ত হতে আসা।"

বলে লোকটা পাজামার কোমর থেকে একটা গেঁজে বার করে আনল। তারপর সেটা হরিবাবুর হাতে দিয়ে বলল, "ঈশান কোণ, তিন ক্রোশ।"

হরিবাবু অবাক হয়ে বললেন, "তার মানে?"

লোকটা মাথা নেড়ে বলল, "আর জানি না। শিবু হালদার মশাই এর বেশি আর বলেননি।"

দুই

উটকো লোকটার ওপর হরিবাবুর আর তেমন যেন রাগ হচ্ছিল না। তবু রাগের ভাবটা বজায় রেখে একটু চড়া গলায় বললেন, "আমাকে ধাঁধা দেখাচ্ছ? ভাবছ তোমার সব কথা বিশ্বাস করছি? ঈশাণ কোণ আর তিন ক্রোশ, এর কোনও মানে হয়?"

লোকটা ঠোঁটে আঙুল দিয়ে বলল, "আরে চুপ চুপ। এসব অতিশয় গোপন কথা। শিবুবাবু পইপই করে বারণ করেছিলেন, পাঁচকান যেন না হয়। আমার কর্তব্যটুকু করে গেলাম, ঘাড় থেকে দায় নেমে গেল, এবার তা হলে যাই।"

"গেলেই হল? তোমার নাম বলো। ঠিকানা বলো। কী কাজ-টাজ করো একে একে তাও বলো।"

লোকটা মাথা চুলকে খুব বিনীতভাবে বলল, "নাম তো মেলা। এক-এক জায়গায় এক-এক রকম। কোনটা বলব?"

হরিবাবু ভড়কে গিয়ে বললেন, "অনেক রকম নাম কেন?"

"আজ্ঞে সে অনেক কথা, বললে আপনি রাগ করবেন।"

"আহা, যেন এখন আমি রেগে নেই! আমাকে আর রাগালে কিন্তু একদম রেগে যাব, তখন বুঝবে! আমার এক ভাই কুস্তিগির, এক ভাই পুলিশ, আমি—"

"আজ্ঞে আর বলতে হবে না। শিবুবাবু খুব গেরোতে ফেলেছেন বুঝতে পারছি। কথাটা কী জানেন, আমি তেমন ভাল লোক নই। যেখানেই যখন থাকি, একটা-না-একটা অপকর্ম করে ফেলি। ঠিক আমিই যে করি তা বলা যায় না। তবে আমার হাত দু'খানা করে ফেলে, তা সে একরকম আমারই করা হল।"

"বটে! বটে! তা অপকর্মগুলো কীরকম?"

"কোথাও খুন, কোথাও ডাকাতি, কোথাও চুরি, এই নানারকম আর কী, পুলিশ পিছনে লাগে বলে নামধাম চেহারা সবই পালটাতে হয়। তা এই করতে করতে নিজের নামটা একেবারে বিস্মরণ হয়ে গেল। কখনও মনে হয় চারুদত্ত, কখনও মনে হয় মেঘদূত, কখনও মনে হয় দ্বৈপায়ন। কিছুতেই স্থির করতে পারি না কোনটা। তাই লোকে জিজ্ঞেস করলে যা হয় একটা বলে দিই। এই যেমন এখন আপনি জিজ্ঞেস করার পর হঠাৎ মনে হল আমার নাম বোধ হয় পঞ্চানন্দ। কোত্থেকে যে নামটা মাথায় এল, তাই বুঝতে পারছি না। এরকম নাম জন্মে শুনিনি।"

হরিবাবু খুব কটমট করে পঞ্চানন্দের দিকে তাকিয়ে রইলেন। লোকটার ওপর সত্যি-সত্যি রাগ করা উচিত কি না তা তিনি বুঝতে পারছেন না। তবে তাঁর তেমন রাগ হচ্ছে না। রাগ কখনও তাঁর তেমন হয় না। আর রাগ হয় না বলেই সংসারে তাঁর মতামতের দাম এত কম। সে যাকগে, হরিবাবু যথাসাধ্য রাগ-রাগ গলায় বললেন, "তুমি তা হলে একজন খুনি, গুন্ডা এবং চোর! ঠিক তো?"

"আজ্ঞে খুব ঠিক। লোক আমি মোটেই সুবিধের নই।"

"কিন্তু তা হলে আমার বাবার সঙ্গে তোমার এত মাখামাখি হল কী করে?"

পঞ্চানন্দ জামাটা তুলে মুখটা তাই দিয়ে একটু মুছে নিয়ে বলল, "লোক ভাল হলে কী হবে, শিবু হালদার মশাই ছিলেন মাথা-পাগলা লোক। ওই সায়েন্স-সায়েন্স করেই মাথাটা বিগড়োল। আমার চালচুলো ছিল না, এখনও অবিশ্যি নেই, তা আমি সারাদিন কুড়িয়ে-বাড়িয়ে চেয়েচিন্তে চুরি-ডাকাতি করে খেতাম। রাত্তিরের দিকটায় ওই আপনাদের পুবদিককার দালানের বাইরের বারান্দায় চট পেতে শুয়ে থাকতাম।... তা বাবু, খুব পোলাও রাঁধার গন্ধ পাচ্ছি যে! বাড়িতে কি ভোজ?"

"রোববারে ভালমন্দ হয় একটু।"

"হয়? বাঃ, বেশ। তা আপনারা ব্রাহ্মণভোজন করান না?"

"তুমি কি বাপু ব্রাহ্মণ?"

পঞ্চানন একগাল হেসে বলল, "ছিলাম বোধ হয়। অনেককালের কথা তো। কিন্তু মনে হয় ছিলাম যেন ব্রাহ্মণই। নিদেন দরিদ্রনারায়ণসেবাও তো করতে পারেন।"

স্পর্ধা দেখে হরিবাবু অবাক হন। লোকটা নির্লজ্জও বটে। তবে একেবারে দূর-দূর

করে তাড়িয়ে দিতেও তাঁর বাধছে। লোকটা একটা পেতলের চাবি আর একটা সংকেত দিয়েছে। কোনও গুপ্তধনের হদিশ কি না তা হরিবাবু জানেন না। গুলগপ্পোও হতে পারে। হরিবাবু খুব কটমট করে লোকটার দিকে চেয়ে থেকে বললেন, "ঠিক আছে, ব্রাহ্মণভোজন বা দরিদ্রনারায়ণসেবা যা হয় একটা হবে' খন। তবে সে সকলের খাওয়া হয়ে যাওয়ার পরে।"

পঞ্চানন্দ মাথা নেড়ে বলে, "সে আর বলতে। সব বাড়িতেই এক ব্যবস্থা। আমারও হলেই হল।"

"হ্যাঁ, কী বলছিলে যেন?"

পঞ্চানন্দ মুখটা করুণ করে বলল, "আজ্ঞে সেই হিমালয় থেকে টানা হেঁটে আসছি। মানুষের শরীর তো। একটু বসে-টসে একটু হাঁফ ছাড়তে-ছাড়তে কথা-টথা বললে হয় না? শিবুবাবুর ঘরখানা যদি ফাঁকা থাকে তো তার দাওয়াতেই গিয়ে একটু বসি চলুন।"

হরিবাবু দোনোমনো করে বললেন, "ঘর ফাঁকাই আছে। বাবার ল্যাবরেটরিতে আমরা কেউ ঢুকি না। আমার ছেলে মাঝে মাঝে খুটখাট করে গিয়ে। তা এসো।"

শিবু হালদারের ল্যাবরেটরি খুব একটা দেখনসই কিছুই নয়, বাড়ি থেকে কিছুটা তফাতে, খুব ঘন গাছপালা আর ঝোপঝাড়ে প্রায় ঢাকা, লম্বা একটা একতলা দালান। এদিকটা খুব নির্জন। ইদানীং সাপখোপের বাসা হয়েছে। ল্যাবরেটরিতে নানা ধরনের যন্ত্রপাতি, শিশিবোতল, জার, রাসায়নিক এখনও আছে। কেউ হাত দেয়নি। বারান্দাটা পরিষ্কার-পরিচ্ছন্ন। সেই দাওয়ায় বসে পঞ্চানন্দ জামার ঝুল দিয়ে ফের মুখ মুছল। তারপর বলল, "পোলাওয়ের গন্ধটা খুব ছড়িয়েছে কিন্তু মশাই। তা বেগুনি-টেগুনিও হবে না কি? চাটনি? মাংস তো বলতে নেই, হচ্ছেই। মাছও কি থাকছে সঙ্গে? দই খান না আপনারা? আগে এদিককার রসোমালাই খুব বিখ্যাত ছিল, আর ছানার গজা।"

হরিবাবু আবার রেগে যাওয়ার চেষ্টা করে বললেন, "এটা কি বিয়েবাড়ি নাকি? ওসব খাওয়ার গপ্পো এখন বন্ধ করো। কাজের কথা বলো দেখি।"

পঞ্চানন্দ বেশ জেঁকে বসল। দেয়ালে ঠেস দিয়ে পা ছড়িয়ে একটা আরামের শ্বাস ফেলে বলল, "এইখানটাতেই শুয়ে থাকতাম এসে। শিবুবাবু অনেক রাত অবধি ঘরের মধ্যে কী সব মারণ-উচাটন করতেন।"

হরিবাবু বিরক্ত হয়ে বললেন, "মোটেই মারণ-উচাটন নয়। নানারকম এক্সপেরিমেন্ট করতেন।"

"ওই হল। তা একদিন রাত্রিবেলা সবে চোখ দুটো লেগেছে, তখন এসে আমাকে

ঠেলে তুললেন, 'ওরে ওঠ ওঠ, দেখে যা কাণ্ডখানা।' তা চোখ কচলাতে কচলাতে গিয়ে ঢুকলাম শিবুবাবুর জাদুঘরে। বললে বিশ্বাস করবেন না যা দেখলাম তাতে চোখ ছানাবড়া।"

"কী দেখলে?"

"একখানা কাচের বাক্সে ব্যাঙের ছাতার মতো আকৃতির ঘন ধোঁয়া আর সাদা আগুনের ঝলকানি। শিবুবাবু কী বললেন জানেন? বললেন, জাপানিরা নাকি বড়-বড় গাছের বেঁটে-বেঁটে চেহারা করতে পারে। তাকে বলে বানসাই।"

"জানি। এক বিঘত বটগাছ, ছ' আঙুল তেঁতুলগাছ তো?"

"আজ্ঞে হ্যাঁ। তা শিবুবাবু সেইরকমই একখানা বানসাই অ্যাটম বোমা বানিয়েছেন। কাচের বাক্সের মধ্যে বিঘতখানেক উঁচু সেই কাণ্ডখানা হল সেই বানসাই অ্যাটম বোমার কাজ।"

"বলো কী?"

"সে তো গেল একটা ঘটনা। বৃত্তান্ত আরও আছে।"

"আছে? বলে ফেলো।"

"শুনবেন? আপনার খিদে পাচ্ছে না?"

"খিদে? না, এই তো লুচি খেলাম। ও হো, না না, আমি তো লুচি খাইনি। হ্যাঁ, খিদে তো পেয়েছে হে।"

পঞ্চানন্দ একগাল হেসে বলল, "ঠিক করতে পারছেন না তো? শিবুবাবুও তাই বলেন, আমার বড় ছেলেটা একেবারে অকালকুষ্মাণ্ড না হয়ে যায় না। তা না হয় হল, কিন্তু আবার কবিও না হয়ে বসে।"

একটু সংকুচিত হয়ে গিয়ে হরিবাবু বললেন, "কবিদের ওপর তাঁর খুব রাগ ছিল নাকি?"

"রাগ ছিল না আবার! কবি শুনলেই খেপে উঠতেন। অবশ্য খেপবারই কথা। বয়সকালে ঝুড়ি-ঝুড়ি কবিতা লিখে লিখে কাগজে পাঠাতেন। কেউ ছাপত না। হন্যে হয়ে উঠেছিলেন ছাপানোর জন্য। এমনকী, তিন-চারজন সম্পাদককে ধার পর্যন্ত দিয়েছিলেন। তবু ছাপা হয়নি। কবিদের ডেকে এনে খুব খাওয়াতেন, কবিদের সঙ্গে মেলামেশা করতেন, এক কবি তাঁর চেনসুদ্ধু সোনার ঘড়ি ধার নিয়ে আর ফেরত দিল না। আর এক কবি..."

তাঁর বাবা শিবু হালদারও কবিতা লিখতেন শুনে হরিবাবুর খুশি হওয়ার কথা। কিন্তু হলেন না, ব্যাজার মুখে বললে, "থাক, আর শুনতে চাই না।"

"সে না হয় না চাইলেন, কিন্তু খিদের ব্যাপারটার একটা হেস্তনেস্ত এইবেলা করে

নিন। লুচি খেয়েছেন কি খাননি, খিদে পেয়েছে কি পায়নি এসব বেশ ভাল করে ভেবে চিন্তে ঠিক করে নিন। লুচি যদি না খেয়ে থাকেন, তবে আর অবেলায় সেটা খেয়ে কাজ নেই। বরং ব্রাহ্মণভোজনে লাগিয়ে দিন। জিনিসটারও সদ্‌গতি হল, খানিক পুণ্যিও পেয়ে গেলেন।"

"তুমি বড্ড বেশি বাচাল তো হে!"

"আজ্ঞে পেটটা ফাঁকা থাকলে আমার বড় কথা আসে। সে যাকগে, যা বলছিলাম। এক দিন মাঝরাত্তিরে ল্যাবরেটরি-ঘরে এক ধুন্ধুমার কাণ্ড শুনে ঘুম ভেঙে গেল। তড়াক করে উঠে জানালা দিয়ে উঁকি মেরে দেখি তিনটে এই কালো জোয়ান সাহেব শিবুবাবুকে রাম-ধোলাই দিচ্ছে। দেখে আমি ভিরমি খাই আর কী, কিন্তু ভিরমি খেতে খেতেও দেখলাম শিবুবাবু তিনটে সাহেবকেই একে একে নিকেশ করে ফেললেন।"

হরিবাবু কেঁপে উঠে বললেন, "বলো কী?"

"তাও আলপিন দিয়ে।"

"অ্যাঁ! আলপিন?"

"তবে আর বলছি কী? ঠিক আলপিন নয় বটে, তবে ওরকমই সরু আর ছোট্ট পিস্তল ছিল তাঁর, মুখ থেকে সুতোর নালের মতো সূক্ষ্ম গুলি বেরোত। সাহেবরা তো অত কলকবজা জানে না। শিবুবাবু তাদের খুন করে আমাকে ডাকলেন। দু'জনে ধরাধরি করে তিন-তিনটে লাশকে ওই বাগানের পশ্চিমধারে পুঁতলাম। দেখছেন না ওখানে কেয়াগাছটা কেমন বাড়বাড়ন্ত। জৈব স্বার পেয়েছে কিনা।

তিন

হরিবাবু লোকটাকে বিশ্বাস করছেন না ঠিকই, কিন্তু কথাগুলো একেবারে উড়িয়েও দিতে পারছেন না। কেয়াঝোপটার দিকে তাকিয়ে একটু দুর্বল গলায় বললেন, "গুল মারার আর জায়গা পাওনি? আমার বাবাকে খুনি বলে বদনাম দিতে চাও?"

পঞ্চানন্দ মাথা নেড়ে বলে, "আজ্ঞে আত্মরক্ষার জন্য খুন করলে সেটাকে খুন বলে ধরা হয় না। আইনেই আছে। শিবুবাবু তো নিজেকে বাঁচাতে খুন তিনটে করেছিলেন। এখনও ওই কেয়াঝোপের এলাকার মাটি খুঁড়লে তিনটে কঙ্কাল পাওয়া যাবে, শাবল-টাবল নেই বাড়িতে? দিন না, খুঁড়ে দেখাচ্ছি।"

হরিবাবু আঁতকে উঠে বললেন, "থাক থাক, তার দরকার নেই।"

পঞ্চানন্দ তার খড়িওঠা গা চুলকোতে চুলকোতে বলল, "একটু চান-টান করা

দরকার, বুঝলেন! খাঁটি সর্ষের তেল ছাড়া আমার আবার সহ্য হয় না। এক টুকরো গন্ধসাবান কি পাওয়া যাবে?"

রাগে হরিবাবু ভিতরে ভিতরে ফুঁসছিলেন। চোখ দিয়ে লোকটাকে প্রায় ভস্ম করে দিতে দিতে বললেন, "আর কী কী চাই তোমার বাপু?"

পঞ্চানন্দ মাথা চুলকে বললে, "আরও কিছু চাই বটে, কিন্তু ঠিক মনে পড়ছে না। তা ক্রমে ক্রমে বলব'খন। এখন একটু তেল আর সাবান হলেই হয়। আমার গরম জল লাগে না, গামছারও দরকার নেই আর ফুলেল তেল না হলেও চলবে।"

"বটে!"

লোকটা গালে হাত বোলাতে বোলাতে বলে, "দাড়িটা বড্ড কুটকুট করছে তখন থেকে। আট গণ্ডা পয়সা পেলে সেলুনে গিয়ে কামিয়ে আসতাম। আর মাথার অবস্থাটাও দেখুন, চুল একেবারে কাকের বাসা। তা ধরুন আরও পাঁচসিকে হলে চুলটারও একটা গতি হয়।"

"ব্ল্যাকমেল করার ফিকিরে আছ তো? দেখাচ্ছি ব্ল্যাকমেল!"

"মেল? আজ্ঞে মেলট্রেনের কথা উঠছে কেন বলুন তো? আমার তো এখন কোথাও যাওয়ার কথা নেই? তবে ফিকিরের কথা যদি বলেন তো বলতে হয়, আজ্ঞে হ্যাঁ, আমি খুব ফিকিরের লোক। শিবুবাবু যখন আকাশি জামা বানালেন, তখন সেই জামা পরে আমিও তাঁর সঙ্গে আকাশে উঠে যেতুম। হেঃ হেঃ! খুব মজা হত মশাই। দিব্যি হাত-পা ছড়িয়ে আকাশে ঘুরে বেড়ানো। মেঘের রাজ্যে ঢুকে সে যে কী রগড়ই হত! তা তখন একদিন একটা ফিকির খেলল মাথায়। এক দিন দুধ চিনি সব সঙ্গে নিয়ে গিয়ে খানিকটা মেঘ মিশিয়ে দিব্যি আইসক্রিম বানিয়ে খেলুম দু'জনায়। শিবুবাবুও বলতেন, 'পঞ্চানন্দ, তুই খুব ফিকিরের লোক।'"

"আকাশি জামা?" হরিবাবুর চোখ একদম রসগোল্লার মতো গোল হয়ে গেল।

"তবে আর বলছি কী? শিবুবাবু পাগলা গোছের ছিলেন বটে, তবে বুদ্ধির একেবারে ঢেঁকি। ফটাফট আজগুবি সব জিনিস বানিয়ে ফেলতেন।"

"কই, আমি তো এইসব আবিষ্কারের কথা শুনিনি!"

"খুব গোপন রেখেছিলেন কিনা। সর্বদাই শত্রুপক্ষের চরেরা ঘুরঘুর করত যে। ওই তিনটে সাহেব খুন হল কি এমনি-এমনি? তারাও মতলব নিয়ে এসেছিল। আরও সব আসত। মিশমিশে কালো, চ্যাপটা নাক আর ছোট চোখ-অলা লোক, বাদামি রঙের ঢ্যাঙা চেহারার লোক, বেঁটে বক্কেশ্বর চেহারার লোক। তারা বড় ভাল লোকও ছিল না। একদল তো চিঠি দিয়েছিল, যদি আকাশি জামার গুপ্ত কথা আমাদের না জানান, তো আপনার ছেলে হরিকে চুরি করব।"

"বলো কী?"

"আজ্ঞে একেবারে নিয্যস সত্যি। চুরি করে নিয়ে মেরেই ফেলত বোধহয়। সেই ভয়ে শিবুবাবু শেষ দিকটায় সব লুকিয়ে-টুকিয়ে ফেললেন, জিনিসও আর তেমন বানাতেন না। তবু ওলন্দাজের হাতে প্রাণটা দিতে হল।"

"তার মানে? ওলন্দাজটা আবার কী?"

"আচ্ছা মশাই, আপনার কি খিদে-তেষ্টা নেই নাকি? আপনার না থাক, আমার আছে। যদি অসুবিধে থাকে তো বলুন, আমি না হয় অন্য জায়গায় যাই। তখন থেকে বকে-বকে মুখে ফেকো উঠে গেল।"

হরিবাবু একটু নরম গলায় বললেন, "আচ্ছা বাপু বোসো, তেল পাঠিয়ে দিচ্ছি। ওই দিকে কলাঝাড়ের ওপাশে একটা কুয়ো আছে, চান-টান করে নাও গে।"

খুবই চিন্তিতভাবে হরিবাবু ফিরে এলেন ঘরে। বাচ্চা চাকরটাকে ডেকে তেল দিয়ে আসতে বললেন, একটু টুকরো সাবানও।

হরিবাবুর স্ত্রী এসে বললেন, "বলি লাটসাহেবটি কে?"

"ইয়ে, বাবার বন্ধু।"

"শ্বশুরমশাইয়ের বন্ধু ওইটুকু একটা ছোঁড়া! তোমার মাথাটা গেছে।"

"ঠিক বন্ধু নয়, ওই শাকরেদ ছিল আর কী।"

"তুমি ঠিক জানো, না কি মুখের কথা শুনে বিশ্বাস করলে?"

হরিবাবু বিজ্ঞের মতো হেসে বললেন, "খুব চিনি। ছেলেবেলায় কতবার দেখেছি।"

মিথ্যে কথাটা বলে একটু খারাপও লাগছিল হরিবাবুর। তবে না বললেও চলে না। এ বাড়ির কেউ হরিবাবুর বুদ্ধির ওপর ভরসা রাখে না। কিন্তু হরিবাবু জানেন, মাঝেমধ্যে একটু-আধটু গণ্ডগোল পাকিয়ে ফেললেও তিনি বোকা লোক নন।

তাঁর স্ত্রী অবশ্য আর উচ্চবাচ্য করলেন না। আপনমনে হরিবাবুর নির্বুদ্ধিতার নানা উদাহরণ দিতে দিতে রান্নাঘরে চলে গেলেন। হরিবাবু রোদে বসে তেল মাখতে মাখতে হাঁ করে আকাশের দিকে চেয়ে আকাশি জামার কথা ভাবতে লাগলেন। আকাশি জামা হাতে পেলে তাঁর ভারী উপকার হত। পৃথিবীর এইসব গণ্ডগোল এড়িয়ে দিব্যি মেঘের ওপরে গিয়ে বসে কবিতার পর কবিতা লিখে যেতেন।

ভাবতে ভাবতে এমন তন্ময় হয়ে গিয়েছিলেন যে, তেল-মাখা অবস্থাতেই বসে রইলেন। স্নান-খাওয়ার কথা আর মনেই রইল না। মেঘের বিছানায় বসে, মেঘের বালিশে ঠেস দিয়ে কবিতা লিখতে যে কী ভালই না লাগবে! মাঝে মাঝে মেঘ থেকে আইসক্রিম বানিয়ে খেয়ে নেবেন। তবে তাঁর ভারী সর্দির ধাত, আইসক্রিম সহ্য হবে কি?

কতক্ষণ এইভাবে বসে থাকতেন তা বলা শক্ত। হঠাৎ একটা জোরালো গলা-খাঁকারির শব্দে সচেতন হয়ে ঘাড় ঘুরিয়ে দেখলেন, বেশ তেল-চুকচুকে চেহারা নিয়ে পঞ্চানন্দ দাঁড়িয়ে আছে। গাল-টাল কামানো, ফিটফাট। অমায়িক হেসে বলল, "আজ্ঞে, স্নানের পর খাওয়ারও একটা নিয়ম আছে। তা কবিদের বেলায় কি কোনও নিয়মই খাটে না?"

"কেন, নিয়ম খাটবে না কেন?"

" আপনারা সাধারণ মানুষ নন, কিন্তু খিদে তো পাওয়ার কথা। আমাদের গাঁয়ে ভজহরি কবিয়ালকেও দেখেছি, ঝুড়ি-ঝুড়ি কবিতা লিখে ফেলত লহমায়। তারও কাছাকোছার ঠিক থাকত না, এ পথে যেতে ও পথে চলে যেত, রামকে শ্যাম বলে ভুল করত, ঘোর অমাবস্যায় পূর্ণিমার পদ্য লিখে ফেলত, কিন্তু খিদে পেলে সে একেবারে বক-রাক্ষস। হালুম-খালুম বলে লেগে যেত খাওয়ায়। আপনি যে দেখছি তার চেয়েও ঢের এগিয়ে গেছেন।"

"অ! হ্যাঁ, খাওয়ার একটা ব্যাপার আছে বটে। খিদেও পেয়েছে। ঠিক বুঝতে পারছিলাম না পেটে এরকম একটা খুটখাট হচ্ছে কেন।"

"কী রকম বলুন তো! রাতের বেলায় ইঁদুর যেমন খুটখাট করে বেড়ায় সেরকম তো?"

"হ্যাঁ হ্যাঁ, অনেকটা সেরকম।"

"তা হলে বলতে নেই আপনার খিদেই পেয়েছে। এবার গা তুলে ফেলুন, নইলে গিন্নিমা আমাদের ব্যবস্থাও করবেন না কিনা। আমারও পেটে ইঁদুরের দৌড়োদৌড়ি লেগে গেছে।"

হরিবাবু খুবই অন্যমনস্কভাবেই স্নান-খাওয়া সেরে নিলেন।

দুপুরবেলায় বিছানায় আধশোয়া হয়ে পিতলের চাবিটা খুব নিবিষ্টমনে দেখলেন ঘুরিয়ে-ফিরিয়ে। তাঁর সন্দেহ হতে লাগল, বাবা তাঁর আবিষ্কার করা জিনিসগুলো কোথাও লুকিয়ে রেখে গেছেন। ঈশান কোণে তিন ক্রোশ দূরে কোথাও। সেখানে এই পিতলের চাবি দিয়ে গুপ্ত দরজা খুলে ফেলতে পারলেই কেল্লা ফতে।

হরিবাবু যখন এইসব ভাবছেন তখন অন্যদিকে পঞ্চানন্দ দুপুরের খাওয়া সেরে বাড়ির চাকরের সঙ্গে গল্প জুড়েছে। চাকর কুয়োতলায় বাসন মাজছিল। পঞ্চানন্দ সেখানে গিয়ে ঘাসের ওপর জেঁকে বসে বলল, "ওফ, কত পালটে গেছে সব।"

চাকরটা বলল, "তা আর বলতে! আগে জলখাবারের জন্য পাঁচখানা রুটি বরাদ্দ ছিল, এখন চারখানা। আগে চিনির চা দিত, আজকাল গুড়ের। আর জিনিসপত্রের দাম দ্বিগুণ বাড়লেও বেতন সেই পুরনো রেটে। ওটাই কেবল পালটায়নি।"

পঞ্চানন্দ কথাটা কানে না তুলে বলল, “ত্রিশ বছর আগে যা দেখে গিয়েছিলুম তা আর কিছু নেই। তবে ভূত তিনটে নিশ্চয়ই আছে, না রে?”

“ভূত! তা থাকতে পারে।”

পঞ্চানন্দ মাথা নেড়ে বলে, “আহা, অত হালকাভাবে নিচ্ছিস কেন? যে-কোনও ভূতের কথা বলছি না। এ হল তিনটে সাহেব-ভূত। তখন তো খুব দাপাদাপি করে বেড়াত।”

চাকর কাজ থামিয়ে হাঁ করে থেকে বলল, “সাহেব-ভূত! এ বাড়িতে ছিল নাকি?”

“থাকবে না মানে! যাবে কোথায়? ওই কেয়াঝোপের নীচে মাটির তলায় তাদের লাশ চাপা আছে না?”

“সত্যি বলছ?”

“মিথ্যে বলার কি জো আছে রে? নিজের হাতে পুঁতেছি তাদের। ওই পোঁতার পর থেকেই তাদের এখানে-সেখানে রাত-বিরেতে দেখা যায়। দেখিসনি?”

“আমি মোটে দু' মাস হল এসেছি। এখনও দেখিনি।”

পঞ্চানন্দ মাথা নেড়ে বলে, “মাঝে মাঝে দেখা যায় না বটে। বিশেষ করে এই সময়টায় ওরা নিজেদের দেশে বেড়াতে যায়। ফিরে এসেই আবার লাগাবে'খন কুরুক্ষেত্র।”

“তিনটে সাহেব খুন হল কী করে?”

পঞ্চানন্দ গলা নামিয়ে বলল, “সে অনেক গোপন কথা।”

চাকরটা একটা দীর্ঘশ্বাস ফেলল। তারপর বলল, “সাহেব-ভূতের কথা জানি না, তবে এ বাড়িতে একটা পাহাড়ি ভূত আছে। বেঁটেখাটো মজবুত চেহারা।”

“বলিস কী?”

“কোমরে অ্যাই বড় ছোরা। দেখবে'খন, যদি থাকো। ওই যে বুড়োকর্তার জাদুঘর, ওর দাওয়ায় রাত-বিরেতে বসে থাকে এসে।”

কথাটা শুনে পঞ্চানন্দ হঠাৎ যেন কেমন ফ্যাকাসে মেরে গেল।

চার

ন্যাড়া কুস্তিগির বটে, তবে খুব যে সাহসী এমন নয়। কেঁদো-কেঁদো চেহারার তার কয়েকজন কুস্তিগির বন্ধু আছে। পিছনের বাগানের একধারে মাটি কুপিয়ে কয়েক টিন তেল ঢেলে মাটি নরম করে হুশহাশ শব্দে তারা সেখানে কুস্তি লড়ে। সকলেরই মাথার চুল ছোট করে ছাঁটা। সেইজন্য তাদের বলা হয় ন্যাড়ার দল। সপ্তাহে একদিন

গজ পালোয়ান এসে কুস্তির নানারকম কূট-কৌশল তাদের শেখায়। গজ পালোয়ান ঠিক পেশাদার কুস্তিগির নয়। একটু সাধু-সাধু ভাব আছে। কৌপীন পরে এবং সারা বছর শীতে গ্রীষ্মে আদুর গায়ে থাকে। ইদানীং মাথায় একটু জট দেখা দিয়েছে। স্বাস্থ্য এমন কিছু সাংঘাতিক নয়। লম্বা ছিপছিপে গড়ন। বয়সও তেমন বেশি বলে মনে হয় না। তবে মুখে কালো দাঁড়িগোঁফের জঙ্গল থাকায় বয়স অনুমান করা শক্ত। বছর-দেড়েক আগে শহরের পূর্ব প্রান্তে চক সাহেবের পোড়ো বাংলো বাড়ির উলটোদিকে রাস্তার ধারে গজ পালোয়ানকে রক্তাপ্লুত অবস্থায় পড়ে থাকতে দেখা যায়। তখনও পরনে কৌপীন, পায়ে খড়ম। অচেনা লোককে ওই অবস্থায় পড়ে থাকতে দেখে লোকে ধরাধরি করে এনে হাসপাতালে ভর্তি করে দেয়। সুস্থ হয়ে ওঠার পর পুলিশ তাকে অনেক জিজ্ঞাসাবাদ করেও পেটের কথা বের করতে পারেনি। গজ পালোয়ান কোথা থেকে এসেছে, কে তাকে ছোরা মারল, এসব এখনও রহস্যাবৃত। তবে সেই থেকে গজ পালোয়ান এই শহরেই রয়ে গেছে। চক সাহেবের বাগানবাড়িতেই তার আস্তানা। সাধু গোছের রহস্যময় লোককে দেখলেই বহু মানুষের ভক্তিভাব দেখা দেয়। গজের ক্ষেত্রেও তাই ঘটেছে। লোকে অযাচিত হয়ে এসে চালটা ডালটা দিয়ে যায়, প্রণামীও পাওয়া যায় কিছু। সম্ভবত তাইতেই গজ পালোয়ানের চলে যায়।

গজ পালোয়ানের আস্তানায় ক্রমে ছেলে-ছোকরারাও জুটতে শুরু করল। গজ তাদের কাউকে কুস্তি শেখায়, কাউকে লাঠি বা ছোরা খেলা শেখায়, কাউকে শেখায় ম্যাজিক। যার যেরকম ধাত। ফলে শহরের ছেলে-ছোকরাদের এখন সময় কাটে মন্দ নয়। গজকে গুরুদক্ষিণা হিসেবে তারাও কিছু-কিছু দেয়। ন্যাড়া গজ পালোয়ানের অন্ধ ভক্ত।

ডন বৈঠক, নানারকম ব্যায়াম আর আসন এবং সেই সঙ্গে কুস্তি লড়ে ন্যাড়ার চেহারাটাও হয়েছে পেল্লায়। সারা গায়ে থানা-থানা মাংস কে যেন ঘুঁটের মতো চাপড়ে দিয়েছে। কাউকে চেপে ধরলে দম বন্ধ হবে নির্ঘাত। কিন্তু পালোয়ান ন্যাড়াকে বীর বলা যাবে কি না সন্দেহ। বাড়িতে চোর এলে ন্যাড়ার নাকের ডাক তেজালো হয়ে ওঠে। পাড়ায় মারপিট লাগলে ন্যাড়া মাথাধরার নাম করে বিছানা নেয়।

আজ ছুটির দিন ন্যাড়া সারা সকাল খুব কুস্তি লড়েছে। দুপুরে সেরটাক মাংস, ছ’ টুকরো মাছ, আধ সের পোলাও সাবড়ে উঠে বেশ তৃপ্ত বোধ করে নিজের ঘরে বসে আয়নায় ল্যাটিসমাসের খেলা দেখছিল। হ্যাঁ, তার ল্যাটিসমাস বেশ ভালই। হাত দু’খানা তার মুগুরের মতোই মজবুত। একখানা পাথরের চাঁইয়ের মতো বুক। আয়নায় নিজের চেহারা দেখতে দেখতে ন্যাড়া একেবারে মুগ্ধ হয়ে গেল। এত মুগ্ধ যে, ভেজানো দরজা

ঠেলে ঘরে যখন একটা লোক নিঃশব্দে ঢুকল তখন সে টেরও পেল না।

লোকটা নিঃশব্দে দাঁড়িয়ে কিছুক্ষণ ন্যাড়ার মাসলের খেলা দেখে আপনমনেই বলে উঠল, "উরে বাস রে, এ যে দেখছি সাতটা বাঘে খেয়ে শেষ করতে পারবে না।"

এমন চমকানো ন্যাড়া বহুকাল চমকায়নি। বুকের ভিতর প্রথমেই তার হৃৎপিণ্ডটা একটা ব্যাঙের মতো লাফ মারল। তারপর একটা লাফের পর ব্যাঙ যেমন অনেকক্ষণ থেমে থাকে তেমনি থেমে রইল। ন্যাড়ার ঘাড় শক্ত হয়ে গেল, হাত পা অসাড় হয়ে গেল, শরীর ঠান্ডা হয়ে গেল বরফের মতো। গলা দিয়ে দুর্বোধ একটা শব্দ বেরিয়ে এল, 'ঘোঁক! ঘোঁক!'

লোকটা ন্যাড়ার জলে-পড়া মুখচোখ আয়নার ভিতর দিয়ে দেখতে লাগল। তারপর একগাল হেসে বলল, "দিব্যি খেলিয়ে তুলেছেন তো শরীরখানা। একেবারে কোপানো খেত, এখানে-সেখানে চাপড়া উলটে আছে। আহা, এই গন্ধমাদন দেখলে শিবুবাবু বড় খুশি হতেন।"

ন্যাড়া পলকহীন চোখে আয়নার ভিতর দিয়ে লোকটাকে দেখছিল। আসলে সে দেখতে চাইছিল না। কিন্তু চোখ বুজে ফেলার চেষ্টা করে সে টের পেল, চোখের পাতাও অবশ হয়ে গেছে। তাই বাধ্য হয়েই সে চেয়ে ছিল। এরকম ফটফটে দিনের আলোয় ভূত-প্রেত বা চোর-ডাকাতদের হানা দেওয়ার কথা নয়। কিন্তু দিনকাল যা পড়েছে তাতে ভরসারও তো কিছু নেই। এই যে দিব্যি দুপুরবেলা আস্ত একখানা উটকো ভূত তার ঘরে নেমে এসেছে এরই বা কী করা যাবে?

ভূত নাকি খোনা সুরে কথা বলে। কিন্তু এখন ভয়ের চোটে ন্যাড়ার গলা থেকেই খোনা স্বর বেরিয়ে এল, "আঁমার যেঁ বড়ঁ শীত কঁরছেঁ! আঁমি যেঁ কেঁমন ভঁয়-ভঁয় পাঁচ্ছি। এঁরে বাঁবাঁ রেঁ!"

লোকটা শশব্যস্তে এগিয়ে এসে ন্যাড়ার পিঠে হাত বুলিয়ে দিয়ে বলল, "এঃ, খোকাবাবু এঃ খোকাবাবু, ঠিক সেই ছোটবেলাটির মতোই ভয় পাও দেখছি। এঃ মা, দ্বৈপায়নকে ভয় কি খোকা? তোমাকে পিঠে নিয়ে কত ঘুরেছি, মনে নেই? সেই যে যখন এইটুকুন ছিলে, ঝুমঝুমি বাজাতে, মনে নেই?"

ন্যাড়ার ঘাড় একটু নরম হল। সে লোকটার দিকে হতভম্বের মতো চেয়ে বলল, "আপনি কে?"

লোকটা মাথা চুলকে বলে, "এই তো মুশকিলে ফেললে! লোকে যখন জিজ্ঞেস করে 'আপনি কে', তখনই আমি সবচেয়ে বিপদে পড়ে যাই। আমি লোকটা যে আসলে কে তা আজকাল আমি নিজেই ঠাহর করতে পারি না, তবে শিবুবাবু আমাকে খুব চিনতেন।"

ন্যাড়া বড় একটা শ্বাস ফেলে বলল, "আপনি আমার পিলে চমকে দিয়েছেন।"

লোকটা মাথা চুলকে একটু লজ্জার হাসি হেসে বলল, "তা চমকানো জিনিসটা ভাল। মাঝে মাঝে চমকালে মানুষের বাড় খুব তাড়াতাড়ি হয়। গাঁয়ের দেশে দেখবে পুকুরে বেড়াজাল ফেলে মাছ ধরা হয়, তারপর ফের সেগুলোকে জলে ফেলে দেওয়া হয়। ওই যে ধরা হয় তাতে মাছ খুব চমকে গিয়ে তাড়াতাড়ি বেড়ে গিয়ে পেল্লায় সাইজের হয়ে দাঁড়ায়।"

ন্যাড়া নিশ্চিন্ত হয়ে তার ডানহাতের বাইসেপটা বাঁ হাত দিয়ে একটু পরীক্ষা করে নিয়ে বলে, "ঠিক কথা তো?"

"আজ্ঞে চারুদত্তর কথা মিথ্যে হয় খুব কম।"

"চারুদত্ত! সে আবার কে?"

"কেন, আমি! নামটা ভাল নয়?"

"এই যে বললেন আপনার নাম দ্বৈপায়ন!"

"বলেছি? বুড়ো বয়সে মাথাটাই গেছে। আমার ঠাকুরদারও মাথার দোষ ছিল। রাস্তায় বেরিয়ে যাকে-তাকে কামড়াতেন। সেই দোষটাই বর্তেছে আমার ওপর। না না, ভয় পেয়ো না খোকা। তোমাকে আমি কামড়াব না। আমার নাম দ্বৈপায়নও বটে, চারুদত্তও বটে। আরও কয়েকটা আছে, সব মনে পড়বে ধীরে ধীরে। তা, বলছিলাম কী, শিবুবাবুর যে ছেলে পুলিশে চাকরি করে, সে কোথায়?'

"সেজদা! সেজদা তো সেই কুমড়োডাঙায়।"

"অনেকটা দূর নাকি?"

"হাঁ, যেতে দেড় দিন লাগে। চারটে খাল পেরোতে হয়।"

"বাঃ বাঃ। খবরটা ভাল। তা খোকা, তোমাদের বন্দুক-টন্দুক নেই? শিবুবাবুর আমলে কিন্তু ছিল।"

"আছে, কিন্তু ব্যবহার হয় না।"

"খুব ভাল, খুব ভাল। বন্দুক বড় ভাল জিনিসও নয়। ওসব বিদেয় করে দেওয়াই ভাল। তা তুমিই বুঝি কুস্তিগির?"

"হ্যাঁ।"

"বাঃ বেশ। এরকমই চাই। তা সময়মতো দু'-একটা প্যাঁচ-ট্যাঁচ শিখিয়ে দেব'খন।"

"আমি গজ পালোয়ানের কাছে শিখি।"

"গজ পালোয়ান! সে আবার কে?"

"ওই যে চক সাহেবের বাড়িতে যার আখড়া।"

কথাটা শুনে লোকটার মুখটা একটু কেমন যেন অন্যরকম হয়ে গেল।

পাঁচ

ন্যাড়াকে আর বিশেষ ঘাঁটাঘাঁটি করল না পঞ্চানন্দ। কয়েক মিনিটেই সে বুঝে নিয়েছে ন্যাড়া কীরকম লোক। তাই সে বলল, "তা বেশ ছোটবাবু, কুস্তি-টুস্তি খুব ভাল জিনিস। তুমি বরং বসে বসে তোমার মাসল-টাসল দ্যাখো।" পঞ্চানন্দ বেরিয়ে এসে বাড়িটার এদিক-সেদিক সতর্ক পায়ে ঘুরে বেড়াতে লাগল। বলতে নেই বাড়িটা বেশ বড়ই। একতলা দোতলা মিলিয়ে অনেকগুলো ঘর। বড়-বড় বারান্দা। চাকর-বাকরদের থাকার জন্য বাড়ির হাতার মধ্যেই আলাদা ঘর আছে। দেখেশুনে পঞ্চানন্দ খুশিই হল। ঘরদোরের চেকনাই দেখে স্পষ্ট বোঝা যায় যে, এদের বেশ পয়সাকড়ি আছে। এরকমটাই আশা করেছিল সে।

ঘুরতে ঘুরতে একতলার একখানা ঘরে ঢুকে পড়ল পঞ্চানন্দ। সেই ঘরে ওস্তাদ খৈয়াম খাঁয়ের ছবির সামনে জরিবাবু ধ্যান করছিলেন তখন। বিকেলের রেওয়াজ শুরু করার আগে গুরুর ছবির সামনে একটু ধ্যান তিনি রোজই করেন। তারপর তানপুরাটাকে প্রণাম করে তুলে নেন। শুরু হয় সুরের খেলা।

খৈয়াম খাঁ লখনউতে থাকেন। রগচটা বুড়ো মানুষ। বিশেষ কাউকে পাত্তা দেন না। যেসব শিষ্যকে গানবাজনা শেখান, তারা তাঁকে যমের মতো ডরায়, আবার ভক্তিও করে। তাঁর চেহারাটা দেখবার মতো। বিশাল যমদূতের মতো পাকানো গোঁফ, মাথায় মস্ত পাগড়ি, গায়ে গলাবন্ধ কোট। চেহারাটা রোগাটে হলেও বেশ শক্তপোক্ত। চোখ দু'খানা ভীষণ রাগী-রাগী। তার ফোটোর চোখের দিকে তাকালেও একটু ভয়-ভয় করে। শোনা যায় একসময় খৈয়াম খাঁ ডাকাতি করে বেড়াতেন। মানুষ-টানুষ মেরেছেনও মেলা। একবার পুলিশের তাড়া খেয়ে এক বাড়ির দোতলা থেকে লাফ মারতে গিয়ে ঠ্যাং ভেঙে যায়। ভাঙা ঠ্যাং নিয়েই পালিয়ে যান অদম্য ইচ্ছাশক্তির বলে। তারপর মাসচারেক পায়ে প্লাস্টার বেঁধে ঘরে শয্যাশায়ী ছিলেন। তখন সময় কাটানোর জন্য গান ধরেন এবং খুব অল্প সময়ের মধ্যেই গায়ক হয়ে ওঠেন। খৈয়াম খাঁ এতই উঁচুদরের ওস্তাদ যে, সুর দিয়ে তিনি প্রায় যা খুশি তাই করতে পারেন বলে একটা কিংবদন্তি আছে। শব্দের যে শক্তি আছে বলে বৈজ্ঞানিকরা বিশ্বাস করেন, তার নাকি সাক্ষাৎ প্রমাণ খৈয়াম খাঁয়ের গান। একদিন নাকি খৈয়াম খাঁ সকালবেলায় তাঁর বাড়ির ছাদে দাঁড়িয়ে পোষা পায়রা ওড়াচ্ছিলেন। সেই সময়ে একটা বাজপাখি তাঁর একটা পায়রাকে তাড়া করে। খৈয়াম খাঁ শুধু একটা তান ছুড়ে দিলেন আকাশে। সেই শব্দে বাজপাখিটা কাটা ঘুড়ির মতো লাট খেতে খেতে পড়ে গেল। আর একবার একটা বন্ধ দরজার তালা খোলা যাচ্ছিল না। খৈয়াম খাঁ দরজার সামনে দাঁড়িয়ে শুধু গুনগুন

করে সুর ভাঁজলেন। ব্যস, সঙ্গে সঙ্গে তালা কড়াত করে খুলে গেল। এমনও শোনা যায় খৈয়াম খাঁর রেওয়াজের সময় নাকি রাজ্যের ভূত-প্রেত এসে চারদিকে ঘিরে বসে হাঁ করে গান শোনে। তাদের দেখা যায় না বটে, কিন্তু গায়ের বোঁটকা গন্ধ পাওয়া যায়।

এহেন খৈয়াম খাঁর শিষ্য বলেই জরিবাবুরও গানের ওপর অগাধ বিশ্বাস। তিনি জানেন ঠিকমতো ঠিক জায়গায় ঠিক সুর লাগাতে পারলে যে-কোনও অসাধ্য সাধন করা সম্ভব। প্রায় সময়েই তিনি একটা নেবানো মোমবাতি সামনে নিয়ে বসে রেওয়াজ করেন। কোনওদিন সুরের আগুনে মোমটা দপ করে জ্বলে উঠবে বলে তাঁর দৃঢ় বিশ্বাস। গান গেয়ে তিনি জানালার কাচের শার্সি ফাটিয়ে দেওয়ারও চেষ্টা করেছেন। জরিবাবু জানেন এই বাড়িতে ভূত আছে। তিনি না দেখলেও ঝি-চাকরেরা বহুবার দেখেছে। গান গাওয়ার সময় প্রায়ই তিনি অনুভব করার চেষ্টা করেন ভূতেরা গান শুনতে এসেছে কি না। আজও তেমন কিছু স্পষ্টভাবে অনুভব করেননি। হয়তো এ বাড়ির ভূতেদের গানে তেমন আগ্রহ নেই। তবে আগ্রহ তিনি জাগিয়ে তুলবেনই। নিষ্ঠার সঙ্গে চেষ্টা চালিয়ে গেলে যে মোমবাতিও জ্বলবে, শার্সিও ফাটবে এবং ভূতও আসবে, এই বিশ্বাস তাঁর আছে।

আজ গুরুর ছবির সামনে ধ্যান করতে করতে জরিবাবু যেন স্পষ্টই খৈয়াম খাঁকে দেখতে পাচ্ছিলেন। এরকম মাঝে মাঝে পান। ধ্যানে কথাবার্তাও হয় তাঁদের। আজ জরিবাবু ধ্যানে দেখলেন খৈয়াম খাঁ বিকেলে তাঁর বাড়ির সামনের বাগানে পায়চারি করছেন। করতে করতে একটা গোলাপ গাছের সামনে দাঁড়ালেন। গাছটার অনেক কুঁড়ি হয়েছে, তবে একটাও ফোটা ফুল নেই। খৈয়াম খাঁ গাছটার সামনে দাঁড়িয়ে গুনগুন করে একটা সুর ভাঁজলেন। অমনি ফটাফট কুঁড়িগুলো ফুটে মস্ত-মস্ত গোলাপফুল হয়ে হাসতে লাগল। খৈয়াম খাঁ জরিবাবুর দিকে চেয়ে বললেন, "সুর মে রগড়ো, সুর মে মরো। বুঝলি ব্যাটা, সুরের পিছনে অসুরের মতো লেগে থাকতে হয়, সুরই সিঁড়ি, সুরই সড়ক, সুরই সম্পদ। বুঝলি?"

"জি হাঁ, খাঁ সাহেব।"

"রেওয়াজ করতে করতে গলা দিয়ে রক্ত উঠবে, তবু ছাড়বি না। মাথা ঘুরে পড়ে যাবি, ভিরমি খাবি, খিদে পাবে, তবু রেওয়াজ ছেড়ে উঠবি না। আমি একসময়ে দিনে আঠেরো ঘণ্টা রেওয়াজ করেছি, জানিস?"

"জানি খাঁ সাহেব।"

"তবে শুরু করে দে। সুরের ফুল ফুটিয়ে দিয়ে যা দুনিয়ায়। গান গাইবি এমন যে, মড়ার দেহে পর্যন্ত প্রাণসঞ্চার হয়ে যাবে।"

ভক্তিভরে গুরুদেবকে প্রণাম করে জরিবাবু ধ্যান শেষ করে তানপুরাটা তুলে

নিলেন। তারপর পূরবীতে ধরলেন তান। আজ গলায় যেন আলাদা মেজাজ লেগেছে। খুব সুর খেলছে।

চোখ বুজে গাইতে গাইতে হঠাৎ তাঁর গায়ে কাঁটা দিল। কেমন যেন শিরশির করতে লাগল ঘাড়ের কাছটা। তিনি একটা গন্ধ পাচ্ছেন। চেনা গন্ধ নয় অচেনা গন্ধ। ঠিক বোঁটকা গন্ধ বলা যায় না, কিন্তু বোঁটকা কথাটাও তো গোলমেলে। বোঁটকা বলতে ঠিক কোন গন্ধটাকে বোঝায়, তাই বা ক'জন বলতে পারে? তার ওপর সব ভূতের গায়ে কি আর একরকমের বোঁটকা গন্ধ হবে? হেরফের হবে না?

গাইতে গাইতে বড় করে একটা শ্বাস নিলেন। না, কোনও ভুল নেই। একটা অদ্ভুত গন্ধ। সন্দেহ নেই, গানের টানে অদৃশ্যের জগৎ থেকে কেউ একজন এসেছে। একজন? না একাধিক?

চোখ খুলতে ঠিক সাহস হল না জরিবাবুর । মানুষটা তিনি খুব সাহসীও নন। ভূতপ্রেতকে ভয় পান। ভূতেরা তাঁর গান শুনুক এটা তিনি চান বটে, কিন্তু তারা একেবারে চোখের সামনে এসে হাজির হোক এটা তাঁর মোটেই পছন্দ নয়। ভূত ভূতের মতোই থাকবে, আড়ালে-আবডালে। চক্ষুলজ্জা বজায় রেখে।

খুব সাবধানে জরিবাবু তান ছাড়তে ছাড়তে বাঁ চোখ বন্ধ রেখে ডান চোখটা সিকিভাগ ফাঁক করলেন। ঘরের মধ্যে সন্ধের অন্ধকার বেশ ঘনিয়ে উঠেছে। শব্দসাধনা করার জন্য ঘরের জানালা সব কটকটে আঁটা বলে আরও অন্ধকার লাগছে। জরিবাবু তান ছাড়তে ছাড়তে কোনাচে দৃষ্টিতে চারদিকটা দেখার চেষ্টা করলেন। প্রথমটায় কিছু দেখতে পেলেন না। তারপর হঠাৎ চোখে পড়ল দরজার দিকে একটা আবছায়া মূর্তি।

জরিবাবুর গলায় পূরবীতে হঠাৎ কাঁপন লাগল।

সে এমন কাঁপন যে, সুরটা পূরবী ছেড়ে হঠাৎ বেসুরো হয়ে তারসপ্তকে চড়ে বসল। কিছুতেই সেখান থেকে নামে না। জরিবাবুর হাত কাঁপতে লাগল, পা কাঁপতে লাগল, গলা কাঁপতে লাগল। এবং তারপর তিনি টের পেলেন গলা দিয়ে সুর নয়, কেবল "ভূ...ভূ...ভূ" শব্দ বেরিয়ে আসছে।

ভূতটা হঠাৎ নড়ে উঠল। তারপর মাথা নেড়ে বলল, "না গো মশাই, হচ্ছে না। গলায় জোয়ারি ছিল ভালই, কিন্তু সুরটা কেটে গেল।"

জরিবাবুর অবশ হাত থেকে তানপুরাটা ঝনাত করে পড়ে গেল। কাঁদো-কাঁদো গলায় বললেন, "আর হবে না।"

"কী হবে না?"

"আর কখনও গাইব না।"

"সে কী! গাইবেন না কেন? গান তো ভাল জিনিস। মন ভাল থাকে, ফুসফুস ভাল

থাকে, গলার ব্যায়াম হয়। গাইবেন না কেন? খুব গাইবেন। আমাদের গাঁয়ের করালী ওস্তাদ এমন গান গাইত যে, আশেপাশের সাতটা গাঁয়ে কখনও চোর আসত না। গান ভারী উপকারী জিনিস।"

জরিবাবু কেমন যেন ক্যাবলার মতো খানিক লোকটার দিকে চেয়ে রইলেন। তাঁর মনে হতে লাগল, এই ভূতটা যথার্থ ভূত না-ও হতে পারে, হয়তো চোর।

চোরকে জরিবাবু যথেষ্ট ভয় পান। গলা-খাঁকারি দিয়ে তিনি একটু ধাতস্থ হওয়ার চেষ্টা করে বললেন, "আপনি কোনটা?"

"আজ্ঞে, তার মানে?"

"মানে ইয়ে, আপনি ভূত না চোর?"

পঞ্চানন্দ এই কথায় দাঁত বের করে খুব একচোট হাসল। তারপর ঘাড়টাকে চুলকে ভারী লজ্জার ভাব দেখিয়ে বলল, "আজ্ঞে বোধহয় দুটোই।"

"তার মানে?"

"আজ্ঞে ভূতেরা কি কেউ কখনও চোর ছিল না? না কি চোরেরাই কেউ কখনও মরে ভূত হয় না?"

"ছিল। হয়।"

"তা হলে? আমি ভূতও বটি, চোরও বটি।"

"দুটোই?"

পঞ্চানন্দ ঘাড় হেলিয়ে নির্বিকার মুখে বলল, "দুটোই। তবু বলি মশাই, সন্দেহও একটু আছে। বছর কুড়ি আগে ত্রিশূল পর্বত থেকে নামবার সময় বরফের উপর দিয়ে পিছলে তিন হাজার ফুট গভীর এক খাদে পড়ে গিয়েছিলাম। আমারই দোষ। বঙ্কুবাবু বারবার সাবধান করে দিয়েছিলেন, ওরে পঞ্চানন্দ, তোকে যে চৌম্বক খড়মজোড়া দিয়েছি, সেটা ছাড়া কখনও বেরোসনি, পিছলে যাবি। তা তাড়াহুড়োয় সে-কথা ভুলে খালি পায়ে বেরিয়ে ওই বিপত্তি। সাতদিন জ্ঞান ছিল না। পরে জ্ঞান-টান ফিরল, খাদ থেকে হাঁচোড়-পাঁচোড় করে উঠেও এলাম। কিন্তু যে আমি উঠে এলাম, সে আসলে পঞ্চানন্দ না পঞ্চানন্দের ভূত, তা মাঝে মাঝে ঠিক করতে পারি না মশাই। এমনও হতে পারে যে, খাদে পড়ে আমি অক্কা পেয়েছিলাম আর আমার ভূতটা উঠে এসেছে। আর চোর কি না? মশাই, আমি লুকোব না আপনার কাছে, হাতটান দোষ আমার বহুদিনের।"

জরিবাবু কী বলবেন তা বুঝে উঠতে পারছিলেন না। তবে দুর্বল গলায় একবার ডাকলেন, "ওরে ন্যাড়া, এদিকে আয়।"

"ন্যাড়া! ন্যাড়ার অবস্থা আপনার চেয়েও খারাপ। একটু আগে দেখে এসেছি শয্যা নিয়েছেন।"

ছয়

জরিবাবু ক্ষীণ গলায় বললেন, "তা হলে উপায়?"

"কিসের উপায় খুঁজছেন খোলসা করে বলে ফেলুন, উপায় বাতলে দেব। পঞ্চানন্দ থাকতে উপায়ের অভাব কী? আপনার বাবাকেও কত উপায় বাতলে দিয়েছি। পাগল-ছাগল মানুষ, কখন কী করে বসেন তার ঠিক নেই। মাঝে মাঝে বিপাকেও পড়ে যেতেন খুব। একবার তো কী একটা ওষুধ বানিয়ে খেয়ে বসেছিলেন। আমি তাঁর জাদুইঘরের বারান্দায় শুয়ে আছি। নিশুত রাত্রি। হঠাৎ 'হাউরে মাউরে' চেঁচানি শুনে কাঁচা ঘুম ভেঙে ধড়মড় করে উঠে বসেছি। তারপর দৃশ্য দেখে চোখ চড়কগাছ। কী দেখলাম জানেন? সামনে ধুতি পাঞ্জাবি পরা একটা লোক।"

জরিবাবু হাঁ করে শুনছিলেন, এবার নিশ্চিন্তির শ্বাস ফেলে বললেন। "লোক! যাক বাবা, আমি ভাবলাম বুঝি..."

পঞ্চানন্দ মাথা নেড়ে বলল, "উঁহু, অত নিশ্চিন্ত হবেন না। লোক বলেছি বলেই কি আর লোক। এমন লোক কখনও দেখেছেন যার মুন্ডু নেই, হাত নেই, পা নেই, চোখ চুল নখ কিছু নেই, তবু লোকটা আছে?"

"আজ্ঞে না।"

"মাঝরাতে আমি উঠে যাকে দেখলাম তারও ওই অবস্থা। তার গলার স্বর শুনছি, ধুতি-পাঞ্জাবি দেখতে পাচ্ছি, কিন্তু লোকটা গায়েব। কিছুক্ষণ মশাই, আমার হাতে-পায়ে সাড় ছিল না। তারপর গলার স্বর শুনে আর পাঞ্জাবির বুকপকেটের ছেঁড়াটা দেখে বুঝতে পারলাম যে, অদৃশ্য লোকটা আসলে শিবুবাবু, আপনার স্বর্গত পিতামশাই।"

"বলেন কী?"

"যা বলছি স্রেফ শুনে যান। বিশ্বাস না করলেও চলবে, তবে কিনা ঘটনাটা নির্জলা সত্যি। শিবুবাবু তো আমার হাত জাপটে ধরে কাঁদতে কাঁদতে বললেন, "ওরে পঞ্চু। তুই না বাঁচালে আর আমার রক্ষে নেই। সলিউশন এ এম ফর্টি খেয়ে এই দ্যাখ আমার অবস্থা। স্রেফ গায়েব হয়ে গেছি, আয়নায় ছায়া পড়ছে না, নিজেকে হারিয়ে ফেলেছি। একটু খুঁজে দে বাবা। ওরে আমি আছি তো!"

"বটে!"

"তবে আর বলছি কী? আমি ঠাহর করে করে বাবুর মাথাটা খুঁজে হাত বুলিয়ে বললাম, 'অত চেঁচামেচি করবেন না। লোক জড়ো হয়ে যাবে, ঠান্ডা হয়ে বসুন, আমার মাথায় ফন্দি এসে গেছে।' তারপর কী করলাম জানেন?"

"কী করলেন?"

"বলছি, তার আগে বেশ ভাল করে একটা পান খাওয়ান দেখি। কালোয়াতরা শুনেছি গলা সজুত রাখতে পান আর জর্দা খায়। তা আপনার বেশ ভাল জর্দা আছে তো?"

জরিবাবু এবার অনেকটা স্বাভাবিক গলায় বললেন, "আছে।"

"লাগান একখানা জম্পেশ করে।"

জরিবাবুর হাত এখনও কাঁপছে। তবু পেতলের বাটা থেকে এক খিলি সাজা পান আর জর্দা পঞ্চানন্দকে দিয়ে নিজেও এক খিলি খেলেন। বললেন, "তারপর?"

পঞ্চানন্দ জরিবাবুর পিতলের পিকদানিতে পিক ফেলে কিছুক্ষণ আরামে চোখ বুজে পানটা চিবিয়ে নিমীলিত চোখে বলল, "ফন্দিটা এমন কিছু নয়। ওর চেয়ে ঢের বেশি বুদ্ধি আমাকে খেলাতে হয়। করলাম কী, সেই রাতের মতো শিবুবাবুকে ঘুম পাড়িয়ে রেখে পরদিন সকালেই বাজারে গিয়ে খানিকটা তেলরং কিনে আনলাম। তারপর শিবুবাবুর হাতে-পায়ে-মুখে খুব যত্ন করে রং লাগাতেই ফের আসল মানুষটা ফুটে উঠল। বলতে নেই, আপনার বাবামশাই বেশ কালোই ছিলেন। আমি এক পোঁচ ফর্সা করে দিলাম। একটা মুশকিল হল, চোখে আর রং লাগাতে পারি না। তাই একজোড়া পরকলা পরিয়ে দিতে হল। দিব্যি দেখাত। তাই বলছিলাম, পঞ্চানন্দ থাকতে উপায়ের অভাব?"

জরিবাবু হাঁ করে শুনতে শুনতে জর্দাসুদ্ধ পিক গিলে ফেলে হেঁচকি তুলতে তুলতে বললেন, "বাবাকে রং করলেন?"

"তবে আর বলছি কী? কেন, টের পাননি আপনারা? শিবুবাবুর গায়ের রংটা ছিল আদতে তেলরং।"

"আর কখনও ওরিজিন্যাল চামড়া ফুটে ওঠেনি?"

"তাই ওঠে? সলিউশন এ এম ফর্টি বড় সাংঘাতিক জিনিস। তবে উপকারও হত। একবার রহিম শেখ পড়ল একটা মিথ্যে খুনের মামলায়। লোকটা ভাল, সাতচড়ে রা নেই। তবু কপাল খারাপ। এসে শিবুবাবুর হাত জাপটে ধরল, 'শিবু, বাঁচাও।' তখন শিবুবাবুর অগতির গতি ছিলাম আমি। উনি এসে আমাকে বললেন, 'রহিম আমার ছেলেবেলার বন্ধু রে পঞ্চু, একটা উপায় কর।' আমি তখন দিলাম সলিউশন এ এম ফর্টি এক চামচ ঠেসে। রহিম শেখ গায়েব হয়ে গেল। দিব্যি খায়-দায়, ফুর্তি করে বেড়ায়, পুলিশের নাকের ডগা দিয়ে ঘোরে, পুলিশ রহিম শেখকে খুঁজে খুঁজে ওদিকে নাচার হয়ে পড়ে। সে ভারী মজার ঘটনা। তা এরকম আরও কিছু কিছু এখনও আছে। কখনও অশরীরী গলার আওয়াজ পান না?"

জরিবাবু আঁতকে উঠলেন। তারপর চারপাশটা সন্দিগ্ধ চোখে একটু দেখে নিয়ে বললেন, "ঠিক মনে পড়ছে না।"

"একটু চেপে মনে করার চেষ্টা করুন। এখনও দু'-চারজন ঘোরাফেরা করে। একটু আগে আপনার ঘরে ঢোকার মুখেই কার সঙ্গে যেন একটা ধাক্কা লাগল। ব্যাটাকে ধরতে পারলাম না। আমাকে দেখেই পালিয়ে গেল। তবে আছে তারা।"

"ওরে বাবা! ধাক্কাও দেয়?"

পঞ্চানন্দ খুব হাসল। পানের পিক ফেলে বলল, "ধাক্কা তো ভাল জিনিস। ইচ্ছে করলে কত কী করতে পারে। আপনাকে পছন্দ হল না তো গলাটাই রাত্তিরে নামিয়ে দিয়ে গেল, কি তানপুরার তারগুলো ছিঁড়ে তবলা ফাঁসিয়ে রেখে গেল। কেউ তো আর তাদের ধরতে পারছে না।"

"তা হলে কী হবে?"

"এর জন্য আপনার বাবাই দায়ী। ওষুধটা পরীক্ষা করতে যাকে-তাকে ঘরে এনে খাইয়ে দিতেন। লোকগুলো ভাল কি মন্দ তা খুঁজে দেখতেন না। তাই রহিম শেখের মতো ভাল লোকও যেমন আছে তেমনি কালু-গুন্ডা, নিতাই-খুনে, জগা-চোরেরও অভাব নেই। কখন যে কী করে বসে তারা!"

"ওরে বাবা!"

"তবে আপনি ভয় পাবেন না। পঞ্চানন্দ তো আর ঘোড়ার ঘাস কাটে না। তার কাছেও জড়িবুটি আছে। শিবুবাবু আমাকে একটা দোরঙা কাচের চশমা দিয়ে গেছেন। পাঁচজনের হাতে দেওয়া বারণ। তবে সেই চশমা চোখে দিলেই আমি অদৃশ্য লোকগুলোকে পরিষ্কার দেখতে পাই। আমি থাকতে চিন্তা নেই।"

"আপনি থাকবেন তো?"

"দেখি ক'দিন থাকতে পারি। হিমালয়ও বড় ডাকছে। দেখি কতদিন মনটাকে বেঁধে রাখতে পারি।"

জরিবাবু পানের বাটাটা এগিয়ে দিয়ে বললেন, "আর একটা পান ইচ্ছে করুন।"

"করলাম, আহা বেশ পান। সেই কাশীতে থাকতে একবার রাজা ললিতমোহন খাইয়েছিল। বড় মিঠে আর মোলায়েম পাতা।"

"আমি আপনাকে রোজ খাওয়াব।"

পঞ্চানন্দ মাথা নেড়ে বলল, "সে হবে'খন। তা ইদিকে শীতটাও পড়েছে এবার জেঁকে, ইয়ে, আপনার বেশ নরম কম্বল-টম্বল নেই? একখানা ধার পেলে হত।"

"হ্যাঁ আছে। নেবেন?"

"ধার হিসেবে। জাদুইঘরের বারান্দাতেই তো শুতে হবে রাতে। ঠান্ডা লাগবে।"

জরিবাবু শশব্যস্তে বলেন, "তা কেন, আমার পাশের ঘরখানাই তো এমনি পড়ে থাকে। আপনি বাবার বন্ধু, থাকবেন, সে তো সৌভাগ্য আমাদের। তবে আপনার কথায় মনে পড়ল, কিছুদিন আগে সন্ধেবেলায় পিছনের উঠোনে ঘুরে ঘুরে একটু সুর তৈরি করার সময় হঠাৎ যেন আমার গায়েও কে একটু আলতো করে ধাক্কা মেরেছিল।"

"অ্যাঁ?"

"অ্যাজ্ঞে হ্যাঁ, তখন মনে হয়েছিল মনের ভুল। কিন্তু এখন বুঝতে পারছি ব্যাপারটা তা নয়। আরও কথা আছে..."

"অ্যাঁ! কী সর্বনাশ!"

"সেদিন সকালে রেওয়াজের সময় কিছুতেই রেখাবটা লাগাতে পারছিলাম না। হঠাৎ কানের কাছে কে যেন গলা খেলিয়ে সুরটা ধরিয়ে দিল। তখন মনে হয়েছিল, গলাটা বোধ হয় খৈয়াম খাঁয়ের। তা যে নয়, এখন বুঝতে পারছি। আমার বাবা কি কোনও গায়ককে অদৃশ্য করে দিয়েছিলেন?"

পঞ্চানন্দ জর্দাসুদ্ধ পানের পিক গিলে ফেলে হেঁচকি তুলতে লাগল। জবাব দিতে পারল না।

সাত

হরিবাবুর বড় দুই ছেলের নাম হল ঘড়ি আর আংটি। পোশাকি নাম অবশ্য আছে, সেটা কেবল স্কুলের খাতায়। দু'জনেই অতি দুর্দান্ত প্রকৃতির দুষ্টু। সামলাতে সবাই হিমশিম।

ছুটির দিনে আজ দু'জনেই গিয়েছিল জেলা স্কুলের সঙ্গে ক্রিকেট ম্যাচ খেলতে। দু' ভাইয়ের আর তেমন কোনও গুণ না থাকলেও তারা খেলাধুলোয় খুবই ভাল। তল্লাটে খেলোয়াড় হিসেবে দু'জনেরই বেশ নামডাক। হরিবাবু অবশ্য খেলাধুলো পছন্দ করেন না। তিনি কবি মানুষ এবং মনে প্রাণে কবি বলেই বোধ হয় এসব স্থুল খেলাধুলোকে তাঁর ভারী ছেলেমানুষি বলে মনে হয়। ফুটবলের নাম শুনলে তিনি আঁতকে উঠে বলেন, "বর্বরতা। ফুটবল মানেই হচ্ছে গুঁতোগুঁতি, ল্যাং-মারামারি, ঢুসোঢুসি, বর্বরতা।" ক্রিকেটের কথা শুনলে নাক সিঁটকে বলেন, "কে যেন বলেছে ক্রিকেট হল উইলো কাঠের কবিতা। ছ্যাঃ, সে লোকটা কবিতার ক-ও বোঝে না। ডাংগুলি, স্রেফ ডাংগুলি, সাহেবরা মান বাঁচাতে নাম দিয়েছে ক্রিকেট।"

বলা বাহুল্য হরিবাবু দৌড়ঝাঁপ লাফালাফিও পছন্দ করেন না। তিনি চান সকলে সব সময়ে শান্তশিষ্ট হয়ে থাকুক। চেঁচামেচি ঝগড়া কাজিয়া না করুক। কথা কম বলুক। আরও বেশি করে ভাবুক। কবিতা ছাড়া অন্য কোনও বিষয় নিয়ে তিনি মাথা ঘামাতে ভালবাসেন না। কপালদোষে তাঁর বড় এবং মেজো ছেলে ঘড়ি আর আংটি স্বভাবে হয়েছে বিপরীত। দুটোই দুর্দান্ত বর্বর।

হরিবাবুর বড় ছেলে ঘড়ি খুবই ভাল ব্যাটসম্যান। আংটি বোলার। ফুটবলও তারা খুবই ভাল খেলে। দৌড়ঝাঁপেও কম যায় না। বিনোদবিহারী হাইস্কুল যে জেলার মধ্যে খেলাধুলোয় সেরা, তা এই দু'জনের জন্যই।

জেলা স্কুলের সঙ্গে বিনোদ হাই-এর রেষারেষি অনেক দিনের। এ বছর কলকাতা থেকে তিন-চারটে টাটকা খেলোয়াড় ছেলে এসে ভর্তি হওয়ায় জেলা স্কুলের জেল্লা বেড়ে গেছে। জেলা ক্রিকেট লিগে তারা ইতিমধ্যেই প্রায় সব স্কুলকে গো-হারা হারিয়ে দিয়েছে। আশিস রায় নামে তাদের একজন পাকা ব্যাটসম্যান আছে। দেবর্ষি ভট্টাচার্য দুরন্ত ফাস্ট বোলার, একজন গুগলিবাজও আছে—মদন মালাকার। তিনজনের দারুণ নামডাক। কলকাতায় এরা ফার্স্ট ডিভিশনে খেলত।

জেলা স্কুলের ক্যাপটেন আশিস টসে জিতে ব্যাট নিল।

বিনোদ হাই-এর ক্যাপটেন ঘড়ি তার দলকে প্যাভিলিয়নের সামনে জড়ো করে বলল, "জেলা স্কুলের প্রধান ভরসা আশিস। সে নামবে ওয়ান ডাউন। ওদের ওপেনার নাড়ু আর গণেশের মধ্যে গণেশটা গেঁতো, সহজে আউট হবে না। সুতরাং আমরা কনসেনট্রেট করব নাড়ুর ওপর। তাকে চটপট ফেলে আশিসকে মুখোমুখি এনে ফেললেই আসল লড়াই শুরু হবে। মনে রেখো, আশিসের অফ সাইড স্ট্রোক ভাল নয়। আংটি, তুই অফ স্টাম্পে বা অফ স্টাম্পের বাইরে বল দিবি। জ্যোতি, তুইও অ্যাটাক করবি অফ স্টাম্প। ক্যাচ যেন আজ একটাও মাটি না ছোঁয়।"

বিনোদ হাই-এর লেখাপড়ায় নাম না থাকলেও খেলায় খুব সুনাম। তাই মাঠ ভেঙে পড়েছে লোকে। লিগ চ্যাম্পিয়নশিপের এইটাই চূড়ান্ত খেলা। যে জিতবে, সে-ই চ্যাম্পিয়ন হয়ে যাবে। কাজেই উত্তেজনা স্বাভাবিক।

প্রবল হাততালির মধ্যে নাড়ু আর গণেশ ব্যাট করতে নামল। গণেশ প্রথম বোলারের মোকাবিলা করবে। ঘড়ি একটু ভেবে বলটা জ্যোতির হাতে দিয়ে বলল, "প্রথম ওভারটা তুই-ই কর। বেশি জোরে বল করার দরকার নেই। লেংথটা রেখে যাস। গণেশ রান নেবে না, শুধু বাঁচিয়ে যাবে।"

তাই হল। জ্যোতি গুড লেংথে মিডল স্টাম্প লক্ষ করে বল দিয়ে গেল। তার তিনটে বল ছিল ইন-সুইঙ্গার। গণেশ দেখে প্রতিটি বল ব্লক করে গেল।

দ্বিতীয় ওভার বল করতে এল আংটি। তার বলে জোর বেশি, বৈচিত্র্যও বেশি। দু'রকম সুইং আছে তার হাতে, তার ওপর মাঝে মাঝে অফকাটার বলও দিতে পারে। নাড়ু একটু ছটফটে ব্যাটসম্যান। মারকুট্টা বলে সে দ্রুত রান তুলে দেয়। আবার আউটও হয় চটপট।

আংটি আজ উত্তেজনাবশে প্রথম বলটাই লেংথে ফেলতে পারল না। একটু ওভারপিচ হয়ে গেল। নাড়ু দেড় পা এগিয়ে এসে সেটাকে মাটিতে পড়ার আগেই লং অফ দিয়ে চাবকে বাইরে পাঠাল। চার। প্রবল হাততালি।

দ্বিতীয় বল করতে গিয়ে আংটি বলটা ফেলল গুড লেংথে, তবে লেগ স্টাম্পের বাইরে সোজা বল। নাড়ু একটা চার মেরে গরম হয়েছিল। বলটাকে ব্যাকফুটে সরে গিয়ে হুক করল আবার চার।

ঘড়ি এগিয়ে এসে আংটিকে বলল, "লোপপা বলই দিয়ে যা। এবার শর্ট পিচ, লেগ স্টাম্পের বাইরে। আমি দেবুকে ডিপ ফাইন লেগে রাখছি। ও ক্যাচ ফেলে না।"

আংটি দাদার নির্দেশমতো লেগ স্টাম্পের বাইরে শর্ট পিচ বল দিল। যে-কোনও ব্যাটসম্যানের কাছে এর চেয়ে লোভনীয় বল আর নেই। নাড়ু ব্যাকফুটে সরে গিয়ে বলটাকে স্কোয়ার লেগ দিয়ে বুলেটের গতিতে চালিয়ে দিল। আবার চার, এবং ক্যাচ উঠলই না।

আংটির মতো সাংঘাতিক বোলারের প্রথম তিন বলেই তিনটে চার হওয়ায় মাঠে রীতিমতো উত্তেজনা, জেলা স্কুলের সমর্থকদের হাততালি আর উল্লাস থামতেই চায় না।

চতুর্থ বলটা করার আগে আংটি একটু ভেবে নিল। আবার একটা লোপপা বল দিলে নাড়ু যদি আবার চার মারে, তা হলে ব্যাপারটা বেশ ঘোরালো হয়ে উঠবে তার পক্ষে।

তবু দাদার নির্দেশ সে ফেললও না। ঘড়ি ক্যাপটেন হিসেবে খুবই ভাল। স্কোয়ার লেগে বাউন্ডারির কাছ-বরাবর সে আর-একজন ফিল্ডারকে টেনে এনেছে।

আংটি দৌড় শুরু করল এবং বেশ ধীরগতিতে শর্ট পিচ বলটা ফেলল আবার লেগ স্টাম্পের বাইরে। বলটা সামান্য উঠল। নাড়ুকে পায় কে? ব্যাকফুটে সরে গিয়ে সে বলটাকে সপাটে আকাশে তুলল ছয় হাঁকড়াতে।

বলটা ছয় হয়েই মাঠের বাইরে পড়ছিল। কিন্তু স্কোয়ার লেগ-এর ফিল্ডার মোহন বিশাল লম্বা। হাতে-পায়ে ভীষণ চটপটে। নাড়ুর ছয়ের মার যখন সীমানা ঘেঁষে নেমে আসছিল, সে তখন শুধু পা দু'খানা মাঠের ভিতরে রেখে লম্বা হাত বাড়িয়ে শূন্যেই বলটা নিঃশব্দে লুফে নিল। মাঠটা হঠাৎ নিঃশব্দ হয়ে গেল এই ঘটনায়। তারপর তুমুল উল্লাসে ফেটে পড়ল বিনোদ হাই-এর সমর্থকরা।

আশিস যখন এসে গার্ড নিল, তখন তার মুখে কোনও উদ্বেগ নেই। আত্মবিশ্বাসে ঝলমল করছে সে।

ঘড়ি এগিয়ে এসে আংটিকে বলল, "এবার ঠিক করে বল দে। গুড লেংথ অফ স্টাম্পের ওপর।"

আংটি তার স্বভাবসিদ্ধ দৌড় শুরু করল এবং দুর্দান্ত জোরে শরীর ভেঙে বলটা করল। গ্রিপ-এ কোনও ভুল ছিল না। বলটা বাতাস কেটে ইনসুইং হয়ে গুড লেংথে পড়ে অফ স্টাম্পে ছোবল তুলল। এ বল ব্যাটসম্যানকে খেলতেই হয়। ছেড়ে দেওয়া বিপজ্জনক। এল বি ডবলিউ বা বোল্ড হওয়ার সম্ভাবনা।

আশিস বলটাকে সোজা ব্যাটে খেলল।

খেলল, আবার খেললও না। কারণ বলটা ছিল কোনাচে। যতখানি ফ্রন্টফুটে এগোনো দরকার ছিল, আশিস ততটা এগোনোর সময় পায়নি। কারণ সে প্যাভিলিয়নে বসে দেখেছে, আংটি বল ফেলছে লেগ স্টাম্পের বাইরে। সুতরাং সেরকমই আশা করেছিল। আচমকা অফ স্টাম্পের বল তাকে কিছুটা অপ্রস্তুত করেছিল বোধ হয়।

আটকানোর জন্য বাড়ানো ব্যাটের কানা ছুঁয়ে বলটা স্লিপের দিকে ছিটকে গেল। মাত্র ছ' ইঞ্চি উঁচু হওয়া সেই বলটা একটু নিচু হয়ে ঘড়ি তুলে নিল চিতাবাঘের মতো ঝাঁপিয়ে পড়ে।

মাঠ ফেটে পড়ল উল্লাসে।

এক ওভারে দুই উইকেট পাওয়া আংটি একটু হাসল।

পরের ব্যাটসম্যান রঘু। ঠান্ডা মেজাজের ছেলে। অনেকটা গণেশের মতোই। তবে প্রথম কয়েক ওভার সে আনতাবড়ি খেলে, সেট হতে সময় নেয়।

ঘড়ি আংটির কানে-কানে বলে গেল, "মিডল স্টাম্পে বল রাখিস। ইয়র্কার গোছের।"

আংটি মাথা নাড়ল। ঠিক আছে।

ওভারের শেষ বলটায় উইকেট পেলে হ্যাট্রিক হবে। কিন্তু হ্যাট্রিকের চিন্তা মাথায় থাকলে বলটা ঠিকমতো দেওয়া যাবে না। তাই আংটি মনে-মনে দাদুর ল্যাবরেটরির ভূতটার কথা ভাবতে ভাবতে রান-আপ করতে গেল।

হ্যাঁ, তার দাদুর ল্যাবরেটরির ভূতটাকে সে বেশ কয়েকবার দেখেছে। লম্বামতো। জোব্বা পরা। গভীর রাতে ল্যাবরেটরির ধারেকাছে ঘোরাঘুরি করে। দাদু নিজেই নয় তো!

শেষ বল। আংটি দৌড় শুরু করল। তার রান-আপ একটু কোনাচে, সে দৌড়য়

সহজ সাবলীল মসৃণ গতিতে। ডান হাতটা দোল খায়।

দৌড়ে এসে বলটাকে বাতাসে ছেড়ে দিয়ে পায়ে ব্রেক কষল আংটি। বলটা পড়ল ওভারপিচে। ব্যাটের তলায়। তারপর ইঁদুরের মতো ব্যাট পিচের ভিতরের ছোট্ট ফাঁকটুকু দিয়ে গলে গিয়ে মিডল স্টাম্পকে মাটিতে শুইয়ে উইকেট কিপার শম্ভুর হাতে গিয়ে জমা হল।

হট্টগোলে কানে তালা লাগবার উপক্রম। বিনোদ হাই-এর কয়েকজন সমর্থক মাঠে ঢুকে আংটিকে কাঁধে নিয়ে খানিক নাচানাচি করে ফিরে গেল। এর পরের ইতিহাস খুবই সংক্ষিপ্ত। আংটি আর জ্যোতির দু'মুখো ধারালো আক্রমণে জেলা স্কুল বাষট্টি রানে গুটিয়ে গেল। আংটি কুড়ি রানে সাত উইকেট নিল। দুটো জ্যোতি, একজন রান আউট।

ঘড়ি সাধারণত ওপেন করে না। আজ করল। ইচ্ছে করেই। দেবর্ষির প্রথম ওভারটা তাকেই খেলতে হবে। মনোবল যদি ভাঙতে হয়, তবে প্রথম ওভারেই। মার পড়লে বোলারের বল ঢিলে হয়ে যায়।

গুনে গুনে পাঁচটা বাউন্ডারি মারল ঘড়ি। লেট কাট, কভার ড্রাইভ, অফ ড্রাইভ, অন ড্রাইভ, আর একটা অফ স্টাম্পের বল অফ-এর দিকে সরে গিয়ে স্কোয়ার লেগ-এ হুক।

মাত্র আট ওভারেই বিনা উইকেটে জয়ের রান তুলে নিল বিনোদ হাই।

আট

খেলার শেষে দুই ভাইকে কাঁধে নিয়ে বিনোদ হাই-এর ছেলেরা মাঠে চক্কর দিল। কত লোক যে এসে পিঠ চাপড়াল, ভীম আলিঙ্গনে জড়িয়ে ধরল আর হ্যান্ডশেক করল, তার হিসেব নেই, অভ্যেস না থাকলে এরকম আদরের আতিশয্যে শরীরে ব্যথা হওয়ার কথা। তবে কিনা ঘড়ি আর আংটি খেলার মাঠে এরকম পাইকারি ভালবাসা অনেক পেয়েছে।

বিনোদ হাই-এর গেম-স্যার পাঠান সিং। নামটা পাঠানি হলেও আসলে তিনি নির্যস বাঙালি। ছেলেবেলা থেকেই বীরত্বের প্রতি তাঁর তীব্র আকর্ষণ। পাঠানরা যে বীরের জাত, তাও তাঁর জানা ছিল। তাই ম্যাট্রিকের ফর্ম পূরণ করার সময় তিনি নিজের পল্লব নামটা পালটে অম্লানবদনে পাঠান করে দিলেন। এর জন্য হেডস্যারের বেত এবং বাপের চটির ঘা সহ্য করতে হয়েছিল বিস্তর। কিন্তু একবার ম্যাট্রিকের ফর্মে যে নাম

উঠে যায়, তা নাকি আর পালটানো যায় না। পাঠানবাবু খেলা-পাগল মানুষ। নিজেও সব রকম খেলাধুলো করেছেন যৌবন বয়সে। কোনও খেলাতেই বিশেষ নামডাক হয়নি। তবে গেম-স্যার হিসেবে তিনি চমৎকার। ছেলেদের প্রাণ দিয়ে খেলা শেখান। ঘড়ি আর আংটি তাঁর বিশেষ ভক্ত।

হইচই একটু থামলে এবং পুরস্কার বিতরণ শেষ হলে পর পাঠানবাবু এসে ঘড়ি আর আংটিকে চুপি-চুপি আড়ালে ডেকে নিয়ে বললেন, "তোমাদের ভাগ্য খুবই ভাল। আজ হাতরাশগড়ের মহারাজা নরনারায়ণ রায় মাঠের পাশে তাঁর গাড়িতে বসে তোমাদের খেলা দেখেছেন। ভদ্রলোকের নাম শোনা ছিল, আগে কখনও চোখে দেখিনি। তবে বিশাল ধনী। ওঁর খুব ইচ্ছে তোমাদের ভাল করে খেলা শেখার সুযোগ করে দেবেন। খরচ সব ওঁর। খেলা শেষ হওয়ার পর ওঁর সেক্রেটারি এসে আমাকে ডেকে নিয়ে গিয়েছিল মহারাজের কাছে।"

দুই ভাই একটু অবাক হয়ে মুখ-তাকাতাকি করতে লাগল।

পাঠানবাবু হেসে বললেন, "কপাল যখন ফেরে, এমনি করেই ফেরে। এখন চলো, মহারাজ তোমাদের জন্য বসে আছেন।"

পাঠানবাবুর পিছু-পিছু দুই ভাই গিয়ে দেখে, জামতলায় বিশাল একখানা পুরনো মডেলের গাড়ি দাঁড়ানো। জানালার পর্দা রয়েছে বলে ভিতরে কিছু দেখা যায় না। তবে দরজার কাছেই মহারাজের লম্বা সুড়ুঙ্গে চেহারার সেক্রেটারি অপেক্ষা করছিল। কাছে যেতেই খুব সম্ভ্রমের সঙ্গে দরজা খুলে গলা খাঁকারি দিল।

ভিতর থেকে বিশাল চেহারার এক ভদ্রলোক বেরিয়ে এলেন। যেমন লম্বা, তেমনি চওড়া। ভুঁড়ি নেই, চর্বি নেই, বেশ শক্তপোক্ত শরীর। বয়সও বড়জোর ত্রিশ-পঁয়ত্রিশ। পরনে কালো স্যুট। মহারাজার গায়ের রং খুব ফর্সা নয়, তবে চেহারায় বেশ একটা অহংকারী আভিজাত্যের ছাপ আছে। চোখে হালকা রঙের গগলস এবং মোটা গোঁফ থাকায় বেশ সুন্দর দেখাচ্ছিল মহারাজাকে।

মহারাজা হাত বাড়িয়ে দুই ভাইয়ের সঙ্গে যখন হ্যান্ডশেক করলেন, তখনই ঘড়ি আর আংটি বুঝে গেল, মহারাজার একটি হাতেই দশটা হাতির জোর। হ্যান্ডশেকের পর দুই ভাই-ই গোপনে বাঁ হাত দিয়ে ডান হাতটা একটু মালিশ করে নিল।

মহারাজা যখন হাসলেন, তখন দেখা গেল তার দাঁতের পাটিও খুব সুন্দর এবং ঝকঝকে। বজ্রগম্ভীর কণ্ঠস্বর। সেই স্বরেই বললেন, "একটা জরুরি কাজে এখান দিয়ে যাচ্ছিলাম। ক্রিকেট খেলা হচ্ছে দেখে গাড়িটা দাঁড় করিয়েছিলাম কিছুক্ষণের জন্য। কিন্তু তোমরা এমন খেলাই দেখালে যে, শেষ অবধি কাজে আর যাওয়াই হল না। যাকগে, আমি ঠিক করে ফেলেছি, তোমাদের দু'জনকে কলকাতায় পাঠাব। ভাল

কোচের কাছে খেলা শিখবে। ফার্স্ট ডিভিশনে খেলার ব্যবস্থাও হয়ে যাবে। পড়াশুনো এবং হোস্টেলে থাকার খরচ আমার এস্টেট থেকে দেওয়া হবে। রাজি?"

আলাদিনের প্রদীপ থেকে জিন বেরিয়ে এলে যেমন হত, দুই ভাইয়ের এ কথায় সেইরকমই হল। কিছুক্ষণ কথা-টথা এলই না মুখে।

পাঠান স্যার তাড়াতাড়ি বললেন, "হ্যাঁ, হ্যাঁ খুব রাজি। এত বড় সুযোগ কি আর পাবে!..."

ঘড়ি একটু ঘাড় চুলকে বলল, "বাবাকে একবার জিজ্ঞেস না করে তো কিছু বলা যাবে না..."

মহারাজা হাসলেন, বললেন, "আরে সে তো আমি জানি। তবে আমি যখন ডিসিশন নিই তখন সেটা কাজে করে তুলতে দেরি আমার সয় না। তোমাদের বাবার কাছে এখনই গিয়ে মত করিয়ে নিচ্ছি। ওঠো, গাড়িতে ওঠো।"

এই বলে মহারাজা গাড়ির ভিতরে ঢুকে গেলেন। সেক্রেটারি দরজাটা ধরে রেখে ঘড়ি আর আংটিকে ইশারা করলে উঠে পড়তে। দুই ভাই একটু ইতস্তত করে উঠে পড়ল। তাদের পিছু পিছু পাঠান স্যারও উঠতে যাচ্ছিলেন। কিন্তু সেক্রেটারি পট করে দরজাটা বন্ধ করে দিয়ে একটু কঠিন দৃষ্টিতে চেয়ে বলল, "সরি স্যার। গাড়িতে আর জায়গা নেই।"

পাঠানবাবু কাঁচুমাচু হয়ে ফিরে গেলেন।

গাড়ির ভিতরে দুই ভাই বাইরের এই ঘটনা কিছু টের পেল না। তবে গাড়ির ভিতরকার ব্যবস্থা দেখে তারা মুগ্ধ। নরম গদি। সামনে পা ছড়ানোর অনেকটা জায়গা। মেঝেয় পুরু কার্পেট পাতা। তা ছাড়া বাইরের কোনও শব্দ আসে না ভিতরে। সামনের সিট আর পিছনের সিটের মাঝখানে একটা কাচের পার্টিশন দেওয়া। কেউ কারও কথা শুনতে পায় না।

দুই ভাইয়ের মধ্যে ঘড়ি একটু বেশি বুদ্ধিমান, এবং তার পর্যবেক্ষণও বেশ তীক্ষ্ণ। গাড়ি ছাড়ার পরেই তার খেয়াল হল যে, পাঠান স্যার গাড়িতে ওঠেননি। পিছনে তারা তিনজন, এবং সামনে সেই সেক্রেটারি বসে গাড়ি চালাচ্ছে। ঘড়ি আরও লক্ষ করল যে মহারাজা, তাদের বাড়ির ঠিকানা জিজ্ঞেস করলেন না। গাড়ি কিন্তু বেশ স্পিডে চলছে।

মহারাজা একদৃষ্টে সামনের দিকে চেয়ে ছিলেন। সেইভাবে বসে থেকেই বললেন, "তোমাদের নিশ্চয়ই জানা আছে যে, আজকাল খেলাধুলোর কদর খুব বেশি। ভাল খেলোয়াড়দের ভবিষ্যৎ খুবই উজ্জ্বল। সঙ্গে একটু লেখাপড়া জানা থাকলে তো কথাই নেই।"

ঘড়ি হঠাৎ জিজ্ঞেস করল, "আপনি নিজেও নিশ্চয়ই খেলাধুলো কিছু করেন?"

মহারাজা একটা দীর্ঘশ্বাস ফেলে বললেন, "ইচ্ছে তো খুবই ছিল, কিন্তু এস্টেট আর ব্যাবসা নিয়ে এত ব্যস্ত থাকতে হয় যে, সময় দিতে পারি না। একসময়ে আমি অ্যামেরিকায় মার্শাল আর্ট শিখতাম। বেসবলও খেলেছি। তবে এখন আর কিছু করি না।"

ঘড়ি খুব সন্তর্পণে আংটিকে একটা চিমটি দিল।

দুই ভাইয়ের মধ্যে বোঝাপড়া চমৎকার। চিমটি খেয়ে আংটি চমকাল না বা কোনও প্রশ্ন করল না। কিন্তু হঠাৎ একটু সোজা হয়ে বসল। দাদা তাকে সাবধান হতে বলছে।

গাড়িটা শহর ছাড়িয়ে এসেছে। কিন্তু ঠিক কোন পথে যাচ্ছে তা বোঝা মুশকিল। গাঢ় খয়েরি রঙের পরদায় জানালাগুলো একদম ঢাকা। সামনের কাচ দিয়েও কিছু দেখার উপায় নেই। কারণ, পিছনের সিটের গদি নিচু এবং গভীর। সামনের সিটটা অনেকটা উঁচু বলে উইন্ডস্ক্রিনটাকে আড়াল করে আছে।

ঘড়ি হঠাৎ বলল, "মহারাজ, আমরা কোনদিকে যাচ্ছি?"

"কেন? তোমাদের বাড়িতে।"

"আপনি কি আমাদের বাড়ি চেনেন?"

মহারাজ একটু হাসলেন। তারপর পকেট থেকে একটা রুমাল বের করে নাকটা চাপা দিয়ে বললেন, "আমার সেক্রেটারি চেনে।"

ঘড়ি আংটির পায়ে ছোট্ট একটা লাথি মারল।

কিন্তু দুই ভাই এখনও বুঝতে পারছে না ব্যাপারটা কী ঘটছে। একটু প্রস্তুত ও সতর্ক হয়ে বসে থাকা ছাড়া তাদের আর কিছুই করার নেই।

মহারাজা হঠাৎ একটু কাশলেন। তারপর পিছনে হেলান দিয়ে বসে চোখ বুজলেন। নাকটা তেমনই রুমাল চাপা দেওয়া।

হঠাৎ ঘড়ি আর আংটি মৃদু অস্বস্তিকর একটা গন্ধ পেল। ঘড়ি আর আংটির বহুবার হাত-পা ভেঙেছে। কয়েকবার হাসপাতালে হাড় জোড়া দিতে তাদের অজ্ঞান করা হয়েছে। অজ্ঞান করার জন্য ব্যবহৃত গ্যাসের গন্ধ তাদের চেনা। এ গন্ধটা অনেকটা সেইরকম।

ঘড়ি আংটির দিকে চেয়ে চাপা, প্রায় নিঃশব্দ গলায় বলল, "অ্যাকশন।"

মারপিট দাঙ্গাবাজিতে দু'জনেই সিদ্ধহস্ত। তার ওপর মহারাজ চোখ বুজে আছেন।

আংটি হাতের পাঞ্জাটা শক্ত করে আচমকা তরোয়ালের মতো সেটা চালিয়ে দিল মহারাজের গলায়। একই সঙ্গে ঘড়ি আর একটা ক্যারাটে চপ বসাল মহারাজের মাথার পিছন দিকটায়।

নিঃশব্দে মহারাজ দরজার দিকে ঢলে পড়লেন। মাথাটা কাত হয়ে লটপট করতে লাগল।

মহারাজার সেক্রেটারি কিছু টের পাওয়ার আগেই ঘড়ি তার দিককার দরজাটার হাতল ঘুরিয়ে প্রস্তুত হয়ে রইল। গাড়ির স্পিড একটু কমলেই দরজা খুলে লাফিয়ে পড়বে।

নয়

আচমকা একটা মোড়ের কাছে গাড়ির স্পিড কমে গেল। সামনে একটা ছই-ওলা গোরুর গাড়ি রাস্তা জুড়ে চলেছে। এই রকম সুযোগ আর আসবে না।

ঘড়ি দরজাটা ঠেলল। কিন্তু বজ্র-আঁটুনিতে দরজা এঁটে আছে। ঘড়ি হাতলটা ওপরে নীচে দ্রুত ঘুরিয়ে ঠেলা এবং ধাক্কা দিতে লাগল প্রাণপণে। কপালে একটু ঘামও দেখা দিল তার। কিন্তু দরজা যেমনকে তেমন আঁট হয়ে রইল।

হঠাৎ একটা হাই তোলার শব্দে দুই ভাই-ই চমকে উঠে ডানদিকে তাকিয়ে দেখে মহারাজ নরনারায়ণ সকৌতুকে তাদের দিকে চেয়ে আছেন। আর একটা হাই তুলে আড়মোড়া ভেঙে বললেন, "দরজাটা লক করা আছে। সহজে খুলবে না, খামোকা চেষ্টা করছ।"

দুই ভাই বেকুব হয়ে অবিশ্বাসের চোখে চেয়ে থাকে। মহারাজ নরনারায়ণ লম্বাচওড়া লোক সন্দেহ নেই। কিন্তু দু'-দুটো প্রাণাঘাতী ক্যারাটে চপ খেয়েও এত স্বাভাবিক থাকা চাট্টিখানি কথা নয়।

ঘড়ি আর আংটির মুখে কথা সরছে না দেখে মহারাজ নিজেই সদয় হয়ে বললেন, "এত ব্যস্ত হওয়ার কিছুই ছিল না। তোমাদের আমার প্রাসাদে নিয়ে গিয়ে একটু আপ্যায়ন করা হবে। তারপর বাড়ি পৌঁছে দেওয়ার কথা ভাবা যাবে, এখন হাত-পা না ছুড়ে চুপ করে বসে থাকলেই আমি খুশি হব।"

ঘড়ি আংটি পরস্পরের দিকে একটু তাকাল। আংটির রোখ আছে, জেদিও বটে, কিন্তু সে সব সময় তার দাদাকে মেনে চলে। ঘড়ির গুণ হল, সে চট করে কিছু করে না, ঠান্ডা মাথায় ভেবেচিন্তে করে। মহারাজাকে আক্রমণ করাটা হয়তো একটু ভুলই হয়ে থাকবে। ঘড়ি তো জানত না যে, মহারাজা অনেক উঁচুদরের খেলোয়াড়।

বুদ্ধি খেলিয়ে ঘড়ি চট করে স্থির করে ফেলল, আর গা-জোয়ারি দেখিয়ে লাভ নেই। এখন তালে তাল দিয়ে চলাটাই বুদ্ধিমানের কাজ হবে। তাই সে খুব

অমায়িকভাবে একটু হেসে হাত কচলাতে কচলাতে বলল, "আমরা ভয় পেয়ে ওরকম করে ফেলেছি। আপনার বেশি লাগেনি তো?"

রাজা নরনারায়ণ নিজের গলায় একটু হাত বুলিয়ে বললেন, "আংটি আর তুমি যে দুটো মার বসিয়েছ তাতে যে-কোনও লোকের মরে যাওয়ার কথা। তোমরা দু'জনেই সাক্ষাৎ খুনে।"

আংটি মুখখানা থোতা করে বলল, "কিন্তু আপনি তো মরেননি।"

নরনারায়ণ একটু হেসে বললেন, "রূপকথার গল্পে পড়োনি, সেই যে রাক্ষসের প্রাণভোমরা থাকে জলের তলায় একটা স্তম্ভের মধ্যে সোনার কৌটোয়? আমারও হল সেরকম। সোজাসুজি আমাকে মারা অসম্ভব। তবে যদি কোনওদিন আমার প্রাণভোমরাটাকে খুঁজে পাও তা হলে পুটুস করে আমাকে মেরে ফেলতে পারবে। কিন্তু কাজটা শক্ত।"

ঘড়ি আর আংটি ফের চোরাচোখে দৃষ্টি বিনিময় করে নিল। ঘড়ি ইঙ্গিতে ভাইকে জানাল, মহারাজের মাথায় গোলমাল আছে।

মহারাজা তাদের দিকে দৃকপাতও করলেন না। পিছনে নরম গদিতে হেলান দিয়ে বসে চোখ বুজে বললেন, "আমি খুব ক্লান্ত। বুঝলে? খুব ক্লান্ত। একটু বিশ্রাম নিতে দাও।"

ঘড়ি আর আংটি কাঠ হয়ে বসে রইল।

গাড়ি কোন দিকে যাচ্ছে, কোথায় যাচ্ছে তা তারা বুঝতে পারছে না। তবে এটা বুঝতে পারছে, গাড়ির মধ্যে একটু আগে তারা যে ঘুমপাড়ানি ওষুধের গন্ধ পেয়েছিল সেটা মোটেই ঘুমপাড়ানি ওষুধ নয়। তাদের মতো দুর্বল ও অসহায় ছেলেকে ঘুম পাড়িয়ে গুম করার প্রয়োজনই নরনারায়ণের নেই।

তবে গন্ধটা খুব অদ্ভুত। চুপচাপ বসে থেকে ঘড়ি টের পেল এই গন্ধটা শ্বাসের সঙ্গে যতবার ভিতরে যাচ্ছে ততবারই সে যেন বেশ তরতাজা আর ঝরঝরে হয়ে উঠছে। তবে গন্ধটা কিসের তা সে জানে না।

একটু বাদে গাড়িটা একটা জঙ্গলের মধ্যে ঢুকল। সামনের উইন্ডস্ক্রিন দিয়ে দেখা যাচ্ছিল, বিশাল বিশাল গাছ। চারদিকে অন্ধকার অন্ধকার। রাস্তাটাও বেশ এবড়ো-খেবড়ো। গাড়িটা লাফাচ্ছে, ঝাঁকুনি খাচ্ছে।

জঙ্গলের ভিতরে প্রায় পনেরো মিনিট চলার পর গাড়ি ধীরে ধীরে গতি কমাল। তারপর দাঁড়িয়ে গেল।

সামনের সিট থেকে ড্রাইভার তড়াক করে নেমে পিছন দিকের দরজা খুলে বশংবদ ভঙ্গিতে দাঁড়াল।

প্রথমে মহারাজা এবং তাঁর পিছু-পিছু ঘড়ি আর আংটি নেমে এল। ওদের ভাবখানা নিপাট বাধ্য ছেলের মতো।

জঙ্গলের মধ্যে একটু ফাঁকা একটা জায়গা। কোথাও কোনও প্রাসাদ দূরে থাক, কুঁড়েঘরেরও চিহ্ন নেই। তবে সামনে বড়-বড় কোমরসমান ঘাসজঙ্গলের মধ্যে ভগ্নস্তূপের মতো কিছু একটা দেখা যাচ্ছে বটে।

সন্ধে হয়ে এসেছে। জঙ্গলের মধ্যে বেশ শীত। ঘড়ি আর আংটি শীতের বাতাসে একটু কেঁপে উঠল। খানিকটা শীতে, খানিকটা ভয়ে।

ঘড়ি আড়চোখে চারদিকটা দেখে নিচ্ছিল। যে রাস্তা দিয়ে গাড়িটা তাদের এইখানে নিয়ে এসেছে সেটা কাঁচা রাস্তা। রাস্তাটা এখানে এসেই শেষ হয়ে গেছে। চারদিককার জঙ্গল তেমন ঘন নয়। ঘড়ি শুনেছে তাদের বাড়ি থেকে কিছু দূরে হাতরাশের জঙ্গল আছে। একটা ছোট নদীও আছে সেখানে। মাঝে মাঝে শীতকালে ছেলেরা দল বেঁধে চড়ুইভাতি করতে যায়। কেউ কেউ পাখি শিকার করতেও আসে। এটাই সেই জঙ্গল কি না কে জানে, সে কখনও হাতরাশের জঙ্গলে যায়নি।

দেখেশুনে ঘড়ির মনে হল, হঠাৎ যদি তারা দুই ভাই খুব জোরে দৌড়ে জঙ্গলের মধ্যে ঢুকে যায় তা হলে এই নকল রাজা আর তাঁর সুড়ুঙ্গে সেক্রেটারির হাত থেকে রেহাই পাওয়া সম্ভব। এদের মতলব যে ভাল নয় তা এতক্ষণে জলের মতো পরিষ্কার বোঝা যাচ্ছে।

মহারাজা গাড়ি থেকে নেমে খুব আলস্যভরে আড়মোড়া ভাঙলেন। তারপর ঘুম-ঘুম চোখে চারদিকে চেয়ে দেখতে লাগলেন। পাশে দাঁড়িয়ে তাঁর সেক্রেটারি গুনগুন করে কী যেন বলছে। একটু দূরে দাঁড়ানো জড়সড় দুই ভাই কিছু বুঝতে পারছে না।

ঘড়ি আংটির দিকে চেয়ে চোখের একটা ইশারা করল। তারপর আড়চোখে মহারাজা আর তাঁর সেক্রেটারিকে দেখে নিল। না, ওঁরা তাদের লক্ষ করছেন না।

ঘড়ি আর আংটি একটু হাত-পা ঝেড়েঝুড়ে নিল। বড় দৌড়ের আগে ওয়ার্ম-আপ করতে হয়, না হলে পেশিতে টান ধরে। তবে বেশিক্ষণ ওয়ার্মআপ করার সময় নেই। দু'-একটা লাফ-ঝাঁপ দিয়ে একটু ওঠবোস করে নিয়ে দুই ভাই পরস্পরের দিকে চেয়ে চোখে-চোখে কথা বলে নিল।

তারপর জেলার দুই বিখ্যাত স্পোর্টসম্যান হঠাৎ বিদ্যুৎগতিতে দৌড়ে সামনের ঘাসজঙ্গলে গিয়ে পড়ল। জঙ্গলের মধ্যে ছুটবার হাজারো অসুবিধে। কিন্তু প্রাণের দায় বড় দায় এবং ভয় জিনিসটা মানুষকে অনেক অসাধ্য সাধন করায়।

দুই ভাই ঘাস-জঙ্গলটা প্রায় চোখের পলকে পার হয়ে গেল। লাফিয়ে লাফিয়ে

এবং বড় বড় পা ফেলে। ধ্বংসস্তূপটা ডানদিকে, সেদিকে তারা গেল না। বাঁ দিক দিয়ে কোনাকুনি দৌড়ে তারা বড়-বড় গাছের জঙ্গলে ঢুকে গেল।

ঘড়ি একবার ঘাড় ঘুরিয়ে দেখল রাজা বা সেক্রেটারি কী করছেন। অবাক হয়ে সে দেখল, তাদের দিকে ভ্রূক্ষেপও না করে রাজা আর সেক্রেটারি তখনও কথা বলে যাচ্ছেন।

লোকগুলো কি বোকা? না কি অতিশয় ধূর্ত? ভাবতে ভাবতে ঘড়ি দৌড়তে থাকে। পাশাপাশি আংটি।

আংটি জিজ্ঞেস করল, "কী হল রে দাদা? কেউ তো পিছু নিল না?"

"তাই তো ভাবছি।"

"লোকটা কি খুব পাজি?"

"মনে তো হয়।"

"তা হলে আমাদের পালাতে দিল কেন?"

"বুঝতে পারছি না।"

"রাজা তো প্রাসাদের কথা বলছিলেন। সেই প্রাসাদই বা কোথায়?"

"কী করে বলব? তবে দৌড়োতে থাক। এখন পালানোটাই বড় কথা।"

"লোকটার হয়তো কুকুর আছে। লেলিয়ে দেবে।"

"বন্দুকও থাকতে পারে। দৌড়ো।"

দুই ভাই নিঃশব্দে দৌড়োতে থাকে। জঙ্গলটা খুব ঘন নয়। কিন্তু অন্ধকার হয়ে আসায় সব কিছু আস্তে আস্তে অস্পষ্ট হয়ে আসছে। জঙ্গলের মধ্যে কুয়াশাও উঠছে জমাট বেঁধে। কোথায় যাচ্ছে তা তারা বুঝতে পারছে না।

দশ

কেউ তাড়া করছে না দেখে ঘড়ি আর আংটি দৌড়ের গতি কমিয়ে দিল। কুয়াশা এবং গাছগাছালির জন্য জোরে দৌড়োনো সম্ভবও নয়। অন্ধকারও হয়ে এসেছে। দুলকি চালে দৌড়োতে দৌড়োতে ঘড়ি বলল, "খুব বেঁচে গেছি। লোকটার গায়ে ভীষণ জোর।" আংটি বলল, "শুধু জোরই নয়, যে দুটো সাংঘাতিক ক্যারাটের মার হজম করল, তাতেই বোঝা যায় মারপিটের লাইনের লোক। রাজা-ফাজা কিছু নয়।"

বড়-বড় গাছ সংখ্যায় কমে আসছে। জঙ্গলটা ফাঁকা-ফাঁকা হয়ে যাচ্ছে ক্রমে। ঘড়ি সামনের দিকে চেয়ে বলল, "আমরা বড় রাস্তার কাছাকাছি এসে গেছি মনে হচ্ছে।"

বাস্তবিকই তাই। সামনে একটা বড়-বড় ঘাসের জঙ্গল। তারপরই বড় রাস্তা। সামনে একটা লরি মেরামত হচ্ছে। এক-আধটা সাইকেলও যাচ্ছে আসছে।

লোকজন দেখে দুই ভাই নিশ্চিন্ত হয়ে রাস্তায় উঠে এল। দু'পাশে তাকিয়ে দেখল, মহারাজার গাড়ির কোনও চিহ্নও নেই। এ জায়গাটা ঘড়ি বা আংটির চেনা জায়গা নয়। এদিকটায় তারা কখনও আসেনি।

হাট সেরে কয়েকজন গেঁয়ো লোক ফিরছিল। ঘড়ি তাদের একজনকে জিজ্ঞেস করল, "এ জায়গাটার নাম কী?"

"হরিহরপুর।"

"আমরা শহরের দিকে যাব। কী ভাবে যাওয়া যায়?"

লোকটা একটু অবাক হয়ে বলল, "তার ভাবনা কী? একটু বাদেই বাসগাড়ি এসে যাবে। চেপে বসলেই শহরে নিয়ে গিয়ে তুলবে। ওই বোধহয় আসছে, এপাশটায় দাঁড়িয়ে হাত তুলুন।"

ঘড়ি আর আংটি দেখল সত্যিই একটা বাস আসছে। খুবই লজঝড়ে চেহারা। ভিড়ে ভিড়াক্কার। ভিড় দেখে তারা আজ খুশিই হল।

বাসে উঠে দুই ভাই ভিড়ের ভিতর সেঁদিয়ে দাঁড়াল। এতক্ষণে একটু নিশ্চিন্ত লাগছে।

দু'-তিনটে স্টপ পার হওয়ার পর কিছু লোক হুড়মুড় করে নেমে যেতে বাসটা হঠাৎ বেশ ফাঁকা হয়ে গেল।

হঠাৎ আংটি চাপা স্বরে বলল, "দাদা, পিছনে দ্যাখ।"

ঘড়ি তাকিয়ে দেখে থ হয়ে গেল। পিছনের সিটে জানালার ধারে একটা সুড়ুঙ্গে লম্বা লোক বসে বসে ঢুলছে। বাসের আবছা আলোতেও লোকটার চেহারা ভুল হওয়ার নয়। রাজা নরনারায়ণের সেক্রেটারি।

লোকটা কী করে বাসের মধ্যে এল বুঝতে পারল না ঘড়ি। তবে সে চাপা স্বরে বলল, "মুখ ঘুরিয়ে রাখ। দেখতে পাবে।"

লোকটা অবশ্য দেখল না। বসে বসে যেমন ঢুলছে তেমনই ঢুলতে লাগল। আড়চোখে চেয়ে ঘড়ি মাঝে মাঝে দেখছিল, লোকটার ঘাড় লটপট করছে। মাথাটা বাসের ঝাঁকুনিতে মাঝে মাঝে জোরসে ঠুকে যাচ্ছে জানালায়। তবু কী ঘুম বাবা! একটুও চোখ মেলল না।

বাস থামছে। লোকজন নামা-ওঠা করছে। সেক্রেটারি নির্বিকার ঘুমোচ্ছে বসে বসে।

আংটি চাপা স্বরে বলল, "দাদা, লোকটা বোধহয় আমাদের দেখতে পেয়েছে। ঘুমের ভান করে নজর রাখছে।"

ঘড়ি তীক্ষ্ণ চোখে একবার দেখে নিয়ে মাথা নেড়ে বলল, "তাও হতে পারে, তবে সাবধানের মার নেই। মুখটা আড়াল করে থাক।"

একটু বাদে কয়েকজন লোক নেমে যাওয়ার পর দুই ভাই বসবার জায়গা পেয়ে গেল। বসে দু'জনেই মাথা নামিয়ে রেখে আড়ে আড়ে নজর রাখতে লাগল।

আশ্চর্যের বিষয়, সুড়ুঙ্গে সেক্রেটারি একবারও চোখ মেলল না বা তাদের দিকে তাকাল না। সেক্রেটারির পাশে বসা লোকটা মাঝে মাঝে বিরক্ত হয়ে ধমক দিচ্ছিল, "ও মশাই, গায়ের ওপর ওরকম হেলে পড়ছেন কেন? সোজা হয়ে বসুন না!"

কিন্তু সেক্রেটারির তাতে ভ্রুক্ষেপ নেই।

পাশে বসা লোকটা গেঁয়ো প্রকৃতির। বেশ জোরে জোরেই গজগজ করে বলতে লাগল, "সেই হরিপুর থেকেই এমন কাণ্ড শুরু করেছে যে, অতিষ্ঠ হয়ে গেলাম! এমন গায়ে-পড়া লোক জন্মে দেখিনি বাবা। কতবার সোজা হয়ে বসতে বলছি, তা ইনি কথাটা কানেই তুলছেন না। চাষার ঘুমকেও হার মানিয়ে দিয়েছেন।"

ঘড়ি আর আংটি সবই শুনল। পরস্পরের দিকে তাকিয়ে নিল দু'জনে।

সামনের একটা গঞ্জে বাসটা দাঁড়াতেই পেছনের সিট থেকে সেক্রেটারির পাশে বসা লোকটা একটা পুঁটলি নিয়ে উঠে দাঁড়াল এবং নেমে পড়ল। সেক্রেটারি জানালায় হেলান দিয়ে ঘুমোচ্ছে।

অনেকে নেমে যাওয়ায় সেক্রেটারির পাশে আর কেউ বসল না। বাস প্রায় ফাঁকা। আর দু' মাইল দূরে শহর।

বাসটা আবার ছাড়তেই হঠাৎ পিছনের সিটে একটা বিকট শব্দ শোনা গেল। সকলে চমকে চেয়ে দেখে, সুড়ুঙ্গে সেক্রেটারি মেঝের ওপর পড়ে আছে সটান হয়ে।

হইহই করে ওঠে লোকজন, "পড়ে গেছে...অজ্ঞান হয়ে গেছে...জল...পাখা...."

ঘড়ি আর আংটি খানিকটা থতমত খেয়ে তাড়াতাড়ি অন্য সব লোকজনের সঙ্গে মিলেমিশে এগিয়ে গিয়ে দেখল।

যা দেখল, তাতে তাদের চোখ চড়কগাছ। এরকম ঘটনা তারা স্বপ্নেও কল্পনা করতে পারেনি।

লোকজন প্রচণ্ড চেঁচাতে লাগল, "রক্ত...রক্ত...উরেব্বাস রে...খুন...খুন...!"

খুন যে তাতে কোনও সন্দেহ নেই। সেক্রেটারি উপুড় হয়ে পড়ে আছে। সমস্ত পিঠটা রক্তে ভাসাভাসি মাখামাখি।

বাস থেমে গেল। লোকজন সব নেমে পড়তে লাগল দুড়দাড় করে। বাইরে চেঁচামেচি শুনে আবার লোকজন জুটেও গেল অনেক।

এই চেঁচামেচি আর বিশৃঙ্খলার মধ্যে ঘড়ি মাথা ঠান্ডা রেখে চটপট যা দেখার দেখে

নিল। সেক্রেটারির পরনে সেই নীলচে ধূসর রঙের স্যুটটাই রয়েছে। লোকটার মাথার চুল পাতলা। বয়স চল্লিশের কাছাকাছি। পায়ে বেশ ঝাঁ-চকচকে একজোড়া জুতো।

রক্তে-মাখা পিঠটার ঠিক মাঝামাঝি মেরুদণ্ডের ওপর একটা ছ্যাঁদা লক্ষ করল ঘড়ি। বন্দুক বা পিস্তলের গুলিই হবে, ঘড়ি আরও লক্ষ করে, যেখানে সেক্রেটারি বসেছিল ঠিক সেইখানে বাসের পেছন দিককার সিটেও একটা ফুটো। সন্দেহ নেই কেউ পিছন থেকে গুলি চালিয়েছে; সেই গুলি বাস ফুটো করে সেক্রেটারির শরীরে ঢুকে গেছে। সম্ভবত মৃত্যুও হয়েছে তৎক্ষণাৎ। কিন্তু কোণের দিকে ভিড়ের চাপে সেঁটে বসে ছিল বলে এতক্ষণ পড়ে যায়নি।

ঘড়ি চাপা গলায় বলল, "আংটি, চল, কেটে পড়ি। এখানে আর থাকা বিপজ্জনক।"

আংটি মাথা নেড়ে বলল, "সেই ভাল।"

দুই ভাই নেমে পড়ল।

এ জায়গাটা তাদের চেনা। বহুবার এসেছে। লালমণিপুর। এখানে মন্টু নামে ঘড়ির এক বন্ধু থাকে, বেশ বড়লোক।

ঘড়ি বলল, "চল, মন্টুর মোটরসাইকেলটা নিয়ে ফিরে যাই।"

মন্টুর বাড়ি বেশি দূর নয়। রাস্তার ওপরেই তাদের বিশাল বাগানঘেরা বাড়ি।

মন্টু বাড়িতেই ছিল। তারা যেতেই বেরিয়ে এসে বলল, "আরে! তোদের কী খবর বল তো! আজ এত বড় একটা ম্যাচ জেতার পর কোথায় গায়েব হয়ে গিয়েছিলি? সবাই তোদের খোঁজ করে অস্থির। কোন রাজা নাকি তোদের নিয়ে গেছে।"

ঘড়ি বেশি ভাঙল না। বলল, "পরে সব বলব। এখন তোর মোটরসাইকেলটা দে। বাড়ি ফিরতে হবে।"

এগারো

দুই ভাই মোটরসাইকেল দাবড়ে যখন বাড়ি ফিরল তখন বেশ একটু রাত হয়ে গেছে। বাড়ির লোক চিন্তা করতে শুরু করেছে। হরিবাবু বাইরের বারান্দায় পায়চারি করতে করতে স্বগতোক্তি করছেন, "মরবে...মরবে, দুটোই একদিন বেঘোরে মরবে। ওসব বর্বর খেলার পরিণতি ভাল হওয়ার কথা নয়। ফাইনার সেন্স নষ্ট হয়ে যায়, বুদ্ধি লোপ পায়, হিংস্রতা আসে, মানুষ পশু হয়ে যায়..."

খেলাধুলো জিনিসটা যে এত খারাপ তা পঞ্চানন্দ জানত না। সে খুব গম্ভীর মুখে

হরিবাবুর পিছু-পিছু পায়চারি করছিল। আর মাঝে মাঝে "খুব ঠিক কথা", "বেড়ে বলেছেন", "সে আর বলতে"—এই সব বলে যাচ্ছিল।

হরিবাবু তার দিকে চেয়ে হঠাৎ বললেন, " তুমি তো অনেক ফিকির জানো। ছেলে দুটোর কী হল একটু দেখবে?"

পঞ্চানন্দ বিগলিত হয়ে বলল, "আজ্ঞে বৃথা ভেবে মরছেন। আপনার ছেলে দুটো তো আর দুধের খোকা নয়। ঠিক ফিরে আসবে।"

একটা দীর্ঘশ্বাস ফেলে হরিবাবু বললেন, "দুধের খোকা যে নয় তা আমি বিলক্ষণ জানি। দুটোই ভয়ংকর রকমের ডাকাবুকো গুন্ডা। প্রায়ই মারপিট করে আসে। ওদের শত্রুর অভাব নেই। তা কেউ যদি গুম-খুন করে বসে, তা হলে কী হবে?"

পঞ্চানন্দ মাথা চুলকে বলল, "তা হলে তো খুবই মুশকিল।"

হরিবাবু একটু কঠিন চোখে পঞ্চানন্দের দিকে চেয়ে বললেন, "ও বেলা তো দিব্যি খ্যাঁট চালালে।"

পঞ্চানন্দ বিগলিত হয়ে বলল, "আজ্ঞে সে আর বলতে। মাংসটা কিন্তু মশাই খুব জমে গিয়েছিল। আর-একটু ঝাল হলে কথাই ছিল না। তারপর ধরুন পোলাওয়ের কথা। তারটা খুব উঠেছিল বটে, তবে কিনা জাফরান না পড়লে পোলাও ঠিক যেন পোলাও-পোলাও লাগে না। তবে ফুলকপির রোস্ট গিন্নিমা একেবারে সোনার ফ্রেমে বাঁধিয়ে দিয়েছিলেন বটে..."

হরিবাবু কঠিন গলায় বললেন, "খ্যাঁট ফের এ বেলাও তো চালাবে।"

পঞ্চানন্দ মাথা চুলকে বলল, "আজ্ঞে হিমালয়ে গিয়ে যখন থাকি, তখন দিনান্তে একটা পাকা হত্তুকি ছাড়া কিছুই জোটে না । এই আপনাদের কাছে যখন আসি-টাসি, তখনই যা আজ্ঞে, একটু ভালমন্দ জোটে। বলতে নেই আজ্ঞে শ্রীভগবানের আশীর্বাদে এ বেলাও একটু খ্যাঁট চালানোর ইচ্ছে আছে।"

"তা চালাবে চালাও, কিন্তু বসে বসে খাওয়া আমি অপছন্দ করি। যাও গিয়ে ছেলে দুটোর হদিশ করে এসো।"

পঞ্চানন্দ মাথা চুলকে বলল, "প্রস্তাবটা মন্দ নয়। হাঁটাহাঁটি দাপাদাপি করলে খিদেটাও চাগাড় দিয়ে উঠত। কিন্তু মুশকিল কী জানেন! আপনার ছেলেদের তো আমি চিনি না। আপনাদেরই সব ছোট-ছোট দেখেছি। সেই আপনারা বড় হলেন, ছেলের বাপ হলেন, ভাবতেও অবাক লাগে। ভাবি দুনিয়াটা হল কী!"

হরিবাবু যথেষ্ট রেগে গলা রীতিমতো তুলে বললেন, "ওসব বাজে কথা ছাড়ো। তুমি না চিনলেও ঘড়ি আর আংটিকে তল্লাটের সবাই চেনে। জিজ্ঞেস করে করে খোঁজ নাও। শুনছি, কোনও রাজা নাকি তাদের নিয়ে গেছে।"

পঞ্চানন্দ অবাক হয়ে বলে, "রাজা! এ তল্লাটে আবার রাজা-গজা কে আছে বলুন তো?"

"সে কে জানে। হাতরাশগড়ে একসময়ে রাজা ছিল একজন। সে কবে মরে হেজে গেছে। তা সে জমিদারি রাজত্বও কিছুই তো আর নেই। সব জঙ্গল হয়ে আছে। তাই ভাবছি হাতরাশের রাজা আবার কে এল ঘড়ি আর আংটিকে নিয়ে যেতে! কোনও বদমাশের পাল্লায় পড়ল না তো!"

পঞ্চানন্দ মাথা নেড়ে বলল, "আজকাল গুন্ডা-বদমাশের অভাব কী! চারদিকেই তো তারা—"

হরিবাবু খেঁকিয়ে উঠে বললেন, "সেইজন্যই তো খোঁজ নিতে বলছি।"

"যাচ্ছি আজ্ঞে।"

তবে পঞ্চানন্দকে যেতে হল না। বারান্দা থেকে সে সবে সিঁড়িতে পা বাড়িয়েছে, এমন সময় বিকট শব্দে হুড়মুড় করে একটা বিশাল মোটরসাইকেল এসে গা ঘেঁষে ব্রেক কষল। পঞ্চানন্দ সড়াত করে পা টেনে নিয়ে বলল, "বাপ রে!"

হরিবাবু কটমট করে ঘড়ি আর আংটির দিকে কিছুক্ষণ চেয়ে রইলেন। তারপর বিকট হুংকার দিয়ে বললেন, "কোথায় ছিলি?"

ঘড়ি আর আংটি খুবই দামাল আর দুরন্ত বটে, কিন্তু আশ্চর্যের বিষয় তারা তাদের নিরীহ কবি-বাবাকে ভীষণ ভয় পায়। হরিবাবু তাদের কখনও মারধোর করেননি, এমনকী বকাঝকাও বিশেষ করেন না। বলতে কী, ছেলেদের খোঁজখবরই তিনি কম রাখেন। তবু ঘড়ি আর আংটি বাপের সামনে পড়লে কেমন যেন নেংটি ইঁদুরের মতো হয়ে যায়।

দুই ভাই মোটরসাইকেল থেকে নেমে কাঁচুমাচু হয়ে মাথা নিচু করে দাঁড়াল।

"কোথায় গিয়েছিলি? মোটরবাইকই বা কোথায় পেলি? কতবার বলেছি না মোটরবাইক, সাইকেল, এসব হল শয়তানের চাকা? দু' চাকায় যে গাড়ি চলে তাকে কোনও বিশ্বাস আছে?"

ঘড়ি গলা খাঁকারি দিয়ে বলল, "আমরা একটু এই এক বাড়িতে নেমন্তন্ন খেতে গিয়েছিলাম।"

কথাটা মিথ্যে, তবে ঘড়ি জানে তাদের বাবা খুব ভিতু মানুষ। তারা যে বিপদে পড়েছিল, সে কথা বললে বাবার সারারাত আর ঘুম হবে না।

হরিবাবু অত্যন্ত সন্দিহান চোখে মোটরবাইকটার দিকে চেয়ে বললেন, "ওটা কার?"

"আমাদের এক বন্ধুর। রাস্তায় বাস খারাপ হয়ে যাওয়ায় চেয়ে এনেছি।"

হরিবাবু একটা দীর্ঘশ্বাস ফেললেন। তারপর বললেন, "ওটা ফেরত দেওয়ার সময় ঠেলে নিয়ে যাবে। খবরদার চাপবে না। মনে থাকবে?"

ঘড়ি ঘাড় কাত করে বলল, "থাকবে।"

"এখন যাও। তোমাদের মা খুব দুশ্চিন্তায় আছেন। জরি, ন্যাড়া সব খুঁজতে বেরিয়েছে তোমাদের।"

হরিবাবুর পিছন থেকে পঞ্চানন্দ দুই ভাইকে দেখে নিচ্ছিল ভাল করে। মুখে বিগলিত হাসি। ঘড়ি আর আংটি ঘরে চলে যাওয়ার পর সে বলল, "বেশ দুষ্টু-দুষ্টু আর মিষ্টি-মিষ্টি দেখতে হয়েছে খোকা দু'টি।"

হাত-মুখ ধুয়ে জামাকাপড় পালটে দুই ভাই নিজেদের ঘরে যখন মুখোমুখি বসল, তখন দু'জনেরই মুখে দুশ্চিন্তার ছাপ।

আংটি বলল, "দাদা, এখনও আমি ঘটনাটা কিছু বুঝতে পারছি না।"

ঘড়ি প্রথমে উত্তর দিল না। ভ্রু কুঁচকে ভাবল কিছুক্ষণ। তারপর বলল, "আমিও না।"

"সেক্রেটারিকে কে মারল, কেন মারল, তা আন্দাজ করতে পারিস?"

"দূর! কী করে আন্দাজ করব? শুধু মনে হচ্ছে, পিছন থেকে কেউ গুলি করেছে।"

"সেক্রেটারি বাসে করে যাচ্ছিল কোথায়? আমাদের খোঁজ নিতে নয় তো!"

ঘড়ি হাত উলটে বলল, "কে জানে! নরনারায়ণই বা আমাদের পাকড়াও করেছিল কেন তাও তো বুঝতে পারছি না।"

সমস্যার কোনও সমাধান সহজে হওয়ার নয় বুঝে ঘড়ি আর আংটি সোজা দাবার ছক পেতে বসে পড়ল।

দাবা খেলায় দু'জনেই ওস্তাদ কিন্তু তার চেয়েও বড় কথা, কোনও সমস্যায় বা বিপদে পড়লে ঘড়ি সবসময়ে এক বা দুই পাত্তি দাবা খেলে নেয়। তাতে তার মনের ভাবটা সহজ হয়ে যায়।

হরিবাবু দাবা খেলা পছন্দ করেন না, তাস খেলা দু'চোখে দেখতে পারেন না। তাই দুই ভাই গোপনে বসে দাবা খেলে।

* * *

ওদিকে ছেলেরা বাড়ি ফিরে আসায় হরিবাবু নিশ্চিন্ত হয়ে পঞ্চানন্দকে বললেন, "ওহে পঞ্চানন্দ, ইয়ে, আমার ঘরে চলো গিয়ে একটু বসি।"

"তা চলুন। বসতে আর আপত্তি কী?"

"ইয়ে বলছিলাম, আজ সন্ধেবেলায় ইয়ে একটা ওই লিখেছিলাম আর কী।"

"জিনিসটা একটু ভেঙে বলুন। কথা সবসময়ে খোলসা করে বলবেন, তাতে মনটা পরিষ্কার থাকে।"

"ইয়ে একটা কবিতা আর কী।"

"কবিতা? তা সেকথা বলতে অত কিন্তু-কিন্তু করছেন কেন বলুন তো? কবিতা তো ভাল জিনিস। কবিতা ঝুড়ি-ঝুড়ি লিখে ফেলবেন। যত লিখবেন ততই ভাল।"

হরিবাবু খুব লাজুক মুখে বললেন, "না ইয়ে বলছিলাম কী, তোমাকে গোটাকয় শোনাব। হয়েছে কী জানো, এ বাড়িতে কবিতার ঠিক সমঝদার নেই। আমার স্ত্রী তো কবিতার খাতা পারলে উনুনে দেন। জরিটার নাকি কবিতা শুনলেই তেড়ে জ্বর আসে। ন্যাড়াটা তো গাধা। আর আমার পিসি তো কানে শোনেন না।"

পঞ্চানন্দ একটু গম্ভীর হয়ে বলল, "কবিতা শুনব সে তো ভাল কথা। কিন্তু মশাই, আমার আবার একটু বিড়ি-টিড়ি না হলে এসব দিকে মেজাজটা আসে না। দুটো টাকা দিন, ঝট করে মোড়ের মাথা থেকে এক বান্ডিল বিড়ি আর একটা ম্যাচিস নিয়ে আসি।"

হরিবাবু দিলেন, এবং বললেন, "তুমি খুব ঘোড়েল।"

বারো

গজ পালোয়ান নামটা শুনলে মনে হয় লোকটা বুঝি হাতির মতোই বিরাট আকারের। কিন্তু আসলে গজ পালোয়ানের চেহারা মোটেই সেরকম নয়, জামাকাপড় পরা অবস্থায় তাকে পালোয়ান বলে মনেই হয় না। ছিপছিপে গড়ন, লম্বাটে চেহারা, মুখচোখ নিরীহ, একটু সাধু-সাধু উদাস-উদাস ভাব। ল্যাঙট পরে খালি গায়ে যখন সে কুস্তি শেখাতে দঙ্গলে নামে, তখন তার বিদ্যুতের মতো গতি আর বাঘের মতো শক্তির খানিকটা আঁচ পাওয়া যায়। ঘুসি মেরে যে পাথর ভাঙতে পারে, দু' প্যাকেট তাস একসঙ্গে ধরে ছিঁড়ে ফেলতে পারে, তিন আঙুলের চাপে বেঁকিয়ে দিতে পারে একটা কাঁচা টাকা।

গজ খুব সাদাসিধে মানুষ। চকসাহেবের ভাঙা পোড়োবাড়ির একখানা ঘর নিয়ে সে থাকে। আসবাব বলতে একটা দড়ির খাটিয়া, একখানা উনুন আর কয়েকটা বাসনপত্র। জামাকাপড় তার বিশেষ নেই। যা আছে তা একটা দড়িতে ঝোলে। থাকার মধ্যে আর আছে একখানা পাকা বাঁশের তেলচুকচুকে পাঁচ হাত লাঠি। পুরনো বাড়ি বলে মাঝে

মাঝে বিষাক্ত সাপ বেরিয়ে আসে। গজ সাপখোপ মারে না, লাঠি মেঝেয় ঠুকে শব্দ করে তাড়িয়ে দেয়। এ ছাড়া লাঠিটা আর কোনও কাজে লাগে বলে কেউ জানে না। তবে মানুষের সবচেয়ে বড় অস্ত্র যেটা, তা লাঠি-বন্দুক এসব নয়। সেটা হল দুর্জয় সাহস। গজ পালোয়ানের সেইটে আছে।

চকসাহেবের বাড়ি নিয়ে অনেক কিংবদন্তি আছে। চক নামে কোনও নীলকর বা অন্য কোনও সাহেব এই বাহারি বাড়িখানা বানিয়েছিল। তারা মরে-হেজে যাওয়ার পর এ বাড়ি ছিল ডাকাতের আস্তানা। তারপর ভূতের বাড়ি হিসেবেও রটনা হয়েছিল একসময়। আস্তে আস্তে বাড়িটা ভেঙে পড়ছে, জঙ্গলে ঢেকে যাচ্ছে। বসবাসের যোগ্য আর নেই। এই পড়ো পড়ো বাড়িতে থাকতে যে-কারও ভয় পাওয়ার কথা। তার ওপর ভূতপ্রেত এবং সাপখোপ। গজ এই ভগ্নপ্রায় বাড়িটার জঙ্গল কেটে কুস্তির আখড়া বানিয়েছে, একটা ঘর কোনওরকমে বাসোপযোগী করে নিয়েছে। বিকেলে গুটি দশ-বারো ছেলে তার কাছে কুস্তি শিখতে আসে। বাকি দিনরাত সে একা থাকে। কেউ তাকে বড় একটা ঘাঁটায় না। সে কোথাকার লোক, কেন তাকে জখম অবস্থায় পাওয়া গিয়েছিল, তার কে আছে, এসব খবর কেউ জানে না।

আজ রাত্রে প্রচণ্ড শীত পড়েছে। গজ খিচুড়ি রাঁধবে বলে চালে-ডালে মিশিয়ে উনুনে চাপিয়ে খাটিয়ায় বসে একটা বই পড়ছিল। চারদিকটা খুব নিঝুম। তবে পুরনো বাড়িতে নানারকম শব্দ থাকেই। যেমন, একটা তক্ষক বা প্যাঁচা ডেকে উঠল, একটা নড়বড়ে কপাট ফটাস করে বাতাসে বন্ধ হয়ে গেল, একটা বেড়াল ডেকে উঠল, মিঁয়াও। তা ছাড়া ঝিঁঝির শব্দ আছে, মশার পনপন আছে, ইঁদুরের চিকচিক আছে। এসব সত্ত্বেও চকসাহেবের বাড়ি খুবই নিস্তব্ধ।

গজর গরম জামা বলতে প্রায় কিছুই নেই। একটা মোটা খদ্দরের চাদর আর একখানা কুটকুটে কালো কম্বল। কম্বলখানা সে শোয়ার সময়ে গায়ে দেয়। এখন শুধু চাদরখানা জড়িয়ে বসে ছিল সে। বই পড়তে পড়তে হঠাৎ সে উৎকর্ণ হয়ে মুখ তুলল। তার মনে হল, সে একটা অচেনা শব্দ শুনছে। কীরকম শব্দ তা বলা মুশকিল। তবে পুরনো বাড়িতে যেসব শব্দ হয়, সবই তার চেনা। এ শব্দ সেরকম নয়।

কিছুক্ষণ অপেক্ষা করল গজ। আজ কৃষ্ণপক্ষের নিকষ অন্ধকার রাত্রি। তার ওপর গাঢ় কুয়াশা পড়েছে। এইরকম রাত্রে চকসাহেবের বাড়িতে খুব সাধারণ কেউ আসবে না। কিন্তু গজর মনে হল, সে কারও একটা পায়ের শব্দ শুনতে পেয়েছে।

টেমিটা এক ফুঁয়ে নিবিয়ে দিয়ে গজ উঠল। অভ্যস্ত জায়গা থেকে লাঠিটা হাতে তুলে নিয়ে ছায়ার মতো নিঃশব্দে সে বাইরে বেরিয়ে এল। ঘরের সামনেই একটা

বারান্দা। ছাদটা অনেকদিন আগেই ভেঙে পড়ে গেছে, আছে শুধু বাঁধানো চাতাল আর তিনটে থাম।

গজ একটা থামের পাশে দাঁড়িয়ে অন্ধকারেই একটা কিছু অনুভব করার চেষ্টা করল। চারদিক নিস্তব্ধ।

তবে কি গজ ভুল শুনেছে? না, সেটা সম্ভব নয়। গজকে যে অবস্থায় বেঁচে থাকতে হয়, তা সাধারণ গেরস্থ মানুষের জীবনের মতো নয়। তার কান সজাগ, চোখের দৃষ্টি অত্যন্ত তীক্ষ্ণ, অনুভূতি প্রবল। সুতরাং তার ভুল সহজে হয় না।

যারা চোখে দেখে না, তাদের শ্রবণশক্তি এবং অনুভূতি ধীরে ধীরে তীক্ষ্ণ হয়ে ওঠে। এটা লক্ষ করে গজ একসময়ে দিনের পর দিন চোখে ফেট্টি বেঁধে রেখে নিজের অনুভূতি ও শ্রবণশক্তি বাড়িয়ে তুলবার চেষ্টা করেছে। যারা কানে শোনে না, তাদের দৃষ্টি থাকে সবদিকে। সুতরাং গজ কিছুদিন কানে তুলো গুঁজে রেখে শব্দ না শুনেও শব্দকে অনুভব করার চেষ্টা করেছে এবং ঘ্রাণ ও দৃষ্টিশক্তিকে করে তুলেছে চৌখস। গজ জানে, একটু ভুল হলেই তার প্রাণসংশয়। রাতে সে যখন ঘুমোয়, তখনও তার কান এবং অনুভূতি জেগে থাকে। সামান্য একটু অস্বাভাবিক শব্দ হলেই সে তড়াক করে উঠে পড়ে। সাধারণ যে-কোনও মানুষের চেয়ে তার ঘ্রাণ, শ্রবণ এবং দৃষ্টিশক্তি বহুগুণ বেশি। সুতরাং আজও তার ভুল হয়নি।

বাগানে খোয়া-বিছানো রাস্তায় একটা নুড়ি পাথরের গড়িয়ে যাওয়ার একটু শব্দ হল না?

গজ বারান্দা থেকে নেমে বোগেনভেলিয়ার ঝোপটার আড়ালে সরে গেল। তার শরীরের পেশিগুলো শক্ত হয়ে গেল, ঘ্রাণ-শ্রবণ-দৃষ্টিশক্তি হয়ে উঠল ক্ষুরধার। কে আসছে? কী চায়?

ঝোপের আড়ালে অনেকক্ষণ দাঁড়িয়ে রইল গজ। কিন্তু আর কোনও শব্দ নেই, কোনও নড়াচড়া নেই, কোনও গন্ধ নেই। কিন্তু তবু গজর মনে হতে লাগল, সে এ বাড়িতে আর একা নয়। কোনও একজন আগন্তুক এ বাড়ির কোথাও নিঃশব্দে অপেক্ষা করছে।

খিচুড়ির পোড়া গন্ধ পেল গজ। কিন্তু তবু অনেকক্ষণ নড়ল না। সে বুঝল, যে-ই এসে থাক, সে খুব তুখোড় লোক। গজর চোখ-কান-নাককে ফাঁকি দেওয়া বড় সহজ কাজ নয়।

অন্ধকারে আর-একবার চারদিকে চোখ চালিয়ে গজ ধীরে ধীরে বারান্দায় উঠল এবং ঘরে ঢুকে টেমি জ্বালল।

খিচুড়িটা একদম পুড়ে ঝামা হয়ে গেছে। হাঁড়িটা নামিয়ে রাখল সে। তারপর

টেমিটা তুলে নিয়ে এ ঘর সে ঘর ঘুরে দেখল। কোথাও কেউ নেই।

গজ খুবই অস্বস্তি বোধ করতে লাগল। জীবনে বহুরকম বিপদে পড়েছে এবং বেঁচেও গেছে। সুতরাং বিপদকে তার ভয় নেই। তার অস্বস্তিটা অন্য কারণে। তার কেবলই মনে হচ্ছে, তার চোখ-কান-নাককে ফাঁকি দিয়ে যদি কেউ এ বাড়িতে ঢুকেই থাকে, তবে সে সাধারণ মানুষ নয়। হয়তো সে মানুষই নয়।

তবে কি অশরীরী?

গজ খুব চিন্তিতভাবে বইখানা আবার খুলে বসল। কিন্তু মন দিতে পারল না।

একটা হুলো বেড়াল ভীষণ ডাকছে কোথায় যেন। কিছু দেখতে পেয়েছে কি? খুব ভয় পেয়েছে যেন!

হঠাৎ দুটো চামচিকে অন্ধের মতো চক্কর মারতে লাগল ঘরের মধ্যে। একটা ভাঙা দরজায় শব্দ হল, ক্যাঁচ।

গজ স্থির হয়ে বসে রইল। মাঠে ময়দানে, শ্মশানে কবরখানায় সে বহু রাত কাটিয়েছে। কখনও ভয় পায়নি। কিন্তু আজ এই প্রচণ্ড শীতেও তার কপালটা একটু একটু করে ঘেমে উঠছে। লাঠিটা মুঠোয় নিয়ে সে বসে রইল চুপ করে। কী করবে তা ঠিক করতে পারছিল না। বিদ্যুতের মতো যার গতি, বাঘের মতো যার শক্তি, দুর্জয় যার সাহস, সেই গজ পালোয়ান কি আজ ভয় পাচ্ছে?

হঠাৎ একা ঘরেই হাঃ হাঃ করে হেসে উঠল গজ। সেই হাসির দমকে তার ভয় ভীতি উড়ে গেল। হঠাৎ শরীরে এল মত্ত হাতির ক্ষমতা। গজ পালোয়ান তার লাঠিটা নিয়ে এক ঝটকায় উঠে দাঁড়িয়ে বিকট একটা হুংকার ছেড়ে বলল, "কে রে, চোরের মতো ঢুকেছিস বাড়িতে? বাপের ব্যাটা হয়ে থাকিস তো সামনে আয়!"

কেউ এই হুংকারের জবাব দিল না। চারদিক নিস্তব্ধ।

গজ পালোয়ান আবার হুংকার দিল, "শুনতে পেয়েছিস? সামনে আসার মতো বুকের পাটা নেই তোর?"

গজ পালোয়ান কয়েক সেকেন্ড অপেক্ষা করল।

হঠাৎ বারান্দায় খুব মৃদু একটা পায়ের শব্দ শোনা গেল। খুব ধীর পদক্ষেপে কে যেন আসছে।

গজ শক্ত হাতে লাঠিটা ধরে অপলক চোখে দরজার দিকে চেয়ে রইল।

প্রথমে একটা ছায়া বারান্দায় গাঢ় অন্ধকারে একবার যেন নড়ে উঠল। তারপর হঠাৎ দরজায় এসে দাঁড়াল দীর্ঘ রোগা একটা লোক। এত লম্বা আর শুঁটকো চেহারার লোক গজ কখনও দেখেনি। পরনে গাঢ় রঙের একটা স্যুট। বুক থেকে সর্বাঙ্গে রক্ত ঝরে পড়ছে।

সাদা ফ্যাকাসে মুখে লোকটা গজর দিকে একটু চেয়ে রইল। তারপর ধীরে ধীরে ওই লম্বা শরীরটা কাটা গাছের মতো পড়ে যেতে লাগল মেঝেয়।

গজ কিংকর্তব্যবিমূঢ় হয়ে চেয়ে রইল। এক পা নড়ার ক্ষমতাও তার ছিল না।

লোকটা মেঝের ওপর দড়াম করে পড়ে একটু ছটফট করল। তারপর নিথর হয়ে গেল।

সংবিৎ ফিরে পেতে অনেকক্ষণ সময় লাগল গজর। ঘটনাটা কী ঘটল তা সে বুঝতে পারছে না। কে খুন করল লোকটাকে? কেন?

গজ পালোয়ানের অবশ হাত থেকে টেমিটা পড়ে নিবে গেল। লাঠিটাও খসে গেল মুঠো থেকে।

গজ এবার সত্যিকারের ভয় পেল। এ ভয়ের কারণ অন্য। এ ভয়ের সূত্র লুকিয়ে আছে তার অতীত জীবনে। সে বুঝল, যে লোকটা তার দরজায় মরে পড়ে আছে, তার লাশ রাতারাতি পাচার করার উপায় নেই। পুলিশ আসবে, তাকে জেরা করবে। অনেক জল ঘোলা হবে তাতে।

গজ অন্ধকারে একবার চারদিকে চোখ বুলিয়ে নিল। না, তাকে পালাতে হবে। সঙ্গে বিশেষ কিছু নেওয়ার নেই।

দড়ি থেকে জামাকাপড়গুলো টেনে আর বিছানা থেকে কম্বলখানা তুলে সে বিছানার চাদর দিয়ে একটা পুঁটুলি বানাল দ্রুত হাতে। বাসন-কোসনগুলো পড়ে রইল। থাকগে। গজকে এখনই পালাতে হবে। সময় নেই।

পোঁটলা ঘাড়ে নিয়ে গজ পিছনের দরজা দিয়ে বেরিয়ে এল। তারপর হন হন করে হাঁটতে লাগল ফটকের দিকে।

তেরো

কবিতা শুনতে শুনতে পঞ্চানন্দ খুব বিকট এক-একটা শব্দ করে প্রকাণ্ড প্রকাণ্ড হাই তুলছিল। হরিবাবু বিরক্ত হয়ে বললেন, "আহা, অত শব্দ করলে কি চলে? কবিতা হল স্বর্গীয় জিনিস।"

বিনীতভাবে পঞ্চানন্দ বলল, "আজ্ঞে সে তো ঠিকই। কবিতার মতো জিনিস হয় না। এত মোলায়েম জিনিস যে কান দিয়ে ভিতরবাগে ঢুকে একবারে বুকখানা জুড়িয়ে দিচ্ছে। ওই যে লিখেছেন লাইনটা 'ঘুম ঘুম ঘুম, ভূতের ঠ্যাং, বাদুড়ের ডানা, চাঁদের চুম' ওইটে শুনে এমন হাই উঠতে লেগেছে। ভাল জিনিসের মজাই এই। একবার

রাজশাহির রাঘবসাই খেতে খেতে—খেয়েছেন তো? উরেব্বাস, কী যে সরেস জিনিস—হ্যাঁ তা খেতে এমন আরাম লেগেছিল যে খাওয়ার মাঝপথেই ঘুমিয়ে পড়লাম। নাক ডাকতে লাগল। শেষে একটা ইঁদুর এসে হাত থেকে বাকি আধখানা খেয়ে নেয়। তাই বলছিলাম আজ্ঞে, ভাল জিনিস পেলেই আমার বড্ড হাই ওঠে।"

হরিবাবু করুণ চোখে পঞ্চানন্দের দিকে চেয়ে বললেন, "কিন্তু ইয়ে, তুমি ঘুমিয়ে পড়লে যে আমার আর কবিতা পড়ার উৎসাহ থাকবে না।"

পঞ্চানন্দ খুব বিগলিত হয়ে দাঁত বের করে বলল, "তা হলে বরং গিন্নিমাকে বলে পাঠান, দু'কাপ বেশ জবর করে চা পাঠিয়ে দিতে। শীতটাও জাঁকিয়ে পড়েছে। জমবে ভাল। সঙ্গে এক-আধখানা নোনতা বিস্কুট-টিস্কুট হলে তো চমৎকার। চা আবার খালিপেটে খেতেও নেই। পেটে গরম চা গেলে আপনার কবিতার সাধ্যি নেই যে, পঞ্চানন্দকে হাই তোলাবে।"

অগত্যা হরিবাবু উঠে গিয়ে চায়ের কথা বলে এলেন।

নোনতা বিস্কুট দিয়ে চা খাওয়ার পর মিনিট দশেক জেগে রইল পঞ্চানন্দ। হরিবাবু নাগাড়ে কবিতা পড়ে চলেছেন। পঞ্চানন্দ দেয়ালে ঠেস দিয়ে ঘুম। তবে ঘুমের মধ্যেও পঞ্চানন্দ মাঝে মাঝে বলে যেতে লাগল, "আহা...বেড়ে লিখেছেন...চালিয়ে যান...।" তারপর হঠাৎ ঘুম ভেঙে সোজা হয়ে বসে বলল, "দাঁড়ান, দাঁড়ান, একতলা থেকে কে যেন ডেকে উঠল!"

হরিবাবু পড়া থামিয়ে অবাক হয়ে বললেন, "কই, আমি শুনিনি তো!"

পঞ্চানন্দ মাথা নেড়ে বলল, "নির্ঘাত ডেকেছে। ওই যে শুনুন।"

বাস্তবিকই শোনা গেল নীচে থেকে বাচ্চা-চাকরটা হাঁক মারছে "বাবুরা, সব খেতে চলে আসুন। মা-ঠাকরোন ডাকছেন।"

পঞ্চানন্দ একগাল হেসে বলল, "শুনলেন তো! এ হল পঞ্চানন্দের কান। সেবার তো কৈলাস থেকে ভূতেশ্বরবাবা ডাক দিলেন আর আমি সে ডাক গঙ্গোত্রীতে বসে শুনে ফেললুম। শিবুবাবুও বলতেন, 'ওরে পঞ্চা, তোর কান তো কান নয়, যেন টেলিফোন।' তা আজ্ঞে গিন্নিমা যখন ডাকছেন তখন আর দেরি করা ঠিক নয়। খবর নিয়েছি আজ খাসির তেলের বড়া হয়েছে এবেলা। গরম খেলে অমৃত, ঠান্ডা হলে গোবর। দেরি করাটা আর একদমই উচিত হবে না।"

হরিবাবু একটা দীর্ঘশ্বাস ফেলে কবিতার খাতা বন্ধ করে বললেন, "তোমার কান সত্যিই খুব সজাগ।"

যাই হোক, খাওয়া-দাওয়া মিটতে একটু রাতই হয়ে গেল। পঞ্চানন্দ যা খেল তা

আর কহতব্য নয়। তবে কিনা গিন্নিমা অর্থাৎ হরিবাবুর স্ত্রী তাকে খুব অপছন্দ করছিলেন না।

পঞ্চানন্দ এগারোটা খাসির তেলের বড়া শেষ করে যখন মাংসের ঝোল দিয়ে একপাহাড় ভাত মাখছে তখন গিন্নিমা সামনে এসে দাঁড়িয়ে কোমরে হাত দিয়ে তার খাওয়া দেখতে দেখতে বললেন, "এই খিদেটা পেটে নিয়ে এতকাল কোথায় ছিলে?"

পঞ্চানন্দ লজ্জা-লজ্জা ভাব করে বলল, "আজ্ঞে পাহাড়ে কন্দরেই কাটছিল আর কী। টানা বছর-দুই নিরম্বু উপোস। পাহাড়িবাবার হুকুমে দেড় বছর একটানা এক ঠ্যাঙে দাঁড়িয়ে সাধনা করতে হল। তারপর..."

গিন্নিমা চোখ পাকিয়ে বললেন, "আমি তো কর্তাবাবুর মতো কবি নই, পাগলও নই যে, যা খুশি বুঝিয়ে দেবে। তোমার মতো হাড়হাভাতেদের আমি খুব চিনি। মিথ্যে কথা বললে দূর করে তাড়িয়ে দেব। বলি হাতটানের অভ্যেস নেই তো?"

পঞ্চানন্দ একটু মিইয়ে গিয়ে মিনমিন করে বলল, "খুব অভাবে পড়লে ওই একটু-আধটু। বেশি-কিছু নয়, এই ঘটিটা বাটিটা। সত্যি বলছি।"

"থাক, আর কিরে কাটতে হবে না। শোনো, এই বলে রাখছি, এ বাড়িতে থাকতে চাও থাকবে, দু'বেলা দু'টি করে খেতেও পাবে। তবে তার বদলে শক্ত কাজ করতে হবে। বসে খেলে চলবে না।"

পঞ্চানন্দ কাজের কথায় খুব নরম হয়ে গিয়ে বলল, "আজ্ঞে আমার হল ননীর শরীর। বেশি কাজ-টাজ আমার আসে না।"

"তা বললে তো হবে না। কাজ না করলে সোজা বাড়ি থেকে বের করে দেব। তবে এও বলি বাছা, কাজ শক্ত হলেও বেশি পরিশ্রমের নয়। এ বাড়ির কর্তাবাবুর বড় কবিতা লেখার বাতিক। কেউ শুনতে চায় না বলে ভারী মনমরা হয়ে থাকেন। খবরের কাগজের লোকগুলোও কানা, কেউ ছাপতে চায় না। তা এবার থেকে বাবুর কাছে-কাছে থাকবে। আর কবিতা শুনবে। পারবে তো!"

পঞ্চানন্দ একটা বিষম খেল। তারপর ঘটি আলগা করে খানিক জল গিলে নিয়ে বলল, "তা...তা পারব'খন। তবে কিনা মা-ঠাকরোন, এই বিড়িটা আশটা কিংবা একটু গরম চা, মাঝে-মাঝে চুল ছাঁটা আর দাড়ি কামানোর পয়সা..."

"ইঃ, আম্বা দ্যাখো, আচ্ছা সে অবস্থা বুঝে ব্যবস্থা করা যাবে। কর্তাবাবুর তোমাকে বেশ ভাল লেগেছে বলেই তোমাকে রাখছি। নইলে..."

পঞ্চানন্দ সপাসপ ঝোলমাখা ভাত খেতে খেতে বলল, "নইলে কী, তা আর বলতে হবে না মা-ঠাকরোন। পঞ্চানন্দকে আজ অবধি কেউ ভাল চোখে দেখেনি। অবিশ্যি তাদের দোষও নেই।"

"আর শোনো, মিথ্যে কথা-টথাগুলো একটু কম করে বোলো। তুমি নাকি আমার শ্বশুরমশাইয়ের বন্ধু ছিলে বলে বলেছ?"

জিব কেটে পঞ্চানন্দ বলে, "ছিঃ, ছিঃ, বন্ধু বললে আমার জিব খসে পড়বে যে। তবে কিনা শিবুবাবু আমাকে খুব স্নেহ করতেন। বাপে-তাড়ানো মায়ে-খেদানো বাউন্ডুলে তো আমি, তাই তাঁর জাদুইঘরের বারান্দায় থাকতে দিয়েছিলেন। ওরকম মানুষ হয় না।"

"আর তুমি নাকি একটা চাবি দিয়েছ কর্তাবাবুকে, সে চাবি কিসের চাবি?"

পঞ্চানন্দ বাঁ হাতে মাথা চুলকে বলল, "আজ্ঞে মা ঠাকরোন, আপনার কাছে মিথ্যে কথা বলে কোন আহাম্মক? চাবিটা কিসের তা আমিও জানি না। তবে শিবুবাবু..."

গিন্নিমা চোখ পাকিয়ে বললেন, "দ্যাখো পঞ্চানন্দ, আমাকে তোমার কর্তাবাবুর মতো গোলা লোক পাওনি। আমার শ্বশুরমশাইয়ের সঙ্গে তোমার ভাব থাকলে এখন তোমার কত বয়স হওয়ার কথা জানো?"

পঞ্চানন্দ খুব ভাবনায় পড়ে গিয়ে বলে, "আজ্ঞে বয়সটাও আমার নেহাত ফেলনা নয়। তা বলতে নেই বয়স তো গিয়ে সেই..."

"থাক, থাক, তোমার ওজর আমার জানা আছে। এখন খাও, খেয়ে নিজের বাসন মেজে জায়গা পুঁছে ল্যাবরেটারির বারান্দায় গিয়ে শুয়ে থাকো।"

গিন্নিমা চলে যাওয়ার পর পঞ্চানন্দ রাঁধুনিকে ডেকে গম্ভীরভাবে বলল, "লেখাপড়া জানার ঝক্কি অনেক, বুঝলে? লেখাপড়া না শিখে খুব ভাল কাজ করেছ। আমি একটু বেড়াতে এসে কেমন ফেঁসে গেলুম দ্যাখো, বাবুর হয়ে এখন নানারকম লেখা-টেখার মুসাবিদা করতে হবে। মাথার খাটুনিটাও কিছু কম হবে না। কাল সকাল থেকে আমাকে এক গেলাস করে গরম দুধ দিয়ো তো। আর একটা কথা, আমার কাছে একটা পোঁটলা আছে। বেশি কিছু নেই তাতে। পড়তি জমিদার বংশ তো, বেশি কিছু ছিলও না। ভরি পাঁচ সাত সোনার গয়না, কয়েকটা মোহর আর বোধহয় দশ-বারোখানা হিরে, তিন-চারটে মুক্তো এই সব আর কী। পোঁটলাটা তোমার কাছে গচ্ছিত রাখব। একটু লুকিয়ে রেখো। কেমন?"

রাঁধুনি একটু বোকা-সোকা লোক। সহজেই বিশ্বাস করে বলে, "যে আজ্ঞে। তা আপনি ক'দিন আছেন এখানে?"

"দেখি রে ভাই। যত দিন হিমালয় আবার না টানে ততদিন তো থাকতেই হচ্ছে। আর এঁরাও ছাড়তে চাইছেন না। কেন বলো তো?"

রাঁধুনি মাথা চুলকে বলল, "না, ভাবছি কাল থেকে দু'বেলাই কয়েক খুঁচি চাল বেশি করে নিতে হবে। আজ রাতে আমাদের ভাতে টান পড়েছে। আপনি বেশ খান।"

একটা দীর্ঘশ্বাস ফেলে পঞ্চানন্দ বলল, "সেই খাওয়া আর কোথায় রে ভাই! আর খাবই বা কী দিয়ে? কাল যদি একটু ভালমন্দ রাঁধো তো খাওয়া দেখাব, দেখলে ট্যারা হয়ে যাবে।"

"আজ্ঞে ভালমন্দ তো আজ কিছু কম হয়নি।"

"দূর পাগলা, মাংস, খাসির তেলের বড়া, ভাজা মুগের ডাল মাছের মাথা দিয়ে, ফুলকপির পোড়ের ভাজা, পটলের দোলমা এ আর এমন কী? এর সঙ্গে চিতল মাছের পেটি, ইলিশ ভাজা, কুচো মাছের টক, মুরগির কালিয়া, পায়েস আর কাঁচাগোল্লা হত তো দেখতে ভোজবাজি কাকে বলে!"

পঞ্চানন্দ আঁচিয়ে এসে বাড়ির কাজের লোকটিকে ডেকে বলল, "থালাটা ভাল করে মেজো। নোংরা কাজ একদম পছন্দ করি না।"

এই বলে সে সোজা গিয়ে জরিবাবুর ঘরে হানা দিল।

"এই যে জরিবাবু, হবে নাকি একখানা দরবারি কানাড়া? রাতটা বেশ হয়েছে। এই বেলা ধরে ফেলুন।"

জরিবাবু করুণ স্বরে বললেন, "ধরব, আবার যদি কেউ তারা চলে আসে গান শুনতে?"

"ভয় কী? আমি তো আছি। নাঃ, আজ বড় চাপনো খাওয়া হয়েছে। আজ বরং থাক। কাল হবে। তা আমার বিছানাটা কোন দিকে হবে?"

জরিবাবু তাড়াতাড়ি উঠে কম্বল চাদর আর বালিশ দিয়ে বললেন, "মেঝেয় শুতে কি আপনার খুব কষ্ট হবে?"

"নাঃ, হিমালয়ে তো বরফের ওপরেই শোওয়া-টোওয়া চলত। কষ্ট কিসের?"

পঞ্চানন্দ বেশ ভাল করে বিছানা পেতে শুয়ে বলল, "বাতিটা নিবিয়ে আপনিও শুয়ে পড়ুন। সকালে আবার গলা-টলা সাধতে হবে।"

জরিবাবু বাধ্য ছেলের মতো শয্যা নিলেন।

আস্তে আস্তে দু'জনেই ঘুমিয়ে পড়ল। রাত্রি নিঝুম হয়ে গেল।

কিন্তু মাঝরাতে আচমকাই ঘুম ভেঙে চোখ চাইল পঞ্চানন্দ।

চোদ্দো

অন্ধকারে পঞ্চানন্দ ঘুম ভেঙে কিছুক্ষণ চুপচাপ শুয়ে রইল। তার ঘুম খুবই পাতলা। কিন্তু ঘুমটা ভাঙল কেন তা চট করে বুঝতে পারছিল না সে। কিছুক্ষণ কান খাড়া করে থাকার পর সে শুনতে পেল, কে যেন বাইরে থেকে খুব চাপা গলায় ডাকল, "ন্যাড়া! এই ন্যাড়া!" ব্যাপারটা একটু দেখতে হচ্ছে। রাত-বিরেতে চাপা গলার ডাক মোটেই সুবিধের নয়। কিছু গোলমাল আছে। আর যেখানে গোলমাল এবং গণ্ডগোল সেখানেই পঞ্চানন্দ জুত পায়।

কালো কম্বলটা মুড়ে নিয়ে উঠে পঞ্চানন্দ নিঃশব্দে দরজা খুলে ফেলল। তারপর বারান্দা ডিঙিয়ে, উঠোন পেরিয়ে বাইরের বাগানে এসে ন্যাড়ার ঘরের জানালার দিকে গুঁড়ি মেরে এগোল।

বেশিদূর এগোতে হল না। কুয়াশামাখা অন্ধকারে সে একজন লম্বামতো লোককে দাঁড়িয়ে থাকতে দেখে টপ করে কামিনীঝোপের আড়ালে গা ঢাকা দিল।

লোকটা ডাকছে, "ন্যাড়া! এই ন্যাড়া!"

ন্যাড়া কুস্তিগির বলেই বোধহয় ঘুমটা খুব গাঢ়। সাড়া দিচ্ছিল না। লোকটা খানিকক্ষণ ডাকাডাকির পর বন্ধ জানালার কপাটে টোকা দিতে লাগল।

ভিতর থেকে ন্যাড়ার ভয়জড়ানো গলা পাওয়া গেল, "কে? কে?"

লোকটা চাপা গলায় ধমক মারল, "চিৎকার কোরো না। আমি গজ পালোয়ান। জানালাটা খোলো, জরুরি কথা আছে।"

সঙ্গে সঙ্গে জানালা খুলে গেল। ন্যাড়া শিকের ফাঁকে উঁকি মেরে অবাক হয়ে বলল, "গজদা! এত রাতে? কী ব্যাপার?"

গজ চাপা গলায় কী বলতে শুরু করল। পঞ্চানন্দ শুনতে না পেয়ে আরও একটু এগোল। বলতে গেলে গজ পালোয়ানের কোমরের হাতখানেকের মধ্যেই তার মাথা। মাঝখানে একটা শুধু কলাবতীর ঝোপ।

গজ বলল, "আমার বাড়িতে একটু আগে একটা লোক খুন হয়েছে।"

ন্যাড়া আঁতকে উঠে বলল, "সর্বনাশ!"

গজ বলল, "চেঁচিয়ো না, খুন হওয়ার ঘটনা আমি স্বচক্ষে দেখিনি। লোকটা রক্তমাখা শরীরে আমার ঘরে ঢুকেই পড়ে যায়। ঘাবড়ে গিয়ে আমি পালিয়ে আসি। কিন্তু কিছু দূর আসার পর আমার মনে হল, আগুপিছু ভাল করে না দেখে পালানোটা ঠিক হচ্ছে না। তখন আমি আবার ফিরে গেলাম। আশ্চর্যের ব্যাপার কী জানো? গিয়ে দেখলাম খুন-হওয়া লোকটার চিহ্নমাত্র কোথাও নেই। আরও দেখলাম, আমার

জিনিসপত্র বলতে যা কিছু ছিল সব কে হাঁটকে-মাটকে রেখে গেছে। তখন সন্দেহ হল, খুনটা হয়তো আসল খুন নয়। সাজানো ঘটনা। তাই বেরিয়ে যখন থানায় খবর দিতে যাচ্ছি তখন পানুর সঙ্গে দেখা। পানুকে চেনো তো? তোমাদের সঙ্গেই কুস্তি শেখে! তার মুখে আর-এক আশ্চর্য ঘটনা শুনলাম। আজ একটা বাসে নাকি একটা লোক খুন হয়েছিল। লম্বা সুড়ুঙ্গে চেহারা। অবিকল আমার বাসার লোকটার মতো। খুন হওয়ার পর তাকে ধরাধরি করে সকলে হাসপাতালে নিয়ে দিয়ে আসে। হাসপাতালে তাকে ইমার্জেন্সিতে ফেলে রেখে ডাক্তাররা পুলিশে খবর দেয়। কিন্তু পুলিশ এসে দেখে ইমার্জেন্সির বেড খালি, লাশ নেই।"

"বলেন কী গজদা? এ তো ভুতুড়ে কাণ্ড!"

"হ্যাঁ। খুবই রহস্যময় ঘটনা। আমার মনে হচ্ছে দু'টি ঘটনাই এক লোকের কাজ। দু'বারই সে খুনের অভিনয় করেছে। কিন্তু তার কারণ কী সেটা জানা দরকার। তাই আমি ভাবছি কয়েকটা দিন তোমার এখানে একটু গা-ঢাকা দিয়ে থাকব। তোমার বাড়ির লোক জানলে ক্ষতি নেই, কিন্তু বাইরের লোক না যেন জানতে পারে।"

ন্যাড়া বলল, "কোনও চিন্তা নেই গজদা। আমার বাবার ল্যাবরেটরি তো পড়েই আছে। কেউ থাকে না। চলুন, এখনই ব্যবস্থা করে দিচ্ছি।"

গজ খুশি হয়ে বলল, "বাঃ, চমৎকার ব্যবস্থা।"

এই পর্যন্ত শুনে পঞ্চানন্দ সুট করে সরে এল। তারপর আড়ে-আড়ে থেকে নজর রাখল।

ন্যাড়া দরজা খুলে বেরিয়ে গজ পালোয়ানকে খাতির করে নিয়ে গিয়ে ল্যাবরেটরিতে ঢোকাল। ল্যাবরেটরির চাবি যে ন্যাড়ার কাছেই থাকে এটাও জেনে নিল পঞ্চানন্দ।

ল্যাবরেটরিতে শিবু হালদারের যা সব যন্ত্রপাতি ছিল তা আজও অক্ষত এবং যথাস্থানে সাজিয়ে রাখা আছে। কেউ নাড়াচাড়া করেনি। ল্যাবরেটরির একধারে একটা সিংগল খাটে বিছানা পাতা আছে আজও। কাজ করতে করতে রাত গভীর হয়ে গেলে শিবুবাবু এখানে শুয়ে থাকতেন।

ন্যাড়া বিছানাটা ঝেড়েঝুড়ে দিয়ে বলল, "গজদা, একটা কিন্তু সমস্যা আছে।"

"কী বলো তো?"

ন্যাড়া মাথা চুলকে বলল, "বাবার ল্যাবরেটরিতে ভূত আছে।"

গজ চমকে উঠে বলল, "ভূত! তোমরা দেখেছ?"

ন্যাড়া মাথা নেড়ে বলল, "আমি নিজে দেখিনি। তবে অনেকে দেখেছে।"

"ভূতটার চেহারা কেমন?"

"সেইটেই তো গোলমেলে। একটা ভূত হলে একই রকম চেহারা হওয়ার কথা। কিন্তু এখানে নানা সময়ে নানাজনে নানারকম ভূতকে দেখে। বেঁটে ভূত, লম্বা ভূত, সাহেব ভূত, কাফ্রি ভূত। ভয়ে রাত-বিরেতে এদিকে কেউ আসে না।"

গজ একটু চিন্তিত হয়ে বলল, "ভূতের ভয় আমার নেই। তবে অনেকে যখন দেখেছে, তখন কিছু একটা আছেই। যাই হোক, আমি সাবধান থাকব।"

"দরজাটা ভাল করে এঁটে শোবেন।"

কাচের শার্সি দিয়ে পঞ্চানন্দ সবই মন দিয়ে দেখছিল আর শুনছিল। ভূতের কথাতে তার গায়ে একটু কাঁটা দিল।

ল্যাবরেটরির ভিতরে আলো থাকায় গজ পালোয়ানকে খুব ভাল করে দেখে নিল পঞ্চানন্দ। চেহারাটা একই রকম আছে। গায়ের জোরও কি আর কমেছে? ওই হাতের রদ্দা যে কী বিভীষণ তা পঞ্চানন্দের মতো আর কে জানে?

ন্যাড়া বিদেয় হলে গজ ঘরের দরজা বন্ধ করে কিছুক্ষণ বাঘের মতো পায়চারি করল। মাঝে মাঝে কটমট করে চারদিকে চাইছে। একবার যেন পঞ্চানন্দের দিকেও চাইল।

বাইরে ঘুটঘুট্টি অন্ধকার। পঞ্চানন্দ জানে তাকে গজ পালোয়ান দেখতে পায়নি। তবু সে একটু পিছনে সরে একটা লেবুগাছের আড়ালে দাঁড়াল, চারদিকটায় একটু চোখ বুলিয়ে দেখে নিল। নাঃ, কোথাও কেউ নেই।

গজ পালোয়ান আরও কিছুক্ষণ পায়চারি করে থমকে দাঁড়িয়ে গেল হঠাৎ। তারপর এগিয়ে এসে ঘরের জানালাগুলোর পরদা ভাল করে টেনে দিতে লাগল।

পরদাগুলো ভীষণ মোটা কাপড়ের। তার ভিতর দিয়ে কিছুই দেখা যায় না। পঞ্চানন্দ জানালার ধারে গিয়ে অনেক উঁকিঝুঁকি দিল, কিন্তু সুবিধে হল না। তবে এটা সে বুঝল যে, ঘরে আলো জ্বেলে গজ কিছু একটা করছে। একটা দেরাজ খোলার শব্দ হল। কিছুক্ষণ পর একটা লোহার আলমারির পাল্লার শব্দও পাওয়া গেল।

গজ বন্ধ ঘরে কী করছে তা জানার অদম্য কৌতূহল সত্ত্বেও কিছু করার নেই জেনে পঞ্চানন্দ একটা দীর্ঘশ্বাস ফেলে ঘরের দিকে রওনা দেওয়ার জন্য ঘুরে দাঁড়াল।

আর তার পরেই তার মাথার চুলগুলো দাঁড়িয়ে পড়ার উপক্রম।

কেয়াঝোপটার নীচে ঘুটঘুট্টি ছায়ায় হঠাৎ একটু নড়াচড়া পড়ে গেল যেন। পঞ্চানন্দের চোখে অন্ধকার সয়ে যাওয়ায় একটু ঠাহর করে চাইতেই সে দেখতে পেল, তিনটে মানুষের চেহারার প্রেতমূর্তি কেয়াঝোপের অন্ধকার থেকে ধীরে ধীরে বেরিয়ে আসছে।

পঞ্চানন্দ এমন হাঁ হয়ে গেল যে, নড়াচড়ার সাধ্য নেই। পা দুটো যেন পাথর। শরীরটা হিম। দাঁতে দাঁতে আপনা থেকেই ঠকঠক শব্দ হচ্ছে।

কিন্তু বহু ঘাটের জল খেয়ে পঞ্চানন্দ ঠেকে শিখেছে অনেক। কিছুক্ষণের মধ্যেই সে সংবিৎ ফিরে পেয়ে টক করে ঘাসের ওপর উপুড় হয়ে পড়ে গেল। কম্বলের তলায় হাত-পা সব টেনে নিয়ে একেবারে মরা হয়ে রইল সে। শুধু মুখের কাছটা একটু ফাঁক করে চোখ দুটো সজাগ রাখল।

আশ্চর্যের কথা, কেয়াঝোপের নীচে তিনটে সাহেবের লাশ পোঁতা আছে বলে সে নিজেই বলে বেড়িয়েছে। সেই তিনজন যে এমন জলজ্যান্ত হয়ে উঠবে তা জানত কোন আহাম্মক!

খুব আস্তে আস্তে তিনটে মূর্তি ল্যাবরেটরির দিকে এগিয়ে আসতে লাগল। তিনজনেরই কালো রং। বেশ ঢ্যাঙা। শরীরও তাগড়াই। অন্ধকারে আর ভাল দেখা গেল না কিছু।

পঞ্চানন্দের বেশ কাছ ঘেঁষেই তিনটে মূর্তি ল্যাবরেটরির দিকে চলে গেল। পঞ্চানন্দ শ্বাস বন্ধ করে রইল কিছুক্ষণ। তারপর হামাগুড়ি দিয়ে কুয়োর পাড় আর কলার ঝোপ পেরিয়ে সোজা জরিবাবুর ঘরে ঢুকে দরজা এঁটে দিল।

জরিবাবু অন্ধকারে কাতর গলায় বলে উঠলেন, "বাপ রে! গেছি!"

পঞ্চানন্দ ভড়কে গিয়ে 'আঁ আঁ' করে উঠল। তারপর সামলে নিয়ে একটা শ্বাস ফেলে বলল, "জেগে আছেন নাকি আজ্ঞে?"

জরিবাবু কাঁপা গলায় বললেন, "আপনি কে আজ্ঞে?"

"আজ্ঞে পঞ্চানন্দ।"

"এতক্ষণ কোথায় ছিলেন?"

পঞ্চানন্দ সশব্দে একটা দীর্ঘশ্বাস ছেড়ে বলল, "আর বলবেন না জরিবাবু, পাজিগুলোর সঙ্গে কি আর পারা যায়? আবার জ্বালাতে এসেছিল। তাড়া করে গিয়ে একেবারে গোয়ালঘরে ঢুকিয়ে দিয়ে এসেছি।"

জরিবাবু উঠে বসে আলো জ্বালালেন। তারপর কতকটা নিশ্চিন্ত হয়ে বললেন, "গোয়ালঘর থেকে তারা ফের বেরিয়ে পড়বে না তো! এতক্ষণ বড় জ্বালাতন করে গেছে।"

পঞ্চানন্দ আঁতকে উঠে বলল, "কে জ্বালাতন করে গেছে?"

জরিবাবু পানের বাটা টেনে কোলের ওপর নিয়ে মাথা নেড়ে বললেন, "সে তো আপনি ভালই জানেন। ওই যে যাঁদের চোখে দেখা যায় না, অথচ আছেন, তাঁরাই আর কী। তাও একজন নয়, দু'জন নয়, তিন-তিনজন।"

"বলেন কী জরিবাবু! অ্যাঁ?"

"কেন আপনার সঙ্গে তাদের দেখা হয়নি?"

পঞ্চানন্দ কাষ্ঠহাসি হেসে বলল, "হ্যাঁ, তা—তা হয়েছে বইকী। তবে কিনা...ইয়ে...।"

"আর বলবেন না। হঠাৎ ঘুম ভেঙে শুনি ঘরে খুটখাট শব্দ। আমার ঘরে বাদ্যযন্ত্রের অভাব নেই। শুনি, পিড়িং করে তানপুরা বেজে ওঠে, টুস করে তবলায় শব্দ হয়, জ্যাঁ করে হারমোনিয়ামের আওয়াজ ছাড়ে। ওফ, কতক্ষণ যে দম চেপে শুয়ে ছিলাম!"

পঞ্চানন্দ তার বিছানাটা জরিবাবুর চৌকির ধারে টেনে এনে বলল, "আর ভয় নেই। আমি কাছাকাছি রইলাম। একটা জব্বর পান সাজুন তো।"

পনেরো

জরিবাবু উঠে পান সাজতে বসলেন । কম্বল মুড়ি দিয়ে পঞ্চানন্দ হি হি করে কাঁপছিল। জরিবাবু বললেন, "আপনার কি খুব শীত লেগেছে পঞ্চানন্দবাবু?"

"আজ্ঞে হ্যাঁ। বেজায় শীত।"

"কিন্তু কই, ঘরের মধ্যে তো তেমন ঠান্ডা নেই।"

পঞ্চানন্দ বিরক্ত হয়ে বলল, "আমার ম্যালেরিয়ার ধাত। যখন-তখন শীত করে।"

"হিমালয়ে করত না?"

পঞ্চানন্দ কম্বল দিয়ে ভাল করে মাথাটা ঢেকে বলল, "করত। আবার যোগবলে শীত তাড়িয়েও দিতাম। তা ইয়ে, ঘরে কারা ঢুকেছিল বলছিলেন যে?"

"আজ্ঞে হ্যাঁ। তাদের তো আপনিও দেখেছেন।"

"তবু শুনি বৃত্তান্তটা।"

জরিবাবু একটা পানের খিলি পঞ্চানন্দকে এগিয়ে দিয়ে নিজেও একটা মুখে পুরলেন। তারপর নিমীলিতচক্ষু হয়ে কিছুক্ষণ চিবিয়ে বললেন, "প্রথমটায় ভেবেছিলাম আপনি বোধহয় কিছু খুঁজছেন।"

পঞ্চানন্দ মাথা নেড়ে বলল, "এ ঘরে খোঁজার আছেটাই বা কী বলুন! যত সব অকাজের বাদ্যযন্ত্র, নীচের দেরাজের টানায় বাহান্নটা টাকা, তোশকের তলায় তিন টাকার খুচরো আর আলমারিতে উঁচু তাকে ধুতি-পাঞ্জাবির ভাঁজের মধ্যে লুকোনো একটা সোনার বোতাম আর গুটিকয় আংটি। আরও কিছু আছে বটে, তবে কিনা ছুঁচো মেরে হাত গন্ধ করতে আর কে চায় বলুন!"

জরিবাবু চোখদুটোকে একেবারে রসগোল্লা বানিয়ে বাক্যহারা হয়ে চেয়ে থাকলেন

পঞ্চানন্দের দিকে। তারপর অতিকষ্টে গলার স্বর খুঁজে পেয়ে বললেন, "দেরাজের টাকা, তোশকের তলা এ না হয় বুঝলুম খুঁজে পাওয়া শক্ত নয়, কিন্তু আলমারির ভিতরের জিনিসের সন্ধান পেলেন কী করে? ওটা যে চব্বিশ ঘণ্টা চাবি দেওয়া থাকে। আর চাবি বাঁধা থাকে আমার কোমরের ঘুনসিতে!"

পঞ্চানন্দ উঠে জানালা সাবধানে ফাঁক করে পানের পিক ফেলে আবার পাল্লা দুটো এঁটে ফিরে এসে হেঁ হেঁ করে লাজুক একটু হাসি হাসল, তারপর দরজার ওপরকার তাকে সরস্বতী মূর্তিটার দিকে উদাস নয়নে চেয়ে থেকে বলল, "শিবুবাবুও বলতেন, 'ওরে পঞ্চানন্দ, তোর চোখ যে দেয়াল ফুঁড়ে দেখতে পায়।' একবার হল কী জানেন, শিবুবাবুর সঙ্গে সকালে বেড়াতে বেরিয়েছি, গুঁইদের বাড়ির পিছনে একটা মস্ত পোড়ো মাঠ ছিল তখন। সেখানে বেড়াতে বেড়াতে হঠাৎ শিবুবাবুর পা আটকে গেল এক জায়গায়। কিছুতেই নাড়তে পারেন না, ভয় খেয়ে চেঁচাতে লাগলেন, 'ওরে পঞ্চানন্দ, এ কী অলুক্ষুনে কাণ্ড দ্যাখ। পা দুটো যে একেবারে খাটের পায়া হয়ে গেল, নট নড়ন নট চড়ন, এ কী কাণ্ড রে বাবা!' আমি গিয়ে কাণ্ড দেখে খুব হাসলুম, তারপর বললুম, 'আজ্ঞে পায়ের দোষ নেই, দোষ জুতোর, বিহারি নাগরা পরে বেরিয়েছেন, নাগরার নীচে বুলাকি আর নাল লাগানো। লোহার জিনিস চুম্বকে তো আটকাবেই।' উনি তো আকাশ থেকে পড়লেন! 'চুম্বক! চুম্বক কোথায়?' আমি খুব হেসে-টেসে বললাম, 'আজ্ঞে মাটির সাত হাত নীচে।' পরে লোক ডেকে মাটি খুঁড়িয়ে সাত হাত নীচের থেকে সাত মন ওজনের এক চুম্বক তোলা হল। তাই বলছিলাম—"

জরিবাবু এত অবাক হয়ে গেছেন যে, ভুলে জর্দার রস সমেত পানের পিক গিলে ফেলে হেঁচকি তুলতে লাগলেন। শুধু স্খলিত কণ্ঠে বললেন, "আপনি লোহার আলমারির ভিতরটা দেখতে পান?"

"দিনের মতো। ওই তো দেখা যাচ্ছে, নীচের তাকে আপনার মুগার পাঞ্জাবি আর আলিগড় পায়জামা, দ্বিতীয় তাকের কোণের দিকে সেন্টের শিশির গোলাপজলের ঝারি, পমেটম। ওপরের তাকে—"

"থাক থাক। ওতেই হবে।"

পঞ্চানন্দ খুব আরামে পান চিবোতে চিবোতে বলল, "শেষ দিকটায় তো এমন হয়েছিল যে, গ্রহ-নক্ষত্রের কোথায় কী হচ্ছে তা আর শিবুবাবুকে আঁক কষে বা দূরবিন দিয়ে দেখতে হত না। আমিই বলে দিতাম। সব ঠিকঠাক লেগেও যেত। সাধনায় কী না হয় বলুন! আপনার গলাতেও তো সাধনাতেই গান ফুটল!"

জরিবাবু গম্ভীর হয়ে বললেন, "তা বটে।"

"অথচ শিবুবাবু প্রায় বলতেন, ওরে পঞ্চানন্দ, আমার জরিটার গলা শুনেছিস? ঠিক যেন ব্যাঙ ডাকছে।"

"বাবা বলতেন ওকথা?"

পঞ্চানন্দ মিটিমিটি হেসে বলল, "তা সত্যি বলতে কী জরিবাবু, আপনাকে এই এত্তটুকু দেখেছি। তখন আপনার গলা দিয়ে সাতরকম স্বর বেরোত একসঙ্গে। ওফ, ওরকম বিকট আওয়াজ আর শুনিনি। তা সে কথা যাক। এখন আপনার গলার অনেক চেকনাই এসে গেছে। ধরবেন নাকি একখানা দরবারি কানাড়া? মেজাজ না থাকলে মালকোশই হোক। তবে তার আগে কথাটা শেষ করুন।"

জরিবাবু কিছুক্ষণ থম ধরে থেকে বললেন, "হ্যাঁ, প্রথমটায় ভেবেছিলাম আপনি কিছু খুঁজছেন। তাই বিশেষ গা করলাম না। পরে ভাবলাম, আপনি হয়তো অন্ধকারে পানের বাটাটাই খুঁজে মরছেন। তাই বললাম, 'পঞ্চানন্দবাবু, পানের বাটা খাটের তলায়।' যেই-না বলা অমনি দেখি একটা কালো মূর্তি শাঁ করে খোলা দরজা দিয়ে বেরিয়ে গেল। পিছনে আরও দুটো।"

পঞ্চানন্দ জরিবাবুর খাটের সঙ্গে আরও ঘেঁষে বসে অমায়িক হাসি হেসে বলল, "পঞ্চানন্দের নাম করলেই কেন যে আজও এরা এত ভয় পায়! আমি সন্ন্যাসী বৈরাগী মানুষ, কারও কোনও ক্ষতি করি না, তবু নামটি করে দেখুন চোর-ডাকাত ভূত-প্রেত গুন্ডা-বদমাশ সব পড়ি-কি-মরি করে পালাচ্ছে।"

জরিবাবু ঘনঘন হিক্কা তুলতে তুলতে বললেন, "আপনি আছেন বলেই আমার ভরসা আছে। কিন্তু সেই সময়টায় আপনি যে কোথায় গিয়েছিলেন!"

পঞ্চানন্দ গম্ভীর হয়ে বলল, "একজনকে নিয়ে থাকলে তো আর আমার চলবে না জরিবাবু। এখন গোটা বাড়িটারই দেখাশোনার ভার আমার ওপর। শুধু কি তাই? কর্তাবাবু আর গিন্নিমা আজ আমার কাঁধে আরও এক গন্ধমাদন চাপিয়ে দিলেন। কাল থেকে আমি হব কর্তাবাবুর সেক্রেটারিকে সেক্রেটারি, আবার ম্যানেজারকে ম্যানেজার। পাগল-ছাগল নিয়েই জীবনটা কেটে গেল।"

জরিবাবুর চোখ আবার রসগোল্লা। বললেন, "আপনি দাদার সেক্রেটারি? দাদার আবার সেক্রেটারির কী দরকার?"

পঞ্চানন্দ মাথা নেড়ে রহস্যময় একটু হেসে বলল, "আছে আছে। চিরদিন কি আর হরিবাবুর একই রকম যাবে? তাঁর কপাল ফিরল বলে। তখন লাখে-লাখে টাকা, তাল-তাল সোনা আর হাজার রকমের বিষয়-সম্পত্তি সামলাবে কে?"

জরিবাবুর মুখ এমন হাঁ হয়ে রইল যে, একটা মশা তার মধ্যে সাতবার সেঁধিয়ে সাতবার বেরিয়ে এল। জরিবাবু ভুল করে ফের জর্দাসুদ্ধু পানের পিক গিলে বিকট

হেঁচকি তুলে বললেন, "বলেন কী! দাদা এসব পাবে কোত্থেকে?"

পঞ্চানন্দ বিজ্ঞের মতো মুখের ভাব করে বলল, "আকাশ থেকে নয় জরিবাবু। কেন, আপনাকে সেই চাবি আর তার সংকেতের কথা বলিনি নাকি?"

জরিবাবু মাথা চুলকে বললেন, "বললেও মনে পড়ছে না। সারাদিন আপনি এত হরেকরকম কথা বলেছেন যে, তার মধ্যে কোনটা রাখব কোনটা ছাড়ব তা ঠিক করতে পারিনি।"

পঞ্চানন্দ হেসে বলল, "তা বটে। আমি একটু বেশি কথা বলি ঠিকই। তবে বিশ বছর মৌন থাকার পর কথা তো একটু বেরোবেই।"

"চাবির কথা কী যেন বলছিলেন!"

"হ্যাঁ। চাবিটাকে শিবুবাবুই দিয়েছিলেন। বেশ ভারী চাবি। শিবুবাবুর অবস্থা তখন বেশ বিপজ্জনক। কারা যেন সব আসে যায়। কী সব বদ মতলব নিয়ে কারা যেন ঘোরাফেরা করে। শিবুবাবু সব কথা আমার কাছে ভাঙতেন না। তবে এক সন্ধেবেলায় আমাকে ডেকে চুপিচুপি বললেন, 'পঞ্চানন্দ, গতিক সুবিধের নয় রে। এবার বুঝি মারা পড়ি। কী কুক্ষণে বিজ্ঞান নিয়ে কাজে নেমেছিলাম, তার ফল এখন ভোগ করতে হচ্ছে।'"

জরিবাবু সোৎসাহে বললেন, "বাবা বোধ হয় নতুন কিছু আবিষ্কার করেছিলেন? আর তার ফর্মুলা বাগাতেই..."

পঞ্চানন্দ ফুঁ দিয়ে কথাটা উড়িয়ে বলল, "আবিষ্কার! সে তো উনি আকছার করতেন। এই যে ব্যাটারা চাঁদে মানুষ নামিয়ে খুব হাঁকডাক ফেলে দিয়ে বাহবা কুড়োচ্ছে, কেউ কি জানে যে, ওই রকেটের ন্যাজের কাছে তিনটে খুব ঘোড়েল স্ক্রু এই আমাদের শিবুবাবুর তৈরি? ওই তিনটে স্ক্রু না পেলে চাঁদে যাওয়া বেরিয়ে যেত। তিনহাত উঠতে না উঠতেই ধপাস করে পড়ে যেত রকেট। তারপর ধরুন না, ওই যে অ্যাটম বোমা, সেটার মশলার কথা ক'জন জানে? ব্যাটারা বোমা বানিয়েছিল ঠিকই, কিন্তু সেটা শত চেষ্টা করেও আর ফাটাতে পারে না। শিবুবাবু গিয়ে কী করলেন জানেন? স্রেফ এক-চিমটি হলুদের গুঁড়ো মিশিয়ে দিয়ে এলেন তাতে। আর অমনি সেই বোমা একেবারে ফটফাটং ফট।"

"বটে?"

"তবে আর বলছি কী? জাপানিরা দিব্যি ট্রানজিস্টর ছেড়েছে বাজারে। স্বীকার করবে না, তবু বলি, একদিন বিকেলে কুচো-নিমকি খেতে খেতে হঠাৎ করে ট্রানজিস্টর তৈরির ফিকিরটা মাথায় খেলে গেল শিবুবাবুর। সেইটে নিয়ে আজ জাপানের কত রমরমা।"

“এসব তো আমরা জানতামও না।”

“আমিই কি সব জানি? তবে রোজই দু’-চারটে করে জিনিস তিনি আবিষ্কার করে ফেলতেন। আর তাই নিয়েই তো গণ্ডগোল।”

জরিবাবু পানের পিক আবার ভুল করে গিলে ফেললেন। বললেন, “তারপর?”

“শিবুবাবু চাবিটা আমার হাতে দিয়ে বললেন, ‘কবে খুন হয়ে যাই তার তো ঠিক নেই। এই চাবিটা রাখ। আমার ছেলেগুলো এখনও নাবালক। তুই চাবি নিয়ে হিমালয়ে পালিয়ে যা। কেউ যেন তোর খোঁজ না পায়। আমার ছেলেরা বড় হলে ফিরে এসে চাবিটা দিস, আর বলিস, ঈশান কোণ, তিন ক্রোশ।”

জরিবাবুর মুখের মধ্যে ঢুকে মশাটা বার কয়েক চক্কর দিয়ে ফিরে এল। বোধহয় জর্দার কড়া গন্ধ সইতে পারল না। জরিবাবু বললেন, “কথাটার মানে কী?”

“আজ্ঞে তা কে জানে! তবে মানে একটা আছে এটা ঠিক। আর চাবিটা বড় আজেবাজে জিনিস নয়।”

“ঈশান কোণ তিন ক্রোশ তো? তা হলে জায়গাটা খুঁজতে কোনও অসুবিধেই তো হবে না।”

“হওয়ার কথা নয়।” বলে পঞ্চানন্দ।

ষোলো

ভোর না হতেই ন্যাড়া উঠে পড়ল। রাতে ভাল ঘুমও হয়নি তার। সে কুস্তিগির হলেও নানারকম ভয়ডর তার আছে। গায়ে জোর থাকলেও মনের জোর অন্য জিনিস। পঞ্চানন্দ নামে যে রহস্যময় লোকটি তাদের বাড়িতে থানা গেড়েছে, সে একদফা ভয় দেখিয়ে ভড়কে দিয়ে গেছে তাকে। তার ওপর মাঝরাতে গজ পালোয়ানের আবির্ভাব তাকে আরও দুশ্চিন্তায় ফেলে দিয়েছে।

দরজা খুলে ন্যাড়া সোজা গিয়ে ল্যাবরেটরির দরজায় ধাক্কা দিল, “ও গজদা, দরজা খুলুন।”

দরজা প্রায় সঙ্গে সঙ্গেই খুলে গেল এবং ন্যাড়া অবাক হয়ে দেখল, গজদার বদলে পঞ্চানন্দ। মুখে একগাল হাসি।

ন্যাড়া থতমত খেয়ে বলল, “আপনি এখানে?”

পঞ্চানন্দ মাথা চুলকে বলল, “আজ্ঞে, সব দিকে নজর রাখাই আমার অভ্যাস কিনা। ভোররাতে কে যেন কানের কাছে ফিসফিস করে বলল, ‘দাদা, উঠুন, শিবুবাবুর

ল্যাবরেটরিতে কুরুক্ষেত্র হচ্ছে।' শুনেই চটকা ভেঙে গেল।"

ন্যাড়া বিবর্ণ মুখে বলল, "কে বলে গেল কথাটা?"

হেঁঃ হেঁঃ করে মাথা চুলকোতে চুলকোতে একটু হাসল পঞ্চানন্দ, "আজ্ঞে সকল গুহ্য কথা কি ফাঁস করা যায়? তবে আমার চর-টর আছে। সাদা চোখে তাদের দেখা যায় না। তা সে যাকগে। খবর পেয়েই এসে হাজির হয়ে যা দেখলাম তাতে চোখ ছানাবড়া।"

"কী দেখলেন?"

"তিনটে সাহেবের সঙ্গে গজ পালোয়ানের একেবারে গজকচ্ছপ হচ্ছে। চারদিক একেবারে লন্ডভন্ড কাণ্ড। তারপর তিনজনে মিলে গজ পালোয়ানকে চ্যাংদোলা করে নিয়ে গেল।"

"বলেন কী!"

"তবে আর বলছি কী? এই এতক্ষণ ধরে মাথার ঘাম পায়ে ফেলে ল্যাবরেটরিটা আবার যেমনকে তেমন গুছিয়ে রাখলাম আর কী। কিন্তু একটা ধন্ধ আমার কিছুতেই যাচ্ছে না। গজ পালোয়ান লোকটা কেমন বলুন তো!"

ন্যাড়া মিনমিন করে বলল, "ভালই তো। কারও সাতে-পাঁচে থাকেন না।"

"তবে রাত্তিরে শিবুবাবুর ল্যাবরেটরিতে এসে তার সেঁধোনোর মানে কী?"

ন্যাড়া আমতা-আমতা করে বলল, "গজদা একটু অসুবিধেয় পড়ে এসেছিলেন, তাই আমিই তাঁকে এখানে থাকতে বলেছিলাম মাঝরাতে।"

শুনে পঞ্চানন্দ একটা দীর্ঘশ্বাস ছেড়ে খুব স্থির দৃষ্টিতে গম্ভীর মুখে ন্যাড়ার দিকে চেয়ে থেকে বলল, "কাজটা খুব ভাল করেননি ছোটবাবু। শিবুবাবুর ল্যাবরেটরিতে অনেক দামি জিনিস আছে। এসব জিনিসের দাম টাকায় হয় না। তার ওপর গজ পালোয়ানের আপনি কতটুকুই বা জানেন?"

দুষ্টু ছেলে যেমন দুষ্টুমি ধরা পড়ায় কাঁচুমাচু হয়ে পড়ে, তেমনি মুখ করে ন্যাড়া বলল, "গজদা লোক তো বেশ ভালই।"

পঞ্চানন্দ মাথাটা দু'পাশে নেড়ে মুখে চুকচুক একটা শব্দ করে বলল, "তাই যদি হবে তো তিনটে শহরের পুলিশ তাকে হন্যে হয়ে খুঁজছে কেন? কেনই বা তার মাথার দাম দশ হাজার টাকায় উঠেছিল?"

ন্যাড়ার মুখে কিছুক্ষণ কথা সরল না। তারপর অনেকক্ষণ বাদে সে শুধু বলল, "ফঁত।"

পঞ্চানন্দ জানে 'ফঁত' কথাটার কোনও মানে হয় না, এটা বাংলা বা ইংরিজি বা হিন্দি কোনও ভাষাও নয়। এটা হল ভয় বিস্ময় ঘাবড়ে-যাওয়া মেশানো একটা শব্দমাত্র। অর্থাৎ ন্যাড়া বাক্যহারা।

পঞ্চানন্দ একটু মোলায়েম হয়ে বলল, "অবিশ্যি সেসব কথা আর না তোলাই ভাল। গজ পালোয়ান যদি ফিরেও আসে তবু তার কাছে সেসব কথা খবরদার তুলবেন না। লোকটা একে রাগী, তার ওপর ভয়ংকর গুন্ডা। চাই কী আপনাকেই দুটো রদ্দা বসিয়ে দিল।"

ন্যাড়া বাক্য ফিরে পেয়ে ঘাড় নেড়ে বলল, "না, বলব না।"

পঞ্চানন্দ ল্যাবরেটরির দরজায় একটা ভারী তালা লাগিয়ে চাবিটা নিজের ট্যাঁকে গুঁজে বলল, "কথা আর পাঁচ-কান করবেন না।গজ পালোয়ান যে এখানে রাতে থানা গেড়েছিল, তাও বেমালুম ভুলে যান। মনে করবেন স্বপ্ন দেখেছিলেন।"

ন্যাড়া বিষণ্ণ মুখে ঘাড় নেড়ে বলল, "আচ্ছা।"

ন্যাড়াকে বিদায় করে পঞ্চানন্দ চারদিকটা একটু ঘুরে দেখল। বেশ মোলায়েম রোদ উঠেছে। ঘাসে শিশির ঝলমল করছে। গাছে পাখি ডাকছে।

কুয়োতলায় একডাঁই বাসন মাজতে বসেছে ঠিকে-লোক। পঞ্চানন্দ গিয়ে তার সামনে কোমরে হাত দিয়ে দাঁড়িয়ে বলল, "বুঝে-সুঝে কাজ কোরো বাপু, বাসনে যেন ছাইয়ের দাগ না থাকে। আমি হলাম এ বাড়ির নতুন ম্যানেজার। কাজে গাফিলতি সইতে পারি না, দু'-দশ টাকা মাইনে বেশি চাও তো সে দেখা যাবে।"

কাজের লোক বিগলিত হয়ে গেল।

হরিবাবু বাজার করতে পছন্দ করেন না। কিন্তু বাজার তবু তাঁকেই করতে হয়। কারণ, জরিবাবু বাজারে গেলে রেওয়াজে বাধা পড়ে, ন্যাড়া বাজারে গেলে কুস্তিতে ফাঁক পড়ে। ঘড়ি আর আংটির পড়াশুনো আছে। তাই কবি হরিবাবুকে রোজ সাতসকালে বাজার করার মতো অকাব্যিক কাজ করতে হয়।

আজও হরিবাবু বাজার করতে বেরোবার জন্য তৈরি হচ্ছিলেন। গিন্নি বাজারের ফর্দ করে টাকা বুঝিয়ে দিয়ে রোজকার মতোই মনে করিয়ে দিলেন, "প্রত্যেকটা আইটেম কিনে তার কত দাম দিলে তা পাশে লিখে নেবে।"

হরিবাবু তো রোজই লেখেন, তবু ফিরে এলে দেখা যায় দু'-চার টাকার গোলমাল ওর মধ্যেই করে ফেলেছেন। মুশকিল হল, অঙ্কে তিনি বরাবরই কাঁচা। সাড়ে তিন টাকা কিলোর জিনিস সাড়ে তিনশো গ্রাম কিনলে কত দাম হয় এটা টক করে তাঁর মাথায় খেলে না। রোজই তাই বাজার থেকে এসে তাঁকে নানা জবাবদিহি করতে হয়।

আজ বেরোবার মুখেই দেখেন পঞ্চানন্দ ফটকের সামনে দাঁড়িয়ে জমাদারকে রীতিমতো দাবড়াচ্ছে, "বলি ঝাড়ু দিস তো তোর ঝ্যাঁটার শব্দ শোনা যায় না কেন রে? ওরকম ফাঁকির কাজ আর দেখলে একেবারে বিদেয় করে দেব। বাবু ভালমানুষ বলে

খুব পেয়ে বসেছ দেখছি। দু'-পাঁচ টাকা বাড়তি চাও পাবে, কিন্তু কাজ চাই একদম ফার্স্ট ক্লাস।"

হরিবাবু খুশিই হলেন। কাজের লোকগুলো বেজায় ফাঁকিবাজ তা তিনি জানেন, কিন্তু যথেষ্ট দাবড়াতে পারেন না। দাবড়ানোর জন্য যেসব ভাষা এবং স্পষ্ট কথার প্রয়োজন তা তাঁর আসে না। তাঁর মগজে যেসব ভাষা খেলা করে, তা কবিতার ভাষা। সে ভাষায় জমাদার বা কাজের লোককে দাবড়ানো যায় না।

তিনি পঞ্চানন্দের পিঠ চাপড়ে দিয়ে বললেন, "বাঃ, এই তো চাই।"

পঞ্চানন্দ বিগলিতভাবে বলল, "কবি মানুষের কি বাজার করা সাজে! ছিঃ ছিঃ, দিন ওসব ছোট কাজ আর আপনাকে করতে হবে না। ও আমিই বুঝে-সুঝে করে আনব এখন।"

হরিবাবু খুশি হলেও ঘাড় চুলকে বললেন, "মুশকিল কী জানো, এটা শুধু বাজার করাই তো নয়, মর্নিং ওয়াক, অঙ্ক শিক্ষা, বাস্তব জ্ঞান অর্জন সবই একসঙ্গে। তাই গিন্নি যদি শোনেন যে, আমার বদলে তুমি বাজারে গেছ, তা হলে কুরুক্ষেত্র করে ছাড়বেন।"

এ কথাটায় পঞ্চানন্দও একটু ভাবিত হল। বস্তুত এ বাড়ির গিন্নিমাকেই সে একটু ভয় খাচ্ছে। তাই চাপা গলায় বলল, "তা হলে আপনিও না হয় চলুন। বাজারের কাছে মাঠের ধারে গাছতলায় বসে আকাশ-পাতাল যা হোক ভাবতে থাকুন, আমি ধাঁ করে বাজার এনে ফেলব। গিন্নিমাকে কথাটা না ভাঙলেই হল।"

হরিবাবু তবু সন্দিহান হয়ে বলেন, "হিসেব-টিসেব সব ঠিকমতো দিতে পারবে তো?"

পঞ্চানন্দ একগাল হেসে বলল, "হিসেব তেমন গোলমাল আমার হয় না। তবে কিনা আমি লোকটা তো তেমন সুবিধের নয়। দু'-চার টাকা এধার-ওধার হয়েই যাবে, যেমন আপনারও হয়। তবে হিসেব এমন মিলিয়ে দেব যে, গিন্নিমা টুঁ শব্দটিও করতে পারবেন না। শিবুবাবুও আমাকে দিয়ে মেলা বাজার করিয়েছেন।"

হরিবাবু সবিস্ময়ে বললেন, "তাই নাকি?"

"একেবারে আপনভোলা লোক ছিলেন তো, ডান বাঁ জ্ঞান থাকত না প্রায়ই। মাথায় নানারকম আগড়ম-বাগড়ম আজগুবি চিন্তা নিয়ে ঘুরে বেড়ালে যা হয় আর কী। আমি তাঁকেও ওই মাঠের ধারে গাছতলায় বসিয়ে রেখে বাজার করে আসতাম। এসে দেখতাম বসে বসে ছোট্ট একখানা খাতায় মেলা আঁক কষে ফেলেছেন।"

"বটে!"

"কাল থেকে আপনিও একখানা ওরকম খাতা সঙ্গে করে আনবেন। গাছতলায় বসলে ভাব আসবে, পদ্যও লেখা হয়ে যাবে ঝুড়ি ঝুড়ি।"

হরিবাবু পঞ্চানন্দের সঙ্গে বাজারের দিকে হাঁটতে হাঁটতে একটা দীর্ঘশ্বাস ফেলে বললেন, "শুধু লিখলেই তো হল না হে। সেটা ছাপাও তো দরকার।"

পঞ্চানন্দ মাথা নেড়ে বলল, "খুব ন্যায্য কথা। ভাল জিনিসের আজকাল কদরই বা করে কে! আমাদের গাঁয়ের শ্রীপতি কবিয়াল তো হন্যে হয়ে উঠেছিল। পদ্য লিখে পোস্টার সাঁটত দেয়ালে, পদ্য লেখা কাগজের ঠোঙা বিলি করত দোকানে দোকানে, তারপর এক ঘুড়িওলাকে ধরে পদ্য ছাপানো কাগজের ঘুড়ি তৈরি করে গাদা-গাদা বিলোল। তাতে কাজও হল ভাল। লোকে পোস্টারে কবিতা পড়তে শুরু করল। মুড়ি খেয়ে ঠোঙাটা ফেলে দেওয়ার আগে অনেকেই ঠোঙার গায়ের লেখা একটু পড়ে দেখে। তেমনি শ্রীপতির কবিতাও পড়তে লাগল। তারপর ধরুন ঘুড়ির পদ্যও তো এক আজব জিনিস। যে ঘুড়ি কেনে সে পড়ে, তারপর ঘুড়ি কাটা গেলে আর একজন ধরে, তখন সে পড়ে। এমনি করে সাতটা গাঁ আর তিনটে শহরে শ্রীপতি রীতিমতো শোরগোল তুলে ফেলল।"

হরিবাবু যেন একটু উৎসাহী হয়ে উঠলেন। বললেন, "ব্যাপারটা একটু ছেলেমানুষি বটে, কিন্তু আইডিয়াটা বেশ নতুন তো।"

"তবে আর বলছি কী? দুনিয়ায় নতুন কিছু করতে পারলেই কেল্লা ফতে। তবে একটু খরচ আছে।"

সতেরো

পঞ্চানন্দ যখন বাজার করে ঘুরে এল তখনও হরিবাবু মাঠের ধারে বাঁধানো গাছতলায় বসে খুব কষে ভাবছেন, কবিতা লেখা ঘুড়ি ক'ডজন ছাপানো যায় এবং কবিতার ঠোঙা তিনি কীরকম কাগজ দিয়ে তৈরি করাবেন। ভাবতে ভাবতে তন্ময় হয়ে গেছেন। একটা নেড়ি কুকুর এসে তাঁর গা শুঁকে অনেকক্ষণ ল্যাজ নাড়ল, তারপর তাঁর একপাটি চটি মুখে নিয়ে চলে গেল। তিনি টেরও পেলেন না।

পঞ্চানন্দ এসে এই অবস্থা দেখে প্রথমে গলাখাঁকারি দিল। তাতে কাজ না হওয়ায় দু'বার "হরিবাবু, ও হরিবাবু" বলে ডাকল। এবং অপারগ হয়ে শেষে ধাক্কা দিয়ে হরিবাবুকে সচেতন করে বলল, "বাজার হয়ে গেছে। একেবারে কড়ায়-গণ্ডায় হিসেব মিলিয়ে এনেছি। গিন্নিমা'র ফর্দের মধ্যে দামটাও টুকে দিয়েছি।"

হরিবাবু এইসব তুচ্ছ ব্যাপারে গা করলেন না। এমনই তাঁর অন্যমনস্কতা যে, উঠে একপাটি চটি পায়ে দিয়ে আর একপাটির জন্য পা বাড়িয়ে যখন সেটা পেলেন না,

তখনও তাঁর তেমন অস্বাভাবিক কিছু মনে হল না। মনে হল, একপাটি চটি পায়ে দেওয়াই তো রেওয়াজ। সুতরাং একটা খালি পা আর একটা চটি পায়ে পঞ্চানন্দের পাশে পাশে হাঁটতে হাঁটতে তিনি বললেন, "দ্যাখো পঞ্চানন্দ, ঠোঙা ঘুড়ি এসব ভাল বটে, কিন্তু সেইসঙ্গে আরও কয়েকটা ব্যাপারও আমার মাথায় এসেছে। ধরো, স্কুল-কলেজের ছেলেমেয়েদের যদি বিনা পয়সায় খাতা বিলোনো যায়, আর সেই খাতার মলাটের চার পিঠে চারটে কবিতা ছাপিয়ে দিই তো কাজটা অনেক দূর এগোয়। বছরের শুরুতে আমরা কবিতা-ছাপানো ক্যালেন্ডার বের করতে পারি। তারপর হোমিয়োপ্যাথ ডাক্তারদের ধরে পড়লে তারা যে পুরিয়া করে ওষুধ দেয় সেই পুরিয়ার কাগজে ছোট ছোট কবিতা ছাপিয়ে দেওয়া যেতে পারে।"

পঞ্চানন্দ বলল, "খাসা হবে। ওষুধের উপকার, কবিতার উপকার, দুই একসঙ্গে। এরকম আরও ভাবতে থাকুন। আমাদের হরিদাস কবিয়াল তো দিনে পাঁচ-সাতখানা করে খাম পোস্টকার্ড পাঠাত নানা লোককে।"

হরিবাবু হতচকিত হয়ে বললেন, "খাম পোস্টকার্ড?"

পঞ্চানন্দ মাথা নেড়ে বলল, "বুঝলেন না, সে কি আর সত্যিকারের চিঠি নাকি? সব কবিতায় ঠাসা। চিঠি ভেবে লোকে খুলে দেখত কবিতা। ওইভাবেই তো হরিদাস একেবারে ঝড় তুলে দিয়েছিল।"

হরিবাবু উত্তেজিত গলায় বললেন, "তুমি আজই কয়েকশো খাম আর পোস্টকার্ড নিয়ে এসো।"

পঞ্চানন্দ উদার গলায় বলল, "হবে হবে, সব হবে। পঞ্চানন্দ যখন এসে পড়েছে তখন আর আপনার ভাবনা কী? কিন্তু হরিবাবু, আপনার ডান পায়ের চটিটা যেন দেখছি না!"

হরিবাবুও তাকিয়ে দেখতে পেলেন না। কিন্তু তেমন অবাকও হলেন না। বললেন, "চটি জিনিসটাই বাজে। কখনও একটা পাই না, কখনও দুটোই পাই না।" বলে বাঁ পায়ের চটিটা ছুড়ে রাস্তার ধারে ফেলে দিয়ে খালি পায়ে ডগমগ হয়ে হাঁটতে হাঁটতে বললেন, "আচ্ছা, ধরো, যদি কবিতা দিয়ে নামাবলী ছাপিয়ে বিলি করি, তা হলে কেমন হয়?"

"ভেবে দেখার মতো কথা বলেছেন। খুবই ভেবে দেখার মতো কথা। তবে কিনা গিন্নিমা দোতলা থেকে এদিকে নজর রেখেছেন। বাজারের থলিটা এইবেলা হাতে নিয়ে ফেলুন। আমি বরং পিছন দিক দিয়ে ঘুরে যাচ্ছি।"

তা সত্যিই হরিবাবুর স্ত্রী দোতলা থেকে নজর রাখছিলেন। হরিবাবু বাড়ি ঢুকতেই তিনি ধেয়ে এসে তাঁর সামনে কোমরে হাত দিয়ে দাঁড়ালেন।

হরিবাবু পকেট থেকে ফর্দটা পট করে বের করে এনে একগাল হেসে বললেন, "আজ দ্যাখো, হিসেব একেবারে টু দি পাই মিলিয়ে এনেছি।"

তাঁর গিন্নি কঠোর গলায় বললেন, "হিসেব পরে হবে, আগে বলো, পায়ের চটি জোড়া কোথায় জলাঞ্জলি দিয়ে এসেছ!"

হরিবাবু খুব অবাক হয়ে বললেন, "চটি! চটি পরে আমি বাজারে যাইনি তো।"

"চটি পরে যাওনি মানে? তবে কি বুট পরে গিয়েছিলে?"

দু'দিন পঞ্চানন্দের সঙ্গে মিশে হরিবাবুর বুদ্ধি বেশ খুলে গেছে। একগাল হেসে বললেন, "আরে না। খালি পায়েই গিয়েছিলাম। আজকাল ডাক্তারদের মত হচ্ছে, যত আর্থ কন্টাক্ট হয় ততই ভাল। তাতে চোখের জ্যোতি বাড়ে, ব্লাডপ্রেশার হয় না, মাথায় নানারকম ভাব খেলে।"

তাঁর গিন্নি কথাটা বিশ্বাস করলেন না বটে, কিন্তু বেশি ঝামেলাও করলেন না। অফিসের সময় হয়ে আসছে। রান্নায় এ সময় কিছু তাড়া থাকে। শুধু বললেন, "আচ্ছা এ নিয়ে পরে বোঝাপড়া হবে।"

হরিবাবু হাঁফ ছেড়ে বাঁচলেন। জামা ছেড়ে ছাদে উঠে রোদে বসে তেল মাখতে লাগলেন গায়ে। মাখতে মাখতে তাঁর ভাব এল। তেলমাখা গায়েই তাড়াতাড়ি ঘরে গিয়ে টেবিলে বসে খাতা আর কলম টেনে নিলেন। লিখলেন:

পৃথিবীর গূঢ় অর্থ রয়েছে গোপন,
তেল যথা বুকে সরিষার।
ঘানির গোপন রন্ধ্রে তীব্র নিষ্পেষণে
শুরু হয় তার অভিসার।
কবির হৃদয় আজ ঘানিগাছ হয়ে
নিষ্পেষণ করে পৃথিবীরে,
সত্যের অমল মুখ আজি এ কবিরে
দেখা দিবি কি রে?

ওদিকে পঞ্চানন্দ বাড়ির পিছন দিকে একটু আড়ালে পড়েই হনহন করে হাঁটা দিল। বড় রাস্তা বা লোক-চলাচলের জায়গাগুলো সাবধানে এড়িয়ে সে একটু ঘুরপথেই শহরের বাইরে এসে পড়ল দেখতে-না-দেখতেই। তারপর একটু পতিত জমি আর একটা মজা পুকুর পার হয়ে জঙ্গুলে রাস্তা ভেঙে এসে উঠল চকসাহেবের বাড়ির হাতায়।

বাইরে থেকে খুব ভাল করে বাড়িটা আর তার আশপাশ দেখে নিল সে। কোথাও

কোনও নড়াচড়া নজরে পড়ল না। আগাছায় ভরা বাগানের মাঝখানে ভাঙা বাড়িটা দাঁড়িয়ে আছে। ধারে কাছে জনবসতি নেই।

পঞ্চানন্দ সাবধানে ভিতরে ঢুকল এবং ঝোপঝাড়ের আড়ালে যতদূর সম্ভব আত্মগোপন করে এগোতে লাগল।

দিনের বেলায় ভাঙা বাড়িটাকে যেমন করুণ দেখাচ্ছে, রাতের বেলায় তেমনি ভয়াবহ মনে হবে। এসব বাড়িতে সাপ আর ভূত গিজগিজ করে।

পঞ্চানন্দ চোর-পায়ে বারান্দাটা পেরিয়ে দরজা দিয়ে ভিতরে উঁকি দিল। না, গজ পালোয়ানের ঘরে কেউ নেই। জিনিসপত্রগুলো সব লন্ডভন্ড হয়ে আছে বটে। কেউ কিছু একটা খুব খুঁজেছে। কী খুঁজেছে সেটাই জানা দরকার।

পঞ্চানন্দ ভিতরে ঢুকে চারপাশটা পাঁতি-পাঁতি করে দেখল। তার চোখে তেমন কিছু সূত্র নজরে পড়ল না।

দরজার কাছে মেঝের ওপরটা খুব ভাল করে দেখল পঞ্চানন্দ। মেঝেতে লালমতো দাগ রয়েছে খানিকটা। কিন্তু পঞ্চানন্দ চোখ বুজে বলে দিতে পারে ওটা কিছুতেই রক্তের দাগ নয়। রক্ত হলে এতক্ষণ মাছি ভ্যানভ্যান করত। জায়গাটা লাল না হয়ে কালচে দেখাত।

পঞ্চানন্দ একটা দীর্ঘশ্বাস ফেলে ভিতরের দরজা দিয়ে সাবধানে ভাঙা বাড়ির ভিতরে ঢুকল। দেখার মতো তেমন কিছু নেই। রাশি-রাশি ইটের স্তূপ, কড়িবরগা হেলে পড়ে আছে, থাম পড়ে আছে মেঝের ওপর, আগাছা জমেছে এখানে-সেখানে।

পঞ্চানন্দ একটার পর একটা ঘর পার হতে লাগল।

পশ্চিম দিকে যে হলঘরটা রয়েছে সেটা ততটা ভাঙা নয়। তবে চারদিক থেকে ইট বালি এবং আরও সব ধ্বংসস্তূপ পড়ে ঘরটা একেবারে দুর্গম জায়গা হয়ে গেছে।

পঞ্চানন্দ খুঁজে খুঁজে একটা জায়গায় একটা রন্ধ্র বের করে ফেলল। উঁকি দিয়ে দেখল, ঘরটা ঘুটঘুট্টি অন্ধকার। তবু অনেকক্ষণ চোখ রাখল সে ভিতরে।

একটা ইঁদুর বা ছুঁচো যেন ডাকল ভিতরে। চিঁ-চিক-চিক।

পঞ্চানন্দ হতাশ হয়ে সরে আসছিল। কিন্তু হঠাৎ তার একটা খটকা লাগল। ইঁদুর বা ছুঁচোর ডাক সে জীবনে অনেক শুনেছে। এ ডাকটা অনেকটা সেরকম হলেও হুবহু একরকম নয়। একটু যেন তফাত আছে।

পঞ্চানন্দ ফুটোটায় কান পাতল। এবার আর ছুঁচো বা ইঁদুরের ডাক বলে ভুল হল না। স্পষ্টই একটা যান্ত্রিক আওয়াজ। একটা কোনও সংকেত।

ফুটোর মধ্যে একটা দেশলাইকাঠির আগুন ধরলে ভিতরটা দেখা যেতে পারে মনে করে পঞ্চানন্দ ফুটোতে কান রেখেই দেশলাইয়ের জন্য জামার পকেটে হাতড়াতে লাগল।

ঠিক এ সময়ে খুব মোলায়েম হাতে কে যেন তার কানটা একটু মলে দিয়ে বলে উঠল, "এখানে কী হচ্ছে?"

আঁতকে উঠে পঞ্চানন্দ এমন একটা লাফ মেরেছিল যে, আর একটু হলেই হাইজাম্পের বিশ্বরেকর্ড ভেঙে ফেলত। লাফ দিয়ে মাটিতে পড়ে গিয়ে পঞ্চানন্দ মিটিমিটি চোখে চেয়ে দেখল, পাঁচ-সাতজন ছেলেছোকরা দাঁড়িয়ে তাকে দেখছে।

পঞ্চানন্দ বুদ্ধি হারাল না। একগাল হেসে গায়ের ধুলো ঝেড়ে উঠে দাঁড়িয়ে বলল, "এই একটু দেখছিলাম আর কী!"

একটা কেঁদো চেহারার ছোকরা ধমক দিয়ে বলল, "এখানে দেখার আছেটা কী?"

পঞ্চানন্দ নির্বিকারভাবে বলল, "শুনেছিলাম বাড়িটা বিক্রি হবে। তাই অবস্থাটা একটু নিজের চোখে দেখে গেলাম আর কী। এ অঞ্চলে একটা বাড়ি কেনার ইচ্ছে অনেক দিনের।"

কেঁদোটা এক পা এগিয়ে এসে গমগমে গলায় বলল, "আর এদিকে গজদার ঘরে জিনিসপত্র হাটকে-মাটকে রেখেছে কে?"

"আজ্ঞে, আমি না। গজর সঙ্গে দেখা করতেই আসা। সে আমার সম্পর্কে মাসতুতো ভাই হয়। গজ কোথায় গেছে তা আপনারা বলতে পারেন?"

ছেলেগুলো একটু মুখ-চাওয়াচায়ি করল। তারপর কেঁদোটা একটু হটে গিয়ে বলল, "আমরা গজদার কাছে কুস্তি শিখি। কিন্তু গজদাকে কোথাও দেখতে পাচ্ছি না। আমরাও তাকে খুঁজছি।"

পঞ্চানন্দ খুব চিন্তিতভাবে বলল, "তা হলে তো বেশ মুশকিলই হল। গজর চিঠি পেয়েই আসা। সে-ই এ বাড়ির খবর দিয়েছিল কিনা।"

একটা ছেলে বলল, "আপনি কি সোজা স্টেশন থেকে আসছেন? তা হলে আপনার বাক্স-টাক্স কোথায়?"

পঞ্চানন্দ খুব অমায়িক হেসে বলল, "গজর কাছে এসে উঠব, এমন আহাম্মক আমি নই। আমি উঠেছি ন্যাড়াদের বাড়িতে। ন্যাড়াকে বোধহয় আপনারা চেনেনও।"

"ন্যাড়া!" বলে সকলে আবার মুখ-চাওয়াচায়ি করে।

"আজ্ঞে। আমি হলুম গে হরিবাবুর ম্যানেজার। তাঁর বাবার আমল থেকেই যাতায়াত। মাঝখানে কয়েকটা বছর হিমালয়ে তপস্যা করতে যাওয়ায় সম্পর্কটা একটু ঢিলে হয়ে গিয়েছিল।"

সকলে বেশ সম্ভ্রমের চোখে পঞ্চানন্দের দিকে তাকায়।

কেঁদো বলে, "তা দাদার নামটা কী?"

"পঞ্চানন্দ। ওটি সাধনমার্গের নাম। ওতেই ডাকবেন।"

"আমাদের মাপ করে দেবেন। খুব অন্যায় হয়ে গেছে।"

পঞ্চানন্দ উদার গলায় বলল, "করলাম।"

আঠারো

ছেলেগুলো এসে পঞ্চানন্দকে একেবারে ঘিরে ধরল। ভারী লজ্জিত তারা। ষন্ডামতো একটা ছেলে বলল, "পঞ্চানন্দদা, আমরা যে আপনার সঙ্গে বেয়াদপি করে ফেলেছি সে কথা গজদাকে বলবেন না।"

পঞ্চানন্দ একগাল হেসে বলল, "আরে না। তোমরা সবাই বুঝি গজর ছাত্র? বাঃ বাঃ। তা গজ একটু-আধটু কুস্তি শিখেছিল বটে শেরপুরে থাকতে। আমিই শেখাতুম। অবশ্য আসল-আসল প্যাঁচগুলো শেখানোর সময়ই তো পেলাম না। হিমালয় থেকে আমার ডাক এসে গেল কিনা। তবে শুনেছি, গজ বেশ ভালই লড়ে-টড়ে।"

ছেলেগুলো এ কথায় মুগ্ধ হয়ে চেয়ে রইল। ষন্ডাটা বলল, "তা হলে আপনিই কেন আমাদের আজ একটু তালিম দেন না!"

পঞ্চানন্দ জিব কেটে বলল, "ও বাবা, গুরুর বারণ। ঠিক বটে, এক সময়ে যারা ধর্ম কর্ম করত, তারাই নানারকম শারীরিক প্রক্রিয়া আর কূট প্যাঁচ আবিষ্কার করেছিল। এই যেমন জুজুৎসু, কুংফু, আসন। কিন্তু আমার গুরু আমাকে ও লাইনে একদম যেতে বারণ করেছেন। আসলে হল কী জানো?"

"কী পঞ্চানন্দদা?"

"যার সঙ্গেই লড়তে যাই তারই ঘাড় ভাঙে কি হাত ভাঙে কি ঠ্যাং ভাঙে। যত মোলায়েম করেই ধরি না কেন, একটা কিছু অঘটন ঘটেই যায়। সেবার তো গ্রেট এশিয়ান সার্কাসের হাতিটা খেপে বেরিয়ে পড়ল। বিস্তর লোক জখম হল তার পায়ের তলায় আর শুঁড়ের আছাড়ে। অগত্যা আমি গিয়ে হাতিটাকে সাপটে ধরলুম। ও বাবা, মড়াত করে দুটো পাঁজর ভেঙে হাতিটা নেতিয়ে পড়ল। তারপরই গুরু বারণ করলেন, ওরে তোর শরীরে যে স্বয়ং শক্তি ভর করে আছেন। আর কখনও কুস্তি-টুস্তি করতে যাস না।"

ছেলেগুলো মুখ তাকাতাকি করতে লাগল। ঠিক বিশ্বাস করতে পারছে না। না করলেও পঞ্চানন্দের ক্ষতি নেই। ছেলেগুলোকে অন্যমনস্ক রাখাটাই তার উদ্দেশ্য। হলঘরের ভিতর থেকে যে যান্ত্রিক শব্দটা আসছে সেটা ওদের কানে না যাওয়াই ভাল। পঞ্চানন্দকে একাই ব্যাপারটা দেখতে হবে।

যন্ডাটা বলল, "এক-আধটা প্যাঁচও কি শেখাবেন না দাদা?"

পঞ্চানন্দ গম্ভীর মুখে মাথা নেড়ে বলল, "উপায় নেই রে ভাই। তবে এই বাড়িটা কিনে যদি সাধনপীঠ বানাতে পারি তখন দেখা যাবে।"

এ কথায় ছেলেগুলো ফের মুখ-তাকাতাকি করল। কেঁদো চেহারার ছেলেটা এতক্ষণ চুপ করে ছিল। এবার বলল, "দাদা, একটা কথা বলব? আপনি যদি ডাইরেক্টলি আমাদের না শেখান তা হলেও ক্ষতি নেই। আমরা নিজেরা নিজেদের মধ্যে কুস্তি করব, আর আমাদের কোথায় ভুল হচ্ছে তা আপনি দেখে দেখে বলে দেবেন, তা হলে কেমন হয়?"

সব ছেলেই এ কথায় সায় দিয়ে উঠল।

গজ মাথা চুলকে বলল, "সেটা মন্দ হবে না। তা তাই হোক।"

বাড়ির পিছন দিকটায় মাটি কুপিয়ে কুস্তির আখড়া হয়েছে। ছেলেরা সেখানে একটা গাছতলায় পঞ্চানন্দকে বেশ খাতির করে বসিয়ে নিজেরা দঙ্গলে নামল।

পঞ্চানন্দ খুব মাথা নাড়তে লাগল কুস্তি দেখে। এক-একবার বলে ওঠে, "উঁহুহু, হল না। পা-টা আর একটু কেতরে নিয়ে বল্টান মারতে হয়...আরে আরে, ওরকম পটকান দিতে হলে যে শিরদাঁড়া শক্ত রাখতে হয়...আহা-হা, ওরকম ঠেলাঠেলি করলে চলে? পট করে কাঁধ ছেড়ে কোমরটা ধরে নাও এইবেলা...ওটা কী হল হে? ছ্যা, ছ্যা, গজটা যে একবারে কিছু শেখায়নি তোমাদের!"

ঘণ্টা দেড়েক এরকম চালিয়ে পঞ্চানন্দ ছুটি পেল।

ঝিমঝিম করছে দুপুর। পঞ্চানন্দ পা টিপে-টিপে বাড়িতে ঢুকে আবার সেই হলঘরটার দিকে এগোল।

হঠাৎই সাক্ষাৎ এক ডাইনিবুড়ি কোত্থেকে যে বকবক করতে করতে এসে উদয় হল, তা বলা শক্ত। তবে পঞ্চানন্দ একটা থামের আড়ালে গা-ঢাকা দিয়ে পরিষ্কার শুনতে পেল বুড়িটা আপনমনে গজগজ করছে, "রোজ আমি হিরুকে এইখানে ঘাস খেতে বেঁধে রেখে যাই, লক্ষ্মী ছাগল আমার কোনওদিন পালায় না। আজ কোন অলপ্পেয়ে যে বাছাকে আমার গেরাস করতে এল গো!"

বলতে বলতে বুড়ি হাঁটপাঁট করে চারদিকে ঘুরছিল। শনের মতো সাদা চুল, শরীরের চামড়ায় শতেক আঁকিবুকি, মুখখানা শুকনো, চোখ গর্তে, হাতে একখানা গাঁটওলা লাঠি।

পঞ্চানন্দ একটু গলাখাঁকারি দিল।

"কে রে? কোন মুখপোড়া? হিরিকে কি তুই গেরাস করেছিস রে ড্যাকরা? আয়, সামনে আয় তো!"

পঞ্চানন্দ একবার বলবার চেষ্টা করল, "আমি নয় গো, আমি নয়।"

কিন্তু কে শোনে কার কথা! বুড়ি একেবারে লাঠি উঁচিয়ে ধেয়ে আসতে আসতে বলল, "তুই না তো কে রে মুখপোড়া? তোর মুখ দেখলেই তো বোঝা যায় গোরু-ছাগল চুরি করে করে হাত পাকিয়ে ফেলেছিস। চোখ দেখলেই তো বোঝা যায় তুই এক নম্বরের পাজি। তোকে আজ ঝেঁটিয়ে বিষ নামাব..."

পঞ্চানন্দ পিছু ফিরে চোঁ-চাঁ দৌড় দিল। এ কাজটা সে খুব ভাল পারে।

দৌড়ে একেবারে হরিবাবুদের বাড়ির কাঁঠালতলায় এসে পঞ্চানন্দ হাঁফ ছাড়ল, "খুব বাঁচা গেছে বাপ। ওঃ, বুড়িটা কী তাড়াই না করেছিল!"

জামা দিয়ে মুখের ঘাম মুছে পঞ্চানন্দ ধীরেসুস্থে বাড়িতে ঢুকতে যাবে, এমন সময় হঠাৎ ক্যাঁক করে কে যেন তার গর্দানটা বাগিয়ে ধরল খিড়কির দরজার কপাটের আড়াল থেকে।

"দাদা, এই লোকটাই।"

পঞ্চানন্দ সঙ্গে সঙ্গে বলে উঠল, "আমি না। কালীর দিব্যি, আমি কিছু করিনি।"

আংটি বলল, "তুমি নয় তো কে চাঁদু? কাল মাঝরাতে দাদুর ল্যাবরেটরির কাছে ঘুরঘুর করছিলে, দেখিনি বুঝি?"

কপাটের আড়াল থেকে আর-একজনও বেরিয়ে এল, ঘড়ি। খুব ঠান্ডা চোখে পঞ্চানন্দকে আপাদমস্তক দেখে নিয়ে বলল, "খুব গুলগপ্পো ঝেড়ে আমার বাবাকে বশ করে ফেলেছ কেমন?"

পঞ্চানন্দ অমায়িক হেসে বলল, "আজ্ঞে, অনেক কথার মধ্যে এক-আধটা বেফাঁস মিথ্যে কথা বেরিয়ে যেতে পারে বটে, কিন্তু সে তেমন না ধরলেও চলে। হরিবাবুকে জিজ্ঞেস করে দেখবেন, আমি তাঁকে আগেভাগেই সাবধান করে দিয়েছিলুম কি না যে, লোক আমি তেমন সুবিধের নই।"

"বটে! তা হলে তো ধর্মপুত্তুর যুধিষ্ঠির। বাবাকে একটা চাবি দিয়েছ শুনলাম, আর নাকি গুপ্তধনের সংকেত!"

জিব কেটে পঞ্চানন্দ মাথা নাড়ল, "আজ্ঞে ওসব বুজরুকি কারবার আমার কাছে পাবেন না। গুপ্তধনের কথা শিবুবাবু আমাকে বলতে বলেননি, আমিও বলিনি।"

"তা হলে কথাটার মানে কী?"

পঞ্চানন্দ কাঁচুমাচু হয়ে বলে, "সে কি আমিই জানি? যেমন শুনেছি তেমনি বলেছি। তা ঘাড়খানা এবার ছেড়ে দিলে হয় না? বড্ড টনটন করছে। আমার আবার একখানা বই দু'খানা ঘাড় নেই।"

আংটি একটু হেসে একখানা ঝাঁকুনি দিয়ে ঘাড়টা ছেড়ে বলল, "একটা কথা শুনে

রাখো। আমার বাবা বেজায় ভাল মানুষ। তাঁকে যদি বোকা বানানোর চেষ্টা করো, তা হলে মাটিতে পুঁতে ফেলব ওই কেয়াঝোপের তলায়।"

পঞ্চানন্দ উদাস মুখে বলল, "তিনটে লাশ ছিল, চারটে হবে।"

"তার মানে?"

"আজ্ঞে সে এক বৃত্তান্ত। কিন্তু আপনাদের যা ভাবগতিক দেখছি, বেশি বলতে ভরসা হয় না। হয়তো দিলেন কষিয়ে একখানা ঘুসো!"

ঘড়ি গম্ভীরভাবে বলল, "গুলগপ্পো যারা মারে তাদের মাঝে মাঝে ঘুসো খেতেই হয়। এবার বলো তো চাঁদু, মাঝরাত্তিরে দাদুর ল্যাবরেটরিতে গিয়ে ঢুকেছিলে কেন?"

"আজ্ঞে ওই গজটার জন্য। কতবার পই-পই করে বলেছি, ওরে গজ, মানুষ হ। পরের বাড়িতে ঢুকে ওসব করা কি ঠিক? তা ভাল কথায় কবেই বা কান দিয়েছে!"

"গজ মানে কি গজ পালোয়ান? সে কেন আমাদের বাড়িতে ঢুকবে?"

"সেইটেই তো কথা। পেত্যয় না হয় ন্যাড়াবাবুর কাছ থেকেই শুনে নেবেন'খন।"

ঘড়ি ঠান্ডা চোখে আবার একবার তাকে জরিপ করে নিয়ে বলল, "তোমার স্যাঙাতরা কারা ছিল?"

"স্যাঙাত! আজ্ঞে কোনওকালেই আমার স্যাঙাত-ট্যাঙাত নেই। বরাবর একাবোকা ঘুরে বেড়াই।"

"তবে কেয়াঝোপের আড়াল থেকে তিনটে লোক যে বেরিয়ে এল, তারা কি ভূত?"

পঞ্চানন্দ তাড়াতাড়ি হাতজোড় করে কপালে ঠেকিয়ে বলল, "ওকথা বলবেন না। এখনও বুকের মধ্যে ধড়াস-ধড়াস করে। একেবারে জলজ্যান্ত তেনারা। আমার হাত দুয়েকের ভিতর দিয়েই হেঁটে গেলেন। গায়ে সেই বোঁটকা গন্ধ, উলটো দিকে পা, হাওয়ায় ভর দেওয়া শরীর...ওরে বাবা! ভাবতেও ভয় করে।"

ঘড়ি ভ্রু কুঁচকে চিন্তিতভাবে পঞ্চানন্দের দিকে চেয়ে বলল, "আমরা ভূত-টূত মানি না। ওসব বুজরুকি আমাদের দেখিয়ো না। দাদুর ল্যাবরেটরির দিকে অনেকের নজর আছে, আমরা জানি। কিন্তু আমরাও বোকা নই, বুঝলে? ওই তিনটে লোক তোমারই দলের।"

পঞ্চানন্দ খুব গম্ভীর হয়ে বলল, "আজ্ঞে ভূত যদি না-ও হয়, তা হলেও আমার সঙ্গে তাদের কোনও সাঁট নেই। তবে ওইখানে তিনটে লাশ বহুকাল আগে আমি আর শিবুবাবু মিলে পুঁতেছিলুম। তিনটেই সাহেব। গায়েগতরে পেল্লায়। বিশ্বাস না হলে জরিবাবু বা হরিবাবুকে জিজ্ঞেস করতে পারেন।"

ঘড়ি বলল, "লাশ এল কোথা থেকে?"

পঞ্চানন্দ দু'পা পিছু হটে বলল, "আজ্ঞে রদ্দা-ফদ্দা চালিয়ে বসবেন না যেন। এই সময়টায় আমার বড় খিদে পায়। আর খিদের মুখে মারধোর আমার সয় না।"

"ঠিক আছে, মারব না। বলো।"

"আজ্ঞে শিবুবাবু নিজের জান বাঁচাতে ওই তিন সাহেবকে খুন করেন। তারপর আমরা ধরাধরি করে..."

"মিথ্যে কথা!"

"আজ্ঞে খুনটা আমি স্বচক্ষে দেখেছি। তবে কিনা নিজের জান বাঁচাতে খুন করলে সেটা খুনের মধ্যে ধরা যায় না।"

"জান বাঁচাতে কেন? ওরা কি দাদুকে মারতে চেয়েছিল?"

পঞ্চানন্দ বলল, "সে কে আর না চাইত বলুন! শিবুবাবু মরলে অনেকেরই সুবিধে ছিল।"

"খোলসা করে বলো।"

পঞ্চানন্দ বলল, "বলব'খন। আগে চান-টান করে দুটো মুখে দিয়ে নিই, পিত্তি পড়লে আবার অনর্থ হবে'খন।"

কী ভেবে যেন ঘড়ি আর আংটি এ প্রস্তাবে আপত্তি করল না। বলল, "ঠিক আছে।"

উনিশ

হরিবাবুর খোকা দু'টি যে বিশেষ সুবিধের নয়, তা পঞ্চানন্দ লহমায় বুঝে গেল। ওদের একজন হল গোমড়ামুখো গুন্ডা, অন্যটা ছ্যাবলা গুন্ডা। ছ্যাবলাদের তেমন আমল না দিলেও চলে, কিন্তু গোমড়াগুলোই ভয়জনক। কখন কী ভাবছে তা মুখ দেখে টের পাওয়া যায় না। তবে যতই গুন্ডা হোক, পঞ্চানন্দ লক্ষ করেছে যে, ওরা ওদের বাপকে সাংঘাতিক ভয় পায়।

চান-টান করে পঞ্চানন্দ যখন গিয়ে খেতে বসল, তখন দুপুর বেশ গড়িয়ে গেছে। এ সময়ে গরম ভাতের আশা বৃথা। পঞ্চানন্দ ধরে নিয়েছিল, ঠান্ডা কড়কড়ে ভাত আর তলানি কিছু ডাল-তরকারি জুটতে পারে।

কিন্তু খেতে বসার পর বামুনঠাকুর যখন ধোঁয়া-ওঠা ভাত আর গরম-গরম ডাল-তরকারি আর মাছের ঝোলের বাটি সাজিয়ে দিল, তখন রীতিমতো অবাক। ভাত ভাঙতে ভাঙতে বলল, "জরুরি একটা কাজে গিয়েছিলুম কিনা, তাই একটু দেরি হয়ে গেল।"

রাঁধুনি বিনয়ের সঙ্গে বলল, "তাতে কী বাবু? ওরকম হয়েই থাকে।"

পঞ্চানন্দ খেতে খেতে বলল, "শেষপাতে একটু দই না হলে আবার আমার তেমন জুত হয় না।"

"আজ্ঞে, আছে। দই, কলা, চিনি সব সাজিয়ে রেখেছি।"

"বাঃ বাঃ, তুমি তো কাজের লোক হে। নাঃ, বাবুকে বলে তোমার মাইনেটা দু'-পাঁচ টাকা বাড়িয়ে না দিলেই নয়।"

রাঁধুনি লাজুক মুখ করে একটু হাসল। তারপর গলাখাঁকারি দিয়ে বলল, "আপনি যে কী একটা পুঁটুলি আমার কাছে রাখবেন বলেছিলেন।"

পঞ্চানন্দ চট করে একটু ভেবে নিল। কখন কাকে কী বলে, তা তার হিসেবে থাকে না। হঠাৎ তার মনে পড়ল, রাত্রে এরকম একটা কথা বলেছিল বটে রাঁধুনিকে। মনে পড়তেই একটু হেসে বলল, "কথাটা বলে ভালই করেছ। পুঁটুলিটা নিয়েই দুশ্চিন্তা। সোনাদানা কিছু তার মধ্যে আছে বটে, তবে বেশি নয়। বারো-চোদ্দো ভরি হবে মেরে কেটে। শেরপুরের রাজা একখানা মুরগির ডিমের সাইজের হিরে দিয়েছিল একবার আমার গান শুনে। সেটাও বোধহয় আছে। কিন্তু ওগুলো নিয়ে দুশ্চিন্তা নেই রে ভাই। সন্ন্যাসী-বৈরাগী মানুষ আমি, ওসব দিয়ে কী-ই বা হবে? তবে হিমালয়ে থাকতে একবার খাড়াবাবার ডাক এল মানস-সরোবর থেকে। গিয়ে পড়তেই খাড়াবাবা কাঁদো-কাঁদো হয়ে বললেন, 'ওরে পঞ্চা, আমি হলাম গিয়ে খাড়া-সন্ন্যাসী, বসা বা শোওয়ার জো নেই, দিনরাত এক ঠ্যাং বা দু' ঠ্যাঙে ভর করে খাড়া হয়ে সাধন ভজন করতে হয়। কিন্তু একটা বেওকুফ ভূত এসে সারাক্ষণ আমার ঠ্যাং ধরে টানাটানি করে, পায়ে সুড়সুড়ি দেয়, হাঁটুতে গুঁতোয়। একটা ব্যবস্থা কর বাবা।' তা তখন মন্ত্র পড়ে চারদিকে বন্ধন দিয়ে নিয়ে ঘণ্টা খানেকের চেষ্টায় একটা পলো দিয়ে তো ভূতটাকে পাকড়াও করলাম। ভারী নচ্ছার ভূত, ছাড়া পেলেই চারদিকে লন্ডভন্ড কাণ্ড করে বেড়াবে। তাই একটা কৌটোয় ভরে পুঁটুলিতে রেখে দিয়েছি।"

রাঁধুনি আঁতকে উঠে বলল, "ও বাবা!"

পঞ্চানন্দ মাথা নেড়ে বলল, "ভয়ের কিছু নেই, আমি তো আছিই। তবে পুঁটুলিটা হুট করে খুলে-টুলে ফেলো না। নাড়াচাড়ায় কৌটোর ভূত যদি জেগে যায়, আর বোঝে যে আনাড়ির হাতে পড়েছে, তা হলেই কিন্তু কুরুক্ষেত্র করে ছাড়বে।"

রাঁধুনি মাথা চুলকে বলল, "পুঁটুলিটা বরং আপনার কাছেই থাক। আমি বরং দইটা নিয়ে আসছি।"

বলে রাঁধুনি পালাল।

খাওয়াটা মন্দ হল না পঞ্চানন্দর। ঢেকুর তুলে তৃপ্ত মুখে উঠে সে আঁচিয়ে নিল। তারপর গিয়ে জরিবাবুর ঘরে ঢুকল।

জরিবাবু কলেজে পড়ান। এ সময়টায় ঘরে থাকেন না। পঞ্চানন্দ নিজেই একখানা পান সেজে মুখে দিল। তারপর শুয়ে একটু গড়াল।

যখন তার ঘুম ভাঙল, তখন জরিবাবু ফিরেছেন এবং সন্তর্পণে জামাকাপড় পালটাচ্ছেন। তাকে দেখে একটু লজ্জা পেয়ে বললেন, "ইস, আপনার ঘুমটা বোধহয় ভেঙে দিলাম।"

পঞ্চানন্দ অবাক হয়ে বলল, "ঘুম! ঘুমটা কোথায় দেখলেন? গত তেইশ বছর আমার ঘুম কেউ দ্যাখেনি। ঘুমের মতো যা দ্যাখেন, তা হল যোগনিদ্রা। মনটাকে কূটস্থে ফেলে ধ্যান করতে করতে সূক্ষ্মদেহে বেরিয়ে পড়ি আর কী! কখনও বিলেত ঘুরে আসি, কখনও উত্তরমেরু চলে যাই, যখন যেখানে প্রয়োজন মনে হয়। চাঁদে তো হামেশাই যেতে হয়। মঙ্গলগ্রহে, শুক্রে, বৃহস্পতিতে, কোথায় ডাক না পড়ে বলুন।"

জরিবাবু একটু অবাক হয়ে বললেন, "কিন্তু আপনার যে নাক ডাকছিল।"

পঞ্চানন্দ খুব উচ্চাঙ্গের হাসি হেসে বলল, "মুশকিল কী জানেন? দেহ ছেড়ে আমি যখন বেরিয়ে পড়ি, তখন দেহটা একেবারে মড়ার মতো হয়ে যায়। শ্বাস চলে না, নাড়ি থেমে যায়। লোকে ভাবে, সত্যিই বুঝি পঞ্চানন্দ পটল তুলেছে। একবার তো কাশীতে ওই অবস্থায় আমাকে মড়া ভেবে দাহ করতে মণিকর্ণিকায় নিয়েও গিয়েছিল। ভাগ্যিস সময়মতো নেবুলাটা চক্কর মেরে ফিরে এসেছিলাম। নইলে হয়ে যেত। শরীর গেলে ভারী অসুবিধে। সেই থেকে করি কী, সূক্ষ্মদেহে বেরিয়ে পড়ার আগে নাকটাকে চালু রেখে যাই। ওটা ডাকলে আর কেউ মরা মানুষ বলে ভাববে না।"

জরিবাবুর খুবই কষ্ট হচ্ছিল বিশ্বাস করতে। কয়েকবার ঢোঁক গিললেন, ঠোঁট কামড়ালেন, গলাখাঁকারি দিলেন। তারপর বললেন, "তা ভাল, বেশ ভাল।"

পঞ্চানন্দ একটা হাই তুলে বলল, "তা আজও একটা চক্কর মেরে এলুম।"

জরিবাবু এত অবাক হয়েছেন যে, গলা দিয়ে স্বর বেরোচ্ছে না। খানিক বাদে ভাঙা গলায় জিজ্ঞেস করলেন, "কোথা থেকে?"

পঞ্চানন্দ আড়মোড়া ভেঙে বলল, "বেশি দূরে যেতে হল না। ভেবেছিলুম, একবারে ব্রহ্মলোকের সাত নম্বর সিঁড়িতে গিয়ে শিবুবাবুকে ধরব।"

"সাত নম্বর সিঁড়ি?"

পঞ্চানন্দ খুবই উচ্চাঙ্গের একখানা হাসি হেসে বলল, "শিবুবাবু একেবারে ব্রহ্মলোকের দোরগোড়াতেই পৌঁছে গেছেন বলা যায়। আর সাত ধাপ উঠলেই সাক্ষাৎ ব্রহ্মলোক। তবে কিনা যত কাছাকাছি হবেন ততই ওঠা শক্ত হয়ে দাঁড়ায়।

শুনতে সাত ধাপ বটে, কিন্তু ওই সাত ধাপ পেরোতেই হয়তো লাখ লাখ বছরের তপস্যা লেগে যাবে। তবে হাঁচোড়-পাঁচোড় করে উঠেছেন অনেকটা। তা ভাবলাম সেখানেই চলে যাই। জায়গাটা বেশ সাফসুতরো, নির্জন, সিঁড়ির ধাপে বসে দুটো সুখদুঃখের কথাও কয়ে আসি আর বাড়ির সব খবর-টবরও দিয়ে আসি। শুনে শিবুবাবু খুশি হবেন। তা অতদূর আর যেতে হল না। কৈলাসটা পেরোতে দেখি, শিবুবাবু নিজেই হন্তদন্ত হয়ে নেমে আসছেন। আমাকে দেখেই বললেন, ওরে পঞ্চা, আমার বাড়িতে গিয়েছিস সে খবর পেয়েছি। বলি ওরা তোকে খাতিরযত্ন ঠিকমতো করছে তো! খাওয়া-শোওয়ার কোনও অসুবিধে নেই তো! এই শীতে গায়েই বা দিচ্ছিস কী?"

জরিবাবু চোখ গোল করে তাকিয়ে রইলেন।

পঞ্চানন্দ আড়চোখে ভাবখানা লক্ষ করে একটা দীর্ঘশ্বাস ফেলল। তারপর বলল, "আমি আর কী বলি! বললুম, ভালই আছি। কিছু-কিছু অসুবিধে সে তো হতেই পারে। তখন শিবুবাবু ভারী দুঃখ করে বললেন, ওরে পঞ্চা, আমার বড় ছেলেটাকে খরচের খাতায় লিখে রেখেছি, মেজোটা বোধহয় মানুষ হল না, সেজোটা পুলিশে ঢুকে গোল্লায় গেছে, ছোটটা তো গবেট। তা তুই যখন গিয়ে পড়েছিস সেখানে, আমার ছেলেগুলোকে একটু দেখিস বাবা।"

জরিবাবু কী একটা বলবেন বলে হাঁ করেছিলেন, কিন্তু স্বর ফুটল না।

পঞ্চানন্দ একটা দীর্ঘশ্বাস ফেলে বলল, "পরের বেগার খেটে খেটে পঞ্চানন্দর আর নিজের জন্য কিছু করা হয়ে উঠল না, দুনিয়াটার নিয়মই এই। তা চায়ের ব্যবস্থাটা এ বাড়িতে কী রকম বলুন তো জরিবাবু? পাঁচটা বাজতে চলল যে! এরপর চা খাওয়া যে শাস্ত্রে বারণ।"

জরিবাবু শশব্যস্তে বললেন, "দাঁড়ান দেখছি।"

পঞ্চানন্দ মোলায়েম স্বরে বলল, "খালি পেটে চা খাওয়াটা কিন্তু মোটেই কাজের কথা নয়। গোটাকতক ডিমভাজা আর মাখন-টোস্টেরও ব্যবস্থা করে আসবেন।"

জরিবাবুর ব্যবস্থায় চা এল, টোস্ট আর ডিমভাজাও এল। পঞ্চানন্দ খেয়ে-দেয়ে উঠে ঢেকুর তুলে বলল, "এবার একখানা পান লাগান।"

পান চিবোতে চিবোতে পঞ্চানন্দ যখন জরিবাবুকে ছেড়ে হরিবাবুর সন্ধানে দোতলায় এল, তখন হরিবাবুর বাহ্যজ্ঞান নেই। টেবিলে স্তূপাকৃতি খাম, পোস্টকার্ড আর ইনল্যান্ড। তিনি পোস্টকার্ডের পর পোস্টকার্ডে কবিতা লিখে চলেছেন।

পঞ্চানন্দ একটু গলাখাঁকারি দিয়ে বলল, "আজ্ঞে কাজ তো বেশ এগোচ্ছে দেখছি।"

হরিবাবু মুখ তুলে খুব পরিতৃপ্তির হাসি হেসে বললেন, "অফিসের পথেই ডাকঘর।

নিজেই পঞ্চাশ টাকার কিনে আনলাম। আইডিয়াটা বেশ ভালই হে।"

পঞ্চানন্দ একটু চাপা গলায় বলল, "এসব কাজ করার সময় দরজাটা এঁটে নেবেন ভালমতন। গিন্নিমা যদি দেখে ফেলেন তবে কিন্তু কুরুক্ষেত্তর হবে।"

"তা বটে, ওটা আমার খেয়াল হয়নি। আচ্ছা পঞ্চানন্দ, এই ধরো রাষ্ট্রপতি, প্রধানমন্ত্রী আর মুখ্যমন্ত্রীকে যদি চিঠিতে কবিতা পাঠাই, তবে কেমন হয়?"

"সে তো খুবই ভাল প্রস্তাব। তাঁদের হাতেই তো সব কলকাঠি। কবিতা পড়ে যদি কাত হয়ে পড়েন তো আপনার কপাল খুলে গেল। সভাকবি-টবিও করে ফেলতে পারেন।"

"দূর! সভাকবি আজকাল আর কেউ হয় না।"

"নিদেন দরবারে তো ডাক পড়তে পারে। চাই কি নোবেল প্রাইজের খাতায় আপনার নাম তুলবার জন্য উঠে-পড়ে লেগে যাবেন তিনজনে।"

হরিবাবু একটু ব্যথিত হয়ে বললেন, "নোবেল প্রাইজের কথা থাক। এ দেশের সম্পাদকরাই আমার কবিতা ছাপল না, তো নোবেল প্রাইজ। তবে আমি ঠিক করেছি নিজের খরচে একখানা কবিতার বই ছেপে বের করব।"

"সে তো হেসে-খেলে হবে। টাকাটা ফেলে নিশ্চিন্তে কবিতা লিখে যান, ছাপাখানা থেকে দফতরির বাড়ি দৌড়োদৌড়ি যা করার আমিই করব। তা আজ এক-আধখানা কবিতা নামিয়েছেন তো! একখানা ছাড়ুন, শুনি।"

"শুনবে!" বলে একটু লজ্জার হাসি হাসলেন হরিবাবু। তারপর গলাখাঁকারি দিয়ে শুরু করলেন:

কবিতা কখনও ক্ষমা করে না কবিরে।
ক্ষমা পায় হত্যাকারী, ক্ষমা লভে চোর,
ডাকাত, মস্তান আর যত ঘুষখোর—
সিক্ত হয় ক্ষমারূপ বৃষ্টিবারিধারে।
কবির বাগানে নাচে প্রেত, ডাকে তারে
মরীচিকা। তা-ই কাব্য, যমের দোসর।
কবিরে শোষণ করে, দিয়ে দেয় গোর।
কবিতা কখনও ক্ষমা করে না কবিরে।

কুড়ি

পঞ্চানন্দ মাথা নেড়ে নেড়ে শুনছিল। বলল, "আবার একবার পড়ুন তো!"

পুলকিত হরিবাবু আবার পড়লেন।

পঞ্চানন্দ কাপড়ের খুঁটে চোখ মুছে বলল, "চোখের জল রাখা যায় না। আহা, কী জিনিসই লিখেছেন! বুকটা যেন খাঁ-খাঁ করে ওঠে, জিব শুকিয়ে যায়, আর তেষ্টায় যেন ছাতি ফাটতে থাকে।"

হরিবাবু বিনয়ে মাথা চুলকোলেন।

পঞ্চানন্দ কিছুক্ষণ ঝিম মেরে থেকে বলল, "নাঃ, তেষ্টাটা বড্ড চেপে বসেছে বুকে। তা হরিবাবু, বলে আসব নাকি চায়ের কথাটা? সঙ্গে একটু ঝাল চানাচুর!"

হরিবাবু প্রশংসায় এমনই বিগলিত হয়ে পড়েছিলেন যে, ফস করে বলে বসলেন, "আহা, শুধু ঝাল চানাচুর কেন, বেশ গরম গরম কড়াইশুঁটির কচুরি ভাজছে ভজুয়ার দোকানে। রেমোটাকে পাঠাও, এনে দেবে।"

এ কথায় পঞ্চানন্দ আর-একবার চোখ মুছে উঠে গেল। কচুরি আর চায়ের ব্যবস্থা করে ফিরে এসে বেশ গম্ভীর মুখে সে বলল, "এ দেশটার কিছু হল না কেন জানেন? ভাল জিনিসের সমঝদার নেই বলে। মহারাজা কৃষ্ণচন্দ্র বা আকবরের আমল হলে আপনি নির্ঘাত সভাকবি হয়ে বসতেন!"

হরিবাবু খুব লাজুক মুখে হাসতে লাগলেন।

পঞ্চানন্দ নিমীলিত নয়নে খাটের তলায় একখানা তালা-দেওয়া তোরঙ্গকে লক্ষ করতে করতে বলল, "অবশ্য পঞ্চানন্দ তা বলে হাল ছাড়বে না। কাল সকালে শ দুয়েক টাকা একটু গোপনে আমার হাতে দিয়ে দেবেন তো। কিছু খাম-পোস্টকার্ড কিনে ফেলব'খন, আর পোস্টারের ব্যবস্থা করতে হবে। খরচটা নিয়ে বেশি ভাববেন না। পেটের পুজো তো অনেকেই করে, কাব্যলক্ষ্মীর পুজো অনেক উঁচু দরের ব্যাপার। খরচটা গায়ে মাখলে তো চলবে না।"

হরিবাবু মাথা নেড়ে বললেন, "বটেই তো। তা টাকাটা তুমি এখনই নিয়ে রাখতে পারো।"

জিব কেটে পঞ্চানন্দ বলল, "না, না, আমাকে অত বিশ্বেস করে বসবেন না। লোকটা আমি তেমন সুবিধের নই। টাকা হাতে এলেই লোভ চাগাড় দেয়। আর লোভ থেকে কত কী হয়। ও কাল সকালেই দেবেন'খন।"

হরিবাবু খাতার পাতা ওলটাতে ওলটাতে খুব সংকুচিত গলায় বললেন, "তা ইয়ে, বলছিলাম কী, আরও গোটাকয় পড়ব নাকি?"

পঞ্চানন্দ একটু আঁতকে উঠে বলল, "আজ্ঞে, ভাল জিনিসের বেশি কিন্তু ভাল নয়। ধরুন পোলাও মাংস খাচ্ছেন, গুচ্ছের খেয়ে ফেললে কিন্তু পেট ভারী আইঢাই হতে থাকে। আর তাতে সোয়াদটাও তত পাওয়া যায় না। এই যে একখানা শোনালেন, এইটে মাথায় অনেকক্ষণ ধরে রেখে, গোরুর মতো মাঝে মাঝে উগরে এনে জাবর কেটে যতটা আনন্দ হবে, এক গুচ্ছের শুনলে ততটা হওয়ার নয়।"

হরিবাবু ম্লানমুখে বললেন, "তা বটে। তা হলে আজ থাক।"

রেমো কচুরি আর চা দিয়ে গেল। পঞ্চানন্দ নিমীলিত চোখে কাঠের আলমারির মাথায় রাখা একখানা চামড়ার সুটকেসকে লক্ষ করতে করতে কচুরি আর চা শেষ করে উঠে পড়ল। বলল, "যাই আজ্ঞে, কবিতাটা নিয়ে শুয়ে শুয়ে একটু ভাবি গে।"

পঞ্চানন্দ বেরিয়ে পড়ল। সাবধানী লোক। সে আগেই দেখে নিল বাড়ির কে কোথায় রয়েছে এবং কী করছে। হরিবাবুর গিন্নি এই সময়ে পুজোর ঘরে থাকেন। কাজেই ওদিকটায় নিশ্চিন্ত। জরিবাবু তানপুরা চেপে ধরে রেওয়াজ করছেন, আরও ঘণ্টা দুই চলবে। ন্যাড়া ঘরে নেই, আড্ডা মারতে বেরিয়েছে। ঘড়ি আর আংটি সন্ধেবেলা এক মাস্টারমশাইয়ের বাড়ি পড়তে যায়। চারদিকটা দেখে নিয়ে পঞ্চানন্দ জরিবাবুর ঘরে ঢুকে বিনা বাক্যব্যয়ে তাঁর টর্চবাতিটা তুলে নিল। জরিবাবু চোখ বুজে রেওয়াজ করছেন, লক্ষ করলেন না। পঞ্চানন্দ বেরিয়ে এসে সাবধানে দরজাটা ভেজিয়ে দিল। তারপর সদর খুলে দ্রুতপায়ে হাঁটা দিল।

চকসাহেবের বাড়ির কাছাকাছি যখন পৌঁছল পঞ্চানন্দ, তখন চারদিকটা অন্ধকার আর কুয়াশায় একেবারে লেপেপুঁছে গেছে। চার হাত দূরের বস্তু ঠাহর হয় না। পঞ্চানন্দও এরকম পরিস্থিতিই পছন্দ করে।

সামনের দিক দিয়ে কোনও বাড়িতে ঢোকা বিশেষ পছন্দ করে না পঞ্চানন্দ। ঘুরপথে, হাঁটুভর কাঁটা-জঙ্গল ভেদ করে একবারও টর্চ না জ্বেলে সে দিব্যি পিছনের বাগানে পৌঁছল। অন্ধকারে দাঁড়িয়ে একটু হিসেব-নিকেশ করে নিল সে। তারপর আন্দাজের ওপর ভরসায় ধীরে ধীরে ভাঙা বাড়িটায় ঢুকে পড়ল।

একটু-আধটু হোঁচট, দু'-একটা দেয়ালের গুঁতো আর দু'-একবার শেয়ালের ডাক কি ছুঁচোর চ্যাঁচানিতে চমকে ওঠা ছাড়া তেমন বিশেষ কোনও বাধা পেল না সে। হলঘরটার কাছ-বরাবর পৌঁছে কিছুক্ষণ দম বন্ধ করে অপেক্ষা করল সে।

এদিকটায় একেই জনবসতি নেই, তার ওপর শীতের রাত বলে ভারী নিঝুম। সেই নিস্তব্ধতার মধ্যে একটানা যান্ত্রিক শব্দটা বেশ স্পষ্ট শোনা যাচ্ছিল।

পঞ্চানন্দের চোখে অন্ধকার সয়ে এসেছে। ধীরে ধীরে সে এগিয়ে গেল। তারপর সাবধানে দেওয়ালের সেই ফোকরে চোখ রাখল।

প্রথমটায় কিছুই দেখতে পেল না পঞ্চানন্দ। ঘরটা বেজায় বড়, ফোকরটা নিতান্তই ছোট। তবে অনেকক্ষণ চোখ পেতে রাখার পর ঘরের বাঁ ধারে একটা নীলচে আলোর আভা দেখতে পেল সে। আর কিছু নয়।

পঞ্চানন্দ বুঝল, এই ফোকরটা দিয়ে এর বেশি আর কিছু দেখা যাবে না। সুতরাং খুব সাবধানে সে ফোকরটার মধ্যে হাত ঢুকিয়ে ইটগুলো নেড়েচেড়ে দেখল যদি কোনওটা খুলে আসে। খানিকক্ষণ চেষ্টার পর বাস্তবিকই একটা ইট একটু নড়ল। পঞ্চানন্দের হাত মাখনের মতো কাজ করে। ইটটা সামান্য চেষ্টাতেই সে নিঃশব্দে খুলে ফেলতে পারল। ফোকরটা এবার আর-একটু বড় হয়েছে। পঞ্চানন্দ চারপাশটা সতর্ক চোখে একবার দেখে নিয়ে ফোকরের মধ্যে উঁকি মারল।

হলঘরটা বাস্তবিকই বিশাল। বাঁদিকের শেষ প্রান্তে নীলচে আলোটা জ্বলছে। ভারী নরম আর মোলায়েম আলো। এত মৃদু যে ভাল ঠাহর না করলে মালুমই হয় না।

পঞ্চানন্দ হাত দিয়ে ফোকরের আর-একটু অংশ সাবধানে ভেঙে গর্তটা অল্প একটু বাড়াতে পারল।

এবার নজরে পড়ল, ঘরের বাঁদিকের শেষ প্রান্তে একটা বড় টেবিল। তার ওপর ফুটবলের চেয়ে একটু বড় সাইজের একটা গ্লোবের মতো বস্তু। সেই গ্লোবের মতো গোলকটা থেকেই নীল আলো ছড়িয়ে পড়ছে। টেবিলের সামনে একটা চেয়ারে একজন লোক গা ছেড়ে বসে আছে। বেশ মজবুত তার চেহারা। কাঁধখানা বিশাল। একেবারে পাথরের মতো স্থির হয়ে বসে গোলকটার দিকে চেয়ে আছে।

গোলকটা খুবই বিস্ময়কর। পঞ্চানন্দের অভিজ্ঞ চোখেও এরকম জিনিস এর আগে আর কখনও পড়েনি। কালচে নীল সেই গোলকটার মধ্যে বিন্দু বিন্দু সব আলো মিটমিট করে জ্বলছে। কোনওটা লাল, কোনওটা হলুদ, কোনওটা বা সাদা। ছোট বড় মাঝারি নানা রকম আলোর বিন্দু। কিছুই না বুঝে পঞ্চানন্দ একাগ্র দৃষ্টিতে চেয়ে রইল। তবে সে আহাম্মক নয়। মাঝে মাঝে সে চোখ ফিরিয়ে নিজের চারদিকটা সতর্ক চোখে দেখে নিচ্ছিল।

ঘরের ভিতর অনেকক্ষণ কিছুই ঘটল না। গোলকের সামনে লোকটা চুপ করে বসে আছে। প্রায় আধঘণ্টা কেটে যাওয়ার পর হঠাৎ ঘরের ডানদিকের অন্ধকার থেকে চিঁ-ই-চিক চিঁ-ই-চিক শব্দটা পালটে গিয়ে একটা রাগী বেড়ালের ঘ্যাঁও-ঘ্যাঁও শব্দ হতে লাগল। পঞ্চানন্দ একটু চমকে গেলেও চট করে সামলে নিল নিজেকে। অবিকল রাগী বেড়ালের শব্দ হলেও পঞ্চানন্দের অভিজ্ঞ কান টের পেল, এটাও একটা যন্ত্রেরই শব্দ। বাইরে থেকে লোকে আলটপকা শুনলে বুঝতে পারবে না।

পঞ্চানন্দ নিবিষ্ট মনে ভিতরের আবছায়া ঘরখানার মধ্যে চোখ পেতে রইল।

আচমকাই সে দেখতে পেল, ডান ধারের অন্ধকার থেকে লম্বা সিড়িঙ্গে চেহারার একজন লোক এগিয়ে এল। বাঁ ধারে যেখানে পাথরের মতো লোকটা বসে গোলকের দিকে চেয়ে আছে, সেদিকে এগিয়ে গেল লোকটা। হাতে একটা টেপরেকর্ডারের ক্যাসেট। লোকটা নিঃশব্দে টেবিলের ওপর ক্যাসেটটা রেখে বশংবদ ভঙ্গিতে দাঁড়িয়ে রইল।

মজবুত চেহারার লোকটা ক্যাসেটটা তুলে নিয়ে টেবিলের তলায় কোনও একটা যন্ত্রে ফিট করল। তারপর খুট করে একটা শব্দ হল। পঞ্চানন্দ দেখল, টেবিলের ওপর নীলচে গোলকটার রং পালটে সাদা হয়ে যাচ্ছে। ফুটকিগুলোর বদলে কতগুলো কিম্ভূত রেখা ফুটে উঠছে তাতে। লম্বা এবং আড়াআড়ি রেখাগুলো দ্রুত ফুটে উঠেই মিলিয়ে যাচ্ছে। আবার অন্য রকম সব রেখা আসছে। লাল, বেগুনি, হলুদ।

কিছুক্ষণ এরকম চলার পর জোয়ান লোকটা মুখ তুলে ঢ্যাঙা লোকটাকে অস্ফুট স্বরে কিছু বলল। ভাষাটা বাংলা কি না তা ধরতে পারল না পঞ্চানন্দ। তবে কান খাড়া করে রইল।

ঢ্যাঙা লোকটা গলাখাঁকারি দিয়ে বলল, "আজ রাতেই।"

জোয়ান লোকটা আবার একটা সুইচ টিপল টেবিলের তলায়। গোলকটা আগের মতো নীল হয়ে গেল।

নিরিখ-পরখ করে পঞ্চানন্দের মনে হল, গোলকটা খুব সাধারণ জিনিস নয়। খুবই আজব একটা কল। কল না বলে আয়না বলাই বোধহয় ঠিক হবে। কারণ গোলকটার মধ্যে যা ফুটে উঠছে তা আকাশের ছবি। ফুটকিগুলো হচ্ছে তারা। ছোট একটা গোলকের মধ্যে গোটা আকাশটাকে যেন ভরে রাখা হয়েছে।

জোয়ান লোকটাকেও খুব খর চোখে লক্ষ করল পঞ্চানন্দ। বেশ লম্বাচওড়া শক্ত কাঠামোর চেহারা। ঠিক এইরকম চেহারার একটা লোকের বিবরণই সে পেয়েছে। যদি এই লোকটাই সে লোকটা হয়, তবে এর ক্ষমতা প্রায় সীমাহীন। বিবরণে আছে: লোকটা ঘণ্টায় একশো মাইল বা তার চেয়েও বেশি বেগে দৌড়োতে পারে। দশ ফুট বা তার চেয়েও উঁচুতে লাফাতে পারে। লোকটা যে-কোনও পাহাড় ডিঙোতে পারে। যে-কোনও সমুদ্র পেরোতে পারে। শত্রু হিসেবে লোকটা অতি সাংঘাতিক। বন্ধু হিসেবে এ লোকটাকে পেলে যে-কেউ পৃথিবী জয় করতে পারে। এ লোকটা পৃথিবীর বন্ধু না শত্রু সেইটেই এখন সবচেয়ে বড় প্রশ্ন।

পঞ্চানন্দ খুবই চিন্তিত মুখে ফোকর থেকে চোখ সরিয়ে নিল। তারপর খুব সাবধানে নিঃশব্দে বেরিয়ে এসে দ্রুত পায়ে হাঁটতে লাগল। মাথাটা এই শীতেও বেশ গরম লাগছে তার। গায়ে বেশ ঘাম হচ্ছে।

বাড়ি ফিরে সে দেখল, খাওয়া-দাওয়া প্রায় শেষ।

পঞ্চানন্দ আজ আর খাওয়া নিয়ে বিশেষ মাথা ঘামাল না। বস্তুত আজ সে রুই মাছের কালিয়া বা ছানার কোফতার তেমন স্বাদও পেল না। সবই এক রকম লাগল।

ঠাকুর বিনীতভাবে বলল, "আজ কি খিদেটা তেমন নেই বাবু?"

"না হে, রোজ কি আর খেতে ভাল লাগে?"

একুশ

হরিবাবু আজ বেশ উদ্বেলিত বোধ করছেন। সমঝদারের অভাবে এতদিন তাঁর কাব্যসাধনা একরকম বিফলেই যাচ্ছিল। এতদিন পর তিনি একজন ভাল সমঝদার পেয়েছেন। লোকটা হয়তো তেমন সাধু চরিত্রের নয়। একটু পেটুকও আছে। চোর গুন্ডা বদমাশ হওয়াও বিচিত্র নয়। তবু বলতেই হবে যে, পঞ্চানন্দ লোকটা কবিতা বোঝে।

উৎসাহের চোটে হরিবাবু আজ রাত দেড়টা পর্যন্ত একনাগাড়ে কবিতার পর কবিতা লিখে চললেন। গিন্নি অনেকবার শোয়ার জন্য বললেন, বকাবকিও করলেন। কিন্তু কে শোনে কার কথা। হরিবাবুর হৃদয় আজ ময়ূরের মতো এমন নাচতে লেগেছে, ঠ্যাং না-ভাঙা অবধি সেই নাচ থামবে না। বলে বলে ক্লান্ত হয়ে গিন্নি ঘুমিয়ে পড়লেন।

দেড়টার সময় হরিবাবুর খিদে পেল। রাত দশটা নাগাদ সামান্য একটু কোনওক্রমে গিলে আবার কবিতা লিখতে বসে গিয়েছিলেন। এখন পেট কুঁই-কুঁই করছে।

হরিবাবু কিছুক্ষণ ঘুমন্ত বাড়ির এধার-ওধার ঘুরে খাবার খুঁজলেন। কিন্তু কোথায় খাবার-দাবার থাকে, তা জানা নেই। ফলে কিছুই না পেয়ে পেট ভরে জল খেলেন। তারপর ভাবলেন, ছাদে গিয়ে খোলা হাওয়ায় একটু ঘুরে বেড়াবেন।

র‍্যাপারটা ভাল করে গায়ে জড়িয়ে হরিবাবু ছাদে উঠলেন।

আহা, চারিদিককার কী শোভা! আকাশে চাঁদটা খুব ঝুলে পড়েছে। এত ঝুলে পড়েছে যে, বেশ বড়সড় দেখাচ্ছে চাঁদটাকে। আর চাঁদের রংটাও বেশ ভাল লাগল হরিবাবুর। রোজকার মতো হলদে চাঁদ নয়। এ চাঁদের রংটা বেশ ফিকে নীল।

হরিবাবুর ইচ্ছে হল এখনই গিয়ে নীল চাঁদ নিয়ে একটা কবিতা লিখে ফেলেন।

কিন্তু হঠাৎ তাঁর মনে হল, চাঁদটা একটু নড়ল যেন! হ্যাঁ, চাঁদটা বাস্তবিকই আজ বাড়াবাড়ি করে ফেলছে। কথা নেই, বার্তা নেই, হঠাৎ আকাশ থেকে সড়াত করে বিঘত-খানেক নেমে এল।

হরিবাবু ঊর্ধ্বমুখ হয়ে চাঁদের এই কাণ্ড দেখে ভাবলেন, নড়ন্ত চাঁদ আর দুরন্ত ফাঁদে মিল কেমন জমবে?

উঁহু, চাঁদটা যে শুধু নীল আর নড়ন্ত তাই নয়, চাঁদটার সাইজটাও ভারী অন্যরকম। কেউ যেন দু'দিক দিয়ে খানিকটা করে চেঁছে চাঁদটাকে হুবহু একখানা হাঁসের ডিম বানিয়ে দিয়েছে। এরকম ডিমের মতো চাঁদ আগে কখনও দেখেননি হরিবাবু। তিনি বিড়বিড় করতে লাগলেন:

এ কোন অদ্ভুত চন্দ্র বিস্মিত আকাশে?
চাঁদ, না ঘুঘুর ডিম ভাসে?
গগনের অশ্রু? না কি স্বর্গের বাগানে রাজহাঁসে
ডিম ফুলে ফিরছে আবাসে?

কবিতাটি এক্ষুনি লিখে ফেলতে হবে। নইলে সংসারের নানা ঝামেলায় মাথা থেকে মুছে যাবে জিনিসটা। হরিবাবু তাই পড়ি কি মরি করে ছাদ থেকে নেমে এলেন এবং খাতায় লিখে ফেললেন কবিতাটি।

তারপর হঠাৎ হরিবাবুর একটা খটকা লাগল। চাঁদ কস্মিনকালেও নীল হয় না। চাঁদের আকার ডিমের মতো হওয়ারও সত্যিকারের কোনও কারণ নেই। আর চাঁদ আকাশে কখনওই এরকম বেমক্কা নড়াচড়া করে না।

তা হলে ব্যাপারটা কী হল? অ্যাঁ! হরিবাবু কলম রেখে আবার ছাদে উঠে এলেন। অবাক হয়ে দেখলেন, আকাশে চাঁদটা নেই, এমনকী আভাসটুকু পর্যন্ত নেই। ঘুটঘুটে আকাশে কুয়াশার জন্য তারা-টারাও দেখা যাচ্ছে না।

হরিবাবু ভারী অবাক হয়ে চারদিকে চাঁদটাকে খুঁজতে লাগলেন। ছোটখাটো জিনিস নয় যে, হারিয়ে যাবে। এত তাড়াতাড়ি চাঁদটার অস্ত যাওয়ারও কথা নয়।

হরিবাবু খুবই উদ্বিগ্ন হয়ে উত্তেজিতভাবে পায়চারি করতে করতে আপনমনেই বলে উঠলেন, "এটার মানে কী? অ্যাঁ! এর মানে কী?"

জলের ট্যাংকের পাশে অন্ধকার ঘুপচি থেকে একটা ক্ষীণ গলা বলে উঠল, "আজ্ঞে, মানেটা বেশ গুরুচরণ।"

হরিবাবু আঁতকে উঠে চারদিকে তাকাতে লাগলেন। অন্ধকারে কিছুই দেখার জো নেই। তবে জলের ট্যাংকের দিক থেকে একটা কিম্ভূত ছায়ামূর্তি ধীরে ধীরে এগিয়ে এল।

হরিবাবু চেঁচিয়ে উঠলেন, "কে? কে ওখানে?"

"আজ্ঞে চ্যাঁচাবেন না, আমি পঞ্চানন্দ।"

হরিবাবু একটা নিশ্চিন্তের শ্বাস ছেড়ে একটু হেসে বললেন, "ওঃ পঞ্চানন্দ? তা ইয়ে, বুঝলে, একখানা এইমাত্র লিখে ফেললুম। শুনবে নাকি?"

পঞ্চানন্দ বেশ ঝুব্বুস করে কম্বলখানা গায়ে জড়িয়ে আছে। বেশ অমায়িক ভাবেই

বলল, "আপনার কি শীতও করে না আজ্ঞে? গায়ে একখানা পাতলা চাদর দিয়ে কী করে এই বাঘা শীত সহ্য করছেন?"

হরিবাবু উদার হেসে বললেন, "করবে না কেন, করে। তবে কিনা কবিতারও তো একটা উত্তাপ আছে। মাথাটা বেশ গরম হয়ে উঠেছিল একটু আগে।"

"সে না হয় বুঝলুম, কিন্তু চোখের সামনে এত বড় একটা ভুতুড়ে কাণ্ড দেখেও আপনার শুধু কবিতা মাথায় আসে কেন বলুন তো!"

হরিবাবু অবাক হয়ে বললেন, "ভুতুড়ে কাণ্ড! কী রকম ভুতুড়ে কাণ্ড বলো তো!"

"এই যে চোখের সামনে আকাশ থেকে যে বস্তুটাকে নেমে আসতে দেখলেন, সেটা ভুতুড়ে ছাড়া আর কী হতে পারে বলুন দিকি?"

হরিবাবু খুব হাসলেন। তারপর বললেন, "চাঁদটাকে দেখে ভয় পেয়েছ বুঝি? আমিও একটু অবাক হয়েছিলাম।"

পঞ্চানন্দ অবাক হয়ে বলল, "চাঁদ? আপনার কি তিথিটাও খেয়াল নেই? আজ কি আকাশে চাঁদ থাকার কথা?"

হরিবাবু অপ্রস্তুত হয়ে বললেন, "সে অবিশ্যি ঠিক।"

পঞ্চানন্দ মাথা নেড়ে বলল, "মোটেই ঠিক নয়। এসব ব্যাপার খুবই গোলমেলে। এ নিয়ে একটু ভাবা দরকার।"

হরিবাবু মাথা নেড়ে বললেন, "হ্যাঁ, একটু ভাবলেও হয়।"

পঞ্চানন্দ একখানা হাই তুলে বলল, "আমার মুশকিল কী জানেন? পেট খালি থাকলে মাথাটা মোটেই খেলতে চায় না।"

হরিবাবু এতক্ষণ খিদের কথা ভুলে ছিলেন। হঠাৎ পঞ্চানন্দের কথায় তাঁর পেটটাও খাঁ-খাঁ করে উঠল। মাথা চুলকে বললেন, "খিদে জিনিসটা বোধহয় ছোঁয়াচে। আমারও বোধহয় একটু পাচ্ছে।"

'বোধহয়' শুনে পঞ্চানন্দ চোখ কপালে তুলে বলল, "ধন্য মশাই আপনি! খিদের ব্যাপারেও আবার বোধহয়?"

হরিবাবু লাজুক হেসে বললেন, "অনেকক্ষণ ধরেই বোধহয় খিদেটা পেয়ে আছে। কিন্তু খাবার-টাবার কিছুই ঘরে নেই দেখলাম।"

পঞ্চানন্দ একগাল হেসে বলল, "নেই মানে? আজ্ঞে, খাওয়ার ঘরের ঠান্ডা আলমারিতে এক ডেকচি নতুন গুড়ের পায়েস, এক বাটি রসগোল্লা, ছানার গজা, মাছের কালিয়া আর কয়েকখানা পরোটা রয়েছে। অবশ্য গিন্নি-মা ফ্রিজে চাবি দিয়ে রাখেন। কিন্তু তাতে কী?"

হরিবাবুর মাথায় ফ্রিজের কথাটা খেলেনি। একটা দীর্ঘশ্বাস ছেড়ে তিনি বললেন,

"তুমি বাস্তবিকই প্রতিভাবান।"

দু'জনে নিঃশব্দে নেমে এলেন। পঞ্চানন্দ ঠিক এক মিনিটে ফ্রিজের দরজা খুলে খাবার-দাবার বের করে ফেলল। খেতে খেতে দু'জনের কথা হতে লাগল।

হরিবাবু জিজ্ঞেস করলেন, "হ্যাঁ, চাঁদ নিয়ে কী যেন বলছিলে!"

পঞ্চানন্দ এক কামড়ে আধখানা মাছ উড়িয়ে দিয়ে বলল, "চাঁদ নয়, চাঁদ হলে ওরকম বেয়াদবি করত না।"

"তা হলে জিনিসটা কী?"

"মনে হয় এ হল গগন-চাকি।"

হরিবাবু খুব বিরক্ত হয়ে বললেন, "গগন চাকি? সে তো কামারপাড়ার দিকে থাকে, তার পাটের ব্যাবসা! সে এর মধ্যে আসে কী করে?"

পঞ্চানন্দ পরোটা ঝোলে ডুবিয়ে খেতে খেতে বলল, "আজ্ঞে, সে গগন চাকি নয়। গগন মানে আকাশ আর চাকি হল গোলাকার বস্তু। উড়ন্ত-চাকিও বলতে পারেন।"

"উড়ন্ত-চাকি? সে তো এক দুরন্ত ফাঁকি। শুনেছি উড়ন্ত চাকি বলে আসলে কিছু নেই। নিষ্কর্মা লোক ওসব গুজব রটায়!"

পঞ্চানন্দ দু'টি রসগোল্লা দু'গালে ফেলে নিমীলিত নয়নে অনেকক্ষণ চিবোল। তারপর বলল, "লোকে কত কী বলে। ওসব কথায় কান দেবেন না। যখন হিমালয়ে ছিলুম তখন খাড়াবাবার কাছে পরামর্শ নিতে বার-দুনিয়া থেকে কত কিম্ভূত চেহারার জীব আসত! তারা আসত ওইসব উড়ন্ত-চাকিতে করেই। কোনওটা চ্যাপটা, কোনওটা বলের মতো গোল, কোনওটা আবার পটলের মতো লম্বাপানা। একবার আপনাদের পিছনের বাগানেও একটা নেমেছিল। তখন শিবুবাবু বেঁচে। কয়েকটা লোমওয়ালা হুমদো গোরিলা একখানা মস্ত পিপের মতো বস্তু থেকে বেরিয়ে গটগট করে গিয়ে শিবুবাবুর ল্যাবরেটরির দরজায় ধাক্কা দিল। আমি বারান্দায় শুয়ে চোখ মিটমিট করে সব দেখছিলাম।"

হরিবাবু এক চামচ পায়েস মুখে দিয়ে সেটা গিলতে ভুলে গিয়ে চেয়ে রইলেন।

পঞ্চানন্দ সস্নেহে বলল, "গিলে ফেলুন হরিবাবু, নইলে বিষম খাবেন যে!"

হরিবাবু পায়েসটা গিলে বললেন, "তারপর?"

"ভিতরে কী সব কথাবার্তা হল বুঝলাম না। তবে একটু বাদে দেখি, শিবুবাবু সেই গোরিলাগুলোর সঙ্গে বেরিয়ে যাচ্ছেন। যাওয়ার সময় আমাকে বলে গেলেন, 'ওরে পঞ্চা, এই এদের সঙ্গে একটু আকাশের অন্য দিকে যেতে হচ্ছে। এদের গ্রহে একটা যন্ত্র একটু খারাপ হয়েছে। মেরামত করে দিয়ে আসতে হবে। ক'দিন বাদে ফিরব।' তা বাস্তবিকই সেই পিপেটায় গিয়ে উঠলেন শিবুবাবু। আর তারপর সেটা একটা গোঁ-ও-ও শব্দ করে একটা গুডুলের মতো ছিটকে আকাশে উঠে গেল।"

হরিবাবু দম বন্ধ করে শুনছিলেন। বললেন, "তারপর?"

"আজ্ঞে, তাই বলছিলাম, গগন-চাকি কিছু মিছে কথা নয়। আমার তো মনে হচ্ছে আজ যেটা দেখা গেল সেটাও ওই গগন-চাকিই।"

হরিবাবু আনমনে বিড়বিড় করতে লাগলেন:

আকাশের ডিম, নাকি গগনের চাকি মর্ত্যধামে?
কিছু তার কল্পনা, কিছু তার ফাঁকি, মধ্যযামে।

বলতে বলতে হরিবাবু গায়ের চাদরে ঝোল আর রসগোল্লার রস-লাগা হাত মুছতে মুছতে নিজের ঘরে গিয়ে কবিতাটা লিখতে বসে গেলেন।

পঞ্চানন্দ ধীরে সুস্থে খাওয়া সেরে উঠল। মুখ ধুয়ে ধীরে ধীরে নীচে নেমে জরিবাবুর ঘরে ঢুকে দরজাটা ভেজিয়ে দিল সে। তারপর আলো জ্বেলে নিজেই একটা পান সেজে খেল। তারপর বালিশের তলা থেকে চাবির গোছাটা বের করে টর্চটা হাতে নিয়ে বেরিয়ে এল সে।

আকাশ থেকে ডিমের মতো বস্তুটা যখন নেমে এসেছিল অনেকটা, তখনই হঠাৎ সেটার গায়ের নীল আলো নিবে গিয়েছিল। বস্তুটা যে ধারে-কাছে কোথাও নেমেছে তাতে পঞ্চানন্দের সন্দেহ নেই। কিন্তু ঠিক কোথায় নেমেছে সেটাই সে ঠাহর করতে পারেনি।

ফটক খুলে রাস্তায় পা দিয়ে পঞ্চানন্দ চারপাশটা সতর্ক চোখে একটু দেখে নিল। কেউ কোথাও নেই।

তারপর বেশ পা চালিয়ে হাঁটতে লাগল সে।

পঞ্চানন্দ যে একাই বস্তুটাকে নামতে দেখেছে তা নয়। আর-একজন ঘোড়েল লোকও দেখেছে। এই লোকটা খুব সাধারণ লোক নয়। চকসাহেবের বাড়িতে গা-ঢাকা দিয়ে আছে বটে, কিন্তু তার সূক্ষ্ম যন্ত্রপাতিতে দুনিয়ার সব কিছুই ধরা পড়ে যায়।

পঞ্চানন্দ তাই খুব চিন্তিতভাবে এগোতে লাগল।

বাইশ

কোথায় বস্তুটা নেমেছে সে সম্পর্কে পঞ্চানন্দর একটা আন্দাজ ছিল মাত্র। তবে নামবার মুহূর্তে আলো নিবিয়ে দেওয়ায় সঠিক নিশানা সে ধরতে পারেনি। তবে চকসাহেবের বাড়ির দিকটাই হবে। পঞ্চানন্দ খুব দৌড়-পায়ে হেঁটে যখন চকসাহেবের বাড়ির কাছাকাছি পৌঁছল তখন তার সবটুকু মনোযোগ সামনের দিকে। ফলে পিছন দিক থেকে যে বিপদটা

আসছিল, সেটা সম্পর্কে কোনও ধারণাই ছিল না তার। রাস্তা থেকে চকসাহেবের বাড়ির দিকে যাওয়ার একটা পরিত্যক্ত ভাঙা রাস্তা আছে। দু'ধারে মস্ত মস্ত বাবলাগাছ, কাঁটা-ঝোপ, ঘাস জঙ্গল। সেই রাস্তার মোড়ে একজন অতিকায় ঢ্যাঙা লোক একটা ঝোপের আবডালে দাঁড়িয়ে হাতে একটা ক্যামেরার মতো বস্তুতে কী যেন দেখছিল, পঞ্চানন্দ যতই নিঃসাড়ে আসুক লোকটা ঠিকই টের পেল তার আগমন। টপ করে অন্ধকারে আরও একটু সরে দাঁড়াল সে। পঞ্চানন্দ যখনই ভাঙা রাস্তা ধরে এগিয়ে গেল, তখনই বেড়ালের মতো তার পিছু নিল ঢ্যাঙা লোকটা।

চকসাহেবের বাড়ির পিছনে প্রকাণ্ড মাঠ। খানাখন্দে ভরা, পুরনো মজা পুকুর, ঝোপঝাড়, জলা জমির এই মাঠে লোকজন বড় একটা আসে না। চাষবাসও নেই। মাঝেমধ্যে গোরু চরাতে রাখাল-ছেলেরা আসে মাত্র। সন্ধের পর এখানে আলেয়া দেখা যায়।

পঞ্চানন্দ চকসাহেবের বাড়ি পিছনে ফেলে দ্রুত পায়ে মাঠটার দিকে হাঁটছিল। হঠাৎ কেন যেন তার মনে হল, সে একা নয়। মনে হতেই সে পিছু ফিরে চাইল। অন্ধকারে কিছুই দেখা যায় না। সন্তর্পণে টর্চটা একবার জ্বালল সে। পরমুহূর্তেই নিবিয়ে দিল।

ঢ্যাঙা লোকটা তার চেয়ে কম সেয়ানা নয়। একটা নিরাপদ দূরত্বে থেকে সে যন্ত্রের ভিতর দিয়ে লক্ষ রাখছিল পঞ্চানন্দকে। পঞ্চানন্দ টর্চ জ্বালবার আগেই একটা গাছের আড়ালে সরে গেল সে।

পঞ্চানন্দ একটু দ্বিধাগ্রস্ত হল। সে জানে যেসব অজানা মানুষ বা অমানুষের সঙ্গে তাকে পাল্লা দিতে হচ্ছে, তারা খুবই তুখোড় এবং শক্তিমান। চকসাহেবের বাড়িতে যে লোকটি স্যাঙাত নিয়ে থানা গেড়েছে সে বড় যে-সে লোক নয়। পঞ্চানন্দকে ইচ্ছে করলে বায়ুভূত করে দিতে পারে যে-কোনও সময়ে।

সুতরাং পঞ্চানন্দ একটু সাবধান হল। খোলা জায়গা এড়িয়ে ঝোপঝাড় খুঁজে আড়াল হয়ে একটু একটু করে এগোতে লাগল।

সামনে অন্ধকার বিশাল মাঠ। কিছুই দেখা যায় না। কুয়াশায় সব কিছু এক ঘেরাটোপে ঢাকা। খুব আবছা এক ধরনের আভাস মাত্র পাওয়া যাচ্ছে।

দপ করে আলেয়ার একটা নীল শিখা জ্বলে উঠে বাতাসে খানিক দোল খেয়ে নিবে গেল। ফের একটু দূরে আর একটা জ্বলে উঠল।

আলেয়া দেখে পঞ্চানন্দ আন্দাজ করল যে, ওদিকটায় জলা। সাধারণত জলা-জমিতেই আলেয়া দেখা যায়।

পঞ্চানন্দ আর এগোল না। একটা বড়সড় ঝোপ দেখতে পেয়ে আড়ালে ঘাপটি মেরে

বসে খুব তীক্ষ্ণ নজরে জলাটা দেখতে লাগল। গগন-চাকি যদি এখানে নেমে থাকে তবে জলার আশপাশেই নেমেছে।

কিন্তু অনেকক্ষণ চেয়ে থেকেও কিছুই ঠাহর করতে পারল না সে। তবে সে ধৈর্যশীল মানুষ। চুপচাপ বসে চোখকে যতদূর তীক্ষ্ণ করা যায় করে চেয়ে রইল।

খুব ক্ষীণ একটা আলো দেখা গেল কি? বাঁ ধারে ওই যেখানে খুব তুঁতেগাছ জন্মায়। হ্যাঁ, ওই দিকটায় একটা যেন নীলচে মতো আলো ফুটে উঠছে!

একটু ঝুঁকে সামনের ঝোপটা হাত দিয়ে সরিয়ে পঞ্চানন্দ দেখার চেষ্টা করল।

একেবারে নিঃশব্দে লম্বা ঢ্যাঙা একটা ছায়া এগিয়ে এল পিছন দিক থেকে। পঞ্চানন্দ টেরও পেল না। ঢ্যাঙা লোকটার হাতে টর্চের মতো একটা বস্তু। কিন্তু সেটা টর্চ নয়। লোকটা যন্ত্রটা তুলে একটা সুইচ টিপল।

কিছু টের পাওয়ার আগেই পঞ্চানন্দ লটকে পড়ল মাটিতে। অবশ্য ঝোপঝাড়ের জন্য পুরোটা মাটিতে পড়ল না সে। লটকে রইল মাঝপথে।

ঢ্যাঙা লোকটা যেন একটু দুঃখিতভাবেই চেয়ে রইল পঞ্চানন্দের নিথর দেহটার দিকে। তারপর দূরবিনের মতো যন্ত্রটা তুলে একটা বোতাম টিপল।

যন্ত্রের ভিতরে একটি কণ্ঠস্বর প্রশ্ন করল, "সব ঠিক আছে?"

ঢ্যাঙা লোকটা মৃদু স্বরে বলল, "একজন লোক এদিকে এসেছিল। মনে হয় মজা দেখতে। তাকে ঘুম পাড়িয়ে দিয়েছি।"

"লোকটার শরীর ভাল করে সার্চ করে দ্যাখো। টিকটিকিও হতে পারে।"

"দেখছি।"

ঢ্যাঙা লোকটা খুব দ্রুত এবং দক্ষ হাতে পঞ্চানন্দর পকেট ট্যাঁক হাতড়ে দেখে নিল। তেমন সন্দেহজনক কিছু পেল না।

যন্ত্রের কাছে মুখ নিয়ে বলল, "কিছু নেই।"

"জলার দিকে লক্ষ রেখেছ?"

"হ্যাঁ। এখনও মুভমেন্ট কিছু দেখতে পাচ্ছি না। মনে হচ্ছে এটা একটা অ্যাডভান্স সার্চ পার্টি। প্রাথমিক খোঁজখবর নিতে নেমেছে।"

"লক্ষ রাখো। বেশি কাছে যেয়ো না। আমার ধারণা যন্ত্রটার মধ্যে কোনও জীব নেই। শুধু যন্ত্রপাতি আর যন্ত্রমানব আছে। জীব থাকলে আমার স্ক্যানারে ধরা পড়ত।"

"আমি লক্ষ রাখছি।"

"আকাশে যন্ত্রটাকে আরও কেউ-কেউ দেখে থাকতে পারে। যদি দেখে থাকে তবে তারাও হয়তো এদিকে আসবে। নজর রাখো। কাউকেই জলার দিকে তুঁতেবনে যেতে দিয়ো না।"

“আচ্ছা।”

ঢ্যাঙা লোকটা সুইচ টিপে হাতের যন্ত্রটাকে অন্য কাজে নিয়োগ করল। চারদিকের নিকটবর্তী আবহমণ্ডলে কোনও মানুষ ঢুকলেই যন্ত্র তাকে খবর দেবে।

ঢ্যাঙা লোকটা বিরক্ত হয়ে দেখল, যন্ত্র সংকেত দিচ্ছে। অর্থাৎ অন্য কোনও মানুষ কাছাকাছি এসেছে। ঢ্যাঙা লোকটা একটু আড়ালে সরে গেল এবং চোখে দূরবিনের মতো আর-একটা যন্ত্র লাগিয়ে অন্ধকারেও চারদিকটা দেখতে লাগল।

নিশুত রাত্রে তিনটে ছায়ামূর্তি জলার দিকে এগিয়ে আসছিল। তিনজনেরই হোঁতকা চেহারা। একটু দুলে দুলে তারা হাঁটে। তবে চেহারা দশাসই হলেও তারা হাঁটে বেশ চটপটে পায়ে। তেমন কোনও শব্দ হয় না।

জলার দক্ষিণ দিকে মাইল-তিনেক দূরে একটা মস্ত ঢিবি আছে। ঢিবির চারদিকে বহুদূর অবধি জনবসতি নেই। অত্যন্ত কাঁকুড়ে জমি, ঘাস অবধি হয় না। তারই মাঝখানে ওই ঢিবি। লোকে বলে ঢিবির মধ্যে পুরনো রাজপ্রাসাদ আছে। যেটা নেহাতই কিংবদন্তি।

তবে ওই ঢিবির গায়ে বেশ বড়সড় কয়েকটা গর্ত হয়েছে ইদানীং। রাখালছেলেদের মধ্যে কেউ-কেউ সেইসব গর্ত লক্ষ করেছে বটে, কিন্তু তারা কেউ সেকথা আর পাঁচজনকে বলার সুযোগ পায়নি। কারণ যারাই ঢিবিটার কাছেপিঠে গেছে, তাদেরই সংজ্ঞাহীন অবস্থায় কয়েকটা ঘণ্টা পর কোনও গাঁয়ের ধারে পাওয়া গেছে। জ্ঞান ফিরে আসার পরও তারা আর স্বাভাবিক স্মৃতিশক্তি ফিরে পায়নি। আবোলতাবোল বকে আর বিড়বিড় করে। সুতরাং ঢিবির গায়ে গর্তের কথা কেউ জানতে পারেনি।

সেই ঢিবি থেকেই একটি গর্তের মুখ দিয়ে তিনটে ছায়ামূর্তি বেরিয়ে এসেছে। খুব নিশ্চিন্তে জলার দিকে হাঁটছে তারা। নিচু এক ধরনের গোঙানির স্বরে তারা মাঝে মাঝে সংক্ষিপ্ত দু’-একটা কথাও বলছে। কিন্তু সে ভাষা বোঝার ক্ষমতা কোনও মানুষের নেই।

জলার কাছ-বরাবর এসে তিনজন একটু দাঁড়াল। একজন একটা ছোট্ট পিরিচের মতো জিনিস বের করে সেটার দিকে চাইল। অন্য দু’জন একটু মাথা নাড়ল। পিরিচের মধ্যে তারা কী দেখল কে জানে, তবে তিনজনেই একটা নির্দিষ্ট লক্ষ্যের দিকে দ্রুত এগিয়ে যেতে লাগল।

ঢ্যাঙা লোকটা তার দূরবিনের ভিতর দিয়ে অন্ধকারে তিনজনকে স্পষ্ট দেখতে পেল। তাদের হাতে পিরিচটাও লক্ষ করল সে। একটা দীর্ঘশ্বাস ফেলে সে টর্চের মতো যন্ত্রটাকে তুলে পর পর কয়েকবার সুইচ টিপল।

তিনজন অতিকায় জীব হঠাৎ থমকে দাঁড়াল জলার ওপাশে। তিনজনই একটু কেঁপে উঠল। কিন্তু পঞ্চাননের মতো তারা লটকে পড়ল না।

হঠাৎ একটা ক্রুদ্ধ গর্জন করে উঠল তিনজন একসঙ্গে। তারপর চিতাবাঘের মতো

চকিত পায়ে তারা এক লহমায় জলাটা পার হয়ে দৌড়ে এল এদিকে।

ঢ্যাঙা লোকটা ভাল করে নড়বারও সময় পেল না। তিনটে অতিকায় জীব তার ওপর লাফিয়ে পড়ল তিনটে পাহাড়ের মতো।

কয়েক সেকেন্ডের মধ্যেই ঢ্যাঙা লোকটাকে তারা শেষ করে ফেলত। কিন্তু লোকটা অত্যন্ত বুদ্ধিমানের মতো হাতের টর্চটা তুলে ঘন ঘন সুইচ টিপতে লাগল।

তাতে ব্যাপারটা একটু বিলম্বিত হল মাত্র। তিনটে দৈত্যের মতো জীব ততটা বিক্রমের সঙ্গে না হলেও, অমোঘভাবে এগিয়ে আসতে লাগল তার দিকে। অবশেষে একজন হঠাৎ ঢ্যাঙা লোকটাকে ধরে মাথার ওপর তুলে একটা ডলপুতুলের মতো আছাড় দিল মাটিতে।

ঢ্যাঙা লোকটা চিতপাত হয়ে পড়ে রইল।

তিনটে অতিকায় জীব দ্রুত পায়ে জলার ওদিকে তুঁতেবনের দিকে এগিয়ে গেল।

তেইশ

জলার ধারে ঢিবির কথা গজ পালোয়ান ভালই জানত, ঢিবিটার কোনও বৈশিষ্ট্য সে কখনও লক্ষ করেনি। বাইরে থেকে দেখলে সেটাকে একটা ছোটখাটো টিলা বলেই মনে হয়। এর মধ্যে একখানা আস্ত রাজবাড়ি চাপা পড়ে আছে বলে যে কিংবদন্তি শুনেছে সে, তা গজ বিশ্বাস করে না।

কিন্তু আজ এই নিশুত রাতে এক দুঃস্বপ্নের মধ্যে তাকে কথাটা বিশ্বাস করতে হচ্ছে।

সেদিন চকসাহেবের বাড়ি থেকে পালিয়ে ন্যাড়াদের বাড়িতে শিবুবাবুর ল্যাবরেটরিতে আশ্রয় নেওয়ার পর থেকেই এমন সব ঘটনা ঘটতে লাগল যার মাথামুন্ডু সে কিছু বুঝতে পারছে না।

ল্যাবরেটরির দরজা বন্ধ করে জানালার পরদাগুলো ভাল করে টেনেটুনে সে একটু ঘরটা ঘুরে ঘুরে দেখছিল। নিজের কাছে লুকিয়ে তো লাভ নেই, শিবুবাবুর ল্যাবরেটরিতে একটা জিনিস সে অনেকদিন ধরেই খুঁজছে। এতদিন গোপনে চোরের মতো মাঝরাতে ঢুকে খুঁজেছে, আর সেদিন আলো জ্বেলে বেশ নিশ্চিন্ত মনেই খুঁজছিল। কিন্তু যে জিনিসটা সে খুঁজছিল, সেটা সম্পর্কে তার ধারণা খুব স্পষ্ট নয়। যতদূর জানে, জিনিসটা একটা টেনিস বলের মতো ধাতব বস্তু। খুবই আশ্চর্য বস্তু সন্দেহ নেই, কিন্তু তার ভিতরকার কথা তার জানা নেই। সে শুধু জানে, দুনিয়ায় ওরকম বস্তু দ্বিতীয়টি নেই। পাগলা শিবুবাবু সেই বস্তুটা নিজেই বানিয়েছেন না কারও কাছ থেকে পেয়েছেন তাও রহস্যময়। তবে

ওই টেনিস বলের জন্য দুনিয়ার বহু জানবুঝওয়ালা লোক পাগলের মতো হন্যে হয়ে ঘুরছে।

বস্তুটা যে ল্যাবরেটরিতেই আছে তা না-ও হতে পারে। কিন্তু কোথাও তো আছেই। ল্যাবরেটরিটাই সবচেয়ে সম্ভাব্য জায়গা। আর শিবুবাবুর ল্যাবরেটরিতে এত আলমারি, ড্রয়ার, তাক, গুপ্ত খোপ, মেঝের নীচে পাতালঘর আর পাটাতনে গুপ্ত কক্ষ আছে যে সে এক গোলকধাঁধা। খুঁজতে খুঁজতে মাথা গুলিয়ে যায়, হাঁফ ধরে, ধৈর্যচ্যুতি ঘটতে থাকে।

সেদিন গজরও সেরকমই হচ্ছিল। বস্তুটার একটা হদিশ করতে পারলেই গজ এ শহরের পাট চুকিয়ে কেটে পড়তে পারে। হাতেও মেলা টাকা এসে যাবে।

আশ্চর্যের বিষয় এই, শিবুবাবুর কাছে যে ওরকম মূল্যবান একটা দরকারি জিনিস আছে, তা তাঁর ছেলেপুলেরা কেউ জানে না। শিবুবাবুর ছেলেগুলো যাকে বলে হাঁদাগঙ্গারাম। একজন কেবল মাথামুন্ডু পদ্য লিখে কাগজ নষ্ট করে। একজন গাধাটে গলায় তানা-না-না করে সকলের মাথা ধরিয়ে দেয়। ছোটটা কেবল শরীর বাগাতে গিয়ে মাথাটা গবেট করে ফেলছে। এর ফলে আর পাঁচজনের সুবিধেই হয়েছে।

গজ যখন একটার পর একটা ড্রয়ার খুলে হাতড়ে দেখছিল তখন একসময়ে দরজায় খুব মৃদু একটা টোকার শব্দ হল। একটু আঁতকে উঠলেও গজ খুব ঘাবড়াল না। সম্ভবত ন্যাড়া তার খোঁজখবর নিতে এসেছে।

দরজার কাছে গিয়ে গজ সতর্ক গলায় জিজ্ঞেস করল, "কে, ন্যাড়া নাকি?"

ন্যাড়া যে নয় তার প্রমাণ পাওয়া গেল পরমুহূর্তেই। গজ দেখল দরজার দুটো পাল্লার ফাঁক দিয়ে লিকলিকে শিকের মতো একটা জিনিস ঢুকছে। আর শিকটা স্বয়ংক্রিয় যন্ত্রের মতো নিপুণভাবে ওপরে বেঁকে ছিটকিনি খুলে ফেলল, বাটামটাও নামিয়ে দিল। ঘটনাটা ঘটল চোখের পলক ভাল করে ফেলার আগেই।

গজ নিরুপায় হয়ে দরজাটা চেপে ধরে রেখেছিল কিছুক্ষণ। তার গায়ে আসুরিক শক্তি। গায়ের জোরে সে অনেক অঘটন ঘটিয়েছে।

কিন্তু এ যাত্রায় গায়ের জোর কাজে লাগল না। ওপাশ থেকে যেন একটা হাতি তাকে সমেত দরজাটাকে ঠেলে খুলে ফেলল।

গজ মেঝেয় ছিটকে পড়েছিল। চোখ চেয়ে যা দেখল, তা অবিশ্বাস্য। হাতিই বটে, তাও একটা নয়, তিনটে। এরকম অতিকায় চেহারার মানুষ সে কখনও দেখেনি। গোরিলার মতোই তাদের চেহারা, তবে রোমশ নয়। পরনে অদ্ভুত জোব্বার মতো পোশাকও আছে। তবে মানুষ তারা হতেই পারে না।

তিনজনেই তাকে কুতকুতে চোখে একটু দেখে নিল। তারপর দুর্বোধ কয়েকটা শব্দ করল মুখে। ধীরে ধীরে এগিয়ে এল তার দিকে।

গজ বুঝল, তার বিপদ ঘনিয়ে আসছে। তা বলে সে শেষ চেষ্টা করতে ছাড়ল না। একটা লাফ দিয়ে উঠে সে সামনের গোরিলাটাকে একখানা পেল্লায় জোরালো ঘুসি ঝাড়ল। সোজা নাকে। তারপর আরও একটা। আরও একটা।

গোরিলার মতো চেহারার লোকটা কিন্তু ঘুসি খেয়ে একটু টলে গিয়েছিল। মুখটা চেপে ধরে একটা কাতর শব্দও করেছিল।

অন্য দু'জন নীরবে দৃশ্যটা দেখে খুব নির্বিঘ্নে এবং নিশ্চিন্ত মুখেই দু'ধার থেকে বিদ্যুৎগতিতে এগিয়ে এল গজর দিকে।

গজ ক্রমাগত ঘুসি চালিয়ে যাচ্ছিল ঝড়ের গতিতে। একবার সে ধোবিপাটে আছাড় দেওয়ার জন্য ডান ধারের দানোটাকে জাপটে ধরে তুলেও ফেলেছিল খানিকটা। কিন্তু অত ভারী শরীর শেষ অবধি তুলতে পারেনি।

দানোগুলো কিন্তু তার সঙ্গে লড়েনি। কিছুক্ষণ তাকে নিরস্ত করবারই চেষ্টা করেছিল। তারপর যেন একটু বিরক্ত হয়েই একটা দানো একটা চড় কষাল তাকে।

গজ সেই যে মাথা ঝিমঝিম করে পড়ে গেল তারপর আর জ্ঞান রইল না কিছুক্ষণ।

একসময়ে টের পেল দানোগুলো তাকে চ্যাংদোলা করে নিয়ে যাচ্ছে।

যখন ভাল করে জ্ঞান ফিরল তখন গজ দেখল, সে একটা অদ্ভুত জায়গায় শুয়ে আছে। ঘর বললে ভুল বলা হবে, অনেকটা যেন সুড়ঙ্গের মতো। আবার ইটের গাঁথনিও আছে খানিকটা। বিছানা নয়, তবে একটা নরম গদির মতো কিছুর ওপর সে শুয়ে। মুখের ওপর একটা আলো জ্বলছে। বেশ স্নিগ্ধ আলো। কিন্তু আলোটা ইলেকট্রিক বা তেলের আলো নয়। গজ পরে পরীক্ষা করে দেখেছে একটা বেশ নারকোলের সাইজের পাথর থেকে ওই আলো আপনা-আপনি বেরিয়ে আসছে।

জ্ঞান ফেরার কয়েক মিনিটের মধ্যেই একটা দানো এসে তাকে ভাল করে আপাদমস্তক দেখল। দুর্বোধ ভাষায় কী একটা বলল। তারপর কোথা থেকে নানা যন্ত্রপাতি এনে তার শরীরে ঠেকিয়ে ঠেকিয়ে কী যেন পরীক্ষা করতে লাগল।

জায়গাটা কোথায় তা গজ বুঝতে পারছিল না। তবে মাটির নীচে কোথাও হবে। ইটের গাঁথনির ফাঁকে ফাঁকে মাটি দেখা যাচ্ছে। সোঁদা গন্ধও পাওয়া যাচ্ছিল।

ঘণ্টাখানেক বাদে একটা দানো তাকে কিছু খাবার এনে দিল। এরকম খাবার গজ জন্মেও খায়নি বা দ্যাখেনি। সবুজমতো চটকানো একটা ডেলা, সঙ্গে রক্তের মতো একটা পানীয়। যে ধাতুপাত্রে খাবার দেওয়া হল তা সোনার মতো উজ্জ্বল।

খিদে পেয়েছিল বলে গজ বিস্বাদ মুখ করে সেই খাবার মুখে দিয়ে কিন্তু মুগ্ধ হয়ে গেল। এত সুন্দর সেই খাবারের স্বাদ যে সমস্ত শরীরটাই যেন চনমনে খুশিয়াল হয়ে ওঠে। পানীয়টিও ভারী সুস্বাদু, বুক ঠান্ডা হয়ে যায়।

খেয়ে গায়ে একটু জোর পেল গজ। উঠে বসল। একটু হাঁটাহাঁটি করল। দেখল, তাকে সুড়ঙ্গে আটকে রাখার জন্য কোনও আগল বা দরজা নেই। ইচ্ছে করলেই সে বেরোতে পারে।

কিন্তু বেরোতে গিয়েই ভুলটা ভাঙল। সুড়ঙ্গের চওড়া দিকটায় ঠিক কুড়ি পা গিয়েই একটা ধাক্কা খেল গজ। সমস্ত শরীরে একটা তীব্র বিদ্যুৎতরঙ্গ খেলে গেল। ছিটকে সরে এসে গজ অনেকক্ষণ ধরে ধাক্কাটা সামলাল। বুঝল, এরা এমন ব্যবস্থা করেছে যাতে বাতাসে সূক্ষ্ম বৈদ্যুতিক বিক্রিয়া ছড়িয়ে থাকে পরদার মতো।

দানো-তিনটে পর্যায়ক্রমে এসে মাঝে মাঝে নানা যন্ত্রপাতি দিয়ে তাকে পরীক্ষা করে আর দুর্বোধ ভাষায় কী যেন বলে। ওদের ভাষা না বুঝলেও গজ এটা টের পায় যে, তাকে নিয়ে দানো তিনটে একটা রিসার্চ চালাচ্ছে। হয়তো পৃথিবীর প্রাণী সম্পর্কেই সেই রিসার্চ। দানো তিনটে যে পৃথিবীর প্রাণী নয় এ বিষয়ে গজর আর কোনও সন্দেহ নেই।

সুড়ঙ্গের মধ্যে যেটুকু পরিসর তাকে দেওয়া হয়েছে, তাতে বিচরণ করে গজ বুঝতে পেরেছে, এটা বাস্তবিকই মাটির নীচেকার কোনও ধ্বংসস্তূপ। মাঝে মাঝে বাইরে থেকে মৃদু একটু জলীয় বাষ্প বয়ে যায় ভিতরে। অর্থাৎ কাছাকাছি জলাভূমি আছে।

গজ আন্দাজ করল, জলার পাশে হয়তো সেই রাজবাড়ির ঢিবিটার গর্ভেই তাকে আটকে রাখা হয়েছে।

গজ লক্ষ করল, তিনটে দানোর হাতেই মাঝে মাঝে পিরিচের মতো একটা জিনিস থাকে। খুবই উন্নত মানের পিরিচ সন্দেহ নেই। ওইটে হাতে নিয়েই ওরা বৈদ্যুতিক বেড়াজালটা দিব্যি ভেদ করে আসতে পারে।

গজ হিসেব করে দেখল, টানা দু'দিন দু'রাত্রি সে দানোদের হাতে বন্দি। দিনরাত্রির তফাত অবশ্য এখান থেকে বোঝা যায় না। শুধু এই উজ্জ্বল পাথরের আলো ছাড়া দিনরাত আর কোনও আলো নেই। মাঝে মাঝে গজর মনে হয় সে দুঃস্বপ্নই দেখছে। আর কিছু নয়।

আজ হঠাৎ গজর ঘুমটা মাঝরাতে ভেঙে গেল। সে উঠে বসল। তারপর কেন ঘুম ভাঙল তা অনুসন্ধান করতে চারদিকে একটু ঘুরে বেড়াল সে। আর হঠাৎই টের পেল, সুড়ঙ্গের এক ধারে বিদ্যুতের বাধাটা আজ নেই।

গজ খুব সন্তর্পণে এগোতে লাগল।

চব্বিশ

গজ সুড়ঙ্গ পেরিয়ে বাইরে উঁকি মেরে দেখল, যা ভেবেছি তাই। সামনে কুয়াশা আর অন্ধকারে জলাটা আবছা দেখা যাচ্ছে। এ সেই রাজবাড়ির ঢিবিই বটে! সুড়ঙ্গের মুখে দাঁড়িয়ে গজ একটুক্ষণ পরিষ্কার বাতাসে শ্বাস নিল। এখন ইচ্ছে করলেই সে পালাতে পারে।

কিন্তু পালানোর আগে গুহাটা একটু দেখে নেওয়া দরকার। এরা কারা, কী চায় বা কী অপকর্ম করছে তা না জেনে পালিয়ে গেলে চিরকাল আপসোস থাকবে।

ধরা পড়লে কী হবে, তা গজর মাথায় এল না। সাহসী লোকেরা আগাম বিপদের কথা ভাবে না, হাতে যে কাজটা রয়েছে সেটার কথাই ভাবে।

গজ ফের সুড়ঙ্গের মধ্যে ঢুকে দেখল বাঁ ধারে আর ডান ধারে দুটো পথ গেছে। বাঁ ধারে তাকে বন্দি করে রাখা হয়েছিল, ওদিকে বিশেষ কিছু নেই। ডান ধারের পথটা একটুখানি গিয়েই বাঁক খেয়েছে।

সে পথে হাঁটতে গজর কোনও অসুবিধে হল না, কারণ মাথার ওপর একটু দূরে দূরে সেই আলো-পাথর ঝোলানো। এরকম আশ্চর্য পাথর পৃথিবীর লোক চোখেও দ্যাখেনি। গজ প্রত্যেকটা পাথরই ছুঁয়ে দেখল। ঠান্ডা। নেড়ে দেখল, সেগুলো বজ্রআঁটুনিতে আটকানো রয়েছে। খোলার উপায় নেই।

সুড়ঙ্গটা ক্রমে চওড়া হচ্ছিল আর নীচে নেমে যাচ্ছিল। যখন শেষ হল, তখন গজ দেখল বেশ প্রশস্ত একখানা ঘর, একসময়ে যে ঘরখানা রাজবাড়ির ঘর ছিল, তাতে সন্দেহ নেই। শ্বেতপাথরের মেঝে কারুকার্য করা পাথরের দেয়াল। ঘরে অবশ্য রাজকীয় কোনও জিনিসপত্র নেই। আছে নানারকম বিদঘুটে যন্ত্রপাতি। এসব যন্ত্রপাতি কস্মিনকালেও দ্যাখেনি গজ। সে হাঁ করে দেখতে লাগল।

হঠাৎ পায়ে কুট করে কী একটা কামড়াল গজকে।

একটু চমকে উঠে গজ চেয়ে দেখল, সবুজ রঙের একটা কাঁকড়াবিছে।

কাঁকড়াবিছের হুল সাংঘাতিক, চব্বিশ ঘণ্টা ধরে যন্ত্রণায় ছটফট করতে হয়। তেমন-তেমন কাঁকড়াবিছের হুলে মানুষও মরে যায়। তাই গজ ভীষণ আতঙ্কিত চোখে বিছেটার দিকে চেয়ে রইল।

হুল দিয়েই বিছেটা গুড়গুড় করে হেঁটে গিয়ে একটা ইঁদুরধরা বাক্সের মতো ছোট বাক্সের দরজা দিয়ে ঢুকে গেল। দরজাটা ধীরে বন্ধ হয়ে গেল।

গজ বসে পড়ে তার বাঁ পায়ের গোড়ালির কাছটা দেখল। কোনও ক্ষত নেই, ব্যথা জ্বালাও সে টের পাচ্ছে না। কিন্তু ভারী সুন্দর একটা গন্ধ মাদকের মতো তার নাকে এসে

লাগল আর শরীরটা ঝিমঝিম করতে লাগল, ঘুমে জড়িয়ে আসতে লাগল চোখ।

অন্য কেউ হলে ঢলে পড়ত, কিন্তু গজর শরীরে এবং মনে অসম্ভব শক্তি। সে প্রাণপণে মাথা ঠিক রেখে উঠে দাঁড়াল। তারপর দুটো ভারী পা ফেলে ফেলে বাইরের দিকে দৌড়তে লাগল। তার ভয় হচ্ছিল, অজ্ঞান হয়ে এখানে পড়ে থাকলে সে আবার দানোদের হাতে ধরা পড়ে যাবে।

এরকম আশ্চর্য মাতাল-করা সুগন্ধ আর এমন মনোরম ঘুমের অনুভূতি কখনও হয়নি গজর। সে চোখে নানা রঙের রামধনু দেখছিল। তার খুব হাসতে ইচ্ছে করছিল, গান গাইতে ইচ্ছে করছিল, নাচতে ইচ্ছে করছিল।

কাঁকড়াবিছের বিষে এমন হওয়ার কথা নয়। রহস্য হল, এই বিছেটা সবুজ। পৃথিবীতে গজ যতদূর জানে, সবুজ রঙের কাঁকড়াবিছে হয় না। এই অদ্ভুত বিছেটার বিষও যে অভিনব হবে তাতে আর বিচিত্র কী?

গজ প্রাণপণে দৌড়তে লাগল। কিন্তু সে যাকে দৌড় বলে মনে করছিল তা আসলে হাঁটি হাঁটি পা-পা। কিন্তু তবু গজ তার ঘুমে ভারাক্রান্ত শরীরটাকে একটা ভারী বস্তার মতো টেনে টেনে এগোতে লাগল। থামল না।

কিন্তু সুড়ঙ্গের মুখটা অনেক দূর এবং চড়াই ভাঙতে হচ্ছে বলে গজ বেশিদূর এগোতে পারল না। শরীর ক্রমে ভেঙে পড়ে যাচ্ছে। আর বেশিক্ষণ গজ ঘুম-রাক্ষসের সঙ্গে লড়াই চালাতে পারবে না।

ভাগ্যবলেই গজ বাঁদিকে একটা গর্ত দেখতে পেল। খুব আবছা দেখা যাচ্ছিল।

গজ প্রাণপণে গর্তটার দিকে এগোতে লাগল। খুবই সংকীর্ণ গর্তটা। একটু উঁচুতেও বটে। কিন্তু প্রাণ বাঁচাতে গজ অতি কষ্টে গর্তটার কানা ধরে উঠে পড়ল। তারপর হামাগুড়ি দিয়ে একটু এগোতেই একটা ভীষণ ঢালু বেয়ে সে গড়িয়ে পড়ে গেল।

পতনটা আটকানোর কোনও উপায় বা শক্তি গজর ছিল না। ভারী শরীরটা গড়াতে গড়াতে কতদূর যে নেমে গেল গজ তার হিসেব করতে পারল না। তারপর হঠাৎ শূন্যে নিক্ষিপ্ত হল সে।

ঝপাং, একটা শব্দ হল। গজর আর কিছু মনে রইল না। তবে এক গাঢ় ঘুমে সম্পূর্ণ তলিয়ে যাওয়ার আগে টের পেল, সে জলের মধ্যে পড়েছে, কিন্তু ডোবেনি।

পঞ্চানন্দ যখন চোখ মেলল, তখন রাতের অন্ধকার আছে।

চোখ মেলে পঞ্চানন্দ প্রথমটায় কিছুক্ষণ বুঝতেই পারল না, সে কোথায় এবং কেন এভাবে পড়ে আছে। ঝোপঝাড়ের মধ্যে পড়ায় তার হাত-পা ছড়ে গিয়ে বেশ জ্বালা করছে। মাথাটা ভীষণ ফাঁকা।

পঞ্চানন্দ উঠে বসে মাথাটা আচ্ছাসে ঝাঁকাল। নিজের গায়ে নিজে চিমটি দিল। বেশ করে আড়মোড়া ভেঙে একখানা মস্ত হাই তুলল। তারপরই জিনিসটা টের পেল সে। খিদে। হ্যাঁ, পেটটা তার মাথার চেয়েও বেশি ফাঁকা-ফাঁকা ঠেকছে।

খিদে টের পাওয়ার পরই ঝপ করে সব ঘটনা মনে পড়ে গেল তার। জলায় একটা গগন-চাকি নেমেছে। সে তাই এখানে হাজির হয়েছিল। ঝোপের আড়ালে বসে নজর রাখতে...

ঘুমিয়ে পড়েছিল?

না, পঞ্চানন্দ তত অসাবধানী লোক নয়। এমন একটা ঘটনা সামনে ঘটতে চলেছে, আর সে ঘুমিয়ে পড়বে—এ হতেই পারে না।

তা হলে!

পঞ্চানন্দ উঠে পড়ল। তারপর আতিপাতি করে চারদিকটা ঘুরে দেখতে লাগল টর্চ দিয়ে। টর্চটা তার হাতের মুঠোতেই থেকে গিয়েছিল।

খুব বেশি খুঁজতে হল না। মাত্র হাত-দশেক দূরে একটা বুনো কুলগাছের আড়ালে একটা লম্বা টর্চের মতো বস্তু পড়ে আছে।

যন্ত্রটা হাতে তুলে ঘুরিয়ে-ফিরিয়ে দেখল পঞ্চানন্দ। মাথামুন্ডু কিছু বুঝতে পারল না। কোনও যন্ত্রই হবে, তবে কী কাজে লাগে, তা কে জানে। গায়ে অনেকগুলো বোতাম আছে। পঞ্চানন্দ সাবধানী লোক, সে কোনও বোতামে চাপ-টাপ দিল না, কী থেকে কী হয়ে যায়, কে বলবে। তবে যন্ত্রটা সে কাছে রাখল।

জলার দিকটা আগের মতোই আঁধারে ঢেকে আছে।

পঞ্চানন্দ চারদিকটা ভাল করে দেখে নিয়ে ধীরে ধীরে জলার দিকে এগোতে লাগল।

যেখানে চাকিটা নেমেছিল বলে তার ধারণা সেখানে তুঁতেবন। জংলা জায়গা। অনেকটা জলও পেরোতে হবে। তবে জলার জলও কখনই হাঁটুর ওপরে ওঠে না।

পঞ্চানন্দ কাপড়টা একটু তুলে পরে নিল। তারপর ঠান্ডা জলে কাদায় নেমে পড়ল দুর্গা বলে। মাঝে মাঝে একটু থেমে দিকটা ঠিক করে নিতে হচ্ছিল। টর্চটা সে ভয়ে জ্বালল না।

জল ভেঙে ঢিবিটার ধার দিয়ে ডাঙা জমির দিকে উঠবার সময় হঠাৎ একটা মস্ত পাথর বা অন্য কিছুতে পা বেধে দড়াম করে পড়ল পঞ্চানন্দ। এই শীতে জামা-কাপড় জলে কাদায় একাকার।

তবে পঞ্চানন্দর এসব অভ্যাস আছে। শীতে হিহি করে কাঁপতে কাঁপতে উঠে সে টর্চটা হাতড়ে বের করল। বেশ ভাল টর্চ, ভিজেও নেবেনি।

কিন্তু টর্চ জ্বেলে যা দেখল পঞ্চানন্দ তাতে হাঁ হয়ে গেল। একটা বিশাল চেহারার লোক পড়ে আছে জলায়।

পঞ্চানন্দ টর্চটা নিবিয়ে নিচু হয়ে পরীক্ষা করে দেখল। না, মরেনি, নাড়ি চলছে, শ্বাস বইছে।

পঞ্চানন্দ চারদিকটা আবার ভাল করে দেখে নিয়ে হাতের আড়াল করে টর্চটা লোকটার মুখে ফেলল।

মুখটা খুব চেনা-চেনা ঠেকছে। অথচ কিছুক্ষণ চিনতে পারল না পঞ্চানন্দ।

দ্বিতীয়বার টর্চ জ্বালতেই সন্দেহ কেটে গেল।

লোকটা গজ পালোয়ান।

নামে আর কাজে পালোয়ান হলেও গজর কখনও এমন হাতির মতো চেহারা ছিল না। বরাবরই সে পাতলা ছিপছিপে। ছিপছিপে শরীরটা ছিল ইস্পাতের মতো শক্ত আর পোক্ত।

কিন্তু এই গজ পালোয়ান গামার চেয়েও বিশাল। দুটো হাত মুগুরের মতো, ছাতি বোধহয় আশি ইঞ্চির কাছাকাছি। ঘাড়ে-গর্দানে এক দানবের আকৃতি।

পঞ্চানন্দ কিছুক্ষণ স্তম্ভিত হয়ে চেয়ে রইল। গজর পরিবর্তন হল কী করে! মাত্র দু'দিন আগেই গজকে শিবুবাবুর ল্যাবরেটরিতে দেখেছে সে। মাত্র দু'দিনে কারও এরকম বিশাল চেহারা হয়!

পঁচিশ

আকাশ থেকে একটা অদ্ভুত বস্তু নেমে আসার দৃশ্যটা দেখতে পেয়েছিল ঘড়ি। আসলে সে এ বাড়িতে পঞ্চানন্দ নামে উটকো যে লোকটা এসে জুটেছে তার ওপর নজর রাখবার জন্যই রাতে জেগে অপেক্ষা করছিল। ঘড়ির দৃঢ় বিশ্বাস তার ভালমানুষ এবং কবি-বাবাকে জপিয়ে হাত করে এ লোকটা একটা বড় রকমের দাঁও মারার মতলবে আছে। লোকটা যে বিশেষ সুবিধের নয়, তা এক নজরেই বোঝা যায়। কিন্তু ঘড়ির বাবা হরিবাবু বড়ই সরল সোজা এবং আপনভোলা মানুষ। কে খারাপ আর কে ভাল তা বিচার করার মতো চোখই তাঁর নেই। তাই সে ভার ঘড়ি নিজে থেকেই নিল। চোর-জোচ্চোররা রাতের বেলাতেই সজাগ হয় এবং তাদের কাজকর্ম শুরু করে। ঘড়িও তাই গভীর রাতেই লোকটাকে হাতেনাতে ধরে ফেলার মতলবে ছিল।

যা ভেবেছিল হয়েও যাচ্ছিল তাই। নিশুত রাতে পঞ্চানন্দ বেরোল জরিবাবুর ঘর থেকে। নিঃশব্দ, চোরের মতোই হাবভাব। সিঁড়ির মাথায় দাঁড়িয়ে ঘড়ি খুব তীক্ষ্ণ চোখে লক্ষ করছিল। কিন্তু লোকটাকে যে গিয়ে জাপটে ধরবে তার উপায় নেই। কারণ হরিবাবু

রাত জেগে কবিতার পর কবিতা লিখে চলেছেন। শোরগোল হলেই উঠে এসে বকাবকি করবেন। ঘড়ি তাই লোকটাকে শুধু নজরে রাখছিল।

তবে লোকটা বিশেষ গণ্ডগোল পাকাল না। শুধু চারদিকটায় ঘুরে ঘুরে কী একটু দেখে নিয়ে বেড়ালের মতো সিঁড়ি বেয়ে ছাদে উঠে গেল। ছাদে গিয়েই লোকটাকে ধরার সুবিধে হবে ভেবে যেই না ঘড়ি সিঁড়ির কাছে গেছে, অমনি হরিবাবু তাঁর ঘর থেকে 'উঃ আঃ' শব্দ করতে করতে বেরিয়ে এসে ছাদপানে চললেন। ঘড়িকে কাজেই ক্ষ্যামা দিতে হল।

নিজের ঘরে এসে জানালা খুলে যখন ঘড়ি ছাদের পরিস্থিতিটা উৎকর্ণ হয়ে আন্দাজ করার চেষ্টা করছিল, তখনই সে আকাশের অদ্ভুত বস্তুটা দেখতে পায়। অনেকটা পটলের আকৃতি, নীলাভ উজ্জ্বল একটি জিনিস ধীরে ধীরে নেমে আসছে।

তখন ঘড়ি তার ঘুমকাতুরে ভাই আংটিকে ডেকে তুলল, "এই ওঠ, দ্যাখ কী কাণ্ড হচ্ছে।"

আংটি উঠে জিনিসটা দেখল এবং রুদ্ধশ্বাসে বলল, "উফো, আনআয়ডেন্টিফায়েড ফ্লাইং অবজেক্ট।"

অপলক চোখে দুই ভাই জিনিসটা লক্ষ করতে লাগল। কিন্তু হঠাৎই আলো নিবে গিয়ে বস্তুটা অন্ধকার হয়ে গেল। আর দেখা গেল না।

ডাকাবুকো বলে দুই ভাইয়েরই খ্যাতি আছে। তারা সহজে ভয় খায় না। দুনিয়ায় তাদের যত ভয় বাবাকে। অথচ হরিবাবুর মতো নিরীহ আনমনা ভালমানুষ লোক হয় না। ছেলেদের গায়ে তিনি কখনও হাতে তোলেননি। বকাঝকাও করেন না বড় একটা। তবু দুই ডানপিটে ভাই ওই একজনকে যমের মতো ডরায়। আর কাউকে বা কিছুতেই তারা ভয় পায় না। উড়ন্ত-চাকিকেই বা পাবে কেন?

দুই ভাই চটপট শীতের পোশাক পরে নিল। মাথায় বাঁদুরে টুপি আর হাতে দস্তানা পরতেও ভুলল না। অস্ত্র বলতে ঘড়ির একটা স্কাউট ছুরি আর আংটির চমৎকার একটা গুলতি। আর সম্বল গায়ের জোর এবং মগজের বুদ্ধি।

এ শহরের সবরকম শর্টকাট তাদের জানা। কাজেই গজ পালোয়ানের আস্তানায় পৌঁছুতে দেরি হল না।

চকসাহেবের বাড়ির পর বিশাল জলা। তার ওপাশে তুঁতেবন। আর আছে বিখ্যাত সেই রাজবাড়ির ঢিবি। জায়গাটা বেশ গোলমেলে। অজস্র ঝোপঝাড় জলকাদায় দুর্গম। তবে ঘড়ি আর আংটি এ জায়গা নিজেদের হাতের তেলোর মতোই চেনে।

ঘড়ি চারদিকে চেয়ে বলল, "আমার যতদূর মনে হয় উফোটা জলার ওপাশে তুঁতেবনের দিকে কোথাও নেমেছে।"

আংটি গম্ভীর মুখে বলল, "হুঁ, কিন্তু জলা পার হবি কী করে?"

আসলে আংটি একটু শীতকাতুরে।

ঘড়ি গম্ভীর মুখে বলল, “জলা পার হতে হলে জলে নামতে হবে।”

“ও বাবা, আমি বরং এদিকটায় পাহারা দিই, তুই এগিয়ে দেখে আয়।”

ঘড়ি কিন্তু এই প্রস্তাবে আপত্তি করল না। পকেট থেকে ছোট্ট একটা টর্চ বের করে চারদিকটা দেখে নিয়ে বলল, “চকসাহেবের বাড়িতে একটু আগে একটা আলো দেখেছি। যতদূর জানি, গজ পালোয়ান এখন ও বাড়িতে নেই। কিন্তু আলো যখন দেখা গেছে, তখন কেউ না কেউ আছে ঠিকই। তুই চারদিকে নজর রাখিস। বিশেষ করে চকসাহেবের বাড়ির দিকটায়। আমি জলার ওদিকটা দেখে আসছি।”

আংটি ঘাড় নাড়ল প্রকাণ্ড একটা হাই তুলতে তুলতে। তারপর বলল, “আমি বরং চকসাহেবের বাড়িতেই গিয়ে ঢুকে পড়ি। গজদার বিছানাটা পড়ে আছে, একটু গড়িয়ে নিইগে। তুই ফিরে এসে আমাকে ডেকে নিস।”

ঘড়ি তার প্যান্টের পা গুটিয়ে জুতোসুদ্ধু জলে নেমে পড়ল।

অন্ধকারে জলের মধ্যে ঘড়ি মিলিয়ে যাওয়ার পর আংটি আর-একটা বিকট হাই তুলল। ঘুমে চোখ ঢুলে আসছে। কৌতূহল তার যতই হোক, শীত আর রাতজাগা সে একদম সইতে পারে না।

চকসাহেবের বাড়ি বেশি দূর নয়। আংটি চারদিকটা লক্ষ করতে করতে গিয়ে বাড়িটায় ঢুকে পড়ল। ঘড়ি বলল আলো জ্বলতে দেখেছে, কিন্তু আংটি কোথাও কোনও আলোর চিহ্ন পেল না। তবু সাবধানের মার নেই। সে চারদিকটা ঘুরে ঘুরে দেখে নিল। না, কোথাও কেউ নেই। গজ পালোয়ানের ঘরের ভেজানো দরজা ঠেলে ঢুকে দেখল, চৌকির ওপর বিছানাটা পাতাই রয়েছে। সামান্য কিছু জিনিসপত্র যেমন-কে-তেমন পড়ে আছে।

আংটি আর একটা হাই তুলে বিছানার চাদরটা তুলে ভাল করে মুড়ি দিয়ে শুয়ে পড়ল। গায়ে গরমজামা থাকায় তেমন শীত করল না। ঘুমও এসে গেল টপ করে।

গাঢ় ঘুমের সময় মানুষের শ্বাস যেমন ঘন ঘন পড়ে, সেরকমই শ্বাস পড়তে লাগল আংটির। মৃদু মৃদু নাকও ডাকছিল তার।

মিনিট পনেরো কেটে যাওয়ার পর হঠাৎ খুব ধীরে ধীরে ঘরের দরজাটা খুলে গেল। নিঃশব্দে একটা ছায়ামূর্তি এসে দাঁড়াল দরজায়।

জলা পার হতে ঘড়ির বিশেষ সময় লাগল না। জল থেকে ডাঙায় উঠে সে টর্চ জ্বেলে পায়ে জোঁক লেগেছে কি না দেখে নিল। তারপর রাজবাড়ির ঢিবির নীচে উঁচু জমিতে উঠে জুতো খুলে মোজাটা নিংড়ে নিয়ে ফের পরল।

তুঁতেবন এখন বেশ খানিকটা দূরে। ঘড়ি উঠল। উঠতে গিয়েই হঠাৎ তার নজরে পড়ল ঢিবিটার গায়ে ঝোপঝাড়ের আড়ালে বেশ বড় একটা গর্ত। এরকম গর্ত থাকার কথা নয়। আর আশ্চর্যের কথা, গর্তের ভিতর থেকে একটা আলোর আভাস পাওয়া যাচ্ছে।

ঘড়ি ভারী অবাক হয়ে চেয়ে রইল। তারপর হঠাৎ তার মনে হল, মহাকাশযানটা ওই ঢিবির মধ্যে গিয়ে সেঁধোয়নি তো!

ঘড়ি ধীরে ধীরে ঢিবির ঢাল বেয়ে গর্তটার মুখ-বরাবর চলে এল। ভয় যে করছিল না তা নয়। কিন্তু কৌতূহলটাই অনেক বেশি জোরালো।

ঢিবির মুখে এসে সাবধানে উঁকি দিয়ে ভিতরে যা দেখল, তাতে বেশ অবাক হয়ে গেল সে। দিব্যি আলোকিত সুড়ঙ্গ। ভিতরটা বেশ পরিষ্কার।

যেন চুম্বকের টানে সম্মোহিতের মতো ঘড়ি ভিতরে ঢুকল। চারদিকে চেয়ে সে বুঝল, ঢিবি সম্পর্কে যে কিংবদন্তি প্রচলিত আছে, তা মোটেই মিথ্যে নয়। বাস্তবিকই এখানে কোনও দিন একটা প্রাসাদ ছিল।

কিন্তু তার চেয়েও যেটা বিস্ময়কর, তা হল, সুড়ঙ্গটাকে কে বা কারা খুব যত্ন নিয়ে পরিষ্কার করেছে। ভিতরে খুঁড়ে খুঁড়ে ছোট বড় নানা রকম কুঠুরি বানিয়েছে। সব কুঠুরিরই দরজা বন্ধ। সুড়ঙ্গের ছাদে লাগানো আলোগুলো দেখে ঘড়ি হাঁ হয়ে গেল। ইলেকট্রিক লাইট নয়, স্রেফ এক-একটা উজ্জ্বল পাথর।

খানিক দূর হেঁটে গিয়ে সে দেখতে পেল, সুড়ঙ্গটা ঢালু হয়ে নেমে গেছে। ঘড়ি এগোতে লাগল। প্রতিমুহূর্তেই ভয় হচ্ছে, কেউ এসে পথ আটকাবে বা আক্রমণ করবে। কিন্তু সেরকম কিছু হল না।

ঘড়ি এসে থামল প্রকাণ্ড দরবার-ঘরে। চারদিকে অদ্ভুত সব যন্ত্রপাতি। কিন্তু কোনও মানুষজন নেই।

ঘড়ি যখন চারদিকে চেয়ে দেখছিল তখন হঠাৎ পায়ের কাছে একটা ইঁদুরকলের মতো ছোট্ট বাক্স নজরে পড়ল তার। এমনিতে পড়ত না, কিন্তু বাক্সের ডালাটা আপনা থেকেই খুলে যাচ্ছিল বলে তার চোখ আটকে গেল।

বাক্সের ভিতর থেকে একটা সবুজ কাঁকড়াবিছে বেরিয়ে এল।

ঘড়ি কাঁকড়াবিছে ভালই চেনে। অনেকবার ধরে সুতোয় বেঁধে খেলা করেছে। এক আধবার হুলও খেয়েছে। কাজেই সে বিশেষ ভয় পেল না। ফট করে এক পা পিছিয়ে গিয়ে ভাল করে দেখল।

কাঁকড়াবিছে সবুজ রঙের হয় কি না তার জানা নেই। তবে সে কখনও দ্যাখেনি।

বিছেটা তাকে লক্ষ করেই এগিয়ে আসছে, এটা বুঝতে বিশেষ বেগ পেতে হল না ঘড়ির। বাক্সের ডালা আপনা থেকেই খুলে যাওয়া এবং আশ্চর্য সবুজ রঙের বিছের আবির্ভাবের পিছনে যে রহস্য আছে, তা নিয়ে মাথা ঘামানোর সময় এখন ঘড়ির নেই। আপাতত প্রয়োজন আত্মরক্ষা।

ঘড়ি বিছেটার সামনে জুতোসুদ্ধ পা এগিয়ে দিয়ে নিচু হয়ে হুলের শুঁড়টা দু আঙুলে চেপে ধরে বিছেটাকে তুলে নিল। এই অবস্থায় বিছে খুবই অসহায়।

হুলটা সাবধানে ধরে রেখে বিছেটাকে কাছ থেকে যখন দেখল ঘড়ি, তখন সে স্পষ্টই বুঝতে পারল, এটা আসল কাঁকড়াবিছে মোটেই নয়। বিছেটার শরীর ধাতু দিয়ে তৈরি। ভিতরে স্প্রিং আছে, তার জোরে বিছের পা নড়ে। মুখের কাছে একটা লম্বা দাঁড়া রয়েছে যা অনেকটা সূক্ষ্ম টেলিস্কোপিক অ্যান্টেনার মতো।

হুলটা ভাল করে লক্ষ করল ঘড়ি। যা দেখল, তা বিশ্বাসযোগ্য নয়। হুলের বদলে যেটা বারবার বেরিয়ে আসছে, তা স্টেনলেস স্টিলের তৈরি একটা ফাঁপা ছুঁচ। অনেকটা ইনজেকশন দেওয়ার ছুঁচের মতোই।

ঘড়ি তার রুমালটা বের করে ছুঁচের মুখে ধরতেই সেটা বিঁধে গেল রুমালে আর কয়েক ফোঁটা ভারী সুগন্ধি তরল বস্তু বেরিয়ে এল ছুঁচ থেকে।

ছাব্বিশ

অন্ধকারে যখন আংটি চোখ মেলল, তখন তার মাথাটা ঘুমে ভরা। কোথায় শুয়ে আছে সেই বোধটা পর্যন্ত নেই। কিছুক্ষণ ভোম্বলের মতো চেয়ে থাকার পর হঠাৎ সে তড়াক করে উঠে বসল। বিছানার পাশে একটা ভূত দাঁড়িয়ে আছে।

ভূত যে তাতে কোনও সন্দেহই নেই। মুখটা ভাল দেখা না গেলেও এরকম শীর্ণকায় এবং লম্বা চেহারার লোক বড় একটা নেই। এই সেই নকল রাজার সেক্রেটারি, যাকে সে এবং তার দাদা ঘড়ি বাসের মধ্যে খুন হতে দেখেছিল।

মারপিট আংটি বিস্তর করেছে, কিন্তু ভূতের সঙ্গে কীভাবে লড়তে হয় তা তার অজানা। তার ওপর তার ভূতের ভয়ও আছে।

সুতরাং আংটি একটি বিকট খ্যা-খ্যা শব্দে গলাখাঁকারি দিয়ে চেঁচিয়ে উঠল, "কে, কে আপনি?"

লম্বা সিড়িঙ্গে ছায়ামূর্তিটা আংটির দিকে একদৃষ্টে চেয়ে ছিল। পাথরের মতো স্থির। আংটির প্রশ্নের জবাবে একটু ফ্যাসফ্যাসে গলায় বলল, "তুমি এখানে কী করছ?"

আংটি তোতলাতে লাগল, 'আ...আমি...আমি...কিন্তু আ-আপনি তো মরে গিয়েছিলেন!"

লম্বা লোকটা নিজের কোমরে হাত দিয়ে কোনও একটা বোতাম টিপল। আংটি দেখল লোকটার পায়ের দিকে, বোধহয় জুতোয় লাগানো একটা আলো জ্বলে উঠল এবং লোকটাকে বেশ স্পষ্ট দেখা যেতে লাগল। তবে তলার দিক থেকে আলো ফেললে যে-কোনও মানুষকে একটু ভৌতিক-ভৌতিক দেখায়। কিন্তু তার চেয়েও বড় কথা গায়ে আলো ফিট করা লোক জীবনে দ্যাখেনি আংটি।

সে ফের আমতা আমতা করে বলল, "আ-আপনি কিন্তু আমাকে ভয় দেখাচ্ছেন!"

লোকটা মৃদু ফ্যাসফেসে গলায় বলল, "এখন দ্যাখো তো, আমি মরে গেছি বলে কি মনে হচ্ছে?"

আংটি দেখল, বাস্তবিকই লোকটার শরীরে কোনও ক্ষতচিহ্ন নেই। একটু ভুতুড়ে দেখালেও লোকটাকে তার জ্যান্ত বলেই মনে হচ্ছিল। মাথাটা গুলিয়ে গেল আংটির। সে বোকার মতো জিজ্ঞেস করল, "আপনি কি জ্যান্ত মানুষ?"

লোকটা আলো নিবিয়ে দিয়ে বলল, "জ্যান্ত কি না জানি না, তবে ভূত-টুত নই।"

'তা-তার মা-মানে?"

"মানে বললেও তুমি বুঝতে পারবে না। সেকথা থাক। এখন বলো তো, তোমরা দুই ভাই আমাদের কাছ থেকে পালিয়ে এলে কেন?"

"আমরা ভেবেছিলাম, আপনারা আমাদের কিডন্যাপ করছেন।"

"কিডন্যাপ কি ওভাবে করে? তোমাদের খেলা দেখে মহারাজ খুব খুশি হয়েছিলেন। তিনি তোমাদের উপকারই করতে চেয়েছিলেন। পালিয়ে এসে তোমরা ওঁকে অপমান করেছ।"

দাদা ঘড়ি সঙ্গে থাকলে আংটি তেমন ভয় খায় না। কিন্তু একা বলেই তার বেশ ভয়-ভয় করছিল। সে কাঁপা-কাঁপা গলায় বলল "উনি যে আমাদের উপকার করতে চেয়েছিলেন তা আমরা বুঝতে পারিনি।"

"তা না হয় পারোনি, কিন্তু তোমরা ওঁকে মারারও চেষ্টা করেছ। আজ অবধি ওঁর গায়ে হাত তুলে কেউ রেহাই পায়নি।"

আংটি তাড়াতাড়ি বলল, "আমি সেজন্য মাপ চাইছি।"

"মাপ স্বয়ং মহারাজের কাছেই চাওয়া উচিত। উনি তোমার জন্য অপেক্ষা করছেন। আমার সঙ্গে এসো।"

আংটি অবাক হয়ে বলল, "উনি কি এখানে আছেন?"

"আছেন বই কী।"

আংটি চারদিকে একবার চেয়ে দেখে নিল। দাদা ঘড়ি সঙ্গে নেই, সে একা। এই অবস্থায় আবার এদের খপ্পরে পড়লে রেহাই পাওয়া অসম্ভব হবে। সুতরাং পালাতে হলে এই বেলাই পালানো দরকার। সিড়িঙ্গে লোকটা বোধহয় দৌড়ে তার সঙ্গে পেরে উঠবে না। পারলে জঙ্গলের মধ্যেই তাদের তাড়া করত।

আংটি যখন এসব ভাবতে ভাবতে গড়িমসি করছে, তখন লোকটা বলল, "পালানোর কথা ভাবছ?"

আংটি আমতা আমতা করে বলল, "তা নয় ঠিক।"

"পালালে আমরা কিছুই করব না। যখন আগেরবার পালিয়েছিলে তখন আমরা অনায়াসেই তোমাদের ধরে ফেলতে পারতাম। কিন্তু মহারাজের সেরকম ইচ্ছে নয়। তাই তোমাদের পালাতে দেখেও আমরা কিছুই করিনি, এবারও করব না।"

আংটি ভয়ে ভয়ে বলল, "কিন্তু সেবার আপনি আমাদের পিছু নিয়েছিলেন। বাসের মধ্যে আপনাকে কে যেন গুলি করেছিল।"

লোকটা নিরুত্তাপ গলায় বলল, "আমি মোটেই তোমাদের পিছু নিইনি। অন্য একটা জরুরি কাজে মহারাজ আমাকে পাঠিয়েছিলেন। পথে কে বা কারা আমাকে খুন করার চেষ্টা করে।"

"হ্যাঁ, আপনার বুকে গুলি লেগেছিল।"

"গুলি নয়। তার চেয়ে অনেক মারাত্মক কিছু। কিন্তু আসল কথা, আমি তোমাদের পিছু নিইনি। আজও নেব না। তোমার বা তোমাদের কারও কোনও ক্ষতি করা মহারাজের উদ্দেশ্য নয়।"

আংটি এই বিপদের মধ্যেও যেন একটু ভরসা পেল। লোকটার কথার মধ্যে একটু সত্যও থাকতে পারে।

সে জিজ্ঞেস করল, "উনি কোথাকার মহারাজ?"

"উনি মহারাজ নামে। ইচ্ছে করলে উনি গোটা দুনিয়াটারই সম্রাট হতে পারেন। কিন্তু তেমন ইচ্ছে তাঁর নেই।"

"আপনার বুকে গুলি লাগা সত্ত্বেও আপনি বেঁচে আছেন কী করে?"

"সেসব মহারাজ জানেন। এ পর্যন্ত আমাকে অনেকবারই খুন করবার চেষ্টা হয়েছে। কোনওবারই মরিনি। একটু আগেই কতগুলো বর্বর আমাকে আক্রমণ করেছিল। এতক্ষণ আমার বেঁচে থাকার কথা নয়। তবু দ্যাখো, দিব্যি বেঁচে আছি।"

কথাগুলো আংটি ভাল বুঝতে পারছিল না। খুব হেঁয়ালির মতো লাগছিল। একটু দুরুদুরুও করছিল বুক। কিন্তু সে প্রাণপণে নিজেকে স্বাভাবিক রাখার চেষ্টা করল। বলল, "মহারাজের কাছে যদি যেতে না চাই, তা হলে সত্যিই উনি কিছু করবেন না?"

“না। তবে গেলে তোমারই লাভ হবে। অকারণে ভয় পেয়ো না। তোমার ক্ষতি করতে চাইলে অনায়াসেই করতে পারি। আমার কাছে এমন ওষুধ আছে চোখের পলকে তোমাকে অজ্ঞান করে দেওয়া যায়। এমন অস্ত্র আছে যা দিয়ে তোমাকে ধুলো করে দেওয়া কিছুই নয়। তবে সেসব আমরা প্রয়োগ করার কথা চিন্তাও করি না।”

আংটি কাঁপা গলায় বলল, “ঠিক আছে। মহারাজ কোথায়?”

“আমার সঙ্গে এসো।”

আংটি লোকটার পিছু-পিছু ঘর থেকে বেরিয়ে এল।

লোকটা কোমরের বোতাম টিপে জুতোর আলোটা জ্বালিয়ে নিয়েছে। বেশ ফটফটে আলো। এরকম সুন্দর আলোওলা জুতো আংটি কখনও দ্যাখেনি। জুতোর ডগায় দু’টি ছোট হেডলাইটের মতো জিনিস বসানো। আলোটা নীলচে এবং তীব্র।

সিড়িঙ্গে লোকটা একটা ধ্বংসস্তূপের ওপরে উঠল। স্তূপের ওপরে একটা ড্রাম বসানো। দেখলে মনে হয়, পুরনো ড্রাম এমনি পড়ে আছে।

লোকটা ড্রামটাকে দু’হাতে ধরে একটা ঝাঁকুনি দিয়ে তুলে ফেলল। তলায় একটা গর্ত। লোকটা বলল, “নিশ্চিন্তে নামো। কোনও ভয় নেই।”

আংটি একটু ইতস্তত করল। ভয় করছে বটে, কিন্তু ভয় পেলে লাভ নেই। তাই সে ‘দুর্গা’ বলে গর্তের মধ্যে পা বাড়াল।

না, পড়ে গেল না আংটি। গর্তের মধ্যে থাক-থাক সিঁড়ি। কয়েক ধাপ নামতেই সিড়িঙ্গে লোকটাও গর্তের মুখ বন্ধ করে তার পিছু-পিছু নেমে এল।

আংটি দেখল, তলাটা অনেকটা সাবওয়ের মতো। একটু নোংরা আর সরু, এই যা। তবে দেখে মনে হয়, এই সাবওয়ে বহুকালের পুরনো। বোধহয় এই বাড়ি যখন তৈরি হয়েছিল তখনই চকসাহেব এই সুড়ঙ্গ বানিয়েছিলেন। আংটি, ঘড়ি এবং তাদের বন্ধুরা বহুবার এ বাড়িতে চোর-চোর খেলেছে, গুপ্তধনের সন্ধান করেছে। কিন্তু এই সুড়ঙ্গটা কখনও আবিষ্কার করতে পারেনি।

একটু এগোতেই ফের সিঁড়ি। এবার ওপরে ওঠার।

সিঁড়ি দিয়ে উঠে আংটি যেখানে হাজির হল, সেটা এক বিশাল হলঘর। পরিষ্কার-পরিচ্ছন্ন এরকম ঘর যে এ বাড়িতে থাকতে পারে তা যেন বিশ্বাস হতে চায় না। ঘরে বিজলি বাতির মতো আলো জ্বলছে বটে, কিন্তু খুব মৃদু। ঘরের একধারে কয়েকটা যন্ত্রপাতি রয়েছে। একটা যন্ত্র থেকে অবিরল নানারকম চিঁ-চিঁ, কুঁই-কুঁই, টর-র টর-র শব্দ হচ্ছে।

হলঘরের অন্যপ্রান্তে একটা টেবিলের সামনে বসে একজন লোক অখণ্ড মনোযোগে একটা গ্লোব দেখছে। গ্লোবটা নীল কাচের মতো জিনিসে তৈরি। তাতে নানারকম আলো।

লোকটাকে চিনতে মোটেই কষ্ট হল না। মহারাজ।

মহারাজ আংটির দিকে তাকালেন।

আংটি ভয়ে সিঁটিয়ে যাচ্ছিল।

কিন্তু আশ্চর্যের বিষয়, মহারাজ তাকে দেখে হাসলেন। হাসিটা ভারী সুন্দর। রাগ থাকলে এরকম করে কেউ হাসতে পারে না।

মহারাজ ভরাট গলায় বললেন, "এসো আংটি, তোমার জন্যই বসে আছি।"

আংটি এক পা দু' পা করে এগিয়ে গেল।

মহারাজের ইঙ্গিতে সিড়িঙ্গে লোকটা একটা টুল এগিয়ে দিল।

আংটি মুখোমুখি বসতেই মহারাজ বললেন, "তুমি খুব ভয় পেয়েছ বলে মনে হচ্ছে।"

আংটি বলল, "না, এই একটু..."

মহারাজ একটা দীর্ঘশ্বাস ফেলে বললেন, "ভয় পাওয়ার কিছু নেই। তবে দুঃখ এই যে, পৃথিবীকে কতগুলো বর্বরের হাত থেকে বাঁচানো বোধহয় সম্ভব হবে না। অনেক চেষ্টা করছি। কিন্তু..."

বলেই মহারাজ তাঁর গোলকের ওপর ঝুঁকে কী একটা দেখতে লাগলেন।

আংটি কিছুই বুঝতে না পেরে হাঁ করে চেয়ে রইল।

মহারাজ ধীরে ধীরে মুখ ফিরিয়ে তাঁর অ্যাসিস্ট্যান্টকে বললেন, "খুব তাড়াতাড়ি আমার আর্থ-মনিটরটা নিয়ে এসো তো।"

সিড়িঙ্গে লোকটা দৌড়ে গিয়ে একটা ক্যালকুলেটরের মতো যন্ত্র নিয়ে এল।

সাতাশ

আর্থ-মনিটর কাকে বলে, তা আংটি জানে না। কিন্তু সে এটা বেশ বুঝতে পারছিল যে, সাধারণ ক্যালকুলেটরের মতো দেখতে হলেও যন্ত্রটা সামান্য নয়। মহারাজ যন্ত্রটা হাতে নিয়েই কী একটু কলকাঠি নাড়লেন, আর সঙ্গে সঙ্গে যন্ত্রটার চার কোণ দিয়ে চারটে লিকলিকে অ্যান্টেনা বেরিয়ে এল। আরও আশ্চর্যের ব্যাপার হল, চারটে অ্যান্টেনাই নড়ন্ত। নিজে থেকেই অ্যান্টেনাগুলো কখনও ওপরে কখনও নীচে ধনুকের মতো বেঁকে যাচ্ছে, আবার সটান সোজা হয়ে যাচ্ছে, ছোট হয়ে যাচ্ছে, আবার গলা বাড়িয়ে লম্বা হয়ে যাচ্ছে। চারটে ধাতব যষ্টির ওরকম যথেচ্ছ নড়াচড়া দেখে আংটির গা শিরশির করতে থাকে।

মহারাজ যন্ত্রটির দিকে চেয়ে কী দেখছিলেন তিনিই জানেন। শরীরটা পাথরের মতো

স্থির, চোখের পলক পড়ছে না। মহারাজকে খুব তীক্ষ্ণ চোখেই লক্ষ করছিল আংটি। পরে তার মনে হল, এরকম মানুষ সে কখনও দেখেনি। লোকটা লম্বা-চওড়া সন্দেহ নেই, গায়েও বোধহয় অসীম ক্ষমতা। তার চেয়েও বড় কথা, লোকটা যেসব যন্ত্রপাতি ব্যবহার করছে তা একমাত্র খুব উঁচুদরের বিজ্ঞানীরাই বোধহয় করে থাকে। টেবিলের ওপর রাখা গোলকটাও লক্ষ করল আংটি। গ্লোবের মতো দেখতে হলেও মোটেই গ্লোব নয়। ঠিক যেন আকাশের জ্যান্ত মডেল। তাতে গ্রহ তারা নক্ষত্রপুঞ্জের চলমান ছবি দেখা যাচ্ছে।

মহারাজ ক্যালকুলেটর থেকে মুখ তুলে বললেন, "আংটি, তোমাকে একটা কথা জিজ্ঞেস করি, জবাব দেবে?"

আংটি ভয়ে সিঁটিয়েই ছিল। সঙ্গে সঙ্গে মাথা নেড়ে বলল, "আজ্ঞে হ্যাঁ।"

"যদি তোমাদের এই পৃথিবীকে সৌরজগতের বাইরে নিয়ে যাওয়া হয়, তা হলে কী ঘটতে পারে জানো?"

আংটি অবাক হয়ে বলল, "তা হলে পৃথিবী শেষ হয়ে যাবে।"

মহারাজ মাথাটা ওপরে-নীচে মৃদুভাবে নাড়িয়ে বললেন, "ঠিক তাই। সৌরজগতের বাইরে টেনে নিয়ে যাওয়ামাত্রই পৃথিবীর উপরিভাগে যা কিছু আছে, সবই ধ্বংস হয়ে যাবে। একটা জীবাণু অবধি বেঁচে থাকবে না, তা বলে পৃথিবী নামক মাসটি নষ্ট হবে না। এটাকে যদি অন্য কোনও নক্ষত্রের কক্ষপথে স্থাপন করা হয়, তা হলে আবার এই গ্রহটিকে কাজে লাগানো সম্ভব হবে। আবহমণ্ডল তৈরি করে নতুন বসত গড়ে তোলা কঠিন হবে না।"

আংটি কিছুই না বুঝে চেয়ে রইল।

মহারাজ একটু হাসলেন। খুবই বিষণ্ণ আর ম্লান দেখাল তাঁর মুখ। মাথাটা নেড়ে বললেন, "আমি পাকেচক্রে পৃথিবীতে এসে পড়েছি বটে, কিন্তু অল্প কিছুদিনের মধ্যেই গ্রহটাকে ভালও বেসে ফেলেছি। মনে মনে ভেবেছি, এই গ্রহটাকে ইচ্ছে করলে কত না সুন্দর করে তোলা যায়।"

মহারাজ যেন আবেগভরে একটু চুপ করে রইলেন।

আংটির গলার স্বর আসছিল না। বেশ একটু কসরত করেই গলায় স্বর ফুটিয়ে সে জিজ্ঞেস করল, "আপনি কোথা থেকে এসেছিলেন?"

মহারাজ মৃদু স্বরে বললেন, "সে আর-এক কাহিনি। পরে কখনও শোনাব। শুধু জেনে রাখো, আমি বিদেশি। বহু কোটি মাইল দূরের আর-এক জায়গা থেকে আমি এসেছি।"

আংটি এত অবাক হল যে, হাঁ করে চেয়ে থাকা ছাড়া তার আর কিছুই করার ছিল না। মহারাজকে গুলবাজ বলে মনে হলে সে এত অবাক হত না। কিন্তু এ লোকটার গ্র্যানাইট

পাথরের মতো কঠিন মুখ, তীক্ষ্ণ গভীর চোখ এবং হাবভাবে এমন একটা ব্যক্তিত্বের পরিচয় সে পাচ্ছিল যে, অবিশ্বাস্য হলেও তার বিশ্বাস করতে ইচ্ছে করছিল। আর বিশ্বাস করছিল বলেই মাথাটা কেমন যেন ঝিমঝিম করছিল তার।

মহারাজ তাঁর যন্ত্রের দিকে ফের কিছুক্ষণ চুপচাপ চেয়ে রইলেন। তারপর উঠে দাঁড়িয়ে আংটির দিকে চেয়ে বললেন, "এসো।"

মহারাজ হলঘরটার আর-এক প্রান্তে গিয়ে একটা পরদার সামনে দাঁড়িয়ে গেলেন। পিছনে যন্ত্রচালিতের মতো হেঁটে এসে আংটিও দাঁড়াল। মহারাজ পরদাটা হাত দিয়ে সরাতেই একটা টেলিভিশনের মতো বস্তু দেখা গেল। মহারাজ সুইচ টিপতেই পরদায় নানারকম আঁকিবুকি হতে লাগল।

আংটি বলল, "এটা কী?"

মহারাজ মৃদু স্বরে বললেন, "কয়েকজন বর্বর কী কাণ্ড ঘটাতে চলেছে তা তোমাকে দেখাচ্ছি।"

মহারাজ একটা নব ঘোরালেন। পরদায় একটা আবছা দৃশ্য ফুটে উঠল। ঘন কুয়াশার মধ্যে কী যেন একটা লম্বাটে জিনিস। ঠিক বোঝা যাচ্ছে না।

মহারাজ বললেন, "এই যে আবছা জিনিসটা দেখছ, এটাও পৃথিবীর নয়। বহুদূর থেকে এসেছে।"

"এটা কি মহাকাশযান?"

"হ্যাঁ। খুবই উন্নত ধরনের যন্ত্র। শুধু মহাকাশই পাড়ি দেয় না, আরও অনেক কিছু করে।"

পরদার দিকে মন্ত্রমুগ্ধের মতো চেয়ে ছিল আংটি। গল্পে উপন্যাসে সে অন্য গ্রহের উন্নত জীবদের নানা কাণ্ড-কারখানার কথা পড়েছে। নিজের চোখে দেখবে তা ভাবেনি। সে স্বপ্ন দেখছে না তো!

পরদার ছবিটা একটু পরিষ্কার হল। দেখা গেল, বিশাল দৈত্যের আকারের কয়েকটা জীব মহাকাশযানের মস্ত দরজা দিয়ে ওঠানামা করছে। মনে হল তারা কিছু খুচরো জিনিস নামাচ্ছে।

আংটি ভিতু গলায় জিজ্ঞেস করে, "ওরা কারা?"

মহারাজ মৃদু স্বরে বললেন, "ওরা কারা তা আমিও সঠিক জানি না। তবে খুবই উন্নত-বুদ্ধিবিশিষ্ট কিছু বর্বর। বেশ কিছুদিন যাবৎ এরা পৃথিবীতে নানা জায়গায় থানা গেড়ে আছে। সমুদ্রের নীচে, পাহাড়ে, মেরু অঞ্চলে। নানাভাবে এরা পৃথিবীকে পরীক্ষা করে দেখছে।"

"কেন? ওরা কি পৃথিবীর কিছু করবে?"

মহারাজ হেসে বললেন, "শুনলে হয়তো তোমার অবিশ্বাস হবে। আসলে ওরা বোধহয় পৃথিবীকে চুরি করতে চায়।"

"চুরি?"

"ওরা অন্য একটা জগতে থাকে। ওদের বাসও এই তোমাদের সৌরমণ্ডলের মতোই একটি কোনও নক্ষত্রের মণ্ডলে। আমার বিশ্বাস, ওদের মণ্ডলে অনেকগুলো গ্রহ জুড়ে ওরা বসবাস করে। সম্ভবত বাসযোগ্য আরও গ্রহ ওদের দরকার।"

আংটি শিউরে উঠে বলে, "ও বাবা! আমার মাথা ঘুরছে।"

মহারাজ মৃদু হেসে বললেন, "তোমাদের বিজ্ঞান যেখানে আছে, সেখান থেকে ভাবলে এসব প্রায় অবিশ্বাস্যই মনে হয় বটে। তবে আমি যা বলছি, তা তুমি অন্তত অবিশ্বাস কোরো না।"

আংটি নিজের মাথাটা একটু ঝাঁকিয়ে নিয়ে বলল, "ঠিক আছে।"

মহারাজ মৃদু হেসে বললেন, "আমার মনে হয় পছন্দমতো একটা গ্রহ খুঁজে বের করতে ওরা মহাকাশে পাড়ি দিয়ে তোমাদের পৃথিবীতে এসে পৌঁছেছে। নানাভাবে পরীক্ষা করে ওরা বুঝেছে যে, এরকম একটা গ্রহ হলে ওদের ভালই হয়। এখন কাজ হল পৃথিবীকে ঠেলে নিজেদের নক্ষত্রের মণ্ডলে নিয়ে যাওয়া। ওদের পক্ষে তেমন কিছু শক্ত কাজ নয়।"

আংটি আতঙ্কিত হয়ে বলল, "তা হলে আমাদের কী হবে? এত মানুষ, জীবজন্তু, গাছপালা?"

"সৌরমণ্ডল থেকে ছিটকে গেলে পৃথিবীর উপরিভাগের সব ধ্বংস হয়ে যাবে। নষ্ট হয়ে যাবে আবহমণ্ডল! দারুণ ঠান্ডায় সব জমে পাথর হয়ে যাবে। ওরা ওদের নক্ষত্রমণ্ডলে নিয়ে গিয়ে পৃথিবীতে আবার আবহমণ্ডল তৈরি করবে। আমার বিশ্বাস, ওরা পৃথিবীকে ওদের কৃষি-গ্রহ হিসেবে ব্যবহার করবে। আমাদের নিজেদের মণ্ডলে আমরাও এক-একটা গ্রহকে এক-এক কাজে ব্যবহার করি।"

আংটি সবিস্ময়ে বলে, "তোমাদের ক'টা গ্রহ আছে?"

"একান্নটা। তাতে আমাদের কুলোয় না। কিন্তু তা বলে আমরা মানুষজন গাছপালাসহ কোনও গ্রহ চুরির কথা ভাবতেও পারি না। ওরা বর্বর বলেই এরকম নৃশংস কাজ করতে পারে।"

"এখন তা হলে কী হবে?"

মহারাজ চিন্তিতভাবে মাথা নেড়ে বললেন, "সেটাই ভাবছি। বেশ কিছুদিন আগে আমি একটি দুর্ঘটনায় পড়ে তোমাদের পৃথিবীতে আশ্রয় নিতে বাধ্য হই! আমার মহাকাশযান অকেজো হয়ে গেছে, মেরামত করতে অনেক সময় লাগবে। আমার কাছে

এখন তেমন কোনও অস্ত্রশস্ত্র নেই, যা দিয়ে বর্বরদের মোকাবিলা করা যায়।"

আংটি আশান্বিত হয়ে বলল, "কিন্তু আমাদের অ্যাটম বোমা আছে, হাইড্রোজেন বোমা আছে, নাইট্রোজেন বোমা আছে।"

মহারাজ মাথা নেড়ে বললেন, "সেসব আমি জানি। বর্বররাও সব খবর রাখে। তোমাদের কোনও অস্ত্রই কাজে লাগবে না। ওরা সবই সময়মতো অকেজো করে দেবে। পৃথিবীর কোথায় কী আছে, তার সব খবরই ওদের নখদর্পণে। ওরা তোমাদের কোনও সুযোগই দেবে না। আজ ওদের যে মহাকাশযান এসেছে, তাতে কিছু অদ্ভুত যন্ত্রপাতি আছে। এগুলো ওরা ভূগর্ভে পাঠিয়ে দেবে। ওরা নিজেরা মহাকাশযানে উঠে বেশ কিছু দূরে গিয়ে ভূগর্ভের যন্ত্রকে নির্দেশ পাঠাবে। তারপর কী হবে জানো?"

আংটি সভয়ে বলল, "কী হবে?"

"ওই যন্ত্রগুলোর প্রভাবে পৃথিবী নিজেই কক্ষচ্যুত হয়ে ওদের মহাকাশযানের নির্দেশমতো চলতে শুরু করবে এক নির্বাসনযাত্রায়।"

"উরেব্বাস!"

"ভয় পেয়ো না। আমি এখনও আছি। এ ঘটনা এত সহজে ঘটতে দেব না। তবে তোমাদের সাহায্য চাই।"

আঠাশ

নাড়ি দেখে পঞ্চানন্দ বুঝল, গজ পালোয়ানের শরীরটা যতই ফুলে উঠুক তার প্রাণের ভয় নেই। তবে জ্ঞান কখন ফিরবে তা বলা যায় না। গজর গা থেকে একটা ভারী মিষ্টি গন্ধ আসছে। লোকটাকে এই জলকাদায় এরকম অসহায় অবস্থায় ফেলে যেতে একটু মায়া হল তার। তাই নিচু হয়ে দু'বগলের নীচে হাত দিয়ে প্রাণপণে সে শরীরটা টেনে একটু ওপরে তোলার চেষ্টা করছিল। কিন্তু অত বড় লাশকে নড়ায় কার সাধ্যি? পঞ্চানন্দের গা দিয়ে ঘাম বেরোতে লাগল, ঘনঘন শ্বাস পড়তে লাগল, কোমর টনটন করতে লাগল বৃথা পরিশ্রমে। আচমকাই পিছন থেকে কে যেন তার কাঁধে দুটো টোকা দিল।

পঞ্চানন্দ চমকে একটা লাফ দিয়ে বলে উঠল, "আমি না, আমি কিছু করিনি।"

অন্ধকারে মৃদু একটু হাসি শোনা গেল! কে যেন বলে উঠল, "তা তো দেখতেই পাচ্ছি। কিন্তু ওই গোরিলাটা তোমার কে হয়?"

পঞ্চানন্দ ঘড়িকে দেখে একগাল হাসবার চেষ্টা করল। কিন্তু হাসিটা ভাল ফুটল না। মাথা চুলকে বলল, "আজ্ঞে, বললে পেত্যয় যাবে না, ইটি হল গে আমাদের গজ

পালোয়ান। কিন্তু আঙুল ফুলে কী করে যে কলাগাছ হল সেটিই মাথায় আসছে না।”

বলে পঞ্চানন্দ টর্চটা জ্বেলে গজ পালোয়ানের মুখে আলো ফেলল।

ঘড়ি একটু ঝুঁকে ভাল করে দেখে নিয়ে বলল, “অবাক কাণ্ড! এ তো গজদাই দেখছি! বেঁচে আছে নাকি?”

“আছে আজ্ঞে। নাড়ি চলছে, শ্বাস বইছে, কিন্তু একে কি বেঁচে থাকা বলে? তবে সে চিন্তা পরে। আপাতত গজকে জল থেকে তোলা দরকার।”

ঘড়ি ভ্রু কুঁচকে একটু ভাবল। ঘটনাটা খুবই বিস্ময়কর। গজ পালোয়ান এত অল্প সময়ের মধ্যে এরকম পেল্লায় হয়ে উঠল নিশ্চয়ই কোনও কঠিন অসুখে। কিংবা অন্য কোনও রহস্যময় কারণে। ঘড়ি তার হাতে রুমালের পোঁটলার দিকে একবার তাকাল। কলের কাঁকড়াবিছেটাকে সে রুমালের ফাঁসে আটকে রেখেছে। বিছেটা নড়াচড়া বন্ধ করেছে। তবে মিষ্টি গন্ধটায় এখনও ম ম করছে রুমালটা। ভারী নেশাড়ু গন্ধ। মাথা ঝিমঝিম করে। রুমালটা মাটিতে রেখে সে গজকে তোলার জন্য পঞ্চানন্দের সঙ্গে হাত লাগাল।

কাজটা বড় সহজ হল না। জলকাদায় পা রাখাই দায়। তারপর ওই বিরাট লাশকে টেনে ঢালু বেয়ে তোলা। দু'জনেই গলদঘর্ম হয়ে গেল এই শীতের রাতেও।

ডাঙায় তুলে পঞ্চানন্দ আর ঘড়ি ভাল করে গজ পালোয়ানকে পরীক্ষা করে দেখল। কেউ কিছু বুঝতে পারল না। তবে গজর গা থেকে সেই ম ম করা মিষ্টি গন্ধটা পাচ্ছিল ঘড়ি। সে গিয়ে তার ফাঁস-দেওয়া রুমালটা ফের শুঁকল। একই গন্ধ।

পঞ্চানন্দ তার দিকেই চেয়ে ছিল। বলল, “কিছু বুঝতে পারলেন?”

ঘড়ি মাথা নেড়ে বলল, “বড্ড ধাঁধা ঠেকছে।”

“রুমালটার মধ্যে কী বেঁধে রেখেছেন?”

“একটা সব্‌জে কাঁকড়াবিছে। আসল নয়। কলের।”

পঞ্চানন্দ গম্ভীর হয়ে বলল, “হুঁ।”

“কিছু বুঝলেন?”

পঞ্চানন্দ দুঃখিতভাবে মাথা নেড়ে বলল, “আজ্ঞে না।”

“তা হলে বিজ্ঞের মতো হুঁ বললেন যে?”

পঞ্চানন্দ মৃদু হেসে বলল, “আজ্ঞে আপনি আমাকে খামোখা ‘আপনি’ ‘আজ্ঞে’ করতে লেগেছেন কেন?”

“আগে কথাটার জবাব দিন।”

পঞ্চানন্দ উদাস গলায় বলল, “হুঁ হাঁ লোকে অমন কত বলে, সব সময়ে কারণ থাকে না।”

"আমার কী মনে হয় জানেন? বাইরে থেকে আপনাকে যা-ই মনে হোক না কেন আপনি আসলে একটি ঘুঘু লোক।"

পঞ্চানন্দ তেমনি উদাসভাবে বলল, "আজ্ঞে আমার তেমন সুনাম নেইও। সবাই ওরকম সব বলে আমার সম্পর্কে। তা ঘুঘুই বোধ হয় আমি। কিন্তু এসব কথা পরেও হতে পারবে। ওদিকে কী একটা যেন কাণ্ড হচ্ছে। ওটাও একটু দেখা দরকার।"

"ফ্লাইং সসার তো! আমরাও ওটাই দেখতে বেরিয়েছিলাম। কোনখানে নামল বলুন তো?"

"বেশি দূর বোধহয় নয়। গজ আপাতত এখানেই থাক। এ লাশ তো এখন নড়ানো যাবে না। আমার সঙ্গে আসুন।"

পঞ্চানন্দ চলতে শুরু করল। পিছনে ঘড়ি।

বেশি দূর যেতে হল না। জলার ধারে ঘন ঝোপঝাড় ভেদ করে কিছু দূর এগোবার পরই পঞ্চানন্দ দাঁড়িয়ে মাথাটা নামিয়ে ফেলে বলল, "ওই যে। উরে বাবা, এ তো দেখছি রাক্ষস-খোক্কসের বৃত্তান্ত!"

ঘড়িও দেখল। তার মুখে কথা সরল না।

জলার মাঝ-বরাবর জলের মধ্যেই একখানা বিশাল চেহারার পটলের মতো বস্তু। দেখতে অনেকটা আদ্যিকালের উড়োজাহাজ জেপলিনের মতো। অন্ধকারে চোখ সয়ে গেছে বলে এবং শেষ রাতের দিকে কুয়াশা ভেদ করে ম্লান একটু জ্যোৎস্নাও দেখা দিয়েছে বলে বস্তুটা দেখা গেল। কিন্তু উড়ন্ত চাকির চেয়েও বিস্ময়কর হল কয়েকজন দানবাকৃতি জীব সেই মহাকাশযান থেকে কী যেন সব বড় বড় যন্ত্রপাতি নামাচ্ছে।

পঞ্চানন্দ চাপা গলায় বলল, "কিছু বুঝলেন?"

"না। এরা কারা?"

পঞ্চানন্দ একটা শ্বাস ফেলে বলল, "এদের আমি আগেও দেখেছি। শিবুবাবুর ল্যাবরেটরি থেকে এরাই গজকে ধরে নিয়ে যায়। খুব সুবিধের লোক বোধহয় এরা নয়। গজও ছিল না।"

"তার মানে? গজদা আবার কী করেছে?"

"সে লম্বা গল্প। শুধু বলে রাখি, গজ এখানে এসে থানা গেড়েছিল একটা মতলবে। সে মতলব হাসিল হয়েছে কি না জানি না। যদি হয়েও থাকে বেচারা কর্মফলে ফেঁসে গেছে। ধর্মের কল বাতাসে নড়ে কিনা।"

"এরা গজদাকে দাদুর ল্যাবরেটরি থেকে ধরে নিয়ে গিয়েছিল তা আপনি জানলেন কী করে? গজদাই বা ওখানে কী করছিল?"

"ফের এক লম্বা গল্পের ফেরে ফেললেন। এখন অত কথার সময় নেই। তবে ঘটনাটা

আমি স্বচক্ষে দেখেছি। আপনার দাদুর ল্যাবরেটরিতে সে প্রায়ই ঢুকত। তবে লুকিয়ে-চুরিয়ে। এবার ঢুকেছিল ন্যাড়াবাবুকে বলে। কিন্তু বেচারার কপালটাই খারাপ।"

"দাদুর ল্যাবরেটরিতে কী আছে?"

"তার আমি কী জানি! আমি মুখ্যু লোক, তিনি পণ্ডিত।"

"আপনি অনেক কিছুই জানেন। ঘুঘু লোক।"

মাথা চুলকে পঞ্চানন্দ বলল, "আমি একরকম তাঁর হাতেই মানুষ তো। তাই একটু-আধটু জানি বইকী! তবে বেশি নয়।"

ঘড়ি একটু হেসে বলল, "আপনি মোটেই আমার দাদুর হাতে মানুষ নন। আমার সন্দেহ হয় আপনি তাঁকে চিনতেনই না।"

"শিবু হালদার মশাইকে কে না চেনে! প্রাতঃস্মরণীয় ব্যক্তি।"

"নামে কেউ কেউ চিনতে পারে। কিন্তু আপনি সেরকম লোক নন।"

"আচ্ছা সে তর্ক পরে হবে'খন। এখন সামনে যা হচ্ছে তার কী করবেন?"

ঘড়ি মাথা নেড়ে বলল, "আমি কিছু বুঝতে পারছি না।"

"কিছু কিন্তু করা উচিত। এই দানবগুলোর মতলব ভাল নয়।"

কার্যত অবশ্য কে কী করবে বুঝতে না পেরে চেয়ে রইল।

পঞ্চানন্দ লোকটার ওপর হরিবাবুর বেশ আস্থা এসে গেছে। কাজের লোক। হাতে রাখলে মেলা উপকার হবে।

হরিবাবু আজ প্রায় মধ্যরাত্রি পর্যন্ত কবিতা লিখে বায়ু এমন চড়িয়ে ফেলেছেন যে ঘুম আর আসছে না। ঘরময় পায়চারি করে করে পায়ে ব্যথা হয়ে গেল।

হঠাৎ তাঁর মনে হল, ঘরে হাঁটাহাঁটি না করে প্রাতঃভ্রমণ করে এলে কেমন হয়? প্রাতঃকাল অবশ্য এখনও হয়নি। কিন্তু ভ্রমণ করতে করতে একসময়ে প্রাতঃকাল হবেই। না হয়ে যাবে কোথায়? তা ছাড়া বাইরে এখন বেশ পরিষ্কার বাতাস বইছে, ভাব-টাব এসে যেতে পারে। চাই কী নিশুত রাতের ওপর একখানা কবিতা নামিয়ে ফেলতে পারবেন।

হরিবাবু আর দেরি করলেন না। গা ঢেকে, বাঁদুরে টুপি পরে, মোজা জুতো পায়ে দিয়ে তৈরি হয়ে নিলেন। তাঁর মনের মধ্যে কয়েকটা শব্দ ভ্রমরের মতো গুনগুন করছিল। "ঈশান কোণ, তিন ক্রোশ, ঈশান কোণ, তিন ক্রোশ।" প্রথমটায় কথাগুলোকে তাঁর একটা না-লেখা কবিতার লাইন বলে মনে হচ্ছিল। ক্রোশের সঙ্গে কোন শব্দটা মেলানো যায় তাও ভাবছিলেন। বোস, তোষ, মোষ, ঘোষ, ফোঁস অনেক শব্দ আসছিল মাথায়। তারপর হঠাৎ মনে পড়ে গেল, এটা একটা সংকেত-বাক্য। পঞ্চানন্দ বলেছিল। একটা চাবিও দিয়েছিল বটে।

চাবিটা টেবিলের দেরাজে পেয়ে গেলেন হরিবাবু। ঈশান কোণও তাঁর জানা। তিন ক্রোশ পথ একটু বেশি বটে, কিন্তু ক্রোশ মানে কি আর সত্যিই ক্রোশ?

আসলে এক ক্রোশ ঠিক কতটা পথ তা হরিবাবুর মনে পড়ল না। কিন্তু এই সামান্য সমস্যা নিয়ে কালহরণ করাও তাঁর উচিত বলে বিবেচনা হল না। তিনি চাবিটা নিয়ে বেরিয়ে পড়লেন।

ঈশান কোণ ঠিক করে নিতে তাঁর মোটেই দেরি হল না। পঞ্চানন্দ লোকটাকে তাঁর মোটেই অবিশ্বাস হয় না। মিথ্যেকথা বলে হয়তো, গুলগপ্পোও ঝাড়তে পারে, চুরি-টুরির বদ অভ্যাস যে নেই তা বলা যায় না, পেটুকও বটে, কিন্তু তবু মন্দ নয়। কবিতা জিনিসটাকে প্রাণ দিয়ে ভালবাসে।

হরিবাবু হনহন করে হাঁটা ধরলেন। মনটায় বেশ স্ফূর্তি লাগছে। চাঁদও উঠে পড়েছে একটু। কুয়াশায় চারদিকটা বেশ স্বপ্নময়। এরকমই ভাল লাগে হরিবাবুর। চাঁদ থাকবে, কুয়াশা থাকবে, কবিতা থাকবে, তবে না!

হাঁটতে হাঁটতে হরিবাবু আত্মহারা হয়ে গেলেন। কোনদিকে যাচ্ছেন তাঁর খেয়াল রইল না।

উনত্রিশ

একটা হোঁচট খাওয়ার পর হরিবাবুকে থেমে পড়তে হল। পড়েই যাচ্ছিলেন। কোনও রকমে সামলে নিয়ে চারিদিকটা খেয়াল করে যা দেখলেন, তাতে বেশ অবাক হওয়ার কথা। বাড়ি থেকে বেরিয়ে তিনি ঈশান কোণ লক্ষ্য করে হাঁটা ধরেছিলেন। এতক্ষণে মাইলটাক দূরে গিয়ে পৌঁছনোর কথা। কিন্তু মাথায় কবিতার পোকা ওড়াউড়ি করছিল বলে দিক ভুল করে তিনি ফের নিজের বাড়ির মধ্যেই ফিরে এসেছেন যেন!

হ্যাঁ, এটা তাদেরই বাড়ি বটে। ওই তো সামনে ঝুপসি কেয়াঝোপ। তার ওপাশে তাঁর বাবার ল্যাবরেটরি। তারপর বাগান, তার ওপাশে তাঁদের বাড়িটা। ফটফটে জ্যোৎস্নায় সবই স্পষ্ট দেখা যাচ্ছে।

হরিবাবু একটু অপ্রতিভ বোধ করলেন। লজ্জা পেয়ে একা একাই জিভ কাটলেন তিনি।

ভোর হতে এখনও ঢের দেরি। হরিবাবু বাগানের মধ্যেই কিছুক্ষণ হাঁটাহাঁটি করলেন। গুনগুন করে গান গাইলেন একটু। কবিতার লাইনও ভাববার চেষ্টা করলেন, কিন্তু মাথায় তেমন কোনও লাইন এল না।

তিনি কবিতার মানুষ। সেইজন্যই বোধহয় নিজের বাবার ল্যাবরেটরিতে তিনি বিশেষ ঢোকেননি। বৈজ্ঞানিক ক্রিয়াকাণ্ডে তাঁর তেমন আগ্রহ নেই। তবে পঞ্চানন্দ শিবু হালদারের বৈজ্ঞানিক আবিষ্কারের যেসব গল্প তাঁকে শুনিয়েছে, যা যদি সত্য হয় তবে বিজ্ঞান জিনিসটা বিশেষ খারাপ নয় বোধহয়। বিজ্ঞান বিষয়ে দু'-একটা কবিতাও লিখে ফেলা বোধহয় সম্ভব।

ভাবতে ভাবতে তিনি ল্যাবরেটরিটার দিকে এগোলেন। দেখলেন দরজাটা ভেজানো থাকলেও তালা লাগানো নেই। বস্তুত ভাঙা তালাটা মেঝের ওপর পড়ে ছিল। কিন্তু হরিবাবু সেটা লক্ষ না করে ঘরে ঢুকলেন। তারপর বাতি জ্বালালেন। চারিদিকটা বেশ অগোছালো হয়ে আছে। দেরাজ খোলা, আলমারি হাঁটকানো, যন্ত্রপাতিও অনেকগুলো চিত বা কাত হয়ে পড়ে আছে।

হরিবাবু তাঁর বাবার গবেষণাগারটি হাঁ হয়ে দেখলেন কিছুক্ষণ। তারপর এটা-ওটা একটু-একটু করে নেড়ে-চেড়ে দেখতে লাগলেন। অবশ্য কিছুই তেমন বুঝতে পারলেন না।

এই ল্যাবরেটরিতে তিনি ছেলেবেলায় মাঝে মাঝে লুকোচুরি খেলতে গিয়ে ঢুকে পড়তেন। কাজের সময় ছেলেপুলেদের উৎপাতে বিরক্ত হলেও শিবুবাবু তেমন কিছু বলতেন না ছেলেকে। বহুকাল বাদে বাবার কথা মনে পড়ায় হরিবাবুর চোখ দুটো সজল হয়ে উঠল।

হরিবাবুর মনে পড়ল, একবার দেয়াল-আলমারির মধ্যে ঢুকে পড়েছিলেন লুকোতে গিয়ে। নীচের তাকটা বেশ বড়ই ছিল। তার মধ্যে থাকত পুরনো সব কাগজপত্র। তার মধ্যে লুকোতে খুব সুবিধে। তা সেই রকম লুকিয়ে আলমারির দেয়ালে ঠেস দিয়ে বসে থাকতে থাকতে হঠাৎ বাঁ ধারে একটা বোতামের মতো দেখতে পেয়ে সেটা খুঁটতে শুরু করেছিলেন। তখন হঠাৎ পিছনের দেয়ালটা হড়াস করে খুলে গেল। আর হরিবাবু উলটে একটা চৌকো-মতো গর্তে পড়ে গেলেন। তেমন যে চোট পেয়েছিলেন, তা নয়। কিন্তু লুকোনো গর্ত আবিষ্কার করে খুব অবাক হয়ে গিয়েছিলেন। শিবুবাবুই তাঁকে টেনে তুলেছিলেন গর্ত থেকে।

অনেক দিন কেটে গেছে। সেই লুকোচুরি খেলা, সেই গর্তে পড়ে যাওয়ার কথা ভেবে আজ হরিবাবুর চোখ দিয়ে ফোঁটা ফোঁটা জল পড়তে লাগল।

কিছুক্ষণ অশ্রু বিসর্জনের পর হরিবাবু চোখ মুছলেন। দেয়াল-আলমারিটা এখনও তেমনি আছে। হরিবাবু সেটা খুলে ডাঁই করা পুরনো কাগজপত্র সরিয়ে বোতামটা বের করলেন। আজ আবার তাঁর সেইরকম লুকিয়ে থাকতে ইচ্ছে করছে।

ইচ্ছেটা এমনই প্রবল হয়ে উঠল যে, হরিবাবু নিজেকে আটকে রাখতে পারলেন না।

হামাগুড়ি দিয়ে পুরনো কাগজপত্র ঠেলে অন্যধারে সরিয়ে ঢুকে পড়লেন ভিতরে। হাত-পা গুটিয়ে বসে থাকতে থাকতে তাঁর নিজেকে ফের শিশু বলে মনে হতে লাগল। বয়স যেন অনেক বছর কমে গেছে।

বেখেয়ালে তিনি দেয়ালের গায়ে বোতামটাকে খুঁটতে লাগলেন।

ঘটনাটা এমন আচমকা ঘটল যে, হরিবাবু সাবধান হওয়ার কোনও রকম সুযোগই পেলেন না। সেই বহুকাল আগের মতোই পিছনে একটা ফোকর হঠাৎ দেখা দিল এবং হরিবাবু হড়াস করে একটা চৌকো গর্তের মধ্যে পড়ে গেলেন।

তবে বয়সটা আর তো সত্যিই অত কম নয়। সেবার পড়ে গিয়ে তেমন ব্যথা পাননি। এবারে পেলেন। মাথাটায় ঝং করে কী যেন লাগল। ঝিমঝিম করে উঠল মাথা। চোখে কিছুক্ষণ অন্ধকার দেখলেন হরিবাবু।

গর্তটা মাঝারি মাপের। অনেকটা জলের চৌবাচ্চার মতো। অন্ধকারে খুব ভাল করে কিছু বোঝা যায় না।

পতনজনিত ভ্যাবাচ্যাকা ভাব আর ব্যথার প্রথম তীব্রতাটা কাটিয়ে উঠে হরিবাবু হাতড়ে-হাতড়ে চারদিকটা দেখলেন। একটা গোল ছোট বলের মতো জিনিস তাঁর হাতে ঠেকল। তিনি বস্তুটা কুড়িয়ে নিলেন। খুবই ভারী জিনিসটা। আর বলের মতো মসৃণ নয়। বস্তুটার গায়ে নানারকম খাঁজ আর ছোট-ছোট টিপ-বোতামের মতো কী সব যেন লাগানো আছে।

হরিবাবু জিনিসটা পকেটে পুরে ধীরেসুস্থে উঠে পড়লেন। হামাগুড়ি দিয়ে বাইরে এসে গর্তটার কপাট আঁটলেন। তারপর আলমারি বন্ধ করে ল্যাবরেটরির আলো নিবিয়ে দরজা ভেজিয়ে বেরিয়ে এলেন বাইরে।

ব্রাহ্মমুহূর্তটা পড়াশুনোর পক্ষে খুবই ভাল সময়। হরিবাবু ভাবলেন, এখন ঘড়ি আর আংটিকে ঘুম থেকে তুলে দেবেন। তারপর পঞ্চানন্দকে ডেকে নিয়ে ফের একবার বেড়াতে বেরোবেন। অবশ্য হাতে ঘড়ি না থাকায় হরিবাবু বুঝতে পারছিলেন না, এখন ঠিক ক'টা বাজে। যটাই বাজুক, ব্রাহ্মমুহূর্তটা আজ তিনি পেরোতে দেবেন না কিছুতেই।

দোতলায় উঠে তিনি ছেলেদের ঘরে গিয়ে হানা দিলেন।

"এই ওঠ, ওঠ, পড়তে বসে পড়। আর দেরি করা ঠিক নয়।"

ডাকতে গিয়ে হরিবাবু দেখে খুশিই হলেন যে, ছেলেরা কেউ বিছানায় নেই। তার মানে দু'জনেই উঠে পড়েছে। এই তো চাই।

একতলায় নেমে এসে হরিবাবু পঞ্চানন্দের খোঁজ করতে গিয়ে দেখেন, সেও বিছানায় নেই।

বাঃ। সকলেই ব্রাহ্মমুহূর্তে উঠে পড়ছে আজকাল। এ তো খুবই ভাল লক্ষণ!

হরিবাবু আর দেরি করলেন না। প্রাতঃভ্রমণে বেরিয়ে পড়লেন।

রাস্তাঘাট তিনি ভালই চেনেন। কিন্তু অন্যমনস্কতার দরুন এক রাস্তায় যেতে আর-এক রাস্তায় চলে যান। এ ছাড়া তাঁর আর কোনও অসুবিধে নেই।

আজও হাঁটতে হাঁটতে ব্রাহ্মমুহূর্ত নিয়ে একটা কবিতা লেখার কথা ভাবতে লাগলেন। ভাবতে ভাবতে রাস্তাঘাট ভুল হয়ে গেল। তিনি সম্পূর্ণ অচেনা একটা জায়গায় চলে এলেন।

মহারাজ টিভির মতো যন্ত্রটা বন্ধ করে দিয়ে আংটির দিকে চেয়ে বললেন, "তুমি খুব ঘাবড়ে গেছ, না?"

আংটি সত্যিই ভীষণ ঘাবড়ে গেছে। রূপকথার গল্পেও এরকম ঘটনার কথা নেই। গোটা পৃথিবীটাকে চুরি করে নিয়ে যেতে চায় কিছু লোক, এ কি সম্ভব?

শিহরিত হয়ে আংটি বলল, "আপনি আসলে কে, আমাকে বলবেন?"

মহারাজ হাসলেন। বললেন, "আর যা-ই হই আমি গুলবাজ নই। আমাকে বিশ্বাস করতে পারো।"

আংটি কাঁপতে কাঁপতে বলল, "আপনি আমাদের বাঁচানোর জন্য কিছু করতে পারেন না?"

মহারাজ ভ্রু কুঁচকে বললেন, "চেষ্টা নিশ্চয়ই করব। কিন্তু বিপদ কী জানো? এদের ধ্বংস করার মতো যে অস্ত্র আমার কাছে আছে, তা প্রয়োগ করলে পৃথিবীও ধ্বংস হয়ে যাবে।"

আংটি হঠাৎ এই প্রসঙ্গ থেকে সম্পূর্ণ আলাদা একটা প্রশ্ন করল, "আপনি অন্যগ্রহের মানুষ হয়েও এমন চমৎকার বাংলা শিখলেন কী করে?"

মহারাজ একটু হেসে বললেন, "শুধু বাংলা নয়, পৃথিবীর অনেক ভাষাই আমাকে শিখতে হয়েছে। তোমরা ভাষা শেখো, আমরা শিখি ধ্বনি। আমাদের মাথাও অবশ্য একটু বেশি উর্বর। শিখতে সময় লাগে না। তা ছাড়া আছে অনুবাদযন্ত্র। যে-কোনও ভাষাই তুমি বলো না কেন, তা আমার ভাষায় অনুবাদ হয়ে আমার কানে পৌঁছবে, আমার ভাষা তোমার ভাষায় অনুবাদ হয়ে যাবে।"

আংটির মাথায় একটা স্মৃতি খেলা করে গেল। সে রামরাহা নামে একজন লোকের কথা কোনও বইতে পড়েছিল। এই সেই রামরাহা নয় তো!

আংটিকে কিছু বলতে হল না। মহারাজ নিজেই একটু মুচকি হেসে বললেন, "ঠিকই ধরেছ। আমিই সেই রামরাহা।"

"আপনি একশো মাইল স্পিডে দৌড়োতে পারেন! দশ ফুট হাইজাম্প দিতে পারেন!"

মহারাজ হাত তুলে বললেন, "ব্যস, থামো। তোমার কাছে যেটা বিস্ময়কর ক্ষমতা বলে মনে হচ্ছে, আমাদের কাছে তা খুবই স্বাভাবিক ঘটনা।"

"আপনি তো ইচ্ছে করলেই ওই বর্বরদের ঠান্ডা করে দিতে পারেন।"

রামরাহা দুঃখিতভাবে মাথা নেড়ে বললেন, "না আংটি, এই বর্বররা আমার চেয়ে কম ক্ষমতা রাখে না। কিন্তু সে কথা থাক। আমার কাছে একটা অত্যন্ত সেনসিটিভ ট্রেসার আছে। তা দিয়ে পৃথিবীর কোথায় কোন শক্তি উৎপন্ন হচ্ছে বা ক্রিয়া এবং প্রতিক্রিয়া হচ্ছে সেগুলো ধরা যায়। কয়েকদিন আগে ট্রেসারে আমি একটা কাঁপন লক্ষ করি। মনে হয়েছিল, পৃথিবীতে এমন একটা যন্ত্র বা শক্তির উৎস আছে যা অকল্পনীয়। আমি সেই উৎসের সন্ধানে খুঁজে-খুঁজে যন্ত্রের নির্দেশে এখানে এসে হাজির হই। এখানেই আস্তানা গেড়ে কয়েকদিন হল বসে আছি। বুঝতে পারছি উৎসটা এখানেই কোথাও আছে। কিন্তু ঠিক কোথায় তা বুঝতে পারছি না। আশ্চর্যের বিষয় যখন ক্রিকেট খেলার মাঠের পাশ দিয়ে যাচ্ছিলাম, তখন ট্রেসারে সেই কম্পন ধরা পড়ে। তোমাদের গা থেকে সেই শক্তির একটা আভাস আসছিল। সেজন্যই তোমাদের দু'ভাইকে তুলে এনেছিলাম। কিন্তু পরে বুঝতে পেরেছিলাম, তোমাদের কাছে জিনিসটা নেই।"

" কী ভাবে বুঝলেন?"

"তোমাদের মগজ এক্স-রে করে।"

ত্রিশ

আংটি আমতা-আমতা করে বলল, "কিন্তু আমাদের কাছে তো ওরকম কিছু নেই।"

মহারাজ অর্থাৎ রামরাহা একটু হেসে বললেন, "হয়তো আছে, কিন্তু তোমরা জানো না। হয়তো নয়, অবশ্যই আছে। কিন্তু জিনিসটা ঘুমন্ত। ওর ভিতর থেকে সূক্ষ্ম একটা বিকিরণ সব সময়েই ঘটছে। কিন্তু বিকিরণটা এতই সামান্য যে, ধরা মুশকিল। তোমরা যে-বাড়িতে থাকো তারই কোথাও লুকোনো আছে। কিন্তু সেটা খুঁজে দেখার সময় আমি পাইনি। সময় বোধহয় আর পাবও না। এখন আমার হাতে যেটুকু ক্ষমতা আছে সেইটুকুই কাজে লাগাতে হবে। চলো, আর সময় নেই।"

এই বলে মহারাজ উঠে পড়লেন।

হরিবাবু যেখানটায় এসে পড়েছেন, সেটা যে একটা জলা তা তাঁর খেয়াল হল পায়ে ঠান্ডা লাগায়। এতক্ষণ বেশ ব্রাহ্মমুহূর্তে পবিত্রতার কথা ভাবতে ভাবতে মনটা

উড়ু-উড়ু করছিল। কিছু কবিতার লাইনও চলে আসছিল মাথায়।

ত্যাগ করো লোকলজ্জা,
ভোরবেলা ছাড়ো শয্যা,
করো কবজা ব্রাহ্মমুহূর্তেরে,
ঝরাও ঘর্ম, ধরো কর্ম,
এলেন বলে লক্ষ্মী তেড়েফুঁড়ে।

এর পরেও কবিতাটা চলত। কিন্তু ঝপাং করে হাঁটুভর যমঠান্ডা জলে আচমকা নেমে পড়লে কোনও কবিরই ভাব-টাব থাকে না। হরিবাবুরও তাল কেটে গেল। একটা দীর্ঘশ্বাস ছাড়লেন তিনি। কবির পথে যে কত বাধা তা আর বলে শেষ করা যায় না।

অন্য কেউ হলে জল থেকে হাঁচোড়-পাঁচোড় করে উঠে পড়ত। কিন্তু হরিবাবু সেরকম লোক নয়। জলে নেমে ব্রহ্মরন্ধ্র পর্যন্ত ঠান্ডায় ঝনঝন করে উঠলেও তিনি পিছু হটলেন না। ছেলেবেলায় এই জলায় তিনি কতবার মাছ ধরতে এসেছেন। জলার মাঝখানটা তখন বেশ গভীর ছিল। নিতাই নামে একটা লোকের একখানা ডিঙি নৌকো বাঁধা থাকত ধারে। বহুবার সেই নৌকো বেয়ে জলায় ঘুরে বেড়িয়েছেন তিনি। আজ নৌকো নেই, কিন্তু...

কিন্তু জাহাজ আছে!

হরিবাবু খুবই অবাক হয়ে গেলেন। জলার মধ্যে বেশ খানিকটা জলকাদা ভেঙে তিনি আপনমনে এগিয়ে যাচ্ছিলেন। নিতাইয়ের ডিঙি নৌকোর কথাটা বারবার মনে আসছে। এমন সময় দেখলেন, জলার মধ্যে বাস্তবিকই মস্ত এক জাহাজ। না, একেবারে হুবহু জাহাজের মতো চেহারা নয়। মাস্তুল-টাস্তুল নেই। কেমন একটু লেপাপোঁছা চেহারা। তা হোক, তবু এ যে জাহাজ তাতে সন্দেহ নেই।

বিস্ময়টা বেশিক্ষণ রইল না হরিবাবুর। ব্রাহ্মমুহূর্তে উঠলে কত কী হয়, কত অসম্ভবই সম্ভব হয়ে ওঠে তার কি কিছু ঠিক আছে! তবে স্বয়ং ব্রহ্মাই যে হরিবাবুর মনের ইচ্ছে টের পেয়ে নৌকোর বদলে আস্ত একখানা জাহাজ পাঠিয়ে দিয়েছেন, এ বিষয়ে তাঁর কোনও সন্দেহ রইল না।

হরিবাবু জল ভেঙে যতদূর সম্ভব দ্রুত জাহাজটার দিকে এগোতে লাগলেন।

জাহাজের লোকজন যেন হরিবাবুর জন্যই অপেক্ষা করছিল। করারই তো কথা কিনা। তবে লোকগুলোর চেহারা-ছবি হরিবাবুর বিশেষ পছন্দ হল না। বড্ড বড়সড় আর বেজায় হোঁতকা। সংখ্যায় তারা জনা চার-পাঁচ হবে। হরিবাবু জাহাজটার কাছে হাজির হতেই লোকগুলো হাতের কাজ ফেলে তাঁর দিকে হাঁ করে চেয়ে রইল। হরিবাবু তাদের দিকে চেয়ে একটু হেসে বললেন, "বাঃ, বেশ জাহাজখানা তোমাদের!"

ঠিক এই সময় অনেকটা দূর থেকে কে যেন চেঁচিয়ে উঠল, "বাবা, পালিয়ে এসো! ওরা তোমাকে মেরে ফেলবে।"

হরিবাবু একটু থমকে চারদিকে চাইলেন। গলাটা তাঁর বড় ছেলে ঘড়ির বলে মনে হল। কিন্তু ঘড়ি কেন চেঁচাচ্ছে তা তাঁর মাথায় ঢুকল না।

হরিবাবুও চেঁচিয়ে একটা কিছু বলতে যাচ্ছিলেন, কিন্তু তার আগেই দু' মন ওজনের একখানা থাবা এসে ক্যাঁক করে তাঁর ঘাড়খানা ধরে এক ঝটকায় শূন্যে তুলে নিল। হরিবাবু চোখে অন্ধকার দেখলেন।

ভাল করে কিছু বুঝবার আগেই সেই বিশাল হাতখানা একখানা ক্রেনের মতো তাঁকে শূন্যে ভাসিয়ে সেই জাহাজখানার ভিতরে একটা চৌকো বাক্সের মতো ঘরে নিক্ষেপ করল।

হরিবাবুর কিছুক্ষণের জন্য মূর্ছার মতো হয়েছিল। তারপর চোখ মেলে চাইতেই তিনি দেখলেন, তাঁর আশেপাশে আরও বেশ জনাকয় লোক রয়েছে। দু'-চারজনকে তিনি চেনেনও। যেমন লোহার কারিগর হরিদাস, পটুয়া বক্রেশ্বর, আতরওয়ালা এক্রাম, হালুইকর গণেশ, রামজাদু স্কুলের বিজ্ঞানের মাস্টার যতীন ঘোষ। আরও অনেকে।

যতীনবাবুই হরিবাবুকে দেখে এগিয়ে এলেন। মুখখানা শুকনো, চোখে আতঙ্ক। বললেন, "এসব কী হচ্ছে মশাই?"

হরিবাবু মাথা নেড়ে বললেন, "কিছুই বুঝতে পারছি না। মনের ভুলে জলায় নেমে জাহাজ দেখে এগিয়ে এসেছি, অমনি ধরে আনল।"

যতীনবাবু ধরা গলায় বললেন, "আমিও রাতে একটু বাথরুমে গিয়েছিলুম। বাইরে একটা অদ্ভুত আলো দেখে বেরিয়ে আসি। জলায় আলো জ্বলছে দেখে ব্যাপারটা তদন্ত করতে এসে পড়েছিলুম। তারপর এই তো দেখছেন।"

"এরা সব কারা?"

"মানুষ নয়। ভূত যদি বা হয় তবে বেশ শক্ত ভূত। সেই কখন থেকে একনাগাড়ে রাম-রাম করে যাচ্ছি, কোনও কাজই হচ্ছে না।"

হরিবাবু চারদিকে চেয়ে দেখলেন। ঘরখানায় দেখার অবশ্য কিছু নেই। লোহার মতোই শক্ত কোনও ধাতু দিয়ে তৈরি মসৃণ দেওয়াল। ছাদখানা বেশ নিচু। তাতে কয়েকটা অদ্ভুত রকমের আলো জ্বলছে। ঘরের মেঝেখানাও ধাতুর তৈরি। তবে ঘরখানা বেশ গরম। বাইরের ঠান্ডা মোটেই টের পাওয়া যাচ্ছে না।

হরিবাবু হঠাৎ যতীনবাবুকে জিজ্ঞেস করলেন, "আচ্ছা, জাহাজের সঙ্গে মেলানো যায় এমন কোনও শব্দ মনে পড়ছে?"

"জাহাজ!" বলে যতীনবাবু অবাক হয়ে তাকালেন। তারপর মাথা নেড়ে বললেন,

"আজ্ঞে, না। রাম-নাম ছাড়া আর কোনও শব্দই আমার মাথায় নেই কিনা। কিন্তু, আপনি কি এখনও কবিতার কথা ভাবছেন? এই দুঃসময়ে, এত বিপদের মধ্যেও?"

হরিবাবু একটু লজ্জিত হয়ে বললেন, "কী জানেন, একবার কবি হয়ে জন্মালে আর কবিতা কিছুতেই ছাড়তে চায় না। শত বিপদ, শত ঝড়ঝঞ্ঝা, এমনকী মৃত্যুর মুখেও কবিতার লাইন গুনগুন করবেই মাথায়। ওয়ানস এ পোয়েট অলওয়েজ এ পোয়েট।"

যতীনবাবু একটা দীর্ঘশ্বাস ছেড়ে বললেন, "তাই তো দেখছি। কিন্তু কবিতা দিয়ে আর কীই-বা করবেন হরিবাবু? পরিস্থিতি যা বুঝছি, এরা সব মহাকাশের জীব। আর এই যেখানে আমরা আটক রয়েছি, এটা একটা মহাকাশযান। আমার মনে হচ্ছে এরা আমাদের ধরে অন্য কোনও গ্রহে নিয়ে যাচ্ছে। সেখানে কবিতার চল আছে কি না কে জানে।"

হরিবাবু একটু ভ্রূ কুঁচকে ভাবলেন। তারপর একটা শ্বাস ছেড়ে বললেন, "কবিতা নেই এমন গ্রহ কোথাও থাকতে পারে না। দুনিয়াটাই তো কবিতায় ভরা, আমি তো রাতের আকাশের দিকে তাকিয়ে স্পষ্ট দেখতে পাই, নক্ষত্র থেকে টপটপ করে কবিতা ঝরে পড়ছে জলের ফোঁটার মতো।"

"বটে!" বলে যতীনবাবু আর-একবার দীর্ঘশ্বাস ছাড়লেন। মাথা নেড়ে বললেন, "বাস্তবিক আপনি ক্ষণজন্মা পুরুষ।"

হরিবাবু একটু হাসলেন। লোকগুলো ভয়ে সব বোবা মেরে আছে। দু'-চারটে ফিসফাস শোনা যাচ্ছে মাত্র। হরিবাবু ওসব গ্রাহ্য করলেন না। দেয়ালে ঠেস দিয়ে বসে জাহাজের সঙ্গে কী মেলানো যায় তা গভীরভাবে ভাবতে লাগলেন।

আংটি যখন রামরাহার পিছু-পিছু জলার ধারে এসে দাঁড়াল তখন জলার মধ্যে একটা অদ্ভুত ব্যাপার ঘটছে। কী ঘটছে তা স্পষ্ট বোঝা যাচ্ছে না। কিন্তু খুব শক্তিশালী একটা যন্ত্রের চাপা শব্দ আসছিল। পায়ের তলায় মাটি সেই যন্ত্রের বেগে থিরথির করে কাঁপছে।

রামরাহা বললেন, "ওরা মাটি ফুটো করে ভিতরে চার্জ নামিয়ে দিচ্ছে।"

"চার্জ মানে?"

"এক ধরনের মৃদু বিস্ফোরক। শুধু এখানেই নয়, পৃথিবীর আরও কয়েকটা জায়গায় এরকম কাজ চলছে। চার্জগুলো কার্যকর হলেই পৃথিবী তার কক্ষপথ থেকে ধীরে ধীরে সরে সৌরমণ্ডলের বাইরের দিকে ছুটতে শুরু করবে।"

"কী ভয়ংকর!"

রামরাহা দাঁতে ঠোঁট কামড়ালেন। তাঁর পিঠে একটা রুকস্যাকের মতো ব্যাগ। সেটা ঘাসের ওপর নামিয়ে প্রথমে একটা ক্যালকুলেটারের মতো যন্ত্র বের করে কী যেন দেখতে লাগলেন।

হঠাৎ চমকে উঠে বললেন, "এ কী!"

"কী হয়েছে?"

"সর্বনাশ! আমি যে শক্তির উৎসটার কথা তোমাকে বলছিলাম, এখন দেখছি সেটার সন্ধান বর্বররাই পেয়ে গেছে। এই দ্যাখো।"

মহারাজ ওরফে রামরাহা ক্যালকুলেটারটা আংটির সামনে ধরলেন। আংটি দেখল একটা ছোট্ট ঘষা কাচের পরদায় একটা মৃদু আলোর রেখার ঢেউ খেলে যাচ্ছে।

রামরাহা বললেন, "তোমার দাদু একজন আবিষ্কারক ছিলেন। সম্ভবত কোনও সময়ে তিনি এই অদ্ভুত জিনিসটি আবিষ্কার করেছিলেন। এই জিনিসটির সন্ধানেই বোধহয় বর্বররা এখানে হানা দিয়েছিল। এখন দেখছি, ওরা ওটা পেয়ে গেছে।"

"তা হলে কী হবে?"

রামরাহা কবজির ঘড়ির দিকে চেয়ে বললেন, "আংটি, আমার আর বিশেষ কিছু করার নেই। কয়েক ঘণ্টার মধ্যেই পৃথিবী কক্ষচ্যুত হবে। সেই সময়ে আমার পক্ষে এই গ্রহে থাকা ঠিক হবে না। আমি সমুদ্রের তলায় আমার মহাকাশযানে ফিরে যাচ্ছি। পৃথিবীকে ওরা টেনে নেওয়ার আগেই আমাকে চলে যেতে হবে। তবে আমি তোমাকে আমার সঙ্গে নিয়ে যেতে পারি।"

একত্রিশ

রামরাহা আংটির পিঠে তার সবল হাতখানা রেখে বললেন, "তোমাদের তেমন যন্ত্রপাতি বা অস্ত্রশস্ত্র নেই বটে, কিন্তু দারুণ সাহস আছে। তোমাদের মতো আমাদের মা, বাবা, ভাইবোন নেই, কাকা মামার তো প্রশ্নই ওঠে না। আমাদের গ্রহমণ্ডলে ওসব সম্পর্কই নেই। জন্মের পর থেকেই আমরা স্বাধীন। তাই কারও জন্য কোনও পরোয়াও নেই। যাদের জন্য তুমি নিজে মরতে চাইছ, আমি হলে তাদের জন্য এক সেকেন্ডও চিন্তা করতাম না। সন্দেহ নেই তোমরা খুব সেকেলে, খুব আদিমযুগে পড়ে আছ এখনও। তবু এইজন্যই তোমাদের ভাল লাগে আমার।"

আংটি ছলোছলো চোখে বলল, "মা, বাবা, দাদা, কাকাদের ভীষণ ভালবাসি যে।"

রামরাহা মাথা নেড়ে বললেন, "আমরা ভালবাসা কাকে বলে জানিই না। আমরা শুধু

কাজ করতে জানি, যুদ্ধ করতে জানি, ফসল ফলাতে জানি, যন্ত্রবিদ্যা জানি। আমাদের সঙ্গে যন্ত্রের খুব একটা তফাত যে নেই, তা এই পৃথিবীতে এবং বিশেষ করে তোমাদের এই পুবদিকের দেশে এসে বুঝেছি। তোমাদের কাছে এসে মনে হচ্ছে আমরা কী বিশ্রী জীবনই না যাপন করি।" বলতে বলতে রামরাহা একটা দূরবিনের মতো জিনিস চোখে এঁটে জলার দিকে তাকালেন। তারপর সামান্য উত্তেজিত গলায় বললেন, "আরে ওরা যে একটা লোককে ওদের যানে তুলে নিয়েছে!"

আংটি বিন্দুমাত্র দ্বিধা না করে রামরাহার হাত থেকে যন্ত্রটা নিয়ে চোখে লাগাল। এবং বায়োস্কোপের ছবির মতো দেখতে পেল, একটা বিকট দানব জলা থেকে একজন মানুষকে ধরে নিয়ে ভিতরে চলে যাচ্ছে। সবচেয়ে ভয়ংকর কথা, মানুষটা তার বাবা।

আংটি কোনও আর্তনাদ করল না। যন্ত্রটা ছুড়ে ফেলে দিয়ে সে হরিণের মতো টগবগে পায়ে জলার জলে নেমে ছুটতে লাগল। রাগে আর আতঙ্কে সে দিশেহারা। বুদ্ধি স্থির নেই।

বিশাল পটলের মতো মহাকাশযানটার কাছাকাছি পৌঁছতেই পথ আটকাল তার চেয়ে দশগুণ বড় দশাসই একটা দানব। আংটি বিন্দুমাত্র না ভেবে লাফিয়ে গিয়ে জোড়া পায়ে দানবটার পেটে লাথি কষাল, তারপর এলোপাথাড়ি কিল চড় ঘুসি ক্যারাটের মার— কিছুই বাদ রাখল না।

আশ্চর্যের বিষয় তার মতো খুদে মানুষের ওই তীব্র আক্রমণে দানবটা আধ মিনিট যেন হতভম্ব হয়ে গেল। একবার গোঙানির মতো যন্ত্রণার শব্দও করল একটা। কিন্তু সেটা আর কতক্ষণ? আংটির লড়াই করার ক্ষমতা আর কতটুকুই বা। দানবটা তার বিশাল হাতে আংটির ঘাড়টা ধরে শূন্যে ভাসিয়ে নিয়ে ঠিক তার বাবার মতোই মহাকাশযানের ভিতরে চৌকো ঘরটায় ফেলে দিল। আংটির তেমন লাগল না। লাফঝাঁপে তার অভ্যাস আছে। সে ঘরের চারদিকে তার বাবাকে খুঁজতে লাগল।

"বাবা!"

হরিবাবু খুবই অবাক হয়ে গেলেন আংটিকে দেখে। তারপর হাত বাড়িয়ে ছেলেকে কাছে টেনে নিয়ে বললেন, "তুই কোত্থেকে এলি?"

"বাবা! আমাদের ভীষণ বিপদ।"

হরিবাবু মাথা নেড়ে বললেন, "সে তো বুঝতেই পারছি। যখন জাহাজের সঙ্গে মিল দেওয়ার মতো একটাও শব্দ খুঁজে পেলাম না, তখনই বুঝলাম আমাদের খুব বিপদ ঘটেছে নিশ্চয়ই, তা আর কী করা যাবে, তোদের দুই ভাইয়ের জন্য একটা ক্রিকেট বল রেখেছি। এই নে। বাবার ল্যাবরেটরিতে পেলাম। ভাবলাম তোরা খুব খেলা-টেলা ভালবাসিস, তোদের কাজে লাগবে হয়তো।"

আংটি গোল বস্তুটা হাতে নিয়ে বলল, "কিন্তু বাবা, এ তো ক্রিকেট-বল নয়।"

"তবে এটা কী?"

জিনিসটা হাতে তুলে নিয়ে দেখল আংটি। বেশ ভারী কোনও ধাতু দিয়ে তৈরি। গায়ে খুদে-খুদে বোতামের মতো কী সব রয়েছে। আংটির বুকটা গুড়গুড় করে উঠল। রামরাহা যে জিনিসটার কথা বলেছে, এটা সেটা নয় তো! দাদুর ল্যাবরেটরিতে যখন পাওয়া গেছে, তখন সেটাই হতে পারে। কিন্তু এই বস্তু দিয়ে কী করা যায় তা তো আংটি জানে না। সে জিনিসটা হাতে নিয়ে ঘুরিয়ে-ফিরিয়ে দেখতে লাগল। দেখতে দেখতে হঠাৎ চোখ পড়ল একটা বোতামের ওপর।

আংটি বোতামটা হালকা আঙুলে একটু চাপ দিল। কিছুই ঘটল না। আংটি আর-একটু জোরে চাপ দিল। কিছুই ঘটল না এবারও।

আংটি একটু ভেবে নিল। তারপর তার শরীরের সমস্ত শক্তি আঙুলে জড়ো করে প্রাণপণে বোতামটা চেপে ধরল।

ঘড়ি আর পঞ্চানন্দ সবই দেখছিল। তবে আবছাভাবে।

ঘড়ি মুখ চুন করে বলল, "ওরা বাবাকে ধরেছে, আংটিকেও ধরল, এবার কী করা যায় বলুন তো!"

পঞ্চানন্দ ভয়-খাওয়া মুখে বলল, "আমার মাথায় কিছু খেলছে না। তবে আংটি বড্ড বোকার মতো তেড়েফুঁড়ে গিয়ে বিপাকে পড়ে গেল। একটু বুদ্ধি খাটালে কাজ দিত।"

ঘড়ি একটা দীর্ঘশ্বাস ছেড়ে বলল, "কিন্তু বুদ্ধি তো মাথায় খেলছে না।"

পঞ্চানন্দ ঘড়ির দেখাদেখি একটা দীর্ঘশ্বাস ছেড়ে বলল, "আমার মাথাটা পেটের সঙ্গে বাঁধা। পেট ফাঁকা থাকলে মাথাটাও ফাঁকা হয়ে যায়। আর পেট ভরা থাকলে মাথাটাও নানারকম বুদ্ধি আর ফিকিরে ভরে ওঠে। অনেকক্ষণ কিছু খাইনি তো।"

পঞ্চানন্দ কথাটা ভাল করে শেষ করার আগেই তার ঘাড়ে ফঁত করে একটা শ্বাস এসে পড়ল। শ্বাস তো নয়, যেন ঘূর্ণিঝড়। পঞ্চানন্দ একটু শিউরে উঠে ঘাড় ঘুরিয়ে যা দেখল তাতে তার বাক্য সরল না। সে হাঁ হয়ে রইল।

ঘড়ি নিবিষ্টমনে জলার মধ্যে দানবদের চলাফেরা লক্ষ করছিল। এক্ষুনি একটা কিছু করা দরকার। কিন্তু এই প্রবল প্রতিপক্ষের বিরুদ্ধে দুর্বল মানুষের কীই বা করার আছে! আচমকা সেও পিছন দিকে একটা কিছুর অস্তিত্ব টের পেল। বিদ্যুৎবেগে ঘাড় ঘুরিয়ে সেও যা দেখল তাতে আঁতকে ওঠারই কথা।

পিছনে বিকট এক চেহারা নিয়ে দাঁড়িয়ে আছে গজ পালোয়ান। দু'খানা চোখ জ্বলজ্বল করে জ্বলছে। ফুলে-ওঠা শরীরটা যেন খুনখারাপির জন্য উদ্যত হয়ে আছে। হাতের

আঙুলগুলো আঁকশির মতো বাঁকা।

ঘড়ি ঘুসি তুলেছিল, কিন্তু সেটা চালাল না। চাপা স্বরে বলল, "গজদা!"

গজ তার দিকে তাকাল। তারপর একটু ভাঙা-গলায় বলল, "তোরা এখানে কী করছিস?"

গজ যে মাতৃভাষায় স্বাভাবিকভাবে কথা বলবে, এটা ঘড়ি আশা করেনি। সে মনে মনে ধরে নিয়েছিল, গজ পালোয়ানও ওই বর্বর দানবদের একজন হয়ে গেছে। কিন্তু তা হয়নি দেখে সে স্বস্তির শ্বাস ছেড়ে বলল, "ওই দ্যাখো গজদা, জলার মধ্যে কী সব কাণ্ড হচ্ছে!"

গজ গম্ভীর মুখে বলল, "দেখেছি, আমাকে ওরাই আটকে রেখেছিল ওই গুহায়।"

ঘড়ি আকুল হয়ে বলল, "এখন আমরা কী করব গজদা?"

"তোদের কিছু করতে হবে না। আমিই যা করার করছি।"

এই বলে গজ পালোয়ান নিঃশব্দে জলে নেমে গেল। ওই বিশাল দেহ নিয়ে যে কেউ এত সাবলীল চলাফেরা করতে পারে তা না দেখলে বিশ্বাস হয় না।

ঘড়িও টপ করে উঠে পড়ল। কিছু একটা করতে হবে। নইলে সাংঘাতিক একটা বিপদ ঘটবে। আর একটা কিছু করার এই সুযোগ। সে গজর পিছনে পিছনে এগোতে গিয়ে টের পেল, পঞ্চানন্দও জলে নেমে পড়েছে।

গজর সঙ্গে পাল্লা দিয়ে অবশ্য তারা পেরে উঠছিল না। গজ এগিয়ে যাচ্ছে মোটর-লঞ্চের মতো তীরবেগে। ঘড়ি আর পঞ্চানন্দ যত তাড়াতাড়ি সম্ভব জল ভেঙে এগোতে লাগল।

রামরাহা আংটির আকস্মিক প্রস্থানে একটু থমকে গিয়েছিলেন। তারপর তিনি আপনমনে একটু হাসলেন। স্মিত হাসি। যে জগৎ থেকে তিনি এসেছেন সেখানে কেউ আবেগ বা ভালবাসা দিয়ে চালিত হয় না। তারা চলে হিসেব কষে। প্রতি পদক্ষেপই তাদের মাপা। কিন্তু এই পুরনো আমলের গ্রহটিতে মানুষজনের আচার-ব্যবহার তিনি যত দেখছেন, তত ভাল লাগছে। তত এরা আকর্ষণ করছে তাঁকে।

রামরাহা নিজের মহাকাশযানে ফিরে যাবেন বলে ঠিক করেছিলেন। কিন্তু এখন তাঁর মনে হল, পৃথিবীর অসহায় এইসব মানুষজনকে বাঁচানোর একটা শেষ চেষ্টা করলে মন্দ হয় না।

রামরাহা ঘাড় ঘুরিয়ে অন্ধকারের দিকে চেয়ে চাপা গলায় বললেন, "জানুস, আমার বি মিটারটা নিয়ে এসো।"

সেই সুড়ুঙ্গে লম্বা লোকটা অন্ধকার ফুঁড়ে এগিয়ে এল। হাতে একটা খুব ছোট্ট থার্মোমিটারের মতো জিনিস।

রামরাহা কোমর থেকে বেল্টটা খুলে তার একটা সকেটে মিটারটা ঢুকিয়ে দিলেন। তারপর বেল্টটা কোমরে পরে নিয়ে তিনি জলের দিকে পা বাড়ালেন।

আশ্চর্যের বিষয় জলের দু' ইঞ্চি ওপরে যেন একটা অদৃশ্য কুশনে তার পা পড়ল। তারপর অনায়াসে জলের ওপর দিয়ে তিনি হাঁটতে লাগলেন।

হাতের মিটারটার দিকে বারবার চাইছিলেন রামরাহা। নানারকম আলোর সংকেত ভেসে উঠল। একটা আলোর রেখা বারবার ঢেউ খেলে যাচ্ছে।

আচমকা আলোর রেখাটা একটা পাক খেয়ে বৃত্ত রচনা করল।

রামরাহা থমকে দাঁড়ালেন! এরকম হওয়ার কথা নয়। অজানা এক শক্তির উৎস কেউ ব্যবহার করছে। যদি যন্ত্রটা সক্রিয় হয়ে ওঠে, তবে পৃথিবীর সর্বত্র সবরকম শক্তির উৎস কিছুক্ষণের জন্য অকেজো হয়ে যাবে। বিজলি উৎপন্ন হবে না। পারমাণবিক সংঘাত একরত্তি তাপ দেবে না, থেমে যাবে বেশিরভাগ রিঅ্যাকটর।

রামরাহা ভাবতে লাগলেন, বর্বররা যদি যন্ত্রটার সন্ধান পেয়েই থাকে তবে তারা এত বোকা নয় যে, এই মোক্ষম সময়ে সেটা ব্যবহার করবে।

তবে? তা হলে?

যন্ত্রটা কে ব্যবহার করছে?

বত্রিশ

দানবের মতো লোকগুলো তাদের দ্রুত ও অতিশয় শক্তিশালী খনক দিয়ে মাটির নীচে যেসব গর্ত করে ফেলল, সেগুলো বহু মাইল গভীর। খনকগুলোর সঙ্গেই লাগানো রয়েছে চার্জ। বহু দূর থেকে বেতার-তরঙ্গের সংকেতে সেগুলোকে সক্রিয় করা যায়। বিপুল এক উথাল-পাথাল শক্তিতে আলোড়িত হয়ে পৃথিবীর অভ্যন্তরে উথলে উঠবে। তারপর ভারসাম্য নষ্ট করে কক্ষচ্যুত টালমাটাল করে দেওয়া হবে পৃথিবীকে। সূর্যের বিপুল আকর্ষণ থেকে তার কোনও গ্রহকেই বাইরে টেনে নিয়ে যাওয়া সহজ নয়। মানুষের বিজ্ঞানে তা একরকম অসম্ভব। কিন্তু পৃথিবী নিজেই যদি মহাকাশযানে পরিণত হয়ে ছুটতে থাকে, তবে তাও সম্ভব। দানবেরা পৃথিবীর গভীরে চার্জ ঢুকিয়ে সেই ব্যবস্থাই করে রাখল। পৃথিবী যখন ছুটতে থাকবে সৌরলোকের বাইরে, তখন এক অদৃশ্য রশ্মি দিয়ে দূর থেকে নিয়ন্ত্রণ করা হবে তাকে। কক্ষচ্যুত হলে প্রথম ধাক্কাতেই সমুদ্রে উঠবে বিপুল জলোচ্ছ্বাস, দেখা দেবে প্রবলতম ভূমিকম্প, অগ্ন্যুৎপাত। জীবজগৎ শেষ হয়ে যাবে তখনই। সৌরলোকের বাইরে পৌঁছলে উবে যাবে পৃথিবীর আবহমণ্ডল, কঠিন

বরফের মৃত্যুহিম মোড়কে ঢেকে যাবে চরাচর। গ্রহটি পরে ফের নিজেদের বাসযোগ্য করে নেবে দানবেরা। তবে তখন আর সেটা এই পৃথিবী থাকবে না। এইসব গাছপালা, পাখি, জীবজন্তু, মানুষ কিছুই না।

রামরাহা হাতের মিটারটার দিকে চেয়ে ভ্রু কুঁচকে দাঁড়িয়ে রইলেন কিছুক্ষণ। ছোট্ট কিন্তু বিপুল শক্তির আধার একটি রহস্যময় যন্ত্র এই অদ্ভুত কাণ্ডটি ঘটাচ্ছে। কিংবা যন্ত্রটাকে বলা যায় প্রতিশক্তির আধার। কাছাকাছি যত শক্তির উৎস আছে যন্ত্রটা ঠিক তার বিপরীত ধর্মে কাজ করে যায়। শক্তি ও প্রতিশক্তির সংঘাতে সৃষ্টি হয় একটা নিউট্রাল শূন্যতা। এরকম যন্ত্র রামরাহার অগ্রজ বিজ্ঞানীও আবিষ্কার করতে পারেনি। এই পুরনো আমলের গ্রহে একজন মানুষ কী করে বানাল এরকম জিনিস? তার চেয়েও বড় কথা, এ যন্ত্র ব্যবহার করাও বড় সহজ নয়। বোধহয় কেউ সত্যিই সেটাকে কাজে লাগাচ্ছে। হয়তো আনাড়ির মতো। কিন্তু ঠিকমতো কাজে লাগাতে পারলে যন্ত্রটা অনেক অসম্ভব সম্ভব করবে।

রামরাহার অত্যন্ত হিসেবি মন জীবনে এই প্রথম একটু দ্বিধাগ্রস্ত হল। ইচ্ছে করলে তিনি এখনই বিপন্ন পৃথিবী থেকে নিজের প্রাণ বাঁচাতে পালিয়ে যেতে পারেন। পৃথিবীর এক মহাসাগরের তলায় তাঁর মহাকাশযান তৈরি আছে। মাত্র আধঘণ্টার মধ্যেই সেখানে পৌঁছে মহাকাশযানে করে পৃথিবীর মাধ্যাকর্ষণ ছেড়ে মহাকাশে পাড়ি দেওয়া সহজ। আর যদি পৃথিবীকে বাঁচাতে চেষ্টা করেন, তবে সেই কাজে বিপন্ন হবে তাঁর প্রাণ। শেষ অবধি হয়তো পৃথিবীও বাঁচবে না, তিনিও নন। তবে তিনি যদি ওই যন্ত্রটা হাতে পান, তা হলে কোনও কথাই নেই।

রামরাহার দ্বিধাটা রইল কয়েক সেকেন্ড। তারপর তিনি স্থির মস্তিষ্কে সিদ্ধান্ত নিয়ে ফেললেন। তাঁকে একটা কাজই করতে হবে। ওই ছোট্ট ছেলেটিকে তার প্রিয়জন সহ কিছুতেই তিনি মরতে দেবেন না। সুতরাং রামরাহাকে ওই দানবদের আকাশযানে উঠতে হবে। দানবদের হাতে ধরা দিতে হবে।

"জানুস!"

সেই লম্বা লোকটা অবিকল রামরাহার মতোই জলের ওপর দিয়ে ভেসে এগিয়ে এল। রামরাহা তাঁর সব বৈজ্ঞানিক যন্ত্রপাতি গা থেকে খুলে লোকটার হাতে দিয়ে বললেন, "সেন্টারে গিয়ে অপেক্ষা করো।"

যন্ত্র না থাকায় রামরাহাকে জলে নামতে হল। সঙ্গে কোনও অস্ত্র নেই। থাকলেও লাভ ছিল না। দানবদের ট্রেসারে তা ধরা পড়ত, এবং ওরা তা কেড়ে নিত।

রামরাহা খুব বোকা মানুষের মতো এগিয়ে গেলেন।

একজন দানব তাকে দেখে ক্রুদ্ধ এক শব্দ করল। বাকিরা বিদ্যুৎগতিতে ধেয়ে এল তার দিকে।

স্বাভাবিক পরিস্থিতিতে রামরাহার পক্ষে এই আক্রমণ ঠেকানো মোটেই শক্ত কাজ ছিল না। কিন্তু এখন তিনি একটুও গায়ের জোর দেখাবেন না, তবে সামান্য একটু বাধা দেবেন। নইলে ওরা সন্দেহ করতে পারে।

প্রথম যে দানবটা তাঁর দিকে তেড়ে এল, তাকে এড়াতে রামরাহা একটু দৌড়ে পালানোর ভান করলেন। লোকটা লম্বা হাত বাড়িয়ে খামচে ধরল তার কাঁধ। আর একজন তার দু' পা ধরে সটান শূন্যে তুলে ফেলল। তারপর একটা আছাড়।

রামরাহা হাসছিলেন। দশতলা বাড়ি থেকে তিনি তো কতদিন স্রেফ লাফ দিয়ে নেমেছেন। তবু তিনি একটু যন্ত্রণার শব্দ করলেন। তিন-চারজন দানব এসে চ্যাংদোলা করে তুলে নিল তাকে। এবং একটা অদ্ভুত ভাষায় নিজেদের মধ্যে কথা বলছে।

রামরাহা চুপ করে কথাগুলো শুনতে লাগলেন। তাঁর সঙ্গে অনুবাদযন্ত্র নেই। কিন্তু বিপুল বিশ্বের অনেক গ্রহে তিনি ঘুরেছেন, ভাষাও শুনেছেন হাজার রকম। শব্দ সম্পর্কে তাঁর অভিজ্ঞতা বিপুল। তাই তিনি শব্দ ধরে ধরে অর্থে পৌঁছনোর চেষ্টা করতে লাগলেন মনে-মনে। তাঁর মাথা টেপরেকর্ডারের মতোই নির্ভুল স্মৃতিশক্তির অধিকারী। যা শোনে বা দ্যাখে, সব হুবহু মনে থাকে।

খানিকক্ষণ শুনে রামরাহা বুঝতে পারলেন, এরা পৃথিবী থেকে কিছু মানুষকে জ্যান্ত অবস্থায় নিজেদের গ্রহে নিয়ে যাচ্ছে নমুনা হিসেবে। এইসব মানুষের হৃৎপিণ্ড, রক্ত, ফুসফুস সব তারা পুঙ্খানুপুঙ্খ পরীক্ষা করবে। দেখবে এদের বেঁচে থাকার পদ্ধতি। এর জন্য কয়েকজন মানুষকে মেরে ফেলতে হবে। বাকিদের জিইয়ে রেখে দেওয়া হবে চিড়িয়াখানার জন্তু হিসেবে।

চ্যাংদোলা করে এনে যে-ঘরটায় দানবেরা তাঁকে ফেলে দিল, সেটাতে রামরাহা বেশ কয়েকজন মানুষকে দেখতে পেলেন। যাকে দেখে তিনি সবচেয়ে খুশি হলেন, সে আংটি।

আংটি তাঁকে দেখেই চেঁচিয়ে উঠল, "রামরাহা!"

রামরাহা হাত বাড়িয়ে বললেন, "যন্ত্রটা দাও।"

"যন্ত্র!" বলেই কেমন বিবর্ণ হয়ে গেল আংটি। তারপর মাথা নেড়ে বলল, "নেই। কেড়ে নিয়ে গেছে।"

"কী করে কাড়ল?"

"আমি যন্ত্রটায় একটা রঙিন বোতাম দেখে চাপ দিয়েছিলাম। খুব জোরে। তাতে কিছু হয়নি। কিন্তু হঠাৎ একটা দানব এসে হাজির। আমাকে একটা ধাক্কা দিয়ে ফেলে যন্ত্রটা কেড়ে নিয়ে গেল এই একটু আগে।"

রামরাহা ঠোঁট কামড়ালেন।

"কী হবে রামরাহা?"

"দেখা যাক। কাজটা আর সহজ রইল না, এই যা।"

হঠাৎ একজন লোক এগিয়ে এসে রামরাহার মুখের দিকে চেয়ে করুণ স্বরে বলল, "আচ্ছা মশাই, জাহাজের সঙ্গে মেলানো যায়, এমন একটা শব্দ বলতে পারেন?"

রামরাহা অবাক হয়ে বললেন, "জাহাজ!"

আংটি বলল, "ইনি আমার বাবা। আমার বাবা একজন কবি।"

"কবি! কবি কাকে বলে?"

"যারা কবিতা লেখে।"

রামরাহা মাথা চুলকে বললেন, "কবিতা! কিন্তু আমাদের দেশে তো এরকম কোনও জিনিস নেই। কবিতা! কবিতা! কীরকম জিনিস বলো তো!"

হরিবাবু খুব দুঃখের সঙ্গে বললেন, "তা হলে আপনার দেশেরই দুর্ভাগ্য রাহাবাবু। বাঙালি হয়ে কবিতা কাকে বলে জিজ্ঞেস করছেন! আপনার লজ্জা হওয়া উচিত।"

যে সময়ে এই নাটক ভিতরে চলছিল, ঠিক সেই সময়ে গজ পালোয়ান তার অতিকায় চেহারাটা নিয়ে শ্বাপদের মতো এসে পৌঁছল মহাকাশযানের কাছে। একজন দানব মাত্র পাহারায়। বাকিরা রামরাহাকে ভিতরে নিয়ে গেছে, এখনও ফেরেনি।

গজ পালোয়ান একবার চারদিকটা দেখে নিয়ে নিঃশব্দে কয়েক পা এগিয়ে দানবটার ঘাড়ে লাফিয়ে পড়ল।

দানবটা চকিত পায়ে একটু সরে গিয়েছিল শেষ মুহূর্তে নিজের বিপদ টের পেয়ে। তবে গজকে সম্পূর্ণ এড়াতে পারেনি সে। গজর কাঁধের ধাক্কায় সে ছিটকে গেল খানিকটা। তারপর উঠে এসে গজকে দু'হাতে জড়িয়ে ধরার চেষ্টা করল।

কিন্তু পারবে কেন! গজর শক্তি এবং মত্ততা দুই-ই দশ-বিশ গুণ বেড়েছে। উপরন্তু সে তার প্যাঁচ-পয়জারও ভোলেনি। সে দু'হাতে বিপুল দু'খানা ঘুসি চালাল দানবটার মুখে। দানবটা টাল খেয়ে পড়ে যাচ্ছিল। গজ তার পা দু'খানা ধরে পেল্লায় দুটো পাক মারল মাথার ওপর তুলে। তারপর একটি আছাড়।

কিন্তু আছাড় মারতে গিয়েই দানবটার কোঁচড় থেকে কী একটা ভারী আর শক্ত জিনিস ঠক করে গজর মাথায় পড়ল।

"উঃ!" বলে বসে পড়ল গজ।

দানবটা উপুড় হয়ে পড়ে রইল। নড়ল না।

ঘড়ি আর পঞ্চানন্দ এসে গজকে ধরল।

"তোমার কী হল গজদা! দানোটাকে তো আউট করে দিয়েছ।"

পঞ্চানন্দ হাতের টর্চটা জ্বেলে গজর মাথাটা দেখে বলল, "এঃ, খুব লেগেছে এখানটায়। কালসিটে দেখা যাচ্ছে।...আরে, ওটা কী?" এই বলে পঞ্চানন্দ মাটি থেকে

একটা গোলাকার বস্তু তুলে নিয়ে ঘুরিয়ে-ফিরিয়ে দেখতে লাগল।

ঘড়ি হাত বাড়িয়ে বলল, "দেখি।"

পঞ্চানন্দ হঠাৎ "বাপ রে" বলে আঁতকে উঠে চেঁচাল, "দৌড়োও! আসছে!"

কিন্তু সামান্য বে-খেয়ালে যে-ভুল তারা করে ফেলেছিল, তা আর শোধরানো গেল না। চার-পাঁচজন দানো চোখের পলকে ঘিরে ফেলল তাদের।

শেষ চেষ্টা হিসেবে হাতের ভারী বলের মতো বস্তুটা পঞ্চানন্দ প্রাণপণে ছুড়ে মারল একজন দানোর মাথা লক্ষ করে। কিন্তু দানোটা স্লিপের দক্ষ ফিল্ডারের মতো সেটা লুফে নিল।

কয়েক মিনিটের মধ্যেই তারা একে-একে নিক্ষিপ্ত হল দানোদের মহাকাশযানের গুপ্ত ঘরে। আংটি চেঁচিয়ে উঠল, "দাদা!"

বড় ছেলে ঘড়িকে দেখে হরিবাবু খুশি হলেন। তবে পঞ্চানন্দকে দেখে তাঁর প্রাণে যেন জল এল। হরিবাবু ভারী খুশি হয়ে বললেন, "পঞ্চানন্দ যে!"

"আজ্ঞে, আমিই। যেই শুনলুম আপনাকে এই গাধাগুলো ধরে এনেছে, অমনি আর থাকতে পারলুম না, ছুটে এলুম। তা ভাল তো কর্তাবাবু?"

"ভাল আর কী করে থাকব বলো? জাহাজের সঙ্গে মিল নিয়ে একটা শব্দও যে মাথায় আসছে না। নাগাড়ে ঘণ্টা-দুই ধরে ভাবছি।"

পঞ্চানন্দ একগাল হেসে বলল, "জাহাজ যখন পেয়েছেন, তখন মিলটা আর এমন কী শক্ত জিনিস। হয়ে যাবে'খন।"

"আচ্ছা, মমতাজ শব্দটা কি চলবে হে পঞ্চানন্দ?"

পঞ্চানন্দ মাথা নেড়ে বলল, "চলবে, খুব চলবে।"

"কিন্তু একটা অক্ষর যে বেশি হয়ে যাচ্ছে হে।"

"তা হোক। অধিকন্তু ন দোষায়।"

"না হে না, কবিতায় অধিকন্তু চলে না, ন্যূনও চলে না। দেখি আর-একটু ভেবে। সময়টাও কাটাতে হবে।"

এসব কথা যখন চলছে, তখন হঠাৎই একটা শিহরন টের পেল সবাই। তারপর তীব্র একটা বাতাস কাটার শব্দ। একটা ভারহীনতার অনুভূতি।

সবাই কেমন ভ্যাবাচ্যাকা খেয়ে বাক্যহারা হয়ে গেল।

রামরাহা আংটির কানে-কানে বললেন, "আমরা পৃথিবী ছেড়ে চলেছি।"

আতঙ্কিত আংটি বলল, "কোথায়?"

"মহাকাশে।"

আংটি বোবা হয়ে গেল।

যে গর্ত দিয়ে তাদের ঘরের মধ্যে ফেলা হয়েছে, সেটার দিকে চোখ রেখেছিলেন রামরাহা। গর্তটার কোনও পাল্লা বা ঢাকনা নেই। একজন দানব ওপরে দাঁড়িয়ে তাদের নজরে রাখছে। তার হাতে একটা খুদে যন্ত্র, অনেকটা ইঞ্জেকশনের সিরিঞ্জের মতো। যন্ত্রটা চেনেন রামরাহা। ছুঁচের মুখ দিয়ে তরলের পরিবর্তে একটা আলোর রেখা বেরিয়ে আসে। যাকে লক্ষ্য করে ছোড়া হয়, সে কয়েক ঘণ্টার জন্য ঘুমিয়ে পড়ে।

রামরাহা আংটিকে বললেন, "শোনো আংটি, এখান থেকে গর্তটার মুখ দশ ফুটের বেশি উঁচু হবে না। আমার পক্ষে এই দশ ফুট লাফিয়ে ওঠা খুব শক্ত কাজ নয়। এমনকী, ওই দানবটাকে কবজা করাও কঠিন হবে না। কিন্তু তারপরেই গণ্ডগোল দেখা দেবে। আমরা সবাই মিলে লড়াই করে ওদের হারিয়ে দিলেও পৃথিবী বাঁচবে না। কারণ ওরা একা নয়। পৃথিবীর আরও কয়েক জায়গা থেকে ঠিক এই সময়ে একই রকম মহাকাশযানে আরও কতগুলো দানব মহাকাশে উড়ে যাচ্ছে। ঘণ্টা খানেকের মধ্যেই ওরা দূর-নিয়ন্ত্রণে পৃথিবীকে ভারসাম্যহীন করে দেবে। তারপর চার্জগুলো চালু করবে। যা করবার করতে হবে এক ঘণ্টার মধ্যেই।"

"কী রকম রামরাহা?"

"আমার ওই গোলকটা চাই। ওটা হাতে পেলে সবই সম্ভব। নইলে..."

"নইলে কী হবে সে তো জানি।"

"তা হলে তৈরি হও. আমি যখন লাফ মারব, তখন তুমি আমার কোমর ধরে ঝুলে থাকবে। খুব শক্ত করে ধরবে। পড়ে যেয়ো না। আমি উপরে উঠেই দানবটার সঙ্গে লড়াই করব। সেই ফাঁকে তুমি সরে পড়বে। যেমন করেই হোক, গোলকটা তোমাকে উদ্ধার করতে হবে। আমাদের বাঁচার এবং পৃথিবীকে বাঁচানোর ওইটেই একমাত্র এবং শেষ অবলম্বন। পারবে?"

আংটি দাঁতে ঠোঁট টিপে বলল, "এমনিতেও তো মরতেই হবে। পারব।"

"তবে এসো। গেট রেডি।"

দশ ফুট হাইজাম্প দেওয়া যে সম্ভব, এটা বিশ্বাস করাই শক্ত। বিশেষ করে একটুও না দৌড়ে শুধু দাঁড়ানো অবস্থা থেকে অতটা উঁচুতে লাফানো এক অলৌকিক ব্যাপার। আংটির বিশ্বাস হচ্ছিল না। তবু রামরাহার কোমর ধরে দাঁড়াল। মহাকাশযানটা কাঁপছে আর কেমন যেন একটা শিহরন খেলে যাচ্ছে বাতাসে। কানে একটা অদ্ভুত শব্দ বা তরঙ্গ এসে লাগছে। মহাকাশের অভিজ্ঞতা তো নেই আংটির। তার হাত-পা অবশ হয়ে আসছিল। তবু সে প্রাণপণে ধরে রইল রামরাহাকে।

রামরাহা ওপরের দিকে চেয়ে একটু হিসেব কষে নিলেন। মহাকাশে যদিও ভারহীন অবস্থায় তারা পৌঁছে গেছে, তবু এই মহাকাশযানে সেটা টের পাওয়া যাচ্ছে না। কৃত্রিম

উপায়ে এরা এই ঘরে পৃথিবীর মাধ্যাকর্ষণের মতোই অবস্থা সৃষ্টি করে রেখেছে। সেইটে হিসেব কষে নিয়ে রামরাহা আচমকা শূন্যে একটা রকেটের মতো মসৃণ লাফ দিলেন। আংটির মনে হল, তিনি যেন লিফটে করে ওপরে উঠে যাচ্ছেন।

চমৎকার লাফ। গর্তটার ভিতর দিয়ে সোজা উঠে দু'পাশে ছড়ানো পায়ে দাঁড়িয়েই দানবটাকে রামরাহা দুই হাতে ধরেই শূন্যে তুলে ফেলল। তারপর চাপা গলায় বলল, "আংটি, পালাও। কাজ সেরে আসা চাই।"

তেত্রিশ

কোন দিকে যেতে হবে, কোথায় খুঁজতে হবে, তার কিছুই জানে না আংটি। তবু অন্ধের মতো সে ছুটতে চেষ্টা করল। ঘাড় ঘুরিয়ে দেখল, রামরাহা দৈত্যটাকে স্রেফ দু'হাতে ধরে ওয়েটলিফটার যেমন মাথার ওপর ভার তুলে দাঁড়ায় তেমনি তুলে ধরে দাঁড়িয়ে আছে। দৈত্যটা অসহায়ের মতো হাত-পা ছুড়ছে।

দানবদের মহাকাশযান তাদের আকারেই তৈরি। মস্ত মই, মস্ত বড় সব যন্ত্রপাতি, বিশাল সব কুঠুরি। তার মধ্যে মেলা অলিগলিও আছে। কোন দিকে যাবে তা আংটি বুঝতে পারছিল না। সামনে যে পথ বা সিঁড়ি পাচ্ছে, তাই দিয়ে এগোচ্ছে বা উঠছে। এক জায়গায় ভারী কাচ লাগানো গোল একটা জানালা দেখতে পেয়ে কৌতূহল চাপতে পারল না আংটি। উঁকি দিয়ে সে এক অদ্ভুত দৃশ্য দেখতে পেল। কুচকুচে কালো আকাশে এক অতিশয় উজ্জ্বল সূর্য জ্বলজ্বল করছে। একটু দূরে এক নীলাভ সবুজ বিশাল গ্রহ। গ্রহটাকে চিনতে অসুবিধে হল না আংটির। তাদের আদরের পৃথিবী। পরিষ্কার দেখা যাচ্ছে আফ্রিকা, দক্ষিণ ভারত, এশিয়া, আরব সাগর, ঠিক যেমন মানচিত্রে দেখেছে। পৃথিবী যে কত সুন্দর তা প্রাণ ভরে আজ উপলব্ধি করল আংটি। চাঁদকে দেখতে পেল সে। আবহমণ্ডলহীন আকাশে গ্রহনক্ষত্র চৌগুণ উজ্জ্বল হয়ে ফুটে আছে। মহাকাশে যেসব শারীরিক অসুবিধা বোধ করার কথা, তার বিশেষ কিছুই টের পাচ্ছিল না আংটি। তবে মাঝে মাঝে গা গুলোচ্ছে আর কানে তালা লাগছে।

সুন্দর পৃথিবীর দিকে চেয়ে আংটি চোখের জল মুছল। এমন সুন্দর গ্রহকে ধ্বংস হতে দেওয়া যায়? রামরাহা অপেক্ষা করছেন। তাকে গোলকটা উদ্ধার করতেই হবে।

আংটি সামনেই একটা লোহার মই পেয়ে উঠতে লাগল। ওপরে একটা গলিপথ। আংটি গলি ধরে খানিক দূর এগিয়ে একটা ধাতুর তৈরি বন্ধ দরজার সামনে দাঁড়াল। দরজার হাতল নেই, নব নেই। একেবারে লেপাপোঁছা।

আংটি দরজায় কান পেতে শোনার চেষ্টা করল।

ভিতর থেকে মৃদু সব যান্ত্রিক শব্দ আসছে। দু'-একটা দুর্বোধ্য কথাবার্তা। আংটির কাছে সবটাই দুর্বোধ্য। আংটি কী করবে তা বুঝতে না পেরে দাঁড়িয়ে রইল। দানবেরা যে খুবই উন্নতমানের বিজ্ঞানী সে বিষয়ে সন্দেহ নেই। নইলে পৃথিবীর মতো বিশাল একটি গ্রহকে সূর্যের পরিমণ্ডল থেকে ছিঁড়ে নিয়ে যাওয়ার পরিকল্পনাও যে অসম্ভব! কিন্তু মস্ত বিজ্ঞানী হলেও তারা মানুষের মতো নয়। কোথাও যেন বাস্তববোধ এবং সাধারণ বুদ্ধির একটু খামতি আছে।

এতক্ষণ নিশ্চয়ই রামরাহাও চুপ করে নেই। তিনি একটা কিছু করছেন। কিন্তু যে যা-ই করুক গোলকটা হাতে না পেলে সবই পণ্ডশ্রম। একটু বাদেই দানবদের মহাকাশযান থেকে পৃথিবীর অভ্যন্তরে ভয়ংকর সব চার্জ-এ বিস্ফোরণ ঘটানো হবে। তারপর আলোর চেয়েও বহু-বহুগুণ গতিবেগে দানবেরা ছুটতে থাকবে তাদের নিজস্ব গ্রহমণ্ডলের দিকে।

আংটি দরজাটার গায়ে হাত বুলিয়ে দেখল। মসৃণ। খুবই মসৃণ এক ধাতু দিয়ে তৈরি। অনেকটা সোনার মতো রং। তবে বেশি উজ্জ্বল নয়।

"এখানে কী করছিস?"

চাপা গলায় এ কথা শুনে আংটি চমকে উঠল। অবাক হয়ে চেয়ে দেখল, তার পেছনে ঘড়ি দাঁড়িয়ে আছে।

আংটি মস্ত একটা শ্বাস ফেলে বলল, "দাদা! তুই কী করে উঠে এলি?"

"গজদার কাঁধে ভর দিয়ে উঠে। রামরাহা তুলে নিলেন।"

"রামরাহা কোথায়?"

"ধারেকাছেই কোথাও আছেন। এই ঘরটার মধ্যে কী হচ্ছে?"

"বুঝতে পারছি না। তবে কথাবার্তার শব্দ শুনছি। তোর হাতে ওটা কী?"

ঘড়ি নিজের হাতের রুমালের পুঁটুলির দিকে চেয়ে বলল, "একটা কাঁকড়াবিছে।"

"কাঁকড়াবিছে! কোথায় পেলি?"

"সে অনেক কথা। তবে এটা খুব সহজ জিনিস নয়। দেখবি?"

ঘড়ি রুমালটা মেঝেয় রেখে রুমালের গিঁট খুলে দিল। সবুজ রঙের বিছেটা ঝিম মেরে রয়েছে। একটা সুগন্ধে চারদিক ভরে যেতে লাগল। এত সুন্দর গন্ধ যে ঘুমিয়ে পড়তে ইচ্ছে করে।

দুই ভাই হঠাৎ অবাক হয়ে দেখল, কাঁকড়াবিছেটা একটা ডিগবাজি খেয়ে আস্তে আস্তে দরজাটার দিকে এগোতে লাগল। দরজার তলার দিকে সামান্য একটু ফাঁক রয়েছে। আধ সেন্টিমিটারেরও কম। বিছেটা কিন্তু ধীরে ধীরে গিয়ে সেই ছোট্ট ফাঁকের মধ্যে নিজের

শরীরটা ঢুকিয়ে দিল। তারপর সুট করে ঢুকে গেল ভিতরে। ঘড়ি ওটাকে আটকানোর চেষ্টা করল না দেখে আংটি বলল, "যেতে দিলি কেন?"

"দেখা যাক না, কী করে।"

দুই ভাই দরজার বাইরে দাঁড়িয়ে চারদিকটা খুব ভাল করে লক্ষ করল। দেখার মতো কিছুই নেই। মেঝে দেওয়াল ছাদ সবই মসৃণ ধাতুর তৈরি। ওপরে সারি-সারি পাথরের স্নিগ্ধ আলো জ্বলছে।

দরজাটা যে খুব ধীরে ধীরে খুলে যাচ্ছে, এটা প্রথম লক্ষ করল আংটি। সে শিউরে ঘড়ির হাত চেপে ধরল। দরজাটা খুলছে খুব অদ্ভুতভাবে। নীচে থেকে ওপরে উঠে যাচ্ছে থিয়েটারের ড্রপস্ক্রিনের মতো।

খোলা দরজার ওপাশে মস্ত একখানা ঘর। তীব্র আলো জ্বলছে। হাজার রকমের কনসোল, যন্ত্রপাতি, শব্দ। খোলা দরজা দিয়ে টলতে টলতে একজন দানব বেরিয়ে এল। তার মুখের করুণভাব দেখেই বোঝা যায় যে, সে সুস্থ নয়। জিভ বেরিয়ে ঝুলে আছে। গলা থেকে একটা গোঙানির শব্দ আসছে।

আংটি শিউরে উঠে বলল, "দাদা।"

ঘড়ি হাতটা ছাড়িয়ে নিয়ে বলল, "ভয় পাসনি। এটা ওই কাঁকড়াবিছের কাজ।"

দানবটা তাদের দেখতে পেয়ে একটু থমকাল। কোমরের দিকে হাত বাড়াল। কিন্তু যে জিনিসের জন্য হাত বাড়িয়েছিল তা ছোঁওয়ার আগেই ঘড়ি লাফিয়ে পড়ল তার ওপর। দুর্বল দানবটা ঘড়ির দুটো ঘুসিও সহ্য করতে পারল না। গদাম করে পড়ে গেল মেঝের ওপর। ঘড়ি তার কোমরের বেল্ট থেকে একটা ছোট্ট লাইটারের মতো যন্ত্র খুলে নিল।

আংটি বলল, "ওটা কী করে?"

"জানি না। তবে কাজে লাগতে পারে। আমরা না পারি, রামরাহা কাজে লাগাবেন। এখন আয়, ভিতরটা দেখি। হামাগুড়ি দিয়ে আসবি কিন্তু।"

দুই ভাই হামাগুড়ি দিয়ে ভিতরে ঢুকে পড়ল। চারদিকে যা তারা দেখছে তার কিছুই তারা কস্মিনকালেও দ্যাখেনি। চারদিকটায় এক যান্ত্রিক বিভীষিকা। তারই ফাঁকে-ফাঁকে এক-আধজন দানবকে মনোযোগ দিয়ে কাজ করতে দেখা যাচ্ছে। কোনওদিকে দৃকপাত নেই।

আংটি কাঁকড়াবিছেটাকে আবিষ্কার করল একটা টেবিলের নীচে। ঝিম মেরে পড়ে আছে। সে ঘড়িকে একটা খোঁচা দিয়ে বিছেটাকে দেখাল।

ঘড়ি টপ করে বিছেটার হুলের নীচে দু' আঙুল দিয়ে ধরে সেটাকে তুলে নিল হাতের তেলোয়। তারপর চাপা গলায় বলল, "এটা মাঝে মাঝে নেতিয়ে পড়ে কেন ভেবে পাচ্ছি না।"

বলে সে চিত করে বিছেটার বুকের কাছটা দেখাল। ছোট-ছোট সব বোতামের মতো জিনিস রয়েছে। একটার রং লাল। ঘড়ি সেটা একটু চাপ দিতেই ক্লিক করে একটু শব্দ। তারপরই বিছেটা চাঙ্গা হয়ে উঠল। ঘড়ি কাছাকাছি যে দানবটার পা দেখতে পাচ্ছিল, সেটার দিকে মুখ করে মেঝেয় ছেড়ে দিল সেটাকে। অমনি বিছেটা একটা দম-দেওয়া খেলনাগাড়ির মতো বেশ দ্রুত বেগে সেই পা লক্ষ করে এগিয়ে গেল।

যন্ত্রপাতির প্রবল শব্দের মধ্যেও দানবটার চাপা আর্তনাদ শুনতে পেল তারা। দানবটা উঠে দাঁড়াল, তারপর থরথর করে কেঁপে পড়ে গেল মেঝেয়। তারপর উঠে টলতে টলতে দরজার দিকে রওনা হল।

ঘড়ি সময় নষ্ট করল না। হঠাৎ লাফিয়ে উঠে দানবটাকে টেনে মেঝেয় ফেলে তার মুখে দু'খানা ঘুসি বসিয়ে দিল দ্রুত পর পর। এই দানবের কোমরে পাওয়া গেল ডটপেনের মতো একটা বস্তু। ঘড়ি সেটাও খুলে নিল।

আংটি দানবটার শরীর হাতড়ে বলল, "গোলকটা এর কাছে নেই।"

ঘড়ি কাঁকড়াবিছেটাকে আবার তুলে চালু করে ছেড়ে দিল।

একটু বাদেই আবার এক দানব একইভাবে আর্তনাদ করে উঠল।

কিন্তু এবার ঘড়ির কাজটা আর সহজ হল না। হঠাৎ অন্য তিন-চারজন দানব একসঙ্গে ফিরে তাকাল ভূপাতিত দানবটার দিকে। তারপর ছুটে এল সকলে।

প্রথমেই ধরা পড়ে গেল ঘড়ি। একজন দানব একটা থাবা মেরে তাকে তুলে নিল বেড়ালছানার মতো।

আংটি একটু আড়াল পেয়ে গিয়েছিল। তার সামনে একটা বাক্সের মতো জিনিস। বাক্সের একটা ডালাও আছে। আংটি চিন্তাভাবনা না করে ডালাটা তুলে ভিতরে ঢুকে পড়ল। তারপর ডালাটা আস্তে করে নামাল। ঘড়ির কী হল তা সে বুঝতে পারল না।

বাক্সের মধ্যে ঘোর অন্ধকার। হাত বুলিয়ে বুলিয়ে চারদিকটা দেখল আংটি। আংটির হিসেবমতো দানবেরা ছ'-সাতজনের বেশি নেই। একজনকে রামরাহা জব্দ করেছেন। বাকি তিনজন বিছের কামড়ে কাহিল। খুব বেশি হলে আর দু'-তিনজন দানবের মহড়া নিতে হবে। ভেবে বুকে একটু বল এল আংটির। খানিকক্ষণ চুপ করে থেকে সে খুব সন্তর্পণে ডালাটা ঠেলে তুলল।

ঘরের ছাদের কাছে ক্যাটওয়াকের মতো একটা জায়গায় একজন দানব দাঁড়িয়ে চারদিকে দেখছে। আংটির সঙ্গে তার চোখাচোখি হয়ে গেল। কিন্তু দানবটা তাকে দেখতে পেয়েছে বলে মনে হল না। বাক্সের সামনে মেঝের ওপর লাইটারের মতো জিনিসটা পড়ে আছে। ওটা দিয়ে কী হয়, তা জানে না আংটি। কিন্তু মনে হল, কোনও অস্ত্রই হবে। সে যন্ত্রটার দিকে হাত বাড়াল। খুব ধীরে ধীরে। তার চোখ ওপরে দানবটার দিকে।

শেষ মুহূর্তে একটু নার্ভাস হয়ে গিয়েছিল আংটি। যন্ত্রটা তুলতে গিয়ে একটু দ্রুত হাত বাড়িয়েছিল। সেই নড়াটুকু চোখে পড়ে গেল দানবটার। ওই ওপর থেকে দানবটা এক লাফে নীচে নামল।

আংটি যন্ত্রটা তুলে নিয়ে কিছু না বুঝেই দানবটার দিকে সেটা তাক করে ট্রিগার বা ওই-জাতীয় কিছু খুঁজতে লাগল। বুড়ো আঙুলের তলায় আলপিনের মাথার মতো কিছু একটা অনুভব করে সেটায় প্রাণপণে চাপ দিল সে।

চিড়িক করে একটা শব্দ। বুলেট নয়, অন্য কিছু একটা জিনিস ছুটে গেল দানবটার দিকে। দানব কাটা কলাগাছের মতো লুটিয়ে পড়ল মেঝের ওপর।

অন্য সব দানবেরা চিৎকার করে ছুটে এল।

আংটি বুঝল, লুকিয়ে থাকা বৃথা। সে বাক্সের ডালাটা খুলে বেরিয়ে এসে যন্ত্রটা আর-একজনের দিকে তাক করল। কিন্তু তার হাত উত্তেজনায় ভয়ে এত কাঁপছিল যে, লক্ষ্যভ্রষ্ট হয়ে গেল সে। অমনি দানবটা একটা হুংকার দিয়ে ঝাঁপ খেল তার ওপর।

দানবের শরীরের চাপে চিড়েচ্যাপ্টাই হয়ে যেত সে। কিন্তু হঠাৎ বিদ্যুতের বেগে আর-একটা লোক যেন শূন্য দিয়ে ভেসে এল। আর তার দুই লোহার হাতে দানবটাকে তুলে অন্য দিকে ছুড়ে দিল।

"রামরাহা!" চেঁচিয়ে উঠল আংটি।

শেষতম দানবটি দৃশ্যটা দেখে চকিতে তার বেল্ট থেকে একটা জিনিস খুলে আনল। সেটা তাক করল রামরাহার দিকে।

এবার আংটির পালা। এক বানরের লাফে সে দানবের হাত ধরে ঝুলে পড়ল। ঝুল খেয়েই দানবের হাঁটুটায় সে পেল্লায় এক কিক জমিয়ে দিল।

মনঃসংযোগে এই সামান্য ব্যাঘাতই চাইছিলেন রামরাহা। উড়ন্ত এক বল্লমের মতো তিনি দানবটার বুকে এসে পড়লেন। তারপর দানবটাকে অনায়াসে দু'হাতে তুলে আছড়ে ফেললেন তিনি।

রামরাহা সব ক'জন দানবের শরীর তল্লাস করে বললেন, "কিন্তু গোলকটা কোথায়? সেটা না পেলে তো সব চেষ্টা বৃথা যাবে।"

আংটি আর্তনাদ করে উঠল, "নেই?"

কোথা থেকে ক্ষীণ একটা গলা বলে উঠল, "আছে! এখানে!"

রামরাহা দৌড়ে গেলেন দেয়ালের কাছে। দেয়ালে কম্বিনেশন লকের মতো গোল চাকতি আর নানা সংকেত! রামরাহা কয়েক সেকেন্ড চিন্তা করে নিয়ে ডিস্কটা ঘোরাতে লাগলেন। একসময়ে চড়াক করে দেয়ালের গায়ে একটা কুলুঙ্গির ঢাকনা খুলে গেল। তার মধ্যে ঘড়ি। ঘড়ির হাতে গোলক। মুখে হাসি।

রামরাহা গভীর একটা শ্বাস ফেলে পরম নিশ্চিন্তে বললেন, "আর ভয় নেই!"

বলাই বাহুল্য, মানুষের মস্ত এক বিপদ ঘটতে ঘটতেও শেষ অবধি ঘটতে পারেনি। অল্পের জন্য ফাঁড়াটা কেটেছে। কিন্তু এ গল্পের শেষ অবধি কী ঘটল সেটা জানার ইচ্ছে আমাদের হতেই পারে।

রামরাহা খুবই দক্ষতার সঙ্গে সেই গোলকটা ব্যবহার করে দানবদের পুঁতে রাখা চার্জ অকেজো করে দেন। তার আগেই তিনি অবশ্য মহাকাশযানটিকে নামিয়ে এনেছিলেন। নইলে প্রতিশক্তি-উৎপাদক গোলকটির প্রভাবে মহাকাশযানের কলকবজাও অকেজো হয়ে যেত এবং তারা ঝুলে থাকত মহাশূন্যে। দানবদের অন্য চারটি মহাকাশযান, যেগুলি পৃথিবীর বিভিন্ন জায়গা থেকে যাত্রা করেছিল সেগুলির ভাগ্যে এরকমই ঘটেছিল।

যে কয়েকজন দানব তাদের হাতে ধরা পড়েছিল তাদের দিয়ে রামরাহা মাটির তলা থেকে সমস্ত চার্জ তুলে আনেন। তারপর মহাকাশযানে সেগুলি দানবদের সঙ্গেই তুলে দেওয়া হয়। দানবদের জন্য রামরাহা বা আর কেউ কোনও শাস্তির ব্যবস্থা করেনি। কারণ, তা হলে তাদের খুন করতে হয়। দানবরা অবশ্য, রামরাহাকে কথা দিয়ে যায় যে, ভবিষ্যতে তারা আর পৃথিবীতে হানা দেবে না।

বিপন্মুক্ত পৃথিবীতে প্রথম শ্বাস নিয়েই আংটি পাঁচটি ডিগবাজি খেয়েছিল আনন্দে। ঘড়ি খেল ছয়টি। দেখাদেখি পঞ্চানন্দ দশটি ডিগবাজি খেয়ে ফেলল। হরিবাবুর মনে হল, ডিগবাজি খেলে মস্তিষ্কে একটা নাড়াচাড়ার ফলে জাহাজের সঙ্গে মিল খায় এমন একটা শব্দ মাথায় এসেও যেতে পারে, তিনি পনেরোটা ডিগবাজি খেয়ে গায়ের ব্যথায় সপ্তাহখানেক বিছানায় পড়ে রইলেন।

রামরাহা চকসাহেবের বাড়িতে আরও কয়েকদিন রইলেন। আংটি আর ঘড়ি কিছুতেই তাঁকে সমুদ্রগর্ভে ফিরে যেতে দেবে না। রামরাহা তখন কথা দিলেন যে, তিনি আরও কিছুকাল পৃথিবীতে থাকবেন। এই গ্রহটা তাঁর খুবই ভাল লাগছে। মাঝে মাঝে তিনি ঘড়ি আর আংটির কাছে বেড়াতে আসবেন। গোলকটা রামরাহার কাছে রইল। তিনি ছাড়া এর মর্ম আর কে বুঝবে?

পঞ্চানন্দ একদিন ঘাড় চুলকোতে চুলকোতে হরিবাবুকে বলল, "কর্তাবাবু, এবার তো আমাকে ছেড়ে দিতে হয়।"

হরিবাবু আঁতকে উঠে বললেন, "বলো কী হে, তোমাকে ছাড়লে আমার চলবে কেন?"

"আজ্ঞে, আমি লোক বিশেষ সুবিধের নই। আগেই বলেছিলুম আপনাকে। আমি হলুম গে আসলে গোয়েন্দা।"

হরিবাবু ফের চমকে উঠলেন, "গোয়েন্দা, সর্বনাশ!"

"ঘাবড়াবেন না। গোয়েন্দা শুনলে লোকে ভয় খায় বটে, কিন্তু ভাল লোকদের ভয়ের কিছু নেই। অনেকদিন ধরেই সরকার-বাহাদুর এ জায়গায় একটা গণ্ডগোলের আঁচ পাচ্ছিলেন। তাই আমাকে পাঠানো হয়েছিল।"

সুতরাং পঞ্চানন্দকে বিদায় দেওয়া হল।

রয়ে গেল গজ পালোয়ান। ধীরে ধীরে তার শরীর শুকিয়ে আবার আগের মতো হয়ে গেল। অবশ্য পঞ্চানন্দ তার সম্পর্কে সব কথাই জানত। একদল খারাপ লোক তাকে লাগিয়েছিল গোলকটা চুরি করতে। গজ পালোয়ানের অতীত ইতিহাসও খুব ভাল নয়। কিন্তু সে দানবের সঙ্গে প্রাণ তুচ্ছ করে লড়াই করেছিল বলে শেষ অবধি তার সম্পর্কেও লোকের রাগ রইল না। গজ ফের কুস্তি শেখাতে শুরু করল।

কিন্তু মুশকিল হল, হরিবাবু জাহাজের সঙ্গে মেলানো শব্দটা খুঁজে পাচ্ছেন না। রোজ দিস্তা-দিস্তা কাগজ নষ্ট হচ্ছে।

বনি

বাবুরাম গাঙ্গুলি খুব মেধাবী ছাত্র ছিলেন। এনজিনিয়ারিং পাশ করে আরও পড়াশুনোর জন্য তিনি আমেরিকায় চলে যান এবং উচ্চশিক্ষার পর সেখানেই খুব ভাল চাকরি পেয়ে থেকে গেলেন।

বাবুরাম গাঙ্গুলির অবস্থা খুবই ভাল। বহু টাকা রোজগার করেন। আমেরিকার নিউ ইয়র্ক শহর থেকে মাত্র চল্লিশ মাইল দূরে একটি ছোট্ট শহরে তিনি থাকেন স্ত্রী প্রতিভার সঙ্গে। বিশাল বাড়ি, তিনটে দামি গাড়ি আছে তাঁদের। একটা বাবুরামের, একটা প্রতিভার আর একটা স্ট্যান্ডবাই।

বাবুরামের সবই আছে। কিন্তু দুঃখ একটিই। বিয়ের দশ বছর পরেও তাঁদের কোনও সন্তান হয়নি। সন্তান না থাকলে মানুষের কাছে গাড়ি-বাড়ি-টাকাপয়সা সবই অর্থহীন হয়ে যায়। বাবুরাম আর প্রতিভার কাছেও জীবনটা ভারী অর্থহীন হয়ে উঠছিল।

এমন সময় একটা ঘটনা ঘটল।

বাবুরাম আর প্রতিভা উইক-এন্ডে বেড়াতে বেরিয়েছেন। তাঁরা যাবেন পেনসিলভানিয়ার পোকোনো জলপ্রপাত দেখতে। সকালবেলা। আশি নম্বর হাইওয়ে ধরে বাবুরাম গাড়ি চালাচ্ছেন। পাশে বসে প্রতিভা ম্যাপ দেখে রাস্তা ঠিক করছেন। ডেলাওয়ার ওয়াটার গ্যাপের কাছ-বরাবর যখন চলে এসেছেন তাঁরা তখন হঠাৎ বাবুরাম ভারী অন্যমনস্ক হয়ে পড়েছিলেন। হঠাৎ পাশের লেন দিয়ে একটা মস্ত গাড়ি তাঁর গাড়িকে পেরিয়ে যাচ্ছিল, সেই গাড়িতে অনেকগুলো বাচ্চার হাসিমুখ দেখতে পেয়েই বোধহয় তাঁর নিজের শূন্য জীবনটার জন্য ফের দুঃখ হচ্ছিল। আর এই অন্যমনস্কতার মধ্যেই কিছু একটা ঘটে গেল। কী ঘটেছিল তা বাবুরাম জানেন না। পরে তাঁর মনে পড়েছিল, তিনি একটা প্রচণ্ড শব্দ শুনতে পেয়েছিলেন, তারপরই গাড়িটা রাস্তার ধারে তিরবেগে উলটে পড়ে যাচ্ছিল। বাবুরাম জ্ঞান হারিয়ে ফেললেন।

যখন জ্ঞান ফিরল তখন দেখলেন তিনি একটা ঘরে শুয়ে আছেন। শুয়ে আছেন, কিন্তু বিছানায় নয়, মেঝের ওপর। গায়ে হাতে পায়ে প্রচণ্ড যন্ত্রণা নিয়ে তিনি উঠে বসে

দেখলেন, একটু দূরে মেঝের ওপর প্রতিভাও পড়ে আছে। বাবুরাম পরীক্ষা করে দেখে নিশ্চিন্ত হলেন যে, প্রতিভাও বেঁচে আছে। তাঁদের কারওর আঘাতই খুব গুরুতর নয়।

গাড়ি দুর্ঘটনার কথা বাবুরামের মনে পড়ল, কিন্তু এই বাড়ির মধ্যে তাঁরা কী করে এলেন তা বুঝতে পারলেন না। বাড়িতে লোকজন বা আসবাবপত্র কিছুই নেই। পরিত্যক্ত বাড়ি। দেওয়ালে অনেক ফুটো, মেঝের তক্তা ভাঙা। হাইওয়ে থেকে অনেকটা দূরেই এই বাড়ি। কেউ যদি তাদের তুলে এনে এখানে রেখে গিয়ে থাকে তো সে অদ্ভুত লোক। হাসপাতালে নিয়ে না গিয়ে এরকম একটা পোড়ো বাড়িতে তাঁদের আনার মানে কী?

বাড়িতে একটা ছোট সুইমিং পুল ছিল। তা থেকে জল এনে প্রতিভার চোখে-মুখে ছিটিয়ে জ্ঞান ফেরালেন বাবুরাম। খানিকক্ষণ বিশ্রাম নিয়ে দু'জনে বেরোলেন। আশেপাশে লোকবসতি নেই। ঘন জঙ্গল। তবে একটা কাঁচা রাস্তা আছে।

প্রায় মাইল-দুই হেঁটে তবে তাঁরা দুর্ঘটনাস্থলে পৌঁছলেন। গিয়ে দেখলেন, গাড়িটি নেই। লোকজনও কেউ জমায়েত হয়নি সেখানে।

বাবুরাম হঠাৎ নিজের ঘড়ির দিকে চেয়ে দেখলেন, সকাল ন'টা বাজে। দুর্ঘটনা ঘটেছে সকাল আটটা নাগাদ। এত তাড়াতাড়ি গাড়িটা সরাল কে? আমেরিকা কাজের দেশ বটে, কিন্তু তা বলে এত তাড়াতাড়ি তো এরকম হওয়ার কথা নয়।

হঠাৎ বাবুরামের চোখ গেল ঘড়ির তারিখের খোপে। তিনি অবাক হয়ে দেখলেন, বারো তারিখ, সোমবার। এরকম তো হওয়ার কথা নয়। আজ তো দশ তারিখ, শনিবার।

"প্রতিভা, তোমার ঘড়িটা দ্যাখো তো আজ কত তারিখ এবং কী বার?"

প্রতিভাও ঘড়ি দেখে অবাক হয়ে বললেন, "ও মা, এ তো দেখছি সোমবার আর বারো তারিখ।"

"সেটা কী করে সম্ভব? আমরা কি দু'দিন অজ্ঞান হয়ে ছিলাম?"

"অসম্ভব।"

বাবুরাম খুবই চিন্তিত হলেন। দু'দিন অজ্ঞান হয়ে থাকলে তাঁদের প্রচণ্ড দুর্বল হয়ে পড়ার কথা। প্রচণ্ড খিদে-তেষ্টাও পাওয়ার কথা। কিন্তু ততটা দুর্বল তাঁরা বোধ করছেন না। তবে এমনও হতে পারে, দুর্ঘটনার ধাক্কায় তাঁদের ঘড়ি বেগড়বাই করছে।

দু'জনে আরও মাইল-দুই হেঁটে একটা গ্যাস স্টেশন পেলেন। অর্থাৎ পেট্রল পাম্প। সেখান থেকে একটা এজেন্সিতে ফোন করলেন একখানা গাড়ি পাঠাতে। রেস্টরুমে গিয়ে দু'জনেই হাতমুখ ধুয়ে পরিষ্কার হয়ে একটা করে কোকাকোলা খেলেন। গ্যাস

স্টেশনের লোকটিকে আজ কত তারিখ তা জিজ্ঞেস করতে ইচ্ছে করলেও বাবুরাম লজ্জা পাচ্ছিলেন। প্রশ্ন শুনলে লোকটা তাঁকে হাঁদা মনে করে হাসবে। কিন্তু পেট্রল পাম্পের সামনেই খবরের কাগজের স্লট মেশিন রয়েছে। বাবুরাম পয়সা ঢুকিয়ে একখানা খবরের কাগজ বের করে দেখলেন। যা দেখলেন তা অবিশ্বাস্য। আজ যথার্থই বারো তারিখ। বারোই সেপ্টেম্বর। সোমবার।

প্রতিভাকে আড়ালে ডেকে বাবুরাম বললেন, "আমরা যে দু'দিন অজ্ঞান হয়ে ছিলাম তাতে কোনও সন্দেহ নেই। আজ বারোই সেপ্টেম্বর। কিন্তু আমরা এমন কিছু চোট তো পাইনি যাতে দু'দিন অজ্ঞান হয়ে থাকার কথা।"

প্রতিভা অত্যন্ত ভয় পেয়ে বললেন, "শুধু তাই নয়। আমাদের দু'জনকে দু'মাইল দূরে ওই পোড়ো বাড়িতেই বা নিয়ে গেল কে? কেনই-বা নিল?"

বাবুরাম খুবই চিন্তিত হলেন।

আধ ঘণ্টার মধ্যেই একখানা গাড়ি এসে গেল। প্রতিভা আর বাবুরাম তাঁদের বাড়িতে ফিরে এলেন।

তাঁরা ফিরে আসবার পর প্রতিবেশী মার্গারেট নামে একটি মেয়ে এসে খুব অবাক গলায় বলল, "তোমরা কোথায় ছিলে? পুলিশ-স্টেশন থেকে লোক এসে তোমাদের সম্পর্কে খোঁজখবর করে গেছে। তোমরা নাকি গাড়ি অ্যাকসিডেন্ট করেছ? গাড়িটা একদম স্ম্যাশড হয়ে গেছে। অথচ তোমাদের কোথাও খুঁজে পাওয়া যায়নি।"

এসব প্রশ্নের সদুত্তর বাবুরামের জানা নেই। তিনি চুপ করে রইলেন।

তারপর ধীরে ধীরে ঘটনাটার কথা কিছুদিনের মধ্যেই তাঁদের স্মৃতিতে ফিকে হয়ে আসতে লাগল। আমেরিকায় কাজের লোকদের বিশ্রাম বলে কিছু নেই। প্রতিভাও চাকরি করেন। হাড়ভাঙা খাটুনি, দোকানবাজার করা, ঘরদোর গোছানো, রান্না-বান্না, কাপড়কাচা, বন্ধুবান্ধবদের সঙ্গে দেখাসাক্ষাৎ ইত্যাদিতে মানুষের আর অলস চিন্তার সময় থাকে না। সুতরাং ঘটনাটা নিয়ে তাঁরা বেশি মাথা ঘামানোর সময় পেলেন না।

এই ঘটনার ঠিক এগারো মাস বাদে তাঁদের প্রথম সন্তান জন্মাল। একটি ছেলে।

কিন্তু ছেলেটি জন্মানোর পরই দেখা গেল, তার হাত-পা অসাড় এবং স্থির। কান্নাকাটি তো দূরের কথা, কোনও শব্দই করল না বাচ্চাটা জন্মের পর। ডাক্তাররা প্রথম তাকে মৃত বলে মনে করেছিলেন। জীবনের লক্ষণ দেখে তাকে রেখে দেওয়া হল একটি অক্সিজেন টেন্টের ভিতরে।

বাবুরামকে ডাক্তার গম্ভীর মুখে বললেন, "তোমার ছেলেটির বেঁচে থাকার সম্ভাবনা খুবই কম। যদি বাঁচে তবে বাঁচবে উদ্ভিদের মতন। নড়াচড়া করতে পারবে না, কথা বলতে পারবে না। চিরকাল ওকে তোমাদের খাইয়ে দিতে হবে, টয়লেট করাতে হবে।"

বাবুরামের চোখে জল এল। এতদিন পরে যদিও-বা সন্তান হল তাও জড়পদার্থ বিশেষ।

ডাক্তার ক্ষীণ ভরসা দিয়ে বললেন, "নিউ ইয়র্কে ডাক্তার ক্রিলের কাছে একবার নিয়ে যেয়ো। উনি বিশ্ববিখ্যাত নিউরোসার্জেন। যদি কিছু পারেন উনিই পারবেন। তবে আপাতত আমরা মাসখানেক বাচ্চাটিকে অবজারভেশনে রাখব।"

নিউ ইয়র্কের মস্ত এক হাসপাতালের নিউরোলজির সর্বেসর্বা ডাক্তার ক্রিল। জেমস ক্রিলের খ্যাতি সত্যিই বিশ্বজোড়া।

ডাক্তার ক্রিল বাবুরামের বাচ্চাটাকে দেখলেন। নানারকম পরীক্ষা করে বললেন, "এর জড়তার কারণ আমরা ঠিক ধরতে পারছি না। মস্তিষ্কে কোনও একটা অবস্ট্রাকশন আছে। আরও কিছু ইনভেস্টিগেশন দরকার।"

ডাক্তার জেমস ক্রিলের হাসপাতালে বনি অর্থাৎ বাবুরামের ছেলেকে ভর্তি করে দেওয়া হল।

অনেক পরীক্ষা-নিরীক্ষা হল। অবশেষে ক্রিল বললেন, "অপারেশন ছাড়া কোনও উপায় দেখছি না।"

অপারেশনের নামে ভয় পেলেন বাবুরাম আর প্রতিভা। তাঁদের অনেক আকাঙ্ক্ষার ধন ওই বনি। ওইটুকু তো ছেলে, সে কি মাথার অস্ত্রোপচার সহ্য করতে পারবে?

ক্রিলকে সে-কথা বলতে তিনি চিন্তিতভাবে বললেন, "আপনার ছেলেকে আমি সবরকম ভাবে পরীক্ষা করে দেখেছি। তার হার্ট, লাংস চমৎকার। অপারেশনের ধকল সে সহ্য করতে পারবে বলেই মনে হয়।"

বাবুরাম আর প্রতিভা চোখের জল ফেলতে ফেলতে হাসপাতালের কাছেই যে-হোটেলে তাঁরা এসে উঠেছেন সেখানে ফিরে এলেন এবং ঘরের দরজা বন্ধ করে দু'জনেই মন-খারাপ করে বসে রইলেন।

ডাক্তার ক্রিল থাকেন সাউথ অফ ম্যানহাটানে। তাঁর বাড়িটি বিশাল।

অপারেশনের প্রস্তুতি শেষ করে ফেলেছেন ডাক্তার ক্রিল। আগামীকাল তিনি এই অদ্ভুত শিশুটির মস্তিষ্ক খুলে দেখবেন সেখানে গন্ডগোলটা কিসের।

দোতলার বিশাল শয়নকক্ষে ডাক্তার জেমস ক্রিল একাই থাকেন। অন্যান্য ঘরে তাঁর স্ত্রী এবং ছেলেমেয়েরা। রাত দুটো নাগাদ এক প্রবল অস্বস্তিতে ক্রিলের ঘুম ভাঙল। তিনি শুনতে পেলেন, খাটের পাশে তাঁর টেলিফোনটা বাজছে।

"হ্যালো।" একটা গম্ভীর ধাতব গলা বলল, "সুপ্রভাত, ডাক্তার ক্রিল। কাল সকালে একটি বাচ্চার ব্রেন অপারেশন করতে যাচ্ছ তুমি?"

"সেকথা ঠিক।"

"কোরো না, ও যেমন আছে তেমনই থাকতে দাও, প্লিজ।"

"তুমি কে?"

"আমাকে চিনতে পারবে না।"

ফোন কেটে গেল। টেলিফোনে হুমকি বা ফাঁকা আওয়াজ ব্যাপারটা, নতুন বা অভিনব কিছু নয়। দুনিয়ায় নিষ্কর্মা, পাগল, বদমাশ কত আছে। ক্রিল ব্যাপারটাকে গুরুত্ব না-দিয়ে শুয়ে পড়লেন।

কিন্তু আশ্চর্যের বিষয় ভোর চারটে নাগাদ ক্রিল তাঁর বুকে একটা চাপ অনুভব করলেন। তাঁর খুব ঘামও হচ্ছিল। তাঁর বয়স চল্লিশের কোঠায়, তিনি নিয়মিত ব্যায়াম করেন এবং স্বাস্থ্যও ভাল। এরকম হওয়ার কথা নয়। তিনি তাড়াতাড়ি উঠে বসলেন। বাড়ির লোককে ডেকে তুলবেন, না হাসপাতালে ফোন করবেন, তা স্থির করতে একটু সময় গেল।

হঠাৎ আবার টেলিফোন বেজে উঠল।

"হ্যালো।"

এবারে একজন মহিলার কণ্ঠস্বর। বেশ মোলায়েম গলা, "সুপ্রভাত, ডাক্তার ক্রিল। আশা করি তুমি বনির ওপর অস্ত্রোপচারের সিদ্ধান্ত বদল করেছ!"

ডাক্তার ক্রিল বললেন, "না তো! কিন্তু তোমরা কারা? কেন এই অপারেশন বন্ধ করতে চাও?"

"সেটা ব্যাখ্যা করা সম্ভব নয়। আমরা চাই বাচ্চাটা যেমন আছে তেমনই থাকতে দাও।"

"তাতে বাচ্চাটার ক্ষতিই হবে।"

"অপারেশন করলে তার চেয়েও অনেক বেশি ক্ষতি হয়ে যেতে পারে। তুমি মস্ত ডাক্তার বটে, কিন্তু তুমিও ভগবান নও। গত এক বছরে তোমার তিনজন রুগি অপারেশনের পর মারা গেছে। জার্সি সিটির পি ডি আর্থারটন, কুইনসের মিসেস জে চেস্টারফিল্ড, বেকার্সফিল্ডের জন কোহেন।"

ক্রিল সামান্য উষ্মার সঙ্গে বললেন, "এটা কোন ধরনের রসিকতা? ডাক্তার তো ভগবান নয়ই।"

"সেজন্যই তোমাকে সাবধান করা হচ্ছে। তা ছাড়া বনির কী হয়েছে তাও তুমি ভাল করে জানো না। তোমার অপারেশন হবে অন্ধকারে ঢিল ছোড়ার মতো।"

ক্রিল রেগে গিয়ে বললেন, "তোমার কথা শুনে মনে হচ্ছে যেন বনির কী হয়েছে তা তোমরা আমার চেয়ে বেশি জানো!"

"কথাটা মিথ্যে নয় ডাক্তার ক্রিল। আমরা সত্যিই জানি। আর জানি বলেই বলছি, বাচ্চাটা যেমন আছে তেমনই থাকতে দাও।"

"এভাবে বেঁচে থেকে ওর লাভ কী?"

"সেটা তুমি বুঝবে না।"

"তোমরা কারা?"

"আমরা বনির বা তোমার শত্রু নই। শোনো ডাক্তার ক্রিল, আমাদের সংগঠন অতিশয় শক্তিশালী। আমরা যা বলছি তা না শুনলে তোমার বিপদ হবে। এখন যে অসুস্থতা বোধ করছ তার কারণ জানো? তুমি অস্থির বোধ করছ, তোমার ঘাম হচ্ছে, বুকে একটা চাপ অনুভব করছ— তাই না?"

ডাক্তার ক্রিল হাঁফধরা গলায় বললেন, "হ্যাঁ। তোমরা কী করেছ আমাকে? খাবারে বিষ মিশিয়েছ?"

"বিকেলে হাসপাতালে তুমি যে কফি খেয়েছিলে তাতে বিলম্বিত-ক্রিয়ার বিষ মেশানো ছিল। কাল সকালে তোমার অসুস্থতা আরও বাড়বে। বিষটা পৌঁছবে তোমার হৃৎপিণ্ডে। এই বিষের প্রতিষেধক তোমার জানা নেই।"

"আমি কি মারা যাব?"

"যাবে, যদি বনির ওপর অস্ত্রোপচার বন্ধ করার সিদ্ধান্ত না নাও।"

"যদি অস্ত্রোপচার না করি তা হলে?"

"যদি কথা দাও অস্ত্রোপচার করবে না তা হলে কাল সকালে হাসপাতালে এসে প্রথম যে কফিটা খাবে তাতে আমরা বিষের অ্যান্টিডোট মিশিয়ে দেব। তবে তোমার শরীর সকালে আরও খারাপ হবে। হাসপাতালে নিজে গাড়ি চালিয়ে এসো না। একটা ক্যাব বা ভাড়াটে গাড়ি নিয়ে এসো। ভয় নেই, আমাদের কথা শুনে চললে তোমার কোনও ক্ষতি করা হবে না।"

ফোন কেটে গেল। ডাক্তার ক্রিল অবিশ্বাসের চোখে রিসিভারের দিকে চেয়ে রইলেন। বিশ্বাস হচ্ছে না বটে, কিন্তু তাঁর শরীর যে খারাপ তা তো মিথ্যে নয়।

রাত পোহানোর জন্য ক্রিল অপেক্ষা করলেন না। একটা এজেন্সিতে টেলিফোন করলেন চালকসহ গাড়ির জন্য। তারপর পোশাক পরে নিলেন চটপট। মাঝে-মাঝেই তিনি শ্বাসকষ্ট অনুভব করছেন, ঘাম হচ্ছে, বুকের চাপ বেড়ে যাচ্ছে।

ক্রিল যখন হাসপাতালে পৌঁছলেন তখনও ভোর হতে অন্তত দু'ঘণ্টা বাকি। রাতের কর্মচারীরা অবশ্য তাঁকে দেখে অবাক হল না, ভাবল, কোনও গুরুতর রুগিকে দেখতে এসেছেন।

নিজের ঘরে গিয়েই তিনি কফি চেয়ে পাঠালেন ফোনে। তারপর নিঝ্‌ঝুম হয়ে বসে ঘটনাটা বিচার করার চেষ্টা করতে লাগলেন।

কফি এসে গেল। যে কফি আনল সে পুরনো লোক। গত দু'বছর ধরে এ কাজ করছে।

ওরা বলেছিল প্রথম কাপ কফিতেই অ্যান্টিডোট মেশানো থাকবে। আছে কি? ভ্রু কুঁচকে ভাবতে ভাবতে তিনি কফিতে চুমুক দিলেন।

কফি শেষ করার পাঁচ মিনিটের মধ্যেই ডাক্তার ক্রিল বুঝতে পারলেন যে, তাঁর শরীরে একটা পরিবর্তন ঘটেছে। তিনি অনেক ঝরঝরে এবং সুস্থ বোধ করছেন।

তিনি ধীরে ধীরে বনির ঘরে এসে তার ছোট্ট বিছানাটার পাশে দাঁড়িয়ে শিশুটির দিকে নিষ্পলক চেয়ে রইলেন। এই শিশুটিকে ঘিরে কোন রহস্য দানা বেঁধে উঠছে? কেন কিছু লোক চাইছে বনির চিকিৎসা বন্ধ করতে?

বনি ঘুমোচ্ছে। চোখ বোজা। জেগে থাকলেও বনি কোনও শব্দ করে না। কাঁদে না, হাসেও না। কেবল চুপ করে চেয়ে থাকে। এই কাঠের পুতুলের মতো বাচ্চাটি সম্পর্কে কার এত আগ্রহ?

হঠাৎ ডাক্তার ক্রিল লক্ষ করলেন, বনি চোখ চেয়ে সোজা তাঁর দিকেই তাকিয়ে আছে। সোজা তার চোখের দিকে। ডাক্তার ক্রিল একটু ঝুঁকে বনির দিকে চেয়ে রইলেন। খুব তীক্ষ্ণ চোখে লক্ষ করতে লাগলেন শিশুটিকে। তাঁর কেমন যেন মনে হল, বনি সম্পর্কে তাঁর পূর্ব সিদ্ধান্তে কোনও ভুল আছে। আজ তিনি বনির চোখ দেখে বুঝতে পারলেন, এই শিশুটির আর সব অসাড় হলেও, মস্তিষ্ক অসাড় নয়। ওর চোখের দৃষ্টিতে একটি ক্রিয়াশীল মস্তিষ্কের প্রতিফলন রয়েছে। বনি আর যা-ই হোক, বোধহীন শিশু নয়।

বনির বাবা-মা সকালবেলায় যখন হাসপাতালে এল তখন ক্রিল তাঁর চেয়ারে গভীর চিন্তায় মগ্ন। তাঁর কপালে দুশ্চিন্তার কুঞ্চন।

বাবুরাম আর প্রতিভাকে আনমনেই অভ্যর্থনা জানালেন ক্রিল। তারপর ম্লান মুখে বললেন, "দুঃখিত, কোনও বিশেষ কারণে বনির অপারেশন করা সম্ভব নয়।"

বাবুরাম অত্যন্ত উদ্বেগের সঙ্গে বললেন, "কেন?"

"কারণটা অত্যন্ত জটিল। মেডিক্যাল টার্মস আপনারা ভাল বুঝবেন না। তবে অপারেশনটা বনির পক্ষে বিপজ্জনক হতে পারে। আমার মনে হয়, বনি এখন যেমন আছে তেমনই থাক।"

"কিন্তু..."

ক্রিল একটু চাপা স্বরে বললেন, "কোনও কিন্তু নেই। বনির অপারেশন হচ্ছে না।

আমি ওকে আরও কয়েকদিন অবজারভেশনে রেখে ছেড়ে দেব।”

অপারেশন হবে না শুনে প্রতিভা কিন্তু খুশিই। তিনি স্বামীকে বললেন, “শোনো, বনি যদি বেঁচে থাকে তা হলেই আমাদের ঢের। আমি আর কিছু চাই না।”

বাবুরাম হতাশ গলায় বললেন, “কিন্তু এ তো ঠিক বেঁচে থাকা নয়। ওকে কে দেখবে আমাদের মৃত্যুর পর?”

প্রতিভা বললেন, “আমাদের মরতে এখনও ঢের দেরি। ততদিনে একটা কিছু হয়ে যাবেই।”

বাবুরাম ডাক্তার ক্রিলের দিকে চেয়ে বললেন, “আমরা কবে বনিকে নিতে আসব?”

ডাক্তার ক্রিল মাথা নেড়ে বললেন, “বলতে পারছি না। খুব বেশি হলে তিন-চারদিন।”

স্বামী-স্ত্রী বিদায় নিলে ডাক্তার ক্রিল আরও কিছুক্ষণ চিন্তাচ্ছন্ন রইলেন। তারপর রুগি দেখতে উঠতে হল।

বাবুরাম ও প্রতিভা সারাদিনই বনিকে নিয়েই কথা বলেন এবং বনিকে নিয়েই চিন্তা করেন। বিশেষ করে বনির ভবিষ্যৎ। এই নিষ্ঠুর উদাসীন পৃথিবীতে বনির মতো অসহায় শিশুর কী দশা হবে? কে দেখবে ওকে? ও কি কোনওদিন হাঁটতে, চলতে বা কথা বলতে পারবে?

প্রতিভা ও বাবুরাম রোজই হাসপাতালে যান। বনিকে দেখে আসেন। তিনদিন বাদে ডাক্তার ক্রিল বললেন, “বনির অবজারভেশন শেষ হয়েছে। এবার ওকে আপনারা নিয়ে যেতে পারেন।”

বাবুরাম অত্যন্ত ব্যগ্রভাবে জিজ্ঞেস করলেন, “অবজারভেশনে কী পেলেন?”

ক্রিল খানিকক্ষণ বাবুরামের মুখের দিকে চেয়ে থেকে মাথা নেড়ে বললেন, “আমার মনে হয় বনি নির্বোধ নয়।”

“তার মানে কী ডাক্তার?”

“আমাদের যন্ত্রপাতি এবং কম্পিউটার বলছে, বনির মস্তিষ্ক ক্রিয়াশীল। তার হাত-পা-জিভ অসাড় হলেও তার মাথা নয়।”

“ও কি ভাল হবে?”

“তা বলা কঠিন। ভাল-মন্দ সম্পর্কে আমাদের ধারণা সাবেক কালের। হয়তো এসব ধারণা ভবিষ্যতে পালটাতে হবে।”

“এ কথার অর্থ কী?”

“এর চেয়ে বেশি বলা আপাতত সম্ভব নয়।”

বাবুরাম জিজ্ঞেস করলেন, "বাড়িতে ওর চিকিৎসার কোনও ব্যবস্থা কি করে দেবেন?"

ক্রিল মাথা নেড়ে বললেন, "কোনও চিকিৎসা নয়। শুধু লক্ষ রাখবেন। আর-একটা কথা। যদি পারেন বনিকে নিয়ে খুব দূরে কোথাও চলে যাবেন। কোনও নিরাপদ জায়গায়।"

"এ কথার মানে কী ডাক্তার ক্রিল?"

"আমার মনে হয় আমেরিকা বনির পক্ষে খুব নিরাপদ জায়গা নয়।"

অনেক ঝুলোঝুলি করেও ডাক্তার ক্রিলের কাছ থেকে এর বেশি আর কিছু বোঝা গেল না। বাবুরাম ও প্রতিভা বনিকে নিয়ে তাঁদের নিউ জার্সির বাড়িতে ফিরে এলেন।

নিউ জার্সি খুব ছোট শহর নয়। কিন্তু আমেরিকার এসব শহর খুব নির্জন। রাস্তায় লোকজন প্রায় দেখাই যায় না। মাঠ, পার্ক, অরণ্য, খেলার মাঠ সবই আছে, কিন্তু বড্ড নিরিবিলি। এ দেশে কারও বাড়িতেই বেশি লোকজন থাকে না, যৌথ পরিবার নেই। এক-একটা বাড়িতে কেবলমাত্র স্বামী-স্ত্রী আর একটা-দুটো বাচ্চা থাকে। যে যার আপনমনে থাকে, এ বাড়ি ও বাড়ি যাতায়াত বা গল্পগুজব করার সময় কারও নেই। এ হল কাজের দেশ। ফলে অধিকাংশ বাড়িই সকালবেলা থেকেই ফাঁকা হয়ে যায়।

বাবুরামের বাড়িটাও এইরকম নির্জন এক পাড়ায়। চারদিকে লম্বা-লম্বা গাছে ছাওয়া ভারী সুন্দর বাড়ি। এ দেশে বাড়ির সামনে এবং পিছনে লন বা ঘাসজমি রাখতেই হয়। সব বাড়িরই মাটির তলায় একটা করে প্রশস্ত ঘর থাকে, তাকে বলে বেসমেন্ট। একতলায় সাধারণত বৈঠকখানা, লিভিংরুম, রান্না আর খাওয়ার ঘর থাকে। ওপরতলায় শোওয়ার ঘর। বাবুরাম সকাল সাতটার মধ্যেই বেরিয়ে যান। সারাদিন বাড়িতে প্রতিভা ছেলে বনিকে আগলে নিয়ে থাকেন। বনিকে নিয়ে কোনও ঝামেলা নেই। জেগে থাকলে সে চেঁচায় না বা কাঁদে না। শুধু চেয়ে থাকে। যখন ঘুমোয় তখন চোখ বুজে থাকে। চোখের পাতা ছাড়া বনির শরীরে আর কোনও কিছুই নড়ে না। তবে বনি খায়। দুধ, ফলের রস খেতে সে খুব ভালবাসে, এটা প্রতিভা বুঝতে পারেন। বনির স্বাস্থ্যও মোটামুটি ভালই।

প্রতিদিন সকালে ঘরের যত আবর্জনা, তরকারির খোসা বা এঁটোকাঁটা একটা প্লাস্টিকের থলিতে করে নিয়ে বাড়ির সামনে রেখে দিতে হয়। গারবেজের গাড়ি এসে সেটা নিয়ে যায়। একদিন সকালে প্রতিভা গারবেজ ব্যাগ রাখতে গিয়ে হঠাৎ দেখলেন, রাস্তার ওপাশে একটা পপলার গাছের নীচে একজন ভবঘুরে দাঁড়িয়ে দাঁড়িয়ে তাঁকেই লক্ষ করছে। লোকটার মাথায় একটা তোবড়ানো টুপি, চুল-দাড়ি-গোঁফে মুখটা আচ্ছন্ন, গায়ে ময়লা কোট, পরনে তাপ্পিমারা ট্রাউজার্স, পায়ে

নোংরা বুটজুতো, গলায় বড় বড় লাল পুঁতির একটা মালা আর কাঁধে একটা বেহালার বাক্স। বিচিত্র চেহারা এবং পোশাকের এইসব ভবঘুরেকে অবশ্য আমেরিকার সর্বত্রই দেখা যায়। এরা আবর্জনা ঘেঁটে খাবার বা পয়সা খোঁজে, ভিক্ষে করে, নেশাভাঙের পয়সা জোটাতে চুরি তো করেই, খুনখারাপিতেও পিছপা হয় না।

প্রতিভা অবশ্য ভয় পেলেন না। আমেরিকায় তিনি অনেকদিন আছেন। ভবঘুরেও বিস্তর দেখেছেন। কিন্তু লোকটা এমন স্থিরভাবে দাঁড়িয়ে তাঁর দিকে চেয়ে আছে যে, ব্যাপারটা অস্বস্তিকর। তিনি তাড়াতাড়ি ঘরে এসে দরজাটা বন্ধ করে দিলেন।

একটু বাদেই হঠাৎ ডোরবেল বেজে উঠল। এই অসময়ে কারও আসবার কথা নয়। আগে থেকে অ্যাপয়েন্টমেন্ট না করে এখানে কেউ কারও বাড়ি যায় না। তবে সেলসম্যান বা ডাকপিয়ন হতে পারে। কিন্তু তা হলে সামনে গাড়ি পার্ক করা থাকবে। এখানকার সেলসম্যান বা ডাকপিয়ন গাড়ি ছাড়া আসবে না। প্রতিভা দোতলার ঘর থেকে কাচের শার্সি দিয়ে উঁকি মেরে কোনও গাড়ি দেখতে পেলেন না। তবে লক্ষ করলেন, পপলার গাছের নীচে ভবঘুরেটা নেই।

প্রতিভার বুকটা একটু কেঁপে উঠল। ভবঘুরেটাই কি ডোরবেল বাজাল? প্রতিভা অবশ্য এসব পরিস্থিতিতে আগেও পড়েছেন। সুতরাং ঘাবড়ালেন না। তাড়াতাড়ি একতলায় নেমে রান্নাঘরের টেবিল থেকে বড় তরকারি কাটার ছুরিটা হাতে নিয়ে গিয়ে দরজাটা খুললেন। দরজায় চেন লাগানো, চট করে কেউ ঢুকতে পারবে না।

সেই ভবঘুরেটাই একগাল হাসি নিয়ে বলল, "সুপ্রভাত। আমি বড্ড ক্ষুধার্ত। কিছু দিতে পারেন?"

প্রতিভা কী বলবেন ভেবে পেলেন না। লোকটার হাবভাব তাঁর ভাল লাগছে না। "দাঁড়াও।" বলে প্রতিভা দরজাটা বন্ধ করতে যাচ্ছিলেন।

লোকটা তার পায়ের বুট দরজার ফাঁকে ঢুকিয়ে দিয়ে দরজা আটকাল।

চেঁচিয়ে কোনও লাভ নেই। কেউ শুনতে পাবে না। সারা শহর এখন খাঁ খাঁ জনশূন্য। প্রতিভা প্রাণপণে দরজাটা চেপে ধরার চেষ্টা করলেন। কিন্তু পারলেন না। লোকটাও তেমন ঠেলাধাক্কা করল না, শুধু ভারী বুট দিয়ে দরজাটা আটকে দাঁড়িয়ে রইল।

প্রতিভা ছুরিটা শক্ত করে ধরে দরজার ফাঁক দিয়ে লোকটার দিকে চেয়ে বললেন, "কী চাও?"

লোকটা একটু হেসে বলল, "এই তো কাজের কথা ম্যাডাম। গায়ের জোর দেখিয়ে লাভ নেই। আমি কিছু টাকা চাই। দশ-বিশ ডলার হলেই চলবে। আর কিছু খাবার। বাসি হলেও আপত্তি নেই।"

প্রতিভা আর কী করেন, মনে আতঙ্ক নিয়েই লোকটাকে তাড়ানোর জন্য তাড়াতাড়ি রান্নাঘরে এসে একটা আস্ত পাউরুটি, এক প্যাকেট মাখন, একটা পিচ আর একটা আপেল একটা প্লাস্টিকের ব্যাগে ভরলেন। পাঁচটা ডলার হাতে নিয়ে সদর দরজার দিকে আসতেই দেখলেন, লোকটা দরজাটা খুলে ঘরে ঢুকে পড়েছে এবং চারদিকে চেয়ে দেখছে। হাবভাব ভাল নয়।

প্রতিভা পিছিয়ে গিয়ে খাওয়ার টেবিল থেকে আবার ছুরিটা তুলে নিলেন, তারপর এগিয়ে গিয়ে বললেন, "তোমার যথেষ্ট দুঃসাহস। কার হুকুমে তুমি ঘরে ঢুকেছ?"

"আমার কারও হুকুমের দরকার হয় না। ছুরিটা রেখে দাও, ওটা যদি ব্যবহার করার ইচ্ছে থাকে তা হলে সেটা ছেলেমানুষি হবে।"

প্রতিভা কী করবেন ভেবে পেলেন না। খুব ভয় পেয়েছেন, কিন্তু কিছু করারও নেই। শুধু বললেন, "তুমি কী চাও? এই খাবার নাও, পাঁচটা ডলার দিচ্ছি, নিয়ে যাও। কিন্তু দয়া করে বিদেয় হও।"

লোকটা প্রতিভার কথায় কর্ণপাত করল বলে মনে হল না, পাত্তাও দিল না। শিস দিতে দিতে ঘুরে ঘুরে ঘরের জিনিসপত্র দেখতে লাগল। বেশ বেপরোয়া ভাব। প্রতিভা চেষ্টা করলেও লোকটাকে ছুরি মারতে পারবেন না এটা তিনি ভাল জানেন। সুতরাং তিনি লোকটার দিকে আতঙ্কিত চোখে চেয়ে রইলেন শুধু।

লোকটা চারদিক দেখতে দেখতে এ ঘর থেকে ও ঘর যাচ্ছিল। প্রতিভা একটু ব্যবধান রেখে তাকে অনুসরণ করতে লাগলেন। লোকটা ধীরে ধীরে দোতলায় উঠল।

প্রতিভা চেঁচিয়ে উঠলেন, "ওখানে আমাদের শোওয়ার ঘর। কেন ওখানে যাচ্ছ?"

"শোওয়ার ঘরেই মানুষ মূল্যবান জিনিসগুলি রাখে।"

"প্লিজ! ও ঘরে আমার ছেলে ঘুমোচ্ছে। সে অসুস্থ। শব্দ করলে জেগে যাবে।"

লোকটা প্রতিভাকে গ্রাহ্যই করল না। দোতলায় উঠে প্রতিভার শোওয়ার ঘরে ঢুকল। বনির নিরাপত্তার কথা ভেবে প্রতিভা তাড়াতাড়ি ঘরে ঢুকে ছেলেকে আগলে বসলেন।

লোকটা বনির দিকে কিছুক্ষণ চেয়ে থেকে বলল, "তোমার ছেলে তো জেগেই আছে দেখছি।"

প্রতিভা দেখলেন সত্যিই বনির চোখ খোলা । সে তাকিয়ে আছে।

লোকটা হঠাৎ বলল, "তোমার ছেলের চোখের রং কি লাল? টকটকে লাল?"

"না। আমার ছেলের চোখের রং কালো।"

লোকটা হঠাৎ যেন উত্তেজিত হয়ে বলল, "ভাল করে দ্যাখো, তোমার ছেলের চোখের রং লাল। ঘোর লাল।"

প্রতিভা বনির দিকে চেয়ে এত অবাক হয়ে গেলেন যে, বলার নয়। বনির চোখের কালো মণিদুটো দু'টি চুনি পাথরের মতো লাল আর ভয়ংকর হয়ে উঠেছে। এরকম অস্বাভাবিক চোখ প্রতিভা কখনও দেখেননি।

"ও মা! বনির কী হল!" বলে তিনি তাড়াতাড়ি ছেলেকে জাপটে ধরলেন।

লোকটা হঠাৎ চেঁচিয়ে উঠল, "সবুজ! ওর চোখের রং সবুজ হয়ে যাচ্ছে! এ তো ভুতুড়ে ব্যাপার।"

প্রতিভা বনির চোখের দিকে চেয়ে স্তম্ভিত হয়ে দেখলেন, চুনি নয়। দু'টি চোখ পান্নার মতো সবুজ। চোখ থেকে যেন দ্যুতি ঠিকরে আসছে।

ভবঘুরেটার মুখ ভয়ে সাদা হয়ে গেল। শুকনো ঠোঁট চাটতে চাটতে লোকটা পিছু হটে দরজার কাছে পৌঁছল। তারপর দুড়দাড় করে সিঁড়ি দিয়ে নেমে দড়াম করে সদর দরজাটা বন্ধ করে পালিয়ে গেল। প্রতিভা জানালার দিকে দেখলেন, লোকটা রাস্তা ধরে ছুটছে।

প্রতিভা দেখলেন, বনির চোখের রং আবার কালো হয়ে গেছে।

প্রতিভা ঘাবড়ে গেছেন বটে, কিন্তু জোর করে নিজেকে স্বাভাবিক রাখলেন। অপেক্ষা করতে লাগলেন বাবুরামের ফেরার জন্য। বনির জন্য তাঁর এত দুশ্চিন্তা হল যে, সারাদিন তিনি বনিকে আর কোল-ছাড়া করলেন না। বনির কি চোখের দোষ আছে? বনির ওপর কি কোনও অপদেবতার ভর হয়? নইলে চোখের রং অমন অস্বাভাবিকভাবে পালটে যাবে কেন?

বিকেলে বাবুরাম ফিরে সব শুনলেন। টেলিফোন করে তক্ষুনি ডাক্তার ক্রিলের সঙ্গে অ্যাপয়েন্টমেন্ট করা হল। পরদিন সকাল সাতটায় ক্রিল বনিকে দেখবেন। হাসপাতালে নিয়ে যেতে হবে।

পরদিন হাসপাতালে শুধু ডাক্তার ক্রিল নয়, একজন চোখের ডাক্তারও বনিকে ভাল করে দেখলেন। তাঁরা মত দিলেন, বনির চোখে কোনও অস্বাভাবিকতা নেই। বনির চোখের দৃষ্টি স্বাভাবিক।

ক্রিল প্রতিভাকে ঘটনাটি সম্পর্কে খুঁটিনাটি প্রশ্ন করে সব জেনে নিলেন। তারপর চিন্তিতভাবে বললেন, "তুমি বলছ যে, বনির চোখের তারার রং পালটে যাচ্ছিল? আশ্চর্যের বিষয় এই অবিশ্বাস্য ঘটনাকে আমি কেন যেন ঠিক অবিশ্বাস করতে পারছি না। বনির ক্ষেত্রে সবই সম্ভব। আমি তোমাদের আবার বলছি, বনিকে আমেরিকায় রাখাটা ঠিক হবে না। তোমরা যদি পারো ওকে নিয়ে কোনও দূর দেশে চলে যাও।"

প্রতিভা করুণ মুখ করে বললেন, "আমাদের দেশ ভারতবর্ষে এত উন্নত ধরনের

চিকিৎসা নেই। জল-হাওয়াও ভাল নয়। তা ছাড়া আমরা আমেরিকাকেই আমাদের দেশ করে নিয়েছি।”

ক্রিল মাথা নেড়ে বললেন, “বনির চিকিৎসা পৃথিবীর কোথাও হবে না। আমার মনে হয় আমেরিকায় ও নিরাপদ নয়। এখন তোমরা যা ভাল বোঝো করবে।”

তিন-চারদিন পর একদিন সকালবেলায় বাবুরাম অফিসে গেছেন। একটু শীত পড়তে শুরু করেছে। ক'দিনের মধ্যেই কনকনে হাওয়া বইবে, তারপর শুরু হবে তুষারপাত। প্রতিভা কিছু কাচাকাচি করে কাপড়গুলো বাইরের রোদে মেলে দিচ্ছিলেন, হঠাৎ নজরে পড়ল, একটা পপলার গাছের তলায় জনাপাঁচেক ভবঘুরে দাঁড়িয়ে আছে। কারও হাতে ব্যাঞ্জো, কারও বেহালা, কারও বগলে বাঁশি। তারা খুব কৌতূহল নিয়ে এ বাড়ির দিকে চেয়ে আছে।

ভবঘুরে দেখে প্রতিভা খুব ভয় পেলেন। তাড়াতাড়ি ঘরে ঢুকে দরজা বন্ধ করে দিলেন। তারপর জানালার পরদা সরিয়ে লক্ষ করতে লাগলেন, ওরা কী করে। দেখতে পেলেন, পাঁচ জনের মধ্যে দু'জন মেয়েও আছে। সকলেরই উলোঝুলো পোশাক এবং নোংরা।

প্রতিভা ভেবে দেখলেন, এরা যদি সবাই মিলে দরজা ভেঙে ঘরে ঢোকে তা হলে তিনি আটকাতে পারবেন না। সুতরাং তিনি পুলিশে ফোন করতে গেলেন। কিন্তু টেলিফোন ডেড। এরাই বোধহয় তার কেটে দিয়েছে। প্রতিভা শোওয়ার ঘরে গিয়ে কম্পিতবক্ষে বাবুরামের ড্রয়ার খুলে ভারী রিভলভারটা তুলে নিলেন। কোনও বেয়াদবি দেখলে আজ তিনি কিছুতেই ওদের ছাড়বেন না। তারপর দৃঢ় পদক্ষেপে নীচে নেমে এসে দরজা খুলে বেরোতে গিয়ে ভীষণ অবাক হয়ে থমকে দাঁড়িয়ে গেলেন।

পাঁচ জন বাউন্ডুলে, উলোঝুলো পোশাক-পরা পুরুষ ও মেয়ে তাদের বাদ্যযন্ত্র বাজিয়ে দরজার সামনে দাঁড়িয়ে গান গাইছে একযোগে। গানের কথা বোঝা যাচ্ছে না, তবে মনে হয় এরা কারও জয়ধ্বনি দিচ্ছে। প্রতিভাকে দেখে গান গাইতে-গাইতেও তারা অভিবাদন জানাতে লাগল বার বার।

কিছুক্ষণ বাদে গান থামিয়ে একজন এগিয়ে এসে বলল, “সুপ্রভাত। আমরা শুনেছি, তোমার একটি শিশুপুত্র আছে এবং সে অলৌকিক ক্ষমতা ধরে। আমরা তাকে একবার দেখতে এসেছি। ভয় নেই, আমরা দূর থেকে তাকে একবার দেখব এবং কিছু উপহার দিয়ে চলে যাব।”

“তোমরা কার কাছে এ কথা শুনেছ?”

“সে আমাদের বন্ধু এক বাউন্ডুলে। তার নাম এডি। সে চুরি করতে তোমার

বাড়িতে ঢুকেছিল। তোমার ছেলেকে দেখে সে ভয় পেয়ে পালিয়ে যায়। আজও তার ভয় কাটেনি। সে বলছে, স্বয়ং ঈশ্বরপুত্র তাকে ভর্ৎসনা করেছেন।”

প্রতিভার মনটা প্রসন্ন হয়ে গেল। তিনি ওপরে গিয়ে বনিকে কোলে নিয়ে নেমে বাইরে এসে দাঁড়ালেন। বাউন্ডুলেরা মুগ্ধ চোখে বনিকে দেখল, তারপর সকলেই সাষ্টাঙ্গে উপুড় হয়ে পড়ে ভূমি-চুম্বন করে উঠে কেউ সিকি ডলার, কেউ একটা ফল, কেউ তার বাঁশিটা উপহার হিসেবে দরজার সামনে রাখল। তারপর নিঃশব্দে চলে গেল।

এরকম দৃশ্য প্রতিভা কখনও দেখেননি। যেমন অবাক হলেন, তেমনই খুশি হলেন। ভবঘুরে বাউন্ডুলেরা সবাই তা হলে খারাপ নয়।

দু'দিন পরেই হঠাৎ হইহই করে বাড়িতে এসে চড়াও হল টেলিভিশন টিম। তাদের সঙ্গে ক্যামেরা, রিফ্লেক্টর, যন্ত্রলাগানো গাড়ি। হাসপাতাল সূত্রে তারা শুনেছে বনি এক অদ্ভুত শিশু। তারা বনির খবর সারা দেশে প্রচার করতে চায়।

বাবুরাম আর প্রতিভার সাক্ষাৎকারও তারা নিল। পরদিন টেলিভিশনে বনির ছবি আর বাবুরাম এবং প্রতিভার সাক্ষাৎকার ফলাও করে প্রচার করা হল। ফলে পরদিন থেকেই কৌতূহলী লোকজন আসতে লাগল বনিকে দেখতে। তারা নানারকম উপহার দিয়েও যেতে লাগল। এল অজস্র টেলিফোন। আসতে লাগল চিঠি, টেলিগ্রাম, ডলার। বাবুরাম আর প্রতিভা অতিষ্ঠ হয়ে উঠতে লাগলেন।

বাবুরাম ডাক্তার ক্রিলকে টেলিফোন করে বললেন, “বনির কথা হাসপাতাল কর্তৃপক্ষ এভাবে মিডিয়াকে জানিয়ে দিয়ে ঠিক কাজ করেনি ডাক্তার ক্রিল। আমাদের জীবন অতিষ্ঠ হয়ে উঠেছে।”

ডাক্তার ক্রিল খুব মোলায়েম গলায় বললেন, “আমি এরকমই চেয়েছিলাম। যাতে অতিষ্ঠ হয়ে তোমরা আমেরিকা ছেড়ে পালাও। তোমাদের কি যাওয়ার জায়গা নেই?”

বাবুরাম বিষণ্ণ গলায় বললেন, “আছে। কিন্তু...”

“কোনও কিন্তু নেই। তোমাদের চলে যাওয়াটা অত্যন্ত জরুরি। আমি তোমাদের একটা কথা এতদিন বলিনি, আজ বলছি। বনির ওপর একটা দুষ্টচক্রের নজর আছে। তারা কী করতে চায় আমি জানি না। কিন্তু বনির ওপর অস্ত্রোপচার তারাই আমাকে করতে দেয়নি। সাবধান থেকো, আমার বিশ্বাস, তারা লোক ভাল নয়।”

বাবুরাম এ কথায় খুব ভয় পেলেন। কিন্তু প্রতিভাকে কিছুই বললেন না।

বাবুরাম ভেবে দেখলেন, বনিকে নিয়ে তিনি দেশে ফিরে যেতে পারেন। সেখানে তাঁর বুড়ো বাবা আছেন, মা আছেন, ভাই-বোনেরাও আছেন। বনি সম্পর্কে তাঁরা কিছুই জানেন না। বনি যে অস্বাভাবিক, বনি যে অসাড় এবং পঙ্গু এই সংবাদ তাঁদের জানাননি

বাবুরাম। ভেবেছিলেন চিকিৎসা করে বনিকে সুস্থ করে দেশে গিয়ে মা-বাবাকে দেখিয়ে আনবেন। বাবাও নাতিকে দেখার জন্য অস্থির হয়ে বার বার চিঠি দিচ্ছেন। চিঠি দিচ্ছেন মা-ও। নাতির কী নাম রাখা হবে তাই নিয়ে দাদু আর ঠাকুমাতে নাকি রোজই তর্কাতর্কি হচ্ছে।

বাবুরাম প্রতিভাকে বললেন, "এই টেনশন আর লোকজনের ভিড় আর ভাল লাগছে না। চলো, দেশ থেকেই ক'দিনের জন্য ঘুরে আসি।"

প্রতিভা রাজি হয়ে বললেন, "সেই ভাল।"

বাবুরাম বললেন, "কিন্তু বনির অসুস্থতা সম্পর্কে বাড়ির লোক কিছুই জানে না। বাবা-মা বনিকে দেখে খুবই মুষড়ে পড়বেন। আমার মনে হয় এঁদের এ ব্যাপারটা চিঠি লিখে আগেভাগেই একটু জানিয়ে দেওয়া ভাল।"

বাবুরাম বাড়িতে চিঠি লিখলেন এবং অফিসে ছুটির দরখাস্ত করে যাওয়ার জন্য অগ্রিম তোড়জোড় শুরু করলেন। বাবুরাম খুবই দায়িত্বপূর্ণ পদে থাকার কারণে বললেই ছুটি পাওয়া শক্ত। অনেক আটঘাট বেঁধে তবে ছুটি নিতে হয়।

দেশে যাওয়ার কথায় প্রতিভা খুব খুশি। আমেরিকায় তাঁরা খুবই সুখে আছেন বটে কিন্তু দেশ হল অন্য জিনিস। দরিদ্র হোক, শত অসুবিধে থাকুক তবু ওই মাটির টান কখনও কমে না।

প্রতিভা এক দুপুরবেলা বনিকে আদর করতে করতে বললেন, "জানিস বনি, আমরা তোকে নিয়ে দেশে যাব। তুই দাদু-ঠাম্মাকে দেখবি, দাদামশাই-দিদাকে দেখতে পাবি। কাকা পিসি মাসি মামারা কত আদর করবে তোকে..."

বনির কালো চোখ হঠাৎ নীলকান্তমণির দ্যুতিতে ভরে উঠল। এমন আশ্চর্য নীল প্রতিভা কখনও দেখেননি। তিনি বনিকে বুকে চেপে ধরে উদ্বিগ্ন গলায় বললেন, "বনি! বনি! তোর কী হল হঠাৎ?"

এই সময়ে টেলিফোন বেজে উঠল। প্রতিভা গিয়ে টেলিফোন ধরতেই একটা গম্ভীর গলা মার্কিন ইংরেজিতে বলে উঠল, "সুপ্রভাত। আমি কি বনির মা'র সঙ্গে কথা বলছি?"

"হ্যাঁ। আমিই বনির মা। কী চাই?"

"আমরা শুনেছি আপনারা বনিকে নিয়ে ভারতবর্ষে চলে যেতে চাইছেন!"

"হ্যাঁ। কিন্তু আপনি কে?"

"আমি যে-ই হই, যা বলছি মন দিয়ে শুনুন। বনিকে এ দেশ থেকে নিয়ে যাওয়ার চেষ্টা করলে আপনারা ঘোর বিপদে পড়বেন।"

"তার মানে?"

"বনি এ দেশেই থাকবে। যদি ওকে নিয়ে পালাতে চান তা হলে আপনাদের বাধা দেওয়া হবে এবং বনিকে আপনাদের কাছ থেকে সরিয়ে নেওয়া হবে।"

ফোন কেটে গেল। প্রতিভা স্তম্ভিত হয়ে ফোনটার দিকে চেয়ে রইলেন।

বাবুরাম বিকেলবেলায় এসে স্ত্রীর কাছ থেকে সব শুনে গম্ভীর ও বিষণ্ণ হয়ে গেলেন। বললেন, "পুলিশের সাহায্য নেওয়া ছাড়া আর তো পথ দেখছি না।"

প্রতিভা মাথা নেড়ে বললেন, "কক্ষনও নয়। পুলিশ এ ব্যাপারে নাক গলালে আমার বনির যদি বিপদ হয়?"

"তা হলে কী করব? ডাক্তার ক্রিল আমাকে সেদিন গোপনে বলেছেন একটা দুষ্টচক্র বনির সম্পর্কে তাঁকেও হুমকি দিয়েছে। এরা নাকি বিপজ্জনক লোক।"

প্রতিভা বললেন, "বনির ভালর জন্য আমাদের সব কিছুই মেনে নিতে হবে।"

বাবুরাম অনেকক্ষণ ভেবে বললেন, "দ্যাখো, আমার মাঝে-মাঝে সন্দেহ হয়, বনির জন্মের পিছনে একটা রহস্যময় কারণ আছে। আমি নিজে সায়েন্টিস্ট বলেই বলছি, কারণটা হয়তো বৈজ্ঞানিক। সেই ডেলাওয়ার ওয়াটার গ্যাপে বেড়াতে যাওয়ার পথে আমাদের যে অ্যাকসিডেন্ট হয়েছিল তার কথা মনে আছে?"

"বাবাঃ, মনে থাকবে না! খুব আছে।"

"আমার মনে হয় ওই অ্যাকসিডেন্টটাও স্বাভাবিক ছিল না। অ্যাকসিডেন্ট স্পট থেকে কে বা কারা আমাদের দু'জনকে অনেক দূরে একটা পোড়ো বাড়িতে নিয়ে গিয়েছিল। তখন বনি সদ্য মাতৃগর্ভে এসেছে। সেই সময়ে কিছু উন্নত মস্তিষ্কসম্পন্ন লোক এমন কিছু ওষুধ তোমার শরীরে ঢুকিয়ে দিয়েছিল বা কোনও সূক্ষ্ম উপায়ে গর্ভস্থ ভ্রূণের এমন কিছু পরিবর্তন ঘটিয়েছিল যার ফলে বনির আজ এই অবস্থা।"

"তা হলে আমরা কী করব এখন?"

"আমার সন্দেহ হচ্ছে, বনিকে কোনও একটা বৈজ্ঞানিক গবেষণার কাজে ব্যবহার করা হচ্ছে।"

"সে কী!" বলে আর্তনাদ করে উঠলেন প্রতিভা।

"ঘাবড়ে যেয়ো না। আমরা এখনও প্রায় কিছুই জানি না। শুধু সন্দেহই হচ্ছে। তবু আমার ইচ্ছে এ ব্যাপারটা নিয়ে একটু অনুসন্ধান করি। সামনের উইক-এন্ডে চলো আমরা আবার সেই জায়গাটায় যাই।"

"আবার যদি বিপদ হয়?'

"ভয় পেয়ো না। আমাদের এখন যে বিপদ চলছে তার চেয়ে বেশি বিপদ আর কী হতে পারে? বনি সম্পর্কে আমরা এখনও প্রায় কিছুই জানি না। না জানলে ওর সমস্যার সমাধান করব কীভাবে?"

"বনিকে নিয়েই তো যাব?"

"হ্যাঁ। অবশ্যই।"

প্রতিভা চেয়ে দেখলেন, বনির চোখ থেকে এক আশ্চর্য গোলাপি আভা ঠিকরে বেরোচ্ছে।

"বনি!" বলে ফের চেঁচালেন প্রতিভা।

বাবুরাম গিয়ে ছেলের অসাড় দেহটি কোলে তুলে নিয়ে তার কানে-কানে বললেন, "বনি, আমি জানি তোমার শরীর অসাড় হলেও তোমার মগজ নয়। তুমি সবই বুঝতে পারছ। হয়তো আমাদের চেয়েও তোমার মগজের শক্তি বেশি। তুমি কী বলো বাবা, আমরা কি ওই জায়গাটায় যাব? যাওয়া কি উচিত?"

চোখের ভুলও হতে পারে, তবু বাবুরামের মনে হল, বনির ঠোঁটে যেন একটা খুব হালকা হাসির ছোঁয়া চকিতে ফুটে উঠেই মিলিয়ে গেল।

বনির বয়স মাত্র এক বছর। এত ছোট বাচ্চার বোধশক্তি প্রবল নয়। বনির ক্ষেত্রে তো আরও নয়। তবু কি বনি বাবুরামের কথা বুঝতে পারল এবং সায় দিল?

বাবুরাম নিশ্চিন্ত হয়ে প্রতিভাকে বললেন, "আমরা যাব।"

প্রতিভা মাথা নেড়ে বললেন, "ঠিক আছে।"

॥ ২ ॥

গদাইবাবুর একদিন হঠাৎ মনে হল, চারদিকে বিজ্ঞানের এমন বাড়বাড়ন্ত হয়েছে যে, এ যুগে বিজ্ঞান না-জানাটা খুবই খারাপ। অফিস থেকে ফিরে তিনি ছেলে টমটমকে ডেকে বললেন, "ওরে টমটম, এই বিজ্ঞানের যুগে বিজ্ঞান না-জানলে তো কিছুই হবে না।"

টমটম মাথা চুলকে মিনমিন করে বলল, "কিন্তু বিজ্ঞান যে আমার মাথায় সেঁধোয় না।"

গদাইবাবু মাথা নেড়ে বললেন, "উঁহু, ওটা কাজের কথা নয়। বিজ্ঞানে তোমার আগ্রহ বাড়াতে হবে, বিজ্ঞানকে ভালবাসতে হবে। হাতে কলমে বিজ্ঞানচর্চা করলে আগ্রহ বাড়বে। দাঁড়াও। কালই বিজ্ঞানচর্চার জন্য জিনিসপত্র কিনে আনতে হবে।"

দুঃখের বিষয় গদাইবাবুও বিজ্ঞানের কিছুই জানেন না। বাড়িতে বিজ্ঞানচর্চা করতে হলে কী কী জিনিস লাগে এবং সেগুলো কোথা থেকে পাওয়া যাবে তাও তিনি জানেন না। তবে সহজে দমবার পাত্র তিনি নন। ক্রমশ খোঁজ নিয়ে নিয়ে নানা দোকান ঘুরে তিনি জিনিসপত্র কিনতে লাগলেন।

মুরগিহাটার একটা দোকানে দেখলেন সায়েন্স কিট বলে পলিথিনের সিল করা প্যাকেট রয়েছে।

"ওগুলো কী?"

দোকানদার মাথা নেড়ে বলে, "জানি না মশাই, এসব মাল হংকং থেকে আসে। কখনও খুলেও দেখি না। তবে শুনতে পাই ওর মধ্যে নানারকম পার্টস আছে। হাড় জুড়ে নানারকম জিনিস হয়। ব্যবহারবিধি ভিতরেই দেওয়া আছে।"

এক-একটা প্যাকেটের গায়ে এক-একটা নাম লেখা। জাম্পিং জো, ডুমস ডে, অটোমেটিক কার এইসব। একটা প্যাকেটের গায়ে লেখা মিস্টিরিয়াস মিস্টার পানচো।

দরদাম করে তিনি 'পানচো' লেখা প্যাকেটটা কিনে ফেললেন।

বাড়িতে এসে বাপ-ব্যাটায় মিলে চিলেকোঠার ঘরটা সাফ করে ল্যাবরেটরি সাজিয়ে ফেললেন। বিজ্ঞানের মাস্টারমশাই হরবাবুকে ডেকে আনা হল। তিনি সব দেখেশুনে বললেন, "ভালই হয়েছে। আমিও মাঝে-মাঝেই এসে এক্সপেরিমেন্ট করতে পারব।"

ল্যাবরেটরি তৈরি হওয়ার পর সত্যিই টমটম আর গদাইবাবুর বিজ্ঞানে খুব মন হল। হরবাবু এসে নানারকম এক্সপেরিমেন্ট দেখিয়ে দিয়ে যান, বাপ-ব্যাটায় মিলে সেগুলো করে ফেলতে লাগলেন।

এইভাবে ক'দিনের মধ্যেই দু'জনে বিজ্ঞানের অনেককিছুই জেনে ফেললেন।

একদিন টমটম বলল, "বাবা, ওই প্যাকেটটা কিন্তু খোলাই হয়নি। টেবিলের তলায় পড়ে আছে।"

গদাইবাবু বললেন, "তাই তো। তা হলে আয় খুলে দেখা যাক।"

প্যাকেটটা বেশ বড়। ওজনও কম নয়। একটা স্ট্রিপ দিয়ে প্যাকেটের মুখ আটকানো।

প্যাকেট খুলে দেখা গেল, তাতে ছোট-বড় নানারকম যন্ত্রাংশ রয়েছে। নির্দেশাবলীর একখানা ছাপা কাগজও রয়েছে সঙ্গে। তাতে লেখা মিস্টিরিয়াস মিস্টার পানচো সম্পর্কে আমরা আগেভাগে কিছুই বলতে পারব না। সম্পূর্ণ তৈরি হয়ে যাওয়ার পর মিস্টার পানচোকে দিয়ে কী কাজ হবে সে সম্পর্কেও আমরা নিশ্চিত নই। এটি সম্পূর্ণ পরীক্ষামূলক একটি যন্ত্র। এ দিয়ে ভালও হতে পারে, মন্দও হতে পারে।

কীভাবে মিস্টার পানচোকে তৈরি করা যাবে তার একটা ক্রম দেওয়া আছে।

যন্ত্রটি রহস্যময় বলেই গদাইবাবু এবং টমটম আরও উৎসাহ পেয়ে গেলেন।

সন্ধেবেলা যন্ত্রটা বানাতে বসবার কিছুক্ষণ পরই বোঝা গেল, যন্ত্রাংশগুলি খুবই জটিল। লাগানো বড় সোজা কথা নয়। সবচেয়ে বড় অংশটা একটা ব্যারেল বা পিপের মতো জিনিস। সেটা সিল করা। তার গায়ে নানারকম সকেট আর পয়েন্ট রয়েছে, যাতে অন্যান্য জিনিস জোড়া হবে।

দু'জনে মিলে ঘণ্টা-দুয়েকের চেষ্টায় মোটে তিন-চারটে জিনিস ঠিকমতো জুড়তে পারলেন। রাতের খাওয়ার ডাক আসায় কাজটা আর শেষ হল না।

পরদিন সকালে আবার বাপ-ব্যাটায় গিয়ে চিলেকোঠায় ঢুকলেন বাকি অংশগুলো জুড়তে। গিয়ে যা দেখলেন তাতে তাঁদের চক্ষুস্থির। যন্ত্রাংশগুলো কে যেন ইতিমধ্যেই জুড়ে দিয়েছে।

এটা কার কাজ তা বুঝতে না পেরে গদাইবাবু খুব রেগে গেলেন এবং বাড়ির অন্যান্য লোকদের বকাবকিও করলেন। কিন্তু কে লাগিয়েছে তা ধরা গেল না।

টমটম অবশ্য নির্দেশ মিলিয়ে দেখে বলল, "বাবা, পার্টসগুলো কিন্তু ঠিক-ঠিকই লাগানো হয়েছে। যে-ই লাগাক সে আনাড়ির মতো কাজ করেনি।"

এ কথা শুনে গদাইবাবু একটু ঠান্ডা হলেন। তারপর জিনিসটা দেখতে লাগলেন।

মিস্টিরিয়াস মিস্টার পানচো এককথায় একটি বিতিকিচ্ছিরি চেহারার জিনিস। ব্যারেল বা ঢোলটাই হল তার ধড়। দু'খানা হাতের মতো জিনিস আছে, দু'খানা পায়ের মতোও জিনিস আছে, চাকাও আছে, একটি লেজ আছে। তবে মাথা নেই, তার বদলে একটা ডিস্ক অ্যান্টেনার মতো জিনিস লাগানো। সব মিলিয়ে বিদঘুটে।

গদাইবাবু যন্ত্রটার নানা অংশ নেড়েচেড়ে দেখলেন। কোনও ঘটনা ঘটল না। যন্ত্রটা নড়াচড়া করে উঠল না, কোনও শব্দ-টব্দও কিছু হল না।

টমটম বলল, "এটা দিয়ে কী হবে বাবা?"

গদাইবাবু ঠোঁট উলটে বললেন, "কী জানি বাবা। কিছুই বোধহয় হবে না। মিস্টিরিয়াস মিস্টার পানচো মিস্টিরিয়াসই থেকে যাবে মনে হচ্ছে। টাকাগুলোই গচ্চা গেল।"

টমটমও হতাশ হয়ে গেল, "খানিকটা মানুষ-মানুষ দেখাচ্ছে বটে, কিন্তু এটা দিয়ে পুতুল-খেলাও যায় না।"

সুতরাং মিস্টার পানচোকে চিলেকোঠার একটি কুলুঙ্গিতে তুলে রাখা হল। তার কথা আর কারও তেমন মনে রইল না।

পরদিন সকালে বাড়ির গিন্নি বললেন, "রাতে আমাদের বাড়িতে কিন্তু চোর এসেছিল।"

গদাইবাবু বললেন, "চোর এসেছিল! কীরকম?"

"তা কি আমি দেখেছি? মনে হচ্ছে পাইপ বেয়ে ছাদে উঠে ছাদের দরজা দিয়ে বাড়িতে ঢুকবার চেষ্টা করছিল। ছাদে হাঁটাহাঁটির শব্দ পেয়েছি।"

"তা হলে ডাকোনি কেন?"

"আজকাল চোরদের কাছে অস্ত্রশস্ত্র থাকে। তোমাকে ডাকলে তুমি তো ঘুমের চোখে চোর ধরতে ছুটতে, ছোরা বসিয়ে দিলে বা গুলি করলে কী হত? তাই ডাকিনি। তবে চোর বেশিক্ষণ ছিল না। দু'-তিন মিনিট বাদেই হাঁটাহাঁটি বন্ধ হয়ে গিয়েছিল।"

গদাইবাবু মিস্তিরি ডাকিয়ে ছাদের দরজাটা আরও মজবুত করলেন তো বটেই, একটা কোলাপসিবল গেটও বসিয়ে দিলেন। আরও সতর্কতার জন্য একটা কুকুরও নিয়ে এলেন কিনে। বাচ্চা অ্যালসেশিয়ান, তবে বেশ চালাক-চতুর।

সেই রাতেই ফের চোর এল এবং বিশেষ গভীর রাতেও নয়। রাত বারোটা নাগাদ প্রথম কুকুরটা ঘেউ-ঘেউ করে তেড়ে গেল সিঁড়ি দিয়ে ছাদের দিকে। তারপর ছাদে শব্দও পাওয়া গেল। ঠিক পায়ের শব্দ নয়। অনেকটা যেন কিছু গড়িয়ে যাওয়ার শব্দ।

গদাইবাবু সাহসী লোক। তিনি কারও বারণ না শুনে টর্চ আর পিস্তল নিয়ে ছাদে উঠলেন। কোথাও কিছু দেখা গেল না। চিলেকোঠার তালা খুলে দেখলেন, সবই ঠিক আছে। এমনকী, কুলুঙ্গিতে পানচো অবধি স্থির হয়ে দাঁড়িয়ে রয়েছে।

ফিরে এসে গদাইবাবু বললেন, "ও আমাদের শোনার ভুল।"

গিন্নি বললেন, "আমাদের ভুল হতে পারে, কিন্তু কুকুরের ভুল হয় না।"

গদাইবাবু গম্ভীর হয়ে বললেন, "কুকুর যতই চালাক হোক, সে মানুষের চেয়ে ইতর প্রাণী। মানুষের যদি ভুল হতে পারে কুকুরের হতে বাধা কোথায়?"

এই নিয়ে একটা তর্কাতর্কি হল বটে, কিন্তু রহস্যটার সমাধান হল না।

গদাইবাবুর টমটম ছাড়াও আরও তিন ছেলেমেয়ে। সবচেয়ে ছোটটি মেয়ে, বয়স মাত্র সাতমাস। সেদিন গদাইবাবু অফিসে আর ছেলেমেয়েরা যে যার স্কুলে গেছে। ছোট মেয়েকে বিছানায় ঘুম পাড়িয়ে রেখে গদাই-গিন্নি রান্নাঘরে ব্যস্ত রয়েছেন। বাচ্চা কাজের মেয়ে বকুল গিন্নিমা'র সঙ্গে টুকটাক কাজ করছে। এমন সময়ে বাচ্চাটা কেঁদে উঠল।

মেয়েটা পাছে গড়িয়ে খাট থেকে পড়ে যায় সেজন্য মোটা পাশবালিশ দেওয়া আছে দু'দিকে। তা ছাড়া মশারিও আছে। মেয়ে কাঁদছে শুনে গদাই-গিন্নি তাড়াতাড়ি হাতের কাজ সারছিলেন। সারতে-সারতেই শুনতে পেলেন কান্না থামিয়ে মেয়ে যেন কার সঙ্গে 'অ অ' করে খুব কথা বলছে। হাসছেও।

ঘরে এসে যা দেখেন তাতে তাঁর চক্ষুস্থির। মেঝের ওপর মাদুর পাতা, তার ওপর

মেয়ে গ্যাঁট হয়ে বসে আছে। চারদিকে পুতুল বল খেলনাগাড়ি সাজানো। মেয়েকে বিছানা থেকে কে নামাল, কে মাদুর পাতল, কে খেলনা নামিয়ে দিল তা বুঝতে না পেরে বিস্ময়ে তিনি হাঁ হয়ে রইলেন।

বাড়িতে কোনও লোক নেই, তিনি আর বকুল ছাড়া। তবু তন্ন-তন্ন করে খুঁজে দেখলেন।

গদাইবাবু বাড়ি ফিরলে গিন্নি হাউমাউ করে কেঁদে উঠে বললেন, "বাড়িতে ভূতের উপদ্রব শুরু হয়েছে।"

গদাইবাবু সব শুনে বললেন, "চোরের পর তোমার মাথায় আবার ভূতের বায়ু চাপল? আরে, এ হচ্ছে বিজ্ঞানের যুগ। ভূত-টুত এ যুগে অচল। ওসব নয়। পাড়া-প্রতিবেশীদের কেউ চুপি-চুপি এসে এ কাণ্ড করে গেছে, তোমাকে একটু বোকা বানানোর জন্য।"

"অসম্ভব। সদর-দরজা আমি নিজে হাতে ডবল ছিটকিনি দিয়ে বন্ধ করেছিলাম। খিড়কির দোরেও হুড়কো দেওয়া ছিল।"

গদাইবাবু আর বিজ্ঞান কপচানোর সাহস পেলেন না। তবে ঘটনাটা নিয়ে মাথাও ঘামালেন না তেমন।

সন্ধেবেলা রোজকার মতো ছেলেকে নিয়ে তিনি ল্যাবরেটরিতে এলেন এক্সপেরিমেন্ট করার জন্য। আজ তিনি ভ্যানিশিং ক্রিম, শ্যাম্পু আর কলিংবেল তৈরি করে সবাইকে অবাক করে দেবেন বলে জিনিসপত্র সব সাজিয়েই রেখে গিয়েছিলেন। কিন্তু ল্যাবরেটরিতে ঢুকে খুব তাজ্জব হয়ে দেখলেন, কে বা কারা ইতিমধ্যেই এসে ভ্যানিশিং ক্রিম, শ্যাম্পু এবং কলিংবেল তৈরি করে রেখে গেছে। আর জিনিসগুলো হয়েছেও বেশ উঁচু মানের।

"এ কী রে টমটম, এসব করল কে! তুই নাকি?"

টমটমও ভীষণ অবাক। মাথা নেড়ে বলল, "না তো বাবা। স্কুল থেকে এসে আমি তো ক্রিকেট খেলছিলাম। একটু আগে ফিরেছি।"

"তা হলে ল্যাবরেটরিতে কে ঢুকেছিল তালা খুলে?"

বেশ চিন্তিতভাবে গদাইবাবু আর টমটম বসে ছিল, এমন সময় বকুল এসে খবর দিল, পাড়ার দু'জন লোক দেখা করতে এসেছে।

গদাইবাবু নীচে নেমে এসে দেখেন পাশের গাড়ির গগন রায় আর আর-একজন প্রতিবেশী কানু বোস।

গগনবাবু বললেন, "তা ভায়া, তুমি তো বেশ দিব্যি একটা জেনারেটর কিনেছ। পাড়ায় লোডশেডিং আর তোমার বাড়িতে সব ঘরে আলো ঝলমল করছে।"

গদাইবাবু হাঁ হয়ে বললেন, "লোডশেডিং! জেনারেটর! না তো, আমি তো জেনারেটর কিনিনি। একটা ইনভার্টার ছিল, তা তারও ব্যাটারিটা ক'দিন আগে ডাউন হয়ে গেছে।"

গগনবাবু অবাক হয়ে বললেন, "তা হলে আলো-টালো জ্বলছে কীসে?"

গদাইবাবু বাইরে উঁকি মেরে দেখলেন, বাস্তবিকই পাড়ায় লোডশেডিং চলছে। কিন্তু তাঁর বাড়িতে ঝলমল করছে আলো। তিনি মাথা চুলকে বললেন, "মনে হচ্ছে কোনও হট লাইনের সঙ্গে আমার বাড়ির একটা অ্যাকসিডেন্টাল কানেকশন হয়ে গেছে।"

মুখে গদাইবাবু যা-ই বলুন তাঁর মন সেকথা বলছে না।

প্রতিবেশীরা চলে যাওয়ার পর তিনি কিছুক্ষণ গুম হয়ে বসে রইলেন।

বায়ু বেশ চড়ে যাওয়ায় রাত্তিরে ভাল ঘুম হল না গদাইবাবুর। বারবার এপাশ ওপাশ করতে লাগলেন। রাত তিনটের সময় হঠাৎ রান্নাঘরে একটা খুটখাট শব্দ পেয়ে তিনি ঝপ করে উঠে পড়লেন। হাতে টর্চ আর পিস্তল। পা টিপে-টিপে রান্নাঘরের দরজায় গিয়ে তিনি দেখলেন, আলো জ্বলছে। ভিতরে কেউ নেই। কিন্তু খুবই আশ্চর্যের বিষয়, এক কাপ গরম চা সাজানো রয়েছে।

গদাইবাবুর চোখের পলক পড়ছিল না। রাত জাগার ফলে তাঁর ভিতরে একটা চা খাওয়ার ইচ্ছে যে চাগাড় দিয়েছে তা এতক্ষণ তিনি নিজেও বুঝতে পারেননি। চা দেখে বুঝলেন, এখন তাঁর এই জিনিসটিই সবচেয়ে বেশি দরকার ছিল।

চা তিনি নিলেন এবং চুমুকও দিলেন। তারপর বিড়বিড় করে বললেন, "ভূতের চা বাবা, খেয়ে না আবার কোনও গন্ডগোলে পড়ি! তবে উপকারী ভূত, এইটেই যা সান্ত্বনা।"

কিন্তু এই বিজ্ঞানের যুগে ভূতকেই বা মানেন কী করে গদাইবাবু? যতই ভুতুড়ে কাণ্ড হোক তার পিছনে একটা বৈজ্ঞানিক কারণ থাকবেই থাকবে। বিজ্ঞান ছাড়া কিছুই ঘটছে না।

চা খুবই ভাল হয়েছে। চা খেয়েই তাঁর বেশ ফুরফুরে লাগল এবং ঘুমও পেল। তিনি বিছানায় শুয়ে অঘোর ঘুমে ঢলে পড়লেন।

পরদিন বিকেলে যে কাণ্ড ঘটল তার জন্য অবশ্য কেউই প্রস্তুত ছিলেন না। পরদিনও সন্ধেবেলায় চারদিকে লোডশেডিং এবং যথারীতি গদাইবাবুর বাড়িতে আলো জ্বলছে। পাড়ার দু'-চারজন ব্যাপারটা দেখতে এসেছেন।

পটলবাবু বললেন, "নাঃ গদাইবাবু, আপনার কপালটা বড্ডই ভাল। ইলেকট্রিক কোম্পানির ভুলে আপনি দিব্যি লোডশেডিং-এর হাত থেকে রেহাই পেয়ে যাচ্ছেন।"

গদাইবাবু খুব ম্লান একটু হাসলেন।

বাইরের ঘরে টিভি চলছে, তাতে বাচ্চাদের কীসব প্রোগ্রাম দেখানো হচ্ছে।

হঠাৎ শান্তিবাবু বললেন, "আরে! দেখুন তো, এটা টিভিতে কী দেখাচ্ছে! এ তো আমাদের দেশের প্রোগ্রাম নয়।"

সবাই অবাক হয়ে দেখলেন, গদাইবাবুর সাদা-কালো টিভির পরদায় রঙিন ছবি আসছে। আমেরিকার এন বি সি-র নিউজ চ্যানেলে একজন শ্বেতাঙ্গ খবর পড়ছেন।

গগনবাবু বলে উঠলেন, "গদাই, তোমার তো রঙিন টিভি ছিল না! কবে কিনলে?"

গদাইবাবু আমতা-আমতা করে বললেন, "এই আর কী।"

শান্তিবাবু বলে উঠলেন, "কিন্তু এইমাত্র যে সাদা-কালো ছবিই দেখা যাচ্ছিল।"

গদাইবাবু এ কথাটা না শুনবার ভান করলেন। কারণ আসল কথাটা হল তাঁর রঙিন টিভি নেই। অথচ চোখের সামনে তাঁর সাদা-কালো টিভিতে দিব্যি বাহারি রঙের ছবি দেখা যাচ্ছে। আর প্রোগ্রামটা দেখার মতো। এন বি সি নিউজ। এন বি সি যে আমেরিকার একটি সংস্থা তা তিনি ভালই জানেন।

শান্তিবাবু বললেন, "হয়তো হতেও পারে যে, আমেরিকার প্রোগ্রাম এখান থেকে রিলে করে দেখানো হচ্ছে। পাড়ায় লোডশেডিং না হলে গিয়ে খোঁজ নিয়ে দেখা যেত আশপাশের বাড়িতে।"

গদাইবাবু চুপ করে রইলেন, কারণ তিনি নিজেও বেশ ব্যোমকে গেছেন।

যাই হোক, সবাই মিলে টিভির এই নতুন ধরনের প্রোগ্রামটা মন দিয়েই দেখতে লাগলেন। হঠাৎ খবরে বলল, "এখন তোমাদের কাছে আমরা একটি অদ্ভুত শিশুকে হাজির করছি। ছেলেটির নাম বনি। এ হল বাবুরাম আর প্রতিভা নামক একটি ভারতীয় দম্পতির শিশুপুত্র। এ ছেলেটির শরীর অসাড়, সে শব্দ করে না, কাঁদে না, হাসে না, কিন্তু ডাক্তার ক্রিল বলেছেন, ছেলেটির মস্তিষ্ক খুবই উন্নত মানের। এরকম শিশু পৃথিবীতে দুর্লভ।"

খবরের সঙ্গে সঙ্গে একটি শিশুর ছবি টিভিতে দেখানো হল। ভারী সুন্দর চেহারা বাচ্চাটার। কিন্তু সে অসাড়।

গদাইবাবু এসব দেখছেন আর সকলের অলক্ষে চোখ কচলাচ্ছেন, নিজের গায়ে চিমটিও কাটছেন। স্বপ্ন দেখছেন কি না বুঝতে পারছেন না। না কি পাগল হয়ে গেলেন? লোডশেডিং-এর মধ্যে ঘরে আলো জ্বলছে, সাদা-কালো টিভিতে রঙিন ছবি দেখা যাচ্ছে, কলকাতায় বসে আমেরিকার এন বি সি-র খবর শুনছেন— এসবের মানে কী?

হঠাৎ টিভির ছবি পালটে গেল। দেখা গেল হংকং থেকে এক ভদ্রমহিলা খবর

পড়ছেন। তিনি খবরের যে অংশটা পড়ছিলেন তাতে জানা গেল, সম্প্রতি চিন থেকে নাকি একজন বৈজ্ঞানিক অনেক কষ্টে তাইওয়ানে পালিয়ে এসেছেন। তাঁর নাম ডাক্তার ওয়াং। তিনি নাকি একটি যুগান্তকারী আবিষ্কার করেছেন। কিন্তু তাঁর দেশের বৈজ্ঞানিক অকাদেমি সেই আবিষ্কারটি তাঁদের হাতে তুলে দেওয়ার দাবি জানান। তিনি সেই দাবি মানেননি। ফলে তাঁকে গ্রেফতার করার হুমকি দেওয়া হয়। তিনি কয়েকজন বন্ধুর সাহায্যে তাঁর আবিষ্কারটি নিয়ে পালিয়ে আসেন।

টিভির পরদায় ডাক্তার ওয়াংকে দেখা গেল। বেঁটে-খাটো মাঝবয়সি একজন লোক। চেহারাটা দেখে হাসিই পায়। যেন কুমড়োপটাশ। চোখমুখে আতঙ্ক। তাঁকে জিজ্ঞেস করা হল, "ডাক্তার ওয়াং, আপনি কোন কৌশলে পালালেন?"

ওয়াং রুমালে মুখ মুছতে-মুছতে বললেন, "আমাদের দেশে একরকম ভেষজ আছে, তার নাম জিন সেং। সেটা রফতানি হয় খুব বড় বড় প্যাকিং বাক্সে। ওরকমই একটা প্যাকিং-বাক্সের মধ্যে আমি অক্সিজেন সিলিন্ডার নিয়ে ঢুকে পড়ি, আমার আবিষ্কারটি সঙ্গে ছিল। তাইওয়ানে এসে পৌঁছতে আমার কোনও অসুবিধে হয়নি। কিন্তু এ দেশটা আরও বিচ্ছিরি।"

"কেন ডাক্তার ওয়াং? হংকং তো খুব উন্নত শহর!"

"শহর উন্নত হলে কী হবে? এ দেশে আসবার সঙ্গে সঙ্গেই আমার আবিষ্কার চুরি হয়ে যায়। সেই থেকে আমার রাতে ঘুম নেই, ভাল করে খেতে পারি না..."

বলতে বলতে ওয়াং রুমালে মুখ ঢেকে হাউমাউ করে কাঁদতে লাগলেন। চিনা বা জাপানিরা সহজে কাঁদে না। কান্না তাদের ধাতেই নেই। এমনকী ওসব দেশে বাচ্চাদেরও খুবই কম কাঁদতে দেখা যায়। সুতরাং, বোঝা গেল, ডাক্তার ওয়াং খুবই মনোকষ্টে আছেন।

"আপনার আবিষ্কারটি ঠিক কী ধরনের তা কি একটু দয়া করে বলবেন?"

ডাক্তার ওয়াং চোখ মুছে বিষণ্ণ মুখে মাথা নেড়ে বললেন, "আবিষ্কারটি এখনও সম্পূর্ণ হয়নি। হলে সারা পৃথিবীতে হইচই পড়ে যাবে। তবে ও বিষয়ে আমি খোলাখুলি কিছুই বলব না। তা হলে যারা জিনিসটা চুরি করেছে তারা জো পেয়ে যাবে।"

"আবিষ্কারটা কি এমন যা আনাড়ির হাতে পড়লে ক্ষতি হতে পারে?"

"খুবই পারে। অসাবধানে ওটি ঘাঁটাঘাঁটি করলে সাংঘাতিক কাণ্ড হয়ে যেতে পারে। সেসব কাণ্ডের কথা আর না-ই বা বললাম।"

"কীভাবে ওটি চুরি গেল তা একটু বলুন।"

"তাইওয়ানে আসার পর আমি একটি হোটেলে ছিলাম। হংকং-এর একটি বড়

হোটেল। ঘর থেকে আমি বড় একটা বেরোতুম না। নিজের পরিচয়ও কাউকে দিতাম না। সারাদিন হোটেলের ঘরে নিজের বৈজ্ঞানিক কাজকর্ম চালিয়ে যেতাম। তবে হোটেলের কর্তৃপক্ষ ব্যাপারটা পছন্দ করেনি। হোটেলের ঘরে বিজ্ঞানচর্চা করতে তারা আমাকে বারণ করে। একদিন সকালে ঘুম থেকে উঠে দেখি আমার ঘর ফাঁকা, সব যন্ত্রপাতি হাওয়া, সেইসঙ্গে আমার সব মালপত্রও। আমি চেঁচামেচি হইচই বাধিয়ে দিই। প্রথমে সন্দেহ হয়েছিল, হোটেলওয়ালাই চুরিটা করিয়েছে আমাকে তাড়ানোর জন্য। পরে পুলিশ আসে এবং তারা নানারকম তদন্ত করে আমাকে জানায়, এটা বাইরের লোকের কাজ। এই হোটেলের খুবই সুনাম আছে, এখান থেকে কারও কিছু চুরি যায়নি কখনও।"

"আপনার কাকে সন্দেহ হয় ডাক্তার ওয়াং?"

"দেখুন, আমি পরিচয় না দিলেও বিশ্ব-দুনিয়ায় বৈজ্ঞানিক মহলে সবাই আমায় চেনে। আমার ছবি পৃথিবীর বড় বড় বিজ্ঞান জার্নালে বেরোয়। আমার সন্দেহ, হংকং-এ আমাকে কেউ চিনতে পেরেছে এবং সে আমার আবিষ্কারের কথাও জানে। সম্ভবত আমার রাতের খাবারের সঙ্গে ঘুমের ওষুধ মিশিয়ে দিয়ে চুরিটা করা হয়েছে।"

"আপনি এখন কী করবেন?"

ডাক্তার ওয়াং অত্যন্ত উত্তেজিতভাবে মুষ্টিবদ্ধ হাত শূন্যে ঘুসি মারার ভঙ্গিতে ছুড়ে বললেন, "চোরদের আমি ছেড়ে দেব না। আমি সারা দুনিয়া চষে বেড়িয়ে আমার আবিষ্কারটি খুঁজব, চোরদের এমন শাস্তি দেব যে, তারা চিরদিন মনে রাখবে।"

এরপরই টিভিতে আবার কলকাতার প্রোগ্রাম চলে এল।

শান্তিবাবু বললেন, "গদাইবাবুর বাড়িতে এসে আজ অনেক লাভ হল। ফাঁকতালে আমেরিকা আর হংকং-এর খবর পেয়ে গেলুম।"

পাড়া-প্রতিবেশীরা বিদায় নেওয়ার পর গদাইবাবু খুব ভাল করে তার টিভি সেটটা লক্ষ করলেন। সেই পুরনো সেটটাই রয়েছে, কেউ বদলে দিয়ে যায়নি। টমটমকে ডেকে জিজ্ঞেস করলেন, "হ্যাঁ রে, এর মধ্যে কি কোনও মিস্ত্রি এসে আমাদের টিভি সেটটা মেরামত করেছে?"

"না তো! আমার কি মনে হয় জানো বাবা? আমার মনে হয় আমাদের বাড়ি কোনও একটা ভালমানুষ ভূত এসে বাসা করেছে।"

গদাইবাবু অত্যন্ত গম্ভীর হয়ে বললেন, "ভূত বলে কিছু নেই। সবই বিজ্ঞান।"

"তা হলে লোডশেডিং-এর মধ্যে আলো জ্বলছে কী করে? টিভিটা রঙিন হল কী করে?"

গদাইবাবু মুখে কিছু বললেন না, কিন্তু তাঁর মনেও নানা প্রশ্নের উদয় হচ্ছে, সেদিন

মাঝরাতে চা করে দিল কে? বাচ্চা মেয়েটাকে খাট থেকে নামিয়ে মাদুর পেতে বসাল কে? এইসব কী হচ্ছে? অ্যাঁ! ভূত তিনি মুখে না মানুন, কিন্তু মনের মধ্যে বেশ একটা ভূত-ভূত ভয় যে না হচ্ছে এমন নয়। কিন্তু এই বিজ্ঞানের যুগে ভূতকে স্বীকারই বা তিনি করেন কী করে?

রাত্রিবেলা গদাইবাবুর ঘুম হচ্ছিল না। নানা কথা ভেবে মাথাটা গরম। হঠাৎ তাঁর মনে হল, নিশুত রাতে কে বা কারা যেন রেডিয়ো বা বেতারযন্ত্র চালু করেছে। তিনি নানারকম ধাতব কণ্ঠস্বর শুনতে পাচ্ছিলেন। গদাইবাবু টর্চ আর লাঠি নিয়ে উঠলেন এবং সব ঘরের আলো জ্বালিয়ে দিলেন। রেডিয়োটার কাছে গিয়ে দেখলেন, সেটা থেকেই শব্দ আসছে। কোন কেন্দ্র থেকে কথা আসছে তা বুঝতে পারলেন না, তবে ভাষাটা চিনা বা জাপানি হতে পারে। কিছুক্ষণ শুনে বুঝলেন এটা কোনও বেতারকেন্দ্রের অনুষ্ঠান নয়। একজন যেন আর-একজনের সঙ্গে বেতারযন্ত্রের মাধ্যমে কথা বলছে। আরও কিছুক্ষণ শুনবার পর তাঁর মনে হল, এটা একটা লং ডিসট্যান্স টেলিফোন কল। তাঁর রেডিয়ো ওই কলটাকে মনিটর করছে। গদাইবাবুর ছোট্ট ট্রানজিস্টর রেডিয়ো খুবই কমজোরি যন্ত্র। দামেও শস্তা। সাধারণত কলকাতা কেন্দ্রেরই অনুষ্ঠান স্পষ্ট শোনা যায়। ব্যাটারিটাও পুরনো হয়েছে। এই রেডিয়োতে এসব ব্যাপার হওয়ার কথাই নয়।

হঠাৎ গদাইবাবুর মাথায় চিড়িক করে একটা বুদ্ধি খেলে গেল। তিনি তাড়াতাড়ি তাঁর টেপরেকর্ডারটা এনে রেডিয়োর কথাগুলো রেকর্ড করতে লাগলেন। তাঁর মনে হচ্ছিল এই দু'টি লোকের কথার মধ্যে কোনও একটা রহস্য থাকলেও থাকতে পারে। রেকর্ড করার আরও একটা কারণ ছিল। কথাবার্তার মধ্যে তিনি বারবার ডাক্তার ওয়াং-এর নাম উচ্চারিত হতে শুনতে পেয়েছিলেন।

বেন্টিং স্ট্রিটের একটা চিনে দোকান থেকে বহুকাল ধরে জুতো কেনেন গদাইবাবু। চেনা দোকান। লোকটা তাঁকে খাতিরও করে। পরদিন অফিসের পর তিনি সোজা গিয়ে সেই দোকানের চিনা মালিককে ধরলেন, এই ক্যাসেটের কথাবার্তাগুলোর অর্থ বলে দিতে হবে। মনে হচ্ছে ভাষাটা চিনা।

লোকটা খুব খাতির করে দোকানের পিছন দিকে একটা ছোট্ট ঘরে নিয়ে গদাইবাবুকে বসাল, তারপর তার ছেলেকে ডেকে বলল, "তোমার ওয়াকম্যানটা নিয়ে এসো।"

ওয়াকম্যান এলে লোকটা কানে ইয়ারফোন লাগিয়ে মন দিয়ে কথাবার্তাগুলো শুনে বলল, "গদাইবাবু, ভাষাটা ক্যান্টোনিজ চিনা। মনে হচ্ছে দুটো পাজি লোক কোনও শলাপরামর্শ করছে। ডাক্তার ওয়াং কাল লন্ডন রওনা হচ্ছেন, সেখানে যেন তাঁকে

রিসিভ করা হয় সেকথাই বলছে। আর একটা বৈজ্ঞানিক আবিষ্কারের কথাও আছে। আর আছে পঞ্চাশ মিলিয়ন ডলার দামের কথাও। কিসের দাম তা অবশ্য আমি বুঝতে পারছি না।”

“লোক দুটোকে তোমার পাজি বলে মনে হচ্ছে কেন?”

“ওদের কথাবার্তায় একটা লোককে খতম করে দেওয়ার প্রসঙ্গও আছে। তবে খুব স্পষ্ট করে নয়। যা-ই হোক, এরা যে ভাল লোক নয় তা বুঝতে কষ্ট হয় না। লোক চরিয়েই আমি বুড়ো হলুম।”

ক্যাসেটটা নিয়ে গদাইবাবু বাড়ি ফিরে এলেন। এসে দেখলেন, পাড়ায় লোডশেডিং চলছে এবং তাঁর বাড়িতে যথারীতি ঝলমল করছে আলো। বাইরের ঘরে আজও গগনবাবু আর শান্তিবাবু এসে বসেছেন। টিভি চলছে। দেখানো হচ্ছে বি বি সি'র খবর।

গদাইবাবু খুবই চিন্তিতভাবে বসে খবর শুনতে লাগলেন। খবরটা তাঁর কাছে বেশ গুরুতরই মনে হল। বি বি সি-র সংবাদপাঠক বললেন, “বিশ্ববিখ্যাত চিনা বৈজ্ঞানিক ডক্টর ওয়াং হংকং-এ মার্কিন দূতাবাসে আশ্রয় নিয়েছেন। তিনি মার্কিন যুক্তরাষ্ট্রে রাজনৈতিক আশ্রয় চেয়েছেন। শীঘ্রই তিনি মার্কিন যুক্তরাষ্ট্রে রওনা হবেন। যে আবিষ্কারকে নিয়ে তাঁর অনেক আশা-আকাঙ্ক্ষা ছিল, তা হংকং থেকে চুরি হওয়ায় সারা বিশ্বে চাঞ্চল্যের সৃষ্টি হয়েছে। এই আবিষ্কার খুঁজে বের করতে আন্তর্জাতিক গোয়েন্দাবাহিনীর সাহায্য চাওয়া হয়েছে। তবে এই আবিষ্কারটি ঠিক কী বস্তু তা ডক্টর ওয়াং স্পষ্ট করে কিছু বলেননি। ওদিকে চিনের তরফ থেকে ডক্টর ওয়াং-এর এই আচরণের তীব্র নিন্দা করা হয়েছে।”

॥ ৩ ॥

প্যান অ্যাম-এর একটি বোয়িং ৭৪৭ জাম্বো জেট বিমানের প্রথম শ্রেণিতে আজ একজন ভি আই পি হংকং থেকে লন্ডন যাচ্ছেন। বিমানসেবক ও সেবিকারা তটস্থ। বিমানটি কিছুক্ষণ পরেই লন্ডনের হিথরো বিমানবন্দরে নামবে। ভি আই পি যাত্রীটি অত্যন্ত উদ্বেগের সঙ্গে মাঝে-মাঝে তাঁর দামি হাতঘড়িটির দিকে চেয়ে দেখছেন। ভ্রূ কোঁচকানো, চ্যাপটা মুখে রাজ্যের বিরক্তি এবং উৎকণ্ঠা। তাঁর সামনে ও পিছনের দু'টি-দু'টি চারটি সারিতে সাদা পোশাকের দেহরক্ষীরা বসে আছে। তাদের সকলেরই চেহারা কুস্তিগির বা মুষ্টিযোদ্ধাদের মতো। প্রত্যেকের কাছেই শক্তিশালী ওয়াকিটকি, আগ্নেয়াস্ত্র ইত্যাদি রয়েছে।

ভি আই পি যাত্রীটির জন্য খাদ্য পানীয়ের কোনও অভাব নেই। কিন্তু তিনি কোনও খাদ্যই গ্রহণ করেননি। শুধু একবার খানিকটা জল খেয়েছেন, তাও সন্দিহান মুখে। এমনকী বিমানসেবিকাকে তিনি ভাঙা-ভাঙা ইংরিজিতে জিজ্ঞেসও করেছেন, জলের মধ্যে বিষ বা ঘুমের ওষুধ নেই তো!

ভি আই পি যাত্রীটি হচ্ছেন চিনের দেশত্যাগী বিশ্ববিখ্যাত পদার্থবিদ ডক্টর ওয়াং। তাঁর বেঁটেখাটো, পেটমোটা চেহারাটা দেখলে কিছুতেই তাঁকে বিশ্ববিখ্যাত বৈজ্ঞানিক বলে মনে হয় না। বরং কমিক চরিত্রের অভিনেতা বলেই বেশি মনে হয়। ডক্টর ওয়াং খুবই অস্থিরচিত্ত মানুষ। তিনি স্থির হয়ে বসে থাকতে পারছেন না। অন্তত বিশবার বিমানসেবিকাকে প্রশ্ন করেছেন, লন্ডন পৌঁছতে আর কতক্ষণ লাগবে।

তাঁর নিরাপত্তারক্ষীরা তাঁকে নিয়ে নিজেদের মধ্যে চাপাস্বরে কথা বলে হাসাহাসি করছে।

আজ প্রথম শ্রেণিতে যাত্রীর সংখ্যা খুবই কম। ডক্টর ওয়াং বসেছেন সামনের দিকে। পিছনের দিকে মাত্র কয়েকজন যাত্রী আছেন। তাঁরা সবাই শ্বেতাঙ্গ। কোনও এশিয়াবাসীকে আজ প্রথম শ্রেণিতে উঠতে দেওয়া হয়নি।

হঠাৎ বিমানে ঘোষণা হল, বিমান আর কিছুক্ষণের মধ্যেই হিথরো বিমানবন্দরে নামবে।

ওয়াং খুব উত্তেজিত হয়ে উঠে পড়লেন। ফের বসলেন। জানালা দিয়ে বাইরেটা দেখলেন।

একটু বাদেই লন্ডন শহরের বিপুল বিস্তার দেখা গেল। লন্ডন ওয়াং-এর কাছে অচেনা জায়গা নয়। তিনি বহুবার বিভিন্ন কনফারেন্সে যোগ দিতে লন্ডনে এসেছেন। তবু যেন প্রথম দেখছেন এমন কৌতূহল নিয়ে চেয়ে রইলেন নীচের দিকে।

বিমান ধীরে ধীরে নামল এবং একটা ঝাঁকুনি দিয়ে ভূমিস্পর্শ করল।

ওয়াং তাড়াতাড়ি তাঁর অ্যাটাচি কেসটা নিয়ে উঠতে যাচ্ছিলেন, একজন সিকিউরিটি গার্ড তাঁর সামনে দাঁড়িয়ে পথ আটকে বলল, "ডক্টর, আপনি ব্যস্ত হবেন না। আপনার নিরাপত্তার জন্য আপনাকে আমরা অন্য দরজা দিয়ে নামাব।"

ডাক্তার ওয়াং রাগে চেঁচিয়ে উঠলেন, "মূর্খ! আমাকে বেশি গুরুত্ব দিলে শত্রুপক্ষের নজর আমার ওপরেই বেশি পড়বে— এটাও জানো না? আমাকে অন্যান্য যাত্রীর সঙ্গে মিলেমিশে নামতে দাও।"

নিরাপত্তারক্ষী মাথা নেড়ে বলল, "আমাদের ওপর হুকুম আছে, পাইলটের পাশের দরজা দিয়ে আপনাকে নামাতে হবে।"

ডক্টার ওয়াং হতাশভাবে মাথা নাড়লেন।

প্লেনের সামনের ডানদিকে যে-দরজা দিয়ে খাবার-দাবার ইত্যাদি বিমানে তোলা হয় ওয়াংকে নিয়ে নিরাপত্তারক্ষীরা সেই দরজা দিয়ে বেরিয়ে এল। নীচে একখানা গাড়ি টারম্যাকে অপেক্ষা করছিল। বুলেট-প্রুফ গাড়ি। সামনে ও পিছনে দু'টি পুলিশের গাড়ি।

ডাক্তার ওয়াং খুব বিরক্তির সঙ্গে এসব লক্ষ করলেন। প্রতিবাদ করে লাভ নেই বলে প্রতিবাদ করলেন না। সোজা গিয়ে গাড়িটায় উঠে বসলেন। সঙ্গে সঙ্গে গাড়ি ছুটে চলল। তাঁকে পাসপোর্ট দেখিয়ে ইমিগ্রেশনের বাধা টপকাতে হল না। গাড়ি বিমানবন্দর পেরিয়ে ছুটে চলল হ্যারোর দিকে।

ডক্টার ওয়াং বিড়বিড় করে বললেন, "সব নষ্ট হয়ে গেল! সব নষ্ট হয়ে গেল!"

পাশের সিকিউরিটি গার্ড বলল, "কী নষ্ট হয়ে গেল ডক্টর ওয়াং?"

ওয়াং জবাব দিলেন না। ভ্রূকুটি করে সামনের দিকে চেয়ে রইলেন।

লন্ডনে উঁচু বাড়িঘর বিশেষ দেখা যায় না। বেশির ভাগ বাড়িই দোতলা বা তিনতলা। পুরনো বাড়ির সংখ্যা খুব বেশি। কারণ ইংরেজরা প্রাণে ধরে পুরনো কিছুই ভাঙতে বা বদলাতে চায় না। এ ব্যাপারটা ওয়াং-এর বেশ ভালই লাগে। তিনি লন্ডন শহরের দৃশ্য দেখে বেশ খুশি।

একটা মস্ত ফটকওলা বাড়ির ভিতরে গাড়িটা এসে ঢুকল। চারদিকে কড়া পাহারা। বাড়িটা লন্ডনের অন্যতম সেফ-হাউস। কাকপক্ষীও সহজে গলতে পারে না। ভিক্টোরিয়া ধাঁচে তৈরি প্রকাণ্ড বাড়িটায় আরাম-বিলাসের যথেষ্ট ব্যবস্থা রয়েছে। আছে সুইমিং পুল, টেনিস কোর্ট, ইনডোর গেমসের ব্যবস্থা, জিমন্যাশিয়াম ইত্যাদি। ওয়াং অবশ্য আরাম-বিলাসের দিকে মোটেই ভ্রূক্ষেপ করলেন না। সোজা নিজের জন্য নির্দিষ্ট ঘরে এসে টেলিফোন নিয়ে বসলেন। চটপট বোতাম টিপে নম্বর ধরলেন।

ওপাশ থেকে একটা কণ্ঠস্বর বলল, "ইয়েস।"

ওয়াং বললেন, "শোনো। আমি লন্ডনে পৌঁছেছি। এরা আমাকে একটা সেফ-হাউসে তুলেছে। আমার সন্দেহ, এরা আমার টেলিফোনে আড়িপাতা যন্ত্র বসিয়ে রেখেছে এবং আমার সব কথা টেপ করা হচ্ছে। এরা চিনা ভাষাও অবশ্যই জানে। সুতরাং আমি সাংকেতিক ভাষায় কথা বলছি।"

"হ্যাঁ ডক্টর ওয়াং, বুঝতে পেরেছি। আপনি কত নম্বর সংকেতে কথা বলবেন?"

"চার নম্বর।"

"ঠিক আছে।"

কথা অবশ্য বেশি বললেন না ডক্টর ওয়াং। একটা সংক্ষিপ্ত প্রশ্ন করলেন। একটা সংক্ষিপ্ত জবাব এল। ওয়াং এর পর তিনটি বাক্য বললেন। একটি বাক্যে জবাব এল।

ডক্টর ওয়াং এর পর মোট কুড়িটি শব্দ উচ্চারণ করলেন, তার মধ্যে বারকয়েক 'বনি' নামটা ছিল। তারপর টেলিফোন নামিয়ে রাখলেন ওয়াং। তাঁর মুখে তৃপ্তির ভাব ফুটে উঠল।

ওদিকে বেসমেন্ট বা মাটির নীচেকার পাতালঘরে একটি অত্যাধুনিক শব্দধারক যন্ত্রকে ঘিরে তিনজন লোক পরস্পর মুখ চাওয়াচাওয়ি করছিল। ডক্টর ওয়াং-এর সব কথাই তারা শুনেছে এবং টেপ করে নিয়েছে। একজন অন্যজনকে বলল, "জন, চার নম্বর সংকেত কাকে বলে জানো?"

"না ফ্রেড, জানি না।"

"বনি নামে কাউকে চেনো?"

"না, চিনি না।"

"তোমার কি মনে হয় না যে, ডক্টর ওয়াং অত্যন্ত ধূর্ত লোক?"

"তা তো বটেই। এশিয়াবাসীদের অধিকাংশ খুবই ধূর্ত। ওয়াং আরও বেশি। তবে ধূর্ত হলেও লোকটা প্রতিভাবান। মাত্র আটচল্লিশ বছর বয়সে বিশ্ববিখ্যাত হতে যথেষ্ট এলেম লাগে ভাই।"

"তা তো বটেই। প্রতিভার সঙ্গে ধূর্তামি যোগ হলে খুবই বিপজ্জনক। অথচ লোকটাকে দেখলে হাসিই পায়।"

"আর হেসো না ফ্রেড। ডক্টর ওয়াং মোটেই হাসির খোরাক নন। আমার মনে হয় লন্ডনে ওঁর অনেক শাগরেদ আছে। যার সঙ্গে উনি কথা বললেন সেও একজন। ফোন নম্বরটা কোথাকার বলো তো?"

ফ্রেড মাথা নেড়ে বলল, "ডক্টর ওয়াং তোমার বা আমার চেয়ে অনেক বেশি ধূর্ত জন। ফোনটা করেছেন উনি চেরিং ক্রস আন্ডারগ্রাউন্ড স্টেশনের একটি পাবলিক বুথের নম্বরে। লোকটি ওই বুথে ঢুকে অপেক্ষা করছিল। সবই আগে থেকে ঠিক করা ছিল নিশ্চয়ই।"

"সে তো বটেই। বনি নামটা মনে রেখো। আমাদের জানতে হবে এই বনি কে।"

"আমাদের সবই জানতে হবে ফ্রেড।"

"কিন্তু কাজটা খুব সহজ হবে না জন।"

ওদিকে ফোন করার পর ডক্টর ওয়াং খুব খুশির ভাব দেখাচ্ছেন। তিনি গরম জলে স্নান করলেন এবং খুশির চোটে স্নান করতে করতে চিনা ভাষায় একটু গানও করলেন। বলা বাহুল্য, তাঁর গানের গলা নেই।

স্নানের পর তিনি খাবার ঘরে গিয়ে দেখলেন অতি সুস্বাদু সব চিনা খাবার তাঁর জন্য সাজিয়ে রেখে সেবকেরা অপেক্ষা করছে।

সন্দেহাকুল গলায় তিনি প্রশ্ন করলেন, "খাবারে বিষ নেই তো? বা ঘুমের ওষুধ?"

খেয়ে উঠে তিনি তাঁর ঘরে এসে কিছুক্ষণ পায়চারি করলেন। তারপর টিভি খুলে খবর শুনতে লাগলেন। বি বি সি-র সংবাদে ডক্টর ওয়াং সম্বন্ধে খবরে বলা হল, চিন সরকার জানিয়েছেন ডক্টর ওয়াং মোটেই চিন ছেড়ে পালিয়ে যাননি। তিনি চিনেই আছেন। তাঁর পালিয়ে যাওয়ার খবরটা সম্পূর্ণ বানানো।

ডক্টর ওয়াং সামান্য হাসলেন। ধীরে ধীরে রাত্রি গভীর হল। ওয়াং ঘড়ি দেখলেন। তারপর টিভিটা বন্ধ করে দিয়ে তিনি বাইরে বেরোনোর পোশাক পরে নিলেন। অ্যাটাচি কেসটা খুলে তিনি চারটে ডটপেন বের করে তিনটে পকেটে গুঁজে রাখলেন, একটা নিলেন ডান হাতে। তারপর ঘরের আলো নিবিয়ে পনেরো মিনিট অপেক্ষা করার পর দরজা খুলে নিঃশব্দে বেরিয়ে এলেন।

লিভিং রুম পেরিয়ে বাইরে বেরোনোর দরজা। দরজার বাইরে অবশ্যই পাহারাদার আছে। আছে শিকারি কুকুরও। সুতরাং, সেদিকে গেলেন না ওয়াং, তিনি ডান ধারে একটা জানালার কাছে গিয়ে বাইরের দিকে দেখলেন। মস্ত লন। উঁচু পাঁচিল দিয়ে ঘেরা ফ্লাড লাইটের আলোয় জায়গাটা দিনের বেলার মতোই ঝকঝক করছে।

জানালাটা খুলে ওয়াং লঘু পায়ে একটা লাফ দিয়ে নীচে পড়লেন। কোনও শব্দ হল না বটে, কিন্তু প্রায় সঙ্গে সঙ্গে বিদ্যুদ্বেগে একটা ডোবারম্যান কুকুর ছুটে এসে তাঁর ওপর ঝাঁপিয়ে পড়ল। ওয়াং দেওয়ালে সিঁটিয়ে গিয়ে কুকুরটার চেয়েও তৎপরতায় ডটপেনটা তুলে বোতাম টিপতেই পিং করে একটা সূক্ষ্ম ছুঁচ গিয়ে কুকুরটার গলায় বিঁধল। তিন সেকেন্ডের মধ্যে নেতিয়ে পড়ল কুকুরটা। ওয়াং নড়লেন না। দ্বিতীয় কুকুরটা অবশ্যই আসবে।

দেড় মিনিট পর দ্বিতীয় কুকুরটা এল। নিঃশব্দে এবং চিতাবাঘের মতো মসৃণ গতিতে। ওয়াং এবার আগের চেয়ে তৎপরতায় কুকুরটিকে ঘুম পাড়ালেন। তৃতীয় কুকুরটা এল আরও দেড় মিনিট পর। তারপর এল চতুর্থ কুকুর।

চারটে কুকুরকে নিষ্ক্রিয় করে ওয়াং রুমালে কপালের ঘাম মুছে নিলেন।

তাঁর হিসেবমতো মোট ছ'জন সশস্ত্র প্রহরী বাড়িটা পাহারা দিচ্ছে। সামনের দিকে চারজন, পিছনে দু'জন। ওয়াং একটা ঝোপের আড়ালে গুঁড়ি মেরে ভাল করে চারদিকটা লক্ষ করলেন। একটা মেপল গাছের তলায় দাঁড়িয়ে একজন গার্ড চুয়িংগাম চিবিয়ে যাচ্ছিল। ওয়াং পাল্লাটা মেপে নিলেন, তারপর আর-একটা ডটপেন পকেট থেকে নিয়ে তাক করলেন। পিং করে শব্দ হল। প্রহরীটা যেন একটু চমকে উঠল। ঘাড়ে হাত দিল। তারপরই লুটিয়ে পড়ল মাটিতে।

এমন সময় হঠাৎ একটা বজ্রসম হাত এসে খ্যাঁক করে ওয়াং-এর ঘাড় চেপে ধরে

টেনে তুলল। বিশালদেহী দ্বিতীয় পাহারাদার। ওয়াং-এর দিকে চেয়ে কর্কশ গলায় বলল, "ডক্টর ওয়াং! এত রাতে লন্ডনের হাওয়া তোমার স্বাস্থ্যের পক্ষে ভাল নয়।"

ওয়াং অসন্তুষ্ট গলায় বললেন, "আমি কি তোমাদের কয়েদি?"

"না। তুমি আমাদের সম্মানিত অতিথি। সম্মানিত অতিথিরা যেমন আচরণ করে থাকেন তোমারও সেরকমই করা উচিত।"

ঝাঁকুনির চোটে ওয়াং-এর হাত থেকে ডটপেনটা পড়ে গেছে। পকেটে হাত দেওয়ারও জো নেই। এরা এসব ছোটখাটো অস্ত্রের খবর রাখে। সুতরাং, এই ছ'ফুট লম্বা দানবটির দিকে ওয়াং ভাল করে চেয়ে মাপজোখ করে নিলেন। তারপর নিরীহ হাতটি বাড়িয়ে লোকটার কবজির একটা বিশেষ জায়গা চেপে ধরলেন। অন্য হাতের একটা আঙুল অবিকল ছোরার মতো চালিয়ে দিলেন লোকটার কণ্ঠায়।

বিশাল দানবটি গোড়া-কাটা কলাগাছের মতো পড়ে গেল।

ওয়াং ডটপেন এবং অ্যাটাচি কেসটা তুলে নিয়ে এঁকেবেঁকে ছুটে দেওয়ালটার কাছে পৌঁছে গেলেন। তালা-দেওয়া একটা ছোট্ট লোহার ফটক আছে, তালা এবং লোহার ফটক দুটোই অতিশয় মজবুত। পকেট থেকে আর-একটা ডটপেন বের করলেন ওয়াং। বোতাম টিপতেই তা থেকে একটা সরু বিচিত্রদর্শন ইস্পাতের মুখ বেরিয়ে এল। তালা খুলে ফেলতে দশ সেকেন্ডও লাগল না।

রাস্তায় পড়েই ওয়াং অতি দ্রুত হাঁটতে লাগলেন। অন্তত এক কিলোমিটার হেঁটে তিনি একটা ট্যাক্সি নিয়ে সোজা চলে এলেন সোহো অঞ্চলের এক সরু রাস্তায়। কেমন যেন গা-ছমছম করা পরিবেশ। ঘিঞ্জি সব গরিব চেহারার বাড়ি। তারই একটার সামনে এসে নামলেন ওয়াং। ডোরবেল টিপলেন। দরজা খুলে একজন বেঁটেখাটো চেহারার চিনা মাথা নিচু করে অভিবাদন করল।

বাড়ির ভিতরে গোলকধাঁধার মতো করিডোর এবং হরেক ছাঁদের সিঁড়ি। তিনতলায় পিছনের দিকে একটা ঘরে চার-পাঁচজন নানাদেশি লোক একটা কম্পিউটার সামনে নিয়ে বসে আছে। কম্পিউটার ছাড়া টিভি মনিটরও আছে। আছে নানা ইলেকট্রনিক যন্ত্রপাতি। সকলে উঠে ওয়াংকে অভিবাদন জানাল।

ওয়াং-এর ভ্রু কোঁচকানো। ঘড়ি দেখে বললেন, "এ জায়গাটার খোঁজ পেতে ওদের তিন-চার ঘণ্টার বেশি লাগবে না। সুতরাং, হাতে সময় বেশি নেই। ভিডিয়ো ক্যাসেটটা চালাও।"

সামনের টিভির পরদায় এন বি সি নিউজের রেকর্ড করা সংবাদটিও ফুটে উঠল। সবটা নয়। শুধু বনির অংশটা। কয়েক সেকেন্ডের জন্য বনিকে দেখানোও হল। সুন্দর ফুটফুটে একটা বাচ্চা। কিন্তু সম্পূর্ণ পঙ্গু।

ওয়াং বারবার রিয়াইন্ড করে বনির ছবি দেখলেন। সংবাদভাষ্য শুনলেন। তাঁর কপালে দুশ্চিন্তার রেখা ফুটে উঠল।

বেঁটে লোকটা খুব বিনয়ের সঙ্গে জিজ্ঞেস করল, "ডক্টর ওয়াং, এইটুকু একটা বাচ্চাকে নিয়ে আপনি অত দুশ্চিন্তা করছেন কেন?"

ওয়াং অত্যন্ত বিরক্তি ও রাগের সঙ্গে বললেন, "মূর্খ! বনি কে তা তোমরা জানো না। কিন্তু আমি একজন বৈজ্ঞানিক, আমি জানি। ওর চোখ দুটো ক্লোজ আপে আনো, দেখতে পাবে।"

সঙ্গে সঙ্গে কম্পিউটারের সাহায্যে বনির মুখমণ্ডল, বিশেষ করে তার চোখ দুটো সুপার ক্লোজ আপে আনা হল। চোখ দু'টি প্রাণচঞ্চল, তাতে বুদ্ধিরও যেন ঝিকিমিকি।

বেঁটে লোকটা অত্যধিক বিনয়ের সঙ্গে বলল, "তা না হয় বুঝলুম। বাচ্চাটা পঙ্গু হলেও নির্বোধ নয়। কিন্তু এ আমাদের কী ক্ষতি করতে পারে? এ তো একেবারে সাত-আট মাস বয়সের শিশু।"

ওয়াং ঝাঁঝালো গলায় বললেন, "যা জানো না, বোঝো না তা নিয়ে কথা বোলো না। জার্সি সিটির একটা লোকাল নিউজপেপারে কী খবর বেরিয়েছে জানো? বনি বিপদ দেখলে তার চোখের রং বদলে ফেলতে পারে।"

"না, আমি এ খবর জানতাম না। চোখের রং সে কী করে বদলায়? সেটা কি সম্ভব?"

"কী করে বদলায় তা আমিও জানি না। সেইজন্যই আমি আমেরিকা যাচ্ছি। একমাত্র উদ্দেশ্য বনিকে কবজা করা। নইলে বনি আমাদের অনেক ক্ষতি করতে পারে।"

"এ কথাটা বুঝতে পারছি না ডক্টর।"

"তুমি বোকা, তাই বুঝতে পারছ না। বনির লক্ষণ দেখেই বোঝা যাচ্ছে ওই পঙ্গু শিশুটি এমন একটি মস্তিষ্কের অধিকারী যা যে-কোনও মেকানিক্যাল ডিভাইসের ওপর আধিপত্য করতে পারে। যখন ও আর-একটু বড় হবে তখনই ওর ক্ষমতার পরিচয় পাওয়া যাবে। আমি যে সুপার ব্র্যাট আবিষ্কার করেছি তা একটি অমিত ক্ষমতাশালী যন্ত্র। দুঃখের বিষয় সেটি কিছু বদমাশ লোক চুরি করেছে। আমি ছাড়া পৃথিবীর কেউ সেটির সম্যক ব্যবহার জানে না। কিন্তু কোনও অতি-মস্তিষ্কের সংস্পর্শে এলে কী হয় তা বলা যায় না।"

এমন সময় ঘরের আর-একজন লোক বলে উঠল, "দেখুন ডক্টর ওয়াং, বি বি সি নিউজে কী বলছে।"

ওয়াং ঝুঁকে পড়লেন। বি বি সি-র নৈশ সংবাদে বলা হচ্ছে, চিন সরকার

জানিয়েছেন, য়ুনান প্রদেশের এক জঙ্গলের মধ্যে আজ দ্বিপ্রহরে ডক্টর ওয়াং-এর মৃতদেহ পাওয়া গেছে। তাকে গুলি করে হত্যা করা হয়েছে। সুতরাং, দেশপ্রেমী ডক্টর ওয়াং-এর দেশ ছেড়ে পালিয়ে যাওয়ার খবরটি একেবারেই ভুল। তাঁর হত্যাকারীকে খোঁজা হচ্ছে।

ওয়াং সোজা হয়ে বসে বললেন, "আর দেরি নয়। এবার পালাতে হবে।"

সবাই নিঃশব্দে উঠে জিনিসপত্র গোছাতে লাগল।

॥ ৪ ॥

বিপদে পড়লে মানুষের বুদ্ধি খোলে। বাবুরাম যখনই বুঝতে পারলেন, বনি নিরাপদ নয় এবং তাঁদের ওপর কিছু লোক নজর রাখছে, তখন ঘাবড়ে গেলেও তিনি হাল ছাড়লেন না। বিপদ থেকে বুদ্ধি খাটিয়ে উদ্ধার পেতে হবে। এবং জানতে হবে, বনির জন্মের ভিতরে কী রহস্য আছে। সুতরাং ডেলাওয়ার ওয়াটার গ্যাপের রাস্তায় সেই দুর্ঘটনার জায়গায় যাওয়া ঠিক করলেও তিনি গোপনে যাওয়াই স্থির করলেন। নিজের গাড়িতে যাওয়া চলবে না, গাড়িটা শত্রুপক্ষ নিশ্চয়ই চেনে। তা ছাড়া সেই পোড়ো বাড়িটায় যেতে গেলে শক্তপোক্ত গাড়ির দরকার, শৌখিন গাড়ি ধকল সইতে পারবে না।

আমেরিকায় গাড়ি কেনা খুব সহজ। যে-কোনও শহরেই গাড়ির দোকানে সারি-সারি নতুন বা পুরনো গাড়ি সাজানো আছে। নগদ টাকাতেও কিনতে হবে না, ক্রেডিট কার্ডেই কেনা যায়। বাবুরাম উইক-এন্ডের আগের দিন গাড়ির ডিলারের কাছে গিয়ে খুব দেখেশুনে একটা জাপানি হোন্ডা গাড়ি কিনলেন। জিপগাড়ির মতোই সেটার ফোর হুইল ড্রাইভের ব্যবস্থা আছে। সেলফ সিলিং টায়ার থাকার ফলে ফুটো হওয়ার ভয় নেই। পুরু ইস্পাতের পাতে তৈরি গাড়িটা খুব মজবুত। গাড়ি কিনে তিনি সেটা বাড়ি নিয়ে গেলেন না। সেটা বোকামি হবে। ডিলারকে বললেন, একটা বিশেষ জায়গায়, পার্কের ধারে যেন গাড়িটা আজ রাতের মধ্যেই রেখে আসা হয় এবং গাড়ির চাবি যেন ডিকির ভিতরে রেখে দেওয়া হয়।

আমেরিকায় গাড়ি চুরির ঘটনা খুব কমই ঘটে। আর বেশিরভাগ গাড়িই রাস্তাঘাটেই ফেলে রাখা হয়।

শনিবার বাবুরাম আর প্রতিভা সকালে উঠে তাড়াতাড়ি তৈরি হয়ে নিলেন। তাঁরা একসঙ্গে বেরোলেন না। বাবুরাম যেন কোনও কাজে যাচ্ছেন, এমনভাবে ব্যাগ-ট্যাগ

নিয়ে বেরিয়ে গাড়ি চালিয়ে নিউ ইয়র্কের দিকে চলে গেলেন। আর প্রতিভা বনিকে প্যারামবুলেটারে বসিয়ে, যেন ছেলেকে নিয়ে একটু হাঁটতে বেরিয়েছেন, এমনভাবে বেরোলেন। পার্কের কাছাকাছি এসে তিনি গাড়িটা দেখতে পেলেন। চারদিকটা লক্ষ করে দেখলেন, কোনও সন্দেহজনক লোককে দেখা যাচ্ছে না। তিনি ধীরে ধীরে বনিকে নিয়ে গাড়িটার কাছে এসে ডিকি থেকে চাবিটা বের করে গাড়ির দরজা খুলে বনিকে কোলে নিয়ে উঠে পড়লেন। প্যারামবুলেটরটা পার্কে একটা ঝোপের ভিতরে গুঁজে দিলেন।

খুব জোরে গাড়ি চালালে পাছে কেউ সন্দেহ করে এ জন্য মোটামুটি স্বাভাবিক গতিতে চালিয়ে তিনি নিউ ইয়র্কের রাস্তায় খানিক দূর এগোলেন। হঠাৎ দেখতে পেলেন, একটা লোক বুড়ো আঙুল দেখিয়ে লিফট চাইছে।

প্রতিভা গাড়ি থামালে বাবুরাম উঠে এলেন গাড়িতে।

এরপর রুট এইট্টি ধরে সোজা পেনসিলভানিয়ার দিকে গাড়ি চালিয়ে দিলেন প্রতিভা।

জায়গাটা খুঁজে পেতে বিশেষ অসুবিধে হল না। অ্যাকসিডেন্টটা হয়েছিল একটা গ্যাস-স্টেশন সাইনের দু'শো গজ দূরে, তাঁদের মনে আছে। পাশেই একজিট— অর্থাৎ হাইওয়ে থেকে বেরিয়ে ছোটখাটো শহর বা পল্লি অঞ্চলে যাওয়ার রাস্তা। প্রতিভা একজিট দিয়ে হাইওয়ে থেকে নেমে এলেন। কিছু দূর গিয়েই বাঁ ধারে জঙ্গলের সেই রাস্তাটা দেখতে পেলেন।

হোন্ডা গাড়িটা সত্যিই ভাল। জঙ্গলের রাস্তায় একটু টাল খেতে-খেতে দিব্যি চলতে লাগল। ঘুমন্ত বনিকে কোলে নিয়ে বসে ছিলেন বাবুরাম। হঠাৎ লক্ষ করলেন, বনি চোখ মেলে তাঁর দিকে চেয়ে আছে।

ছেলেকে আদর করে বাবুরাম বললেন, "বনি, তুই কিছু বলতে চাস? খিদে পেয়েছে?"

বনি চেয়ে থাকা ছাড়া আর খাওয়া এবং ঘুম ছাড়া আর কিছুই পারে না। তবু ওকে নিয়ে কেন যে কিছু লোকের এত মাথাব্যথা!

জঙ্গল পার হয়ে গাড়িটা একটু ফাঁকা জায়গায় এসে পড়ল। সামনেই সেই ঝুরঝুরে পোড়ো বাড়িটা।

বাবুরাম জিজ্ঞেস করলেন, "প্রতিভা, তোমার ভয় করছে না তো!"

প্রতিভা মাথা নেড়ে বললেন, "না। ভয় কিসের? বনির জন্য আমি সব করতে পারি।"

"তা হলে এসো, বাড়িটা ভাল করে দেখা যাক। বিশেষ করে বেসমেন্টটা।"

বাবুরাম বনিকে কোলে নিয়ে নামলেন, সঙ্গে প্রতিভা। ধীরে ধীরে তাঁরা বাড়ির মধ্যে ঢুকলেন। সাধারণ মধ্যবিত্ত আমেরিকানদের বাড়ি যেমন হয় এ বাড়িটাও তেমনই। একতলায় লিভিং রুম, ড্রয়িং রুম, রান্নাঘর, খাওয়ার ঘর ইত্যাদি। সবই ফাঁকা। তবে রান্নাঘরে গ্যাস উনুনটা রয়েছে। ফলে জলও আছে।

তাঁরা ধীরে ধীরে বেসমেন্ট— অর্থাৎ মাটির তলার ঘরটিতে নামলেন। ঘরটা মাটির তলায় হলেও স্কাইলাইট দিয়ে যথেষ্ট আলো আসছে। বিশাল ঘর। এবং এ ঘরটাও ফাঁকা। বাবুরাম সুইচ টিপলেন। অবাক কাণ্ড! আলো জ্বলল। তার মানে, বাড়িটার ইলেকট্রিক কানেকশন এখনও আছে।

বাবুরাম চারদিক ঘুরে দেখছিলেন। একটা ওয়েস্ট বাস্কেট ছাড়া আর কিছুই পাওয়া গেল না। বাবুরাম ওয়েস্ট বাস্কেটটার সামনে হাঁটু গেড়ে বসে দেখলেন, ভিতরে দু'-চারটে জিনিস রয়েছে। তার মধ্যে একটা ডিসপোজেবল ইনজেকশন, যার ছুঁচটা খুব লম্বা। আর লেবেলহীন কয়েকটা ইনজেকশনের অ্যামপুল। বাবুরাম জিনিসগুলি সংগ্রহ করে একটা চামড়ার ব্যাগে ভরে নিলেন।

প্রতিভাও চারদিক ঘুরে-ঘুরে দেখছিলেন। টয়লেটটা দেখতে ঢুকলেন প্রতিভা। টয়লেটেও একটি ওয়েস্ট বাস্কেট রয়েছে। প্রতিভা দেখলেন তার মধ্যে কিছু টুকরো কাগজ। তিনি টুকরোগুলো বের করলেন। দু'-চারটে ব্যবহৃত টিসু পেপার। আর ছেঁড়া একটা কার্ড। কার্ডের চারটে টুকরো জুড়লেন প্রতিভা। একটা ক্লিনিকের বিজ্ঞাপন। ডক্টর লিভিংস্টোনস ক্লিনিক, পোর্টল্যান্ড, পেনসিলভানিয়া।

তিনি বাবুরামকে কার্ডটা দেখালেন।

বাবুরাম সেটাও ব্যাগে ভরে নিলেন। বললেন, "আর তো কিছু দেখার নেই দেখছি।"

প্রতিভা চারদিকে চোখ বুলিয়ে নিয়ে বললেন, "হয়তো আছে। কিন্তু আমরা তো আর ডিটেকটিভ নই।"

হতাশ হয়ে দু'জনে ওপরে উঠে এলেন। আর উঠেই শুনতে পেলেন জঙ্গল ভেদ করে একটা শক্তিশালী মোটরবাইক এগিয়ে আসছে। সম্ভবত তাঁদের দিকেই।

প্রতিভার মুখ শুকনো, "শুনতে পাচ্ছ?"

"পাচ্ছি। চলো, গাড়িতে উঠে পড়া যাক।"

প্রায় দৌড়ে গিয়ে তাঁরা দু'জন গাড়িতে উঠলেন। বাবুরাম বনিকে প্রতিভার কোলে দিয়ে বললেন, "এবার আমি চালাব। তুমি মাথা নিচু করে বসে থাকো।"

"মাথা নিচু করব কেন?"

"যদি গুলি-টুলি চালায়! ওরা কেমন লোক তা তো জানি না।"

প্রতিভা তাই করলেন। বাবুরাম গাড়িটা ঘুরিয়ে নিতে-না-নিতেই ভীমবেগে প্রকাণ্ড একটা মোটরবাইক জঙ্গল ফুঁড়ে ফাঁকা জায়গাটায় পড়েই ব্রেক কষল। বাইকে দু'জন লোক। দু'জনেরই মাথায় কপাল-ঢাকা টুপি, চোখে প্রকাণ্ড গগলস। মুখ দেখা যাচ্ছে না, তবে বোঝা গেল, একজন শ্বেতাঙ্গ, অন্যজন কৃষ্ণাঙ্গ। দু'জনেরই বিশাল চেহারা। তাদের গাড়িটা দেখেই একজন চেঁচিয়ে ইংরিজিতে বলল, "ওই তো ওরা! রোখো ওদের।"

জঙ্গলের রাস্তাটা সরু। মোটরবাইকটা টক করে ঘুরে গিয়ে পথটা আটকানোর চেষ্টা করল। বাবুরাম তার আগেই গাড়িটা চালিয়ে দিয়েছেন। এক সেকেন্ডের ভগ্নাংশ সময়ের তফাতে বাবুরাম বেরিয়ে গেলেন।

কিন্তু বেরিয়ে গিয়েও ওদের হাত থেকে রেহাই পেলেন না। সরু রাস্তায় গাড়ির চেয়ে মোটরবাইক অনেক বেশি সচল। সুতরাং বাইকটা গর্জন করতে করতে পিছু নিয়ে ধেয়ে এল।

প্রতিভা আতঙ্কিত কণ্ঠে প্রশ্ন করলেন, "ওরা পিছু নিয়েছে কেন? কী চায় ওরা?"

বাবুরাম দাঁতে দাঁত চেপে বললেন, "ওরা ভেবেছে আমরা বনিকে নিয়ে পালিয়ে যাচ্ছি। যতদূর মনে হচ্ছে ওরা আমাদের আটকাতে চাইছে।"

বলতে বলতেই একটা গুলির শব্দ হল। বাবুরাম আয়নায় দেখলেন, বাইকের পিছনে-বসা লোকটার হাতে একটা বিপজ্জনক আগ্নেয়াস্ত্র। গুলিটা কোথায় লাগল কিংবা লাগল না, তা বুঝতে পারলেন না বাবুরাম। তবে তিনি গাড়িটা যতদূর সম্ভব দ্রুতবেগে চালাতে লাগলেন।

পর-পর কয়েকবার গুলির আওয়াজ হল। প্রতিভা বনিকে বুকে চেপে উপুড় হয়ে ছিলেন। বললেন, "তোমাকে যে ওরা মেরে ফেলবে।"

বাবুরাম বললেন, "বোধহয় পারবে না। মনে হচ্ছে গাড়ির কাচগুলোও বুলেটপ্রুফ। ঠাকুরকে ডাকো প্রতিভা।"

হোন্ডা গাড়িটা লাফিয়ে লাফিয়ে এবড়ো-খেবড়ো রাস্তা ধরে চলছে, কিন্তু মোটরবাইকটাও সমানে পাল্লা দিচ্ছে। এভাবে রেস দিয়ে কতক্ষণ পারা যাবে? বাবুরাম এ-ও জানেন, পালাতে পারলেও লাভ নেই। এরা গিয়ে এদের দলকে জানাবে এবং তাঁর গাড়ি খুঁজে বের করতে ওদের অসুবিধে হবে না। বিশেষ করে বাবুরামের পালিয়ে থাকার জায়গা নেই। সুতরাং তিনি মাথা খাটাতে লাগলেন। যেমন করেই হোক এদের নিষ্ক্রিয় করা দরকার।

জঙ্গল সব জায়গায় সমান নয়। কোথাও ঘন, কোথাও পাতলা, মাঝে-মাঝে ফাঁকা জায়গাও আছে। সামনে এরকম একটা ফাঁকা জায়গা দেখতে পেয়ে বাবুরাম দাঁতে

দাঁত চেপে তৈরি হলেন। এখন তাঁকে একটা নিষ্ঠুর কাজ করতে হবে। এরকম কাজ তিনি জীবনে কখনও করেননি। তবে আত্মরক্ষার জন্য এ ছাড়া আর পথও নেই।

বাবুরাম চাপা স্বরে বললেন, "প্রতিভা, ভয় পেয়ো না। বনিকে খুব শক্ত করে চেপে ধরে থাকো, আর নিজেও সাবধান হও। একটা ঝাঁকুনি লাগতে পারে।"

ফাঁকা জায়গাটার চারধারে বিশাল বিশাল গাছ। বাবুরাম ফাঁকায় পড়েই বাঁদিকে বাঁক নিলেন। গাড়িটা বোধহয় খানাখন্দে পড়ে লাফিয়ে উঠল। কিন্তু থামল না। বাবুরাম অ্যাকসেলেটরে প্রবল চাপ দিয়ে স্টিয়ারিং ডানদিকে ঘুরিয়ে দিলেন। আচমকা বাঁক নিয়ে গাড়িটা উলটো মুখে ঘুরে যেতেই বাবুরাম দেখলেন মোটরবাইকটা লাফাতে লাফাতে ফাঁকায় এসে পৌঁছেছে। বাবুরাম আর দেরি করলেন না। সোজা গাড়িটা চালিয়ে দিলেন মোটরবাইকটার দিকে।

প্রবল একটা ধাতব সংঘর্ষের শব্দ হল। দু'জন লোক ছিটকে এবং খানিকটা উড়ে গিয়ে দু'ধারে পড়ল। মোটরবাইকটা একটা ডিগবাজি খেয়ে দুমড়ে-মুচড়ে গেল।

বাবুরাম গাড়ি থামালেন।

প্রতিভা সাদা মুখে বললেন, "কী হল?"

"যা হওয়ার হয়ে গেছে। তোমরা ঠিক আছ?"

"আছি।"

বাবুরাম গাড়ি থেকে নামলেন। শ্বেতাঙ্গ লোকটার মাথা একটা গাছের গুঁড়িতে লেগে থেঁতলে গেছে। লোকটা মরেনি বটে, কিন্তু অজ্ঞান হয়ে আছে। প্রচুর রক্তে ভেসে যাচ্ছে ওর উইনচিটার। কালো লোকটার অবস্থা খুবই খারাপ। ওর পিস্তলের নল গলায় ঢুকে গেছে। লোকটার ঘাড়ও মনে হল ভাঙা।

বাবুরাম ঘামছিলেন। তাঁর বমি পাচ্ছিল। বিবর্ণ মুখে ফিরে এসে গাড়িতে বসে তিনি বললেন, "প্রতিভা, একটা লোককে আমি মেরে ফেলেছি। অন্যটার কথা বলতে পারছি না।"

প্রতিভা সোজা হয়ে বসে বললেন, "যা করেছ সে তো ইচ্ছে করে নয়। না মারলে ওরাই আমাদের মারত। তোমাকে আর গাড়ি চালাতে হবে না। বনিকে নিয়ে বোসো। আমি গাড়ি চালাচ্ছি।"

বাবুরামের হাত পা থর-থর করে কাঁপছে। পাংশুমুখে তিনি বললেন, "আমাদের কি উচিত নয় ওদের হাসপাতালে নিয়ে পৌঁছে দেওয়া?"

প্রতিভা মাথা নেড়ে কঠিন গলায় বললেন, "হাসপাতালে পৌঁছে দিলে আমাদের অনেক জবাবদিহির মধ্যে পড়তে হবে।"

"এভাবে পড়ে থাকলে ওরা এমনিতেই মরে যাবে প্রতিভা।"

প্রতিভা একটু ভাবলেন। বিপদে পড়লে পুরুষদের চেয়ে মেয়েদের মাথাই বেশি ঠান্ডা থাকে। ভেবে নিয়ে তিনি বললেন, "ডক্টর লিভিংস্টোনের ক্লিনিককে ফোন করলে কেমন হয়? পোর্টল্যান্ড শহরটা এখান থেকে খুব কাছে।"

বাবুরাম মাথা নেড়ে বললেন, "সেটা তবু ভাল।"

প্রতিভা গাড়ি চালাতে লাগলেন। বনিকে কোলে নিয়ে বসে বাবুরাম নিস্তব্ধ হয়ে রইলেন। চোখ দিয়ে অঝোরে অশ্রু ঝরে পড়ছে। কষ্ট প্রতিভারও হচ্ছে। দু'-দুটো লোককে ওভাবে জখম করা তো সোজা নিষ্ঠুর কাজ নয়। কিন্তু প্রতিভার বাস্তববোধ বেশি। তিনি জানেন এ ছাড়া উপায় ছিল না।

গ্যাস স্টেশনটায় এসে প্রতিভা গাড়ি থামিয়ে তেল ভরে নিতে লাগলেন। বাবুরাম গিয়ে ডক্টর লিভিংস্টোনের ছেঁড়া কার্ডটা বের করে ফোন নম্বর দেখে ডায়াল করলেন।

একজন মহিলা ফোন তুলে বললেন, "ডক্টর লিভিংস্টোনের ক্লিনিক।"

বাবুরাম কাঁপা গলায় বললেন, "ম্যাডাম, জঙ্গলের মধ্যে দুটো লোক সাংঘাতিক আহত, ওদের সাহায্য দরকার।"

"কোন জঙ্গল?"

বাবুরাম কাঁপা গলাতেই কোনওরকমে জায়গাটার বিবরণ দিলেন।

"কীরকম অ্যাকসিডেন্ট?"

"খুব গুরুতর। ওদের মেডিক্যাল অ্যাটেনশন দরকার। ওদের মোটরবাইক..."

বাবুরাম হঠাৎ সতর্ক হয়ে গেলেন।

হঠাৎ মেয়েটির গলা তীক্ষ্ণ শোনাল, "আপনি কে বলছেন?"

"আমার নাম বাবুরাম গাঙ্গুলি।"

"ওঃ।" বলে মেয়েটি এমনভাবে চুপ করে গেল যেটা বেশ সন্দেহজনক মনে হল বাবুরামের।

"আপনারা কি ব্যবস্থা নেবেন?"

মেয়েটি হঠাৎ মোলায়েম গলায় জিজ্ঞেস করল, "এই ক্লিনিকের ফোন নম্বর আপনাকে কে দিল মিস্টার গাঙ্গুলি?"

"একটা গ্যাস স্টেশনের টেলিফোন ডিরেক্টরিতে পেয়েছি।" বাবুরাম কোনওরকমে বানিয়ে বললেন।

"ঠিক আছে মিস্টার গাঙ্গুলি, আমাদের অ্যাম্বুলেন্স যাচ্ছে। আপনি স্পটের কাছে হাইওয়েতে অপেক্ষা করুন।"

"আচ্ছা।" বলে বাবুরাম ফোন ছেড়ে তাড়াতাড়ি এসে গাড়িতে উঠলেন। বনিকে

সিট থেকে কোলে তুলে নিয়ে বললেন, "প্রতিভা, তাড়াতাড়ি করো। আমার সন্দেহ হচ্ছে ওই ক্লিনিকটা খুব সুবিধের নয়।"

প্রতিভা প্রশ্ন না করে গাড়ি ছেড়ে দিলেন। একটু এগিয়ে গিয়েই তিনি একটা একজিট ধরে হাইওয়ে থেকে নেমে অনেকটা ঘুরে উলটো দিকের পথ ধরতে আবার হাইওয়েতে উঠে এলেন।

বাবুরাম চোখ বুজে ছিলেন। বিড়-বিড় করে বললেন, "বাড়িতে ফিরে যাওয়াটাও এখন নিরাপদ হবে কি না কে জানে!"

প্রতিভা দৃঢ় গলায় বললেন, "ভয় নেই, আমরা বাড়ি যাচ্ছি না।"

"তা হলে কোথায়?"

জার্সি শহরের একটু বাইরের দিকে কয়েকটা পুরনো গুদামঘরের একটা সারি আছে। এখানে কিছু ভবঘুরে আস্তানা গেড়ে আছে। পুলিশ মাঝে-মাঝে এসে জায়গাটা তল্লাশ করে যায়। প্রতিভা সোজা এসে গুদামঘরের চত্বরে গাড়ি থামালেন।

প্রথমে দু'-চারটে বাচ্চা ছুটে এল। পিছনে এক বুড়ি। এরা খুব সন্দিহান স্বভাবের লোক। উগ্রও বটে। ভদ্রলোকদের এরা একদম পছন্দ করে না।

বুড়ি একটু এগিয়ে এসে বলল, "কী চাই?"

প্রতিভা জিজ্ঞেস করলেন, "ফ্রেড কোথায়?"

"তোমরা কি পুলিশের লোক?"

"না। ফ্রেডকে এবং তার দলবলকে বলো, আমি বনিকে নিয়ে এসেছি। আমার সাহায্য চাই।"

এই কথাবার্তার মাঝখানেই বিভিন্ন দরজা দিয়ে কয়েকজন নোংরা চেহারার মেয়ে আর পুরুষ বেরিয়ে এল। প্রত্যেকের চেহারাতেই একটা উগ্র ভাব।

বনিকে কোলে নিয়ে বাবুরাম নেমে চারদিকে চেয়ে বললেন, "এ কোথায় নিয়ে এলে প্রতিভা? এ যে ভবঘুরেদের আস্তানা। এরা ভয়ংকর লোক।"

প্রতিভা মৃদুস্বরে বললেন, "এখন এ ছাড়া উপায় নেই।"

মেয়ে পুরুষগুলো এগিয়ে এসে তাঁদের একরকম ঘিরে ফেলল। হঠাৎই তাদের মধ্যে একটি মেয়ে চেঁচিয়ে উঠল, "এ তো সেই বাচ্চাটা! এই তো সেই দেবশিশু! দ্যাখো, দ্যাখো, ওর চোখের রং পালটে যাচ্ছে!"

বাবুরাম আর প্রতিভাও দেখলেন। বনির কালো চোখ হঠাৎ নীলকান্তমণি হয়ে উঠেছে। যেন আলো বেরিয়ে আসছে চোখ দিয়ে।

সকলে খানিকক্ষণ পরস্পরের দিকে মুখ চাওয়াচাওয়ি করে বনির দিকে বিহ্বল দৃষ্টিতে চেয়ে থেকে একে-একে হাঁটু গেড়ে বসে ভূমি চুম্বন করল। সেই বুড়িটা প্রায়

কাঁপতে কাঁপতে বলল, "তোমাদের আমরা কী সাহায্য করতে পারি?"

প্রতিভা সংক্ষেপে বললেন, "শোনো, বেশি কথা বলার সময় নেই। কিছু দুষ্টু লোক আমাদের ছেলেটাকে চুরি করতে চায়। তারা আমাকে আর আমার স্বামীকে মেরে ফেলার হুমকিও দিয়েছে। আমরা ভারতবর্ষে চলে যেতে চাই। তোমরা আমাদের সাহায্য করবে?"

একজন পুরুষ বলল, "অবশ্যই করব। কী করতে বলো?"

"আমাদের বাড়ির ওপর ওরা নজর রেখেছে। আমাদের সেখানে যাওয়ার উপায় নেই। কিন্তু আমাদের পাসপোর্ট চাই, প্লেনের টিকিট চাই। সবই আমাদের বাড়ির মধ্যে রয়েছে।"

পুরুষটি একটু হাসল, "ওটা কোনও ব্যাপার নয়।"

প্রতিভা বলল, "টিকিট বা পাসপোর্ট বের করে আনা বিপজ্জনক হবে। ওরা খুব খারাপ লোক খুনখারাপিও করতে পারে।"

বুড়িটা বলল, "ভেবো না বাছা। আমরা অনেক সুলুক-সন্ধান জানি। একটা বাড়িতে ঢুকে কী করে জিনিস বের করতে হয় তা আমাদের বাচ্চারাও জানে। তুমি নিশ্চিন্ত থাকো।"

প্রতিভা বললেন, "আমাদের এই গাড়িটাও লুকিয়ে ফেলা দরকার। এটা ওরা বোধহয় চিনে ফেলেছে।"

বাবুরাম অবাক হয়ে বললেন, "কী করে?"

"যে গ্যাস স্টেশনে আমরা তেল ভরেছি সেখানেও ওরা খোঁজ নেবে এবং উন্ডেড লোক দুটোও বলে দিতে পারে। সাবধানের মার নেই।"

বাবুরাম গলা চুলকে বললেন, "তা বটে। বিপদে তোমার বুদ্ধি খোলে। কিন্তু আমার বুদ্ধি ঘুলিয়ে যাচ্ছে।"

"ঘাবড়াবার কিছু নেই। এরা বনিকে দেবশিশু বলে ধরে নিয়েছে। এরা ওকে বাঁচাবেই।"

"কিন্তু দেশে ফিরতে হলে আমাদের টাকা চাই। ব্যাংক থেকে টাকা তোলার কী হবে? আজ যে ব্যাংক বন্ধ। সেই সোমবার খুলবে।"

"ওটা নিয়ে ভেবো না। দেশে যেতে আমাদের সামান্য টাকা লাগবে। শুধু এয়ারপোর্টে যাওয়ার যেটুকু খরচ। আমার ব্যাগে পাঁচশো ডলার আছে। যথেষ্ট। দেশে গেলে টাকার তো অভাব হবে না।"

বাবুরাম তবু বললেন, "লাগেজ? আমাদের সঙ্গে তো জিনিসপত্র কিছুই নেই।"

"লাগবে না। তুমি বনিকে আমার কাছে রেখে কাছাকাছি কোনও জায়গা থেকে

প্যান অ্যাম-এর কাছে খোঁজ করে দ্যাখো আজকের ফ্লাইটে দুটো সিট পাওয়া যায় কি না। যদি ভারতবর্ষের টিকিট না পাওয়া যায় তা হলেও ক্ষতি নেই। আমরা ইউরোপ পৌঁছতে পারলেও হবে। সেখানে দু'দিন অপেক্ষা করে দেশে ফিরবার ব্যবস্থা করব।"

বাবুরাম এই প্রস্তাব মেনে নিলেন।

পুরুষটি এগিয়ে এসে বলল, "তোমরা কী নিয়ে আলোচনা করছ তা জানতে পারি?"

প্রতিভা লোকটাকে তাঁদের সমস্যার কথা বুঝিয়ে বললেন।

লোকটা মন দিয়ে শুনে বলল, "নো প্রবলেম। তোমাদের কিছু জামাকাপড় আমি একটা স্যুটকেসে ভরে নিয়ে আসব। আলমারির চাবি দাও, ডলারও বের করে আনব। আমি তোমাদের গাড়িটা নিয়েই যাচ্ছি। গাড়িটা আমি ফিরিয়ে আনব না। আর যদি কাউকে টেলিফোন করতে চাও তো ওই যে ল্যাম্পপোস্টটা দেখছ ওর পরেই বাঁ ধারে পাবলিক টেলিফোন পাবে।"

লোকটা গাড়ি নিয়ে চলে গেল। বাবুরাম গেলেন টেলিফোন করতে। দুরু-দুরু বুকে প্রতিভা ভবঘুরেদের সঙ্গে তাদের নোংরা ঘরে গিয়ে বনিকে নিয়ে বসে অপেক্ষা করতে লাগলেন।

প্রায় এক ঘণ্টা বাদে বাবুরাম ফিরে এসে বললেন, "প্যান অ্যাম-এর দিল্লি ফ্লাইটে দুটো সিট পাওয়া গেছে।"

প্রতিভা চিন্তিত মুখে বললেন, "এখন ভালয়-ভালয় প্লেনে উঠতে পারলে হয়।"

বুড়িটা এসে তাদের সামনে দুটো প্লাস্টিকের প্লেটে কিছু খাবার রেখে বলল, "শোনো বাছারা, যদি দুষ্টু লোকের চোখে ধুলো দিয়ে পালাতে হয় তা হলে ওরকম বাবু-বিবির মতো পোশাক পরলে চলবে না। এই আমাদের মতো উলোঝুলো পোশাক আর উইগ চাই।"

ওরকম নোংরা পোশাক পরার প্রস্তাবে বাবুরাম নাক সিঁটকোলেন। কিন্তু প্রতিভা বললেন, "আমরা ওই পোশাকই পরব বুড়িমা, আমাদের জোগাড় করে দাও।"

বুড়ি নির্বিকার মুখে বলল, "আমাদের দুটো বুড়ো-বুড়ি সেদিন মারা গেছে। ওই মেপল গাছটার তলায় তাদের পুঁতে দিয়েছি। তাদের একজোড়া পোশাক আমার কাছে আছে। অন্য কেউ হলে পোশাক দুটোর জন্য অন্তত পাঁচ ডলার নিতুম। তোমাদের কাছ থেকে নেব না। তোমরা বনির মা-বাবা কিনা!"

বুড়ি পোশাক দুটো এনে দিল। একজোড়া পরচুলাও। পোশাক বলতে অত্যন্ত ময়লা একটা ঘন নীল রঙের কোট আর তাপ্পিমারা ট্রাউজার্স, একটা বেঢপ কামিজ আর জিনসের প্যান্ট।

বাবুরাম পোশাক দেখে বিবর্ণ হলেন ঘেন্নায়। প্রতিভা চাপাস্বরে বললেন, "বাঁচবার জন্য সব কিছু করতে হয়। ঘেন্না পেলে চলবে না।"

বাবুরামের বাড়ি থেকে অন্তত আধ মাইল দূরে হোন্ডা গাড়িটা একটা লেন-এর মধ্যে নিয়ে গেল মাইক— অর্থাৎ ভবঘুরে পুরুষটি। তারপর একটা আধাজঙ্গল জায়গায় গাড়িটা ঢুকিয়ে দিয়ে পায়ে হেঁটে রওনা হল। সমস্ত অঞ্চলটা মাইকের নখদর্পণে। কাজেই বড় রাস্তা ছেড়ে নানা ছোটখাটো বাজে রাস্তা পেরিয়ে সে বাবুরামের বাড়ির কাছাকাছি পৌঁছে চারদিকটা ভাল করে লক্ষ করল। এমনিতেই শহর দিনের বেলায় জনশূন্য থাকে। তবে আজ উইক-এন্ড শুরু হয়েছে বলে অনেকে ঘরের কাজ করতে বাড়িতে রয়েছে।

সন্দেহজনক কিছু না দেখে মাইক রাস্তাটা পেরিয়ে বাবুরামের দরজায় উপস্থিত হল। ভবঘুরেরা ভিক্ষে-টিক্ষে চেয়ে বেড়ায়, সুতরাং তাকে চট করে কেউ সন্দেহ করবে না। মাইক চারপাশটা দেখে নিয়ে দরজাটা পরীক্ষা করল। কাঠ আর কাচের দরজা। খোলা শক্ত নয়। সাধারণ তালা। কেউ লক্ষ রাখছে কি না আড়াল থেকে কে জানে। সুতরাং ডোরবেলটা বারকয়েক বাজানোই ভাল। নজরদার তা হলে বুঝবে যে, সে ভিক্ষে চাইতেই এসেছে।

কিন্তু ডোরবেল বাজাতেই মাইক অবাক হয়ে দেখল, দরজাটা খুলে গেল। দরজা জুড়ে প্রকাণ্ড একটা শ্বেতাঙ্গ। বজ্রগম্ভীর গলায় লোকটা বলল, "কী চাও?"

মাইক ঘাবড়ে যাওয়ার মানুষ নয়। মুখটা একটু বিকৃত করে বলল, "রুটি-টুটি কিছু আছে?"

"দূর হও!" বলে লোকটা দরজা বন্ধ করতে যাচ্ছিল।

"দাঁড়াও।" বলে মাইক তার জুতো দরজার ফাঁকে ঢুকিয়ে সেটা আটকাল।

দৈত্যাকার লোকটা বিভীষণ মুখে মাইকের দিকে তাকিয়ে তার দুঃসাহস দেখছিল।

মাইক বলল, "আমি খবর এনেছি। বনির খবর।"

লোকটা দরজা খুলে বিনা বাক্যব্যয়ে মাইকের কোটের কলার ধরে প্রায় ইঁদুরছানার মতো তুলে ঘরে টেনে নিয়ে দরজাটা বন্ধ করে দিল।

"বনির খবর তুমি জানো? বলো কী খবর, বনি কোথায় আছে?"

লোকটা তার কলার ছাড়েনি। এরকম শক্তিশালী লোকের পাল্লায় এর আগে কখনও পড়েনি মাইক। সে হাঁফাতে হাঁফাতে বলল, "বলছি বলছি। কিন্তু আমি কী পাব?"

"পাবে!" বলেই লোকটা তাকে শূন্যে তুলে মেঝের ওপর ছুড়ে ফেলে দিয়ে বুকের

ওপর একটা ভারী পা তুলে দাঁড়াল, "নোংরা নেশাখোর, চোর, বাউন্ডুলে, তোমাকে যে খুন না-করে ছেড়ে দেব সেটাই বড় পাওনা বলে জেনো। এখন ঝেড়ে কাশো তো বাছাধন, বনি কোথায়?"

মাইক বুঝল, এই দৈত্যের হাত থেকে রেহাই পাওয়া শক্ত হবে। শুধু এ লোকটাই নয়, আড়চোখে সে দেখতে পেল, আরও দুটো লোক লিভিংরুমের দরজার কাছে বুকে আড়াআড়ি হাত রেখে দাঁড়িয়ে। তাদের চেহারা ভাড়াটে খুনির মতোই। এরকম বিপদে পড়তে হবে জানলে সে বোকার মতো কিছুতেই ডোরবেল বাজাত না।

ভারী পায়ের চাপে বুকের পাঁজরা মড়-মড় করছে। দম বন্ধ হয়ে আসছে মাইকের। সে চিঁ-চিঁ করে বলতে চেষ্টা করল, "বনিকে দিয়ে তোমরা কী করবে? সে দেবশিশু।"

"সে খবরে তোর কী দরকার? সোজা কথায় জবাব দে, বনি কোথায়? তার মা-বাবাকেও আমরা চাই। বাবুরাম আর তার বউ দুই শয়তান আমাদের আদেশ অমান্য করেছে, ওদের বেঁচে থাকবার অধিকার নেই।"

বুটের নিষ্পেষণে মাইকের বুকে এত যন্ত্রণা হচ্ছিল যে, সে আর বেশিক্ষণ চেতনা ধরে রাখতে পারবে না।

বাবুরামের বাড়ির অভ্যন্তরে যখন এই ঘটনা ঘটছে তখন বাড়ির বাইরে আরও একটি ঘটনা দানা বাঁধছে। বাড়ির অনতিদূরেই অনেকক্ষণ ধরে একটি ছোট্ট গাড়ি পার্ক করা আছে। গাড়ির কাচ স্বচ্ছ বলে ভিতরটা দেখা যায় না। বাতানুকূল গাড়ির অভ্যন্তরে দু'জন মানুষ পাথরের মূর্তির মতো বসে আছে অনেকক্ষণ। তারা দেখেছে, একজন ভবঘুরে এল এবং তাকে অত্যন্ত কর্কশভাবে টেনে নেওয়া হল ভিতরে।

দু'জনের একজন বেঁটেখাটো ডক্টর ওয়াং। তিনি হঠাৎ মৃদুস্বরে বললেন, "যতদূর মনে হচ্ছে, বাড়ির ভিতরে আসল লোকেরা নেই। কিছু অবাঞ্ছিত লোক ঢুকে পড়েছে। আর ওই ভবঘুরেটা, নাঃ, ব্যাপারটা দেখতে হচ্ছে লি চিং।"

"আমি আপনার সঙ্গে যাব কি?"

ওয়াং মাথা নেড়ে বললেন, "কক্ষনও নয়। আমেরিকায় আমার লোকবল সামান্য। তোমার কিছু হলে আমি দুর্বল হয়ে পড়ব।"

"কিন্তু আপনার যদি কিছু হয় ডক্টর ওয়াং?"

ওয়াং মাথা নাড়লেন, "বর্বররা কখনওই আমার ক্ষতি করতে পারে না। জীবনে আমি অজস্র বিপদে পড়েছি। তুমি সতর্ক সজাগ হয়ে বাড়িটার ওপর নজর রাখো। আমাকে ভিতরে ঢুকতে হবে।"

ওয়াং গাড়ি থেকে নেমে সোজা গিয়ে ডোরবেল টিপলেন।

দু' সেকেন্ডের মধ্যে দরজা খুলে গেল। একজন ছিপছিপে লম্বা বাস্কেটবল

খেলোয়াড়ের মতো চেহারার লোক দরজার সামনে দাঁড়াতেই ওয়াং মাথা নত করে অভিবাদন জানিয়ে একগাল হেসে বললেন, "সেই ওয়ান্ডার-চাইল্ড বনিকে দেখতে এসেছি আমি।"

"আপনি কে?"

"ডক্টর ওয়াং— একজন অত্যন্ত প্রতিভাবান বৈজ্ঞানিক। পদার্থবিদ এবং ইলেকট্রনিক্স বিশেষজ্ঞ।"

"বনি এখন নেই। ওরা বেড়াতে গেছে।"

ওয়াং ফের অভিবাদন করে বললেন, "আমি জানি কৌতূহলী মানুষেরা আপনাদের বিরক্ত করে। দয়া করে বিরক্ত হবেন না। আমি যথেষ্ট ধনী ব্যক্তি। শিশুটিকে পাঁচ মিনিট পরীক্ষা করতে দিলে আমি তার জন্য পাঁচশো ডলার দিতে প্রস্তুত।"

লোকটা হাত বাড়িয়ে বলল, "আগে পাঁচশো ডলার দাও, তারপর দেখব কী করা যায়।"

"অবশ্য, অবশ্য।" বলে ওয়াং হিপ-পকেট থেকে যে নোটের তাড়াটা বের করলেন তাতে একশো ডলারের নোটে অন্তত হাজার-দশেক ডলার আছে। অত্যন্ত অমায়িকভাবে ওয়াং পাঁচখানা নোট লোকটার হাতে দিয়ে বললেন, "আমি ধন্য।"

লম্বা লোকটা দরজাটা আর-একটু ফাঁক করে ধরে বলল, "চলে আসুন।"

ওয়াং ঘরে ঢুকতেই একটা হোঁচটের মতো খেলেন। তাঁর মনে হল, ঠিক হোঁচট এটা নয়, ওই লোকটাই তার জুতোর ডগায় একটু ঠোক্কর মারল।

লোকটা দরজাটা বন্ধ করে দিল।

সামনের দৃশ্যটা দেখে ওয়াং-এর যেন মুখ শুকিয়ে গেল। হাঁ করে কিছুক্ষণ তাকিয়ে থেকে কাঁপতে কাঁপতে বললেন, "এ কী? এসব কী হচ্ছে এখানে! অ্যাঁ!"

দৈত্য-চেহারার লোকটা মাইকের বুক থেকে পা নামিয়ে ওয়াং-এর দিকে ফিরে বলল, "এ লোকটা চোর।"

ওয়াং পকেট থেকে রুমাল বের করে কাঁপা-কাঁপা হাতে কপালের ঘাম মুছতে মুছতে বললেন, "চোর! চোর খুবই খারাপ জিনিস।"

প্রকাণ্ড লোকটা হাত বাড়িয়ে ওয়াং-এর সঙ্গে করমর্দন করে বলল, "এই বিশ্রী ব্যাপারটা তোমাকে দেখতে হল বলে দুঃখিত ডক্টর ওয়াং। আমার নাম জন স্মিথ।"

ওয়াং খুব অমায়িক গলায় বললেন, "আপনার পরিচয় পেয়ে খুব খুশি হলাম মিস্টার স্মিথ। কিন্তু আমি সেই অদ্ভুত শিশুটিকে দেখতে চাই।"

"নিশ্চয়ই, নিশ্চয়ই ডক্টর ওয়াং। আগে এই চোরটার একটা ব্যবস্থা করে নিই।"

ওয়াং মেঝেয় আধমরা হয়ে পড়ে থাকা মাইকের দিকে তাকালেন। লোকটা

ভবঘুরে। ওয়াং খুব বিনীতভাবে জিজ্ঞেস করলেন, "এ লোকটার অপরাধ কী? ও কী করেছে?"

মাইক নিজের বুক চেপে ধরে যন্ত্রণায় ককিয়ে উঠে বলল, "আমাকে ছেড়ে দাও, বনি কোথায় আছে আমি জানি না, টাকার লোভে মিথ্যে কথা বলেছিলুম।"

দৈত্যাকার লোকটা একটা রবার হোসের টুকরো জ্যাকেটের তলা থেকে বের করে সজোরে মাইকের গালে বসিয়ে দিল। সঙ্গে সঙ্গে মাইক যেন বিদ্যুৎস্পৃষ্টের মতো শিউরে উঠে অজ্ঞান হয়ে গেল।

ওয়াং অত্যন্ত নার্ভাস হয়ে বললেন, "আমি... আমি কোনও নিষ্ঠুর দৃশ্য সহ্য করতে পারি না। আমার শরীর অস্থির লাগছে..."

সেই লম্বা লোকটা পিছন থেকে এসে ওয়াং-এর কাঁধে হাত রেখে বলল, "আপনি বসুন ডক্টর ওয়াং।"

একরকম চেপেই সে ওয়াংকে সোফায় বসিয়ে দিল। ওয়াং টের পেলেন, বসানোর সময় তাঁর হিপ পকেট থেকে লোকটা ডলারের বান্ডিলটা অত্যন্ত তৎপরতার সঙ্গে তুলে নিল।

ওয়াং বসে রুমালে কপাল মুছলেন। তারপর রুমালটা বুক পকেটে রাখলেন। তাঁর কুশলী হাতে পকেট থেকে একটা ডটপেন উঠে এল।

ওয়াং কাঁপা-কাঁপা গলায় বললেন, "মিস্টার জন স্মিথ, আমি একটু জল খেতে চাই।" স্মিথ তাঁর সামনে এসে পাহাড়ের মতো দাঁড়িয়ে বলল, "নিশ্চয়ই ডক্টর ওয়াং। এই টম, একটু জল আনো।"

টম জল আনতে গেল। স্মিথ ওয়াং-এর দিকে চেয়ে একটু হাসল। তারপর কী হল তা স্মিথ কখনও বলতে পারবে না। পিং করে একটা মৃদু শব্দ সে শুনল। তারপর আর তার কিছু মনে নেই।

তিন নম্বর লোকটা লিভিং রুমে টিভি চালিয়ে কোনও প্রোগ্রাম দেখছিল। ওয়াং নিঃশব্দে লিভিং রুমের দরজায় এসে দাঁড়ালেন। লোকটা তাঁর দিকে মুখ ফিরিয়ে অবাক হয়ে কী যেন বলতে যাচ্ছিল। বলাটা আর হয়ে উঠল না তার। একটা ছোট্ট ছুঁচ গিয়ে সোজা তার মুখগহ্বরে ঢুকে গেল।

টম জল নিয়ে রান্নাঘর থেকে শিস দিতে দিতে ফিরে আসছিল। আচমকাই ঘাড়ে একটা সূক্ষ্ম ব্যথা টের পেল সে। জলের গেলাসটা পড়ে গেল হাত থেকে। তারপর সেও পড়ল।

ওয়াং আর দেরি করলেন না। বাড়িটা ঘুরে দেখে নিলেন। বুঝলেন, বনি ও বাড়িতে তো নেই-ই, সম্ভবত কারও ভয়ে ওরা পালিয়েছে।

ওয়াং আগে গুন্ডাদের পকেট থেকে তাঁর ডলারগুলো বের করে নিলেন। তারপর ঠান্ডা জল নিয়ে এসে মাইকের পরিচর্যা করতে বসলেন। তার বুকে আর কপালে অত্যন্ত কুশলী হাতে কিছুক্ষণ মাসাজ করার পর মাইক ধীরে ধীরে চোখ খুলল। চোখে আতঙ্ক।

ওয়াং বললেন, "কোনও ভয় নেই।"

"ওরা কোথায়?"

ওয়াং হেসে বললেন, "ঘুমোচ্ছে। ওই দেখো কী নিশ্চিন্ত ঘুম!"

মাইক উঠে বসল। যেন গ্রহান্তরের জীব দেখছে এমনভাবে ওয়াং-এর দিকে হাঁ করে খানিকক্ষণ চেয়ে থেকে বলল, "তুমি এই তিনটে দানবের মহড়া একা নিয়েছ! তাজ্জব। তোমাকে তো এরা মশামাছির মতো টিপে মেরে ফেলতে পারে।"

ওয়াং খুব অমায়িকভাবে বলল, "দুর্বলের ভগবান আছেন। আর আছে ঈশ্বরদত্ত বুদ্ধি এবং কৌশল। এখন ওঠো। এখানে থাকা আর আমাদের পক্ষে নিরাপদ নয়।"

"দাঁড়াও। আমার কিছু কাজ আছে।"

এই বলে মাইক টপ করে উঠে সোজা দোতলায় শোওয়ার ঘরে গিয়ে ঢুকল। কাবার্ড থেকে নির্দিষ্ট অ্যাটাচি কেস এবং বাক্স থেকে টাকার একটা বান্ডিল বের করে নিল। তারপর নেমে এসে বলল, "আমি যাচ্ছি। তোমাকে ধন্যবাদ।"

ওয়াং নিচু হয়ে অভিবাদন করে বললেন, "মাননীয় মহাশয়, তুমি অবশ্যই যেতে পারো। কিন্তু তোমাকে নিশ্চিন্ত করার জন্যই জানাতে চাই যে, আমি খুব ভাল লোক। আমি এদের মতো বদমাশ নই। আর তোমাকেও গৃহস্বামীর অনুপস্থিতিতে কিছু চুরি করে পালাতে দিতে পারি না।"

মাইক ঘাবড়ে গিয়ে বলল, "আমি চুরি করছি না।"

"তোমার হাতে একটা অ্যাটাচি কেস দেখতে পাচ্ছি। ওটা তোমার নয়। কারণ তোমার পোশাক-টোশাক বা চেহারার সঙ্গে ওই দামি জিনিসটা মানাচ্ছে না।"

মাইক নিরুপায় হয়ে বলল, "এটা এ বাড়ির মালিকের জন্যই নিয়ে যাচ্ছি। বিশ্বাস করো।"

"বিশ্বাস করতে খুবই কষ্ট হচ্ছে। প্রমাণ কী?"

মাইক সন্দিহান চোখে লোকটাকে নিরিখ করে বলল, "তোমাকে বলা যাবে না।"

"তা হলে তোমাকেও ছেড়ে দেওয়া সম্ভব নয়।"

মাইক বিপন্ন হয়ে চোখ মিটমিট করে বলল, "ওরা খুব বিপদে পড়েছে। কিছু দুষ্টু লোক ওদের খুন করে ওদের বাচ্চাটাকে চুরি করতে চাইছে।"

ওয়াং মাইকের কাঁধে হাত রেখে বলল, "পাঁচশো ডলার পেতে তোমার কেমন লাগবে?"

"খুব ভাল। কিন্তু আমি বিশ্বাসঘাতকতা করতে পারব না।"

"বিশ্বাসঘাতকতা করার দরকার হলে আমি তোমার মুখ থেকেই জোর করে কথা বের করতে পারতুম। মনে রেখো ডক্টর ওয়াং একজন জিনিয়াস। আমার কাছে এমন জিনিস আছে যা দিয়ে তোমাকে অবশ বিহ্বল করে কথা বের করতে পারি। কিন্তু আমি সেরকম লোক নই।"

"তোমাকে বিশ্বাস করি কী করে?"

"করলে ঠকবে না। বনি নামক বাচ্চাটির যে অলৌকিক ক্ষমতা আছে তা আমি জানি। আমি তাকে একবার দেখব বলে পৃথিবীর আর এক প্রান্ত থেকে অনেক কষ্ট করে ছুটে এসেছি। যতদূর অনুমান করছি এইসব বদমাশদের ভয়ে বনিকে নিয়ে তার মা-বাবা পালিয়ে যাওয়ার চেষ্টা করছে এবং তুমি তাদের সাহায্য করছ। খুব ভাল কথা। আমার মনে হয় সেটাই উচিত। তবে একটুক্ষণের জন্য হলেও বনিকে আমি দেখতে চাই।"

মাইক দ্বিধায় পড়লেও বুঝল, এ লোকটাকে এড়ানো সহজ হবে না । লোকটা ভয়ংকর ধূর্ত। তবে মাইককে নিশ্চিত মৃত্যুর হাত থেকে বাঁচিয়েছে বলে মাইক খানিকটা কৃতজ্ঞও বোধ করছিল। দোনোমোনো করে সে বলল, "দ্যাখো, তোমাকে আমি নিয়ে যেতে রাজি। কিন্তু আমাদের ডেরায় ঢুকে কোনওরকম বেগড়বাঁই করলে কিন্তু আমরা সবাই মিলে তোমাকে টিট করে দেব।"

ওয়াং আবার প্রাচ্য রীতিতে অভিবাদন করে বলেন, "কথা দিচ্ছি বনির কোনও ক্ষতি আমরা করব না। আমি ভাল লোক।"

মাইক অগত্যা ওয়াং-এর সঙ্গে বাড়ি থেকে বেরিয়ে এসে তার ছোট্ট গাড়িটায় উঠল। সতর্কতার জন্য ওয়াং-এর নির্দেশে গাড়িটি নানা ঘুরপথে চালানো হল কিছুক্ষণ। তারপর ওয়াং বললেন, "নাঃ, কেউ আমাদের অনুসরণ করছে না। মাইক, এবার তুমি তোমার ডেরার পথ দেখাও।"

মাইককে গাড়িতে চেপে অন্য লোকের সঙ্গে ডেরায় আসতে দেখে ভবঘুরেরা ভ্যাবাচ্যাকা খেয়ে গেল। কিন্তু ওয়াং গাড়ি থেকে নেমে সকলকে এমন বিনীতভাবে প্রচুর অভিবাদন করতে লাগলেন যে, ভবঘুরেরা তাঁর সম্পর্কে সিদ্ধান্তে আসতে পারল না।

বাবুরাম একটু দূর থেকে দৃশ্যটা দেখছিলেন। দেখতে দেখতে হঠাৎ তাঁর মাথায়

একটা খবর চিড়িক দিয়ে গেল। এ লোকটা ডক্টর ওয়াং না? চিনের বিশ্ববিখ্যাত দেশত্যাগী বৈজ্ঞানিক! বাঁ গালে লাল জড়ুলটা অবধি আছে। কিন্তু গতকালই তো এন বি সি-র খবরে বলেছে, ডক্টর ওয়াং লন্ডনে সেফ কাস্টডি থেকে পালিয়ে গেছেন। তাঁকে খুঁজে পাওয়া যাচ্ছে না গত বুধবার থেকে।

বাবুরাম এগিয়ে এসে ওয়াং-এর সামনে দাঁড়ালেন। খানিকক্ষণ কাছ থেকে পর্যবেক্ষণ করে বললেন, "আমার যদি খুব ভুল না হয়ে থাকে তা হলে আপনি ডক্টর ওয়াং।"

ওয়াং আভূমি নত হয়ে অভিবাদন করে বিগলিত কণ্ঠে বললেন, "দেখা যাচ্ছে আমি সত্যিই বিশ্ববিখ্যাত। বাবুরাম গাঙ্গুলি, আপনিও কম বিশ্ববিখ্যাত নন। আমি টিভিতে আপনার ছবি দেখেছি। আপনার স্ত্রী এবং ছেলেকেও সবাই চিনে ফেলেছে।"

"ডক্টর ওয়াং, আপনি তো আমেরিকাতেই এলেন, তবে লন্ডনের সেফ-হাউস থেকে পালালেন কেন?"

ওয়াং ব্যথিত গলায় বললেন, "না পালালে ওরা কী করত জানেন? আমাকে ভি আই পি সাজিয়ে এখানে এনে একরকম নজরবন্দি করে নানারকম জেরায় পেটের কথা বের করত। দেশত্যাগীদের কি ঝামেলার অন্ত আছে? তাতে আমার মূল্যবান সময় নষ্ট হত, কাজের কাজ হত না। তাই পালিয়ে বন্ধুদের সাহায্যে ছদ্মবেশে ভুয়া পাসপোর্ট দেখিয়ে চলে এসেছি।"

বাবুরাম মাথা নেড়ে বললেন, "বুঝেছি, আপনি দুঃসাহসী মানুষ। দেশ ছেড়ে পালালেন কেন ডক্টর ওয়াং?"

"প্রতিভাবানদের কোনও দেশ নেই গাঙ্গুলি। পুরো পৃথিবীটাই তাদের কাজের জায়গা। একটা দেশে আটকে থাকলে তাদের চলে না। আমাকে আপনি বিশ্বনাগরিক বলে ভাবতে পারেন।"

বাবুরাম এই দুঃখেও ওয়াং-এর কথায় হাসলেন। বললেন, "আপনার কী একটা আবিষ্কার চুরি গেছে বলে শুনেছি।"

ডক্টর এ কথায় হঠাৎ স্তব্ধ হয়ে গেলেন। তাঁর চোখ ছলছল করতে লাগল। রুমাল বের করে তিনি চোখ ঢেকে ফুঁপিয়ে উঠে বললেন, "ওকথা মনে করিয়ে দেবেন না বাবুরাম গাঙ্গুলি। সে ছিল আমার বুকের হাড়, চোখের মণির চেয়েও মূল্যবান। ওরকম বায়োমেকানিক রোবট কেউ আবিষ্কার করতে পারেনি আজও। তার ভিতরে আমি এক অনন্ত শক্তির উৎস সৃষ্টি করেছিলাম। শুধু সেটার একটাই দোষ ছিল, সে নিজে থেকে কিছু করতে পারত না। তবে কাছাকাছি মানুষের ইচ্ছে বা চাহিদা অনুসারে সে অনেক অসম্ভব সম্ভব করতে পারে। তার নাম দিয়েছিলাম চি চেং। আমার ছেলে

থাকলে সেও আমার এত প্রিয়পাত্র হত না, যতটা ছিল চি চেং।"

ওয়াং খানিকটা সামলে ওঠার পর বললেন, "গাঙ্গুলি, আপনার ছেলের বিষয়ে আমি শুনেছি। আমি কি তাকে একবার দেখতে পারি?"

"নিশ্চয়ই। আসুন ডক্টর ওয়াং।"

বাবুরাম গুদামের ভিতরে, যেখানে বনিকে কোলে নিয়ে প্রতিভা বসে ছিলেন, সেখানে নিয়ে গেলেন। প্রতিভা প্রথমে ওয়াংকে দেখে অস্বস্তি বোধ করলেও বাবুরামের ইশারায় বনিকে ওয়াং-এর হাতে দিলেন।

সঙ্গে-সঙ্গে বনির চোখ দু'খানা প্রথমে নীল তারপর সবুজ হয়ে গেল।

ওয়াং কিছুক্ষণ চোখ দুটোর দিকে চেয়ে রইলেন। তারপর বললেন, "এই রংগুলোর অর্থ আছে। ও আমাকে দেখে খুশি হয়েছে।"

বাবুরাম মৃদুস্বরে জিজ্ঞেস করলেন, "বনির অসুখটা কী ডক্টর ওয়াং?"

ওয়াং বনিকে শুইয়ে দিয়ে তাঁর সঙ্গীকে ডেকে একটা হুকুম দিলেন। তাঁর সঙ্গী দৌড়ে গিয়ে একটা কালো বাক্স নিয়ে এল। ওয়াং সেই বাক্সটার ডালা খুলতে দেখা গেল ভিতরে নানা জটিল ও সূক্ষ্ম সব যন্ত্রপাতি রয়েছে। এত জটিল যে, বাবুরাম অবধি যন্ত্রটার প্রকৃতি বুঝতে পারলেন না।

ওয়াং বললেন, "এটা অত্যাধুনিক একটা স্ক্যানার। কোনও ভয় নেই, এই যন্ত্র আপনার ছেলের কোনও ক্ষতি করবে না।"

আধঘণ্টা ধরে ওয়াং বনির শরীরের সর্বত্র একটা স্টেথোসকোপ জাতীয় জিনিস লাগিয়ে পরীক্ষা করলেন। তাঁর ভ্রু কুঞ্চিত, মুখে চিন্তার বলিরেখা। তারপর যন্ত্র গুটিয়ে নিয়ে মাথা নেড়ে বললেন, "ব্যর্থতা! আবার একটা ব্যর্থতা! লোকগুলো অপদার্থ।"

বাবুরাম উদ্বেগের সঙ্গে জিজ্ঞেস করলেন, "কী ডক্টর ওয়াং?"

"আপনার ছেলের এমব্রায়োতে একটি বায়োনিক মাইক্রোচিপ কেউ সেট করে দিয়েছিল। জিনিসটা এত ছোট যে আপনার সে সম্পর্কে ধারণাই হবে না। চিপটা ঠিকমতো সেট হয়ে গেলে আপনার ছেলে হয়ে উঠত আধা-যন্ত্র, আধা-মানুষ। কিন্তু গবেষণাটি এখন পরীক্ষামূলক স্তরে আছে বলেই আমার ধারণা, যারা এটা করছে তারা খবর রাখছে, কোন মা কখন সন্তানসম্ভবা হয়েছেন। তাঁদের অজান্তেই গর্ভস্থ সন্তানের মধ্যে ইনজেকশন দিয়ে ওই মাইক্রোচিপ ঢুকিয়ে দেওয়া হচ্ছে। এই মাইক্রোচিপের ধর্মই হল তা ভ্রূণের শরীরে ঢুকেই শিরা-উপশিরা দিয়ে মস্তিষ্কে গিয়ে পৌঁছয়। সেই ভ্রূণ যখন সন্তান হয়ে জন্মাবে তখন হবে অত্যধিক মেধাবী, অত্যধিক কর্মপটু, কিন্তু তাদের ওপর নিয়ন্ত্রণ রাখবে অন্য লোক। এইসব সন্তান মাঝে-মাঝে

রিমোট কন্ট্রোলে প্রত্যাদেশ পাবে। এবং সেই আদেশ এরা অক্ষরে-অক্ষরে মানতে বাধ্য। এদের দিয়ে যা খুশি করানো যাবে। মিস্টার বাবুরাম গাঙ্গুলি, আমি দুঃখিত, আপনিও এইসব শয়তানের ষড়যন্ত্রের শিকার হয়েছেন। তবে বনির ক্ষেত্রে মাইক্রোচিপটা কোনও কারণে ঠিকমতো কাজ করছে না। কোনও একটা বায়ো-মেকানিকাল গোলমালে ওর মস্তিষ্ক আর শরীরের মধ্যে একটা পরদা পড়ে গেছে। ওর মাথা ক্রিয়াশীল, কিন্তু শরীর নয়।"

বাবুরাম স্তম্ভিত হয়ে বললেন, "সর্বনাশ!"

"এ ব্যাপারে একসময়ে আমিও কিছুদূর গবেষণা করেছি। তাই আমি ব্যাপারটা এত চট করে ধরে ফেলতে পারলাম। তবে মিস্টার গাঙ্গুলি, আমার দৃঢ় বিশ্বাস বনির মধ্যে এমন কিছু প্রতিক্রিয়া ওরা ওদের রিমোট সেনসরে ধরতে পেরেছে যাতে ওরাও উদ্বিগ্ন। ওরা হয়তো বনিকে কুক্ষিগত করার চেষ্টা করবে। আপনার এখন ওকে নিয়ে পালিয়ে যাওয়াই উচিত।"

"আমরা পালাতেই চাইছি ডক্টর ওয়াং।"

"সেটা সহজ হবে না। আপনার বাড়িতে আজ তিনজন অতিকায় গুন্ডাকে ঘায়েল করে মাইককে মৃত্যুর হাত থেকে উদ্ধার করতে হয়েছে।"

"সর্বনাশ!"

"তাই বলছি, ওরা আপনার পালানোর পথ বন্ধ করার সবরকম চেষ্টা করবে।"

উদ্বেগে আতঙ্কে অস্থির হয়ে বাবুরাম বললেন, "তা হলে কী করব ওয়াং?"

"তবু বিপদের ঝুঁকি নিয়েও আপনাকে পালাতেই হবে। নইলে ওরা বনিকে নিয়ে গিয়ে ল্যাবরেটরিতে ওর মাথা চিরে দেখবে কেন ওদের প্ল্যানমতো কাজ হয়নি। ওরা হয়তো আরও অনেক শিশুকেই এরকম গবেষণার বস্তু করেছে। জানি না সেসব শিশুর ভাগ্যে কী ঘটছে। ওরা বর্বর! ওরা মানুষের চরম শত্রু!"

বাবুরাম স্ত্রীর দিকে তাকালেন। প্রতিভা মৃদুস্বরে বললেন, "ভয় পেয়ো না। ঠাকুরের ওপর ভরসা রাখো। আমরা ঠিক পালাতে পারব। বিপদে মাথা ঠিক রাখতে হয়।"

বাবুরাম স্ত্রীর কণ্ঠস্বরের দৃঢ়তায় একটু শান্ত হলেন।

ওয়াং বললেন, "শুনেছি আপনি ভবঘুরের ছদ্মবেশে পালাতে চান। ভাল পরিকল্পনা। তবে এয়ারপোর্টে তো আর ছদ্মবেশ চলবে না। পাসপোর্ট দেখানোর সময় ছদ্মবেশ খুলতেই হবে। তখন বিপদ। বাবুরাম গাঙ্গুলি, বিজ্ঞানের স্বার্থে আমি আপনাকে সাহায্য করব।"

"করবেন! বাঁচলাম।"

"এখন আমি যাচ্ছি। যথাসময়ে আমার দেখা পাবেন।"

"শুনুন ওয়াং। ডাক্তার লিভিংস্টোনের ক্লিনিক সম্পর্কে আপনি কিছু জানেন?"

"ক্লিনিকটা পোর্টল্যান্ডে?" ওয়াং-এর খুদে-খুদে চোখ যতদূর সম্ভব বিস্ফারিত হল, "পোর্টল্যান্ডের ডক্টর লিভিংস্টোন?"

"হ্যাঁ হ্যাঁ, আপনি চেনেন?"

ওয়াং বড় বড় কয়েকটা শ্বাস ছেড়ে বললেন, "ঠিক আছে। ওকথা পরে হবে। আপনি আর দেরি করবেন না।"

বাবুরামের মনে হল, ডক্টর লিভিংস্টোন সম্পর্কে কী একটা কথা চেপে গেলেন ওয়াং। একটু দ্রুত পদেই যেন ওয়াং বেরিয়ে গিয়ে গাড়িতে উঠলেন। গাড়িটা বেশ দ্রুত বেরিয়ে গেল।

বাবুরাম আর প্রতিভা কিছুই খেতে পারলেন না। তাদের অনেক সাধাসাধি করে বুড়ি হার মানল। তবে বনির খাবার যথেষ্টই সঙ্গে ছিল। তাকে প্রতিভা খাওয়ালেন। বিকেল হয়ে আসতেই বাবুরাম আর প্রতিভা তাঁদের ছদ্মবেশ পরে নিলেন। বনির মাথাতেও একটা পরচুলা পরিয়ে নেওয়া হল আর গায়ে মাখিয়ে দেওয়া হল শরীর ট্যান করার রং। বুড়িটা দু'জোড়া রোদ-চশমাও এনে দিল। এসব জিনিস ওরা কুড়িয়েও পায়, চুরিও করে।

ফ্রেড কোথাও গিয়েছিল। দুপুরেই ফিরে এসেছে। সে বলল, "এয়ারপোর্টে গিয়ে পৌঁছোনোর কোনও চিন্তা নেই। আমি একটা ডাম্প ইয়ার্ড থেকে পুরনো ফোর্ড গাড়ি জোগাড় করেছি। সেটা বেশ চলে। তবে পুলিশে ধরলে বিপদ আছে। আমাদের লাইসেন্স নেই।"

বাবুরাম বললেন, "সাবধানে চালালে পুলিশ ধরবে না। ঠিক আছে, আমিই চালাব।"

সন্ধের কিছু আগে ফ্রেড আর মাইককে নিয়ে বাবুরাম সপরিবারে এয়ারপোর্টে রওনা হলেন। মুশকিল হল, তাঁরা নিজেদের নামেই প্লেনে টিকিট বুক করতে বাধ্য হয়েছেন। শত্রুপক্ষ খবর পেলে বিপদ আছে কপালে।

নিউ জার্সি পেরিয়ে গাড়ি ব্রুকলিন ব্রিজে উঠল, তারপর নিউ ইয়র্ক শহরকে পাশে ফেলে চলল সোজা জন ফিটজেরাল্ড কেনেডি এয়ারপোর্টের দিকে। অনেকটা রাস্তা। কিন্তু রাস্তায় আর কিছু ঘটল না। গাড়িটা একটু-আধটু আওয়াজ করলেও শেষ অবধি বিশেষ গন্ডগোল করল না।

টার্মিনালের সামনে তাঁদের নামিয়ে দিয়ে মাইক আর ফ্রেড গেল গাড়িটা পার্ক করে আসতে। পার্ক করা বেশ ঝামেলার ব্যাপার।

দু'জন ভবঘুরের ছদ্মবেশে টার্মিনালে ঢুকতে যেতেই লোকজন বেশ তাকাতে লাগল তাদের দিকে। তবে দেশটা আমেরিকা। এখানে ব্যক্তি-স্বাধীনতা খুব বেশি বলে কেউ কারও ব্যাপারে মাথা ঘামায় না।

টার্মিনালে ঢুকে রেস্টরুমে গিয়ে দু'জনেই পর্যায়ক্রমে ছদ্মবেশ ছেড়ে এলেন।

বাবুরাম উদ্বেগের গলায় বললেন, "চারদিকে চোখ রেখো প্রতিভা।"

প্রতিভা ছেলেকে আঁকড়ে ধরে আছেন। শান্ত গলায় বললেন, "কিছু হবে না। শান্ত হও। আমি চোখ রেখেছি।"

বাবুরাম চঞ্চল চোখে চারদিকে চাইতে লাগলেন। অনেক যাত্রীর ভিড়ে কাকে তিনি শত্রুপক্ষের লোক বলে চিহ্নিত করবেন? সামনের লাইনটাও বেশ লম্বা। একজন দীর্ঘকায় লোক এসে বাবুরামের পিছনে দাঁড়াল। শ্বেতাঙ্গ। মুখ-চোখ যেন কেমন পাথুরে। বাবুরাম একবার তাকিয়েই ভয়ে-ভয়ে চোখ সরিয়ে নিলেন। চোরা চোখে লক্ষ করলেন লোকটা তার কোটের পকেটে হাত ভরে আছে।

লোকটা হঠাৎ খুব চাপাস্বরে বলল, "একটা পিস্তলের নল তোমার শরীরের দিকে তাক করা আছে। তোমার স্ত্রীকে বলো কোনওরকম চেঁচামেচি বা গন্ডগোল না করে ধীরে-ধীরে টার্মিনালের বাইরে যেতে। তুমিও তাই করবে। বাইরে গাড়ি এসে তোমাদের তুলে নেবে।"

বাবুরাম ঠান্ডা হয়ে গেলেন ভয়ে। একেবারে কাঠ।

লোকটা পিঠে বাস্তবিকই একটা কঠিন জিনিসের খোঁচা দিয়ে বলল, "পনেরো সেকেন্ডের বেশি সময় দেব না। চারদিকে আমাদের লোক আছে মনে রেখো।"

বাবুরাম সংবিৎ ফিরে পেয়ে প্রতিভার কানে-কানে বললেন, "আমার পিঠে পিস্তলের নল। বাইরে যেতে বলছে। কী করব প্রতিভা?"

প্রতিভা শান্ত গলায় বললেন, "এ যা বলছে তাই করতে হবে। কিন্তু মাথা ঠান্ডা রাখো আর আমার পিছনেই থেকো।"

প্রতিভা বনিকে কোলে নিয়ে ধীর পায়ে লাইন থেকে বেরিয়ে এলেন, তারপর দরজার দিকে এগোতে লাগলেন। পিছনে বাবুরাম। তার পিছনে সেই লোকটি।

দরজার কাছ বরাবর যেতেই ব্যস্তসমস্ত এক যাত্রী মালের ট্রলি নিয়ে দরজা দিয়ে ঢুকলেন। ট্রলিতে বেশ বড় বড় দুটো স্যুটকেস, ব্যাগ, ছাতা ইত্যাদি। লোকটি ট্রলিটা নিয়ে হুড়মুড় করে ঢুকেই সোজা যেন বাবুরামের ঘাড়েই এসে পড়ছিলেন। বাবুরাম সরে দাঁড়ালেন। কিন্তু লোকটা প্রায় উন্মাদের মতো ট্রলিটার একটা প্রবল ধাক্কা দিয়ে কনুইয়ের গুঁতোয় বাবুরামকে ছিটকে দিলেন।

একটা "ওঃ গড!" চিৎকার শোনা গেল। বাবুরাম সামলে উঠে পিছন ফিরে

দেখলেন তাঁর অনুসরণকারী লম্বা লোকটা হাঁটু চেপে ধরে মেঝের ওপর বসে আছে। চোখে-মুখে বোকার মতো ভাব। যাত্রীটি নিচু হয়ে বারবার ক্ষমা চাইছে লোকটার কাছে, বড্ড তাড়াহুড়োয় তোমাকে জখম করে ফেলেছি। কিছু মনে কোরো না...

বলতে বলতে যাত্রীটি লোকটার বগলের তলায় হাত দিয়ে তাকে তোলার চেষ্টা করল। কিন্তু বাবুরাম স্পষ্ট দেখলেন যাত্রীটির হাতে একটি চাকতির মতো কী জিনিস যেন। আহত লোকটা একবার উঠবার চেষ্টা করতে গিয়ে জ্ঞান হারিয়ে লুটিয়ে পড়ে গেল।

এই গন্ডগোলে হঠাৎ বাবুরাম দেখতে পেলেন, চার-পাঁচটা লোক এসে জলদিবাজ যাত্রীটিকে ঘিরে ফেলেছে। তাদের চেহারা বা হাবভাব সুবিধের নয়। যাত্রীটি হাত-পা নেড়ে কী যেন বোঝানোর চেষ্টা করছে তাদের। লোকটা ওয়াং নন। তবে তাঁর শাকরেদ হতে পারে।

বাবুরাম প্রতিভার দিকে চেয়ে বললেন, "ফিরে এসো। বোধহয় এ যাত্রা বেঁচে যাব।"

"ও লোকটা কে?"

"চিনি না।"

"ইচ্ছে করে এরকম করল নাকি?"

"তাই তো মনে হচ্ছে।"

"তা হলে কিন্তু তোমার উচিত ওকেও সাহায্য করা। ওই দ্যাখো, কতগুলো লোক ওকে কেমন ঘিরে ধরেছে।"

বাবুরামের মনে হল, প্রতিভা ঠিকই বলেছে। লোকটা যদি তাঁদের বাঁচানোর জন্যই ওই কাণ্ড করে থাকে তা হলে বাবুরামেরও উচিত লোকটার সাহায্যে এগিয়ে যাওয়া।

বাবুরাম কখনও মারপিট করেননি। বরাবর ভাল ছেলে ছিলেন। তবে খেলাধুলো করতেন। এখনও জগিং করেন, দু'-চারটে আসনও। গায়ে তাঁর জোর আছে কি না তা তিনি জানেন না। এ সুযোগে একটা পরীক্ষা হয়ে যাক।

তিনি এগিয়ে যেতে-যেতেই দেখলেন, দানবাকৃতি পাঁচটা লোক প্রায় ঠেসে ধরে যাত্রীটিকে পায়ে-পায়ে দরজার দিকে ঠেলে নিয়ে যাচ্ছে। বাবুরাম চিন্তাভাবনা না করেই সামনে যে পড়ল সোজা তার মাজায় নিজের বুটসুদ্ধু পা সজোরে বসিয়ে দিলেন।

বলতেই হবে মারটা বেশ জোরালোই হল। লোকটা লাথির চোটে ছিটকে পড়ে গেল। আর বাকি চারটে লোক এত অবাক হয়ে বাবুরামের দিকে তাকাল যে, বলার নয়।

ভূপাতিত লোকটার বিশেষ লাগেনি। মার-টার খেয়ে এরা বেশ তৈরি হয়ে গেছে। লোকটা এক লাফে উঠে এসে বাবুরামের মুখে একটা ঘুসি চালিয়ে দিল। বাবুরাম খানিকটা শূন্যে উঠে চোখে অন্ধকার দেখতে দেখতে দড়াম করে আছড়ে পড়লেন। লোকটা বাবুরামকে লাথি মারতে পা তুলেছিল, এমন সময় মশার কামড়ের মতো কিছু বিঁধল বোধহয় তার ঘাড়ে। কেমন যেন বিহ্বলের মতো দাঁড়িয়ে পড়ল সে। তারপর ধীরে ধীরে ভেঙে পড়ে গেল।

অন্য চারজন ধৃত লোকটিকে একটা ধাক্কা দিয়ে সরিয়ে তাড়াতাড়ি এসে প্রতিভাকে পাকড়াও করল। টেনে নিয়ে যেতে লাগল দরজার দিকে।

কিন্তু এ সময়ে দরজাটা জ্যাম করে দু'-দুটো মালের ট্রলি এসে এমন আটকে গেল যে, কিছুতেই ছাড়ানো যায় না দুটোকে। বিতিকিচ্ছিরি অবস্থা।

দু'জন চিনা যাত্রী এই কাণ্ডের জন্য সকলের কাছে প্রচুর ক্ষমা চাইতে লাগলেন। কিন্তু তাতে পথ পরিষ্কার হল না। চারটে গুন্ডা খেপে গিয়ে দমাদম ট্রলি থেকে মালপত্র তুলে ছুড়ে ফেলে দিতে লাগল। তাদের ধাক্কায় যাত্রীরাও ছিটকে যাচ্ছে এদিক-ওদিক। ছুটে এল সিকিউরিটির লোকেরা। আর এই গন্ডগোলে লাল জড়ুলওলা বেঁটেমতো একটা লোক একটু দূরে দাঁড়িয়ে শান্তমুখে একটু হাসল।

আগন্তুক চিনা যাত্রী দু'জনের মাল গুন্ডারা ফেলে দেওয়ায় খেপে গিয়ে লাফ দিয়ে তারা ট্রলি ডিঙিয়ে এসে প্রবল বিক্রমে আক্রমণ করল গুন্ডাদের। হাত লাগাল আগের যাত্রীটিও। এই ফাঁকে বনিকে নিয়ে সরে এসে স্বামীর পাশে হাঁটু গেড়ে বসলেন প্রতিভা। তাঁর পাশে সেই বেঁটে চিনা ভদ্রলোকও।

মৃদুস্বরে ওয়াং বললেন, "দ্যাট ওয়াজ এ ন্যাস্টি নক-আউট পানচ। তোমার স্বামী কখনও বক্সিং করেছে?"

"না। জীবনে নয়।"

ওয়াং পকেট থেকে একটা প্লাস্টিকের প্যাকেট বের করে এনে তা থেকে কয়েকটা লম্বা ছুঁচ তুলে নিলেন, বললেন, "আকুপাংচার, খুব কাজ হয়। ওর মুখে-চোখে একটু জল দাও।"

বনির বোতলে জল ছিল। প্রতিভা সেই জল ঢেলে হাতের কোষে নিয়ে মুখে-চোখে ছিটিয়ে দিলেন বাবুরামের। আর দক্ষ হাতে বাবুরামের ঘাড়ে এবং আশপাশে ছুঁচগুলো বিঁধিয়ে দিলেন ওয়াং।

তিন চিনা কী কায়দা করল কে জানে, কয়েক মিনিটের মধ্যেই চার-চারটে গুন্ডার দু'জন ধরাশায়ী হয়ে প্রাণ হারাল। দু'জন পালাল।

ওয়াং মৃদুস্বরে বললেন, "এরা সব আমার চ্যালা। জরুরি পরিস্থিতির মোকাবিলার

জন্য এদের বিশেষ ধরনের প্রশিক্ষণ দিয়েছি আমি। আমেরিকান গুন্ডারা ঘুসি আর ছোরাছুরি আর পিস্তল ছাড়া কিছুই জানে না। বড্ড ক্রুড। বিজ্ঞানের যুগে কতরকম উপকরণ বেরিয়ে গেছে, এরা সেসব গ্রাহ্যই করে না। দেখলে তো, তিনটে রোগাপটকা চিনার কাছে কেমন নাকাল হল চার-চারটে দশাসই আমেরিকান!”

এত দুঃখেও একটু হাসলেন প্রতিভা। বললেন, “আপনি না থাকলে কী যে হত!”

বাবুরাম চোখ মেললেন, কাতর শব্দ করলেন, তারপর উঠে বসে বললেন, “আমার চোয়াল বোধহয় ভেঙে গেছে।”

ওয়াং মৃদু হেসে বলেন, “না মিস্টার গাঙ্গুলি। আপনার শরীরে ষাঁড়ের মতো ক্ষমতা আছে। যাক গে, লড়াই শেষ হয়েছে। মনে হচ্ছে আর বিপদ ঘটবে না। পুলিশও এসে গেছে। আর দেরি না করে লাইনে গিয়ে দাঁড়িয়ে পড়ুন। ভাবখানা এমন করবেন যেন কিছুই হয়নি।”

বাবুরাম দাঁড়িয়ে হাত বাড়িয়ে বললেন, “সবকিছুর জন্যই আপনাকে ধন্যবাদ। আমরা কৃতজ্ঞ।”

ওয়াং সংক্ষেপে যা বললেন, তার অর্থ, সব ভাল যার শেষ ভাল।

বাবুরাম আর প্রতিভা লাইনে গিয়ে দাঁড়ালেন। হাতে পাসপোর্ট, টিকিট। হই-হট্টগোলে তাঁদের কেউ আলাদা করে লক্ষ করল না।

আতঙ্কিত, বিধ্বস্ত, ক্লান্ত অবস্থায় বাবুরাম আর প্রতিভা যখন কলকাতায় পৌঁছলেন তখন বেশ রাত হয়ে গেছে। তবে কলকাতার মাটিতে পা রেখে তাঁরা স্বস্তির শ্বাস ফেললেন। হঠাৎ এসেছেন বলে তাঁদের নিয়ে যেতে কেউ বিমানবন্দরে আসেনি।

মালপত্র বলতে তাঁদের সঙ্গে সামান্যই জিনিস। কাস্টমস পেরিয়ে তাঁরা একটা প্রি-পেইড ট্যাক্সি নিলেন। বাড়ির দরজায় যখন এসে নামলেন তখন ঘুটঘুট্টি লোডশেডিং-এর অন্ধকার চারদিকে।

বাড়ির লোক খেয়ে-দেয়ে ঘুমোনোর আয়োজন করছিল। তাঁদের আগমনে সারা বাড়ি আনন্দে বিস্ময়ে ফের জেগে উঠল। বাবুরামের বাবা বলাইবাবু ঘুমিয়ে পড়েছিলেন। তিনিও প্রায় লাফ দিয়ে উঠে পড়লেন। তাঁর নাতি এসেছে যে!

॥ ৫ ॥

সায়েন্স দিয়ে সব-কিছুকে ব্যাখ্যা করতে পারছেন না গদাইবাবু। দিন-দিন শুকিয়ে যাচ্ছেন। এদিকে লোডশেডিং-এ তাঁর বাড়িতে আলো জ্বলে এবং তাঁর সাদা-কালো টিভি-তে এন বি সি বা বি বি সি-র রঙিন সম্প্রচার দেখা যায়— এসবের জন্য তাঁর বাড়িতে আজকাল সন্ধেবেলায় বেশ ভিড় হচ্ছে। অনেকেই দেখতে আসছে কাণ্ডটা।

সি ই এস সি-র লোকেরাও এসে তাঁর বাড়ির লাইন পরীক্ষা করে বলেছে, না কোনও হট লাইনের সঙ্গে তাঁর বাড়ির তার জড়িয়ে যায়নি। তবু কেন কারেন্ট না থাকলেও আলো জ্বলে তা তারা বুঝতে পারছে না।

গদাইবাবুর সম্বন্ধী গজেন একদিন হন্তদন্ত হয়ে এসে বলল, "শোনো গদাই, আমাদের পাশের বাড়িতে একজন মস্ত ইলেকট্রনিক্সের এঞ্জিনিয়ার এসেছে। দেড় গজ লম্বা তার টাইটেল। আমেরিকায় একটা বড় ফার্মের চিফ ইলেকট্রনিক্স এঞ্জিনিয়ার। বছরে দেড়লাখ ডলার মাইনে। তাকে কালই ধরে এনে তোমার বাড়ির লাইন দেখাব। সন্ধের পর থেকো। সে আসতে রাজি হয়েছে।"

গদাইবাবু উদাস গলায় বললেন, "যা ভাল হয় করুন।"

পরদিন সন্ধেবেলা যাকে নিয়ে এল গজেন তাকে দেখে গদাইবাবুর বড্ড চেনা-চেনা ঠেকতে লাগল। এ মুখ যেন দেখেছেন কোথাও। নামটা শুনেই লাফিয়ে উঠলেন গদাইবাবু, "আপনি বাবুরাম গাঙ্গুলি? বনির বাবা! আপনাকে এন বি সি-র নিউজ চ্যানেলে দেখেছি।"

বাবুরাম অবাক হয়ে বললেন, "এন বি সি! আপনি কি রিসেন্টলি আমেরিকায় গিয়েছিলেন?"

"না। কস্মিনকালেও যাইনি।"

"তা হলে কি এন বি সি-র ভিডিয়ো ক্যাসেট দেখেছেন?"

"না। আমার ভি সি আর নেই।"

"তা হলে?"

গদাইবাবু আমতা-আমতা করে বললেন, "ওই আর কী। আসলে কী জানেন, আমার বাড়িতে অদ্ভুত সব কাণ্ড হচ্ছে। তার কোনও মাথামুন্ডু নেই। এন বি সি চ্যানেল আমি এই টিভিতেই দেখেছি।"

"কিন্তু এ তো অর্ডিনারি টিভি! কলকাতার প্রোগ্রামই তো দেখাচ্ছে।"

"হ্যাঁ। কিন্তু মাঝে-মাঝে..."

বলতে বলতেই গদাইবাবুর টিভি রঙিন হয়ে গেল। স্পষ্ট চলে এল এন বি সি-র

প্রাতঃকালীন সংবাদ। বাবুরাম স্তম্ভিত হয়ে চেয়ে রইলেন। এরকম হওয়ার কথা নয়। এ এক অসম্ভব কাণ্ড। মার্কিন টিভি-র প্রোগ্রাম কী করে কলকাতায় দেখা যাচ্ছে!

খবরে যে ঘটনাটি একটু বাদেই শুনলেন বাবুরাম তাতে আরও বিস্মিত এবং হিম হয়ে গেলেন। সংবাদ-পাঠক জানালেন, "পোর্টল্যান্ডে একটি জঙ্গলের ধারে ডক্টর ওয়াং-কে সাংঘাতিক আহত অবস্থায় পাওয়া যায়। ওয়াং বিশ্ববিখ্যাত চিনা বৈজ্ঞানিক। সম্প্রতি তিনি দেশ থেকে পালিয়ে মার্কিন দেশে আশ্রয় প্রার্থনা করেন। কিন্তু লন্ডন থেকে তিনি নিরুদ্দেশ হয়ে যান। তারপরই তাঁকে এই অবস্থায় পাওয়া যায়। কয়েকজন ভবঘুরে তাঁকে উদ্ধার করে নিউ ইয়র্কের হাসপাতালে নিয়ে আসে। ওদিকে চিন সরকার জানিয়েছেন যে, ইনি আসল ডক্টর ওয়াং নন। ডক্টর ওয়াং-এর উদ্ধারকারীদের একজনের জবানিতে শুনুন। 'ইনি ফ্রেড মেইলার..' বলতে বলতেই ফ্রেড-এর চেহারা ভেসে উঠল পরদায়। সেই পোশাক, সেই টুপি। ফ্রেড থেমে থেমে বলল, 'ডক্টর ওয়াং অত্যন্ত ভাল লোক। তাঁকে আমরা চিনতাম। পোর্টল্যান্ডে তিনি একটি বিশেষ অভিযানে গিয়েছিলেন। তাঁর অভিযান ছিল কিছু দুষ্ট লোকের বিরুদ্ধে। আমাদের বিশ্বাস, ডক্টর ওয়াংকে ওই শয়তানেরা আবার মারবার চেষ্টা করবে।"... ফ্রেড-এর ছবি কেটে দিয়ে সংবাদ-পাঠক বললেন, "ডক্টর ওয়াং-এর জ্ঞান না থাকলেও তিনি মাঝে-মাঝে দু'-চারটে শব্দ বারবার উচ্চারণ করছেন। তার মধ্যে একটা হল চি চেং। আর একটা বনি। বাহাত্তর ঘণ্টা না কাটলে ডক্টর ওয়াং-এর বাঁচবার সম্ভাবনা সম্পর্কে ডাক্তাররা কিছুই বলতে পারবেন না। দু'টি গুলি তাঁর উরুতে লেগেছে, একটি ঘাড়ে। তাঁর গায়ে বুলেট-প্রুফ ভেস্ট থাকায় হৃৎপিণ্ডে বা ফুসফুসে কোনও গুলি লাগেনি। তবে দুঃখের বিষয় ডক্টর ওয়াং-এর সঙ্গী দু'জন ভবঘুরে এবং একজন চিনা নিহত হয়েছেন।"

সংবাদ শেষ হয়ে গেল।

বাবুরাম বিস্ময়ে স্তব্ধ হয়ে গেলেন। মনটা ভরে গেল বিষণ্ণতায়। পোর্টল্যান্ডে কেন গিয়েছিলেন ওয়াং? তবে কি ডক্টর লিভিংস্টোনের ক্লিনিকেই আছে মানুষকে যান্ত্রিক দাস বানানোর কারখানা? ওয়াং কি ভীমরুলের চাকে ঘা দিয়েছিলেন? চি চেং এবং বনির নামই বা তিনি করছেন কেন বিকারের ঘোরে? এই দুইয়ের মধ্যে কি কোনও সম্পর্ক আছে? চি চেং হল ওয়াং-এর সেই আবিষ্কার যা চুরি হয়ে গেছে। নিজেকেই অপরাধী মনে হচ্ছিল বাবুরামের। তাঁকে বাঁচাতে গিয়ে ওয়াং অনেক ঝুঁকি নিয়েছেন।

গদাইবাবু শুকনো মুখে বললেন, "কিছু বুঝতে পারছেন বাবুরামবাবু?"

বাবুরাম অত্যন্ত গম্ভীর হয়ে বললেন, "না। ব্যাপারটা খুবই রহস্যময়। তবে আমি আগামীকাল আবার আসব। সব কিছু খুঁটিয়ে দেখতে হবে।"

পরদিন বাবুরাম সকালের ডাকে একটা চিঠি পেলেন। বারো দিন আগে নিউ ইয়র্ক থেকে পোস্ট করা ডক্টর ওয়াং-এর চিঠি। ইংরেজিতে টাইপ করা চিঠিতে ওয়াং লিখেছেন, 'আপনি এত দিনে নিরাপদে দেশে পৌঁছে গেছেন আশা করছি। দয়া করে বনির কোনও চিকিৎসা করাতে যাবেন না, তাতে ওর ক্ষতির আশঙ্কা রয়েছে। যে দুষ্টচক্র বিশ্বব্যাপী নিজেদের যান্ত্রিক দাস তৈরি করার পরিকল্পনা করেছে তাদের সম্পর্কে আরও-কিছু খোঁজখবর পেয়েছি। বনির মতো আরও-কিছু শিশুকে মাতৃগর্ভেই এরা যান্ত্রিক আজ্ঞাবহ দাস বানানোর পথে অনেকটা এগিয়ে গেছে। ওদের এই পরীক্ষা-নিরীক্ষা এখনও শতকরা একশো ভাগ সফল নয়। কিন্তু আমার ভয়, এরা অচিরেই সফল হবে। তার ফলে কী হবে জানেন? হাজার হাজার মানুষকে এরা রিমোট কন্ট্রোলের সাহায্যে চালাবে, যা খুশি করিয়ে নেবে। হয়তো নরহত্যা, চোরাই চালান, হাইজ্যাকিং, টেররিজম। আর এইসব যান্ত্রিক দাসেরা হবে খুব বুদ্ধিমান, সাংঘাতিক মেধাবী, অসম্ভব ক্ষিপ্র ও শক্তিশালী। এদের কোনও নৈতিক বোধ বা চরিত্র থাকবে না, থাকবে না নিজস্ব কোনও চিন্তাধারা বা আদর্শ, থাকবে না স্নেহ ভালবাসা প্রেম বা দুর্বলতা। এসব ভেবে ভয়ে আমি শিউরে-শিউরে উঠছি। ভাবছি যদি আজ আমার হাতের কাছে চি চেং থাকত, হয়তো সে আমাকে উপায় বাতলে দিতে পারত। চি চেং এক আশ্চর্য জিনিস। সে না করতে পারে হেন কাজ নেই। হায়, সে আজ কোথায়?'...

চিঠিটা পড়তে পড়তে বাবুরামের চোখ ঝাপসা হয়ে এল চোখের জলে।

একটু বেলায় বাবুরাম গদাইবাবুর বাড়ির উদ্দেশে রওনা হলেন। এই বাড়ির রহস্যটাও তাঁকে ভীষণভাবে ভাবাচ্ছে। কোনও ব্যাখ্যাই তিনি খুঁজে পাচ্ছেন না।

গদাইবাবু আজ অফিস কামাই করে তাঁর জন্য অপেক্ষা করছিলেন। বিগলিত মুখে অভ্যর্থনা করে বললেন, "আসুন গাঙ্গুলিসাহেব, আসুন। আপনিই এখন আমার শেষ ভরসা।"

বাবুরাম টিভি সেটটা খুলে তন্ন-তন্ন করে দেখলেন। অত্যন্ত সাধারণ সাদা-কালো সেট। কোনও বৈশিষ্ট্য বা অসাধারণত্ব নেই। সারা বাড়ি ঘুরে ঘুরে দেখতে দেখতে তাঁরা ছাদে এলেন।

গদাইবাবু একজন বিজ্ঞানীকে কাছে পেয়ে নিজের ল্যাবরেটরিটা দেখানোর লোভ সামলাতে পারলেন না। চিলেকোঠার দরজাটা খুলে দিয়ে সগর্বে বললেন, "বাবুরামবাবু, আমি বিজ্ঞানী নই বটে, কিন্তু খুব বিজ্ঞান-মাইন্ডেড। এই দেখুন, আমিও একটু চর্চা-টর্চা করে থাকি।"

বাবুরাম গদাইবাবুর ল্যাবরেটরি দেখে হাসলেন। তবে ভদ্রতাবেশে সবকিছুই

খুঁটিয়ে দেখতে লাগলেন। হঠাৎ তাকের দিকে তাকিয়ে বললেন, "ওটা কী বস্তু গদাইবাবু?"

গদাইবাবু বললেন, "ব্যাটারা ঠকিয়ে দিয়েছে মশাই। মিস্টিরিয়াস মিস্টার পানচো নামের একটা সায়েন্স কিট নিয়ে এলুম। তার কোনও মাথামুন্ডুই বুঝলুম না। এখন পড়ে আছে।"

বাবুরাম তাক থেকে পানচোকে নামিয়ে এনে ভাল করে দেখলেন। তাঁর ভ্রূ কুঁচকে গেল চিন্তায়। বললেন, "কোথায় পেলেন এটা?"

"আজ্ঞে চিনে-বাজারে।"

"জিনিসটা কোনও কাজেই লাগেনি?"

"নাঃ। আপনি নিয়ে গিয়ে দেখতে পারেন কোনও কাজ হয় কি না।"

বাবুরাম পানচো-কে ভাল করে পরীক্ষা করলেন ফের। একটা ব্যারেল আর কয়েকটা ধাতব হাত বা স্ট্যান্ড। তবে স্ট্যান্ডগুলোর গড়ন দেখে মনে হচ্ছে, সেগুলির ভিতর সূক্ষ্ম যন্ত্রপাতি থাকতে পারে। বাবুরাম ব্যারেলের গায়ে কান পাতলেন। অনেকক্ষণ কান পেতে তাঁর মনে হল, ব্যারেলের ভিতরে একটা অতি ক্ষীণ স্পন্দন বা ভাইব্রেশন হয়ে চলেছে।

বাবুরাম জিনিসটা খবরের কাগজ দিয়ে ভাল করে মুড়ে নিলেন।

বাড়ি ফিরে তিনি সোজা দোতলার একটা অব্যবহৃত ঘরে ঢুকে দরজা এঁটে দিলেন। তারপর পানচো-কে কাগজের মোড়ক থেকে বের করে উলটেপালটে দেখতে লাগলেন।

হঠাৎ আপন মনেই বাবুরাম ইংরেজিতে বলে উঠলেন, "টু নো দিস টয় আই নিড এ কমপিউটার।"

পানচো-র ব্যারেলের মধ্যে একটা শিস টানার মতো শব্দ হল। বাবুরাম নীচে গিয়ে বাড়ির টিভি সেটটা নিয়ে এলেন। গদাইবাবুর বাড়িতে যা ঘটেছে তার পরিপ্রেক্ষিতে মনে হয়, সাধারণ টিভি সেটকে কমপিউটার ডিসপ্লে স্ক্রিনে পরিণত করা পানচো-র পক্ষে কঠিন হবে না। তবে কোনও কি-বোর্ড নেই বা ডাটা ফিডমেন্টের উপায় দেখছেন না।

বাবুরাম কী করবেন ভাবছেন। এমন সময় আচমকা টিভির পরদায় অক্ষর ফুটে উঠতে লাগল। প্রথমেই ফুটে উঠল, "আই অ্যাম অলসো এ কমপিউটার।"

বাবুরাম বুঝলেন, ডাটা ফিডমেন্টের প্রয়োজন নেই, তাঁর কথা পানচো বুঝতে পারছে।

তিনি ইংরেজিতে প্রশ্ন করলেন, "তোমার নাম কী?"

"পানচো।"

"তুমি চি চেং-কে চেনো?"

"আমিই চি চেং।"

"তুমি ওয়াংকে চেনো?"

"ওয়াং আমার স্রষ্টা।"

বাবুরামের মুখ উজ্জ্বল হয়ে উঠল। তিনি হাসলেন। ঠাকুরের দয়ায় তিনি ওয়াং-এর সেই হারানো চি চেং-কে ফিরে পেলেন তা হলে! কী আশ্চর্য যোগাযোগ!

"গদাইবাবুর বাড়িতে যেসব অদ্ভুত কাণ্ড হচ্ছিল সেগুলো কে করত?"

"আমি করতাম।"

"কেন?"

"দুটো কারণে। ওসব করলে আমাকে নিয়ে হইচই হবে, পাবলিসিটি হবে এবং ডক্টর ওয়াং টের পাবেন আমি কোথায় আছি। দু' নম্বর কারণ, ডক্টর ওয়াং সম্পর্কে আগ্রহী হয়ে যদি ওরা তাঁকে খবর দেয় সেই জন্য হংকং টিভি-র প্রোগ্রাম ট্যাপ করেছিলাম। কিন্তু ও লোকগুলো বোকা। বুঝতে পারেনি।"

"তুমি এন বি সি-র প্রোগ্রামও ট্যাপ করেছ। কেন?"

"এন বি সি-তে বনির ছবি দেখানো হয়েছিল।"

বাবুরাম চমকে উঠে বলল, "তুমি বনির কথা জানো?"

"জানি। ডক্টর ওয়াং বনি সম্পর্কে আমার ভিতরে কিছু ইনফরমেশন রেকর্ড করে রেখেছিলেন।"

"এইসব প্রোগ্রাম তুমি কী উপায়ে ট্যাপ করো?"

"খুব সোজা। আমি উপগ্রহ থেকে প্রোগ্রাম চুরি করি। আমার ভিতরে অনেক শক্তি, অফুরন্ত শক্তি।"

"তুমি বনি সম্পর্কে কী জানো?"

"তুমি যতটুকু জানো তার বেশি নয়।"

"আমি যা জানি তা তুমি কী করে জানতে পারছ?"

"আমি তোমার মগজ থেকে সব তথ্য পেয়ে যাচ্ছি।"

"সর্বনাশ!"

"ভয়ের কিছু নেই। আমি ভালমানুষ।"

"ধন্যবাদ। বনি সম্পর্কে তোমার সিদ্ধান্ত কী?"

"ওর কোনও চিকিৎসা করা উচিত নয়।"

"ওকে কীভাবে বাঁচিয়ে রাখব?"

"বনির মগজের মধ্যে একটা মাইক্রোচিপ রয়েছে। খুব ছোট।"

"ঠিক কোথায় মাইক্রোচিপটা রয়েছে?"

"মেডুলা ওবলংগাটায়। খুব সেনসিটিভ জায়গা।"

"অপারেশন করা কি সম্ভব?"

"না।"

"তা হলে?"

"বনিকে আমার কাছে নিয়ে এসো।"

বাবুরাম বনিকে নিয়ে এলেন। বাড়ির সবাইকে বললেন, তিনি একটা জরুরি কাজ করছেন, কেউ যেন বিরক্ত না করে।

বনিকে চি চেং-এর সামনে একটা টেবিলে শুইয়ে দিলেন বাবুরাম। বনির চোখের মণি অত্যন্ত দ্রুত রং পালটাতে লাগল। কখনও লাল, কখনও নীল, কখনও সবুজ, কখনও গোলাপি।

চি চেং যেন দ্বিধায় পড়ে গেল। ডিসপ্লে স্ক্রিনে অনেকগুলো দুর্বোধ সংকেতবার্তা ফুটে উঠতে লাগল, যার অর্থ বাবুরাম জানেন না। তবে তাঁর কেন যেন মনে হচ্ছিল, ডিসপ্লে স্ক্রিনে দুটো বিরোধী কমপিউটারে একটা লড়াই ঘটে যাচ্ছে। প্রায় আধঘণ্টা এরকম চলল।

এর পর ডিসপ্লে বোর্ডে যে কথাটা ফুটে উঠল তা অবিশ্বাস্য। বাবুরাম সবিস্ময়ে হাঁ করে চেয়ে দেখলেন বোর্ডে একটা ছোট্ট বাক্য ফুটে উঠেছে, "আমি বনি।"

বাবুরাম বনির দিকে চেয়ে দেখলেন। বনি স্থির চোখে তাঁকে দেখছে। ঠোঁটে কি একটু হাসির ছোঁয়া?

বাবুরাম টিভি স্ক্রিনের দিকে চেয়ে দেখলেন, নতুন বাক্য এল, "আমি চি চেং-কে দখল করেছি।"

বাবুরাম অতি কষ্টে নিজেকে সামলালেন। মাত্র ছ'মাস বয়সের বনি কী করে এইসব কাণ্ড ঘটাচ্ছে? গলাটা পরিষ্কার করে নিয়ে বাবুরাম বললেন, "বনি, আমি তোমার বাবা।"

"না। আমার বাবা নেই, মা নেই।"

"তবে তুমি কে?"

"আমি শুধু বনি।"

"তোমার স্রষ্টা কে?"

"ডক্টর লিভিংস্টোন।"

"সে তোমার কাছে কী চায়?"

“সে আমাকে চায়।”

“তুমি কি তার কাছে যাবে?”

“যাব। ভীষণ দরকার।”

“কী দরকার?”

“তার সঙ্গে দেখা হওয়া দরকার।”

“লিভিংস্টোন কীরকম লোক?”

“ছ’ ফুট লম্বা, ভাল স্বাস্থ্য, বয়স পঞ্চান্ন, দুরন্ত মাথা।”

“তুমি কি জানো বনি, লিভিংস্টোন একটা দাস সাম্রাজ্য গড়ে তুলতে চাইছে?”

“হতে পারে। হয়তো তাই।”

“কীভাবে তোমার মাথায় মাইক্রোচিপ ঢোকানো হয়েছিল তুমি জানো?”

“জটিল পদ্ধতিতে। নাভির ভিতর দিয়ে সরু ক্যাথেডর ঢুকিয়ে। মাইক্রোসার্জারি। অন্তত দু’দিন সময় লাগে।”

“বুঝেছি বনি। তোমার বয়স খুব কম, কিন্তু তবু তুমি চমৎকার বয়স্ক মানুষের মতো তথ্য দিচ্ছ, এটা কী করে সম্ভব হচ্ছে?”

“আমার মগজের সব কোষ জাগ্রত।”

“তোমার শরীর অসাড় কেন?”

“চিপটা ঠিকমতো বসেনি।”

“আমরা চিপটা বের করতে চাই বনি। আমরা তোমাকে সন্তান হিসেবে ফিরে পেতে চাই।”

“সম্ভব নয়। মাইক্রোচিপটা আমার জৈবী সংস্থানের সঙ্গে মিশে গেছে।”

“যদি ওটা অকেজো করতে চাই তা হলে কী করতে হবে?”

“মাদার কমপিউটারকে ধ্বংস করা ছাড়া সম্ভব নয়। আমার মগজের মাইক্রোচিপ মাদার কমপিউটারের সঙ্গে স্থায়ী ভাবে টিউন করা।”

“সেটা কোথায় আছে?”

“ক্লিনিকে। বেসমেন্টে।”

“ক্লিনিক মানে কি লিভিংস্টোনের ক্লিনিক?”

“হ্যাঁ। পোর্টল্যান্ডে।”

“এ ছাড়া অন্য কোনও উপায় নেই?”

“না।”

“মাইক্রোচিপটা যদি অকেজো করে দেওয়া যায় তা হলে কী হবে? তোমাকে কি আমরা ফিরে পাব বনি?”

"বলা কঠিন।"

"তুমি মরে যাবে না তো!"

"যেতে পারি।"

"তোমাকে আমরা ভীষণ ভালবাসি বনি। তুমি কি সেটা জানো?"

"ভালবাসা! হতে পারে।"

"তোমাকে বাঁচতেই হবে বনি। তুমি ভাল করে ভেবে দ্যাখো, মাদার কমপিউটারকে ধ্বংস করলে তোমার কোনও ক্ষতি হবে কি না।"

"আমি ঠিক জানি না। তবে কাজটা বিপজ্জনক।"

"কমপিউটারে কতজন শিশুকে টিউন করা হয়েছে?"

"বত্রিশজন। তিনশো তেত্রিশজন এখনও মাতৃগর্ভে আছে।"

"তুমি এ তথ্য কী করে জানলে?"

"প্রথম লটের সব মাইক্রোচিপই একরকম। আমি সংখ্যাটা জানি।"

"আমি তোমার সাহায্য চাই বনি। মাদার কমপিউটার ধ্বংস করতে হলে কী করতে হবে, তা আমি জানি না।"

স্ক্রিনটা হঠাৎ সাদা হয়ে গেল। তারপর ধীরে ধীরে একটা বাক্য ফুটে উঠল, "খুব সাবধান।"

চি চেং ওরফে পানচো-কে গদাইবাবুর হাতে ফেরত দেওয়া উচিত হবে কি না তা বাবুরাম বুঝতে পারছিলেন না। তবে সন্ধের দিকে তিনি গদাইবাবুর বাড়ি গেলেন। গিয়ে দেখলেন, ঘোর লোডশেডিং এবং গদাইবাবুর বাড়িও অন্ধকার।

তাঁকে দেখে গদাইবাবু আহ্লাদে একেবারে বিগলিত হয়ে বললেন, "ধন্য মশাই আপনি। কী একটু কলকাঠি নেড়ে গেলেন আর অমনি আমার বাড়িতে আবার আগের পরিস্থিতি ফিরে এসেছে।"

"আপনি কি তাতে খুশি?"

"খুব খুশি মশাই, খুব খুশি। যা ভুতুড়ে কাণ্ড শুরু হয়েছিল তাতে তো আমার হাত-পা সব পেটের মধ্যে সেঁদিয়ে যাওয়ার জোগাড়।"

"পানচো-কে কি আপনি ফেরত চান গদাইবাবু?"

"দূর দূর। টাকাটাই গচ্চা গেছে। ও আর চাই না। জঙ্গল দূর হওয়াই ভাল।"

॥ ৬ ॥

চারদিন বাদে মুখে দুশ্চিন্তা এবং শরীরে ক্লান্তি নিয়ে এয়ার ইন্ডিয়ার জাম্বো জেট থেকে এক বিকেলে নিউ ইয়র্কের জে এফ কে বিমানবন্দরে নামলেন বাবুরাম এবং বনিকে কোলে নিয়ে প্রতিভা।

প্রতিভাকে রেখে-ঢেকে সবই প্রায় বলেছেন বাবুরাম। শুধু বনির প্রসঙ্গটা চাপা দিয়ে বনির জবানিতে যা জেনেছেন সেটা চাপিয়েছেন চি চেং তথা পানচো-র ঘাড়ে। প্রতিভা পুরোপুরি বিশ্বাস করেননি। তবে বনির ভালর জন্য সবকিছু করতেই তিনি রাজি। তাই তাঁদের পক্ষে বিপজ্জনক আমেরিকাতেও ফিরে আসতে সম্মত হয়েছেন।

চি চেং-কে সঙ্গেই এনেছেন বাবুরাম। মস্ত বড় সুটকেসে জামা-কাপড়ের সঙ্গেই তাকে ভরে লাগেজে দিয়েছিলেন। মালপত্র যখন এক্স-রে করা হচ্ছিল তখন বাবুরামের ভয় ছিল, পানচো ধরা পড়ে যাবে। কিন্তু অবাক কাণ্ড, পানচো-র ছবি এক্স-রে মেশিনে ধরা পড়েনি।

প্রতিভা বললেন, "শোনো, নিজেদের বাড়ি থাকতে হোটেলে ওঠাটা আমার পছন্দ নয়।"

বাবুরাম সবিস্ময়ে বললেন, "নিজেদের বাড়িতে উঠব! সর্বনাশ। শয়তানরা যে ওত পেতে থাকবে সেখানে!"

প্রতিভা শান্ত গলায় বললেন, "আমার তত ভয় করছে না। আমাদের সঙ্গে পানচো আছে।"

"পানচো!" বলে বাবুরাম একটু ভাবলেন। তারপর বললেন, "ঠিক আছে। চলো, বাড়িতেই যাই। বাড়ি যেতে ইচ্ছেও করছে আমার।"

ট্যাক্সি নিয়ে তাঁরা জার্সি সিটির বাড়িতে এলেন। তারপর ঘরদোর পরিষ্কার করা, বাজার করা, রান্না খাওয়া ইত্যাদিতে সময় চলে গেল। রাত্রিবেলা পানচো-কে বেসমেন্টে নিয়ে গেলেন বাবুরাম। সঙ্গে বনি এবং প্রতিভাও। বেসমেন্টে বাবুরামের নিজস্ব অত্যাধুনিক ব্যক্তিগত কমপিউটার আছে। কমপিউটারের মাধ্যমে বনির সঙ্গে বাবুরামের কথা হতে লাগল।

"বনি, আমরা ফের আমেরিকায় এসেছি।"

"বুঝতে পারছি।"

"তোমার কেমন লাগছে?"

"ভাল।"

"বনি, মাদার কমপিউটারকে টের পাচ্ছ?"

“পৃথিবীর যেখানেই যাই না কেন, মাদার কমপিউটার আমাকে নিয়ন্ত্রণ করবেই।”

“তুমি কি মাদার কমপিউটারকে পছন্দ করো?”

“কিছুটা করি। কিন্তু মাঝে-মাঝে...”

“মাঝে-মাঝে কী বনি?”

“মাঝে-মাঝে কী একটা গন্ডগোল হয়ে যায়।”

“যদি মাদার কমপিউটার ধ্বংস হয়ে যায় তা হলে কি তুমি দুঃখ পাবে?”

“দুঃখ! না, ওসব আমার হয় না। তবে হয়তো আমিও ধ্বংস হয়ে যাব।”

“না, বনি, তুমি ধ্বংস হলে আমি কিছু করব না। একটা কথা বলব তোমাকে?”

“বলো।”

“মাদার কমপিউটারের চেহারাটা দেখতে চাই।”

“সঙ্গে সঙ্গে পরদায় গ্র্যান্ড পিয়ানোর মতো চেহারার একটা রেখাচিত্র ফুটে উঠল। তারপর দেখা গেল পরিষ্কার একটা রঙিন ফোটো।”

বাবুরাম কমপিউটারের একজন বিশেষজ্ঞ। অনেকক্ষণ ধরে তিনি ছবিটা দেখলেন। তারপর বললেন, “বনি, আমি এর ট্রাইডেম চেহারা দেখতে চাই। পারবে দেখাতে?”

সঙ্গে সঙ্গে ছবি ঘুরে চতুর্দিক থেকে কমপিউটারকে দেখাতে লাগল।

“তুমি এর ভিতরকার সার্কিটগুলোর প্ল্যান জানো?”

সঙ্গে সঙ্গে কমপিউটারের অভ্যন্তরে জটিল সব যন্ত্রপাতি ফুটে উঠল পরদায়। ডক্টর লিভিংস্টোন নিশ্চয়ই এত বোকা নন যে, তাঁর এই মূল্যবান কমপিউটারের সব তথ্য তাঁর দাসদের জানিয়ে রাখবেন। এটা যে সম্ভব হচ্ছে পানচো তথা চি চেং-এর জন্যই তা বুঝতে বাবুরামের লহমাও লাগল না।

“বনি, আমি কমপিউটারটার সবরকম প্রিন্ট-আউট চাই।”

কিছুক্ষণের মধ্যেই স্লট দিয়ে অন্তত পনেরোখানা প্রিন্ট-আউট বেরিয়ে এল।

বাবুরাম সারারাত জেগে সেগুলো খুঁটিয়ে খুঁটিয়ে পরীক্ষা করতে লাগলেন।

সকালবেলায় তিনি হাসপাতালে টেলিফোন করে ডক্টর ওয়াং-এর অবস্থা জানতে চাইলেন।

হাসপাতাল বলল, অবস্থা ভাল নয়। তাঁকে ইনটেনসিভ কেয়ারে রাখা হয়েছে।

বাবুরাম ফোন রেখে দিলেন। তারপর অস্থিরভাবে পায়চারি করতে লাগলেন। কী করবেন, কোন প্ল্যানমাফিক এগোবেন তা বুঝতে পারছেন না।

ব্রেকফাস্ট খেয়ে তিনি গাড়ি নিয়ে সোজা গিয়ে হাজির হলেন ভবঘুরেদের আস্তানায়। তাঁকে দেখে সবাই বেরিয়ে এসে ঘিরে ধরল। বাবুরাম তাদের কথাবার্তা

শুনে বুঝতে পারলেন, ওদের দু'জন ওয়াংকে বাঁচাতে গিয়ে খুন হওয়ায় ওরা ভীষণ ক্ষুব্ধ। তবে রাগটা ওয়াং-এর ওপর নয়, খুনেদের ওপর।

ফ্রেড বলল, "আমাদের কাছে অস্ত্র নেই। থাকলে এত দিনে রক্তগঙ্গা বইয়ে দিতাম।"

বাবুরাম ওদের শান্ত হতে খানিকটা সময় দিলেন। তারপর সকলের কথা থেকে যা বুঝতে পারলেন তা হল, তিনি আর প্রতিভা বনিকে নিয়ে পালিয়ে যাওয়ার কয়েকদিন পরেই ওয়াং এদের কাছে আসেন এবং আমেরিকায় নতুন ধরনের যান্ত্রিক দাস তৈরি করার ষড়যন্ত্রটি ওদের বুঝিয়ে বলেন। পোর্টল্যান্ডের ডক্টর লিভিংস্টোনের ক্লিনিকটিই যে এই ষড়যন্ত্রের কেন্দ্রস্থল তাও জানান। পুলিশ বা সরকার যে আইনের পথে এদের কিছু করতে পারবে না তাতেও সন্দেহ ছিল না। কিন্তু বুদ্ধিমান ওয়াং যে সিদ্ধান্তটি নিয়েছিলেন সেটিই ছিল বোকার মতো। তিনি তাঁর তিনজন সঙ্গী এবং ভবঘুরেদের জনা-পাঁচেককে নিয়ে একটা দল গড়েন এবং সেই দল নিয়ে পোর্টল্যান্ডে গিয়ে লিভিংস্টোনের ক্লিনিকটি ঝটিতি দখল করার চেষ্টা করেন। উত্তেজনার মাথায় এ কাজ করতে গিয়ে তাঁরা সশস্ত্র প্রহরীদের পাল্লায় পড়ে যান। কয়েকজন পালাতে পারলেও যা ঘটবার তা ঘটে গেছে।

"ফ্রেড, মাইক, তোমরা এখন কী করতে চাও?" বাবুরাম জিজ্ঞেস করলেন।

"কী করব তা বুঝতে পারছি না। লিভিংস্টোন পুলিশের কাছে নালিশ করেছে। পুলিশ তো আর জানে না যে, লিভিংস্টোন কী কাণ্ড করছে। প্রমাণ করাও সহজ নয়। ফলে পুলিশ তাকে প্রোটেকশন দিচ্ছে। ইচ্ছে থাকলেও ওই ক্লিনিকে আর হামলা করা সম্ভব নয়। লিভিংস্টোন ধূর্ত লোক।"

বাবুরাম বাড়ি ফিরে এলেন। তিনি কোনও পথই খুঁজে পাচ্ছেন না।

দুপুরবেলা আবার কমপিউটারের প্রিন্ট-আউট নিয়ে বসলেন। কিন্তু কোনও উপায় তাঁর মাথায় এল না।

প্রতিভা বললেন, "অত ভেবো না। খেয়ে নাও। তারপর বিশ্রাম করো। মাথা ঠান্ডা না হলে বুদ্ধি খেলবে কী করে?"

ভরদুপুরে যখন পাড়া শুনশান তখন হঠাৎ ডোরবেল শুনে প্রতিভা উঠলেন। জেট ল্যাগ-এর ক্লান্তি ছিল। সতর্ক হওয়ার কথা খেয়াল না করেই গিয়ে দরজাটা খুললেন। আর সঙ্গে-সঙ্গে ভূত দেখার মতো চমকে উঠলেন। তাঁর সামনে পাঁচজন সশস্ত্র লোক দাঁড়িয়ে।

প্রতিভাকে রূঢ় একটা ধাক্কায় সরিয়ে দিয়ে তারা ঘরে ঢুকল। তারপর ঠেলে তুলল বাবুরামকে। বনিকে নির্দয় হাতে বিছানা থেকে তুলে একটা চাদরে পুঁটুলির মতো

বেঁধে ঝুলিয়ে নিল। প্রতিভার কান্নাকাটি চিৎকারে কর্ণপাতও করল না। পিস্তল বুকে ঠেকিয়ে বলল, "চলো, তোমাদেরও যেতে হবে।"

বাবুরামের ইচ্ছে করছিল নিজের গালে চড় কষাতে। এ বাড়িতে ওঠা যে কত বড় ভুল হয়েছে! এখন আর কিছুই করার নেই। তীরে এসে তরী ডুবল।

বাবুরাম শুধু চেষ্টা করলেন, পানচোকে সঙ্গে নিতে। কিন্তু দেখলেন সেটা জায়গায় নেই।

কয়েক সেকেন্ডের মধ্যে তাঁদের একটা প্রকাণ্ড গাড়ির ভিতরে তুলে গাড়ি ছেড়ে দিল গুন্ডারা। বাবুরাম আর প্রতিভা নির্বাক হয়ে বসে রইলেন।

যখন তাঁরা পোর্টল্যান্ডে ঢুকলেন তখনও রোদ রয়েছে। চারদিকে আলো। শুধু প্রতিভা আর বাবুরামই চোখে অন্ধকার দেখছেন।

একটা নির্জন শহরতলির বনভূমি পেরিয়ে অনেকটা যাওয়ার পর এক বিশাল চত্বর জুড়ে চমৎকার একখানা ক্লিনিকের বাড়িঘর নজরে পড়ল। ভিতরে অজস্র বাগান, ফোয়ারা, ডিয়ার পার্ক, খেলার মাঠ। কয়েক মাইল নিয়ে ক্লিনিক।

গাড়ি একটা টিলার গায়ে চওড়া সুড়ঙ্গের ভিতরে ঢুকে গেল। সুড়ঙ্গটি আলোয়-আলোয় ছয়লাপ। যেখানে এসে গাড়ি থামল সেটি একটি ভূগর্ভের বাড়ি। এত পরিষ্কার-পরিচ্ছন্ন আর এত আলোর ব্যবস্থা যে, বিশ্বাসই হতে চায় না এখানে এক নারকীয় পরিকল্পনার ষড়যন্ত্র আঁটা হচ্ছে।

লোকগুলো খুবই চটপটে। তাদের গাড়ি থেকে নামিয়ে প্রায় ছাগল তাড়ানোর মতো তাড়িয়ে একটা ঘরে এনে ঢুকিয়ে দিল। বনিকে পুঁটুলি করে কোথায় নিয়ে গেল কে জানে। প্রতিভা দৌড়ে গিয়ে দরজা টানাটানি করলেন, কিন্তু দরজা লক হয়ে গেছে।

বাবুরাম চারদিকে চেয়ে দেখলেন, এ ঘরটি একটি জানালাহীন গর্ভগৃহ। যদিও শীতাতপনিয়ন্ত্রিত এবং আলো-ঝলমল, তবু অনেকটা বন্দিনিবাসের মতোই মনে হচ্ছে।

প্রতিভা কাঁদতে কাঁদতে বললেন, "কী হবে এবার?"

বাবুরাম মাথা নেড়ে বললেন, "সব শেষ।"

প্রতিভা ব্যাকুল কণ্ঠে বললেন, "বনিকে ওরা কি মেরে ফেলবে?"

"সেটাই সম্ভব, প্রতিভা।"

"আর আমরা?"

"সান্ত্বনা এই যে, বনির পর আমাদেরও বাঁচিয়ে রাখবে না।"

প্রতিভা কাঁদতে লাগলেন। বাবুরাম চোখ ঢেকে বসে রইলেন। কিছু করার নেই।

কতক্ষণ এভাবে কাটল কে জানে, হঠাৎ কোনও গুপ্ত মাইক্রোফোন থেকে কেউ বলল, “মিস্টার এবং মিসেস গাঙ্গুলি, কষ্ট দেওয়ার জন্য দুঃখিত, তবে আপনারা আমাদের মহা মূল্যবান গবেষণার তাৎপর্য না বুঝে বোকার মতো এমন অনেক কাজ করেছেন, যা সভ্যতার পক্ষে ক্ষতিকারক। বনিকে মারবার কোনও ইচ্ছে আমাদের ছিল না। কিন্তু আপনারা বোধহয় জেনে গেছেন যে, তার মগজের মাইক্রোচিপ ঠিকমতো সেট হয়নি। কোথায় গন্ডগোল হল তা দেখার জন্য তার মগজ আমাদের তন্ন-তন্ন করে দেখতে হবে। কিন্তু তার মৃত্যু ভবিষ্যতে বৃহত্তর গবেষণায় প্রচুর সাহায্য করবে। বনির মৃত্যু মহান। আপনারা যদি অপারেশনটি দেখতে চান তা হলে দরজা খুলে বেরিয়ে বাঁদিকে এগোলেই লিফট পাবেন। লিফট আপনাদের একটা অবজারভেশন গ্যালারিতে নিয়ে আসবে। সেখান থেকে সবই দেখতে পাবেন।”

বাবুরাম চেঁচিয়ে বললেন, “আমাদের এখানে ধরে রেখেছেন কেন?”

“আপনারা বিপজ্জনক। দুঃখিত, আপনাদের রেহাই দেওয়ার কোনও উপায় নেই।”

প্রতিভা বাবুরামের হাত চেপে ধরে বললেন, “চলো, আমার ছেলেকে শেষবারের মতো দেখে আসি। আর তো ইহলোকে দেখা হবে না।”

বাবুরাম দীর্ঘশ্বাস ফেলে বললেন, “চলো।”

এবার দরজা টানতেই খুলে গেল। করিডোর পেরিয়ে বাবুরাম আর প্রতিভা টলতে টলতে লিফটে এসে উঠলেন। নিঃশব্দে লিফট তাদের নিয়ে এসে একটা ঘরে হাজির করল। অর্ধচন্দ্রের মতো সুন্দর ঘর। বাঁকা দেওয়ালটা পুরোপুরি স্বচ্ছ কাচে তৈরি। সেখানে বসবার জন্য আরামদায়ক সোফাসেট রয়েছে।

কাচের ভিতর দিয়ে মাত্র আট দশ ফুট নীচে দেখা যাচ্ছে বিরাট একটা অপারেশন থিয়েটার। সেখানে হাজারো ছোট-বড় যন্ত্রপাতি। কয়েকজন সাদা পোশাক পরা মুখ-ঢাকা মানুষ ব্যস্তসমস্ত হয়ে ঘোরাফেরা করছে। মাঝখানে অপারেশন টেবিলের ওপর বনি শুয়ে আছে।

প্রতিভা কাচের গায়ে কিল মারতে মারতে পাগলের মতো চেঁচাতে লাগলেন, “বনি! বনি! বনি! বনি!”

সেই চিৎকার অবশ্য পুরু প্লেক্সি গ্লাস ভেদ করে ওপাশে যাবে না। তবে একটা গম্ভীর গলা মাইক্রোফোনে বলে উঠল, “চেঁচিয়ে লাভ নেই। চিন্তা করবেন না, বনির ব্যথা-বেদনার কোনও বোধ নেই। ওর মাথার খুলি খুব সূক্ষ্ম যন্ত্র দিয়ে চিরে ফেলা হবে। এই দেখুন, লেসার যন্ত্র নিয়ে ডক্টর লিভিংস্টোন নিজেই কাজটা করছেন।”

প্রতিভা তবু পাগলের মতো চেঁচাতে লাগলেন, “বনি! বনি! বনি!”

কণ্ঠস্বর বলে উঠল, “ওই দেখুন, বনির চোখের রং কেমন পালটে সবুজ হয়ে গেল।

আবার গাঢ় লাল। এই লক্ষণটাই বিপজ্জনক। তার মানে হল, বনির মগজের মাইক্রোচিপ যথাযথ কাজ করছে না। আমাদের কমপিউটার তরঙ্গ ঠিকমতো ধরতে পারছে না। ওকে যদি আদেশ দেওয়া হয়, তুমি তোমার বাবাকে খুন করো, ও হয়তো তা না করে বাবার গালে একটা চুমু খাবে। সেইজন্যই আমাদের দেখতে হবে, কোথায় আমাদের ত্রুটি থেকে যাচ্ছে, কোথায় ভুল হচ্ছে। বিজ্ঞান চিরকালই এভাবে সত্যে পৌঁছেছে। বনি একটা সামান্য শিশু মাত্র...”

প্রতিভা কোনও কথাই শুনলেন না, পাগলের মতো চেঁচাতে লাগলেন, “বনি! বনি! বনি!”

বাবুরাম প্রতিভাকে কিছুই বললেন না। চুপ করে বসে রইলেন। ক্লান্ত, বিধ্বস্ত।

ওদিকে বনির চোখের মণি ক্রমশ রক্তাভা ধারণ করল। এত লাল যে, দূর থেকেও প্রতিভা ওর চোখের দু'টি আলো ঝলমল করছে দেখতে পেলেন।

লিভিংস্টোন নামক লোকটি ঝুঁকে পড়লেন বনির ওপর, হাতে একটি যন্ত্র।

হঠাৎ আলো নিভে গেল। চারদিকে এক পাথরের মতো নিরেট অন্ধকার।

প্রতিভা একটানা চিৎকার করে যাচ্ছিলেন, “বনি! বনি! বনি!”

সেই জমাট অন্ধকারে হঠাৎ পাবলিক অ্যাড্রেস সিস্টেমে কার বেশ উত্তেজিত গলা শোনা গেল, “এটা কী হচ্ছে, ইমার্জেন্সি লাইট জ্বলছে না কেন?”

কে যেন জবাব দিল, “টর্চ অবধি জ্বলছে না। তাজ্জব ব্যাপার।”

আর-একজন বলে উঠল, “আমার লাইটারও জ্বলল না তো!'

সেই জমাট অন্ধকারে শুধু বনির দু'খানা রক্তচক্ষু দেখা যাচ্ছিল। আর কিছু নয়।

“বনি! আমার বনি! আমার বনি!” প্রতিভা কাচের গায়ে নিজের মাথা ঠুকছেন।

বাবুরাম নিঃশব্দে উঠলেন। আন্দাজে বাঁদিকে দরজা লক্ষ করে এগিয়ে গেলেন। লিফট। উঠে দাঁড়াতেই লিফটটা নিঃশব্দে খানিকটা নেমে দাঁড়াল।

বাবুরাম সোজা হেঁটে গিয়ে একটা দরজায় ধাক্কা খেলেন। হাতড়ে দরজার নব পেয়ে একটানে খুলে ফেললেন দরজা। ঘরটা একটা লাল আলোয় ভরে আছে। আবছা আলো। কিন্তু তাতে অপারেশন থিয়েটারটা চিনতে তাঁর দেরি হল না।

বনির টেবিলের ধারে কয়েকজন সাদা পোশাক-পরা মানুষ একটু অপ্রস্তুত অবস্থায় দাঁড়িয়ে উত্তেজিত গলায় আলোচনা করছে।

বাবুরাম সামান্য চেষ্টাতেই অপারেশনের যন্ত্রপাতি রাখার ট্রে-টা দেখতে পেলেন। একটা সার্জিকাল ছোরা তুলে নিলেন হাতে। বনির চোখের আলো তাঁকে পথ দেখাচ্ছে।

নিঃশব্দে তিনি এগিয়ে গেলেন। ডক্টর লিভিংস্টোনকে চিনতে কষ্ট নেই। তাঁর হাতে

এখনও লেসার গান। বাবুরাম তাঁর পিছনে গিয়ে সামান্য একটু দ্বিধা করলেন। আবার খুন!

কে যেন তাঁকে দেখতে পেয়ে চেঁচিয়ে সতর্ক করতে চেষ্টা করল ডক্টর লিভিংস্টোনকে। লিভিংস্টোন ঘুরে তাঁর মুখোমুখি হতে যাচ্ছিলেন, ঠিক সেই সময়ে বাবুরাম ছোরাটা তুললেন।

কিন্তু শেষ অবধি ছোরাটা বসাতে পারতেন কি না তা নিয়ে বাবুরামের সন্দেহ আছে। শত অনিষ্টকারী শত্রু হলেও বাবুরাম কোনও মানুষকে এরকমভাবে মেরে ফেলতে হয়তো পারতেন না। ছোরাটা তুলেছিলেন বাবুরাম, তুলেই রইলেন। মারতে পারলেন না।

লিভিংস্টোন চট করে লেসার ফেলে পকেট থেকে চোখের পলকে একটা পিস্তল বের করলেন।

বাবুরাম বোকার মতো চেয়ে দেখলেন পিস্তলের নল সোজা তাঁর বুকের দিকে তাক করা।

ঠিক এই সময়ে একটা বিস্ফোরণের শব্দ হল খুব কাছেই কোথাও। একটা আলোর ঝলকানি।

লিভিংস্টোন চমকে উঠে চেঁচালেন, "মাদার কমপিউটার! মাদার কমপিউটার! সর্বনাশ! কে মাদার কমপিউটারের নাগাল পেল?"

বনির চোখের আলো নিবে গেল।

অন্ধকারে কে কারা যেন দৌড়োদৌড়ি করে হুড়মুড় করে ঘর থেকে বেরিয়ে গেল।

আর রোমাঞ্চিত বিস্ময়ে ঘুটঘুট্টি অন্ধকারে দাঁড়িয়ে বাবুরাম হঠাৎ শুনতে পেলেন, একটি শিশুর কান্না। প্রচণ্ড কাঁদছে।

"বনি! বনি!" চেঁচিয়ে উঠলেন বাবুরাম। হাতড়ে হাতড়ে টেবিলটার কাছে যেতেই তাঁর হাতে ঠেকল বনির হাত আর পা। বনি কাঁদতে কাঁদতে হাত-পা ছুড়ছে।

পরদিন কাগজে এবং টেলিভিশনে অত্যন্ত গুরুত্বের সঙ্গে একটি খবর প্রচারিত হল। ডক্টর লিভিংস্টোনের ক্লিনিকে বিস্ফোরণজনিত অগ্নিকাণ্ডে যাঁদের মৃত্যু হয়েছে তাঁদের মধ্যে লিভিংস্টোনও আছেন। প্রাথমিক তদন্তে জানা গেছে লিভিংস্টোনের ক্লিনিকে কিছু অবৈধ যন্ত্রপাতি এবং কনস্ট্রাকশন ছিল। সরকার থেকে এ বিষয়ে আরও তদন্ত চালানো হবে...

সকালবেলায় বাবুরাম খুব মন দিয়ে কাগজ পড়লেন এবং টিভি-র খবর শুনলেন।

শোওয়ার ঘরে খাটের ওপর বনি হাত-পা ছুড়ে প্রবল বিক্রমে খেলা করছে। মুগ্ধ

চোখে চেয়ে আছেন প্রতিভা। বুকের ভার নেমে গেছে। তাঁর ক্লান্ত মুখে মায়ের গর্বের হাসি।

পনেরো দিন পরে ডক্টর ওয়াং হাসপাতাল থেকে টেলিফোন করলেন, "গাঙ্গুলি, অভিনন্দন।"

"অভিনন্দন আমার প্রাপ্য নয় ডক্টর ওয়াং। প্রাপ্য চি চেং-এর। কিন্তু..."

ওয়াং দুঃখিতভাবে বললেন, "কী আর করা যাবে। চি চেং ওই সাংঘাতিক আগুন থেকে বেরিয়ে আসতে পারেনি। তার কারণ সে নিজে ওই মাদার কমপিউটারে ঢুকে পড়েছিল। বেরোবার সময় পায়নি। তবে ভাববেন না, চি চেং-এর মতো অদ্ভুত-অদ্ভুত যন্ত্র আমি আবার বের করব। দুনিয়ার সবাইকে তাক লাগিয়ে দেব। বিদায়। কালই জাপান যাচ্ছি।"

দিনটা বড় ভাল। বাবুরাম আর প্রতিভা প্যারামবুলেটরে বনিকে বসিয়ে বেড়াতে বেরোলেন। এমন আনন্দের দিন বড় একটা আসেনি।

চক্রপুরের চক্করে

সকালের আপ ট্রেন থেকে একটা লোক যখন লটবহর নিয়ে হুড়মুড়িয়ে চক্রপুর রেলস্টেশনে নেমে পড়ল তখন পোর্টার লাখন আর স্টেশনবাবু সতীশ দত্ত দু'জনেই কিছু অবাক হয়েছিল। চক্রপুর নিতান্তই ব্রাঞ্চ লাইনের খুদে একটা স্টেশন। এখানে শহর গঞ্জ বলে কিছু এখন আর নেই। লোকজন বিশেষ যায়ও না, আসেও না।

লোকটার সঙ্গে একটা কালো ট্রাংক, একটা সুটকেস, একটা বেডিং, একটা টিফিন ক্যারিয়ার আর জলের বোতল। লাল মোরামের প্ল্যাটফর্মে জিনিসপত্র নিয়ে দাঁড়িয়ে লোকটা বোকার মতো ইতিউতি চাইছে দেখে সতীশ একটু এগিয়ে গেল।

"কুলি খুঁজছেন নাকি? এখানে কিন্তু কুলি-টুলি পাবেন না।..."

লোকটা দেখতে সরল সোজা ভালমানুষের মতো। রংটি কালো, বেশ মোটা-সোটা, মস্ত গোঁফ আছে, পরনে ধুতি আর সাদা শার্ট। সতীশের দিকে করুণ নয়নে চেয়ে লোকটা একটু চাপা গলায় বলল, "এখানে একটু লুকিয়ে থাকার জায়গা পাওয়া যাবে?"

সতীশ অবাক হয়ে বলে, "লুকিয়ে থাকবেন? লুকিয়ে থাকবেন কেন?"

লোকটা একটা সবুজ রুমালে মুখটা ঘষে-ঘষে মুছতে মুছতে বলল, "আমার বড় বিপদ যাচ্ছে মশাই। একটা খুনের মামলায় সাক্ষী দিয়ে এমন ফেঁসে গেছি যে, আর কহতব্য নয়। তা এখানে একটু গা-ঢাকা দিয়ে থাকার ব্যবস্থা নেই?"

লোকটার ভাবভঙ্গি আর কথা বলার ধরন এমন যে, বিপদের কথা শুনেও সতীশের একটু হাসি পেয়ে গেল। হাসিটা চেপে সে গম্ভীর হয়ে বলল, "লুকিয়ে থাকা তো দূরের কথা, এখানে মাথা গোঁজার জায়গাই নেই। চক্রপুরে এসে আপনি ভুল করেছেন।"

লোকটা হতাশ হয়ে ধপ করে ট্রাংকের ওপর বসে পড়ল। তারপর আপন মনে মাথা নেড়ে বলল, "ভুল করাটাই আমার স্বভাব কিনা। যা-ই করতে যাই সেটাতেই গণ্ডগোল। তা এটা ঠিক ঠিক চক্রপুরই বটে তো!"

"আজ্ঞে, এটা ঠিক ঠিক চক্রপুরই বটে। ওই তো স্টেশনের সাইনবোর্ডে লেখা আছে।"

লোকটা ঘাড় নেড়ে বলে, "তা হলে জায়গাটা ভুল করিনি বোধহয়। এইখানেই আমাদের আদি বাড়ি ছিল। যদিও পঞ্চাশ-ষাট বছর হল বসবাস উঠে গেছে। এখানে শুখানালা বলে একটা জায়গা আছে কি?"

সতীশ ভ্রু কুঁচকে বলল, "শুখানালা? নামটা শোনা-শোনা মনে হচ্ছে। তবে ঠিক..."

কখন লাখন এসে পেছনে দাঁড়িয়েছিল। এবার সে বলল, "হাঁ হাঁ, শুখানালা জরুর হ্যায়। হুই দিকে যো শালজঙ্গল আছে, তার ভিতরে। উখানে তো এখুন জঙ্গল ছাড়া কুছু নাই।"

লোকটা মাথা নেড়ে বলে, "এরকমই হওয়ার কথা। কবে বসত উঠে গেছে, বাড়িঘরও নিশ্চয়ই লোপাট। আমি অবশ্য কখনও আসিনি এখানে। তবে বাপ-ঠাকুরদার মুখে চক্রপুরের কথা শুনেছি।"

সতীশ বলে, "তা এখন আপনি করবেন কী? শুখানালায় পৈতৃক বাড়ির সন্ধানে যাবেন নাকি?"

লোকটা দুশ্চিন্তায় তোম্বা মুখখানা নিয়ে কিছুক্ষণ চুপ করে থেকে বলল, "আমার যা বিপদ যাচ্ছে সে আপনাদের বোঝাতে পারব না। আচ্ছা, এখানে কোনও সদাশয় সাহসী লোককে কি পাওয়া যাবে, যে প্রয়োজনে একটু আধটু মিথ্যে কথা বলতে পারে?"

সতীশ এবার আর হাসি চাপতে পারল না। পরমুহূর্তেই গম্ভীর হয়ে বলল, "এরকম লোক দিয়ে কী করবেন?"

লোকটা কাঁচুমাচু হয়ে বলে, "সদাশয় না হলে আমাকে আশ্রয় দেবে না, সাহসী না হলে বিপদ-আপদ ঠেকাবে কে, আর মিথ্যে কথা না বললে আমাকে বাঁচানো সহজ হবে না। পানু মল্লিকের দল আমাকে হন্যে হয়ে খুঁজছে।"

সতীশ এবার আরও একটু গম্ভীর হয়ে বলে, "তা হলে বলতেই হয়, আপনি এখানে এসে ভুল করেছেন। এখানে মানুষজনের বসতি বিশেষ নেই। ছড়িয়ে ছিটিয়ে দু'-চারঘর মানুষ আছেন বটে, কিন্তু সেখানে সুবিধে হবে না।"

লোকটা মাথা চুলকোতে চুলকোতে মহা-ভাবিত হয়ে বলল, "তা হলে তো খুব মুশকিল হল মশাই। এ তো দেখছি বেঘোরে প্রাণটা যাবে। ভেবেছিলুম পৈতৃক ভিটেয় এসে পড়লে পাড়া-প্রতিবেশীরা ফেলবে না। এ তো দেখছি পাড়াই নেই। এখন কী করা যায় একটু বলতে পারেন?"

সতীশের একটু মায়া হল। লোকটার মুখ-চোখে বিপন্ন ভাব দেখে সে বলল, "এ বেলাটা আমার কোয়ার্টারে বিশ্রাম নিতে পারেন। তারপর ভেবে দেখা যাবে।"

লোকটা বেজার মুখ করে বলে, "স্টেশন বড় উদোম জায়গা। লোকের নজরে পড়ে যাওয়ার ভয় আছে।"

"তা হলে কী করবেন?"

"আচ্ছা, এখানে কি চোর-ছ্যাঁচড়ের খুব উৎপাত আছে? না থাকলে মালপত্রগুলো স্টেশনেই রেখে আমি বরং বাপ-পিতেমোর ভিটেটাই একটু দেখে আসি। তারপর যা হওয়ার হবে। কী বলেন!"

লাখন এবার এগিয়ে এসে বলে, "আহা-হা, জঙ্গলে গিয়ে হোবেটা কী? দু'-চারটো রোটি খেয়ে লিন, একটু চা-পানি ভি পিয়ে লিন, তারপর ঘুমনে যাবেন।"

কিন্তু লোকটার এমনই অবস্থা যে, এসব ভাল প্রস্তাব গ্রহণই করতে পারছে না। মাথা নেড়ে বলে, "না বাবা না, পরের গাড়িতেই পানু মল্লিকের খুনে গুন্ডারা চলে আসতে পারে। স্টেশন বড় ভয়ের জায়গা।"

সতীশ বলে, "পরের গাড়ি সেই সন্ধের পর। আপনার কোনও ভয় নেই। তা ছাড়া একা-একা জঙ্গলে ঘুরে শুখানালা খুঁজে বের করাও সহজ নয়। এ বেলাটা কাটিয়ে ও বেলায় গাঁয়ের লোক বা রাখাল ছেলে কাউকে সঙ্গে দিয়ে দেব'খন।"

অগত্যা লোকটা যেন খানিকটা অনিচ্ছের সঙ্গেই রাজি হয়ে গেল।

বিপদে পড়লে মানুষের খিদে-তেষ্টা থাকে না। এ লোকটারও দেখা গেল তাই। স্নান-টান করার পর লাখন যখন গরম-গরম রুটি আর আলু-মরিচের তরকারি বেড়ে দিল তখন লোকটা তেমন খেতেই পারল না। অথচ লাখনের রুটি-তরকারি সতীশের জিভে অমৃতের মতো ঠেকে।

"খাচ্ছেন না যে বড়!"

লোকটা দীর্ঘশ্বাস ফেলে বলে, "আর খাওয়া! যখনই কিছু খাই তখনই মনে হয় এই শেষ-খাওয়া খাচ্ছি। মুখের খাবার যেন ছাই হয়ে যায়।"

"ঘটনাটা একটু খুলে বলবেন? আপনাকে দেখে তো ভাল লোক বলেই মনে হয়, খুনের মামলায় জড়ালেন কী করে?"

লোকটা অকপটে বলল, "আজ্ঞে, আপনার অনুমান যথার্থ, আমি সত্যিই বেশ ভাল লোক। এমনকী খুব ভালও বলা যায়। তবে এতটা বললে আবার নিজের মুখে নিজের প্রশংসা হয়ে যায় বলে একটু চেপেই বলছি। আর খুনের মামলার কথা কী আর বলব মশাই! দুনিয়ায় ভাল লোকদেরই আজ দুর্দিন। স্বচক্ষে দেখা খুন। কিন্তু পানু মল্লিকের লোকেরা আমার গলায় গামছা দিয়ে কথা আদায় করেছিল, আদালতে দাঁড়িয়ে বলতে হবে, ধর্মাবতার আমি খুন-টুন কিছু দেখিনি। বলতুমও তাই। কিন্তু বাধ সাধল কী জানেন? মহাত্মা গাঁধীর একখানা ছবি। এজলাসের দেওয়ালে ছবিটা টাঙানো, নীচে আবার লেখা সত্যমেব জয়তে। দেখে কেমন যেন হয়ে গেলুম। আমার মনে হল, না, যা থাকে কপালে, আজ বুক ঠুকে সত্যি কথাটাই বলে ফেলি। আর সেটা বলেই তো এই বিপদ।"

সতীশ জিজ্ঞেস করল, "পানু মল্লিক লোকটা কে?"

"ও বাবা, সেই তো পালের গোদা। দিনে-দুপুরে হাতে মাথা কাটে।"

"সাক্ষী দিয়ে আপনি পালালেন কী করে? তার স্যাঙাতরা ছিল না?"

লোকটা মাথা হেলিয়ে বলল, "খুব ছিল। এজলাসে তাদের চোখ জোড়া-জোড়া টর্চবাতির মতো আমার ওপর ফোকাস হচ্ছিল। আমি সাক্ষী দেওয়ার পরই বুঝলুম, এজলাস থেকে বাড়ি যাওয়ার পথেই আমি খুন হব। তাই একজন পুলিশ অফিসারকে সাপটে ধরে বললুম, সার, আমাকে একটু এগিয়ে দিন। তা লোকটা মন্দ নয়। জিপ গাড়িতে তুলে খানিকদূর এগিয়েও দিল। আমি নেমে চোঁ-চাঁ দৌড়ে সোজা স্টেশনে এসে গাড়ি ধরেছি।"

বিস্মিত সতীশ বলল, "তা হলে এইসব মালপত্র আপনাকে দিয়ে গেল কে?"

লোকটা ততোধিক বিস্মিত হয়ে বলে, "মালপত্র! মালপত্র আসবে কোথা থেকে?"

"এই যে ট্রাংক, সুটকেস, টিফিন ক্যারিয়ার এসব কোথা থেকে এল?"

লোকটা যেন কাঁচা ঘুম থেকে উঠল এমন অবাক চোখে মালপত্রগুলোর দিকে চেয়ে রইল কিছুক্ষণ। তারপর বলল, "তাই তো!"

"এগুলো কি আপনার নয়?"

লোকটা সবেগে ডাইনে-বাঁয়ে মাথা নেড়ে বলে, "কস্মিনকালেও নয়। এসব কি আমি সঙ্গে করে গাড়ি থেকে নেমেছি?"

"আলবাত। আমরা নিজের চোখে দেখেছি। ওই লাখনকে জিজ্ঞেস করুন না!"

লাখনও সায় দিল, "হাঁ হাঁ, জরুর। ইসব তো আপনারই মাল আছে বাবুজি।"

লোকটা জিভ কেটে মাথা নেড়ে বলে, "ইস, বড্ড ভুল হয়ে গেছে মশাই। মাথাটারও ঠিক নেই। ট্রেন থেকে নামার সময় আনমনে কার মালপত্র যেন নামিয়ে ফেলেছি। ব্যাপারটা কী জানেন? ওরকম একটা কেলে ট্রাংক, ওরকম একটা বাদামি সুটকেস আর ওই স্টিলের টিফিন ক্যারিয়ার আর জলের বোতল আমারও আছে। যখন যেখানে বেড়াতে যাই তখন ওই চার পিস মাল আমার সঙ্গে থাকেই। অভ্যাস কিনা! নামবার সময় ওই চারটে সামনে দেখে মনে হয়েছে বুঝি আমারই জিনিস। এ হে, এ যে ভারী গণ্ডগোল হয়ে গেল!"

সতীশ একটা দীর্ঘশ্বাস ফেলে বলে, "খুবই গণ্ডগোল। যার মাল সে যদি এখন পুলিশে খবর দেয় তো আপনার বিপদ আছে।"

লোকটা মাথা চুলকোতে-চুলকোতে বলে, "আজ্ঞে আমার বিপদের আর অভাব কী? চারদিকে বিপদের একেবারে ঢেউ খেলছে।"

সতীশ হঠাৎ কী যেন মনে পড়ায় বলল, "ওঃ ভাল কথা, আপনার টিকিটটা কিন্তু এখনও দেননি। রেলের টিকিটটা কোথায়!"

লোকটা মাথা নেড়ে বলে, "নেই। টিকিট কাটার সময় হল কোথায় বলুন! দৌড়ে এসে ট্রেন ধরলুম যে!"

"তা হলে বিনা টিকিটের যাত্রী হিসেবে আপনার আরও কিছু ঝঞ্ঝাট আছে। ফাইনসহ গাড়িভাড়া দিতে হবে।"

"একেই কি লোকে বিপদের ওপর বিপদ বলে?"

"হ্যাঁ, এটাই হল বিপদের ওপর বিপদ।"

লোকটা কাহিল মুখে কিছুক্ষণ ভেবে নিয়ে বলে, "এখানে কি রেলপুলিশ বা থানা আছে?"

"এখানে না থাকলেও পরের স্টেশনে আছে। টরেটক্কা করে দিলেই বেলা দশটার ডাউন গাড়িতে ফোর্স চলে আসবে। এই স্টেশনে আজ অবধি একটি লোকও আমার হাতে পার পায়নি। টিকিট না থাকলে হয় জরিমানা দাও নয়তো স্টেশনের ঘরে বসে থাকো, পুলিশ এসে নিয়ে যাবে।"

লোকটা চারদিকে টালুমালু করে চাইল। তারপর হঠাৎ ফ্যাসফ্যাসে গলায় বলল, "একটু জল খাব। গলাটা বড় শুকনো লাগছে।"

লাখন তাড়াতাড়ি পেতলের ঘটিটা এগিয়ে দিল। লোকটা ঢকঢক করে ঘটি খালি করে দিয়ে একটা দীর্ঘশ্বাস ফেলে বলল, "আচ্ছা একটা কথা আছে না, বিপদ কখনও একা আসে না!"

"আছে।"

লোকটা কাঁদো-কাঁদো হয়ে বলে, "ইয়ে, আমি একটু বাথরুমটা ঘুরে আসি। কেমন?"

"আসুন। আমি স্টেশন থেকে টরেটক্কা করে দিয়ে আসছি ততক্ষণ।"

"পুলিশ ডাকবেন তো?"

"আজ্ঞে হ্যাঁ। ফাইনসহ পুরো ভাড়া না দিতে পারলে পুলিশে হ্যান্ডওভার করতেই হবে।"

"আপনি খুব তেজস্বী লোক দেখছি।"

সতীশ মাথা উঁচু করে বেশ অহংকারের সঙ্গে বলল, "তা বলতে পারেন। আমরা তিনপুরুষের রেলের চাকুরে। আমাদের বংশে কেউ কখনও কোনও দুর্নীতির প্রশ্রয় দেয়নি। কর্তব্য যত কঠিন আর নিষ্ঠুরই হোক তা আমরা করবই।"

লোকটা সভয়ে মাথা নেড়ে বলল, "সে বুঝেছি। তেজস্বী লোকদের জন্যই আজ

আমার এই বিপদ। ওই যে গাঁধীজি— উনিও এক তেজস্বী লোক। তাঁর ফেরে পড়েই আজ আমার এই দুর্গতি। দুটো মিথ্যে কথা কইলে আজ কত সুখে থাকতে পারতুম। তা মশাই, আমি এখন একটু বাথরুমে যাব কি?"

সতীশ বলল, "সে যান। কিন্তু পালানোর চেষ্টা করবেন না। লাখন মস্ত কুস্তিগির, সে আপনার ওপর নজর রাখবে। আর পালালেও বিশেষ সুবিধে হবে না। এখানে নানারকম বিপদ। আপনার নামটি কী বলুন তো, নোট করে রাখি।"

"নাম!" বলে লোকটা ঢোক গিলল, "এই রে! নামটা যে ভুলে মেরে দিয়েছি!"

সতীশ চোখ কপালে তুলে বলে, "নিজের নাম ভুলে গেছেন! আপনি তো সাংঘাতিক লোক মশাই!"

লোকটা সিলিঙের দিকে তাকিয়ে গলা চুলকোতে চুলকোতে অত্যন্ত ব্যস্তভাবে ভাবতে লাগল। ঘন ঘন মাথা নাড়ল। তারপর চোখ-মুখ কুঁচকে বলল, "পেটে আসছে, মুখে আসছে না। এত বিপদে কি মাথার ঠিক থাকে! মাথাটা কেমন যেন ফর্সা হয়ে গেছে, একেবারে সাদা। তবে নিজের নামটা ভুরভুরি কাটছে ঠিকই। একটু সময় দিন, ঠিক মনে পড়ে যাবে।"

সতীশ মাথা নেড়ে বলে, "ওসব চালাকি আমার ঢের জানা আছে। যে নিজের নাম চাপা দিতে চায় তার ভালরকম গলদ আছে। আমার সন্দেহ হচ্ছে আপনি কোনও গুরুতর রকমের অপরাধ করে পালিয়ে এসেছেন। হয়তো খুন, হয়তো ডাকাতি। নাঃ, আর দেরি করা ঠিক হবে না। রেলপুলিশে খবরটা তো আগে দিই, তারপর এখানকার থানাতেও ব্যাপারটা জানাতে হবে।"

এ কথায় লোকটা খুব অবাক হয়ে হাঁ করে চেয়ে রইল, মুখে বাক্য সরল না। শুধু বারকয়েক শুকনো মুখে ঢোক গিলল। মুখখানা এমন করুণ আর ফ্যাকাসে হয়ে গেল যে, সতীশের মতো দৃঢ়চেতা লোক না হয়ে অন্য কেউ হলে সেই করুণ মুখ দেখে হয়তো করুণায় কেঁদেই ফেলত। কিন্তু সতীশ বজ্রকঠিন মানুষ। অন্যায় সে একেবারেই সহ্য করতে পারে না। তার সঙ্গী লাখনও তার মতোই। লাখন কুস্তিগির পালোয়ান এবং পরম রামভক্ত মানুষ। রোজ সে রামচরিতমানস সুর করে পড়ে, রাম-সীতা এবং বজরঙ্গবলীর পুজো না করে জলগ্রহণ করে না। সেও অন্যায়-অধর্ম সইতে পারে না। সুতরাং লোকটার মুখ দেখে কারও তেমন করুণার উদ্রেক হল না।

লোকটা একটা দীর্ঘশ্বাস ফেলে ভাঙা গলায় বলল, "এরেই কয় মাইনকা চিপি।"

সতীশ গলা চড়িয়ে বলল, "কী বললেন? গালমন্দ করছেন নাকি?"

লোকটা মাথা নেড়ে বলে, "আজ্ঞে না। গালমন্দ নয়। কথাটা আমার দাদু প্রায়ই বলতেন।"

“কথাটার মানে কী?”

“আজ্ঞে সেটা আমিও জানি না। শুধু জানি মাইনকা চিপি।”

“এটা কি বাঙাল ভাষা?”

“তা হতে পারে।” বলে লোকটা চোখ বুজে বড় বড় শ্বাস ফেলতে লাগল। দীর্ঘশ্বাসই।

সতীশ বেরিয়ে গেলে লোকটা করুণ নয়নে লাখনের দিকে চেয়ে বলে, “লাখনদাদা, আমি একটু বাথরুমের দিকে যেতে পারি?”

“হ্যাঁ, হাঁ, কিঁউ নেহি? লেখিন ভাগবার কোসিস করবেন না। খবরদার। পুলিশ আসবে, বিচার হোবে, তারপর রামজির যো হিচ্ছা সো হোবে।”

লোকটা বিগলিত হয়ে মাথা নেড়ে উঠে পড়ল।

রেলের কোয়ার্টারের ভেতরদিকে একটা উঠোন। উঠোনের এককোণে স্নানঘর। উঠোনটা বেশ উঁচু দেওয়াল দিয়ে ঘেরা। তবে পেছনদিকে জমাদার আসবার একটা দরজা আছে। সেটাতে হুড়কো দেওয়া। লোকটা স্নানঘরে ঢুকে দরজা ভেজিয়ে দিল। তারপর দরজার পাল্লা সামান্য ফাঁক রেখে নজর করে দেখল, লাখন দরজায় দাঁড়িয়ে একবার হাই তুলল, তারপর আড়মোড়া ভেঙে “জয় বজরঙ্গবলী” বলে দু’-চারবার ডন-বৈঠক করে নিল। এ সময়ে বাইরে থেকে হঠাৎ হেঁড়ে গলায় কে হাঁক দিল, “এ লাখনভাই, তোহর ভৈঁস কাঁহা ভাগলবা? খোটুয়া উখাড়কে ভাগলবা রে।”

“আয়া রে।” বলে লাখন এক দৌড় মারল।

লোকটা আর দাঁড়াল না। পেছনের দরজার হুড়কো খুলে বেরিয়ে প্রাণপণে দৌড়তে লাগল। কিন্তু মুশকিল হল, লোকটা জীবনে দৌড়ঝাঁপ করেনি, শরীরটাও থলথলে। ফলে দৌড়লেও কোনও লাভ হচ্ছিল না। উপরন্তু লোকটা একটা ছোটখাটো মাঠ পেরোতে গিয়েই ঘেমে, হাঁফিয়ে বেদম হয়ে পড়ল। সারা শরীর ঝনঝন করতে লাগল দৌড়ের ধাক্কায়।

মাঠ পেরিয়েই একটা বাগানওলা পাকাবাড়ি দেখে লোকটা সটান ঢুকে পড়ল। বারান্দায় বসে এক পাকাচুলের বুড়ো মানুষ হুঁকো খাচ্ছেন। লোকটাকে দেখে তিনি হঠাৎ আঁতকে উঠে চেঁচাতে লাগলেন, “ও বাবা, এ যে মস্ত এক কেলে গোরু ঢুকে পড়েছে বাগানে! ওরে পল্টু, তাড়া শিগগির গোরুটাকে, সব গাছ খেয়ে ফেলবে...!”

লোকটা আতঙ্কিত হয়ে হাতজোড় করে বলে, “আজ্ঞে আমি গোরু নই। বড় বিপদে পড়ে এসেছি, যদি একটু আশ্রয় দেন।”

বৃদ্ধ হুঁকোটি রেখে ভ্রূ কুঁচকে লোকটার দিকে চেয়ে বললেন, “অ, তা ভাল কথা। কিন্তু বাপু, আমার কোদালখানা কী করলে?”

লোকটা ভ্যাবাচাকা খেয়ে বলে, "কোদাল! কোদালের কথা উঠছে কেন?"

বুড়ো খ্যাঁক করে উঠলেন, "কোদালের কথা কি আর এমনি ওঠে বাপু! ন্যাকামি কোরো না। পরশুদিন এসে সক্কালবেলায় তুমি আমার কোদালখানা চালাকি করে নিয়ে যাওনি? খুব তো ইনিয়ে-বিনিয়ে বলেছিলে, জ্যাঠামশাই, আমি হরি সামন্ত, কোদালখানা একটু দেবেন, ও বেলা দিয়ে যাব। তা আমিও হরি সামন্ত মনে করে কোদালখানা দিয়ে দিলুম। পরে হরি এসে বলল, সে পরশুদিন এখানে ছিলই না।"

লোকটা হাতজোড় করেই বলল, "আজ্ঞে আমিও ছিলুম না। আজ সকালেই আমার এখানে প্রথম আগমন হল।"

"বিপদে পড়লে লোকে কত কী বলে, ওসব বিশ্বাস করে আহাম্মকেরা। তোমাকে ঠিকই চিনেছি বাপু, চোখে কম দেখি বলে যে আমার চোখে ধুলো দিয়ে পালাবে তার জো নেই। পরশু কোদাল নিয়েছ, আজ আবার আশ্রয় না কী যেন নিতে এসেছ, তুমি তো মহা ধুরন্ধর হে! ওরে পল্টু, শুনছিস! বল্লমখানা নিয়ে আয়, এই কোদালচোর সাংঘাতিক লোক।"

ভেতর থেকে কে যেন হেঁড়ে গলায় বলে উঠল, "এই আসছি জ্যাঠামশাই, মুগুরটা আর দশবার ভেঁজেই আসছি। চোরটাকে ধরে রাখো।"

এ কথা শুনে লোকটা আর দাঁড়াল না। ফটক পেরিয়ে পাঁই-পাঁই করে ছুটতে লাগল। তবে তার কাছে ছোটাটা পাঁই-পাঁই মনে হলেও আসলে সে ছুটছিল নিতান্তই থপ-থপ করে, গজকচ্ছপের মতো। বুকে দম নেই, হাঁটু ভেঙে আসছে, তেষ্টায় কণ্ঠা অবধি শুকনো। তবে ভাগ্য ভাল, মুগুরভাঁজা শেষ করে পল্টু এখনও তার পিছু নেয়নি।

তবু সাবধানের মার নেই। লোকটা পথ ছেড়ে পাশের মাঠে নেমে পড়ল। সেখানে দিব্যি বুকসমান উঁচু ধানগাছ। লুকনোর খুব সুবিধে। কোথায় যাবে তারই যখন ঠিক নেই, তখন ধানখেতে ঘুরে বেড়ালেই বা ক্ষতি কী?

এখন শরৎকাল। নীল আকাশে ভোরের সোনার রোদ ছড়িয়ে পড়েছে। মিঠে হাওয়া দিচ্ছে। পাখি ডাকছে। লোকটার বেশ ভাল লাগতে লাগল। গাঁয়ে-গঞ্জে বড় একটা যায়নি সে। প্রকৃতির শোভা যে এতদূর ভাল তা-ও যেন অজানা ছিল। আহা, কী সুন্দর!

ধানখেতের ভেতরে আলপথ বেয়ে লোকটা খানিকদূর এগোতেই দেখতে পেল দু'-চারজন চাষি ধান কাটছে। কাছেই কোনও গ্রাম থেকে কুকুরের ঘেউ-ঘেউ আর গোরুর হাম্বা রব ভেসে আসছে। লোকটার মন খুব ভাল হয়ে গেল। গাঁয়ের লোক নিশ্চয়ই খারাপ হবে না। গাঁয়ে যারা থাকে তারা হল গে সহজ-সরল মাটির মানুষ,

সাত চড়ে রা কাড়ে না। সেখানে "গেয়ে গান নাচে বাউল, গান গেয়ে ধান কাটে চাষা।"

তবে সামনে যে ক'জন চাষিকে দেখা যাচ্ছে তারা কেউ গান গাইছিল না। একদম সামনেই যে চাষিটিকে দেখা যাচ্ছিল, তার মুখখানা ভারী তিরিক্ষে। তা হোক, এরা লোক খারাপ হয় না।

লোকটা যথাসাধ্য হাসি-হাসি মুখ করে এগিয়ে গিয়ে বলল, "এই যে ভাই!"

লোকটা ধান কাটতে কাটতে গোমড়া মুখটা তুলে গুরুগম্ভীর গলায় বলে, "কী চাই?"

বলার ধরনটা ভাল ঠেকল না, লোকটা একটু দমে গিয়ে বলে, "আচ্ছা, এদিকে ভাল লোক কি দু'-একজনকে পাওয়া যাবে? বেশ নরম দয়ালু মন, অন্যের দুঃখে প্রাণ কাঁদে, দান করার ঝোঁক আছে, অথচ গায়ের জোর-টোর তেমন নেই— পাওয়া যায় এমন মানুষ?"

চাষিটি কিছুক্ষণ ভ্রু কুঁচকে চেয়ে থেকে হঠাৎ মুখ ফিরিয়ে পাশের খেতের লোকটাকে হাঁক মারল, "ওরে নেতাই, এই সেই লোক।"

নেতাই চেঁচিয়ে বলল, "কে লোক রে?"

"আরে, গেল বুধবার কুঞ্জখুড়োর বাড়িতে যে ডাকাতি হল মনে নেই? সেই দলে ছিল। মুখে ভুসোকালি মাখা ছিল, তবু ঠিক চিনেছি। এ সেই দলের লোক।"

লোকটা হাঁ-হাঁ করে উঠল, "না, না, কোথাও খুব ভুল হচ্ছে— খুব ভুল করছেন আপনারা—"

ততক্ষণে দুই চাষি কাস্তে হাতে তেড়ে এল। লোকটা ফের পাঁই-পাঁই করে ছুটতে লাগল। সে যা ছুট তাতে যে-কেউ একটু পা চালিয়ে হেঁটেই ধরে ফেলতে পারত তাকে। কিন্তু কপালটা ভালই, মাঝখানে একটা জলের নালা থাকায় লোক দুটো চট করে কাছে চলে আসতে পারল না। নালাটা পেরোতে একটু ঘুরপথে আসতে হল। ততক্ষণে লোকটা ধানখেত পার হয়ে একটা জঙ্গলের ধারে কাছে পৌঁছে গেছে।

জঙ্গলে সাপ আছে কি বাঘ আছে সে বিচার করার সময় নেই। লোকটা হাঁফাতে হাঁফাতে জঙ্গলের মধ্যে ঢুকে পড়ল। বেশ নিবিড় অন্ধকার জঙ্গল। ঘন গাছপালা, লতা ঝোপ সব রয়েছে। গা-ঢাকা দেওয়ার পক্ষে চমৎকার। লোকটা জঙ্গলে ঢুকে হ্যা হ্যা করে হাঁফাতে হাঁফাতে কোমরে হাত দিয়ে একটু দাঁড়িয়ে রইল। আর চলবার ক্ষমতা নেই।

জঙ্গলের বাইরে সেই হেঁড়ে গলাটা শোনা গেল, "ওরে নেতাই, ডাকাতটা যে মনসাপোঁতার জঙ্গলে ঢুকে গেল!"

নেতাই খুব আহ্লাদের গলায় বলে, "ভালই হয়েছে রে জগা। ডাকাত ধরলে আমাদেরই ভয় ছিল। ওর দল এসে আমাদের কেটে ফেলত। তার চেয়ে মনসাপোঁতার ব্রহ্মদত্যিই নিকেশ করবে ওকে। হুঁ-হুঁ বাছাধন, এবার যাবে কোথায়?"

জগাও বেশ প্রফুল্ল গলায় বলল, "আর ব্রহ্মদত্যিই বা একা কেন? শুখানালার বুনো কুকুরগুলোও রয়েছে। দেখতে পেলেই ছিঁড়ে খাবে।"

এইসব বলাবলি করতে করতে দু'জনে চলে গেল।

লোকটা সভয়ে নিজের চারদিকটা দেখল ভাল করে। বিশাল বড় বড় গাছ চারদিকে। শাল-সেগুনই হবে। আর তার ফাঁকে ফাঁকে ঝোপঝাড় আর লতাপাতায় চারদিকটা দুর্ভেদ্য হয়ে আছে।

লোকটা একটা বড় গাছের গুঁড়িতে ঠেস দিয়ে বসে ধুতির খুঁটে মুখের ঘাম মুছল। তারপর নিজের বর্তমান অবস্থাটা গম্ভীর মুখে বিচার করতে লাগল। যা অবস্থা দেখা যাচ্ছে, তাতে এ জঙ্গল থেকে চট করে বেরনো ঠিক হবে না। অথচ খিদে-তেষ্টা আছে, ঘুম আছে, স্নান-টান করাও আছে, এ জঙ্গলে কীভাবে সেসবের ব্যবস্থা হবে সেটাও চিন্তার বিষয়। তার ওপর ব্রহ্মদৈত্য এবং বুনো কুকুরের কথাও শোনা গেল। গতিক মোটেই সুবিধের ঠেকছে না তার কাছে।

হাত চার-পাঁচ দূরে শুকনো পাতায় একটা সরসর শব্দ হল। লোকটা সেদিকে তাকিয়ে যা দেখল তাতে শরীরের রক্ত হিম হয়ে যায়। একটা হাত-তিনেক লম্বা গোখরো সাপ হিলহিল করে একটা গর্তে ঢুকে যাচ্ছে। ওপরেও একটা শব্দ হল। লোকটা তাকিয়ে দেখে, একটা মস্ত বানর ডালে বসে সবেগে পেট চুলকোচ্ছে।

"নাঃ, প্রাণটা দেখছি বেঘোরেই যাবে!" বলে লোকটা শ্রান্ত শরীরে হেদিয়ে বসে রইল। "সত্য জয়তে" কথাটার মানেই হয় না। সত্যি কথা বলার গুনাগার যা দিতে হচ্ছে তা কহতব্য নয়।

বসে থাকতে থাকতে লোকটার চোখ ঘুমে ঢুলে আসতে লাগল। সারারাত উদ্বেগ অশান্তিতে তার ঘুম হয়নি। তার ওপর সকাল থেকে বিস্তর দৌড়ঝাঁপ করতে হয়েছে। চারদিকে বিপদ জেনেও লোকটা ঢুলতে ঢুলতে গাছের গুঁড়িতে ঠেস দিয়ে একসময়ে ঘুমিয়ে পড়ল।

ঘুম যখন ভাঙল তখন দুপুর। বেশ চনচনে খিদে পেয়েছে। প্রচণ্ড জলতেষ্টা। জঙ্গলের মধ্যে রোদের চিকড়িমিকড়ি এসে পড়েছে। ঝিঁঝি ডাকছে।

লোকটা চারদিকে চেয়ে ফের নিজের অবস্থাটা বিচার করে দেখল। খুবই খারাপ অবস্থা। নোংরা জামাকাপড় বদলানোর উপায় নেই। খাদ্য পানীয় নেই। বিছানা নেই। জঙ্গলের বাইরে অনেক শত্রু। জঙ্গলের মধ্যেও বন্ধু কেউ নেই।

তবে একটা ভাল ব্যাপার। লোকটার হঠাৎ নিজের নামটা মনে পড়ে গেল। লোকটার নাম অভয় সরকার।

চক্রপুরের দারোগাবাবুকে দেখলে যে-কারও শ্রদ্ধা হবে। হ্যাঁ, শ্রদ্ধা করার মতোই চেহারা। যেমন লম্বা, তেমনই চওড়া এবং তেমনই দশাসই। যখন শ্বাস ফেলেন তখন মোষও লজ্জা পায়। ইদানীং ভুঁড়িটা বড্ড ঝুলে পড়েছে আর গলার নীচেও থাক থাক চর্বি জমেছে বটে, কিন্তু এখনও একটু কষ্ট করলে ছোটখাটো একখানা খাসি বা মাঝারি একখানা পাঁঠার মাংস একাই সাবাড় করতে পারেন। অবশ্য তার সঙ্গে লুচি বা পরোটা থাকা চাই। শেষ পাতে একটু ক্ষীর দু'বেলাই চাই। দিনের বেলা চারটি ভাতই খান বটে, তবে চার হাতা ভাত হলে দু' হাতা ঘি লাগে। তা এসবের জন্য তাঁকে তেমন ভাবতে হয় না। দারোগাবাবু টিকে আছেন বলে গোটা এলাকাই টিকে আছে। লোকে তাই কৃতজ্ঞতাবশে এসবই জোগান দেয়। দারোগাবাবু খাবেন, এর চেয়ে আহ্লাদের ব্যাপার আর কী আছে?

আজ সকালবেলাতেই নেতাই আর জগা এসে হাজির। দু'জনেই একসঙ্গে হাতজোড় করে বলল, "বড়বাবু, সাংঘাতিক কাণ্ড। কুঞ্জখুড়োর বাড়িতে যারা ডাকাতি করেছিল তাদেরই একজন মনসাপোঁতার জঙ্গলে সেঁধোল। অবশ্য এমনি সেঁধোয়নি, এমন তাড়া করেছিলুম যে, বাছাধন আর পালানোর পথ পায়নি।"

দারোগাবাবু, অর্থাৎ সুদর্শন হালদার গেঞ্জি আর লুঙ্গি পরে কোয়ার্টারের বারান্দায় একটা ইজিচেয়ারে গা এলিয়ে বসে ছিলেন। কথাটা শুনে কোনও ভাবান্তর হল না। শুধু বললেন, "হুঁ।"

"আজ্ঞে আমরা হলুম তো মনসাপোঁতার জগা আর নেতাই। আমাদের কথাটা একটু মনে রাখবেন।"

সুদর্শনবাবু নিমীলিত নয়নে তাদের দিকে চেয়ে বললেন, "কেন, তোদের কথা আবার মনে রাখতে হবে কেন?"

নেতাই মাথা চুলকে একটু ফিচিক হাসি হেসে বলল, "কথাটা তা হলে খুলেই বলি বড়বাবু। কুঞ্জখুড়োকে তো চেনেন, সাতটা গাঁ মিলেও অতবড় বন্ধকি কারবার আর কারও নেই। সোনাদানা হিরে জহরত দাঁড়া দোনলা। ওঁর মক্কেলেরা সবাই টাকার কুমির। ডাকাতরা এসে সেইসব গচ্ছিত জিনিস চেঁছেপুঁছে নিয়ে গেছে। কুঞ্জখুড়োর একটা মস্ত দোষ হল, সরকারবাহাদুরের ওপর একেবারেই ভরসা নেই। তাই ঠিক করেছেন

ডাকাতদের হদিশ যে দিতে পারবে তাকে পঞ্চাশ হাজার টাকা প্রাইজ দেবেন।"

সুদর্শনবাবু সবেগে সোজা হয়ে বসে বললেন, "কত টাকা বললি?"

"আজ্ঞে পঞ্চাশ আছে আপাতত, তবে ওটা দু'-একদিনের মধ্যেই লাখে উঠে যাবে মনে হয়।"

"কই, আমি তো প্রাইজের কথা শুনিনি!"

"আজ্ঞে ছোট মুখের কথা তো, এখনও বড় কান অবধি পৌঁছয়নি। তবে ভাববেন না, কুঞ্জখুড়ো গাঁময় ঢ্যাঁড়া পিটিয়ে জানিয়ে দিয়েছে। যে ধরবে সে পুলিশই হোক আর পাবলিকই হোক, পঞ্চাশ হাজার থোক পাবে। তাই বলছিলুম, আমাদের কথাটা একটু মনে রাখবেন। নিজের চোখে দেখা, ডাকাতটা মনসাপোঁতার জঙ্গলে ঢুকেছে।"

দারোগাবাবু একটু চিন্তিত হয়ে বললেন, "কিন্তু সেই জঙ্গলটা তো ভাল নয় রে।"

নেতাই ঘাড় নেড়ে বলে, "আজ্ঞে না। ব্রহ্মদত্যির বাস তো আছেই, তার ওপর বুনো কুকুরেরও উৎপাত।"

"ডাকাতটার চেহারা কেমন?"

"আজ্ঞে ডাকাতের মতোই। মোটা-সোটা, কালো, রক্তবর্ণ চোখ। ও ভুল হওয়ার জো নেই।"

সুদর্শনবাবু চিন্তিত মুখেই বললেন, "তোদের চক্রপুর তো ক্রমে-ক্রমে বসবাসের অযোগ্য হয়ে উঠছে দেখছি। এই তো কিছুক্ষণ আগে স্টেশনমাস্টার সতীশ আর তার স্যাঙাত এসে নালিশ করে গেল, কে একটা লোক নাকি ট্রেন থেকে জিনিসপত্র চুরি করে নেমে পড়েছিল। রেলপুলিশ বলেছে লোকটা স্টেশনের চৌহদ্দি পেরিয়ে যাওয়ায় তারা আর কিছু করতে পারবে না। এখন আমার যত দায়। আবার একটু আগে ফণিবাবুর নাতি পল্টু এসে বলে গেল, কে নাকি তাদের বাড়ি থেকে ক'দিন আগে কোদাল চুরি করে নিয়ে গেছে, আজ সকালে নাকি আবার আশ্রয় চুরি করতে এসেছিল। অবশ্য আশ্রয় কী জিনিস তা আমি ঠিক বুঝতে পারলুম না। কিন্তু এ তো দেখছি চোর-ছ্যাঁচড়-ডাকাতদের স্বর্গরাজ্য হয়ে উঠল! অ্যাঁ!"

নেতাই গদগদ হয়ে বলে, "সে সত্যি কথা, তবে গোদের ওপর বিষফোড়ার মতো আপনিও তো আছেন, আর সেইটেই আমাদের ভরসা। পঞ্চাশ হাজারের পঞ্চাশও যদি পাই তবে গোয়ালঘরটা ছাইতে পারি, একজোড়া লাঙলের ফালও কেনা বড় দরকার।"

সুদর্শনবাবু বজ্রগম্ভীর গলায় বললেন, "এখন বাড়ি যা তো বাপু। আমাকে ঠান্ডা মাথায় একটু ভাবতে দে।"

দু'জনে বিদেয় হলে সুদর্শনবাবু উঠে তাঁর পুলিশের পোশাক পরে নিলেন। তারপর কোমরে রিভলভার এঁটে থানায় রওনা দিলেন।

থানা থেকে গোটাচারেক সেপাই সঙ্গে নিয়ে সুদর্শনবাবু মনসাপোঁতার জঙ্গলের ধারে যখন এসে পৌঁছলেন তখন বেশ বেলা হয়েছে, রোদ চড়েছে এবং খিদেও পেয়েছে। খিদে পেলে সুদর্শনবাবুর মাথার ঠিক থাকে না।

জঙ্গলের দিকে মুখ করে মুখের দু'ধারে হাত দিয়ে চোঙার মতো করে সুদর্শনবাবু একখানা পিলে-চমকানো হাঁক দিলেন, "ওরে, জঙ্গলের মধ্যে কে আছিস? যদি প্রাণে বাঁচতে চাস তো বেরিয়ে আয়। নইলে রক্ষে থাকবে না কিন্তু!"

কেউ সাড়া দিল না।

সুদর্শনবাবুর গলা আরও চড়ল, "বলি শুনতে পাচ্ছিস? ধরা না দিলে কিন্তু আমি ফোর্স নিয়ে জঙ্গলে ঢুকব। খুব খারাপ হয়ে যাবে কিন্তু তখন! একেবারে রক্তারক্তি কাণ্ড ঘটবে। ভাল চাস তো লক্ষ্মী ছেলের মতো দুটো হাত গৌরাঙ্গের মতো ওপরপানে তুলে বেরিয়ে আয়।"

কেউ এল না।

সুদর্শনবাবু এবার গলা আরও ওপরে তোলার চেষ্টা করলেন, "ভাবছিস জঙ্গলের মধ্যে গা-ঢাকা দিয়ে থেকে বেঁচে যাবি? জানিস এ জঙ্গলে জয়রাম বেহ্মদত্যি থাকে? জানিস বুনো কুকুরদের কথা? তা ছাড়া সাপ-খোপ আছে, বাঘ-সিংহও থাকতে পারে। বিপদে পড়লে কিন্তু জানি না বাপু। কাজ কি তোর অত বিপদ মাথায় করে জঙ্গলে থাকার? থানায় ভাল বিছানা আছে, গায়ের কম্বল পাবি, চারবেলা মিনি-মাগনা খাওয়া— জঙ্গলের চেয়ে ঢের ভাল। বলছি গুটিগুটি বেরিয়ে আয়। মারধর করব না রে বাপ, আমরা সেরকম লোকই নই।"

কিন্তু কেউ এগিয়ে এল না।

সোজা আঙুলে যে ঘি উঠবে না এটা বুঝতে সুদর্শনবাবু একটু ফাঁপরে পড়লেন। কারণ বাঁকা আঙুলে ঘি তোলা কঠিন ব্যাপার। মনসাপোঁতার জঙ্গলে কেউ ঢুকবে না। তবু তিনি সেপাইদের দিকে রক্তচক্ষুতে চেয়ে অত্যন্ত গম্ভীর গলায় বললেন, "জঙ্গলে ঢুকতে হবে। লোকটা ভেতরেই আছে।"

চারজন সেপাই সঙ্গে সঙ্গে চার হাত পিছিয়ে গেল। রামরিখ সিং বলল, "হুজুর, চাকরি যায় সো ভি আচ্ছা। দেশে ফিরে গিয়ে মকাইকা খেতি করব। লেকিন মনসাপোঁতায় ঘুসব না।"

অন্য সেপাইদেরও প্রায় একই কথা। চাকরি গেলে তাদের একজন ভিক্ষে করতেও রাজি, আর-একজন পানের দোকান দিতে চাইল এবং চতুর্থজন সাধু হয়ে হিমালয়ে চলে যাওয়ার ভয় দেখাল।

মনসাপোঁতার জঙ্গল সম্পর্কে মানুষের ভয় অকারণে নয়। রাত্রিবেলা এই জঙ্গলে

ভুতুড়ে আলো দেখা যায়, শোনা যায় নানারকম ভুতুড়ে শব্দও। দিনের বেলা আগে কাঠ কুড়োতে বা গাছ থেকে বুনো ফলপাকুড় সংগ্রহ করতে অনেকে ঢুকত। ইদানীং আর কেউ যায় না। কারণ আজকাল জঙ্গলে ঢুকলেই পেছন থেকে কে যেন আক্রমণ করে। পাথরের টুকরো বা ডান্ডা দিয়ে মেরে অজ্ঞান করে দেয়। তারপর টেনে জঙ্গলের বাইরে ফেলে দিয়ে যায়। জঙ্গলের ধারে যে অশ্বত্থ গাছটা আছে তার তলায় জবাফুল, কড়ি, জীবজন্তুর মাথা, হাড়গোড় ইত্যাদিও প্রায়ই দেখতে পাওয়া যায়। এইসব কারণে মনসাপোঁতা এখন সকলের কাছেই নিষিদ্ধ জায়গা।

সুদর্শনবাবু তা ভালই জানেন। ঢুকতে হলে তাঁকে একাই ঢুকতে হবে। কিন্তু সেটা কেন যেন সাহসে কুলোচ্ছে না। তাঁর ইচ্ছে, সেপাইদের জঙ্গলে পাঠিয়ে তিনি বাইরে ওত পেতে থাকবেন। কিন্তু তাঁর সেই ইচ্ছে পূরণ হওয়ার লক্ষণ দেখা যাচ্ছে না। তা বলে পঞ্চাশ হাজার টাকার কথাই বা তিনি ভোলেন কী করে? বেজার মুখ করে তিনি সেপাইদের বললেন, "ঠিক আছে, প্রত্যেকে দশ-দশ টাকা করে পাবি।"

সেপাইদের পায়ে তবু যেন পাথর বাঁধা।

সুদর্শনবাবু গলাখাঁকারি দিয়ে বললেন, "আচ্ছা যা, পঞ্চাশ-পঞ্চাশ।"

রামরিখ হাতজোড় করে বলল, "রূপাইয়া দিয়ে কী হোবে বড়বাবু? জান না বাঁচলে রূপাইয়া দিয়ে কৌন কাম হোবে?"

ঠিক এই সময়ে একটা মস্ত পাথর জঙ্গলের ভেতর থেকে প্রচণ্ড জোরে এসে অশ্বত্থ গাছটার গায়ে লাগল। সবাই আঁতকে উঠল এই আচমকা ঘটনায়। কিন্তু তারপরই একের পর এক পাথর উড়ে আসতে লাগল।

"বাপরে!" বলে সেপাইরা উলটোদিকে দৌড় দিল।

সুদর্শনবাবু রিভলভার বের করে শূন্যে একবার ফায়ার করে বললেন, "সাবধান বলছি! খবরদার, ঢিল ছুড়বি না, গুলি করব।"

জঙ্গলের মধ্যে কে যেন হিঃ হিঃ করে রক্তজল-করা হাসি হেসে উঠল।

সুদর্শনবাবু আর দাঁড়ালেন না। সেপাইদের দৃষ্টান্ত অনুসরণ করে তিনিও ছুটতে লাগলেন।

সন্ধেবেলার আপ ট্রেন থেকে চক্রপুর রেলস্টেশনে চারটে লোক নামল। চারজনের চেহারাই বেশ লম্বা-চওড়া মজবুত। সঙ্গে মালপত্র বিশেষ নেই, শুধু একটা করে সুটকেস।

চক্রপুরে এরা যে নতুন তা বুঝতে পেরে ট্রেনটা পাস করিয়ে সতীশ এগিয়ে গিয়ে বলল, "আপনারা কোথা থেকে আসছেন?"

চারজনের একজন অন্য সকলের চেয়ে একটু বেশি লম্বা এবং চওড়াও। লোকটা সতীশের দিকে চেয়ে বেশ গম্ভীর গলায় বলে, "আমরা একটা তদন্তে এসেছি।"

"তদন্তে? আপনারা কি পুলিশের লোক?"

"হ্যাঁ। আমরা গোয়েন্দা।"

সতীশ সরকারি কর্মচারী এবং পুলিশ-মিলিটারি দেখলে খুবই শ্রদ্ধাশীল হয়ে পড়ে। খুব বিনয়ের সঙ্গে বলল, "আসুন, আসুন, স্টেশনঘরে একটু বসুন। চক্রপুরে হঠাৎ গোয়েন্দা-পুলিশের আগমন হল কেন সেটা একটু শুনি।"

এ প্রস্তাবে লোকগুলোর তেমন আপত্তি হল না। স্টেশনের ছোট ঘরে এসে চারজন যখন কাঠের বেঞ্চটায় বসল তখন কেরোসিনের আলোয় চারজনের চেহারা একটু পরিষ্কার দেখতে পেল সতীশ। সত্যি কথা বলতে কী, চারজনের চেহারাই একটু যেন অস্বস্তিকর। একজনের কপালে একটা বেশ গভীর কাটা দাগ আছে। একজনের নাক ভাঙা। তৃতীয়জনের একটা চোখ কানা। চতুর্থজনের বাঁ হাতের কড়ে আঙুলটা নেই।

এদের সর্দার বলে যাকে মনে হচ্ছিল সেই লম্বা-চওড়া লোকটা সতীশের দিকে চেয়ে বলল, "আমরা একজন ভয়ংকর অপরাধীর খোঁজে এখানে এসেছি। লোকটা কয়েকদিন আগে একটা খুন করে পালিয়ে এসেছে। আমরা খবর রাখি, সে এদিকেই এসেছে। সম্ভবত এখানে কোথাও তার পৈতৃক বাড়ি ছিল।"

সতীশ তটস্থ হয়ে বলে, "লোকটার চেহারা কেমন বলুন তো! কালো মতো? একটু থলথলে? মুখে একটা ভালমানুষি ভাব?"

চারজন নিজেদের মধ্যে একটু দৃষ্টি-বিনিময় করে নিয়ে বলল, "ঠিক মিলে গেছে। লোকটার চেহারা দেখে ভুল বুঝবেন না। সে মোটেই ভালমানুষ নয়।"

সতীশ মাথা নেড়ে বলে, "সে আমি খুব জানি। লোকটা অন্যের মাল চুরি করে পালাচ্ছিল। টিকিটও ছিল না। পরে শোনা গেছে সে কোনও ডাকাতের দলেও ছিল।"

"অতি সত্যি কথা। এখন প্রশ্ন হল, লোকটা কোথায়?"

"লোকটা পালিয়েছে। যতদূর মনে হয় মনসাপোঁতার জঙ্গলে গিয়ে ঢুকেছে। তবে ভাববেন না, মনসাপোঁতায় একবার ঢুকলে কারও নিস্তার নেই। ভয়ংকর জায়গা।"

লোকটা বলল, "যত ভয়ংকর জায়গাই হোক, লোকটাকে আমাদের খুঁজে বের করতেই হবে। মনসাপোঁতা কোনদিকে?"

"সে অনেকটা দূর। রাতে সেখানে যেতে পারবেন না।"

"আমরা সকালেই রওনা হব। আজ রাতটা আমরা এই স্টেশনঘরেই কাটাতে চাই। আশা করি আপনার আপত্তি হবে না।"

সতীশ মাথা নেড়ে বলল, "না, আপত্তি কিসের? কিছু রুটি-তরকারি পাঠিয়ে দেব'খন।"

"তা হলে তো চমৎকার।" এই বলে লোকটা হাত বাড়িয়ে সতীশের হাত ধরে একটা ঝাঁকুনি দিয়ে বন্ধুত্ব প্রকাশ করে বলল, "আমার নাম তিনু সেন। আর এরা হল পচা, ল্যাংড়া আর সন্তু।"

হাতখানায় ঝাঁকুনি খেয়েই বুঝে গিয়েছিল, তিনু সেন খুব শক্ত ধাতের লোক। সতীশের হাতটা যে ছিঁড়ে গেল না সেটাই ভাগ্যের কথা। গোয়েন্দা-পুলিশ হলেও লোকগুলোর হাবভাব তেমন সুবিধের ঠেকছিল না তার। চোখগুলো যেন বড্ড জ্বলজ্বল করছে।

সতীশ টেবিলের কাগজপত্র একটু তাড়াহুড়ো করে গুছিয়ে রেখে বলল, "তা হলে আমি এখন আসি? পোর্টার লাখন একটু বাদে আপনাদের খাবার দিয়ে যাবে'খন!"

তিনু হঠাৎ জিজ্ঞেস করল, "আচ্ছা, এখানে থানা-টানা আছে?"

"আছে। কেন, সেখানে খবর পাঠাতে হবে? কাল সকালেই লাখনকে পাঠিয়ে দিতে পারি দারোগাবাবুর কাছে।"

তিনু মাথা নেড়ে বলে, "তার দরকার নেই। প্রয়োজন হলে আমরাই যাব। আপাতত আমরা লোকাল পুলিশের সঙ্গে ইনভলভড হতে চাই না।"

"ঠিক আছে।" বলে সতীশ তাড়াতাড়ি কোয়ার্টারে ফিরে এল। কিন্তু তার মনে হচ্ছিল, এই চারজন গোয়েন্দা-পুলিশের কথা সুদর্শন দারোগাকে জানানো দরকার।

রাত্রিবেলা লাখন রুটি-তরকারি পৌঁছে দিতে গিয়ে খুব গন্ডগোলে পড়ে গেল। স্টেশনের ঘরে চারটে তাগড়াই লোক কেরোসিনের বাতির আলোয় জাম্বুবানের মতো বসে আছে। একজন নিবিষ্ট মনে টেবিলের ওপর চারটে পিস্তল পর পর সাজিয়ে রেখে সযত্নে গুলি ভরছে। অন্য একজন বেশ তেজি গলায় বলছে, "অভয় সরকার মাস্ট বি কিলড। কোনওভাবে যেন পুলিশ ওর নাগাল না পায়। তার জন্য দরকার হলে আরও দু'-চারটে লাশ ফেলে দিতে হবে। যদি কেউ ওকে প্রোটেক্ট করতে চায়।"

লাখন ইংরেজি এবং বাংলা দুটোই কিছু কিছু বোঝে। পিস্তল দেখে এবং কথাবার্তা শুনে কুস্তিগির লাখনেরও হাত-পা ঠান্ডা হয়ে এল।

যে-লোকটা কথা বলছিল সে লাখনকে হঠাৎ দরজায় উদয় হতে দেখে কথা থামিয়ে বাজখাঁই গলায় বলে উঠল, "তুই কে রে?"

পিস্তলওলা লোকটা ধাঁ করে একটা পিস্তল তুলে তাক করে বলল, "হ্যান্ডস আপ।"

লাখন কথাটা বুঝল, তবে হাত তোলার উপায় ছিল না। এক হাতে টিফিনবাটিতে রুটি, অন্য হাতে অ্যালুমিনিয়ামের ডেকচিতে তার তৈরি বিখ্যাত আলুর তরকারি। সে ভয়ে কাঁপতে কাঁপতে বলল, "আমি লাখন আছি বাবুজি। পোর্টার লাখন। আপলোগকা খানা লায়া।"

"অ!" বলে প্রথম লোকটা যেন খুব তাচ্ছিল্য করে বলল, "ওই টেবিলে রেখে যা, আর শোন, খবরদার সাড়াশব্দ না করে এ ঘরে কখনও আসবি না। একেবারে জানে মেরে দেব।"

লাখন এত কাঁপছিল যে, হাত থেকে বাটি-টাটি পড়েই যেত। কোনওরকমে টেবিলে নামিয়ে রেখে সে প্রাণভয়ে পালাতে যাচ্ছিল, কিন্তু পিস্তলওলা লোকটা উঠে এসে প্ল্যাটফর্মে তার পথ আটকাল, "এই, তুই আমাদের কথা কিছু শুনতে পেয়েছিস?"

"নেহি বাবু, রাম কি কিরিয়া।"

"যদি শুনে থাকিস তো ভুলে যা। মুখ দিয়ে যদি টুঁ শব্দটি বেরোয় তা হলে কিন্তু খুন হয়ে যাবি। মনে থাকবে?"

"জি বাবু।"

"এখানকার থানাটা কোথায়!"

"আধা মিল দূর হোবে। হুই দিকে।"

"দারোগা কেমন লোক?"

"ভাল লোক আছে বাবুজি।"

"ভাল মানে কী? চালাক-চতুর, না বুদ্ধু?"

কোনটা বলা ঠিক হবে, তা বুঝতে না পেরে লাখন একটু মাথা চুলকোল। তার মনে হল দারোগাবাবু বোকা হলেই এদের সুবিধে। সে বলল, "বড়বাবু বুদ্ধু আছে।"

"আর তুই! তুই চালাক, না বুদ্ধু?"

"আমি-ভি বুদ্ধু আছে।"

"তোর চেহারাটা ভাল। কুস্তি-টুস্তি করিস নাকি?"

"থোড়া-থোড়া।"

"ঠিক আছে, আমাদের কাজটা মিটে যাক, তারপর তোর সঙ্গে একদিন কুস্তি হয়ে যাবে।"

লাখন ভয় পেয়ে বলল, "নেহি হুজুর, হামি তো হারিয়ে যাব।"

লোকটা হাঃ হাঃ করে হেসে বলল, "লড়ার আগেই হেরে বসে আছিস! ঠিক আছে, তা হলে তোকে কুস্তির কয়েকটা প্যাঁচ শিখিয়ে দিয়ে যাব।"

“জি হুজুর মেহেরবান।”

“আর শোন, ওই স্টেশন-মাস্টারটা কেমন লোক?”

“ভাল আদমি বাবুজি।”

“তোর কাছে দেখছি সবাই ভাল! এ লোকটা চালাক, না বোকা? সাহসী, না ভিতু?”

“ভিতু আছে, একটু বুদ্ধু-ভি আছে।”

“দরকার পড়লে বোকা সাজতে পারে তো! তা হলেই হবে। এখন যা।”

অভয়ের ঘুম যখন ভাঙল তখন সন্ধে। ঘুমের ঘোরে গড়িয়ে পড়ে গিয়েছিল মাটিতে। ধড়মড় করে উঠে বসে চারদিকে চেয়ে হাঁ হয়ে গেল। এখানে যে কী করে এল, কেন এল তা ঘুমজড়ানো চোখে প্রথমটায় কিছুতেই বুঝতে পারল না। তারপর হঠাৎ ঝাঁ করে সব মনে পড়ে গেল। আতঙ্কিত চোখে চারদিকে চাইল সে। চারদিকে ধীরে ধীরে অন্ধকার ঘনিয়ে উঠছে। ঝিঁঝি ডাকছে। মিটমিট করছে জোনাকি পোকা।

অভয় টের পেল তার যেমন প্রচণ্ড তেষ্টা পেয়েছে তেমনই দাউ-দাউ খিদে। ছোটখাটো খিদেই অভয়ের সহ্য হয় না, আর এ তো বড় খিদে। এই জঙ্গলের মধ্যে খিদেতেষ্টা কোনওটারই কোনও সমাধান পাওয়া যাবে বলে ভরসা হল না অভয়ের। তার ওপর অন্ধকার হয়ে আসছে। একঝাঁক শেয়ালও কাছেপিঠে ডেকে উঠল।

এরকম গা-ছমছমে পরিস্থিতিতে কখনও পড়তে হয়নি অভয়কে। সে শহুরে মানুষ। সে জন্তু-জানোয়ার, সাপ-বিছে, ভূত-প্রেত ইত্যাদিকে ভীষণ ভয় খায়। এই জঙ্গলে যদি রাত কাটাতে হয় তা হলে ভয়েই মরে যাবে অভয়।

সে টপ করে উঠে পড়ল। এবং উঠতে গিয়েই টের পেল তার সর্বাঙ্গে হাজারটা বিষফোঁড়ার যন্ত্রণা। অভয় জীবনে কখনও দৌড়ঝাঁপ করেনি, ব্যায়াম করেনি, তার থলথলে আদুরে শরীরে। সেই শরীর নিয়ে আজ সকালে যে দৌড়ঝাঁপ করতে হয়েছে তাতে যন্ত্রণা তো তুচ্ছ, মরেই যাওয়ার কথা।

হাঁটতে গিয়ে দেখল, মাথায় খচখচ করে এমন ব্যথা উঠছে যে, দু’পা হাঁটতে গেলে তিন মিনিট দম নিতে হয়। কিন্তু প্রাণের ভয় বড় ভয়। অভয় তার শরীরটাকে একরকম টানতে টানতে হ্যাঁচড়াতে হ্যাঁচড়াতে নিয়ে চলতে লাগল। জঙ্গলের বেশি ভেতরে সে ঢোকেনি, বাইরেটা দেখাও যাচ্ছে। অভয় সুতরাং খুব উৎসাহ নিয়ে পায়ে

পায়ে এগোতে লাগল। কাছেই গ্রাম আছে, সেখানে গিয়ে পড়লে লোকে বোধহয় ফেলবে না।

বাইরে বেরিয়ে এসে অভয় একটা নিশ্চিন্তির শ্বাস ছাড়ল। সামনেই একটা অশ্বত্থ গাছ। তার পাশ দিয়ে আবছা অন্ধকারেও একটা পায়ে-হাঁটা পথ দেখা যাচ্ছে। ও পথ ধরে একটু এগোলেই গ্রাম।

অভয় প্রাণপণে এগোতে লাগল। শরীরের ব্যথা আর হাঁটার ধকলে এই শীতেও তার ঘাম হতে লাগল। হাঁফ ধরে গেল। মাথা ভোঁ-ভোঁ করে চোখে অন্ধকার দেখতে লাগল।

তবু হাল ছাড়ল না অভয়। পৈতৃক প্রাণটা বাঁচাতে কোনওরকমে এখন তাকে লোকালয়ে পৌঁছতেই হবে।

একটা বাঁশবন পেরিয়ে রাস্তাটা একটা বাঁক খেয়ে গাঁয়ের মধ্যে ঢুকেছে। হ্যারিকেন বা কুপির আলো দেখা যাচ্ছে এদিক-সেদিক। বাচ্চাদের চিৎকার শোনা যাচ্ছে। গোরুর গলার ঘণ্টা বাজছে। একটা ছাগলও যেন ম্যা করে উঠল। এসব শুনে আর দেখে ভারী ভাল লাগতে লাগল অভয়ের।

একটা লোক দুটো বলদ তাড়িয়ে ফিরছিল, কাঁধে লাঙল, অভয় তার সঙ্গে সঙ্গে হাঁটতে হাঁটতে বলল, "আচ্ছা ভাই, এ গাঁয়ের মোড়ল-মশাইয়ের বাড়িটা কোনদিকে?"

লোকটা অত্যন্ত তাচ্ছিল্যের সঙ্গে বলে, "এ গাঁয়ে সবাই মোড়ল। তা মোড়লকে কিসের দরকার আপনার?"

অভয় কাঁচুমাচু হয়ে বলল, "এ গাঁয়ের খুব নাম শুনেছি কিনা, তাই দেখতে আসা।"

লোকটা বলদের লেজে একটা মোচড় দিয়ে জিভে একটা বিকট ট-ড়-ড়-ড় আওয়াজ তুলে অভয়কে খুব চমকে দিল। তারপর খুব অবাক হয়ে বলল, "এ গাঁয়ের নাম শুনেছেন! এমন আশ্চর্য কথা আর কারও মুখে জন্মে শুনিনি। তা এ গাঁয়ের নামটি কী বলুন তো!"

অভয় নামটা সকালে বোধহয় একবার শুনেছিল। কিন্তু এখন তার মাথা বেবাক ফর্সা। কিছুই মনে নেই। সে আমতা-আমতা করে বলল, "খুবই ভাল নাম আপনাদের গাঁয়ের। কিন্তু নামটা আমার পেটে আসছে, মুখে আসছে না।"

"অ। তা ভাল। এ গাঁয়েই কি আজ দেহরক্ষা করার ইচ্ছে?"

অভয় আঁতকে উঠে বলে, "তার মানে?"

"বলছি এ গাঁয়েই কি রাতটা কাটাবেন?"

"তা বটে। কিন্তু দেহরক্ষা করার কথা বলছেন কেন? দেহরক্ষা মানে তো পটল তোলা!"

লোকটা এবার অন্ধকারেও সাদা দাঁত দেখিয়ে এক পলক হেসে বলে, "ওই হল। আমরা মুখ্যু-সুখ্যু মানুষ, কত ভুলভাল বলি। একটু ঘষেমেজে নেবেন। তা আপনার কোনও অসুবিধে হবে না এখানে। দিব্যি থাকবেন।"

অভয় আশার আলো দেখতে পেয়ে নিশ্চিন্ত হয়ে বলে, "আঃ, বাঁচালেন। আজ বড্ড ধকল গেছে কিনা! খিদেতেষ্টায় প্রাণ একেবারে ওষ্ঠাগত।"

লোকটা ফ্যাচ করে হেসে বলে, "তা আপনাকে ন্যাংচাতে দেখেই বুঝেছি। ধকলটা গেল কীসে? কেউ তাড়া-টাড়া করেছিল নাকি?"

"যা বলেছেন। এখানকার লোকগুলো যেন কেমনধারা। সত্যি কথা বললেও বিশ্বাস করতে চায় না।"

লোকটা খুব বুঝদারের মতো বলে, "কথাটা সত্যি, এদিককার লোক বিশেষ সুবিধের নয়। তবে আর চিন্তা নেই, আপনি ঠিক জায়গাটিতেই এসে পড়েছেন। একেবারে সিংহের গুহায়।"

অভয় ফের আঁতকে উঠে বলে, "তার মানে?"

লোকটা ফের ফ্যাচ করে হেসে বলে, "মুখু-সুখ্যু মানুষ আমরা কী বলতে কী বলে ফেলেছি। ওসব ধরবেন না। আমরা খুব যত্নআত্তি করব আপনার, কিছু ভাবতে হবে না। আমরা একটু মোটা চালের ভাত খাই। মোটা রাঙা মিঠে ভাত। মোটা চালের ভাত চলবে তো আপনার?"

ভাতের কথায় অভয়ের চোখে জল এল। বলল, "খুব চলবে। কতকাল যে ভাত খাইনি মনে হচ্ছে। সঙ্গে ডাল থাকবে তো!"

লোকটা তেজি গলায় বলে, "থাকবে না মানে? সোনামুগের ডাল একেবারে গরমাগরম ঢেলে দেওয়া হবে ভাতের মাথায়। সঙ্গে ফুলকপি ভাজা, মটর শাকের ঘণ্ট, মাছের ঝোল, শেষ পাতে গোরুর দুধ, তাতে আবার পুরু সর।"

অভয় যেন নিজের দুই কানকে বিশ্বাস করতে পারছিল না। বলল, "অত দরকার নেই।"

"না, না, দরকার থাকবে না কেন? গাঁয়ে এতকাল পরে একজন অতিথি এলেন, তার সৎকার ভালমতো করতে হবে না? কী বলেন?"

'সৎকার' শব্দটা খট করে লাগল অভয়ের কানে। তবে সে আর ওটা নিয়ে মাথা ঘামাল না। সৎকার কথাটার ভাল মানেও আছে। হাঁটতে হাঁটতে গাঁয়ের মাঝ-বরাবর চলে এল তারা। দুটো পুকুর এবং আর-একটা বাঁশঝাড় পেরোতে হয়েছে। তারপর একটা মস্ত উঠোনওলা বাড়ি। লোকটা আগল ঠেলে বলদ তাড়িয়ে ভেতরে ঢুকতে ঢুকতে বলল, "আসুন, আসুন, লজ্জা করবেন না। এই হল আমার বাড়ি। ওরে, অতিথি

এয়েছে— মহামান্য অতিথি, তোরা একটা মোড়া বা জলচৌকি দে তো। তারপর পাদ্যঅর্ঘ্য দে।"

আপ্যায়নটা বড্ড বাড়াবাড়ি ঠেকছে অভয়ের কাছে। এতটা কেউ করে নাকি?

জলচৌকি, মোড়া বা পাদ্যঅর্ঘ কোনওটাই অবশ্য এল না। লোকটা গোয়ালঘরের দিকে যেতে যেতে মুখ ফিরিয়ে বলল, "বাবুমশাই, ওই দাওয়াতেই একটু চেপে বসুন। আমি বলদ দুটোকে জাবনাটা দিয়েই এলুম বলে। তারপর দেখবেন কেমন যত্নআত্তি করি।"

দাওয়ায় একটা টেমি জ্বলছে। লোকজন বিশেষ দেখা যাচ্ছে না। তবু দু'-একজন মহিলা উঁকিঝুঁকি দিয়েই আড়ালে সরে গেলেন। রান্নাঘর থেকে ভাত ফুটবার গন্ধ আসছে। ডালে সম্বরা দেওয়ারও একটা ছ্যাঁক শব্দ এল। অভয় শরীরের ব্যথা আর ক্লান্তি ভুলে আকুল হয়ে বাতাস শুঁকতে লাগল। আঃ, কী সুবাস! পেটে খিদেটাও যেন একেবারে উথলে উঠল।

বেশ কিছুক্ষণ বসে থাকবার পরও লোকটার দেখা পাওয়া গেল না। ভাতের খিদে চাগাড় দিচ্ছে। জলতেষ্টাও আর সহ্য করা যাচ্ছে না। উঠোনের এককোণে ইঁদারা আর দড়িবাঁধা বালতি দেখতে পেয়ে অভয় নিজেই উঠে গেল। জল তুলে তুলে প্রাণভরে খেল। জলের যে এত স্বাদ, তা যেন জানা ছিল না এতকাল। মুখে-ঘাড়ে জল দিয়ে বড় আরামও হল। গাঁয়ের লোকেরা সাঁঝরাতেই খেয়ে নেয় বলে সে শুনেছে। তাই আশা হল, এরাও বোধ হয় এখনই খেতে ডাকবে।

দাওয়ায় বসে এসব ভাবতে ভাবতে ক্লান্তিতে আবার একটু ঝিমুনি এসে গিয়েছিল অভয়ের। হঠাৎ একটা প্রবল চিৎকারে চমকে চাইল।

"ওরে! এই তো সেই! এই তো কুঞ্জখুড়োর বাড়ির সেই ডাকাত! এই তো আজ সকালে আমাদের তাড়া খেয়ে মনসাপোঁতার জঙ্গলে সিঁধিয়েছিল!"

অভয় অবাক হয়ে দেখল, সামনে তাকে ঘিরে লাঠিসোঁটা নিয়ে অন্তত চোদ্দো-পনেরো জন লোক। অন্তত চার-পাঁচটা হ্যারিকেন জ্বলছে। একটা মশালও। সামনের ভিড়ে সকালের সেই দু'টি চাষিকেও চিনতে পারল অভয়। ভয়ে সে সিঁটিয়ে গেল।

বাড়ির মালিক একটু ফিচিক হাসি হেসে বলল, "ব্যাটা যখন গাঁয়ের নামটাই বলতে পারল না তখনই বুঝেছি এ ব্যাটা সাংঘাতিক লোক। আগেই তোমাদের বলে দিচ্ছি ভাই, কুঞ্জখুড়োর পঞ্চাশ হাজারের মধ্যে আমি বেশি চাইব না, দশটি হাজার কিন্তু আমার চাই। নইলে এ ডাকাত আমি হাতছাড়া করব না।"

জগা বলল, "ভাগ-বাঁটোয়ারার কথা পরে হবে। আগে কুঞ্জখুড়োর কাছে খবরটা

তো পাঠাতে হয়। নইলে ওই পেটমোটা দারোগা এসে আসামিও নিয়ে যাবে, প্রাইজও।"

নেতাই বলল, "তোরা আহাম্মক আছিস বাবু। ওরে, চোরাই মাল উদ্ধার না হলে কুঞ্জখুড়ো ট্যাঁক থেকে ফস করে টাকাটা দিয়ে ফেলবে ভেবেছিস? এর মুখ থেকে কথা বের করতে হবে না আগে? দলে কে কে ছিল, চোরাই মাল কার কাছে আছে সেসব আগে জেনে নে। তারপর মাল উদ্ধার করে দিতে হবে না? বলি মাথায় আছে সেসব কথা? অক্ষয়, কী বলো হে?"

কথাটা যে ন্যায্য, সেটা সবাই স্বীকার করল। অক্ষয় হল বাড়ির মালিকের নাম। সে বলল, "তোমার কথা কখনও ফেলনা নয়। এখন বাঁশডলা দিয়ে বিছুটি লাগিয়ে এর পেট থেকে কথা বের করতে হবে।"

একজন ভিতু ও সরল গ্রামবাসী বলে উঠল, "ও অক্ষয়দা, এর কাছে আবার অস্তর নেই তো!"

অক্ষয় বলে, "থাকতে পারে। তবে ক'জনকে আর মারবে? বল্লমে গেঁথে ফেলব না! ওরে ও জগা, দ্যাখ তো কোমরে পিস্তল ভোজালি কিছু আছে কি না!"

ছিল না। থাকার কথাও নয়। জগা হাতিয়ে দেখে নিয়ে বলে, "নেই। বোধহয় জঙ্গলে ফেলে দিয়েছে ভয়ে।"

অভয় হঠাৎ বুঝতে পারল, গরম গরম ডালভাত জোটার আর কোনও সম্ভাবনা নেই। সে জীবনে মারধর খায়নি। অভয় তাই আচমকা উঠেই একটা দৌড় লাগাল।

কিন্তু সেটাই ভুল হয়েছিল। এই চক্রব্যূহ ভেদ করা যে অসাধ্য কাজ তা বুঝতে পারেনি। ছুটতে শুরু করামাত্র দু'-তিনটে লাঠি দমাদম তার পিঠে, মাথায় আর কাঁধে এসে পড়তে লাগল। পায়ে লাঠি দিয়েই কে যেন ল্যাং মেরে ফেলে দিল তাকে। আরও দু'-চার ঘা পড়তেই চোখ অন্ধকার হয়ে গেল তার।

যখন চোখ মেলল, তখন তাকে চারদিক দিয়ে ঘিরে ধরেছে লোক।

জগা বলল, "কুঞ্জখুড়ো, ভাল করে দ্যাখো, এই লোকটাই কি না?"

গায়ে তুষের চাদর-জড়ানো আর সাদা গোঁফওলা একটা লোক হ্যারিকেন তুলে অভয়ের মুখখানা দেখে নিয়ে বলল, "ধরেছিস ঠিকই বাপ। তবে এ কবুল করলে হয়। মাল উদ্ধার না হলে কিন্তু আমি টাকা দিচ্ছি না।"

"উদ্ধার হবে না মানে! পেট থেকে কী করে কথা বের করতে হয় তা আমরা জানি।"

কুঞ্জখুড়ো ব্যস্তসমস্ত হয়ে বলে, "ওরে, আমার চোখের সামনে ওসব আসুরিক কাজ করিস না। ও আমি সইতে পারি না। আমি ধর্মভীরু লোক। আমি বিদেয় হই, তারপর তোরা যা পারিস করিস। তবে কথা আদায় করাই চাই।"

কুঞ্জখুড়ো বিদেয় নিতেই জগা চুলের মুঠি ধরে অভয়কে তুলে পেল্লায় একখানা কিল মারল মুখে, "কী রে হতভাগা, বলবি কি না!"

অভয়ের ঠোঁট ফেটে রক্ত পড়তে লাগল। জিভে রক্তের নোনতা স্বাদ পেল সে। গায়ে আর একরত্তি জোর নেই। মনে কোনও শক্তি নেই। সে ভ্যাবলার মতো চেয়ে রইল। কিছু একটা না বললে এরা যে থামবে না এবং মারতে মারতে মেরেই ফেলবে তাতে তার সন্দেহ নেই। জগা আবার কিল তুলল ওই।

হঠাৎ অভয় হাত তুলে বলল, "বলছি, বলছি।"

"মিছে কথা বোলো না কিন্তু।"

"টাকা আর সোনাদানা পোঁতা আছে শুখানালার সরকারদের বাড়িতে।"

নেতাই অবাক হয়ে বলে, "এসব কী বলে রে ব্যাটা?"

অভয় অতশত জানে না। মার ঠেকাতে সে নিজের পৈতৃক বাড়ির ঠিকানা দিয়ে দিয়েছে।

অক্ষয় খুব ভাবিত মুখে বলে, "শুখানালার সরকার-মশাইদের বাড়ি তো কবে হেজেমজে গেছে। সেখানেই এখন ডাকাতদের আস্তানা! তা হলে তো ভীম সরকারের গপ্পোটা মিথ্যে হয়ে যায়। ওখানে তো জনমনিষ্যি যেতে পারে না।"

জগাও চিন্তিত মুখে বলে, "সেটাই তো কথা। সরকারবাড়িতে ঢোকা তো আর ফাজলামি নয়।" বলে সে অভয়ের দিকে চেয়ে বলে, "ওরে ও ভূত, সত্যি কথা বলছিস তো! মিথ্যে বললে কিন্তু বল্লমে গেঁথে জলায় পুঁতে রাখব। বিশ বছরেও কেউ লাশ খুঁজে পাবে না।"

অভয় চিঁচিঁ করে বলল, "আজ্ঞে, সত্যি কথাই বলছি। আমাকে আর মারবেন না। শরীরে আর মার খাওয়ার মতো জায়গা নেই।"

জগা খিঁচিয়ে উঠে বলল, "আর অন্যদের যখন মারো-কাটো, তখন তাদের শরীরে কী হয় সেটা ভেবে দেখেছ? ডাকাতি করতে গিয়ে যখন ছোরাছুরি গোলাগুলি চালাও, ঘরে আগুন দাও, মেয়েদের কান থেকে দুল ছিঁড়ে নাও, তখন কী হয়?"

অভয় হাতজোড় করে বলল, "ওসব মহাপাপ।"

নেতাই ফ্যাচ করে হেসে বলল, "ওরে, এর যে ধর্মজ্ঞান হতে লেগেছে। দড়িদড়া নিয়ে এসে পিছমোড়া করে বাঁধ এটাকে থামের সঙ্গে। রেমোটা কোথায় গেল?"

নাপিত রেমো নিবিষ্ট-মনে একধারে বসে ক্ষুর শানাচ্ছিল। গম্ভীর গলায় বলল, "আছি।"

নেতাই বলে, "আর দেরি কেন, দে ডাকাতটার মাথা কামিয়ে।"

রেমো ক্ষুর হাতে এগিয়ে এসে উবু হয়ে বসল অভয়ের পাশে। বলল, "বাঃ দিব্যি

ঢেউ-খেলানো চুল দেখছি। ডাকাত হলে কী হয়, চুলের বাহার আছে।”

অভয় সভয়ে ক্ষুরটার দিকে চেয়ে রইল। চুলে তার খুব পরিপাটি। সেই সাধের চুল এরা কামিয়ে দেবে? অভয় হতাশ হয়ে চোখ বুজে ফেলল। প্রতিবাদ করার বা বাধা দেওয়ার শক্তিটুকু অবধি তার নেই।

রেমো অভয়ের মাথার বাঁদিকটা কামিয়ে দিল শুধু। তারপর বলল, “বাঃ, এবার সবাই দ্যাখো কেমন নতুন রকমের বাহার খুলেছে।”

অভয় ক্লান্তিতে তলিয়ে যেতে যেতে টের পেল সবাই খুব হাসছে আর আনন্দ করছে। করুক গে, সে আর পারছে না। প্রায় অচৈতন্য অবস্থাতেই সে টের পেল, একটা থামের সঙ্গে তাকে দড়ি দিয়ে বাঁধা হচ্ছে। এও শুনতে পেল, তাকে নাকি সারারাত জলবিছুটি দিয়ে জাগিয়ে রাখা হবে। কারণ গাঁয়ে অনেকদিন যাত্রা বা কীর্তন বা কবির লড়াই হয়নি। মানুষ বড্ড মনমরা হয়ে আছে। তাই আজ তাকে যন্ত্রণা দিয়ে সবাই সারারাত আনন্দ করবে। জলবিছুটির সঙ্গে গরম কলকে, লোহার শিকের ছ্যাঁকাও দেওয়া হবে। অনেক রকমের আয়োজন হচ্ছে। সবাই তাড়াতাড়ি বাড়ি চলে গেল খেয়ে-দেয়ে আসতে।

অভয় হাল ছেড়ে দিয়েছিল অনেক আগেই। ঘাড় লটকে সে নিস্তেজ হয়ে ঝুলছিল থামটার সঙ্গে। ঠিক এই সময়ে কে যেন তার কানের কাছে ফিসফিস করে বলল, “বাঁধন ক্ষুর দিয়ে একটু একটু কেটে রেখেছি। হ্যাঁচকা টান মারলেই খুলে যাবে, বুঝলে!”

চোখ না চেয়েও অভয় বুঝতে পারল, এ হচ্ছে রেমো নাপিতের গলা। সে অতি কষ্টে ঘাড় নেড়ে বলল, “বুঝেছি।”

“উঠোনের উত্তরে কচুবনের পিছনদিক দিয়ে যদি পালাতে পারো তা হলে বেঁচে যাবে। মাইলখানেক যেতে পারলেই শুকনো নালার খাত পেয়ে যাবে। আর শোনো বাপু, হুকুম সিং যে সরকারবাড়িতে আস্তানা গেড়েছে তা তো বলেনি কখনও আমাকে! এটা খুব অন্যায় কথা। আমি তো জানতুম হুকুম সিং ময়নাগড়ের টিলার পেছনে জঙ্গলে থাকে। ঠিকানা বদলে ফেলেছে তা তো বলেনি আমাকে। আর আমি কিনা বহুকাল ধরে তাকে খবর জোগাচ্ছি, সুলুক-সন্ধান দিচ্ছি কোন বাড়িতে কী আছে আর সে কিনা আমার সঙ্গে বেইমানি শুরু করেছে! তাকে বোলো এরকম হলে কিন্তু আমি তার হয়ে গোয়েন্দাগিরি করতে পারব না।”

অভয় মাথা নেড়ে বলল, “যে আজ্ঞে।”

“তুমি হুকুম সিং-এর লোক বলেই পালাতে দিচ্ছি। এটাও তাকে বোলো। আমি নেমকহারাম নই। তবে হুকুম সিং কাজটা ভাল করছে না। কুঞ্জখুড়োর বাড়ির খবরও

তো আমিই দিয়েছিলাম। কয়েক লাখ টাকা লুটে নিয়ে গেল, আর আমাকে কী দিল জানো? মোটে দু' হাজার টাকা আর একখানা আংটি। এসব কি তার ধর্মে সইবে?"

অভয় এবার চোখের কোণ দিয়ে চারদিকটা দেখে নিল। উঠোন এখন ফাঁকা। সারারাত মজা দেখবে বলে সবাই ভাত খেতে গেছে। একা রেমো তাকে পাহারা দিচ্ছে।

রেমো তার ক্ষুর-কাঁচির বাক্স গুছিয়ে বন্ধ করে বলল, "ওরা এলেই আমি বাড়ি যাব বলে কথা আছে। কিন্তু লোকজন এসে পড়ার আগেই সরে পড়তে হবে তোমাকে। অক্ষয় খেতে বসেছে। আমি বরং রান্নাঘরে গিয়ে অক্ষয়ের সঙ্গে একটু জরুরি কথা সারছি, এই ফাঁকে পালিয়ো। বেশি সময় পাবে না কিন্তু।"

অভয় ঘাড় নাড়ল।

রেমো শব্দ করে একটা হাই তুলল। তারপর চেঁচিয়ে বলল, "ও অক্ষয়, মকর নন্দীর জমিটা কি কিনছ নাকি? মকর একটা খবর পাঠিয়েছে। বলব?"

অক্ষয় ভাতভর্তি মুখেই উঁচু গলায় বলল, "বলবে না মানে! কতকাল ধরে জমিটার ওপর নজর আমার! এসো এসো, খবরটা বলে যাও।"

"যাব তো, কিন্তু ডাকাতটা আবার এই ফাঁকে পালাবে না তো!"

"আরে না। ওর হাড়গোড় কি আর আস্ত রেখেছি নাকি, তার ওপর আষ্টেপৃষ্ঠে বাঁধা। পালাবে না। তুমি এসে খবরটা বলো।"

"যাই।" বলে যেন অনিচ্ছের সঙ্গেই রেমো উঠে গেল। চাপা গলায় বলে গেল, "এই সুযোগ কিন্তু আর আসবে না।"

সুযোগ বলতে সুযোগ! একেবারে সুবর্ণ সুযোগ। হ্যাঁচকা টান মারলেই বাঁধন খুলে যাবে। কিন্তু হ্যাঁচকা মারবার ক্ষমতাটুকুও যে অভয়ের নেই। তার আদরের শরীরের ওপর দিয়ে আজ যা ঝড় গেল!

বার কয়েক হ্যাঁচকা মারার চেষ্টা করে দেখল অভয়। হচ্ছে না। বরং সেই পরিশ্রমে তার দম বন্ধ হয়ে আসছে। কিন্তু বাঁচতেও তো হবে! হাতে বেশি সময় নেই। দূরে যেন লোকজনের শব্দও পাওয়া যাচ্ছে। কারা আসছে বুঝি!

অভয় প্রাণ হাতে করে শরীরে একটা মোচড় দিল। তারপর দুটো।

তিনবারের বার বাঁধন খুলে সে হড়াস করে পড়ে গেল বারান্দা থেকে উঠোনে। পড়ার ধাক্কাটা সামলে সে আর দাঁড়ানোর চেষ্টা করল না। হামাগুড়ি দিয়ে কচুবনের দিকে এগোতে লাগল।

চার-পাঁচজন লোক হল্লা করতে করতে উঠোনে ঢুকে পড়েছে। মুখ ফিরিয়ে দৃশ্যটা দেখেই অভয়ের শরীরে যেন দুনো বল এল।

প্রবল বেগে হামা দিতে দিতে সে কচুবনে ঢুকে পড়ল, তারপর উঠে দাঁড়াল। রেমো পথের কথা বলেছিল, কোথায় পথ? সামনে বুকসমান আগাছা আর অন্ধকার। পথ নয় বটে, তবে বিপদে পড়লে সব আঘাটাই পথ।

অভয় কাঁদছিল, জীবনে এত হেনস্থা, অপমান আর লাঞ্ছনা তাকে কেউ কখনও করেনি। এত মারধর জীবনে খায়নি। এত পরিশ্রমও জীবনে করতে হয়নি। নিজের জন্য আজ তার বড় কষ্ট হচ্ছে। বেঁচে থাকায় আর কী লাভ?

তবু জৈব তাগিদে সে চলতে লাগল। শীত, কুয়াশা, অন্ধকার, জঙ্গল, তবু চোখের জল মুছতে মুছতে অভয় এগোচ্ছে। দৌড়োনোর মতো অবস্থা তার নয়। একটু পেছনে দূরে চেঁচামেচি আর ছোটাছুটির শব্দ পাওয়া যাচ্ছে। অনেকগুলো মশাল জ্বলে উঠে আগাছার জঙ্গলেও আলোর আভা এনে ফেলল। কিছু মানুষ যে তার খোঁজে পিছু নিয়ে আসছে তাও টের পেল অভয়। কিন্তু তবু তাড়াহুড়ো করল না। যা হওয়ার হবে। মরবে? তা না হয় মেরেই ফেলুক। এর চেয়ে মরাটা আর এমন কী বেশি?

ক্রমে-ক্রমে চারদিকে উঁচু উঁচু গাছ দেখা দিতে লাগল। অন্ধকার আরও ঘন হতে লাগল। পেছনের কোলাহল থেমে গিয়ে চারদিক ভীষণ নির্জন হয়ে গেল। অভয় বুঝতে পারল যে, আবার মনসাপোঁতার জঙ্গলে ফিরে এসেছে। সভয়ে দাঁড়িয়ে সে চারদিকটা দেখল। অন্ধকার ছাড়া অবশ্য দেখার কিছু নেই। আর কুয়াশাও বড্ড ঘন। নিজের হাতখানা পর্যন্ত ঠাহর হয় না। রাতচরা একটা পাখি টি-হি-ট করে ডেকে উঠল। শেয়ালের ঝাঁক হাসল তাদের অট্টহাসি। একটা বুনো জানোয়ার খ্যা-খ্যা করে যেন অভয়কেই ভ্যাঙাল।

অভয় সামনের দিকে পা বাড়াতেই চমকে উঠে শুনল, তার পেছনে যেন কেউ হাই করে একটা শ্বাস ছাড়ল।

"কে?" কাঁপা গলায় জিজ্ঞেস করে অভয়।

কেউ জবাব দেয় না। কিন্তু অভয় আবার এগোতেই পেছনে আবার হাই-হাই-হাই শব্দ হতে লাগল। অভয় চলা ছেড়ে ছুটতে লাগল। পেছনে হাই হাই শব্দটাও সমান বেগে তেড়ে আসছে। গাছপালা ক্রমে ঘন থেকে ঘনতর হচ্ছে, ঝোপঝাড় লতাপাতায় পথ এত দুর্গম যে, এগোনো যাচ্ছে না। অভয় বারবার আছাড় খাচ্ছে, কিন্তু ঝোপঝাড়ের ওপর পড়ায় তেমন ব্যথা পেল না। তবে দু'বার দুটো গাছের সঙ্গে সংঘর্ষ হল তার। তাতে ব্যথা পেলেও তার শরীরে ইতিমধ্যেই এত ব্যথা জমা হয়েছে যে, তার তুলনায় এ ব্যথা নস্যি।

একটা ঘন ঝোপ পেরিয়ে হঠাৎ সামনে আলো দেখতে পেল অভয়। তেমন

জোরালো আলো নয়। ভারী মোলায়েম মিঠে নীলচে একটা আভা। পেছনে হাই-হাই শব্দটা থেমেছে।

বিপদ কি তা হলে কাটল? সামনে কি কারও বাড়ি-টাড়ি আছে?

একটু বাদেই ভুল ভাঙল। বাড়ি নয়, সামনে একটু ফাঁকা গোল জায়গা। সেখানে কোথা থেকে যেন নীলচে একটা আলো এসে পড়েছে।

তারপর অভয় যা দেখতে পেল তাতে গায়ের রক্ত জল হয়ে যাওয়ার জোগাড়। ফাঁকা জায়গাটায় একটা অস্বাভাবিক লম্বা লোক দাঁড়িয়ে আছে। খালি গা, গলায় পইতে, সাদা ধবধবে লোকটার গায়ের রং। মাথায় জটা রয়েছে। পরনে শুধুমাত্র একটা লেংটি। হাতে একটা মুগুরের মতো জিনিস। ব্রহ্মদৈত্য!

লোকটা যেন অভয়ের জন্যই অপেক্ষা করছিল। নীলচে আলোয় একজোড়া ক্রুদ্ধ চোখ যেন নীল আলোয় ছ্যাঁদা করে দিল অভয়কে।

লোকটা মুগুর তুলে অভয়ের দিকে এগিয়ে আসতেই অভয় দু'হাত ওপরে তুলে "বাবা গো! মেরে ফেললে!" বলে চেঁচিয়ে অজ্ঞান হয়ে পড়ে গেল।

ব্রহ্মদৈত্য তার মুগুরটা নামিয়ে অভয়ের কাছে এসে নিচু হয়ে মুখটা দেখল। তারপর জঙ্গলের দিকে চেয়ে বজ্রগম্ভীর স্বরে হাঁক দিল, "কালু, এদিকে আয়।"

জঙ্গল ফুঁড়ে একটা কালোমতো মজবুত চেহারার লোক বেরিয়ে এল, হাতে টর্চ।

ব্রহ্মদৈত্য বলল, "একে চিনিস? ভাল করে মুখটা দেখ দিকি।"

কালু টর্চ জ্বেলে মুখটা দেখে নিয়ে বলল, "আজ্ঞে না। এদিককার লোক নয়। কোথা থেকে এসে পড়েছে।"

ব্রহ্মদৈত্য মাথা নেড়ে বলল, "এর অবস্থা ভাল মনে হচ্ছে না। খুব মারধর করেছে কেউ, গায়ে দাগড়া-দাগড়া কালশিটে। কিন্তু মুখ দেখে একে আমার খারাপ লোক মনে হচ্ছে না।"

"আমারও তাই মত।"

"তা হলে একে তুলে ডেরায় নিয়ে চল। বাঁচাতে হবে।"

কালু অত্যন্ত বলবান মানুষ। সে অভয়কে অনায়াসে তুলে একখানা চাদরের মতো কাঁধে ফেলে নিয়ে একটা শুঁড়িপথ দিয়ে এগোল। ব্রহ্মদৈত্য ফাঁকা জায়গাটার দু'ধারে দুটো ঝোপের আড়ালে রাখা দুটো স্পটলাইট নিবিয়ে হাতে ঝুলিয়ে নিয়ে কালুকে অনুসরণ করল।

গভীর জঙ্গলের মধ্যে একটা পুরনো ভাঙাচোরা বাড়ি। অন্ধকার, সামনের দিকটায় বিকট ধ্বংসস্তূপ। সেটা পেরোনো বেশ কষ্টকর। কারণ, পুরনো কড়ি-বরগা, বিম, থাম, রাবিশ সব স্তূপাকার হয়ে আছে। সেটা পেরিয়ে একটু পরিচ্ছন্ন জায়গা।

কয়েকটা বড় বড় খাঁচা আছে। জীবজন্তুর খাঁচা। একটা হায়েনা খাঁচার ভেতর থেকে হেসে উঠল। গ-র-র শব্দ করে উঠল অন্য খাঁচা থেকে একটা নেকড়ে। ব্রহ্মদৈত্য বা কালু, কেউ অবশ্য ভ্রুক্ষেপ করল না।

বাড়ির পেছনের দিকটা একটা আলাদা মহল। সেটার অবস্থা কিছু খারাপ নয়। অবশ্য যথেষ্ট পুরনো হয়েছে এবং মেরামতি হয়নি।

একটা ঘরে কেরোসিনের বাতি জ্বলছিল। একটা খাটিয়া পাতা। সেখানে এনে অভয়কে খাটিয়ায় শুইয়ে দিল কালু। গায়ে কম্বল চাপা দিল।

ব্রহ্মদৈত্য অভয়ের নাড়ি দেখে গম্ভীর মুখে বলল, "একটু গরম জলে অ্যান্টিসেপটিক দিয়ে নিয়ে আয়। আর টেটভ্যাক, আমি চট করে পাঁচন তৈরি করে আনছি।"

নিঃশব্দে দু'জন মানুষ অভয়কে বাঁচাতে যন্ত্রের মতো কাজ করে যেতে লাগল।

ভোরের দিকে যখন ঘুম ভাঙল অভয়ের, তখন তার মনে হল, সারারাত সে দুঃস্বপ্ন দেখেছে। যা ঘটেছে তা সত্য নয়। কিন্তু চোখ চেয়ে ভোরের আবছা আলোয় সে যা দেখতে পেল তাও তার সত্য বলে মনে হল না। সে কি এখনও স্বপ্ন দেখছে? সে একখানা ঘরে খাটিয়ায় শুয়ে আছে— কিন্তু এরকম তো হওয়ার কথা নয়! এ ঘর তার চেনাও নয়।

সে চোখ বুজে ফেলল। গায়ে এখনও অসহ্য ব্যথা, মাথা ধরে আছে। তবু অভয় উঠে বসতে পারল। খাটিয়া এবং গায়ে কম্বল দেখে সে আরও অবাক। এত যত্নআত্তি তার কে করল?

আগের দিনের ঘটনা ধীরে ধীরে সবই তার মনে পড়ে গেল। সকাল থেকে সন্ধে অবধি তাকে অমানুষিক কষ্ট আর নির্যাতন ভোগ করতে হয়েছে। দানাপানি জোটেনি, তার ওপর ওই মার! এ সত্ত্বেও যে সে বেঁচে আছে সেটাই অবাক কাণ্ড। শুধু বেঁচেই নেই, গায়ে ব্যথা-বেদনা সত্ত্বেও সে অনেকটা হালকা আর সুস্থ বোধ করছে।

অভয় গায়ের কম্বলটা সরিয়ে ধীরে ধীরে খাটিয়া থেকে নেমে মেঝের ওপর দাঁড়াল। ঘরটা বেশ বড়। বহু পুরনো বাড়ি বলে দেওয়ালের চাপড়া অনেক জায়গাতেই খসে গেছে। উঁচু সিলিং। বেশ বড় বড় দুটো খোলা জানলা দিয়ে ভোরের আবছা আলোতে বাইরের নিবিড় জঙ্গল দেখা যাচ্ছে। সে কি এখনও মনসাপোঁতার জঙ্গলের মধ্যেই রয়েছে? এ বাড়ি এখানে এল কোত্থেকে? এখানে কারা থাকে?

কাল রাতের ব্রহ্মদৈত্যের কথা মনে পড়ায় সে একবার শিউরে উঠল।

অভয় ঘরের একমাত্র দরজাটা ভয়ে ভয়ে একটু ঠেলল। ভেজানো দরজা মচ-মচ শব্দে খুলে যায়। দরজার ওপাশে একটা বেশ লম্বা দরদালান। দরদালানে পা দিয়ে

দেখতে পেল, আশপাশে আরও দু'-তিনটে ঘর রয়েছে। দরদালানের দরজা খুলে বেশ বড় উঠোনের মতো দেখতে পায় অভয়। উঠোনে পাঁচ-সাতটা জীবজন্তুর খাঁচা। তাতে হিংস্র চেহারার কয়েকটি পশু রয়েছে। নেকড়ে বাঘটাকে চিনতে পারল অভয়, হায়েনাটাকে চেনা-চেনা মনে হল। বাদবাকিগুলো সম্পর্কে তার উৎসাহ রইল না। কে পোষে এগুলো? উঠোনের ওপাশে ধ্বংসস্তূপ।

অভয় একটা বিচ্ছিরি পশুর ডাক শুনতে পেয়ে চমকে দরদালানে ঢুকে দরজা বন্ধ করতেই কে যেন বজ্রগম্ভীর গলায় বলে উঠল, "বাঃ, এই তো আমার ওষুধে দিব্যি কাজ হয়েছে!"

মুখ ফিরিয়ে ব্রহ্মদৈত্যকে দেখেই আঁ আঁ করে ওঠে অভয়।

ব্রহ্মদৈত্য হাসিমুখে বলে, "চেঁচিয়ো না বাপু, ভয়ের কিছু নেই, আমি ব্রহ্মদৈত্য নই, মানুষ।"

অভয় এরকম দীর্ঘকায় মানুষ জীবনে দেখেনি। কত লম্বা হবে লোকটা? সাত ফুট বা আট ফুট নয় তো!

লোকটা যেন অভয়ের মনের কথা পড়ে নিয়ে বলল, "আমার হাইট দেখছ? তা মন্দ নয়। ছ'ফুট সাত ইঞ্চি। প্ল্যাটফর্ম শু আর টপ হ্যাট পরলে সাত ফুটের ওপর।"

অভয় গলা-খাঁকারি দিয়ে সভয়ে বলল, "আপনি কে? আ-আমি বড় ভয় পাচ্ছি।"

"লম্বা লোককে ভয় কী?"

"আ-আপনি সত্যিকারের মানুষ তো?"

"হ্যাঁ। সত্যিকারের। তবে মাঝে-মাঝে ব্রহ্মদৈত্যে সাজতে হয় আর মানুষজনকে চোরাগোপ্তা মারধরও করতে হয়। নইলে ভগবানের দান এই জঙ্গল কি বাঁচাতে পারতুম! আহাম্মক লোকগুলো গাছ কেটে আর জন্তু মেরে নিকেশ করছিল।"

"আপনি এখানেই থাকেন?"

"হ্যাঁ। এটাই আমার ডেরা বলতে পারো।"

"আপনি কি বাঙালি?"

লোকটা সবেগে মাথা নেড়ে বলে, "না হে বাপু। গায়ের রং দেখছ না? আমি ঘোর ইউরোপিয়ান। সুইডেনে বাড়ি। ভারতীয় আধ্যাত্মিকতার আকর্ষণে চলে এসেছিলুম বছর দশেক আগে। সেই থেকে রয়ে গেছি।"

"আপনি কি সাধু?"

"সাধু হতে পেরেছি কি না জানি না। তবে বাপু, ভণ্ড নই। যা করার তা প্রাণপণ করি। একশো পারসেন্ট। তোমার দেশের লোকগুলো বড্ড লোভী। আহাম্মক আর অদূরদর্শী। বন-জঙ্গল, গাছপালার প্রতি কোনও মায়া নেই। যখন-তখন ইচ্ছেমতো গাছ

কেটে চারদিক ন্যাড়া করে দেয়। পশুপাখিও মারে নির্বিচারে। সেইটে বন্ধ করতে পেরেছি বলে আজ আমার খুব আনন্দ হচ্ছে।”

“আপনি এখানে এলেন কী করে? এই জায়গাতেই বা রয়েছেন কেন?”

“ঘুরতে ঘুরতে চলে এলুম। সাধুদের তো পরিক্রমা করতেই হয়। এ জায়গাটা ভালও লেগে গেল। সাধন-ভজনের পক্ষে ভাল জায়গা। তবে সাধু দেখে লোকেরা এসে বড্ড বিরক্ত করত। হাত দেখতে বলে, কোষ্ঠী বিচার করতে বলে, জলপড়া চায়, রোগ সারানোর বায়না করে। তিতিবিরক্ত হয়ে শেষে জঙ্গলে ঢুকে আত্মরক্ষা করলুম।”

“আপনি যে কী চমৎকার বাংলা বলেন!”

“কেন কইব না বাপু? আমার গুরু যে বাঙালি। তোমাদের ভাষাটিও ভারী মিষ্টি, শিখতে আমার কষ্ট হয়নি। এবার তোমার কথা শোনা যাক। তুমি কে? কী করে এখানে এলে? মারধরই বা খেলে কেন?”

অভয় ধীরে ধীরে সংক্ষেপে সবই বলল। খুনের মামলায় সাক্ষী দেওয়া থেকে শুরু করে ব্রহ্মদৈত্য অবধি।

ব্রহ্মদৈত্য মাথা নেড়ে বললেন, “তোমাকে চোরাশিকারি মনে করে আমার শাগরেদ কালু ভয় দেখাতে ওই হাই-হাই আওয়াজ করতে করতে তাড়িয়ে আনছিল। কালু হচ্ছে হরবোলা। আমিও তোমাকে মুগুরপেটা করতে যাচ্ছিলাম, কিন্তু তোমার অবস্থা দেখে আর সেটা করিনি। ওই গ্রামের লোকগুলোর ওপর তোমার নিশ্চয়ই খুব রাগ হচ্ছে! কিন্তু ওদের খুব দোষ নেই। এখানে খুবই ডাকাতের উৎপাত। পুলিশ কিছুই করতে পারে না। ঠাকুরের দয়ায় তুমি বেঁচে গেছ। এখন কি শরীরে একটু জোর পাচ্ছ বাপু?”

“আজ্ঞে।”

“তা হলে আমার ওষুধে ভালই কাজ হয়েছে। কিন্তু তোমাকে একটা কথা বলি। শরীরটাকে এত অবহেলা করছ কেন? তোমার বয়স তো ছাব্বিশ-সাতাশের বেশি নয়, এই বয়সে ওরকম থলথলে চেহারা কেন হবে? শরীর থলথলে হলে মানুষ ছুটতে পারে না, পরিশ্রম করতে পারে না, রোগ-ভোগও দেখা দেয়। তুমি বোধ হয় খেলাধুলো বা ব্যায়াম করো না?”

অভয় লজ্জিত হয়ে মাথা নিচু করে বলল, “আজ্ঞে না।”

ব্রহ্মদৈত্য বললেন, “ঠিক আছে, কয়েকদিনের মধ্যেই আমি তোমাকে শক্তপোক্ত করে দেব। এখন আমার সঙ্গে ভেষজাগারে এসো, তোমার জন্য কয়েকটা পাতার রস করে রেখেছি। একটু তেতো লাগবে, কিন্তু মহা উপকার।”

ব্রহ্মদৈত্য অভয়কে যে ঘরটায় নিয়ে এলেন সেটা রীতিমতো একটা ল্যাবরেটরি-বিশেষ। বকযন্ত্র থেকে শুরু করে বুনসেন বার্নার অবধি আছে। চারদিকে দেওয়ালের তাকে হরেকরকম ছোট-বড় কাচের শিশি ও জারে নানারকম তরল পদার্থ রয়েছে। ব্রহ্মদৈত্য একটা ছোট্ট গেলাসে খানিকটা তরল জিনিস দিলেন। ঘন সবুজ রং।

অভয় সভয়ে বলে, "কী আছে এতে?"

"থানকুনি, কুলেখাড়া, কালমেঘ, পাথরকুচি আর আরও কয়েকটি পাতা। নির্ভয়ে খাও। এরপর আরও চিকিৎসা আছে।"

অভয় ওষুধ খাওয়ার পর ব্রহ্মদৈত্য তাকে অন্য একটা ঘরে নিয়ে এলেন। মেঝের ওপর মাদুর আর তার ওপর শতরঞ্চি পাতা। ব্রহ্মদৈত্য বললেন, "এবার কয়েকটা যোগ করাব। গায়ের ব্যথা উবে যাবে।"

অভয় জীবনে কখনও ব্যায়াম করেনি বলে ভয় পাচ্ছিল ঠিকই, কিন্তু ব্রহ্মদৈত্য তাকে এত ধীরে ধীরে এবং সুকৌশলে নানারকম যোগাসন করিয়ে নিলেন যে, তার তেমন কোনও কষ্ট হল না। বরং বেশ আরাম লাগতে লাগল। সবশেষে কিছুক্ষণ শবাসন করিয়ে বললেন, "যাও এবার বিশ্রাম। আধঘণ্টা পর কিছু খেয়ে নিতে হবে। পেছনদিকে কুয়ো পাবে, খুব ভাল জল, স্নান করে নাও। তোমার জন্য ধুতি আর গামছা দরদালানে রাখা আছে।"

ঘণ্টাখানেক বাদে স্নান করে দই-চিঁড়ে খেয়ে যখন অভয় উঠল তখন তার শরীর ঝরঝরে হয়ে গেছে। মনটাও খুব ভাল লাগছে। মনে হচ্ছে ইচ্ছে করলে সে এখন বেশ হাঁটাচলা এবং খানিকটা দৌড়ঝাঁপও করতে পারে। তারপর সে কৌতূহলী হয়ে ব্রহ্মদৈত্যকে জিজ্ঞেস করল, "আচ্ছা, উঠোনে খাঁচার মধ্যে যেসব জীবজন্তু দেখছি ওদের কি আপনি পোষেন?"

"তা বলতে পারো। তবে ইচ্ছে করে পুষিনি। জঙ্গলের প্রাণীরা নিশ্চিহ্ন হতে বসেছিল। তির-ধনুক, বল্লম, বন্দুক দিয়ে একেবারে পশুমেধ শুরু করেছিল লোকে। আমি যে ক'টাকে পেরেছি বাঁচিয়েছি। রাত্রিবেলা খাঁচাতেই থাকে। একটু বেলা হলে ছেড়ে দিই। সময়মতো ওরা ফিরেও আসে।"

ব্রহ্মদৈত্য ঘুরে ঘুরে তাকে জায়গাটা দেখাচ্ছিলেন। চারদিকে একটা বেশ নিবিড় লতাপাতার প্রতিরোধ আছে। ঘন বাঁশবনও রয়েছে। ব্রহ্মদৈত্য বললেন, "এটা প্রায় দুর্গের মতো জায়গা। বাইরে থেকে এ বাড়িটা দেখাও যায় না, দুম করে এসে হাজিরও হওয়া যায় না। ফলে নিরিবিলিতে ভালই থাকি। মনে হয় কোনও দেশি জমিদার এ বাড়ি বানিয়েছিল, তখন হয়তো বসতিও ছিল এখানে। এখন সবই হেজেমেজে গেছে।"

অভয় হঠাৎ জিজ্ঞেস করে, "আচ্ছা, শুখানালা বলে কোনও জায়গা আছে এখানে?"

ব্রহ্মদৈত্য যেন একটু চমকে উঠে বললে, "শুখানালা? কেন, শুখানালা দিয়ে কী হবে?"

অভয় একটা দীর্ঘশ্বাস ফেলে বলে, "কী আর হবে! ওই শুখানালায় আমাদের আদি বাড়ি ছিল। এখন নিশ্চয়ই কিছু নেই। তবে জায়গাটা একবার চোখে দেখতে পেলে ভাল লাগত।"

দুটো দীর্ঘ শক্তিমান হাত অভয়ের দু' কাঁধে রেখে ব্রহ্মদৈত্য গম্ভীর মুখে অভয়ের দিকে চেয়ে গাঢ় স্বরে বললেন, "তোমার পদবি তো সরকার? বাই চান্স তুমি শুখানালার সরকারদের বংশধর নও তো?"

অভয় বলল, "হ্যাঁ, আমি সরকার-বাড়িরই ছেলে। তবে এখানে কখনও আসিনি।"

ব্রহ্মদৈত্য বললেন, "তুমি ছাড়া বোধহয় সরকারদের আর কোনও বংশধর নেই। শোনো, সব রহস্য তোমার কাছে খুলে বলা যাবে না। কিন্তু এই জঙ্গল ধরে যদি উত্তরদিকে যাও তবে খানিকদূর গিয়ে একটা শুকনো নালার মতো খাত পাবে। মনে হয় কোনও কালে ওটা নিকাশি খাল ছিল। ওইটে ধরে যদি এগোও তা হলে শুখানালায় পৌঁছনো কঠিন নয়। কিন্তু, সব ব্যাপারেই একটা মস্তবড় কিন্তু আছে।"

"কেন বলুন তো!"

"সেটা বললেও তোমার বিশ্বাস হবে না। তবে যদি তুমি বাস্তবিকই সরকারদের বংশধর হয়ে থাকো, তা হলে তোমার হয়তো ভয় নেই।"

উৎকণ্ঠ অভয় বলে, "ভয়ের কথা উঠছে কেন? ভয়ের জিনিস আমি মোটেই ভালবাসি না।"

"কেউ বাসে না বাবা। তবে শুখানালার ধারে-কাছে লোকে যায় না।"

"আপনিও না?"

"আমার কথা বাদ দাও। আমার অগম্য স্থান কমই আছে।"

হাঁটতে হাঁটতে যখন ধ্বংসস্তূপটার কাছে এসে পড়েছে তারা, তখন হঠাৎ একটা ভারী মিষ্টি পাখির ডাক শোনা গেল। অভয় উৎকর্ণ হয়ে শুনলে, পাখির ডাক সে বড় একটা শুনতে পায় না। বলল, "আচ্ছা, এ কি দোয়েল পাখি ডাকছে?"

ব্রহ্মদৈত্য সামান্য ভ্রু কুঁচকে বলেন, "না, ও হচ্ছে কালু।"

"কালু কে বলুন তো?"

ব্রহ্মদৈত্য হেসে বললেন, "কালুও একদিন মানুষের নির্যাতনে পালিয়ে এসেছিল ডাকাতের দল গড়বে বলে। বিহারের গাঁয়ে ওর বাড়ি। কাজেই নিচু জাত বলে

রাজপুতরা খুব অত্যাচার করত। বাড়ি জ্বালিয়ে, চাষের খেত কেড়ে নিয়ে সে অনেক কাণ্ড। মরতে মরতে ছোকরা বেঁচে যায়। মতলব ছিল ডাকাতের দল গড়ে নিয়ে প্রতিশোধ নেবে। আমিই সেটা ঠেকাই। এখন আমার কাছেই থাকে।"

"ভারী সুন্দর শিস দেয় তো!"

"তোমার ভাল লাগছে শিসটা? আমার লাগছে না। কারণ, ওই শিসের একটা বিশেষ অর্থ আছে। কালু জানান দিচ্ছে যে, জঙ্গলে কিছু বাইরের লোক ঢুকেছে এবং তারা ভাল লোক নয়। তাদের হাতে আগ্নেয়াস্ত্র আছে। সংখ্যায় তারা চারজন।"

অভয়ের মুখ এ কথা শুনে ফ্যাকাসে হয়ে গেল। সে একটু কাঁপা গলায় বলল, "সর্বনাশ! এরা তো বোধহয় পানু মল্লিকের দল।"

ব্রহ্মদৈত্য চিন্তিত মুখে অভয়ের দিকে চেয়ে বলেন, "তাই হবে। কারণ, স্থানীয় লোকদের কুসংস্কার আছে। তারা এ জঙ্গলে ঢুকবে না।"

"এখন তা হলে কী হবে?"

"ভয় পেয়ো না। ভয় পেতে নেই। বিপদের সময় ভয় পেলে বুদ্ধি ঘুলিয়ে যায়, আর বুদ্ধি ঘুলিয়ে গেলে বিপদ থেকে রক্ষা পাওয়া কঠিন।"

"এদের ব্রহ্মদৈত্যের ভয় দেখালে হয় না?"

ব্রহ্মদৈত্য একটু হেসে মাথা নেড়ে বলেন, "সরল সোজা গ্রামবাসী হলে হত। কিন্তু এরা বোধহয় পেশাদার খুনি। অত সহজে দমবার পাত্র এরা নয়। তা ছাড়া এরা মরিয়া, তুমি বেঁচে থাকলে এদের বিপদ।"

কাঁদো-কাঁদো হয়ে অভয় বলে, "তা হলে এখন আমি কী করব?"

"চিন্তা কোরো না। ওরা খুব সহজে এ জায়গা খুঁজে পাবে না। তবে খুব বেশিক্ষণও লাগবে না। হয়তো দুপুরের দিকে ওরা ঠিকই খুঁজে খুঁজে চলে আসবে এখানে। ততক্ষণে চলো, তোমাকে আর-একবার পাঁচন খাইয়ে দিই। গায়ে একটু বল পাবে। আরও একটা কথা আছে। তোমার মাথার বাঁদিকটা ওরা কামিয়ে দিয়েছে, ডানদিকটাও কামিয়ে নাও। আমার কাছে ভাল ক্ষুর আছে, চলো।"

তাই হল। ব্রহ্মদৈত্য তাকে আরও একটা বিকট স্বাদের পাঁচন খাওয়ালেন। তারপর মাথাটা পুরো ন্যাড়া করে দিলেন। তারপর গরম গরম ডালভাত আর কচুসেদ্ধ খাইয়ে দিয়ে বললেন, "দুপুর প্রায় হয়ে এল। এবার তোমাকে এ জায়গা ছাড়তে হবে। আমার অনুমান, চারটে খুনি আর কিছুক্ষণের মধ্যেই এদিকে এসে পড়বে। পেশাদার গুন্ডাদের হাত থেকে তোমাকে বাঁচানোর ক্ষমতা আমার নেই। কাজেই তোমাকে পালাতে হবে।"

অভয় হাতজোড় করে বলল, "কোথায় যাব?"

ব্রহ্মদৈত্য চিন্তিত মুখে বলেন, "আমি তো একটা ছাড়া অন্য উপায় দেখছি না।"

"সেটা কী?"

"শুখানালা। তোমাদের আদি বাড়ি। উত্তরদিকে যেমন বলেছি তেমনই এগিয়ে যাও। একটা নাম মনে রেখো, ভীম সরকার। এখন পালাও।"

অভয় পালাল।

সুদর্শনবাবু খুবই অবাক হয়ে লাখনের মুখের দিকে চেয়ে বললেন, "গোয়েন্দা-পুলিশ। গোয়েন্দা-পুলিশ এসে আমাদের সঙ্গে যোগাযোগ না করেই লোকটার খোঁজে বেরিয়ে গেল এ কেমন কথা! কেন, আমি কি মরে গেছি? সুদর্শন দারোগাকে ডিঙিয়ে নিজেদের সর্দারি ফলানো!"

লাখন হাতজোড় করে বলল, "আপনি তো জবরদস্ত দারোগা আছেন। আর ই চারটো আদমি বহুত খতরনাক আছে। শের কা মাফিক আঁখ আউর বহুত ওয়সা।"

সুদর্শনবাবু খুবই উত্তেজিতভাবে বললেন, "আইডেন্টিটি কার্ড দেখিয়েছিল?"

"না মালিক। উ লোক এক কৌন অভয় সরকারকে জানে মারতে এসেছে। ওহি বাত তো বলছিল। হামলোগকা বহুত ডর লাগল। এ ভি বলেছে যে, দারোগাবাবুকে কোই খবর-টবর দিলে খারাবি হোয়ে যাবে।"

সুদর্শনবাবু আঁতকে উঠে বললেন, "অ্যাঁ, তা হলে তো দেখছি জালি ব্যাপার। এরা তো পুলিশের লোক নয়।"

"ওহি বাত তো বোলতে আসলম মালিক। ইসব খতরনাক আদমি ডাকু আছে কি খুনি আছে কৌন জানে! এখুন তো ভরসা আপনি।"

"আমি?" বলে সুদর্শনবাবু এই শীতেও কপালের ঘাম হাতের তেলোয় মুছে হাতটা ফের মুছলেন বুকপকেটের ওপর ঘষে। তারপর খুবই থমথমে মুখে বললেন, "দুনিয়ায় কোনও দারোগাই কখনও শান্তিতে থাকে না জানি। কিন্তু তোরা যে আমাকে খেতে শুতে অবধি দিচ্ছিস না, এটা কি ভাল হচ্ছে রে!"

লাখন গদগদ হয়ে বলে, "জি মালিক, কিন্তু এখুন তো সবের টাইম আছে। দশটা বাজছে। এখুন তো কোই নিদ যানেকা টাইম নেহি মালিক। তোবে ভুখ লাগার কথা আলাদা। ভুখ সোবসময় লাগতে পারে হুজুর।"

লাখন কথাটা শেষ করার আগেই দরজার কাছ থেকে কে যেন ভারী বিনয়ী গলায় বলে উঠল, "ভুখ লাগলেও কোনও চিন্তা নেই। দারোগাবাবুর যে সবসময় খিদে পায়

সে আমরা খুব জানি। আর সেইজন্যই আসা।"

সুদর্শনবাবু একটা হুংকার দিলেন, "তোরা কারা?"

দরজার কাছ থেকেই হাতজোড় করে তিনজন ঘরে ঢুকল। একজনের হাতে একটা মেটে হাঁড়ি।

"আজ্ঞে, আমাকে চিনতে পারছেন না বড়বাবু? আমি রেমো নাপতে। এ হল অক্ষয়। আর ওই যে উঁচু দাঁত, ও হল গে নেতাই। রসময় হালুইকরের গরম গরম ক'খানা জিবেগজা এনেছিলুম বাবু। একটু ইচ্ছে করুন।"

"জিবেগজা!" বলে দারোগাবাবু ঈষৎ প্রসন্ন মুখে বলেন, "ওই একটাই যা সুখ এখনও আছে রে! দুনিয়াটা পচে গেছে বটে, কিন্তু এখনও যে এ দুনিয়ায় জিবেগজা হয়, জিলিপি হয়, এটাই যা ভরসার কথা। নিয়ে আয় এখানে।"

রেমো বিগলিত মুখে এগিয়ে এসে হাঁড়িটা টেবিলে রেখে মুখের সরাখানা সরিয়ে নিল। দারোগাবাবু গন্ধটা শুঁকে বললেন, "আঃ, এ একেবারে স্বর্গের জিনিস। দেবভোগ্য।"

"হেঁ-হেঁ, আপনি ছাড়া ভাল জিনিসের কদর আর কে বুঝবে বলুন! সমঝদার কই? তিরিশখানা আছে, আজ্ঞে। আপনার কাছে অবশ্য কিছুই নয়, তিন মিনিটে উড়ে যাবে।"

দারোগাবাবু তাচ্ছিল্যের সঙ্গে বললেন, "হালকা-পলকা জিনিস, এ ত্রিশখানাও যা, তিনশোখানাও তাই।" এই বলে একখানা মুখে দিয়ে চিবোতে চিবোতে চোখ আধবোজা করে বললেন, "মন্দ নয়।"

অক্ষয় রেমোর পেছন থেকে বলে উঠল, "আজ্ঞে, রসময় এ গজার নামই দিয়েছে দারোগাভোগ।"

রেমো বলল, "আর তার জিলিপির নাম শুনলে আপনি হাসবেন। জিলিপি হল গিয়ে সুদর্শনচক্র। খুব বিকোচ্ছে।"

সুদর্শনবাবু গোটা দশেক জিবেগজা উড়িয়ে দিয়ে কথা বলার ফুরসত পেলেন, "হ্যাঁ, এবার বল তোদের সমস্যাটা কী?"

অক্ষয় এগিয়ে এসে একটা নমো ঠুকে বলল, "আজ্ঞে, কাল রাতেও একটা ডাকাত একেবারে ভরসন্ধেবেলা ঢুকে পড়েছিল আমাদের গাঁয়ে। আপনি তো জানেন আমরা ভেড়ুয়া নই। মনসাপোঁতার লোকেরা ভগবান আর দারোগাবাবুকে ছাড়া কাউকে ভয় খায় না। তা আমরা ডাকাতটাকে সবাই মিলে এমন দাবড়ে দিলুম যে, পালানোর পথ পায় না। আর পালাল বলেই ভয় হল। ব্যাটা হুকুম সিং-এর দলের লোক। গিয়ে খবর দিলে হুকুম কি আর আমাদের ছেড়ে কথা কইবে!"

জিবেগজা খাওয়া থামিয়ে দারোগাবাবু ব্যথিত মুখে বললেন, "হ্যাঁ রে, এই জিবেগজা খাওয়ার সময়েই কি ওসব অলক্ষুনে কথা বলতে হয়? তোদের এটুকু খেয়াল হল না যে, হুকুম সিং-এর নাম শুনলে সুদর্শন দারোগার জিভ অসাড় হয়ে যায়! দূর, খাওয়াটাই মাটি করলি তোরা।"

অক্ষয় জিভ কেটে কানে হাত দিয়ে বলল, "এঃ, বড্ড ভুল হয়ে গেছে বড়বাবু। আচ্ছা, আপনি বরং খেয়ে নিন। আমরা একটু বাইরে বসছি গিয়ে।"

সুদর্শনবাবু চেয়ারে হেলান দিয়ে একটা দীর্ঘশ্বাস ফেলে বললেন, "খাওয়াটা মাটি যখন করেছিস তখন বাকিটাও বলে ফেল। জিবেগজা না হয় রয়ে-সয়ে খাওয়া যাবে।"

লাখন এতক্ষণ চুপ করেছিল। এবার মাথা নেড়ে বলল, "ওই বাত ঠিক বলিয়েছেন। সবেরবেলায় তো আজ বহুত ভারী নাস্তা হয়েছে মালিক। হামি তো বিশটো পুরি-কচৌরি আর তিন পৌয়া সবজি আপনার ভোগমে লাগালম। শোচ করছিলাম কি, দারোগা-মালিকের পেটমে আর কত জায়গা হোবে।"

দারোগাবাবু রোষকষায়িত লোচনে লাখনের দিকে চেয়ে বললেন, "তোর কথা তো শুনেছি। এখন যা তো। একটু শান্তিতে থাকতে দে।"

লাখন "রাম রাম" বলে নমস্কার জানিয়ে বিদায় নিল।

দারোগাবাবু গভীর একটা দীর্ঘশ্বাস ফেলে বললেন, "এবার তোরা বল। সকালে যে আজ কার মুখ দেখে উঠেছিলুম!"

নেতাই বলল, "আজ্ঞে, বোধহয় লাখনের মুখ দেখে। ব্যাটা বড্ড অপয়া। এই তো সেদিন তায়েবগঞ্জ থেকে ভোরবেলা ইস্টিশনে নেমেই দেখি লাখন। আর সেদিনই কিনা জীবনে প্রথম বিনা টিকিটের জন্য ধরা পড়লুম! গত বিশ বছর তায়েবগঞ্জে শ্বশুরবাড়িতে যাচ্ছি আসছি, কস্মিনকালে টিকিট কাটিনি, হাসতে হাসতে চলে এসেছি লাইন ধরে হেঁটে। আর সেদিন বারো টাকা গচ্ছা দিয়ে তবে রেহাই পাই।"

দারোগাবাবু হাতের একটা ঝাপটায় নেতাইকে চুপ করিয়ে বললেন, "ডাকাতের কথাটা বলে ফেল।"

অক্ষয় গলা-খাঁকারি দিয়ে বলল, "আজ্ঞে। এই বলি। তা হুকুম সিং-এর দলের লোকটা তো রাতে পালাল। সারারাত আমরা শলাপরামর্শ করলুম, এখন কী করা! হুকুম এসে তো গাঁ জ্বালিয়ে দেবে, গুলি চালাবে, লুটপাট করবে। মাথার ওপর আপনি আছেন বটে, কিন্তু পিদিমের নীচেই তো অন্ধকার কিনা, হুকুম ব্যাটার ভাগ্য ভাল যে, এমন ভাল একজন দারোগা পেয়েছে। নইলে এতদিনে তার জারিজুরি বেরিয়ে যেত।"

দারোগাবাবু বিরক্ত হয়ে বললেন, "আসল কথাটা বলবি তো!"

"আজ্ঞে, সেই কথাই বলছি। আজ সকালেরই ঘটনা। রাত পোয়াতে না পোয়াতেই কী বলব হুজুর, বন্দুক পিস্তল নিয়ে হুকুমের দলের চারজন ষন্ডামার্কা লোক এসে হাজির। তখনও হুজুর, আমাদের বিষয়কর্ম শুরু হয়নি, প্রাতঃকৃত্যও করিনি, কাক অবধি সকালের আবর্জনা খায়নি, সবে মোরগ ডাকতে লেগেছে, এমন সময় চার-চারটে দানো এসে গাঁয়ে সে কী তুলকালাম বাধাল, যাকে সামনে পাচ্ছে তাকেই রদ্দা, লাথি, চড় মারছে আর বলছে, বল অভয় সরকারকে কোথায় লুকিয়ে রেখেছিস! আমরা তো হুজুর, যাকে বলে একগাল মাছি। ভয়ে আত্মারাম সব খাঁচাছাড়া হওয়ার জোগাড়। দু'-চারজন পালিয়ে যেতে পারল বটে, কিন্তু এই যে রেমো, এ তিনটে লাথি খেয়েছে।"

রেমো খ্যাঁক করে উঠল, "আর তুমি বুঝি খাওনি! একা আমাকেই বুঝি অপমান করেছে?"

অক্ষয় সঙ্গে সঙ্গে বলে, "আজ্ঞে, সে কথাও ঠিক। আমার কাঁকালেও কী যেন একটা লেগেছিল। সেটা লাথিও হতে পারে।"

রেমো দৃঢ় স্বরে বলে, "লাথিই। কী হে নেতাই, তুমিই বলো না!"

নেতাই বলল, "লাথির মতোই মনে হয়েছিল।"

অক্ষয় সঙ্গে সঙ্গে নেতাইয়ের দিকে চেয়ে বলে, "তুমিও বাদ যাওনি নেতাইদা। তিনখানা রদ্দা তোমাকে আমি নিজের চোখে খেতে দেখেছি।"

নেতাই বলে, "তিনখানা নয় রে বাপু, দু'খানা মারতে পেরেছিল, তিন নম্বরটা আমি পাশ কাটিয়ে দিয়েছি, ছুঁয়ে গেছে বলতে পারিস। তা ওই আড়াইখানাই ধর। তোর কথাও থাক, আমার কথাও থাক।"

দারোগাবাবু রোষকষায়িত লোচনে চেয়ে বললেন, "ওসব ছেঁদো কথা ছেড়ে আসল কথাটা বলবি?"

অক্ষয় হাতজোড় করে বলে, "আজ্ঞে আমরা সকলেই অল্পবিস্তর মারধর খেয়েছি। বিশের জ্যাঠামশাইয়ের মাথায় পিস্তলের বাঁট দিয়ে মেরে আলু তুলে দিয়েছে। সদানন্দের নাক ভেঙেছে। তারপর এইসব হুজ্জত করে তারা যখন গাঁ একেবারে লন্ডভন্ড করে ফেলছে তখন আমরা তাদের বলে দিলুম, বাপু হে, আমাদের মড়ার ওপর খাঁড়ার ঘা দিয়ে আর কী হবে! অভয় সরকার মনসাপোঁতার জঙ্গলে সেঁধিয়েছে। যদি ব্রহ্মদত্যির হাত থেকে বাঁচে তো বুনো কুকুরের মুখে পড়বে। তা ছাড়া নেকড়ে আছে, হাতি আছে। সেই শুনে তারা আমাদের ছেড়ে জঙ্গলে গিয়ে ঢুকল।"

দারোগাবাবু অতিশয় ব্যথিত মুখে বললেন, "হ্যাঁ রে, মনসাপোঁতার জঙ্গল ছাড়া কি

আর আসামিদের যাওয়ার জায়গা নেই! ওই ভয়ের জায়গাটায় গিয়ে চোর-ডাকাতরা সেঁধোলে আমিই বা কী করি! ওদের যে কবে আক্কেল হবে সেটাই বুঝি না।"

নেতাই গলা বাড়িয়ে বলে, "আজ্ঞে, সে কথা আমরাও বলাবলি করি। কলির শেষ কিনা, সবই উলটো হচ্ছে। আমার মেজোমামা তো বলেন, কলির শেষে নদী উজোনে বইবে, মেয়েমানুষ সব পুরুষ হবে আর পুরুষেরা মেয়ে, পাথরে দুব্বো গজাবে। তা দেখছি সেরকমই সব হচ্ছে।"

দারোগাবাবু একটু মনমরা হয়ে বললেন, "ভরসা একটাই। ব্যাটা ব্রহ্মদৈত্য যদি পাঁচটাকে ধরে চিবিয়ে খায়।"

"একটু নুন দিয়ে।" ফোড়ন কাটে নেতাই।

অক্ষয় হাতজোড় করে বলে, "আজ্ঞে, তাতে কোনও ভুল নেই। তবে কিনা বেহ্মদত্যিটার আবার জিভের খুব তার। যাকে-তাকে খায় না। এই তো শ্রীপদ, হারু মল্লিক এরাও সব তেনার খপ্পরে পড়েছিল কিনা, মাথায় মুগুর মেরে ফেলে দিয়ে চেটে দেখেছে, সব ক'টা অখাদ্য। তারপর জঙ্গলের বাইরে টেনে ফেলে দিয়ে গেছে।"

দারোগাবাবু কৌতূহলী হয়ে বলেন, "তা হলে খায় কাকে?"

নেতাই হাতজোড় করে বলে, "অভয় দেন তো বলি। হুজুরের মতো নাদুস-নুদুস লোক পেলে বেহ্মদত্যি ব্যাটা চেটেপুটে খাবে। ছিবড়েটুকু অবধি ফেলবে না। আর ভগবানের দয়ায় হুজুর, আপনার শরীরে ছিবড়ের আঁশটুকু অবধি নেই। একেবারে নধরকান্তি জিনিস, সবটুকুই একেবারে থলথল করছে। কপাকপ খেলেই হল।"

"মুখ সামলে!" বলে একটা বাঘা হুংকার দিয়ে সুদর্শনবাবু রুমালে কপালের ঘাম মুছে বললেন, "নজর দিয়ে-দিয়েই ব্যাটারা আমার বারোটা বাজাল। তাই তো পিসি আমাকে এখনও কাজলের ফোঁটা দিয়ে তবে বেরোতে দেয়। আর ওরে আহাম্মক, ব্রহ্মদৈত্য আমাকে খেলে তোর কিছু সুবিধে হবে?"

নেতাই নাক-কান মলে জিভ কেটে হাতজোড় করে বলে, "আপনি গেলে আমরা অনাথ হয়ে যাব। ওকথা বলবেন না, শুনলেও পাপ হয়। বাড়ি গিয়ে কানে একটু গঙ্গাজল দেব। বলছিলাম কী, হুজুর, বেহ্মদত্যির নজর খুব উঁচু। যেমন-তেমন লোক মুখে রোচে না। হুজুরের মতো মান্যগণ্য উঁচু থাকের লোক হলে তবেই সে একটু খায়।"

সুদর্শনবাবু দু' চোখে নেতাইকে ভস্ম করার চেষ্টা করতে করতে বললেন, "ফের যদি ওরকম অলুক্ষনে কথা বলবি তো তিনশো দুই ধারায় ফাটকে পুরে রাখব।"

নেতাই মাথা মেঝেয় ঠেকিয়ে নমো ঠুকে বলল, "আজ্ঞে, এবার থেকে ওরকম কথা বলার আগে আমার যেন জিভ খসে যায়। তিনশো দুই ধারাটা কীরকম হুজুর? আমাদের মতো চাষাভুষোর বেলায় খাটে?"

“সে আমিও জানি না। কতরকম ধারা আছে। তবে এই চক্রপুরে আমার মুখের কথাই হচ্ছে ধারা। বুঝলি!”

বিগলিত নেতাই বলে, “খুব বুঝেছি আজ্ঞে। আমরা হাড়ে-হাড়ে জানি যে, হুজুর শুধু ধারাই নন, তিনিই আমাদের আইন-আদালত, মা-বাপ, তিনিই ভগবান। এ আর নতুন কথা কী?”

“কথাটা মনে রাখিস। এখন ছেঁদো কথা ছেড়ে কাজের কথায় আয়। পাঁচ-পাঁচটা ডাকাত মনসাপোঁতার জঙ্গলে ঢুকে বসে আছে, এ নিয়ে তদন্ত না করলে সরকারকে আমি বলব কী? তার ওপর লাখনটা খবর দিয়ে গেল, কাল সন্ধেবেলায় চারটে লোক গোয়েন্দা-পুলিশ বলে নিজেদের জাহির করে এ তল্লাটেই কোথায় ঘাপটি মেরে আছে। তাদের ধরলে হয় মোট ন'জন। এতগুলো বদমাশকে ঠান্ডা করা কি যে-সে কথা! দারোগাদের জীবন সুখের নয় জানি, কিন্তু তা বলে এরকম নাকালও হতে হয় বাপ!”

নেতাই তদ্‌গত হয়ে বলল, “আপনার কষ্ট চোখে দেখা যায় না হুজুর। শক্ত মানুষ বলেই এখনও বর্তে আছেন। তবে কিনা কুঞ্জখুড়ো এক লাখ টাকায় উঠেছে।”

এ কথায় সুদর্শনবাবু ঝাঁকুনি মেরে সোজা হয়ে বললেন, “বলিস কী! এ কথা আগে বলতে হয়। এবার তো তা হলে গতর নাড়তেই হচ্ছে।”

অক্ষয় হাতজোড় করে বলে, “হুজুর, একটা কথা আছে। কালকে যে ডাকাতটাকে ধরেছিলুম সে নিজে মুখে কবুল করেছে যে, হুকুম সিং শুখানালার সরকারদের পোড়ো বাড়িতে লুটের মালপত্র পুঁতে রেখেছে। আর সেখানেই তার ঘাঁটি।”

“শুখানালা! ও বাবা, সে তো ভীম সরকারের তল্লাট! মাছিটাও গলতে পারে না।”

রেমো শুকনো মুখে বলল, “হুজুর, কথাটা ধরবেন না। লোকটা ভয় খেয়ে উলটোপালটা বলেছে।”

সুদর্শনবাবু কাহিল মুখে বললেন, “যাঃ, লাখ টাকা জলে গেল। ওঃ, দারোগাদের দুঃখ যদি এইসব চোর-ডাকাত একটু বুঝত!”

নেতাই বলল, “বুঝবে হুজুর, সত্যযুগটা আসতে দিন। তখন বুঝবে। কলির শেষ কিনা, তাই হুজুরের মতো লোকদের এত কষ্ট। তা হলে হুজুর, আমরা বিদেয় হচ্ছি। শুধু যদি দয়া করে আমাদের গাঁয়ে দু'-একজন সেপাইকে দু'-চারদিন একটু রোঁদে পাঠান তবে ভাল হয়। কিছু করুক না করুক, পুলিশ দেখলেই আমাদের বুকে একটু বল-ভরসা আসে। এই কথাটুকুই বলতে আসা।”

“সে হবে'খন।” বলে লোকগুলোকে বিদেয় করে সুদর্শনবাবু চোখ বুজে স্ট্র্যাটেজি ভাবতে লাগলেন।

চারজনের হাতেই অত্যন্ত ধারালো চপার, বাঁ হাতে পিস্তল। তারা চারজনই খুব

শক্তপোক্ত এবং দুর্গম জায়গায় যাওয়ার অভ্যাস আছে। জঙ্গলের মধ্যে ঢুকে তারা একটু দূরে-দূরে ছড়িয়ে গেল বটে, কিন্তু যোগাযোগ হারাল না। শিস দিয়ে দিয়ে পরস্পরের সঙ্গে যোগাযোগ রাখছিল। চপার দিকে ঘন ঝোপঝাড় বা লতাপাতা কেটে পথ করে নিচ্ছিল তারা। ভয়ডরের লেশমাত্র তাদের হাবভাবে দেখা যাচ্ছিল না। ইন্দ্রিয় তাদের খুবই সজাগ। চোখ তীক্ষ্ণ এবং দয়ামায়ার লেশমাত্র সেখানে নেই। হাতে পায়ে চিতাবাঘের মতো তৎপরতা।

একটা বাঁশঝাড়ের কাছ বরাবর এসে তিনু হঠাৎ থমকে দাঁড়ায়। তার স্পষ্টই মনে হয়েছে কেউ তাকে আড়াল থেকে লক্ষ করছে। সে চারদিকে সতর্ক দৃষ্টি ফেলে দেখে নিল। তারপর সঙ্গীদের সতর্ক করতে একটা টু-হিট শিস দিল। তারপরই সে শুনতে পেল, তার সঙ্গীরা নয়, অন্য কেউ ঠিক দোয়েলের মতো শিস দিল। খুবই নিখুঁত। অভ্যস্ত কান না হলে অবশ্যই পাখি বলেই ধরে নিত।

শিসটা লক্ষ করে বাঁদিকে একটা ঘাসজঙ্গলের মধ্যে ঢুকেই আবছা সে একটা লোকের দ্রুত অপসৃয়মান অবয়ব দেখতে পেল। চোখের পলকে পিস্তল তুলে গুলি করল তিনু। সামনে একটা পতনের শব্দ হল। লেগেছে!

তিনু দৌড়ে গিয়ে দেখল, এক জায়গায় ঘাসের কিছুটা শুয়ে পড়েছে! কেউ এখানেই হুমড়ি খেয়ে পড়েছিল। তবে সে পালিয়েছে। ঘাসে এবং জমিতে রক্তের দাগ খুঁজল তিনু। পেল না। লোকটা যেই হোক, অভয় সরকার হতে পারে না। কারণ, অভয় সরকারকে সে দেখেছে। মোটাসোটা নাড়ুগোপাল-মার্কা লোক। দৌড়ঝাঁপ তার কর্ম নয়।

রক্তের দাগ না পেলেও লোকটা কোন পথে গেছে তার হদিশ পেয়ে গেল তিনু। আর এই পথেই যাওয়া উচিত কাজ হবে। সে শিস দিয়ে সঙ্গীদের ইশারা করে এগোতে লাগল।

একটু বাদে একটা ঝোপ পেরিয়ে সে একটা ফাঁকা জায়গায় পা দিয়েই অবাক হয়ে গেল। জঙ্গলের মধ্যে এত পরিষ্কার জায়গা মানুষের কাজ ছাড়া হতে পারে না। অতএব, কাছেপিঠে মানুষ আছে।

একে একে পচা, ল্যাংড়া আর সন্তুও এসে ফাঁকা জায়গাটায় জড়ো হল।

তিনু তার সঙ্গীদের দিকে চেয়ে বলল, "ব্রহ্মদৈত্যের কথা বলছিল না স্টেশনের ওই কুলিটা?"

পচা বলল, "গাঁয়ের লোকগুলোও বলছিল।"

তিনি গম্ভীর মুখে বলে, "মনে হচ্ছে ব্রহ্মদৈত্যকে এবার আমরা পেয়ে যাব।"

একটু খুঁজতেই শুঁড়িপথটার সন্ধান পেয়ে গেল তারা। সবাইকে সতর্ক করে দিয়ে তিনু আগে এবং পেছনে তার তিন খুনে সঙ্গী দ্রুত পায়ে এগোতে লাগল।

দশ মিনিটের মধ্যেই তারা ধ্বংসস্তূপটার সামনে এসে দাঁড়াল। তিনু ঘড়ি দেখল। বেলা প্রায় বারোটা বাজে। সে সঙ্গীদের দিকে চেয়ে বলে, "অভয়কে এখানেই পেয়ে যাব মনে হচ্ছে। কাজ সেরে সন্ধের ডাউন গাড়ি ধরা যাবে।"

তারা ধ্বংসস্তূপটা খুব অনায়াসেই ডিঙিয়ে গেল। উঠোনে জন্তু-জানোয়ারের খাঁচাটার দিকে একটু ভ্রুক্ষেপ করল মাত্র তারা। তারপর সোজা গিয়ে দরদালানে উঠল।

দরজা খোলাই ছিল। একটা কাঠের চেয়ারে একজন অত্যন্ত দীর্ঘকায়, গৌরবর্ণ প্রৌঢ় বসে একখানা বই পড়ছেন। চারজনকে দেখে বিস্মিত চোখে তাকালেন, "আপনারা!"

তিনু তীক্ষ্ণ চোখে লোকটাকে দেখে নিয়ে বলল, "বাংলা জানেন দেখছি! নিশ্চয়ই ইউরোপিয়ান!"

প্রৌঢ় মাথা নেড়ে উঠে দাঁড়ালেন, "জঙ্গলে কী করছেন আপনারা?"

তিনু মৃদু হেসে বলে, "আপনার ভয় নেই। আমরা ব্রহ্মদৈত্যকে খুঁজছি না। আপনার হাইট কত? সাড়ে ছ' ফুট?"

"ছ' ফুট সাত ইঞ্চি।"

"ব্রহ্মদৈত্য সাজবার পক্ষে চমৎকার হাইট।"

প্রৌঢ় বিনয়ের সঙ্গে বললেন, "আপনারা পরিশ্রান্ত হয়ে এসেছেন। বসুন।"

তিনু মাথা নেড়ে বলল, "বসবার সময় নেই। আমরা পুলিশের লোক। একজন ফেরারি খুনি আসামিকে খুঁজছি। তার নাম অভয় সরকার। মনে হচ্ছে, আপনার কাছে তার খোঁজ পেয়ে যাব।"

প্রৌঢ় একটু দোনোমোনো করলেন, তারপর বললেন, "অতিথি নারায়ণ।"

তিনু হেসে বলে, "তার মানে কী? অতিথি শুধু আমরাই নই, অভয় সরকারও! শুনুন, আমার অনুমান অভয় সরকার এখানে আছে।"

প্রৌঢ় একটু চুপ করে থেকে বললেন, "ভারতবর্ষের পুলিশ সার্ভিস রিভলভার ব্যবহার করে। তাদের কাছে অত্যাধুনিক বারো শটের জার্মান পিস্তল থাকে না। আর ওই প্রফেশনাল চপার, ও জিনিসও পুলিশের জিনিস নয়।"

"বন্দুক-পিস্তল তো আপনি ভালই চেনেন দেখছি! নাড়াচাড়া করার অভ্যাস আছে নাকি?"

"ছিল। যখন মিলিটারিতে ছিলুম।"

তিনু হাসল, "আলাপ করে ভালই লাগল। কিন্তু গল্প করতে তো আসিনি বুঝতেই পারছেন। অভয় সরকারকে আমাদের চাই।"

প্রৌঢ় গম্ভীর মুখে বললেন, "আপনাদের উদ্দেশ্য কী, তা জানি না। তবে অভয় সরকারকে আমি লুকিয়ে রাখিনি।"

তিনুও এবার গম্ভীর হল। গুরুগম্ভীর গলায় বলল, "আমাদের উদ্দেশ্য একজন অতি বদমাশ লোককে ধরে নিয়ে সরকারের হাতে তুলে দেওয়া। যদি সেটা সম্ভব না হয় তা হলে তাকে হত্যা করারও হুকুম আছে। আমরা আমাদের কর্তব্য করতে এসেছি মাত্র।"

"আপনারা কি সত্যিই পুলিশ?"

"হ্যাঁ, স্পেশাল ব্র্যাঞ্চ।"

"আইডেন্টিটি কার্ড দেখাতে পারবেন?"

"আমাদের আইডেন্টিটি কার্ড যাকে-তাকে দেখানোর নিয়ম নেই। বিশেষ কারণ ছাড়া। আমরা সেগুলো সঙ্গেও আনিনি। স্টেশনে আমাদের মালপত্র রয়েছে, তার মধ্যেই আছে। জঙ্গলে আইডেন্টিটি কার্ড দেখাতে হবে বলে জানতাম না।" এই বলে তিনু ঘড়ি দেখল।

প্রৌঢ় গম্ভীর মুখে বললেন, "অভয় সরকার এখানে নেই। অনেকক্ষণ আগেই সে চলে গেছে।"

"কোথায় গেছে?"

"তার যাওয়ার বিশেষ জায়গা আছে বলে জানি না। তবে আপনারা বা অন্য কেউ তার সন্ধানে আসতে পারেন বলে তার ভয় ছিল। তাই সে স্থানত্যাগ করেছে মাত্র।"

তিনু মাথা নেড়ে বলে, "এত জলের মতো সহজ গল্প আমরা বিশ্বাস করব ভেবেছেন? অভয় সরকার স্থানত্যাগ করলে আমাদের হাত এড়াতে পারত না। আমরা এ জায়গা খুঁজে দেখব।"

প্রৌঢ় বইটা আবার খুলে চোখের সামনে ধরে বললেন, "স্বচ্ছন্দে। শুধু অনুরোধ, আমার সামান্য জিনিসপত্র আছে, ওগুলো বিনষ্ট করবেন না।"

"ভাল কথা। আপনার কোনও অ্যাসিস্ট্যান্ট আছে? জঙ্গলের মধ্যে কেউ একজন আমাদের ওপর নজর রাখছিল। কিন্তু সে লোক আপনি নন। সে কে?"

প্রৌঢ় অসহায় ভঙ্গিতে হাত উলটে বললেন, "কে জানে!"

তিনু একটু হেসে বলে, "আমি কিন্তু তাকে গুলি করেছি। গুলি খেয়েও সে পালিয়ে যায়।"

প্রৌঢ় এ কথায় কেমন যেন ফ্যাকাসে হয়ে গেলেন, "গুলি করেছেন! সর্বনাশ! গুলি করলেন কেন?"

"বললাম তো সে আমাদের ওপর নজর রাখছিল।"

প্রৌঢ় বিদ্যুদ্বেগে উঠে দাঁড়িয়ে আপনমনে বললেন, "সেইজন্যই অনেকক্ষণ কোনও সংকেত দেয়নি! হায়, আপনি কি তাকে মেরে ফেলেছেন?"

"সে মরলেও মরেছে নিজের দোষে। কিন্তু আমরা জঙ্গলে কোনও রক্তের দাগ দেখিনি।"

"সর্বনাশ! সে তো কোনও অন্যায় করেনি! সে কেবল জঙ্গলে কাঠুরে আর চোরাশিকারীদের খবর আমাকে দেয়।"

তিনু পরম তাচ্ছিল্যের সঙ্গে বলল, "তা হবে। কিন্তু সেকথা আমাকে সে জানাতে পারত!"

প্রৌঢ় হাত বাড়িয়ে তিনুর ডান হাতটা চেপে ধরে বললেন, "হাতে পিস্তল থাকলেই বুঝি গুলি চালাতে ইচ্ছে হয়?"

প্রৌঢ়ের থাবায় তিনুর কবজি। তিনু যথেষ্ট বলবান। তবু এই প্রৌঢ়ের হাতের জোর তাকে স্তম্ভিত করে দিল। হাত থেকে পিস্তলটা খটাস করে পড়ে গেল মাটিতে এবং যন্ত্রণায় ককিয়ে উঠল তিনু। লোহার শক্ত আঙুলের চাপে তার কবজি ভেঙে যাচ্ছে।

তবে কয়েক সেকেন্ড মাত্র। পচা ত্বরিত গতিতে তার ভারী পিস্তলের বাঁটটা সজোরে বসিয়ে দিল প্রৌঢ়ের মাথায়। প্রৌঢ় ঢলে পড়ে গেলেন অজ্ঞান হয়ে। পচা পিস্তলটা ঘুরিয়ে ভূপাতিত সংজ্ঞাহীন প্রৌঢ়ের দিকে তাক করে তিনুর দিকে চেয়ে বলল, "শেষ করে দেব? তা হলে আর সাক্ষী থাকবে না।"

তিনু একটু চিন্তিতভাবে বলল, "দিবি? দে তা হলে। কিন্তু আমরা কত সাক্ষী লোপাট করব? আমাদের খুনখারাপির তো হাজার-হাজার সাক্ষী আছে। হয়েছে তো কাঁচকলা। একে মারার ইচ্ছে আমার ছিল না। তবে লোকটা সাহেব, হয়তো ঝামেলা পাকাবে।"

পচা পিস্তলের সেফটি ক্যাপটা খুলে ট্রিগারে আঙুল দিতেই দরদালানের ওপাশে ধপ করে একটা শব্দ হল। চারজন চেয়ে দেখল, দরদালানের শেষ মাথায় একজন লোক ভীত মুখে দাঁড়িয়ে। তারা তাকাতেই লোকটা হাতজোড় করে বলল, "ওঁকে মারবেন না। উনি সাধু মানুষ। জঙ্গলের মধ্যে আমিই আপনাদের ওপর নজর রেখেছিলাম। আমি কালু।"

নিষ্কম্প তিনটে পিস্তল কালুর বুকের দিকে একচক্ষু হয়ে চেয়ে ছিল। তিনু তার তিন সঙ্গীকে হাত তুলে নিবারণ করে কালুকে বলল, "গুড বয় কালু। তোমাকেই বোধহয় জঙ্গলের মধ্যে আমি গুলি করেছিলাম। তোমার কপাল দেখছি খুব ভাল। ভয় পেয়ো না, আমরা ঝামেলা করতে আসিনি। অভয় সরকার কোথায়?"

"আজ সকালে উনি চলে গেছেন।"

"কোথায় গেছে?"

"শুখানালা।"

"সেটা কোথায়?"

"উত্তর দিকে। দু'-তিন মাইল হতে পারে। পাহাড়ের নীচে।"

"ঠিক আছে কালু, তুমিই আমাদের পথ দেখিয়ে নিয়ে যাবে। যদি অভয় সরকারকে না পাই তাই তোমাকে জামিন রাখছি। তার আগে তোমাদের এই ডেরাটা অবশ্য আমরা সার্চ করব। সাবধানের মার নেই। আর তোমার সাধুবাবার জন্য চিন্তা কোরো না। উনি শক্ত ধাতের জিনিস। কয়েক মিনিটের মধ্যেই গা-ঝাড়া দিয়ে উঠে পড়বেন।"

চারজন পিস্তলধারী কালুকে পথপ্রদর্শক নিয়ে তন্ন-তন্ন করে সারা বাড়িটা খুঁজল। তারপর আশপাশে ঝোপঝাড়ে এবং ছাদের ওপরেও।

অনুসন্ধান করে ফিরে এসে তারা দেখল, সাধুবাবু উঠে বসেছেন। দু' হাতে মাথা রেখে উবু হয়ে ফোঁটা-ফোঁটা রক্ত পড়তে দেখেছেন মেঝের ওপর।

তিনু একটু নম্র স্বরে বলল, "আপনার সঙ্গে আমাদের কোনও ঝগড়া নেই। মাফ করবেন।"

তারপর কালুকে নিয়ে তারা চারজন বেরিয়ে পড়ল।

ঘন জঙ্গলের ভেতর দিয়ে পথচলা যে কী কঠিন ব্যাপার তা যার অভিজ্ঞতা নেই সে বুঝবে না। দুর্ভাগ্যের বিষয়, অভিজ্ঞতা অভয়েরও নেই। লতাপাতা, কাঁটাঝোপ এবং মাঝে মাঝে দুর্ভেদ্য বাঁশঝাড় এমন শক্ত বেড়ার মতো বাধা হয়ে দাঁড়ায় যে, চলা বন্ধ হয়ে যায়। সাপ-খোপ জন্তু-জানোয়ারের ভয় তো আছেই। তবু ঘণ্টা দুই অভয় একটানা হাঁটল। না, ঠিক হাঁটা বলা যায় না। কখনও হামাগুড়ি, কখনও স্রেফ বুক ঘেঁষটে, কখনও ছোটখাটো গাছের ডাল ধরে ঝুল খেয়ে নানা কায়দায় তাকে এগোতে হচ্ছে। কিন্তু বিস্ময়ের কথা, তার যে এত এলেম ছিল এটাই জানত না অভয়। কাল সারাদিন ওরকম দৌড়ঝাঁপ, তারপর সন্ধেবেলা হাটুরে মার, অনাহার সত্ত্বেও আজ এই কঠিন অভিযান, সে পারছে কী করে? স্বাভাবিক নিয়মে তার তো এখন বিছানায় পড়ে থাকার কথা!

শুধু চলছেই না অভয়, জঙ্গলের সবুজ সৌন্দর্য, নির্জনতা এবং পাখির ডাক সে উপভোগও করছে। এত সবুজ, এত গভীর নির্জনতা যে কোথাও আছে তা তার খেয়ালই হয়নি। ঠিক বটে, নানা পাতা আর ঝোপঝাড়ে ঘষা লেগে তার গা চুলকোচ্ছে, মৌমাছির হুলও খেতে হয়েছে কয়েকবার, অল্পের জন্য একটা কাঁকড়াবিছেকে মাড়িয়ে দেয়নি, কাঁটা লেগে হাত-পা কিছু ছড়ে গেছে, তবু বেশ ভালই লাগছে তার। বনের মধ্যে সে দু' জায়গায় দুটো চেনা ফলের গাছ পেয়ে গেল। প্রথমে পেল একটা পেয়ারা গাছ। দিব্যি কাঁচা-পাকা পেয়ারা ধরে আছে। গোটাকয়েক খেয়ে গোটাকয়েক পকেটেও পুরে নিল। বেশ কিছুক্ষণ পরে পেয়ে গেল একটা পেঁপে গাছ। পাকা পেঁপের মতো জিনিস হয় না।

সে একটা নরম গাছের ডাল ভেঙে আঁকশি বানিয়ে টপাটপ দুটো পেঁপে পেড়ে মহানন্দে খেয়ে নিল। ব্রহ্মদৈত্যের পাঁচনের গুণ এবং হাঁটার ফলে যে ব্যায়াম হচ্ছে তাতে খিদেটা বেশ চাগাড় দিচ্ছে। ফল-টল খেয়ে একটা বড় গাছের তলায় বসে জিরোতে জিরোতে সে খানিকক্ষণ পাখির ডাক শুনে নিল। জীবনে শিস দেয়নি অভয়, চেষ্টাও করেনি। ওসব তার আসেও না। আজ হঠাৎ পাখির ডাক শুনে তার শিস দিতে ইচ্ছে হল। দেখল, বেশ ভালই শিস দিতে পারে সে। গুনগুন করে একটু গান গাইতে গিয়ে বুঝতে পারল, গলায় তার সুরের খুব একটা অভাব নেই তো! তা হলে সে এতকাল এসবের চর্চা করেনি কেন?

ভাবতে ভাবতে হঠাৎ গা-ঝাড়া দিয়ে খাড়া হয়ে বসল অভয়। নিজের সম্পর্কে আজ তার নতুন রকমের ধারণা হচ্ছে। অত দৌড়েও সে তেমন জব্দ হয়নি, অত মার খেয়েও সে মরেনি এবং জঙ্গলের দুর্গম রাস্তায় প্রায় টারজানের কায়দায় দিব্যি তো সে এতখানি চলে এল। তা হলে কি নিজেকে সে যতটা অপদার্থ ভাবত ততটা সত্যিই নয়? তা হলে কি অভয় সরকার নামে এই থলথলে, বিদিকিচ্ছিরি লোকটাকে একেবারে বাতিলের দলে না ধরলেও চলে? ইস, জীবনের ছাব্বিশ-সাতাশটা বছর কেবল কুঁড়েমি করে, খেয়ে আর ঘুমিয়ে, তেমন কোনও কাজ না করে সে তো বরবাদ করে দিয়েছে। বাপের কিছু টাকা আর সম্পত্তি ছিল, সেটাই ভাঙিয়ে কেবল পায়ের ওপর পা দিয়ে বসে জীবনটা কাটিয়ে দিচ্ছিল। অথচ তার মধ্যে তো জিনিস ছিল!

নিজের সম্পর্কে এই আবিষ্কার করে অত্যন্ত উত্তেজিতভাবে উঠে দাঁড়াল অভয়। আত্মবিশ্বাস আসার সঙ্গে সঙ্গে তার শরীরেও যেন দুনো বল চলে এল। গা বেশ গরম হয়ে উঠল। মনে চলে এল দুর্জয় একটা সাহসের ভাব। জঙ্গলে শোনার কেউ নেই, তবু অভয় হঠাৎ বেশ হেঁকে বলে উঠল, "আমি কাউকে ভয় খাই না।"

অভয় এত উত্তেজিত হয়ে পড়ল যে, এক্ষুনি একটা বীরত্বের কাজ না করলে যেন তার রক্তের টগবগানিটা থামবে না। সে গিয়ে সামনে যে গাছ পেল তারই একটা ডাল মড়াত করে ভেঙে ফেলল। তারপর বাঁই-বাঁই করে সেটা কিছুক্ষণ লাঠির মতো ঘোরাল। বিড়বিড় করে বলতে লাগল, "কাউকে না! কাউকে না! কাউকে ভয় খাই না! আয় না ব্যাটারা কে আসবি! আয় না!"

কেউ অবশ্য এগিয়ে এল না, তবে দুটো ঘুঘু পাখি গাছের ডালে বসে বিশ্রাম করছিল, বিরক্ত হয়ে উড়ে গেল।

অভয় লাঠি হাতে এবার সদর্পে জঙ্গল ভেঙে এগোতে লাগল। ঠোঁট ছুঁচোলো করে মাঝে-মাঝে শিস দিচ্ছিল। মাঝে-মাঝে বেশ জোর গলায় গান গাইছিল। আবার মাঝে-মাঝে বাঘা চোখে চারদিকে চেয়ে দেখছিল কেউ তার সঙ্গে লাগতে আসছে কি না। আর এই দেখতে দেখতেই হঠাৎ হুমড়ি খেয়ে সে একটা গর্তের মতো জায়গায় ধপাস

করে পড়ে গেল। অবশ্য লাগল না। কারণ গর্ত হলেও লম্বা লম্বা ঘাসে একেবারে নরম গদি হয়ে আছে। গর্ত থেকে উঠতে গিয়ে অভয়ের মাথায় ব্রহ্মদৈত্যের কথাটা চড়াক করে গেল। এই সেই শুখানালা নয়তো! শুকনো নালার খাত!

কাল রাতে গাঁয়ের একটা লোক ভীম সরকারের কথা বলেছিল। আজ ব্রহ্মদৈত্যও বলছিলেন। ভীম সরকার কে এবং কেন তাঁকে এদের এত ভয়, তা অভয় জানে না। সরকার পদবি যখন, তখন হয়তো অভয়দের কোনও আত্মীয় হবেন। কিন্তু শুখানালায় তাদের কোনও আত্মীয় আছেন বলে সে শোনেনি। তার দাদুর আমলেই এখানকার বাস উঠে যায়।

অভয় অতশত ভাবল না। বস্তুত ভেবে তার লাভও নেই। সামনে যদি বিপদ থেকে থাকে, পেছনেও বিপদ। বিপদের অভাব যখন নেই তখন বিপদের সঙ্গে ভাব করে ফেলাই ভাল।

লাঠিটা বাগিয়ে বীরদর্পে অভয় সামনে এগোতে লাগল। একটু বাদেই বুঝল, এটা শুখানালাই বটে। কোমরসমান গভীর এবং হাতচারেক মাত্র চওড়া নালাটায় অবশ্য এখন উদ্ভিদ ভরে আছে। এগোনো শক্ত। বেশ বাঁক খেয়ে খেয়ে খাতটা কোথায় যে গেছে, তা বোঝা যাচ্ছে না।

অভয় বনের শোভা দেখতে দেখতে আনমনে এগোচ্ছে। কিছু খারাপ লাগছে না তার। হাতের লাঠিগাছ দিয়ে মাঝে-মাঝে সমুখের জঙ্গল ভাঙছে। শীতের রোদ ক্রমে-ক্রমে মরে আসছে। জঙ্গলের মধ্যে অন্ধকার নামতে আর দেরি নেই।

হঠাৎ অভয় উৎকর্ণ হয়ে দাঁড়িয়ে গেল। এ কী! সামনে থেকে কলকল করে জলের আওয়াজ আসছে নাকি? না, কোনও ভুল নেই। শুখানালার শুকনো খাতে তিরবেগে এক জলস্রোত ছুটে আসছে যেন! প্রথমে দূরে শোনা যাচ্ছিল। দ্যাখ না-দ্যাখ শব্দটা কাছে চলে এল। প্রলয়ংকর এক জলস্রোত মেল ট্রেনের মতো এসে পড়ল যে!

অভয় আর দেরি না করে হাঁচোড়-পাঁচোড় করে পাড়ে উঠে পড়ল। তারপর সম্পূর্ণ বোকা বনে চেয়ে দেখল, এক ফোঁটাও জল নেই, কিন্তু জলের স্রোতের শব্দ ভীমবেগে বয়ে যাচ্ছে। সে চোখ কচলাল, ভাল করে দেখল। না, কোথায় জল? কিন্তু শব্দটায় কোনও ভুল নেই।

মিনিট পাঁচেক পর শব্দটা বন্ধ হয়ে বনভূমি আবার নির্জন হয়ে গেল। ভয় পাবে কি না তা বুঝতে পারছিল না অভয়। ভয় পাওয়াই বোধহয় উচিত।

তবে কিনা দু'দিন ধরে সে এত ভয়ের মধ্যে আছে যে, নতুন করে আরও ভয় পাওয়া একটু কঠিন। সে একটা দীর্ঘশ্বাস ফেলে হাতের লাঠিটা কয়েকবার নীরবে আস্ফালন করে খাতের ধার ধরে ধরে হাঁটতে লাগল।

আচমকাই ভীষণ ঘাবড়ে গিয়ে ফের তাকে দাঁড়িয়ে পড়তে হল। কারা ওরকম হুংকারে তেড়ে আসছে ঘোড়ায় চেপে? কয়েকশো ঘোড়ার ছুটন্ত খুরের আওয়াজ আর সেইসঙ্গে মানুষের রণং দেহি চিৎকার দূর থেকে ঝড়ের বেগে ছুটে আসছে তারই দিকে! হাতের লাঠিটার দিকে কাতরভাবে একবার তাকাল অভয়। একটু আগেই সে "কে আসবি আয়" বলে খুব বীরত্ব দেখিয়েছিল। এখন সেটা বেবাক ভুলে গিয়ে সামনের দিকে চেয়ে রইল বোকার মতো। কারা আসছে তা এখনও দেখা যাচ্ছে না বটে, কিন্তু এল বলে। অভয় লাঠি ফেলে সভয়ে পাশের একটা ঝুপসি গাছে হাঁচোড়-পাঁচোড় করে উঠে পড়ল। জীবনে গাছে ওঠেনি সে, গাছ বাইতে জানেও না। কিন্তু প্রাণের দায়ে যতটা পারে ওপরদিকে উঠে একটা বেশ লতাপাতার আড়াল দেখে ঠ্যাং ঝুলিয়ে বসল। ওদিকে সৈন্য-সামন্তরা তেড়ে আসছে। ঘোড়ার ডাক, রণহুংকার এবং অস্ত্রের শব্দ শোনা যাচ্ছে। সেইসঙ্গে ঘোড়ার পায়ের খটাখট শব্দ।

অভয় চোখ পলকহীন করে চেয়ে রইল নীচের দিকে। ঘোড়ার লেজটুকু বা মানুষের একটা মাথাও তার নজরে পড়ল না। অথচ বনভূমি প্রকম্পিত করে তার গাছের তলা দিয়ে এবং আশপাশ দিয়ে ওই ভয়ংকর শব্দ বয়ে গেল খানিকক্ষণ ধরে। তারপর আবার সব চুপচাপ। নির্জন। শান্ত।

অভয় টপ করে নামল না। বুদ্ধিটা কেমন ঘুলিয়ে যাচ্ছে। চোখেও কি কম দেখছে আজকাল? খানিকক্ষণ বসে দম নিয়ে সে আবার ধীরেসুস্থে গাছ থেকে নেমে তার লাঠিগাছ কুড়িয়ে নিল।

জঙ্গলের মধ্যে এখন অন্ধকার বেশ ঘনিয়ে এসেছে। একটু বাদেই ঘুটঘুটি হয়ে যাবে। অভয় আর এগোবে কি না ভাবতে ভাবতে এগোনোই সাব্যস্ত করল। পিছিয়ে লাভ নেই। তার খোঁজে খুনিরা এসে পড়েছে। পেছনে জানা বিপদ, সামনে অজানা বিপদ। এগোনোই ভাল।

দু'পাও ভাল করে এগোয়নি অভয়, অমনই হঠাৎ তাকে আপাদমস্তক শিউরে দিয়ে সামনেই ধাঁ-ধাঁ করে একটা আগুনের শিখা মাটি থেকে উঠে খাড়া হয়ে সামনে দাঁড়িয়ে গেল। এরকম সোজা আর লম্বা আগুন জীবনে দেখেনি অভয়। অন্তত বিশ হাত উঁচু হয়ে লকলক করছে। চারদিক সেই আগুনের হলকায় একেবারে রাঙা হয়ে গেল। অভয়ের অবশ হাত থেকে লাঠিটা খসে পড়ে গেল মাটিতে। মুখটা এমন হাঁ হয়ে গেল তার যে, একটা ছোটখাটো এরোপ্লেন ঢুকে যেতে পারে।

কিন্তু অভয় ভয় পেতে পেতে ভয় থেকেই খানিক শিক্ষা নিয়েছে। কাজেই কয়েক সেকেন্ডের মধ্যে সে হাঁ বুজিয়ে ফেলতে পারল এবং লাঠিটাও কুড়িয়ে নিল। সামনে আগুনের শিখা তখন কোমর দুলিয়ে দুলিয়ে নাচছে। বেশ একটা হিল্লোল বয়ে যাচ্ছে সরু

শিখার সর্বাঙ্গে। অভয় চোখ চেয়ে আগুনের নাচ কিছুক্ষণ দেখল। তারপর হঠাৎ সে এক দুঃসাহসী কাণ্ড করে বসল। হাততালি দিয়ে বেশ হেঁকে বলে উঠল, "বাঃ, সুন্দর নাচ নেচেছ তো বাপু!"

অমনই দপ করে আগুনের শিখা মিলিয়ে গেল। চারদিকে নেমে এল ঘুটঘুটি অন্ধকার। জোনাকি পোকা জ্বলতে লাগল। ঝিঁঝি ডাকতে লাগল। গাছে-গাছে পাখিদের তীব্র ঝগড়া, কাজিয়া চলতে লাগল। শেয়াল ডাকল দূরে। একটা অট্টহাসির মতো শব্দও শোনা গেল। বোধহয় সেটা হায়নার ডাক।

কাণ্ডগুলো যে ভুতুড়ে, তাতে অভয়ের সন্দেহ নেই। তবে ভয়ের ব্যাপারে মানুষ আর ভূত দুই-ই তার কাছে একাকার। ভূতে মারলেও মারবে, মানুষে মারলেও মারবে। সমুদ্রে শয়ান যার, শিশিরে কী ভয় তার? বরং তার মনে হল এখন ভূত-টুতকে ভয় খাওয়া তার পক্ষে এক বাবুগিরি বা শৌখিনতার জিনিস। ওসব যারা সুখে আছে তাদেরই মানায়। তার মতো প্রাণ হাতে-করা মানুষের কি ভূতের ভয় খেয়ে থেমে থাকলে চলে?

অভয় সুতরাং খানিকটা ভয়ে এবং খানিকটা অকুতোভয়ে এগোতে লাগল। সামনে যম-অন্ধকার, জঙ্গল, আঘাটা, কিন্তু হাতে লাঠি বাগিয়ে অভয় দৃঢ় পদক্ষেপে এগিয়েই যেতে থাকল। আর বিড়বিড় করে বলতে লাগল, "কাউকে না, আমি কাউকে ভয় খাই না। আয় না ব্যাটা কে আসবি! আয় না!"

হঠাৎ ফের উৎকর্ণ হতে হল অভয়কে। বহুদূরে কে একজন যেন বলে উঠল, "গায়।"

শোনার ভুলই হবে। এ জঙ্গলে কে কার গানের কথা বলবে? কিন্তু ফের কে যেন বলে উঠল, "খায়।"

খায়! অভয় মাথা নাড়ল, এ তো হতে পারে না। কে খায়? কী খায়? খাওয়ার কথা ওঠে কেন?

আবার আবছা সেই স্বরটা শোনা গেল, "যায়।"

যায়? উঁহু, এটারও তো কোনও অর্থ হচ্ছে না! এর মানে কী?

অভয় দ্রুত হাঁটতে লাগল। পায়ের নীচে এখন ঘাস ছাড়া আর বিশেষ কোনও বাধা নেই। ঝোপঝাড়ও যেন কম। আর নালার পাশে বড় গাছও বিশেষ নেই যে, ধাক্কা খাবে।

খানিকটা এগোনোর পর হঠাৎ এবার গলার স্বরটা বেশ স্পষ্টই শুনতে পায় অভয়। গায়, খায় বা যায় নয়। তবে কি হায়? না, তাও নয়। বহুদূর থেকে কে যেন করুণ স্বরে ধীরে ধীরে ডাকছে, "আয়... আয়... আয়... আয়..."

গায়ে কাঁটা দিয়ে উঠল অভয়ের। শরীরে একটা শীতল শিহরন বয়ে গেল। এরকম করুণ, কান্নায় ভরা, অপার্থিব কণ্ঠস্বর সে কখনও শোনেনি। তার মনে হল, এ স্বর বহুকাল ধরে ক্রমান্বয়ে কাউকে যেন ডেকে চলেছে, ডেকেই চলেছে, "আয়... আয়... আয়... আয়..."

অভয় দাঁড়িয়ে পড়েছিল। পায়ে যেন পাথর বাঁধা, বুকটা ধকধক করছে। আর এগোনো কি ঠিক হবে! তার মনে হচ্ছে সে যেন এক মহাভয়, মহাসর্বনাশ, মহাশোকের সমুদ্রের খুব কাছাকাছি এসে গেছে। ওই শোক-সমুদ্রের ঢেউই যেন অনাদিকালের বিরহ বুকে নিয়ে ক্রমান্বয়ে নিরবধি ডেকে চলেছে, "আয়... আয়... আয়... আয়..."

অভয় হাতের লাঠিটা বড্ড জোরে চেপে ধরেছিল নিজের অজান্তেই। আঙুলগুলো টনটন করে ওঠায় তার খেয়াল হল। মুঠোটা একটু আলগা করল সে। শরীরটাও আড়ষ্ট, শক্ত হয়ে গিয়েছিল। শরীরও এবার সহজ হল। অভয় সোজা হয়ে দাঁড়িয়ে বুকভরে শ্বাস নিল। তারপর লাঠিটা মাটিতে কয়েকবার ঠুকে নিয়ে বিড়বিড় করে বলতে লাগল, "কাউকে না, আমি কাউকে ভয় খাই না। আয় না ব্যাটা কে আসবি।" এই বলে সে এগোতে লাগল। বুক কাঁপছে, পা কাঁপছে। তবু অভয় থামল না।

টেনে টেনে দীর্ঘ করুণ স্বরে কে যেন কাকে ডেকেই চলেছে, "আয়... আয়... আয়... আয়...।" বিরামহীন। বিরক্তিহীন।

অভয় হাঁটতে লাগল। হাঁটতেই লাগল। রাত গাঢ় হল। গাছে-গাছে পাখিদের ঝগড়া থেমে গেছে অনেকক্ষণ। চারদিক বড্ড নিঝ্‌ঝুম। ঝিঁঝির ডাক, নিজের পায়ের শব্দ আর সামনে ওই ক্ষীণ "আয়... আয়..." ছাড়া আর কোনও শব্দ নেই।

হঠাৎ বনে মর্মরধ্বনি তুলে এই শীতের কুয়াশামাখা রহস্যময় রাতে একটা দমকা বাতাস বয়ে গেল। শুকনো পাতা গড়িয়ে গেল বনময়। কোনও জঙ্গুলে ফুলের মোহময় গন্ধ ছড়াল হঠাৎ। আর তারপরেই অভয় একটা পেল্লায় হোঁচট খেয়ে পড়তে পড়তে সামলে গেল।

অন্ধকারেও সে টের পেল, তার সামনে একটা বাধা। হাতড়ে হাতড়ে সে বুঝতে পারল, একটা পাথর বা সিমেন্টের থাম বা ওই জাতীয় কিছু। সেটা ডিঙিয়ে অভয় যেখানে পা দিল সেটা আগাছায় ভরা বটে, কিন্তু পায়ের তলায় ইট-সুরকি, পাথরের টুকরো, লোহার বিম, কাঠের বরগা ইত্যাদির একটা বিরাট ধ্বংসস্তূপ। টিলার মতো উঁচু সেই ধ্বংসস্তূপের ওপর হামাগুড়ি দিয়ে উঠতে লাগল অভয়। এখন সে স্পষ্ট শুনতে পাচ্ছিল, মাটির গভীর থেকে কে যেন ডাকছে, "আয়... আয়... আয়... আয়..."

অভয় ধীরে ধীরে ধ্বংসস্তূপের ওপরে উঠে এসে সোজা হয়ে দাঁড়াতেই সেই "আয়... আয়..." শব্দটা স্তব্ধ হয়ে গেল। আর তারপরেই চারদিকে যেন মৃদু একটা ঘূর্ণিঝড় উঠল। তার সঙ্গে উঠল গাছে-গাছে মর্মরধ্বনি। পাখিরা ঘুম ভেঙে ডেকে উঠল। তারপর সব নিস্তব্ধ হয়ে গেল। পায়ের নীচে মাটিটা কি একটু দুলে উঠল? কে জানে! কিন্তু এটা স্পষ্ট টের পেল অভয়, ধ্বংসস্তূপে এতকাল যেন একটা দীর্ঘশ্বাস চাপা ছিল। সে এসে দাঁড়ানোর পর হঠাৎ সেই চাপা দীর্ঘশ্বাসটা বহুকাল পরে মুক্তি পেয়ে আকাশে মিলিয়ে গেল।

অন্ধকারে চারদিকে কিছুই দেখা যাচ্ছে না। তবু অভয়ের স্পষ্ট মনে হল, এই তার পূর্বপুরুষের ভিটে। শুখানালার সরকারবাড়ি। মস্ত বাড়ি ছিল একসময়ে, পাইক-বরকন্দাজ ছিল, মস্ত আস্তাবল ছিল, অনেক কিছু ছিল। সেই বাড়িতে বহুকাল পর একজন বংশধর ফিরে এসেছে। অভয় শীতে অন্ধকারে অনিশ্চিত অবস্থায় দাঁড়িয়েও আপনমনে একটু হাসল, তারপর মাটিতে লাঠিটা ঠুকে বলল, "এটা আমার বাড়ি। বুঝলে সবাই? এটা আমার বাড়ি।"

এ কথা শুনে একটা তক্ষক ডেকে উঠল, "ঠিক ঠিক।"

"ওই হচ্ছে শুখানালা! এবার আমাকে ছেড়ে দিন। আমি আর যাব না।"

তিনু ভ্রু কুঁচকে বলে, "যাবে না মানে! আলবাত যাবে। শুখানালা-ফালা আমরা জানি না। আমরা অভয় সরকারকে চাই। যতক্ষণ তাকে পাওয়া না যাচ্ছে ততক্ষণ তুমি তার জামিন।"

কালু কাতর মুখে বলে, "শুখানালা ভীম সরকারের এলাকা। এখানে কেউ ঢোকে না। এখানে নানারকম ভুতুড়ে কাণ্ড হয়। আঁতুড়ে ছেলের কান্না শোনা যায়, নালায় জল আসে, আরও সব। আমাকে ছেড়ে দিন।"

তিনু তার চপারটার চওড়া দিক দিয়ে কালুর পিঠে সজোরে মেরে ভয়ংকর গলায় বলল, "বেশি ট্যাঁ-ফোঁ করলে কিন্তু কেটে রেখে যাব।"

ট্যাঁ-ফোঁ করার অবস্থা অবশ্য কালুর নয়। তার কোমরে শক্ত করে দড়ি বাঁধা, সেই দড়ির প্রান্ত তিনুর বাঁ হাতে জড়ানো। কালু যদি দড়ি ছিঁড়ে পালায়ও, তবে পেছনের তিনজনের তিনটে পিস্তল তাকে ঝাঁঝরা করে দেবে। তাই সে ভয়ে ঘামতে লাগল। কাতর স্বরে বলল, "আমাদের এ এলাকায় ঢোকা বারণ।"

তিনু বলল, "শোনো বুদ্ধু, আমরা ভূতপ্রেতে বিশ্বাস করি না। আমরা খুব প্র্যাকটিক্যাল লোক। যেমন-তেমন করে কাজ হাসিল করতেই আমরা ভালবাসি। ভূতপ্রেত যদি থেকেও থাকে তবে জেনো, তারাও আমাদের ভয় খায়।"

শুখানালার খাত দেখা গেল একটা বাঁশঝাড়ের পরেই।

কালু দাঁড়িয়ে গেল, "ওই যে।"

"ওটাই শুখানালা! তা বেশ। অভয় সরকার ভিতু লোক, সে গা-ঢাকা দেওয়ার জন্য অবশ্যই খাতের মধ্যে ঘাপটি মেরে থাকবে। সন্তু, দেখ তো, খাতের ভেতর কোথাও ঘাস-টাস বে-গোছ হয়েছে কি না।"

সন্তু অত্যন্ত অভ্যস্ত চোখে খাতের ধারে গিয়ে একটু দেখেই বলল, "এই তো এখানে ঘষটানোর দাগ রয়েছে। কুমড়োপটাশটা বোধহয় পা পিছলে পড়ে গিয়েছিল। হ্যাঁ তিনুদা, ওই যে ঘাস-টাস লন্ডভন্ড করে জলহস্তীর মতো গেছে।"

তিনুর মুখে হাসি ফুটল, "তা হলে শিকার বেশিদূর যেতে পারেনি। ওই থলথলে শরীর নিয়ে আর কতদূরই বা যাবে!"

ল্যাংড়া বলল, "সে তো ঠিক কথা। কিন্তু এদিকে যে রোদ মরে আসছে তা দেখতে পাচ্ছ? অন্ধকার হয়ে গেলে কাজটা কঠিন হবে।"

তিনু ঘড়ি দেখল এবং আকাশের দিকে চাইল। তারপর বলল, "আমরা খাতে না নেমে যদি ধার দিয়ে দিয়ে যাই তা হলে ওকে স্পট করতে সুবিধে হবে।"

কালু হঠাৎ গোঁ ধরে দাঁড়িয়ে গিয়ে বলল, "আমি আর যাব না। আপনারা খুনখারাপি করবেন, সেটা চোখে দেখা আমার সহ্য হবে না। শুখানালার সীমানা ডিঙোলেও আমাদের বিপদ আছে, সে আপনারা ভূতপ্রেত মানুন বা না-মানুন।"

তিনু মোলায়েম স্বরে বলে, "আমরা পাঁচজন শক্তপোক্ত পুরুষমানুষ যদি ভয় খাই তবে অভয় সরকারের মতো ভেড়ুয়া শুখানালায় ঢুকল কী করে? তার ভয়ডর নেই? ওসব চালাকি ছাড়ো। গাঁয়ের লোকের অনেক কুসংস্কার থাকে। ওসব আমরা মানি না। আর খুনের কথা বলছ? অভয় সরকারকে যদি না পাই তা হলে তোমার নিজের দশা কী হবে জানো? যা বলেছি ঠিক তাই করব, দু'-আধখানা করে কেটে ফেলে রেখে যাব জঙ্গলে। চলো!"

কালু তবু সভয়ে দাঁড়িয়ে রইল। তিনু তাকে দমাস করে এমন একখানা ঘুসি মারল মুখে যে, কালু ছিটকে পড়ে গেল মাটিতে। সামনের একটা দাঁত উপড়ে গিয়ে গলগল করে রক্তে ভেসে গেল তার মুখ।

"ওঠ শয়তান।" হুকুম দিল তিনু।

কালু ধীরে ধীরে উঠে দাঁড়াল। হাতে তার নিজের ওপড়ানো দাঁতখানা রক্তে ডুবে আছে। চোখে জল এল কালুর। নীরবে সে মুখ ফিরিয়ে চলতে শুরু করল। পেছনে চার সশস্ত্র নিষ্ঠুর খুনি, তার পালানোর উপায় নেই।

তীক্ষ্ণ চোখে চারজন তন্ন-তন্ন করে খুঁজে দেখছে শুখানালার খাত। অভ্যস্ত চোখে ধরা পড়ছে অভয় সরকারের গমনপথ। তারা বেশ দ্রুতই এগোতে লাগল। শিকার আর দূরে নেই।

হঠাৎ এক জায়গায় দেখা গেল, খাতের মধ্যে মথিত ঘাসের চিহ্ন শেষ হয়েছে। অর্থাৎ খাতের মধ্যে অভয় সরকার ওখানেই ঘাপটি মেরে আছে।

তিনু চাপা গলায় বলে, "এইবার! শয়তানটা ওখানেই নিশ্চয় নেতিয়ে পড়ে আছে। লেট আস ফিনিশ হিম।"

কালুকে পেছন থেকে একটা লাথি মারল তিনু। কালু লাথি খেয়ে গড়িয়ে খাতের মধ্যে পড়ে গেল। পেছনে চারজন নেমে এল বেড়ালের মতো তৎপর পায়ে। চপার দিয়ে চারদিককার আগাছা সাফ করে যখন তারা সন্দেহজনক জায়গাটায় এল তখন দেখা গেল, সেখানে অভয় সরকার নেই।

পচা হঠাৎ চাপা গলায় বলল, "ব্যাটা ওখান দিয়ে উঠে গেছে। ওই যে মাটির গায়ে দাগ।"

খাত থেকে অভয় যেখানে উঁচু পাড়ে উঠেছিল সে জায়গায় নরম মাটিতে তার হাঁচোড়-পাঁচোড়ের দাগ এখনও টাটকা। পাঁচজন জায়গাটা দেখছিল।

আচমকা দূরে এক জলকল্লোল শুনতে পেল পাঁচজনই।

তিনু কালুর দিকে ফিরে বলল, "এখানে ঝরনা আছে কোথাও। শব্দ কিসের? এতক্ষণ তো শুনতে পাইনি!"

কালুর মুখ সাদা হয়ে গেছে ভয়ে। ঠোঁট কাঁপছে। সে মাথা নেড়ে জানাল, এখানে ঝরনা নেই।

তিনু জলের শব্দ যেদিক দিয়ে আসছে সেদিকে চেয়ে থেকে বলল, "এ তো দেখছি সাংঘাতিক স্রোতের শব্দ! নিশ্চয়ই পাহাড়ি নদী-টদি আছে।"

কালু অস্ফুট গলায় বলল, "কাজটা আপনারা ভাল করেননি। এই এলাকা ভীম সরকারের। আমরা কেউই ওকে চটাই না।"

"চোপ!" বলে তিনু একটা ধমক দিল। বস্তুত সে বুঝছিল না যে, জলের শব্দ শুনে কালুর এত ভয় পাওয়ার কী আছে। ঝরনা বা পাহাড়ি নদীর শব্দ তো এরকমই হয়!

পচা বলল, "অভয় তা হলে আরও কিছুটা এগিয়ে গেছে! তিনুদা, আজ আর আমাদের সন্ধের গাড়িটা ধরা হল না। অলরেডি সন্ধে হয়ে এল। দেখেছ কেমন অন্ধকার হয়ে আসছে চারদিক!"

তিনু চিন্তিতভাবে ঘড়ি দেখে বলল, "দেখছি। কিন্তু আমার হিসেবমতো অন্ধকার হতে আরও আধঘণ্টা লাগা উচিত। এত তাড়াতাড়ি তো আলো মরে যাওয়ার কথা নয়!"

ল্যাংড়া বলে, "জঙ্গলে তাড়াতাড়ি সন্ধে হয়, এ তো সবাই জানে।"

তিনু তবু চিন্তিতমুখে ভ্রূ কুঁচকে আকাশটা দেখল। আর আচমকাই সামনের দিকে ঘুরে দাঁড়িয়ে বলল, "ও কী?"

প্রত্যেকেই চমকে সামনের দিকে ঘুরে তাকাল। দূরের জলকল্লোল কাছে চলে এসেছে এবং মেলট্রেনের মতোই ধেয়ে আসছে প্রলয়ংকর জলরাশি। দূর থেকেই

দেখা যাচ্ছে সফেন জলরাশির শীর্ষে ঢেউ যেন লক্ষ হাত তুলে প্রবল এক প্রতিবাদেই ধেয়ে আসছে।

তিনুকে এই প্রথম ভয় পেতে দেখা গেল, সে চেঁচিয়ে কালুকে ধমকাল, "এই বদমাশ! ওঠ ওপরে, আমাকে টেনে তোল।"

কালু তিলমাত্র দেরি না করে এক লাফে ওপরে উঠে গেল। তিনু আর তার তিন সঙ্গীও উঠে গিয়েছিল প্রায়। কিন্তু তাদের সম্পূর্ণ অপ্রস্তুত করে দিয়ে উত্তাল জলরাশি কূল ছাপিয়ে ধেয়ে এল। তীর থেকে তাদের চারজনকে চুম্বকের মতো টেনে নিয়ে তরঙ্গে-তরঙ্গে লোফালুফি করতে করতে নিয়ে চলে গেল!

কালুরও যাওয়ার কথা। কিন্তু ভাগ্য ভাল, কোমরের দড়ির প্রান্তটা তিনু ধরে রাখতে পারেনি।

কালু আর দাঁড়াল না। প্রাণপণে পিছু ফিরে ছুটতে লাগল। ছুটতে ছুটতেই দেখতে পেল, শুখানালা খটখট করছে শুকনো। কোথাও জলের চিহ্নমাত্র নেই। শব্দ নেই। স্রোত নেই।

কুঞ্জখুড়ো পুরস্কারের পরিমাণ দু' লাখ পর্যন্ত বাড়িয়ে ঢ্যাঁড়া পিটিয়ে দিলেন। ঢ্যাঁড়াওয়ালা যখন থানার সামনে দিয়ে ঢ্যাঁড়া বাজিয়ে চোঙা ফুঁকে সুসংবাদটি প্রচার করে গেল তখন আর সুদর্শনবাবু থাকতে পারলেন না। মোট চারজন নির্ভরযোগ্য সেপাইকে ডেকে লাইন-আপ করিয়ে গম্ভীর মুখে বললেন, "তোমরা কে কে দেশের জন্য প্রাণ দিতে প্রস্তুত?"

সেপাই লালারাম এক কথায় বুক ফুলিয়ে বলল, "দেশের জন্য হুজুর, জান তো জান, এক মাহিনার তলব ভি দিয়ে দিব।"

সেপাই মগন বলল, "দো মাহিনাকা তলব আর জান ভি।"

কিচলু বলল, "হাঁ হাঁ জরুর, কিঁউ নেহি। জান লিবেন সো তো আচ্ছা বাত। আউর হামার তিন মাহিনাকা তনখা আর দোটো ভৈঁস ভি দিয়ে দিব মালিক।"

রামু বলল, "আজ্ঞে, আমার ছেলেবেলা থেকেই ক্ষুদিরামের মতো দেশের জন্য ফাঁসিতে ঝোলার বড় শখ। তা হুজুরের দয়ায় সেরকমটা হলে বড় ভাল হয়। আর ফাঁসিতে যেতে যেতে ওই গানটাও কিন্তু আমাকে গাইতে দিতে হবে, হাসি হাসি পরবো ফাঁসি, দেখবে ভারতবাসী..."

লালারাম বিনীতভাবে জিজ্ঞেস করল, "হজৌর, জান কখুন দিতে হোবে? জারা আগারি বললে থোড়া বহুত রোটি আর মূলি কি সবজি খায়ে লিব। আউর এক লোটা দুধ।"

মগন বলল, "হামি জারা রামজিকি ভজন ভি কোরে লিব। আউর এক দফে পূজা চড়িয়ে দিব বজরঙ্গবলী কি মন্দিরমে।"

কিচলু মাথা চুলকে বলে, "এক দফে হরদোয়ার ঘুমে আসলে দেশকা লিয়ে জান দেনে সে কোই হরজা নেহি।"

রামু বলল, "আমার ওসব নয় বাবা। কলকাতার রায়ট রেস্টুরেন্টের কবিরাজি কাটলেট আর মোগলাই পরোটা একবারটি খেয়ে নিলেই হবে। আর একটা হিন্দি সিনেমা।"

সুদর্শনবাবু রুমালে কপাল মুছতে মুছতে অত্যন্ত উত্তেজিতভাবে খানিকক্ষণ পায়চারি করে বললেন, "ওসব মতলব ছাড়ো। দেশ তোমাদের শেষ রক্তবিন্দু দিয়ে লড়াই করতে ডাকছে। এখনই, এই মুহূর্তে। আর সময় নেই। একটু আগে শুনলে তো, চোঙা ফুঁকে কী বলে গেল!"

লালারাম অবাক হয়ে বলে, "উতো কুঞ্জবাবুকা কোঠি মে ডাকাকা বাত। উনকো লুটা মাল আপস লানে পর কুছ মিলেগা!"

সুদর্শনবাবু চোখ বড় বড় করে বললেন, "কুছ নয় রে বাবা, কুছ নয়। কুছ বলে তুচ্ছ করিস না। দু' লাখ! বুঝলি! দু' লাখ!"

"হাঁ হাঁ, দো-চার লাখ কোই বাত নেহি।"

সুদর্শনবাবু অবাক হয়ে বলেন, "বলিস কী? দু'-চার লাখ কোনও কথাই নয়! দু' লাখে কত হয় জানিস? দু'শো হাজার টাকা!"

"হোবে মালিক। হামি গরিব আদমি। দো-পাঁচ জানি, দো-চারশো জানি, লেকিন উসকা জেয়াদা কুছু জানি না।"

রামু বিরক্ত হয়ে বলে, "কিন্তু কী করতে হবে সেটাই তো বুঝতে পারছি না বড়বাবু!"

"বলছি, বলছি। ডাকাতরা শুখানালার সরকারদের পোড়ো বাড়িতে সব মাল মজুদ করেছে। মালটা আমাদের উদ্ধার করতে হবে।"

শুখানালার নাম শুনেই চারজন পরস্পর মুখ চাওয়াচাওয়ি করল। লালারাম বলল, "উ হোবে না মালিক।"

একগাল হেসে সুদর্শনবাবু বললেন, "শোন রে শোন, আমি ঠিক করেছি তোদের চারজনকে পাঁচ... না, পাঁচ কেন, দশ-দশ হাজার করেই দেব। বাকি লাখ-দেড়েক আমার থাকবে।"

"উ হোবে না মালিক।"

রামু একটা দীর্ঘশ্বাস ছেড়ে বলে, "মোটে দশ হাজার! ধুস!"

সুদর্শনবাবু বললেন, "আচ্ছা, না হয় আরও হাজার টাকা দিলুম।"

রামু মাথা নাড়ল, "পোষাচ্ছে না সার।"

বেশ কিছুক্ষণ দরাদরির শেষে ঠিক হল, সেপাইরা পঁচিশ হাজার করে পাবে। সুদর্শনবাবু পুরো এক লাখ। স্টেশনের লাখন, গাঁয়ের নেতাই, রেমো, আর অক্ষয়কে নিতে হবে। তারা শুখানালা যাওয়ার একটা শর্টকাট চেনে। তবে ওদের কোনও ভাগ দেওয়া হবে না। পঞ্চাশটা করে টাকা ফেলে দেওয়া হবে শুধু। কাল শেষ রাতেই রওনা দিতে হবে।

স্তূপের ওপর সারারাত লাঠি হাতে বসে রইল অভয়। বসে-বসেই গভীর ঘুমে তলিয়ে গেল। ঘুম যখন ভাঙল তখন চারদিকে যেন স্বর্গের ছবি। কুয়াশামাখা আকাশে দিপ-দিপ করছে নিবন্ত সব তারা। পাখি ডাকছে। আর শরীরে যেন আনন্দের ঢল নেমে এসেছে অভয়ের। মনটা হালকা, শরীরটাও ভারী ফুরফুরে। সে টানটান হয়ে দাঁড়িয়ে চারদিক দেখল। এখনও ফর্সা হয়নি বটে, কিন্তু শেষ রাতের মরা-জ্যোৎস্নায় অনেকটা দেখা যাচ্ছে। দেখা যাচ্ছে এ বাড়িতে ছিল বিশাল বাগান, পুকুর, আস্তাবল, গোয়াল, ছিল নহবতখানাওয়ালা ফটক, কাছারি। কালের অমোঘ নিয়মে সব মাটিতে মিশে গেছে। তবু এই ধ্বংসস্তূপের ওপর দাঁড়িয়ে তার খুব চেঁচাতে ইচ্ছে করল আনন্দে। তাই সে চেঁচাল, "এই হচ্ছে আমার বাড়ি! আমার বাড়ি!"

সেই শুনে যেন একটা পাথরের পরি তার শেষ ঠেকনোটা ভেঙে হঠাৎ গড়িয়ে পড়ল। দু'-আধখানা হয়ে গেল ভেঙে।

"আহা রে!" বলে এগিয়ে গিয়ে অভয় পরিটাকে তুলতে গেল। এবং সবিস্ময়ে দেখল, পরির ফাঁকা পেটের ভেতরে একটা লোহার বাক্স। কাঁপা হাতে সে বাক্সটা তুলে নিয়ে খুলল। যা দেখল তা অবিশ্বাস্য! অবিশ্বাস্য!

বাক্সটা বুকে ধরে চুপ করে বসে রইল অভয়। ধীরে ধীরে ভোরের আলো ফুটে উঠল। অভয় উঠে দাঁড়িয়ে চারদিকে চেয়ে গম্ভীর গলায় বলল, "আমি আবার সব গড়ে তুলব।"

নিজের গলার স্বর শুনে অভয় চমকাল না বটে, কিন্তু চারদিক চমকাল। অভয় নিজে বুঝতেও পারল না সে কতটা বদলে গেছে এক রাতে। বদলে দাঁড়িয়ে আছে এক শক্তিমান পুরুষ, অকুতোভয়। তার চোখে ঝলকাচ্ছে আত্মবিশ্বাস।

অভয় জানতেও পারল না, জঙ্গলের ভেতরে ঝোপঝাড় ভেঙে সুদর্শনবাবু আর তাঁর দলবল একটা বাঁশঝাড়ের আড়াল থেকে ধীরে ধীরে এগিয়ে আসছে। চারজনের হাতে রাইফেল, সুদর্শনবাবুর হাতে রিভলভার, নেতাই, অক্ষয় আর রেমোর হাতে পাকা বাঁশের লাঠি।

রেমো বলল, "হুজুর, এই হল সরকার-বাড়ির চৌহদ্দি। আমাদের চোদ্দো পুরুষের ভাগ্যি ভাল যে, এই অবধি আসতে পেরেছি।"

একটু ধরা গলায় অক্ষয়ও বলল, "ভীম সরকারের এলাকায় কখন যে কী ঘটে যায় কিছু বলা যায় না।"

বাঁশঝাড়ের আড়াল পেরিয়ে তারা ধ্বংসস্তূপটার মুখোমুখি হল।

সুদর্শনবাবু অবাক হয়ে বললেন, "ওটা কে রে, ওই উঁচুতে দাঁড়িয়ে? ডাকাত নাকি?"

আচমকাই অক্ষয় বিকট আর্তনাদ করে উঠল, "ওরে বাবা, ও যে ভীম সরকার! সেই ন্যাড়ামাথা! সেই তেজি চেহারা! ওরে বাবা রে..."

রেমো চোখ বুজে "রাম, রাম" করতে-করতে কাঁপা গলায় বলল, "বড়বাবু! আজ আর রক্ষে নেই। কাঁচাখেগো দেবতা যে! ওই তো ভীম সরকার..."

নেতাই হাউ-হাউ করে কেঁদে উঠল, "আপনার জন্যই এই সর্বনাশটা হল বড়বাবু! ভীম সরকার আর রক্ষে রাখবে না..."

তিনজন ঘুরে দৌড়তে শুরু করতে-না-করতেই চারজন সেপাই "আই বাপ রে" বলে তাদের পিছু নিল। ভয় জিনিসটা অতি সংক্রামক, সুদর্শনবাবু অতি সাহসের সঙ্গে আরও ছয় সেকেন্ড দাঁড়িয়ে লোকটার দিকে হাঁ করে চেয়ে ছিলেন। হ্যাঁ, ভীম সরকার হতেও পারে।

দু' লাখ টাকার কথা বেবাক ভুলে সুদর্শনবাবুও ঘুরে দৌড়তে লাগলেন। তাঁর ভুঁড়ি প্রবলবেগে লাফাতে লাগল। প্রতিবাদ করতে লাগল হাঁটু। তবু প্রাণের ভয় বড় ভয়। তিনি তিলেক দাঁড়ালেন না। শুধু বলতে লাগলেন, "ওরে, তোরা আমাকে একা ফেলে যাসনি। ধর্মে সইবে না। দুনিয়ায় দারোগাদের মতো দুর্গতি আর কারও নেই রে বাপ। কবে যে তোরা দারোগার দুঃখ বুঝবি!"

আর-একটা ঝোপের আড়াল থেকে দীর্ঘকায় গৌরবর্ণ এক মানুষও অভয়কে দেখছিলেন। তিনি ব্রহ্মদৈত্য। অভয়কে চিনতে তাঁর বিন্দুমাত্র বিলম্ব হয়নি। তবু তিনি দেখছিলেন, আত্মবিশ্বাস ফিরে পেলে একটা মানুষ কত বদলে যায়। কালকেও এ লোকটা ছিল অসহায়, দুর্বল, ভিতু। আর আজ!

জঙ্গলের ওপর দিয়ে একটা ঝটকা হাওয়া বয়ে গেল। একটা সবুজ পাতা খসে পড়ল অভয়ের ন্যাড়া মাথায়। যেন এইমাত্র কেউ সবুজ একটা রাজমুকুট পরিয়ে দিল তার মাথায়। ক্লান্ত দেখাচ্ছিল অভয়কে। তবু মনে হল, রণক্লান্ত এক দিগ্বিজয়ী রাজা।

গৌরবর্ণ পুরুষটি স্মিত হাসলেন। তারপর আপনমনে বিড়বিড় করে বললেন, "দুঃখী মানুষ, তোমার ভাল হোক।"

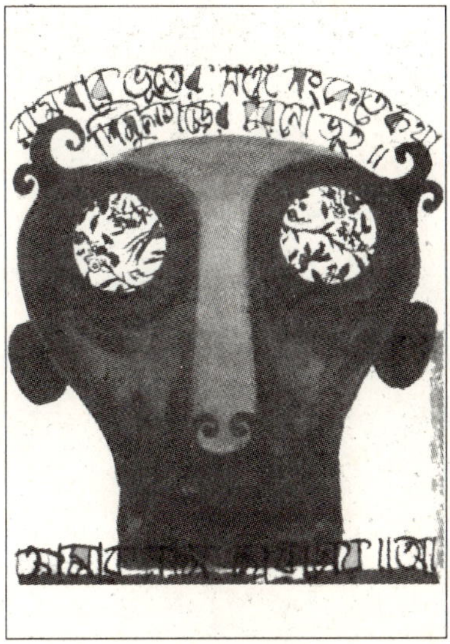

ছায়াময়

পেশকার গগন সাঁপুইয়ের বাড়িতে মাঝরাতে এক চোর ধরা পড়ল। চোরকে চোর, তার ওপর আবার আহাম্মকও। পালানোর অনেক পথ ছিল। সাঁপুইবাড়ি হচ্ছে শিমুলগড় গাঁয়ের পুবপ্রান্তে, তারপরই দিক-দিগন্ত খোলা। মাঠ-ময়দান-জঙ্গল-জলা। কে খুঁজতে যেত সেখানে! তা না করে আহাম্মকটা গগন সাঁপুইয়ের লাকড়ির ঘরে সেঁদিয়ে বসে ছিল।

এক হিসাবে চোরটাকে ভালই বলতে হবে। গুলি-বন্দুক, ছোরা-ছুরি বা লাঠিসোঁটা বের করেনি, সেসব ছিলও না তার কাছে। দুরবস্থায় পড়েছে—তা দেখলেই বোঝা যায়। গায়ে একটা নীল ছেঁড়া হাফশার্ট, আর পরনে একখানা তালিমারা পাতলুন। গায়ে ফুটোফাটা একজোড়া কেড্‌স জুতো। দু'হাতে একখানা চামড়ার থলি জাপটে ধরে বসে ছিল।

গগনের বন্দুক আছে, গোটা কয়েক পাইক আছে, তিন-তিনটে জোয়ান ছেলে আছে, দুটো বাঘা দিশি সড়ালে কুকুর আছে। আহাম্মক না হলে সাঁপুইবাড়িতে চোর ঢোকে কখনও? মাঝরাতে চেঁচামেচি শুনে গাঁয়ের লোক জড়ো হল। তবে বাইরের লোকের সাহায্য দরকার হল না। গগনের পাইকরাই লাকড়ির ঘর থেকে চোরটাকে টেনে বের করল।

গাঁয়ের মাতব্বরদের দেখে গগন আপ্যায়ন করে বলল, "আসুন, আসুন আপনারা। দেশের অরাজকতাটা একবার স্বচক্ষে দেখে যান। এই সুভাষ বোস, গান্ধীজি, সি. আর. দাশ, মাইকেল, মাতঙ্গিনী হাজরা, রবি ঠাকুরের দেশের কী হাল হয়েছে দেখুন। আইনশৃঙ্খলার কী নিদারুণ অবনতি; এ যে দিনে ডাকাতি! এ যে পুকুরচুরি! তবে হ্যাঁ, ধর্মের কল আজও বাতাসে নড়ে। যেমন কর্ম তেমন ফল—মহাকবির এই বাণী আজও মিথ্যে হয়ে যায়নি। বাতাসে কান পাতলে আজও শুনতে পাবেন ভগবানের দৈববাণী, 'সাধু সাবধান! সাধু সাবধান!'"

পটল গাঙ্গুলি বিচক্ষণ মানুষ, গঞ্জের সবাই খুব মানে। উঠোনের ওপর গগনের এগিয়ে দেওয়া কাঠের চেয়ারে জুত করে বসে হ্যাজাকের আলোয় চোরটাকে ভাল

করে দেখলেন। নিতান্তই অল্প বয়স। কুড়ি-বাইশের বেশি হবে না। চেহারাটা একসময়ে হয়তো মন্দ ছিল না, কিন্তু অভাবে-কষ্টে একেবারে চিমসে মেরে গেছে। গাল-বসা, চোখের কোলে কালি। পটল বললেন, "ও গগন, তা চোরে তোমার নিল কী?"

"সেসব তো এখনও হিসাব কষে মিলিয়ে দেখা হয়নি। তবে একটা থলি দেখতে পাচ্ছি।"

"থলিতে কী আছে?"

গগন একটা দীর্ঘশ্বাস ফেলে বলে, "কী আর থাকবে! গরিবের যথাসর্বস্ব। যা কিছু তিল-তিল করে জমিয়ে তুলেছিলাম, বুকের বিন্দু-বিন্দু রক্ত জল করে আমার দুধের বাছাদের জন্য যে খুদকুঁড়োর ব্যবস্থা রেখে যেতে চেয়েছিলাম, তার সবটুকুই তো ওই থলিতে। হক্কের ধন মেসো, ধর্মের রোজগার, তাই ব্যাটা পালাতে পারেনি।"

নটবর ঘোষ একটু বিরক্ত হয়ে বললেন, "থলিটা রেখেছিলে কোথায়?"

গগন মাথা নেড়ে বলল, "থলি আমার নয়। দামি চামড়ার জিনিস। মনে হচ্ছে, ছোঁড়া থলিটা কোনও বাড়ি থেকে চুরি করে এনেছে।"

হেডসার বিজয় মল্লিক বললেন, "কী-কী চুরি গেছে তা কি হিসাব করে দেখেছ?"

গগন মাথা নেড়ে বলে, "দেখার সময় পেলুম কই! যা-কিছু সরিয়েছে তা ওই থলির মধ্যেই আছে মনে হয়। তবে সঙ্গে কোনও শাগরেদ ছিল কি না বলতে পারি না। যদি তার হাত দিয়ে কিছু চালান করে দিয়ে থাকে তবে আলাদা কথা। সেসবও হিসাব করে খতিয়ে দেখতে হবে।"

গগনের লোকেরা আরও দুটো হ্যাজাক জ্বেলে নিয়ে এল। বিয়েবাড়ির মতো রোশনাই হল তাতে। সেই আলোয় দেখা গেল, চোর-ছেলেটা ফ্যাকাসে মুখে দাঁড়িয়ে কাঁপছে। মুখে বাক্য নেই। দুটো পাইক বাঘা হাতে তার দুটো কনুইয়ের কাছে চেপে ধরে আছে। হুকুম পেলেই তারা ছোঁড়ার ওপর ডলাই-মলাই, রদ্দা-কিল শুরু করতে পারে।

তার সুযোগও এসে গেল হঠাৎ। বলা নেই কওয়া নেই, রোগা চোরটা হঠাৎ হাঁচোড়-পাঁচোড় করে পাইক দুটোর হাত ছাড়িয়ে ঝটকা মেরে পালানোর ক্ষীণ একটা চেষ্টা করল যেন। পারবে কেন? পাইক দুটোর বজ্রমুষ্টি ছাড়ানোর সাধ্যই তার ছিল না, আর ছাড়ালেও চারদিকে ত্রিশ-চল্লিশজন মানুষের বেড়া ভেদ করবেই বা সে কী করে? তার এই বেয়াদবিতে পাইক দুটো দু'দিক থেকে তার কোমরে আর পিঠে এমন দু'খানা হাঁটুর গুঁতো দিল যে, ছোকরা ককিয়ে উঠে যন্ত্রণায় বসে পড়ল মাটিতে। পাইক দুটো এত অল্পে খুশি নয়, তারা দু'দিক থেকে পর-পর ক'খানা রদ্দা বসাল তার ঘাড়ে। ছোকরা

একেবারেই নেতিয়ে পড়ল এবার। চোখ উলটে গোঁ-গোঁ করতে লাগল।

গগন সাঁপুই শশব্যস্তে বলল, "ওরে করিস কী? থাক, থাক, মারধোর করিসনি। চোর ধরা আমাদের কাজ বটে, কিন্তু তার বিচার আর শাসনের ভার আমাদের ওপর নেই রে বাবা। সেসব সরকারবাহাদুর বুঝবেন, আর বুঝবেন গাঁয়ের মোড়লরা। আমাদের কী দরকার পাপের বোঝা ভারী করে? গাঁয়ের মান্যগণ্য মানুষেরা এসেছেন, পরিস্থিতিটা তাঁদের বিচার করতে দে।"

বলতে বলতে গগন সাঁপুই সংজ্ঞাহীন ছেলেটির শিথিল হাতের বাঁধন থেকে অতি সাবধানে থলিটা তুলে নিল। বেশ ভারী থলি। গগনেরও বেশ কসরত করতে হল থলিখানা তুলে নিতে। থলির ভেতরে ধাতব জিনিসের ঝনৎকার শুনে নটবর ঘোষ কৌতূহলী হয়ে বলে উঠল, "দেখি-দেখি, কী আছে থলিতে!"

গগন জিভ কেটে মোলায়েম হেসে বলে, "ওই অনুরোধটি করবেন না নটবরখুড়ো। চারদিকে শত্রুর কুনজর। এত জোড়া চোখের সামনে আমি এ জিনিস খুলে দেখাতে পারব না। কাল সকালের দিকে আসবেন, এক ফাঁকে দেখিয়ে দেব'খন। তেমন কিছু নয়, গরিবের বাড়িতে আর কীই-বা থাকবে!"

বিজয় মল্লিক আমতা-আমতা করে বললেন, "তবু একবার দেখে নেওয়া ভাল হে গগন। থলিতে অন্য বাড়ির চোরাই জিনিসও তো থাকতে পারে। তখন আবার তুমি ফেঁসে যাবে।"

"যে আজ্ঞে। এখনই দেখে বলছি ধর্মত ন্যায্যত আমারই জিনিস কি না। ওরে ভুতো টর্চটা একটু ধর তো থলির মুখটায়।"

ভুতো টর্চ ধরল। গগন সাঁপুই থলির মুখটা একটু ফাঁক করে উঁকি মেরেই বলে উঠল, "নিয্যস আমারই জিনিস বটে মশাইরা। এ সবই আমার বুকের রক্ত জল করে জোগাড় করা। ওরে, তোরা ছোঁড়াটার চোখে-মুখে জল দিয়ে লাকড়ির ঘরে পুরে রাখ।"

ঠিক এই সময়ে ভিড়ের ওদিক থেকে একটা 'ববম-ববম' শব্দ উঠল। শব্দটা সকলেরই চেনা। এ হল গে কালী কাপালিক। তবে কিনা গেঁয়ো যোগী ভিখ পায় না, কালী কাপালিককেও এই গঞ্জ এলাকার কেউ বিশেষ মানে না। কালী একসময়ে ছিল কালীচরণ গোপ। বাজারের সত্যচরণের মুদির দোকানে কাজ করত। চুরি ধরা পড়ায় সত্যচরণ তাড়িয়ে দেয়, কালীর বাবা নরহরিও তাকে ত্যজ্যপুত্তুর করে। কালী নাকি তারপর তন্ত্র শিখতে কামাখ্যা চলে যায়। কয়েক বছর হল ফিরেছে। পরনে রক্তাম্বর, মাথায় জটা, মুখে পেল্লায় দাড়ি-গোঁফ। বাড়িতে ঠাঁই হয়নি। এখন বটতলার পুরনো ইটভাঁটার কাছে আস্তানা গেড়ে আছে। শাগরেদও আছে কয়েকজন। কেউ পাত্তা না

দিলেও কালী গঞ্জের সব ব্যাপারেই নাক গলায়। মানুষকে ভয় দেখানোর চেষ্টা করে। সে শাপশাপান্ত করে, বাণ-টান মারে, তবে তাতে বিশেষ কারও ক্ষতি হয়েছে বলে শোনা যায়নি।

ভিড় ঠেলে পেল্লায় চেহারার কালী সামনে এসে দাঁড়াল। কোমরে হাত দিয়ে ভূপতিত চোরের দিকে খানিকক্ষণ চেয়ে থেকে বলল, "হুঁ, সন্ধেবেলাতেই ছোঁড়াকে সাবধান করে বলে দিয়েছিলুম, ওরে আজ অমাবস্যা, তায় তোর গ্রহবৈগুণ্য আছে, আজ বাড়ি যা। তা শুনল না। নিয়তি কেন বাধ্যতে। চন্দ্র-সূর্য এদিক-ওদিক হয়, কিন্তু কালী কাপালিকের কথার নড়চড় হওয়ার জো নেই।"

পটল গাঙ্গুলি ভ্রু কুঁচকে বলে, "চিনিস নাকি ওকে?"

কালী পটল গাঙ্গুলিকে একটু সমঝে চলে। অনেককাল আগে এই পটল গাঙ্গুলির একটা গোরু নিয়ে খোয়াড়ে দিয়ে দু' আনা পয়সা রোজগার করে শিবরাত্রির মেলায় শোনপাপড়ি খেয়েছিল। তার ফলে খুব খড়ম-পেটা হয়েছিল গাঙ্গুলির হাতে। আজও ব্যথাটা কপালের বাঁ ধারে চিনচিন করে। কালী গলাখাঁকারি দিয়ে বলে, "চিনব কী করে! সন্ধেবেলা এসে আমার আস্তানায় ভিড়ে পড়েছিল। বলছিল, কোথাও যাওয়ার আছে যেন। একটু রাত করে বেরোবে। সন্ধেটা কাটিয়ে যেতে চায়। সঙ্গে ওই একখানা চামড়ার ব্যাগ ছিল।"

পটল গাঙ্গুলি বলে উঠল, "ওই ব্যাগটা কি, দ্যাখ তো।"

কালী গগনের হাতের ব্যাগখানা দেখে বলল, "ওইটেই, ভেতরে বেশ ভারী জিনিস আছে। ঝনঝন শব্দ হচ্ছিল।"

গগন সাঁপুই অমায়িক হাসি হেসে বলল, "ভুল দেখেছ কালী। ব্যাগের মধ্যে তখন জিনিস-টিনিস ছিল না, তবে এখন হয়েছে। ওরে ভুতো, ব্যাগখানা তোর মায়ের হেফাজতে দিয়ে আয় তো!"

ভুতো এসে ব্যাগটা নিয়ে যেতেই বিজয় মল্লিক বলল, "গগন, পুলিশে একটা খবর পাঠানো ভাল।"

গগন মাথা নেড়ে বলে, "যে আজ্ঞে, সকালবেলাতেই ভল্টাকে পাঠিয়ে দেব'খন ফাঁড়িতে। ও নিয়ে ভাববেন না।"

কালী কাপালিক গগনের দিকে স্থির চোখে কিছুক্ষণ চেয়ে হঠাৎ ফিচিক করে একটু হেসে বলল, "গগনবাবু, তোমার লাল গোরুটা শুনেছি ভাল দুধ দিচ্ছে আজকাল। সকালের দিকে আমার রোজ আধসেরটাক দুধ লাগে। বুঝেছ!"

গগন একটু অবাক হয়ে বলে, "দুধ! হঠাৎ এই মাঝরাতে চোরের গোলমালে দুধের কথা ওঠে কেন রে কালী?"

"ওঠাও বলেই ওঠে। কাল সকাল থেকেই বরাদ্দ রেখো। আমার এক চেলা ঘটি নিয়ে আসবে।"

গগন ঠাট্টার হাসি হেসে বলল, "শোনো কথা! ওরে যা-যা, এখন বিদেয় হ। দুধের কথা পরে ভেবে দেখা যাবে।"

কালী কাপালিক একটা হাঃ হাঃ অট্টহাসি হেসে বলল, "আরও কথা আছে হে গগনচন্দ্র সাঁপুই। ইটভাঁটার পাশে বটতলার আস্তানাটা অনেকদিন ধরে বাঁধিয়ে নেওয়ার ইচ্ছে। ভগবান তো তোমায় মেলাই দিয়েছেন। কালী কাপালিকের জন্য এটুকু করলে আখেরে তোমার ভালই হবে। বুঝলে?"

এই চোর ধরার আসরে দুধ আর আস্তানা বাঁধানোর আবদার কালী কেন তুলছে তা কেউ কিছু বুঝতে পারল না। তবে কালীর সাহসটা যে বড্ড বেড়েছে এটা বেশ বোঝা যাচ্ছে। আগে তো গঞ্জের পুরনো লোকেদের কারও মুখের ওপর এরকম বেয়াদবি গলায় কথা বলত না!

পটল গাঙ্গুলি বেশ চটে গিয়ে বললেন, "ওরে কালী, তোর হঠাৎ হলটা কী? এ যে আরশোলাও হঠাৎ পক্ষী হয়ে উঠল দেখছি!"

গগন সাঁপুই কাতর কণ্ঠে বলল, "দেখুন আপনারাই দেখুন, কী অবিচারটাই না আমার ওপর হচ্ছে। এত বড় একটা চুরির ধাক্কা সামলে উঠতে না উঠতেই আবার..."

কালী আরও একটা কী বলতে যাচ্ছিল, হঠাৎ ভিড়ের পেছন থেকে একটা বাজখাঁই গলা বন্দুকের মতো গর্জে উঠল, "অ্যাই বোকা, দূর হ এখান থেকে!"

গলাটা কালী কাপালিকের পঁচাশি বছর বয়সি বাবা হরনাথের। কালী আজও তার বাপকে যমের মতো ভয় পায়। এক ধমকেই সে সুড়সুড় করে ভিড় ঠেলে বেরিয়ে গেল। কিন্তু যাওয়ার আগে একটু চাপাস্বরে গগনকে বলে গেল, "আজ যাচ্ছি, কিন্তু কাল আবার দেখা হবে।"

চোর ধরার পর্ব একরকম শেষ হয়েছে। চোরটাকে পাইকরা আবার ধরাধরি করে লাকড়ির ঘরে তুলে নিয়ে গেল। একে-একে লোকেরা ফিরে যাচ্ছে। পটল গাঙ্গুলি আর বিজয় মল্লিকও উঠে পড়লেন।

নটবর ঘোষ যাওয়ার আগে বললেন, "তোমার বাড়িতে কী করে যে চোরটা ঢুকল সেটাই আমার মাথায় ঢুকছে না। এ তো বাড়ি নয়, দুর্গ।"

কাঁচুমাচু মুখে গগন বলল, "নিত্যানন্দ ঘোষালের জমির ওই বেলগাছটাই যত নষ্টের গোড়া। দেখুন না, ওই তো দেখা যাচ্ছে। আগে এত বাড়বাড়ন্ত ছিল না গাছটার, এবার হয়েছে। গাছের ডাল বেয়ে এগিয়ে ওই খড়ের গাদায় ঝাঁপ খেয়ে পড়েছিল বোধহয়। আপনারা সবাই মিলে বলে-কয়ে বুঝিয়ে গাছটা কাটিয়ে ফেলতে

ঘোষালকে রাজি করান। আমি অনেক বলেছি, ঘোষাল কথাটা কানেই তোলে না।"

"বেলগাছ কাটতে নেই হে বাপু। তুমি বরং আরও একটু সজাগ থেকো। এক চোর যখন ঢুকেছে, আরও চোর এল বলে।"

লোকজন সব বিদেয় হয়ে যাওয়ার পর গগন সাঁপুই পাইকদের ডেকে বলল, "ওরে, আর দেরি নয়, ছোঁড়ার জ্ঞান ফেরার আগেই ধরাধরি করে নিয়ে গিয়ে রথতলার মাঠে রেখে আয়। থানা-পুলিশের হাঙ্গামা কে করতে যাবে বাবা! জ্ঞান ফিরলে বাছাধন আপনিই চম্পট দেবে'খন। যা-যা, তাড়াতাড়ি কর। একটু চুপিচুপি কাজ সারিস বাবা, কেউ টের পেলে আবার পাঁচটা কথা উঠবে।"

লক্ষ্মণ পাইক একটু হতাশ হয়ে বলল, "ছেড়ে দেবেন! এই চোরটার পেট থেকে যে অনেক কথা টেনে বের করা যেত। চোরদের পেছনে দল থাকে। পুরো দলটাকেই ধরা যেত তা হলে!"

গগন ঘনঘন মাথা নেড়ে বলে, "ওরে বাবা, চন্দ্র-সূর্য যতদিন আছে পৃথিবীতে চোর-ছ্যাঁচড়ও ততদিন থাকবে। কত আর ধরবি? আমি শান্তিপ্রিয় লোক, চোর ধরে আরও গোলমালে পড়তে চাই না। আপদ বিদেয় হলেই বাঁচি। চল আমিও সঙ্গে যাচ্ছি।"

লক্ষ্মণ পাইক বলবান লোক। একটু তাচ্ছিল্যের সঙ্গে বলল, "লোক-লশকর লাগবে না, বড়বাবু। আপনাকেও সঙ্গে যেতে হবে না। চোরটা একেবারেই হালকা-পলকা। আমি একাই কাঁধে করে নিয়ে গিয়ে রেখে আসছি।"

"তাই যা বাবা, পাঁচটা টাকা বকশিশ পাবি।"

লক্ষ্মণ পাইক লাকড়ির ঘরে ঢুকে রোগা ছেলেটার সংজ্ঞাহীন দেহটি বাস্তবিকই ভাঁজ করা চাদরের মতো ডান কাঁধে ফেলে রওনা হল। রথতলার মাঠ বেশি দূরে নয়। রায়বাবুদের আমবাগান পেরোলেই বাঁশঝাড়। তারপরেই রথতলা। জোরকদমে হাঁটলে পাঁচ মিনিটের রাস্তাও নয়।

নিশুত রাত। চারদিক নিঃঝুম। লক্ষ্মণের বাঁ হাতে টর্চ। মাঝে-মাঝে আলো ফেলে সে অন্ধকার বাঁশঝাড়টা পেরিয়ে রথতলায় পৌঁছে গেল। চারধারে একবার তাকিয়ে দেখে নিয়ে ছোঁড়াটাকে হড়াম করে ফেলে দিল ঘাসের ওপর।

ফিরে যাওয়ার আগে লক্ষ্মণ অন্ধকারে একটু দাঁড়িয়ে রইল। তার মাথাটা যদিও নিরেট এবং ভাবনা-চিন্তা তার মাথায় বিশেষ খেলে না, তবু এখন সে এই ছোকরার কথাটা একটু ভাবছে। এই মাঠে পড়ে থাকলে একে সাপে কাটতে পারে, শেয়ালে কামড়াতে পারে, ঠান্ডা লেগে অসুখ করতে পারে। লক্ষ্মণ তার মনিবের হুকুম তামিল করেছে বটে, কিন্তু তার মনটা কেন যেন খুঁত-খুঁত করছে।

একটু আনমনা ছিল লক্ষ্মণ, হঠাৎ ঘোর অন্ধকার থেকে একটা লম্বা হাত এগিয়ে এসে তার কাঁধে আলতোভাবে পড়ল।

"কে রে শয়তান?" বলে লক্ষ্মণ বিদ্যুদ্বেগে ঘুরে তার বিশাল হাতে একখানা মোক্ষম ঘুসি চালাল। ঘুসিটা কোথাও লাগল না। উলটে বরং ঘুসির তাল সামলাতে না পেরে লক্ষ্মণ নিজেই বেসামাল হয়ে পড়ে যাচ্ছিল। তখন দু'খানা লোহার মতো হাত তাকে ধরে তুলল। কে যেন বলল, "ঘাবড়ে যেয়ো না, মাথা ঠান্ডা করো। কথা আছে।"

কেমন যেন ফ্যাসফেসে গলা। সাপের শিসের মতো। শুনলে ভয়-ভয় করে। লক্ষ্মণ একটু ঘাবড়ে গিয়ে শ্রদ্ধার সঙ্গে জিজ্ঞেস করল, "আপনি কে?"

"সেকথা পরে হবে।"

লক্ষ্মণ টের পেয়েছে, লোকটার গায়ে বেজায় জোর। তার চেয়েও বেশি। সে সতর্ক গলায় বলল, "কথা কিসের? আমাকে এখনই ফিরতে হবে। দাঁড়ান, টর্চটা পড়ে গেছে, তুলি।"

"টর্চটা আমার পায়ের নীচে আছে। যাওয়ার সময় পাবে। কিন্তু যাওয়ার আগে কয়েকটা কথার জবাব দিয়ে যেতে হবে।"

"আপনি বোধহয় এই চোরটার শাগরেদ!"

"হতেও পারে। এখন বলো তো, ওকে এখানে ফেলে যাওয়ার মানেটা কী?"

"গগনবাবু বললেন তাই ফেলে যাচ্ছি। তিনি পুলিশের হাঙ্গামা চান না। তাঁর দয়ার শরীর, ছোকরাকে পালানোরও পথ করে দিলেন। জ্ঞান ফিরে এলে চলে যাবে।"

লোকটা হাত-দুই তফাতে দাঁড়িয়ে আছে। অন্ধকারে মুখটা দেখা যাচ্ছে না। তবে বেশ লম্বা চেহারা, এটা বোঝা যাচ্ছে। লোকটা ফ্যাসফেসে রক্ত-জল-করা সেই গলায় বলল, "ও যে চোর তা ঠিক জানো?"

লক্ষ্মণ বেশ দৃঢ়তার সঙ্গে বলল, "নিয্যস চোর। চোরাই জিনিস অবধি পাওয়া গেছে।"

"কী জিনিস?"

"তা আমি জানি না। গগনবাবু জানে।"

"রাত-পাহারায় কি তুমি ছিলে?"

"আমি আর শম্ভু।"

"চোর কীভাবে ঢুকল জানো?"

"বেলগাছের ডাল বেয়ে এসে খড়ের গাদায় লাফিয়ে নামে। কুকুরগুলো তখনই চেঁচাতে শুরু করে। আমরাও লাঠি আর বল্লম নিয়ে দৌড়ে যাই।"

"গিয়ে কী দেখলে?"

"কিছু দেখিনি। তবে খড় ছিটিয়ে পড়ে ছিল। কুকুরগুলো লাকড়ির ঘরের দিকে দৌড়ে গেল।"

"তারপর?"

"তারপর আর কী? বাড়ির সবাই উঠে পড়ল। চেঁচামেচি হতে লাগল। চোরও ধরা পড়ে গেল।"

"তা হলে চোরটা চুরি করল কখন?"

"তার মানে?"

"খড়ের গাদায় লাফিয়ে নামতেই কুকুরগুলো চেঁচিয়ে ওঠে, তোমরাও তাড়া করে গেলে, বাড়ির লোকও উঠে পড়ল আর চোর গিয়ে ঢুকলে লাকড়ির ঘরে। এই তো! তা হলে চুরি করার সময়টা সে পেল কখন? চুরি করতে হলে দরজা বা জানলা ভাঙতে হবে বা সিঁদ দিয়ে ঘরে ঢুকতে হবে, তারপর আবার সিন্দুক ভাঙাভাঙি আছে। তাই না?"

লক্ষ্মণ একটু জব্দ হয়ে গেল। তারপর বলল, "কথাটা ভেবে দেখিনি। চুরি-টুরি করিনি কখনও।"

"তুমি এ গাঁয়ে নতুন, তাই না?"

"আজ্ঞে হ্যাঁ। এই মোটে ছ'মাস হল গগনবাবুর চাকরিতে ঢুকেছি।"

"গগন কেমন লোক তা জানো?"

"আজ্ঞে না। জানার দরকারই বা কী? যার নুন খাই তারই গুণ গাই।"

"খুব ভাল কথা। কিন্তু বিনা বিচারে ছেলেটাকে মারধোর করা কি ঠিক হয়েছে?"

লক্ষ্মণ মাথা চুলকে বলল, "ছোকরা পালানোর চেষ্টা করছিল যে!"

"তোমার গায়ে বেশ জোর আছে। যেসব রদ্দা মারছিলে তাতে রোগা ছেলেটা মরেও যেতে পারত। মরে গেছেও হয়তো।"

লক্ষ্মণ জিভ কেটে বলে, "আজ্ঞে না। মরেনি। শ্বাস চলছে। বুকও ধুকধুক করছে।"

"ঠিক আছে, তুমি যেতে পারো। তবে আমার সঙ্গে যে তোমার কথা হয়েছে তা যেন কাকপক্ষীতেও টের না পায়।"

আমতা-আমতা করে লক্ষ্মণ বলে, "কিন্তু আপনি কে?"

"আমি এ গাঁয়ের এক পুরনো ভূত। বহু বছর আগে মারা গেছি।"

লক্ষ্মণের মুখে প্রথমটায় বাক্য সরল না। তারপর গলা খাঁকারি দিয়ে বলল, "কী যে বলেন! জলজ্যান্ত দেখতে পাচ্ছি, মানুষ।"

"না, দেখতে পাচ্ছ না। যা দেখছ তা ভুল দেখছ। এই যে টর্চটা নাও। সরে পড়ো।"

॥ ২ ॥

আঙুল দিয়ে বাতাসে আঁকিবুকি কাটা আর বিড়বিড় করা রামবাবুর পুরনো স্বভাব। বাতাসে আঁকিবুকি করে কী লেখেন কেউ জানে না, অনেকে বলে, "আঁক কষেন।" অনেকে বলে, "ছবি আঁকেন।" অনেকে বলে, "ভূতপ্রেতের সঙ্গে সংকেতে কথা কন।" দু'-চারজন বলে, "ওটা হচ্ছে ওর বায়ু।" আসল কথাটা অবশ্য পুরনো দু'-চারজন লোকেরই জানা আছে। রামপদ বিশ্বাস যৌবনে হাত-টাত দেখে বেড়াতেন। ভাল করে জ্যোতিষশাস্ত্র অধ্যয়ন করবেন বলে কাশীতে গিয়ে এক মস্ত জ্যোতিষীর শাগরেদি করতে থাকেন। বেশ শিখে ফেলেছিলেন শাস্ত্রটা। হঠাৎ একদিন নিজের জন্মকুণ্ডলীটা গ্রাম থেকে আনিয়ে বিচার করতে বসলেন। আর তখনই চক্ষুস্থির। গ্রহ-সংস্থান যা দেখলেন তাতে তাঁর নিজের ভবিষ্যৎ অতীব অন্ধকার। এ কোষ্ঠীতে কিছুই হওয়ার নয়। খুঁটিয়ে-খুঁটিয়ে নানাভাবে বিচার করলেন। কিন্তু যা দেখলেন তাতে ভরসা হওয়ার মতো কিছু নেই। হতাশ হয়ে তিনি হাল ছাড়লেন বটে, কিন্তু কোষ্ঠীর চিন্তা তাঁর মাথা থেকে গেল না। দিনরাত ভাবতে লাগলেন। মাঝে-মাঝে কাগজে, তারপর দেওয়ালে বা মেঝেতেও নিজের ছকটা এঁকে একমনে চেয়ে থাকতেন। বিড়বিড় করে বলতেন, "নাঃ, রবি অত নীচস্থ...ইস, শনিটাও যদি এক ঘর তফাত হত...মঙ্গলটার তো খুব খারাপ অবস্থা দেখছি...!"

সেই থেকে রামবাবুর মাথাটা একটু কেমনধারা হয়ে গেল। যখন হাতের কাছে কাগজ-কলম বা দেওয়াল-টেওয়াল জোটে না তখন তিনি বাতাসেই নিজের কোষ্ঠীর ছক আঁকতে থাকেন আর বিড়বিড় করেন। তবে নিজের কোষ্ঠীর ফলটা খুব মিলে গেছে তাঁর। কিছুই হয়নি রামবাবুর, ঘুরে-ঘুরে বেড়ান আর বিড়বিড় করেন আর বাতাসে আঁকিবুকি কাটেন।

তবু রামবাবুর কাছে পাঁচটা গাঁ-গঞ্জের লোক আসে এবং যাতায়াত করে। তার কারণ, রামবাবু মাঝেমধ্যে ফস করে এমন এক-একটা ভবিষ্যদ্বাণী করে ফেলেন যা অক্ষরে-অক্ষরে মিলে যায়। তাঁর মুখ থেকে যদি কখনও ওরকম এক-আধটা কথা বেরিয়ে পড়ে সেই আশায় অনেক দূর-দূর থেকে লোক এসে তাঁর বাড়িতে ধরনা দিয়ে পড়ে থাকে। এই তো মাত্র বছর-দুই আগে ফটিক কুণ্ডুর দেউলিয়া হওয়ার দশা হয়েছিল। ফটিক রামবাবুর বাড়ির মাটি কামড়ে দিন-রাত পড়ে থাকত। অবশেষে একদিন রামবাবু রাত বারোটায় বাতাসে ঢ্যাঁড়া কাটতে কাটতে ঘরের বাইরে এলেন। বারান্দায় কম্বল বিছিয়ে ফটিক বসে বসে মাথায় হাত দিয়ে আকাশ-পাতাল ভাবছিল।

রামবাবু তার দিকে চেয়ে গম্ভীর গলায় বললেন, "ফটিক, বাড়ি যাও। পরশুদিন বেলা বারোটার মধ্যে খবর পেয়ে যাবে।"

শশব্যস্তে ফটিক বলল, "কিসের খবর?"

"যে-খবর পাওয়ার জন্য হাঁ করে বসে আছ। যাও, ভাল করে খেয়ে-দেয়ে নাকে তেল দিয়ে ঘুমোও গে। রাহু ছেড়েছে, বৃহস্পতির বাঁকা ভাব সোজা হয়েছে, আর চিন্তা কী?"

রামবাবুর কথা একেবারে সোনা হয়ে ফলল। পরের-পরের দিন দশটা নাগাদ ফটিকের লটারি জেতার খবর এল। দু' লাখ টাকা। এখন ফটিকের পাথরে পাঁচ কিল। সেই টাকায় ব্যাবসা-বাণিজ্য করে এখন ফলাও অবস্থা, বোল-বোলাও ব্যাপার।

চৌধুরীবাড়ির নতুন জামাই এক দুপুরে শ্বশুরবাড়িতে খেতে বসেছে। রামবাবু রাস্তা দিয়ে যেতে যেতে হঠাৎ বাড়িতে ঢুকে সোজা জামাইয়ের সামনে হাজির। খানিকক্ষণ চেয়ে থেকে বললেন, "চৌধুরীমশাই, দিব্যি জামাইটি হয়েছে আপনার। ফরসা রং, রাজপুত্তুরের মতো মুখ, টানা-টানা চোখ, দু'খানা হাত, কিন্তু পা কি একখানা কম?"

নগেন চৌধুরী এমনিতেই রামবাবুকে পছন্দ করেন না, তার ওপর তাঁর এই উটকো আগমনে তিনি চটে গিয়ে বললেন, "একখানা পা মানে? খোঁড়া-খুঁতো জামাই শস্তায় ঘরে এনেছি বলে ভাবছ? নগেন চৌধুরী অত পিচেশ নয়। নগদ দশটি হাজার টাকা বরপণ, একখানা মোটরসাইকেল, রেডিয়ো, চল্লিশ ভরি সোনা, আলমারি, ফার্নিচার...বুঝলে! জামাই শস্তায় হয়নি। বাইরে তোমরা কেপ্পন বলে আমার বদনাম রটাও, সে আমি জানি। তা বলে এত কেপ্পন নই যে, কানা-খোঁড়া ধরে এনে মেয়ের বিয়ে দেব। ও জামাই, এই বেয়াদবটাকে তোমার দুটো ঠ্যাং বের করে দেখিয়ে দাও তো!"

জামাই কিছু হতভম্ব হয়ে বিচি সমেত একটা কাঁটালের কোয়া গিলে ফেলল। তারপর ভয়ে ভয়ে দুটো পা বের করে দেখাল।

রামবাবু বিমর্ষ হয়ে বললেন, "নাঃ, ডান ঠ্যাংটা তো হাঁটুর নীচ থেকে নেই দেখছি। তাতে অবশ্য তেমন ক্ষতি নেই, এক ঠ্যাঙেই দিব্যি কাজ চলে যাবে।"

নগেন চৌধুরী মহা খাপ্পা হয়ে বললেন, "চোখের মাথা খেয়েছ নাকি? স্পষ্ট দেখতে পাচ্ছ দুটো ঠ্যাং! তবু বলছ!" বলেই গলা একটু নামিয়ে বললেন, "কী বলতে চাও সে আমি বুঝেছি। এই কথাই তো বলতে চাইছ যে, বাপ-মা মরা ভাইঝিটাকে কেন ধরেবেঁধে ওই কানা সাতকড়ির সঙ্গে বিয়ে দিলাম! ওরে বাবা, সে কি আর সস্তা খোঁজার জন্য! গাঁয়ের পাঁচটা লোক জানে বিয়ের রাতে দশরথ দত্ত নগদ পাঁচ হাজারের জন্য অত চাপাচাপি না করলে ঘটনাটা ঘটতই না। দশরথ দেমাক দেখিয়ে

ছেলে তুলে নিয়ে গেল, তখন মেয়েটা লগ্নভ্রষ্টা হয় দেখে কানা সাতকড়ির সঙ্গে বিয়ে দিই। তবে আমি জানি, লোকে কথাটা বিশ্বাস করে না। তারা বলে বেড়ায়, দশরথের সঙ্গে নাকি আমি আগেই সাঁট করে রেখেছিলাম, আর সাতকড়ির সঙ্গেও নাকি বোঝাপড়া ছিল। আমার কুচ্ছো গাইতে হলধর গায়েন পালা অবধি বেঁধে শিবরাত্তিরের মেলার সময় আসর জমিয়েছিল। ছিঃ, ছিঃ কী বদনামই না করতে পারো তোমরা!"

রামবাবু এত কথা কানে নিলেন না। দুঃখিতভাবে মাথা নেড়ে বললেন, "ঠ্যাং একটাই, তাতে ভুল নেই। সামনের অমাবস্যার পর বিয়ে হলে এ জামাই আপনি অনেক শস্তায় পেতেন। একেবারে জলের দর।"

এই ঘটনার দু'দিন পর অমাবস্যা ছিল। নগেন চৌধুরীর জামাই শিমুলগড়ে গাড়ি ধরতে গিয়ে চাকার তলায় পড়ে ডান পা খোয়াল। এখন ক্রাচ নিয়ে ঘুরে বেড়ায়।

বুড়ো গৌরগোবিন্দর বয়স বিরানব্বই পেরিয়ে তিরানব্বইতে পড়ল। গত দশটি বছর গৌরগোবিন্দ ধৈর্য ধরে আছেন যদি তাঁর সম্পর্কে এক-আধটা কথা রামের মুখ থেকে বেরোয়। আজ অবধি বেরোয়নি। গৌরগোবিন্দ সকালে উঠে পান্তাটি খেয়েই একখানা মাদুর বগলে করে এসে রামবাবুর দক্ষিণের ঘরের দাওয়ায় চেপে বসে যান। গ্রীষ্মে ফুরফুরে বাতাস থাকে, শীতে থাকে রোদ। বসে দিব্যি আরামে ঝিমুনি এসে যায়। দুপুরে নাতনি এসে ডাকলে গিয়ে চাট্টি ভাত খেয়ে নেন, তারপর একখানা বালিশ বগলে এসে এখানেই দিবানিদ্রাটি সেরে নেন। সন্ধেবেলা ঘরে ফিরে যান। একেবারেই রুটিন। নিবারণ পুততুণ্ড একদিন জিজ্ঞেস করেছিল, "গৌরদাদু, বিরানব্বই পেরোবার পরও কি মানুষের ভবিষ্যৎ বলে কিছু থাকে?"

গৌরগোবিন্দ একঝুড়ি আসল দাঁত দেখিয়ে হেসে বললেন, "ওরে, আমি যে আর মাত্র চল্লিশ-পঞ্চাশ বছরের বেশি বাঁচব না সে আমিও জানি। তাই বলে কি হাল ছেড়ে দিয়ে বসে থাকব?"

এ কথার পর আর কার কী বলার থাকতে পারে?

আজ ভোরবেলায় গৌরগোবিন্দ যথারীতি দক্ষিণের বারান্দায় মাদুর পেতে বসে আছেন। দিব্যি হাওয়া দিচ্ছে। শরৎকালের মিঠে রোদটাও পড়েছে পায়ের ওপর। কিন্তু গৌরগোবিন্দের আজ ঝিমুনিটা আসতে চাইছে না। কাল রাতে গাঁয়ে চোর ঢুকেছিল, সেই খবরটা পাওয়া ইস্তক মনটা কেমন চুপসে গেছে। বেশ বুকের পাটাওয়ালা চোর, ঢুকতে গেছে গগন সাঁপুইয়ের বাড়ি। আর কে না জানে যে, গগন সাঁপুই হল সাক্ষাৎ কেউটে? তবে চোর ধরা পড়ার একটা ভাল দিকও আছে। সেইটেই ভাবছিলেন তিনি।

উঠোনের আগড় ঠেলে নটবর ঘোষকে ঢুকতে দেখে গৌরগোবিন্দ খুশি হলেন। গাঁয়ের পাঁচটা খবর এবং পাঁচ গাঁয়ের খবর ওর কাছেই পাওয়া যায়। বছর দুই আগে নটবর ঘোষের জ্যাঠা পাঁচুগোপাল মোকদ্দমার সাক্ষী দিতে সদরে যাচ্ছিল, স্টেশনে রাম বিশ্বেসের সঙ্গে দেখা হতেই রাম বাতাসে ঢ্যাঁড়া কাটতে কাটতে বলল, "খুব যে যাচ্ছ! বলি উইল-টুইল করা আছে? আর উইল করেই বা কী হবে? তোমার ধনসম্পত্তি তো পিঁপড়েরা খাবে বাবা। তবে একটা কথা, খুব দুর্যোগ হবে, বুঝলে! ভয়ানক দুর্যোগ। রেলগাড়ি অবধি না ভেসে যায়!"

পাঁচুগোপালের জরুরি মামলা। রামের কথায় কান দেওয়ার ফুরসত নেই। তাই পাত্তা দিল না। সেই রাতে সত্যিই ভয়ংকর দুর্যোগ দেখা দিল। যেমন ঝড় তেমনই বৃষ্টি। রাত দশটার আপ ট্রেন শিমুলগড়ে ঢোকার মাইল দুই আগে কলস নদীর ব্রিজ ভেঙে স্রোতে খানিকটা ভেসে গেল। সাক্ষ্য দিয়ে পাঁচুগোপাল আর ফিরল না। কিন্তু মুশকিল হল, চিরকুমার পাঁচুগোপালের যা কিছু বিষয়-সম্পত্তির ওয়ারিশান হল নটবর ঘোষ। হলে কী হয়, পাঁচুগোপালের টাকাপয়সা আর সোনাদানা সব লুকিয়ে রাখা আছে। কাকপক্ষীতেও জানে না। কোথায় আছে তা খুঁজে বের করা শিবের অসাধ্য। পাঁচুগোপাল জ্যাঠার লুকোনো সম্পত্তির হদিশ করতে নিত্যি এসে এখানে ধরনা দেয়। কিন্তু সুবিধে হয়নি। রাম গুপ্তধনের ব্যাপারে একেবারে চুপ। নটবর একবার কালী কাপালিকের কাছেও গিয়েছিল। কালী নরকরোটিতে করে সিদ্ধি খেতে খেতে হাঃ হাঃ করে হেসে বলেছিল, "আপনার জ্যাঠার ভূত তো নিত্যি আমার কাছে আসে। সুলুকসন্ধান সবই জানি। তবে মশাই, বটতলায় মায়ের থানটা আগে বাঁধিয়ে দিন, গুপ্তধনের হদিশ একেবারে হাতে-হাতে দিয়ে দেব। আপনার জ্যাঠারও তাই ইচ্ছে কিনা।"

মায়ের থান বাঁধানোর কথায় নটবর পিছিয়ে গেলেন। এখনও পিছিয়েই আছেন। কালী কাপালিক মাঝে মাঝেই হানা দিয়ে বলে যায়, "মশাই, কাজটা কিন্তু ভাল করছেন না। আপনার জ্যাঠা কুপিত হচ্ছেন। ক'টা টাকাই বা লাগবে? গোটা কয়েক ইট, এক চিমটি সিমেন্ট আর একটা রাজমিস্ত্রির একটুখানি যা খরচ, তার বদলে সাত-আট লাখ টাকার সোনাদানা—এ সুযোগ কেউ ছাড়ে!"

গৌরগোবিন্দ হাতছানি দিয়ে নটবরকে ডাকলেন।

"গৌর-ঠাকুরদা যে!" বলে নটবর এসে মাদুরের এককোণে চেপে বসে বললেন, "আচ্ছা ঠাকুরদা, এই বয়সে এই পাকা আপেলটির মতো চেহারা নিয়ে ঘুরতে তোমার লজ্জা হয় না? এখনও বত্রিশ পাটি দাঁত, মাথাভর্তি কালো চুল, টান চামড়া, বলি বুড়ো হচ্ছ না কেন বলো তো! এ তো খুব অন্যায্য কাজ হচ্ছে ঠাকুরদা! প্রকৃতির নিয়মকানুন সব উলটে দিতে চাও নাকি? সেটা যে গর্হিত ব্যাপার হবে!"

গৌরগোবিন্দ এক গাল হেসে বললেন, “হব রে বাবা, আমিও বুড়ো হব। আর বিশ-পঁচিশটা বছর একটু সবুর কর, দেখতে পাবি। সব ব্যাপারেই অত তাড়াহুড়ো করতে নেই। কত সাধ-আহ্লাদ শখ-শৌখিনতা বাকি রয়ে গেছে আমার!”

নটবর চোখ কপালে তুলে বলেন, “এখনও বাকি! তা বাকিটা কী-কী আছে বলো তো ঠাকুরদা?”

“আছে রে আছে। এই ধর না, আজ অবধি কাশী গিয়ে উঠতে পারলাম না। তারপর ধর, এখনও আমার বত্রিশটা মামলার রায় বেরোনো বাকি। তারপর ধর, সেই ছেলেবেলা থেকে শুনেছি, হলদে চিনি দিয়ে বাঁকিপুরের ক্ষীর নাকি অমৃত—তা সেটাও আজ অবধি চেখে দেখিনি। তারপর ধর, ফি-বছর যেসব লটারির টিকিট কাটছি তার একটাতেও প্রাইজ মারতে পারিনি। তারপর রাঙি গাইটার দুধ খাওয়ার জন্য কবে থেকে আশা করে আছি, দেবে-দেবে করছে, দিচ্ছে না। আরও কত আছে। তা সব একে-একে হোক। তারপর ধীরেসুস্থে বুড়ো হওয়ার কথা ভাবব'খন। অত হুড়ো দিসনি বাপ।”

“কিন্তু বয়সটা কত হল সে খেয়াল আছে?”

গৌরগোবিন্দ খাড়া হয়ে বললেন, “আমার বয়সটার দিকে তোদের অত নজর কেন রে? নিবারণ যে একশো পেরিয়ে এক গণ্ডা বছর টিকে দিব্যি হেসেখেলে পাঁঠার মুড়ো চিবিয়ে ঘুরে বেড়াচ্ছে তা তোদের পোড়া চোখে পড়ে না নাকি? কুঞ্জপুরের শৈলেন ঘোষ—সেও কি কম যাচ্ছে! আমার হিসাবমতো তার এখন একশো সাত। তা শৈলেন বাকিটা রাখছে কী বল তো! গেল হপ্তায় নবাবগঞ্জে হাট করতে এসে গন্ধমাদন বয়ে নিয়ে গেল, নিজের চোখে দেখা। পরশুদিন সারারাত জেগে কলসি গাঁয়ে ভট্ট অপেরার যাত্রা দেখেছে, দু' মাস আগেও ফুটবল মাঠে গিয়ে কুঞ্জপুরের হয়ে মেলা নাচানাচি করে এসেছে—তা এদের বেলায় কি চোখ বুজে থাকিস?”

নটবর ঘোষ সবেগে ডাইনে-বাঁয়ে মাথা নেড়ে বলে, “ওটা কাজের কথা নয়। সব জিনিসেরই একটা সময় আছে। তোমার মধুগুলগুলি গাছের আমগুলো যদি জষ্ঠি মাসে না পাকে তবে কি তুমি খুশি হও? খেতের ধান সময়মতো না পাকলে তোমার মেজাজখানা কেমনধারা হবে বলো তো! এও হচ্ছে সেই কথা । তিরানব্বই বছর বয়সে বত্রিশখানা দাঁত, টানটান চামড়া, মাথা ভর্তি চুল নিয়ে গটগট করে ঘুরে বেড়াচ্ছ—তোমার আক্কেলটা কী বলো তো! আম পাকে, ধান পাকে, আর মানুষ পাকবে না?”

গৌরগোবিন্দ একটা দীর্ঘশ্বাস ফেলে বললেন, “মধুগুলগুলি আমের কথা বলে খারাপ করে দিলি তো মেজাজটা। গাছ ঝেঁপে আম এসেছিল এবার। চোর-ছোঁড়াদের

জ্বালায় কি একটাও মুখে দিতে পেরেছি! কী চোরটাই হয়েছে গাঁয়ে বাপ। তোরা সব করিসটা কী? এই তো গগনের বাড়ি কাল অতবড় চুরিটা হয়ে গেল! শিমুলগড় কি চোরের মামাবাড়ি হয়ে উঠল বাপ? তা চোরটাকে তোরা করলি কী?"

এবার নটবর ঘোষের দীর্ঘশ্বাস ফেলার পালা। দীর্ঘশ্বাস ফেলে হেঁটমুন্ডু হয়ে সে বলল, "সেকথা আর জিজ্ঞেস কোরো না ঠাকুরদা। গগনের নাকি দয়ার শরীর, চোরের দুঃখে তার প্রাণটা বড্ড কেঁদেছিল। তাই ছেড়ে দিয়েছে।"

গৌরগোবিন্দ ফের খাড়া হয়ে বসে চোখ কপালে তুলে বলেন, "অ্যাঁ! ছেড়ে দিয়েছে! সে কী রে! একটা আস্ত চোরকে ছেড়ে দিলে!"

"চোরটা নাকি বড্ড কান্নাকাটি করছিল, তাইতে বাড়ির কারও ঘুম হচ্ছিল না। তাই নাকি ছেড়ে দিয়ে সবাই নিশ্চিন্তে ঘুমিয়েছে।"

গৌরগোবিন্দ মুখে একটা আফসোসের চুক-চুক শব্দ করে বললেন, "ইস! এ তো বড় ক্ষতি হয়ে গেল দেখছি! শিমুলগড়ের একটা নিয়ম আছে তো রে বাপ। সেই পুরনো আমল থেকে প্রথা চলে আসছে, চোর ধরা পড়লে তাকে দিয়ে যত পারো বেগার খাটিয়ে নাও। খেতে নিড়েন দেওয়াও, খানিকটা মাটি কুপিয়ে নাও, বাড়ির পানাপুকুরের পানা পরিষ্কার করাও, আগাছা সাফ করিয়ে নাও, এমনকী আগের দিনে বুড়ো-বুড়িরা চোরকে দিয়ে পাকা চুলও বাছিয়ে নিত। আমি তো চোরের খবর শুনে ঠিক করে রেখেছি, তিনটে গাছের নারকোল পাড়িয়ে নেব, পাঁচখানা বড়-বড় মশারি কাচাব, কুয়োর পাড়টা পিছল হয়েছে, সেটা ঝামা দিয়ে ঘষিয়ে নেব, আর গোয়াল ঘরখানা ভাল করে সাফ করিয়ে নেব। না না, গগন কাজটা মোটেই ভাল করেনি।"

মুখখানা বেজার করে নটবর ঘোষ বলল, "চোরটার সঙ্গে আমারও একটু দরকার ছিল। এ চোর তো যে-সে চোর নয়। গগনের বাড়ি হল কেল্লা। তার ওপর পাইক আছে, কুকুর আছে, লোক-লশকর আছে। সেসব অগ্রাহ্যি করে চোর যখন গগনের বাড়ি ঢুকে সিন্দুক ভেঙে জিনিস হাপিস করেছে তখন একে ক্ষণজন্মা পুরুষ বলতেই হবে। আমি তখন থেকেই ঠিক করে রেখেছি, জ্যাঠার ধনসম্পত্তি কোথায় লুকিয়ে রাখা আছে তা একে দিয়েই খুঁজে বের করব। এর যা এলেম এ ঠিক পারবে। তা বরাতটাই আমার খারাপ। সকালে চোরের সন্ধানে গিয়ে শুনি, এই বৃত্তান্ত।"

গৌরগোবিন্দ দুঃখ করে বললেন, "এঃ, কতবড় সুযোগটা হাতছাড়া হল বল তো! আমার পাঁচ-পাঁচখানা মশারি কাচা হয়ে যেত, ঝুনো নারকোলগুলো গাছ থেকে নামানো যেত, তোর জ্যাঠার ধনসম্পত্তিরও একটা সুলুকসন্ধান এই ফাঁকে হয়ে যেতে পারত। আজকাল ভাল চোর পাওয়া কি সোজা কথা রে! এখনকার তো সব ছ্যাঁচড়া চোর। আগের দিনে চুরিটা ছিল এক মস্ত বিদ্যে। নিধে চোর, সিধু চোর, হরিপদ

চোর—কী সব চোর ছিল সে আমলে! কত মন্তর-তন্তর জানত, হাতের কাজ ছিল কত সাফ, তেমনই ছিল বুদ্ধি আর সাহস। সবই দিনকে দিন উচ্ছন্নে যাচ্ছে।”

বিরক্ত মুখে নটবর বলে, “এমন ঠ্যাঁটা জ্যাঠাও কি কখনও কেউ দেখেছ? আমরা দু'টি ভাই সেই কবে থেকে জ্যাঠার সম্পত্তি তাক করে বসে আছি, অথচ টাকাপয়সা নিয়ে একটা শ্বাস অবধি ফেলে গেল না! কেবল বলত, যদি সজ্জন হও, যদি দয়ালু হও, যদি ভাল লোক হয়ে উঠতে পারো, তবে ঠিক খুঁজে পাবে। তা আমরা কি কিছু খারাপ লোক, বলো তো ঠাকুরদা?”

গৌরগোবিন্দ মাথা নেড়ে দুঃখের সঙ্গে বললেন, “ওইটেই তো পাঁচুগোপালের দোষ ছিল রে, বড্ড বেশি ভালমানুষ। কলিযুগে কি অত বেশি ভাল হলে চলে! একটি মিথ্যে কথা বলবে না, অন্যের একটি পয়সা এধার-ওধার করবে না, কথা দিলে প্রাণপণে কথা রাখবে, ছলচাতুরির বালাই নেই, বাবুগিরি নেই, মাছমাংস অবধি খেত না, গরিবকে দু'হাতে পয়সা বিলোত—এসব করে তো বারোটা বাজাল তোদের। সেই পাপের শাস্তিও তো ভগবান হাতে-হাতে দিলেন, কলস নদীতে রেলগাড়ি ভেসে গেল, লাশটা অবধি পাওয়া গেল না।”

নটবর মাথা নেড়ে বলে, “আমরাও সেই কথাই বলি, অতি ভাল তো ভাল নয়। এই আমার কথাই ধরো না কেন, আমি ভাল বটে, কিন্তু জ্যাঠার মতো আহাম্মক তো নই। এই তো গতকালই মাছওয়ালা নিতাই প্রামাণিকের কাছ থেকে সাত টাকার মাছ কিনে দাম দিতে দশটা টাকা দিয়েছি। তা নিতাই তখন খদ্দের নিয়ে এত ব্যস্ত যে, ভুল করে তিন টাকার বদলে সাত টাকা ফেরত দিয়ে দিয়েছে। আমিও কথাটা না বলে টাকাটি ট্যাঁকে গুঁজে চলে এলাম। কারণ কী জানো? ওই ভুলটা হয়তো বা ভাগ্যলক্ষ্মীরই কৃপা! নিতাই ওজনে ঠকায়, চড়া দাম হাঁকে, তারও একটা কর্মফল হয়তো ওই সাত টাকায় কাটল, কী বলো? জ্যাঠা হলে আহাম্মকের মতো দরকার হলে বাড়ি গিয়ে টাকা ফেরত দিয়ে আসত। এই যে আমি বন্ধক রেখে লোককে টাকা ধার দিই, জ্যাঠা এটা একদম সহ্য করতে পারত না। কিন্তু কাজটা কি খারাপ? গরিব-দুঃখী ঘটিটা, বাটিটা, আংটিটা, দুলটা বন্ধক রেখে টাকা নেয়, এতে অধর্মের কী আছে বলো! এ তো এক ধরনের পরোপকারই হল। তাদেরও পেট ভরল, আমারও সুদ থেকে দুটো পয়সা হল।”

গৌরগোবিন্দ একগাল হেসে গলাটা একটু খাটো করে বললেন, “তা সোনাদানা কেমন কামালি বাপ? এক-দেড়শো ভরি হবে?”

নটবর লজ্জায় নববধূর মতো মাথা নামিয়ে বলে, “অত নয়। তবে তোমাদের আশীর্বাদে খুব খারাপও হয়নি।”

এই সময়ে উঠোনের আগড় ঠেলে লম্বা-চওড়া একটা লোক ঢুকল। খালি গা, মালকোঁচা মেরে ধুতি পরা, হাতে একখানা পেতলের গুল বসানো লম্বা কাঠি।

গৌরগোবিন্দ সচকিত হয়ে বলেন, "কে রে ওটা?"

"ঘাবড়াও মাত ঠাকুরদা, ও হল গগনের পাইক। ওরে ও লক্ষ্মণ, বলি খবর-টবর আছে কিছু?"

লক্ষ্মণের মুখখানা কেমন ভ্যাবলামতো। চোখে-মুখে কেমন একটা ভয়-খাওয়া ভাব। কাছে এসে যখন দাঁড়াল তখনও একটু হাঁপাচ্ছে। ভাঙা গলায় বলল, "আচ্ছা, এই গাঁয়ে কি খুব ভূতের উপদ্রব আছে মশাই?"

গৌরগোবিন্দ ফের খাড়া হয়ে বললেন, "ভূত তো মেলাই আছে বাপু। শিমুলগড়ের ভূত তো বিখ্যাত। কিন্তু তোমাকে হঠাৎ ভূতে পেল কেন? কিছু দেখেছ-টেখেছ নাকি?"

লক্ষ্মণ একটু মাথা চুলকে বলল, "আজ্ঞে, সেটা বলতে পারব না। বলা বারণ। তবে সেটা বড় অশৈলী কাণ্ড।"

গৌরগোবিন্দ সজোরে মাথা নেড়ে বললেন, "পেটে কথা রাখতে নেই। কথা রাখলেই পেটের গণ্ডগোল হয়। কলেরা অবধি হতে দেখেছি।"

লক্ষ্মণ একটু ভড়কে গিয়ে বলে, "কলেরা!"

"কলেরা, সান্নিপাতিক, শূলব্যথা। কী বলিস রে নটবর?"

"একেবারে নিয্যস কথা। আরে লক্ষ্মণভায়া, দাঁড়িয়ে কেন? বোসো, বোসো। আমরা তো সবাই তোমার কথা বলাবলি করি। হ্যাঁ বটে, গগন এতদিনে পয়সা খরচ করে একখানা লোক রেখেছে বটে। যেমন তেজ তেমনই সাহস। বুঝলে গৌরঠাকুরদা, কালকের চোরটাকে তো এই লক্ষ্মণই সাপটে ধরেছিল। নইলে সে কি যে-সে চোর, ঠিক পাঁকাল মাছটির মতো পিছলে বেরিয়ে যেত থলিটি নিয়ে। লক্ষ্মণ খুব এলেমদার লোক। কাছেপিঠে এমন একখানা লোক থাকলে বল-ভরসা হয়।"

লক্ষ্মণ একটা দীর্ঘশ্বাস ফেলে মাদুরের এককোণে বারান্দা থেকে পা ঝুলিয়ে বসল। কাঁধের গামছা দিয়ে কপালটা একটু মুছে নিয়ে বলল, "আমার সাহসের কথা আর বলবেন না, গায়ের জোরের কথাও আর না তোলাই ভাল। কাল রাতে যা কাণ্ড হল, যত ভাবছি তত বুক শুকিয়ে যাচ্ছে। গগনবাবুর চাকরি আমি ছেড়ে দিচ্ছি। এ গাঁয়ে আর নয়।"

গৌরগোবিন্দ মাথা নেড়ে বলেন, "ভুল করছ হে বাপু। এ গাঁয়ের জল-হাওয়া খুব ভাল। কত লোক এখানে হাওয়া বদলাতে আসে। আর ভূতের কথা যদি বলো তো বলি, শিমুলগড়ের ভূতের যে এত নামডাক, তাও তো এমনই নয়। এমন ভদ্র,

পরোপকারী, ভাল আর শান্ত ভূত আর কোথাও পাবে না। বিশেষ করে বাইরের লোকের সঙ্গে বেয়াদবি করাটা তাদের রেওয়াজই নয়। তবে হ্যাঁ, বিশেষ কারণ থাকলে অন্য কথা। আর নতুন ভূতেরা একটু-আধটু মজা করে বটে, তবে সেটা ধরতে নেই।”

লক্ষ্মণ মাথা নেড়ে বলে, “না না, নতুন ভূত নয়। ইনি পুরনো ভূত। গায়ে পেল্লায় জোর।”

নটবর চোখ কপালে তুলে, “ভূতের গায়ে জোর! সে কী গো! ভূত তো শুনেছি বায়ুভূত জিনিস। ধোঁয়া বা গ্যাস জাতীয় বস্তু দিয়ে তৈরি ফঙ্গবনে ব্যাপার। তা গায়ের জোরটা বুঝলে কী করে? ভূতের সঙ্গে কুস্তি করলে নাকি?”

লক্ষ্মণ তাড়াতাড়ি নিজের দু' কান স্পর্শ করে জিভ কেটে বলে, “তেনার সঙ্গে কুস্তি যেন কখনও করতে না হয়, এই আশীর্বাদটুকু করবেন। যা একটু ছোটখাটো ঝাঁকুনি দিয়েছেন তাতেই হাড়গোড় কিছু আলগা হয়ে রয়েছে। সারা রাত্তির ঘুমোতে পারিনি। রামবাবুর কাছে ব্যাপারটা বলে একটা নিদান নিতেই আসা।”

গৌরগোবিন্দ আরও একটু ঝুঁকে বলেন, “তা ভূতের সঙ্গে তোমার লাগল কী নিয়ে? শিমুলগড়ের ভূতেরা তো বাপু সাত চড়ে রা করে না। তা ইনি কুপিত হলেন কেন? বাসি কাপড়ে বটতলায় যাওনি তো! এঁটো মুখে তুলসীগাছ ছোঁওনি তো! না কি অন্য কোনও অনাচার!”

লক্ষ্মণ হতাশ গলায় বলে, “না গো বুড়োবাবা, ওসব অনাচার কিছুই করিনি। দোষের মধ্যে মনিবের হুকুম তামিল করতে গিয়েছিলাম। আমার কী দোষ বলো! মানছি যে, চোরটাকে মারধোর করা ঠিক কাজ হয়নি। চোরটারও মতিভ্রম, পালানোর চেষ্টাই বা কেন করল কে জানে! তবে এটুকু বলতে পারি বুড়োবাবা যে, সে মরেনি। যখন তাকে বটতলার মাঠে নিয়ে ফেললুম তখনও বুক ধুকপুক করছিল।”

নটবর ঘোষ উত্তেজনায় প্রায় দাঁড়িয়ে গিয়ে বলে, “অ্যাঁ! বটতলার মাঠে নিয়ে ফেললে মানে! ফেলার মতো কী হল?”

গৌরগোবিন্দও বেশ উত্তেজিত গলায় বললেন, “চোর কি ফ্যালনা জিনিস হে! অমন জিনিস হাতের মুঠোয় পেয়েও কেউ হাতছাড়া করে! কত কাজ হয়ে যেত! তা ফেলতে গেলে কেন বাপু? জন্মেও শুনিনি কেউ কখনও চোর ফ্যালে।”

লক্ষ্মণ যথেষ্ট ঘাবড়ে গেছে। মুখখানা ফ্যাকাসেপানা দেখাচ্ছে। আমতা-আমতা করে বলে, “চোর যে ফ্যালনা জিনিস নয় তা এখানে এসেই শিখলাম মশাই। নাক মলছি, কান মলছি আর ইহজীবনে চোরকে হেলাফেলা করব না। রাতের তিনিও সে কথাই বলছিলেন কিনা!”

গৌরগোবিন্দ একটু ঝুঁকে পড়ে বললেন, "তা এই তেনাকে কেমন দেখলে বলো তো! পুরনো ভূত সব ক'জনকেই চিনি। বলি তিনুকে দ্যাখোনি তো! তিনুর গায়েও সাংঘাতিক জোর ছিল, মুগুরের বদলে রোজ সকালে দু'খানা আস্ত ঢেঁকি দু' হাতে নিয়ে বনবন করে ঘুরিয়ে মুগুর ভাঁজত। তবে বড্ড গবেট ছিল, খুব ভিতুও। গায়ে জোর থাকলে কী হয়, কেউ চোখ রাঙালেই লেজ গুটোত।"

লক্ষ্মণ মাথা নেড়ে বলে, "তা হলে ইনি তিনি নন। চুরি নিয়ে যখন আমাকে জেরা করছিলেন, তখনই বুঝেছিলাম এঁর খুব বুদ্ধি।"

নটবর বলল, "চুরি নিয়ে কী জেরা করল হে?"

লক্ষ্মণ একটা দীর্ঘশ্বাস ফেলে, "তিনিই আমার চোখ খুলে দিলেন। তবে সে মশাই অনেক কথা। আমি বড্ড ভয় পেয়েছি। লক্ষ্মণ পাইকের বুকে ভয় বলে বস্তু ছিল না কখনও। কাল রাত থেকে হল। এখানে আমার আর পোষাবে না মশাই। রামবাবুর কাছে তাই হাতটা গোনাতে এসেছি।"

শুনে গৌরগোবিন্দ খুব অট্টহাসি হেসে বললেন, "কত বছর রামের পেছনে ফেউ হয়ে লেগে আছি জানো? আজ অবধি মুখের কথাটা খসাতে পারিনি। তবে বেড়ালের ভাগ্যে কারও-কারও শিকে ছেঁড়ে দেখেছি। তোমারও কপাল ভাল থাকলে রামের মুখ থেকে বাক্যি বেরোবে।"

এমন সময় উঠোনের অন্যদিককার একখানা ঘরের দরজা খুলে রাম বিশ্বাস বেরিয়ে এলেন। ডান হাতে অবিরল ঢ্যাঁড়া কেটে যাচ্ছেন, আর মুখে অনর্গল বিড়বিড়।

লক্ষ্মণ তাড়াতাড়ি উঠে গিয়ে জোড়হাতে রামবাবুর সামনে দাঁড়িয়ে বলল, "আমার সমস্যার একটা বিহিত করে দেন আজ্ঞে। আমার বড় বিপদ যাচ্ছে।"

রামবাবু ভ্রূ কুঁচকে লক্ষ্মণের দিকে একটু চেয়ে থেকে বললেন, "ক'দিন শ্রীঘর বাস করা হয়েছে বলো তো! বছর পাঁচেক নাকি?"

লক্ষ্মণ এত ঘাবড়ে গেল যে, প্রথমটায় মুখে বাক্য সরল না। চোখ দুটো কেমন গোল্লা পাকিয়ে গেল ভয়ে। তারপর একটু ভাঙা গলায় বলল, "মোট তিন বছর। সব তো আপনি জানেন, লুকোছাপা করব না। জেল যে খেটেছি তা পুরো নিজের দোষে নয়। লালু দাসের দলে ভিড়েছিলুম পেটের দায়ে। ঘরে বুড়ো বাপ, রোগা মা, তিনটে আইবুড়ো বোন, কী করব বলুন। মোট চারটে ডাকাতিতে ছিলুম বটে, কিন্তু দলে থাকাই সার। আমাকে তেমন দায়িত্বের কাজ দিত না, শুধু বাইরে পাহারায় রাখত। শেষে নারায়ণপুরে লালু ধরা পড়ল। মামলায় মোট পাঁচ বছর জেল হল তার। তা লালু দাসের মতো লোকেরা কি আর জেল খাটে! আমাকে ডেকে বলল, 'তোকে মাসে-মাসে চারশো করে টাকা দেব, আমার হয়ে জেল খাটবি।' পেটের দায়ে রাজি

হয়েছিলাম। তবে পুরো মেয়াদ খাটতে হয়নি। তিন বছর পর ছেড়ে দিল। লালু দিব্যি গায়ে ফুঁ দিয়ে ঘুরে বেড়াচ্ছে, বদনামের ভাগী হলাম গে আমি। নিজের গাঁয়ে অবধি ঢুকতে পারি না।"

রামবাবুর চেহারাটি ছোটখাটো, রংখানা ফরসা, মাথায় একটু টাক, তিনি অতি দ্রুত বাতাসে ঢ্যাঁড়া কাটতে কাটতে উত্তেজিতভাবে পায়চারি করতে করতে আপনমনে বললেন, "একজনের নামের আদ্যক্ষর ন। আর একজনের দুটো হাতই বাঁ হাত। হুঁহুঁ, হুঁহুঁ, এ তো ঘোর বিপদের লক্ষণ দেখছি। অর্থই অনর্থের মূল।"

কথাটা কাকে বলা তা বোঝা গেল না ঠিকই। কিন্তু সবাই একটু তটস্থ হল। নটবর, গৌরগোবিন্দ এবং লক্ষ্মণ ছাড়াও দশ-বারোজন মানুষ ইতিমধ্যেই উঠোনের চারদিকে জমায়েত হয়েছে। সবাই এদিক-ওদিক চাওয়াচাওয়ি করছে। বিপদের কথায় সকলেরই মুখ শুকনো। এর মধ্যেই লক্ষ্মণ হঠাৎ বিদ্যুদ্বেগে ঘুরে সোজা গিয়ে নটবর ঘোষের সামনে দাঁড়িয়ে বাঘের গলায় গর্জন করে উঠল, "নটবরবাবু।"

লক্ষ্মণের এই চেহারা দেখে আতঙ্কিত হয়ে নটবর ঘোষ বললেন, "অ্যাঁ!"

"আপনার নামের আদ্যক্ষর ন।"

নটবর বিস্ফারিত চোখে চেয়ে বলে, "কে বলল ন?"

"আপনি নটবর।"

নটবর সবেগে ডাইনে-বাঁয়ে মাথা নেড়ে বলে, "কখনও নয়। ভুল শুনেছ ভাই। আমার নাম হল গে হলধর। বিশ্বাস না হয় এই গৌর ঠাকুরদাকেই জিজ্ঞেস করো।"

লক্ষ্মণ পাইক তার দুটো হাত মুঠো পাকিয়ে দাঁতে-দাঁত ঘষে বলল, "চালাকি হচ্ছে? আমি নিজের কানে শুনেছি আপনার নাম নটবর।"

নটবর দাওয়ার ভেতরদিকে সরে বসে বলে, "আহা হা, অত খেপছ কেন ভায়া, নটবর বলে মাঝে-মাঝে ভুল করে কেউ-কেউ ডাকে বটে, তবে দেখতে হবে যে, কোন ন? মূর্ধ্য ণ, না দন্ত্য ন? তোমাকে কিন্তু আগেভাগেই বলে রাখছি বাপু দন্ত্য ন হলে কিন্তু মিলবে না। আমার নটবর হল মূর্ধ্য ণ দিয়ে। যাও না, ওই রামের কাছেই জেনে এসো কোন ন।"

"আপনার হাত দুটো দেখি। আমার মনে হচ্ছে আপনার দুটো হাতই বাঁ হাত।"

নটবর তার হাত দু'খানা পিছমোড়া করে রেখে আতঙ্কের গলায় বলে, "মোটেই নয় বাপু। আমার বাঁ হাত নেই। দুটোই ডান হাত।"

ঠিক এই সময়ে হঠাৎ কাছেপিঠে প্রচণ্ড বজ্রাঘাতের শব্দের মতো শব্দ হল, "ব্যোম্...ব্যোম্...ব্যোম্ কালী! খেয়ে লে মা, সব খেয়ে লে! সব খেয়ে ফ্যাল বেটি করালবদনী। গরিব-বড়লোক, সাধু-চোর, কালো-ধলো—সব ব্যাটাকে ধরে খেয়ে লে

মা জননী। কড়মড়িয়ে খা মা, চিবিয়ে-চিবিয়ে খা, ছিবড়ে ফেলিসনি মা। সব গাপ করে দে।"

ওই বিকট শব্দে লক্ষ্মণ পাইক অবধি ঘাবড়ে গিয়ে হাঁ করে চেয়ে ছিল। সেই ফাঁকে নটবর ঘোষ দাওয়া থেকে নেমে সুট করে কচুবনের ভেতরে সেঁদিয়ে পালিয়ে গেল।

কালী কাপালিক রাম বিশ্বাসের বাড়িতে কখনও ঢোকে না। রামবাবুর ওপর তার একটা পুরনো রাগ আছে। বহুকাল আগে, কালী যখন কাপালিক হয়নি, তখন রামবাবু একবার তাকে বলেছিলেন, "ওরে, সামনের জন্মে তুই তো দেখছি বাদুড় হবি।" এই কথায় কালী প্রথমটায় ভীষণ ভয় খেয়ে যায়। অনেক কাকুতিমিনতি করতে থাকে, "ও রামবাবু, বাদুড় নয়, আমায় বরং সামনের জন্মে বানর করে দিন, তাও ভাল। বাদুড় হলে আমি মরে যাব। ও রামবাবু, আপনার পায়ে পড়ি।"

পঞ্চানন সরখেল কাছেই ছিলেন, তিনি বললেন, "তা বাপু কালী, বাদুড়ের চেয়ে কি বানর হওয়া ভাল? বাদুড়ের তো দু'খানা ডানা আছে, কত ঘুরে-টুরে বেড়াতে পারে, আর বানর তো ত্যাঁদড়ের একশেষ। এই সেদিনও আমার বাগানের তিন কাঁদি কলার সর্বনাশ করে গেছে। এ গাঁয়ে আর বানরের সংখ্যা বাড়ানো উচিত হবে না।"

কালী তখন রেগেমেগে বলল, "বাদুড় যে মুখ দিয়ে পায়খানা করে তা কি জানেন! ওয়াক থুঃ। আমি কিছুতেই বাদুড় হতে পারব না। রামবাবু, একটা ব্যবস্থা করে দিন। কুকুর-বেড়াল সব হতে রাজি আছি, শুধু ওই বাদুড়টা পারব না।" রাম বিশ্বাস অবশ্য সে কথায় কান দেননি। শুধু বলেছেন, "যা দেখতে পাচ্ছি তাই বলেছি বাপু, ওর আর নড়চড় নেই।"

সেই থেকে রামবাবুর ওপর কালীর রাগ। সে এ বাড়ির উঠোন মাড়ায় না কখনও। তবে মাঝে-মাঝে আসে আর বাইরে দাঁড়িয়ে 'ব্যোম কালী, ব্যোম কালী' করে যায়।

আজ কালীর চেহারাটা কিন্তু ভয়ংকর দেখাচ্ছে। মাথার চুল সব ফণা ধরে আছে, দাড়ি-গোঁফ সব যেন ফুলেফেঁপে উঠেছে, রোষকষায়িত লোচন। রামবাবুর উঠোনের দিকে চেয়ে হাতের শূলখানা ওপরে তুলে বিকট স্বরে বলল, "এ গ্রাম উচ্ছন্নে যাবে। অসুখ হয়ে মরবে, আগুন লাগবে, ভূমিকম্প হবে। এত বড় পাপের জায়গা আর নেই হে। সবার আগে যাবে ওই গগন সাঁপুই।"

কালীকে সবাই অল্পবিস্তর চেনে, তাই সবাই চুপচাপ বসে রইল। তবে লক্ষ্মণ পাইক এ গাঁয়ে নতুন লোক। সে মনিবের নাম শুনে দু' কদম এগিয়ে বলল, "কেন হে, গগন সাঁপুই আগে যাবে কেন?"

কালী অট্টহাস্য করে, "এ যে লক্ষ্মণ দরোয়ান দেখছি! বলি, আজ সকাল থেকে আমাকে যে আধসের করে দুধ পাঠানোর কথা ছিল, তার কী হল? আর মায়ের থান

বাঁধানোর ইটের ব্যবস্থা? দেব নাকি সব ফাঁস করে? গগন সাঁপুইকে বলিস, কাজটা সে মোটেই ভাল করেনি। আমার আখড়ায় দেড় হাজার ভূত মন্তর দিয়ে আটকে রেখেছি। সবক'টা কাঁচাখেগো অপদেবতা। একসঙ্গে যদি ছেড়ে দিই সারা গাঁ লন্ডভন্ড হয়ে যাবে কিন্তু।"

রোগামতো পটল সাহা কাঁটালগাছতলায় বসে ছিল এতক্ষণ। হঠাৎ বলে উঠল, "কিন্তু আমরা যে শুনতে পাই তোমারই নাকি বেজায় ভূতের ভয়! সেই ভয়ে তুমি শ্মশান-মশানে অবধি যাও না, মড়ার ওপর বসে তপস্যা কখনও করোনি!"

কালী কাপালিক আর-একটা অট্টহাসি হেসে নিয়ে বলে, "শবসাধনা! সে আমার কোন যুগে সারা হয়ে গেছে। আর শ্মশানের কথা বলছিস! আমার যখন এইটুকু বয়স তখন থেকে রথতলার শ্মশানে যাতায়াত। নন্দ কাপালিকের সঙ্গে তো সেখানেই ভাবসাব হল, মন্তর দিলেন। বুঝলে পটলবাবু, এইজন্যেই কথায় বলে গেঁয়ো যোগী ভিখ পায় না। আমি যদি অন্য গাঁয়ের লোক হতুম, তা হলে এই তোমরাই দু'বেলা গিয়ে পেন্নাম ঠুকতে। তবে আমিও ছাড়বার পাত্র নই, কালী কাপালিক যে কী জিনিস তা একদিন এ গাঁয়ের লোককে টের পাইয়ে ছাড়ব। আরও একটা কথা পেট-খোলসা করে বলেই দিচ্ছি। পাপ কখনও গোপন থাকে না।" এই বলে কালী লক্ষ্মণের দিকে চেয়ে মৃদু একটু ব্যঙ্গর হাসি হেসে বলল, "তোমার মনিবকেও কথাটা বোলো হে দরোয়ান। পাপ কখনও গোপন থাকে না। আমার কাছে সব খবরই আছে। বিকেল অবধি দেখব। যদি গগনের সুমতি হয় তবে কড়ার মতো কাজ করবে। আর যদি না করে তবে কাল সকালে সারা গাঁয়ে খবরটা রটে যাবে। থানা-পুলিশ হলে আমাকে দোষ দিয়ো না বাপু।"

কালী কাপালিক চলে গেলে সবাই একটু হাঁফ ছেড়ে নড়েচড়ে বসল।

কালী মনসাতলা পেরোনোর আগেই গৌরগোবিন্দ পা চালিয়ে ধরে ফেললেন, "ওরে ও কালী, দাঁড়া বাবা, দাঁড়া। কথা আছে।"

কালী বিরক্ত হয়ে ফিরে দাঁড়াল, "আবার কিসের কথা!"

গৌরগোবিন্দ দুঃখের সঙ্গে মাথা নেড়ে বলেন, "একটু দুধের জন্য তোর এত হেনস্থা, এ যে চোখে দেখা যায় না রে! আমার কেলে গোরুর দুধ খাবি এক গেলাস? অ্যাই বড় আধসেরি গেলাস।" বলে গৌরগোবিন্দ দুই হাতে গেলাসের মাপ দেখিয়ে মিটিমিটি হাসলেন, "আর গোরু দেখলেই ভিরমি খাবি। যেন সাক্ষাৎ ভগবতী। হাতির মতো পেল্লায় চেহারা, তেল চুকচুকে গায়ে রোদ পিছলে যায়। আর দুধের কথা যদি তুলিস বাপ, তা হলে বলব, অমন দুধ একমাত্র বুঝি রাজা-গজাদেরই জোটে। যেমন ঘন, তেমনই মিষ্টি, আর তেমনই খাসা গন্ধটি। খাবি বাপ একটি গেলাস? গরম, ফেনায় ভর্তি, সরে-ভরা দুধ?"

কালী একটা দীর্ঘশ্বাস ফেলে বলে, "তোমার মতলব আছে ঠাকুরদা।"

একগাল হেসে গৌরগোবিন্দ বলেন, "দূর পাগলা, মতলব আবার কী রে? দুটো কথা-টথা কইব বসে, সেই তো এইটুকু থেকে দেখছি তোকে। আয়, আয়।"

নিজের বাড়ির উঠোনে পা দিয়েই গৌরগোবিন্দ হাঁক মারলেন, "ওরে, তাড়াতাড়ি এক গেলাস দুধ নিয়ে আয় তো! আধসেরি গেলাসে, ভর্তি করে দিস। সাধু-সন্ন্যাসী মানুষ এরা সব, কুপিত হলেই বারোটা বাজিয়ে দেবে।"

দাওয়ায় কালীকে আসন পেতে যত্ন করে বসালেন গৌরগোবিন্দ। দুধও এসে গেল। কালীকে দুধটা খানিক খাওয়ার সময় দিয়ে গৌরগোবিন্দ গলাটা খাটো করে বললেন, "তা হলে কথাটা আসলে এই! মানে গগন সাঁপুই একখানা দাঁও মেরেছে!"

কালী নিমীলিত নয়নে চেয়ে বলে, "দুধটি বড্ড খাসা ঠাকুরদা, এর যা দাম দিতে হবে তাও আমি জানি। শোনো, কথাটা পাঁচকান কোরো না। ও ছোকরা মোটেই চোর নয়। থলির মধ্যে দু'শো এগারোখানা মোহর ছিল। গগন সেটিই গাপ করেছে। ছোঁড়ার কী মতিচ্ছন্ন হয়েছিল, কেন যে গগনের বাড়ি সেঁধোতে গেল।"

গৌরগোবিন্দ চোখ কপালে তুলে বলেন, "দু'শো এগারোখানা! দেখলি থলি খুলে?"

"থলি খুলতে হবে কেন ঠাকুরদা! আমার কি অন্তর্দৃষ্টি নেই? বাইরে থেকেই দেখলুম, থলির ভেতর মোহর। দু'শো এগারোখানা। তবে ভোগে লাগল না।"

"তার মানে?"

"ছোকরাকে রাতেই মেরে লাশ গুম করে দিয়েছে কিনা। কাল রাতেই ছোকরার প্রেতাত্মা এসে বলে গেল।"

॥ ৩ ॥

নিজের নাম নিয়ে একটু দুঃখ আছে অলঙ্কারের। নামটার মধ্যে কি মেয়ে-মেয়ে গন্ধ? বন্ধুরা তা বলে না অবশ্য, কিন্তু তার কেন যেন মনে হয় নামটা বড্ড মেয়েলি। নাম ছাড়াও আরও নানারকমের দুঃখ আছে অলঙ্কারের। যেমন, তার গায়ে তত জোর নেই যাতে সে বুক্কাকে হারিয়ে দিতে পারে। তাকে ন'পাড়া স্পোর্টিং ক্লাবের ফুটবল টিমে কিছুতেই কেন যে নেয় না! তার বাবার তত পয়সা নেই যে, চাটুজ্যেবাড়ির ছেলে চঞ্চলের মতো একখানা এয়ারগান তাকে কিনে দেন। চঞ্চল তার এয়ারগানটা অলঙ্কারকে ছুঁতেও দেয় না। অলঙ্কারের আর-একটা দুঃখ মা-বাবার কাছে কিছু

চাইলেই সবসময়েই শুনতে হয়, “না, হবে না। আমাদের পয়সা নেই।” নেই-নেই শুনতে শুনতে অলঙ্কারের কান পচে গেল। আলাদিনের আশ্চর্য প্রদীপ বা পরশপাথর পেলে তার একটু সুবিধা হত। সে অবশ্য খুব বেশি কিছু চাইত না। বিশ্বকর্মা পুজোর সময় কয়েকখানা রঙিন ঘুড়ি আর লাটাই, কয়েকটা লাট্টু, কিছু মার্বেল, পুজোয় নতুন জুতো, এইসব।

অলঙ্কারদের বাড়ি পুবপাড়ায়। দোতলা মিষ্টি একটা মাটির বাড়িতে তারা থাকে। বাড়ির সামনে একটু বাগান আর পেছনে ঘন বাঁশঝাড়। দোতলার ছোট্ট একটা কুঠুরিতে অলঙ্কার একা থাকে। সেখানে তার যত বইপত্র আর কিছু খেলার জিনিস। তার বইগুলো সবই পুরনো আর ছেঁড়াখোঁড়া। উঁচু ক্লাসে যারা উঠে যায় তাদের বই শস্তায় কিনে আনেন বাবা। তার খেলার জিনিসও বেশি কিছু নেই। একটা বল, দুটো ফাটা লাটিম, তক্তা দিয়ে বানানো একটা ব্যাট, একটা গুলতি, একটা ধনুক, একটা বাঁশি। ব্যস। তার জন্মদিনও হয় না কখনও। হলে টুকটাক দু’-একটা উপহার পাওয়া যেত। দুঃখের বিষয়, তার যেসব বন্ধুর জন্মদিন হয়, তাদের বাড়িতে নেমন্তন্নেও যেতে পারে না অলঙ্কার। কারণ উপহার কেনার পয়সাই যে নেই তাদের।

দুঃখ যেমন আছে তেমনই কিছু সুখও আছে তার। ফুটবল খেলতে, সাঁতার কাটতে তার দারুণ ভাল লাগে। ভাল লাগে বৃষ্টি পড়লে, শীতকালে রোদ উঠলে, আকাশে রামধনু দেখলে। সকালে যখন পাখির ডাকে ঘুম ভাঙে, তখনও তার খুব আনন্দ হয়। অলঙ্কারের আরও একটা গোপন সুখের ব্যাপার আছে। সে খুব খুঁজতে ভালবাসে। না, কোনও হারানো জিনিস নয়। সে এমনিতেই মাঠেঘাটে, জঙ্গলে, জলায় আপনমনে খোঁজে আর খোঁজে। হয়তো একটা অদ্ভুত পাথর, কখনও-বা কারও হারানো পয়সা, অদ্ভুত চেহারার অচেনা গাছের চারা, ভাঙা পুতুল বা এরকম কিছু যখন পেয়ে যায় তখন খুব একটা আনন্দ হয় তার। খুঁজতে খুঁজতে এই গ্রাম আর তার আশপাশের সব অন্ধিসন্ধি তার জানা হয়ে গেছে।

আজ ভোররাতে ঘুমের মধ্যে একটা আজগুবি ব্যাপার ঘটল। নিজের দোতলা ঘরে শুয়ে ঘুমোচ্ছিল সে। এ ঘরে জানলার বদলে ছোট ঘুলঘুলি আছে দুটো। মাথার কাছের ঘুলঘুলি দিয়ে কে যেন তাকে বলছিল, “বাঁশঝাড়ের পেছনে যে জঙ্গলটা আছে, সেখানে চলে যাও। সেখানে একটা জিনিস আছে।”

অলঙ্কার পাশ ফিরে ঘুমের মধ্যেই বলল, “কী জিনিস?”

“দেখতেই পাবে।”

“আপনি কে?”

“আমি শিমুলগড়ের পুরনো ভূত। আমার নাম ছায়াময়।”

ভূত শুনে ঘুমটা ভেঙে গেল অলঙ্কারের। সে উঠে বসল। দেখল, বাইরে ভোর-ভোর হয়ে আসছে। খুব পাখি ডাকছে। ঘুলঘুলি দিয়ে অবশ্য কাউকেই দেখা গেল না। স্বপ্ন স্বপ্নই, তাকে পাত্তা দিতে নেই। অলঙ্কারও দিল না। সে রোজকার মতো সকালে উঠে দাঁত মেজে পড়তে বসল। চাট্টি মুড়ি খেল। তারপর মায়ের অনুমতি নিয়ে বেরোল খেলতে। আজ ইস্কুলের প্রতিষ্ঠাদিবস বলে ছুটি। বেরোবার মুখেই হঠাৎ তার স্বপ্নটার কথা মনে পড়ে গেল।

বাঁশঝাড়ের পেছনের জঙ্গলে একটা জিনিস আছে! কিন্তু কীই-বা থাকবে? গতকালও ইস্কুল থেকে ফেরার পথে জঙ্গলটা ঘুরে এসেছে। প্রায়ই যায়। ওই জঙ্গলটা তার খুব প্রিয় জায়গা।

আজ পুবপাড়ায় জোর ডাংগুলি খেলা হবে। সেদিকেই মনটা টানছিল অলঙ্কারের। তবু শেষ অবধি ঠিক করল জঙ্গলটায় পাঁচ মিনিটের জন্য ঘুরে আসবে।

বাঁশঝাড়টা বিরাট বড়। একদিন নাকি এই বাঁশঝাড় তাদের বংশেরই সম্পত্তি ছিল। তবে শরিকে-শরিকে বাঁশঝাড়ের মালিকানা নিয়ে মামলা-মোকদ্দমা হওয়ায় এখনও এটা কারও সম্পত্তি হয়ে ওঠেনি। কেউ এখানকার বাঁশ কাটে না। ফলে ভেতরটা বেশ জমাট অন্ধকার। বাঁশপাতা পড়ে পড়ে কার্পেটের মতো নরম একটা আস্তরণ হয়েছে মাটির ওপর। বাঁশঝাড় পেরিয়ে একটা আগাছার জঙ্গল। বড় গাছও বিস্তর আছে। এ হচ্ছে সাহাবাবুদের পোড়োবাড়ির বাগান। জঙ্গলটা অলঙ্কার নিজের হাতের তেলোর মতোই চেনে। সে চারদিকে চোখ রেখে জঙ্গলের এধার থেকে ওধার ঘুরতে লাগল। তারপর হঠাৎ মস্ত মহানিম গাছটার তলায় চোখ পড়তেই সে অবাক হয়ে চেয়ে রইল। গাছতলায় খানিকটা পরিষ্কার ঘাসজমি আছে। এখানে বসে অলঙ্কার বাঁশি বাজায় মাঝে-মাঝে। এখন সেখানে একটা লোক শুয়ে আছে। মরে গেছে কি না বোঝা যাচ্ছে না। তবে কাত হয়ে, ভাঁজ-করা হাতের ওপর মাথা রেখে গুটিসুটি হয়ে শোওয়ার ভঙ্গি দেখে মারা গেছে বলে মনে হয় না। লোকটা রোগা চেহারার, লম্বা চুল আছে, গালে অল্প দাড়ি।

অলঙ্কার পায়ে-পায়ে এগিয়ে গিয়ে লোকটার কাছে দাঁড়িয়ে একবার গলাখাঁকারি দিল। প্রথমে আস্তে। তারপর জোরে। কাজ হল না দেখে নিচু হয়ে বলল, "আপনি কি ঘুমোচ্ছেন! এখানে কিন্তু শেয়াল আছে। আর খুব কাঠপিঁপড়ে।"

হঠাৎ লোকটা চোখ চাইল। তাকে দেখে ধড়মড় করে উঠে বসেই বলল, "আ-আমি কোথায়? আমি এখানে কেন?"

অলঙ্কার একটু হেসে বলে, "আপনি এখানে কী করে এলেন তা আপনি নিজেই ভুলে গেছেন? খুব ভুলো মন তো আপনার!"

লোকটির বয়স কুড়ি-বাইশের বেশি হবে না। নিজের ঘাড়ে হাত বোলাতে বোলাতে বলল, "মাথাটা বোধ হয় গুলিয়ে গেছে। এখানে যে কী করে এলাম!" বলে লোকটা শুকনো মুখে অলঙ্কারের দিকে চেয়ে ফের বলে, "আমার ভীষণ খিদে পেয়েছে। সাংঘাতিক খিদে। কিছু খেতে দিতে পারো?"

অলঙ্কার ম্লানমুখে বলল, "তবেই তো মুশকিল। আমাদের বাড়িতে কিচ্ছু খাবার থাকে না যে! আমাদের কত খিদে পায়, আমরা তখন জল খাই খুব করে। আমাদের পাতে কিছু ফেলা যায় না বলে আমাদের বাড়িতে কাক-কুকুর-বেড়ালরা পর্যন্ত আসে না। আমরা কোনও জিনিসের খোসা ফেলি না, ছিবড়ে ফেলি না। আমার বাবা সজনে ডাঁটা চিবিয়ে অবধি গিলে ফেলেন। আমি চিনেবাদাম পেলে তার ওপরের শক্ত খোসাটাসুদ্ধু চিবিয়ে খেয়ে নিই।"

ছেলেটা অবাক হয়ে চেয়ে ভয়-খাওয়া গলায় বলে, "ও বাবা, ওসব তো আমি পারব না। কিন্তু খিদেটা যে সহ্য করা যাচ্ছে না আর।"

"কেন, আপনার কাছে পয়সা নেই?"

ছেলেটা মাথা নেড়ে বলে, "ছিল। এখন আর নেই। অনেক ছিল। কেড়ে নিয়েছে।"

"কে কাড়ল? ডাকাত!"

ছেলেটা ঠোঁট উলটে বলল, "তাই হবে। ভাল চিনি না। তবে তোমাদের এই অঞ্চলটাই খুব খারাপ জায়গা।"

অলঙ্কার একটু ম্লানমুখ করে বলে, "আমার বাবারও তাই মত। আপনার কি অনেক টাকা ছিল?"

ছেলেটা করুণ হেসে বলে, "হ্যাঁ, অনেক। সে তুমি ভাবতেও পারবে না।"

"এখানে একটা কাশীর পেয়ারাগাছ আছে। চমৎকার পেয়ারা হয়। তবে গাঁয়ের ছেলেরা সব পেড়ে খেয়ে যায়। গতকাল দেখেছি, তিনটে অবশিষ্ট আছে। এনে দেব?"

"পেয়ারা! তাই দাও। জল পাওয়া যাবে তো!"

"হ্যাঁ। জল যত চাই। আমাদের বাড়ি ওই বাঁশঝাড়টার ওধারে। কুয়ো আছে। আগে পেয়ারা পেড়ে আনি, তারপর বাড়ি নিয়ে যাব আপনাকে।"

গাছে তিনটে পেয়ারাই ছিল। অলঙ্কার পেড়ে নিয়ে এল। বেশ বড় পাকা হলুদ পেয়ারা। ছেলেটা একটাও কথা না বলে কপকপ করে মুহূর্তের মধ্যে খেয়ে ফেলল তিনটেই। খুব খিদে পেলে খাবে বলে অলঙ্কার পেয়ারা তিনটে গাছ থেকে পাড়েনি। ভাগ্যিস পাড়েনি। খিদের যে কী কষ্ট তা তো সে জানে।

ছেলেটাকে সঙ্গে নিয়ে অলঙ্কার যখন বাড়ির দিকে আসছিল তখন তার একটু

ভয়-ভয় করছিল। তাদের বাড়িতে একমাত্র পাওনাদারেরা ছাড়া আর কেউ আসে না। তারা বাইরে দাঁড়িয়ে কটু-কাটব্য করে যায়। এ ছাড়া, কোনও অতিথি-অভ্যাগত, এমনকী আত্মীয়স্বজন অবধি কেউ আসেনি কখনও। বাইরের কোনও লোক এসে তাদের বাড়িতে খায়ওনি কোনওদিন। নিজের বন্ধুদের বাড়িতে ডেকে আনতেও ভয় পায় অলঙ্কার। আজ হঠাৎ এই উটকো লোকটাকে দেখলে তার মা-বাবা কি খুব রেগে যাবেন তার ওপর? তা মা-বাবা খুবই রাগী এবং ভীষণ গম্ভীর। কখনও তাঁদের মুখে হাসি দেখা যায় না। অলঙ্কার তাঁদের একমাত্র ছেলে হওয়া সত্ত্বেও সেও কখনও মা বা বাবার তেমন আদর বা আশকারা পায় না। তাদের বাড়িতে কোনও আনন্দ নেই, ফুর্তি নেই, হাসি নেই, গান নেই। এরকম বাড়িতে বাইরের কাউকে নিয়ে যেতে ভয় লাগবে না? এখন বাবা বাড়ি নেই, মা আছেন। মা যদি রেগে যান!

মা অবশ্য রাগলেন না। অলঙ্কারের রোগামতো মা কুয়োর ধারে কাপড় কাচতে বসেছেন। অলঙ্কারের সঙ্গে ছেলেটাকে আসতে দেখে কাচা থামিয়ে অবাক হয়ে চাইলেন।

অলঙ্কার ভয়ে-ভয়ে বলল, "মা, এঁর সব চুরি হয়ে গেছে। জঙ্গলে পড়ে ছিলেন।"

অলঙ্কারের মা অধরা উঠে মাথায় একটু ঘোমটা টেনে বললেন, "এ তো বড় ঘরের ছেলে মনে হচ্ছে! যাও বাবা, দাওয়ায় গিয়ে বোসো। ওরে অলঙ্কার, চটের আসনটা পেতে দে তো!"

মায়ের এই কথাটুকুতেই অলঙ্কারের বুক আনন্দে ভেসে গেল। মাকে সে যত রাগী আর বদমেজাজি ভাবে ততটা নন তা হলে! সে তাড়াতাড়ি আসন পেতে বসতে দিল ছেলেটাকে। চুপিচুপি জিজ্ঞেস করল, "আপনার নাম কিন্তু বলেননি।"

"আমার নাম ইন্দ্রজিৎ রায়।"

"ইন্দ্রদা, আমাদের বাড়িতে কিন্তু আপনার খুব অসুবিধে হবে।"

ইন্দ্র মাথা নেড়ে বলে, "অসুবিধে তোমাদেরই হবে বোধ হয়। তবে আমি এ গাঁয়ে বেশিক্ষণ থাকব না। একটু জিরিয়ে নিয়েই চলে যাব। আগে একটু জল দাও।"

ইন্দ্র প্রায় আধঘটি জল খেয়ে নিল। অধরা দুটো বাতাসা এনে বললেন, "এ দুটো খাও বাবা। মনে হচ্ছে খুব খিদে পেয়েছে।"

বাতাসা দুটো কচমচিয়ে খেয়ে ইন্দ্র বলল, "এখন খিদেটা সহ্যের মধ্যে এসে গেছে।"

"তবে আর-একটু সহ্য করো বাবা! আমি কচুসেদ্ধ দিয়ে ভাত বসাচ্ছি। আর হিঞ্চের ঝোল। দু'টি গরম ভাত খাও।"

"কিন্তু আমি যে আর বেশিক্ষণ এখানে থাকব না মাসিমা। আমাকে চলে যেতে হবে।"

অধরা করুণ চোখে ছেলেটার দিকে চেয়ে বললেন, "তোমাকে দেখে মনে হচ্ছে, খুব দুর্বল। এই শরীরে কি হাঁটতে পারবে? দু'টি খেয়ে নিলে গায়ে একটু জোর পেতে।"

ইন্দ্র সভয়ে মাথা নেড়ে বলে, "না, দেরি হয়ে যাবে। না পালালে আমার রক্ষে নেই।"

"তুমি কি ভয় পেয়েছ বাবা?"

ইন্দ্র নীরবে মাথা নেড়ে জানাল যে, সে ভয় পেয়েছে।

অধরা কী বলতে যাচ্ছিলেন, ঠিক এমন সময়ে বাইরে থেকে একটা ভারী গলার হাঁক শোনা গেল, "বলি ও হরিপদ, বাড়ি আছিস? হরিপদ-ও-ও..."

অলঙ্কার শখ করে জঙ্গল থেকে একটা নতুন ধরনের ফণীমনসা এনে উঠোনের বেড়া হবে বলে লাগিয়েছিল। সেগুলো এখন বুক সমান বেড়ে উঠে প্রায় নিশ্ছিদ্র এক আড়াল তৈরি করেছে। বাইরে থেকে উঠোনটা আর কারও নজরে পড়ে না। লোকটাকে দেখা গেল না বটে, কিন্তু গলা শুনে অধরা আর অলঙ্কারের মুখ শুকোল।

ইন্দ্র চকিতে মুখ তুলে বলল, "লোকটা কে বলো তো!"

অলঙ্কার ম্লানমুখে বলে, "ও হচ্ছে হরিশ সামন্ত। গগন সাঁপুইয়ের খাজাঞ্চি। তাগাদায় এসেছে।"

"গগন সাঁপুই!" বলে ইন্দ্র ভ্রু কোঁচকাল। তারপর টপ করে উঠে ঘরে ঢুকে কপাটের আড়ালে লুকিয়ে পড়ল। হরিশ সামন্ত ততক্ষণে ফটকের সামনে এসে দাঁড়িয়েছে, পাশে শম্ভু পাইক।

অধরা ইন্দ্রের কাণ্ড নীরবে দেখলেন, কিন্তু কোনও ভাবান্তর হল না। হরিশের দিকে চেয়ে শান্ত গলায় বললেন, "উনি তো বাড়ি নেই।"

হরিশ একটু খেঁচিয়ে উঠে বলে, "যখনই আসি তখনই শুনি বাড়ি নেই! সাতসকালে গেল কোন চুলোয়? যাকগে সে এলে বোলো বাবু এত্তেলা দিয়েছেন। এ বেলাই গিয়ে যেন একবার হুজুরের কাছে গিয়ে হাজির হয়। সুদে-আসলে তার মেলা টাকা বাকি পড়েছে। বুঝলে?"

"বুঝেছি। এলে বলব'খন।"

"আর-একটা কথা। মন দিয়ে শোনো। আজ আদায় উশুলের জন্য আসা নয়। বাবুর একটা জরুরি কাজ করে দিতে হবে। ভয় খেয়ে যেন আবার গা-ঢাকা না দেয়। বরং কাজটা করে দিলে কিছু পেয়েও যাবে। বুঝলে?"

"বুঝেছি।"

হরিশ সামন্ত চলে যাওয়ার পর ইন্দ্র বেরিয়ে এল। তার মুখে-চোখে আতঙ্কের

গভীর ছাপ। সে অলঙ্কারকে জিজ্ঞেস করল, "কী কাজের জন্য তোমার বাবাকে খুঁজছে ওরা?"

ঠোঁট উলটে অলঙ্কার বলে, "কে জানে! তবে বাবার তো সোনার দোকান ছিল, গয়না বানাতেন। এখন আর ব্যাবসা ভাল চলে না। গগনজ্যাঠা মাঝে-মাঝে সোনা গলানোর জন্য বাবাকে ডাকেন।"

ইন্দ্রর মুখ থেকে শেষ রক্তবিন্দু পর্যন্ত যেন সরে গেল। সাদা ফ্যাকাসে মুখে সে খানিকক্ষণ চেয়ে রইল শূন্য দৃষ্টিতে। তারপর বিড়বিড় করে বলল, "গলিয়ে ফেলবে! গলিয়ে ফেলবে!"

অধরা একদৃষ্টে দেখছিলেন ইন্দ্রকে। হঠাৎ একটু হেসে বললেন, "শোনো বাবা ইন্দ্র, তুমি এত ভয় পেয়ো না। ওপাশে একটা পুকুর আছে। ভাল করে স্নান করে এসো তো। তারপর খেয়ে একটু ঘুমোও। তোমার কোনও ভয় নেই। মাথা ঠান্ডা না করলে মাথায় বুদ্ধি আসবে কেমন করে?"

ইন্দ্র মাথা নেড়ে বলল, "কিন্তু ওরা যে আমার সব মোহর গলিয়ে ফেলবে!"

অধরা অবাক হয়ে বলেন, "তোমার মোহর? মোহর তুমি কোথায় পেলে বাবা? আর তা গগনবাবুর কাছেই বা গেল কী করে?"

"সেকথা বলতে অনেক সময় লাগবে।"

"তবে এখন থাক। আগে স্নান-খাওয়া হোক। তারপর কথা।"

"কিন্তু ততক্ষণে..."

অধরা মাথা নেড়ে বললেন, "ভয় নেই। সোনা যাতে না গলে তার ব্যবস্থা হবে। এ গাঁয়ে স্বর্ণকার মাত্র একজন, সে ওই অলঙ্কারের বাবা। তিনি না গেলে ও সোনা গলবে না।"

ইন্দ্র বেজার মুখে খানিকক্ষণ বসে রইল। অলঙ্কারই তাকে ঠেলে তুলে পুকুর থেকে স্নান করিয়ে আনল। দুশ্চিন্তায়, উদ্বেগে ভাল করে ভাত খেতে পারল না সে। বোধ হয় এসব সামান্য খাবার খাওয়ার অভ্যাসও নেই।

দুপুরে হরিপদ ফিরে ঘরে অতিথি দেখে অবাক। তবে অলঙ্কার যা ভয় করছিল তা কিন্তু হল না। হরিপদ রেগেও গেলেন না, বিরক্তও হলেন না। আবার যে খুশি হলেন, তাও নয়। অধরা বললেন, "ও ছেলেটি সম্পর্কে সব বুঝিয়ে বলছি। তুমি আগে স্নান-খাওয়া করে নাও।"

হরিপদর স্নান-খাওয়া সারা হলে চারজন গোল হয়ে বসল। ইন্দ্র খুব নিচু গলায় বলতে শুরু করল, "আমার নাম ইন্দ্রজিৎ রায়। আমি খুব শিশুকালে আমার মা-বাবার সঙ্গে বিদেশে চলে গিয়েছিলাম। এখন আমি লন্ডনের এক মস্ত লাইব্রেরিতে চাকরি

করি। আমার কাজ হল পুরনো পুথিপত্র সংরক্ষণ এবং সেগুলোর মাইক্রোফিল্ম তুলে রাখা। পৃথিবীর নানা প্রান্ত থেকে নানা ভাষার পুথি, দলিল-দস্তাবেজ বা চিঠিপত্র আমাদের লাইব্রেরি সংগ্রহ করে রাখে। তার মধ্যে বাংলাভাষার পুথিও অনেক আছে। একদিন হঠাৎ একটি পুথির মাইক্রোফিল্ম করতে গিয়ে আমি একটা মজার জিনিস লক্ষ করি। পুথিটা পদ্যে লেখা এক দিশি বাঙালি রাজার জীবনী। মজার জিনিস হচ্ছে রাজার গুণাবলী সম্পর্কে বাড়াবাড়ি সব বিবরণ। রাজা নাকি সসাগরা পৃথিবীর অধীশ্বর। তিনি নাকি সশরীরে স্বর্গ-মর্ত্য-পাতালে অনায়াসে যাতায়াত করে থাকেন। তাঁর নাকি পক্ষিরাজ ঘোড়া এবং পুষ্পক রথও আছে। তাঁর ওপর মা লক্ষ্মীর নাকি এমনই দয়া যে, রোজ নিশুতরাতে একটা প্যাঁচা নাকি আকাশ থেকে উড়ে এসে রাজবাড়ির ছাদে একটি করে সোনার টাকা ফেলে যেত, রাজা ভোরবেলা ছাদে গিয়ে সেটা কুড়িয়ে আনতেন। বোধ হয় রাজার কোনও চাটুকার সভাসদ জীবনীটা লেখেন। লেখকের নাম চন্দ্রকুমার। আর রাজার নাম মহেন্দ্রপ্রতাপ। আপনারা কি শুনেছেন এঁর নাম? প্রায় দেড়শো বছর আগে শিমুলগড়ের দক্ষিণে রায়দিঘিতে তাঁর রাজত্ব ছিল।"

হরিপদ সচকিত হয়ে বলেন, "শুনব না কেন? বাপ-পিতামহের কাছে ঢের শুনেছি। ওই সোনার টাকার কথা এ অঞ্চলের সবাই জানে। তবে রাজা-গজার গল্পে অনেক জল মেশানো থাকে। কেউ বিশ্বাস করে, আবার কেউ করে না।"

ইন্দ্র মাথা নেড়ে বলে, "ঠিকই বলেছেন। আমিও তাই পুথিটাকে প্রথমে গুরুত্ব দিইনি। তবে পুথির শেষদিকে কয়েকটা অদ্ভুত ধরনের ছড়া ছিল। অনেকটা ধাঁধার মতো। আমার মনে হল, সেগুলো কোনও সংকেতবাক্য। পুরনো পুথিপত্র থেকে সঙ্কেতবাক্য উদ্ধার করার একটা নেশা আমার আছে। সেই ছড়াগুলো নাড়াচাড়া করে বুঝলাম, চন্দ্রকুমার চাটুকার হলেও অত্যন্ত বুদ্ধিমান লোক এবং ভাষার ওপর তাঁর দখলও চমৎকার। আমি দু' দিন-দু' রাত্তির ধরে সেই সব ছড়ার অর্থ উদ্ধার করে দেখলাম, রাজা মহেন্দ্রপ্রতাপের আসল চরিত্র কীরকম সেসব কথা চন্দ্রকুমার খুব সাবধানে প্রকাশ করেছেন। মহেন্দ্রপ্রতাপ অত্যন্ত অত্যাচারী রাজা, ইংরেজের খয়ের খাঁ, প্রজারা তাঁকে মোটেই পছন্দ করে না। রাজা অত্যন্ত নিষ্ঠুর প্রকৃতিরও ছিলেন। মহেন্দ্রপ্রতাপের প্রপিতামহ প্রাসাদের নীচে শ'খানেক গুপ্ত প্রকোষ্ঠ তৈরি করিয়ে রেখেছিলেন। এই প্রকোষ্ঠগুলো আসলে ভুলভুলাইয়া বা গোলকধাঁধা। রাজ্য আক্রান্ত হলে লুকিয়ে থাকার জন্য এবং মূল্যবান ধনসম্পত্তি নিরাপদে রাখার জন্যই সেগুলো তৈরি করা হয়েছিল। সে নাকি এমন গোলকধাঁধা যে, একবার সেখানে ঢুকলে বেরিয়ে আসা ছিল সাংঘাতিক কঠিন। সেই পাতালপুরী কতটা নিরাপদ তা পরীক্ষা করে দেখার জন্য মহেন্দ্রপ্রতাপ নাকি মাঝে মধ্যে এক-আধজন দাস বা দাসীকে সেখানে

নামিয়ে দিতেন। তাদের কেউ শেষ অবধি বেরিয়ে আসতে পারত না। মাটির নীচে বেভুল ঘুরে-ঘুরে ক্লান্ত হয়ে খিদে-তেষ্টায় মরে পড়ে থাকত। সেইসব মৃতদেহ উদ্ধার বা সৎকার করা হত না। সেইসব দাস-দাসীর প্রেতাত্মারা যখ হয়ে গুপ্তধন পাহারা দিত। পুথির শেষে গুপ্তধনের হদিশও চন্দ্রকুমার দিয়েছেন। দিয়ে বলেছেন, রাজা মহেন্দ্রপ্রতাপ অত্যন্ত কৃপণ, কুটিল, বায়ুগ্রস্ত ও সন্দেহপ্রবণ। রাজার নির্দেশেই চন্দ্রকুমার গুপ্তধনের নির্দেশ লিখে রাখছেন বটে, কিন্তু তাঁর একটা ভয় হচ্ছে। ভয় হল, রাজা যদি গুপ্তধনের সঠিক নির্দেশই চন্দ্রকুমারকে দিয়ে থাকে, তা হলে খবরটা যাতে গোপন থাকে তার জন্য তিনি চন্দ্রকুমারকে অবশ্যই হত্যা করবেন। আর যদি ইচ্ছে করেই ভুল নির্দেশ দিয়ে থাকেন তা হলে চন্দ্রকুমার বেঁচে যাবেন। চন্দ্রকুমারের বিবরণ থেকে জানা যায়, রাজা মহেন্দ্রপ্রতাপের মোহর জমানোর নেশা ছিল। পৃথিবীর নানা জায়গার মোহর তিনি সংগ্রহ করতেন। অনেক দুষ্প্রাপ্য মোহরও তার মধ্যে ছিল। সেইসব ঐতিহাসিক মোহরের দাম শুধু সোনার দামে নয়। ঐতিহাসিক মূল্যে ধরলে এক-একটার দামই লাখ-লাখ টাকা। যদি কোনও বোকা লোকের হাতে সেগুলো যায় তবে সে আহাম্মকের মতো তা সোনার দরে ছেড়ে দেবে বা গলিয়ে ফেলবে। সেক্ষেত্রে অনেক মূল্যবান তথ্য আমাদের হাতছাড়া হয়ে যাবে, হারিয়ে যাবে অনেক ঐতিহাসিক নিদর্শন। সেই ভয়ে আমি পুথিটার শেষ অংশটা কপি করে নিয়ে খুব তাড়াহুড়ো করে ভারতবর্ষে চলে আসি। এ দেশ সম্পর্কে আমার তেমন কিছু জানা নেই।”

হরিপদ, অধরা আর অলঙ্কার সম্মোহিত হয়ে শুনছিল। হঠাৎ হরিপদ একটু গলাখাঁকারি দিয়ে বললেন, “শুনেছি আমাদের বংশের কে একজন যেন মহেন্দ্রপ্রতাপের দরবারে স্বর্ণকারের কাজ করতেন। নামটা বোধ হয় নকুড়।”

ইন্দ্র একটু অবাক হয়ে বলে, “হ্যাঁ, নকুড় কর্মকার মোহরের ব্যাপারে খুব জানবুঝদার লোক ছিলেন। বণিক বা দালালরা যেসব মোহর নিয়ে আসত তা নকুড় কর্মকার পরীক্ষা করে দেখে কিনতে বললেই রাজা কিনতেন।”

অলঙ্কার একটু ধৈর্য হারিয়ে বলল, “তারপর ইন্দ্রদা?”

ইন্দ্রর চেহারাটা এখন আর তেমন ফ্যাকাসে দেখাচ্ছে না। পেটের কথা খোলসা করে বলতে পেরে তার মুখে একটা রক্তাভা এসেছে। সে একটু চিন্তা করে বলল, “লন্ডন থেকে রওনা হওয়ার আগে একটা ঘটনা ঘটেছিল। সেটা আপাতত উহ্য থাক। কিন্তু এ দেশে পা দিয়েই আমার তিক্ত অভিজ্ঞতা হচ্ছিল। আমি শুনেছি এ দেশের সরকার খুব ঢিলাঢালা, কোনও কাজেই তাদের গা নেই। তাই আমি গুপ্তধন উদ্ধারের ব্যাপারে তাদের অনুমতি চাইনি। এসব ব্যাপারে এ দেশে বেসরকারি উদ্যোগেই কাজ

চটপট হয়। আমি আমার পোর্টেবল তাঁবু আর যন্ত্রপাতি নিয়ে এসেছিলাম লন্ডন থেকেই। দু'-একজন বিশ্বস্ত সাহায্যকারী খুঁজতে গিয়ে নাজেহাল হতে হয়েছে। একগাদা ফড়ে আর দালাল পেছনে লাগল। যা-ই হোক, কোনওরকমে তাদের চোখে ধুলো দিয়ে আমি একাই শেষ অবধি রায়দিঘিতে হাজির হই। কিন্তু কলকাতা থেকে রওনা হওয়ার একটু পরেই আমার মনে হচ্ছিল, কেউ যেন আমার পিছু নিয়েছে। সারাক্ষণ নজর রাখছে আমাকে। খুব অস্বস্তি বোধ করতে শুরু করি। রায়দিঘিতে এসে দেখি, রাজপ্রাসাদ বলতে আর কিছুই অবশিষ্ট নেই। অনেকখানি জায়গা জুড়ে একটা জংলা জায়গা। সাপখোপের বাসা। মাঝখানে একটা ধ্বংসস্তূপ। কাছেপিঠে লোকালয় বলতে এই শিমুলগড়, তা সেটাও দেড় মাইল দূরে। আমি খানিকটা জায়গা পরিষ্কার করে নিয়ে ক্যাম্প খাটিয়ে আমার কাজ শুরু করলাম। প্রথম, জায়গাটা মাপজোখ করা এবং নিশানা ঠিক করা। প্রাসাদের যা অবস্থা তাতে মাটির নীচের সব প্রকোষ্ঠই ভেঙে ধসে গেছে। সুতরাং ভুলভুলাইয়ার পথ ধরে যাওয়ার উপায় নেই। কিন্তু চন্দ্রকুমারের বিবরণে সেই পথের কথাই আছে। ফলে আমার কাজ বহুগুণ বেড়ে গেল। চন্দ্রকুমার একটা জয়স্তম্ভের কথা বলেছেন। তার নীচের প্রকোষ্ঠেই মোহর থাকার কথা। কিন্তু জয়স্তম্ভ যে কোথায় ছিল তা কে জানে। সারাদিন মাপজোখ আর খোঁড়াখুঁড়িতে অমানুষিক পরিশ্রম যাচ্ছে। তার চেয়েও ভয়ের কথা, চন্দ্রকুমারকে যদি রাজা ইচ্ছে করেই ভুল নির্দেশ দিয়ে থাকেন, তা হলে আমার গোটা পরিশ্রমই পণ্ডশ্রম হবে। জল এবং খাবারের বেশ অভাব হচ্ছিল। কাজ করতে করতে খাওয়ার কথা মনেও থাকত না। অনিয়মে এবং এ দেশের জলে আমার পেট খারাপ হল, শরীর ভেঙে যেতে লাগল। আমি বেশ অসুস্থ হয়ে পড়লাম। যে কথাটা এতক্ষণ বলিনি সেটা হল, রায়দিঘিতে ক্যাম্পে থাকার সময় আমার কিন্তু সারাক্ষণই মনে হত, আমি ঠিক একা নই। কেউ যেন আড়াল থেকে আমার ওপর নজর রাখছে। রাত্রিবেলা আমি তাঁবুর আশেপাশে পায়ের শব্দ পেতাম যেন। উঠে টর্চ জ্বেলে, কাউকে দেখতে পেতাম না! যখন অসুস্থ হয়ে পড়লাম তখন একদিন জ্বরের ঘোরের মধ্যে শুনতে পেলাম, কে যেন বলছে, নিমগাছে যে গুলঞ্চ হয়ে আছে সেটা চিবিয়ে খেলে সেরে যাবে।

"আশ্চর্যের বিষয়, পরদিন সত্যিই নিম-গুলঞ্চ খেয়ে শরীর অনেকটা সুস্থ হল। তারপর আরও দু'দিন দু'রকম পাতার নাম শুনলাম, কুলেখাড়া আর থানকুনি। কোথায় আছে তাও বলে দিল। খেয়ে আরও একটু উপকার হল। কিন্তু, কথা হল, লোকটা কে? তার মতলবটাই বা কী। একদিন নিশুতরাতে তার আগমন টের পেয়ে আমি জিজ্ঞেস করলাম, 'আপনি কে?' জবাবে সে বলল, 'আমি ছায়াময়।'"

অলঙ্কার অবাক হয়ে বলে, "ছায়াময়? আরে, আজ সকালে তো ছায়াময়ই আমাকে

বলল, বাঁশঝাড়ের পেছনের জঙ্গলে একটা জিনিস পাবে! আমি গিয়ে আপনাকে দেখতে পেলাম।”

ইন্দ্র মাথা নেড়ে মৃদু হেসে বলে, “তা হলে বলতেই হবে, সে যদি মানুষ হয়, তবে খুব মহৎ মানুষ, আর যদি ভূত হয়, তবে খুব উপকারী ভূত।”

“তারপর বলুন।”

“দিন কুড়ি দিনরাত খেটে অবশেষে বিজয়স্তম্ভের একটা আভাস পেলাম। পাওয়ার ড্রিল দিয়ে গর্ত করে ভেতরে আলো ফেলে গর্ভগৃহ পাওয়া গেল। সেখানে ধুলোময়লা, রাবিশের স্তূপ। কোনওরকমে ফোকরটা বড় করে নীচে নেমে বিস্তর ময়লা সরিয়ে তবে পেতলের কলসিটা পাওয়া গেল। মোহর সমেত।”

অধরা কথার মাঝখানে বলে ওঠেন, “বাবা ইন্দ্র, তোমার গলা শুকিয়ে গেছে, একটু ঠান্ডা জল খেয়ে নাও।”

জল খেয়ে ইন্দ্র বলল, “অনেক মেহনত করে বিকেলে সেই কলসিটা ওপরে তুলে আনলাম। তাঁবুতে এনে মোহর বের করে দেখলাম, সত্যিই অমূল্য সব মোহর। পাঁচ-সাতটা তো খুবই দুষ্প্রাপ্য। মোহরগুলো দেখে আমি এমন বাহ্যজ্ঞানশূন্য হয়ে পড়েছিলাম যে, চারদিকে চাইবার মতো অবস্থাও নয়। এক-এক করে গুনে দেখলাম মোট দু'শো এগারোখানা আছে। আমার হিসাবে কয়েক কোটি টাকার সম্পদ। গুনে যখন শেষ করেছি, তখন হঠাৎ তাঁবুর দরজা থেকে একটা মোলায়েম গলা বলে উঠল, 'হ্যাঁ, দু'শো এগারোখানাই আছে।' চমকে তাকিয়ে দেখি, শূল হাতে দাড়ি-গোঁফওয়ালা এক বিশাল মূর্তি। চোখ দু'খানা জুলজুল করছে, মুখে একখানা বাঁকা হাসি। পরনে টকটকে লাল রঙের একটা পোশাক। তাকে দেখে প্রথমটায় ভীষণ চমকে গেলেও টপ করে সামলে নিলাম। তা হলে এই লোকটাই ছায়াময়! এই-ই আড়াল থেকে আমার গতিবিধি নজরে রাখছিল এবং আমার কিছু উপকারও করেছে। কিন্তু আসল সময়ে ঠিক এসে হাজির হয়েছে সশরীরে! আমি যখন মোহরগুলো একটা চামড়ার ব্যাগে পুরছিলাম, লোকটা হাত বাড়িয়ে বলল, 'দিয়ে দে, দিয়ে দে, ও মায়ের জিনিস, মায়ের কাছেই থাকবে। তুই কেন পাপের ভাগী হতে যাস?' লোকটা যে জালি তাতে সন্দেহ নেই। আমি হঠাৎ উঠে লোকটাকে একটা ঘুসি মারলাম। বিদেশে আমি বক্সিং-টক্সিং করেছি বটে, কিন্তু এখন না খেয়ে অসুখে ভুগে আমার শরীর খুব দুর্বল। কিন্তু এ দেশের লোকের সাধারণ স্বাস্থ্য ও সহ্যশক্তি এতই খারাপ যে, আমার সেই দুর্বল ঘুসিতেই লোকটা ঘুরে পড়ে গেল। আমি আর এক মুহূর্ত দেরি না করে ব্যাগটা নিয়ে বেরিয়ে পড়লাম। বেরিয়ে দেখি, একটু দূরেও আরও একটা লোক দাঁড়িয়ে আছে। বোধ হয় কাপালিকের চেলা। সে আমাকে দেখে তেড়ে এল।

আমি বিপদ বুঝে জঙ্গলে ঢুকে গা-ঢাকা দিলাম। একটু অন্ধকার হতেই জঙ্গল থেকে বেরিয়ে অনেক কষ্টে শিমুলগড়ে পৌঁছই। গায়ে তখন একরত্তি শক্তি নেই, খিদেয়-তেষ্টায় ভেতরটা কাঠ হয়ে আছে। কারও বাড়িতে আশ্রয় চাইতে আমার সাহস হল না। কে কেমন লোক কে জানে! অত মোহর নিয়ে কোনও বিপদের মধ্যে পা বাড়ানো ঠিক নয়। আমি একটা আমবাগানে ঢুকে সেখানেই রাতটা কাটিয়ে ভোরবেলা আমার কর্তব্য ভেবে দেখব বলে ঠিক করলাম। কিন্তু কপাল খারাপ। যখন একটা গাছতলায় বসে গুঁড়িতে ঠেস দিয়ে একটু ঘুমিয়ে পড়েছি, তখনই কয়েকটা কুকুর তেড়ে এল। অগত্যা গাছে উঠলাম। পাশেই একটা বাড়ি। গাছের একটা মোটা ডাল বাড়ির দেওয়ালের ওপাশে ঝুঁকে পড়েছে, ভেতরে একটা খড়ের গাদা। ভাবলাম যদি খড়ের গাদায় লাফিয়ে পড়তে পারি, তা হলে আরামে রাতটা কাটানো যাবে। কিন্তু যেদিন ভাগ্য মন্দ হয় সেদিন সব ব্যাপারেই বাধা আসে। খড়ের গাদায় লাফিয়ে নামতেই কুকুর আর দরোয়ানের তাড়া খেয়ে একটা ঘরে ঢুকলাম। একদম ইঁদুরকলে ধরা পড়ে যেতে হল। মোহর গেল, মার খেয়ে জ্ঞান হারিয়ে ফেললাম। আর কিছু মনে নেই। সকালে অলঙ্কার গিয়ে আমাকে নিয়ে আসে।”

হরিপদ মাথা নেড়ে বলেন, “তা হলে এই হল ব্যাপার! গগন সাঁপুই যা রটাচ্ছে তা যে সত্য নয়, তা আমি আগেই আন্দাজ করেছিলাম। চোর নাকি তার যথাসর্বস্ব নিয়ে পালাচ্ছিল। ও বাড়িতে চোরের চোদ্দো পুরুষের সাধ্যি নেই যে সেঁধোয়। কুকুর, দরোয়ান, তিনটে জোয়ান ছেলে, লোক-লশকর তো আছেই, তার ওপর তার দরজা-জানলা সব কেল্লার মতো মজবুত, এই পুরু ইস্পাতের সিন্দুক। এ তল্লাটের কোনও চোর ও বাড়িতে নাক গলাবে না। আর আমার যখন ডাক পড়েছে তখন সন্দেহ নেই গগন বাটপাড়ি করা সোনা তাড়াতাড়ি গলিয়ে ফেলতে চাইছে।”

ইন্দ্র ফ্যাকাসে মুখে বলে, “তা হলে সাংঘাতিক কাণ্ড হয়ে যাবে। যেমন করেই হোক ওই মোহর রক্ষা করা দরকার। পৃথিবীর বহু মিউজিয়াম এবং সংগ্রহশালা ওসব মোহর লুফে নেবে।”

অলঙ্কার বলল, “আচ্ছা, পুলিশে জানালে কেমন হয়?”

ইন্দ্র ম্লানমুখে বলে, “আমি সরকারি অনুমতি ছাড়াই খোঁড়াখুঁড়ি করেছি, তাই আইন বোধ হয় আমার পক্ষে নেই।”

হরিপদও মাথা নেড়ে বলে, “তা ছাড়া পুলিশের সঙ্গেও গগনের সাঁট আছে। মোহরও এতক্ষণে গোপন জায়গায় হাপিস হয়ে গেছে। পুলিশ ইচ্ছে করলেও কিছু করতে পারবে না।”

ইন্দ্র করুণ স্বরে বলে, “তা হলে?”

হরিপদ উঠে গায়ে জামা চড়াতে-চড়াতে বলে, "আমি গগনের বাড়ি যাচ্ছি। একমাত্র আমাকেই সে মোহরগুলো বার করে দেখাবে। চোরাই মোহর যত তাড়াতাড়ি গলিয়ে ফেলা যায় ততই তার পক্ষে নিরাপদ। তবে তুমি ভেবো না ইন্দ্র। মোহর যাতে না গলানো হয় সে চেষ্টা আমি করব। আর-একটা কথা, তোমাকে কিন্তু একটু গা-ঢাকা দিয়েই থাকতে হবে। গাঁয়ের পাঁচজন যেন দেখতে না পায়। দেখলে একটা শোরগোল হবে। আর গগনের কানে গেলে সে হয়তো তার দুই ভাড়াটে খুনে কালু আর পীতাম্বরকে লেলিয়ে দেবে।"

"তারা কারা?"

"তারা এ গাঁয়ের লোক নয়। নিকুঞ্জপুরে থাকে। সেখানে গিয়েই গোপন খবরটা পেলুম। এরা পয়সা পেলে নানা কুকর্ম করে দেয়। আগে গগন কখনও তাদের ডাকেনি। আজই হঠাৎ শুনলুম, কালু আর পীতাম্বরকে নাকি ডাকিয়ে এনেছে গগন। কেন কে জানে! তবে তুমি সশরীরে এ গাঁয়ে আছ জানলে গগন আর ঝুঁকি নেবে না। তার ওপর গাঁয়ের লোকের কাছে তুমি চোর বলে প্রতিপন্ন হয়েই আছ। তোমার এখন চারদিকে বিপদ।"

"তাই দেখছি।" বলে ইন্দ্র বিষণ্ণ মুখে বসে রইল। তারপর শুকনো মুখে বলল, "নিজের বিপদ নিয়ে আমি তত ভাবছি না। মোহরগুলো নষ্ট না হলেই হল।"

হরিপদ একটু হেসে বলে, "ও মোহরের ওপর আমারও একটু দরদ আছে হে। নকুড় কর্মকারের নামটা যখন জড়িয়ে আছে তখন ও বস্তু নিয়ে হেলাফেলা করার উপায় আমার নেই। তবে কতটা কী করতে পারব তা ভগবান জানেন।"

ইন্দ্র বলে, "মোহরগুলো যে গগনের নয়, ওটা যে আমি রায়দিঘি রাজবাড়ি থেকে উদ্ধার করেছি, তার কিন্তু একজন সাক্ষী আছে। সে ওই কাপালিক।"

হরিপদ একটু হেসে বলে, "সেও মহা ধুরন্ধর লোক। তার কথা কেউ বিশ্বাস করবে না। দুটো টাকা হাতে দিয়ে যদি তাকে বলতে বলো যে, সূর্য পশ্চিমদিকে ওঠে, তো সে তাই বলবে। ওসব লোকের কথার কোনও দাম নেই।"

"তবু আমি তার সঙ্গে একবার দেখা করতে চাই।"

"সেটা পরে ভেবে দেখা যাবে।"

হরিপদ বেরিয়ে যাওয়ার পর অধরা বলল, "দুপুরে তো কিছুই খাওনি বাবা। ভাত নিয়ে শুধু নাড়াচাড়া করেছ। একটু সাগু ভিজিয়ে রেখেছি, গাছের পাকা মর্তমান কলা আর মধু দিয়ে খাবে?"

ইন্দ্র একটু হেসে বলল, "দিন।"

সাগুর ফলার তার খুব খারাপ লাগল না।

খাওয়া-দাওয়ার পর ইন্দ্র অলঙ্কারকে বলল, "আমাকে একটা ছদ্মবেশের ব্যবস্থা করে দিতে পারো? একটু বেরোনো দরকার। হাত গুটিয়ে চুপচাপ বসে থাকা অসম্ভব।"

অলঙ্কার একটু ভেবে বলে, "আপনি তো বাবার একটা লুঙ্গি পরে আছেন। গায়ে একটা গামছা জড়িয়ে নিলে চাষি-বাসির মতো লাগবে। তবে আপনার রংটা তো ফরসা, একটু ভুষো কালি মেখে নিলে হয়ে যাবে।"

"মন্দ বলোনি। সহজ-সরল ছদ্মবেশই ভাল। নকল দাড়ি-গোঁফ লাগালে লোকের সন্দেহ হতে পারে।"

মতলব শুনে অধরা প্রথমটায় বারণ করলেও পরে বললেন, "তা হলে অলঙ্কারকেও সঙ্গে নাও বাবা। ও তো গাঁ চেনে। বিপদ হলে খবরটা দিতে পারবে।"

॥ ৪ ॥

গগন সাঁপুইয়ের বাড়ির পেছন দিকে ঢেঁকিঘরের দাওয়ায় দু'টি লোক উবু হয়ে বসা। দু'জনেরই বেশ মজবুত কালো চেহারা। গগন সামনেই দাঁড়িয়ে। বসা লোক দুটোর একজন কালু, অন্যজন পীতাম্বর। কালু কথা-টথা বেশি বলে না। ভ্যাজর-ভ্যাজর করা তার আসে না। সে হল কাজের লোক। তবে পীতাম্বর বেশ বলিয়ে-কইয়ে মানুষ। পীতাম্বরের সঙ্গে গগনের একটু দরাদরি হচ্ছিল।

পীতাম্বর বলল, "রেটটা কি খুব বেশি মনে হচ্ছে গগনবাবু? বাজারের অবস্থা তো দেখছেন! কোন জিনিসটার দর এক জায়গায় পড়ে আছে বলতে পারেন? চাল, ডাল, নুন, তেল, আটা-ময়দা, জামা-কাপড়—সব কিছুর দরই তো ঠেলে উঠছে! আমরাই বা তা হলে পুরনো রেটে কী করে কাজ করি বলুন?"

গগন একগাল হেসে বলে, "ওরে বাবা, এ তো আর খুনখারাপি নয় যে, দেড়শো টাকা হাঁকছিস। একটা পাজি লোককে একটু শুধু কড়কে দেওয়া, আর আলতো হাতে দু'-চারটে চড়-চাপড় মারা। ধরলাম না হয়, মুখে যেসব বাক্যি বলবি তার জন্য পাঁচটা টাকাই নিলি। আর চড়চাপড় ধর, টাকায় একটা করে। কিছু কম রেট হল? ধর, যদি দশটা চড়ই কষাস তা হলে দশ টাকা, আর বকাঝকা চোখ রাঙানোর জন্য পাঁচ টাকা। তার ওপর না হয় আরও পাঁচটা টাকাই বখশিশ বলে দিচ্ছি। একুনে কুড়ি টাকা।"

পীতাম্বর হা-হা করে হেসে বলে, "এ তো সেই সত্যযুগের রেট বলছেন কর্তা। টাকায় একটা চড় কি পোষায় বলুন! আর ধমক-চমক তো এমন হওয়া চাই, যাতে

লোকটার পিলে চমকে যায়! তা সেরকম ধমক-চমক রাঙানোর জন্য দরটাও একটু বেশি দিতে হবে বইকী! তার ওপর লোকটা আবার কাপালিক, মারণ-উচাটন জানে, বাণ-টান মারতে পারে। ছেলেপুলে নিয়ে ঘর করি মশাই, অত অল্প রেটে কাজ করতে গিয়ে কাপালিককে চটাতে পারব না।”

গগন শশব্যস্তে বলে, “ওরে না না। সে মোটে কাপালিকই নয়। এক নম্বরের ভণ্ড। এইটুকু বয়স থেকে চিনি। মারণ-উচাটন জানলে কবে এ গাঁ শ্মশান করে ছেড়ে দিত। এসব নয় রে বাবা। তবে লোকটা পাজি। আমি বাবা নিরীহ মানুষ, তার সঙ্গে এঁটে উঠতে পারব না। সে আমার গোরুর দুধ চায়, তার মায়ের থানে মন্দির তুলে দিতে বলে। দুর্বলের ওপর সবলের অত্যাচার চিরকালই হয়ে আসছে, নতুন কথা কী? শোষণ, উৎপীড়ন, নির্যাতন—এসব আর কতদিন সহ্য করা যায় বল তো! দে বাবা, একটা অসহায় লোককে একটা শয়তানের হাত থেকে বাঁচিয়ে দে। ভগবান তোদের মঙ্গল করবেন। কুড়ি না হয়, ওই পঁচিশই দেব। দশটা চড়ের দরকার নেই, গোটা দুই কম দিলেও হবে। তবে দাঁত কড়মড় করে চোখ পাকিয়ে হুমকিটা ভালরকম দেওয়া চাই। ওই সেবার ভট্ট কোম্পানির ‘রাবণবধ’-এ রাবণ যেমনধারা হনুমানকে দেখে করেছিল। দেখিসনি বুঝি? সে একেবারে রক্তজল-করা জিনিস।”

পীতাম্বর একটা দীর্ঘশ্বাস ফেলে মাথা নেড়ে বলে, “ভাল জিনিসের জন্য একটু উপুড়হস্ত হতে হয় মশাই। কাঁচাখেগো কাপালিকের সঙ্গে ভিড়িয়ে দিচ্ছেন, চড়চাপড় চাইছেন, রাবণের পার্ট চাইছেন, মাত্র পঁচিশ টাকায় কি এত হয় কর্তা? হুঁ! এর ওপর কর্মফলের জন্য যে ভোগান্তি আছে, তার দামটা কে দেবে মশাই? আপনারা তো মশাই দু’-পাঁচশো টাকা ফেলে দিয়ে হুকুম জারি করেই খালাস, অমুকের লাশ ফেলে দিয়ে আয়, তমুকের ঘরে আগুন দিয়ে দে, অমুকের খেতের ধান লোপাট কর, তমুকের মরাই ফাঁক করে দিয়ে আয়। ইদিকে এসব করতে গিয়ে চিত্রগুপ্তের খাতায় তো আর আমাদের নামে ভাল-ভাল সব কথা লেখা হচ্ছে না। সেখানেও তো নামের পাশে ঘনঘন ঢ্যাঁড়া পড়ছে। এসব অপকর্মের জন্য নরকবাসের মেয়াদও তো বাড়ছেই মশাই! কুম্ভীপাকে শুনেছি, হাঁড়িতে ভরে সেদ্ধ করে, বিষ্ঠার চৌবাচ্চায় ফেলে রাখে বছরের পর বছর, কাঁটাওলা বেত দিয়ে পেটায়। তা মশাই সেসব ব্যাপারের জন্য দামটা কে দেবে? পাপ-তাপ কাটাতে আমাদের যে মাসে একবার করে কালীঘাট যেতে হয়, তারকেশ্বরে হত্যে দিতে হয়, তার খরচটাই বা উঠছে কোত্থেকে? কাশীতে বাবা বিশ্বনাথের শ্রীচরণেও গিয়ে একবার মাথা মুড়িয়ে আসতে হবে, তা তারও রাহাখরচা আছে। আপনারা তো কাজ বাগিয়ে খালাস, এখন মরতে মরুক কেলো আর পীতাম্বর। না কর্তা, অত শস্তায় হচ্ছে না। আমাদের পরকালটার কথাও একটু ভাববেন।”

গগন ভারী অমায়িক গলায় বলে, "ওরে বাবা, ভগবান কি আর কানা নাকি? বলি হ্যাঁ বাবা পীতাম্বর, একটা পাজি লোককে টিট করলেও কি পাপ হয়? তা হলে বলছ যে, রাবণকে মেরে রামচন্দ্রের পাপ হয়েছিল? না কি দুর্যোধনকে মেরে ভীমের? পাজি বদমাশদের ঠান্ডা করলে ভগবান খুশি হয়ে তোদের আর পাঁচটা পাপই হয়তো কেটেকুটে দিলেন খাতা থেকে। তা ছাড়া দুর্বলকে রক্ষা করা তো মহাপুণ্যের কাজ। বিনি মাগনা করে দিলে তো খুবই ভাল, তাতে যদি না পোষায় তা হলে একটা ন্যায্য দরই নে। আমার দিকটাও একটু ভেবে বল বাবা, যাতে তোরও পুণ্যি হয়, আমার ট্যাঁকটাও বাঁচে।"

পীতাম্বর একটু গুম হয়ে থেকে বলে, "ওই চড়পিছু চারটে করে টাকা ফেলে দেবেন, আর চোখ রাঙানোর জন্য কুড়িটি টাকা। এর নীচে আর হচ্ছে না। আর চড়চাপড় অত হিসাব করে দেওয়া যায় না, দু'-চারটে এদিক-ওদিক হতে পারে। ধরুন দুই চড়েই যদি কাজ হয়ে যায় তা হলে আট চড়ের কোনও দরকার নেই। আবার আটে কাজ না হলে দশ-বারোটাও চালাতে হতে পারে। তা কম-বেশি আমরা ধরছি না। ওই আট চড়ের বাবদ বত্রিশটা টাকা ধরে দেবেন। যদি রাজি থাকেন তো চিঁড়ে-দই আনতে বলুন, আমাদের তাড়া আছে। সেই আবার গঙ্গানগরে এক বাড়িতে আগুন দিতে হবে আজ রাতেই। আপনার কাজটা সেরে গঙ্গানগর রওনা হতে হবে। অনেকটা পথ।"

গগন একটু অবাক হয়ে বলে, "চিঁড়ে-দইয়ের কথা কী বললি বাপ? ঠিক যেন বুঝতে পারলুম না।"

পীতাম্বর আর-একটা দীর্ঘশ্বাস ছেড়ে বলে, "কাজ হাতে নিলে আমরা মক্কেলের পয়সায় একটু ফলার করি। ওইটেই রীতি। এর মানে হল, কাজটা আমরা হাতে নিচ্ছি। দু'জনের জন্য দু' ধামা চিঁড়ে, দু' ডেলা গুড়, সেরটাক দই, আর চারটি পাকা কলা। আর মায়ের পুজোর জন্য পাঁচ সিকে করে দু'জনের মোট আড়াই টাকা।"

"বাপ রে! তোদের আম্বা বড় কম নয় দেখছি।"

"আপনি মশাই এত কেপ্পন কেন বলুন তো! সেই নিকুঞ্জপুর থেকে টেনে এনে তো ছুঁচো মেরে আমাদের হাত গন্ধ করাচ্ছেন। খুনখারাপি আগুন দেওয়া-টেওয়া বড় কাজ নয়। এইসব কম টাকার কাজ আজকাল আর আমরা করি না। তার ওপর যা দরাদরি লাগিয়েছেন, এ তো পোষাচ্ছে না মশাই।"

"রাগ করিসনি বাপ। চিঁড়ে-দইয়ের ব্যবস্থা হচ্ছে। পাইক-বরকন্দাজ তো আমারও আছে, কিন্তু তারা সব গেঁয়ো যোগী। কালী কাপালিক তাদের মোটেই ভয় খায় না। উলটে চোটপাট করে। কাজটা কিন্তু ভাল করে করা চাই। যেন আর কখনও রা কাড়তে না পারে। মুখ একেবারে বন্ধ করে দিবি।"

গগন হাঁকডাক করে চিঁড়ে-দই সব আনিয়ে ফেলল। কালু আর পীতাম্বর যখন ফলারে বসেছে তখন কাজের লোক কেষ্ট এসে খবর দিল, হরিপদ কর্মকার এসেছে। গগন শশব্যস্তে বাইরে বেরিয়ে এল।

একগাল হেসে গগন বলল, "এসেছিস ভাই হরিপদ! আয়, বিপদের দিনে তুই ছাড়া আর আমার কে আছে বল? ভেতরে চল ভাই, একটু গোপন শলাপরামর্শ আছে।"

হরিপদকে ঘরে ঢুকিয়ে খিল এঁটে গগন একটা দীর্ঘশ্বাস ছেড়ে বলে, "বিপদ যখন আসে তখন চতুর্দিক থেকেই আসে। শুনেছিস তো, কাল রাতে এক সাংঘাতিক চোর ঢুকেছিল বাড়িতে! সে কী চোর রে বাবা, এইটুকুন বয়স, কিন্তু তার বুদ্ধি আর কেরামতির বলিহারি যাই। দু'-দুটো বাঘা কুকুর, পাইক, বাড়িসুদ্ধ এত লোকজন, মজবুত দরজা-জানলা কিছুই তাকে রুখতে পারেনি। ঘরে ঢুকে সিন্দুক ভেঙে যথাসর্বস্ব নিয়ে পালিয়েই গিয়েছিল প্রায়। মা মঙ্গলচণ্ডীই রক্ষা করেছেন। এ কী দিনকাল পড়ল রে হরিপদ? এ যে বাংলার ভাগ্যাকাশে দুর্যোগের ঘনঘটা! কলিযুগের শেষদিকটায় নাকি চোর-বাটপাড়দের খুব বাড়বাড়ন্ত হবে। তাই হচ্ছে দেখছি। ওদিকে বিজ্ঞানের যা অগ্রগতি হচ্ছে শুনতে পাই সেটাও ভয়েরই ব্যাপার। বিজ্ঞানের কলকাঠি সব চোরদের হাতেই চলে যাচ্ছে বুঝি! নইলে এত লোককে ঘুম পাড়িয়ে নিঃসাড়ে কাজটা যে কী করে সেরে ফেলল, সেইটেই ভেবে পাচ্ছি না। তাই ভাবছি সোনাদানা আর ঘরে রাখা ঠিক নয়। মুকুন্দপুরের বিশু হাজরার চালকলটা কিনব-কিনব করছিলাম, বায়নাপত্তরও হয়ে আছে। বিশু হাজরাও চাপ দিচ্ছে খুব। তাই ভাবছি, আর দেরি নয়, ঘরের সোনার ওপর যখন চোর-ছ্যাঁচড়ের নজর পড়েছে, তখন ও জিনিস না রাখাই ভাল। ধানকল তো আর চোরে নিতে পারবে না, কী বলিস?"

হরিপদ কাঁচুমাচু মুখে বলে, "আজ্ঞে, তা তো বটেই।"

গগন একটা দীর্ঘশ্বাস ফেলে বলে, "নেইও বেশি কিছু। ঠাকুরদার আমলের গোটাকয় মোহর। স্মৃতিচিহ্নই একরকম। কতকালের জিনিস। গঞ্জের শাবলরাম মাড়োয়ারির সঙ্গে কথাও হয়েছে। তবে সে সেয়ানা লোক। বলে কিনা, পুরনো আমলের মোহরে নাকি মেলা ধুলোময়লা ঢুকে থাকত। সত্যি নাকি রে?"

হরিপদ মাথা নেড়ে বলে, "আজ্ঞে, অতি সত্যি কথা। সে আমলে সোনার শোধনের তেমন ব্যবস্থা ছিল না তো।"

দীর্ঘশ্বাস ফেলে গগন বলে, "মাড়োয়ারিও তাই বলছে রে। সে বলেছে, মোহর গলিয়ে শোধন করে খাঁটি সোনার বাঁট দিলে সে নগদ টাকায় কিনে নেবে। তুই ভাই, চটপট কাজটা করে দে। মাড়োয়ারির পো কাল বাদে পরশুই নাকি দেশে চলে যাবে।

তার মেয়ের বিয়ে। সোনাদানার তারও বড় দরকার। তোর জিনিসপত্তর আজই নিয়ে চলে আয়। কোণের ঘরে বসে কাজ করবি।”

হরিপদ একটু উদাস মুখে বলে, “আগে মোহরগুলো তো দেখি।”

গগন তার লোহার আলমারি খুলে চমৎকার চামড়ার ব্যাগখানা বার করল। একটু দুঃখী মুখে বলল, “তুই ছাড়া বিশ্বাসী লোকই বা আর পাব কোথায়? কাজটা করে দে, থোক পঞ্চাশটা টাকা দেব’খন। তবে আজ রাতেই কাজ সেরে ফেলা চাই।”

গগন হরিপদর হাতে কয়েকখানা মোহর দিতে সে সেগুলো ঘুরিয়ে-ফিরিয়ে দেখল। বিকেলের আলো মরে এসেছে। গগনের ঘরে জানলা-দরজাও বড্ড কম। তবু আবছা আলোতেও সে যা দেখল, তাতে ইন্দ্রের কথায় আর সন্দেহ নেই। সে গগনের দিকে চেয়ে বলে, “গগনবাবু, যদি অভয় দেন তো একটা কথা বলি।”

“অভয় মানে! তোর আবার ভয়ের আছেটা কী?”

“বলছি, এ মোহর গলিয়ে আপনি যা সোনা পাবেন, সেটা এমন কিছু নয়। পান অনেক বাদ যাবে। কিন্তু...”

গগন ব্যগ্র গলায় বলে, “কিন্তুটা আবার কী রে?”

“ভাবছি ভগবান যাকে দেন তাকে ছপ্পড় ফুঁড়েই বুঝি দেন। আপনার কপালটা খুবই ভাল।”

গগনের মুখে একটা লোভনীয় ভাব জেগে উঠলেও মনের ভাব চেপে রেখে সে গম্ভীর হয়ে বলে, “কপালের কথা বলছিস হরিপদ! ঘরের সোনা বেরিয়ে যাচ্ছে, আর বলছিস ভগবান ছপ্পর ফুঁড়ে দিচ্ছেন! এত দুঃখেও বুঝি আমার হাসিই পাচ্ছে। তা হ্যাঁ রে হরিপদ, একটু ঝেড়ে কাশবি বাবা? তাপিত এ প্রাণটা জুড়োবার মতো কোনও লক্ষণ কি দেখছিস রে ভাই? মেঘের কোলে কি আবার কোনওদিন রোদ হাসবে রে?”

হরিপদ মাথা নেড়ে বলে, “বলে লাভ কী গগনবাবু? গরিবের কথায় আপনার হয়তো প্রত্যয় হবে না। পেটের দায়ে উঞ্ছবৃত্তি করে-করে মানুষ হিসাবে আমাদের দামই কমে গেছে।”

গগন হরিপদর হাতটা খপ করে জাপটে ধরে বলে, “আর দগ্ধে মারিস না ভাই। বলে ফ্যাল।”

হরিপদ মাথা চুলকে বলে, “যা বলব তা বিশ্বাস হবে তো?”

“খুব হবে। বলেই দ্যাখ না। তোর হল জহুরির চোখ। আজ না হয় আতান্তরে পড়ে তোর দুর্দশা যাচ্ছে। কিন্তু গুণী লোকের কি কদর না হয়ে উপায় আছে রে! তোরও একদিন মেঘের কোলে রোদ হাসবে, দেখিস।”

"আমার রোদ হাসবে কি না জানি না, তবে আপনার রোদ তো একেবারে হা-হা করে অট্টহাসি হাসতে লেগেছে গগনবাবু। এ যা জিনিস দেখালেন তাতে আমার ভিরমি খাওয়ার জোগাড়। তবে ভগবানের একটা দোষ কী জানেন গগনবাবু, তিনি বড্ড একচোখা লোক। তিনি কেবল তেলা মাথাতেই তেল দেন। এই যে মনে করুন আপনি, আপনার ঘরদোরে তো মা-লক্ষ্মী একেবারে গড়াগড়ি যাচ্ছেন। গোলাভরা ধান, গোয়ালভরা গোরু, পুকুরভরা মাছ, তবু এই দুষ্প্রাপ্য মোহরের থলিটাও যেন আপনাকে না দিলেই ভগবানের চলছিল না। এর একখানা মোহর পেলেই আমার—শুধু আমার কেন, এই গোটা গাঁয়ের ভাগ্য ফিরে যেত, তা জানেন? আমার সব ধারকর্জ শোধ হয়েও সাতপুরুষের বন্দোবস্ত হয়ে যেত।"

গগন আকুল হয়ে বলে, "ওরে, ওরকম বলিসনি। আর একটু ঝেড়ে কাশ ভাই, পেট খোলসা করে বল। তোর সেই পঞ্চাশ টাকা ধার তো! বেড়ে বেড়ে শ'চারেক হয়েছে। এই আজই সেই ধার আমি বাতিল করে দিচ্ছি। কাগজপত্র হাতের কাছেই আছে। দাঁড়া।"

এই বলে গগন আলমারি খুলে কোথা থেকে একখানা কাগজ বার করে হরিপদকে দেখিয়ে নিয়ে ঘ্যাঁচ-ঘ্যাঁচ করে ছিঁড়ে ফেলে দিল। তারপর বলল, "এবার বল ভাই। তোর পাওনাও মার যাবে না। পঞ্চাশের জায়গায় একশো দেব।"

হরিপদ গলাখাঁকারি দিয়ে গম্ভীর হয়ে বলল, "কিছু মনে করবেন না। গগনবাবু, আমি হলুম গে নকুড় কর্মকারের নাতির নাতি। নকুড় কর্মকার ছিলেন রায়দিঘির রাজা মহেন্দ্রপ্রতাপের খাস স্বর্ণকার। আমরা এইসব পুরনো মোহর, ধাতুর জিনিস, গয়নাগাটির জহুরি। আমাদের বংশের ধারা এখনও লোপ পায়নি। এই মোহর সম্পর্কে আমার মত যদি সত্যিই চান তা হলে উপযুক্ত নজরানাও দিতে হবে। পুরো পাঁচটি হাজার টাকা।"

গগন চোখ উলটে ধপাস করে চৌকির ওপর বসে পড়ে বলে, "ওরে, আমার চোখেমুখে জল দে। এ যে হরিপদর বেশ ধরে—ঘরে ঢুকেছে এক ডাকাত!"

"ঘাবড়াবেন না গগনবাবু। এইসব মোহরের আসল দাম শুনলে পাঁচ হাজার টাকাকে আপনার স্রেফ এক টিপ নস্যি বলে মনে হবে।"

চোখ পিটপিট করে গগন বলে, "সত্যি বলছিস তো! ধোঁকা যদি দিস তা হলে কিন্তু...।"

একটু থেমে হরিপদ বলে, "ধোঁকা দেওয়ার মতো বুকের জোর আমার নেই। দরকার হলে আমার গর্দান নেবেন। কালু আর পীতাম্বর তো আপনার হাতেই আছে।"

গগন ধড়মড় করে উঠে বলে, "আহা, আবার ওকথা কেন? কালু আর পীতাম্বর

এই পথ দিয়েই কোথায় যাচ্ছিল, খিদে-তেষ্টায় কাহিল, এসে হাজির হল। তা আমি তো ফেলতে পারি না, শত হলেও অতিথি। একটু ফলার করেই চলে যাবে। কথাটা চাউর করার দরকার নেই। হ্যাঁ, এখন মোহরের কথাটা হোক!"

"হবে। মোহর সম্পর্কে আপনাকে যা বলব তার জন্য পাঁচটি হাজার টাকা এখনই আগাম দিতে হবে গগনবাবু। নইলে মুখ খোলা সম্ভব নয়। এ আমাদের বংশগত বিদ্যে। বিনা পয়সায় হবে না।"

গগন কিছুক্ষণ স্তম্ভিত চোখে থেকে বলে, "কুলুঙ্গিতে মা-কালীর একটা ফোটো আছে দেখেছিস? ওই ফোটো ছুঁয়ে বল যে, সত্যি কথা বলছিস।"

হরিপদ ফোটো ছুঁয়ে বলে, "সত্যি কথাই বলছি।"

"পাঁচ হাজার টাকা কত টাকায় হয় জানিস? একখানা-একখানা করে গুনতে গুনতে কত সময় লাগে জানিস? জন্মে কখনও দেখেছিস পাঁচ হাজার টাকা একসঙ্গে?"

হরিপদ একটু বিজ্ঞ হাসি হেসে বলে, "আপনি এই মোহর নিয়ে গঞ্জের নব কর্মকার বা বসন্ত সেকরার কাছে গিয়ে যদি হাজির হন তা হলে তারা চটপট মোহর গলিয়ে দেবে, মূর্খরা তো জানেও না যে, এইসব মোহর এক-একখানার দামই লাখ-লাখ টাকা। আমাকে না ডেকে যদি তাদের কাউকে ডাকতেন, তা হলে আপনার লাভ হত লবডঙ্কা।"

গগন চোখের পলক ফেলতে ভুলে গিয়ে বলল, "কত টাকা বললি?"

"লাখ-লাখ টাকা। সব মোহরের সমান নয়। এক-এক আমলের মোহরের দাম এক-একরকম। এগুলো সবই ঐতিহাসিক জিনিস। দুনিয়ার সমঝদাররা পেলে লুফে নেবে। তবে হুট বলে বিক্রি করতে বেরোবেন না যেন। তাতে বিপদ আছে। পুলিশ জানতে পারলে খপ করে ধরে ফাটকে দিয়ে দেবে। এর বাজার আলাদা। চোরাপথে ছাড়া বিক্রি করা যাবেও না। কিন্তু কথা অনেক হয়ে গেছে। যদি হরিপদ কর্মকারের মাথা ধার নেন তবে তার দক্ষিণা আগে দিয়ে দিন।"

গগনের হাত-পা কাঁপছে উত্তেজনায়। কাঁপা গলাতেই সে বলে, "ওরে, আর একটু বল। শুনি। এ যে অমাবস্যায় চাঁদের উদয়!"

"বলতে পারি। কিন্তু আগে দক্ষিণা।"

গগন ফের আলমারি খুলল এবং কম্পিত হাতে সত্যিই পাঁচ হাজার টাকা গুনে হরিপদর হাতে দিয়ে বলে, "যদি আমাকে ঘোল খাইয়ে থাকিস তা হলে নির্বংশ ভিটেছাড়া করে দেব কিন্তু।"

"সে জানি।" বলে হরিপদ টাকাটা ট্যাঁকে গুঁজল। তারপর বলল, "মশাই, আমি যদি লোকটা তেমন খারাপই হতুম, তা হলে এই মোহরের আসল দাম কি বলতুম

আপনাকে? বরং এর একখানা সোনার দামে কিনে নিয়ে গিয়ে লাখ টাকা কামিয়ে নিতুম। সে তুলনায় পাঁচ হাজার টাকা কি টাকা হল?"

গগন একটা শ্বাস ফেলে বলে, "না, তুই ভাল লোক। তোর মনটাও সাদা। এবার মোহরের কথা বল।"

হরিপদ মোহরগুলো মেঝের ওপর উপুড় করে ঢেলে কিছুক্ষণ নাড়াচাড়া করে বলল, "মোট দু'শো এগারোখানা আছে, তাই না?"

গগন একখানা শ্বাস ছেড়ে বলল, "হ্যাঁ।"

"এর মধ্যে নানা জাত আর চেহারার মোহর দেখতে পাচ্ছেন তো! কোনওটা তেকোনা, কোনওটা ইংরেজি 'ডি' অক্ষরের মতো, কোনওটা ছ'কোনা, কোনওটা পিরামিডের মতো—এগুলোই পুরনো। হাজার-দেড় হাজার বছর আগেকার। এগুলোর দামই সবচেয়ে বেশি। গোলগুলো তত পুরনো নয়, কিন্তু ঐতিহাসিক দিক দিয়ে এগুলোও কম যায় না। এগুলো যদি গলিয়ে ফেলতেন গগনবাবু, তা হলে যে কী সর্বনাশই হত!"

"পাগল নাকি! গলানোর কথা আর উচ্চারণও করিস না, খবরদার।"

হরিপদ মাথা চুলকে বলে, "কিন্তু মুশকিল কী জানেন, এসব যে অতি সাংঘাতিক মূল্যবান জিনিস!"

"বুঝতে পারছি রে। তা হ্যাঁ রে, দু'শো এগারোর সঙ্গে লাখ-লাখ গুণ দিলে কত হয়?"

"তার লেখাজোখা নেই গগনবাবু, লেখাজোখা নেই। আর সেইটেই তো হয়েছে মুশকিল।"

গগন তেড়ে উঠে বলে, "কেন, দু'শো এগারোর সঙ্গে লাখ-লাখ গুণ দিতে আবার মুশকিল কিসের? আজকাল তো শুনি গুণ দেওয়ার যন্ত্র বেরিয়ে গেছে! ক্যারেকটার না ক্যালেন্ডার কী যেন বলে!"

"ক্যালকুলেটার।"

"তবে? ওই যন্ত্র একটা কিনে এনে ঝটপট গুণ দিয়ে ফেলব! মুশকিল কিসের?"

"গুণ তো দেবেন। গুণ দিয়ে কূলও করতে পারবেন না। কিন্তু আমি ভাবছি অন্য কথা। এত টাকার জিনিস আপনার ঘরে আছে জানলে যে এ বাড়িতে ভাগাড়ে শকুন পড়ার মতো দশা হবে! ডাকাতরা দল বেঁধে আসবে যে! কুকুর, বন্দুক, দরোয়ান দিয়ে কি ঠেকাতে পারবেন? গাঁয়ে-গঞ্জে কোটি-কোটি টাকার জিনিস তো মোটেই নিরাপদ নয়।"

গগন চোখ স্থির করে বলে, "কত বললি?"

"কোটি-কোটি।"

"ভুল শুনছি না তো! কোটি-কোটি?"

"বহু কোটি গগনবাবু। আর ভয়ও সেখানেই।"

গগন হঠাৎ আলমারি খুলে একটা মস্ত ভোজালি বের করে ফেলল। তারপর তার মুখ-চোখ গেল একেবারে পালটে। গোলপানা অমায়িক মুখখানা হঠাৎ কঠিন হয়ে উঠল, চোখে সাপের ক্রূরতা। চাপা গলায় গগন বলে, "মোহরের খবর তুই ছাড়া আর কেউ জানে না। তোকে মেরে পাতালঘরে পুঁতে রেখে দিলেই তো হয়।"

হরিপদ দু'পা পেছিয়ে গিয়ে সভয়ে বলে, "আজ্ঞে, আমার কাছ থেকে পাঁচকান হবে না। সে ভয় নেই। কিন্তু আপনারও বুদ্ধির বলিহারি যাই। এই হরিপদ কর্মকার ছাড়া ও মোহর বেচবেন কী করে? মোহরের সমঝদার পাবেন কোথায়? এ তল্লাটে তেমন সেকরা একজনও নেই যে এইসব মোহরের আসল দাম কত তা বলতে পারে। যদি বা শহরে-গঞ্জে কাউকে পেয়েও যান সে আপনাকে বেজায় ঠকিয়ে দেবে বা মোহরের গন্ধ পেয়ে পেছনে গুন্ডা-বদমাশ লেলিয়ে দেবে। কাজটা সহজ নয় গগনবাবু।"

গনন সঙ্গে সঙ্গে ভোজালিটা খাপে ভরে আলমারিতে রেখে একগাল হেসে বলে, "ওরে, রাগ করলি নাকি? আমি তোকে পরীক্ষা করলাম।"

হরিপদ মাথা নেড়ে বলে, "আমার আর পরীক্ষায় কাজ নেই মশাই, ঢের শিক্ষা হয়েছে। আমার পৈতৃক প্রাণের দাম মোহরের চেয়েও বেশি। আমি আপনার কাজ করতে পারব না। এই নিন, আপনার পাঁচ হাজার টাকা ফেরত নিন।"

এই বলে ট্যাঁক থেকে টাকা বের করে হরিপদ গগনের দিকে ছুড়ে দিল।

গগন ভারী লজ্জিত হয়ে বলে, "অমন করিসনি রে হরিপদ। একটা মানুষের মাথাটা একটু হঠাৎ গরম হয়ে উঠেছিল বলে তুই এই বিপদে তাকে ত্যাগ করবি? তুই তো তেমন মানুষ নোস রে।"

"আপনি আমাকে বিশ্বাস করেন না। আর বিশ্বাস না করলে মোহর হাতবদল করা আপনার কর্ম নয়। পাঁচ হাজার টাকায় তো আর মাথা কিনে নেননি।"

গগনবাবু পুনর্মুষিক হয়ে কাঁপতে কাঁপতে বলে, "দাঁড়া ভাই, দাঁড়া। আমারও মনে হচ্ছিল যেন, পাঁচ হাজার টাকাটা বড্ড কমই হয়ে গেল। তোকে আমি আরও দশ হাজার দিচ্ছি ভাই, আমাকে বিপদে ফেলে যাস না।"

"না মশাই, আপনার ভাবগতিক ভাল ঠেকছে না। এখন ছেড়ে দিচ্ছেন, কিন্তু পরে বিপদে ফেলবেন।"

"আচ্ছা, আরও দশ। মোট পঁচিশ হাজার দিলে হবে? না, তাও গাল উঠছে না তোর? ঠিক আছে, আরও পাঁচ ধরে দিচ্ছি না হয়।"

বলে গগন আলমারি থেকে টাকার বান্ডিল বের করে মোট ত্রিশ হাজার টাকা গুনে দিয়ে বলল, "এবার একটু খুশি হ ভাই। কিন্তু কথা দে, তোর মুখ থেকে মোহরের খবর কাকপক্ষীতেও জানবে না। মা কালীর ফোটোটা ছুঁয়েই বল একবার।"

হরিপদ কালীর ফোটো ছুঁয়ে বলে, "জানবে না। আপনি মোহরগুলো গুনে-গুনে ব্যাগে ভরে আলমারিতে তুলে রাখুন। আলমারির চাবি সাবধানে রাখবেন। আর চারদিকে ভাল করে চোখ রাখা দরকার।"

"তা আর বলতে! তবে বড় ভয়ও ধরিয়ে দিয়ে যাচ্ছিস। আজ রাতে আর ঘুম হবে না যে রে।"

"ঘুম কম হওয়াই ভাল। সজাগ থাকাও দরকার। আমিও বাড়ি গিয়ে একটু ভাবি গে।"

"যা, ভাই যা। ভাল করে ভাব। কত যেন বললি? কোটি-কোটি না কী যেন! ঠিক শুনেছি তো!"

"ঠিকই শুনেছেন। এবার আমি যাই, দরজাটা খুলে দিন।"

আলমারি বন্ধ করে চাবি ট্যাঁকে গুঁজে গগন দরজা খুলে দিল।

হরিপদ গগনের বাড়ি থেকে বেরিয়ে সোজা বাজারে গিয়ে চাল, ডাল, তেল, নুন, আনাজ কিনে ফেলল। একশিশি ঘি অবধি। বাড়িতে ফিরে যখন বাজার ঢেলে ফেলল, তখন অধরা অবাক, "এ কী গো! এ যে বিয়ের বাজার!"

"এতদিনে ভগবান বুঝি মুখ তুলে একটু চাইলেন। বেশ ভাল করে রান্না-বান্না করো তো। আমি একটু ঘুরে আসছি।"

"আবার কোথায় যাচ্ছ?"

"জামাকাপড়ের দোকানে। তোমার জন্য শাড়ি, অলঙ্কারের জন্য প্যান্ট আর জামা নিয়ে আসি। ফিরে এসে সব বলব'খন। এখন সময় নেই। সন্ধে অনেকক্ষণ হয়েছে, দোকান বন্ধ হয়ে যাবে।"

॥ ৫ ॥

অঙ্কের স্যার রাসমোহনবাবু খুবই ভুলোমনের মানুষ। কাছাকোছা ঠিক থাকে না, এক রাস্তায় যেতে আর-এক রাস্তায় চলে যান, বৃষ্টির দিনে ছাতা নিতে গিয়ে ভুল করে লাঠি নিয়ে বেরিয়ে পড়েন, প্রায়ই চকের বদলে পকেট থেকে কলম বের করে ব্ল্যাকবোর্ডে অঙ্ক কষতে চেষ্টা করেন। বাজার করতে গিয়ে আজ রাসমোহনবাবু ভুল

করে বাজার করার বদলে নব হাজামের কাছে বসে দাড়িটি কামিয়ে নিলেন। নব অবশ্য মিনমিন করে একবার বলল, "সকালেই তো একবার কামিয়ে দিয়েছি, আবার বিকেলেই কেন কামানোর দরকার পড়ল কে জানে বাবা। আপনি তো তিন দিন বাদে-বাদে কামান।" দাড়ি কামিয়ে রাসমোহনবাবু খুশিমনে বাড়ি ফিরছিলেন। সন্ধের মুখে বটতলায় হঠাৎ খপ করে কে যেন পেছন থেকে তাঁর হাত চেপে ধরে বলে উঠল, "আপনার যে দুটো হাতই বাঁ হাত মশাই!"

রাসমোহনবাবু খুবই চমকে গিয়ে পেছন ফিরে একটা হুমদো চেহারার লোককে আবছায়া অন্ধকারে দাঁড়িয়ে থাকতে দেখে অবাক হয়ে বললেন, "আমাকে কি অ্যারেস্ট করলেন দারোগাবাবু? কিন্তু খুনটা তো আমি করিনি। কে করেছে তাও জানি না। আসলে কেউ খুন হয়েছে কি না তাও বলতে পারব না।"

লক্ষ্মণ পাইক বিরক্ত হয়ে বলে, "খুনখারাপির কথা উঠছে কিসে? আসল কথাটাই চেপে যাচ্ছেন মশাই, আপনার দুটো হাতই যে বাঁ হাত!"

এ কথায় রাসমোহনবাবু খুবই চিন্তিতভাবে তাঁর হাত দু'খানার দিকে তাকালেন। অন্ধকারে ভাল দেখতে পেলেন না। অত্যন্ত উদ্বেগের গলায় বললেন, "তাই তো! এ তো খুব গোলমেলে ব্যাপার দেখছি। এঃ, দু'-দুটো বাঁ হাত নিয়ে আমি এতকাল ঘুরে বেড়াচ্ছি, কেউ তো ভুলটা ধরেও দেয়নি! ডান হাতের কাজ তা হলে এতকাল আমি বাঁ হাতেই করে এসেছি! ছিঃ ছিঃ! এক্কেবারে খেয়াল করিনি তো! এখন কী হবে? এ তো খুব মুশকিলেই পড়া গেল দেখছি!"

লক্ষ্মণ তার টর্চটা একবার পট করে জ্বেলে রাসমোহনের হাত দুটো দেখে নিয়ে বিরক্ত হয়ে বলে, "না মশাই, আপনারও তো দেখছি দুটো দু'রকমেরই হাত। তা হলে দুই বাঁ-হাতওয়ালা লোকটা কোথায় গা-ঢাকা দিল বলুন তো! আচ্ছা আপনার নাম কি দন্ত্য ন দিয়ে শুরু?"

রাসমোহন সন্ত্রস্ত হয়ে বললেন, "দন্ত্য ন? দাঁড়ান-দাঁড়ান, একটু ভেবে দেখতে হবে। যতদূর মনে পড়ছে আমার নাম রাসমোহন নস্কর। রাসমোহন তো দন্ত্য ন দিয়ে শুরু হচ্ছে না মশাই। তা দন্ত্য ন দিয়ে শুরু হলে কি কিছু সুবিধে হত?"

লক্ষ্মণ ফোঁস করে একটা শ্বাস ফেলে বলে, "সেই সকাল থেকে দন্ত্য ন আর বাঁ হাত খুঁজে খুঁজে হয়রান হয়ে পড়লাম মশাই। তা লোক দুটো যে কোথায় গা-ঢাকা দিয়ে আছে সেটাই বুঝতে পারছি না। নাঃ, আরও দেখতে হচ্ছে।"

লক্ষ্মণ হনহন করে এগিয়ে গেল। রাসমোহনবাবু খুবই চিন্তিতভাবে নিজের বাড়ি মনে করে ভুলবশত স্কুলের অন্ধকার দালানে উঠে একটা ক্লাসঘর ফাঁকা পেয়ে সেখানে ঢুকে বসে রইলেন।

নগেন মুদি সবে দোকান বন্ধ করার তোড়জোড় করছিল, এমন সময় লক্ষ্মণ এসে লাঠি বাগিয়ে দাঁড়াল, "এই যে নগেনবাবু, তোমার নাম তো দন্ত্য ন দিয়েই শুরু হে!"

নগেন রোগাভোগা রগচটা লোক। খিঁচিয়ে উঠে বলে, "তাতে কী হয়েছে? দন্ত্য ন দিয়ে শুরু হলে কি নামটা পচে গেছে? না কি তোমার পাকা ধানে মই পড়েছে?"

লক্ষ্মণ বুক চিতিয়ে বলে, "তুমি লোক সুবিধের নও বাপু। যাদের নাম ন দিয়ে শুরু হয়, তারা খুব খারাপ লোক।"

নগেন দোকানের ঝাঁপটা পটাং করে ফেলে ফোঁস করে ওঠে, "তোমার মাথায় একটু ছিট আছে নাকি হে! ন দিয়ে নামের লোক যদি খারাপই হয়, বাপু তা হলে নগেন কেন, ন্যাপলা নেই নাকি? ওই যে নেপাল সাহা দু' বেলা খদ্দেরের গলা কাটছে, ঝলমলে দোকান সাজিয়ে সাপের পাঁচ পা দেখেছে, তার কাছে যাও না! গিয়ে একবার বীরত্বটা দেখিয়ে এসো দেখি, কেমন মানুষ বুঝি তা হলে! আর শুধু নেপালই বা কেন, ওই যে নবকেষ্ট, মাছ বেচে লাল হয়ে গেল, তার দাঁড়িপাল্লা কখনও উলটে দেখেছ? জন্মে কখনও কাউকে পাল্লার ফের দেখায় না, তার পাল্লার নীচে অন্তত দেড়শো গ্রাম চুম্বক লোহা সাঁটা আছে। যাও না তার কাছে। হুঁঃ, উনি আমাকে ন চেনাতে এসেছেন!"

লক্ষ্মণ একটু ফাঁপরে পড়ে গেল। ন দিয়ে বিস্তর লোক পাওয়া যাচ্ছে, কিন্তু কোনটা আসল ন, সেইটে বোঝা কঠিন। আর বাঁ-হাতওলা লোকটা যে কোথায় ঘাপটি মেরেছে তাই বা কে জানে বাবা। তবে লক্ষ্মণ সহজে হাল ছাড়তে রাজি নয়।

ইটখোলার দিকে কদমতলায় হাঁদুর পান-বিড়ির দোকানে দুটো লোক পান কিনতে দাঁড়িয়েছে। টেমির আলোয় তাদের ভাল ঠাহর হচ্ছে না, কিন্তু পেছন থেকে দেখে বেশ লম্বা-চওড়া মনে হল। লক্ষ্মণ কাছাকাছি গিয়ে দাঁড়াতেই নজরে পড়ল, দু'জনের কোমরেই দু'খানা ল্যাজা গোঁজা রয়েছে। এরা লোক সুবিধের বলে মনে হল না তার। আর বেঁটে লোকটা তার ডান হাতখানা কি ইচ্ছে করেই একটু আড়াল করতে চাইছে? ওটি কি আসলে বাঁ হাত? দুটো হাতই কি তবে বাঁ? লক্ষ্মণ অবশ্য হুট করে গিয়ে লোকটাকে যাচাই করতে সাহস পেল না। সে সাত ঘাটের জল খেয়ে মানুষ চিনেছে। এই টেমির আলোতেও এদের পাশ-ফেরানো মুখ দেখে সে বুঝে গেল, এরা লাশ-টাশ নামায়। লক্ষ্মণ একটু দূর থেকে নজর রাখতে লাগল। গতিবিধিটা একটু দেখতে হবে।

সেই থেকে গৌরগোবিন্দর মনটা আবার ফিঙেপাখির মতো নাচানাচি করছে। অনেকদিন বাদে শিমুলগড়ে একখানা জম্পেশ ঘটনা ঘটেছে বটে। গুম খুন আর দু'শো এগারোখানা মোহর। কালী কাপালিকটা ঝুড়ি-ঝুড়ি মিথ্যে কথা বলে বটে, তার মধ্যে

কি আর একটু-আধটু সত্যি কথার ভেজাল একেবারেই থাকবে না? গৌরগোবিন্দর মন বলছে, কথাটা একেবারে ফ্যালনা নয়। তা কালী কাপালিককে সকালে একঘটি দুধ খাইয়ে কথাটা আদায় করার পর গৌরগোবিন্দ ভেবেছিলেন ঘটনাটা চেপে রাখবেন। কারণ দীর্ঘদিনের অভিজ্ঞতায় তিনি দেখেছেন, কোনও-কোনও খবর চেপে রাখতে পারলে আখেরে তা থেকে লাভই হয়। সেই ছেলেবেলায়, সদিপিসির অম্বুবাচীর দিন ভুল করে এক ডেলা গুড় খেয়ে ফেলার কথা চেপে রেখেছিলেন বলেই দু' গণ্ডা পয়সা আদায় হয়েছিল। তাঁর মেজোখুড়ো যে তামাক খেতেন সেকথাটা দাদুর কাছে চেপে যেতেন বলেই খুড়োমশাইয়ের কাছ থেকে যখন-তখন ঘুড়িটা লাটিমটা আদায় হত। সেইসব পুরনো কথা ভেবে মোহর আর গুম খুনের ব্যাপারটাও চেপেই রেখেছিলেন গৌরগোবিন্দ। কিন্তু, গোপন কথা অতি সাংঘাতিক জিনিস। ঘণ্টাখানেকের মধ্যে তাঁর পেট ফেঁপে চোঁয়া ঢেকুর উঠতে লাগল। গায়ে ঘাম হতে লাগল। কানে দু'শো এগারোখানা মোহরের ঝনঝন শব্দে মাথা ঝিমঝিম করতে লাগল। শরীরে আইঢাই, ঘনঘন জল খেতে হচ্ছিল। সে এক ভারী অস্বস্তিকর অবস্থা। গৌরগোবিন্দ তাই ছাতা নিয়ে বাড়ি-বাড়ি বেরিয়ে পড়লেন। বিজয় মল্লিক, পটল গাঙ্গুলি, নটবর ঘোষ, গাঁয়ের আরও সব মাতব্বরদের খবরটা দেওয়ার পর পেটের বায়ু নেমে গেল, গায়ের ঘাম শুকোল, কানের শব্দটাও বন্ধ হল।

কিন্তু মুশকিল হল কথাটা কেউ গায়ে মাখছে না। কালীটা তো গাড়ল আর আহাম্মক, আজগুবি সব কথা বলে বেড়ায়, তার কথায় প্রত্যয় হবে কার? সবাই শুনে হাসছে। হারান সরকার তো বলেই বসল, "তোমারও কি একটু বয়সের দোষ দেখা দিচ্ছে নাকি গো গৌরঠাকুরদা! নইলে কালীর কথায় মেতে উঠলে কেন?"

তবে যে যাই বলুক, ভগবানের দয়ায় কালীর মুখ থেকে যদি এই একটা সত্যি কথাও জন্মে বেরিয়ে থাকে, তা হলে গাঁয়ে কী হুলুস্থুলুটাই না পড়ে যাবে! সেই কথা ভেবে মনটা সত্যিই আজ নেচে বেড়াচ্ছে গৌরগোবিন্দর। কতকাল পরে এই ঝিমধরা, ম্যাদাটে মার্কা, মরা গাঁয়ে একটা জম্পেশ ঘটনা ঘটেছে! ক'টা দিন গাঁ একটু গরম থাকবে। মাঝে-মধ্যে উত্তরের মাঠে সার্কাস এলে যেমন হয়, রথের মেলা বা মহাকালীর পুজোয় যেমন একটু বেশ গরম থাকে গাঁ, অনেকটা তেমনই। তবে ভেতরে গুহ্য কথা থাকায় এটার স্বাদই আলাদা। খুন! চোরাই মোহর! উঃ, খুব জমে গেছে ব্যাপারটা। একেবারে লঙ্কার আচারের মতো। ঝাল-ঝাল, টক-টক, মিষ্টি-মিষ্টি। ভাবতে ভাবতে দুপুরে আর ঘুমটাই হল না গৌরগোবিন্দর।

সন্ধেবেলায় এইসব বৃত্তান্ত নিয়েই আজ চণ্ডীমণ্ডপে একটা জমায়েত হয়েছে। মাতব্বররা সবাই আছেন। মধ্যমণি পটল গাঙ্গুলি বেশ জমিয়ে বসে বললেন, "সব

শোনো তোমরা, গৌরঠাকুরদা আজ কালী কাপালিকের কাছে এক আজগুবি গল্প শুনে এসেছেন। কালকে গগনের বাড়ি যে চোর ছোকরাটা ঢুকেছিল সে নাকি খুন হয়েছে, আর তার আত্মা নাকি আমাদের কালী কাপালিকের কাছে এসে গভীর রাতে নাকিকান্না কেঁদে গেছে যে, তার থলিতে দু'শো এগারোখানা মোহর ছিল। সেসব নাকি গগন গাপ করেছে।"

পরান সরকার মুখখানা তেতো করে বলল, "অ। তা এই আষাঢ়ে গপ্প শোনার জন্যই কি হাঁটুর ব্যথা নিয়ে এতদূর নেংচে-নেংচে এলাম! ওই কালী তো কত কী বলে বেড়ায়! নাঃ, যাই, গিয়ে হাঁটুতে একটু সেঁক-তাপ দিই গে।"

নটবর ঘোষ বলে ওঠে, "আমারও একটা সমস্যা হয়েছে। গগনের ওই গুন্ডা পাইক লক্ষ্মণটা বড় হুড়ো দিচ্ছে আমায়। রাম বিশ্বাসদা আজ সকালে একটু সাঁটে কী একটা কথা বলেছিল, সেই থেকে সে বড় হামলা করছে আমার ওপর। আমার নাকি দুটো হাতই বাঁ হাত, আমার নামের আদ্যক্ষর দন্ত্য ন বলে নাকি আমি লোক খুব খারাপ। আমি আপনাদের কাছে এর একটা বিহিত চাই। এ তো বড় অরাজকতা হয়ে উঠল মশাই।"

হারু সরখেল বলে উঠল, "কথাটা মিথ্যে নয়। আমাকেও আজ চৌপর দিন লক্ষ্মণকে বোঝাতে হয়েছে যে, আমার নাম নাড়ু নয়, হারু। ব্যাটা কিছুতেই বুঝতে চায় না।"

ঠিক এ সময়ে হঠাৎ একটা রাখাল ছেলে দৌড়তে-দৌড়তে এসে চণ্ডীমণ্ডপের সামনে থমকে দাঁড়াল। তারপর চেঁচিয়ে বলল, "দাদুরা সব এখানে বসে রয়েছ! ওদিকে যে কালী কাপালিকের পেটাই হচ্ছে!"

শুনে মাতব্বররা সব হাঁ-হাঁ করে ওঠে। পটল গাঙ্গুলি বলে ওঠেন, "পেটাচ্ছে মানে! কে পেটাচ্ছে রে ছোকরা? কেনই বা পেটাচ্ছে?"

রাখাল ছেলেটা বলে, "ভিন গাঁয়ের লোক।"

নটবর ঘোষ হঠাৎ লাফ দিয়ে খাড়া হয়ে বলে, "কেন, বাইরের লোক এসে কালীকে পেটাবে কেন? শিমুলগড় কি মরে গেছে? কালী এ গাঁয়ের লোক, পেটাতে হলে তাকে আমরা পেটাব। চলুন তো সবাই, দেখে আসি ব্যাপারটা! এ কি অরাজকতা নাকি?"

রাখাল ছেলেটা বলে, "উদিকে যেয়ো না কর্তা। বাইরের লোক হলেও তারা হলেন কালু আর পীতাম্বর।"

নাম দুটো শুনেই সভাটা হঠাৎ ঠান্ডা মেরে নিশ্চুপ হয়ে গেল। নটবর ঘোষ আবার ভিড়ের মধ্যে চুপ করে বসে গা-ঢাকা দিল। কিন্তু সবাইকে অবাক করে গৌরগোবিন্দ

হঠাৎ ঝিমুনি কাটিয়ে খাড়া হলেন, "কালীকে পেটাচ্ছে! সর্বনাশ! সে যে আমাদের রাজসাক্ষী! কালী খুন-টুন হয়ে গেলে যে মামলার কিনারা হবে না! এ যে সব ভেস্তে যাবে দেখছি।"

বলে হাতের লাঠিখানা বাগিয়ে ধরে গৌরগোবিন্দ চণ্ডীমণ্ডপ থেকে নেমে তাঁর জুতো খুঁজতে লাগলেন ব্যস্ত হয়ে।

বিজয় মল্লিক হাঁ-হাঁ করে ওঠেন, "করো কী ঠাকুরদা, তারা দু'টি যে সাক্ষাৎ যমের স্যাঙাত! মহাকালীর পুজোয় ওই কালুটা যে এক হাতে এক কোপে মোষের গলা নামিয়ে দেয়, দ্যাখোনি? আর পীতাম্বরটা তো চরকির মতো তলোয়ার ঘোরায়।"

গৌরগোবিন্দ খিঁচিয়ে উঠে বলেন, "তা বলে রাজসাক্ষী হাতছাড়া করব? এতদিন বাদে একটা ঘটনা ঘটল গাঁয়ে, সেটার মাথায় ঠান্ডা জল ঢেলে দেব? আর কালু-পীতাম্বর যখন আসরে নেমে পড়েছে তখন বলতেই হবে বাপু, কালী কাপালিকের কথায় একটু যেন সত্যি কথাও আছে। না বাপু, আমাকে দেখতেই হচ্ছে ব্যাপারটা।"

রাম বিশ্বাস চণ্ডীমণ্ডপের এককোণে বসে বাতাসে ঢ্যাঁড়া কাটছিলেন। হঠাৎ বলে উঠলেন, "কালীর এখনই মৃত্যুযোগ নেই, সকালেই কপালটা দেখেছি ভাল করে।"

গৌরগোবিন্দ আর কোনও দৃকপাত না করে ছুটতে লাগলেন।

ইটখোলায় কালী কাপালিকের থানে দৃশ্যটা একটু অন্যরকম। যেমনটা ভাবা গিয়েছিল তেমনটি নয়।

সন্ধেবেলায় কালী একটু সিদ্ধি-টিদ্ধি খায়। বাণ মারে, ব্যোম্-ব্যোম্ করে আর তার তিন-চারজন চেলা ধুনির আগুনে রান্না চাপায়।

বেশ শান্ত নিরিবিলি জায়গা। হাওয়া দিচ্ছে। চারদিক বেশ খোলামেলা। কালী তার শিষ্যদের বলছিল, "গগন ব্যাটার বুকের পাটা দেখোনি তো! কী এমন চাইলুম রে বাবা! চোরাই মোহরগুলোর কথা তো পাপমুখে উচ্চারণও করিনি। এমনকী খুনটার কথাও চেপে গেছি। তা তার একটা দাম দিবি না? নিজের জন্য কি চেয়েছি? পাঁচটা ভক্ত আসবে, ভদ্রলোকেরা আসবে, তীর্থ হিসাবে শিমুলগড়েরই নাম হবে। কয়েক হাজার ইট আর কয়েক বস্তা সিমেন্ট হলেই হয়ে যেত। তার বদলে কয়েক বস্তা পুণ্যি! আর আধ সের করে দুধ—সেটাও তার বড্ড বেশি মনে হল নাকি রে? ভক্তকে দুধ খাওয়ালে ভগবান খুশি হন, সেইটেই বুঝল না ব্যাটা পাপী।"

অন্ধকারে বাবলাবনের ভেতরের শুঁড়িপথটা দিয়ে দুটো ছায়ামূর্তি আসছিল। তারা আড়াল থেকে কথাটা শুনতে পেল। শুনে পীতাম্বর একখানা হাঁক পাড়ল, "এই যে, খাওয়াচ্ছি তোমাকে দুধ! আর ইটের বন্দোবস্তও হচ্ছে।"

কালী প্রথমটায় কিছু বুঝে উঠবার আগেই পেল্লায় চেহারার দুটো লোক এসে তার ওপর পড়ল। গালে বিশাল এক থাবড়া খেয়ে কালী চেঁচিয়ে উঠল, "মেরে ফেললে রে!"

চেলারা ফটাফট আড়ালে সরে গেল। চেঁচামেচি শুনে আশপাশ থেকে ছুটে এল কিছু লোক। তবে তারা বেশি এগিয়ে এল না। কালু আর পীতাম্বরকে সবাই চেনে।

কালু পর-পর আরও দু'খানা চড় কষাতেই পীতাম্বর বলে উঠল, "আহা, খামোখা চড়গুলো খরচা করছিস কেন? বত্রিশটা টাকার বেশি তো আর কঞ্জুষটার কাছ থেকে আদায় হবে না। আটখানা কড়ার।" এই বলে ভূপাতিত কালীর দিকে চেয়ে একটা বড় করে দম নিয়ে বিকট গলায় বলে উঠল, "এখন যদি হাঁড়িকাঠে ফেলে মায়ের নামে তোর গলাখানি নামিয়ে দিই তা হলে কী হয়? গুন্ডামি আর গা-জোয়ারি তা হলে কোথায় থাকবে রে পাষণ্ড? ভাল-ভাল মানুষদের ওপর হামলা করে দুধ আর ইট-সিমেন্ট আদায় করছিস যে বড়, অ্যাঁ! গগন সাঁপুইয়ের টাকা বেশি দেখেছিস?"

কালী উঠল না। উঠলেই বিপদ। শুয়ে শুয়েই বলল, "টাকা কোথায় গো পীতাম্বরদাদা? সব মোহর।"

কালু একটা রদ্দা তুলেছিল, পীতাম্বরও কড়কে দেবে বলে হাঁ করেছিল, থেমে গেল দু'জনেই। "মোহর!"

কালী এবার উঠে বসে গা থেকে একটু ধুলো ঝেড়ে নিয়ে বলল, "সবই বুঝি গো পীতাম্বরদাদা, দিনকাল খারাপই পড়েছে। নইলে ওই ছুঁচোটার হয়ে এই শস্তার কাজে নামবার লোক তো তোমরা নও। তা কতয় রফা হল গগনের সঙ্গে?"

পীতাম্বর গম্ভীর গলায় বলে, "তা দিয়ে তোর কী দরকার? মুখ সামলে কথা বলবি।"

কালী দুঃখের গলায় বলে, "সে তোমরা না বললেও আন্দাজ করতে কষ্ট নেই। খুব বেশি হলে পাঁচ-সাতশো টাকায় রফা হয়েছে। আর কাল রাতেই কিনা পাষণ্ডটা দু'শো এগারোখানা মোহর বেমালুম গাপ করে ফেলল ভালমানুষ ছোকরাটার কাছ থেকে। ধর্মে সবই সইছে আজকাল হে। দু'শো এগারোখানা মোহর গাপ করে সেই ছোঁড়াকে মেরে কোথায় গুম করে ফেলল কে জানে! আমার দোষ হয়েছি কী জানো, মোহরের বৃত্তান্ত আমি জেনে ফেলেছিলুম। সেকথা যাক, দিনকাল খারাপ পড়েছে বুঝতে পারছি, তোমাদের মতো বড়দরের ওস্তাদেরা যখন পাঁচ-সাতশো বা হাজার টাকায় কাজে নামছ তখন আকালই পড়েছে বলা যায়। তবে কিনা, মোহরগুলো গগনের ন্যায্য পাওনা নয়। কিন্তু সেকথা তাকে বলবার সাহসটা আছে কার বলো?"

পীতাম্বর কালুর দিকে চেয়ে বলে, "দরটা বড্ড কমই হয়ে গেছে না রে?"

কালু খুব গম্ভীর মুখে বলে, "তোর আক্কেল যে কবে হবে! অত কমে কেন যে এত মেহনত খরচা করলি! চড় প্রতি দশ টাকা করে ধরলে হত।"

পীতাম্বর দুটো হাত ঝেড়ে চাপা গলায় বলে, "যা হয়েছে তা তো হয়েই গেছে। আর একটাও চড় খরচ করার দরকার নেই। বকাঝকাও নয়। বাহান্ন টাকার কাজ আমরা তুলে দিয়েছি।"

কালু বলল, "তার বেশিই হয়ে গেছে।"

পীতাম্বর দুঃখিতভাবে মাথা নাড়ল। তারপর কালীর দিকে চেয়ে বলে, "যাঃ, খুব বেঁচে গেলি আজ। এবার বৃত্তান্তটা একটু খোলসা করে বল তো!"

কালী ধীরে ধীরে উঠে দাঁড়িয়ে বড় বড় চোখে চেয়ে বলল, "কী বললে পীতাম্বরদাদা! কানে কি ভুল শুনলুম আমি! বাহান্ন টাকা! মোটে বাহান্ন টাকায় তোমাদের মতো রুস্তম আজকাল হাত নোংরা করছে! এ যে ঘোর কলিকাল পড়ে গেল গো! এতে যে আমারও বেজায় অপমান হয়ে গেল! মাত্র বাহান্ন টাকায় আমার গায়ে হাত তুললে তোমরা!"

পীতাম্বর একটা হুংকার দিয়ে বলে, "বেশি বকুনি দিলে মুখ তুবড়ে দেব বলছি!"

কালু বলে ওঠে, "উহুঁ উহুঁ, আর নয়। টাকা উশুল হয়ে এখন কিন্তু বেজায় লোকসান যাচ্ছে আমাদের।"

পীতাম্বর সঙ্গে সঙ্গে নরম হয়ে বলে, "তা বটে, ওরে কালী, বাহান্ন টাকার কথা তুলে আর আঁতে ঘা দিস না। ওই হাড়কেপ্পনটার সঙ্গে দরাদরিতে যাওয়াই ভুল হয়েছে। এখন সুদে-আসলে লোকসানটা তুলতে হবে।"

কালী একটা দীর্ঘশ্বাস ফেলে বলল, "সে আর তোমরা পারবে না। সকলের চোখের সামনে দু'শো এগারোখানা মোহর যে-মানুষ হাতিয়ে নিতে পারে, তার সঙ্গে এঁটে ওঠা তোমাদের মতো ভালমানুষদের কর্ম নয়। আর এ গাঁয়ের লোকগুলোও সব চোখে ঠুলি-আঁটা ঘানির বলদ। খুন করে লাশটা কোথায় গুম করল সেটা অবধি খুঁজে দেখল না। ছোকরার আত্মাটা এই সন্ধেবেলাতেও এসে কত কাঁদাকাটা করে গেছে। একটু আগেই তো তার সঙ্গে কথা হচ্ছিল, তোমরা এসে হুজ্জত শুরু করায় ভয় খেয়ে তফাত হয়েছে। আমার আধসের দুধ আর কয়েকখানা ইট বড় করে দেখলে পীতাম্বরদাদা, কালুভাই! ওদিকে যে পুকুরচুরি হয়ে গেল, সে খবর রাখলে না! লোকটা কত বড় পিচাশ একবার ভেবে দ্যাখো, দু'শো এগারোখানা মোহর ট্যাঁকে গুঁজেও যে মাত্র বাহান্ন টাকায় তোমাদের কেনা গোলাম করে রাখতে চাইছে! আর শুধু কি তাই, ওই দ্যাখো, তোমাদের ওপর গোয়েন্দাগিরি করার জন্য লক্ষ্মণ পাইককে পাঠিয়েছে! ওই যে, বাবলাতলায় দাঁড়িয়ে!"

পীতাম্বর আর কালু চিতাবাঘের মতো ঘুরে দাঁড়াতেই বাবলাতলা থেকে লক্ষ্মণ বেরিয়ে এসে পীতাম্বরের দিকে চেয়ে গম্ভীর গলায় বলে উঠল, "অনেক আগেই আন্দাজ করেছিলুম যে, তুমিই সেই লোক। আর লুকোছাপা করে লাভ নেই বাপু! আমি আবছা আলোতেও ঠিক বুঝতে পেরেছি, তোমার দুটো হাতই বাঁ হাত।"

পীতাম্বর এ কথায় এমন অবাক হয়ে গেল যে, তার মুখে কথা জোগাল না। খানিকক্ষণ লাগল সামলে উঠতে। তারপর বাঘা গলায় বলল, "কী বললি রে হনুমান?"

লক্ষ্মণ বিন্দুমাত্র ভয় না খেয়ে একটু হেসেই বলল, "সারাদিনের পরিশ্রম আজ সার্থক। রাম বিশ্বাসের কথা কি মিথ্যে হওয়ার জো আছে! দুটো বাঁ-হাতওলা লোক থাকতেই হবে!"

পীতাম্বর নিজের হাত দু'খানা চোখের সামনে তুলে একটু ঘুরিয়ে-ফিরিয়ে দেখে বলে, "কোথায় রে দুটো বাঁ হাত! আর থাকলে আমি তা এতদিনে টের পেতুম না! আচ্ছা বেল্লিক তো তুই দেখছি! আমাদের ওপর গোয়েন্দাগিরি করতে এসে এখন আবোলতাবোল বলে মাথা বাঁচানোর চেষ্টা করছিস হতভাগা! দেখাচ্ছি মজা!"

দু'হাতে বজ্রমুষ্টি পাকিয়ে পীতাম্বর লাফিয়ে পড়ার উপক্রম করতেই কালু তার হাত চেপে ধরে বলল, "কত লোকসান যাচ্ছে খেয়াল করেছিস? এখন কিল-চড় খরচা করলে তার দামটা দেবে কে? বাহান্ন টাকার একটি পয়সাও কি বেশি আদায় হবে?"

"তা বটে!" বলে পীতাম্বর বন্ধ-করা মুঠি খুলে, দমটা ছেড়ে ক্লান্ত গলায় বলে, "গাড়লটা বলছে কিনা আমার দুটোই বাঁ হাত! সেই জন্ম থেকে বাঁ-ডান দুই হাত নিয়ে বাস করে এলুম, হঠাৎ রাতারাতি জলজ্যান্ত হাতটা বদলে যাবে! এই যে ভাল করে দেখে নে আহাম্মক, ডান-বাঁ জ্ঞান যদি থেকে থাকে, তবে ভাল করে পরখ করে নে। তোর কপালের খুব জোর, এই দুটো হাতের ঘুসো তোকে খেতে হয়নি। নইলে..."

পীতাম্বরের মুখের কথা শেষ হওয়ার আগেই হঠাৎ লাঠি হাতে একটা লম্বা সিড়িঙ্গে মূর্তি বাবলাবনের শুঁড়িপথটা দিয়ে ধেয়ে এল, "মারবে মানে? ইয়ার্কি পেয়েছ? এ কি মগের মুলুক? আমার রাজসাক্ষী মারলে অত বড় বাটপাড়ি আর খুনের কিনারা করবে কে?"

বলতে-বলতেই গৌরগোবিন্দ হাতের মজবুত লাঠিটা তুলে পটাং-পটাং করে পেটাতে লাগলেন। পীতাম্বর আর কালু বহুকাল কারও হাতে মার-টার খায়নি। সবাই তাদের সমঝে চলে, কেউ গায়ে হাত তুলবার সাহসই পায় না। ফলে তারা এত অবাক হয়ে গেল যে, নিজেদের বাঁচানোর কোনও চেষ্টাই করতে পারল না। উপরন্তু মার না খেয়ে-খেয়ে এমন অনভ্যাস হয়ে গেছে যে, দু'জনেই প্রথম চোটের লাঠির বাড়িটা

খেয়েই "বাবা রে" বলে অজ্ঞান হয়ে মাটিতে পড়ে কুমড়ো গড়াগড়ি দিতে লাগল।

"বলি ও কালী, তুই ভাল আছিস তো বাপ! চোট-টোট লাগেনি তো! কোথায় পালালি বাবা? ভয় নেই রে, গুন্ডা দুটোকে দিয়েছি ঠান্ডা করে। ওই দ্যাখ, কেমন চিতপটাং হয়ে পড়ে আছে।"

ঠিক এই সময়ে কে যেন পেছন থেকে বলে উঠল, "এই বয়সেও বেশ ভাল হাত আপনার। লাঠিখানা বেশ গুছিয়ে ধরেছিলেন বটে। ঠিক এরকমটা দেখা যায় না।"

গৌরগোবিন্দ তেড়ে উঠলেন, "বয়সটা আবার কোথায় দেখলে হে! কিসের বয়স? বয়সের কথা ওঠেই বা কেন? আর লাঠি ধরারই বা কী নতুন কায়দা দেখলে? চিরকাল লাঠি-হাতে ঘুরে বেড়ালুম!"

"আজ্ঞে, তা বটে। কিন্তু যার দুটো হাতই বাঁ হাত, তার পক্ষে ওভাবে জুতসই করে বাগিয়ে ধরে লাঠি চালানো তো বড় সোজা কথা নয় কিনা!"

গৌরগোবিন্দ একটু ঝুঁকে লোকটাকে ঠাহর করে নিয়ে বললেন, "অ, তুমি গগন সাঁপুইয়ের সেই পাইক লক্ষ্মণ বুঝি! সকাল থেকে বাঁ হাতের ফেরে পড়ে আছ দেখছি! তা কালীর ঠেক-এ তোমার আবার কী দরকার? অ্যাঁ! সাক্ষী গুম করতে এসেছ? দেখাচ্ছি মজা, দাঁড়াও..."

হঠাৎ করে লাঠির একখানা ঘা ঘাড়ে পড়তেই লক্ষ্মণ আর কালবিলম্ব না করে চোঁচাঁ দৌড় লাগাল।

"ও কালী, তুই কোথায় বাবা?"

কালী অবশ্য গৌরগোবিন্দর ডাক শুনতে পাচ্ছিল, কিন্তু জবাব দেওয়ার মতো অবস্থা তার নয়।

ঘটনাটা হল, কালু আর পীতাম্বর এসে একটা গণ্ডগোল পাকিয়ে তোলায় কালী একটু গা-ঢাকা দিতে চেয়েছিল। মোহর আর খুনের ঘটনাটা এদের কাছে প্রকাশ করে ফেললে গগনের কাছ থেকে আর কিছু আদায়ের আশা নেই। কথাটা একটু প্রকাশ হয়েছে, ভাল। বাকিটুকু চাপা থাকলে গগনের ওপর একটা চাপ হয়। তাতে আদায় উশুলের সুবিধা। নইলে গুন্ডা দুটো সব গুপ্ত কথা জেনে নিয়ে আগেভাগে গিয়ে গগনের ট্যাঁক ফাঁক করতে লেগে যাবে। বরাতজোরে একটুও সুবিধাও হয়ে গেল কালীর। গৌর ঠাকুরদা এসে গুন্ডা দুটোকে ঘায়েল করেছে। কালী এই ফাঁকে তাড়াতাড়ি কাজ সারতে পেছনের কাঁটাবন দিয়ে সটকে সটান গগনের বাড়ি গিয়ে উঠবার তাল করেছিল।

কিন্তু কাঁটাবনে ঢুকতেই, ওরে বাপ! সামনেই ঘন কাঁটাবনে দুটো পেল্লায় চেহারার আবছা মূর্তি দাঁড়িয়ে! তারা অবশ্য কালী কাপালিককে গ্রাহ্যও করছিল না। কী একটা

ব্যাপার নিয়ে দু'জনের একটা রাগারাগি তর্কাতর্কি হচ্ছে। অন্ধকার কালীর চোখ-সওয়া, যেটা তার পিলে চমকে দিল তা হল লোক দুটোর পোশাক। জরিটরি দেওয়া পোশাক পরনে, মাথায় আবার মুকুটগোছের কী যেন আছে, গলায় মুক্তোমালার মতো মালা, হাতে আবার বালা-টালাও দেখা যাচ্ছে। যাত্রাদলে যেমন দেখা যায় আর কী! কিন্তু এ গাঁয়ে বা আশেপাশে কোথাও এখন কোনও যাত্রাপালা হওয়ার কথা নেই। এরা এল কোত্থেকে?

কালী সুট করে গাছের আড়ালে সরে দাঁড়াল।

লম্বা-চওড়া আর বেশি ঝলমলে পোশাক-পরা লোকটা বলছে, "তুমি অত্যন্ত বেয়াদব এবং বিশ্বাসঘাতক। যেভাবে তুমি আমাকে পাতালঘরে টেনে নামিয়ে পেছন থেকে ছোরা বসিয়েছিলে তা কাপুরুষ এবং নরাধমরাই একমাত্র পারে।"

অন্য লোকটা একটু নরম গলায় বলে, "মহারাজ, আপনাকে না মারলে যে আমাকেই মরতে হত। আপনার মতলবটা তো আমি আগেই আঁচ করেছিলাম কিনা। আত্মরক্ষার জন্য খুন করা শাস্ত্রে অপরাধ নয়।"

"কিন্তু রাজ-হত্যার মানে কী জানো চন্দ্রকুমার? রাজা হচ্ছে পিতার সমান। তাকে হত্যা করে তুমি পিতৃঘ্ন হয়েছ। তুমি চিরকাল আমার অন্নে প্রতিপালিত হয়েছ, আমার নুন খেয়েছ, রাজসভায় যথেষ্ট মর্যাদা পেয়েছ আমারই বদান্যতায়। তার প্রতিদান কি এই? তোমাকে মারতে চেয়েছিলাম এটাই বা কে বলল? তোমাকে পাতালঘরে নেমে দেখাতে চেয়েছিলাম সুড়ঙ্গগুলো কীরকম।"

"আজ্ঞে না, মহারাজ। মোহরের হদিশ যখনই আপনি আমাকে দিয়ে দিলেন, তখনই বুঝলুম যে, আমার আয়ু আর বেশিদিন নয়। তাই আমি সঙ্গে গোপনে একখানা ধারালো ছোরা রাখতুম। যেদিন আপনি নিজে সঙ্গে করে মহাসমাদরে আমাকে পাতালঘর দেখাতে নিয়ে গেলেন, সেদিনই আমি ঠিক করেছিলুম, যদি নামি আপনাকে নিয়েই নামব। প্রাসাদে গর্ভগৃহে নামবার গুপ্ত সিঁড়িতে আপনি আমাকে ঠেলে নামিয়ে দিয়ে ভারী দরজাটা বন্ধ করে দিচ্ছিলেন। আমি সঙ্গে সঙ্গে লাফ দিয়ে আপনাকে টেনে নামিয়ে এনে ষড়যন্ত্রটা ওখানেই শেষ করে দিই।"

"তুমি বোধ হয় ধরাও পড়োনি?"

"আজ্ঞে না, মহারাজ। আমি অত্যন্ত বুদ্ধিমান। আপনি হঠাৎ বৈরাগ্যবশত নিরুদ্দেশ হয়েছেন এটাই রটনা হয়েছিল। তবে আমি নিমকহারাম নই। গুপ্তধনের হদিশসহ পুথিখানা আমি আপনার পুত্র বিজয়প্রতাপকে হস্তান্তর করেছিলাম। আমি নিজে কিন্তু গুপ্তধন হরণের চেষ্টা করিনি।"

মহারাজ দাঁত কড়মড় করে বললেন, "করলেও লাভ হত না। আমি নিজে যখ হয়ে

দেড়শো বছর মোহরের কলসিতে ঢুকে ঘাপটি মেরে বসে ছিলুম। মাঝে-মাঝে যে বেরিয়ে এসে তোমার ঘাড় মটকাতে ইচ্ছে করত না, তা নয়। কিন্তু মোহরগুলো এমন চুম্বকের মতো আমাকে আটকে রেখেছিল যে, বেরোবার সাধ্যই হয়নি।"

চন্দ্রকুমার একটু যেন মিচকে হাসি হেসে বললেন, "আজ্ঞে সেটা আমি জানতুম। আপনার পক্ষে ওই মোহর ছেড়ে বেরিয়ে আসা অসম্ভব ছিল বলেই আমি নিশ্চিন্তমনে নিরানব্বই বছর অবধি বেঁচে হেসেখেলে আয়ুষ্কালটা কাটিয়ে গেছি। মোহরের মোহ ছিল না বলেই পেরেছি।"

মহারাজ গম্ভীর হয়ে বললেন, "আমার পুত্র বা পৌত্ররাও তো কেউ গুপ্তধনের খোঁজ করেনি!"

"না মহারাজ। তারা ও-পুথি উলটেও দেখেনি। দেখলেও সংকেত উদ্ধার করতে পারত না। আমার জীবিতকালেই ও পুথি নিরুদ্দেশ হয়। তাতে আমি বেঁচেছি আর আপনিও নিরুদ্বেগে দেড়শো বছর মোহরের মধ্যে ডুবে থাকতে পেরেছেন।"

"কথাটা সত্যি। মোহর অতি আশ্চর্য জিনিস। তার মধ্যে ডুবে থেকে কখন যে দেড়শোটা বছর কেটে গেল তা টেরই পেলাম না। বেরিয়ে এসেই আমি তোমাকে হন্যে হয়ে খুঁজে বেড়িয়েছি কাল থেকে।"

"জানি মহারাজ। আপনার ভয়েই আমি কাল থেকে নানা জায়গায় পালিয়ে বেড়াচ্ছি। শেষে এই নিরিবিলি কাঁটাবনে এসে আত্মগোপন করতে চেষ্টা করেছিলাম। হাতে একটা জরুরি কাজ ছিল, নইলে আমি অনেক দূরে কোথাও গিয়ে আত্মগোপন করে থাকতাম।"

মহারাজ যেন কিছুটা নরম হয়ে বললেন, "শোনো চন্দ্রকুমার, আমার মনে হচ্ছে তোমার প্রতি আমি একটু অবিচারই করে ফেলেছি। এতদিন পরে আমি আর সেই পুরনো রাগ পুষে রাখতে চাই না। বরং তোমার সাহায্যই আমার প্রয়োজন। তুমি পণ্ডিত মানুষ, বলতে পারো, দেড়শো বছর ধরে আমার মোহর আগলে রাখার প্রয়াস এভাবে ব্যর্থ হয়ে গেল কেন?"

"ব্যর্থ হবে কেন মহারাজ?"

মহারাজ রাজকীয় কণ্ঠে হুংকার করে উঠলেন, "আলবাত হয়েছে। কোথাকার কে একটা অজ্ঞাতকুলশীল এসে আমাকে সুদ্ধু মোহরের ঘড়া গর্ভগৃহ থেকে টেনে বের করে আনল, আমি তাকে বৃশ্চিক হয়ে দংশন করলাম, সাপ হয়ে হুমকি দিলাম, কিম্ভূত মূর্তি ধরে নাচানাচি করলাম, কিন্তু কিছুতেই কিছু হল না। তা হলে কি যখ হয়ে নিজস্ব ধনসম্পত্তি পাহারা দেওয়ার কোনও দামই নেই?"

"অবশ্যই আছে মহারাজ। কোনও অনধিকারী ওই কলসি উদ্ধার করতে গেলে

আপনার প্রক্রিয়ায় কাজ হত। কিন্তু অধিকারী যদি উদ্ধার করে তা হলে যখের কিছুই করার থাকে না।"

রাজা আবার ধমকে উঠলেন, "কে অধিকারী? ওই ছোকরাটা?"

"অবশ্যই মহারাজ, সে আপনার অধস্তন ষষ্ঠ পুরুষ।"

মহারাজ অতিশয় বিস্ময়ের সঙ্গে বললেন, "বলো কী হে চন্দ্রকুমার?"

"আপনার বংশতালিকা আমার তৈরিই আছে। আপনার পুত্র বিজয়প্রতাপ, তস্য পুত্র রাঘবেন্দ্রপ্রতাপ, তস্য পুত্র নরেন্দ্রপ্রতাপ, তস্য পুত্র তপেন্দ্রপ্রতাপ, তস্য পুত্র রবীন্দ্রপ্রতাপ, এবং তস্য পুত্র এই ইন্দ্রজিৎপ্রতাপ। ইন্দ্রজিৎ ও তস্য পিতা অবশ্য ম্লেচ্ছদেশে বসবাস করেন। বিলেতে।"

রাজা মহেন্দ্রপ্রতাপ একটু উদ্বেগের গলায় বললেন, "কিন্তু আমার এই উত্তরপুরুষেরা ওইসব মূল্যবান দুষ্প্রাপ্য মোহরের কদর বুঝবে তো! রক্ষা করতে পারবে তো!"

চন্দ্রকুমার একটু চিন্তিত গলায় বললেন, "সেটা বলা কঠিন। আপনার উত্তরপুরুষেরা যদি মোহর নয়ছয় বা অপব্যবহার করে, তা হলেও আপনার আর কিছুই করার নেই। মোহরের কথা ভুলে যান মহারাজ।"

মহারাজ আর্তনাদ করে উঠলেন, "বলো কী হে চন্দ্রকুমার! কত কষ্ট করে, কত অধ্যবসায়ে, কত ধৈর্যে, কত অর্থব্যয়ে আমি সারা পৃথিবী থেকে মোহর সংগ্রহ করেছি। ওই মোহরের জন্য তোমার হাতে প্রাণ পর্যন্ত দিয়েছি। পর-পর দেড়শো বছর যখ হয়ে মোহর পাহারা দিয়েছি, এসব করেছি কি মোহরের কথা ভুলে যাওয়ার জন্য?"

"মহারাজ, মোহরের মধ্যে মোহ শব্দটাও লক্ষ করবেন। এই মোহে পড়ে আপনি যথোপযুক্ত প্রজানুরঞ্জন করেননি, বহু নিরীহ মানুষের প্রাণনাশ করেছেন, আমাকেও হত্যা করতে উদ্যত হয়েছিলেন। ওই মোহরের মধ্যে কোন মঙ্গল নিহিত আছে? আপনার উত্তরপুরুষ যা খুশি করুক, আপনি চোখ বুজে থাকুন।"

মহারাজ হাহাকার করে উঠে বললেন, "তোমার কথায় যে আমার আবার মরে যেতে ইচ্ছে করছে চন্দ্রকুমার! মরার আগে তোমাকেও হত্যা করতে ইচ্ছে করছে! আমার মোহর...আমার মোহর..."

ঠিক এই সময়ে কালী কাপালিক আড়াল থেকে বেরিয়ে এসে রক্তাম্বরের খুঁটে দু'টি চোখ মুছে নিয়ে বলল, "আহা, এ জায়গাটায় যা পার্ট করলেন মশাই, চোখের জল রাখতে পারলুম না। পালাটিও বেঁধেছেন ভারী চমৎকার। কোন অপেরা বলুন তো! কবে নাগাদ নামছে পালাটা?"

দুই ছায়ামূর্তি নিঃশব্দে কালীর দিকে চেয়ে রইল।

কালী বিগলিত মুখে বলে, "আমিও এককালে পার্ট-টার্ট করতুম। অনেকদিন আর সাধন-ভজনে মেতে গিয়ে ওসব হয়নি। তা এ যা পালা দেখছি, একটা কাপালিকের পার্ট অনায়াসে ঢোকানো যায়। আর আমাকে তো দেখছেন, মেকআপও নিতে হবে না। আড়াল থেকে শুনছিলুম মশাই, তখনই ভেবে ফেললুম এ পালায় যদি একখানা চান্স পাই তা হলে কাপালিকের কেরামতি দেখিয়ে দেব। কিন্তু বড্ড হালফিলের ঘটনা মশাই, এত তাড়াতাড়ি পালাটা বাঁধল কে?"

মহারাজ বজ্রগম্ভীর স্বরে বললেন, "চন্দ্রকুমার, এ লোকটা কে?"

"এ এক ভ্রষ্টাচারী, মহারাজ। কাপালিক সেজে থাকে।"

হঠাৎ দুই বিকট ছায়ামূর্তি ভোজবাজির মতো বাতাসে মিলিয়ে গেল।

কালীর মাথায় বিদ্যুৎ খেলে গেল লহমায়। চোখের সামনে যা দেখল, নিজের কানে যা শুনল, তা কি তা হলে যাত্রার পালা নয়? কাঁটাবনে ঢুকে যাত্রার মহড়া দেওয়াটাও তো কেমন-কেমন ঠেকছে যেন! আর ঘটনাটা! বাপ রে!

কালী বিকট স্বরে চেঁচাতে লাগল, "ভূঃ... ভূঃ...ভূঃ...ভূঃ..."

ঠিক এই সময়ে বাজারের দিকটাতেও একটা শোরগোল উঠল, "চোর! চোর!"

কে একজন চেঁচিয়ে উঠল, "এই তো! এই তো সেই কাল রাতের চোরটা! গগন সাঁপুইয়ের বাড়িতে ধরা পড়েছিল! আজ আবার ভোল পালটে কার সর্বনাশ করতে ঘুরঘুর করছিল!"

চোরের বৃত্তান্ত শুনে চণ্ডীমণ্ডপের আসর ভেঙে মাতব্বররাও ছুটে এলেন। শিমুলগড়ের মতো ঠান্ডা জায়গায় কী উৎপাতই না শুরু হয়েছে! তবে হ্যাঁ, এসব কিছু হলে পরে সময়টা কাটে ভাল।

চোর শুনে গৌরগোবিন্দও লাঠি হাতে দৌড়ে এলেন। অত্যন্ত রাগের গলায় বলতে লাগলেন, "এ কি গগনের চোরটা নাকি? তার তো খুন হওয়ার কথা! কোন আক্কেলে ঘুরে বেড়াচ্ছে! এরকম হলে তো বড়ই মুশকিল। একবার খুন হয়ে গেলে ফের আবার ধরা পড়ে কোন আহাম্মক! সব হিসাব আমার গণ্ডগোল হয়ে গেল দেখছি!"

নটবর ঘোষ চাপা গলায় বলে, "খুব জমে গেছে কিন্তু ঠাকুরদা।"

॥ ৬ ॥

রাত্রিবেলাটাই ভয়ের সময়। ঘরে লাখ-লাখ, কোটি-কোটি টাকার মোহর। গগন সাঁপুইয়ের টাকা আছে বটে, কিন্তু এত টাকার কথা সে জীবনেও ভাবতে পারেনি। ভগবান যখন দিলেন, তখন এ টাকাটা ঘরে রাখতে পারলে হয়। চারদিকে চুরি, ডাকাতি, জোচ্চুরি, বাটপাড়িতে কলির ভরা একেবারে ভরভরন্ত। হরিপদ বিদায় হওয়ার পরই ঘরে ডবল তালা লাগিয়ে চাবি কোমরে গুঁজে গগন বেরোল নিজের বাড়ির চারদিকটা ঘুরে দেখতে।

নাঃ, উঁচু দেওয়াল থাকলে কী হয়, এ দেওয়াল টপকানো কঠিন কাজ নয়। দুটো কুকুর আছে বটে, কিন্তু জানোয়ার আর কতটাই বা কী করতে পারে! পাইক আর কাজের লোকজন আছে বটে, কিন্তু লোকবলটা মোটেই যথেষ্ট নয়। ডাকাত যদি পড়ে তবে মহড়া নেওয়ার ক্ষমতা এদের নেই। দরজা-জানলা খুবই মজবুত কিন্তু অভেদ্য নয়। বড়জোর দুর্ভেদ্য বলা যায়। শালবল্লা দিয়ে গুঁতো মারলেই মড়মড় করে ভেঙে পড়বে। বাড়িতে দু'-দুটো বন্দুক আছে, কিন্তু ডাকাতরা যদি সাত-আটটা বন্দুক নিয়ে আসে, তা হলে? নাঃ, বাড়ির প্রতিরক্ষা-ব্যবস্থায় মোটেই খুশি হল না গগন। দিনের আলো ফুরোবার আগেই আরও পাকা ব্যবস্থা করা দরকার। বাড়িতে যত লাঠি, দা, কুড়ুল, কাটারি, টাঙি, ট্যাটা, বল্লম, সড়কি, ছোরাছুরি ছিল, গগন সব বের করে জড়ো করল দাওয়ায়। বাড়ির লোককে ডেকে বলল, "ডাকাত পড়ার কথা আছে। সবাই খুব সাবধান। প্রত্যেকেই অস্ত্র রাখবে হাতে।"

তিন ছেলের দু'জন বন্দুক হাতে সন্ধে থেকেই মোতায়েন রইল দাওয়ায়। পাইক আর কাজের লোকজনদেরও সজাগ করে দেওয়া হল। একজন কাজের লোক তির-ধনুক নিয়ে ঘরের চালে উঠে বসে রইল।

গগন ঘরে ঢুকে ভেতর থেকে দরজায় খিল এঁটে মোহরের থলিটা বের করে গুনে দেখল। নাঃ, দু'শো এগারোখানাই আছে। তারপর দরজায় তিন ডবল তালা লাগিয়ে এক হাতে রাম-দা অন্য হাতে বল্লম নিয়ে উঠোনে পায়চারি করতে লাগল। তবু ব্যবস্থাটা তার মোটেই নিরাপদ মনে হচ্ছে না। পাশেই নারায়ণপুর গাঁয়ে কয়েক ঘর লেঠেল চাষি বাস করে। কাল সকালেই তাদের কয়েকজনকে আনিয়ে নিতে হবে।

ঘরের চাল থেকে হঠাৎ ধনুকধারী কাজের লোকটা চেঁচিয়ে উঠল, "ওই আসছে!"

গগন একটা লাফ দিয়ে উঠল, "কে! কে আসছে রে? কার আবার মরার সাধ হল? কোন নরাধম এগিয়ে আসছিস মৃত্যুমুখে? আজ যদি তোর মুন্ডু নিয়ে গেণ্ডুয়া না খেলি তো আমার নাম গগনই নয়..."

বলতে বলতে গগন ছুটে সদর দরজার বাইরে গিয়ে রাম-দা ঘোরাতে ঘোরাতে চেঁচিয়ে উঠল, "আয়! আয়! আজই কীচক বধ হয়ে যাক।"

যে-লোকটা সদর দরজার কাছ বরাবর চলে এসেছিল, সে ভয়ে চেঁচিয়ে উঠল, "রক্ষে করুন কর্তাবাবু! আমি লক্ষ্মণ।"

গগন উদ্যত রাম-দা নামিয়ে বলল, "লক্ষ্মণ, তুই কোথা থেকে?"

"আজ্ঞে, একটু খবর আছে। ভাল খবর। চোরটা ধরা পড়েছে।"

গগন হকচকিয়ে গিয়ে বলে, "ধরা পড়েছে মানে! তার তো ধরা পড়ার কথা নয়।"

লক্ষ্মণ নিজের ঘাড়ে হাত বোলাতে-বোলাতে বলে, "ছেড়ে দেওয়াটাই ভুল হয়েছিল কর্তাবাবু। চোরের স্বভাব যাবে কোথায়! কু-মতলব নিয়ে ঘোরাফেরা করছিল, গাঁয়ের লোকেরা ধরে চণ্ডীমণ্ডপে নিয়ে গেছে। লোক জড়ো হয়েছে মেলা।"

গগন বিরক্ত হয়ে বলে, "আচ্ছা আহাম্মক তো! ছেড়ে দিয়েছি, চলে যা। ফের ঘোরাফেরা করতে এল কেন?"

"আজ্ঞে, মোহর-টোহর নিয়ে কীসব কথাও হচ্ছে যেন। আমার ঘাড়ে বড় চোট হয়েছে বলে দাঁড়িয়ে থাকতে পারলাম না। ঘাড়ে মালিশ করতে হবে।"

মোহর নিয়ে কথা! গগনের বুকটা একটু দুলে উঠল। সে ভেবে নিয়েছিল, ছোকরা কোথা থেকে চুরি করে মোহর নিয়ে পালাচ্ছিল। বেকায়দায় তার বাড়িতে ঢুকে ধরা পড়ে যায়। যে পরিমাণে ভয় খেয়ে গিয়েছিল তাতে তার এ তল্লাটে থাকার কথাই নয়। যদিও চোরের কথায় কেউ বিশ্বাস করবে না, তবু কথাটা পাঁচকান হওয়া ভাল নয়। ভগবান যখন ছপ্পর ফুঁড়ে দিলেনই এখন ভালয়-ভালয় শেষরক্ষা হলে হয়।

ভগবানকে ডাকতে-না-ডাকতেই ঘরের চাল থেকে কাজের লোকটা আবার চেঁচাল, "ওই আসছে!"

"কে! কে! কোন ডাকাত! কোন গুন্ডা! কোন বদমাশ..."

সদর দরজার বাইরে দুই বিশাল চেহারার লোক এসে দাঁড়াল।

তাদের একজন অত্যন্ত গম্ভীর গলায় বলল, "কাজটা কি ভাল করলেন গগনবাবু?"

গগন উদ্যত বল্লমখানা নামিয়ে গদগদ কণ্ঠে বলে, "পীতাম্বর নাকি রে?"

পীতাম্বর অত্যন্ত করুণ গলায় বলে, "সবাই যে ছ্যাঃ-ছ্যাঃ করছে গগনবাবু! আমাদের মান-ইজ্জত যে আর রাখলেন না আপনি! এমনকী কালী কাপালিক অবধি নাক সিঁটকে বলল, 'মাত্র বাহান্ন টাকায় আমার গায়ে হাত তুললে তোমরা! যার ঘরে দু'শো এগারোখানা মোহর, সে মাত্র বাহান্ন টাকায় তোমাদের মতো রুস্তমকে কিনে নিল!' এখন আপনিই বলুন গগনবাবু, আপনার জন্য কীরকম অপমানিত হতে হল আমাদের!"

চোখ কপালে তুলে গগন বলে, "মোহর! অ্যাঁ! মোহর! তাও আবার দু'শো এগারোখানা! কালীর এই গল্প বিশ্বাস করে এলি তোরা? কালী দশটা কথা বললে তার মধ্যে এগারোটা মিথ্যে কথা থাকে! মোহর আমি জন্মেও দেখিনি রে ভাই, কেমন দেখতে হয় তাই জানি না। গোল না চৌকো, তেকোনা না চারকোনা কে জানে বাবা!"

পীতাম্বর গম্ভীরতর গলায় বলে, "সেটা মিথ্যে না সত্যি তা জানি না। তবে বাহান্ন টাকাটা তো আর মিথ্যে নয়। বড্ড শস্তার দরে ফেলে দিলেন আমাদের। জাতও গেল, পেটও ভরল না। সবাই জানল, কালু আর পীতাম্বর আজকাল ছিঁচকে কাজ করে বেড়ায়। কেউ পুঁছবে আর আমাদের?"

গগন গদগদ হয়ে বলল, "আয় রে ভাই, ভেতরে আয়। লোকসান যা হয়েছে পুষিয়ে দিচ্ছি। মানীর মান দিতে আমি জানি রে ভাই। আয়, আয়, পেছনের উঠোনে নিরিবিলিতে গিয়ে একটু কথা কই।"

পেছনের উঠোনে দুটো মোড়ায় দু'জনকে সমাদর করে বসিয়ে গগন একটু হেঁ-হেঁ করে নিয়ে বলে, "কত চাই তোদের বল তো!"

পীতাম্বর আর কালু মুখ চাওয়াচাওয়ি করে নিয়ে আর-একটু গম্ভীর হয়ে গেল। পীতাম্বর গলাখাঁকারি দিয়ে বলে, "যে-কাজে আমাদের পাঠিয়েছিলেন তার দরুন দু'টি হাজার টাকা আমাদের পাওনা হয়। আপনি বোধ হয় মানুষকে ওষুধ করতে পারেন, নইলে বাহান্ন টাকায় রাজি হওয়ার বান্দা আমরা নই। যখন আপনার সঙ্গে দরাদরি হচ্ছিল তখন আমার মাথাটা একটু ঝিমঝিম করছিল মশাই।"

গগন অবাক হয়ে বলে, "কিন্তু তুই যে নিজে মুখেই দেড়শো টাকা চেয়েছিলি ভাই।"

"সেও ওই ওষুধের গুণে। আমাদের ন্যায্য দর দু' হাজার।"

গগন একটু বিগলিত হেসে বলে, "তাই পাবি রে, তাই পাবি। তবে আর-একটা ছোটখাটো কাজও করে দিতে হবে যে ওস্তাদ। তার দরুন আলাদা চুক্তি।"

"কাজ! আজ যে আমাদের দম ফুরিয়ে গেছে গগনবাবু। আপনারই আহাম্মকি। কালী কাপালিকের যে লাঠিয়াল আছে সেকথাটা আগে বলতে হয়। আমরা তৈরি থাকলে ব্যাটার চোদ্দোপুরুষের সাধ্যি ছিল না অমন বেমক্কা লাঠিবাজি করে যায়। আচমকা যেন মাটি ফুঁড়ে উঠে এসে পটাং-পটাং করে এমন ঘা-কতক চোখের পলকে বসিয়ে দিল যে, মাথাটা এখনও ঝিমঝিম করছে, কাঁধের হাড়েও চোট।"

গগন অবাক হয়ে বলে, "কালীর লাঠিয়াল! এ যে নটে শাকের ক্যাশমেমোর কথা বলছিস! পায়জামার কি বুক-পকেট হয় রে? ইঁদুরের কি কখনও শুঁড় হয় দেখেছিস? না কি খরগোশের শিং!"

পীতাম্বর মাথা নেড়ে বলে, "সে আমরা বলতে পারব না। তবে সিড়িঙ্গে লম্বা একটা লোক ইয়া বড় লাঠি নিয়ে এসে আমাদের ওপর খুব হামলা করেছে মশাই। অবিশ্যি আমাদের হাতে পার পাবে না। গায়ের ব্যথাটা মজলেই আমরা তার পাওনা চুকিয়ে দিয়ে যাব। তবে আজ আর কাজের কথা বলবেন না। টাকাটা ফেলে দিন। বাড়ি যাই।"

গগন গনগনে মুখে উঠে দাঁড়িয়ে বলল, "তোরা দুটোই পুরুষের সমাজে কুলাঙ্গার। মস্তানি করতে গিয়ে লাঠি খেয়ে এসেছিস, তোদের ধুতির কাছা খুলে ঘোমটা দেওয়া উচিত। তার ওপর টাকা চাইছিস! দেব পাঁচ গাঁয়ে রটিয়ে তোদের এই কলঙ্কের কথা? ভাল চাস তো কাজটা উদ্ধার করে দে। নইলে দেব কিন্তু ঢ্যাঁড়া পিটিয়ে।"

পীতাম্বর একটা দীর্ঘশ্বাস ছেড়ে বলে, "আপনি খুব নটঘটে লোক মশাই। তা কাজটা কী? টাকা কত?"

"কাল রাতে একটা চোর ধরা পড়েছিল আমার বাড়িতে। সর্বস্ব নিয়ে পালাচ্ছিল। তো তাকে ধরেও মায়া করে ছেড়ে দিই। শুনলুম সে নাকি এখন চণ্ডীমণ্ডপে বসে এ গাঁয়ের আমার শত্তুরদের সঙ্গে ঘোঁট পাকাচ্ছে। আমার তো শত্তুরের অভাব নেই। খেটেখুটে দুটো পয়সা করব তার কি জো আছে? অমনই লোকের চোখ টাটাবে। তার ওপর ছোঁড়া আমার ঘরে ঢুকে সব খোঁজখবর নিয়ে গেছে। এখন কী করে তার ঠিক নেই। গাঁয়ের লোককেও হাত করল, তারপর গিয়ে ডাকাতের দলে খবর দিল, যা হোক, একটা কিছু লোকসান সে আমার করবেই। এখন ভাবছি, বেঘোরে আমার প্রাণটাই যায় কি না। তা বাবা, এ ছোকরাটার একটা ব্যবস্থা তোদের করতেই হবে। জখম-হওয়া সাপ বা বাঘের শেষ রাখতে নেই।"

"খুনের মামলা নাকি মশাই?"

"সে তোরা যা ভাল বুঝবি করবি। পাপমুখে কথাটা উচ্চারণ করি কী করে? তবে তার মুখ চিরকালের মতো বন্ধ না করলেই নয়। দরাদরি করব না ভাই, আগের দু' হাজার আর থোক আরও পাঁচ হাজার টাকা পাবি। কিন্তু আজই কাজটা উদ্ধার করতে হবে। এখনই।"

কালু কুট করে একটা চিমটি কাটল পীতাম্বরকে। পীতাম্বর মাথা নেড়ে বলে, "আমাদের মানমর্যাদার কথাটা কি ভুলে গেলেন! তার ওপর সদ্য লাঠি খেয়ে এসেছি। গায়ের ব্যথাটাও মরেনি। খুনের বাবদ মোট দশটি হাজার টাকা ফেলে দিয়ে নিশ্চিন্তে নাকে তেল দিয়ে ঘুমোন গিয়ে। রাজি থাকলে চিঁড়ে-দই আনতে বলে দিন তাড়াতাড়ি। আমাদের আবার অনেকটা পথ যেতে হবে। ঘরে আগুন দেওয়ার আরও একটা কাজ রয়েছে হাতে। আর পুরো টাকাটাই আগাম ফেলুন।"

গগন একটা দীর্ঘশ্বাস ফেলে বলে, "আজ যে আমার ঘরের মা-লক্ষ্মীর বেরিয়ে যাওয়ারই দিন। তাই হবে বাপ, যা চাচ্ছিস তাই দেব। কিন্তু চিঁড়ে-দই কি আর সহ্য হবে? একটু আগেই তো খেয়ে গেলি! উপর্যুপরি খাওয়া কি ভাল! বদহজম হয়ে শেষে কাজ গুবলেট করে দিবি না তো! জিনিস না হয় অন্যের, কিন্তু নৌকো তো তোর নিজের, নাকি রে? তা যা ভাল বুঝবি করবি।"

পীতাম্বর মাথা নেড়ে বলে, "চিঁড়ে-দই না হলে আমরা কাজে হাতই দিই না। প্রত্যেক কাজের আগে চিঁড়ে-দই।"

তাই হল। আবার সাপটে চিঁড়ে-দই খেয়ে বারো হাজার টাকা ট্যাঁকে গুঁজে কালু আর পীতাম্বর 'দুর্গা দুর্গতিনাশিনী' বলে রওনা হয়ে পড়ল।

গগন আর দেরি করল না। সদর দরজা এঁটে একটা পুরনো ভাঙা ঢেঁকিগাছ ধরাধরি করে এনে দরজায় ঠেকনো দিল। তার ওপর একটা উদুখল চাপাল। বাড়ির মেয়েদের হুড়ো দিয়ে রাতের খাওয়া আগেভাগে সারিয়ে নিল। সবাইকে সজাগ থাকতে বলে নিজে মোহরের ঘরে ঢুকে দরজা ভাল করে এঁটে একটা ভারী আলমারি দিয়ে দরজা চেপে দিল। রাম-দা আর বল্লম হাতে ঘরময় পায়চারি করতে লাগল। মাঝে-মধ্যে অবশ্য মোহর বের করে গুনে দেখছিল সে। নাঃ, দু'শো এগারোখানাই আছে। কাগজ-কলম নিয়ে লক্ষ-লক্ষর সঙ্গে দু'শো এগারো গুণ দিয়ে দেখল, কোটি-কোটিই হয়। টাকাটা ভগবান বড্ড বেশিই দিয়ে ফেলেছেন। তা না হবে কেন, গগন তো লোক খারাপ নয়। সেই গেল বছর একটা কানা ভিখিরিকে পুরনো কেলে কম্বলটা দেয়নি সে? চার বছর আগে বাবা বিশ্বনাথের মাথায় একঘটি খাঁটি মোষের দুধ ঢেলে আসেনি সে? আরও আছে। গগনের মুনিশ প্যালারাম খেতের কাজে বেগার খাটতে গিয়ে বজ্রাঘাতে মারা গেলে তার বউ যখন এসে কেঁদে পড়ল, তখন প্যালারামের তিনশো টাকা ঋণের ওপর যে ন'শো টাকা সুদ হয়েছিল, তার পাঁচটা টাকা সুদ থেকে কমিয়ে দেয়নি গগন? এই ভাল-ভাল কাজ করার পরও যদি ভগবান মুখ তুলে না চান, তবে আর দুনিয়াতে ধর্ম বলে কিছু থাকে নাকি?

রাত কি খুব গভীর হয়ে গেল? চারদিকটা কেমন ছমছম করছে যেন! এখন হেমন্তের সময়, রাতে শিশির পড়ে। চারদিকটা এত ছমছম করছে যে, শিশির পড়ার টুপটাপ শব্দও শুনতে পাওয়া যাচ্ছে। বাইরে যারা পাহারায় আছে তারা কি সবাই ঘুমিয়ে পড়ল? রাম-দাখানা দু'-একবার ঘোরাল গগন। বল্লমখানা একটু লোফালুফি করে নিল। দুটোরই বেশ ওজন। হাত ব্যথা করছে। তা করুক। হাতে অস্ত্র থাকলে একটা বল-ভরসা হয়। মাঝে-মাঝে মোহর বের করে গুনে দেখছে গগন। নাঃ, দু'শো এগারোখানাই আছে।

হঠাৎ গায়ে একটু কাঁটা দিল গগনের। ঘরে কি সে একা! আর কেউ ঘাপটি মেরে লুকিয়ে নেই তো! একটা শ্বাস ফেলার শব্দ হল যেন! গগন তাড়াতাড়ি ঘরের ভেতর চারদিকটা ভাল করে টর্চ জ্বেলে দেখে নিল। লুকোবার তেমন জায়গা নেই এ ঘরে। তবু চৌকির তলা, বাক্স-প্যাঁটরা সরিয়ে দেখল, আলমারির পাশের ফাঁকে দেখল, পাটাতনে উঠেও দেখে নিল। কেউ নেই। ঘরে সে একাই বটে।

কিন্তু রাতটা যে বড্ড বেশি নিশুত হয়ে উঠল! এখনও তো ভাল করে ন'টাও বাজেনি! তা হলে এমন নিশুতরাতের মতো লাগছে কেন? বাড়ির কারও যে কাশি বা নাক-ডাকারও শব্দ হচ্ছে না! গগন ঘটি থেকে একটু জল মুখে দিল। গলাটা বড্ড শুকিয়ে যাচ্ছে।

হঠাৎ ফিচিক করে একটা হাসির শব্দ হল না!

গগন রাম-দাখানা ঝট করে তুলে বলল, "কে রে?"

অমনই একটা দীর্ঘশ্বাসের শব্দ। গগন বাঘের মতো চারদিকটা হুটপাট করে দেখল। কেউ নেই। গগন একবার হাঁক মারল, "ওরে ভন্টা! নিতাই! শম্ভু! তোরা সব জেগে আছিস তো!"

কেউ সাড়া দিল না। গগন লক্ষ করল, তার গলাটা কেমন কেঁপে-কেঁপে গেল, তেমন আওয়াজ বেরোল না। সে আবার জল খাওয়ার জন্য ঘটিটা তুলতেই কে যেন খুব চাপা স্বরে বলে উঠল, "কোথায় মোহর?"

ঘটিটা চলকে গেল। গগন ঘটি রেখে বিদ্যুদ্বেগে রাম-দা তুলে প্রাণপণে বনবন করে ঘোরাতে লাগল, "কে? কার এমন বুকের পাটা যে, সিংহের গুহায় ঢুকেছিস? যদি মরদ হোস তো বেরিয়ে আয়! দু' টুকরো করে কেটে ফেলব, যদি খবরদার মোহরে নজর দিয়েছিস তো...!"

ফের একটা দীর্ঘশ্বাস।

গগন ভারী খাঁড়াখানা আর ঘোরাতে পারছিল না। হাঁফ ধরে গেছে। দুর্বল হাত থেকে খাঁড়াখানা ঝনাত করে মেঝেয় পড়ে গেল, গগন পড়ল তার ওপর। ধারালো খাঁড়ায় ঘ্যাঁচ করে তার ডান হাঁটুর নীচে খানিকটা কেটে ফিনকি দিয়ে রক্ত ছুটল। রক্তকে অবশ্য গ্রাহ্য করল না গগন। খাঁড়া টেনে তুলে ফের দাঁড়াল। দু' চোখে খুনির দৃষ্টি।

খুব খুশখুশে গলায় কে যেন বলে উঠল, "আসছে!"

গগন ফের খাঁড়া মাথার ওপর তুলে ঘোরাতে-ঘোরাতে বলে উঠল, "কে আসছে রে পাষণ্ড? অ্যাঁ! কে আসে? মেরে ফেলে দেব কিন্তু! একদম খুন করে ফেলে দেব, মা-কালীর দিব্যি!"

বলতে বলতে খাঁড়ার ভারে টাল সামলাতে না পেরে গগন গিয়ে সোজা দেওয়ালে ধাক্কা খেল। এবার খাঁড়ায় তার বাঁ হাতের কবজি অনেকটা ফাঁক হয়ে গলগল করে রক্ত পড়তে লাগল।

ফের কে যেন ফ্যাসফেসে গলায় বলে, "ওই এল।"

গগন আর পারছে না। সে খাঁড়া ফেলে বল্লম দিয়ে চারদিকে হাওয়ায় খোঁচাতে লাগল। মেঝেয় নিজের রক্তে পিছলে গিয়ে সে ফের খাঁড়ায় হোঁচট খেল। বাঁ পায়ের কড়ে আঙুলটা প্রায় অর্ধেক নেমে গেল তার।

গগন কষ্টেসৃষ্টে ফের উঠল। এক হাতে খাঁড়া, অন্য হাতে বল্লম। কিন্তু তার শ্বাস নিতে কষ্ট হচ্ছে বেজায়। হাঁফাতে হাঁফাতে সে বলল, "আয় দেখি, কে আসবি! আয় না! গর্দান চলে যাবে কিন্তু! বাইরে আমার লোক আছে। ডাকব কিন্তু! বন্দুক আছে, দেখাব? কুকুর আছে, এমন কামড়াবে যে..."

"কত মোহর!"

গগন ফের বনবন করে রাম-দা ঘোরাতে গেল।

॥ ৭ ॥

চণ্ডীমণ্ডপে আজ বেজায় গণ্ডগোল, কাল রাতের চোরটা ফের আজ ধরা পড়েছে। বাজারে নটবর ঘোষের ভাই হলধর ঘোষের মিষ্টির দোকানে ঢুকে জল খেতে চেয়েছিল। তাতে কারও সন্দেহ হয়নি। জল খেয়ে হঠাৎ বলে বসেছে, "থ্যাংক ইউ!"

চাষাভুষোর মুখে 'থ্যাংক ইউ' শুনেই হলধর ঘোষ উঠে ছোকরাকে ধরেছে, "কে রে তুই! সাতজন্মে কেউ কখনও চাষার মুখে ইংরেজি শুনেছে? তুই যে বড় ফটাস করে ইংরেজি ফোটালি! বলি সাপের পাঁচ পা দেখেছিস নাকি? আজকাল গাঁয়ে-গঞ্জে স্কুল খোলার এই ফল হচ্ছে বুঝি! অ্যাঁ!"

ছোকরার হাতখানা চেপে ধরেছিল হলধর, তা হাত থেকে খানিকটা ভুষো কালি উঠে এল তার হাতে। আর ছোকরার ফরসা রংটাও বেরিয়ে পড়ল একটুখানি। তখনই চেঁচামেচি। "চোর! চোর! সেই চোর!"

ছোকরা পালাতে পারল না। সঙ্গে একটা স্যাঙাত ছিল বাচ্চামতো। সে অবশ্য পালাল।

ছোকরাকে চণ্ডীমণ্ডপে এনে একটা খুঁটির সঙ্গে কষে বাঁধা হয়েছে। মাতব্বররা সব জাঁকিয়ে বসেছেন।

নটবর ঘোষ গলা তুলে বলে, "চোরকে ছেড়ে দেওয়াটা গগনের মোটেই উচিত কাজ হয়নি। ছেড়ে দিল বলেই তো ফের গাঁয়ে ঢুকে মতলব আঁটছিল।"

গৌরগোবিন্দ বললেন, "আহা, এ তো অন্য চোরও হতে পারে বাপু! আমি তো শুনেছি কালকের চোরটা খুন হয়েছে!"

বিজয় মল্লিক বললেন, "না ঠাকুরদা, এ সেই চোর। আমরা সাক্ষী আছি। এর বুকের পাটা আছে বাপু। একবার ধরা পড়েও শিক্ষা হয়নি! ওরে ও ছোঁড়া, বলি পেছনে দলবল আছে নাকি? এত সাহস না হলে হয় কী করে তোর!"

খাঁদু বিশ্বাস বলল, "শিমুলগড়ে ফাল হয়ে ঢুকেছ, এবার যে সুচ হয়ে বেরোতে হবে!"

হলধর হুংকার দিয়ে উঠল, "বেরোতে দিচ্ছে কে? এইখানেই মেরে পুঁতে ফেলব। আজকাল গাঁয়ে-গঞ্জে চোর-ডাকাত ধরা পড়লে পুলিশে দেওয়ারও রেওয়াজ নেই। মেরে পুঁতে ফেলছে সবাই। যাদের মন নরম তারা বরং বাড়ি গিয়ে হরিনাম করুন।"

নটবর বলে, "হলধর কথাটা খারাপ বলেনি। পুলিশে দিয়ে লাভ নেই। ওসব বন্দোবস্ত আছে। হাজত থেকে বেরিয়ে ফের দুষ্কর্মে লেগে পড়বে। আমাদের সকলের ঘরেই খুদকুঁড়ো সোনাদানা আছে। সর্বদা ভয়ে-ভয়ে থাকতে হয়।"

মাতব্বররা অনেকেই মাথা নেড়ে সায় দিল, "তা বটে।"

হরি গাঙ্গুলি বললেন, "সে যা হোক, কিছু একটা করতে হবে। তবে চোরের একটা বিচারও হওয়া দরকার। পাঁচজন মাতব্বর যখন আমরা আছি, একটা বিচার হয়ে যাক।"

প্রাণকৃষ্ণ মণ্ডল বলে উঠল, "কিন্তু সওয়াল-জবাব হবে কী করে! চোরটা যে বড্ড নেতিয়ে পড়েছে, দেখছ না! ঘাড় যে লটরপটর করছে!"

হলধর উঠে দাঁড়িয়ে বলে, "দু'খানা পেল্লায় চড় কষালেই ফের খাড়া হয়ে যাবে ঘাড়। কালকেও তো এরকমই নেতিয়ে পড়ার ভান করেছিল।"

হলধর গিয়ে ছোকরার কাছে দাঁড়িয়ে একটা পেল্লায় চড় তুলে ফেলেছিল। এমন সময় উদ্‌ভ্রান্তের মতো ছুটে এল কালী কাপালিক।

"ওরে, মারিসনে! মারিসনে! মহাপাতক হয়ে যাবে! এ যে মহেন্দ্রপ্রতাপের বংশধর!"

সভা কয়েক মুহূর্তের জন্য চুপ মেরে গেল।

পটল গাঙ্গুলি বললেন, "তার মানে?"

কালী কাপালিকের চুল-দাড়ি সব উড়ছে, সর্বাঙ্গে কাঁটায় ক্ষতবিক্ষত হওয়ার দাগ। রক্তাম্বরও ছিঁড়েখুঁড়ে গেছে। মণ্ডপে উঠে ছোকরাকে আড়াল করে দাঁড়িয়ে হাতের শূলটা আপসে নিয়ে বলে, "রায়দিঘির রাজা মহেন্দ্রপ্রতাপের নাম শোনোনি নাকি? এ

হল তার অধস্তন ষষ্ঠ পুরুষ। আকাশে এখনও চন্দ্র-সূর্য ওঠে, কালীর সব কথাই মিছে বলে ধোরো না। এ কথাটা বিশ্বাস করো। এ চোর-ছ্যাঁচড় নয়।"

সবাই একটু হকচকিয়ে গেছে। মুখ চাওয়াচাওয়ি করছে। একটা গুঞ্জনও উঠল নতুন করে।

হলধর থাপ্পড়টা নামিয়ে নিয়ে বলল, "তুই তো গঙ্গাজলের মতো মিথ্যে কথা বলিস! এর সঙ্গে তোর সাঁট আছে।"

পটল গাঙ্গুলি বললেন, "ওরে কালী, এ যে মহেন্দ্রপ্রতাপের বংশধর তার প্রমাণ কী? প্রমাণ নইলে আমার হাতে তোর লাঞ্ছনা আছে।"

"প্রমাণ আছে। রাজা মহেন্দ্রপ্রতাপের ছেলে হল বিজয়প্রতাপ, তস্য পুত্র রাঘবেন্দ্রপ্রতাপ, তস্য পুত্র নরেন্দ্রপ্রতাপ, তস্য পুত্র তপেন্দ্রপ্রতাপ, তস্য পুত্র রবীন্দ্রপ্রতাপ এবং তস্য পুত্র এই ইন্দ্রজিৎপ্রতাপ। একেবারে ঘোড়ার মুখের খবর। স্বয়ং চন্দ্রকুমারের মুখ থেকে শোনা।"

কে যেন বলে ওঠে, "ব্যাটা গুল ঝাড়ছে।"

ঠিক এই সময়ে ছেলে অলঙ্কারকে নিয়ে চণ্ডীমণ্ডপে উঠে এল হরিপদ। হাতজোড় করে বলল, "মাতব্বররা অপরাধ নেবেন না। কালী কাপালিক মিছে কথা বলছে না। যতদূর জানি, ইনি সত্যিই মহেন্দ্রপ্রতাপের বংশধর। কপালের ফেরে পড়ে নির্দোষ লোক আমাদের হাতে অপমান হচ্ছেন।"

হরিপদ গরিব হলেও সৎ মানুষ বলে সবাই জানে। পটল গাঙ্গুলি বললেন, "তুমি যখন বলছ তখন একটা কিন্তু থাকছে। রায়দিঘির রাজা মানে শিমুলগড়ও তাঁর রাজত্বের মধ্যে ছিল। আমরা—মানে আমাদের পূর্বপুরুষেরা ছিলেন রায়দিঘিরই প্রজা। সেদিক দিয়ে দেখতে গেলে ইনি তো মানী লোক। কিন্তু হাওয়াই কথায় তো হবে না, নিরেট প্রমাণ চাই যে। ওরে ও হলধর, ওর বাঁধনটা খুলে দে। বসতে দে। একটু জল-টলও দিয়ে নে আগে।"

তাড়াতাড়ি বাঁধন খুলে ইন্দ্রজিৎকে বসানো হল। ছুটে গিয়ে অলঙ্কার এক ভাঁড় জল নিয়ে এল। সেটা খেয়ে ইন্দ্রজিৎ কিছুক্ষণ চোখ বুজে বসে থেকে জিরিয়ে নিল। তারপর চোখ খুলে বলল, "প্রমাণ আছে। দলিলের কপি আমি সঙ্গেই এনেছি। রায়দিঘির রাজবাড়ির চত্বরে আমার তাঁবুতে রয়েছে। কেউ যদি গিয়ে নিয়ে আসতে পারে তো এখনই দেখাতে পারি।"

গৌরগোবিন্দ খাড়া হয়ে বসে বললেন, "পারবে না মানে! আলবাত পারবে। সাইকেলে চলে গেলে কতটুকু আর রাস্তা! তুমি বাপু একটু জিরোও, আমরা লোক পাঠাচ্ছি।"

সবাই সায় দিয়ে উঠল। কয়েকজন ছেলেছোকরা তৎক্ষণাৎ রওনা হয়ে পড়ল সাইকেল নিয়ে।

ঘণ্টাখানেকের মধ্যেই গোটা তাঁবু সহ সব জিনিস এনে ফেলল তারা।

গৌরগোবিন্দ তাঁর বাড়ি থেকে একটু গরম দুধ আনিয়ে দিয়েছেন এর মধ্যে। ইন্দ্রজিৎ সেটা শেষ করে তার হ্যাভারস্যাক থেকে কাগজপত্র বের করে বলল, "এই হচ্ছে আমাদের দলিল। বাবার কাছেই ছিল, আমি ফোটোকপি করে এনেছি। আর এই দেখুন, আমার পাশপোর্ট, আমি যথার্থই রবীন্দ্রপ্রতাপের ছেলে ইন্দ্রজিৎপ্রতাপ, মহেন্দ্রপ্রতাপের অধস্তন ষষ্ঠ পুরুষ।"

পটল গাঙ্গুলি শশব্যস্তে বললেন, "তুমি কি বিলেতে থাকো নাকি বাবা?"

"আজ্ঞে হ্যাঁ।"

বিলেত শুনে সকলেই একটু ভড়কে কেমনধারা হয়ে গেল। পটল গাঙ্গুলি মাথা নেড়ে বললেন, "তা হলে ঠিকই আছে। আমিও শুনেছিলাম, রাজবাড়ির উত্তরপুরুষেরা বিলেতে থাকে।"

গৌরগোবিন্দ বললেন, "আমি তো এর দাদু তপেন্দ্রপ্রতাপ আর তস্য পিতা নরেন্দ্রপ্রতাপের সঙ্গে রীতিমতো ওঠা-বসা করেছি। রবীন্দ্রপ্রতাপকেও এইটুকু দেখেছি ওদের কলকাতার বাড়িতে। এ তো দেখছি সেই মুখ, সেই চোখ। তবে স্বাস্থ্যটা হয়নি তেমন। তপেন্দ্রপ্রতাপ তো ইয়া জোয়ান ছিল।"

চারদিকে একটা সমীহের ভাব ছড়িয়ে পড়ল। সঙ্গে একটু অনুশোচনাও। হলধর একটু চুকচুক শব্দ করে বলল, "কাজটা বড় ভুল হয়ে গেছে রাজাবাবু। মাফ করে দেবেন।"

ইন্দ্র মাথা নেড়ে বলে, "আমাকে রাজা-গজা বলবেন না। আমি সাধারণ মানুষ, খেটে খাই। আমি যে রাজবংশের ছেলে তাও আমার জানা ছিল না। চন্দ্রকুমারের লেখা একটা পুরনো পুথি থেকে লুকোনো মোহরের সন্ধান জেনে এ দেশে আসার সিদ্ধান্ত নিই। তখনই আমার বাবা আমাকে জানালেন, রায়দিঘির রাজবাড়ির আসল উত্তরাধিকারী আমরাই। ভেবেছিলাম মোহর উদ্ধার করে সেগুলো বিভিন্ন প্রদর্শনীতে পাঠাব। বিক্রি করলে অনেক টাকা পাওয়া যেত ঠিকই, কিন্তু টাকার চেয়েও মোহরগুলোর ঐতিহাসিক মূল্য অনেক বেশি। বিক্রি না করলেও অবশ্য মোহরগুলো থেকে আমার অনেক আয় হত। ভেবেছিলাম, আমার পূর্বপুরুষ মহেন্দ্রপ্রতাপ তো প্রজাদের বঞ্চিত করেই মোহর জমিয়েছিলেন, সুতরাং আমি এই অঞ্চলের মানুষের জন্য কিছু করব। অলঙ্কারের মতো বাচ্চা ছেলেরা এখানে ভাল খেতে-পরতে পায় না, গাঁয়ে হাসপাতাল নেই, খাওয়ার জলের ব্যবস্থা ভাল নয়। এগুলোর একটা ব্যবস্থা

করতে পারতাম। কিন্তু মোহরগুলো হাতছাড়া হয়ে গেল।”

সবার আগে নটবর ঘোষ লাফিয়ে উঠল, “গেল মানে! আমরা আছি কী করতে?”

সকলেই হাঁ-হাঁ করে সায় দিয়ে উঠল।

ঠিক এই সময়ে বাইরের জমাট অন্ধকার থেকে হঠাৎ যমদূতের মতো দুই মূর্তি চণ্ডীমণ্ডপে উঠে এল। হাতে বিরাট-বিরাট দুটো ছোরা হ্যারিকেনের আলোতেও ঝলসে উঠল।

কে যেন আতঙ্কের গলায় বলে উঠল, “ওরে বাবা! এ যে কালু আর পীতাম্বর!”

সঙ্গে সঙ্গে গোটা চণ্ডীমণ্ডপে একটা হুলুস্থুলু হুড়োহুড়ি পড়ে গেল। পালানোর জন্য এমন ঠেলাঠেলি যে, এ-ওর ঘাড়ে পড়ছে। যারা নেমে পড়তে পারল তারা তাড়াতাড়িতে ভুল জুতো পরে এবং কেউ কেউ জুতো ফেলেই চোঁ-চাঁ পালাল। কয়েক মুহূর্তের মধ্যে মণ্ডপ একেবারে ফাঁকা। শুধু পটল গাঙ্গুলি, গৌরগোবিন্দ, হরিপদ, অলঙ্কার আর ইন্দ্রজিৎ। তারা কেউ নড়েনি।

পীতাম্বর চেঁচিয়ে উঠল, “এই যে! এই ছোকরাটা!”

কালু বলে, “দে ভুকিয়ে। ওদিকে দেরি হয়ে যাচ্ছে।”

পীতাম্বর ছোরাটা কপালে ঠেকিয়ে বলল, “এই যে দিই। জয় মা...”

কিন্তু মুখের কথা শেষ হওয়ার আগেই গৌরগোবিন্দর পাকা বাঁশের ভারী লাঠি পটাং করে তার মাথায় পড়ল।

“বাপ রে!” বলে বসে পড়ল পীতাম্বর।

কালু অবাক হয়ে বলে, “এরও লেঠেল আছে দেখছি। সকলেরই যদি লেঠেল থাকে তা হলে কাজকর্ম চলে কিসে?”

কিন্তু তাকেও আর কথা বলতে হল না। গৌরগোবিন্দর লাঠি পটাং করে তার কাঁধে পড়ল।

“উরেব্বাস!” বলে বসে পড়ে কালু।

তারপর কিছুক্ষণ শুধু পটাং-পটাং লাঠির শব্দ হল। কালু আর পীতাম্বর ফের অজ্ঞান হয়ে পড়ে গেল। একেবারে চিতপটাং।

গৌরগোবিন্দ দুঃখ করে বললেন, “সন্ধেবেলা একবার ভূত ঝেড়ে দিয়েছি। তাতেও দেখছি আক্কেল হয়নি! ওরে তোরা সব কোথায় পালালি? আয় আয়, ভয় নেই। এ দু’টি বাঘ নয় রে, শেয়াল।”

কালী কাপালিকের চারদিকে নজর। একটু তফাত হয়েছিল। গুন্ডা দুটো ঘায়েল হয়েছে দেখে সবার আগে এসে সে পীতাম্বরকে একটু যেন গায়ে-মাথায় হাত বুলিয়ে দিয়ে বলল, “আহা, বড় হ্যাপা গেছে এদের গো। আর লাঞ্ছনাটাও দেখতে হয়...”

বলতে বলতেই নজরটা চলে গেল ট্যাঁকে। জামা উঠে গিয়ে ট্যাঁকের ফোলাটা দেখা যাচ্ছে। পীতাম্বরের ট্যাঁক থেকে বারো হাজার টাকার বান্ডিলটা বের করে সে চোখের পলকে রক্তাম্বরের ভেতরে চালান দিয়ে দিল, "মায়ের মন্দিরটা এবার তা হলে হচ্ছেই! জয় মা..."

এদিকে গগনের ঘরে গগনের অবস্থা খুবই কাহিল। ইতিমধ্যে দেওয়ালে ধাক্কা খেয়ে তার মাথা ফেটে রক্ত পড়ছে, বল্লমের খোঁচায় তার পেট একটু ছ্যাঁদা হয়েছে। চোখে ঝাপসা দেখছে গগন। দাঁড়ানোর ক্ষমতা নেই বলে সে সারা ঘরে হামা দিয়ে বেড়াচ্ছে আর বলছে, "খবরদার! খবরদার! একদম জানে মেরে দেব কিন্তু! ভগবানের দেওয়া মোহর। যে ছোঁবে তার অসুখ হবে। খবরদার..."

খাঁড়াটা হামা দেওয়ার সময়েও হাতছাড়া করেনি গগন, ঘষটে-ঘষটে নিয়ে বেড়াচ্ছে। হঠাৎ কে যেন আলতো হাতে খাঁড়াটা তুলে নিয়ে দেওয়ালের গজালে ঝুলিয়ে রাখল। গগন বলল, "ক্কে?"

তারপরই গগন স্থির হয়ে গেল। সে শুনতে পেল, তার ঘরে দুটো লোক কথা কইছে।

একজন বলল, "বৎস চন্দ্রকুমার, একটা রহস্য ভেদ করে দেবে? আমি দেখতে পাচ্ছি, তুমি বায়ুভূত হয়েও দিব্যি পার্থিব জিনিসপত্র নাড়াচাড়া করতে পারছ। এইমাত্র ভারী খড়্গখানা তুলে ফেললে। কিন্তু আমার হাত-পাগুলো এমনই ধোঁয়াটে যে কই আমি তো তোমার মতো পারছি না!"

"আজ্ঞে মহারাজ, দেড়শো বছর মোহরে ডুবে থেকে আপনার কোনও ব্যায়ামই হয়নি যে। তাই এখনও ধোঁয়াটে মেরে আছেন। আর আমি বাইরের খোলামেলা আলো-হাওয়ায় ঘুরে বেড়াই বলে আমার কিছু পোষ্টাই হয়েছে। তা ছাড়া নিয়মিত অভ্যাস ও অনুশীলনে আমি বায়বীয় শরীরকে যথেষ্ট ঘনীভূত করে তুলতে পারি। সেটা না পারলে আপনার ছ' নম্বর উত্তরপুরুষকে বাঁচাতে পারতাম না। তাকে ঘাড়ে করে মাইলটাক বইতে হয়েছে কাল রাতে। তারও আগে থেকে তাকে নানারকম সাহায্য করে আসছি। এমনকী বিলেত অবধি ধাওয়া করে আমার পুথিটা উদ্ধার করে তার হাতের নাগালে আমিই এগিয়ে দিয়েছিলাম। আমাকে কিন্তু নিমকহারাম বলতে পারবেন না মহারাজ।"

"আরে না, না। তোমার কাজকর্ম যতই দেখছি ততই সন্তুষ্ট হচ্ছি। তা এ লোকটাকে কি তুমি মেরে ফেলবে?"

"আজ্ঞে না মহারাজ, পৃথিবীতে আর-একটা যখ বাড়াতে চাই না। আপনার ষষ্ঠ উত্তরপুরুষের ওপর অন্যায় হামলা করায় এ শাস্তি ওর পাওনাই ছিল।"

"ও, ভাল কথা চন্দ্রকুমার, আমার সেই উত্তরপুরুষটি কোথায়? সে নিরাপদে আছে তো!"

"ব্যস্ত হবেন না মহারাজ। ছোকরা একটু বিপদের মধ্যেই আছে। তবে জীবনে তিক্ত অভিজ্ঞতা, বিপদ-আপদ ঘটা ভাল। তাতে মানুষ শক্তপোক্ত হয়, আত্মরক্ষা করতে শেখে, বুদ্ধি আর কৌশল বৃদ্ধি পায়, বাস্তববোধ জেগে ওঠে।"

চোখের রক্ত মুছে গগন ভাল করে চেয়ে হাঁ করে রইল। তার সামনে ঘরের মধ্যে দুটো বিশাল মূর্তি দাঁড়িয়ে। দু'জনেরই পরনে ঝলমলে রাজা-গজার পোশাক। গগন হুংকার দিতে যাচ্ছিল, কিন্তু গলা দিয়ে চিঁচিঁ শব্দ বেরোল, "ওরে চোর, তোরা এ ঘরে ঢুকলি কী করে?"

তার কথায় কেউ ভ্রূক্ষেপ করল না। গগন দেওয়াল ধরে উঠে দাঁড়াল। তারপর সর্বশক্তি দিয়ে খাঁড়াখানা দেওয়াল থেকে টেনে হঠাৎ আচমকা ঘ্যাচাং করে এককোপে কেটে ফেলল একজনকে।

"আহা হা, চন্দ্রকুমার! তোমাকে যে একেবারে দু'-আধখানা করে কেটে ফেলল! সর্বনাশ!"

চন্দ্রকুমার একটু হেসে বলে, "আজ্ঞে হ্যাঁ মহারাজ, ঘনীভূত অবস্থায় ছিলাম কিনা! তাই কেটে ফেলতে পেরেছে। তবে জুড়ে নিতে দেরি হবে না।"

চন্দ্রকুমারের শরীরের নীচের অংশটি আলাদা হয়ে সারা ঘরে দাপিয়ে বেড়াচ্ছিল। চন্দ্রকুমার বললেন, "আমার ওই অংশটি কিছু দুষ্ট প্রকৃতির..." বলতে-বলতে তিনি গিয়ে ওই অংশটি আবার প্যান্ট পরার মতো সহজেই জুড়ে নিলেন শরীরে।

গগন সাঁপুই খাঁড়াসমেত ফের মেঝের ওপর পড়ে গেছে। বিড়বিড় করে সে বহুকাল আগে শোনা 'কর্ণার্জুন' নাটকের একখানা সংলাপ বলে যাচ্ছে, "চলে গেলি একবিঘাতিনী, মরণের নামমাত্র করিয়া প্রচার, কিরীটির কিরীট ছুঁইয়া?"

"ওহে গগন!"

গগন দু'খানা হাত জোড় করে বলে, "যে আজ্ঞে।"

"কেমন বুঝছ?"

"আজ্ঞে, আপনাদের সঙ্গে এঁটে উঠব না।"

"মোহরের থলিটা যে এবার বের করতে হবে ভায়া।"

গগন খুব অবাক গলায় বলে, "মোহর! হুজুর, মোহরটা আবার কোথায় দেখলেন? কু-লোকে কু-কথা রটায়।"

"তোমার চেয়ে কু-লোক আর কে আছে বাপু? একটু আগে তুমি মহারাজের ষষ্ঠ উত্তরপুরুষকে খুন করতে দুটো খুনিকে পাঠিয়েছ। তুমি অন্যায়ভাবে পরস্বাপহরণ করেছ।"

"আজ্ঞে না হুজুর, আমি পরের অপকার করিনি। আর সেই চোর যে মহারাজের কেউ হন, তাও জানতুম না কিনা!"

"কিন্তু মোহর!"

গগন কাঁদো-কাঁদো গলায় বলে, "আজ্ঞে, ভগবান দিয়েছেন। তাই..."

"এই যে মহারাজকে দেখছ, ইনি মোহরের খপ্পরে পড়ে দেড়শো বছর পাতালঘরে মাটিচাপা ছিলেন।"

গগন ডুকরে উঠল, "ওরে বাবা, আমি মোটে বন্ধ জায়গা সইতে পারি না। ছেলেবেলায় একবার পাতকুয়োর মধ্যে পড়ে গিয়েছিলুম, সেই থেকে বেজায় ভয়।"

"তা হলে উঠে পড়ো গগন! মোহর বের করে ফ্যালো।"

গগন হাতজোড় করে বলে, "বড্ড লোকসান হয়ে যাবে যে!"

"মোহর তো আলমারি খুলে আমিই বের করতে পারি। কিন্তু তাতে তো তোমার প্রায়শ্চিত্ত হবে না গগন। ওঠো। আর দেরি নয়। তারা আসছে।"

"হুজুর, বড্ড গরিব হয়ে যাব যে। কোটি-কোটি টাকা থেকে একেবারে পপাতধরণীতলে! দু'-চারখানা যদি রাখতে দেন।"

" দু'শো এগারোখানা মোহর গুনে দিতে হবে। ওঠো।"

"আজ্ঞে, মাজায় বড় ব্যথা। দাঁড়াতে পারছি না।"

"তা হলে হামাগুড়ি দাও। তুমি দুর্বিনীত, হামাগুড়ি দিলে কিছু বিনয় প্রকাশ পাবে।'

গগন মোহরের থলি নিয়ে যখন হামাগুড়ি দিয়ে বেরোল, তখন উঠোনে বহু লোক জমায়েত হয়েছে। অনেক মশাল জ্বলছে। ভিড়ের মাঝখানে রোগা ছেলেটা দাঁড়িয়ে।

গগন সিঁড়িতে হামাগুড়ি দিয়ে নেমে কাঁপতে কাঁপতে এগিয়ে গেল। মোহরের থলিটা উঁচুতে তুলে ধরে বলল, "বড্ড গরিব হয়ে গেলাম, আজ্ঞে।"

লাঠি হাতে একটা লোক দু'পা এগিয়ে এসে বলল, "গগনবাবু, দুটো বাঁ হাতওলা লোক এই এতক্ষণে খুঁজে পেলাম। কথাটা সারাদিন মাথায় চক্কর দিচ্ছিল। আপনারই মশাই দুটোই বাঁ হাত। ডান হাতেও তো আপনি অশুদ্ধি কাজই করেন। কাজেই ওটাও বাঁ হাতই।" বলে লক্ষ্মণ পাইক চারদিকে একবার চাইল, "আর ন দিয়ে নামের আদ্যক্ষর..."

নটবর ঘোষ টপ করে মাথাটা নামিয়ে ফেলায় লক্ষ্মণ বলে উঠল, "আপনিও খারাপ লোক নটবরবাবু। তবে এ আদ্যক্ষর আপনার নামের নয়। নামটা আমারই। আমার পিতৃদত্ত নাম নরহরি। নামটা ভুলে গিয়েছিলাম।"

গাঁ-সুদ্ধু লোক হেসে উঠল।

সোনার মেডেল

বিকেলের দিকে বাবু মিত্তির চিঠিটা পেলেন। তাঁর দারোয়ান রাম পহলওয়ান এই সময়টায় রোজ তাঁকে এক গেলাস ঘোলের নোনতা শরবত খাওয়ায়। শরবতের সঙ্গে চিঠিটাও সে দিয়ে গিয়েছিল।

বাবু মিত্তির সব কাজই নিখুঁতভাবে করতে ভালবাসেন। সাবধানে ছোট কাঁচি দিয়ে খামের মুখটা কেটে চিঠিটা বের করলেন। দামি সাদা কাগজে টাইপ করা রোমান হরফে গীতার একটা শ্লোকের খণ্ডাংশ, "বাসাংসি জীর্ণানি যথা বিহায়—ডেল্টা।"

শরবতটা আর খাওয়া হল না। তিনি উঠলেন।

বাবু মিত্তির আজকাল সব কাজই করেন খুব ধীর গতিতে। খেতে, পোশাক পরতে, চলাফেরা করতে তাঁর অনেকটা সময় লাগে। কেউ বিশ্বাসই করবে না যৌবনকালে এই বাবু মিত্তিরের চলাফেরা ছিল বাঘের মতো, বিদ্যুতের মতো, সাপের মতো। সাহেবরা তাঁর নামই দিয়েছিল কোব্রা।

বক্সার বাবু মিত্তির অলিম্পিকে গিয়েছিলেন। লাইট হেভিওয়েটে সোনার মেডেলটা জেতার দুর্দমনীয় বাসনা ছিল। প্রথম তিন লড়াইতে প্রতিটিতে তাঁর প্রতিপক্ষ এক বা দুই রাউন্ডে নক আউট হয়ে যায়। চার নম্বর লড়াইয়ের আগে পেটের অসহ্য যন্ত্রণায় তিনি রিং-এ নামতে পারেননি। নামতে পারলে, ভারতের দীর্ঘদিনের একটা বদনাম ঘুচত।

কিন্তু পেটের ব্যথাটা কেন হয়েছিল সে বিষয়ে বাবু মিত্তির খুব নিশ্চিত নন। সাবোটাজ? ষড়যন্ত্র? এ ছাড়া আর কীই বা হবে? অলিম্পিক ভিলেজে ভারতীয় শিবিরে তাঁর তেমন শত্রু কি কেউ ছিল? বোধ হয় না। তবে এ কথা ঠিক যে, ভাল ব্যবহারের জন্য বাবু মিত্তিরের মোটেই সুনাম ছিল না। রাগী, রগচটা, মারকুট্টা, স্পষ্টবক্তা, দুর্মুখ বাবু মিত্তিরকে কেউ পছন্দ করত না, সবাই এড়িয়ে চলত। কিন্তু তা বলে খাবারে গণ্ডগোল ঘটাবে এমন কেউ ছিল না। রহস্যটা আজও বাবু মিত্তিরের কাছে রহস্যই থেকে গেল। অলিম্পিক ভিলেজে খেলোয়াড়দের খাবার-দাবারের ব্যাপারে খুবই সতর্কতা থাকে। তবু কী করে যেন বাবু মিত্তিরের খাবারে মৃদু কোনও

বিষ মেশানো হয়েছিল। কোন খাবারটিতে বিষটা ছিল, তা তিনি জানেন না, অনেক ভেবেছেন।

বাবু মিত্তির খুব ধীরে ধীরে পোশাক পরলেন। আজকাল ধুতি আর কামিজ ছাড়া বিশেষ কোনও পোশাকই নেই তাঁর। পোশাক পরে পায়ে চটিটা গলিয়ে ধীরে ধীরে দোতলা থেকে নেমে গ্যারাজ থেকে পুরনো অস্টিন গাড়িটা বের করলেন। গাড়ি আজও তিনি নিজেই চালান।

গাড়ি ছাড়বার আগে একবার নিজের বাড়িটার দিকে ফিরে চাইলেন তিনি। প্রকাণ্ড তিনতলা বাড়ি। অন্তত পনেরোটা শোওয়ার ঘর, দু'টি বৈঠকখানা, একটা নাচঘর, দুটো ডাইনিং হল আছে। বাবু মিত্তির মারা গেলে এ বাড়ি বেওয়ারিশ হয়ে যাবে। তাঁর কোনও উত্তরাধিকারী নেই, থাকলেও যে কোথায় আছে তা তিনি জানেন না।

মরবার যে আর খুব বেশি দেরি নেই, তা বাবু মিত্তির জানেন। যে-চিঠিটা তিনি এইমাত্র পেলেন, সেটি ফাঁকা আওয়াজ বা রসিকতা নয়।

যৌবনকালে বড়ই দুর্দান্ত মানুষ ছিলেন তিনি। প্রচণ্ড গুন্ডামি করে বেড়াতেন। খুন না করলেও জখম করেছেন বিস্তর। সাহস ছিল, প্রচণ্ড রাগ ছিল। কিন্তু একটা গণ্ডগোলে পড়ে গিয়েছিলেন একবার। মুষ্টিযুদ্ধ ছেড়ে তখন তিনি সারা পৃথিবী ঘুরে বেড়াচ্ছেন। কিন্তু পৃথিবী-ভ্রমণের জন্য যথেষ্ট টাকা বা বিদেশি মুদ্রা তাঁর ছিল না। খুব কষ্ট করে এবং আইন ও আন্তর্জাতিক নিয়মকানুনকে ফাঁকি দিয়েও তিনি দেশে-দেশে ঘুরতেন।

আর্জেন্টিনায় সেবার একটা লোকের সঙ্গে তাঁর পরিচয় হয়ে যায়। বাবু মিত্তিরের চমৎকার পেটানো চেহারা, তেজ ও সাহস দেখে সেই লোকটা বলে, তোমাকে উপযুক্ত কাজ দিতে পারি। যথেষ্ট টাকা পাবে। কিন্তু খুব সাবধান, বেইমানি কোরো না।

অর্থাভাব এবং অনিশ্চয়তায় জেরবার বাবু মিত্তির লোকটার প্রস্তাবে রাজি হয়ে যান। সেই লোকটাই ছিল ডেল্টা নামে ছোট একটি টেররিস্ট সংগঠনের নায়ক। তবে তাদের কোনও বিশেষ মতাদর্শ ছিল না। টাকা পেলে তারা নেতা, ভি আই পি বা বাণিজ্যিক সংস্থার কর্ণধারদের খুন করত। সোনা, অস্ত্র, নেশার জিনিস চোরাপথে চালান দিত।

এই সংগঠনে বছরখানেক ছিলেন বাবু মিত্তির। ওই এক বছরে গোটা দক্ষিণ আমেরিকা, মার্কিন যুক্তরাষ্ট্র, কানাডা, ওয়েস্ট ইন্ডিজ চষে বেড়িয়েছেন ডেল্টার বিভিন্ন কাজে। প্রচুর টাকাও পেয়েছিলেন। কিন্তু মেক্সিকোর এক অভিজাত নৈশভোজের নাচের আসরে একজন ইউরোপিয়ান শিল্পপতিকে খুন করার চুক্তি কার্যকর করতে

গিয়ে বাবু মিত্তিরের সঙ্গী নিরাপত্তারক্ষীদের গুলিতে মারা যায়, এবং বাবু মিত্তির পালান।

পালানোর একটা সুযোগ কিছুদিন যাবৎ খুঁজছিলেন তিনি। ডেল্টার হয়ে কয়েকটা খুনের ঘটনায় তাঁকে অংশ নিতে হয়েছে। সমাজবিরোধী আরও নানা পাপ কাজ করতে হচ্ছে। এ জীবন ঠিক তাঁর পছন্দ হচ্ছে না। তিনি ভেবেছিলেন, কলকাতায় চলে গেলে ডেল্টা আর কিছু করতে পারবে না। অত লম্বা হাত বা বড় সংগঠন তাদের নেই যে, ভারতবর্ষে ধাওয়া করবে।

প্রচুর বিদেশি টাকা নিয়ে প্রথমে আফ্রিকায় আর তারপর সোজা কলকাতায় চলে আসেন তিনি। বিশ্বভ্রমণের সাধ তখন মিটে গেছে। একটু বয়সও হচ্ছে। তিনি বিয়ে করে সংসারে মন দিলেন।

কিন্তু সংসারে মন দিলেও নিজের চড়া মেজাজ এবং উগ্র কথাবার্তার দরুন সংসারে খুব অশান্তি ছিল। একটি ছেলে হয়েছিল বাবু মিত্তিরের। তার নাম রেখেছিলেন সর্বকালের সেরা একজন মুষ্টিযোদ্ধার নামানুসারে, রকি মিত্র। ইচ্ছে ছিল ছেলেকে বক্সার বানাবেন। এমন বক্সার যে একদিন বিশ্ব চ্যাম্পিয়ান হবে।

কিন্তু বাবু মিত্তিরের সেই সাধ পূর্ণ হয়নি। খুব শিশুকাল থেকেই বক্সিং-এ তালিম দিতে গিয়ে বুঝতে পেরেছিলেন, ছেলেটা তার মায়ের স্বভাব এবং চরিত্র পেয়েছে। রকির মা শান্ত, নিরীহ, গম্ভীর এবং একটু জেদি। রকিও তাই। রকি গান গায়, ছবি আঁকে। বক্সিংও করে, তবে তেমন রোখ নিয়ে নয়।

দশ-বারো বছর বয়সেই রকিকে তিনি কম্পিটিশনে নামাতেন। রকি কখনও জিতত, কখনও হেরে যেত। হারত অন্যমনস্কতার দরুন। খুব রেগে গিয়ে ছেলেকে বেদম মারতেন তিনি।

ঠিক ষোলো বছর বয়সে রকির মা মারা যান। মায়ের শ্রাদ্ধ করার পরদিনই রকি বাড়ি থেকে চলে যায়। শুধু একটা চিঠি রেখে যায় বাবার নামে। চিঠিতে লেখা ছিল, “আমাকে খুঁজে লাভ নেই। আমি চিরতরে চলে যাচ্ছি।”

বাবু মিত্তির অবশ্য খুঁজতে কসুর করেননি। লাভ হয়নি তাতে।

ছেলে নিরুদ্দেশ, স্ত্রী মৃতা। বাবু মিত্তির যখন সম্পূর্ণ একা হয়ে গেলেন তখনই ধীরে ধীরে তাঁর শরীরে নানা ব্যাধি এসে বাসা বাঁধে। বক্সারদের মাঝে-মাঝে যে রোগটা হয় সেই পারকিনসন্স ডিজিজও তাঁকে কিছুটা কাহিল করেছে। বারবার মাথায় প্রতিপক্ষের জোরালো ঘুসি লাগলে মস্তিষ্কের সূক্ষ্ম কোষ আর স্নায়ুর ক্ষতি হতেই পারে।

এখন সঙ্গী বলতে পহলওয়ান দারোয়ান, পরিচারক রাখাল, আর তাঁর একটি

কুকুর। অবশ্য তাঁর কিছু ছাত্রও তাঁর কাছে রোজই আসে। তিনি আজও তাদের বক্সিংয়ের কলাকৌশল শেখান।

বাবু মিত্রের টাকার অভাব নেই। মেক্সিকো থেকে পালিয়ে এসেই তিনি একটা ইলেকট্রনিক্সের ব্যাবসা করে প্রচুর বড়লোক হয়ে যান। কিছুদিন হল ফলাও ব্যাবসাটা বিক্রি করে দিয়েছেন। আর পয়সা করে লাভ নেই। খাবে কে?

রকি নিরুদ্দেশ হওয়ার পর দশ বছর কেটেছে। সে কোনও চিঠি বা খবর দেয়নি। রকির মুখটাই তাঁর আর ভাল মনে নেই।

সাবধানে গাড়ি চালিয়ে তিনি তাঁর উকিল-বন্ধু গজপতির বাড়িতে এসে হাজির হলেন। গজপতি এখনও কোর্ট থেকে ফেরেননি। ভৃত্য তাঁকে নিয়ে খাতির করে বাইরের ঘরে বসাল। বাবু মিত্তির খুবই অন্যমনস্ক হয়ে চুপ করে বসে রইলেন।

গজপতি ব্যস্ত উকিল। ফিরতে মাঝে-মাঝে রাত হয়ে যায়। কিন্তু সেজন্য বাবু মিত্তির ধৈর্যহারা হলেন না। বসেই রইলেন।

গজপতি এলেন সন্ধে সাতটারও পর।

"আরে মিত্তির যে! কী খবর?"

বাবু মিত্তির বিনা ভূমিকায় বললেন, "গজপতি, আমার কি উইল করা দরকার?"

গজপতি অবাক হয়ে বললেন, "উইল! হঠাৎ উইলের কথা কেন?"

"আমি হয়তো আর বেশিদিন বাঁচব না।"

"কেন, যমরাজা কি কোনও পেয়াদার হাতে নোটিশ পাঠিয়েছে?"

একটুও না-হেসে বাবু মিত্তির বললেন, "পাঠিয়েছে।"

"তা হলে যমের বাড়ি যাওয়ার জন্য প্লেনের টিকিট কিনে ফেলেছ?"

"একরকম তাই।"

"বলি, কোনও রোগ-টোগ হয়েছে নাকি? টার্মিনাল ডিজিজ? ক্যানসার বা হার্ট?"

"না। ইনিয়ে-বিনিয়ে মরা আমার ভাগ্যে নেই। আমি মরব দুম করে।"

গজপতি বসলেন। তারপর মৃদু হেসে বললেন, "খুলে বলো।"

বাবু মিত্তির খুলে বললেন না। বলে লাভও নেই। শুধু বললেন, "আমার আয়ু সত্যিই আর নেই। মরতে আপত্তিই বা কী? কার জন্য বাঁচব? শুধু বিষয়-সম্পত্তি নিয়ে একটা উদ্বেগ আছে। আমি মরার পর এগুলো পাঁচ ভূতে লুটে খাবে।"

"তোমার বয়স তো পঞ্চান্ন-ছাপ্পান্নর বেশি নয় হে মিত্তির। এখনই মরবে কেন?"

"মরতে বয়স লাগে না। ওসব কথা থাক। আমি চাই আমার টাকাপয়সা, বিষয়-আশয় আমার ছেলেটা এসে ভোগ করুক। কিন্তু সে বেঁচে আছে কি না তা জানি না, যদি বেঁচে থেকে থাকে তবে হয়তো দুঃখ-কষ্টেই আছে। আমি চাই সম্পত্তিটার

এমন একটা বন্দোবস্ত করে যেতে, যাতে সে কোনওদিন ফিরে এলে ভোগদখল করতে পারে।"

গজপতি সামান্য চিন্তিত হয়ে বললেন, "উইল করতে পারো। তবে উইল না করলেও আইনত ছেলেই পাবে। যেটা সবচেয়ে বড় দরকার তা হল রকির খোঁজ।"

"অনেক খুঁজেছি।"

"পত্রিকায় একটা বিজ্ঞাপন দিতে পারো।"

বাবু মিত্তির একটা দীর্ঘশ্বাস ফেলে বলেন, "কোনও পত্রিকায় বিজ্ঞাপন দিতে বাদ রাখিনি। নিরুদ্দেশ হওয়ার পর টানা এক বছর প্রায় প্রতি রবিবার সব কাগজে বিজ্ঞাপন বেরোত।"

"সেটা আমি জানি। তবু বলছি, এখন আবার বিজ্ঞাপন দাও। সে হয়তো এতদিনে অভিমান ভুলেছে। রাগও কমেছে। দেখোই না দিয়ে।"

"তুমি যখন বলছ, দেব। কিন্তু ধরো, যদি হঠাৎ আজ কিংবা কাল—আমার মৃত্যু হয় তা হলে কী হবে?"

গজপতি অবাক হয়ে বলেন, "আজ বা কাল! কেন, মরার এত তাড়া কিসের হে? এত তাড়াহুড়োর তো কিছু নেই। দু'-চারদিন সবুর করে তারপর না হয় মরবে।"

বাবু তাঁর পকেট থেকে চিঠিটা বের করে নিঃশব্দে গজপতির হাতে দিলেন।

গজপতি চিঠিটায় চোখ বুলিয়ে একটু ভ্রূ কুঁচকে বললেন, "এটার মানে কী? কিছু তো বুঝতে পারছি না।"

রোমান হরফে লেখা গীতার একটা শ্লোক।

"বাসাংসি জীর্ণানি যথা বিহায়—ডেল্টা! শ্লোকটার মানে তো জানি। মানুষ যেমন জীর্ণ বাস পরিত্যাগ করে...। তা বেশ তো, জীর্ণ বাস ত্যাগ করতে কেউ তোমাকে উপদেশ দিচ্ছে। কিন্তু সেই উপদেশ তুমি নিতে যাচ্ছ কেন?"

চিঠিটা ফেরত নিয়ে পকেটে ভরে বাবু মিত্তির বললেন, "তুমি চিঠিটার আসল অর্থ জানো না।"

"ডেল্টা কথাটার অর্থ কী?"

"ব-দ্বীপ।"

"সে তো বাচ্চা ছেলেও জানে। কিন্তু এখানে কী অর্থে প্রয়োগ হয়েছে? চিঠিটা দিলই বা কে?"

"সবটা তোমাকে বলা যাবে না। আমার একটা বিশ্রী অতীত আছে। খুব ভয়ংকর সেই অতীত। ডেল্টা একটা আন্তর্জাতিক সংগঠন। আগে ছোট ছিল। এখন বিশাল আকার নিয়েছে।"

গজপতি হঠাৎ চিন্তিত মুখে বললেন, "ডেল্টা! ডেল্টা! দাঁড়াও, বোধ হয় 'টাইম' ম্যাগাজিনে একটা খবর পড়েছি, তাতে এ নামটা যেন ছিল!"

"ঠিকই ধরেছ, টাইম ম্যাগাজিন আমিও পড়ি। কিছুদিন আগে ডেল্টার গুপ্তঘাতকেরা নিউ ইয়র্কে একজনকে দিনে-দুপুরে মারে।"

গজপতি উদ্বেগের সঙ্গে বলেন, "এরাও কি তারাই?"

"তারাই। আমি একসময়ে ওদের মেম্বার ছিলাম। পালিয়ে এসেছিলাম। আজও ওরা প্রতিশোধের কথা ভোলেনি।"

গজপতি অবাক হয়ে বাবুর দিকে চেয়ে বলেন, "কিন্তু সংস্কৃত শ্লোক ওরা কোথায় পেল?"

বাবু মিত্তির মলিন একটু হাসলেন, "গীতা একটি আন্তর্জাতিক গ্রন্থ। সবাই খোঁজ রাখে। আমি ভারতীয় বলেই ওরা গীতা থেকে লাগসই একটা শ্লোকের কিছুটা তুলে দিয়েছে। অর্থ পরিষ্কার। আমাকে জীর্ণ বাসটি ত্যাগ করতে হবে। অর্থাৎ—"

"অর্থাৎ মৃত্যু?"

"এবার তোমার মাথা খেলছে।"

"ব্যাপারটা কি সত্যিই সিরিয়াস মিত্তির?"

"আমি ডেল্টাকে যতদূর চিনি, তাতে এই পরোয়ানাকে অমোঘ বলে ধরে নিতে পারো। আমাকে ওরা মারবেই। সেটা কবে বা কখন তার কিছু ঠিক নেই। আমার মনে হয়, ওরা দেরি করবে না। আমি একা মানুষ, অসুস্থ, নিজেকে রক্ষা করার মতো ক্ষমতা আমার নেই। ওদের কাজটা খুবই সহজ হবে।"

গজপতি একটু ভাবলেন।

বাবু মিত্তির ধৈর্য হারিয়ে বললেন, "কী ভাবছ গজপতি? ভাববার সময় কিন্তু নেই।"

গজপতি বললেন, "না ভেবে পরামর্শ দেওয়া যায় নাকি?"

"তা হলে চটপট ভাবো। আমার যে সময় নেই।"

গজপতি ভ্রু কুঁচকে বললেন, "তোমার ওই চিঠিটাকে যদি সিরিয়াস বলে ধরে নিই তা হলে অনুমান করতে পারি যে, ওরা তোমাকে খুন করতে বিদেশ থেকেই খুনি পাঠাবে। তাতে তো একটু সময় লাগার কথা। বিদেশ থেকে যে খুনটা করতে আসবে তাকে তো আগে এ দেশের ঘাঁতঘোঁত জানতে হবে, নিজেকে বাঁচানোর ব্যবস্থা করে তবেই তো সে খুনটা করবে, না কি?"

বাবু মিত্তির মাথা নেড়ে বললেন, "তা নয়। আগে এ দেশে ওদের অর্গানাইজেশন ছিল না। আজকাল হয়েছে।"

"কী করে বুঝলে?"

"খুব সোজা। যেসব দেশে বহু ছেলে-ছোকরা বেকার বসে থাকে, যাদের ভবিষ্যৎ বলে কিছু নেই তারা রুজি-রোজগারের ধান্দায় যে-কোনও কাজে নামতে রাজি হয়ে যায়। আমি যখন ডেল্টায় ছিলাম তখন দেখেছি, অনুন্নত এবং গরিব দেশগুলোয় কত তাড়াতাড়ি অর্গানাইজেশনকে ছড়িয়ে দেওয়া যায়। আজকাল অপরাধও একটা ভাল জীবিকা।"

"তা হলে তুমি বলতে চাও ওরা এ দেশেরই কাউকে এ কাজে লাগাবে?"

"সেটাই স্বাভাবিক।"

"তুমি কি জানো যে, ভারতবর্ষে ওদের অর্গানাইজেশন আছে?"

বাবু মিত্তির ম্লান হেসে বললেন, "তুমি ব্যস্ত উকিল, তাই বেশি খবর রাখো না। আমি কিন্তু বেকার মানুষ, হাতে অঢেল সময় বলে প্রচুর দেশি-বিদেশি ম্যাগাজিন পড়ি। ডেল্টা গত দু' বছরে দিল্লি, বোম্বাই আর কলকাতায় ছড়িয়ে পড়েছে।"

এবার গজপতি খুবই উদ্বিগ্ন মুখে বাবুর দিকে চেয়ে থেকে বললেন, "তা হলে আপাতত তুমি বাড়িটা ছেড়ে কিছুদিন গা-ঢাকা দাও।"

বাবু মিত্তির মাথা নেড়ে বললেন, "লাভ নেই। ওদের যতদূর জানি এ চিঠি দেওয়ার আগে থেকেই ওরা আমাকে স্পট করছে এবং নজরে রেখেছে। এই যে আমি তোমার কাছে এসেছি, ফেরার পথে হয়তো একটা মস্ত ট্রাক আমাকে গাড়িসমেত পিষে দিয়ে যাবে। কিংবা ডেল্টার লোক হয়তো আমার বাড়িতে কোনও অছিলায় ঢুকে আমার জলের কুঁজোয় সায়ানাইড মিশিয়ে দিয়ে যাবে। ইট উইল নট বি এ হিরোইক ডেথ ফর মি।"

গজপতি একটা দীর্ঘশ্বাস ছেড়ে বললেন, "গুলি-টুলি করবে না বলছ?"

"গুলিতে শব্দ হয়। খুনের প্রমাণ থাকে। ডেল্টা অত কাঁচা কাজ করে না। আজকাল তারা খুব স্কিলফুল কিলার হয়ে দাঁড়িয়েছে। মাফিয়াদেরও পিছনে ফেলে দিচ্ছে। শোনো, আমার মৃত্যু নিয়ে দুশ্চিন্তা কোরো না। ওটা ঘটবেই। আমি শুধু বিষয়-সম্পত্তি নিয়ে তোমার পরামর্শ চাই।"

গজপতি বিষণ্ণ মুখে বলেন, "বিষয়-সম্পত্তির বিলিব্যবস্থা করতেও তো একটু সময় চাই। তুমি যা বলছ, তাতে তো সময় একদম নেই। আচ্ছা, একটা কাজ করলে কেমন হয়?"

"কী কাজ?"

"কিছুদিনের জন্য যদি একজন বডিগার্ড রাখো?"

"কী লাভ? আমি যাকে বডিগার্ড রাখব তাকেও বিপদে ফেলে দেওয়া হবে। বাধা দিলে খুনি কি তাকেও ছাড়বে ভাবছ?"

"বডিগার্ডদের তো সেই ঝুঁকি নিতেই হবে। নইলে আর বডিগার্ড কিসের?"

"আমি কাউকে বিপন্ন করতে চাই না। বডিগার্ডের সাধ্য নেই ডেল্টার খুনির হাত থেকে আমাকে রক্ষা করবে।"

গজপতি হতাশ গলায় বললেন, " তুমি চিরকালের গোঁয়ারগোবিন্দ, সবাই জানে। কিন্তু একটা কথা বুঝবার চেষ্টা করো। যদি ডেল্টার হুমকিটা সত্যিকারের হয় তা হলেও তোমার বিষয়-সম্পত্তির বিলিব্যবস্থার জন্য কিছু সময় দরকার। বডিগার্ড রাখলে হয়তো তোমার খুনি চট করে এগোবে না, একটু ভাববে। এবং নতুন ফন্দি আঁটবে। সেই ফাঁকে তুমি কিছু সময় পেয়েও যেতে পারো। আর একটা কথা হল, সবসময়েই এক জোড়ার চেয়ে দু' জোড়া চোখ ভাল। তোমার গার্ড যদি একজন ইয়াংম্যান হয় তা হলে তার রিফ্লেক্স বা রি-অ্যাকশন তোমার চেয়েও অনেক বেশি ভাল হবে।"

বাবু মিত্তির কথাটা ভাবলেন। তাঁর নাম ছিল কোব্রা। সেই যৌবনের দিনে তাঁর চকিত রিফ্লেক্স, দুরন্ত গতি, দুর্দমনীয় শক্তি প্রতিপক্ষকে নাজেহাল করে দিত। আজ সেই বাবু মিত্তিরকেই কিনা বডিগার্ডের ওপর নির্ভর করতে হবে? বাবু মিত্তিরের শরীর বা মস্তিষ্ক সবই গেছে বটে, কিন্তু অহংকারটুকু এখনও আছে। প্রস্তাবটা তাঁর অহংকারে আঘাত করেছিল।

সেটা অনুমান করেই বোধ হয় গজপতি খুব নরম গলায় বললেন, "বডিগার্ড থাকলে তোমার তো একজন সঙ্গীও হবে। সারাদিন তো বাড়িতে চুপচাপ বসে থাকো, একজন সঙ্গী থাকলে তো একা লাগবে না। একটু কথাবার্তা বলতে পারবে, মাথাটা হালকা হবে।"

বাবু মিত্তির গম্ভীর মুখে বললেন, "আমি একাই ভাল থাকি। তুমি তো জানোই, কথাবার্তা আমি পছন্দ করি না।"

"জানি। তুমি একটু অদ্ভুত লোক। কিন্তু পরিস্থিতি বিচার করে তোমার বডিগার্ড রাখতে রাজি হওয়া উচিত।"

বাবু মিত্তির ভ্রূ কুঁচকে বললেন, "আচ্ছা, তুমি কোনও বেকার-যুবককে এই ফাঁকে কিছু রোজগার করিয়ে দিতে চাইছ না তো! তোমার তো আবার পরোপকার করে বেড়ানোর অভ্যাস আছে।"

গজপতি খুব হাঃ হাঃ করে হাসলেন। তারপর বললেন, "অনুমানটা খুব ভুল হয়নি তোমার। আমার হাতে সত্যিই একটা ছেলে আছে। কিছুদিন মিলিটারিতে কাজ করে এসেছে। খুব সৎ ছেলে। খুব সাহসী আর বিশ্বাসী। দায়িত্বজ্ঞানও ভালই আছে। সবচেয়ে বড় কথা বাঙালির ছেলে হয়েও এ ছেলেটি অ্যাডভেঞ্চার ভালবাসে।"

ভ্রু কুঁচকে বাবু বললেন, “বেতন কত নেবে? বেশি হলে দরকার নেই।”

গজপতি মাথা নেড়ে বললেন, “তুমি বড্ড কেপ্পন লোক হে। যেখানে প্রাণ নিয়ে টানাটানি সেখানে পয়সা নিয়ে ভাবছ। তবে ভয়ের কারণ নেই। এ ছেলেটির পয়সার ভাবনা নেই। প্রাণগোপাল রায়ের নাম শুনেছ? হাওড়ায় বিরাট লোহার কারখানা। কোটিপতি মানুষ। পলাশ তারই ছোট ছেলে। সে তোমাকে পাহারা দেবে বিনা পারিশ্রমিকে। তার খাওয়া-দাওয়ার ব্যবস্থা রাখলেই হবে।”

বাবু মিত্তির উঠে পড়লেন। বললেন, “কাছারিঘরে বোধ হয় তোমার মক্কেলরা জুটতে শুরু করেছে। আমি আর তোমার সময় নষ্ট করব না, তোমার সুবিধামতো ছেলেটাকে পাঠিয়ে দিয়ো। শুধু বলে দিয়ো যেন বেশি বকবক না করে।”

“তাই হবে। সে বেশি কথার মানুষ নয়। আর শোনো, তোমার ছেলের খোঁজে আমিই কাগজে বিজ্ঞাপন দিয়ে দিচ্ছি। বিল তোমাকে পাঠিয়ে দেব।”

“লাভ আছে কিছু?”

“চেষ্টায় ত্রুটি রাখতে নেই।”

॥ ২ ॥

ছেলেটি এল পরদিন সকালে। বেশ লম্বা ছিপছিপে চেহারা। একটু যেন রোগাটেই। চোখে পড়ার মতো চেহারা নয় বটে, তবে চোখ দু'টি বেশ উজ্জ্বল। গায়ে একটা ফর্সা সাদা ফুলহাতা শার্ট, পরনে নীল জিনস। পায়ে স্পোর্টস শু। নমস্কার করে বলল, “আমার নাম পলাশ রায়। গজপতিবাবু আমাকে পাঠিয়েছেন।”

বাবু মিত্তির খুব শান্ত হিসেবি চোখে ছেলেটিকে দেখে নিয়ে বললেন, “তুমিই সেই বডিগার্ড তো! বোসো।”

ছেলেটি বসবার পর বাবু মিত্তির বললেন, “তোমাকে বিপদের মধ্যে টেনে আনার কোনও ইচ্ছেই আমার ছিল না। তোমার বয়স অল্প, সামনে কত সম্ভাবনা। গজপতি চাপাচাপি করায় রাজি হতে হল। তুমি কি সব জেনেশুনে কাজটা করতে এসেছ?”

ছেলেটি খুব আত্মবিশ্বাসের সঙ্গে হেসে বলল, “গজপতিবাবু আমাকে সবই বলেছেন।”

বাবু মিত্তির একটা দীর্ঘশ্বাস ফেলে বলেন, “গজপতি হয়তো বিপদটা কীরকম তা আন্দাজ করতে পারছে না। নয়তো ভাবছে, চিঠিটা একটা রসিকতা।”

পলাশ ভ্রু-টা একটু কুঁচকে বলল, "বোধ হয় তা নয়। গজপতিবাবুকে খুব উদ্বিগ্ন মনে হল।"

বাবু মিত্তির পলকহীন চোখে পলাশের দিকে চেয়ে থেকে একটু ভাবলেন। তারপর বললেন, "চিঠিটা কোনও রসিকতা নয়। এটা মনে রেখো।"

"রাখব।"

"তুমি স্পোর্টসম্যান?"

"মিলিটারিতে থাকতে আমাকে প্রচুর ফিজিক্যাল ট্রেনিং করতে হয়েছে।"

"বক্সিং জানো?"

ছেলেটি হাসল, "না। তবে আপনি যে খুব বড় বক্সার ছিলেন তা জানি।"

"কুং-ফু, ক্যারাটে, ওসব জানো নাকি?"

"না।"

বাবু মিত্তির মাথা নেড়ে বললেন, "জেনেও এক্ষেত্রে লাভ ছিল না। আমি অবশ্য কুং-ফু, ক্যারাটে তেমন পছন্দও করি না। তোমার প্রিয় স্পোর্টস কী?"

"আমি ভাল দৌড়ই। এ ছাড়া মাউন্টেনিয়ারিং আর সাঁতার।"

বাবু মিত্তির একটু তাচ্ছিল্যের সঙ্গে বললেন, "ওঃ, একশো মিটার কত সেকেন্ডে দৌড়তে পারো?"

"সাড়ে বারো সেকেন্ড বা তার একটু বেশি।"

বাবু মিত্তির সময়টাকে তত গুরুত্ব দিলেন না। বললেন, "আমাকে তোমার কিছু জিজ্ঞেস করার আছে কি?"

পলাশ খুব সংকোচের সঙ্গে বলে, "একটা কথা জানতে চাই। চিঠি কোথা থেকে এসেছে?"

"কোথা থেকে! কেন গোয়েন্দাগিরি করবে নাকি? আতশ কাচ-টাচ দিয়ে সূত্র আবিষ্কার করতে চাও না তো! ওসব করে লাভ নেই। তবু দেখতে চাইলে দেখো। ওই টেবিলের ওপর একটা সাদা খাম পড়ে আছে। ওটাই। এ দেশেই কোথাও ডাকে ফেলা হয়েছে।"

পলাশ উঠে গিয়ে খামটা উলটে-পালটে দেখে বলল, "সিলটা ভাল বোঝা যাচ্ছে না। তবে মনে হচ্ছে, বোম্বাই থেকে পোস্ট করা।"

"তা হবে। চিঠিটা তোমার কাছেই রাখতে পারো। ওটাতে আমার প্রয়োজন নেই। আর কিছু জানতে চাও?"

"আপনি বেশি কথা পছন্দ করেন না বলে জিজ্ঞেস করতে ভয় পাচ্ছি। একটা ব্যাপার জানতে চাই। ডেল্টার লিডার এখন কে?"

বাবু মিত্তির উদাসভাবে ঠোঁট উলটে বললেন, "কে জানে? আমি যখন ডেল্টার অপারেটর ছিলাম তখন সেটা ছিল ছোট একটা অর্গানাইজেশন। রিং-লিডার ছিল পল। সেটা তার আসল নাম ছিল কি না কে জানে। তবে এসব অর্গানাইজেশনের রিং-লিডাররা বেশিদিন টিকতে পারে না। খুন-টুন হয়ে যায়। আর একজন এসে হাল ধরে।"

"রিং-লিডার বদল হলে তারা এতদিন বাদে কি প্রতিশোধ নিতে চাইত?"

বাবু মিত্তির পলাশের দিকে চেয়ে চিন্তিতভাবে বললেন, "তা বটে। হয়তো পল এখনও আছে। আমি আর খোঁজ রাখি না। কিন্তু ওসব জেনে কী হবে বাবা? পল আমাদের ধরাছোঁয়ার বাইরে। সারা পৃথিবীতে তার হাজারটা অপারেটর কাজ করে যাচ্ছে। ডেল্টা এখন একটা ভয়জাগানো নাম। মাফিয়াদের চেয়ে কম ভয়ংকর নয়। ডেল্টা যখন কাউকে টার্গেট করে, তখন কারও সাধ্য নেই যে, রক্ষা করবে। এমনকী পুলিশ আর মিলিটারি দিয়ে ঘিরে রাখলেও লাভ হয় না। কেন জানো? ডেল্টা ওই সিকিউরিটির ভেতরেও নিজের লোক রেখে দেয়। ওই পুলিশ বা মিলিটারির মধ্যেই তাদের লোক থাকে। যখন তাও না থাকে তখন কী করে জানো? ওই সিকিউরিটি গার্ডদের মধ্যে কারও ছেলে বা মেয়েকে কিডন্যাপ করে নিয়ে যায় আর মেরে ফেলার ভয় দেখিয়ে লোকটাকে বাধ্য করে নিজের ইচ্ছেমতো কাজ করিয়ে নিতে। এই যে তুমি আমাকে পাহারা দিতে এসেছ, হতে পারে তুমিই ডেল্টার লোক।"

পলাশ হাসল, "না। আমি ডেল্টার লোক নই।"

বাবু মিত্তির বিরক্ত চোখে চেয়ে থেকে বললেন, "নও বলছ? আজ হয়তো নও। কিন্তু ডেল্টা ইচ্ছে করলে চব্বিশ ঘণ্টার মধ্যে তোমাকে দিয়ে তাদের কাজ হাসিল করিয়ে নিতে পারে। প্রথম টোপ ফেলবে প্রচুর টাকা দিয়ে। তাতে কাজ না হলে তোমার সবচেয়ে দুর্বল জায়গাটাকে অ্যাটাক করবে। ধরো, তোমার প্রিয় একটি ভাই বা বোন বা ভাইঝি, ভাইপো, যাকেই হোক তুলে নিয়ে যাবে। তাকে বাঁচানোর জন্য তখন তুমি কি এই বুড়ো বাবু মিত্তিরের লাশ ফেলতে দ্বিধা করবে? অপরাধ জগতের ভেতরকার খবর যদি তোমার জানা থাকত তা হলে ভয়ে-ঘেন্নায় শিউরে উঠতে।"

পলাশ সত্যিই শিউরে উঠল। কেননা তার একটা ফুটফুটে তিন বছর বয়সি ভাইঝি আছে, যাকে সে প্রাণাধিক ভালবাসে। তার ছোট একটা স্কুল-পড়া বোন আছে, ভীষণ ভক্ত তার। ডেল্টা তাদের কিডন্যাপ করবে নাকি সত্যিই?

দু'টি চোখ সরু করে পলাশের ভাবান্তর লক্ষ করছিলেন বাবু মিত্তির। এবার বললেন, "ভাল করে ভেবে দ্যাখো বাবা। তোমাকে সুখে থাকতে ভূতে কিলোচ্ছে না তো! এ কাজে সত্যিই বিপদ আছে। শুধু তোমার একার নয়। তোমার গোটা

পরিবারের বিপদ। আরও একটা কথা জেনে রাখো, ডেল্টার অপারেটররা সবসময়ে যে বীরের মতো বন্দুক-পিস্তল নিয়ে আসবে তাও নয়। তাদের খুনের পদ্ধতি খুবই বাস্তববোধ-সম্পন্ন। তারা প্রয়োজনে জলে বা খাবারে বিষ মিশিয়ে দিতে পারে, রাস্তায় অ্যাকসিডেন্ট ঘটাতে পারে, সাজানো আত্মহত্যা অ্যারেঞ্জ করতে পারে, আমার বিছানায় গোখরো সাপ বা মারাত্মক কাঁকড়াবিছে ছেড়ে দিয়ে যেতে পারে—মৃত্যু যে কোনদিক দিয়ে আসবে তুমি তার আন্দাজই পাবে না।"

পলাশ চিন্তিত হয়ে পড়ল। তার মুখ দেখে বাবু মিত্তির একটু হাসলেন। বললেন, "বুঝেছ তো ব্যাপারটা?"

পলাশ বলল, "তার মানে কি আপনাকে ডেল্টার হাত থেকে রক্ষা করার কোনও উপায়ই নেই?"

বাবু মিত্তির মাথা নেড়ে বললেন, "না। গজপতি অবশ্য মাত্র কয়েকটা দিন আমাকে বেঁচে থাকতে বলেছে, যাতে আমার বিষয়-সম্পত্তির বিলি-ব্যবস্থা করা সম্ভব হয়। হয়তো একটা বা দুটো অ্যাটেম্পট থেকে আত্মরক্ষা করতে পারলে তিন-চারদিন সময় পাওয়া যাবে। কিন্তু ডেল্টা তার বেশি সময় আমাকে দেবে না। একটা-দুটো অ্যাটেম্পট কার্যকর না হলে ওরা আমাকে বোম মেরে উড়িয়ে দেবে, কোনও ল্যাটা রাখবে না।"

পলাশ চিন্তিত মুখে বলল, "কবে থেকে খুনের চেষ্টা করবে বলে আপনার মনে হয়?"

ক্লান্ত গলায় বাবু মিত্তির বললেন, "ওদের মোডাস অপারেন্ডি যতদূর জানি, ওরা সবরকম খোঁজখবর না নিয়ে কাজে হাত দেয় না। চিঠিটা এসেছে গতকাল। চিঠি দেওয়ার আগেই ওদের তথ্য সংগ্রহের কাজ শেষ হয়েছে। আমি কী খাই, কখন খাই, কখন বেরোই, কোন যানবাহন ব্যবহার করি, আমার সঙ্গে কে থাকে, বাইরের কোন-কোন লোক নিয়মিত আমার বাড়িতে যাতায়াত করে, এইসব। আমার স্বভাব, চরিত্র, অভ্যাস, বাতিক, শখ, অসুখ, আমার ডাক্তার, রজক, পরামানিক, খবরের কাগজওয়ালা, দুধওলা, কাজের লোক, আমার পোষা পশুপাখি, আত্মীয়, বন্ধু, সব খবর ওরা নিয়ে ফেলেছে। মনে হচ্ছে, আজকেই কোনও সময়ে ওরা প্রথম আক্রমণটা করবে। আমি যখন ডেল্টার অপারেটর ছিলাম তখন আমাকেও এসব হোমওয়ার্ক করতে হত। ডেল্টা কোনও বেইমান বা বিশ্বাসঘাতক বা তাদের বিচারে কোনও ঘৃণিত লোককে মারবার আগে তার কোনও প্রিয়জন, তার ছেলে বা মেয়ে বা স্ত্রী—এদের কাউকে মারে। লোকটাকে প্রচণ্ড মানসিক কষ্ট দিয়ে তারপর তাকে খুন করে। ভাগ্যের কথা, আমার আজ সেরকম কেউ নেই। রকি নিরুদ্দেশ না হলে ডেল্টা আগে তাকেই মারত।"

পলাশ বলল, "আপনার ছেলেকে ডেল্টা কিডন্যাপ করেনি তো!"

বাবু মিত্তির মাথা নাড়েন, "না। কিডন্যাপ করলে তারা সেটা আমাকে জানিয়ে দিত। তাদের সব কাজের পেছনেই উদ্দেশ্য থাকে। রকি আমাকে পছন্দ করত না বলেই মায়ের মৃত্যুর পর চলে যায়। তোমার আর কিছু জানবার আছে কি? না থাকলে আমি একটু নীচের তলার জিমনাসিয়ামে যাব। আমার দু'জন ছাত্র ট্রেনিং করতে আসবে।"

পলাশ উঠে দাঁড়িয়ে বলল, "ঠিক আছে। তবে আমি আগে জিমনাসিয়ামটা একটু চেক করব।"

বাবু মিত্তির হাসলেন, "স্বচ্ছন্দে।"

পলাশ চলে যাওয়ার পর তিনি রাখালকে ডাকলেন। রাখালের বয়স পঁয়ত্রিশ-ছত্রিশ হবে। মেদিনীপুরের একটি গাঁয়ে তার বাড়ি। প্রায় সাত-আট বছর বাবু মিত্তিরের কাছে আছে। খুব বিশ্বাসী লোক। তবে বিশ্বাসীকে আজ আর বিশ্বাস নেই বাবু মিত্তিরের। ডেল্টা যে-কাউকে কিনে নিতে পারে বা অন্যভাবে নিজেদের কাজ করিয়ে নিতে বাধ্য করতে পারে।

বাবু মিত্তির ভাল করে রাখালের মুখখানা দেখে নিলেন। কোনও পরিবর্তন ঘটলে চোখে তা ধরা যাবে। কিন্তু রাখালের চোখ আজ সকাল অবধি স্বাভাবিক। বাবু জিজ্ঞেস করলেন, "টাইগার কোথায়?"

"আজ্ঞে, বাঁধা আছে।"

"ওকে আমার কাছে নিয়ে আয়।"

রাখাল গিয়ে টাইগারকে ছেড়ে দিতেই সে একটা উল্লাসের শব্দ করে কয়েক লাফে দোতলায় উঠে সোজা বাবু মিত্তিরের কাছে চলে এল।

বিশাল এই অ্যালসেশিয়ানটাই শুধু আজ বাবুর সবচেয়ে বিশ্বাসের পাত্র। ডেল্টা কিছুতেই একে বাবু মিত্তিরের বিরুদ্ধে ব্যবহার করতে পারবে না। কিন্তু ডেল্টা আর একটা কাজ করবে। বাবুকে মারার আগে টাইগারকে মারবে। কারণ, টাইগারই বাবুর সবচেয়ে প্রিয়পাত্র।

বাবু টাইগারের মাথাটা বুকের কাছে চেপে ধরে একটু আদর করলেন। বেশিই আদর করলেন। অবোলা জীব। বিনা দোষে ওকে মরতে হবে। ওকে বাঁচানোর এক শেষ চেষ্টা অবশ্য বাবু মিত্তির করবেন।

টাইগারের মাথাটা বুকে চেপে রেখেই তিনি টেলিফোন তুলে বোতাম টিপে একটা নম্বর ডায়াল করলেন। কেনেল হাভেন-এর রায় কুকুর নিয়ে ব্যাবসা করে বটে, কিন্তু ওর কাছে কুকুরের যত্নের অভাব হয় না। রায়ের কাছ থেকেই টাইগারকে বছর-পাঁচেক আগে কিনে এনেছিলেন তিনি।

“রায় নাকি? আমার একটা উপকার করবে রায়?”

“আরে, মিস্টার মিত্তির, আমি তো সবসময়েই অ্যাট ইয়োর সার্ভিস। বলুন কী করতে পারি?”

“তোমার কাছে টাইগারকে কিছুদিন রাখবে?”

“কেন, বাইরে যাচ্ছেন কোথাও?”

“হ্যাঁ, তা বলতে পারো।”

“ঠিক আছে, পাঠিয়ে দিন।”

“না, পাঠানোর উপায় নেই। অসুবিধে আছে। ওকে নিয়ে যাওয়ার ব্যবস্থা তোমাকে করতে হবে। টাকা যা লাগে দেব।”

“ঠিক আছে, আমার ডগ-ভ্যান তো আছেই। পাঠিয়ে দেব।”

“শোনো রায়, আমার একটু তাড়া আছে। ভ্যানটা তুমি এখনই পাঠিয়ে দাও।”

“বেশ তো, আধ ঘণ্টার মধ্যেই যাবে।”

“তোমার ওখানে এখন ক’টা অ্যালসেশিয়ান আছে রায়?”

“সব মিলিয়ে পনেরো-ষোলোটা হবে। কেন?”

“এমনিই। আমি অপেক্ষা করছি কিন্তু।”

ফোন ছেড়ে বাবু একটু নিশ্চিন্ত বোধ করলেন। রায়ের কাছে পনেরো-ষোলোটা অ্যালসেশিয়ান আছে, টাইগার ওদের মধ্যে থাকলে ওকে আলাদা করে চেনা যাবে না। হয়তো টাইগার বেঁচে যাবে।

আধ ঘণ্টার মধ্যেই ডগ-ভ্যান চলে এল। বাবু মিত্তির ভাল করে দেখে নিলেন ভ্যানটা সন্দেহজনক কি না। ড্রাইভারকেও দু’-একটা প্রশ্ন করলেন। তারপর নিশ্চিন্ত হয়ে টাইগারকে ভ্যানে তুলে ভেতরে হুকের সঙ্গে শিকলটা আটকে দিয়ে নেমে পড়লেন। টাইগার প্রচণ্ড চেঁচাল। বাবু মিত্তির কানে হাত চাপা দিলেন। তাঁর চোখ জলে ভরে এল।

কিছুক্ষণ বাদে রায়কে আবার ফোন করলেন। রায় বলল, “চিন্তা করবেন না, আপনার টাইগার পৌঁছে গেছে। অনেক সঙ্গী-সাথী পেয়ে আনন্দেই আছে। আপনি নিশ্চিন্তে বাইরে থেকে ঘুরে আসুন।”

জিমনাসিয়ামে তাঁর তিন-চারজন ছাত্র অনেকক্ষণ অপেক্ষা করছে। এরা এশিয়াডের ট্রায়ালে যাবে। ঘষামাজা করতে বাবু মিত্তিরের কাছে আসে।

বাবু মিত্তিরের অবশ্য আজ কোচিংয়ে মন নেই। মনটা বড্ড খারাপ। তবু জিমনাসিয়ামে এলেন। ছেলেদের কিছুক্ষণ মৌখিক তালিম দিলেন।

ছাত্রদের সঙ্গে কথা বলতে-বলতেই লক্ষ করলেন, জিমনাসিয়ামের র‍্যাকে রাখা

তাঁর গ্লাভসগুলো খুব খুঁটিয়ে পরীক্ষা করছে পলাশ। ছোকরা সাবধানি আছে। গ্লাভসের ভেতরে কিছু একটা ঢুকিয়ে রাখা সোজা ব্যাপার।

কিছুক্ষণ ছেলেদের প্র্যাকটিস করালেন বাবু মিত্তির, কয়েকটা প্রয়োজনীয় পরামর্শ দিয়ে ওপরে উঠে আসবার সময় শুনতে পেলেন, ওপরের বসবার ঘরে ফোন বাজছে।

ফোন তুলে হ্যালো বলতেই রায়ের গলা পাওয়া গেল, "মিস্টার মিত্তির, কেনেল হাভেন থেকে রায় বলছি। আচ্ছা, আজ সকালে টাইগারকে কী খাওয়ানো হয়েছিল বলুন তো?"

বাবু মিত্তিরের মজবুত হৃৎপিণ্ড হঠাৎ প্রবলভাবে ধকধক করতে থাকে। সামান্য কাঁপা গলায় তিনি বললেন, "কেন, কী হয়েছে?"

"খুব স্যাড কেস। এখানে আসার ঘণ্টাখানেক বাদেই টাইগার অসুস্থ হয়ে পড়ে। এ ক্লিয়ার কেস অফ ফুড পয়জনিং।"

"তোমাদের ওখানে কিছু খায়নি তো!"

"না মিস্টার মিত্তির। আমরা কুকুরকে একবার খাওয়াই, বেলা দুটোয়।"

বাবু মিত্তির বাঁ হাতে নিজের বুকের বাঁদিকটা চেপে ধরে বললেন, "টাইগার কি বেঁচে আছে?"

"আধ ঘণ্টা আগে এক্সপায়ার করেছে। আমি অত্যন্ত দুঃখিত, কিন্তু দোষটা অবশ্যই আমাদের নয়। বিশ্বাস করুন।"

বাবু মিত্তিরের মাথাটা শূন্য লাগছিল। চারদিকটা বড্ড ফাঁকা। ধীরে রিসিভারটা রেখে দিলেন তিনি, চোখ দিয়ে অবিরল ধারায় জল গড়িয়ে পড়তে লাগল।

পলাশ নিঃশব্দে সামনে এসে দাঁড়াল। কিন্তু কোনও কথা বলল না। চুপচাপ অপেক্ষা করতে লাগল।

বাবু মিত্তির চোখ মুছলেন। বড় ক্লান্ত, বড় হতাশ, বড় শূন্য লাগে তাঁর। শরীরের সব শক্তি যেন কেউ সিরিঞ্জ দিয়ে টেনে বের করে নিয়েছে। ইজিচেয়ারে শরীরটা এলিয়ে দিয়ে পলাশের দিকে মড়ার মতো চেয়ে থেকে বললেন, "ডেল্টা স্ট্রাইকস।"

পলাশ স্থির দৃষ্টিতে বাবু মিত্তিরের দিকে চেয়ে থেকে বলে, "কখন?"

"আধ ঘণ্টা আগে।"

পলাশ সোজা গিয়ে রাখালকে ধরল, "সকালে টাইগারকে কী খাইয়েছ রাখাল?"

রাখাল একটু অবাক হয়ে বলে, "রোজ যা খায়। দুধ আর ভিটামিন ক্যাপসুল।"

"ক্যাপসুল! কই শিশিটা দেখি!"

রাখাল শিশিটা এনে দিয়ে বলে, "কেন, কী হয়েছে?"

"টাইগার মারা গেছে।"

রাখালের মুখটা ফ্যাকাসে, বিহ্বল হয়ে গেল, "মারা গেছে! টাইগার!"

"বিষক্রিয়া! এ শিশিটা কোথায় থাকে?"

রাখালের ঠোঁট কাঁপল, তারপর মুখে হাত চাপা দিয়ে কেঁদে উঠল। জবাব দিতে পারল না।

পলাশ বুঝল, এই পরিস্থিতিতে তার গোয়েন্দাগিরির কাজ এগোবে না। বোধ হয় লাভও নেই। তার ঘোরতর সন্দেহ, বিষটা ছিল ক্যাপসুলের মধ্যে। একটু বিলম্বিত ক্রিয়ার ক্যাপসুলই হবে, যা পেটে গিয়ে সঙ্গে সঙ্গে গলে যায় না। একটু সময় নেয়। কিন্তু এ তথ্য জেনেই বা লাভ কী? ডেল্টা তার উপস্থিতি তো ভালরকমেই জানান দিয়েছে।

পলাশ আবার বাবু মিত্তিরের কাছে ফিরে এল। সে যথেষ্ট ঘাবড়ে গেছে। বুদ্ধি স্থির রাখতে পারছে না।

বাবু মিত্তির কিন্তু ইতিমধ্যে সামলে গেছেন। চোখ-মুখ গম্ভীর বটে, কিন্তু অসহায় ভাবটা নেই। পলাশের দিকে চেয়ে বললেন, "কিছু বুঝলে?"

"ভিটামিন ক্যাপসুলের শিশিটা কেউ বদল করে দিয়ে গেছে। বিষ ছিল ক্যাপসুলের মধ্যেই।"

বাবু মিত্তির একটা দীর্ঘশ্বাস ফেলে বললেন, "তা হলে তো রাখালকে সন্দেহ করতে হয়। কিন্তু আমি ওকে যতদূর লক্ষ করেছি, ডেল্টা এখনও ওকে হাত করেনি।"

"তা হলে?"

বাবু মিত্তির হাসলেন, "বিষটা দুধের মধ্যেও থাকতে পারে। দুধটা বাইরে থেকে আসে।"

পলাশ একটু স্তব্ধ হয়ে থেকে সপ্রতিভ মুখে বলল, "তা বটে। কিন্তু দুধে বিষ থাকলে টাইগার তো তখনই মারা যেত।"

"বিষ হাজারো রকমের হয়। যাকগে, লক্ষণ যা দেখছি, গজপতিকে আর সময় দিতে পারব না। ডেল্টা আমার ঘাড়ে নিশ্বাস ফেলছে। শুধু ছোবলটা দেওয়া বাকি।"

"আমাদের কি কিছুই করার নেই কাকাবাবু?"

"আছে। রাখালকে গিয়ে বলো, দুধওয়ালা যে দুধটা দিয়ে গেছে সেটা যেন ফেলে দেয়। কাক-কুকুরেও যেন মুখ দিতে না পারে।"

পলাশ দৌড়ে গিয়ে রাখালকে কথাটা বলে এল। তারপর বলল, "আর কিছু কাকাবাবু?"

“আর কিছু মাথায় আসছে না। তবে ওভারহেড ট্যাংকের জলটা আজ ব্যবহার না করাই ভাল। ডেল্টা বিষে বিষক্ষয়ের চেষ্টা করছে বলে মনে হয়। জলে বিষ মেশানো কঠিন কাজ নয়। আজ যেন সবাই টিউবওয়েলের জল ব্যবহার করে। দারোয়ান রাম পহলওয়ানকে বোলো, কাউকে যেন বাড়িতে ঢুকতে না দেয় আমার হুকুম ছাড়া।”

পলাশ এসব জরুরি কাজ করতে চলে গেলে বাবু মিত্তির উঠলেন। একটা ছোট চিরকুট লিখে একটা কৌটোয় ভরলেন। তারপর নিঃশব্দে ছাদে উঠে এলেন। চিলেকোঠার গায়ে পায়রার জন্য খোপ করা আছে। অনেকগুলো খোপের মধ্যে বিশেষ একটি খোপ থেকে তিনি একটি পায়রাকে বের করে আনলেন। পোষা, বাধ্য পায়রা। তার পায়ে কৌটোটা সাবধানে বেঁধে বাবু মিত্তির আকাশে উড়িয়ে দিলেন। পায়রাটা একবার একটা চক্কর খেল আকাশে। তারপর সোজা দক্ষিণ-পুব দিকে সুনির্দিষ্ট একটা রেখায় উড়ে যেতে লাগল।

বাবু মিত্তির দোতলায় নেমে এসে শোওয়ার ঘরে ঢুকে দরজাটা বন্ধ করে দিলেন। জানালাগুলো আগে থেকেই বন্ধ এবং ভারী পরদা টানা। ঘর একরকম অন্ধকার, বাবু মিত্তির বালিশের পাশ থেকে টর্চটা তুলে নিয়ে দেওয়ালের গায়ে তাঁর বিশাল ওয়ার্ডরোবটা খুললেন, ভেতরে বিস্তর স্যুট, প্যান্ট, শার্ট, টাই ঝুলছে। একসময়ে এসব পোশাক ব্যবহার করতেন। এখন পড়েই থাকে। ওয়ার্ডরোবের বাঁ ধারে একটা সুইচ টিপে ধরলেন বাবু মিত্তির। টুক করে একটা ইলেকট্রনিক লক খুলে গেল। ছোট একটা ঢাকনা পট করে ঝুলে পড়ল। ভেতরে একটা নম্বর লেখা চৌকো বোর্ড। অভ্যস্ত আঙুলে মুখস্থ কয়েকটা নম্বর ছুঁতেই মৃদু আর-একটা শব্দ হল। বাবু মিত্তির বাঁদিকের সাইড প্যানেলের গায়ে লাগানো একটা ছোট আংটা ধরে টান দিতেই গোপন একটি খোপ উন্মোচিত হল। তিনি খোপের ভেতরে হাত দিয়ে একটা পুরনো হার্ড টপ মাঝারি মাপের সুটকেস বের করলেন।

কম্বিনেশন লক খুলে ডালাটা তুলতেই দেখা গেল, ওপরে একটা সবুজ তোয়ালের ওপর একটি নয় মিলিমিটার বোরের পিস্তল শুয়ে আছে। ব্যারেল কিছুটা ভোঁতা, হাতলের ভেতরে এগারো গুলির ম্যাগাজিন পোরা আছে। বেশ ভারী ও বিপজ্জনক অস্ত্রটি সস্নেহে তুলে নিলেন তিনি। তোয়ালে সরিয়ে একবার দেখলেন, মেক্সিকো থেকে আনা তাঁর বিপুল নগদ ডলারের রাশি। যা এনেছিলেন তার বেশির ভাগই খরচ হয়েছে কারখানা করতে গিয়ে। কিন্তু এখনও লাখ-কুড়ি ডলার তাঁর আছে। শুধু এই সুটকেসেই আছে লাখচারেক ডলার।

পিস্তলটা বের করে সুটকেস যথাস্থানে রেখে ওয়ার্ডরোব বন্ধ করে দিলেন বাবু মিত্তির। পিস্তলটার কোনও লাইসেন্স নেই। এটা তিনি চোরাই পথে এনেছেন।

ডেল্টার সঙ্গে তাঁর শেষ অ্যাসাইনমেন্টে এটাই ছিল তাঁর অস্ত্র। রাউল আক্রান্ত হলে তাকে বাঁচানোর জন্য বাবু মিত্তির একটিও গুলি চালাননি সিকিউরিটি গার্ডদের লক্ষ্য করে। চালালে লাভও হত না। একজন বা দু'জনকে মারতে পারতেন, কিন্তু তাদের গুলিতে নিজে ঝাঁজরা হয়ে যেতেন। গুলি চালাননি বলে ধরাও পড়েননি। নিরাপদে পালাতে পেরেছিলেন। তাতে তেমন দোষ হয়নি তাঁর, পরিস্থিতি বুঝে ঠিক কাজই করেছিলেন। কিন্তু নিয়মানুসারে তাঁর উচিত ছিল ডেল্টার হেডকোয়ার্টারে গিয়ে ঘটনাটা রিপোর্ট করা।

পিস্তলটার দিকে চেয়ে তাঁর আজ সেইসব কথা দ্রুত মনে পড়তে লাগল। যদিও সঙ্গে পিস্তল রাখলে এখন আর বিশেষ লাভ নেই। ডেল্টা তাঁর পিস্তলের পাল্লায় বোকার মতো এসে তো হাজির হবে না। তবু চামড়ার শোলডার হোলস্টারটা বের করে গলায় পরে নিলেন। পিস্তলটা রইল বাঁ বগলের একটু নীচে, খাপের মধ্যে। গায়ে জামা থাকলে বাইরে থেকে বোঝাই যাবে না জিনিসটার অস্তিত্ব।

জামা গায়ে দিয়ে যখন দরজা খুলে বেরোলেন, তখন দেখলেন পলাশ বিবর্ণ মুখে বসবার ঘরে দাঁড়িয়ে আছে।

"কাকাবাবু!"

বাবু মিত্তির শান্ত গলাতেই বললেন, "কী হয়েছে?"

"রাম পহলওয়ান তার ঘরে অজ্ঞান হয়ে পড়ে আছে। মুখে গ্যাঁজলা উঠছে। এখনই হাসপাতালে নেওয়া দরকার।"

বাবু মিত্তির দুঃখিতভাবে মাথা নাড়লেন, "আমার একার অপরাধের প্রায়শ্চিত্ত কতজনকে করতে হবে তা বুঝতে পারছি না। অ্যাম্বুলেন্সে একটা খবর দাও।"

"দিয়েছি। এখন আর কী করব?"

"তুমি ঘাবড়ে গেছ। মাথা ঠান্ডা রাখো। ডেল্টার সঙ্গে পাল্লা টানতে আসা তোমার উচিত হয়নি। আমি বলি কী, তুমি বরং ফিরেই যাও। আমার পরিণতি তো বুঝতেই পারছ।"

"পারছি। তবু ব্যাপারটার শেষ দেখতে চাই।"

"একেবারে ড্রপসিন পড়ার পর যাবে? কিন্তু ততক্ষণে যদি তোমার জীবনেও ড্রপসিন নেমে আসে?"

"প্রাণের ভয় আমার ততটা নেই। কিন্তু ভয় পাচ্ছি, আমার অসহায় অবস্থাকে। ডেল্টার সঙ্গে একটু লড়াই হল না, বিনা যুদ্ধে এ তো একেবারে কাপুরুষের মতো মরতে হবেই দেখছি।"

"বীরের মতো লড়লেও লাভ ছিল না। ডেল্টা বীরদেরও ঢিট করতে জানে।"

একটু বাদে অ্যাম্বুলেন্স এল এবং রাম পহলওয়ানের অচেতন দেহটা তুলে নিয়ে চলে গেল। পাথরের মূর্তির মতো দাঁড়িয়ে দৃশ্যটা দেখলেন বাবু মিত্তির। চোখের কোণে জল টলটল করছিল।

॥ ৩ ॥

কালীপুরের সবচেয়ে বিখ্যাত হল তার কালীবাড়ি। বাদা অঞ্চলের এই দুর্গম গাঁয়ে লোকজনের যাতায়াত কম। তবু লোকে ওই কালীবাড়ির টানে কষ্ট সয়েও আসে। শোনা যায় পতুর্গিজ বোম্বেটের আমলে একজন দেশি ডাকাতও খুব মাথাচাড়া দিয়ে উঠেছিল। তার নাম তারাপ্রসাদ। এ গাঁয়ের প্রতিষ্ঠাতা সে-ই। কালীবাড়িও তার প্রতিষ্ঠা করা। ডাকাত তারাপ্রসাদ গরিবের বন্ধু ছিল, দানধ্যান ছিল প্রচুর। পর্তুগিজ বোম্বেটেদের সঙ্গে লড়াইও সে করেছে এলাকা দখলের জন্য। তখনকার শ্বাপদসংকুল সুন্দরবনে সে অকুতোভয়ে দলবল নিয়ে ঘুরে বেড়াত নৌকো এবং ছিপে। লোকে বলত, তারাপ্রসাদ পিশাচসিদ্ধ।

তারাপ্রসাদ নেই, তবে তার প্রতিষ্ঠিত গাঁ এবং কালীবাড়ি আছে। আর আছে তার এক বংশধর। কালীপ্রসাদ। তারাপ্রসাদকে লোকে ভয় পেত। কালীপ্রসাদকেও সবাই দারুণ ভয় খায়। তার কারণ কালীপ্রসাদ অতিশয় রহস্যময় পুরুষ। যেমন গম্ভীর তেমনই অমিশুক, কালীপুরের মায়ের মন্দিরের পিছনে কয়েক ফার্লং দূরে কালীপ্রসাদের বিশাল বাগানঘেরা পাকা বাড়ি। সেই বাড়িতে কালীপ্রসাদ ছাড়া আর থাকে একজন রান্নার লোক এবং একজন কাজের লোক। এ দু'জন কালীপুরের বাসিন্দা নয়, কালীপ্রসাদ অন্য জায়গা থেকে এদের আনিয়েছেন। কাজের লোকটি বোবা এবং কালা, পাচক ঠাকুরটি অত্যন্ত কম কথার মানুষ। কালীপ্রসাদের সঙ্গে গাঁয়ের লোকের বিশেষ ভাবসাব নেই। তাঁর বাড়িতে কেউ কস্মিনকালে যায় না। পুজোর চাঁদা তুলতে বা বিজয়ার কোলাকুলি করতেও নয়। কারণ কালীপ্রসাদ ওসব পছন্দ করেন না।

কালীপ্রসাদ সম্পর্কে গাঁয়ে নানা কিংবদন্তি আছে। তার মধ্যে একটা হল, কালীপ্রসাদ ভূত পোষেন। তাঁর পোষা ভূতের সংখ্যা কারও মতে সাত, কারও মতে সতেরো। কালীপ্রসাদের বাড়িতে নিশুত রাতে হঠাৎ-হঠাৎ প্রচণ্ড আলোর ঝলকানি দেখা যায়, লাল-নীল ধোঁয়া ওড়ে, বিচিত্র সব শব্দ হয়। অনেকে দেখেছে, অনেকে শুনেছে। কালীপ্রসাদ ভূত পোষেন কি না তা হলফ করে বলা যাবে না, তবে একসময়ে বাঘ পুষতেন। সুন্দরবনের বিখ্যাত রয়েল বেঙ্গল বাঘের একটা বাচ্চা

জঙ্গলের কোথাও কুড়িয়ে পেয়ে নিয়ে আসেন। সেটা ধীরে ধীরে বিরাট আকারের কেঁদো হয়ে দাঁড়িয়েছিল। কয়েক বছর আগেও সেটা স্বাধীনভাবে বাড়ির ভেতরে ঘুরে বেড়াত। সেটা মারা গেছে। এখন কালীপ্রসাদ পায়রা পোষেন। তাঁর নানারকমের অনেক পায়রা আছে।

যৌবনকালে কালীপ্রসাদ কলকাতায় থাকতেন। বিজ্ঞানের মেধাবী ছাত্র ছিলেন। খুবই ভাল ফুটবল খেলতেন। কলেজে তাঁর সহপাঠী ছিলেন বিখ্যাত মুষ্টিযোদ্ধা বাবু মিত্তির। দু'জনের দারুণ বন্ধুত্ব হয়ে যায়। পরে বাবু মিত্তির বিদেশে চলে যান। কালীপ্রসাদের সঙ্গে তারপর থেকে আর যোগাযোগ ছিল না। দীর্ঘদিন বিদেশে কাটিয়ে বাবু মিত্তির ফিরে এসে যখন সংসারী হতে চাইলেন, তখন তাঁর বিয়ের নেমন্তন্ন পেয়ে কালীপ্রসাদ গিয়েছিলেন। দুই বন্ধুতে তখন খুব পুরনো দিনের কথা হয়। তারপর থেকে আবার কালীপ্রসাদ যাওয়া-আসা করতেন, বাবু মিত্তিরও সপরিবারে এসে কয়েকবার কালীপুরে কাটিয়ে গেছেন। চণ্ড রাগ আর দুর্ব্যবহারের জন্য বাবু মিত্তিরকে কেউ পছন্দ করে না বটে, কিন্তু কালীপ্রসাদকে বাবু মিত্তির বরাবরই একটু আলাদা খাতির করেন।

চিরকাল সমান যায় না। বাবু মিত্তির ব্যাবসা করে হঠাৎ বিরাট বড়লোক হয়ে গেলেন, ব্যস্ততা বাড়ল। কালীপ্রসাদও আর ঘন-ঘন যেতেন না। মেলামেশাটা কমে গেল। তারপর একেবারেই বন্ধ হয়ে গেল।

বছরদশেক আগে হঠাৎ একদিন সন্ধেবেলা শোকার্ত চেহারায় একটি কিশোর এসে হাজির হল।

"আমাকে চিনতে পারছেন?"

কালীপ্রসাদের বুদ্ধি, স্মৃতি ও অনুমানশক্তি অত্যন্ত প্রখর। তিনি চিনতে পেরে চমকে উঠে বললেন, "তুই তো রকি! কী হয়েছে?"

রকি অনেকক্ষণ কান্নাকাটি করল। তারপর মায়ের মৃত্যুসংবাদ জানিয়ে বলল, "বাবার সঙ্গে থাকলে আমি পাগল হয়ে যাব। বাবা আমাকে ওয়ার্ল্ড চ্যাম্পিয়ান বক্সার করতে চায়। আমি তা চাই না। মা মারা যাওয়ার আগে আমাকে বলে গেছে, তিনি যদি না বাঁচেন তবে তাঁর মৃত্যুর পর আমি যেন আপনার কাছে চলে আসি। কালীকাকা, আপনি আমাকে যদি আশ্রয় না-ও দেন তবু দয়া করে বাবাকে আমার খোঁজ দেবেন না। বাবা তা হলে আমাকে ধরে নিয়ে যাবে।"

কালীপ্রসাদ এই দুর্বলচিত্ত ছেলেটির সমস্যা বুঝতে পারলেন। বাবু মিত্তির যে জেদি ও অবুঝ মানুষ তাও তিনি ভালই জানেন। তাই বললেন, "তোর ভয় নেই। আমার কাছেই থাক। বাবু জানতে পারবে না।"

রকি সভয়ে বলল, "বাবা যদি খুঁজতে খুঁজতে এখানে চলে আসে?"

কালীপ্রসাদ মাথা নেড়ে বললেন, "আসবে না। তার কারণ তুই যে কালীপুরের রাস্তা চিনে আসতে পারবি সেটাই তার বিশ্বাস হবে না। তুই তো বোধ হয় পাঁচ-ছয় বছর বয়সে এখানে শেষবার এসেছিস। চিনলি কী করে?"

"কালীপুর নামটা মনে ছিল। মা বলে দিয়েছিল। জিজ্ঞেস করে করে চলে এসেছি।"

কালীপ্রসাদ একটু চিন্তা করে বললেন, "এসে যখন পড়েছিস তখন আর ভাবনা নেই। তবে গাঁয়ে থাকার দুটো অসুবিধে আছে। নতুন লোক দেখলে গাঁয়ের মধ্যে কথা উঠবে আর সেটা ছড়িয়ে পড়তেও দেরি হবে না। দ্বিতীয় অসুবিধে হল, এখানে থাকলে তোর লেখাপড়া হবে না। কয়েকটা দিন থাক, তোর মায়ের শ্রাদ্ধশান্তি এখানেই কর। তারপর কিছু একটা ঠিক করা যাবে।"

কালীপ্রসাদ রকিকে কালীপুরে রাখেননি। তাঁর পয়সার অভাব নেই। তারা-ডাকাতের কল্যাণে সোনাদানা, হিরে-জহরত, রুপোর বাঁট, বাসন-কোসন যা ছিল তার দাম লাখ-লাখ টাকা। পাপের রোজগার বলে কালীপ্রসাদ তাতে হাত দেননি, বিলিয়েও দেননি। তারাপ্রসাদের সেই গুপ্ত সম্পদ এবার রকির কাজে লাগালেন। তাকে দিল্লিতে পাঠিয়ে দিলেন লেখাপড়া করতে। পরে রকি নিজের যোগ্যতাতেই বিদেশে চলে যায়। সম্প্রতি সে ফিরে এসে কালীপ্রসাদের সঙ্গে দেখা করে। এখন সে মস্ত এঞ্জিনিয়ার। লম্বা-চওড়া চেহারা হয়েছে।

এসে বলল, "বাবা হয়তো এখনও আমার ওপর রাগ করে আছে। আমার হুট করে তাঁর কাছে যেতে সাহস হয় না। তবু আমি বাবাকে জানাতে চাই যে, আমি বেঁচে আছি এবং বক্সার না হলেও আমি আমার মতো হয়েছি।"

কালীপ্রসাদ একটু ভেবে বললেন, "যতদূর জানি বাবুর শরীর ভাল নয়। পারকিনসনস ডিজিজ হয়েছে। হার্ট খুব মজবুত নয়। হুট করে খবর দিলে হয়তো ভীষণ শক লাগবে। হঠাৎ করে আনন্দটাও ভাল ব্যাপার নয়। তুই ভাবিস না। খবরটা আমি সইয়ে-সইয়ে দেব'খন।"

রকি আমেদাবাদে তার কর্মস্থলে ফিরে গেল। কালীপ্রসাদ তাঁর পোষা দু'টি শিক্ষিত পায়রা নিয়ে দেখা করতে গেলেন বাবুর সঙ্গে।

অনেক কথা হল দু'জনে। কালীপ্রসাদ বুঝতে পারলেন, হারানো ছেলের জন্য তৃষ্ণার্ত হয়ে আছেন বাবু মিত্তির। কিন্তু সেই উৎকণ্ঠাটা এতই প্রবল যে, ছেলের খবর পাওয়ার সঙ্গে সঙ্গে বাবু মিত্তির হয়তো হার্টফেল করবেন।

সুতরাং কালীপ্রসাদ নানা কথা ফাঁদলেন। বললেন, "হ্যাঁ রে, তুই কি ভূতে বিশ্বাস করিস?"

বাবু মিত্তির অবাক হয়ে বললেন, "হঠাৎ ভূতের কথা কেন?"

"করিস কি না বল না।"

"আগে করতাম না। আজকাল মন্ত্র-তন্ত্র, ভূত-প্রেত সব বিশ্বাস করি। রকির খোঁজে আমি তো দু' দফায় দু'জন তান্ত্রিককেও লাগিয়েছিলাম। জ্যোতিষীরাও কম পয়সা নেয়নি।"

"কালীপুরে সবাই বলে, আমার নাকি পোষা ভূত আছে।"

বাবু মিত্তির হাসলেন। বললেন, "সেটা শুনেছি।"

"বিশ্বাস করিস?"

"তোর যে পোষা ভূত আছে সেটা কি তুই নিজেই বিশ্বাস করিস?"

কালীপ্রসাদ খুব গম্ভীর হয়ে বললেন, "যদি বলি আছে, বিশ্বাস করবি?"

বাবু মিত্তির হেসে বললেন, "তোর অনেক খ্যাপামি আছে জানি। ওই অজ পাড়াগাঁয়ে ল্যাবরেটরি বানিয়ে নানা আজগুবি এক্সপেরিমেন্ট করিস, গাঁয়ের লোক সেটাকেও ভৌতিক ব্যাপার বলে ভয় খায়। আমাকেও কি ওদের দলে ফেলতে চাস?"

"আমি কোনও আজগুবি এক্সপেরিমেন্ট করি না। বিকল্প বিদ্যুতের উৎস খোঁজার জন্য আমি প্রাণপাত পরিশ্রম করে যাচ্ছি। পৃথিবীর বিভিন্ন দেশে কোটি-কোটি টাকা খরচ হচ্ছে এই গবেষণায়। মাটির নীচে কয়লা আর তেল ফুরিয়ে আসছে। একুশ শতকের গোড়ায় যদি বিকল্প শক্তির উৎস না বের করা যায় তা হলে মানুষের ভবিষ্যৎ অন্ধকার। আমাদের অত টাকা নেই। আমি শস্তা এবং সহজ উপায়ে কিছু করা যায় কি না সেই চেষ্টা করছি। হয়তো লাভ হবে লবডঙ্কা, কিন্তু কাজ একটু এগিয়ে রেখে যাচ্ছি। তার রেকর্ডও থাকছে। যদি কেউ আমার কাজের ফাঁক-ফোকর ত্রুটি শুধরে পরবর্তীকালে কিছু করতে পারে তাতে আখেরে মানুষের লাভই হবে।"

"সে তো বুঝলাম। কিন্তু এর মধ্যে ভূত আসছে কোথা থেকে?"

কালীপ্রসাদ হাসলেন। বললেন, "ভূতের ব্যাপারটা কিছুদিন হল ঘটছে। বিয়ে-টিয়ে করিনি, আমার সংসার বলতেও কিছু নেই। একা মানুষ তো, নানারকম বাতিক দেখা দেয়। আমি কিছুদিন আগে নিশুত রাতে একা-একা প্ল্যানচেট করার চেষ্টা করতাম। কীরকম করে করতে হয় তা জানি না। একা ঘরে বসে একটা মোম জ্বেলে খুব একাগ্রতার সঙ্গে আমার দাদু শিবপ্রসাদকে ভাবতে শুরু করি। রোজ একই প্রসেস। দিন-সাতেক রোজ একইভাবে তাঁকে চিন্তা করতে করতে এবং তাঁকে চাক্ষুষ করার আগ্রহ বাড়াতে বাড়াতে একদিন হঠাৎ বন্ধ ঘরের মধ্যে মোমবাতির শিখাটা কেমন যেন এঁকেবেঁকে লতিয়ে উঠতে লাগল। তারপর নিভে গেল। আমি চুপ করে শ্বাস বন্ধ

করে বসে রইলাম। মনে হচ্ছিল, ঘরে আমি একা নই। আরও কেউ একজন আছে। ভয় বলে আমার কিছুই নেই। তবে একটা দুশ্চিন্তা হচ্ছিল, যা অনুভব করছি তা সত্য কি না। খানিকক্ষণ পর হঠাৎ খুব ক্ষীণ একটা ফিসফিসানি শুনতে পেলাম, 'আমি তোমার দাদু শিবপ্রসাদ। কী জানতে চাও বলো!' আমি ভয় পাইনি, তবু কেমন যেন শরীরটায় ঠান্ডা একটা স্রোত বয়ে গেল। আমার নিজের অনেক কিছু জানার আছে। তাই প্রথমেই জিজ্ঞেস করলাম, 'পৃথিবীতে বিকল্প শক্তির আবিষ্কার সম্ভব হবে কি না।' দাদু জবাব দিলেন, 'আমি সবজান্তা নই।' আরও কয়েকটা প্রশ্ন করে বুঝলাম, দাদু জবাব দিতে চাইছেন না। তখন প্রশ্ন করলাম, 'আমার বন্ধু বাবু মিত্তিরের নিরুদ্দেশ ছেলে রকি কি বেঁচে আছে?' দাদু এবার কিন্তু বেশ জোর গলায় বললেন, 'আছে।' শুনে খুব একটা আনন্দ হল। বললাম, 'কোথায় এবং কেমন আছে?' দাদু বললেন, 'বেশি বলা সম্ভব নয়। তবে ভাল আছে।'"

বাবু মিত্তির ঘটনাটা শুনতে শুনতে কেমন যেন লাল হয়ে গেলেন। তারপর হঠাৎ উঠে দ্রুতবেগে পায়চারি করতে লাগলেন। তারপর হঠাৎ ক্লান্ত হয়ে বসে পড়ে হাঁফাতে লাগলেন। সর্বাঙ্গ ঘামে ভেজা।

কালীপ্রসাদ বন্ধুর অবস্থা দেখে শঙ্কিত হয়ে পড়লেন। ছেলের জন্য নীরবে গোপনে দুশ্চিন্তা করতে করতে বাবু যে নিজের জীবনীশক্তিকে নিংড়ে দিয়েছেন, তা খুব গভীরভাবে বুঝতে পারলেন কালীপ্রসাদ।

বাবু মিত্তির স্বাভাবিক হতে অনেক সময় নিলেন। তারপর ফ্যাসফ্যাসে হাঁফধরা গলায় বললেন, "কালীপ্রসাদ, তুই যা বলছিস তা যে সত্যি তা আমাকে ছুঁয়ে বল।"

কালীপ্রসাদ নির্দ্বিধায় বন্ধুর হাত স্পর্শ করে বললেন, "তোর ছেলে যে বেঁচে আছে তাতে আমার কোনও সন্দেহ নেই।"

"আমি তার খবর চাই।"

"খবর পেলেই আমি তোকে জানাব, দাদুর সঙ্গে আমি আবার কথা বলবার চেষ্টা করব।"

"তুই থাকিস সুন্দরবনে, দুর্গম জায়গায়। আমি খবর পাব কী করে?"

কালীপ্রসাদ হাসলেন। বললেন, "সেইজন্যই আমার পায়রা-দূত নিয়ে এসেছি। তুইও আমার সঙ্গে যোগাযোগ করতে পারবি, আমিও পারব।"

বাবু মিত্তিরকে রকির খবরটা পুরো জানাতে কেন যেন ইচ্ছে হল না তাঁর। কেন যেন মনে একটা বাধা অনুভব করছিলেন কালীপ্রসাদ। তাড়া নেই, খবরটা দু'-চারদিন পরে দিলেও হবে।

কলকাতা থেকেই তিনি আমেদাবাদে ট্রাংককল করে রকিকে সব জানিয়ে বললেন,

"ভূতের গল্প বানিয়ে বলতে হয়েছে। সাধারণভাবে বাবুর পক্ষে গল্পটা বিশ্বাস করা সম্ভব হত না। কিন্তু এখন মানসিক অবস্থা এত খারাপ যে, বিশ্বাস করেছে।"

রকি করুণ গলায় বলল, "বাবার জন্য আমার খুব কষ্ট হচ্ছে কালীকাকা।"

"কষ্ট হোক, তবু দুম করে ফোন-টোন করে বসিস না যেন। ও তোর গলা শুনলে না হার্টফেল করে। ক'দিন একটু সয়ে যাক। সময় বুঝে আমি যা করার করব!"

কালীপ্রসাদ গাঁয়ে ফিরে এলেন। আর এসেই পড়লেন মুশকিলে।

কালীপ্রসাদ বিজ্ঞানী মানুষ। ভূতের গল্প বানিয়ে বললেও তাঁর বাস্তবিক ভূতে কোনও বিশ্বাস নেই। ওসব নিয়ে চিন্তাভাবনাও করেননি কখনও। থাকেন নিজের কাজ নিয়ে। বিশাল বাড়ির একতলার হলঘরে ল্যাবরেটরি। সেখানেই তাঁর দিনের বেশির ভাগ সময় কাটে। নানারকম রাসায়নিক ক্রিয়া-বিক্রিয়া, পাথর, ধাতু, গাছ-গাছড়া সবকিছু নিয়েই তিনি কাজ করেন। প্রতিদিনকার কাজের নোট রাখেন। এসব নিয়ে এত ব্যস্ত থাকেন যে, অন্য কিছু নিয়ে ভাববার অবকাশই তাঁর নেই।

কিন্তু যেদিন বাবু মিত্তিরকে ভূতের গল্প শুনিয়ে গাঁয়ে ফিরে এলেন সেই রাতেই একটা অদ্ভুত ঘটনা ঘটল।

অনেক রাতে ল্যাবরেটরির কাজ শেষ করে যখন ওপরে দোতলায় শোওয়ার ঘরে ঘুমোতে এলেন, তখন কালীপুর এক শব্দহীন ঘুমের পুরী। বেশ শীত পড়েছে। চারদিকে ঘন কুয়াশা। শিশির পড়ার টুপটাপ শব্দ হচ্ছে।

ঘরের দরজা বন্ধ করে বাতি নিভিয়ে লেপের তলায় ঢুকবার পরই তাঁর হঠাৎ মনে হল, ঘরে তিনি একা নন। আর কেউ আছে। কোনও শব্দ হয়নি বা কিছু চোখেও পড়েনি। তবু মনে হল। তিনি টর্চ জ্বেলে ঘরটা দেখলেন। কেউ কোথাও নেই। খাটের তলাও ফাঁকা। তবে কি মনের ভুল? তাই হবে। কালীপ্রসাদ চোখ বুজলেন। কিন্তু কেমন একটা অস্বস্তি হতেই লাগল।

একটা দীর্ঘশ্বাসের মতো শব্দ হল কি? কালীপ্রসাদ উঠে বসলেন। হাতে টর্চ। মৃদুস্বরে বললেন, "কে?"

কেউ জবাব দিল না। কিন্তু দেওয়াল ঘড়িতে টং করে একটা শব্দ হল। রাত একটা বাজে কি? না কি সাড়ে বারোটা? না কি দেড়টা? ঘড়ি দেখে চলার অভ্যাসই নেই কালীপ্রসাদের। বাদা অঞ্চলের গাঁয়ে ঘড়ি ধরে চলার কোনও কারণও তো নেই। কালীপ্রসাদ কদাচিৎ ঘড়ির দিকে তাকান। সময়টা তাই ধরতে পারলেন না। খাট থেকে নেমে চারদিকটা তন্ন-তন্ন করে দেখলেন টর্চ জ্বেলে। কোথাও কেউ নেই।

বারান্দায় এসে দেখলেন, বাইরে কুয়াশায় মাখা জ্যোৎস্নায় বনে-জঙ্গলে যেন এক

অপ্রাকৃত কিছুর সঞ্চার হয়েছে। এ যেন চেনা কালীপুর নয়। স্বপ্নে দেখা কোনও জায়গা।

সিঁড়ি দিয়ে একটা অস্পষ্ট পায়ের শব্দ নেমে যাচ্ছে কি? কালীপ্রসাদ তাড়াতাড়ি গিয়ে সিঁড়ির মুখ থেকে নীচে আলো ফেললেন। কাউকে দেখা গেল না। কিন্তু স্পষ্ট শুনতে পেলেন একজোড়া ভারী চটির শব্দ যেন সন্তর্পণে নীচে নেমে একতলার দরদালান দিয়ে ল্যাবরেটরির দিকে যাচ্ছে।

কালীপ্রসাদ সাহসী মানুষ। তবু একটু বিহ্বল বোধ করতে লাগলেন। এরকম অভিজ্ঞতা তাঁর নতুন। তিনি ঘরে এসে তাঁর মোটা লাঠিগাছটা নিয়ে একতলায় নেমে এলেন। এ অঞ্চলে এমন কোনও চোর নেই, যে কিনা তাঁর বাড়িতে হানা দেওয়ার সাহস রাখে। কালীপ্রসাদকে সবাই ভয় খায়। তবে আজ কোন চোরের এমন বুকের পাটা দেখা দিল?

তিনি পায়ের শব্দ না করে ল্যাবরেটরির দরজার সামনে এসে দাঁড়ালেন। দরজা ভেজানোই থাকে। তালা দেওয়ার প্রয়োজন বোধ করেন না। কারণ, একতলার সদর দরজা বন্ধ থাকলে কেউ ঢুকতে পারে না। বাইরে থেকে কান পেতে ভেতরে কোনও শব্দ হচ্ছে কি না শোনার চেষ্টা করছিলেন তিনি। এমন সময়ে কে যেন তাঁর কাঁধে খুব মৃদু একটা চাপড় দিল।

কালীপ্রসাদ চমকে ফিরে তাকালেন। কেউ নেই। একটু হতভম্ব বোধ করলেন তিনি। স্পষ্ট টের পেয়েছেন, কাঁধে কেউ চাপড় দিয়েছে! লোকটা কি হাওয়ায় মিলিয়ে গেল? কালীপ্রসাদ শরীরে একটা শীতল শিহরন অনুভব করেও লজিক হারালেন না। এমনও হতে পারে একটা চামচিকে উড়তে উড়তে তাঁর পিঠে পাখার ঝাপটা দিয়েছে। ব্যাখ্যাটা খুব মনঃপূত হল না তাঁর, তবু লজিক্যাল বলে মনে হল।

ল্যাবরেটরির মধ্যে কোনও শব্দ ছিল না। কিন্তু হঠাৎ খুব ক্ষীণ একটা কাচের শব্দ শুনে কালীপ্রসাদের দৃঢ় ধারণা হল, ল্যাবরেটরিতে চোর বা আগন্তুক কেউ ঢুকে পড়েছে। তিনি দরজা আস্তে করে খুলে ভেতরে ঢুকলেন।

ঘর নিরেট অন্ধকার। কিছুই দেখা যাচ্ছে না। কাচের পাত্র নাড়াচাড়ার একটা ক্ষীণ শব্দ শুনেছিলেন, এখন অবশ্য কোনও শব্দ নেই। কালীপ্রসাদ টর্চ জ্বেলে দেখলেন, তারপর ইনভার্টার চালু করে আলো জ্বেলে তন্ন-তন্ন করে খুঁজলেন। কেউ কোথাও নেই। চিন্তান্বিত কালীপ্রসাদ আলো নিভিয়ে যখন ল্যাবরেটরি থেকে বেরোতে যাবেন, ঠিক তখনই কে যেন আবার তাঁর পিঠে খুব আলতো করে একটা চাপড় দিল। কালীপ্রসাদ আবার চমকে উঠলেন। টর্চ জ্বেলে, বাতি জ্বেলে ফের দেখলেন। কেউ কোথাও নেই।

চামচিকেই হবে, ভেবে নিয়ে কালীপ্রসাদ দরদালানে বেরিয়ে এসে যখন দোতলায় উঠতে যাবেন তখন আর চাপড় নয়, কে যেন তাঁর কাঁধে আলতো করে হাত রাখল। কালীপ্রসাদ হাতটা ধরার জন্য একটা থাবা দিলেন। হাতটা সরে গেল।

বাদা অঞ্চলের অজ পাড়াগাঁয়ে তাঁর জন্ম, বাঘ অবধি পুষেছেন, অসমসাহসী কালীপ্রসাদ ভয় কাকে বলে তা জানতেনই না। কিন্তু এখন হঠাৎ ভয় যেন বাঘের মতোই সাপটে ধরল তাঁকে। শরীরটা কেমন ঠান্ডা আর শক্ত হয়ে যেতে লাগল। ভেতরে একটা কাঁপুনি। মাথাটা ঝিমঝিম। তাঁর দু'জন কাজের লোক তিনতলার ছাদে দু'খানা ঘরে থাকে। তাদের ডাকবার মতো ক্ষমতাই নেই কালীপ্রসাদের। এমনকী সিঁড়ি ভেঙে দোতলায় অবধি উঠতে পারছেন না। শরীরটা যেন সাতমন ভারী হয়ে গেছে। এই অবস্থাকেই কি স্তম্ভন বলে? না কি তাঁর স্ট্রোক হয়ে গেল? মাথায় কোনও গণ্ডগোল হয়ে যায়নি তো!

সিঁড়ির গোড়ায় কালীপ্রসাদ অসহায়ভাবে দাঁড়িয়ে রইলেন। এক পাও নড়তে পারলেন না। হঠাৎ টের পেলেন, তাঁর কানের কাছে অনেক মশা যেন পিনপিন শব্দ করে উড়ে বেড়াচ্ছে। এত মশা কোথা থেকে এল তা বুঝতে পারলেন না। চাষবাসে পোকা মারার ওষুধ দেওয়ার ফলে আজকাল আর এ অঞ্চলে মশা বিশেষ নেই। তার ওপর কালীপ্রসাদের বাড়িতে রোজ রিপেলেন্ট স্প্রে করা হয়।

হঠাৎ কালীপ্রসাদের মনে হল, মশা বলে যাদের ভাবছেন তারা মশা নয় হয়তো। কারণ পিনপিন শব্দটা একটু অন্যরকম। কালীপ্রসাদ স্থির দাঁড়িয়ে থেকে মনোযোগ দিয়ে শব্দটা শুনবার চেষ্টা করলেন। খানিকক্ষণ চোখ বুজে প্রায় ধ্যানস্থ থাকার পর তিনি বুঝতে পারলেন, মশার শব্দ বলে যা মনে হয়েছিল আসলে তা খুব চিকন, খুব মিহি, খুব মৃদু একটা গলার স্বর। এই অপ্রাকৃত ঘটনায় তাঁর গায়ে কাঁটা দিয়ে উঠল। তবু প্রাণপণে নিজেকে সংযত রাখলেন। ভাবলেন, যা হওয়ার হবে।

চোখ বুজে ফের ধ্যানস্থ হয়ে গলার স্বরটাকে শোনার ও বোঝার চেষ্টা করতে লাগলেন কালীপ্রসাদ। দোতারা বা ওই ধরনের তারের যন্ত্রের মতো স্বরটা প্রথমে সংকেতধ্বনি বলে মনে হচ্ছিল। তারপর একটা-দুটো শব্দ ওর মধ্যেই বুঝতে পারলেন। কে যেন বলছে, তুমি মিথ্যাচারী! তুমি মিথ্যাচারী!

কালীপ্রসাদ অস্ফুট গলায় বললেন, "আপনি কে?"

"তারাপ্রসাদ।"

কালীপ্রসাদ সভয়ে বললেন, "আমার প্রণাম। আমি কী অপরাধ করেছি?"

"বন্ধুর কাছে পূর্বপুরুষের মিথ্যে গল্প বলেছ।"

"বন্ধুকে সান্ত্বনা দেওয়ার জন্য বলেছি। ক্ষমা করুন।"

"তোমার ঠাকুরদার আত্মার অপমান হয়েছে।"

"অপরাধ হয়েছে। আর করব না।"

"তুমি অকৃতজ্ঞ। তুমি জানো যে, তোমার পূর্বপুরুষেরা সর্বদাই তোমাকে ঘিরে থাকেন! সর্বদাই তোমার মঙ্গলের জন্য চেষ্টা করেন।"

"আজ্ঞে, জানতাম না।"

"তোমার বন্ধু পাপী লোক। তার কর্মফল ফলবেই। তুমি ওর মধ্যে যাবে না।"

"যে আজ্ঞে। কিন্তু তার ছেলেটা যে ভাল।"

"বাবু মিত্র অপঘাতে মরবে। দিন ঘনিয়ে আসছে।"

কালীপ্রসাদ শিহরিত হলেন। বাবু মিত্তিরের অতীতের কিছুটা যে ভাল নয় তা তিনি জানেন। কিন্তু বন্ধুর প্রতি তাঁর একটা গভীর ভালবাসাও আছে। করুণ স্বরে বললেন, "তাঁকে বাঁচানোর কি কোনও উপায় নেই?"

"তুমি তাঁকে বাঁচাতে চাও?"

"চাই।"

"তা হলে একেবারে চুপ করে থাকো, তার উপকার করতে গেলে অপকারই হবে। মিথ্যাচার করে বংশে কালি দিয়ো না।"

"যে আজ্ঞে।"

"পূর্বপুরুষের প্রতি শ্রদ্ধা না থাকলে কিছুই করতে পারবে না। তুমিই আমাদের বংশের শেষ বংশধর। তোমার পর এই বংশ লুপ্ত হয়ে যাবে। তাতে আমরা দুঃখিত নই। শেষ বংশধর হিসেবে তোমার গুরুত্ব অনেক। সেটা ভুলে যেয়ো না।"

"যে আজ্ঞে। কিন্তু বাবু মিত্তিরের কী ব্যবস্থা হবে?"

"যথাসময়ে দেখা যাবে।"

কানের পিনপিন শব্দ হঠাৎ মিলিয়ে গেল। তারাপ্রসাদ বিদায় নিলেন। কালীপ্রসাদও ফের স্বাভাবিক হলেন। প্রথমটায় প্রচণ্ড ভয় পেলেও ধীরে ধীরে তারাপ্রসাদের সঙ্গে বাক্য বিনিময় করতে গিয়ে ভয়টা কেটে গেছে। কালীপ্রসাদ রাতটা আর ঘুমোলেন না, সাধন-ভজন করে কাটিয়ে দিলেন।

এই ঘটনার বেশ কিছুদিন বাদে বিকেলের দিকে তাঁর বার্তাবাহী পায়রাটা উড়ে এল। পায়ে কৌটোয় বাঁধা চিরকুট। তাতে লেখা, "আমার জীবন সংশয় দেখা দিয়েছে। ডেল্টা তার প্রতিশোধ নিতে শুরু করেছে। মৃত্যু ঘনিয়ে এল। আমার ছেলেটার খবর দয়া করে যদি দিস তা হলে এ সময়ে সেইটেই হবে আমার সবচেয়ে বড় পাওনা। ডেল্টা ইতিমধ্যে আমার কুকুরটাকে মেরেছে। তুই দেরি করিস না।"

কালীপ্রসাদ চিরকুটটা হাতে নিয়ে চুপ করে বসে রইলেন। কী করবেন তা ভেবে

পেলেন না। কিন্তু তারাপ্রসাদের আদেশ অগ্রাহ্য করা যে উচিত হবে না সেটাও তিনি জানেন। রকিকে কি খবরটা দেবেন? বুঝতে পারলেন না।

রাত গভীর হল। কালীপ্রসাদ তাঁর ল্যাবরেটরিতে অনেকক্ষণ কাজ করে ক্লান্ত বোধ করছেন। প্রায় তিনদিনের গবেষণার কথা লিখতে লিখতে আঙুল ব্যথা করছে। শোবেন বলে উঠতে যাচ্ছিলেন। হঠাৎ তাঁর ডান হাতটা এগিয়ে গিয়ে কলমটা তুলে নিল। তারপর সাদা কাগজের ওপর কলমটা যেন কিছু লিখতে লাগল। এই অদ্ভুত অবৈজ্ঞানিক কাণ্ড দেখে কালীপ্রসাদ প্রথমটায় হতচকিত হয়ে পড়লেও সামলে নিলেন। ডান হাতকে তার কাজ করে যেতে দিয়ে নিজে চুপ করে বসে রইলেন।

মিনিটপাঁচেক দ্রুতবেগে লেখার পর হাতটা থামল।

কালীপ্রসাদ ঝুঁকে পড়ে দেখলেন, কাগজে লেখা হয়েছে:

বাবু মিত্তিরের আশঙ্কা অমূলক নয়। বিশ্বাসঘাতকতার শাস্তি তো আছেই। ডেল্টা তাকে সহজ উপায়ে মারবে না। মারবে কষ্ট দিয়ে।

সে যা অনুমান করছে, সেভাবে নয়। সম্পূর্ণ অপ্রত্যাশিত দিক থেকে তার মৃত্যু আসবে। ধীরে ধীরে তিল-তিল করে যন্ত্রণা সয়ে মরতে হবে তাকে। তুমি তার উপকার করতে চাও জানি। তুমি আমাদের শেষ বংশধর। তোমাকে আমরা সাহায্য করতে চাই। কাল সকালে পায়রা মারফত তুমি তাকে লিখে পাঠাও, যেন সে কোনওক্রমেই কাল তার বিছানায় না শোয়। কাল তার চাদরের তলায় একটি ছুঁচের মতো জিনিস রাখা থাকবে। ওটি সাধারণ জিনিস নয়, একটি তেজস্ক্রিয় শলাকা। যদি সে বিছানায় শোয় তবে অবধারিত তার কর্কট রোগ দেখা দেবে। ওটি যেন বেশ সাবধানে চিমটে দিয়ে ধরে মাটিতে গভীর গর্ত করে পুঁতে ফেলা হয়। বিছানাটাও ফেলে দেওয়া উচিত। কিন্তু সবটাই করতে হবে গোপনে। কেউ জানতে পারলে বাবু মিত্তিরের ঘাতকরাও জেনে যাবে। খুব সাবধান। তাকে কিছুতেই তার ছেলের খবর দিয়ো না।

কালীপ্রসাদ চমৎকৃত হলেন। পূর্বপুরুষদের প্রতি কৃতজ্ঞতায় তাঁর মাথা নত হয়ে এল। তিনি এটাও বুঝতে পারলেন, রকির খবর কেন বাবুকে জানানো উচিত নয়। কারণ, বাবু মিত্তির যদি জানতে পারে তা হলে সে ছেলের সঙ্গে যোগাযোগ করার জন্য উদ্যোগ নেবেই। আর তখন তার ঘাতকরাও জেনে যাবে যে, তার ছেলে বেঁচে আছে। হৃদয়হীন ডেল্টা তখন প্রথমেই মারবে বাবুর ছেলেকে। বোধ হয় এইজন্যই তিনি বাবু মিত্তিরকে রকির খবর দিতে গিয়েও দিতে পারেননি। ভেতরে-ভেতরে একটা বাধা পেয়েছিলেন। সেও কি তাঁর পূর্বপুরুষদেরই কাজ? তাই হবে।

চিন্তা-ভাবনায় রাতটা আর ঘুমোতে পারলেন না কালীপ্রসাদ। ভোরবেলা উঠেই পায়রার পায়ে চিরকুট বেঁধে ছেড়ে দিলেন। কিন্তু তবু নিশ্চিন্ত হতে পারলেন না। নিজেও তৈরি হয়ে নিলেন। তারপর বেরিয়ে পড়লেন।

কলকাতায় এসেই তিনি প্রথমে ট্রাংককল করলেন আমেদাবাদে, রকিকে।

তাঁর গলা শুনেই রকি শঙ্কিত গলায় বলল, "কী খবর কালীকাকা? বাবা ভাল আছে তো!"

"আছে রে আছে। ভালই আছে। তবে তোকে একটা ব্যাপারে একটু সাবধান করে দিতেই টেলিফোন করছি।"

"কী ব্যাপার কালীকাকা?"

"তুই কিন্তু কিছুতেই, কোনওক্রমেই তোর বাবার সঙ্গে যোগাযোগ করিস না।"

"কেন কাকা? কী হয়েছে?"

"সব তো টেলিফোনে বলা যায় না। তবে আমার কথাটা শুনিস।"

রকি একটু চুপ করে থেকে বলে, "কিন্তু..."

"কিন্তু কিসের?"

"আমি যে একটা অন্যায় করে ফেলেছি কাকা। বাবার জন্য মনটা সবসময়ে ভীষণ খারাপ লাগে। পৃথিবীতে আমার তো আপনজন বলতে বাবা আর আপনি। বাবাকে অনেকদিন দেখিনি, তাই তিন-চারদিন আগে হঠাৎ বাবাকে একটা চিঠি দিয়েছি।"

কালীপ্রসাদ আর্তনাদ করে উঠলেন, "সর্বনাশ!"

"কী হয়েছে আমাকে একটু বলবেন কাকা? চিঠিতে আমি বাবাকে শুধু জানিয়েছি যে, আমি বেঁচে আছি, ভালই আছি।"

"চিঠিতে তোর ঠিকানা দিয়েছিস?"

"দিয়েছি। আপনার কথা শুনে মনে হচ্ছে বাবার একটা কিছু হয়েছে। আমাকে বলবেন না?"

"অত বলার সময় নেই। তবে তো বাবার চেয়ে তোরই বিপদ এখন বেশি। শোন, কোনও ওজর-আপত্তি করিস না, তুই আজকেই এবং পারলে এখনই আমার কাছে চলে আয়। খবরদার, কোথায় যাচ্ছিস, কার কাছে যাচ্ছিস তা কাউকে জানাবি না। তোর বাবাকেও না। সোজা কালীপুরে চলে আসবি।"

রকি অবাক হয়ে বলে, "সে কী! আমার যে নতুন চাকরি, অনেক দায়িত্ব, কোম্পানি ছাড়বে কেন?"

"ওরে, যা বলছি শোন। চাকরি যদি যায় তো যাবে। তোর যা কোয়ালিফিকেশন তাতে ফের ভাল চাকরি পাবি। প্রাণের চেয়ে তো আর চাকরিটা বেশি নয়।"

"প্রাণ! প্রাণের কথা উঠছে কেন কাকা?"

"আগে আয়, তারপর ডিটেল্‌স শুনবি। কিন্তু একটা মুহূর্তও দেরি করিস না। তোর সত্যিই বিপদ। ডেল্টার নাম শুনেছিস?"

"শুনেছি। ডেল্টা তো খুব ডেঞ্জারাস অর্গানাইজেশন!"

"তোর পিছনে ডেল্টা লেগে গেছে। ব্যাপারটার গুরুত্ব বোঝানোর জন্য বললাম। চলে আয়।"

॥ ৪ ॥

পায়রাটা এল সকাল আটটা নাগাদ। বাবু মিত্তির তাঁর দোতলার বসবার ঘরে বসে খবরের কাগজ পড়ছিলেন। কিংবা পড়ার চেষ্টা করছিলেন। মন দিতে পারছিলেন না। আজকাল কোনও কিছুতেই মন দিতে পারেন না। বেজায় অন্যমনস্ক থাকেন। মনটা সবসময়ে কেবল 'হায় হায়' করে। অনেক টাকা করলেন, গাড়ি হল, বাড়ি হল, লোকে মান্যগণ্যও করে, কিন্তু সবই যেন ব্যর্থ হয়ে গেল নিজের স্বভাবদোষে। মৃত্যু চকিতে এসে দরজায় দাঁড়িয়েছে। ছেলেটার কোনও খোঁজ নেই। কালীপ্রসাদের ভৌতিক গল্পটা তাঁর পুরোপুরি বিশ্বাস হয় না বটে। তবু শেষ ভরসা হিসেবে নির্ভর করে আছেন। জঙ্গলে এক ভুতুড়ে গাঁয়ে বাস করে কালীপ্রসাদ, হয়তো-বা সত্যিই সেখানে অলৌকিক কাণ্ডকারখানা হয়।

সর্বক্ষণ উৎকর্ণ থাকেন বলেই বোধ হয় পায়রার ডানার আওয়াজটা শুনতে পেলেন। তাড়াতাড়ি ছাদে উঠে এসে পায়রার পা থেকে চিরকুটটা পড়লেন। তাঁর বিছানায় রেডিয়ো-অ্যাকটিভ ছুঁচ আছে এটা কালীপুর গ্রামে বসে কালীপ্রসাদ জানতে পারল কীভাবে?

বাবু মিত্তির তাড়াতাড়ি নেমে এসে শোওয়ার ঘরে ঢুকলেন। বিছানা পরিপাটি করে পাতা। ওপরে টান-টান বেডকভার। তিনি আগে বেডকভারটা তুলে দেখলেন। সাদা ধবধবে চাদর পাতা। ইস্তিরির দাগ এখনও রয়েছে। তার অর্থ চাদরটা আজ সকালেই পাতা হয়েছে। একটু নিচু হয়ে খুব মন দিয়ে চাদরটা লক্ষ করলেন বাবু মিত্তির। ছুঁচ থাকলেও ওপর থেকে বোঝা যাবে না। তিনি খুব সাবধানে চাদরটা তুললেন। ছুঁচটা দেখতে পেলেন মিনিটদুয়েকের চেষ্টায়। তিনি শুলে তাঁর কোমর যেখানে থাকবার কথা ঠিক সেখানে খুব বুদ্ধি করে তোশকে সেলাইয়ের মধ্যে ছুঁচটা গোঁজা রয়েছে।

কলিং-বেল দিয়ে রাখালকে ডাকলেন।

“সকালে বিছানা কে তুলেছে রে রাখাল?”

“আমিই তুলেছি।” রাখাল একটু অবাক হয়ে বলে।

“সকালে তুই ছাড়া আর কেউ শোওয়ার ঘরে ঢুকেছিল?”

“জমাদার বাথরুম ধোলাই করতে ঢুকেছিল। আর পোকামারা-বাবুরা এসে স্প্রে করে গেছে।”

“পোকামারা-বাবু, মানে পেস্ট কন্ট্রোল?”

“আজ্ঞে হ্যাঁ, তারাই।”

“আজ কি তাদের আসার কথা?”

“তা তো জানি না। মাসে একবার করে তো আসে।”

“কখন এসেছিল?”

“আপনি তখন বাগানে পায়চারি করছিলেন।”

“সে তো খুব সকালে। অত সকালে পেস্ট কন্ট্রোলের লোকেরা আসে নাকি? তোর সন্দেহ হয়নি?”

“সন্দেহ হয়নি, তবে তারা নিজেরাই বলল, আজ অনেক বাড়িতে যেতে হবে বলে তারা সকালেই বেরিয়ে পড়েছে।”

“তুই তাদের সঙ্গে ছিলি?”

“ছিলাম।”

“কিছু অস্বাভাবিক দেখিসনি?”

“না। তবে পাম্পার ফিট করতে গিয়ে একজনের হাত একটু কেটে গিয়েছিল বলে অ্যান্টিসেপটিক এনে দিয়েছিলাম।”

“তারা ক'জন ছিল?”

“চারজন।”

“চেনা লাগল?”

“না। প্রতি মাসে এক লোক আসে না।”

“একটা চিমটে আর একটা টিনের কৌটো দিয়ে যা। আর পলাশকে পাঠিয়ে দে। সে কী করছে?”

“সকালের জলখাবার খাচ্ছে।”

“খাওয়া হলে আসতে বলিস।”

রাখাল চিমটে আর কৌটো দিয়ে গেলে বাবু মিত্তির দরজা বন্ধ করে ছুঁচটা সাবধানে ধরে কৌটোয় পুরলেন। তারপর তোশকসমেত চাদর আর বেডকভারটা মুড়ে রাখলেন। ধীরেসুস্থে ব্যবস্থা করতে হবে নিজেকেই।

পলাশ যখন এল তখন কাজ শেষ করে তিনি বসবার ঘরে এসে বসেছেন।

পলাশ বলল, "ডাকছিলেন আমাকে?"

"হ্যাঁ। তুমি কি সায়েন্সের ছাত্র?"

"বি. এসসি পাশ করেছিলাম।"

"রেডিয়ো অ্যাকটিভ কোনও জিনিসের সংস্পর্শে এলে কী হয় জানো?"

"ক্যানসার হয় বলে শুনেছি। কেন বলুন তো!"

"ঠিক জানো?"

"যদি বলেন তো ভাল করে খোঁজ নিয়ে বলতে পারি।"

"ভাল করেই খোঁজ নাও।"

"নেব।"

"আর-একটা কথা, যদি ক্যানসার হয় তবে কতদিনে সেটা বোঝা যাবে সেটাও জেনে এসো।"

"হঠাৎ এসব বলছেন কেন?"

বাবু মিত্তির পলাশের দিকে তাকালেন। কালীপ্রসাদ তাঁকে যতদূর সম্ভব গোপনীয়তা রক্ষা করতে বলেছেন। সুতরাং ঘটনাটা একে বলা ঠিক হবে না। তিনি বললেন, "কাল তোমাকে বলব। আর-একটা কথা, আমাকে এখন সবসময়ে পাহারা দেওয়ার দরকার নেই।"

"কেন বলুন তো?"

"মনে হচ্ছে দরকার হবে না।"

"রাখাল বলছিল আপনার বিছানায় কিছু একটা হয়েছে। কাঁকড়াবিছে বা সাপ-টাপ গোছের কিছু? সকালে নাকি পেস্ট কন্ট্রোলের লোক এসেছিল, যাদের আপনি সন্দেহ করছেন!"

বাবু মিত্তির মুখটা নিরাসক্ত রাখবার প্রাণপণ চেষ্টা করে বললেন, "মেক্সিকোর কুখ্যাত কালো কাঁকড়াবিছে। আমি সেটাকে মেরে ফেলে দিয়েছি।"

পলাশ একটু বিবর্ণ হয়ে বলল, "ক'টা ছেড়ে গেছে তার ঠিক কী?"

"ভাল করে খুঁজে দেখেছি। ও ঘরটা আজ অ্যাভয়েড করলেই হবে। রাম পহলওয়ানের খবর নিয়েছ?"

"নিয়েছি। পেট থেকে পাম্প করে বিষ বের করা হয়েছে। কিন্তু অবস্থা এখনও ভাল নয়। বাহাত্তর ঘণ্টা না কাটলে কিছু বলা যাবে না।"

"ডাক্তারদের বোলো তার চিকিৎসার ব্যাপারে যেন কোনও ত্রুটি না হয়। টাকা যতই লাগুক।"

"সেটা ডাক্তাররা জানেন। চিকিৎসার ত্রুটি হচ্ছে না।"

"তুমি আজ একটু বেড়িয়ে-টেড়িয়ে এসো, মনটা ভাল থাকবে। আর সবসময়ে সাবধানে থেকো।"

"আপনাকে একটা কথা জিজ্ঞেস করতে চাই, কিছু মনে করবেন না।"

"না, আমাকে সবই জিজ্ঞেস করতে পারো।"

"আপনাকে মারবার জন্য ডেল্টা যেরকম বিরাট প্ল্যানিং নিয়েছে তাতে মনে হচ্ছে তাদের ব্যাপারটা অত্যন্ত গুরুত্বপূর্ণ। তাই নয় কি? বিশেষ করে ঘটনা ঘটে যাওয়ার এত বছর পর।"

"ডেল্টা বিশ্বাসঘাতকদের কখনও ক্ষমা করে না।"

"সেটা বুঝলাম। সেক্ষেত্রে আপনাকে তারা আচমকা গুলি করে বা স্ট্যাব করে মেরে ফেলত। আগে থেকে চিঠি দিয়ে, আপনাকে সতর্ক হওয়ার সুযোগ দিয়ে তারপর মারত না। ব্যাপারটার মধ্যে একটু অস্বাভাবিকতা আছে। একটু যেন বাড়াবাড়িও।"

"আমারও তাই মনে হচ্ছে।"

"বাড়াবাড়ি করতে গিয়ে তারা খুব ঝুঁকি নিচ্ছে। সাধারণত এইসব ভাড়াটে খুনি বা অপরাধীর দল এরকম করে না। আপনার বেলায় করছে কেন? আপনি কি ওদের কোনও গুরুতর গুপ্ত কথা জানেন?"

বাবু মিত্তির খানিকক্ষণ চুপ করে থেকে বললেন, "তুমি খুব বুদ্ধিমান। জীবনে উন্নতি করবে।"

"ওটা আমার কথার জবাব হল না কিন্তু।"

বাবু মিত্তির আবার কিছুক্ষণ চুপ করে শূন্য চোখে চেয়ে রইলেন। তারপর গলাখাঁকারি দিয়ে মৃদু স্বরে বললেন, "তা হলে বোসো। আমার আর লুকোবার কিছুই নেই। তুমি খুব ভাল ছেলে। তোমাকে বললে হয়তো আমার কর্মফল কিছুটা কাটবে।"

পলাশ বসল। বলল, "দাঁড়ান। কথাগুলো বলবার আগে ভাল করে ভেবে নিন, আমাকে বললে আপনার কোনও ক্ষতি হবে কি না।"

বাবু মিত্তির ম্লান হেসে বললেন, "ক্ষতির ভয় আর কিছু নেই। আমার জীবনটা তো পার করেই দিলাম। তোমার অনুমান খুব ভুল নয়। আমাকে মারার জন্য যে বিরাট জাল ফেলেছে ডেল্টা, তা অকারণ নয়। ঘটনার শুরু অলিম্পিকে। আমাকে সাহেবরা বলত কোব্রা। সেটা অকারণে বলত না। অলিম্পিকের আগেই বিভিন্ন আন্তর্জাতিক প্রতিযোগিতায় আমার রেকর্ড এত ভাল ছিল যা ভারতীয় বক্সারদের কেউ কখনও পারেনি। অলিম্পিকে সোনার মেডেল আমার বাঁধাই ছিল। আমার প্রতিদ্বন্দ্বীরা কেউই

আমার সমকক্ষ ছিল না। প্রথম দু' রাউন্ড আমি জিতেছিলাম ফার্স্ট রাউন্ড নক আউটে। পরেরগুলোও তাই জিততাম। সেই সময়ে অলিম্পিক ভিলেজে একদিন একজন লোক আমাকে এসে ধরল। সে বলল, অলিম্পিকের পর সে আমাকে আমেরিকায় নিয়ে গিয়ে প্রফেশনাল বক্সিং-এ নামাতে চায়। প্রফেশনাল বক্সিং-এ আমেরিকা দুনিয়ার সেরা দেশ। লাখো-লাখো ডলারও আয় করা যায়। আমি এ প্রস্তাবে দারুণ নেচে উঠলাম। লোকটা আমাকে আগাম এক হাজার ডলারও দিয়েছিল। থার্ড রাউন্ডে আমার প্রতিদ্বন্দ্বী ছিল রাউল নামে দক্ষিণ আমেরিকার একটি ছেলে। ইজি অপোনেন্ট। কিন্তু সেই লোকটা বলল, লড়াইটা যদি ছেড়ে দিই তবে সে আমাকে আরও পাঁচ হাজার ডলার দেবে। শুনে আমি অবাক হলাম। কিন্তু রাজি হইনি।"

বাধা দিয়ে পলাশ বলল, "রাউল নামে একটি ছেলেই না মেক্সিকোর সেই ঘটনায় আপনার সঙ্গী ছিল?"

বাবু মিত্তির মৃদু হাসি হেসে বললেন, "তোমার স্মৃতিশক্তি চমৎকার। হ্যাঁ, এই সেই রাউল। তার সঙ্গে লড়াইয়ের দিনই আমি পেটের ব্যথায় কাতর হয়ে পড়ি। হাসপাতালেও যেতে হয়েছিল। কোনও বিষ কোনওভাবে আমার শরীরে কেউ ঢুকিয়ে দেয়। এতদিন ধরে ভেবে-ভেবেও আমি ষড়যন্ত্রটা ধরতে পারিনি। ঘটনাগুলোকে জুড়তেও পারিনি।"

"এখন কি পারছেন?"

"বোধ হয় পারছি। রাউল আমার বিরুদ্ধে ওয়াক ওভার পেয়ে সেমিফাইনালে যায়। কিন্তু সুবিধে করতে পারেনি। শেষ অবধি সে ব্রোঞ্জ মেডেল জিতেছিল। তবে ভিলেজেই সে এসে আমার সঙ্গে বন্ধুত্ব করে।"

"আর আমেরিকার সেই লোকটি?"

"সেই কথাতেই আসছি। বক্সিং কম্পিটিশন শেষ হওয়ার পরই আমার সঙ্গে তার দেখা করার কথা। তার নাম ছিল জন লিডো। অন্তত ওই নামটাই সে বলেছিল। কিন্তু লিডো আর আমার সঙ্গে দেখা করল না। একেবারে হাওয়া হয়ে গেল। অলিম্পিকের পর দেশে ফিরে আসি। কিছুদিন বাদেই রাউল একটা চিঠি লিখে আমাকে আর্জেন্টিনায় যেতে নেমন্তন্ন করে। আমি দেশে তখন খুব ভাল অবস্থায় নেই। বরাবরই আমার একটু বড়লোক হওয়ার নেশা। তা ছাড়া বিশ্ববিখ্যাত হওয়ার স্বপ্ন তো ছিলই। হাজার ডলার সম্বল করে আমি আবার ভেসে পড়লাম। আর্জেন্টিনায় রাউলের সঙ্গে দেখা হল। সে-ই আমাকে পলের সঙ্গে পরিচয় করিয়ে দেয়। তারপর থেকেই আমার জীবন অপরাধ জগতের সঙ্গে জড়িয়ে যায়। মেক্সিকোয় যে মিশনে

রাউলের সঙ্গে আমাকে পাঠানো হয়েছিল সেটা ছিল বিপজ্জনক। কথা ছিল খুনের কাজটা আমিই করব। রাউল থাকবে আড়ালে। সে আমাকে পালাতে সাহায্য করবে। ফায়দাও ছিল আমারই বেশি। ওই একটা কাজের জন্যই আমাকে পাঁচ লাখ ডলার দেওয়ার কথা। হাতে-হাতে। মেক্সিকোর একটি হোটেলে টাকা নিয়ে অপেক্ষা করছিল ডলফিন নামে আর-একটি লোক। কাজ হাসিল করে গেলেই টাকা মিটিয়ে দেবে। কিন্তু ব্যাপারটা প্ল্যানমাফিক হল না। ওই পার্টিতে সাদা পোশাকে অনেক সিকিউরিটি গার্ড ছিল, যে-তথ্যটা আমাদের জানা ছিল না। আমাকে একটা ছোট্ট হাতবোমা দেওয়া হয়েছিল। একটা নৈনিতাল আলুর চেয়ে বেশি বড় নয়। কিন্তু খুব শক্তিশালী। কথা ছিল সবাই যখন সেই শিল্পপতির স্বাস্থ্যপান করবে সেই সময়ে বোমাটা টপকে দেওয়া। কেউ ধরতে পারত না আমাকে। বোমা ফাটলে সবাই বিভ্রান্ত হয়ে যেত।"

"আপনার কাছে কি অন্য কোনও অস্ত্র ছিল না?"

বাবু মিত্তির কিছুক্ষণ চুপ করে থেকে জামার তলায় হাত ভরে তাঁর পিস্তলটা বের করে আনলেন। বললেন, "এটা ছিল।"

পলাশ একটা শ্বাস ফেলে বলে, "এবার বলুন।"

বাবু মিত্তির পিস্তলটা আবার শোলডারে হোলস্টারে ভরে রেখে বললেন, "তুমি সত্যিই বুদ্ধিমান। গজপতি আমাকে ভুল লোক দেয়নি। যাই হোক, পার্টি যখন চলছিল তখন হঠাৎ রাউল দু'জন সিকিউরিটির হাতে ধরা পড়ে। কীভাবে পড়েছিল তা আমি জানি না। সেই বিশাল পার্টিতে সে আমার কাছ থেকে বিচ্ছিন্ন হয়ে যায়। তবে একটা ঝটাপটি আর চেঁচামেচি শুনে আমি এগিয়ে গিয়ে দেখি, রাউলের সঙ্গে দুটো লোকের মারপিট হচ্ছে। রাউল অলিম্পিকের পদক পাওয়া বক্সার। তার সঙ্গে পেরে ওঠা চাট্টিখানি কথা নয়। সে ঘুসি চালিয়ে দু'জনকে হারিয়ে পালানোর চেষ্টা করতে যায়। সে সময়ে সে পিস্তলও বের করে। আর তখনই গুলি চলে। আমি আর অপেক্ষা করিনি। কারণ যাকে মারব বলে যাওয়া সেই লোকটিকে চোখের পলকে সিকিউরিটি গার্ডরা ঘিরে ফেলে পার্টি থেকে সরিয়ে নিয়ে যায়। আমি গতিক সুবিধের নয় দেখে পালাই। কিন্তু তখন লোভ ছিল প্রচণ্ড। ভাবলাম এক ঢিলে দুই পাখি মারব। এই খুনখারাপির বিপজ্জনক কাজ আর করব না, আর নিজের আখেরটাও গুছিয়ে নেব। পার্টি থেকে বেরিয়ে এসে আমি আমাদের স্পোর্টস কারটি নিয়ে সোজা সেই হোটেলে গিয়ে হাজির হই। ডলফিন গম্ভীর মুখে অপেক্ষা করছিল তার ঘরে। সঙ্গে মস্ত বড় অ্যাটাচি কেস। আমি গিয়ে সোজা তাকে বললাম, কাজ হাসিল। টাকা দাও। সে গম্ভীর মুখে বলল, রাউল কোথায়? আমি বললাম, সে পরে আসছে। একটু ঝামেলায় পড়েছে।"

বাবু মিত্তির চোখ বুজে যেন স্মৃতিটাকে আর-একটু ঝালিয়ে নিলেন। তারপর বললেন, "কিন্তু ডলফিন বোকা নয়, সে যেন পচা ইঁদুরের গন্ধ পেয়ে নাক কুঁচকে বলল, 'রাউল আর তুমি একসঙ্গে না এলে টাকা দেওয়ার হুকুম নেই। অপেক্ষা করো, রাউলকে আসতে দাও।' আমি রেগে গিয়ে বললাম, রাউল তার সময়মতো আসবে, আমি অপেক্ষা করব কেন? সে ঠান্ডা গলায় বলল, 'তুমি এখনও জানো না রাউল কে। জানলে ওকথা বলতে না। যে-টাকাটা তুমি আজ পাবে অন্য লোকে এ কাজের জন্য এর দশ ভাগের এক ভাগও পায় না। তুমি পাচ্ছ রাউলের দয়ায়।'"

"আপনি তখন এ কথাটার অর্থ বুঝতে পারেননি?"

"না। তুমি কি পারছ?"

"মনে হয় পারছি।"

"আমি তো আগেই বলেছি তুমি বুদ্ধিমান ছেলে। আমি বুঝতে পারিনি, কারণ আমি তখন ভীষণ উত্তেজিত আর অস্থির। হাতে সময় নেই। যত তাড়াতাড়ি পালানো যায় ততই মঙ্গল। ডলফিন আমার মুখ দেখে কিছু আন্দাজ করেছিল। সে এক হাতে হোলস্টার থেকে রিভলভার বের করতে করতে অন্য হাতে অ্যাটাচিটা চেপে ধরল। কিন্তু ডলফিন মাঝবয়সি মানুষ। গুন্ডা হলেও আমার মতো চটপটে নয়, গায়ে তত জোরও নেই। আমি তাকে একটা ঘুসি মেরে শুইয়ে দিলাম আর হাত মুচড়ে রিভলভার আর অ্যাটাচি দুটোই কেড়ে নিলাম। ডলফিন মেঝেতে পড়ে গিয়েও আমার দিকে চেয়ে চিৎকার করে বলে উঠল, 'রাউল কোথায়? রাউলের যদি কিছু হয় তো তোমার রক্ষে নেই। অলিম্পিকে প্রাণে বেঁচে গেছ, এবার বাঁচবে না। পল তোমাকে শেষ করবেই।'"

"আপনি তখনও বুঝতে পারেননি?"

"না। বোধ হয় তখন থেকেই আমার মাথায় কার্যকারণ অনুধাবন করার ক্ষমতা কমতে শুরু করে। তা ছাড়া টাকার লোভ, মৃত্যুভয়, পালানোর তাড়া, সব মিলিয়ে মাথার ঠিক ছিল না। আমি রিভলভারের বাঁট দিয়ে মেরে ডলফিনকে অজ্ঞান করে পালিয়ে যাই। অনেক কষ্ট করে, নানা ঘটনা ঘটিয়ে প্রথমে আফ্রিকা, তারপর দেশে ফিরে আসি।"

"ঘটনাটা যদি আগে জানতাম তা হলে ডেল্টা আপনাকে কেন এভাবে মারতে চায় তা আগেই বুঝতে পারতাম।"

বাবু মিত্তির মৃদু হেসে বললেন, "বুঝতে পেরেছ তা হলে?"

"অনেকটা।"

"কী বুঝেছ বলো তো!"

পলাশ গম্ভীর মুখে বলল, "রাউল আসলে পলের ছেলে, কিন্তু সেটা ওরা আপনাকে বুঝতে দেয়নি কখনও।"

"শাবাশ!" বলে বাবু মিত্তির হেসে উঠলেন।

"অলিম্পিকে আপনার হাত থেকে রাউলকে বাঁচানোর জন্য পলই তার লোককে লাগিয়েছিল। সেই লোকই আপনাকে আমেরিকায় নিয়ে যাওয়ার লোভ দেখায়।"

"বুলস আই! চমৎকার।"

"সেই লোকটা যখন লড়াই ছেড়ে দেওয়ার জন্য আপনাকে পাঁচ হাজার ডলার দিতে চেয়েছিল তখন কি আপনার মনে হয়নি ও রাউলের লোক?"

বাবু মিত্তির মাথা নেড়ে বললেন, "না, মনে হয়নি। তার একটা সংগত কারণ আছে। বিশ্ব পর্যায়ের যে-কোনও প্রতিদ্বন্দ্বিতা নিয়েই একটা বাজি ধরাধরি হয়। অনেক টাকার খেলা। কোনও একজন বক্সারের ওপর কেউ হয়তো এক লাখ ডলার বাজি ধরল। তখন বাজি জেতবার জন্য সে প্রতিদ্বন্দ্বী বক্সারকে পাঁচ-দশ হাজার ডলার দিয়ে হেরে যেতে রাজি করিয়ে নেয়। এ জিনিস আকছার হচ্ছে। কাজেই রাউলকে সন্দেহ করার কিছু ছিল না।"

"সেই লোকটাই কি আপনাকে বিষ দিয়েছিল?"

বাবু মিত্তির মাথা নেড়ে বললেন, "না। পলের অনেক লোক ছিল। অলিম্পিক ভিলেজে আমি রোজ সকালে সেন্ট্রাল ডাইনিং হল-এ গিয়ে ব্রেকফাস্ট করতাম। আমার মনে হয় সেই সময়ে আমার দুধে কেউ কিছু মিশিয়ে দেয়। ও কাজটা খুব শক্ত ছিল না।"

"এবার ব্যাখ্যাটা আপনিই করুন।"

"ব্যাখ্যা খুব সোজা। আমি বোকা বলেই এতদিন বুঝতে পারিনি। সবচেয়ে করুণ ব্যাপারটা কী জানো? সেটা হল রাউল। সে হয়তো বড় বক্সার ছিল না, কিন্তু হৃদয়বান ছিল। আমাকে সোনার মেডেল থেকে তার বাবা বঞ্চিত করেছে এটা সে কখনওই ভোলেনি। তাই নানাভাবে ক্ষতিপূরণ করতে চেয়েছে। আর্জেন্টিনায় নেমন্তন্ন করা, বাপের দলে ভেড়ানো, বেশি-বেশি বখরা পাইয়ে দেওয়ার চেষ্টা, এ সবই তার ভালবাসার নিদর্শন।"

"কিন্তু..."

"হ্যাঁ, ওই কিন্তুটার কথাই আসল কথা। রাউল আমাকে ভালবেসেছিল ঠিকই, কিন্তু একটা পাপচক্রে ভিড়িয়ে আমার জীবনটাও সে নষ্ট করতে বসেছিল। অবশ্য তাকে দোষ দিই না। সে ছেলেবেলা থেকেই হয়তো ওসবে অভ্যস্ত। কাজেই খুন, ড্রাগের ব্যাবসা বা চোরাচালানকে খারাপ বলে ভাবতেই শেখেনি।"

"এবার আসল কথাটায় আসুন কাকাবাবু। পল আপনাকে মারার জন্য এই বিরাট প্ল্যানিং কেন করছে?"

বাবু মিত্তির একটা দীর্ঘশ্বাস ফেলে বললেন, "অনেকের সন্দেহ রাউলকে আসলে খুন করেছিলাম আমি।"

"আপনি! আপনি কেন খুন করবেন?"

"মেক্সিকো থেকে পালিয়ে আসার আগে আমাকে কিছুদিন গা-ঢাকা দিয়ে থাকতে হয়েছিল। আমার এক বিশ্বস্ত কালো বন্ধু ছিল, তার বাড়িতে। সে আমাকে বলেছিল, শহরে জোর গুজব যে, রাউলকে খুন করেছে বাবু। কারণ রাউলের জন্যই সে অলিম্পিকে সোনার মেডেল পায়নি। তা ছাড়া রাউল যে-গুলিতে মারা যায় তাও ছিল নাইন মিলিমিটারের এই পিস্তলের।"

"রাউলকে আপনি সত্যিই মারেননি তো কাকাবাবু?"

"না পলাশ। রাউল আমার বন্ধু ছিল। ষড়যন্ত্রটার কথা তখনও আমার জানা ছিল না। অনেক পাপ করেছি বটে, তবে এ পাপটা করিনি।"

"পলের বয়স এখন কত হবে কাকাবাবু?"

"হয়তো সত্তর বা সামান্য বেশি। পুত্রশোক সে আজও ভোলেনি। তার প্রতিশোধস্পৃহা ভয়ংকর।"

"বুঝতে পারছি। অ্যাটাচি কেস-এ আপনি কত ডলার পেয়েছিলেন?"

"শুনে কী করবে? তবে বলতে বাধাও নেই। আমার পাঁচ লক্ষ ডলার ছাড়াও ওতে ছিল আরও পাঁচ লক্ষ। বাড়তি পাঁচ লক্ষ হয়তো অন্য কোনও পে-অফ-এর জন্য ছিল। মোট এক মিলিয়ন ডলার। মিলিয়নের বাংলা কী বলো তো!"

"নিযুত।"

"হ্যাঁ, এক নিযুত ডলার। ও টাকা পলের কাছে কিছুই নয়। কিন্তু আমার কাছে অনেক টাকা।"

পলাশ একটু হেসে বলল, "আপনি আজ অনেক কথা আমাকে অকপটে বললেন, তবু কিছু গোপনও করছেন। রেডিয়ো অ্যাকটিভিটি, ক্যানসার ইত্যাদি নিয়ে আপনার প্রশ্ন আসছে কেন?"

বাবু মিত্তির নির্বিকার মুখে বললেন, "হতে পারে তারা আমাকে বায়োলজিক্যাল অ্যাটাক করতে চাইছে। সব দিক দিয়ে চিন্তা করছি।"

"কাকাবাবু, কাঁকড়াবিছের গল্পটা কি সত্যিই?"

বাবু মিত্তির হাসলেন, "সত্যি না হলেও সত্যি বলেই ধরে নাও। আর কিছু জিজ্ঞেস কোরো না।"

"ঠিক আছে।" বলে পলাশ চলে গেল।

বাবু মিত্তির একটু স্বস্তি বোধ করছেন। ডেল্টা তাঁকে ক্যানসার উপহার পাঠিয়েছে। সুতরাং তারা এখন অপেক্ষা করবে। লক্ষ রাখবে। তাদের প্ল্যান যে ভেস্তে গেছে সেটা না জানা অবধি তারা হয়তো আর কিছু করবে না। সুতরাং টান-টান দুশ্চিন্তা নিয়ে থাকার দরকার নেই।

সারাদিন বাবু মিত্তির আজ একটা হালকা মেজাজে রইলেন। তাঁর বক্সিংয়ের ছাত্ররা এলে আজ তিনি নিজে তাঁদের সঙ্গে অনেকক্ষণ স্পারিং করলেন। শরীরটা অনেক ঝরঝরে লাগল। দুপুরে আজ তৃপ্তি করে খেলেনও।

খেয়ে উঠে কালীপ্রসাদকে একটা চিঠি লিখলেন, "কালী, তুই কি পিশাচসিদ্ধ, না কি সত্যিই তন্ত্রমন্ত্র জানিস, না কি সত্যিই তোর পোষা ভূত আছে? অত দূর থেকে কী করে ছুঁচের কথা টের পেলি? ছুঁচ সত্যিই ছিল। আজ সকালেই ডেল্টা মৃত্যুবাণটি আমাকে উপহার পাঠিয়েছে। তোর জন্যই বেঁচে গেলাম। কিন্তু দৈবের ওপর নির্ভর করে কতবার বাঁচা যাবে? আমি পাপী লোক, ঈশ্বর আমার জন্য বেশি মাথা ঘামাবেন বলে আমার মনে হয় না। সবচেয়ে বড় প্রয়োজন এখন রকিকে, তোর কাছে একটু আশার আলো দেখেছিলাম। তার কোনও খবরই তো আর দিলি না! তোর আশায় বসে আছি।"

ছাদে উঠে পায়রাটির পায়ে চিরকুট বেঁধে উড়িয়ে দিলেন।

বিকেলে বাগানে কাজ করার অছিলায় একটা কামিনীঝোপের পিছনে ঘের-পাঁচিলের কাছ ঘেঁষে খুরপি দিয়ে মাটিতে একটা গর্ত খুঁড়লেন। তারপর চারদিক ভাল করে দেখে নিয়ে কৌটোসমেত ছুঁচটিকে কবরস্থ করলেন তার মধ্যে।

শোওয়ার ঘরের তোশকটাকে বর্জন করা উচিত। কিন্তু সেটা করতে গেলে পাঁচজনের চোখে পড়ার সম্ভাবনা। ডেল্টার চোখ কতখানি খর নজর রাখছে তাঁর ওপর, তা তো তিনি জানেন। সুতরাং ঘরে এসে বিছানাটি নিজেই পরিপাটি করে পাতলেন। স্থির করলেন, রাতে মেঝেতে আলাদা একটা বিছানা পেতে শোবেন।

দিন দুই বেশ ঘটনাবিহীন কাটল। দু'দিন বাদে সকালে হঠাৎ পলাশ একটু উত্তেজিতভাবে তাঁর ঘরে এসে ঢুকল। হাতে একটা চিঠি। বলল, "কাকাবাবু, আপনার ছেলের নাম তো রকি!"

"হ্যাঁ, হ্যাঁ। কেন বলো তো!"

"এ চিঠিটা দেখুন তো, তারই কিনা।"

খামটা হাতে নিয়ে উত্তেজনায় কাঁপতে লাগলেন বাবু মিত্তির। খামের ওপরেই বাঁদিকে নিজের নাম ও ঠিকানা লিখে দিয়েছে রকি। রকি বেঁচে আছে এইটেই অবিশ্বাস্য মনে হচ্ছিল তাঁর কাছে।

খামটা খুলতে যাচ্ছিলেন, পলাশ বাধা দিয়ে বলল, "একটু দাঁড়ান কাকাবাবু, খামটা একটু লক্ষ করুন।"

"খামটা! কেন, কী লক্ষ করব?"

"খামটা খোলা হয়েছে, তারপর বন্ধ করা হয়েছে। ফ্ল্যাপটা একটু ছেঁড়া।"

বাবু মিত্তির এই সময়ে পলাশের ডিটেকটিভগিরি মোটেই পছন্দ করলেন না। বললেন, "দাঁড়াও বাবু, আগে চিঠিটা দেখি। এ চিঠির মতো বড় সম্পদ এখন আর আমার কিছু নেই।"

এই বলে বাবু মিত্তির খামের মুখটা খুলে চিঠিটা বের করলেন। বেশ ছোট চিঠি। রকি লিখেছে:

শ্রীচরণেষু বাবা,

তোমার কাছে আমার অনেক অপরাধ জমা হয়েছে। তোমাকে অনেক কষ্ট দিয়েছি। হয়তো আমার জন্য তোমার কষ্টও হয়েছে খুব। আজ তোমাকে জানাতে আপত্তি নেই, আমি বাড়ি থেকে পালিয়ে কালীপুরে কালীকাকার কাছে চলে গিয়েছিলাম। কালীকাকা এক অসাধারণ মানুষ। তিনি আমাকে দিল্লিতে পাঠিয়ে পড়াশোনা করান। আমি আমেরিকা থেকে ইলেকট্রনিকস এঞ্জিনিয়ারিং-এ ডক্টরেট করে এসেছি। খুব শিগগিরই আমি তোমার কাছে যাব। তোমার জন্য আমার বড্ড মন কেমন করে। আমার সব অপরাধ ক্ষমা করে দিয়ো। দেখা হলে সব তোমাকে বলব। আমি বেঁচে আছি, ভাল আছি। চিন্তা কোরো না। প্রণাম নাও।

—তোমার অবাধ্য ছেলে রকি।

নিজের অজান্তেই বাবু মিত্তিরের চোখ থেকে অজস্রধারে আনন্দাশ্রু বয়ে যাচ্ছিল। তিনি ফুঁপিয়ে ফুঁপিয়ে কাঁদতে লাগলেন। নিষ্ঠুর মুষ্টিযোদ্ধার বুকের ভেতরে যে এত চোখের জল ছিল তা কে জানত!

সামলে উঠতে তাঁর মিনিটদশেকের মতো সময় লাগল। ততক্ষণে পলাশ একটাও কথা বলল না। বাবু মিত্তির শান্ত হওয়ার পর সে নরম গলায় বলল, "কাকাবাবু, ঘটনাটা যেমন আনন্দের, তেমনই উদ্বেগেরও।"

বাবু মিত্তির অবাক হয়ে বললেন, "ওকথা কেন বলছ? কতদিন পর আমি আমার হারানো ছেলের খবর পেলাম!"

"সেটা না পেলেই বোধ হয় ভাল ছিল।"

"তার মানে?"

"আপনি যেমন রকির খবর পেলেন, তেমনই খবরটা পেয়ে গেল ডেল্টাও।"

বাবু মিত্তিরের হঠাৎ যেন চৈতন্য হল, "কী করে বুঝলে?"

"বোঝা খুব সহজ। খামের মুখটা খুলে আবার আঁটা হয়েছে, ভাল করে দেখলেই বুঝতে পারবেন।"

বাবু মিত্তির খামটা তুলে নিয়ে দেখলেন, সত্যিই ফ্ল্যাপটা একটু ছেঁড়া, আঠার একটু দাগ রয়েছে।

"আরও একটা কথা।"

"কী কথা পলাশ?"

"চিঠিটা এসেছে আজ সকালে। কিন্তু এ সময়ে কখনও ডাকপিয়ন আসে না। আসে দুপুরে এবং কখনও-সখনও বিকেলেও। খামের ওপর মোহরের ছাপ দেখুন। অস্পষ্ট হলেও বোঝা যায়, চিঠিটার আসল ডেলিভারির তারিখ ছিল গতকাল। তার মানে চিঠিটা একদিন কারও কাছে ছিল। আজ সকালে আপনার চিঠির বাক্সে ফেলে গেছে।"

বাবু মিত্তির সবই বুঝলেন। ফ্যাকাসে মুখে কিছুক্ষণ চেয়ে থেকে তিনি তাড়াতাড়ি টেলিফোন তুলে আমেদাবাদে রকির নম্বর ডায়াল করলেন। একটা মোটা গলা ইংরেজিতে বলল, "ওয়েস্টার্ন ইলেকট্রনিকস।"

বাবু মিত্তির রকির নাম বললেন। অপারেটর একটা কানেকশন দিল। দ্বিতীয় আর-একজন লোক ধরতেই বাবু মিত্তির নিজের পরিচয় দিয়ে রকির সঙ্গে কথা বলতে চাইলেন। লোকটা বলল, "সে তো দু'দিন হল নিপাত্তা। কোনও খবর নেই। তার বাড়িতেও একটা হামলা হয়ে গেছে কাল রাতে।"

বাবু মিত্তির ফোন রেখে অবসন্নভাবে চোখ বুজলেন। এবার আনন্দাশ্রুর বদলে তাঁর দু' চোখ থেকে শোকের জলধারা নেমে এল। ফিসফিস করে বললেন, "ঠিকই বলেছ পলাশ। চিঠিটা রকি না লিখলেই বোধ হয় ভাল করত।"

॥ ৫ ॥

কালীপ্রসাদ যে আজেবাজে কথা বলার মানুষ নন তা রকি ভালই জানে। তবে বয়সে মাথার গণ্ডগোল দেখা দিলে অন্য কথা। সাতপাঁচ ভেবে রকি কালীকাকার কথা অমান্য করল না। টেলিফোন পাওয়ার ঘণ্টাখানেকের মধ্যে প্লেনে সিট বুক করল এবং পরদিন বিকেলেই দিল্লি পৌঁছে তার পরদিন সকালের ফ্লাইট ধরে কলকাতায় চলে

এল। কালীপুর পৌঁছতে অবশ্য বেলা গড়িয়ে গেল। নৌকো থেকে নেমে যখন ঘাটে উঠছে তখন ঘাটেই কালীপ্রসাদের সঙ্গে দেখা। নিতাই মাঝির ঝোপড়ায় উদ্বিগ্ন মুখে বসে ছিলেন। রকিকে দেখে লাফিয়ে উঠলেন, "এসেছিস!" বলে কালীকাকা একেবারে বুকে জড়িয়ে ধরলেন আনন্দে।

রকি মৃদু হেসে বলল, "আপনি কি সারাদিন এখানে বসে আছেন নাকি আমার জন্য?"

"বেলা ন'টা থেকে বসে আছি। গতকালও ছিলাম। রাতে ঘুমোতে পারিনি।"

"কিন্তু ব্যাপারটা কী কালীকাকা?"

"আগে বাড়ি চল, তারপর বলব।"

রকি স্নান করে ভাত খাওয়ার পর কালীপ্রসাদ তার কাছে প্রায় সবই খুলে বললেন। বাবু মিত্তির যে একসময়ে ডেল্টার হয়ে কাজ করেছেন এবং কিছু কিছু অত্যন্ত অন্যায় কাজও করেছেন, তাও রেখেঢেকে বললেন।

রকির মুখ শুকিয়ে গেল। সে বলল, "বাবার মুখে তো কখনও এসব শুনিনি। আমেরিকায় যখন ছিলাম তখন ডেল্টার কথা অনেক শুনেছি, খবরের কাগজেও পড়েছি। ওদের ভয়ে সবাই তটস্থ। ওরা যদি বাবার ক্ষতি করতে চায় তা হলে তো ভয়ের কথা।"

"শুধু তোর বাবা তো নয়, এখন তাদের নজর তোর ওপরেও পড়েছে বলে আমার বিশ্বাস। এতদিন ডেল্টা তোর খবর জানত না। কিন্তু বাবু মিত্তিরের কাছে তুই চিঠি লেখার পর তারা সব জেনে গেছে। এখন বাবুকে শাস্তি দেওয়ার জন্য ডেল্টা আগে তোকে মারবার চেষ্টা করবে।"

রকি কিছুক্ষণ স্তব্ধ হয়ে থেকে বলল, "দাঁড়ান, সত্যিই ডেল্টা আমার ওপর অ্যাটেম্প্ট করেছে কি না তা এখনই খবর নিচ্ছি।"

রকি তার স্যুটকেস খুলে একটি অত্যাধুনিক খুদে যন্ত্র বের করল। তারপর কিছুক্ষণের চেষ্টায় আমেদাবাদে নিজের অফিসের সঙ্গে যোগাযোগ করল। কিছুক্ষণ কথাবার্তা বলার পর সে গম্ভীর মুখে যন্ত্রটা ফের গুছিয়ে রাখতে রাখতে বলল, "আপনার কথাই ঠিক। আমি যে-ফ্ল্যাটটায় থাকি সেখানে দরজা ভেঙে কারা ঢুকেছিল। ফ্ল্যাট তছনছ করে গেছে। আমার বাড়িওয়ালা পুলিশে আর আমার অফিসে খবর দিয়েছে। ডেল্টার নেটওয়ার্ক তো দেখছি দারুণ ভাল।"

কালীপ্রসাদ গম্ভীর মুখে বললেন, "এখন একটাই দুশ্চিন্তা, ওরা তোকে খুঁজতে খুঁজতে এত দূরেও হানা দেবে কি না। দিলেই বা আমরা কী করতে পারি।"

রকি মৃদুস্বরে বলে, "কাকা, আমি বক্সার হতে পারিনি ঠিকই, কিন্তু আমি তো

আমার বাবারই ছেলে। অত সহজে ভয় পাই না। আপনি অত দুশ্চিন্তা করবেন না। আমাদের মাথা ঠান্ডা রাখতে হবে। আচ্ছা, বাবা কি ব্যাপারটা পুলিশকে জানিয়েছেন?"

"তা জানি না। তবে পুলিশকে জানালে তেমন কোনও লাভ হবে বলে মনে হয় না।"

"তবু জানিয়ে রাখাটা ভাল।"

কালীপ্রসাদ দুঃখিত গলায় বললেন, "আমাদের দেশের পুলিশ তো কোন ছার, বাবুর কাছে শুনেছি, সে দেশের পুলিশই তাদের কিছু করতে পারে না। তার ওপর পুলিশ ডাকলে পুলিশেরই ভেক ধরে তারা বাড়িতে ঢোকার সুযোগ পাবে। অবশ্য সুযোগের অভাব তাদের নেই, রেডিয়ো অ্যাকটিভ ছুঁচ তো দিব্যি অনায়াসে বিছানায় ঢুকিয়ে দিয়ে গেল।"

রকি দমে গেল। বলল, "তা অবশ্য ঠিক। কিন্তু এখন কী করা যাবে কাকা?"

"তোকে কিছু করতে হবে না। তুই শুধু চুপচাপ একটু গা-ঢাকা দিয়ে থাকবি। তোর একটা ওয়্যারলেস যন্ত্র আছে দেখছি। আগেই বলে রাখি, ওটা দিয়ে আবার ফস করে তোর বাবার সঙ্গে যোগাযোগ করে ফেলিস না।"

"না কাকা, আমি আর বোকামি করব না।"

নির্জন কালীপুরে ধীরে ধীরে বিকেল নেমে এল। তারপর সন্ধে হল। কালীমন্দিরে আরতি শুরু হল।

কালীপ্রসাদ তাঁর রান্নার ঠাকুর যোগেন আর কাজের লোক ধানুকে ডাকলেন। ল্যাবরেটরিতে তাদের দু'জনকে বসিয়ে পরিস্থিতি সম্পর্কে খুব হুঁশিয়ার করে দিয়ে বললেন, "তোমরা দু'জন আমার বিশ্বাসী লোক। সাহসীও। যদি ভয় পাও তা হলে তোমরা কিছুদিনের জন্য দেশে চলে যেতে পারো। আর যদি থাকতে চাও তা হলে বিপদের ঝুঁকি নিয়েই থাকতে হবে। এখন যা তোমাদের ইচ্ছা।"

ধানু মূক-বধির হলেও কালীপ্রসাদের ঠোঁটের দিকে চেয়ে সব কথা বুঝতে পারে। সে মস্ত জোয়ান মানুষ। যে-কাজে গায়ের জোর লাগে সে কাজে তার খুব আনন্দ। সে বুক চিতিয়ে দাঁড়িয়ে বুকে দুটো থাবড়া মেরে জানিয়ে দিল সে থাকবে।

যোগেন একটু বয়স্ক মৈথিলী ব্রাহ্মণ। খুব শান্ত, ধীর-স্থির। বুদ্ধিও রাখে। সে বলল, "কোনও চিন্তা নেই কালীবাবা। আমিও থাকছি।"

কালীপ্রসাদ জানতেন যে, তাঁর বিশ্বস্ত দুই অনুচর কোনও বিপদেই তাঁকে ফেলে যাবে না। বললেন, "ঠিক আছে। এখন বাড়িতে কোথা দিয়ে শত্রু ঢুকতে পারে তা একটু খুঁজে দেখো। পিছনের দেওয়াল খানিকটা ভাঙা আছে। ওদিকটায় একটু

কাঁটাতার লাগালে ভাল হয়। ফটকটাতেও মরচে ধরেছে।”

যোগেন একটু ইতস্তত করছিল। যেন কিছু একটা বলতে চায়। খুব মৃদু একটা গলাখাঁকারি দিয়ে বলল, “বাড়িতে নিশুত রাতে নানারকম শব্দ হচ্ছে। আগে হত না। তিন-চারদিন ধরে শুনতে পাচ্ছি।”

কালীপ্রসাদ সচকিত হয়ে বলেন, “কীরকম শব্দ?”

“কেউ যেন চলাফেরা করে।”

“আগে বলিসনি কেন?”

“বললে তো আপনি হেসে উড়িয়ে দেবেন। এ বাড়িতে মানুষ ঢোকে না, প্রেতাত্মারাই ঘুরে বেড়ায় হয়তো।”

কালীপ্রসাদ একটু চুপ করে থেকে বললেন, “সাবধান থাকিস, এখন যা।”

রাতে আজ একটু তাড়াতাড়িই খাওয়া সেরে রকি তার ঘরে শুতে চলে গেল। পথশ্রমে ক্লান্ত সে। কালীপ্রসাদ একা নানা ভাবনা-চিন্তা নিয়ে ল্যাবরেটরিতে বসে লেখালেখি করতে লাগলেন। সময়ের জ্ঞান ছিল না। কিন্তু হঠাৎ একটা চেনা বোঁটকা গন্ধ পেয়ে ঘন ঘন বাতাস শুঁকলেন। কালীপ্রসাদ সুন্দরবনের মানুষ। সবই তাঁর নখদর্পণে। জঙ্গলে ঘুরে ঘুরে তাঁর বিপুল অভিজ্ঞতা হয়েছে। উপরন্তু তিনি নিজেই একসময়ে বাঘ পুষতেন। সেই বাঘের নামই দিয়েছিলেন ‘হালুম’। কুকুরের মতোই পোষ মেনে গিয়েছিল। আট বছর বয়সে সে হয়ে উঠেছিল পেল্লায় চেহারার। সেই সময়ে বিষাক্ত সাপের কামড়ে সে মারা যায়। আজও সেই শোক ভুলতে পারেন না কালীপ্রসাদ।

গন্ধটা যে নির্ভুল কোনও বাঘবাবাজির গায়ের গন্ধ, তাতে কোনও ভুল নেই। কিন্তু বাঘ এলে জানান পড়ে যায়। কালীপুর সুন্দরবনের প্রত্যন্ত প্রদেশে হলেও বাঘের জঙ্গল এখন দূরে সরে গেছে। এ অঞ্চলে গত পাঁচ-সাত বছরে বাঘের আনাগোনা নেই। তবে বাঘ এল কোথা থেকে?

কালীপ্রসাদ চুপিসারে উঠলেন। নিঃশব্দে প্রথমে পুবের জানালার কাছে এসে খুব আস্তে পাল্লা ফাঁক করলেন। এদিকে গন্ধটা তেমন তীব্র নয়। জানালা বন্ধ করে উত্তরদিকের জানালায় গিয়েও পরীক্ষা করলেন। এদিকে গন্ধ আরও কম। এবার ধীরে ধীরে গিয়ে দক্ষিণের জানালাটা একটু ফাঁক করতেই ভক করে গন্ধটা যেন নাকে ধাক্কা মারল। বাইরে ঘন কুয়াশা। খুব ঠান্ডা। গাছের পাতায় শিশির পড়ার শব্দ হচ্ছে টুপটাপ। অন্ধকারে আর কিছু দেখা গেল না।

কালীপ্রসাদ ঘরের আলো নিভিয়ে দিয়ে আবার দক্ষিণের জানালায় এসে দাঁড়িয়ে তীক্ষ্ণ চোখে বাইরে চেয়ে রইলেন। অজ পাড়াগাঁয়ে থাকেন বলেই কালীপ্রসাদের

চোখের দৃষ্টি তীক্ষ্ণ। চট করে অন্ধকার সয়ে যায়। অনেকক্ষণ চেয়ে থেকে তিনি বাগানের গাছপালা, ঝোপঝাড় সবই চিনতে পারছিলেন। কোথাও কোনও নড়াচড়া বা শব্দ নেই। ধৈর্য হারালেন না। বাঘ অতিশয় চতুর জন্তু। চট করে ধরা দেয় না। পনেরো মিনিট থেকে আধঘণ্টা চুপচাপ দাঁড়িয়ে থাকার পর তিনি হঠাৎ শক্ত হয়ে গেলেন। সামনেই মল্লিকার ঝাড়। পর পর অনেক গাছ। তারই ভিতর থেকে খুব ধীরে ধীরে একটা মস্ত ছায়ামূর্তির মতো বাঘটা উঠে দাঁড়াল। বেশ আলস্যজড়িত ভাবভঙ্গি। একবার যেন মুখটা ঘোরাল জানালার দিকে, যেখানে কালীপ্রসাদ দাঁড়িয়ে আছেন। দু'খানা জ্বলন্ত চোখ অন্ধকারে ধকধক করে উঠল। বুকটা কেঁপে গেল কালীপ্রসাদের। বাঘটা একবারই দৃষ্টিক্ষেপ করে দুলকি চালে ধীর গতিতে আরও দক্ষিণের দিকে চলে গেল।

কালীপ্রসাদ দুশ্চিন্তায় পড়লেন। গাঁয়ে বাঘ আসাটা খুব সুখের ব্যাপার নয়। সুন্দরবনের সব বাঘই মানুষখেকো। বাঘের খবরটা জানান দেওয়া দরকার। ছাদে উঠে ক্যানেস্তারা পেটালে গাঁয়ের লোক সতর্ক হয়ে যাবে।

কালীপ্রসাদ উঠতে যাচ্ছিলেন। টেবিলে রাখা ট্রানজিস্টার রেডিয়োতে স্ট্যাটিকের মৃদু শব্দ পেয়ে থামলেন। রেডিয়োর খবর শোনাটা তাঁর নেশার মতো। গান-টানও শোনেন। রেডিয়োটা খুলে রেখেই কাজ করছিলেন। হয়তো অন্যমনস্ক ছিলেন বলে বন্ধ করতে ভুলে গেছেন। রেডিয়োটা বন্ধ করতে নবের দিকে হাত বাড়াতেই শুনতে পেলেন, "দিস ইজ অল ইন্ডিয়া রেডিয়ো...ওহে কালীপ্রসাদ, ক্যানেস্তারা পেটানোর দরকার নেই।"

ভয়ে হিম হয়ে গেলেন কালীপ্রসাদ। রেডিয়ো থেকে এ কার গলা শুনছেন তিনি? এ কি তারাপ্রসাদ নাকি?

রেডিয়ো আর কিছু বলল না।

নব ঘোরাতে গিয়ে বুঝলেন, রেডিয়ো বন্ধই ছিল।

সভয়ে কালীপ্রসাদ তারাপ্রসাদের উদ্দেশে হাতজোড় করে কপালে ঠেকিয়ে বললেন, "তাই হবে।"

কালীপ্রসাদ দোতলায় নিজের ঘরে এসে চটপট শুয়ে পড়লেন।

শরীর শীতে আর ভয়ে কাঁপছিল। তবে ঘুমিয়ে পড়তেও দেরি হল না।

সকালবেলায় উঠে একগাছা মজবুত পাকা বাঁশের লাঠি হাতে বাগানটা তন্ন-তন্ন করে খুঁজে দেখলেন কালীপ্রসাদ। কোথাও বাঘের চিহ্নমাত্র নেই। যোগেনকে গাঁয়ে পাঠালেন বাঘ কোনও মানুষ বা গোরু-ছাগল নিয়ে গেছে কি না। যোগেন এসে বলল, "কোনও ঘটনা ঘটেনি। তবে বুড়ো তারিণীখুড়ো বাঘের গন্ধ পেয়েছেন। শাকিলের

গোয়ালে গোরুরা খুব দাপাদাপি করেছে রাতে। তার বেশি কিছু নয়।”

তারপর পায়রা-দূত মারফত একটা খবর পাঠালেন বাবু মিত্তিরকে, “চিন্তা করিস না। বিপদে পড়লে কালীপুরে চলে আসিস। মরলে সবাই একসঙ্গে মরব। কালীপুর অপেক্ষাকৃত নিরাপদ জায়গা। অচেনা লোক এলে জানাজানি হয়ে যায়। কলকাতায় তো সেই সুবিধেই নেই।”

কালীপ্রসাদের খুব ইচ্ছে, পুত্র-বিরহে কাতর বাবু মিত্তিরের সঙ্গে রকির দেখাসাক্ষাৎটা এখানেই হোক, তাঁর চোখের সামনে।

এর পর রকিকে খুঁজতে গিয়ে কালীপ্রসাদ দেখেন, সে ঘরে নেই। বিছানা পরিপাটি করে তোলা। বাথরুমে নেই। কোথাও নেই। কালীপ্রসাদ উদ্বিগ্ন হয়ে উঠলেন। রকি গেল কোথায়?

যোগেনকে ডেকে জিজ্ঞেস করতে যোগেন বলল, “দাদাবাবু তো হাফপ্যান্ট আর গেঞ্জি পরে খুব ভোরবেলা দৌড়তে বেরোলেন।”

কালীপ্রসাদের দুশ্চিন্তা তবু রয়ে গেল। রকির বয়স কম, অভিজ্ঞতা কম। হুট করে বেরিয়ে পড়েছে, বিপদের কথাটা মাথায় না রেখেই। কালীপ্রসাদ উদ্বেগে বেরিয়ে পড়লেন। হাটখোলা, কালীমন্দির, মালোপাড়া ঘুরে কোথাও পেলেন না রকিকে। দু’-চারজনকে জিজ্ঞেস করলেন। কেউ দেখেনি তাকে। হতাশ কালীপ্রসাদ ঘাটের কাছে চারদিক দেখলেন। কোথাও নেই। খোঁজ নিয়ে জানলেন, নৌকো করেও ওরকম কেউ আজ কোথাও যায়নি।

ফিরে আসছেন, হঠাৎ অদৃশ্য জায়গা থেকে কেউ ডাকল, “কালীকাকা!”

কালীপ্রসাদ চারদিকে চেয়ে দেখলেন। প্রথমটায় কাউকে দেখতে পেলেন না। খালের ধারে একটু উত্তর দিকে পাণ্ডুরাজার বিশাল ঢিবি। জঙ্গলে একেবারে দুর্গম হয়ে আছে। পাণ্ডুরাজার ঢিবি নামটা গ্রামবাসীদেরই দেওয়া। এখানে কখনও ও-নামে কেউ রাজত্ব করেছিল বলে জানা নেই তাঁর। তবে ঢিবির মধ্যে কোনও ধ্বংসাবশেষ থাকলেও থাকতে পারে। ডাকটা, মনে হল, ওদিক থেকেই এল। কালীপ্রসাদ একটু এগিয়ে গিয়ে অনুচ্চ গলায় ডাকলেন, “রকি নাকি রে?”

ঢিবির ওপরে ঝাঁকড়া-ঝাঁকড়া ঝোপঝাড়। তার ভেতর থেকে টুপি মাথায় একটা মূর্তি উঁকি দিল। মুখে একগাল হাসি। রকি।

কালীপ্রসাদ আর্তনাদ করে উঠলেন, “ওখানে কী করছিস? সাপ-খোপের আস্তানা, বিছুটি গাছ, ভীমরুলের চাক, কী নেই ওখানে?”

রকি তার গলায় ঝোলানো একটা বাইনোকুলার তুলে দেখিয়ে বলল, “ওয়াচ করছি।”

"ওয়াচ করতে হবে না। নেমে আয়। ওটা বিপজ্জনক জায়গা।"

"শীতকালে সাপ বেরোয় না কাকা। ভয় নেই। চিন্তা করছিলেন নাকি?"

'চিন্তা করব না? সাত সকালে কোথায় বেরিয়ে গেছিস?"

"সকালে রোজ দৌড়ই। অভ্যাস। দৌড় শেষ করে ঘাটের দিকে নজর রাখতে এখানে এসে থানা গেড়েছি। এ জায়গাটা কিন্তু ওয়াচ করার পক্ষে চমৎকার জায়গা।"

বলতে বলতে রকি নেমে এল।

কালীপ্রসাদ জিজ্ঞেস করলেন, "কিছু সন্দেহজনক দেখলি নাকি?"

"না। গাঁয়ের লোকই আসছে যাচ্ছে। ডেল্টার লোক বলে কাউকে মনে হল না।"

"তা বলে ডেল্টা বসে নেই। আজ হোক কাল হোক তারা হানা দেবেই।"

"ডেল্টা সম্পর্কে আপনি এত জানলেন কী করে কাকা?"

"তোর বাবার কাছ থেকেই সব শুনেছিলাম একসময়ে। আমার কাছে বাবু তো কিছুই গোপন করত না।"

রকি চিন্তিত মুখে বলল, "আমেরিকায় থাকতে আমিও অনেক কিছু শুনেছি।"

"কী শুনেছিস?"

"পল নামে একটা লোক গোটা অর্গানাইজেশনকে চালায়। লোকটা ভয়ংকর অহঙ্কারী, নিষ্ঠুর, আত্মকেন্দ্রিক আর প্রতিহিংসাপরায়ণ।"

"সে তো হাড়ে-হাড়ে টের পাচ্ছি।"

"আমেরিকার বিখ্যাত একটা খবরের কাগজে পল সম্পর্কে একটা বিরাট লেখা বেরিয়েছিল। তাতে একটা কথা ছিল। ডেল্টা অর্গানাইজেশন হিসেবে খুব পাওয়ারফুল বটে, কিন্তু সেটাকে চালায় একটাই লোক। মুশকিল হল, সেই লোকটা না থাকলে গোটা অর্গানাইজেশন ভেঙে ছয়-ছত্রখান হয়ে যাবে। কিন্তু পল এতই আত্মকেন্দ্রিক যে, ডেল্টার নেতৃত্ব আর কাউকে দেবে না। যাকে সেকেন্ড ইন কম্যান্ড বলে, পলের সেরকমও কেউ নেই।"

"বটে! তা হলে পল মরলেই সব ফর্সা?"

"তাই অবস্থা ছিল। কিন্তু পল সম্প্রতি ব্যাপারটা নিয়ে ভেবেছে এবং নিজের পুরনো সিদ্ধান্ত পালটে অর্গানাইজেশনটাকে ডিসেন্ট্রালাইজড বা বিকেন্দ্রীকরণের চেষ্টা করছে। ফলে দলে প্রাধান্য এবং পদ পাওয়ার জন্য কিছু গণ্ডগোল শুরু হয়ে যায়। দু'-চারটে খুন-জখমও হয় দলের মধ্যে। একটা গোষ্ঠী বেরিয়ে গিয়ে পালটা অর্গানাইজেশন করে। তবে যতদূর পড়েছি, ডেল্টা সেইসব গণ্ডগোল কাটিয়ে উঠেছে।"

কালীপ্রসাদ সতর্ক গলায় বললেন, "পলের ছেলেপুলে নেই বুঝি?"

"ছিল একটা ছেলে। কিন্তু মেক্সিকো না কোথায় যেন পলেরই বিশ্বস্ত এক অনুচর তাকে এক পার্টির মধ্যে খুন করে পালিয়ে যায়।"

অনুচরটি কে, তা কালীপ্রসাদ জানেন। কিন্তু রকি বোধ হয় জানে না। কাগজে অত কথা নিশ্চয়ই লেখেনি। ভয়ে আর প্রশ্ন না করে কালীপ্রসাদ একটা দীর্ঘশ্বাস ফেললেন। তারপর বললেন, "বাড়ি চল।"

রকি আনমনে নদীর দিকে চেয়ে ছিল। হঠাৎ সচকিত হয়ে বলল, "দাঁড়ান! একটা নৌকো বা ভটভটি আসছে। এটাকে একটু দেখে নিই।"

রকি দক্ষ হাতে-পায়ে পাণ্ডুরাজার ঢিবির ওপর চোখের পলকে উঠে গিয়ে ঝোপঝাড়ে অদৃশ্য হল। কালীপ্রসাদ একটু আড়ালে সরে দাঁড়ালেন।

একটু বাদে রকির চাপা স্বর পাওয়া গেল, "কালীকাকা, ভটভটি করে পনেরো-বিশজন লোক আসছে। সঙ্গে মুভি ক্যামেরা এবং আরও সব সরঞ্জাম। মনে হচ্ছে সিনেমার শুটিং করতে আসছে। উঠে আসুন না, দেখবেন।"

কালীপ্রসাদ একটু কষ্ট করেই খাড়া ঢিবিটার ওপর উঠে এলেন। রকি বাইনোকুলারটা এগিয়ে দিল। খুবই শক্তিশালী আধুনিক জিনিস। অন্তত মাইলটাক উজানে ভটভটিটাকে দেখা গেল। সত্যিই অনেক লোক এবং সরঞ্জাম। কালীপ্রসাদ অস্ফুট স্বরে বললেন, "মনে হচ্ছে এরাই। শুটিং নয় রে বাবা, ওটা ওদের মুখোশ।"

কালীপ্রসাদ তাড়াতাড়ি নেমে এসে বুড়ো নিতাই মাঝির ঝোপড়ার দরজায় গিয়ে দাঁড়ালেন।

"মাঝি, আছ নাকি?"

"আছি কর্তা। বলুন।"

"সিনেমাওলাদের আসার কথা আছে নাকি এ গাঁয়ে?"

"আজ্ঞে না।"

"একটা ভটভটি আসছে তাতে মেলা লোক। কোথায় আসছে বলতে পারো?"

"কত লোক তো কত দিকে যায়।"

ভটভটিটার জন্য কালীপ্রসাদ অনেকক্ষণ অপেক্ষা করলেন গা-ঢাকা দিয়ে। কিন্তু শেষ অবধি এল না।

রকি নেমে এসে বলল, "ওরা এর আগে আর-একটা খালে বাঁদিকে ঢুকে গেল।"

রকিকে নিয়ে কালীপ্রসাদ বাড়ি ফিরে এলেন। পুরনো বন্দুকটা বের করে সারা সকাল সেটাকে সাফ করলেন। ভারী ছ্যাঁচা ইস্পাতে তৈরি। আজও চমৎকার কন্ডিশনে আছে। গুলিগুলোও বহু পুরনো। রং চটে বিবর্ণ হয়ে গেছে। মোট পঞ্চাশটার মতো কার্টরিজ রোদে দিয়ে দিলেন। ড্যাম্প ভাবটা চলে যাবে।

রকি কাণ্ড দেখে হেসে বলল, "কাকা, এ বন্দুক তুলে তাক করতে করতে ওরা অটোম্যাটিক রাইফেলে ঝাঁজরা করে দেবে আমাদের।"

॥ ৬ ॥

দু'টি রাত প্রায় বিনিদ্র কেটেছে বাবু মিত্তিরের। ছেলের খবর যাও-বা পেলেন, কপালের দোষে সেই ছেলেও পড়ে গেল ডেল্টার খপ্পরে। বারবার ট্রাংককল করছেন আমেদাবাদে। রকির অফিস থেকে জানাচ্ছে, তারা কোনও খবর জানে না। রকি কিছু না জানিয়েই নিরুদ্দেশ হয়েছে। এর অর্থ একটাই হতে পারে। রকি এখন ডেল্টার খপ্পরে। হয় মেরে ফেলেছে, না হলে গুম করেছে। হয়তো মুক্তিপণ হিসেবে ডলার ফেরত চাইবে। ডলার ফেরত দিলেও শেষ অবধি যে রকিকে তারা জ্যান্ত ছাড়বে না তা বাবুর চেয়ে ভাল আর কে জানে।

পরশুই তিনি আমেদাবাদ রওনা হতে চেয়েছিলেন। পলাশ বাধা দিয়ে বলেছে, "ওটা আপনার অচেনা শহর, কোথায় খুঁজবেন তাকে? তা ছাড়া কিডন্যাপ করলেও তারা নিশ্চয়ই আটঘাট বেঁধেই করেছে। আপনি শুধু শুধু হয়রান হবেন কেন? বরং মাথা ঠান্ডা রেখে চিন্তা করুন।"

আজ সকালে আমেদাবাদে আবার টেলিফোন করে একটা সুখবর পেলেন বাবু মিত্তির। রকি নাকি তার অফিসের সঙ্গে ফোনে যোগাযোগ করেছিল কাল। কোথায় আছে বা গেছে তা বলেনি। শুধু বলেছে, সে কিছুদিন ছুটি চায়। এটা সুখবর বটে, কিন্তু দুশ্চিন্তাও আছে। রকি যদি কলকাতায় তাঁর কাছেই আসবার জন্য রওনা হয়ে থাকে তা হলে কী হবে? আজ সকাল থেকে এই দুশ্চিন্তায় তাঁর বুক কাঁপছে, গলা শুকিয়ে আসছে। মড়ার মতো পড়ে আছেন বসবার ঘরের ইজিচেয়ারে।

পলাশ ঘরে ঢুকে তাঁর হাতে এক টুকরো কাগজ দিয়ে বলল, "কাকাবাবু, আপনার পায়রা এসেছে।"

বাবু মিত্তির চমকে উঠে বললেন, "পায়রা! তুমি পায়রার কথা জানলে কীভাবে?"

পলাশ ম্লান একটু হেসে বলে, "আপনি আমাকে যে পুরোপুরি বিশ্বাস করেন না তা আমি জানি। আপনার মতো অবস্থায় আমিও করতাম না। তবে আমি তো চারদিকে নজর রাখি। তাই পায়রার কথা জানতে অসুবিধে হয়নি।"

বাবু মিত্তির চিরকুটটা পড়ে একটা দীর্ঘশ্বাস ফেলে বললেন, "কালী আমাকে বাঁচাতে চাইছে। কিন্তু আমার মৃত্যুটা আমার কাছে গৌণ হয়ে গেছে। আমার

ছেলেটাকে যদি বাঁচিয়ে রাখতে পারি তবে সেটাই হবে আমার বেঁচে থাকা। এখন ভয় হচ্ছে, রকি না আমার কাছে চলে আসে।"

পলাশ ভ্রূ কুঁচকে বলে, "রকি আপনার কাছে আসবে বলে আমার মনে হয় না। ডেল্টার বিপদ সম্পর্কে কেউ তাকে অ্যালার্ট করেছে। আর সেজন্যই সে একচুলের জন্য বেঁচে গেছে। রকি পালিয়েছে।"

"কী করে বুঝলে?"

"না পালালে সে গতকাল অফিসে ফোন করত না। আর আগে থেকে খবর না পেলে সে পালাতও না। আপনার মাথা এখন ভালভাবে কাজ করছে না। করলে এই সহজ ইকুয়েশনটা আপনিই কষতে পারতেন।"

"রকি তা হলে কোথায় যেতে পারে?"

"চিঠিটা ভাল করে আবার পড়ুন, তা হলেই বুঝতে পারবেন।"

"তুমি বুঝতে পেরেছ?"

"বোধ হয় আন্দাজ করতে পারছি। রকিকে আগে থেকে অ্যালার্ট করেছেন সম্ভবত আপনার বন্ধু কালীপ্রসাদ। এবং খুব সম্ভব রকি এখন কালীপ্রসাদের আশ্রয়েই আছে।"

বাবু মিত্তিরের কথাটা বিশ্বাস হল না। তবু আবার একটা দীর্ঘশ্বাস ফেলে বললেন, "তুমি বুদ্ধিমান, এ কথা তো আগেই বলেছি। আবার কি বলতে হবে?"

"না। অনেকবার বলেছেন।"

"কালীপ্রসাদ তার কাছে যেতে লিখেছে। গেলে হয়তো রকির সঙ্গে আমার দেখাও হবে। কিন্তু যাওয়া কি উচিত?"

"খুবই উচিত। কারণ রকির চিঠি ডেল্টাও পড়েছে। তারা আমাদের চেয়ে অনেক বেশি বুদ্ধিমান। রকি যে কালীপ্রসাদের কাছেই যাবে এটা বুঝতে তাদের দেরি হবে না।"

"সর্বনাশ! তা হলে তো আমার এখনই সেখানে যাওয়া উচিত!"

পলাশ একটু হেসে বলল, "যাওয়া উচিত তো ঠিকই। কিন্তু আপনি এখন আর সেই আগেকার অলিম্পিক-বক্সার নেই। গায়ের জোরে রকিকে বাঁচাতেও পারবেন না। আর আমার মনে হয় কালীপ্রসাদ অত্যন্ত বুদ্ধিমান লোক। যদি পারেন তা হলে তিনিই হয়তো পারবেন রকিকে বাঁচাতে।"

একটু দোনোমোনো করে বাবু মিত্তির বললেন, "তুমি কি আমার সঙ্গে যাবে?"

"আপনি কি আমাকে পুরোপুরি বিশ্বাস করেন?"

বাবু মিত্তির একটা দীর্ঘশ্বাস ফেলে বললেন, "বিশ্বাস না করেও কোনও লাভ নেই। তুমি যদি ডেল্টার লোকও হয়ে থাকো তবু তুমি তো সবই জানো।"

"এবার ঠিক কথাই বলেছেন। আপনি জিনিসপত্র গুছিয়ে নিন। কালীপুরে যেতে হলে তাড়াতাড়ি রওনা হওয়া ভাল। আপনার অনুপস্থিতিতে রাখাল বাড়ি আগলে থাকতে পারবে।"

ঘণ্টাখানেকের বেশি সময় লাগল না। বাবু মিত্তির পলাশকে নিয়ে কালীপুর রওনা হয়ে গেলেন। প্রকাশ্যে বেরিয়ে পড়তে আর কোনও চিন্তা ছিল না বাবু মিত্তিরের। প্রথমত, তেজস্ক্রিয় শলাকা বিছানায় রেখে ডেল্টা ধরেই নিয়েছে যে, অচিরেই বাবুর ক্যানসার হবে। ডেল্টা তিল-তিল করে মারতে চাইছে। ফন্দিটা যে খাটেনি তা ডেল্টা এখনও জানে না। বাবু বিছানা পরিপাটি করে পেতে চাদরের নীচে অবিকল আর-একটা ছুঁচ রেখে এসেছেন। ডেল্টা সরেজমিনে তদন্তে এলেও ক্ষতি নেই, যদি না তারা তেজস্ক্রিয়তা পরীক্ষার জন্য গাইগার কাউন্টার যন্ত্র আনে। দ্বিতীয়ত, আপাতত তারা বাবুকে না মেরে প্রথমে মারতে চাইবে রকিকে। সুতরাং বাবুর এখন ভয় নেই।

পথে কোনও ঘটনাই ঘটল না, শুধু একজন বুড়ো বাউল কামরায় সবাইকে ছেড়ে বাবু মিত্তিরের সামনে এসে একটু নেচে নেচে যখন গাইছিল, "পিঁজরার পাখি রে ডাকিছে গগন, ছাড়িয়া দাও তারে এইবারে..." তখন বাবু মিত্তির চাপা গলায় বলে উঠলেন, "ডেল্টা!"

পলাশ বলল, "ডেল্টা কি এভাবে নিজেকে এক্সপোজ করবে?"

"তা বটে।"

বাউলটা মাঝপথে নেমে গেল।

বাকি পথটায় আর কোনও ঘটনা ঘটল না। যখন কালীপুরের ঘাটে এসে নামলেন তখন বিকেল হয়-হয়। প্রায় এক যুগ পরে রকির সঙ্গে দেখা হবে ভেবে বাবু মিত্তিরের বুকটা আনন্দে এত ধড়ফড় করছিল যে, ভাল করে শ্বাস নিতে পারছিলেন না। শরীরটা যেন বেহাল। আবার মনে হচ্ছে, রকির এখানে থাকা কি সম্ভবপর? এতই সহজ হবে কি ব্যাপারটা?

সুন্দরবনে গাড়িঘোড়া, রিকশা কিছুই নেই। নৌকো আর হাঁটাপথ। কিছু-কিছু জায়গায় রিকশা-ভ্যান চলে। কালীপুরে তাও নেই। অনেকটা হাঁটতে হল। কিন্তু হাঁটাটা বাবু মিত্তিরের পক্ষে মঙ্গলজনকই হল। বুকের ধড়ফড়ানি কমে গিয়ে স্বাভাবিক বোধ করতে লাগলেন।

কালীপ্রসাদের বাড়ির ফটকে ঢুকতে যেতেই কোথা থেকে একটা মুশকো লোক ইয়া বড় এক মুগুর হাতে সামনে উদয় হল। চোখে কটমটে দৃষ্টি। ঢুকতে দেবে না। বাবু মিত্তির ঘুসি বাগিয়ে ফেলেছিলেন, কিন্তু পলাশ বাধা দিয়ে বলল, "এ তো

কালীপ্রসাদেরই লোক হতে পারে। দাঁড়ান দেখছি কথা বলে।"

কিন্তু বিপদ হল, লোকটা বোবা। কথা বলতে পারে না, কিন্তু কটমটে চোখ দুটোই ওর কথা। বলতে চাইছে, কেটে পড়ো।

বাবু মিত্তির একটু রাগের গলায় বললেন, "ওহে পলাশ, চৌকাঠই যে ডিঙোতে পারছি না। আমি বরং একে আস্তে করে একটা আপারকাট মেরে দিই, নইলে ঢুকতে দেবে না।"

পলাশ বাধা দিতে যাচ্ছিল, কিন্তু বাবু মিত্তিরের তর সইল না। রকির সঙ্গে দেখা হবে, তিনি কাঁহাতক ধৈর্য রাখতে পারেন। তিনি সোজা এগিয়ে গিয়ে তাঁর বহু বিখ্যাত ঘুসির একটি চালিয়ে দিলেন।

আশ্চর্যের বিষয়, এখনও বাবু মিত্তিরের ঘুসির বহর দেখবার মতো। বিরাট চেহারার লোকটা ঘুসি খেয়ে প্রায় শূন্যে উঠে ছিটকে পড়ল মাটিতে। বাবু মিত্তির হাত দুটো নেড়ে বললেন, "দেখলে?"

"দেখলাম!" কথাটা যে বলল সে পলাশ নয়। অন্য একজন। ফটকের পাশ থেকে ছিপছিপে চেহারার একটি দীর্ঘকায় যুবক বেরিয়ে এল সর্পিল গতিতে। কেউ কিছু বুঝে উঠবার আগেই সে সামনে পলাশের চোয়ালে একটা বিদ্যুৎগতির ঘুসি মারল। পলাশ ধানুর মতোই খানিকটা শূন্যে বিচরণ করে ছিটকে পড়ে গেল এবং পড়েই রইল। ছোকরার দ্বিতীয় ঘুসিটা অবশ্যম্ভাবী বাবু মিত্তিরের মাথা লক্ষ করে সাপের ছোবলের মতোই এল। বাবু মিত্তির অভ্যস্ত সাইড স্টেপ করে সরে গিয়েই বাঁ হাতে বিষাক্ত একখানা জ্যাব করলেন। তিনি স্পষ্ট বুঝতে পারলেন, ডেল্টা তাঁর জন্য এখানেই অপেক্ষা করছিল। ডেল্টার ওপর তাঁর সুগভীর রাগ। সামনে যাকে পান তাকেই খুন করেন। এটাও বুঝতে পারছেন, পুরো ব্যাপারটাই একটা চক্রান্ত। রকির চিঠি, পলাশের ব্যাখ্যা, এখানে তাঁকে নিয়ে আসা, সবই যেন চক্রান্তের একটা অংশ।

তাঁর জ্যাবটা ছেলেটা হাতেই ব্লক করে দিল। তারপর ডান হাতে চমৎকার একটা নক-আউট পাঞ্চ করল বাবুর চোয়ালে। কিন্তু বাবু মুখটা সরিয়ে ঘুসিটাকে বাতাসে ভাসিয়ে দিয়ে ব্যাক স্টেপ করে সরে এলেন। বহুকাল পরে উপযুক্ত প্রতিপক্ষ পেয়েই যেন বাবু মিত্তিরের রক্ত টগবগ করে ফুটতে লাগল। শিরায়-শিরায় গরম রক্ত পাগলা ঘোড়ার মতো ছুটছে। বাবু মিত্তির তাঁর প্রতিপক্ষের বয়স ও ক্ষিপ্রতাকে উপেক্ষা করেই দ্রুত দুই পা এগিয়ে ডান হাতে একটা ভুয়ো ঘুসি মেরে ছেলেটার ভারসাম্যে গোলমাল ঘটিয়ে বাঁ হাতে আসল ঘুসিটা মারলেন। কিন্তু ছেলেটা ভালই শিখেছে। দু' হাতে ব্লক করে ঘুসিটা আটকে দিয়ে মাথাটা নিচু করে বাঁ হাতটা উঁচুতে তুলে চমৎকার পায়ের কাজ দেখিয়ে এগিয়ে এসে পর-পর অতি দ্রুত তিনটে ঘুসি মারল বাবুকে। বাবু

মনে-মনে তারিফ করলেন আর তিনটে মোচড়ে শরীরকে তিনদিকে তিনবার হেলিয়ে ঘুসিগুলোকে কাটিয়ে দিলেন। কিন্তু অবাক হয়ে দেখলেন, ছেলেটার বাঁ হাতটা সাপের ছোবলের মতো উঁচু করে রাখাটা অবিকল তাঁরই মতো। আর সেইজন্যই তাঁর নাম হয়ে গিয়েছিল কোব্রা। তাঁরও বাঁ হাত সামান্য ওপরে তোলা থাকত আর সেটা গোখরোর ফণার মতো দোল খেত।

বাবু অস্ফুট গলায় বললেন, "কাম অন ডেল্টা!"

ছেলেটাও অস্ফুট স্বরে বলে উঠল, "আই শ্যাল ডিল উইথ ইউ ডেল্টা।"

কেউই কারও কথা শুনতে পেল না। বাবু মিত্তির পর-পর চারটে ঘুসি মারলেন। চারটেই কেটে গেল। ছোকরা মারল পাঁচটা। বাবু মিত্তির পাঁচটাই কাটালেন।

হারজিত হচ্ছে না। দু'জনেই দক্ষ, সতর্ক। একজনের সঙ্গে অন্যজনের তফাত শুধু বয়স ও তৎপরতায়, অভিজ্ঞতা ও জ্ঞানে। বাবু মিত্তির ছেলেটাকে একটু সময় দিলেন, তারপর হাত দুটো নামিয়ে প্রলুব্ধ করলেন ঘুসি মারতে। ছেলেটা সেই ফাঁদে পা দিল না। অপেক্ষা করল। তারপর চমৎকার দ্রুত সাবলীল গতিতে এগিয়ে এসে বাবুর ব্লকের ফাঁক দিয়ে দারুণ তৎপরতায় একটা ঘুসি চালিয়ে দিল। ঘুসিটা পুরোপুরি এড়াতে পারলেন না বাবু। মাথা স্পর্শ করে ঘষটে গেল। বাবু তলা থেকে হাতটা ওপরে তুলে পালটা একটা শর্ট পাঞ্চ করলেন। ছেলেটার বাঁ চোয়ালে সেটা লাগল, তবে জোরে নয়।

হঠাৎ কাছ থেকে কে যেন বলে উঠল, "এ কি সোরাব-রুস্তম হচ্ছে নাকি? ওরে রকি, থাম! ও তোর বাবা।"

রকি থামল। বাবু বেকুবের মতো চেয়ে রইলেন। সামনে কালীপ্রসাদ।

কালীপ্রসাদ ক্ষুব্ধ গলায় বললেন, "তোরা করছিসটা কী? আর এ দুটোই বা এ অবস্থায় পড়ে আছে কেন?"

বাবুর কানে কোনও কথাই ঢুকছে না। তিনি হাঁ করে ছেলেটাকে দেখছেন। এই কি তাঁর ছেলে রকি?

রকিরও বাহ্যজ্ঞান নেই। সেও চেয়ে আছে বাবার দিকে। এই কি তার বাবা বাবু মিত্তির?

কয়েক সেকেন্ডের বিহ্বলতার পরই দু'জন দু'জনকে জাপটে ধরল।

"রকি!"

"বাবা!"

পলাশ উঠে বসে চোয়াল ঘষতে ঘষতে দৃশ্যটা দেখে বলে উঠল, "দু'জনেই গুন্ডা।"

কিছুক্ষণ বাদে খাওয়ার টেবিলে বসে রকির দিকে চেয়ে বাবু বললেন, "তুই বক্সিং কোথায় শিখলি?"

রকি খুব লজ্জা-লজ্জা মুখে বলল, "আমেরিকায়। ফ্লয়েড প্যাটারসনের কাছে।"

"বলিস কী! প্যাটারসন তোকে শিখিয়েছে? তাই অত ভাল শিখেছিস! যা শিখেছিস অলিম্পিকে স্বচ্ছন্দে যেতে পারিস।"

রকি মাথা নেড়ে বলে, "না বাবা। বক্সিং আমার জান-প্রাণ নয়। তুমি আমাকে জোর-জবরদস্তি বক্সার বানাতে চেয়েছিলে। আমার তাতে কষ্ট হত। আমি শিখেছি শখ করে। প্যাটারসনও বলতেন, আমি ন্যাচারাল বক্সার। কিন্তু প্রফেশনাল নই। আমি বক্সিংয়ের চেয়ে লেখাপড়া বেশি পছন্দ করতাম।"

"তোকে বক্সার হতে বলছি না। কিন্তু গুণটা নষ্ট করলি। তুই তো বোধ হয় হেভিওয়েট নোস, তাই না?"

"না বাবা, আমি লাইট হেভিওয়েট। তোমারই ক্যাটেগরি।"

বাবু মিত্তিরের মুখটা খুবই উজ্জ্বল দেখাচ্ছিল। পুত্রগর্বে গৌরব বোধ করছিলেন।

পলাশ টেবিলের অন্য ধার থেকে বলল, "রকিবাবু, আপনার ঘুসি খেয়ে পেট ভরে গেছে, খেতে পারছি না।"

রকি লজ্জিত হয়ে বলে, "আমি ফটক পাহারা দিচ্ছিলাম। বাবা ধানুকে অ্যাটাক করায় আমার মনে হয়েছিল, আপনারাই ডেল্টার লোক। তবে আসল ডেল্টার লোকও বোধ হয় ধারে-কাছে আছে। আজ সকালে তারা সিনেমার শুটিং করার অছিলায় এসেছে। আমরা খোঁজ নিয়েছি কাছাকাছি কোথাও শুটিং হচ্ছে না।"

বাবু মিত্তির বললেন, "সর্বনাশ! তা হলে কী হবে?"

কালীপ্রসাদ বললেন, "যা হওয়ার হবে। আমরা একসঙ্গে আছি, ভয় কিসের?"

গল্পে-গুজবে, আড্ডায় সন্ধেটা চমৎকার কেটে গেল সকলের। বাবু মিত্তির আসন্ন বিপদ সত্ত্বেও বেশ ঝরঝরে বোধ করতে লাগলেন। অসুস্থতাটা যেন বারো আনাই কেটে গেছে।

ক্রমে রাত হল। খাওয়ার পর কালীপ্রসাদ বললেন, "তোমরা সব শুয়ে পড়ো। আমি জেগে থাকব।"

বাবু, রকি, পলাশ সবাই একসঙ্গে বলে উঠল, "আমরা শুচ্ছি না। রাত জেগে পাহারা দেব।" যোগেন আর ধানুও শুতে রাজি হল না। কালীপ্রসাদ অগত্যা প্রস্তাবটা মেনে নিয়ে বললেন, "গাঁয়ের কয়েকটা ছেলেকে আমি নানা জায়গায় পাহারা রেখেছি। তোমরাও কেউ এক জায়গায় থেকো না। বাড়ির বিভিন্ন ঘর থেকে চারদিকে নজর রাখো।"

দোতলায় চারটে কোণে চারটে শোওয়ার ঘর। বাবু, রকি, পলাশ আর যোগেনকে চারটে ঘরে মোতায়েন করলেন কালীপ্রসাদ। ধানু রইল নীচে আর-একটা ঘরে। ল্যাবরেটরিতে কালীপ্রসাদ। হাতে বন্দুক। কিন্তু নরহত্যা করার ইচ্ছে তাঁর মোটেই নেই। আত্মরক্ষার জন্য করতে হলে করবেন, কিন্তু সেটা খুব অপারগ না হলে নয়।

রাত দশটা বাজল। ধীরে ধীরে এগারোটা। বারোটা। কিছুই ঘটছিল না। কালীপ্রসাদ দক্ষিণের জানালাটা একটু ফাঁক করে চোখ রেখে বসে আছেন। ঘর অন্ধকার। চোখে অন্ধকার সয়ে গেছে কালীপ্রসাদের।

হঠাৎ কোকিলের ডাকের মতো একটা শিস শুনতে পেলেন। এ হচ্ছে মালোপাড়ার যতীন। জানান দিচ্ছে, গাঁয়ে কেউ ঢুকছে।

একটু বাদে টিটি পাখির মতো আর-একটা শিস। আমতলায় বিমল মোতায়েন আছে। সংকেত দিচ্ছে, এ বাড়ির দিকে কেউ বা কারা আসছে।

কালীপ্রসাদ একটু মৃদু কাশলেন, ওপর থেকে পালটা একটু কাশির শব্দ শোনা গেল। অর্থাৎ, বাবু সতর্ক আছে।

আরও প্রায় দশ মিনিট নিথরভাবে বসে থাকার পর হঠাৎ কালীপ্রসাদের চোখে পড়ল, একটা ছায়ামূর্তি একটা কামিনী ঝোপের আড়াল থেকে আর-একটা ঝোপের আড়ালে সরে গেল।

কানের কাছে হঠাৎ একটা মশা চক্কর দিচ্ছে আর পনপন আওয়াজ করছে। কালীপ্রসাদ থাবড়া মারতে হাত তুলেও থেমে গেলেন। মশাটা এবার যেন তাঁর কানের গর্তের মধ্যে ঢুকে গিয়ে পিন পিন করে কথা বলতে লাগল।

কালীপ্রসাদ স্থির হয়ে মশার শব্দটা মন দিয়ে শুনতে লাগলেন। মশাটা গুনগুন করে বলল, "নিজেকে খুব বুদ্ধিমান ভাবো নাকি?"

"আজ্ঞে না।" খুব বিনীতভাবে বললেন কালীপ্রসাদ।

"তোমার শত্রুপক্ষ খুবই শক্তিমান। ইচ্ছে করলেই তারা তোমাদের সুদ্ধু গোটা বাড়িটাই উড়িয়ে দিতে পারে।"

"যে আজ্ঞে।"

"তোমাদের কাছে যথেষ্ট অস্ত্রশস্ত্র নেই, লোকবল নেই, প্রবল শত্রুর সঙ্গে পারবে কী করে?"

"আমাকে পরামর্শ দিন।"

"তুমি যে বন্ধু এবং আশ্রিতজনদের বাঁচানোর জন্য নিজের বিপদ তুচ্ছ জ্ঞান করছ এতে আমরা—তোমার পূর্বপুরুষেরা সন্তুষ্ট। শত্রুদের লক্ষ্য দু'জন। বাবু মিত্তির আর

তার ছেলে। ছেলেটাকে মারতেই তারা এসেছে। বাবু মিত্তিরকে তারা মারবে না, দগ্ধে-দগ্ধে মরতে দেবে, বুঝেছ?”

“যে আজ্ঞে।”

“সুতরাং সকলের মঙ্গলের জন্য তোমার উচিত হবে ছেলেটাকে শত্রুপক্ষের হাতে ছেড়ে দেওয়া।”

কালীপ্রসাদ শিহরিত হয়ে বললেন, “সে কী! তা হলে তো চূড়ান্ত বিশ্বাসঘাতকতা করা হবে।”

মশা যে হাসতে পারে তা জানা ছিল না কালীপ্রসাদের। শুধু হাসি নয়, অট্টহাসি। কালীপ্রসাদ নিজের কানের মধ্যে সেই আশ্চর্য অট্টহাসি শুনতে পেলেন। মশা বলল, “শোনো কালীপ্রসাদ, নিজের বুদ্ধিতে যদি চলো তা হলে আমার পরামর্শের প্রয়োজন তোমার নেই। সেক্ষেত্রে তোমাদের ভাগ্যে যা আছে তাই হবে।”

“আজ্ঞে, আমাকে একটু বুঝিয়ে বলুন।”

“শত্রুপক্ষের সর্দারের নাম পল। সে নিজে এসেছে। ঢ্যাঙা এবং শীর্ণ চেহারার একটি লোক। সে অত্যন্ত প্রতিহিংসাপরায়ণ। বহুদিন ধরে সে প্রতিশোধের জন্য অপেক্ষা করছে। আজ সে নিজের হাতে বাবু মিত্তিরের ছেলেকে মারবে। নইলে তার বুকের জ্বালা জুড়োবে না।”

কালীপ্রসাদ অবাক হয়ে বললেন, “পল নিজে এসেছে?”

“হ্যাঁ। তুমি সদর দরজাটা খুলে দাও। ওদের আসতে দাও। তার আগে বাবু মিত্তিরের কাছে গিয়ে তার পিস্তলটা চেয়ে নাও কারণ সে গুলি ছুড়লে সব ভণ্ডুল হয়ে যাবে।”

“এ কাজ করলে বাবু যে আমাকে আর বিশ্বাস করবে না। আমি বিশ্বাসঘাতকতার দায়ে পড়ে যাব।”

“তা হলে নিজের বুদ্ধি-বিবেচনা অনুযায়ী চলো। আমাদের আর কিছু করার নেই।”

কালীপ্রসাদ তাড়াতাড়ি বললেন, “আজ্ঞে, আমাকে ক্ষমা করবেন। আমি আপনার পরামর্শই মেনে নিচ্ছি।”

“তা হলে তাড়াতাড়ি করো। সদর দরজাটা অত্যন্ত দুর্লভ কাঠ দিয়ে তৈরি। ও কাঠ আর পাওয়া যায় না। শত্রুরা দরজাটা ভাঙার আগেই ওটা খুলে দিতে হবে। বুঝেছ?”

“যে আজ্ঞে।”

কালীপ্রসাদ বিষণ্ণ মনে ধীরে ধীরে দোতলায় উঠে বাবু মিত্তিরের ঘরে এলেন।

“বাবু।”

বাবু মিত্তির জানালার ধারে পিস্তল হাতে নিয়ে বসে ছিলেন। ডাক শুনে চমকে ফিরে তাকালেন, “কী রে?”

"তোর পিস্তলটা আমাকে দে।"

"কেন?"

"দে না।"

বাবু মিত্তির সন্দিহান চোখে বন্ধুর দিকে কয়েক পলক চেয়ে রইলেন অন্ধকারে। তারপর দ্বিধাজড়িত হাতে পিস্তলটা এগিয়ে দিয়ে বললেন, "কিছু দেখেছিস?"

কালীপ্রসাদ সত্যি কথাটাই বলবার জন্য হাঁ করেছিলেন। কিন্তু তাঁর হয়ে আর-একটি কণ্ঠ বলে উঠল, "না, কিছু দেখিনি। তুই দেখেছিস?"

বাবু বললেন, "না। কিন্তু পাখির ডাক শুনেছি। রাতে পাখি ডাকে নাকি?"

অন্য কণ্ঠটি কালীপ্রসাদের হয়ে বলল, "তা ডাকে। ভয়ের কিছু নেই এখনও।"

"পিস্তলটা নিচ্ছিস কেন?"

অন্য কণ্ঠটি বলল, "তোর ভালর জন্যই। এখন তোর মাথা ভাল কাজ করছে না। দুম করে চালিয়ে দিলে বিপদ হতে পারে।"

"তা বটে। বুড়ো বয়সে খুন-টুন করার ইচ্ছেও আমার ছিল না। কিন্তু ছেলেটাকে বাঁচাতে তো কিছু করতেই হবে।"

অন্য কণ্ঠটি বলে উঠল, "বিপদে মাথা ঠিক রাখতে হয়।"

কালীপ্রসাদ চমৎকৃত হচ্ছিলেন। হুবহু তাঁর গলা নকল করে কে কথাগুলো বলে দিচ্ছে? তিনি কণ্টকিত শরীরে নীচে এলেন। তারপর সাবধানে সদর দরজার খিল খুলে দরজাটা হাট করে দিলেন। তারপর ল্যাবরেটরিতে এসে জানালার কাছে বসে রইলেন।

প্রথমে অনেকক্ষণ কিছুই ঘটল না। বাগানে নড়াচড়া নেই। কানেও মশার শব্দ নেই। কালীপ্রসাদ শুধু চেয়ে রইলেন।

হঠাৎ ওপর থেকে বাবু মিত্তিরের চিৎকার শোনা গেল, "সাবধান! ওরা আসছে!"

বাবু বোধ হয় দৌড়ে ঘর থেকে বেরিয়ে সিঁড়ি দিয়ে দুড়দাড় নামতে লাগল। কালীপ্রসাদ আরও তিনজোড়া পায়ের শব্দ পেলেন। সবাই ছুটে আসছে নীচে।

কানে মশাটা বলে উঠল, "হুড়োহুড়ি কোরো না। যা ঘটছে ঘটতে দাও।"

কালীপ্রসাদ বললেন, "যে আজ্ঞে।"

বলে উঠে দরজায় এসে দাঁড়ালেন। সামনেই দরদালান। ডানদিকে সদর দরজা। দেখলেন সদর দরজা দিয়ে কয়েকটা ছায়ামূর্তি চটপটে পায়ে ভিতরে ঢুকে সিঁড়িটা আগলে দাঁড়াল।

বাবু সবার আগে নেমে আসছিলেন। অগ্র-পশ্চাৎ বিবেচনা তাঁর লোপ পেয়েছে। তিনি চার সিঁড়ি ওপর থেকে ঘুসি বাগিয়ে লোকগুলোর ওপর লাফিয়ে পড়লেন, "তবে রে! আজ সবাইকে শেষ করে ছাড়ব!"

শুধু বাবু নয়, পিছনে রকি, পলাশ, যোগেন।

বাবু আর রকি দক্ষ বক্সার। তারা দুমদাম ঘুসি চালিয়ে যেতে লাগল। ছায়ামূর্তিরা একটু বেসামাল হয়ে পড়ল আচমকা আক্রমণে। দু'জন ঘুসি খেয়ে পড়েও গেল ছিটকে। কিন্তু তারপরেই লোকগুলো ছোট-ছোট ব্যাটনের মতো জিনিস দিয়ে পালটা মারল।

মিনিটখানেকের মধ্যেই লড়াই শেষ হয়ে গেল। সিঁড়িতে আর দরদালানের মেঝেয় চারজনই ভূমিশয্যা নিয়েছে।

লম্বা সুরুঙ্গে চেহারার একটা লোক ভিতরে এসে দাঁড়িয়ে দৃশ্যটা দেখে ঠান্ডা গলায় ইংরেজিতে বলল, "ওদের বেঁধে ফেলো।"

চটপট বাঁধা হল চারজনের হাত আর পা।

লম্বা লোকটা বলল, "চোখেমুখে জল দাও। জ্ঞান ফিরে আসুক।"

তাই করা হল।

বাবু মিত্তির একটু কাতর শব্দ করে উঠে বসলেন। তারপর সামনে চেয়ে লম্বা লোকটাকে দেখে ভীষণ চমকে উঠে বললেন, "পল!"

"চিনতে পারছ তা হলে? বিশ্বাসঘাতক!"

বাবু মিত্তির ডুকরে উঠে বললেন, "বিশ্বাস করো পল, আমি রাউলকে মারিনি। রাউল আমার বন্ধু ছিল। রাউলকে মেরেছিল সিকিউরিটির লোকেরা।"

"তোমার সাফাই আমার জানা ছিল। পুত্রশোক কীরকম হয় তা জানো? এত বছর ধরে আমি ভিতরে-ভিতরে জ্বলেপুড়ে খাক হয়ে যাচ্ছি। তোমাকে সেই জ্বালার একটু ভাগ দিতে চাই।"

"দোহাই পল, এ কাজ কোরো না। কী প্রায়শ্চিত্ত করতে হবে বলো। ডলার ফেরত চাও, দেব। সব কিছু করব। শুধু আমার ছেলেটাকে ছেড়ে দাও।"

"রাউল তোমার বন্ধু ছিল, তোমার জন্য সে অনেক কিছু করেছিল। প্রতিদানে তার জুটেছিল কয়েকটা বুলেট। এ পাপের কি প্রায়শ্চিত্ত হয়? আর যদি হয় তা ঠিক এইভাবেই হয়। পুত্রশোকের ভাগীদার হয়ে সেই প্রায়শ্চিত্তই করতে হবে তোমাকে। তারপর ধীরে ধীরে অশেষ যন্ত্রণা পেয়ে ক্যানসারে মারা যাবে তুমি। আমি এ দিনটারই অপেক্ষায় ছিলাম।"

বাবু নিজেকে সংযত করলেন। গলা থেকে আবেদন-নিবেদনের ভাবটা মরে গেল। তেজি গলায় বললেন, "পল, আমাকে প্রায়শ্চিত্ত করতে বলছ? তোমার পাপও কি কিছু কম? অলিম্পিকে সোনার পদক আমার বাঁধা ছিল। কেউ সেবার আমাকে হারাতে পারত না। তুমি রাউলকে পদক পাইয়ে দেওয়ার জন্য আমাকে ফুড পয়জন

করেছিলে। বলো, করোনি? তুমি কি জানো একটা অলিম্পিকে একটা সোনার পদক আমার কাছে তখন কতখানি মূল্যবান ছিল?"

পল হাসল, "পদকের শোকের চেয়েও বড় শোক পৃথিবীতে আছে। স্বীকার করছি, আমি তোমাকে রাউলের পথ থেকে সরিয়ে দিয়েছিলাম। কিন্তু ক্ষতিপূরণও করেছি। তোমাকে অনেক টাকা দিয়েছি।"

"এমনি দাওনি। আমাকে পাপের পঙ্কিল পথে নামিয়েছিলে।"

"দুনিয়াতে পাপ বলে কিছু নেই। ওসব দুর্বলদের কথা। যে-কোনও জীবিকাই জীবিকামাত্র।"

"তুমি পিশাচ।"

"ঠিক কথা। এখন বলো তো, তোমার ছেলের মৃত্যু আমি কী ভাবে ঘটাব! পারবে বলতে?"

"আগে আমাকে মারো পল। এইটুকু দয়া করো।"

পল হাসল। বলল, "ধীরে বন্ধু, ধীরে। তাড়াহুড়োর কী আছে? দুনিয়াটাকে আর কিছুদিন ভোগ করে নাও। আমার খুব ইচ্ছে, তোমার ছেলের ডান হাতটা প্রথমে কেটে ফেলি। ও চেঁচাবে, ছটফট করবে। তুমি চেয়ে চেয়ে দেখবে। কেমন হবে ব্যাপারটা?"

রকি একটা ঝাঁকি দিয়ে উঠে দাঁড়ানোর চেষ্টা করে বলল, "আমি তোমাকে একটা কথা বলে নিতে চাই পল। আমি মরতে ভয় পাই না। বেশি নাটক না করে যা করার করে যাও।"

"অত তাড়া কিসের? গাড়ি ধরবে নাকি?" বলে পল খুব হাসল। হঠাৎ তার হাতে ঝিকিয়ে উঠল একটা এক ফুট লম্বা সরু ছুরি।

কালীপ্রসাদের হাত পা নিশপিশ করছিল। তিনি মুঠো বাগিয়ে এক পা এগিয়ে গিয়েছিলেন। কানের মধ্যে মশা পনপন করে উঠল, "করো কী! চুপ করে থাকো। নাটকটা দেখতে দাও।"

প্রায় নিঃশব্দে কালীপ্রসাদ হাসলেন, "যে আজ্ঞে।"

ছুরিটা হাতে নাচাতে নাচাতে পল বলল, "চেয়ে দ্যাখো বাবু। দু' চোখ ভরে দ্যাখো, প্রথমে তোমার ছেলের ডান হাত কেটে নিচ্ছি। তারপর বাঁ হাত। তারপর একটা চোখ উপড়ে নেব। তারপর আর-একটা। তখনও ও মরবে না। চেঁচাবে, দাপাবে। ঘণ্টাখানেক বাদে রক্তক্ষরণে মারা যাবে। দ্যাখো।"

বলে পল গিয়ে রকির সামনে দাঁড়াল।

ঠিক এই সময়ে কালীপ্রসাদ পিস্তলটা তুলতে যাচ্ছিলেন। আর সময় নেই। কিছু একটা না করলে রকি মরবে।

মশাটা কানে পনপন করে উঠে বলল, "ও কাজ কোরো না। তুমি আমাদের শেষ বংশধর। খুন-টুন করে বসলে পাপ হয়ে যাবে। তা হলে নিম্নগতি হবে। আমাদের উদ্ধার করবে কে?"

"যে আজ্ঞে।"

ভক করে হঠাৎ বোঁটকা গন্ধটা নাকে এল কালীপ্রসাদের। খুবই চেনা গন্ধ। গতকালও পেয়েছিলেন। গন্ধের উৎস খুব কাছেই। কালীপ্রসাদ চারদিকে তাকাতে লাগলেন। হঠাৎ চমকে উঠে দেখলেন, ঠিক তাঁর পাশে, গা ঘেঁষেই বিশাল কেঁদো বাঘটা।

পল ছুরিটা নিপুণ হাতে ধরে রকির কনুইয়ের ওপর চালাতে যাচ্ছে ঠিক এই সময়ে তার দলের লোকেরা আর্তনাদ করে উঠল, "বাঘ! বাঘ!"

পল চকিতে ঘুরে দাঁড়াল, "মাই গড! শুট ইট।"

সঙ্গে সঙ্গে গোটা দুই স্বয়ংক্রিয় আগ্নেয়াস্ত্র ট্যারা-ট্যাট-ট্যাট করে ঝাঁঝরা করে দিচ্ছিল বাঘটাকে।

কিন্তু বাঘটা নির্বিকারভাবে দাঁড়িয়ে পথের দিকে চেয়ে ছিল। পল ছুরিটা তুলে বিদ্যুৎগতিতে ছুড়ল বাঘটার দিকে। কালীপ্রসাদ অবাক হয়ে দেখলেন ছুরিটা বাঘটাকে ভেদ করে দেওয়ালে গিয়ে লাগল।

তারপর যা ঘটল তা অবিশ্বাস্য। বাঘটা একটা চাপা গর্জন করে একটা ঘূর্ণিঝড়ের মতো গিয়ে পড়ল পলের ওপর। তাকে মুখে তুলে নিয়ে একটা লাফে খোলা দরজা দিয়ে বাইরে গিয়ে পড়ল।

পলের স্যাঙাতরা ছিটকে পড়ল এদিক-ওদিক। সবাই কুমড়ো-গড়াগড়ি।

মশাটা কালীপ্রসাদের কানের মধ্যে বলল, "ওদের বাঁধন খুলে দাও। পাজি লোকগুলোকে বেঁধে ফেলো। ওরা এখন নিরস্ত্র।"

কালীপ্রসাদ বললেন, "যে আজ্ঞে। কিন্তু বাঘটা কোথা থেকে এল?"

"ওকে চিনতে পারলে না? ও তোমার হালুম।"

"বুঝেছি।" বলে কালীপ্রসাদ কৃতজ্ঞতায় চোখের জল মুছলেন। তারপর এগিয়ে গিয়ে চারজনের বাঁধন খুলতে লাগলেন।

নবীগঞ্জের দৈত্য

শরৎকালের সকাল। চারদিকে বেশ নরম রোদ। গাছে গাছে পাখি ডাকছে। প্রজাপতি উড়ছে। গোরুর হাম্বা শোনা যাচ্ছে। হরিহরের পাঠশালায় ছেলেরা নামতা মুখস্থ করছে। মহিমের পিসি উঠোনের কোণে ভাত ছড়িয়ে কাকদের ডাকাডাকি করছে। পাঁচু চোর সারারাত চুরির চেষ্টা করে বাড়ি ফিরে পান্তাভাত খেতে বসেছে। রায়বাবু রুপোবাঁধানো লাঠি হাতে প্রাতঃভ্রমণ করতে বেরিয়েছেন, সঙ্গে কুকুর। হাড়কেপ্পন হাবু বিশ্বাস খালের জলে গামছা দিয়ে মাছ ধরার চেষ্টা করছে। নিমাই আর নিতাই দুই বন্ধু পুকুরের ধারে বসে দাঁতন করতে করতে সুখ-দুঃখের গল্প করছে। শিকারি বাসব দত্ত তার দাওয়ায় বসে পুরনো বন্দুকটায় তেল লাগাচ্ছে। জাদুকর নয়ন বোস বাইরের ঘরে বসে পামিং-পাসিং প্র্যাকটিস করছে। হরেন চৌধুরী ওস্তাদি গানের কালোয়াতি করে যাচ্ছে। আর বটতলায় হলধরের কাছে বসে ন্যাড়া হচ্ছে পুঁটে সর্দার।

পুঁটে বলল, "দিনকাল কী পড়ল রে হলধর। আলুর কেজি আশি পয়সা! চাল আড়াই টাকা কিলো!"

হলধর পুঁটের মাথা কামাতে কামাতে বলল, "আমার ছোট ছেলেটার কথা বলছ তো! না, তার এখনও কোনও হিল্লে হল না।"

"তাই তো বলছি রে! যুদ্ধের সময় আকাল পড়েছিল, আর এই এইবারই দেখছি।"

"তা যা বলেছ। আজকালকার ছেলে-ছোকরারা কি আর মা-বাপের কথা শুনে চলে? আমার মেজো শালার মস্ত পাটের ব্যাবসা, কতবার বলি, ওরে একবার মামার কাছে যা। না, তার নাকি সম্মানে লাগে।"

"একেবারে নির্য্যাস কথাটা বলেছিস কিন্তু। রামভজন দুধওলার দুধে আর সর পড়ে না। ঘি, তেল, কোনটা খাঁটি আছে বল?"

কথাটা হল, পুঁটে সর্দারের বয়স নব্বই ছাড়িয়েছে, হলধরের পঁচাশি, দু'জনেই শক্তসমর্থ আছে বটে, কিন্তু কেউই কানে শোনে না। এ একরকম বলে, ও আর একরকম শোনে। তবু দু'জনেই সমানে কথাবার্তা চালিয়ে যায়। গত পঞ্চাশ বছর ধরে

চালিয়ে আসছে। পুঁটে সর্দার প্রতি মাসে একবার করে ন্যাড়া হয়, আর হপ্তায় দু'দিন দাড়ি কাটে। সবই হলধরের কাছে।

প্রতি মাসে ন্যাড়া হওয়ার পেছনে একটা বৃত্তান্ত আছে। পুঁটে সর্দার যৌবনকালে মস্ত ডাকাত ছিল! এই নবীগঞ্জের পশ্চিমে নদীর ওধারে যে পেল্লায় জঙ্গল ছিল, সেখানেই ছিল তার আড্ডা। আশপাশের গাঁয়ে-গঞ্জে তার অত্যাচারে কেউ আর টাকাপয়সা ঘরে রাখতে পারত না। ডাকসাইটে সাহেব-দারোগা অবধি তাকে কখনও ধরতে পারেনি। তবে নবীগঞ্জের রাজা ক্ষেত্রমোহন চৌধুরীকে সে একটু এড়িয়ে চলত। ক্ষেত্র চৌধুরীর একখানা ছোটখাটো ফৌজ ছিল। তাদের বিক্রমও ছিল খুব। সাহেব-দারোগা হিলটন অবশেষে একদিন ক্ষেত্রমোহনের দ্বারস্থ হয়ে আর্জি জানাল: ডাকাত পুঁটে সর্দারকে টিট করতে সাহায্য চাই। ক্ষেত্রমোহনও পুঁটের ওপর খুশি ছিলেন না। তাঁর প্রজাদের অনেকেই পুঁটের বিরুদ্ধে নালিশ করেছে তাঁর কাছে। কিন্তু ইংরেজ আমলে একজন দিশি রাজা তো নিজের দায়িত্বে এসব করতে পারেন না। হিলটনের আর্জিতে ক্ষেত্রমোহন রাজি হয়ে গেলেন। ক্ষেত্রমোহনের অত্যন্ত চালাক-চতুর একটি চর ছিল। তার নাম বিশু। সেই বিশুকে পুঁটে সর্দারের গতিবিধির খবর আনতে পাঠালেন ক্ষেত্রমোহন। বিশু দু'দিন বাদে খবর এনে দিল, সামনের অমাবস্যায় গোবিন্দপুরে মদন সরখেলের বাড়িতে ডাকাতি হবে।

অমাবস্যার সেই রাতে গোবিন্দপুরে আর পৌঁছতে হয়নি পুঁটেকে। গোবিন্দপুরের লাগোয়া ময়নার মাঠে ক্ষেত্রমোহনের ফৌজ ঘিরে ফেলল তাদের। একটা খণ্ডযুদ্ধ হয়েছিল বটে, কিন্তু সেটা তেমন কিছু নয়। পুঁটেকে ধরে আনা হল নবীগঞ্জে, ক্ষেত্রমোহনের দরবারে। পুঁটে সর্দার হাতজোড় করে বলল, "রাজামশাই, আমার বাপ আর পিতামহ আপনার বাপ আর পিতামহের ফৌজে ছিল। আমি কুলাঙ্গার, ফৌজে না এসে বেশি লাভের আশায় ডাকাতিতে নাম লেখাই। দোহাই মহারাজ, সাহেবদের হাতে দেবেন না, ওদের ওপর আমার বড় রাগ। যা শাস্তি হয় আপনিই দিন, গর্দান যায় তাও ভাল।"

ক্ষেত্রমোহন বিচক্ষণ লোক। মৃদু হাসলেন। সবাই জানে, ক্ষেত্রমোহনও ইংরেজদের মোটেই পছন্দ করেন না। তাঁর হাতের ইশারায় সেপাইরা পুঁটেকে হাজতে নিয়ে গেল। পরদিন সকালে এক নরসুন্দর এসে পুঁটের মাথাটা ন্যাড়া করে দিল। উড়িয়ে দিল পেল্লায় গোঁফজোড়াও। এর চেয়ে বেশি সাজা ক্ষেত্রমোহন দেননি।

ওদিকে হিলটন যখন খবর পেয়ে ধরতে এল তখন ক্ষেত্রমোহন সাহেবকে বললেন, "পুঁটে সর্দার আর ডাকাতি করবে না, তার হয়ে আমি কথা দিচ্ছি। কিন্তু তাকে আমার হেফাজতেই থাকতে দাও।"

হিলটন গাঁইগুঁই করল। পুঁটেকে ধরে দিলে তার কিছু বকশিশ পাওনা হয়। ক্ষেত্রমোহন বকশিশটা নিজের তহবিল থেকেই দিয়ে সাহেবকে বিদায় করলেন। পুঁটে আর তার দলবলকে ক্ষেত্রমোহন ফৌজে ভরতি করে নিলেন।

পুঁটে সেই থেকে প্রতি মাসে ন্যাড়া হয়ে আসছে।

সেই ক্ষেত্রমোহন বহুদিন গত হয়েছেন। তস্য পুত্র পূর্ণচন্দ্রও আর নেই। তবে ক্ষেত্রমোহনের নাতি আজও আছে। তার নাম বীরচন্দ্র। নামে বীর হলেও বীরচন্দ্র মোটেই বীর নয়। সাংঘাতিক লাজুক প্রকৃতির বীরচন্দ্র রাজবাড়ির ভেতরে লোকচক্ষুর অন্তরালে বাস করে। কারও সঙ্গে দেখা করে না। একা-একা বীরচন্দ্র যে প্রাসাদের মধ্যে কী করে তা কেউ জানে না। বিয়ে-টিয়ে করেনি। রাজবাড়ির সেই জৌলুস নেই, দাস-দাসী, দরোয়ান, বরকন্দাজ ওসব কিছু নেই। থাকার মধ্যে এক বৃদ্ধ চাকর বনমালী আছে। আর আছে ততোধিক বৃদ্ধ এক রাঁধুনি। একজন সরকারমশাইও আছেন বটে, কিন্তু আদায়-উশুল নেই বলে তিনি বসে বসে মাছি তাড়ান আর মাঝে-মধ্যে বাজারহাট করে দেন।

শরৎকালের এই সুন্দর সকালে রাজবাড়ির সরকারমশাই ভুজঙ্গ হালদার বাজারে চলেছেন। এক হাতে ছাতা, আর এক হাতে চটের থলি। ভারী অন্যমনস্ক মানুষ। ছাতাটা হাতে ঝুলছে, থলিটা মাথায়।

রাজবাড়ির ভাঙা ফটকের সামনে দু'জনের দেখা হল। ভুজঙ্গবাবু আর পুঁটে সর্দার।

ভুজঙ্গবাবু ভ্রু একটু কুঁচকে গম্ভীর গলায় বললেন, "এই যে বৃন্দাবনদাদা, চললে কোথায়?"

পুঁটে সর্দার তাচ্ছিল্যের হাসি হেসে বলে, "না হে না, বাজারে যাব কেন? আমার বাজার কোন সকালে হয়ে গেছে। তা রাজবাড়ির খবর-টবর কী, বলো!"

ভুজঙ্গবাবু হাত উলটে হতাশ গলায় বলেন, "খবর আর কী। ওই গয়ংগচ্ছ করে চলছে। আদায়-উশুল উঠে গেছে, ঘটিবাটি বেচে চলছে কোনওরকমে।"

পুঁটে সর্দার চোখ বড় বড় করে বলল, "বলো কী! রাজবাড়িতে সাপ ঢুকেছিল? কত বড় সাপ?"

ভুজঙ্গবাবু বললেন, "তা সাপ-খোপেরও অভাব নেই। মেলা ঘুরে বেড়াচ্ছে। ছুঁচো, ইঁদুর, বাদুড়, তক্ষক সবই পাবে। রাজবাড়িতে এখন ওদেরই বাস কিনা। দুঃখের কথা কী বলব রে ভাই জনার্দন, আজকাল চোর-ছ্যাঁচড়রা অবধি লজ্জায়-ঘেন্নায় রাজবাড়িতে ঢোকে না।"

"তাই নাকি? তা হলে তো খুব ভয়ের কথা হল! ভূত-প্রেতের উপদ্রব তো মোটেই ভাল কথা নয়। তা তুমি বাজারের থলিটা মাথায় চাপিয়েছ কেন গো? মাথাটা আবার গরম হল নাকি?"

জিভ কেটে ভুজঙ্গবাবু তাড়াতাড়ি থলি ঝুলিয়ে ছাতা খুলে মাথায় ধরে বললেন, "যাই, কচু-ঘেঁচু যা পাই নিয়ে আসি। রাজামশাই চাট্টি খাবেন।"

"না, না, আমার বাগানে এখনও লাউ ফলেনি। তবে কুমড়ো কিছু হয়েছে। ফলন মোটেই ভাল নয়। তা আসি গিয়ে। রাজামশাইকে আমার পেন্নাম জানিয়ো।"

ভুজঙ্গবাবু বললেন, "হুঁঃ, রাজামশাই! রাজা হতে মুরোদ লাগে। বুঝলে আজিজুল ভায়া, রাজা শুধু মুখের কথায় হয় না।"

এই বলে ভুজঙ্গবাবু হনহন করে চলে গেলেন। পুঁটে সর্দার নিজের ন্যাড়া মাথায় খুশিমনে হাত বোলাতে বোলাতে নবীগঞ্জের খবরাখবর নিতে চলল। আজ মনটা খুশিতে একেবারে টাকডুমাডুম। যেদিন ন্যাড়া হয় সেদিনটায় ভারী আনন্দ হয় তার।

নবীগঞ্জের সবচেয়ে দুঃখী লোক হলেন দুঃখহরণ রায়। ছোটখাটো, দুর্বল, ভিতু এই মানুষটি একসময়ে নবীগঞ্জের স্কুলে মাস্টারি করতেন। কিন্তু ছেলেরা তাঁর কথা মোটেই শুনত না, ক্লাসে ভীষণ গণ্ডগোল হত। দোর্দণ্ডপ্রতাপ হেডসার প্রতাপচন্দ্র মার্কণ্ড অবশেষে দুঃখবাবুকে ডেকে বললেন, "এভাবে তো চলতে পারে না। আপনি বরং কাল থেকে আর ক্লাস নেবেন না, কেরানিবাবুকে সাহায্য করবেন। ওটাই আপনার চাকরি।"

দুঃখবাবু এ কথায় খুব দুঃখ পেয়ে চাকরি ছেড়ে দিলেন। তাঁর দজ্জাল স্ত্রী চণ্ডিকা এতে প্রচণ্ড রেগে গিয়ে দুঃখবাবুকে খুব কড়া-কড়া কথা শোনাতে লাগলেন দু'বেলা। দুঃখবাবু অগত্যা বাড়ির বাইরের দিকে একখানা খোড়ো ঘর তুলে আলাদাভাবে বাস করতে লাগলেন। তাঁর দুটো ছেলে রাম আর লক্ষ্মণ নবীগঞ্জের কুখ্যাত ডানপিটে দুষ্টু ছেলে। তাদের অত্যাচারে লোকে জর্জরিত। একে মারছে, তাকে ধরছে, ফল-পাকুড় চুরি করছে, গাছ বাইছে, যখন-তখন যাকে-তাকে দূর থেকে ঢিল মেরে পালাচ্ছে। তাদের সামলানোর সাধ্যও দুঃখবাবুর নেই। কিন্তু লোকে এসে তাঁকেই অপমান করে যায়। দুঃখবাবু মাথা নিচু করে অপমান নীরবে হজম করেন। হতদরিদ্র, মুখচোরা দুঃখবাবুকে কেউ বিশেষ পাত্তা দেয় না। একা-একা থাকেন। একা থাকতে থাকতে নিজের মনেই নানা কথা বলেন। কখনও আপনমনে হাসেন। কখনও মনখারাপ করে বেজার মুখে বসে থাকেন। মাঝে মাঝে খুব হতাশ হয়ে বলেন, "হায় রে, আমার কি কেউ নেই?"

একদিন রাতের বেলা চোর এল। ঘরে খুটখাট শব্দ শুনে ঘুম ভেঙে ভয় পেয়ে উঠে বসলেন দুঃখবাবু। কাঁপা গলায় বললেন, "কে হে বাপু? আমি বড় ভিতু মানুষ।"

চোরটি লাইনে নতুন। পুরনো চোর হলে কখনও দুঃখবাবুর ঘরে ঢুকত না। আর ধরা পড়লে ভয়ও পেত না।

কিন্তু আনাড়ি চোরটি ভয় পেল এবং ভাঙা জানালা দিয়ে পালাতে গিয়ে বাখারির খোঁচা খেয়ে 'বাপ রে' বলে বুক চেপে ধরে বসে পড়ল মাটিতে। দুঃখবাবু তাড়াতাড়ি আলো জ্বেলে দেখেন জানালার ভাঙা বাখারির খোঁচায় চোরটার বুকে বেশ ক্ষত হয়েছে।

দুঃখবাবু দুঃখিতভাবে বললেন, "পালানোর কোনও দরকারই ছিল না তোমার। আমি কি তোমাকে মারতুম রে ভাই? আমার গায়ে জোরই নেই। দেখছ না আমার কেমন রোগা রোগা হাত-পা? কস্মিনকালে কেউ আমাকে ভয় খায়নি। দাঁড়াও আমার কাছে একটা মলম আছে, লাগিয়ে দিচ্ছি। তারপর একটু জল-বাতাসা খাও, জিরোও।"

চোরটার ক্ষতে মলম লাগানো হল। খুবই লজ্জার সঙ্গে জল-বাতাসাও সে খেল। কিন্তু খুব গুম হয়ে রইল। নিজের আনাড়িপনার জন্যও বোধহয় লজ্জা হয়েছে। বয়সটাও বেশি নয়। দুঃখবাবুর চোরটাকে বেশ ভালই লাগল। লোকটার সঙ্গে একটু কথা-টথা বলতে ইচ্ছে করছিল। দুঃখের বিষয়, দুঃখবাবুর সঙ্গে কেউই বিশেষ কথা-টথা বলতে চায় না। অথচ দুঃখবাবুর খুব ইচ্ছে করে একজন বেশ সহৃদয় লোককে বসে বসে নিজের দুঃখের কথা শোনান।

দুঃখবাবু গলাখাঁকারি দিয়ে আলাপ শুরু করলেন, "ওহে বাপু, অমন বেজার হয়ে থেকো না। আমি যে লোকটা খারাপ নই তা তো টের পেলে। তোমার ওপর আমার কোনও রাগ নেই। তা তোমার বাড়ি কোথায়? নাম কী?"

চোরটা একটু নড়েচড়ে বসে বলল, "ওসব বলা বারণ আছে।"

"কেন, বারণ কেন গো? আমি কি আর পুলিশের কাছে বলতে যাচ্ছি?"

"বললেই বা আটকাচ্ছে কে?"

দুঃখবাবু একটু দমে গিয়ে বললেন, "পুলিশও কি আর আমার কথা কানে তুলবে? আমাকে কেউ পোঁছে না, বুঝলে? কেউ পোঁছে না, অথচ আমার পেটে কত কথা জমে আছে। এসো, একটু গল্প করা যাক।"

চোরটা মাথা নেড়ে বলল, "না মশাই, আমার কাজ আছে। আপনার এখানে তো কিছু হল না। খালি হাতে ফিরলে কি আমাদের চলে?"

চোরটা ফের ভাঙা জানালা দিয়েই পালিয়ে গেল। দুঃখবাবু বুকভাঙা একটা দীর্ঘশ্বাস ফেলে আপনমনে বললেন, "হায় রে, আমার কি কেউ নেই?"

না, দুঃখবাবুর সত্যিই কেউ নেই। তাই দুঃখবাবু মনের দুঃখে মানুষ ছেড়ে অন্যদের সঙ্গে ভাব করার চেষ্টা করতে লাগলেন। একটা নেড়ি কুকুর জুটল। তার নাম দিলেন ভুলু। তা ভুলু দুঃখবাবুর সঙ্গে দিব্যি মানিয়ে নিল। প্রায়ই এসে দরজার কাছে বসে,

লেজ নাড়ে। দুঃখবাবু আদর করে বলেন, "ভুলু নাকি রে? ইস। বড্ড রোগা হয়ে গেছিস যে ভাই। সারা দুপুর টো-টো করে বেড়াস, অসুখ-বিসুখ করে ফেলবে যে।"

এইভাবে কথা চলতে থাকে। কিন্তু ভুলুর শুধু দুঃখবাবুকে নিয়ে চলে না। কারণ দুঃখবাবুর খাওয়া-দাওয়া বড্ড সাদামাঠা। ডাল আর ভাত। ভুলু সুতরাং মাছ-মাংসওলা বাড়িতেও গিয়ে হানা দেয়।

ভুলু ছাড়া আরও দু'-একজন বন্ধু জুটে গেল দুঃখবাবুর। ঘরের মধ্যে একজোড়া চড়াইপাখি বাসা করেছে। তাদের আবার ছানাপোনাও হয়েছে। দুঃখবাবু চড়াইপাখি দুটোর নাম দিয়েছেন হরিপদ আর মালতী। কিন্তু হরিপদ আর মালতী সারাদিন ভারী ব্যস্ত। চুড়ুক করে উড়ে যাচ্ছে, ফুড়ুত করে ফিরে আসছে। আবার যাচ্ছে, আসছে। তার ফাঁকে ফাঁকে অবশ্য দুঃখবাবু তাদের সঙ্গে আলাপ জমানোর চেষ্টা করেন, "হরিপদ যে, শরীর ভাল তো! ছেলেপুলেরা সব কেমন আছে রে? বলি ও মালতী, কয়েক দানা মুড়ি বা চিঁড়ে খাবি? মুখখানা যে শুকিয়ে গেছে!"

কেঁদো চেহারার একটা ছুঁচো প্রায়ই দুঃখবাবুর ঘরে উৎপাত করে। দুঃখবাবু তার নাম দিয়েছেন হলধর। তাকে বিস্তর ডাকাডাকি করেন দুঃখবাবু, "বলি ও হলধর, শুনছিস? বেশ আছিস ভাইটি। মাটির তলায় ডুব দিয়ে থাকিস, দুনিয়ার কোনও ঝঞ্ঝাট পোহাতে হয় না। আর এই আমার অবস্থা দেখ। মানুষ হয়ে জন্মেছিলাম বটে, কিন্তু মানুষের মতো কি বেঁচে আছি?"

বোলতা, ফড়িং, ব্যাঙ ইত্যাদির সঙ্গেও কথাবার্তা বলার চেষ্টা করেন দুঃখবাবু। তবে বুঝতে পারেন, এরাও সব ভারী ব্যস্ত মানুষ। সারাদিন বিষয়কর্মে ঘুরে বেড়ায়, রাতে একটু জিরোয়। দু' দণ্ড বসে কথা শোনার সময় কারও নেই। তিনি যে একা সেই একা।

একদিন মাঝরাতে আচমকা ঘুম ভেঙে তিনি বুকভাঙা দীর্ঘশ্বাস ফেলে আপনমনে বলে উঠলেন, "হায় রে, আমার কি কেউ নেই?"

বলেই তিনি হঠাৎ ভীষণ চমকে উঠলেন। ঘাড়ে সুড়সুড়ি দিল কে? একেবারে স্পষ্ট সুড়সুড়ি। ভয় পেলেও ভাবলেন সেই চোরটা হয়তো ভাব করতে এসেছে। তাই কাঁপা গলায় বললেন, "চোরভায়া নাকি? অনেকদিন পর এলে।"

না, চোর নয়। বাতি জ্বেলে চারদিক ভাল করে দেখলেন তিনি। কেউ নেই। মনের ভুলই হবে হয়তো! আবার বাতি কমিয়ে শুয়ে পড়লেন। কিছুক্ষণ যেতে-না-যেতেই ফের ঘাড়ে কে যেন সুড়সুড়ি দিল। এবার আরও স্পষ্ট। সাপ-খোপ বা বিছে-টিছে নয় তো? তাড়াতাড়ি উঠে ভাল করে বিছানা-টিছানা হাঁটকে-মাটকে দেখলেন। কোথাও কিছু নেই। আবার শুলেন। চোখ বুজে মটকা মেরে রইলেন, ঘুম এল না। আচমকা

মাথার চুলে কে যেন পটাং করে একটা টান মারল। "বাপ রে" বলে উঠে বসলেন তিনি। কিন্তু কাউকেই দেখা গেল না। ভূত নাকি? "রাম, রাম, রাম, রাম" বলতে বলতে ভয়ে কেঁদেই ফেলছিলেন তিনি। হঠাৎ মনে হল, আমার তো কেউ নেই। তা ভূত-বাবাজির সঙ্গে না হয় একটু বন্ধুত্ব হল!

গলাখাঁকারি দিয়ে একটু কাঁপা-কাঁপা গলায় দুঃখবাবু বললেন, "ভূত-বাবাজি নাকি? আস্তাজ্ঞে হোক, বস্তাজ্ঞে হোক। এই অভাজনের কাছে যে আপনি আগমন করেছেন সেটা এক মস্ত সৌভাগ্যই আমার। দয়া করে কোনও বিকট চেহারা নিয়ে দেখা দেবেন না। আমি বড় ভিতু মানুষ।"

না, ভূত দেখা দিল না। একটা দীর্ঘশ্বাস ফেলে দুঃখবাবু শুয়ে পড়লেন। রাতে আর কিছু হল না।

কিন্তু পরদিন হল। দুঃখবাবু শুয়ে আছেন। ঘুমটাও এসে গেছে। এমন সময়, না, সুড়সুড়ি নয়, কে যেন পেটে বেশ একটা রাম-কাতুকুতু দিল। দুঃখবাবুর বড্ড কাতুকুতুর ধাত। তিনি কাতুকুতু খেয়ে হেসে ফেললেন। তারপর "বাপ রে" বলে উঠে বসলেন। টের পেলেন ভয়ের চোটে তাঁর মাথার চুল খাড়া-খাড়া হয়ে যাচ্ছে।

ভূত নাকি? ঘরে তো কেউ নেই! বসে বসে দুঃখবাবু বুকের ধড়াস-ধড়াস শব্দ শুনলেন কিছুক্ষণ। এসব হচ্ছেটা কী? এসব হচ্ছে কেন? তিন গেলাস জল খেয়েও তাঁর গলাটা শুকনোই রইল। অনেকবার রামনাম করলেন।

ফের কাতুকুতুটা হল ভোরের দিকে। দুঃখবাবু প্রথমটা খিলখিল করে হেসে উঠেই ভয়ে খাড়া হয়ে বসলেন। আর ঘুম হল না।

কাতুকুতু বা সুড়সুড়ির ওপর দিয়ে মিটে গেলে কথা ছিল না। কিন্তু দিন-দুই পরেই দিনেদুপুরে যখন বাজার থেকে ফিরছিলেন তখন বাড়ির কাছাকাছি আসতেই কে যেন পেছন থেকে পটাং করে একটা গাঁট্টা দিল। প্রথমটায় ভেবেছিলেন, কোনও দুষ্টু ছেলে ঢিল মেরেছে। কিন্তু ঢিল মারলে ঢিলটা মাটিতে পড়ার শব্দ হবে। হয়নি। ঢিল খেতে কীরকম লাগে তা দুঃখবাবু ভালই জানেন। অনেকবার ঢিল খেয়েছেন।

সুড়সুড়ি আর কাতুকুতুর সঙ্গে গাঁট্টাটাও সুতরাং যোগ হল। আগে রাতে হত, আজকাল দিনমানেও হচ্ছে। কখনও গাঁট্টা, কখনও সুড়সুড়ি, কখনও কাতুকুতু। কে যে এসব করছে, তা বুঝতে পারছেন না দুঃখবাবু। ভূতই হবে। তবে আজকাল আর তেমন একা লাগছে না নিজেকে। দীর্ঘশ্বাস ফেলে যদি হঠাৎ বলে বসেন, "হায় রে, আমার কি কেউ নেই!" সঙ্গে সঙ্গে মাথায় খটাং করে গাঁট্টা খেতে হয়।

আর কেউ না হোক, মাঝে মাঝে পুঁটে সর্দার এসে তাঁর খোঁজখবর নেয়।

আজও পুঁটে ন্যাড়া হওয়ার আনন্দে ডগমগ হয়ে দুঃখবাবুর দরজার বাইরে দাঁড়িয়ে হাঁক মারল, "কই হে মাস্টার! আছো-টাছো কেমন?"

দুঃখবাবু বিমর্ষ মুখে বেরিয়ে এসে বললেন, "আছি কই দাদা! সেই কাতুকুতু সমানে চলছে। গাঁট্টাও খেতে হচ্ছে প্রায়ই।"

পুঁটে সর্দার চোখ ছোট করে বলল, "কতবড় মাছ বললে! দেড় মন? উরেব্বাস! তা হলে তো মস্ত মাছই ধরেছ! কোথা থেকে ধরলে, রাজবাড়ির পুকুর থেকে নাকি?"

দুঃখবাবু মাথা নেড়ে বলেন, "মাছের বৃত্তান্তই নয়। বড় কঠিন সমস্যা চলছে দাদা। আমি বোধহয় এবার মারা পড়ব।"

পুঁটে গম্ভীর হয়ে বলে, "না রে ভাই, সে যুগ কি আর আছে? আগে তো এক পয়সাতেই ন্যাড়া হওয়া যেত। আজকাল মজুরি ঠেলে উঠেছে এক টাকায়। তা হলধর পুরনো খদ্দের বলে কমই নেয়, মাত্র একটা আধুলি। তোমার কাছ থেকেও ওই পঞ্চাশ পয়সাই নেবে, আমি বলে দেব'খন।"

একটা দীর্ঘশ্বাস ফেলে দুঃখবাবু বললেন, "গাঁট্টার যা বহর দেখছি তাতে পয়সা দিয়ে আর ন্যাড়া হতে হবে না। গাঁট্টার চোটে চুল সব উঠে যাবে।"

বলেই একটু আঁতকে উঠলেন দুঃখবাবু। কারণ কথাটা মুখ থেকে বেরোতেই একটা রাম গাঁট্টা এসে পড়ল মাথায়।

দুঃখহরণকে পেছনে ফেলে পুঁটে সর্দার ফের হাঁটা ধরল।

হাসি-হাসি মুখে রায়বাবু প্রাতঃভ্রমণ সেরে ফিরছেন। আহ্লাদি চেহারা, ফর্সা, নাদুস-নুদুস। মুখে সদাপ্রসন্ন ভাব। হাতে রুপোর হাতলওলা লাঠি। সঙ্গে বিশাল অ্যালসেশিয়ান কুকুর প্রহরী।

"পাতঃপেন্নাম হই রায়বাবু। সব খবর ভাল তো?"

"হ্যাঁ হ্যাঁ, সব খবর ভাল। তা তোমার খবর-টবর কী?"

"আজ্ঞে, তা যা বলেছেন। কুকুরের মতো ভাল জিনিস আর হয় না। কুকুরের কাছে মানুষের অনেক কিছু শেখার আছে।"

রায়বাবু বুদ্ধিমান লোক। আর কথা বাড়ালেন না। বাড়ির দিকে হাঁটতে লাগলেন। অনেকটা হাঁটা হয়েছে আজ। বাড়ি ফিরেই এক গেলাস নিমপাতার রস খাবেন! বুকটা ঠান্ডা হবে।

একটু এগোতেই দেখলেন, দুঃখমাস্টার দৌড়ে আসছেন।

"ও কী, ও মাস্টার? দৌড়োচ্ছ যে! বাড়িতে আগুন লাগেনি তো!"

"আজ্ঞে না মশাই। দিনরাত ভূতের গাঁট্টা খাচ্ছি। আর পারা যাচ্ছে না।"

"ভূতের গাঁট্টা? সে আবার কী জিনিস? ভূতের কিল শুনেছি। গাঁট্টা তো শুনিনি!"

"খেলে বুঝতেন। ওঃ, ওই আবার! নাঃ, পারা যাচ্ছে না। আসি রায়মশাই, থামলেই গাঁট্টা মারছে।"

রায়বাবু একটু অবাক হলেও ব্যাপারটা তাঁর খারাপ লাগল না। দুঃখহরণ কুঁড়ে লোক, কোনওকালে শরীরের দিকে নজর দেয়নি। এই যে দৌড়ঝাঁপ করছে, এতে ওর উন্নতি হবে। কিন্তু ভূতের গাঁট্টাটা কী জিনিস, তা তিনি বুঝতে পারলেন না।

বাড়ি ফিরে রায়বাবু পরম তৃপ্তির সঙ্গে এক গেলাস নিমপাতার রস তারিয়ে তারিয়ে খেলেন। ভেতরটা ঠান্ডা হয়ে গেল। রায়বাবু স্বাস্থ্য ছাড়া কিছু বোঝেন না। স্বাস্থ্যের মধ্যে আবার সবচেয়ে বেশি গুরুত্ব দেন লিভার ভাল রাখাকে। ফলে চিরতা, কালমেঘ, শিউলিপাতা ইত্যাদি যত তেতো জিনিস আছে সারাদিন তা খেয়ে যান। বাড়ির লোকজন, ছেলেমেয়ে, স্ত্রী, কাজের লোক, এমনকী কুকুর-বেড়ালকেও খাওয়াতে চেষ্টা করেন। ফলে আজকাল সবাই তাঁকে এড়িয়ে চলে। তাঁর রস খাওয়ার সময় হলেই স্ত্রী পাশের বাড়িতে, ছেলেমেয়েরা খাটের তলায়, ঠাকুর, কাজের লোক বাড়ির পেছনকার জঙ্গলে, বেড়ালরা বেপাড়ায় পালিয়ে যায়। শুধু প্রহরী পালায় না। তবে রায়বাবু রস খাওয়াতে এলে সে এমনভাবে দাঁত বের করে গড়-ড় গড়-ড় করে যে, রায়বাবু বিশেষ সাহস করেন না। তিনি ছাড়া আর যে কেউ তেতো খেতে চায় না এতে তিনি খুবই দুঃখ বোধ করেন। দীর্ঘশ্বাস ফেলে ভাবেন, দুনিয়াটা উচ্ছন্নে যাচ্ছে।

ওদিকে দুঃখবাবু দৌড়োচ্ছেন। দৌড়োলে গাঁট্টা বন্ধ হয়ে যাচ্ছে। কিন্তু দৌড় বন্ধ করলেই খটাং করে মাথায় গাঁট্টা পড়ছে। সুতরাং তাঁকে দৌড়তেই হচ্ছে।

ব্যায়ামবীর ভল্লনাথ তার উঠোনে দাঁড়িয়ে মুগুর ভাঁজছিল। দুঃখবাবুকে সামনের রাস্তা দিয়ে পড়ি-কি-মরি করে দৌড়োতে দেখে সে আঁতকে উঠে চেঁচিয়ে বলল, "দৌড়োচ্ছেন কেন দুঃখবাবু? কদমতলার ভীমরুলের চাকে কেউ ঢিল দিয়েছে নাকি?"

দুঃখবাবুর জবাব দেওয়ার সময় নেই। তিনি দৌড়ে হাওয়া হয়ে গেলেন। ভল্লনাথ "ওরে বাবা রে" বলে মুগুর ফেলে দৌড়ে গিয়ে খালের জলে ঝাঁপিয়ে পড়ল।

খালের জলে হাবু বিশ্বাসের মাথাটা ভুস করে ভেসে উঠল। বিরক্তির গলায় বলল, "দিলে তো সব ভন্ডুল করে! এতবড় মাগুর মাছটাকে সাপটে তুলেছিলাম প্রায়। আচ্ছা বেআক্কেলে লোক হে তুমি! শরীরটাই তাগড়াই, মাথায় গোবর।"

ভল্লনাথ দু' ঢোঁক জল খেয়ে ফেলল তাড়াহুড়োয়। হাঁফাতে হাঁফাতে বলল, "ভীমরুলের চাকটা ভেঙেছে। আসছে সব ভোঁ-ভোঁ করে তেড়ে। ডুব দাও! ডুব দাও!"

হাবু বিশ্বাস খানিকক্ষণ হাঁ করে থেকে বলল, "ভীমরুল! সে তো জলের তলাতেও হুল দেয়। বাপ রে!"

বলে হাবু বিশ্বাস হাঁচোড়-পাঁচোড় করে খালের ওধারে উঠে ছুটতে লাগল।

নিমাই আর নিতাই দুঃখবাবুকে ছুটে আসতে দেখে লাফিয়ে উঠল।

"দুঃখদাদা, হলটা কী? ও দুঃখদাদা..."

কিন্তু দুঃখবাবু থামলেন না, জবাবও দিলেন না। দৌড়তে লাগলেন। নিমাই তখন নিতাইকে বলল, "ছোট তো! লোকটা দৌড়চ্ছে কেন জানতে হবে।"

দু'জনেই দুঃখবাবুর পেছনে ধাওয়া করতে লাগল।

হরিহরের পাঠশালার কাছাকাছি নিমাই আর নিতাই প্রায় ধরে ফেলল দুঃখবাবুকে।

তিনজনকে ওরকম ছুটে যেতে দেখে পাঠশালার ছেলেরা চেঁচিয়ে উঠল, "সার, বাঘ বেরিয়েছে! বাঘ বেরিয়েছে!"

হরিহর পন্ডিত সঙ্গে সঙ্গে পাঠশালা ছুটি দিয়ে বললেন, "তোমরাও সব দৌড়ে বাড়ি চলে যাও।"

ছুটি পেয়ে ছেলেরা সব হুল্লোড় করে বেরিয়ে পড়ল। তারপর দৌড়োতে লাগল দুঃখবাবুর পেছনে-পেছনে। সঙ্গে চিৎকার, "বাঘ! বাঘ!"

"কোথায় বাঘ? অ্যাঁ! কোথায় বাঘ!" বলতে বলতে বন্দুক হাতে বাসব দত্ত খিড়কির দরজা দিয়ে পালিয়ে গোয়ালঘরে ঢুকে পড়ল। হরেন চৌধুরী সারেগামা থামিয়ে তানপুরাটা বাগিয়ে ধরে চেঁচাতে লাগল, "অ্যাই খবরদার! অ্যাই খবরদার!" নয়ন বোস কপিকলের দড়ি বেয়ে কুয়োয় নেমে গেল। সোজা কথায় নবীগঞ্জে হুলুস্থুলু কাণ্ড। দৌড়োদৌড়ি, চেঁচামেচি।

দুঃখবাবু আর পারছেন না। দৌড়ঝাঁপের অভ্যাস নেই। শরীরও মজবুত নয়। নবীগঞ্জের পুবধারে মাধব ঘোষালের বাড়ির ফটক খোলা পেয়ে সোজা ঢুকে পড়লেন। মাধব ঘোষাল বারান্দায় বসে তামাক খেতে খেতে একটা পুঁথি দেখছিলেন। সোজা গিয়ে তাঁর সামনে পড়লেন দুঃখবাবু, "ঘোষালমশাই, রক্ষে করুন।"

গাঁয়ের সবচেয়ে বিচক্ষণ লোক বলে সবাই ঘোষালমশাইকে জানে। মাথা ঠান্ডা, বুদ্ধিমান, পরোপকারী। মাধব ঘোষাল দুঃখবাবুর দিকে চেয়ে পুঁথিটা রেখে একটা দীর্ঘশ্বাস ছেড়ে বললেন, "শ্যামা পালোয়ানের নাতির ঘরের পুতির অবস্থা যে শোচনীয় দেখছি। ওরে কে আছিস, এক গেলাস জল নিয়ে আয়।"

দুঃখবাবু ঢকঢক করে জল খেলেন।

মাধব ঘোষাল কান পেতে কী একটু শুনে বললেন, "গাঁয়ে এত গোল কিসের?"

দুঃখবাবু একটু দম নিয়ে বললেন, "আমাকে নিয়েই গণ্ডগোল। আমি দৌড়োচ্ছিলাম দেখে কেউ ভাবল ভীমরুল, কেউ ভাবল বাঘ। সব খামোখা দৌড়োদৌড়ি-চেঁচামেচি করে মরছে।"

"তুমিই বা দৌড়োলে কেন?"

দুঃখবাবু যেন বেজায় অবাক হয়ে বললেন, "দৌড়োব না? ভূতটা যে দিনরাত গাঁট্টা মারছে। দৌড়োলে আর মারে না। থামলেই মারে। এই দেখুন, মাথার পেছনে সব সুপুরি তুলে দিয়েছে।"

মাধব ঘোষাল দেখলেন। বাস্তবিকই তিন-চার জায়গা রীতিমতো ফুলে আছে। ঘোষাল একটু চিন্তিত মুখে বলেন, "গাঁট্টা মারছে কেন তা কি আন্দাজ করতে পেরেছ?"

"আজ্ঞে না। কখনও কাতুকুতু দেয়, কখনও সুড়সুড়ি, কখনও গাঁট্টা। প্রথমটায় সুড়সুড়ি আর কাতুকুতুই দিত। তারপর হঠাৎ গাঁট্টা শুরু হয়েছে।"

মাধব ঘোষাল একটা শ্বাস ছেড়ে বললেন, "তার মানে সুড়সুড়ি আর কাতুকুতুতে কাজ হয়নি। তাই গাঁট্টা মারতে শুরু করেছে।"

দুঃখবাবু একটু অবাক হয়ে ঘোষালের মুখের দিকে চেয়ে বললেন, "কাজ হয়নি! কাজ হয়নি মানে কি ঘোষালমশাই!"

মাধব ঘোষাল ভ্রুকুটি করে দুঃখবাবুর দিকে কিছুক্ষণ চেয়ে থেকে বলে উঠলেন, "কপালে তোমার এখনও বিস্তর গাঁট্টা আর দৌড়োদৌড়ি লেখা আছে।"

দুঃখবাবু আঁতকে উঠে বললেন, "সে কী? মরে যাব যে মশাই!"

"মরতে এখনই তোমাকে দিচ্ছে কে?"

রেলস্টেশন নবীগঞ্জ থেকে মাইল দেড়েক দূরে। ব্রাঞ্চ লাইনের ছোট্ট স্টেশন। সারাদিনে দু'খানা আপ আর দু'খানা ডাউন গাড়ি যায়।

রাত দশটার ডাউন ট্রেনটা পাস করানোর জন্য পয়েন্টসম্যান ভজনলাল স্টেশনে এসেছে। এ সময়টায় স্টেশনমাস্টারমশাই থাকেন না। ভজনলাল ডাল-রুটি পাকিয়ে রেখে সময়মতো চলে আসে। ট্রেন পাস করিয়ে দিয়ে খেয়ে ঘুম লাগায়। এই ট্রেনে যাত্রী থাকে না। কেউ নামেও না, ওঠেও না।

আজও ট্রেনটা পাস করাচ্ছিল ভজনলাল। কিন্তু ট্রেনটা এসে দাঁড়াতেই সামনের কামরার একটা দরজা পটাং করে খুলে গিয়ে একটা বিভীষিকা নেমে এল। পরনে জরির পোশাক ঝলমল করছে। এরকম লম্বাচওড়া লোক ভজনলাল জীবনে দেখেনি। দু'খানা হাত যেন শালখুঁটি, কাঁধ দু'খানা গন্ধমাদন বইতে পারে, আর বুকখানা যা চওড়া ভজনলালের খাটিয়াখানা বোধহয় তাতে এঁটে যায়। লোকটা কামরা থেকে

লাফ দিয়ে নেমে সামনে ভজনলালকে দেখেই হুহুংকারে জিজ্ঞেস করল, "উও কাঁহা?"

ভজনলাল এমন ঘাবড়ে গেল যে, হাত থেকে লাল-নীল বাতিটা খসে পড়ে গেল প্ল্যাটফর্মে। সে দু'হাত জোড় করে কাঁপতে কাঁপতে বলল, "কৌন হুজুর?"

লোকটা ফের হুংকার ছাড়ল, "কাঁহা হ্যায় উও? আঁ! কাঁহা ছিপা হুয়া হ্যায়?"

ভজনলাল কাঁপতে কাঁপতে বলে, "নেহি মালুম হুজুর!"

লোকটা দু'খানা বিশাল থাবায় ভজনলালের কাঁধ ধরে একটা রামঝাঁকুনি দিয়ে বলল, "নেহি মালুম! নেহি মালুম! ক্যা নেহি মালুম রে? আভি উসকো লে আও। কাঁহা ছিপায়গা উও?"

ভজন ভয়ে আধমরা। বলল, "জি হুজুর। জরুর ঢুঁড় লায়েঙ্গে। লেকিন উনকো নাম তো বতাইয়ে।"

দৈত্যটা ভজনলালকে ছেড়ে দিয়ে কপালে হাত বোলাতে বোলাতে এবার বাংলায় বলল, "তাই তো! নামটা কী যেন! অনেক দিনের কথা কিনা। নামটা তো মনে পড়ছে না।"

ভজনলাল দম ফেলার সময় পেল। বড্ড ঘাবড়ে গিয়েছিল সে। হাতজোড় করে বলল, "নামটা ইয়াদ না করে কোই হরজা নেই হুজুর। লেকিন লোকটা দেখতে কেমুন আছে সিটা তো বোলেন।"

দৈত্যটা একটা বিশাল শ্বাস ছাড়ল। সেই শ্বাসের ধাক্কায় ভজন এক-পা পিছিয়ে গেল যেন। শ্বাস ছেড়ে দৈত্যটা বলল, "লোকটা রোগাপটকা, ফর্সা, একটু ট্যারা, মাথায় বাবরি চুল। বুঝলি? কোথায় লোকটা?"

ভজনলাল মাথা নেড়ে বলে, "মিলে যাবে হুজুর। জরুর মিলে যাবে। কাল হবিবপুরে হাটবার আছে, বহুত আদমি আসবে। ওইরকম তিন-চারটা আদমি ধরে লিয়ে আসব।"

লোকটা বড় বড় চোখে ভজনলালকে প্রায় ভস্ম করে দিয়ে বলল, "ফর্সা বললাম নাকি? না, লোকটা কালোই হবে। আর ট্যারা নয়। অনেকটা চিনেম্যানের মতো দেখতে। আর রোগাপটকাও নয়। বেশ লম্বাচওড়া চেহারা। বুঝতে পেরেছিস কার কথা বলছি?"

"জি হুজুর, মিলে যাবে।"

দৈত্যটা দাঁত কিড়মিড় করে বাজ-পড়া গলায় বলল, "লোকটাকে পেলে আমি কী করব জানিস?"

ভজন ভয়ে ভয়ে বলে, "পিটবেন হুজুর। লোকটা মালুম হচ্ছে, বহোত বদমাশ আছে।"

লোকটা একটা হাত মুঠো পাকিয়ে বলল, "আগে কিলিয়ে কাঁঠাল পাকাব। তারপর ময়দার মতো ঠাসব, দলা পাকিয়ে ফেলব। তারপর সেই দলাটা দিয়ে ফুটবল খেলব। তারপর কিছুক্ষণ লোফালুফি করব, তারপর নদীতে ফেলে দেব। তারপর তুলে এনে মুগুর দিয়ে চ্যাপটা করব। তারপর..."

ভজনলাল মাথা নেড়ে বলে, "সমঝ গিয়ে মালিক। আদমিটার নসিব খারাপ আছে। যো ইচ্ছা হয় করবেন হুজুর, আমি আঁখ মুদিয়ে থাকব।"

"মনে থাকে যেন, লোকটা বেঁটে, কালো, মাথায় টাক, দাঁতগুলো উঁচু, গাল তোবড়ানো..."

"জি হুজুর। এখানে সব কিসিম পাবেন। কাল হাটবারে পসন্দ করে লিবেন।"

দৈত্যটা চোখ মিটমিট করে বলল, "পছন্দ! পছন্দ করার কথা উঠছে কেন রে? আমি তাকে মোটেই পছন্দ করি না।"

"জি হুজুর। আপনার বাত ঠিক আছে। হামি ভি তাকে পসন্দ করি না।"

"মনে থাকে যেন, লোকটা বেশ লম্বা, ফোকলা, মাথায় টাক কিংবা বাবরি চুল, চিনেম্যান বা কাফ্রির মতো দেখতে, নাকটা থ্যাবড়া হতে পারে আবার চোখাও হতে পারে।"

"জি হুজুর। খুব ইয়াদ থাকবে। আপনি এখন গিয়ে আরাম করুন।"

দৈত্যটা আর-একটা শ্বাস ফেলে গদাম-গদাম করে নাগরা জুতোর শব্দ তুলে স্টেশন থেকে বেরিয়ে এল। তারপর জোরকদমে হেঁটে অন্ধকারে মিলিয়ে গেল।

ভজনলাল জোড়হাত কপালে ঠেকিয়ে বলল, "রামজি কি কৃপামে আজ তো বাঁচ গয়া। জয় রামজি, সীতা মায়ি, বজরঙ্গবলি কি! কাল ক্যা হোগা রামজিকি মালুম।"

রাত এগারোটাতেই নবীগঞ্জ নিশুতি। ঘোর অন্ধকার রাত্রি, তাতে আবার কুয়াশা পড়েছে। পাঁচু বিষয়কর্মে বেরিয়েছে। কপালে সিঁদুরের ফোঁটা, গায়ে চুপচুপে করে তেল মাখা, হাতে একটা থলি। থলিতে সিঁদকাঠি আছে, কুকুরের জন্য বিস্কুট আর মাংসের হাড় আছে, নানারকম চাবি আছে, শিক বাঁকানো আর কাচ কাটার যন্ত্রপাতিও আছে।

রায়বাবুর বাড়িতে চুরি করা শক্ত কাজ। রায়বাবুর একটা বিশাল কুকুর আছে। পাঁচু বার তিনেক চেষ্টা করে পেরে ওঠেনি। আজ সে তৈরি হয়েই এসেছে। গতকাল রায়বাবু ধান বেচে বেশ কয়েক হাজার টাকা পেয়েছেন। শোওয়ার ঘরে লোহার আলমারিতে রাখা আছে। কাজটা শক্ত। কিন্তু শক্ত কাজেই তো আনন্দ।

রায়বাবুর বাড়িটা বাইরে থেকে খুব ভাল করে দেখে নিল পাঁচু, কেউ জেগে আছে কি না। জানালায় কান পেতে শুনল, ভেতরে শ্বাসের যে শব্দ হচ্ছে তা ঘুমন্ত মানুষের

শ্বাসের শব্দ কি না। এসবের জন্য সূক্ষ্ম কান চাই। শিখতে অনেক সময় আর মেহনত খরচ হয়েছে পাঁচুর। তবে না সে আজ পাশ-করা চোর।

কুকুরটা সামনের বারান্দায় থাকে। সেদিকটায় যায়নি পাঁচু। কোনও শব্দও করেনি। তবু কুকুরটা বোধহয় টের পেয়ে আচমকা ঘেউ-ঘেউ করে উঠল। পাঁচুর কাজ বাড়ল। বিরক্ত হয়ে সে সন্তর্পণে এগিয়ে গিয়ে বারান্দার গ্রিলের ভেতরে বিস্কুট আর হাড় দুটো ছুড়ে ফেলল। তারপর অপেক্ষা করতে লাগল। বিস্কুট আর হাড়ে ঘুমের ওষুধ দেওয়া আছে। পাঁচ-ছ' ঘণ্টা টানা ঘুম হবে।

একটা ঝোপের মধ্যে ঘাপটি মেরে বসে রইল পাঁচু। কুকুরটা একটু দ্বিধায় পড়ল। তারপর জিনিসগুলো শুঁকল। তারপর হাড়খানা নিয়ে কামড়াকামড়ি শুরু করল। তারপর মিনিট পাঁচেকের মধ্যে ঘুমিয়ে পড়ল।

আর দেরি নয়। চটপট কাজ শেষ করে ফেলতে হবে। পাঁচু উঠে দাঁড়াল। ঝোপের ওপাশ থেকে আরও একজন সঙ্গে সঙ্গে উঠে দাঁড়াল। কিন্তু ওঠাটা কিছু অদ্ভুত। উঠছে তো উঠছেই। যেন শেষ নেই। পাঁচুর মাথার ওপরেও বোধহয় আরও হাত দেড়েক উঠে গিয়ে তবে লোকটার ওঠা শেষ হল। শুধু উঁচুই নয়, বহরের দিকটাও দেখার মতো। এত বড় বহরের মানুষ পাঁচু কখনও দেখেনি। সামনের বাড়িটা, এমনকী বাগানটা অবধি আড়াল হয়ে গেল।

অন্য কেউ হলে চেঁচামেচি করত, ভিরমি খেত বা দৌড়ে পালাত। দৌড়ে পালানোর অবস্থা অবশ্য পাঁচুর নেই। ভয়ে হাত-পা সব অসাড় হয়ে গেছে। তবে তার অনেক দেখা আছে, অভিজ্ঞতাও প্রচুর। রাতবিরেতে বেরোলে কতরকম ঘটনাই ঘটে। সাপ, ভূত, পাগলা কুকুর। তবে এটি ব্রহ্মদৈত্য কি না তা ঠাহর হল না তার। তবে শুকনো গলাটা পরিষ্কার করতে গিয়ে তার গলা থেকে একটা ছাগলের ডাক বেরোল।

ব্রহ্মদৈত্য চাপা গলায় বলে উঠল, "তুই!"

গলা দিয়ে স্বাভাবিক স্বর বেরোল না। ফের ছাগলের ডাক। সেই ছাগলের গলাতেই পাঁচু বলে উঠল, "আমি!"

"তোকেই তো খুঁজছি! সেই ঢ্যাঙা, শুঁটকো, হাড়গিলে, দাঁত উঁচু চেহারা!"

পাঁচু বুদ্ধিমান। টপ করে বুঝতে পারল, লম্বাচওড়া হলেও লোকটা ব্রহ্মদৈত্য নয়। মানুষই। বুঝবার সঙ্গে সঙ্গে পাঁচুর গলার স্বর ফিরে এল। খুবই বিনয়ের সঙ্গে বলল, "উনি আমার পিসেমশাই।"

"কে কার পিসেমশাই!"

"ওই যার কথা বললেন। ঢ্যাঙা, শুঁটকো, হাড়গিলে, দাঁত উঁচু। সবাই ভুল করে

কিনা। আমার আপন পিসেমশাই তো, তাই আমার সঙ্গে চেহারার খুব মিল। অনেকে যমজ ভাই বলে ভুল করে।”

দৈত্যটা যেন ভাবিত হল, “পিসেমশাই! পিসেমশাই! কোথায় তোর পিসেমশাই?”

“আছে মশাই, আছে। কিন্তু এত রাতে তাকে বিরক্ত করা কি ঠিক হবে?”

লোকটা ঝোপ পেরিয়ে এসে পাঁচুর কাঁধ খামচে ধরে বলল, “কোথায় আছে? কোথায়?”

থাবা খেয়ে পাঁচু চোখে সর্ষেফুল দেখতে লাগল। কিন্তু বুদ্ধিটা গুলিয়ে যেতে দিল না। গলাটি মোলায়েম করে বলল, “আজ্ঞে আর ঝাঁকাবেন না, হাড়ে-হাড়ে খটাখট শব্দ হচ্ছে। বলছি, একটু দম নিতে দিন।”

“তাকে কী করব জানিস? বস্তায় পুরে আছড়ে আছড়ে ছেঁচে ফেলব। তারপর গরম জলে সেদ্ধ করব। তারপর গরম তেলে ভাজব।”

“খুব ভাল হয় তা হলে। দেখবেন আবার কাঁচা তেলে ছাড়বেন না। তেলটা বেশ ফুটে উঠলে, তবেই ছাড়বেন। নিজের পিসেমশাই বলেই কবুল করতে লজ্জা হয় মশাই, কিন্তু উনি খুব যাচ্ছেতাই লোক। এই দেখুন না, অগ্রহায়ণ মাসের ঠান্ডায় আমি ফ্যা-ফ্যা করে ঘুরছি, ট্যাঁকে পয়সা নেই, পেটে ভাত নেই, আর উনি নাকে তেল দিয়ে ঘুমোচ্ছেন।”

কাঁধে আর-একটা ঝাঁকুনি দিয়ে দৈত্যটা বলল, “কোথায় সে?”

“ওই যে বাড়িটা দেখছেন, সামনের ডানদিকের ঘরখানা, ওইখানে। তবে সাড়াশব্দ করবেন না। পিসেমশাইয়ের বন্দুক আছে। দুম করে বন্দুক চালিয়ে দিলে সব ভন্ডুল হয়ে যাবে।”

“বন্দুক!” বলে লোকটা যেন ভাবিত হয়ে পড়ল। নিজের কপালে একটু টোকা মেরে মাথা নেড়ে বলল, “না, তার তো বন্দুক থাকার কথা নয়! তার বন্দুক ছিল না।”

“ছিল না বলে কি হতে নেই মশাই? দশ বছর আগে আমারও তো দাড়িগোঁফ ছিল না, তা বলে এখন কি হয়নি? চালের দর কি আগে পাঁচ টাকা কিলো ছিল? এখন কী করে পাঁচ টাকা হল বলুন! আগে তো সূর্য পৃথিবীর চারদিকে ঘুরত, তা বলে কি এখন ঘোরে? এখন পৃথিবীই তো দেখছি সূর্যের চারদিকে পাক মেরে মেরে হয়রান হচ্ছে। এই নবীগঞ্জে আগে চোর-ডাকাত ছিল কখনও? তা বলে কি এখন চোর-ডাকাত হয়নি?”

লোকটা এসব কথা কানে তুলল না। কেমন যেন ভয়-খাওয়া গলায় বলল, “বন্দুক! বন্দুকটা কী জিনিস বলো তো! লম্বামতো দেখতে, দুম করে শব্দ হয়?”

"শব্দ বলে শব্দ! সে সাংঘাতিক ব্যাপার। তার ওপর পিসেমশাইয়ের বন্দুককে বন্দুক না বলে কামান বলাই ভাল। গেল বার পিসেমশাই এক ডাকাতকে গুলি করেছিলেন, ডাকাতের গায়ে গুলি লাগেনি বটে, কিন্তু শব্দেই সে মূর্ছা গেল। পরে পুলিশ এসে জল-টল দিয়ে তার মূর্ছা ভাঙায়। আরও কী হল জানেন? সেই শব্দে মশা-মাছি কাক-চিল সেই যে নবীগঞ্জ ছেড়ে পালাল, আর ছ' মাসের মধ্যে এদিকপানে আসেনি।"

দৈত্যটা যেন একটু চঞ্চল হল, চারদিক চেয়ে হঠাৎ পাঁচুকে ছেড়ে দিয়ে বলল, "বন্দুক! বন্দুক খুব খারাপ জিনিস। শব্দ হয়।"

বলেই চোখের পলকে ঘুরে অন্ধকারে দুদ্দাড় করে পালাতে লাগল। লোকটার আক্কেল বলে কিছু নেই। মচাত করে একটা গাছের ডাল ভেঙে ফেলল, একটা টিনের ক্যানেস্তারা প্রচণ্ড শব্দে ছিটকে ফেলল, খটাস করে ফটক খুলল। আর সেই শব্দে ঘুম ভেঙে উঠে রায়বাবু চেঁচাতে লাগলেন, "কে রে! কে ওখানে!"

নাঃ, আজও হল না। পাঁচু দুঃখিতভাবে মাথা নাড়ল। কিন্তু নবীগঞ্জে এই অসুরটা কোত্থেকে হাজির হল, মতলবটাই বা কী, সেটা জানতে হচ্ছে। রায়বাবু বাতি জ্বেলে লাঠি হাতে বেরিয়ে আসতে আসতে হাঁকডাক করছেন। তাঁর কাজের লোক, জোয়ান ছেলেরা, সব ঘুম ভেঙে উঠে পড়েছে। পাঁচু ধীরেসুস্থে তার থলি গুছিয়ে নিয়ে গা-ঢাকা দিল।

দুঃখবাবুর আজকাল ঘুম খুব পাতলা হয়েছে। গাঁট্টার ভয়ে সবসময়েই একটা আতঙ্ক। তবে ভালর মধ্যে এই যে, আগে যেমন যখন-তখন গাঁট্টা, কাতুকুতু, সুড়সুড়ি হত, এখন তেমনটা হয় না। প্রথম গাঁট্টাটা আজকাল খুব ভোরের দিকে হয়। আর মজা এই, গাঁট্টা খেয়েই উঠে পড়লে এবং দৌড়োতে শুরু করলে আর কোনও উৎপাত থাকে না। দুঃখবাবু দৌড়োলে যে ভূতটার কী সুবিধে, তা অনেক মাথা ঘামিয়েও দুঃখবাবু বুঝতে পারছেন না।

আজ মাঝরাতে হঠাৎ দুঃখবাবুর ঘুম ভেঙে গেল। ঘরে যেন অন্ধকারেও একটা ছায়ামূর্তি দেখতে পেলেন। সেই চোরটাই আবার এসেছে নাকি? চোরকে দুঃখবাবুর কোনও ভয় নেই, কারণ চোর তাঁর নেবেটা কী? তিনি বরং আগন্তুকের সাড়া পেয়ে খুশিই হলেন। দুটো সুখ-দুঃখের কথা তো বলা যাবে।

"কে, চোরভায়া নাকি? আরে, এসো, এসো। বোসো দেখি জুত করে। শরীর-গতিক সব ভাল তো! বাড়ির খবর-টবর সব ভাল? খোকাখুকিরা ভাল আছে তো! আর বউ? তিনি ভাল আছেন তো!"

চোরভায়া জবাব দিল না, তবে বিকট একটা শ্বাস ফেলল।

"তা বেশ হাঁফিয়ে পড়েছ দেখছি ভায়া! বোসো, বসে একটু জিরোও। তোমার মেহনত তো কম নয়। রাত জেগে খুবই পরিশ্রম করতে হয় তোমাকে। তা দুধ-টুধ খাও তো নিয়মিত? এত পরিশ্রম, একটু দুধ-ঘি না হলে শরীরে এত সইবে কেন? আমি বলি কী, একটু চ্যবনপ্রাশ খেয়ে দ্যাখো, ওতে বেশ বল হয়।"

এই বলে ফস করে হ্যারিকেনের নিবু-নিবু সলতেটা একটু উসকে দিলেন দুঃখবাবু। আর তারপরেই বিকট মূর্তি দেখে তাঁর মূর্ছা যাওয়ার অবস্থা। এতবড় যে কোনও মানুষের চেহারা হতে পারে, তা জানা ছিল না তাঁর। তার ওপর আবার রাজারাজড়াদের মতো জরির পোশাক!

দৈত্যটা আর-একটা ঝড়ের মতো শ্বাস ফেলে বলল, "তা হলে তুই-ই সেই পামর?"

দুঃখবাবু কিছুক্ষণ স্তম্ভিত হয়ে থাকলেন। তারপর হঠাৎ তাঁর মনে হল, সেই ভূতটাই মূর্তি ধরে আসেনি তো! ভূতেরা অনেক কিছু পারে। যখন-তখন অদৃশ্য হয়ে যায়, আবার যার-তার রূপ ধারণ করে।

একটু কাঁপা গলায় দুঃখবাবু বলে উঠলেন, "আপনিই কি তিনি?"

দৈত্যটা বিশাল আর-একটা শ্বাস ফেলে বলে, "আমিই। তোকে কী করব জানিস! আগে তোকে ধরে গোটাকয়েক আছাড় দেব। তারপর বনবন করে ঘুরিয়ে ছুড়ে ফেলব। তারপর মুগুর দিয়ে পিটিয়ে চ্যাপটা করে রোদে শুকিয়ে পাঁপড়ভাজা বানাব। তারপর গুঁড়ো করে নস্যি বানিয়ে উড়িয়ে দেব ফুঁ দিয়ে।"

দুঃখবাবু অত্যন্ত দুঃখের সঙ্গে বললেন, "আমার ওপর আপনার এত রাগ কেন? দিনরাত গাঁট্টা মারছেন, কাতুকুতু দিচ্ছেন, সুড়সুড়ি দিচ্ছেন, তাতেও হল না? আমি রোগাভোগা, দুঃখী মানুষ, আমার ওপর এই অত্যাচার কি ভাল?"

দৈত্যটা অবাক হয়ে বলে, "গাঁট্টা? কাতুকুতু? সুড়সুড়ি? ফুঃ, ওসব আমার মোটেই পছন্দের জিনিস নয়। আমি চাই শঠে শাঠ্যং।"

এবার দুঃখবাবু খানিকটা দুঃখে, খানিকটা রাগে ফুঁসে উঠে বললেন, "আপনি মোটেই ভাল লোক নন। আড়াল থেকে গাঁট্টা মারেন, কাতুকুতু দেন, সুড়সুড়ি দেন, সাহস থাকলে সামনে এসে দাঁড়ালেই পারতেন। আড়াল থেকে লোককে যন্ত্রণা দেওয়া খুব খারাপ অভ্যাস। এখন তো খুব দাঁত বের করে এসে হাজির হয়েছেন, বলি এখন যদি আমি উলটে আপনাকে কাতুকুতু দিই? গাঁট্টা মারি? সুড়সুড়ি দিই?"

দৈত্যটা এক-পা পিছিয়ে গিয়ে বলে, "কাতুকুতু? ওরে বাবা, কাতুকুতু আমি মোটেই সইতে পারি না।"

"তা হলে! যা নিজে সইতে পারেন না, তা অন্যকে দেন কোন আক্কেলে? ছিঃ ছিঃ,

আপনি অত্যন্ত খারাপ। অতি জঘন্য চরিত্রের লোক। আপনাকে কাতুকুতু দিলেও কাতুকুতুর অপমান করা হয়।"

দৈত্যটা কিছুক্ষণ দুঃখবাবুর দিকে বড় বড় চোখে চেয়ে থেকে মাথা নেড়ে বলল, "না, তুই নোস। সে তোর চেয়ে লম্বা, তোর চেয়ে অনেক জোয়ান, বয়সেও বড়। তার মাথায় তোর মতো টাকও নেই।"

দুঃখবাবু এ কথায় অত্যন্ত দুঃখ পেয়ে বললেন, "সবাই ওইকথা বলে। সকলেই নাকি আমার চেয়ে লম্বা, আমার চেয়ে জোয়ান, আমার চেয়ে বড়, তাদের টাকও নেই। তাতে কী এমন অপরাধ হল শুনি! রোগা, বেঁটে, কমজোরি আর টেকোরা বুঝি মাগনা এসেছে পৃথিবীতে! তাদের বুঝি ধরে ধরে কেবল কাতুকুতু দিতে হয়? সুড়সুড়ি দিতে হয়? গাঁট্টা মারতে হয়?"

দৈত্যটা পিটপিট করে চেয়ে বলল, "কাতুকুতু খুব খারাপ জিনিস।"

দুঃখবাবু খুবই রেগে উঠছেন ক্রমে ক্রমে। এবার প্রায় ধমক দিয়ে বলে উঠলেন, "হ্যাঁ, কাতুকুতু খারাপ, সুড়সুড়ি খারাপ। তার চেয়ে আরও খারাপ হল গাঁট্টা।"

দৈত্যটা দুঃখবাবুর সঙ্গে একমত হল না, মাথা নেড়ে বলল, "না, কাতুকুতুই সবচেয়ে খারাপ।"

দুঃখবাবু আরও একটু রেগে গিয়ে বললেন, "না, কাতুকুতুর চেয়ে গাঁট্টা আরও খারাপ। গাঁট্টার চোটে ভোরবেলা ঘুম থেকে উঠে আমাকে মাইলচারেক দৌড়োতে হয় তা জানেন?"

"দৌড় ভাল জিনিস।"

"মোটেই ভাল জিনিস নয়। দৌড়োতে দৌড়োতে জিভ বেরিয়ে যায়। তবু কি থামবার উপায় আছে? থামলেই গাঁট্টা।"

"কাতুকুতুর চেয়ে গাঁট্টা ভাল।"

"না, কাতুকুতু তবু মন্দের ভাল।"

দৈত্যটা মাথা নেড়ে বলে, "কাতুকুতু খুব খারাপ।"

দুঃখবাবু রাগের চোটে দিশেহারা হয়ে বললেন, "কাতুকুতুই যদি খারাপ তা হলে আপনি আমাকে গাঁট্টা মারেন কেন?"

দৈত্যটা মাথা চুলকে বলল, "গাঁট্টা! না, গাঁট্টা-টাট্টা আমি মারি না। যার ওপর রাগ হয় তাকে ধরে আমি গামছার মতো নিংড়ে ফেলতে ভালবাসি। তারপর কী করি জানিস? নিংড়োবার পর গামছার মতোই ঝেড়ে নিয়ে তারপর পাকিয়ে পাকিয়ে একটা বল বানাই। তারপর বলটা দিয়ে খুব ফুটবল খেলি..."

"গাঁট্টা তা হলে কে মারে?"

"তার আমি কী জানি! তবে তুই অতি নচ্ছার লোক, তোকে গাঁট্টা মারাই উচিত।"

"আমি নচ্ছার লোক?"

"যারা কাতুকুতু দেয় তারা অত্যন্ত পাজি লোক।"

"আমি কখনও কাউকে কাতুকুতু দিই না।"

দুঃখবাবু খুব অভিমানভরে লোকটার দিকে চেয়ে থেকে বললেন, "এই যে রোজ আপনি আমাকে গাঁট্টা মারেন, তবু হাতের কাছে পেয়েও আমি আপনাকে একবারও কাতুকুতু দিয়েছি কি?"

দৈত্যটা একটু যেন শিহরিত হয়ে বলল, "বাপ রে।"

"একবারও দিয়েছি? বলুন!"

দৈত্যটা জবাব না দিয়ে তড়িঘড়ি দরজা খুলে পালিয়ে গেল।

কেউ বিশ্বাস করবে না। সেইজন্য কাউকে বলেও না পুঁটে সর্দার যে রাত বারোটার পর তার কান খুলে যায়। তখন হড়হড় করে কানের মধ্যে এতসব শব্দ ঢুকতে থাকে যে, পুঁটে আর ঘুমোতে পারে না। ঝিঁঝির ডাক, বাতাসের শব্দ, ইঁদুরের চিড়িক অবধি তখন বাজের শব্দের মতো কানে এসে লাগে। পুঁটে তাই বিকেল থেকে রাত বারোটা অবধি ঘুমোয়। রাত বারোটায় উঠে দিনের কাজ শুরু করে দেয়। প্রথমে ডন বৈঠক করে, তারপর পুজোআচ্চা, একটু প্রাতঃভ্রমণ সেরে রাত আড়াইটেয় ছোলা-গুড় খেয়ে দাওয়ায় বসে গুনগুন করে রামপ্রসাদী বা কীর্তন গায়। ভোর পাঁচটায় আবার কান বন্ধ হয়ে যায়।

আজও রাত বারোটায় ঘুম থেকে উঠে দাঁতন চিবোতে চিবোতে কুয়োর পাড়ে যাবে বলে দরজা খুলে উঠোনে নামতেই পুঁটে একটু চমকে গেল। অপদেবতা নাকি? উঠোনের যে ফটকটা আছে তার ধারে ওটা কে দাঁড়িয়ে? মনিষ্যি বলে তো মনে হয় না। এত বিরাট চেহারার কি মানুষ হয়? বারকয়েক রামনাম জপ করে নিয়ে গলাখাঁকারি দিয়ে পুঁটে বলল, "কে ওখানে?"

দাঁত কড়মড় সহ জবাব এল, "তোকেই খুঁজছি।"

পুঁটে সর্দারের হাত থেকে জলের ঘটিটা ঠকাস করে পড়ে গেল। দাঁতনটাও ধরে রাখতে পারল না কাঁপা হাতে। এ যে যমদূত, তাতে আর তার সন্দেহই রইল না। পরনে ঝলমলে জরির পোশাক। নিতে এসেছে।

কিন্তু কীই-বা বয়স হল তার? এখনও দাঁত নড়েনি, চুলে তেমন পাক ধরেনি, এখনও কাঠ কাটতে পারে, জল তুলতে পারে, দশ-বিশ মাইল হাঁটতে পারে। যতীন-ময়রার সঙ্গে কথা হয়ে আছে, যেদিন পুঁটে সর্দারের একশো বছর পুরবে সেদিন যতীন তাকে একশোটা স্পেশাল সাইজের রাজভোগ খাওয়াবে।

এক-একখানার ওজন দেড় পোয়া। নবসংঘ ক্লাবের ছেলেরা বলেছে, পুঁটে সর্দারের একশো বছর বয়স হলে তারা চাঁদা তুলে একশোখানা একশো টাকার নোট দিয়ে মালা গেঁথে তার গলায় পরিয়ে গাঁয়ে মিছিল বের করবে। ইস, একেবারে তীরে এসে তরী ডুবল যে! উত্তেজনায় নিজের মাথায় একবার হাত বোলাল পুঁটে, এঃ, পয়সা খরচ করে আজ ন্যাড়া হওয়ার দরকারই ছিল না। মরবে জানলে কোন আহাম্মক পয়সা খরচ করে ন্যাড়া হয়!

গলাখাঁকারি দিয়ে পুঁটে বলল, "পেন্নাম হই যমদূতমশাই। তা এখনই কি যেতে হবে? না কি দাঁতনটা করে নেব?"

যমদূত দাঁত কড়মড় করতে করতে বলল, "তোর সময় ফুরিয়েছে।"

তর্ক করে লাভ নেই, তবু পুঁটে সর্দার বিনীতভাবেই বলল, "আজ্ঞে হিসেবটা ঠিকমতো দেখে নিয়েছেন তো! হিসেবে কোনও ভুলভাল নেই তো!"

"কিসের হিসেব?"

"আজ্ঞে চিত্রগুপ্ত মশাইয়ের খাতাখানার কথা বলছি। এত লোকের আয়ুর হিসেব কি সোজা কথা? ভুলভাল হতেই পারে। উধোর পিণ্ডি বুধোর ঘাড়ে চাপল হয়তো।"

"আমাকে আঁক শেখাচ্ছিস?"

জিভ কেটে পুঁটে বলে, "আজ্ঞে না। আমার তেমন আস্পর্দা এখনও হয়নি। তবে কিনা অপরাধ যদি না নেন তো বলি, অনেক সময়ে নাম-ঠিকানাও ভুল হয় কিনা। আর-একবার নাম-ঠিকানাটা বরং মিলিয়ে দেখে নিন।"

যমদূত দাঁত কড়মড় করে বলল, "তুই-ই সেই লোক।"

পুঁটে বলল, "যে আজ্ঞে, তা হলে তো কথাই নেই। তা ওদিককার রাস্তাঘাট কেমন?"

"কোথাকার রাস্তা?"

"আজ্ঞে যমপুরীর রাস্তার কথাই বলছি। ভাঙাচোরা, খানাখন্দ নেই তো? বলেন তো লণ্ঠনটা সঙ্গে নিতে পারি। যেতে যেতে আবার বৈতরণীর খেয়া না বন্ধ হয়ে যায়!"

"আমাকে যমপুরীতে পাঠাতে চাস?"

জিভ কেটে পুঁটে বলে, "না, না, ছিঃ ছিঃ। যমপুরীতে পাঠাব কি? সেটা যে আপনার বাড়ি। এমনি বলছিলাম আর কী। তা ওদিককার খবর-টবর সব ভাল তো! যমদাদা ভাল আছেন তো? আর আমাদের যমুনাদিদি? তা আপনি দাঁড়িয়ে কেন? দাওয়ায় এসে বসে একটু জিরোন। রাস্তা তো কম নয়। হেঁটেই এলেন নাকি? গাড়ি-ঘোড়া কিছু নেই সঙ্গে?"

বলে পুঁটে হেঃ হেঃ করে ঘাবড়ে-যাওয়া কাষ্ঠহাসি হাসল। তারপর শশব্যস্তে বলল, "কী নিতে হবে বলুন তো সঙ্গে! গামছা তো একটা লাগবেই। কয়েকটা দাঁতন নিই বরং, কী বলেন? আর ঘটিখানাও, না কি? কাপড়জামা নিতে হবে না সঙ্গে?"

যমদূত সামনে এগিয়ে এসে বলল, "তোকে যমের বাড়ি পাঠাব বলেই তো এতদূর আসা।"

পুঁটে হাতজোড় করে বলল, "এসে খুব ভাল করেছেন। একদিন আগে এলে আরও ভাল হত। তা হলে আর পয়সা খরচ করে ন্যাড়াটা হতাম না। আপনিও চুলের ঝুঁটি ধরে দিব্যি টেনে নিতে পারতেন। খরচাটার কথাও একটু ভেবে দেখুন। আগে ন্যাড়া হতে মাত্র একটি পয়সা লাগত। এখন সেই দর ঠেলে কোথায় উঠেছে জানেন? পুরো এক টাকায়। বেঁচে থেকে কোনও সুখ নেই, বুঝলেন, কোনও সুখ নেই। জিনিসপত্রের যা দাম হয়েছে শুনলে আপনি মূর্ছা যাবেন। আজ সকালে কত দরে সরপুঁটি কিনেছি জানেন? শুনলে পেত্যয় যাবেন না, বারো টাকা। তাও কি দেয়? যোলো টাকার এক পয়সা ছাড়বে না। অনেক ঝোলাঝুলি করে তবে বারো টাকায় রফা হল। বলুন না আজ্ঞে। তাড়াহুড়ো কিছু নেই তো মশাই, আমরা তো আর ট্রেন ধরছি না। বসে একটু জিরিয়ে নিন। আমি টক করে কাজগুলো সেরে ফেলি।"

"কী কাজ?"

"দাঁতনটা করে, পুজোটা সেরে নিয়ে চাট্টি ভেজানো ছোলা মুখে ফেলে রওনা দেব'খন। বেশিক্ষণ লাগবে না। কতটা পথ হবে বলুন তো! বেলাবেলি পৌঁছনো যাবে?"

"কোথায় যাবি?"

"কেন, যমের বাড়ি! হেঃ হেঃ, রাস্তাঘাট তা হলে বেশ ভালই বলছেন তো! তবে সাবধানের মার নেই। আজ সকালেই শুনলাম, রাজবাড়িতে খুব সাপের উপদ্রব হয়েছে। লাঠিগাছটা বরং সঙ্গে নেব'খন। মরতেই যাচ্ছি বটে, কিন্তু সাপ-খোপের হাতে অপঘাতে প্রাণটা দিই কেন?"

যমদূত একটু যেন ভড়কে গিয়ে বলে উঠল, "লাঠি! লাঠি দিয়ে কী হবে? না, লাঠির দরকার নেই।"

"নেই বলছেন? লাঠি কিন্তু খুব ভাল জিনিস। বন্দুক, পিস্তল, তলোয়ার, রামদা বিস্তর চালিয়েছি বটে, কিন্তু দেখলাম, লাঠির কোনও তুলনা নেই। একখানা লাঠি হাতে রাখলে যেন বল-ভরসা এসে যায়। তখন যমকেও ভয় করে না।"

যমদূত ঘন ঘন মাথা নেড়ে বলল, "না, না, লাঠির দরকার নেই। তলোয়ার-টলোয়ারও খারাপ জিনিস।"

"নেব না বলছেন?"

যমদূত ধমক দিয়ে উঠল, "না! খবরদার না!"

পুঁটে বেজার মুখে বলল, "তা হলে থাক। লাঠিখানা আমার অনেকদিনের বন্ধু কিনা, তাই নিতে চাইছিলাম। আমার সঙ্গে সেও একটু যমপুরী ঘুরে আসত। পাকা গিঁটেল বাঁশের লাঠি। কত মাথা ফাটিয়েছি, কত হাত-পা ভেঙেছি লাঠি দিয়ে। রাজামশাই খুশি হয়ে গাঁটগুলো পেতল দিয়ে বাঁধিয়ে দিয়েছিলেন। গুহ্যকথা প্রকাশ করা ঠিক নয়, তবে আপনি আপনজন বলেই বলছি, আমার লাঠি কিন্তু মন্ত্রসিদ্ধ। গোলক ওস্তাদের দলের সঙ্গে যখন আমাদের দাঙ্গা লাগল তখন তো বারোজন ঘিরে ধরে সড়কি, তলোয়ার চালিয়ে আমাকে প্রায় আধমরা করে ফেলেছিল আর কী। বললে পেত্যয় যাবেন না, তখন আমার হাত থেকে খসেপড়া ওই লাঠি নিজে থেকেই শূন্যে উঠে দমাদম পিটিয়ে সেই বারোজনকে তেপান্তর পার করে দিয়ে এসেছিল। আর একবার..."

যমদূত এক-পা পিছিয়ে গিয়ে বলল, "তোকে আমার একটুও পছন্দ হচ্ছে না। এই গাঁয়ের লোকগুলো অত্যন্ত পাজি।"

একটু আশার আলো দেখতে পেয়ে পুঁটে বলল, "যে আজ্ঞে। নবীগঞ্জের লোকেরা খুবই পাজি। এতই পাজি যে, যম অবধি তাদের ছোঁয় না। তাই বলছিলাম, ঠিকানাটা ভুল হয়নি তো! একটু ভাল করে মাথাটা ঝাঁকিয়ে দেখুন তো! মাইল তিনেক উত্তরে শিবগঞ্জ আছে। সেখানে চুনো সর্দার বলে একজন থাকে। তার শুনেছি একশো বিরাশি বছর বয়স। সেই হবে তা হলে। এ বেলা পা চালিয়ে চলে যান, পেয়ে যাবেন তাকে।"

দৈত্যটা মাথা নেড়ে বলল, "না রে, না। তার এই নবীগঞ্জেই আসার কথা। হবিবপুর স্টেশনে নেমে নবীগঞ্জ। আমার খুব মনে আছে। কিন্তু লোকটা যে কোথায় ঘাপটি মেরে আছে তা বুঝতে পারছি না।"

আশার আলোটা আরও উজ্জ্বল হল। একটু হাঁফ ছেড়ে পুঁটে বলল, "ওঃ, তাই বলুন! আমারও মনে হচ্ছিল কোথায় একটা ভুল হচ্ছে। আমার তো আর মরার বয়স হয়নি। চিত্রগুপ্তেরও একটু ভীমরতি হয়েছে মশাই, বুড়ো বয়সের তো ওইটেই দোষ কিনা! তবে এটুকু বলতে পারি, যাকে আপনি খুঁজছেন সে আমি নই।"

যমদূত একটু হতাশ গলায় বলে, "তা হলে সে কোথায়?"

আশার আলোয় এখন চারদিক একেবারে ঝলমল করছে। পুঁটে একগাল হেসে বলে, "আছে কোথাও লুকিয়ে-টুকিয়ে। বলেন তো, আপনার সঙ্গে আমিও একটু খুঁজে দেখতে পারি।"

"খুঁজবি?"

"আজ্ঞে, আপনি স্বয়ং যমরাজার লোক, আপনার জন্য দরকার হলে প্রাণও দিতে পারি। তা লোকটা কে বলুন তো!"

যমদূত মাথা চুলকে বলল, "বেঁটেই হবে বোধ হয়, রোগাপানা, মাথায় টাক।"

পুঁটে উজ্জ্বল হয়ে বলল, "তাই বলুন, বেঁটে, রোগা, মাথায় টাক হচ্ছে দুঃখবাবু, রাজবাড়ির সরকারমশাই, গাইয়ে হরেন চৌধুরী।"

যমদূত ঘন ঘন মাথা চুলকে বলল, "আবার লম্বাও হতে পারে, বেশ শক্তপোক্ত চেহারা, মাথায় ঝাঁকড়া চুল।"

"তার আর ভাবনা কী? এ নির্ঘাত শিকারি বাসব দত্ত, নয়তো মহিম হালদার, না হলে ব্যায়ামবীর ভল্লনাথ হতেই হবে।"

"রোগা আর লম্বা যদি হয়?"

"তা হলেই বা চিন্তা কিসের? হাবু বিশ্বাস আছে, হরিহর পণ্ডিত আছে, নয়ন বোস আছে।"

যমদূত একটা ঝড়ের মতো শ্বাস ফেলে বলল, "এ গাঁয়ের লোকেরা অতি পাজি। নাঃ, লোকটাকে খুঁজে বের করতেই হবে।"

এই বলে যমদূত অন্ধকারে কোথায় মিলিয়ে গেল তা আর ঠাহর হল না পুঁটে সর্দারের। যেখানে খুশি যাক, আপাতত ধড়ে যে প্রাণটা বহাল রইল তাতেই পুঁটে খুশি। যমদূত পাছে ফিরে আসে সেই ভয়ে পুঁটে তাড়াতাড়ি দরজায় খিল দিয়ে শুয়ে পড়ল! ভোরের আগে আর বেরোচ্ছে না।

রাত পোয়ানোর আগেই অবশ্য আরও অনেকের সঙ্গেই দৈত্যটার মোলাকাত হল। নয়ন বোস মূর্ছা গেল, হরিহর পণ্ডিত আমগাছে উঠে বসে রইল। হাবু ঘোষ তার লুকোনো টাকা ঘুষ দিয়ে দৈত্যটাকে খুশি করার চেষ্টা করল। বাসব দত্তর জ্বর আর পেটের গোলমাল হতে থাকল।

ভাঙা, প্রকাণ্ড রাজবাড়ির দোতলার একখানা ঘরে বীরচন্দ্র থাকে। দু'শো বছরের পুরনো একখানা পালঙ্ক আর কিছু আসবাব আছে। এ ছাড়া বীরচন্দ্রের আর বিশেষ কিছু নেই। সামান্য জমিজমার আয় থেকে কোনওরকমে গ্রাসাচ্ছাদনটা চলে। বীরচন্দ্র খুবই লাজুক মানুষ। রাস্তায় বেরোলে এখনও লোকে তাকে রাজা বলে প্রণাম করে, অনেকে নজরানা দেয়, সেই ভয়ে বীরচন্দ্র বাইরে বেরোনো ছেড়েই দিয়েছে। তার কোনও বন্ধুবান্ধব নেই। বীরচন্দ্রের একটাই শখ, বীণা বাজানো। বীণার শব্দ পাছে লোকের কানে যায় সেইজন্য বীরচন্দ্র মাঝরাতে উঠে বিভোর হয়ে বীণা বাজায়। তার মাঝে মাঝে মনে হয়, এই বীণার জন্যই সে বেঁচে আছে।

আজও মাঝরাতে তন্ময় হয়ে বীণা বাজাচ্ছিল বীরচন্দ্র। হঠাৎ শুনতে পেল, সিঁড়ি

বেয়ে ভারী পায়ে কে উঠে আসছে। লাজুক বীরচন্দ্র বাজনা বন্ধ করে দিয়ে বসে রইল। এত রাতে কে আসবে?

দরজায় ঘা দিয়ে কে যেন বলে উঠল, "সে কোথায় রে?"

বীরচন্দ্র উঠল। লাজুক হলেও সে একটুও ভিতু নয়। চেহারাটা যথেষ্ট লম্বাচওড়া এবং রাজকীয়। তার গায়েও খুব জোর। দরজাটা খুলে সে দেখল, জরির পোশাক পরা বিরাট লোকটা দাঁড়িয়ে আছে।

বীরচন্দ্র একটু অবাক হয়ে বলল, "কী চাই?"

দৈত্যটা কুতকুতে দুই চোখে তার দিকে কিছুক্ষণ চেয়ে থেকে বলল, "লোকটা কোথায়?"

বীরচন্দ্র লোকের সঙ্গে বেশি মেলামেশা করে না বটে, কিন্তু তার পর্যবেক্ষণ তীক্ষ্ণ, বুদ্ধি ধারালো এবং কাণ্ডজ্ঞানও টনটনে। সে লোকটার দিকে চেয়েই বুঝতে পারল, লোকটা দেখতে যত ভয়ংকর আসলে তত বিপজ্জনক নয়।

সে মৃদু হেসে বলল, "এখানে তো আমি ছাড়া আর কেউ থাকে না। আপনি কাকে খুঁজছেন?"

"আরে ওই যে সিড়িঙ্গে চেহারার লম্বা বেঁটেপানা লোকটা! একমাথা টাক, তার ওপর বাহারে টেরিকাটা বাবরি। গায়ের রং কালো হলে কী হবে, টকটক করছে ফর্সা।"

বীরচন্দ্র দরজা ছেড়ে দিয়ে বলল, "আসুন ভেতরে।"

ভোর হতে-না-হতেই নবীগঞ্জে হইচই পড়ে গেল। কেউ বলে ভূত, কেউ বলে ডাকাত, কেউ বলে রাক্ষস, কেউ বলে যমদূত। মাধব ঘোষাল গাঁয়ের সবচেয়ে বিচক্ষণ মানুষ, সবাই তাঁকে গাঁয়ের মাতব্বর বলে মানে।

ভোরবেলা নবীগঞ্জের লোক এসে সব জড়ো হল মাধব ঘোষালের বৈঠকখানায়। যারা দেখেছে তারাও, যারা শুনেছে তারাও।

হারু ভটচাজ বলল, "নবীগঞ্জে অভাব-অভিযোগ মেলা আছে বটে, কিন্তু রাক্ষসের উৎপাত কোনওকালে ছিল না। বিজ্ঞানের এই অগ্রগতির যুগে রাক্ষসটা এল কোত্থেকে তাই ভাবছি। এ তো বড় চিন্তার কথা হল ঘোষালমশাই।"

ভজনলাল বলে উঠল, "উ তো সবাইকে খেয়ে লিবে। হামাকেই খেয়ে লিচ্ছিল। তো হামি হাতজোড় করে বললাম, রাক্ষসজি, একটু বইসুন, আমি থোড়া ডাল-রোটি খেয়ে লেই, তারপর যদি আপনি হামাকে খান তো খেতে মিষ্টি লাগবে।"

পাঁচু একটু পিছনে ছিল। সে বলল, "রাক্ষস-টাক্ষস নয়, আমার সঙ্গে তার দেখা হয়েছে। ঘোষালজ্যাঠা, আমার মনে হয় এ হল বিভীষণ। বিভীষণের তো মৃত্যু নেই।

কোথাও ঘাপটি মেরে ছিল এতদিন। হঠাৎ বেরিয়ে এসেছে। তবে কাকে যেন খুঁজছিল। ঠিক বুঝতে পারলাম না।"

ভজনলাল বলল, "ও বাত ঠিক। রাক্ষসজি কাউকে ঢুঁড়ছে।"

হঠাৎ রাস্তা দিয়ে দৌড়োতে দৌড়োতে এসে দুঃখবাবু ভিড় ঠেলে ঢুকলেন। হাঁফাতে হাঁফাতে বললেন, "একটা কথা টক করে বলে দিয়ে যাই ঘোষালমশাই, ভূতটা কাতুকুতু পছন্দ করে না। একটা বেঁটে, মোটা, লম্বা, রোগা, ফর্সা আর কালো লোককে খুঁজে বেড়াচ্ছে। খুবই জটিল ব্যাপার। কিন্তু আমার আর দাঁড়ানোর সময় নেই! উঃ... ওই আবার গাঁট্টা পড়ল। যাই...।"

সকাল থেকে কান ফের বন্ধ হয়ে গেছে পুঁটে সর্দারের। লোকের মুখ দেখে বক্তব্য অনুমান করার চেষ্টা করতে করতে সে বলল, "যমদূত বাবাজিকে কাল রাতে এমন ঠকান ঠকিয়েছি যে, আর বলার নয়। ধরে নিয়ে যাচ্ছিল আর কী! মুখে মুখে হিসেব কষে দেখিয়ে দিলাম যে, আমার মরার বয়সই হয়নি। তখন আর রা কাড়ে না। মিনমিন করে বলল, 'যাই হোক একটা ধরে নিয়ে যেতেই হবে, নইলে যমরাজা রেগে যাবেন।' কিন্তু কাকে যে নিয়ে গেল, বুঝতে পারছি না! সকালে উঠে সারা নবীগঞ্জে টহল দিয়ে দেখলাম, সবাই দিব্যি বেঁচেবর্তে আছে।"

হরিহর পণ্ডিত মাথার ঘাম মুছে বলল, "খুব ফাঁড়াটা গেছে রাত্তিরে। গাছে উঠে বসে আছি, তাতেও নিস্তার নেই। গাছ ধরে এমন ঝাঁকাচ্ছিল যে, পাকা আমটির মতো আমার খসে পড়ার কথা। গায়ত্রী জপ করতে থাকায় পড়িনি।"

নয়ন বোস একটা আংটি অদৃশ্য করে হাতের তেলোয় একটা বলের আবির্ভাব ঘটিয়ে বলল, "আমার জানলার শিক তো বেঁকিয়েই ফেলেছিল প্রায়। আমি তাকে হিপনোটাইজ করার চেষ্টা করেছিলাম, কিন্তু ব্যাটা খুব চালাক। আমার চোখে ভয়ে চোখই রাখছিল না।"

হাবু ঘোষ একটু খেঁচিয়ে উঠে বলল, "আর কেরদানি দেখিয়ো না। তাকে দেখে তো মূর্ছা গিয়েছিলে।"

নয়ন গম্ভীর হয়ে বলল, "আপনি ওসব বুঝবেন না। হিপনোটাইজ করার চেষ্টা করেও যদি না পারা যায় তা হলে সেটা নিজের ওপরেই বর্তায়। ওকে বলে হিপনোটিক ব্যাকল্যাশ। সোজা কথা, আমি নিজের হিপনোটিজমে আচ্ছন্ন হয়ে পড়েছিলাম।"

হাবু ঘোষ গরম হয়ে বলল, "দ্যাখো, কথায়-কথায় ইংরেজিতে গালমন্দ কোরো না। রাসকেল, ইডিয়ট বলো ঠিক আছে। সে তবু সওয়া যায়। কিন্তু ওই ব্যাকল্যাশ-ট্যাকল্যাশ খুব খারাপ কথা।"

ইতিমধ্যে ভিড় দেখে হরিদাস চিনেবাদাম ফিরি করতে চলে এসেছে। পঞ্চানন চায়ের কেটলি আর ভাঁড় নিয়ে এসে চা বিক্রি করতে লেগেছে। বাউল চরণদাস গান গেয়ে ভিক্ষে চাইছে।

মাধব ঘোষাল খানিকক্ষণ চিন্তা করে বললেন, "এত মানুষ যখন তাকে দেখেছে তখন ঘটনাটা উড়িয়ে দেওয়া যায় না। কিন্তু লোকটা গেল কোথায়? ভাল করে খোঁজা হয়েছে?"

সবাই প্রায় সমস্বরে জানাল যে, সারা গাঁ আঁতিপাঁতি করে খুঁজেও তাকে পাওয়া যায়নি।

মাধব ঘোষাল চিন্তিত মুখে বললেন, "আপনারা সবাই বাড়ি যান। রাতে সবাই মিলে পালা করে গাঁ পাহারা দিতে হবে। কিন্তু আমার মনে হচ্ছে, রাক্ষস, খোক্কস, দৈত্য, দানো যেই হোক, ক্ষতি করার হলে কাল রাতেই করত। তা যখন করেনি তখন ভয় পাওয়ার দরকার নেই। একটু সাবধান থাকলেই হবে।"

ধীরে ধীরে সবাই চলে গেল। কিন্তু মাধব ঘোষালের কপাল থেকে দুশ্চিন্তার রেখাগুলো মুছল না। তিনি উঠে ধুতি-জামা পরলেন। তারপর খিড়কির দরজা দিয়ে বেরোলেন।

মাধব ঘোষাল জানেন, গাঁয়ের লোক সব জায়গায় খুঁজলেও একটা জায়গায় খোঁজেনি, সেই জায়গাটার কথা কারও মাথাতেও আসবে না। সেটা হল রাজবাড়ি।

আর কেউ না গেলেও রাজবাড়িতে মাধব ঘোষালের যাতায়াত আছে। তাঁর পূর্বপুরুষেরা রাজবাড়ির কুলপুরোহিত ছিলেন। এখন সেই প্রথা উঠে গেলেও সম্পর্কটা বজায় আছে। মাধব বীরচন্দ্রকে খুবই স্নেহ করেন। বীরচন্দ্রের অনেক গুণ, কিন্তু মুখচোরা আর লাজুক বলে জীবনে তেমন কিছুই করতে পারেনি, শুধু বীণা বাজায়। মাধবের ভয় হচ্ছিল, দৈত্য বা দানো যেই হোক সে বীরচন্দ্রের কোনও ক্ষতি করেনি তো!

একটু ঘুরপথে লোকের চোখ এড়িয়ে মাধব এসে রাজবাড়িতে ঢুকলেন।

ভুজঙ্গ হালদার আজও বাজারে যাচ্ছিলেন। মাধবকে দেখে তটস্থ হয়ে বললেন, "পরেশ ভটচাজমশাই যে! ভাল আছেন তো!"

মাধব ঘোষাল একটু হেসে বললেন, "ভালই আছি হে ভুজঙ্গ। তা তোমাদের খবর-টবর কী?"

ভুজঙ্গ ঠোঁট উলটে বললেন, "খবর আর কী? সেই থোড়-বড়ি-খাড়া। ডাল-চচ্চড়ি খেয়ে কোনওরকমে বেঁচে থাকা। আজ আবার যজ্ঞিবাড়ির বাজারের হুকুম হয়েছে। কে জানে বাবা কারা খাবে। তা রাজামশাইয়ের সঙ্গে দেখা করতে এলেন নাকি নগেনবাবু? যান ওপরে চলে যান।"

মাধব ঘোষাল বুঝলেন, তাঁর অনুমানই ঠিক। এখানেই আছে। নইলে মোটা বাজারের হুকুম হত না। চারদিকটা চেয়ে দেখলেন মাধব। একসময়ে রাজবাড়িটা ছিল বিশাল। এখন সামনের মহলটা ভেঙে পড়ে ভগ্নস্তূপ হয়ে আছে। অন্দরমহলের অনেকটাই ভাঙাচোরা। আগে এই রাজবাড়ির কত জাঁকজমক ছিল। হাতিশাল, আস্তাবল, গোয়াল, সেপাই-সান্ত্রি, দাস-দাসী। নহবতখানা থেকে রোজ সকালে শিঙা বাজত। তার এখন কিছুই নেই। বীরচন্দ্র খুবই কায়ক্লেশে থাকে। ভাল করে খাওয়া জোটে না, নতুন পোশাক কেনার সামর্থ্য নেই বলে ছেঁড়া- ময়লা পরে থাকে। বীরচন্দ্র মাধবকে কয়েকবারই বলেছে, আমার যদি টাকা থাকত তা হলে বাবুগিরি না করে আমি এই নবীগঞ্জের উন্নতি করতাম।

মাধব একটা দীর্ঘশ্বাস ফেলে মহল্লায় গিয়ে ঢুকলেন। তারপর ধীর পায়ে সিঁড়ি বেয়ে ওপরে উঠলেন।

দোতলার বিশাল বৈঠকখানায় বীরচন্দ্র একা বসে বিষণ্ণমুখে কী যেন ভাবছিল। মাধবকে দেখে তটস্থ হয়ে উঠে দাঁড়াল, "আসুন জ্যাঠামশাই।"

মাধব স্বস্তিবাচন উচ্চারণ করে বললেন, "তোমার কাছে একটা বিশেষ দরকারে এলাম। কাল রাতে কি কোনও ঘটনা ঘটেছে? সারা গাঁয়ে তো হুলুস্থুলু পড়ে গেছে, গাঁয়ে নাকি একটা রাক্ষস বা দানো বা ভূত কিছু একটা ঢুকেছে। অনেকেই দেখেছে তাকে।"

বীরচন্দ্র একটু হাসল। বলল, "সবাই খুব ভয় পেয়েছে বুঝি?"

"ভীষণ, সারা গাঁয়ে এখন ওই একটাই আলোচনা।"

বীরচন্দ্র ফের বিষণ্ণ হয়ে বলল, "ভয় পেলে লোকে ভুল দেখে। ভাল করে লক্ষ করলে বুঝতে পারত, লোকটা দৈত্য, দানো, অপদেবতা কিছুই নয়, তবে খুব বড়সড় চেহারার একজন মানুষ!"

"সে কি তোমার কাছে আছে এখন?"

বীরচন্দ্র মাথা নেড়ে বলল, "আছে। তাকে আমি লুকিয়ে রেখেছি।"

"তোমার দুর্জয় সাহস। লোকটা কেমন না জেনে আশ্রয় দেওয়া কি ঠিক হয়েছে বিরু?"

বীরচন্দ্র বিষণ্ণমুখে বলল, "লোকটা পাগলাটে ধরনের হলেও বোধহয় বিপজ্জনক নয়। স্মৃতিশক্তি খুবই দুর্বল। আমি আশ্রয় না দিলে আজ সকালে নবীগঞ্জের লোকেরা ওকে হয়তো রাক্ষস বা দৈত্য মনে করে সবাই মিলে পিটিয়ে মেরে ফেলত। লোকে ভয় পেলে তো আর কাণ্ডজ্ঞান থাকে না।"

মাধব একটু চিন্তা করে বললেন, "বোধহয় তুমি বিচক্ষণের মতোই কাজ করেছ। লোকটার পরিচয় কিছু জানতে পারলে? কী চায় ও?"

বীরচন্দ্র চিন্তিত মুখে বলল, "ও একজন লোককে খুঁজছে। কিন্তু সে যে কে, তা ঠিকঠাক বলতে পারছে না। চেহারার বিবরণ এক-একবার এক-একরকম দেয়, নামও নানারকম বলছে। কিন্তু মনে হচ্ছে, লোকটার ওপর ওর খুব রাগ। ওর ধারণা, লোকটা নবীগঞ্জে এসেছে বা শিগগিরই আসবে। আমি সেইজন্যই একটু চিন্তিত জ্যাঠামশাই।"

"কেন বলো তো! চিন্তার কী আছে?"

"ওর কথা শুনে মনে হচ্ছে, যার সন্ধানে ও এসেছে সেই লোকটা খুবই খারাপ ধরনের। একটা কোনও মতলব হাসিল করতে এসেছে। সেই লোকটা বোধহয় এরও কোনও ক্ষতি করেছিল কখনও। কিন্তু কী ক্ষতি করেছিল তা বলতে পারছে না। ওর মনে নেই। শুধু মনে আছে, ক্ষতি একটা করেছিল।"

"নামধাম কিছু জানতে পারলে? কেমন লোক এ?"

"নাম বলছে কিঙ্কর। চেহারা দেখে মনে হয়, কুস্তিটুস্তি করত। গায়ে খুব জোরও আছে। সম্ভবত মাথায় চোট পেয়ে স্মৃতি নাশ হয়েছে।"

"কিঙ্কর নাম? পদবি কী?"

"কিঙ্কর সেনাপতি।"

মাধবের ভ্রু কুঁচকে গেল, "সেনাপতি! আশ্চর্যের বিষয়, তোমার বাবা পূর্ণচন্দ্রের দরবারে একজন কুস্তিগির ছিল, তার নাম শঙ্কর সেনাপতি। তারও বিশাল চেহারা ছিল, নামডাকও ছিল খুব। এই কিঙ্কর সেই শঙ্করের কেউ হয় না তো?"

বীরচন্দ্র মাথা নেড়ে বলে, "তা তো জানি না।"

"লোকটা কোথায়?"

"চলুন, ওই কোণের দিকে একটা ঘরে ঘুমোচ্ছে।"

বীরচন্দ্র মাধবকে দোতলার শেষপ্রান্তে একটা ঘরে নিয়ে এল। ভেজানো দরজা ঠেলে দু'জনে ভিতরে ঢুকলেন।

রাজবাড়ির সব জিনিসই আকারে বেশ বড়। এই কোণের ঘরটায় খাট-পালঙ্ক না থাকলেও বিশাল একখানা চৌকি আছে। অতি মজবুত শালকাঠে তৈরি। তার ওপর শতরঞ্চিতে শুয়ে বিশাল চেহারার লোকটা অকাতরে ঘুমোচ্ছে। গায়ে হাতকাটা গেঞ্জি আর পরনে পাজামা। বোধহয় বিরুর দেওয়া।

মাধব তার মুখের দিকে তীক্ষ্ণ চোখে খানিকক্ষণ চেয়ে থেকে বললেন, "মনে হচ্ছে এ শঙ্করেরই ছেলে। চেহারার আদল একইরকম।"

দু'জনে ফের বৈঠকখানায় ফিরে এসে মুখোমুখি বসলেন।

মাধব বললেন, "ওকে দেখে গাঁয়ের লোক এত ভয় পেল কেন, তা বুঝলাম না। চেহারাটা বিরাট ঠিকই, কিন্তু বিকট তো নয়।"

"কিঙ্করের পোশাক তো আপনি দেখেননি, ও পরে ছিল কালো সার্টিনের ওপর জরির কাজ-করা পোশাক। অনেকটা রাজা-টাজাদের মতো। তাইতেই লোকে ভড়কে গিয়ে থাকবে।"

মাধব গম্ভীর মুখে বললেন, "হুঁ, অন্ধকার রাত্রি, জরির পোশাক এবং বিরাট চেহারা। সব মিলিয়েই কাণ্ডটা ঘটেছে। এখন একে নিয়ে তুমি কী করবে?"

"আপাতত আমার কাছেই রেখে দেব। মুশকিল হচ্ছে, ছেলেটা মাঝে-মাঝে খুব চঞ্চল হয়ে উঠছে। একটা কিছু বোঝাতে চাইছে, কিন্তু পেরে উঠছে না। ও ঘুমিয়ে পড়ার ফলে রাতে আমি ওর মাথাটা দেখেছি। সন্দেহ ছিল মাথার চোট থেকেই স্মৃতিভ্রংশ হয়ে থাকতে পারে। মাথার পেছন দিকটায় দেখলাম, মস্ত বড় একটা ক্ষতচিহ্ন শুকিয়ে আছে। দেখে বোঝা যায়, খুব বেশিদিন আগেকার চোট নয়, সম্প্রতিই হয়েছে।"

মাধব মাথা নেড়ে বললেন, "বুঝেছি। ওর কাছ থেকে আরও কিছু কথা বের করতে হবে। আমি একটা বিপদের গন্ধ পাচ্ছি।"

"সেটা আমিও পাচ্ছি। কিন্তু কীরকম বিপদ হতে পারে বলে আপনার মনে হয়?"

মাধব একটু ভেবে বললেন, "বিপদ অনেক রকমেরই হতে পারে। এই তোমার কথাই ধরো। তুমি রাজবংশের ছেলে। রাজাগজাদের ওপর অনেকের রাগ থাকে।"

বীরচন্দ্র একটু গম্ভীর হয়ে বলল, "সতর্ক থাকতে বলছেন?"

"থাকা ভাল। তোমার অস্ত্রশস্ত্র কী আছে?"

"কিছুই প্রায় নেই। বন্দুক, পিস্তল যা ছিল সব সরকারকে দিয়ে দিয়েছি। দু'খানা ভাল দোধারওলা বিলিতি তরোয়াল আছে। আর সামান্য কয়েকটা ছোরাছুরি।"

"তরোয়াল চালাতে পারো?"

"আগে পারতাম। এখন ভুলে গেছি।"

"যা জানো তাতেই হবে। তোমার রক্তেই শিক্ষাটা আছে। চিন্তা কোরো না।"

বীরচন্দ্র একটু হেসে বলল, "আমি নিজের জন্য কখনওই চিন্তা করি না। অযথা ভয়ও পাই না। তবে আপনি যখন বলছেন তখন সতর্ক থাকব।"

"আমি লোকটার সঙ্গে একটু কথা বলতে চাই। অবশ্য তোমার আপত্তি না থাকলে।"

"আপত্তি কিসের? আপনি বিচক্ষণ মানুষ, হয়তো ওর কথার সূত্র ধরে কিছু অনুমান করতে পারবেন। ও যে শঙ্কর সেনাপতির ছেলে, এটা তো আমি আবিষ্কার করতে পারিনি, আপনি বসুন, আমি ওকে ডেকে আনছি।"

বীরচন্দ্র উঠে গেল এবং কিছুক্ষণ পর তার পিছু-পিছু প্রকাণ্ড চেহারার কিঙ্কর এসে

ঘরে ঢুকে দাঁড়াল। মাধব ঘোষাল তার আপাদমস্তক ভাল করে লক্ষ করলেন। হ্যাঁ, এ কুস্তিগিরই বটে। কিন্তু ছোট ছোট দু'খানা চোখে বুদ্ধির দীপ্তি নেই। কেমন একটা অস্থির, উদ্বেগাকুল চাউনি।

মাধব হাসিমুখে বললেন, "বোসো কিঙ্কর।"

কিঙ্কর একখানা চেয়ারে বাধ্য ছেলের মতো বসল, একটু জড়োসড়ো ভাব। দিনের আলোতে লোকটাকে এত নিরীহ লাগছিল যে, এই লোকটাই কাল রাতে গাঁয়ে দৌরাত্ম্য করে বেড়িয়েছে সেটা বিশ্বাস হয় না।

মাধব তার দিকে তীক্ষ্ণ চোখ রেখেই বললেন, "নবীগঞ্জে তুমি আগে কখনও এসেছ?"

কিঙ্কর একটু হতবুদ্ধির মতো বসে থেকে ডাইনে-বাঁয়ে মাথা নেড়ে বলল, "না।"

"একসময়ে তোমার বাবা শঙ্কর সেনাপতি কিন্তু এখানে থাকত। এই রাজবাড়িতেই হাতিশালের পেছনে তার ঘর ছিল। জানো?"

কিঙ্করের চোখে কি একটু স্মৃতির ঝলকানি দেখা দিয়েই মিলিয়ে গেল? একটা ঢোক গিলে সে বলল, "কিন্তু লোকটা কোথায়?"

"তুমি কি একটা বজ্জাত লোককে খুঁজছ?"

কিঙ্কর হঠাৎ উত্তেজিত হয়ে দু' হাত মুঠো পাকিয়ে শক্ত হয়ে দাঁত কিড়মিড় করে বলল, "তাকে পেলে আমি..."

মাধব হাসলেন, "উত্তেজিত হোয়ো না। সে হয়তো এখনও নবীগঞ্জে এসে পৌঁছয়নি। এখন বলো তো, লোকটা কেন নবীগঞ্জে আসছে?"

কিঙ্কর কিছুক্ষণ স্তব্ধ হয়ে থেকে হঠাৎ বলে উঠল, "মারবে। কিন্তু তাকে আমি..."

মাধব বাধা দিয়ে বলে উঠলেন, "কাকে মারবে?"

কিঙ্কর আবার ঠান্ডা হয়ে মাথা চুলকে একটু ভাবল। তারপর বলল, "একজনকে মারবে।"

"তোমাকে কি তার জন্যই এখানে পাঠানো হয়েছে? কে পাঠাল তোমাকে?"

কিঙ্কর হঠাৎ বলে উঠল, "বাবা।"

"তোমার বাবা শঙ্কর? সে এখন কোথায়?"

কিঙ্কর সজোরে ডাইনে-বাঁয়ে মাথা নেড়ে বলল, "নেই। মেরে ফেলেছে। বন্দুক দিয়ে।"

"বন্দুক দিয়ে?"

"দুম করে, ওঃ, কী শব্দ!" বলে যেন সভয়ে একবার চারদিকে চেয়ে দেখে নিল কিঙ্কর।

মাধব বললেন, "আমাদের বন্দুক নেই। ভয় পেয়ো না।"

"ওই লোকটার আছে। দুম-দুম করে শব্দ হয়। বন্দুক খুব খারাপ জিনিস।"

"তোমাকে লোকটা কী দিয়ে মারল?"

"বন্দুক দিয়ে।" বলে কিঙ্কর একবার ডান হাতটা তুলে মাথার পেছন দিককার ক্ষতস্থানটিতে হাত বুলিয়ে নিল।

মাধব আর বীরচন্দ্র নিজেদের মধ্যে একটু দৃষ্টিবিনিময় করে নিলেন। মাধব মৃদুস্বরে বললেন, "বজ্জাত লোকটা এখানে কাকে মারতে আসবে?"

"একজনকে।"

"কয়েকটা নাম বলছি। মনে করে দ্যাখো তো, এদের মধ্যে কেউ কি না। মাধব ঘোষাল, সত্যেন রায়, পুঁটে সর্দার, হরিহর পণ্ডিত, বীরচন্দ্র রায়চৌধুরী। এদের মধ্যে কেউ?"

কিঙ্কর মাথা নেড়ে বলল, "এরা নয়। অন্য লোক।"

"নামটা মনে নেই বুঝি?"

"রা-রাজু।"

মাধব ভ্রূ কুঁচকে বললেন, "রাজু! এখানে রাজু নামে আবার কে আছে? আমার নাতির নাম রাজু বটে, কিন্তু সে তো বাচ্চা ছেলে।"

কিঙ্কর হঠাৎ বলে উঠল, "আমার খিদে পাচ্ছে।"

বীরচন্দ্র তাড়াতাড়ি উঠে গেল এবং একটু বাদেই বনমালী একখানা গামলার সাইজের রাজকীয় কাঁসার বাটিতে বিপুল পরিমাণে চিঁড়ে-দই আর সন্দেশের ফলার নিয়ে এল।

কিঙ্কর যে খেতে খুবই ভালবাসে, সেটা তার খাওয়ার ভঙ্গি দেখেই বোঝা গেল। গপাগপ করে তিন মিনিটে বাটিটা শেষ করে সে একঘটি জল খেয়ে হঠাৎ বলল, "সোনা।"

মাধব একটু ঝুঁকে পড়লেন, "কিসের সোনা? কোথায় সোনা?"

"আছে। লোকটা জানে।"

মাধব একবার বীরচন্দ্রের দিকে তাকালেন। বীরচন্দ্রের মুখে কোনও ভাবান্তর নেই।

মাধব বললেন, "কিছু বুঝতে পারছ বিরু?"

"আজ্ঞে না জ্যাঠামশাই। হয়তো আবোল-তাবোল।"

"একটা ষড়যন্ত্রের আভাস বলে মনে হচ্ছে না?"

বীরচন্দ্র একটু হাসল। বলল, "আপনি উদ্বিগ্ন হচ্ছেন কেন? কিঙ্করের বুদ্ধি স্থির নেই। স্মৃতিশক্তিও কাজ করছে না। বিচ্ছিন্ন কথা থেকে কিছু তো বোঝার উপায় নেই।"

মাধব একটা দীর্ঘশ্বাস ফেলে বললেন, "বিচ্ছিন্ন কথাগুলোকে জোড়া দিলে কিন্তু একটা ষড়যন্ত্রের গন্ধ পাওয়া যায়। একটা পাজি লোক শঙ্করকে খুন করেছে, কিঙ্করকে জখম করেছে। তারপর এখানে রাজু নামে কাউকে খুন করতে আসছে। রাজুর কাছে হয়তো সোনাদানাও আছে।"

বীরচন্দ্র গম্ভীর হয়ে বলল, "সেটা অসম্ভব নয়। তবে গাঁয়ে তো রাজু নামে কেউ নেই বলছেন!"

মাধব বললেন, "আমার চেনাজানার মধ্যে হয়তো নেই। ভাল করে খুঁজে দেখতে হবে।"

মাধব কিঙ্করের দিকে তাকিয়ে হঠাৎ অদ্ভুত একটা প্রশ্ন করলেন, "আচ্ছা কিঙ্কর, তুমি কী কী খেতে ভালবাসো?"

কিঙ্কর এই প্রশ্নটা শুনে যেন খুশি হল। বলল, "লাল ঢেঁকিছাঁটা চালের ভাত, ঘন মুগ ডাল, খাসির মাংস, পায়েস আর রসগোল্লা।"

মাধব সন্তুষ্ট হয়ে বললেন, "কখনও-কখনও স্মৃতি বেশ কাজ করছে দেখছি। আচ্ছা, কিঙ্কর, কোন দোকানের রসগোল্লা সবচেয়ে ভাল?"

"চারু ময়রা।"

"চারু ময়রার দোকানটা কোথায়?"

"কেন, বাজারে।"

"কোথাকার বাজার?"

"রসুলপুর।"

মাধব বীরচন্দ্রের দিকে তাকিয়ে বললেন, "রসুলপুর খুব একটা দূরে নয়। সেখানে আমার যজমান আছে। আজ বিকেলেই খবর পেয়ে যাব। মনে হচ্ছে ঘটনার সূত্র সেখানেই পাওয়া যাবে।"

মাধব উঠে পড়লেন। মুখে দুশ্চিন্তা, উদ্বেগ। বাড়ি ফেরার পথে তিনি দুটো কাজ করলেন। নিমাই আর নিতাইকে পাঠালেন, গাঁয়ে রাজু নামে কেউ আছে কি না তা ভাল করে খুঁজে দেখতে। দ্বিতীয় কাজটা দুঃখহরণের সঙ্গে একটা গোপন সাক্ষাৎকার।

মাধবের প্রস্তাব শুনে দুঃখবাবু একটু আঁতকে উঠে বললেন, "বারো মাইল! ও বাবা, বারো মাইল দৌড়োলে আমি মরেই যাব।"

মাধব প্রশান্ত মুখে বললেন, "ভূতের গাঁট্টা খেয়ে তোমার অনেক উন্নতি হয়েছে দুঃখহরণ। কিন্তু সেটা তুমি বুঝতে পারছ না। বারো মাইল কিছুই না। এ বেলা রসুলপুরে যাওয়ার কোনও গাড়ি নেই। এখন তুমিই ভরসা। খবরটা জরুরি কিনা।"

দুঃখবাবু দুঃখিতভাবে বললেন, "আমি রোগা, দুর্বল মানুষ। আমার ওপর অনেক অত্যাচারও হচ্ছে। কাতুকুতু, সুড়সুড়ি, গাঁট্টা, কিছু আর বাকি নেই। এর ওপর আপনি বারো মাইল দৌড় করালে আমি কি আর বাঁচব?"

"খুব বাঁচবে। তুমি রোগা আর দুর্বল ছিলে বটে, কিন্তু এখন তোমার হাত-পা সবল হয়েছে, ফুসফুসের ক্ষমতা বেড়েছে, তুমি সেটা পরীক্ষা করে দ্যাখো। মনে রেখো, তুমিও একজন কুস্তিগিরের বংশধর। কুলাঙ্গার হওয়া কি ভাল?"

দুঃখবাবু রাজি হচ্ছিলেন না। বললেন, "ও আমি পারব না মশাই। আপনি অন্য লোক দেখুন।"

বলেই হঠাৎ একটা আর্তনাদ করে লাফিয়ে উঠলেন দুঃখবাবু, "ওঃ, এখন আবার গাঁট্টা পড়ছে কেন? এ সময়ে তো গাঁট্টা পড়ার কথা নয়। সকালে যে চার-পাঁচ মাইল দৌড়ে এলাম! উঃ, ওই আবার।"

মাধব গম্ভীর মুখে দুঃখবাবুর দিকে চেয়ে বললেন, "তা হলে তুমি যাবে না?"

দুঃখবাবু দাঁত-মুখ খিঁচিয়ে বললেন, "যাচ্ছি মশাই, যাচ্ছি! না গিয়ে উপায় আছে? যা দু'খানা গাঁট্টা ঝেড়েছে যে, মাথা ঝিমঝিম করছে। তা কিসের খবর আনতে হবে? তাড়াতাড়ি বলুন, আমার সময় নেই।"

মাধব বললেন, "রসুলপুরে শঙ্কর সেনাপতির খোঁজ কোরো। তার একটা ছেলে আছে, নাম কিঙ্কর, তাদের সব খবর আমার চাই। তাদের সম্পর্কে কোনও গুজব থাকলে তাও শুনে এসো।"

দুঃখবাবু দৌড় শুরু করে দৌড়োতে দৌড়োতেই বললেন, "ঠিক আছে মশাই, ঠিক আছে। আমার আর দাঁড়ানোর উপায় নেই। শিলাবৃষ্টির মতো গাঁট্টা পড়তে লেগেছে।"

মুহূর্তের মধ্যে দুঃখবাবু হাওয়া হয়ে গেলেন।

মাধব বাড়ি ফিরে বাগানে একটা গাছের ছায়ায় বসে গম্ভীর মুখে ভাবতে লাগলেন। শঙ্কর সেনাপতিকে তিনি চিনতেন। খুবই ডাকাবুকো লোক। রাজা পূর্ণচন্দ্রের আমলেই রাজবাড়ির সুদিন শেষ হয়ে যায়। সরকারের ঘরে বিস্তর দেনা জমে গিয়েছিল। সেসব মেটাতে গিয়ে পূর্ণচন্দ্র সর্বস্বান্ত হন। পোষ্যদের বিদায় করে দিতে হয়। দাসদাসীদের বেতন দেওয়ার ক্ষমতাও তাঁর আর ছিল না। রাজবাড়ি সংস্কারের অভাবে ভেঙে পড়েছিল, তা সারানোর ক্ষমতাও তাঁর তখন নেই। বসতবাড়ি আর সামান্য দেবত্র সম্পত্তি ছাড়া সবই ক্রোক হয়ে যাওয়ার পর রাজবাড়ি একেবারে ভূতের বাড়ির মতো হয়ে গেল। পূর্ণচন্দ্রের মৃত্যুর পর নাবালক বীরচন্দ্রকে ঠকিয়ে আমলা কর্মচারী এবং আত্মীয়রা অস্থাবর যা কিছু ছিল সব হাত করে নেয়। সেটা তো ইতিহাস। কিন্তু শঙ্কর সেনাপতির কী হল তা মাধব জানেন না। রাজুটাই বা কে?

কিঙ্করের অসংলগ্ন কথাবার্তাকেই বা কতখানি গুরুত্ব দেওয়া উচিত? কিঙ্কর যদি পাগল হত, তা হলে মাধব গুরুত্ব দিতেন না। কিন্তু কিঙ্কর পাগল নয়, স্মৃতিভ্রষ্ট মাত্র। তা ছাড়া শঙ্কর সেনাপতির ছেলে। মাধবের মনটা কুডাক ডাকছে।

দুঃখবাবু দৌড়ে যখন রসুলপুর পৌঁছলেন তখন বেলা সাড়ে দশটার বেশি হয়নি। তিনি হাঁফিয়ে পড়লেও নেতিয়ে পড়েননি। ধুতির খুঁটে ঘাড়-গলার ঘাম মুছে একটু জিরিয়ে নিলেন। গাঁট্টা বন্ধ হয়ে গেছে। খিদেও পেয়েছে। রসুলপুর বড় একখানা গঞ্জ। মেলা দোকানপাট, বাড়িঘর, বহু মানুষের বাস। বাজারটাও বেশ বড়। চারু ময়রার মিষ্টির দোকানে বসে দুঃখবাবু গোটাদশেক গরম বড় বড় রসগোল্লা খেলেন। তারপর দোকানিকে জিজ্ঞেস করলেন, "হ্যাঁ মশাই, এখানে শঙ্কর সেনাপতির বাড়িটা কোনদিকে বলতে পারেন?"

দোকানি মুখখানা তোম্বা করে বলল, "শঙ্কর সেনাপতি! তাকে আর খুঁজে কী হবে? তাকে তো কয়েকটা গুন্ডা এসে নিকেশ করে গেছে।"

দুঃখবাবু অবাক হয়ে বলেন, "খুন নাকি?"

"খুন বলে কিছু খুন? একেবারে ঝাঁজরা করে দিয়ে গেছে। ছেলেটাও মরছিল। তবে বরাতজোরে প্রাণটা রক্ষে হয়েছে। এই তো সবে পরশু হাসপাতাল থেকে ছাড়া পেয়ে কোথায় চলে গেছে যেন।"

"বাড়িতে আর কেউ নেই?"

"না। বাপ-ব্যাটায় থাকত। কুস্তি-টুস্তি করে বেশ নাম হয়েছিল কিঙ্করের। এমনিতে নিরীহ মানুষ ছিল তারা। কেন হামলা হল কেউ জানে না।"

"খুনি ধরা পড়েনি?"

"না মশাই। গভীর রাতে এসে কাজ সেরে পালিয়ে গেছে।"

"তাদের খবর কোথায় পাই বলতে পারেন?"

"খুনির খবর খুঁজছেন?"

দুঃখবাবু আঁতকে উঠে বললেন, "না-না। আমি বাপ-ব্যাটার খবর নিতেই এসেছি।"

"খবর ওইটুকুই।"

দোকানের একটা বেঞ্চে বসে একটা লোক ঘাপটি মেরে কথা শুনছিল। হঠাৎ বলে উঠল, "শঙ্করের কাছে একখানা খবর ছিল। সেই খবর চেপে রেখেছিল এতদিন। সেইজন্যই তো বেঘোরে প্রাণটা গেল।"

দুঃখবাবু বললেন, "কিসের খবর?"

"তা অত জানি না। পাঁচজন পাঁচ কথা বলে।"

"সেই কথাগুলো একটু শুনতে পাই?"

"তা পান। তবে এককাপ চা খাওয়াতে হবে।"

দুঃখবাবুর দুঃখের শেষ নেই। বললেন, "খাওয়াব। বলুন।"

"শঙ্কর কোনও এক রাজবাড়িতে মাইনে-করা কুস্তিগির ছিল বলে শোনা যায়। তা সেই রাজবাড়ির কোনও গুপ্ত খবর সে জেনে ফেলে। কিসের খবর তা আমি বলতে পারব না। তবে লুকনো খবরই হবে। গুন্ডাগুলো অনেকদিন ধরেই নাকি তাকে শাসাচ্ছিল।"

"ও বাবা! এ যে সাংঘাতিক কাণ্ড!"

"খুবই সাংঘাতিক। চারদিকেই সাংঘাতিক সাংঘাতিক সব কাণ্ড হচ্ছে, আজকাল আর কারও প্রাণের কোনও দাম নেই। চায়ের দামটা দিয়ে দেবেন কিন্তু। আজ চলি। ও হ্যাঁ, ভাল কথা, তা আপনার কোথা থেকে আগমন হচ্ছে?"

"আজ্ঞে নবীগঞ্জ।"

"নবীগঞ্জ? বাঃ, বেশ। নবীগঞ্জ ভাল জায়গা। জলহাওয়া ভাল, ঝুটঝামেলা নেই।"

দুঃখবাবু দুঃখের সঙ্গে বললেন, "ভাল জায়গা? হুঁঃ, ভাল জায়গার নিকুচি করেছে। অতি যাচ্ছেতাই জায়গা মশাই। কাতুকুতু, সুড়সুড়ি, গাঁট্টা, কী নেই সেখানে?"

দোকানির কাছে হদিশ জেনে নিয়ে দুঃখবাবু শঙ্কর সেনাপতির বাড়িটাও দেখলেন। গঞ্জের শেষ প্রান্তে নদীর ধারে একখানা ছোট বাড়ি। সামনের বাগানে একটা কুস্তির আখড়া। বাড়িটা তালা-দেওয়া হলেও আখড়ায় কয়েকজন কুস্তি প্র্যাকটিস করছিল। দুঃখবাবু কুস্তি-টুস্তি পছন্দ করেন না। তবু পায়ে-পায়ে ভেতরে ঢুকে একপাশে দাঁড়িয়ে কুস্তি দেখতে লাগলেন। কেউ তাঁকে বিশেষ লক্ষ করল না। খানিকক্ষণ কুস্তি দেখার পর জিনিসটা তাঁর বেশ ভাল লাগতে লাগল। উত্তেজনা বোধ করতে লাগলেন। একজন পালোয়ান আর-একজন পালোয়ানকে কাবু করেও সামান্য ভুলের জন্য হারাতে পারছিল না দেখে দুঃখবাবু হঠাৎ চেঁচিয়ে উঠলেন, "আরে বাঁ পায়ে লেঙ্গি মারুন না। ডান পায়ে ভর দিন, তারপর..."

আশ্চর্যের বিষয়, পালোয়ানটা তাই করল এবং প্রতিদ্বন্দ্বীকে চিত করে উঠে দাঁড়িয়ে দুঃখবাবুর দিকে চেয়ে বলল, "আপনি তো ওস্তাদ লোক মশাই! আসুন, ল্যাঙট পরে নিয়ে নেমে পড়ুন তো! আমাদের শেখানোর কেউ নেই। শঙ্কর ওস্তাদ খুন হওয়ার পর থেকে আমাদের কিছু হচ্ছে না। আপনি নেমে পড়ুন তো!"

দুঃখহরণবাবু সভয়ে তিন হাত পিছিয়ে গিয়ে বললেন, "পাগল নাকি? আমি তো ফুঁয়ে উড়ে যাব।"

যারা চারধারে বসে কুস্তি দেখছিল, মাটিমাখা শরীরে সেইসব ছেলে-ছোকরা হঠাৎ উঠে হইচই করে এসে তাঁকে ঘিরে ফেলল। বলল, "আপনি ওস্তাদ লোক, দেখেই বুঝেছি। আপনাকে ছাড়ছি না।"

একরকম জোর করেই তাঁকে তারা ল্যাঙট পরতে বাধ্য করল। দুঃখবাবু কাঁপতে কাঁপতে আখড়ায় নামলেন। কুস্তির ক-ও তিনি জানেন না। কিন্তু উপায় কী? মাধব ঘোষালের পাল্লায় পড়ে বেঘোরে না প্রাণটা যায়!

কুস্তি করতে এল নিতান্ত ছোকরা এক কুস্তিগির। বেশ লম্বাচওড়া চেহারা। তার দু'খানা হাত যেন সাঁড়াশির মতো এসে জাপটে ধরল দুঃখবাবুকে। তিনি চোখে অন্ধকার দেখলেন। তবে আত্মরক্ষার তাগিদে আঁকুপাঁকুও করতে লাগলেন। হঠাৎ মাথায় খটাং করে একটা গাঁট্টা এসে লাগল। কে যেন কানে কানে বলল, "বাঁ হাতটা তুলে ওর ঘাড়টা ধর। অন্য হাত দিয়ে থুতনির তলায় চেপে উলটে দে।"

দুঃখবাবু তাই করলেন। এবং ছেলেটা পটাং করে তাঁকে ছেড়ে উলটে পড়ে গেল। চারদিকে সপ্রশংস হর্ষধ্বনি উঠল, "হ্যাঁ, ওস্তাদ বটে।"

দুঃখবাবু হাঁফাতে হাঁফাতে পালানোর পথ খুঁজছিলেন। কিন্তু পালাবেন কী! সবাই একেবারে ঘিরে ধরেছে তাঁকে।

পালানোর উপায় নেই। ফলে আবার একজনের সঙ্গে কুস্তি করতে হল দুঃখবাবুকে। এবার কেউ কানে কানে প্যাঁচ মারার কায়দা শেখাল না। দুঃখবাবু নিজেই একটা প্যাঁচ আবিষ্কার করে দ্বিতীয় জনকেও হারিয়ে দিয়ে খুবই অবাক হয়ে গেলেন।

চারদিকে একটা হইচই পড়ে গেল।

দুঃখবাবু আর তেমন দুঃখ-দুঃখ ভাবটা টের পাচ্ছিলেন না। আজ তাঁর ঘাড়ে একটা কিছুর ভর হয়ে থাকবে। তিনি তিন নম্বর লড়াইতেও ভালই লড়লেন এবং জিতে গেলেন। অথচ এই কুস্তিগিরদের হাতে তাঁর মারা যাওয়ার কথা।

কুস্তির আসরটা একসময়ে শেষ হল। দুঃখবাবুকে মাঝখানে রেখে সবাই ঘিরে বসল তাঁকে। একজন বলল, "এতদিন কোথায় ছিলেন ওস্তাদ? আপনাকে পেলে আমাদের আর শঙ্কর ওস্তাদের কথা মনেই থাকবে না।"

দুঃখবাবু শঙ্কর সেনাপতির কথা ভুলেই গিয়েছিলেন। নামটা শুনে মনে পড়ল। বললেন, "দ্যাখো ভাই, আমি একটা জরুরি কাজে এসেছি। শঙ্কর সেনাপতি কীভাবে খুন হল, তা কেউ জানো?"

একজন বলল, "খুনটা হয়েছে মাঝরাতে। কেউ তখন জেগে ছিল না। বন্দুকের শব্দে যখন পাড়া-প্রতিবেশীর ঘুম ভাঙে, তখন অনেক দেরি হয়ে গেছে। কিঙ্করের মাথায় চোট হয়েছিল। তাকে হাসপাতালে আমরাই নিয়ে যাই। তবে সে বেঁচে গেছে।"

"সে এখন কোথায়?"

"তা কেউ জানে না। পরশুদিন হাসপাতাল থেকে ছাড়া পেয়েই সে কোথায় যেন

চলে গেছে। তবে হাসপাতালে যে নার্স তার দেখাশোনা করত সে বলেছে কিঙ্কর নাকি বিকারের ঘোরে একটা রাজবাড়ির কথা বলত।"

"তোমরা আর কেউ কিছু জানো না?"

একজন বলে উঠল, "আমি জানি। শঙ্কর ওস্তাদের কাছে মাসখানেক যাবৎ একটা লোক আনাগোনা করছিল। সেই লোকটা যাতায়াত শুরু করার পর থেকেই ওস্তাদের একটা ভাবান্তর লক্ষ করতাম। কেমন যেন গম্ভীর, দুশ্চিন্তাগ্রস্ত। একদিন আমাকে ডেকে বলল, 'ওরে, আমি হঠাৎ মারা পড়লে তোরা কেউ একজনকে একটা খবর দিতে পারবি?' আমি বললাম, 'হঠাৎ মারা যাওয়ার কী হল?' ওস্তাদ বলল, 'কারণ আছে বলেই বলছি। গতিক সুবিধের নয়। আমার পেছনে লোক লেগেছে।'"

আর-একটা ছেলে বলে উঠল, "ওস্তাদ আমাকেও একদিন বলেছিল, কারা যেন একটা গুপ্ত খবরের জন্য তাকে ভয় দেখাচ্ছে।"

আগের ছেলেটাকে দুঃখবাবু জিজ্ঞেস করলেন, "যে-লোকটা যাতায়াত করত তার চেহারা কেমন?"

"লম্বাচওড়া, কালো চেহারা। খুব ভয়ংকর দু'খানা চোখ।"

"নাম জানো?"

"না। তাকে একদিনই দেখেছিলাম। দেখলেই ভয় হয়।"

দুঃখবাবু উঠে পড়লেন। বললেন, "আমাকে নবীগঞ্জে ফিরতে হবে। তোমাদের সঙ্গে মিশে আমার বড় ভাল লাগল।"

"আবার কবে আসবেন?"

"কালই হয়তো আসব। রোজই আসতে পারি।"

সবাই হর্ষধ্বনি করে উঠল।

দুঃখবাবু ফেরার পথে দৌড়োতে দৌড়োতে গুনগুন করে গান গাইতে লাগলেন। মনে ভারী আনন্দ।

মাধব ঘোষাল দুঃখবাবুর সব কথা মন দিয়ে শুনলেন এবং খুশি হয়ে বললেন, "এই তো চাই। তোমাকে কুলাঙ্গার বলে ভাবতাম। এখন দেখছি তুমি মোটেই তা নও।"

দুঃখবাবু একটু কাঁচুমাচু হয়ে বললেন, "সবই তো হল ঘোষালমশাই, এখন এই ভুতুড়ে গাঁট্টার একটা বিহিত হওয়া দরকার।"

মাধব ঘোষাল শশব্যস্তে বললেন, "তাড়া কিসের? ওটা চলছে চলুক না। আমি তো লক্ষণ ভালই দেখছি।"

দুঃখবাবু বিদায় নিলে মাধব ঘোষাল ঘটনার টুকরোগুলোকে ফের মনে মনে সাজাতে শুরু করলেন। জিগ শ পাজ্‌লের মতো ভগ্নাংশ জুড়ে ছবিটা যদি পুরো করা যায়।

নিমাই আর নিতাই গোটা নবীগঞ্জ আর আশপাশের গাঁ ঘুরে এসে জানাল, "আমরা বারোজন রাজু পেয়েছি। কিন্তু কারও বিশেষ সোনাদানা নেই। শুধু খিজিরপুরের রাজু ব্যাপারির পয়সা আছে। তার তামাকের ব্যাবসা। বুড়ো মানুষ।"

মাধবের রাজু ব্যাপারিকে পছন্দ হল না। তিনি বললেন, "আরও খোঁজো। অনেকের হয়তো পোশাকি নাম রাজু নয়, ডাকনাম রাজু। এসবও খুঁজে বের করতে হবে।"

"যে আজ্ঞে।" বলে দুই বন্ধু চলে গেল।

মাধব রাজুকে নিয়ে ভাবতে লাগলেন। কিন্তু কোনও কূলকিনারা পেলেন না। বিকেলের দিকে তিনি ফের রাজবাড়ি রওনা হলেন। কিঙ্করের সঙ্গে আরও কথা হওয়া দরকার।

গিয়ে দেখলেন, কিঙ্কর রাজবাড়ির দোতলার বারান্দায় ডন-বৈঠক করছে। বীরচন্দ্র দাঁড়িয়ে দেখছে।

মাধবকে দেখে বীরচন্দ্র এগিয়ে এসে বলল, "কোনও খবর আছে?"

"ওকে ডন-বৈঠক করাচ্ছ নাকি?"

বীরচন্দ্র হেসে বলল, "করাচ্ছি। মনে হচ্ছে এসব করলে ও স্বাভাবিক থাকবে। ডন-বৈঠক করার অভ্যাস তো!"

"তা বটে। আমি ওর সঙ্গে একটু কথা বলতে চাই।"

মাধব ঘরে বসলেন। একটু বাদে বীরচন্দ্র ঘর্মাক্ত কিঙ্করকে নিয়ে এল।

সস্নেহে মাধব বললেন, "বোসো কিঙ্কর।"

কিঙ্কর বসল।

মাধব তার দিকে তীক্ষ্ণ চোখে চেয়ে থেকে বললেন, "লোকটা কালো, লম্বা আর খুব স্বাস্থ্যবান। না?"

কিঙ্কর কিছুক্ষণ চেয়ে থেকে হঠাৎ বাঘের মতো লাফিয়ে উঠে দাঁড়াল, "কোথায় সে?"

মাধব তাড়াতাড়ি বললেন, "বোসো, বোসো। উত্তেজিত হোয়ো না। সে এখনও এসে পৌঁছয়নি। কিন্তু চেহারাটা তোমার মনে পড়ছে তো!"

কিঙ্কর ফের বসল এবং ভাবতে লাগল। অনেকক্ষণ ভেবে বলল, "হারিয়ে যাচ্ছে।"

"কী হারিয়ে যাচ্ছে?"

"চেহারাটা।"

"ভাল করে ভাবো। লম্বা, জোয়ান, দু'খানা ভয়ংকর চোখ।"

একটু শিউরে উঠে কিঙ্কর বলল, "খুব ভয়ংকর।"

"মনে পড়ছে?"

"চোখ দু'খানা ভয়ংকর।"

"আর কিছু?"

"আর বন্দুক। দুম।"

"তার একটা দল আছে না?"

কিঙ্কর একটু ভেবে বলল, "আছে।"

"এখন বলো তো, শঙ্কর মারা যাওয়ার আগে তোমাকে কী বলে গিয়েছিল!"

কিঙ্কর একটু উত্তেজিত হয়ে বলল, "বলেছিল, সাবধান! সাবধান!"

"আর কিছু নয়?"

কিঙ্কর কপালে আঙুল চেপে মনে করার চেষ্টা করতে করতে বলল, "বলেছিল, 'সাবধান! সাবধান! নবীগঞ্জে যাও। রা-রাজুকে বোলো ওরা আসছে।'"

"রাজুকে তুমি চেনো?"

কিঙ্কর মাথা নেড়ে বলল, "না।"

"তুমি তো তোতলা নও, তবে রাজু উচ্চারণ করার সময় রা-রাজু বলছ কেন?"

কিঙ্কর চেয়ে রইল, কিন্তু কিছু বলল না।

বীরচন্দ্র বলল, "জ্যাঠামশাই, আপনি বড্ড উদ্বিগ্ন হচ্ছেন। এত ভয় পাওয়ার হয়তো কিছুই নেই। শেষ অবধি হয়তো পর্বতের মূষিক প্রসব হবে।"

"তাই যেন হয়। তবে সাবধানের মার নেই। সমস্যা হচ্ছে রাজু। কে এই রাজু তা বুঝতে পারছি না।"

কিঙ্কর হঠাৎ বলে উঠল, "রাজু একটা উঁচু জায়গায় বসে থাকে।"

মাধব আবার ঝুঁকে বললেন, "উঁচু জায়গা? কীরকম উঁচু জায়গা?"

"তা জানি না।"

"পাহাড়? টিলা?"

"ভুলে গেছি।"

মাধব আর-একটা প্রশ্ন করতে যাচ্ছিলেন, এমন সময় বনমালী এসে খবর দিল, রায়বাবু দেখা করতে এসেছেন।

মাধব ভ্রু কুঁচকে বীরচন্দ্রের দিকে চেয়ে বললেন, "রায়বাবুর সঙ্গে তোর আলাপ আছে নাকি?"

বীরচন্দ্র বলল, "না, ঠিক আলাপ নেই। তবে মাসদুয়েক আগে আর-একবার উনি এসেছিলেন। কুশল প্রশ্ন করে গিয়েছিলেন।"

বীরচন্দ্র কিঙ্করকে কোণের ঘরে রেখে এল। তারপর বনমালীকে বলল, "নীচের বৈঠকখানায় বসাও। আমি যাচ্ছি।"

মাধব বললেন, "তুমি একাই যাও। আমি যে এখানে আছি তা বলার দরকার নেই।"

"তাই হবে।" বলে বীরচন্দ্র চলে গেল।

রায়বাবু খুবই অমায়িক মানুষ। বীরচন্দ্র বৈঠকখানায় ঢুকতেই তাড়াতাড়ি উঠে দাঁড়ালেন।

বীরচন্দ্র লজ্জা পেয়ে বলল, "আপনি উঠলেন কেন? বসুন।"

রায়বাবু হাতজোড় করে বললেন, "মানীর মান রক্ষা করতে হবে না? বয়সে ছেলেমানুষ হলে কী হয়, আপনি যে রাজা তা ভুলি কী করে?"

বীরচন্দ্র হেসে ফেলল।

রায়বাবু গম্ভীর হয়ে বললেন, "মরা হাতি লাখ টাকা।"

মুখোমুখি বসে বীরচন্দ্র বলল, "রাজাদের দিন চলে গেছে। আমি আর রাজা-টাজা নই।"

রায়বাবু একটু হেসে বললেন, "সে তো আপনি বলবেনই। তবে শুনেছি রাজদর্শনে পুণ্য হয়। তা শরীরগতিক সব ভাল তো?"

"ভালই।"

"এদিকে গাঁয়ে যে একটা আতঙ্ক ছড়িয়ে পড়েছে, সে বিষয়ে আপনি কিছু শুনেছেন?"

বীরচন্দ্র অবাক হয়ে বলে, "কিসের আতঙ্ক?"

"আমার ঠিক বিশ্বাস হচ্ছে না, কিন্তু নবীগঞ্জের অনেকেই তাকে কাল রাতে দেখেছে। দৈত্য বা রাক্ষস কিছু একটা। দৈত্য বা রাক্ষসের অস্তিত্ব নেই, জানি। কিন্তু এত লোকে যখন বলছে তখন কিছু একটা হবেই। আপনি কিছু শোনেননি?"

বীরচন্দ্র একটু হাসল। বলল, "শুনেছি। তবে গুরুত্ব দিইনি।"

"তাকে কিন্তু আজ কোথাও খুঁজে পাওয়া যায়নি। খুবই আশ্চর্যের বিষয় নয়?"

"হয়তো পালিয়ে গেছে।"

রায়বাবু মাথা নেড়ে বললেন, "পালিয়ে গেছে! কিন্তু সে যে একজনকে খুঁজতে এসেছিল। যাকে খুঁজছে তাকে খুন করতেই এসেছে সে। কিন্তু তার চেহারা কেমন, নাম কী, কিছু বলতে চাইছে না। ব্যাপারটা খুবই ভয়ের হয়ে দাঁড়াল। কাকে খুন-টুন করে বসে তার ঠিক কী?"

বীরচন্দ্র একটু চুপ করে থেকে বলল, "শুনেছি গাঁয়ে আজ রাত থেকে পাহারা দেওয়া হবে। সবাই সতর্ক থাকলে তত ভয়ের কিছু নেই।"

"আমি একটু ঘাবড়ে গেছি। কাল রাতে আমার বাড়িতে কেউ এসেছিল। আমার

কুকুরকে ওষুধমেশানো মাংস খাইয়ে ঘুম পাড়িয়ে চুরির চেষ্টা করেছিল। বাগানে খুব ভারী আওয়াজও শুনেছি। ভাবছি ক'দিনের জন্য নবীগঞ্জ ছেড়ে বাইরে গিয়ে থেকে আসব।"

বীরচন্দ্র হাসল। বলল, "সেটাও একটা সমাধান বটে!"

রায়বাবু হঠাৎ প্রশ্ন করলেন, "রাজবাড়িতে কি চোর-টোর হানা দেয় না?"

বীরচন্দ্র ঠোঁট উলটে বলল, "দেয় হয়তো। তবে রাজবাড়িতে তো কিছু নেই। সবাই জানে।"

"তবু আপনার সতর্ক থাকা ভাল। সেই রাক্ষসটাই যদি হানা দেয় তা হলে কী করবেন?"

"তা তো জানি না।"

"অনেকে বলে, আপনি নাকি গভীর রাতে বীণা বাজান। এ কথা কি সত্যি?"

লাজুক বীরচন্দ্র মুখ নামিয়ে হেসে বলল, "ওইটেই আমার সময় কাটানোর উপায়।"

"ভাল। কিন্তু অত নিশ্চিন্ত থাকা ভাল নয়। একটু সতর্ক থাকবেন।"

বীরচন্দ্র বিনয়ের সঙ্গে বলল, "আচ্ছা।"

রায়বাবু তাঁর রুপোবাঁধানো লাঠিটা তুলে পাশের একটা বন্ধ দরজার দিকে নির্দেশ করে বললেন, "ওটা কিসের ঘর বলুন তো?"

বীরচন্দ্র লজ্জায় একটু লাল হয়ে বললেন, "ওটা একসময়ে দরবার ছিল।"

"দরবার! বাঃ, বেশ। তা সিংহাসন-টন নেই এখন?"

বীরচন্দ্র মাথা নেড়ে বলল, "না। অনেকদিন আগেই সব বিক্রি হয়ে গেছে।"

"ঘরটা তালাবন্ধ থাকে বোধহয়?"

"হ্যাঁ। তবে খোলা রাখলেও ক্ষতি নেই। ইঁদুরবাদুড় ঢুকবে বলে বন্ধ করে রাখা হয়েছে।"

"অ।" বলে রায়বাবু উঠে পড়লেন।

রাত দশটার ট্রেনটা আজ স্টেশনে ঢোকার আগেই দাঁড়িয়ে পড়ল। তারপর হুইসল মারতে লাগল কুক-কুক-কুউক, কুক-কুক-কুউক। ভজনলাল বিরক্ত হল। কেউ চেন টেনে ট্রেন থামিয়েছে। ওদিকে ঘরে তার ডাল-রুটি আর ঢ্যাঁড়সের তরকারি ঠান্ডা হচ্ছে। খিদেও পেয়েছে খুব। ট্রেনটা পাস না করিয়ে ঘরে যায় কী করে ভজনলাল?

সুতরাং ঠায় দাঁড়িয়ে থাকতে হল ভজনলালকে। চেন টানলে অনেক বখেরা। গার্ডসাহেব নামবেন, প্রত্যেকটা কামরার ছাদের কাছে ফিট করা অ্যালার্ম সিগন্যালের ডাঁটিটা বেরিয়ে আছে কি না দেখবেন, সম্ভব হলে অপরাধীকে ধরে ফাইন করবেন, তারপর ডাঁটিটাকে ঠেলে ঢুকিয়ে দিলে তবে ট্রেন চলবে। খিদের মুখে দেরিটা সহ্য হচ্ছিল না ভজনলালের। কিন্তু কী আর করা! সে একটা বেঞ্চে বসে দেহাতি গান গাইতে লাগল, "রামভজন করো জ্ঞানী, রামভজন করো ধ্যানী, রামভজন করো প্রাণী, দো দিন কা জিন্দগানি...'

হুইসল মেরে ট্রেনটা অবশেষে চলল এবং বিস্তর ক্যাঁচকোঁচ শব্দ করে এসে প্ল্যাটফর্মে দাঁড়াল। ড্রাইভার রামসেবক তেওয়ারি বন্ধু লোক। লাইন ক্লিয়ারটা তার হাতে ধরিয়ে দিয়ে ভজনলাল জিজ্ঞেস করল, "ক্যা ভৈল হো রামভাই?"

রামসেবক জবাব দিল, "দশ-বারা বদমাশ উঠা থা টিরেন মে। চেন খিঁচকে জঙ্গলমে উতার গিয়া। ডাকু-উকু মালুম হোতা।"

ভজনলাল উদ্বিগ্ন হয়ে বলল, "আরে রামভাই, ইয়ে তো খতরনাক জায়গা ভৈল বা। কাল ভি এক বদমাশ আয়া থা। আজ বারা বদমাশ?"

নাঃ, ভজনলালকে ভাবিত হতেই হচ্ছে। ট্রেনটা পাস করিয়ে সে তাড়াতাড়ি ঘরে গিয়ে রুটি খেয়ে মোটা বাঁশের লাঠিটা নিয়ে বেরিয়ে পড়ল। একবার মাধব ঘোষালের কাছে যাওয়া দরকার। স্টেশনে নতুন কোনও লোক নামলে খবরটা দিতে বলেছেন মাধব।

ওদিকে নবীগঞ্জে রাত-পাহারা শুরু হয়েছে। নবীগঞ্জ বড় জায়গা। অনেকটা ছড়ানো এলাকার সবটা পাহারা দেওয়ার মতো লোক পাওয়া যায়নি। দুটো ব্যাচ হয়েছে। আজ এক ব্যাচ পাহারা দেবে, কাল আর-এক ব্যাচ। সবাই না ঘুমিয়ে পাহারা দিলে দু'দিনেই সবাই ক্লান্ত হয়ে পড়বে, তাই এই ব্যবস্থা। ব্যাচ ভাগ হওয়ায় পাহারা দেওয়ার লোকও অর্ধেক হয়ে গেছে। চারজন-চারজন করে ছোট ছোট দলে ভাগ হয়ে পাহারা দেওয়ার ব্যবস্থা আছে। মাধব বলে দিয়েছেন, সাড়াশব্দ করা চলবে না। সবাই যেন গা-ঢাকা দিয়ে ঘাপটি মেরে থাকে। দুঃখবাবুর ওপর ভার পড়েছে, দৌড়ে দৌড়ে প্রত্যেকটা দলের সঙ্গে যোগাযোগ রক্ষা করার এবং মাঝে মাঝে এসে মাধবকে খবর দিয়ে যাওয়ার। এই প্রস্তাবে দুঃখবাবু দুঃখিত হননি। দৌড়োতে তাঁর ভালই লাগছে। বেশ চাঙ্গা বোধ করছেন। রসুলপুরে আজ সকালে কুস্তি লড়ার পর তাঁর জীবনে যেন এক নতুন দিগন্ত খুলে গেছে। তার চেয়েও বড় কথা, গাঁট্টা, কাতুকুতু ইত্যাদি একেবারেই বন্ধ হয়ে গেছে। গাঁট্টার ভয়ে নয়, এখন তিনি মনের আনন্দেই সারা নবীগঞ্জ দৌড়ে বেড়াচ্ছেন। জীবনে খেলাধুলো করেননি, আজ রাতে দৌড়োতে দৌড়োতে কবাডি

খেলুড়ের মতো চু-কিত-কিত-কিত-কিত করতে করতে একবার রাজবাড়ির ফটকের পাশের ঝোপে লুকোনো বাসব দত্ত বা নিমাই আর নিতাইকে ছুঁয়ে আসছেন, কখনও বোসপাড়ার মোড়ে নেতাজির স্ট্যাচুর পেছনে ঘাপটি মেরে থাকা নয়ন বোস আর হরিহর পণ্ডিতকে ছুঁয়ে আসছেন, কখনও-বা হাটখোলায় বস্তাচাপা দেওয়া হাবু ঘোষ আর পুঁটে সর্দারের পিঠে চাপড় মেরে আসছেন, কখনও-বা চণ্ডীমণ্ডপের কলাঝাড়ের পেছনে গা-ঢাকা দেওয়া ব্যায়ামবীর ভল্লনাথ আর হরেন চৌধুরীকে চিমটি কেটে আসছেন। মনে আজ তাঁর ভারী আনন্দ।

নাগরা জুতোর শব্দ তুলে হন্তদন্ত হয়ে পয়েন্টসম্যান ভজনলাল যখন এসে বারোজন ডাকুর খবর দিল, তখন মাধব সচকিত হলেন। বললেন, "এসে গেছে?"

"আ গিয়া নেহি, ঘুস গিয়া, ডাকুলোগ সব ঘুসিয়ে পড়েছে। ডাল-রুটি সেবা করতে আমার কুছু সোময় লেগেছিল, উসি সোময় ডাকুলোক ঘুসিয়ে পড়েছে।"

ওদিকে রাজবাড়িতে দোতলার ঘরে কিঙ্কর চেয়ারে বসে শুনছে আর বিছানায় বসে বিভোর হয়ে বীরচন্দ্র বীণা বাজাচ্ছে। কিঙ্করের চোখে একটা মুগ্ধতা লক্ষ করছে বীরচন্দ্র। বীণা কি ওর স্মৃতিশক্তির ওপর কাজ করবে? কে জানে!

একটা রাগ শেষ হতেই কিঙ্কর হঠাৎ বলে উঠল, "বীণা খুব ভাল জিনিস।"

"হ্যাঁ। খুব ভাল। অভাব-কষ্ট সব ভুলে যাওয়া যায়।"

কিঙ্কর হঠাৎ বলল, "বাবা কিন্তু ওদের বলেনি।"

"কী বলেনি?"

"যে-কথাটা ওরা জানতে চেয়েছিল।"

"কোন কথা বলো তো?"

কিঙ্কর মাথা নেড়ে বলল, "তা, জানি না।"

বীরচন্দ্র একটু হেসে বলল, "রাজু একটা উঁচু জায়গায় বসে থাকে, এই কথা তো?"

কিঙ্কর সবেগে মাথা নেড়ে বলে, "হ্যাঁ, হ্যাঁ। বাবা বলেনি।"

বীরচন্দ্র হেসে বলল, "বললেই বা কী ক্ষতি হত বলো? আমরা রাজুকেও চিনি না, তার উঁচু জায়গা কোথায় তাও জানি না। ওসব কথা থাক। বীণা বাজাই, শোনো।"

কিঙ্কর ফের মন দিয়ে শুনল। বীণা থামতেই বলল, "ওরা রাজুকে খুন করবে। ওরা খারাপ।"

ওদিকে দুঃখবাবু হাটখোলায় বস্তাচাপা দেওয়া হাবু ঘোষকে একটা চাপড় মেরেই ফের ছুটতে যাচ্ছেন, সামনে চারজন লোক পথ থেকে সাঁত করে সরে যাচ্ছিল। দুঃখবাবু চু-কিত-কিত-কিত-কিত করতে করতে তাদের দু'জনকে ছুঁয়ে ফেললেন।

তারপর বললেন, "সজাগ থেকো, সজাগ থেকো। ভাল করে পাহারা দাও। ঘুরে বেরিয়ো না।"

বলেই আবার চু-কিত-কিত-কিত-কিত করে ছুটতে শুরু করলেন। খানিক দূর গিয়েই তাঁর হঠাৎ মনে হল, আরে! তিনি কাদের ছুঁয়ে এলেন? অন্ধকারেও তিনি যাদের দেখেছেন তারা কি নবীগঞ্জের মানুষ? মনে হতেই দুঃখবাবু পট করে ঘুরে হাটখোলার দিকে ফিরে এলেন। কিন্তু কাউকে দেখতে পেলেন না।

"হাবু, হাবু!"

হাবু কম্পিত গলায় বলল, "কী বলছ?"

"কিছু দেখেছ?"

"খুব দেখেছি। দেখে ভয়ে হিম হয়ে আছি।"

"সর্বনাশ!" বলে ফের ছুটতে লাগলেন দুঃখবাবু।

"ঘোষালমশাই, তারা ঢুকে পড়েছে।"

"জানি। কোনদিকে যায় একটু বুঝতে চেষ্টা করো। তারা রাজু নামে কাউকে খুঁজছে। রাজুটা যে কে, তা তো বুঝতে পারছি না। ওদের ওপর নজর রাখো।"

"যে আজ্ঞে।" বলে দুঃখবাবু দৌড় শুরু করে দিলেন।

কলাঝাড়ের পেছনে ভল্লনাথ হঠাৎ হরেন চৌধুরীকে চাপাস্বরে বলল, "ও মশাই, চিমটি কাটছেন কেন?"

"কে চিমটি কাটছে? কী যে বলো না, কিছু ঠিক নেই।"

"এই তো কাটলেন!"

"তোমার মাথাটাই গেছে।"

"তবে কে কাটল?" বলে ভল্লনাথ পেছনে ঘাড় ঘুরিয়েই হঠাৎ "বাপরে" বলে দিগ্বিদিকজ্ঞানশূন্য হয়ে দৌড়োতে গেল, কিন্তু পারল না। কাটা কলাগাছের একটা গোড়ায় হোঁচট খেয়ে পড়ে গিয়ে তার দাঁতকপাটি লাগল। হরেন চৌধুরী ব্যাপারটা বুঝতে না পেরে ঘাড় ঘোরাতে যাচ্ছিলেন। কিন্তু তার আর দরকার হল না। মাথায় ঠঙাস করে কী একটা বস্তু এসে লাগতেই মূর্ছা হয়ে গড়িয়ে পড়লেন।

ঝোপের আড়াল থেকে দুটো ছায়ামূর্তির মতো লোক বেরিয়ে এল। একজন ভারী গলায় বলল, "পাহারা দিচ্ছিল। হুঁঃ, খুব পাহারাদার।"

অন্যজন পা দিয়ে ভল্লনাথকে একটু নেড়েচেড়ে বলল, "এটা বোধহয় ব্যায়ামবীর, দেব নাকি গলার নলিটা কেটে?"

"দূর, মশামাছি মেরে কী হবে? আমাদের দরকার কিঙ্কর জাম্বুবানটাকে। তাকে না পেলে এত পরিশ্রমই বৃথা।"

"রাজবাড়িটা কোথায়?"

"এসে গেছি, চণ্ডীমণ্ডপ ছাড়িয়ে দক্ষিণে।" বলে লোকটা একটা শিস দিল। সঙ্গে সঙ্গে পালটা কয়েকটা শিস শোনা গেল।

নেতাজির মূর্তির চারধারে তখন একটা গোল্লাছুট খেলা চলছে। নয়ন বোস প্রাণভয়ে দৌড়ে বেড়াচ্ছে, পেছনে মুগুর হাতে একটা লোক। মুগুরের ঘায়ে আগেই অজ্ঞান হয়ে পড়ে আছে হরিহর পণ্ডিত। নয়নের কপাল খারাপ। হরিহর পণ্ডিতকে ডিঙিয়ে ডিঙিয়ে বেশ দৌড়োচ্ছিল এতক্ষণ, কিন্তু হঠাৎ তার গায়েই হোঁচট খেয়ে উপুড় হয়ে পড়ে গেল। গদাম করে মুগুরটা এসে লাগল মাথায়। নয়ন বোস চোখে সর্ষেফুল দেখতে দেখতে অজ্ঞান হয়ে গেল। হাটখোলার অবস্থা আরও খারাপ। বস্তাচাপা হাবু ঘোষ হঠাৎ নাকে ধুলো ঢুকে হেঁচে ফেলার পর একটা লোক ছুটে এসে একখানা খেঁটে লাঠি দিয়ে বস্তাগুলোকে আচ্ছা করে পিটে দিয়ে গেল। দুটো বস্তাই আলুর বস্তার মতো নিথর হয়ে পড়ে রইল।

নিমাই, নিতাই আর বাসব দত্ত রাজবাড়ির ফটকের মস্ত থামটার আড়ালে গা-ঢাকা দিয়ে দাঁড়িয়ে, একটু পেছনে পাঁচু ঘোরাঘুরি করছে। হঠাৎ পাঁচু একটু উৎকর্ণ হয়ে কী একটু শুনে চাপা গলায় বলল, "এসে গেছে!"

বাসব বলল, "কে এসেছে?"

"তেনারা, শিস দেওয়ার শব্দ শুনলেন না?"

"শিস দেবে কেন?"

"ওটা ইশারা।"

"তা হলে এখন কী করব?"

"বন্দুকটা ফোটান। বন্দুক ফোটালে ভয় পেতে পারে।"

বাসব নিজেই ঠকঠক করে কাঁপছে। বন্দুকটা তুলে কোনওরকমে আকাশমুখো করে ঘোড়াটা টিপতে যাবে, ঠিক এমন সময় একটা আধলা ইট এসে কপালে লাগল। বাসব দত্ত তার বন্দুকসমেত শুয়ে পড়ল ঘাসে। বন্দুকটাকে একেবারে পাশবালিশের মতো জড়িয়ে ধরে। প্রথম লাঠির চোটেই "বাপ রে" বলে বসে পড়ল নিমাই। তারপর বাসব দত্তর পাশেই গড়িয়ে পড়ল। নিতাই কিছুক্ষণ মুগুরপেটাই হয়েও দাঁড়িয়েছিল। তারপর কাটা কলাগাছের মতো বাসব দত্তের ঘাড়ে গিয়ে পড়ল।

লোকগুলো খুব তাচ্ছিল্যের সঙ্গে নিপাটে পড়ে-থাকা মানুষগুলোর দিকে চেয়ে ছিল। একজন বলল, "এরা আগে থেকে নিশ্চয়ই খবর পেয়েছিল। নইলে পাহারা রাখত না।"

সবচেয়ে লম্বা কালোমতো বিকট চেহারার সর্দার চারদিকটা ভাল করে দেখে নিয়ে

বজ্রগম্ভীর গলায় বলল, "আরও একটা লোক ছিল, সে পালিয়েছে। সে গিয়ে গাঁয়ের লোককে ডেকে আনতে পারে। কয়েকজন নীচে পাহারায় থাক। এতক্ষণ গুলি, বোমা চালানো হয়নি; কিন্তু যদি গাঁয়ের লোক বাধা দিতে আসে তা হলে ঝাঁজরা করে দিবি। আমাদের কাজে একটু সময় লাগবে।"

একটা লোক বলল, "কিন্তু কালু, কিঙ্করকে না পেলে তো জিনিসটার হদিশ পাওয়া যাবে না।"

"কিঙ্কর রাজবাড়িতেই আছে, খবর পেয়েছি। রাজবাড়িতে আগে যা বাজার হত এখন তার তিনগুণ হচ্ছে। তার মানে একজন খুব খানেওলা লোক এখানে লুকিয়ে আছে। কিঙ্কর ছাড়া কে?"

সবাই চাপাস্বরে বলে উঠল, "ঠিক কথা।"

সর্দার একটা লোকের দিকে স্থির দৃষ্টিতে চেয়ে বলল, "কেষ্ট, তুই কত বড় বোকার মতো কাজ করেছিস জানিস? শঙ্কর পালোয়ানকে মেরেছিলাম বাধ্য হয়ে, সে কিছুতেই কবুল করেনি। তারপর রাগের চোটে কিঙ্করকেও মারতে গিয়েছিলি। কিঙ্কর মরে গেলে ওই সোনার হদিশ পাওয়া যেত? বেঁচে আছে বলে রক্ষে। তাও কথা বের করা যাবে কিনা জানি না। স্মৃতিভ্রংশ হয়েছে শুনেছি। কিন্তু এখন আর কথা বলার সময় নেই। জনাছয়েক পাহারায় থাক। পাঁচজন আমার সঙ্গে ওপরে আয়।"

সর্দারের পিছু-পিছু যে পাঁচজন রাজবাড়ির দিকে যাচ্ছিল, তাদের একজন বলল, "আচ্ছা সর্দার, স্মৃতিভ্রংশ হয়ে থাকলে কিঙ্করের কাছ থেকেই বা সোনার হদিশ পাবে কেমন করে?"

"মারের চোটে মড়াও কথা বলে। তবে স্মৃতিভ্রংশ হয়ে একপক্ষে ভালই হয়েছে। নইলে হয়তো রাজপুত্তুরটাকেই সব বলে দিত।"

"বলেনি তা কী করে জানলে?"

"আমার আরও চোখ আছে রে। সব খবর পাই।"

দোতলার ঘরে বীণা বাজাচ্ছে বীরচন্দ্র, মোহিত হয়ে শুনছে কিঙ্কর। হঠাৎ বীণা থামিয়ে বীরচন্দ্র উৎকর্ণ হল, তারপর বীণাটা রেখে বিছানা ছেড়ে তাড়াতাড়ি নেমে পড়ে বলল, "কিঙ্কর, লুকোতে হবে।"

কিঙ্কর একটু যেন অবাক হয়ে বলে, "কেন?"

"বিপদের গন্ধ পাচ্ছি। এসো আমার সঙ্গে।"

কিঙ্কর হঠাৎ শক্ত হয়ে মুঠো পাকিয়ে বলল, "সেই লোকটা? তাকে আমি পিষে ফেলব।"

বীরচন্দ্র ম্লান হেসে বলে, "তার আগে আত্মরক্ষা করা দরকার। আর সময় নেই। এসো। নীচে দরজায় শব্দ পাচ্ছি যেন। ওরা বাইরে থেকেই দরজা খুলতে জানে বোধহয়। এসো।"

দু'জনে ঘর থেকে বেরিয়ে বারান্দায় এল। বীরচন্দ্র ডানদিকে দ্রুত এগিয়ে গিয়ে কিঙ্করকে নিয়ে আর-একটা সরু সিঁড়ি বেয়ে একতলায় এল। তারপর চোরাকুঠুরির দরজা খুলে নেমে এল পাতালঘরে। এখানে ঘুটঘুট্টি অন্ধকার আর সোঁদা গন্ধ। ইঁদুরের দৌড়োদৌড়ির শব্দ পাওয়া যাচ্ছে।

"কিঙ্কর, ভয় করছে না তো?"

"না।"

"শব্দ কোরো না।"

চোরাকুঠুরিতে দু'খানা তরোয়াল আগে থেকেই রেখে গেছে বীরচন্দ্র। অন্ধকারেই হাতড়ে হাতড়ে তরোয়াল দুটো খুঁজে নিয়ে একখানা কিঙ্করের হাতে দিয়ে বলল, "এটা রাখো। খুব দরকার না হলে ব্যবহার কোরো না।"

কিঙ্কর বলল, "আমার তরোয়াল লাগে না, হাতই যথেষ্ট।"

"আচ্ছা বেশ।"

যে ছ'জন রাজবাড়ির ফটকে পাহারা দিচ্ছিল, তারা হঠাৎ অবাক হয়ে শুনল, একটা লোক চু-কিত-কিত-কিত-কিত করতে করতে এদিকেই ধেয়ে আসছে।

"ওটা কে রে?"

"পাগল-ফাগল হবে। একটু আগে হাটখোলার কাছেও দেখেছি।"

"খুব বেয়াদপ তো।"

বেয়াদপটা দৌড়ে এসে পড়ল সামনে। তারপর পট করে সামনের লোকটাকে একটা থাপ্পড় মেরেই পিছু ফিরে আবার চু-কিত-কিত করে ছুটতে লাগল। চড়-খাওয়া লোকটাও পিছু-পিছু ছুটে গিয়ে পটাং করে একটা লাথি কষাল লোকটাকে, কিন্তু আশ্চর্যের বিষয় লোকটা লাথিটা এড়িয়ে ঘুরে দাঁড়াল। তারপর লোকটাকে তুলে অনায়াসে একটা আছাড় মেরে হাত ঝাড়তে লাগল।

দৃশ্যটা দেখে বাকি পাঁচজনের মাথায় খুন চেপে গেল। তারা এমনিতেই খুনখারাপি করে বেড়ায়, একটা গেঁয়ো লোকের এহেন স্পর্ধা সহ্য করবে কী করে? "ধর, ধর ব্যাটাকে, লাশ ফেলে দিই।" বলে তারা পাঁচজন মিলে দুঃখবাবুকে তাড়া করল। দুঃখবাবু চু-কিত-কিত-কিত-কিত করতে করতে ফের ছুটতে লাগলেন। পাঁচজনের একজন খুব কাছাকাছি চলে এসেছে। দুঃখবাবু তাকে মাজা দিয়ে একটা ধাক্কা দিয়েই ল্যাং মেরে ফেলে দিলেন। লোকটা যখন পড়ে যাচ্ছিল তখন বজ্রাদপি কঠোর একটা

গাঁট্টাও বসিয়ে দিলেন মাথায়। গাঁট্টাটা মেরে তাঁর খুবই আনন্দ হল। এতদিনে তিনি ভূতের ঋণ শোধ করছেন।

বাকি চারজন কাণ্ডটা দেখে আর কাণ্ডজ্ঞান রাখতে পারল না। একজন পিস্তল তুলে ফটাস করে গুলি চালিয়ে দিল। দুঃখবাবু মাথাটা সরিয়ে নিয়ে গুলিটা পাশ কাটালেন। তারপর নিচু হয়ে তেড়ে গিয়ে লোকটাকে ঠিক বাজারের শিবের ষাঁড়টার মতোই একখানা গুঁতো মারলেন। লোকটা ছিটকে শূন্যে উঠে গেল। ওই অবস্থাতেই তার পেটে একখানা ঘুসি মারলেন দুঃখবাবু। তারপর ফের চু-কিত-কিত করে দৌড় লাগালেন। তিনি যে এত প্যাঁচ-পয়জার জানেন তা তাঁর নিজেরও এতকাল জানা ছিল না।

বাকি তিনটে লোক হিতাহিতজ্ঞান হারিয়ে মার-মার করে ধেয়ে আসছে। তাদের হাতে ছোরা, বোমা, বন্দুক। একটা লোক একটা বোমা বোধহয় ছুড়েও মারল। সেটা দুঃখবাবুর মাথার ওপর দিয়ে উড়ে এসে সামনে পড়তেই দুঃখবাবু সেটাকে ফুটবলের মতো একখানা শট করলেন। সেটা ফের উড়ে গিয়ে বোধহয় রাস্তার ধারে কোনও খানাখন্দে পড়ল। কিন্তু ফাটল না। কিন্তু শটটা মেরে দুঃখহরণের আবার আনন্দ হল। তিনি কি ফুটবলও খেলতে পারেন তা হলে? শটটা তো মন্দ হল না!

তিনজনের একজন বড় গাঁ ঘেঁষে এসে পড়েছে। দুঃখবাবু একবার আড়চোখে দেখে নিয়ে পট করে হাত বাড়িয়ে একটা রদ্দা কষালেন তার ঘাড়ে। লোকটা কোঁক করে উঠল। দুঃখবাবু তার চুল মুঠো করে ধরে এক হ্যাঁচকায় তাকে হ্যামার থ্রো-র ভঙ্গিতে ছুড়ে ফেলে দিলেন পাশের খন্দে। রইল বাকি দুই।

দু'জনের একজনের হাতে ছোরা, অন্যজনের বন্দুক। কিন্তু কেউই অস্ত্র দুটো ব্যবহার করতে পারছে না ছুটতে হচ্ছে বলে। দুঃখবাবু দু'জনকে দেখে নিয়ে মহানন্দে নানা রাস্তায় ঘুরপাক খেয়ে ছুটতে লাগলেন। কখনও জোরে, কখনও আস্তে। কিছুক্ষণ এইভাবে চলার পর দুঃখবাবু টের পেলেন লোক দুটো হেদিয়ে পড়েছে। সুতরাং তিনি এবার সোজা ছুটতে ছুটতে মাধব ঘোষালের বাড়িতে ঢুকে পড়লেন। পিছু-পিছু হাঁফাতে হাঁফাতে দুটো লোক।

"ঘোষালমশাই, এনেছি।"

"কাকে এনেছ?"

"এই দেখুন না?"

লোক দুটো এল টলতে টলতে। এসেই দড়াম-দড়াম করে উপুড় হয়ে পড়ে গেল। দুঃখবাবু একগাল হেসে বললেন, "বড্ড হেদিয়ে পড়েছে।"

লোকদুটো এতই হেদিয়ে পড়েছে যে, হাপরের মতো শব্দ করে হ্যা-হ্যা করে শ্বাস

নিচ্ছিল। বন্দুক আর ছোরা হাত থেকে খসে পড়ে আছে সামনে। ভজনলাল তাড়াতাড়ি গোরুর দড়ি এনে দু'জনকে আষ্টেপৃষ্ঠে বেঁধে ফেলল।

দুঃখবাবু বললেন, "ঘোষালমশাই, রাজবাড়িতে কিন্তু একটা দল ঢুকে পড়েছে। তাড়াতাড়ি চলুন।"

"রাজবাড়িতে? রাজবাড়িতে কেন? তারা তো রাজুকে খুঁজছে!"

"তা জানি না, তাড়াতাড়ি চলুন।"

মাধব ঘোষাল কয়েক সেকেন্ড ভাবলেন। তারপরই লাফিয়ে উঠে বললেন, "সর্বনাশ! আমি তো মস্ত আহাম্মক, রাজু আসলে বোধহয় রাজকুমার। পুরো কথাটা কিঙ্কর বলতে পারছিল না বলেই বোধহয় তোতলাচ্ছিল। সর্বনাশ!"

সবাই মিলে রাজবাড়ির দিকে ছুটতে লাগল।

পাতালঘরে অন্ধকারে ঊর্ধ্বমুখ হয়ে বসেছিল বীরচন্দ্র। পাশে কিঙ্কর। বীরচন্দ্রের হাতে নাঙ্গা তরোয়াল। ওপরে ভারী ভারী পায়ের শব্দ সিঁড়ি বেয়ে উঠছে। হঠাৎ করে যেন একটা আর্ত চিৎকার শোনা গেল।

বীরচন্দ্র সবেগে উঠে দাঁড়িয়ে বলল, "কিঙ্কর, তুমি এখানেই থাকো। নোড়ো না, আমি আসছি।"

"কোথায় যাচ্ছ?"

"আমার বনমালী আর রাঁধুনির কথা খেয়াল ছিল না, ওরা বোধহয় বিপদে পড়েছে।" বলেই বীরচন্দ্র সিঁড়ি বেয়ে উঠে দোতলায় ছুটতে লাগল।

কিন্তু ওপরের বারান্দায় উঠে আসতেই একেবারে মুখোমুখি কালান্তক যমের মতো একটা লোক। হাতে বন্দুক। বীরচন্দ্রের দিকেই তাক করা।

"তরোয়াল ফেলে দাও! আমরা বন্দুক চালাতে চাই না।"

বীরচন্দ্র বলল, "তোমরা বনমালী আর রাঁধুনিকে কী করেছ? বলো, নইলে শাস্তি পাবে।"

"ইস, রাজাগিরি দেখানো হচ্ছে! অ্যাঁ! রাজাগিরি! শাস্তি দেবে?"

বীরচন্দ্র আর থাকতে পারল না। লম্বা তরোয়ালটা বোঁ করে চালিয়ে দিল। তরোয়ালের ঘায়ে বন্দুকটা খসে পড়ল লোকটার হাত থেকে।

বীরচন্দ্র একটা হুংকার দিয়ে এগিয়ে যেতেই লোকটা দু'কদম পিছিয়ে গেল। কিন্তু সে একা নয়। পেছনে আরও পাঁচ-পাঁচটা গুন্ডা। বীরচন্দ্র হুহুংকারে তরোয়াল চালাতে লাগল বটে, লোকগুলো নাগালে এল না। একটা লোক পিস্তল তুলে দু'বার গুলিয়ে চালিয়ে দিল।

বীরচন্দ্র জ্ঞান হারিয়ে লুটিয়ে পড়ল মেঝের ওপর।

সর্দার বলল, "আয়। এই সিঁড়ি দিয়ে ও উঠে এসেছিল। কিঙ্কর নিশ্চয়ই নীচে কোথাও আছে।"

কিঙ্করকে খুঁজে বের করতে খুব বেশি দেরি হল না তাদের। পাতালঘরে নেমে মুখে টর্চের আলো ফেলতেই কিঙ্কর প্রথমটায় ভ্যাবাচ্যাকা খেয়ে গেল। তারপরই সে হঠাৎ লোকটাকে দেখতে পেল। লম্বা, কালো, ভয়ংকর দুটো চোখ।

"তুই! তুই!" বলতে বলতে কিঙ্কর লাফিয়ে উঠল। দু' হাত মুঠো পাকিয়ে বলল, "তোকে... তোকে..."

কিন্তু কিঙ্কর দু' পা এগোনোর আগেই বন্দুকের কুঁদোর ঘা এসে পড়ল কাঁধের হাড়ে। একটা চেন বোঁ করে এসে লাগল তার কপালে। কিঙ্কর বসে পড়ল।

সর্দার এগিয়ে এসে বলল, "এবার বল তো, সোনা কোথায় আছে। লক্ষ্মীছেলের মতো বলে দে।"

"জানি না।"

"খুব ভালই জানিস। বুড়ো রাজা মরার সময় তোর বাবা তার কাছে ছিল। মরার আগে বিশ্বাসী লোক বলে তাকেই খবরটা দিয়ে যায়। বলেছিল, আমার ছেলে বড় হলে খুব অভাব-কষ্টে পড়বে। তখন তাকে সোনার হদিশটা দিয়ো। বলেছিল কি না?"

কিঙ্কর কপালে হাত বোলাতে বোলাতে বলল, "আমি জানি না। মনে নেই। তুই খারাপ লোক।"

সর্দার কিঙ্করের পাঁজরে একটা লাথি মেরে বলল, "বল। নইলে মরবি।"

কিঙ্কর ফের লাফিয়ে উঠে লোকটার গলা টিপে ধরতে যাচ্ছিল। কিন্তু চারদিক থেকে বন্দুকের কুঁদো, চেন, মুগুর বৃষ্টির মতো পড়তে লাগল তার মাথায়, কাঁধে, কপালে, শরীরের প্রায় সর্বত্র। কাঁপতে কাঁপতে বসে পড়ল কিঙ্কর।

"কোথায়? বল, নইলে..."

"জানি না। জানি না। জানি না। রা-রাজু একটা উঁচু জায়গায় বসে থাকে।"

"ওটা কোনও জবাব নয়। ঠিক করে বল।"

কিঙ্কর মাথা নেড়ে বলে, "জানি না।"

"তোর বাবাকে কেন মেরেছিলাম জানিস? ঠিক এই অবাধ্যতার জন্যই। যখন তোর সামনেই তাকে গুলি করতে যাই তখনও আমার বিশ্বাস ছিল বাপকে বাঁচাতে তুই গুপ্ত খবরটা বলে দিবি। তুই বললি না, তোর বাপও মরল। এখনও যদি না বলিস তবে এবার তুই মরবি। মরতে চাস?"

"আমি জানি না। মনে পড়ছে না।"

সর্দার গম্ভীরভাবে বলল, "কেলো, ব্লেড চালা তো।"

কেলোর আঙুলের ফাঁকে ফাঁকে ব্লেড ধরা। সে চকিতে এগিয়ে গিয়ে কিঙ্করের গালে আর দু' হাতে হাতটা একবার বুলিয়ে দিল।

কিঙ্করের মুখ আর হাত থেকে ঝরঝর করে রক্ত পড়ছে। আর একজন এগিয়ে গিয়ে একটা থলি থেকে একমুঠো নুন নিয়ে ছুড়ে মারল তার গায়ে।

কিঙ্কর যন্ত্রণায় আর্তনাদ করতে লাগল।

"এবার বল কিঙ্কর, নইলে কপালে আরও কষ্ট আছে।"

হঠাৎ দলের একটা লোক সর্দারের কানে-কানে কী একটা বলল। সর্দার ভ্রু কোঁচকাল। তারপর মাথা নাড়ল। বন্দুকটা তুলে কিঙ্করের দিকে তাক করে বলল, "এক থেকে তিন গুনব। তার মধ্যে বলা চাই। এক... দুই... তিন..."

তিন বলার সঙ্গে সঙ্গে বন্ধ ঘরে বন্দুকের একটা ভয়ংকর আওয়াজ হল। ওপর থেকে চাপড়া খসে পড়ল। ঘরটা কেঁপে উঠল।

কিঙ্কর একটা অদ্ভুত 'ওয়াঃ' শব্দ করে পড়ে গেল মেঝের ওপর।

সর্দার একটু হাসল, "এবার ব্যাটা বলবে। বন্দুককে খুব ভয় খায়।"

বলাই বাহুল্য, গুলি কিঙ্করের গায়ে লাগেনি, সর্দার শুধু ওর কানের পাশ দিয়ে গুলিটা চালিয়ে দিয়েছে।

মিনিট কয়েক বজ্রাহতের মতো পড়ে রইল কিঙ্কর। তারপর ধীরে ধীরে চোখ মেলল। একটা দীর্ঘশ্বাস ফেলে উঠে বসল। কিছুক্ষণ ভ্যাবলার মতো চেয়ে থেকে হঠাৎ সে যেন শিউরে উঠে বলল, "রাজকুমার... বেদি... সোনা..."

সর্দার মোলায়েম গলায় বলল, "বাঃ, এই তো স্মৃতি ফিরে আসছে দেখছি। আস্তে আস্তে বল।"

কিঙ্কর কিছুক্ষণ সর্দারের দিকে চেয়ে থেকে হঠাৎ বিদ্যুদ্বেগে উঠে দাঁড়াল, তারপর কেউ কিছু বুঝে ওঠার আগেই দুই ধাক্কায় সবাইকে সরিয়ে চোখের পলকে সিঁড়ি ভেঙে উঠে গেল ওপরে। তারপর দৌড়োতে দৌড়োতে চিৎকার করতে লাগল, "রাজকুমার! রাজকুমার!"

সর্দার আর তার দলবলও উঠে এল ওপরে।

বাইরে হাজার লোক তখন রাজবাড়ি প্রায় ঘিরে ফেলেছে। মাধব তাদের নির্দেশ দিয়েছেন। যারা অজ্ঞান হয়ে পড়েছিল তারাও সব গা-ঝাড়া দিয়ে উঠেছে।

পুঁটে সর্দার বলল, "ঘোষমশাই, বন্দুকের সামনে আমাদের সুবিধে হবে না। তবে একটা উপায় আছে। আমার এই লাঠিগাছ একসময়ে অনেক ভেলকি দেখিয়েছে। আজ বুড়ো হয়েছি বটে, কিন্তু একবার চেষ্টা করতে পারি।"

বলেই পুঁটে সর্দার একটা হুংকার ছেড়ে লাঠিটা বনবন করে ঘোরাতে ঘোরাতে

রাজবাড়ির মধ্যে ঢুকে পড়ল। চেঁচাতে লাগল, "খবরদার! খবরদার!"

চু-কিত-কিত-কিত করতে করতে দুঃখবাবুও ঢুকে পড়লেন। একটু পেছনে বন্দুক হাতে বাসব দত্ত। তাঁর পেছনে ভজনলাল।

পেছনের সিঁড়ি দিয়ে তরোয়াল হাতে বীরচন্দ্রও নেমে এল। পেছনে কিঙ্কর।

সর্দার আর স্যাঙাতরা পরিস্থিতিটা একটু বুঝে নিয়েই বন্দুক তুলতে যাচ্ছিল। কিন্তু ঘটোৎকচের মতো পেছন থেকে তাদের ওপর এসে পড়ল কিঙ্কর। গোটা দলটা বেসামাল হয়ে যেতেই পটাপট লাঠি পড়তে লাগল। ভজনলাল আর পুঁটে মনের সুখে মারতে লাগল। দুঃখবাবু দুটোকে পেড়ে ফেললেন।

কিঙ্কর সর্দারকে দু' হাতে তুলে আলাদা করে নিয়ে এল। তারপর তার গলা টিপে ধরে বলল, "তোর আজই শেষ রাত্রি।"

সর্দার মরেই যেত। কিন্তু বীরচন্দ্র এসে আটকাল, "কিঙ্কর, তোমাকে আমার দরকার। খুন করে জেলে গেলে তো আমার কাজ হবে না।"

ভজনলাল তাড়াতাড়ি এসে সর্দারকে বেঁধে ফেলল। বাঁধতে সে খুবই পটু। অন্যদের ইতিমধ্যেই বেঁধেছেঁদে পোঁটলা-পুঁটলির মতো সাজিয়ে রেখেছে একধারে।

মাধব এসে দাঁড়িয়ে চারদিকটা দেখে নিয়ে বললেন, "আরও একটু কাজ আছে। এদের আসল সর্দার ও-লোকটা নয়। আমাদেরই একজন। নইলে কে কোথায় লুকিয়ে পাহারা দিচ্ছে তা ওদের জানার কথা নয়। তা ছাড়া কিঙ্কর যে একটা গুপ্ত খবর জানে তাও বাইরের লোকের অনুমান করা শক্ত। সর্দার, বলো তো লোকটা কে?"

সর্দার বাঁধা অবস্থায় বলল, "জানি না।"

সঙ্গে সঙ্গে কিঙ্করের একটা গুঁতো তার পেটে পড়তেই সে কোঁক করে উঠে বলল, "বলছি! বলছি!"

ভিড়ের ভেতর থেকে রায়বাবু এগিয়ে এসে বললেন, "কুলাঙ্গার, লাফাঙ্গা! একটা কোঁতকাও হজম করতে পারিস না? নাও বাবা ভজনলাল, আমাকেও বেঁধে ফেলো। তবে মারধোর কোরো না। ওসব হুড়যুদ্ধু আমার সহ্য হয় না। আজ্ঞে হ্যাঁ, মাধববাবু, ঠিকই ধরেছেন। রাজামশাই মারা যাওয়ার সময় আমি ঘরের বাইরে ছিলাম। শঙ্করকে কিছু একটা বলতে দেখেছি, কিন্তু শুনতে পাইনি। সন্দেহটা তখন থেকে। শঙ্কর তারপর সেই যে হাওয়া হয়ে যায়, অনেকদিন বাদে এই মাসছয়েক আগে তার হদিশ করতে পারি। আর আমার কিছু বলার নেই।"

ভজনলাল খুবই স্নেহের সঙ্গে রায়বাবুকেও বেঁধে ফেলল। তারপর বলল, "এখুন এসব মাল কুথায় চালান হোবে ঘোষাল মহারাজ?"

"ভেবে দেখি। এখন সবাই বাড়ি যাও। রাত হয়েছে।"

মাধব দু'জনের ক্ষতস্থানের পরিচর্যা করলেন। কিঙ্করের আঘাত গুরুতর। কিন্তু মস্ত মানুষ, মহা শক্তিমান। কাজেই প্রাণশক্তির জোরেই খাড়া থাকবে। বীরচন্দ্রের বাঁ হাতে দু'টি গুলি লেগেছে। কিন্তু সেও সামলে যাবে।

একটু বাদে দু'জনকে নিয়ে দরবার ঘরে এলেন মাধব। কিঙ্করকে বললেন, "তোমার স্মৃতিশক্তি ফিরে এসেছে তো!"

"যে আজ্ঞে। সিংহাসনের বেদির তলায় সোনা আছে এ কথা বাবাই আমাকে বলে গিয়েছেন।"

কিঙ্কর গিয়ে শ্বেতপাথরের তৈরি বেদিটার সামনে দাঁড়াল। তারপর নিচু হয়ে বেদির ওপরের স্তরের যে-অংশটার কানা বেরিয়ে আছে সেই অংশটার কানা ধরে সজোরে চাড় দিল। ভারী পাথর চড়চড় করে উঠে এল।

"দেখুন।"

মাধব এবং বীরচন্দ্র দেখলেন। পাথরের নীচে সোনার স্তর।

কিঙ্কর বলল, "গোটা বেদিটাই সোনার। চার থেকে পাঁচ মন সোনা ঢালাই করে তৈরি। ওপরে শ্বেতপাথর দিয়ে ঢাকা ছিল।"

বীরচন্দ্র অবাক হয়ে বলল "এত সোনা! এ দিয়ে কী হবে?"

মাধব হাসলেন, "কেন, তুমিই না বলেছিলে টাকা থাকলে নবীগঞ্জের দুঃখ দূর করতে! তাই করবে। মানুষের হৃদয়ের রাজা হবে।"

বীরচন্দ্র বলল, "তবে তাই হোক।"

পরদিন ভোরবেলা ভারী সুন্দর করে রোদ উঠল। গাছে গাছে পাখি ডাকছে। প্রজাপতি উড়ছে। গোরুর হাম্বা শোনা যাচ্ছে। হরিহরের পাঠশালায় ছেলেরা নামতা মুখস্থ করছে। পাঁচু পান্তাভাত খেতে বসেছে। হাবু ঘোষ খালে মাছ ধরছে। নিমাই-নিতাই দাঁতন করছে। বাসব দত্ত বন্দুকে তেল লাগাচ্ছে। নয়ন বোস ম্যাজিক প্র্যাকটিস করছে। হরেন চৌধুরী গান গাইছে।

ওদিকে মাধব ডাকাতদের পুলিশের হাতে দিতে রাজি হননি। তাঁর বাড়িতে অনেকে জড়ো হয়েছে। একপাশে হাত-পা বাঁধা ডাকাতরা আর রায়বাবু লজ্জিতভাবে বসা। মাধব বললেন, "জেল খেটে কারও সংশোধন হয় না। আমি ওদের প্রস্তাব দিয়েছি নবীগঞ্জের উন্নতির জন্য বীরচন্দ্র যেসব কাজ করবেন তাতে এরা সবাই কায়িক শ্রম দেবে। পুকুর কাটা, রাস্তাঘাট তৈরি, নতুন স্কুলবাড়ি, হাসপাতাল, অনেক কাজ হাতে। কাজের ভেতর দিয়েই মানুষের সংশোধন হয়। কী হে, তোমরা রাজি তো! রায়বাবু কী বলেন?"

সবাই ঘাড় নেড়ে সম্মতি জানাল।

সরকারমশাই সকালে বাজারে চলেছেন। পুঁটে সর্দারের সঙ্গে দেখা।

"এই যে ষষ্ঠীচরণ, তা খবর কী গো?"

পুঁটে মাথা নেড়ে বলল, "না-না, বাজার আমার সকালেই হয়ে গেছে।"

বীরচন্দ্র স্থির করেছে, সে আর রাজবাড়িতে থাকবে না। রাজবাড়ি সংস্কার করে একটা কলেজ আর সংগ্রহশালা হবে। বীরচন্দ্র এবার থেকে সাধারণ বাড়িতে অন্য পাঁচজনের মতো থাকবে।

রাত্রেই কথা হয়ে গেছে, কিঙ্কর আর দুঃখহরণ মিলে একটা কুস্তির আখড়া খুলবেন। নবীগঞ্জের ছেলেদের তালিম দেওয়া হবে সেখানে।

হেডসার এসেছেন দুঃখহরণবাবুর কাছে। হাত কচলে বলছেন, "এবারকার মতো দোষঘাট মাফ করে দিন দুঃখবাবু। আমাদের সকলের ইচ্ছে গেম-টিচারের পোস্টটা আপনিই নিন, তা হলে খেলাধুলোয় স্কুলের খুব নাম হবে।"

দুঃখবাবু বললেন, "পরে ভেবে দেখব। আগে সামনের ওলিম্পিক থেকে কুস্তি আর ম্যারাথনের সোনার মেডেল দুটো নিয়ে আসি।"

দুঃখবাবুর দুই বাঁদর ছেলে সকালে এসে খুব ভয়ে ভয়ে বাবাকে প্রণাম করে গিয়ে লক্ষ্মীছেলের মতো পড়তে বসেছে। চণ্ডিকাদেবী একগলা ঘোমটা টেনে গরম লুচিভর্তি থালা নিয়ে এসেছেন। দুঃখবাবুর আর তেমন দুঃখ নেই।

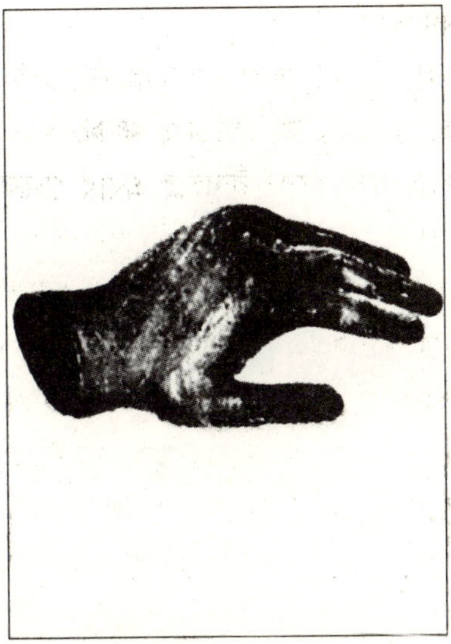

কুঞ্জপুকুরের কাণ্ড

শশীদাদুর হাতটা যতদিন ক্রিয়াশীল ছিল, ততদিন এলাকাটা ছিল শান্তির জায়গা। চোর, ডাকাত, গুন্ডাদের উৎপাত ছিল না। কেউ কোনও অন্যায় কাজ করার আগে দু'বার ভাবত। আইনশৃঙ্খলার অবস্থা ছিল খুবই ভাল। সবাই বলত, কুঞ্জপুকুরের মতো এমন নিরাপদ জায়গা আর হয় না।

কিন্তু শশীদাদুর হাত ঝিমিয়ে পড়ার পর থেকেই কুঞ্জপুকুরের আশপাশে যেন পাজি-বদমাশদের মাথাচাড়া দেওয়ার লক্ষণ দেখা যাচ্ছে। সবই অবশ্য ছোটখাটো ঘটনা, আমল না-দিলেও চলে। কিন্তু এগুলো হচ্ছে পূর্বলক্ষণ। চোর-বদমাশরা একটু বাজিয়ে দেখছে পরিস্থিতিটা। এই তো সেদিন হাফিজুল মিঞা হরিপুরের হাট থেকে সন্ধের পর ফিরছিল। রাম দত্তর বাঁশবনের ভেতর দিয়ে আসার সময় কে যেন তার মাথার চুবড়ি থেকে টুক করে ডালের পোঁটলাটা সরিয়ে ফেলল। আবার দিন-দুই পরেই হরিবল্লভ রায় বিকেলে বেড়াতে বেরিয়েছিলেন। বড় ঝিলের ধারে দিব্যি গায়ে হাওয়া লাগিয়ে বেড়াচ্ছেন, হঠাৎ একটা মুষকো মতো লোক কোথা থেকে এসে তাঁর হাতের রুপোর বাঁধানো লাঠিখানা কেড়ে নিয়ে হাওয়া!

সরকার-বাড়ির ঘটনাটাও খারাপ। সেদিন মাঝরাতে সরকার-বাড়ির একতলার জানলা ভেঙে চোর ঢুকেছিল। লোকজন উঠে পড়ায় বেশি কিছু নিতে পারেনি, দুটো কাঁসার থালার ওপর দিয়ে গেছে।

কিন্তু কথা হল, শশীদাদুর হাত যদি ক্রিয়াশীল থাকত, তা হলে এসব হতেই পারত না। কুঞ্জপুকুরের মোড়ল-মুরুব্বিরা এবং আশপাশের সাত গাঁয়ের লোক চিন্তায় পড়ে গেছে। ঘন ঘন সবাই বৈঠকেও বসছে। নন্দ কবিরাজকেও ডাকা হয়েছে বৈঠকে। নন্দ কবিরাজ বলছে, "শশীখুড়োর বয়স এই একশো সাত পুরে একশো আট বছর চলছে। এত বয়সের মানুষ সম্পর্কে কোনও ভরসা দেওয়া যায় না। তবে আমি সাধ্যমতো চিকিৎসা করে যাচ্ছি। দেখা যাক কী হয়!"

শশীদাদু থাকেন একখানা খোলামেলা ঘরে। পাশেই মস্ত বাগান, হরেক ফুল, হরেক গাছ সেখানে। শশীদাদুর ঘরে মস্ত মস্ত জানালা। অনেক আলো-হাওয়া খেলে।

জানালার পাশেই একটা মস্ত চৌকিতে শশীদাদু শুয়ে থাকেন সারাদিন। মস্ত চুল আর দাড়ি, সব সাদা ধবধব করছে। শশীদাদুর গায়ের রংও খুব ফর্সা, লম্বা শীর্ণ চেহারা। ক'দিন আগেও তিনি যুবকের মতো দ্রুতপায়ে এ-গাঁ ও-গাঁ ঘুরে বেড়াতেন। সকলের খোঁজখবর করতেন। কিন্তু বেশ কিছুদিন হল, কোনও অসুখেই হোক বা বার্ধক্যের জন্যই হোক, উনি একেবারে শয্যা নিয়েছেন। কারও সঙ্গে কথা বলেন না। সবসময়ে চোখ বোজা। ডাকলে সাড়া দেওয়া দূরের কথা, চোখ মেলে তাকান না পর্যন্ত। শশীদাদুর মেয়ে বিধবা ক্ষান্তমণিই তাঁকে আগলে রাখে।

শশীদাদু শয্যা নেওয়াতে সকলেরই মনখারাপ। বিশেষ করে গাঁয়ের ছেলেপুলেরা। শশীদাদু রোববারে চণ্ডীমণ্ডপে বাচ্চাদের নিয়ে ভারী ভাল একটা আসর জমাতেন। তাতে গল্প, ম্যাজিক, ধাঁধা, কত কী হত! সব বন্ধ হয়ে আছে। আর শশীদাদুর সেই বিখ্যাত হাতখানাও বিছানার পাশে একটা টেবিলের ওপর পড়ে আছে চুপচাপ। নড়েও না, চড়েও না।

হাতটা দেখতে হাত-ভরা একটা দস্তানার মতো। সলিড জিনিস। সাইজেও বেশ বড়, সাধারণ মানুষের পাঞ্জার দেড়গুণ হবে। কবজির কাছটা কাটা। কাটা অংশের কোনও ফাঁকফোকর নেই। যেন রবারে তৈরি জিনিস। রংখানা ধবধব করছে সাদা।

ইতিবৃত্তান্ত কেউ কিন্তু জানে না। শশীদাদু কখনও কিছু বলেন না। হাতটা নিয়ে প্রশ্ন করলে মিটিমিটি হাসেন আর বলেন, "দুনিয়ায় কত আশ্চর্য ব্যাপার আছে!"

হাতটা নিয়ে গাঁয়ে নানা কথা প্রচলিত আছে। হরিবল্লভ রায় বলেন, "শশীখুড়ো ভবঘুরে লোক। সারা পৃথিবী চষে বেরিয়েছেন। জাহাজে, এরোপ্লেনে, রেলগাড়িতে, মোটরে, সাইকেলে আর পায়ে হেঁটে কোনও জায়গা বাকি রাখেননি। দুর্গম সব অঞ্চলে প্রাণের মায়া তুচ্ছ করে ঘুরতেন। একবার আল্পস পাহাড়ে ওঠার সময় একজন পর্বতারোহীকে উদ্ধার করার চেষ্টা করেছিলেন। পর্বতারোহী এক সাহেব। পাহাড়ের একটা খাঁজ ধরে ঝুলছিল। শশীখুড়ো তার ডান হাতখানা শক্ত করে ধরে যখন টেনে তুলবার চেষ্টা করছিলেন তখন বুঝতে পারেননি যে, সাহেব আসলে অনেকক্ষণ আগেই ঠান্ডায় জমে মারা গেছে। হাতটা ঠান্ডায় জমে শক্ত হয়ে যাওয়ায় দেহটা পড়ে যায়নি। কিন্তু যেই শশীখুড়ো টেনে তুলতে গেলেন, তখনই টানা-হ্যাঁচড়ায় হাতটা শরীর থেকে খসে এল। সাহেবও পড়ে গেল নীচে। তবে হয়েছিল কী, সাহেবের আত্মাটা আশপাশেই ঘুরঘুর করছিল। শরীরের একটা মায়া আছে তো, সহজে ছাড়তে চায় না। আত্মাটার খুব ইচ্ছে ছিল শরীরে আবার ঢুকে পড়ে। কিন্তু শরীরটা পাহাড় থেকে পড়ে যাওয়ায় আত্মাটা তখন বাধ্য হয়ে হাতটার মধ্যেই ঢুকে পড়ল।"

দিনু সরকার অবশ্য বলেন, "ওরে না, না। ও গল্প ঠিক নয়। শশীজ্যাঠার যৌবনে

গায়ে ছিল পেল্লায় জোর। আমরাও দেখেছি, শশীজ্যাঠা একবার একটি বড় আমগাছ স্রেফ জাপটে ধরে টেনে উপড়ে ফেললেন। একবার তো ঢেঁকি তুলে সেইটে বনবন করে ঘোরাতে ঘোরাতে একদল ডাকাতকে তাড়া করেছিলেন। তা হয়েছিল কী, সেবার আফ্রিকার জঙ্গলে ঘুরে বেড়াতে বেড়াতে এক মস্ত গরিলার মুখে পড়ে গিয়েছিলেন। শশীজ্যাঠা তার সঙ্গে ঝগড়া-কাজিয়ায় না গিয়ে বন্ধুত্ব পাতাতে হ্যান্ডশেক করার জন্য হাত বাড়িয়ে দিলেন, বললেন, মিস্টার গরিলা, হাউ আর ইউ? কিন্তু গরিলাটা ছিল ত্যাঁদড়। হ্যান্ডশেক করার ভান করে সে শশীজ্যাঠার হাত ধরে এমন হ্যাঁচকা টান মারল যে, শশীজ্যাঠা উলটে পড়লেন। তারপর আবার শশীজ্যাঠাকে হাত ধরে আর-একটা আছাড় মেরেছিল সে। শশীজ্যাঠার খুব রাগ হল। গরিলার এত সাহস! তিনিও তখন দিলেন হ্যাঁচকা টান। ব্যস, গরিলার হাত কবজি থেকে খসে শশীজ্যাঠার হাতে চলে এল, আর গরিলা ব্যাটা 'বাপ রে, মা রে' বলে চেঁচাতে চেঁচাতে হাওয়া! শশীজ্যাঠা হাতটা স্মৃতিচিহ্ন হিসেবে রেখে দেন। অনেকদিন বাদে গরিলাটা মারা যায়। তার আত্মাটা শশীজ্যাঠার কাছে ক্ষমা চাইতে আসে। তখন শশীজ্যাঠা আত্মাটাকে ওই হাতটার মধ্যে ভরে রাখেন।"

রতন বোস বিজ্ঞানের শিক্ষক, তিনি এসব গল্প শুনে নাক সিঁটকে বলেন, "ভূতপ্রেত, আত্মা বলে কিছু নেই। ওসব গাঁজাখুরি গল্প। আসলে হাতটা হল রোবট। পুরোপুরি বৈজ্ঞানিক ব্যাপার। দ্বিতীয় মহাযুদ্ধের সময় হিটলার একজন ইহুদি বৈজ্ঞানিককে আটক করে খুব অত্যাচার করেন। তারপর তাকে প্রাণের ভয় দেখিয়ে একটা আবিষ্কারের কাজে লাগান। হিটলারের খুব ইচ্ছে ছিল, চার্চিলের মোটা নাকে কষে একখানা ঘুসি বসান। কিন্তু চার্চিলের নাক তো আর তাঁর নাগালের মধ্যে নয়। তাই ওই হাতখানা তাঁর দরকার ছিল। ইহুদিদের বিজ্ঞানে খুব মাথা। সেই বৈজ্ঞানিক কয়েক মাসের চেষ্টায় এই আশ্চর্য হাত আবিষ্কার করে ফেললেন। কিন্তু বিপদ হল, একদিন হিটলার যখন বৈজ্ঞানিকের ল্যাবরেটরিতে হাতটা কতদূর হল জানতে গেছেন, তখন হাতটা পট করে লাফিয়ে উঠে হিটলারের নাকেই একখানা ঘুসি বসিয়ে দেয়। হিটলার তো প্রচণ্ড রেগে গিয়ে বৈজ্ঞানিককে পাঠিয়ে দিলেন কনসেনট্রেশন ক্যাম্পে। হাতখানা ছুড়ে ফেলে দিলেন ডাস্টবিনে। শশীদা তখন জার্মানিতেই ঘুরে বেড়াচ্ছিলেন। যুদ্ধের বেড়াজালে আটকে পড়ে পালানোর পথ খুঁজছেন। হাতটা তিনিই একদিন কুড়িয়ে পেলেন। হাতটা যে সামান্য নয়, তা বুঝতে তাঁর দেরি হয়নি। হিটলার যে এরকম একটা কিছু আবিষ্কার করতে একজন বৈজ্ঞানিককে লাগিয়েছিলেন, তাও শুনেছিলেন। তখন তিনি প্রাণের ঝুঁকি নিয়ে নাৎসি সোলজার সেজে কনসেনট্রেশন ক্যাম্পে গিয়ে সেই বৈজ্ঞানিকের সঙ্গে দেখাও করেন। বৈজ্ঞানিক তাঁকে হাত সম্পর্কে সব

শিখিয়ে-পড়িয়ে দেন। তবে তিনিও হাতটার কার্যকারিতা যে কতটা, তা ভাল করে বুঝে উঠতে পারেননি। দুঃখের বিষয়, সেই বৈজ্ঞানিককে সেইদিনই গ্যাস চেম্বারে পাঠানো হয়। হাতটার এলেম বুঝতে এবং শিখতে শশীদার আরও কয়েকদিন সময় লেগেছিল। নইলে ওই হাত দিয়েই বৈজ্ঞানিককে উদ্ধার করতে পারতেন। শুধু তাই নয়, ওই হাতখানা দিয়েই হিটলারকে তাঁর নাৎসিবাহিনী-সহ জব্দ করা যেত।”

কুঞ্জপুকুরের সবচেয়ে বয়স্ক মানুষটি হলেন মহিম ঘোষ। একশো পনেরো পার হয়ে ষোলোয় পড়েছেন। তিনি বলেন, “ওরে, চার্চিলের নাকখানাই এমন যে, সকলেরই ঘুসি মারতে ইচ্ছে করবে। তাই বলে ওই রোবটের গল্পটা আবার তোরা বিশ্বাস করে বসিসনি। ও কার হাত, সবাই না জানলেও আমি জানি। জাদুকর রাখহরি মজুমদার ছিলেন নমস্য পুরুষ। কী যে মারাত্মক খেলা দেখাতেন, তা বলার নয়। অশৈলী সব কাণ্ডকারখানা। সাগরদিঘির জল এক চুমুকে খেয়ে ফেললেন। আকাশে সবুজ মেঘ ভাসিয়ে আনলেন। শূন্যে পায়চারি করা তো ছিল নিত্য নৈমিত্তিক ব্যাপার। হাতখানা তাঁরই। রাখহরি মজুমদার শেষ যে-খেলাটা দেখিয়েছিলেন সেটা হয়েছিল ওই কুঞ্জপুকুরেই। হাই স্কুলের মাঠে শামিয়ানা টাঙিয়ে খেলা হচ্ছিল। দুর্দান্ত দুর্দান্ত সব ম্যাজিক দেখানোর পর বললেন, ‘এইবার আমার শেষ খেলা।’ বলে স্টেজের মাঝখানে সোজা হয়ে দাঁড়ালেন। তারপর একে-একে তাঁর সব অঙ্গপ্রত্যঙ্গ খসে খসে পড়ে যেতে লাগল, মুন্ডু গেল, হাত গেল, পা গেল, বুক আর পেট কিছুক্ষণ শূন্যে ভেসে থেকে তারপর খসে পড়ল। শুধু গলার স্বরটা শোনা গেল, রাখহরি বলছিলেন, ‘আমার মৃত্যু নেই। আমি পঞ্চভূতে বিলীন হয়ে গেলাম।’ বাস্তবিকই তাই, আমরা হুড়মুড় করে স্টেজে উঠে দেখলাম, একমাত্র ডান হাতের পাঞ্জাখানা ছাড়া আর কিছুই নেই। সব অদৃশ্য। রাখহরিকে আর পৃথিবীতে দেখাও যায়নি কখনও। ওই হাতখানা গোলেমালে কুড়িয়ে নিয়েছিল আমাদের শশীভায়া। তাতে দস্তানা পরিয়ে নিয়েছে, এই যা। রাখহরি মজুমদারই এই হাতখানায় মাঝে-মাঝে ভর করে।”

শশীদাদুর হাত নিয়ে আরও নানা ধরনের গল্প প্রচলিত আছে। কোনটা সত্যি, কোনটা নয়, কে বলবে? হাতের রহস্য যা-ই হোক, হাতটা এখানকার মানুষের পরম বন্ধু। কেউ কোনও মুশকিলে পড়ে শশীদাদুর কাছে গিয়ে হাজির হলেই হল, শশীদাদু অমনই তাঁর হাতটাকে মুশকিল আসান করতে পাঠিয়ে দিতেন।

ওস্তাদ বিল্লু খাঁ সেবার পাশের গাঁ হরিহরপুরে জমিদারবাড়িতে গান গাইতে এলেন। কিন্তু গানের দিন সকাল থেকেই তাঁর তবলচির ম্যালেরিয়া। সে কাঁপতে কাঁপতে সাতখানা লেপ চাপা দিয়ে চিঁ-চিঁ করছে। অথচ এদিকে আসর-ভর্তি সব গণ্যমান্য লোক। বহু দূর-দূর থেকে সব এসেছেন। কিন্তু তবলচি ছাড়া গান হবেই বা

কী করে? আসরে দু'-চারজন তবলচি যে না ছিল, তা নয়, তবে তারা বিল্লু খাঁর সঙ্গে বাজানোর সাহস রাখে না। একজনকে ধরেবেঁধে তবলায় বসানো হল বটে, কিন্তু বাঘা ওস্তাদ বিল্লু খাঁয়ের ভয়ে তাঁর দাঁতে-দাঁতে এমন খটখটি হতে লাগল যে, বাধ্য হয়ে তাকে তুলে দিতে হল। এদিকে তবলচির অভাবে আসর পণ্ড হওয়ার জোগাড়। জমিদার রাঘব রায়চৌধুরী তখন শশীদাদুকে ডেকে বললেন, "আপনি না বাঁচালে আর উপায় নেই। আমার লজ্জায় মাথাকাটা যাবে।"

শশীদাদু বললেন, "তবলা বাজাতে তো দুটো হাত লাগে, আমার তো মোটে একটা হাত। দেখা যাক চেষ্টা করে।"

তা হাত তো চলে এল। কিন্তু হাত দেখে ওস্তাদজি এমন হাঁ হয়ে গেলেন যে, আধঘণ্টা তাঁর গলা দিয়ে শব্দই বেরোল না। পরে তাঁকে অনেক বুঝিয়ে-সুঝিয়ে শরবত-পান ইত্যাদি খাইয়ে একটু সুস্থ করে তোলা হল। গানও তিনি ধরলেন বটে, কিন্তু সুর লাগাতে পারছিলেন না। কিন্তু যখন তবলায় বোল ফুটতে শুরু করল তখন ওস্তাদজির গানেও সুর লেগে গেল। একখানা হাত যে একই সঙ্গে ঝড়ের গতিতে তবলা আর ডুগিতে যাতায়াত করে এরকম দুরূহ বোল তুলতে পারে, তা চোখে না দেখলে এবং কানে না শুনলে বিশ্বাস হওয়ার কথাই নয়। গানের শেষে ওস্তাদজি খুশি হয়ে বললেন, "বহু তবলচি দেখেছি, কিন্তু এরকম সঙ্গত আর পাইনি।"

ভৈরবী নদীতে সেবার বর্ষাকালে নৌকোডুবিতে অন্তত ষাট-সত্তরজন তলিয়ে গিয়েছিল। সেই ভীষণ স্রোতে কারও বাঁচার আশা ছিল না। শশীদাদুর হাত টপাটপ জলে ডুবে এক-একজন ডুবন্ত মানুষকে চুলের মুঠি ধরে তুলে এনে তীরে ফেলতে লাগল। একটা মানুষকেও মরতে দেয়নি।

তবে হাতের সবচেয়ে বড় অবদান হল কুঞ্জপুকুরের পুবদিকে শ্মশানঘাটের কাছে পঞ্চবটীর কুখ্যাত ডাকাত সর্দার ভীম দাসকে টিট করা। ভীম দাস ছিল এলাকার ত্রাস। ডাকাতি করার জন্য তার রাতের অন্ধকার দরকার হত না। দিনমানেই গিয়ে যে-কোনও বাড়িতে লুটপাট করে আসত। দারোগা-পুলিশও তাকে যমের মতো ভয় খেত।

সারা পৃথিবী ঘুরে যেবার শশীদাদু গাঁয়ে ফিরলেন, সেবারকার ঘটনা। গাঁয়ের পরেশ পাল গরিব মানুষ। মেয়ের বিয়ে ঠিক হয়েছে। পরেশবাবু অতি কষ্টে ধার-দেনা করে মেয়ের জন্য গয়না গড়িয়েছেন। সেই গয়নায় সাজিয়ে মেয়েকে বিয়ের আসরে নিয়ে এসেছেন। এমন সময়ে ভীম দাস দলবল নিয়ে রে-রে করে হাজির। ডাকাতদের হাতে সড়কি, বল্লম, টাঙি, খাঁড়া, বন্দুক দেখে নিমন্ত্রিতরা পালিয়ে গেল। বরযাত্রীরা গিয়ে ঝাঁপ খেল পুকুরে। বরকর্তা সুপুরিগাছে উঠে পড়লেন। বরও পালানোর চেষ্টা

করেছিল বটে, কিন্তু গাঁটছড়া বাঁধা থাকায় পারেনি। ভীম দাস কনের গা থেকে গয়না খুলে নিল, বরকে দিয়ে পা টেপাল, তারপর দলবল নিয়ে নেমন্তন্নবাড়ির সব আনন্দ মাটি করে দিয়ে রওনা দিল। ঠিক সেই সময়ে শশী গাঙ্গুলি এসে তার পথ আটকে দাঁড়ালেন। বললেন, "কেমনধারা লোক মশাই আপনি? একটা মেয়ের বিয়ে পণ্ড করে দিলেন? এমন একটা শুভ কাজে বিঘ্ন ঘটানো কি মানুষের কাজ?"

লোকটার স্পর্ধা দেখে ভীম দাস এমন অবাক হল, কিছুক্ষণ বাক্য বেরোল না। তারপর একটা হুংকার দিয়ে সে বলল, "কার সঙ্গে কথা বলছিস জানিস?"

শশী গাঙ্গুলি একটুও ঘাবড়ে না গিয়ে বললেন, "জানি। আপনি একটা ছুঁচো, ডাকাতদের মধ্যেও অনেক সহবত জানা ডাকাত আছে, তারা অনেকে দান-ধ্যানও করে। কিন্তু আপনি একটি নোংরা লোক। ভাল চান তো গয়নাগাটি, বাসন-কোসন সব ফিরিয়ে দিন। নইলে ভাল হবে না।"

এই কথা শুনে ভীম দাসের সে কী অট্টহাসি! হাসির দমকে ঝাড়বাতি অবধি দুলতে লাগল, কুকুরেরা কেঁউ-কেঁউ করতে করতে পাড়া ছেড়ে পালাল।

হাসি থামার পর ভীম দাস মোলায়েম গলায় বললে, "ফিরিয়ে না দিলে কী করবি? মারবি নাকি রে? অ্যাঁ। মারবি? তা মারবি যে, হাতে তো একটা লাঠিও নেই দেখছি। আর ওই রোগাপটকা হাত দিয়ে যদি মারিসও, তা হলে যে তোর হাতটাই জখম হবে। আমার এই শরীর এত শক্ত যে, বল্লম অবধি গাঁথতে চায় না। আয় না, কাছে আয়, একটু ধরেই দেখ না আমার হাতখানা, আমার গা টিপে দ্যাখ।"

শশী গাঙ্গুলি ঠোঁটে তাচ্ছিল্যের ভঙ্গি করে বললেন, "তোমার মতো পাপীকে ছুঁলে চান করতে হবে। এই শীতের রাতে আমি তা পেরে উঠব না বাপু। যা বলছি ভালয়-ভালয় করো, গয়নাগাটি যার যা নিয়েছ সব ফিরিয়ে দাও, তারপর নাকে খত দিয়ে বাড়ি যাও। আর ডাকাতি-টাকাতি কোরো না, কথা না শুনলে মুশকিল আছে।"

ভীম দাসের ধৈর্যচ্যুতি ঘটল। হাতের তলোয়ারখানা তুলে 'তবে রে' বলে বনবন করে কয়েক পাক ঘুরিয়ে সে শশী গাঙ্গুলির ওপর লাফিয়ে পড়ল। কিন্তু আশ্চর্যের বিষয়, লাফ মেরে সে সেই যে শূন্যে উঠল, আর নামল না। দেখা গেল ভীম দাস ধীরে ধীরে ওপর দিকে উঠে যাচ্ছে তো উঠেই যাচ্ছে। ভীম দাসের চোখ ছানাবড়া, হাত-পা ছুড়ছে আর চেঁচাচ্ছে "ওরে তোরা আমাকে নামা, নামা। এসব কী হচ্ছে! পড়ে যাব যে। আমার ঘাড়টা এমন সাপটে ধরেছে কে বল তো?" ঘাড়ে যে হাতখানা চেপে বসেছে, তাকে ছাড়ানোর অনেক চেষ্টা করল ভীম দাস। পারল না। প্রায় তিনতলা সমান উঁচুতে তুলে তারপর খানিক দূর নিয়ে গিয়ে হাতটা দুম করে ছেড়ে দিল তাকে। আর ভীম দাস তার পর্বতপ্রমাণ শরীরটা নিয়ে গদাম করে পড়ল পুকুরে। ফলে পুকুরে

সমুদ্রের মতো ঢেউ উঠল। এই দৃশ্য দেখে ডাকাতরা চোঁ-চাঁ দৌড়োতে শুরু করল। কিন্তু পারল না।

দুমদাম ঘুসি খেয়ে সব ছিটকে ছিটকে পড়তে লাগল। মাত্র কয়েক মিনিটেই কাজ শেষ।

এরপর ঘাবড়ে-যাওয়া ডাকাতরা শশী গাঙ্গুলির হুকুমে বরযাত্রীদের খাওয়ার সময় পেছনে দাঁড়িয়ে হাতপাখা দিয়ে হাওয়া করল, এঁটো পরিষ্কার করল, কুয়ো থেকে জল তুলে আনল। স্বয়ং ভীম দাস আর তার পয়লা নম্বর শাগরেদ বটু কীর্তনিয়া বরকর্তা আর কন্যাকর্তার পা টিপল বসে বসে। শেষমেশ বিয়েবাড়ির নেমন্তন্নও তারা খেল। যাওয়ার সময় ভীম দাস বিনয়ে বিগলিত হয়ে হাত কচলাতে কচলাতে শশীদাদুকে বলল, "জিনিসটা বড়ই সরেস ওস্তাদজি, আমার দু'ঘড়া খাঁটি মোহর আছে, যদি জিনিসটা দেন তো দু'ঘড়া মোহরই আপনাকে প্রণামী পাঠিয়ে দেবখন। এরকম একখানা জিনিস থাকলে আমার কাজকারবারে বড্ড সুবিধে হয়। রোজ রোজ ঝুটমুট লোকজনের ওপর হামলা-হুজ্জত করতে আমারও আর ভাল লাগছে না। হাতখানা পেলে তাকে দিয়েই সব কাজকারবার করাব, আর আমি বসে বসে টাকা আর মোহর গুনব।"

শশী গাঙ্গুলি একটু হেসে বললেন, "এ তো খুব ভাল প্রস্তাব। আগে নাকে খতটা দাও, তারপর হাতজোড় করে সকলের কাছে কবুল করো যে, আর জীবনে ডাকাতি করবে না, তারপর কথা হবে।"

ভীম দাস নাকে খত দিল, কবুলও করল।

"এবার দু'ঘড়া মোহর নিয়ে এসো।"

ভীম দাসের শাগরেদরা তক্ষুনি গিয়ে মোহর নিয়ে এল। শশী গাঙ্গুলি খুশি হয়ে বললেন, "দু'ঘড়া মোহরে অনেক কাজ হবে। গাঁয়ের রাস্তাঘাট মেরামত, পুকুর সংস্কার, গরিব মেয়েদের বিয়ে, গরিব ছেলেদের লেখাপড়া শেখা, আরও কত কী! ওহে ভীম দাস, যাও, হাতখানা তুমিই নিয়ে যাও।"

ভীম দাস মহা উল্লাস করতে করতে ফিরে গেল হাতখানা নিয়ে। দু'দিন বাদে এক সকালে হাতখানা নিয়ে শশী গাঙ্গুলির পায়ে এসে আছড়ে পড়ে বলল, "হাত ফেরত নিন ওস্তাদজি, গত দু'দিন আমাকে দিনে-রাতে তিষ্ঠোতে দেয়নি। খেতে বসেছি, অমনই হতচ্ছাড়া এসে এমন কাতুকুতু দিল যে, খাওয়া মাথায় উঠল! ঘুমোতে গেলেই মাথায় এসে তবলা বাজায়। শাগরেদদের সঙ্গে শলা-পরামর্শ করছি, কথা নেই বার্তা নেই হঠাৎ এসে গলা টিপে ধরল। গতকাল ডাকাতি করতে বেরোতে যাচ্ছি ব্যাটাকে সঙ্গে নিয়ে, এই দেখুন গালে এমন চিমটি দিয়েছে যে, কালশিটে পড়ে গেছে, এ

বেয়াদব হাত আমার চাই না। আমার দলও ভেঙে যাচ্ছে। বিয়েবাড়ির ঘটনার পর থেকে আমাকে আর কেউ মানছেও না। আমি আমার মামাশ্বশুরের গাঁ মনসাপোঁতায় চলে যাচ্ছি। চাষবাস করেই বাকি জীবন খাব।”

তা শশীদাদুর সঙ্গে সঙ্গে সেই হাতখানাও ঝিমিয়ে পড়ায় তল্লাটে মহা দুশ্চিন্তা।

নন্দ কবিরাজ খুবই চিন্তিত, শশী গাঙ্গুলির অবস্থাটা তিনি ভাল বুঝতে পারছেন না। রোগলক্ষণ তেমন কিছু নেই। বার্ধক্যজনিত দুর্বলতাতেই ঝিমিয়ে পড়ছেন বলে মনে হচ্ছে তাঁর। অনেকরকম পাঁচন করে খাইয়ে ফল পাচ্ছেন না তেমন। একটা পুরনো দুষ্প্রাপ্য বইয়ে গতকালই একটা ভেষজ ওষুধের কথা পেয়েছেন। ত্রিশ রকমের গাছগাছড়া আর মূল লাগবে। সেইসব ভেষজ জোগাড় করা চাট্টিখানি কথা নয়! গাঁয়ে মাতব্বরদের বলেছেনও সেকথা। তাঁরা বিভিন্ন জায়গায় লোক পাঠাচ্ছেন সেইসব জিনিস সংগ্রহ করতে।

শশী গাঙ্গুলির নাড়ির গতি খুব ক্ষীণ। দুর্বলতা এতই বেশি যে, চোখের পাতা মেলতে পারেন না। ডাকলে সাড়া দেন না। সন্ধেবেলা শশী গাঙ্গুলিকে দেখে নন্দ কবিরাজ খুব অন্যমনস্কভাবে বাড়ি ফিরছিলেন। ভেষজগুলো যদি ঠিকমতো পাওয়া যায় তা হলে ওষুধটা তৈরি করতে দিন সাতেক সময় লাগবে। এই দিন সাতেক রোগীকে বাঁচিয়ে রাখার উপায় চিন্তা করছিলেন তিনি। নানারকম নিদানের চিন্তা মাথায় ঘুরছে।

ডাইনি-পুকুরের কাছে বাবলাগাছের জঙ্গল। জায়গাটা ভারী নির্জন আর অন্ধকার। চারদিকে শুধু জোনাকি পোকা জ্বলছে। বহু পুরনো একটা জামগাছ ডালপালা মেলে আকাশটা একরকম ঢেকেই ফেলেছে। সন্ধের পর এ রস্তায় লোক চলাচল নেই। হঠাৎ পেছন থেকে কে যেন বেশ অমায়িক গলায় বলে উঠল, “কবরেজমশাই নাকি?”

গলাটা অচেনা। নন্দ কবিরাজ ফিরে তাকিয়ে বেঁটেমতো একটা ছায়ামূর্তিকে দেখতে পেয়ে বললেন, “কে আপনি?”

“আমাকে চিনবেন না। অধমের নাম দিনু বিশ্বেস। শশীবাবুকে দেখে এলেন বুঝি? তা অবস্থা কেমন?”

শতবার এই প্রশ্নের জবাব দিতে দিতে নন্দ কবিরাজ একটু বিরক্ত। বললেন, “ওই একই রকম। ভালও নয়, খারাপও নয়।”

“পাল্লাটা কোনদিকে ভারী? ভালর দিকে, না খারাপের দিকে?”

“বলা কঠিন।” বলে কবিরাজমশাই মুখ ফিরিয়ে হাঁটা ধরলেন।

লোকটি পিছু-পিছু আসতে আসতে বলল, “কবরেজমশাইয়ের কি তাড়া আছে নাকি?”

নন্দ কবিরাজ এবার একটু চটে উঠে বললেন, "তা দিয়ে তোমার কী দরকার হে?"

খুবই অমায়িক গলায় লোকটা বলল, "শুনতে পাচ্ছি, আপনি নাকি নতুন একটা ওষুধের সন্ধান পেয়েছেন। সেটা নাকি মৃতসঞ্জীবনী। এক ঢোক খেলেই মরা মানুষও উঠে বসে! তাই বলছিলুম, কাজটা কি ঠিক হবে কবরেজমশাই? শশীবাবুর আয়ু প্রকৃতির নিয়মেই ফুরিয়েছে। তাকে জোর করে বাঁচিয়ে রাখলে কি খোদার ওপর খোদকারি হবে না?"

নন্দ কবিরাজ খাপ্পা হয়ে বললেন, "আচ্ছা বেয়াদব লোক তো তুমি? আমাকে নীতিকথা শেখাচ্ছ?"

"আজ্ঞে না। নীতিকথা আপনারও কিছু কম জানা নেই। তবে হয়তো সবসময়ে খেয়াল রাখতে পারেন না। তাই একটু স্মরণ করিয়ে দেওয়া আর কী!"

"স্মরণ আর করাতে হবে না। আমার স্মৃতিশক্তি যথেষ্ট আছে। এবার বাপু, তুমি নিজের কাজে যাও।"

লোকটা খ্যাঁক করে একটু হেসে বলল, "আজ্ঞে, নিজের কাজেই আসা। আপনার হাতে যদি সময় থাকে, তবে দুটো কথা বলতুম।"

"না, আমার সময় নেই। তুমি এসো গিয়ে।"

"শুনতে না চাইলে শুনবেন না, কান দুটো তো আপনার। না শোনার হক তো আছেই। তবে কিনা কথাটা খুব মন্দ ছিল না।"

নন্দ কবিরাজ মনে মনে চটে গেলেও নিজেকে সংযত করে বললেন, "সংক্ষেপে বলতে পারলে বলে ফেলো। হাঁটতে-হাঁটতেই বলো।"

"আজ্ঞে, তা হবে না। ডাইনি-পুকুরের ওধারে আমার পক্ষে যাওয়ার অসুবিধে আছে। দয়া করে এখানেই একটু দাঁড়িয়ে যান। নিরালা আছে, অন্ধকারও আছে। কথাটা পাঁচকানও হবে না, আর আমার পোড়া মুখখানাও আপনাকে দেখতে হবে না।"

লোকটার কথার ধরন-ধারণ মোটেই ভাল ঠেকল না নন্দ কবিরাজের কাছে। কিন্তু তিনি মাথা গরম করলেন না। বললেন, "এমন কী কথা বাপু যে, নির্জনে বলতে হবে? তুমি কোথা থেকে আসছ? মতলবটাই বা কী?"

"অত কথা খোলসা করে বলতে কিছু অসুবিধে আছে কবরেজমশাই। শনৈঃ শনৈঃ জানতে পারবেন অবশ্য।"

লোকটার মুখে 'শনৈঃ শনৈঃ' শুনে নন্দ কবিরাজ একটু ভ্রুকুটি করলেন। বললেন, "ঠিক আছে। যা বলার আছে, বলো।"

"বলছিলাম কী, শশীবাবুর আয়ু ফুরিয়েছে। শরীরটাও জরাজীর্ণ। আপনি আর

দয়া করে তাঁর চিকিৎসা করবেন না। গাছগাছড়া আনতে চারদিকে লোক গেছে শুনলাম। তা সেগুলো তাঁরা আনুন। আপনার আর সেগুলো কাজে লাগিয়ে দরকার নেই।"

"তার মানে?"

"মানে খুব সোজা। শশীবাবুর গঙ্গাযাত্রায় আর বিলম্ব ঘটিয়ে পাপের বোঝা ভারী করবেন কেন?"

"তুমি কি শশীবাবুর মৃত্যু চাও?"

"ছি ছি। কী যে বলেন! গীতায় সেই যে শ্রীকৃষ্ণ বলেছিলেন, মনে নেই? যা ঘটার তা ঘটেই আছে, তুমি নিমিত্ত মাত্র হও সব্যসাচী! এ হল প্রায় সেই বৃত্তান্ত। শরীরের খাঁচাটা পুরনো হলে তো বদলাতেই হয়, না কি? আপনি এত বড় কবরেজ, জীবন-মৃত্যু নিয়ে কারবার, এ কি আপনার জানা নেই?"

নন্দ কবিরাজ কুপিত এবং বিস্মিত হয়ে বললেন, "তোমার মতলব তো ভাল ঠেকছে না বাপু! তুমি তো দেখছি, মানুষ খুন করতে পারো!"

লোকটি খুবই শান্ত ও অমায়িক গলায় বলল, "তাই যদি হবে, তা হলে শশীবাবুকে তো কবেই খুন করে ফেলতে পারতাম। নির্জীব হয়ে পড়ে আছেন, ও মানুষকে খুন করা শক্ত কী?"

"তা হলে চিকিৎসা বন্ধ করতে বলছ কেন?"

লোকটা যেন খুবই সংকোচের সঙ্গে বলল, "খুনের কথাটা তুলে আপনি বড্ড গণ্ডগোলে ফেলে দিলেন। ওসব কথা ভাবাও পাপ। খুনের কথা হচ্ছে না, বলছি, বয়সের নিয়মে উনি যদি মারাই যান, তা হলে তাতে বাধা হওয়া উচিত নয়। একশো সাত বছর বেঁচে আছেন, আর কিসের দরকার বলুন তো?"

"তোমাকে বাপু, পুলিশে দেওয়া উচিত। শশী গাঙ্গুলি মারা গেলে কী হবে জানো? তোমার মতো পাজি লোকেদের আস্তানা হবে এই কুঞ্জপুকুর।"

লোকটা খ্যাঁচ করে একটু হেসে বলল, "চোখ বটে আপনার! এই অন্ধকারেও আমাকে পাজি বলে ঠিক চিনেছেন কিন্তু।"

"তোমার মতো লোককে চিনতে দেরি হয় না। শোনো বাপু, শশী গাঙ্গুলির শত্তুরের অভাব নেই। একটা জীবন বিস্তর চোর-ডাকাত, গুন্ডা-বদমাশকে টিট করেছেন। তারা যে শশী গাঙ্গুলির মৃত্যু চায়, তাও আমরা জানি। আর তাই শশীখুড়োর বাড়ির চারধারে গাঁয়ের লোক শক্ত পাহারা বসিয়েছে। গাঁয়েও দল বেঁধে টহল দিচ্ছে। কাজেই তোমাকে বলি, সরে পড়ো। সুবিধে হবে না।"

লোকটা একটুও চটল না। পরম বিনয়ের সঙ্গে বলল, "যে আজ্ঞে! আমি হেরেই

গিয়েছি বলে ধরে নিন। তবে কিনা, আর একটা ছোট মাপের কথা ছিল। সেইটে বলেই আমি না হয় সরে পড়ব। অভয় দেন তো বলি?"

"তোমার আস্পদ্দা দেখে অবাক হচ্ছি। তবু বলেই ফেলো।"

"আপনার একটা ফুটফুটে নাতি আছে। তার নাম বাবলু। বছর পাঁচেক বয়স হবে। ঠিক বলছি?"

নন্দ কবিরাজ একটু শক্ত হয়ে গেলেন। বললেন, "হ্যাঁ, কিন্তু কী চাও?"

লোকটি খুবই দুঃখের গলায় বলল, "বেলতলার মাঠে আজ বিকেলেও খেলছিল অন্য বাচ্চাদের সঙ্গে, কিন্তু সন্ধের পরও সে আজ বাড়ি ফেরেনি।"

"অ্যাঁ!" বলে নন্দ কবিরাজ চমকে উঠলেন।

লোকটা শশব্যস্তে বলল, "আহা, ব্যস্ত হবেন না। তাকে খুঁজতে চারদিকে লোক গেছে। এই পথেই একটু আগে খুঁজে গেছে তারা। বাড়ির আর আশপাশের পুকুরে জাল ফেলা হচ্ছে। একটু এগোলেই শোরগোল শুনতে পাবেন।"

"সর্বনাশ!" বলে নন্দ কবিরাজ ঘুরে দু'পা এগিয়েই দাঁড়িয়ে পড়লেন।

লোকটা পেছন থেকে বলল, "বলেছি তো ব্যস্ত হবেন না। ব্যস্ত হয়ে লাভ নেই। বাবলুকে পুকুরে বা আর কোথাও পাওয়া যাবে না।"

নন্দ কবিরাজ কাঁপতে কাঁপতে হাতের মোটা বাঁশের লাঠিটা তুলতে যাচ্ছিলেন। লোকটা একটু পিছিয়ে গিয়ে বলল, "কাজটা কাঁচা হয়ে যাচ্ছে না কবরেজমশাই?"

"তুই! তুই আমার নাতিকে চুরি করেছিস?"

"চুরি! চুরির কথা উঠছে কীসে? ধরে নিন না কেন, তাকে একরকম পুষ্যিই নিয়েছি। ঘাবড়াবেন না, সে এখন আমাদের ডেরায় দিব্যি ভাত খাচ্ছে। তারপর ঘুমোবে। খেলনা-টেলনাও দেওয়া হয়েছে। নাতি কিছু খারাপ নেই।"

"কী চাস?"

"এইবার বিবেচকের মতো কথা বলেছেন। পাকা মাথা দিব্যি কাজ করছে। খামোকা লাঠি চালিয়ে একটা কেলেঙ্কারি করতে যাচ্ছিলেন। বুদ্ধিমান মানুষ সব সময়েই পরিস্থিতি বুঝে সেইমতো চলে। লাঠিখানা দিয়ে আমার মাথা যদি ভাঙতেন, তা হলে আমার তুচ্ছ প্রাণটাই তো শুধু যেত না, আপনার আদরের নাতিটারও আর হদিশ পেতেন না।"

নন্দ কবিরাজ বাঘা গলায় গর্জন করে বললেন, "বাজে কথা ছাড়ো। কাজের কথায় এসো।"

"তুই-তোকারি করছিলেন, তা সেটাও চালিয়ে যেতে পারেন। বড়ই তুচ্ছ মানুষ আমরা। না, না আর বেশি রেগে যাবেন না। আপনার বয়স পঁচাত্তর, এই বয়সে

রাগ-টাগ ভাল নয়। অভয় দিলে এবার তা হলে কাজের কথায় আসি?"

নন্দ কবিরাজ রাগ-দুঃখ-ভয়ে কথা বলতে পারলেন না।

লোকটা খুবই বিনম্র গলায় বলল, "কাজের কথাটা খুবই সরল। যাকে বলে, ফেলো কড়ি মাখো তেল। কিংবা শঠে শাঠ্যং। কিংবা, কারও পৌষ মাস, কারও সর্বনাশ! না, না, এই শেষেরটা ঠিক লাগসই হল না।"

নন্দ কবিরাজ ফের গর্জন করতে যাচ্ছিলেন, কিন্তু কাহিল গলা দিয়ে একটা ফ্যাসফ্যাসে স্বর বেরোল, "কাজের কথাটা বলবে?"

"যে আজ্ঞে, কথাটা বলব বলেই তো ঘাপটি মেরে ছিলুম এতক্ষণ। সাপ-খোপের ভয়ে আধমরা হয়ে। তা ইদিকে কি শীতে সাপ বেরোয় কবরেজমশাই!"

"বেরোলে তো ভালই ছিল হে! কেন যে বেরোয় না, কে জানে!"

"যে আজ্ঞে। যথার্থই বলেছেন। প্রকৃতির নিয়ম বলে কথা! তারা বেরোলে পাপী-তাপীদের গতি কী হত বলুন! কবরেজমশাই, আপনার কি মনে হয় না, এ জগতে পাপী-তাপীদের কিছু প্রয়োজন আছে? তাই যদি না থাকবে, তা হলে কি ভগবান পাপী-তাপী সৃষ্টি করতেন? বলুন না, আপনি বিজ্ঞ লোক। ক'দিন ধরে খুব ভাবছি, পাপী-তাপীদের বিনাশটা ভগবানও যেন ভাল চোখে দেখেন না, নইলে এতকাল ধরে তারা টিকে থাকত না। শশীবাবুর ওই বিটকেল হাতটার কথাই ধরুন! কত গুন্ডা বদমাশকে মেরে পাট-পাট করল, কত পাপী-তাপীর বারোটা বাজাল, তবু নিকেশ করতে পারল কি? পাপী-তাপী তো নিকেশ হলই না, উপরন্তু নিজেই এখন নেতিয়ে পড়ে আছে।"

"অত ভরসা কোরো না হে। হাতটা আবার একদিন তেড়ে-ফুঁড়ে উঠবে।"

লোকটি অতি বিনয়ের সঙ্গে বলল, "উঠবে বলছেন? তা হলে তো ভয়ের কথাই হল মশাই। হেঃ হেঃ, তা যেমন বুনো ওল আছে, তেমনই বাঘা তেঁতুলও আছে। ভগবান সব বন্দোবস্তই করে রেখেছেন কি না। এক তরফা কিছু হতে দেন না। সবসময়ে হাতে দাঁড়িপাল্লা ধরা আছে। পাপ বাড়লে পুণ্যিও বাড়িয়ে দিচ্ছেন। পুণ্যি কমলে পাপও কমাচ্ছেন। কোনওদিকে পাল্লা বেশি ঝুঁকতে দেন না। ভদ্রলোক আর যা-ই বলুন, একচোখা নন।"

"আর সময় নষ্ট কোরো না হে। যা বলার, বলে ফেলো।"

"যে আজ্ঞে! ঘুরেফিরে বলছি। আপনার মতো জ্ঞানী লোকের দেখা তো আমাদের বরাতে সহজে জোটে না। দু'দণ্ড দাঁড়িয়ে এই যে কথা বলছি, এতেও আমার কত শিক্ষা হয়ে যাচ্ছে।"

"তোমার হচ্ছে কি না জানি না, তবে আমার হচ্ছে।"

লোকটি লজ্জার সঙ্গে বলল, "কী যে বলেন কবরেজমশাই! তবে কিনা হক কথাই বলেছেন। আমিও ভাবি, পাপী-তাপী বা পাজি-দুষ্টুদের কাছে পণ্ডিতদেরও কি কিছু শেখার নেই? ঢের আছে মশাই, ঢের আছে।"

"দিনু বিশ্বেস, কথাটা কী?"

"আজ্ঞে ছোট্ট কথা। বললেই ফুরিয়ে যাবে। শুনলে আপনি হয়তো ভাববেন, এই সামান্য কথাটা দিনু ফস করে বলে ফেলতে পারল না? তবে মশাই, সব কথা ফস করে বলাটা ভালও নয়। জমি তৈরি না হলে কি তাতে বীজ ফেলা ভাল? আপনার বয়স, ব্লাড প্রেশার, হার্টের অবস্থা সব খেয়াল রেখে হুঁশিয়ার হয়ে বলতে হবে তো? কথাটা শুনেই আপনি হয়তো ভিরমি খেলেন, তখন তো আমার একগাল মাছি।"

"তা বটে। তুমি সত্যিই বিবেচক লোক।"

"যে আজ্ঞে! মুখ্যু বটি, তবে অবিবেচক নই। ধরুন, আমি একজন দোকানদার, আমার চাই পয়সা, আর আপনার চাই জিনিস। ঠিক তো?"

"ঠিক।"

"এও সেই বৃত্তান্ত। আপনার চাই নাতি, আর আমাদের চাই হাতি।"

"হাতি?"

"ওই হল। মিল দেওয়ার জন্য বলেছি। আপনার চাই নাতি আর আমাদের চাই হাতটি। বুঝলেন?"

"না।"

লোকটি বিস্মিত হয়ে বলে, "এমন পাকা মাথায় কথাটা ঢেউ খেলছে না কেন, বলুন তো! এ তো জলবৎ তরলং ব্যাপার। শশীবাবুর ওই অলক্ষুণে হাতটি আমাদের হস্তগত করে দিলেই আমাদের হাত থেকে আপনার নাত ছাড়া পেয়ে যাবে।"

"নাত?"

"ওই হল। মিল দেওয়ার জন্য বলা। আপনার নাতি।"

নন্দ কবরেজ একটা শ্বাস ছেড়ে বললেন, "এবার বুঝেছি।"

"হেঃ হেঃ। জলের মতো সোজা। তবু বলি, তাড়াহুড়ো করে বোঝবার দরকার নেই। বরং একটু তলিয়েই বুঝুন। অনেক সময়ে বুঝটা তেমন পাকা হয় না। তখনই নানা ফ্যাঁকড়া বেরোয়। দরকার হলে আরও ভাল করে বুঝিয়ে দিচ্ছি।"

নন্দ কবরেজ একটা দীর্ঘশ্বাস ফেলে বললেন, "বোঝাও বাপু।"

"শশীবাবুর বাড়ি যেভাবে পাহারা দেওয়া হচ্ছে, তাতে ওই হাতের নাগাল পাওয়া আমাদের পক্ষে কঠিন হয়ে পড়েছে। তাই বলছিলুম, আপনি তাঁর চিকিৎসা করছেন,

অবারিত দ্বার, এই ছোট কাজটা যদি নাতির স্বার্থে করে দেন, তা হলে বড় উপকার হয় আমাদের।"

"হাতটা চুরি করতে বলছ?"

"চুরি! ছি ছি, চুরির কথা ওঠে কেন? হস্তান্তর বলে একটা যেন ভাল কথা আছে। বেশ ভদ্র, সভ্য কথা। আপনি যদি হাতটাকে হস্তান্তর করে দেন, তা হলে সব দিক বজায় থাকে।"

লাঠিটা ফের শক্ত করে চেপে ধরলেন নন্দবাবু। ইচ্ছে হল, লোকটাকে আচ্ছাসে ঘা-কতক দেন। কিন্তু তাতে লাভ তো হবেই না, উপরন্তু বাবলুর ক্ষতি হয়ে যাবে। তিনি অসহায় গলায় বললেন, "এ কাজ আমার দ্বারা হওয়ার নয় বাপু! আমি বিশ্বাসঘাতকতা করতে পারব না।"

"ওইসব শব্দ যে কোন আহাম্মক তৈরি করেছিল! বিশ্বাসঘাতকতা কথাটাকে ডিকশনারি থেকে লোপাট করে দেওয়া উচিত। আমি বলি কী কবরেজমশাই, আজ রাতটা বেশ ঠান্ডা মাথায় ভাবুন। আমাদের তাড়া নেই। বেশ ভাল করে ভাবুন, যাতে সাপও মরে লাঠিও না ভাঙে। আর ওইসব ভাল-ভাল কথাগুলোকে মোটেই আমল দেবেন না মশাই। আপদ্ধর্ম বলে একটা কথা আছে। বিপদ-আপদ এলে তখন অনেক নীতিবাক্য লঙ্ঘন করাটাই ধর্ম। প্রাণ আগে, না নীতি আগে! যান, এখন বাড়ি যান। ওদিক থেকে লোকজনের সাড়া পাচ্ছি। শুধু একটা কথা মনে রাখবেন, এই যে আমার সঙ্গে আপনার দেখাটি হয়ে গেল, এ কথা দয়া করে ফাঁস করবেন না। তাতে আপনার নাতির ভাল হবে না। দেখাটা যে হয়েছিল, সেটা একদম বেমালুম ভুলে যান। আমি কাল আবার সন্ধের পর আসব।"

"কোথায় দেখা হবে?"

"সে নিয়ে আপনি ভাববেন না। সুবিধেমতো একটা জায়গায় ঠিক হাজির হয়ে যাব। যখন একা-বোকা থাকবেন, তখন দেখবেন অধম আপনার শ্রীচরণ দর্শনে হাজির।"

বলেই লোকটা অন্ধকারে ভোজবাজির মতো অদৃশ্য হয়ে গেল।

চিন্তিত কবিরাজমশাই নিজের বাড়ির দিকে হাঁটা দিলেন। মনটা বড়ই বিষণ্ণ। নানা আশঙ্কায় বুকটা দুরুদুরু করছে। বাবলুকে তিনি প্রাণাধিক ভালবাসেন। বাবলুও সারাদিন দাদুর ছায়া হয়ে ঘোরে। তাকে কোথায় নিয়ে গেল, কী অবস্থায় রেখেছে, মারধর করছে কি না কে জানে! বেঁচে আছে তো! ভাবতে ভাবতে নন্দ কবিরাজের দু'চোখ দিয়ে অঝোরে জল পড়তে লাগল।

বাড়ির কাছাকাছি হতেই তিনি চারদিকে লোকের ছোটাছুটি আর ব্যস্ততা লক্ষ

করলেন। পুকুরের পাড়ে মেলা লোক, হ্যাজাক জ্বলছে। পুকুরে জাল ফেলা হচ্ছে। কে একজন দৌড়ে এসে বলল, "কবরেজমশাই, বাবলুকে পাওয়া যাচ্ছে না!"

নন্দ কবিরাজ বাড়ি ফিরে নিজের ঘরে ঢুকে দরজা বন্ধ করে দিলেন। উত্তেজিত হলে চলবে না। মাথা ঠান্ডা রাখতে হবে। রাত্রিবেলা বাড়ির লোক ডাকাডাকি করতে এলে তিনি বলে দিলেন যে, তাঁর শরীর-মন কোনওটাই ভাল নেই। কেউ যেন তাঁকে বিরক্ত না করে।

সারারাত কখনও বসে, কখনও পায়চারি করতে করতে অনেক ভাবলেন নন্দ কবিরাজ। দিনু বিশ্বেস তাঁকে খুবই ফাঁদে ফেলে দিয়েছে। একটি নিষ্পাপ শিশুর প্রাণরক্ষার জন্য তাঁকে হয়তো নীতিবোধ বিসর্জন দিতেই হবে। সারারাত ধরে তিনি বাড়ির মেয়েদের কান্নাকাটি, চেঁচামেচি শুনতে পেলেন। গাঁয়ের লোকরাও অনেকেই ঘুমোয়নি। বাবলুকে চারদিকে খোঁজা হচ্ছে। থানাতেও খবর দেওয়া হয়েছে। কিন্তু তাতে যে বিশেষ লাভ হবে না, তা তাঁর চেয়ে ভাল আর কে জানে!

দারোগা সদাশিব রায় সকালেই এসে হাজির হলেন একটা জিপগাড়িতে চড়ে। মোটাসোটা আহ্লাদে মানুষ। পেটে তাঁর সাতরকমের ব্যামো। কবরেজমশাই বারোমাস তাঁকে ওষুধ গিলিয়ে কিছু করতে পারেননি। করা সম্ভবও নয়। কারণ সদাশিবকে খুশি রাখতে সকলেই তাঁকে প্রতিদিন নানারকম ভেট দিয়ে যায়। পুকুরের মাছ, গোরুর দুধ, খাসির ঠ্যাং, ডিম, ক্ষীর, পায়েস, লাউ, কুমড়ো ইত্যাদি থরে-থরে তাঁর বাড়িতে মজুত। সদাশিব খেতে বড্ড ভালবাসেন। নন্দ কবিরাজ প্রায়ই বলেন, "খাওয়াটা একটু না কমালে যে পাকস্থলী বিশ্রাম পাচ্ছে না সদাশিববাবু। পেটের সহ্যশক্তির তো একটা সীমা আছে।"

সদাশিব অত্যন্ত করুণ মুখ করে বলেন, "তার চেয়ে আমাকে আত্মহত্যা করতে বলুন কবরেজমশাই। তাতে কষ্টটা কম হবে। না-ই যদি খাব, তা হলে বেঁচে থেকে হবেটা কী? আপনি এমন ওষুধ বের করুন, যাতে আমার খাওয়া আর হজম দুটোই বজায় থাকে।"

তা সেটা আর হয়ে ওঠেনি।

সদাশিব মোটা মানুষ। শীতকালেও তাঁর ঘাম হয়। সর্বদাই একটা হাঁসফাঁস ভাব। দুঃখ করে বলেন, "কী বলব, এই কুঞ্জপুকুর এলাকায় এসে অবধি চোর-গুন্ডা-বদমাশদের টিকিরও নাগাল পাচ্ছি না। শশীবাবুর হাতই এখানে হাকিম। বলতে লজ্জা করে, হাতে কাজ না থাকায় আমি থানায় বসে সেপাইদের সঙ্গে লুডো খেলি।"

ভালমন্দ খেয়ে, লুডো খেলে আর আলসেমি করে সদাশিবের এখন করুণ অবস্থা।

নড়তে-চড়তে অবধি কষ্ট। বারান্দায় পেতে রাখা চেয়ারে বসে, রুমালে কপালের ঘাম মুছে বললেন, "হাকিম সাহেব শয্যা নেওয়ার পর থেকে চারদিকে যেন বদমাইশির একেবারে হিড়িক পড়ে গিয়েছে।"

কবরেজমশাই অবাক হয়ে বললেন, "হাকিম সাহেব শয্যা নিয়েছেন নাকি? কই, আমি তো খবর পাইনি! এ তো অতি অন্যায় কথা, গত পাঁচ বছর যাবৎ আমি তাঁর চিকিৎসা করে আসছি, আর আমাকেই খবর দেওয়া হয়নি!"

সদাশিববাবু মাথা নেড়ে বললেন, "সে হাকিম নয়। তিনি ঈশ্বরের ইচ্ছায় ভালই আছেন। আমি আসল হাকিমের কথা বলছি। শশীবাবুর হাত। তিনি সেই যে শয্যা নিলেন, নট নড়ন চড়ন, আর ইদিকে বদমাইশরা কেমন চাঙ্গা হয়ে উঠেছে দেখুন। যেন ডবল ডোজে ভিটামিন খেয়ে নেমে পড়েছে। চতুর্দিকে চূড়ান্ত অরাজকতা। আর বলবেন না মশাই, এমন তাদের আস্পদ্দা যে, কাল নিশুত রাতে আমার শোওয়ার ঘরের জানালার বাইরে দাঁড়িয়ে সে কী হিঃ হিঃ করে হাসি! শুধু হাসি? তারপর আবার গানও গাইল, মোটা দারোগা হবে রোগা।"

চিন্তিত নন্দ কবিরাজ বললেন, "খুবই সাহস!"

"যা বলেছেন! ওই যে ভীম দাস বলে ডাকাতটা ছিল, সে তো ডাকাতি ছেড়ে শ্বশুরবাড়ির গাঁয়ে গিয়ে দিব্যি চাষবাস করে গেরস্ত হয়ে গিয়েছিল। শুনছি, হাকিমসাহেব শয্যা নেওয়ার খবর পেয়ে সেও নাকি চাষবাস ছেড়ে মোটা দাঁও মারতে এদিকে এসে পড়েছে। হস্তশিল্পী গৌরহরি চুরি ছেড়ে শহরে গিয়ে পানের দোকান দিয়েছিল। সে নাকি পানের দোকান বেচে চলে এসেছে। খুনি জটেশ্বর পয়সা নিয়ে মানুষ খুন করে বেড়াত। হাকিমসাহেবের জন্য দেশছাড়া হয়েছিল। সেও ফের চারপাশে ঘুরঘুর করছে শুনতে পাই। নীলমণি ঘোষের সঙ্গে রামকমল পালের মামলা চলছে। তা জটা নাকি নীলমণিকে বলেছে, মামলা-মোকদ্দমা করে বুড়িয়ে যাবেন কেন, পাঁচটি হাজার টাকা ফেলুন, রামকমলের লাশ নামিয়ে দিচ্ছি।"

"ও বাবা!"

"চারদিকে একেবারে পাপের তুফান উঠেছে মশাই। এসব সামাল দেওয়া কি একজন মাত্র দারোগার কাজ! চার-পাঁচজন দারোগা দরকার। আমি দু'বেলা মা-কালীকে ডাকছি, শশীবাবু ভাল হয়ে উঠুন, হাকিমসাহেব গা-ঝাড়া দিয়ে কাজে নেমে পড়ুন, আমি জোড়া পাঁঠা দেব।"

নন্দ কবিরাজ একটা দীর্ঘশ্বাস ফেললেন। তারপর বললেন, "ঠিকই বলেছেন। চিরকাল দেখে আসছি, কুঞ্জপুকুর আর আশপাশের এলাকা হল গুন্ডা-বদমাশ তৈরির বীজতলা। এখান থেকেই যত চোর, ডাকাত আর খুনে তৈরি হয়। এখানকার

আবহাওয়ায় বোধহয় কিছু একটা আছে। শশীবাবুর হাত এসে সেই ভিমরুলের চাকে নাড়া দিয়েছিল। গুন্ডা-বদমাশরা প্রথমটায় গা-ঢাকা দিয়েছিল বটে, কিন্তু এখন সব জো পেয়ে প্রতিহিংসা নিতে দ্বিগুণ উৎসাহে ফিরে আসছে।"

সদাশিববাবু একটু ফ্যাকাসে হয়ে গিয়ে বললেন, "সেইজন্যই তো আমি বদলি চেয়ে দরখাস্ত পাঠিয়ে দিয়েছি। এ তল্লাটে আমার অনেকদিন হয়ে গেল। আর নয় মশাই। আর আপনার ও বাবলুর জন্য মা-কালীকে ডাকুন। যারা বাবলুকে চুরি করেছে, তারা হয়তো মুক্তিপণ চাইবে। চাইলে সেটা দিয়ে দেওয়াই ভাল। বুঝলেন?"

আর-একটা দীর্ঘশ্বাস ফেলে নন্দ কবিরাজ বললেন, "বুঝেছি।"

সদাশিববাবু একটু গলা নামিয়ে বললেন, "শশীবাবুর জন্য যে নতুন ওষুধটা তৈরি করছেন, তার কদ্দূর?"

নন্দ কবিরাজ একটু বিষণ্ণ গলায় বললেন, "গাছগাছড়া জোগাড় হচ্ছে।"

"তাড়াতাড়ি করে ফেলুন। গতিক মোটেই সুবিধের নয় কিন্তু।"

গতিক যে সুবিধের নয়, তা নন্দ কবিরাজের চেয়ে ভাল আর কে জানে! দারোগাবাবু বিদায় হলে নন্দ কবিরাজ শশীবাবুকে দেখতে গেলেন। আজ ঘরে ঢুকে তাঁর চোখ প্রথমেই গিয়ে পড়ল হাতটার ওপর। শশীবাবুর খাটের পাশেই টেবিলের ওপর হাতটা রাখা। শশীবাবুর মতোই নির্জীব। শশীবাবুকে পরীক্ষা করার পর নন্দবাবু আজ সাহস করে হাতটা তুলে একটু দেখলেন। একটু নাড়াচাড়াও করলেন।

ক্ষান্তমণি বলল, "বাবার একটা মন্ত্র আছে। সেটা না বললে হাতটা কাজ করে না।"

নন্দ কবিরাজ কথাটা শুনতে পেলেন না। হাতটার দিকে চেয়ে কিছুক্ষণ বসে রইলেন। এই হাতটার ওপর তাঁর নাতির প্রাণ নির্ভর করছে। কী করবেন তা বুঝতে পারলেন না। মনটা বড্ড ভার হয়ে আছে। এই হাতটা তাঁকে চুরি করতে হবে। তারপর বদমাশদের হাতে তুলে দিতে হবে। ভাবতেও গা শিউরে ওঠে ঘেন্নায়। কিন্তু বাবলুর জন্য এ কাজ না করেই বা উপায় কী?

বক্তৃতার শেষদিকে ভীম দাসের গলা আবেগে কাঁপতে লাগল। সে বলল, "ভাইসব, এই কুঞ্জপুকুর, হরিহরপুর, বেলডাঙা, চরণডাঙা, সোনাডিহি, নায়েবগঞ্জ ইত্যাদি জায়গায় বরাবরই বাংলার সুসন্তানরা জন্মগ্রহণ করেছেন। মনে রাখবেন এখানে কালু সর্দারের মতো প্রাতঃস্মরণীয় ডাকাত, গোপাল গায়েনের মতো চিরস্মরণীয় চোর, কৈলাস দাসের মতো দেশবরেণ্য জাল নোট তৈরির কারিগর, দিনে ওস্তাদের মতো

শ্রদ্ধেয় ছিনতাইশিল্পী এবং খুনে নবার মতো ডাকাবুকো খুনি কাজকারবার করেছেন। তাঁদের পদাঙ্ক অনুসরণ করে এখানে নব-নব প্রতিভার বিকাশ ঘটেছে। তাঁরা আজ নেই বটে, কিন্তু রেখে গেছেন তাঁদের ঐতিহ্য। তবে আমরা সেই ঐতিহ্য ধরে রাখতে পারিনি। বাংলার ভাগ্যাকাশে হঠাৎ দেখা দিয়েছিল দুর্যোগের ঘনঘটা। শশীবাবুর ভুতুড়ে হাত আমাদের সঙ্গে শত্রুতা শুরু করায় এই অঞ্চলের গৌরব-রবি অস্তমিত হয়ে পড়েছিল। কিন্তু আর ভয় নেই ভাইসব, ওই দ্যাখো প্রভাত-উদয়। চিরকাল তো অন্যায় আর অবিচার টিকে থাকতে পারে না। আসিছে নামিয়া ন্যায়ের দণ্ড রুদ্র দীপ্ত মূর্তিমান! শশীবাবু মৃত্যুশয্যায়। তাঁর ভুতুড়ে হাতও আজ নিস্পন্দ। এবার দিনবদলের পালা। আমাদের এখন দলাদলি, ব্যক্তিগত আক্রোশ ভুলে ঐক্যবদ্ধ হতে হবে, ঝাঁপিয়ে পড়তে হবে কর্মযজ্ঞে, ঐতিহ্যকে আবার জাগিয়ে তুলতে হবে। উত্তিষ্ঠত জাগ্রত প্রাপ্য বরান নিবোধত। কথাটার মানে আপনারা সবাই জানেন। এর মানে হল, ওঠো, জাগো, নিজের পাওনা-গন্ডা আদায় করে নাও।”

সবাই চটাপট হাততালি দিল। কেউ কেউ ‘কেয়াবাত’ বলে তারিফ করল। মিটিংটা বসেছে কালু সর্দারের শ্মশানকালী মন্দিরের চত্বরে, বটগাছের তলায়। সন্ধেবেলা, চারদিকে মশাল জ্বলছে। জনাপঞ্চাশেক কালো-কালো চেহারার চোর-গুন্ডা-বদমাশ-ডাকাত জড়ো হয়েছে। মিটিং থেকে একটু তফাতে একটা ঝোপের আড়ালে একজন বেঁটে আর একজন লম্বা লোক অলসভাবে বসে আছে। বেঁটে লোকটা বলল, “ফুঃ, এ লোকটার ঘটে বুদ্ধি-সুদ্ধি নেই। বুঝলি ঝিকু, একে মন্ত্রী করা যাবে না।”

ঝিকু বলল, “তোমার তো কাউকেই পছন্দ হচ্ছে না দিনুদাদা। জটেশ্বর অত ভাল বক্তৃতা দিল, তাকেও মনে ধরল না। গৌরহরি কেমন বিচক্ষণের মতো কথাবার্তা কইল, তাকেও বাতিল করে দিলে। তা হলে মন্ত্রীটা করবে কাকে?”

দিনু বলল, “এরা সব চুনোপুঁটি, বুঝলি? এদের কারও সত্যিকারের উচ্চাকাঙ্ক্ষা নেই। উঁচু নজরের লোক না হলে সুবিধে হবে না কিনা।”

কাছাকাছি একটা মুশকো চেহারার লোক বসে ঢুলছিল। হঠাৎ সে তড়াক করে উঠে বলল, “কে হে তুমি, খুব চ্যাটাং চ্যাটাং কথা বলে যাচ্ছ তখন থেকে? আমাদের তুচ্ছতাচ্ছিল্য করার মতো বুকের পাটা পেলে কোথায়?”

দিনু হাতজোড় করে বলল, “মাপ করে দাও ভাই। ঠাট্টা করছিলুম।”

“ঠাট্টা! খুব রসিক লোক দেখছি। আলোতে মুখখানা একটু বাড়াও তো বাছাধন, বদনখানা একটু দেখে রাখি। তোমাকে একটু চিনে রাখা দরকার।”

মাটিতে পোঁতা একটা মশাল তুলে লোকটা ফস করে দিনুর মুখের সামনে ধরে বলল, “মুখখানা যে চেনা-চেনা ঠেকছে বাপ।”

দিনু খুবই বিনয়ের সঙ্গে বলল, "আমি সামান্য মানুষ, পথেঘাটেই দেখে থাকবেন।"

"সামান্য মানুষ! তবে যে মন্ত্রী খুঁজছিলে? মন্ত্রী কাদের থাকে জানো? রাজাদের। তা তুমি কোথাকার ছদ্মবেশী রাজা, তা বড় জানতে ইচ্ছে করছে।"

দিনু অধোবদন হয়ে বলল, "আর লজ্জা দেবেন না ওস্তাদ। বছর তিনেক আগে পালঘাটে খুব মারধর খেয়েছিলুম পাবলিকের হাতে। মাথায় চোট হল, সেই থেকে কেমন খ্যাপাটে মেরে গেলুম। কেবল মনে হত, আমি হরিণগড়ের রাজা। আশ্চর্য কথা, হরিণগড় কোথায় তাও জানি না। যাই হোক, তিনটি বছর পাগলাগারদে থেকে এই হালে ছাড়া পেয়েছি।"

এদিকে যখন এসব কথাবার্তা হচ্ছে তখন মিটিংয়ে একটা শ্লোগান উঠল, "শশীবাবুর সাদা হাত ভেঙে দাও, গুঁড়িয়ে দাও। শশীবাবুর নোংরা হাত নিপাত যাক, নিপাত যাক।"

শ্লোগানের মাঝখানেই হস্তশিল্পী গৌরহরি উঠে দাঁড়িয়ে অমায়িক মুখে বলল, "ভাইসব, আপনারা হক কথাই বলেছেন। শশীবাবুর অলক্ষুনে হাতটা ধরাধামে থাকলে আমাদের জীবনে শান্তি বলে কিছু থাকবে না। সুতরাং আমরা ঠিক করেছি, হাতটা তুলে এনে আমরা এই শ্মশানকালীর সামনে বলি দেব। তারপর টুকরো-টুকরো করে কেটে আগুনে আহুতি দিয়ে ফেলব। এই পবিত্র কাজে বেশি দেরি করা ঠিক হবে না। কথায় বলে শুভস্য শীঘ্রম। আগামীকাল কুঞ্জপুকুরে ভৈরব অপেরা যাত্রাগানের আসর বসাবে। গাঁয়ের লোক ঝেঁটিয়ে যাবে যাত্রাগান শুনতে। সেই ফাঁকে আপনাদের সহযোগিতায় এই অধম সামান্য হস্তশিল্পী ওই হাত শশীবাবুর বাড়ি থেকে সরিয়ে ফেলবে। কালই এখানে হাত-বলি হবে। আপনাদের সকলের উপস্থিতি প্রার্থনীয়।"

কথাটা কানে যেতেই দিনু বলল, "সর্বনাশ! হাত বলি দিলে যে সব ভেস্তে যাবে!" বলেই সে উঠতে যাচ্ছিল।

মুশকো লোকটা তাকে একটা থাবড়া মেরে বসিয়ে দিয়ে বলল, "গল্পটা বেশ ফেঁদেছ বাপ। ভেবেছ পাগল সেজে আমার হাত থেকে রেহাই পাবে? অত সহজ নয়। আমার একটা দোষ হল, পুরনো কথা মনে থাকে না। যতক্ষণ তোমার ওই চাঁদবদনটি কোথায় দেখেছি তা মনে না পড়ছে, ততক্ষণ তোমাকে সরে পড়তে দিচ্ছি না। এখন বলো তো কোথায় তোমাকে দেখেছি!"

দিনু অতিশয় নরম গলায় বলল, "পাগলা গারদেই দেখে থাকবেন। সেখানে রোজ কত বড় বড় মানুষের সঙ্গে আমার দেখা হত। প্রধানমন্ত্রী, রাষ্ট্রপতি, বোম্বাই ছবির হিরো।"

মুশকো লোকটা মশালটা দিনুর মুখের আরও কাছাকাছি এনে স্থিরদৃষ্টিতে চেয়ে থেকে বলল, "উঁহু, অত সোজা পাত্তর তুমি নও।"

দিনু মুখটা সরিয়ে নিয়ে বলল, "মুখটা যে পুড়িয়ে ফেলবেন মশাই। পোড়া মুখ লোককে দেখাব কী করে?"

মুশকো লোকটা একটু হেসে বলল, "কিন্তু তোমাকে যে চিনে ফেলেছি বাছাধন! তুমি এক সময়ে শশীবাবুর বাড়ির ভৃত্য ছিলে না? চুরি-টুরি করে বদনাম করেছিলে। শশীবাবু তোমাকে ঘাড় ধরে বের করে দেয়। ঠিক কিনা?"

দিনু ভারী লজ্জিত হয়ে বলল, "আজ্ঞে, ঠিকই বলেছেন। শশীবাবুর বাড়িতেই প্রথম হাতেখড়ি। তারপর অবশ্য বিদ্যেটা আর বেশিদূর এগোয়নি। আপনাদের কাছে তো শিখতেই আসা। এখানে মেলা গুনিজন আজ আসবেন জেনে চলে এসেছি। ভাল ওস্তাদ পেলে নাড়া বেঁধে ফেলব।"

লোকটা হাঃ হাঃ করে হেসে উঠে সবাইকে বলল, "ওরে, এখানে এক মস্ত মানুষ এসেছে আজ। এর পানে একটু তাকা।"

সবাই তার দিকে তাকাতেই দিনু হাতজোড় করে বলল, "আজ্ঞে আমি তুচ্ছ মানুষ। আপনারা ব্যস্ত হবেন না।"

মুশকো লোকটা বলল, "এ শশীবাবুর ভৃত্য ছিল। এতক্ষণ বসে বসে কাকে মন্ত্রী করবে, কাকে সেনাপতি করবে, এইসব নিয়ে কথা বলছিল। ধরা পড়ে পাগল সাজছে।"

কে একজন বলে উঠল, "ব্যাটা শয়তান! গোয়েন্দাগিরি করতে এসেছে।"

ভীম দাস বজ্রগম্ভীর গলায় বলল, "নিয়ে আয় তো ধরে। মা বহুকাল মানুষের রক্ত পায়নি। আজ ওটাকে উচ্ছুগ্গু করে নরবলি দিয়ে দিই!"

রে-রে করে গোটাদশেক লোক ধেয়ে এল তার দিকে। দিনু অবশ্য উত্তেজিত হল না। হাসি হাসি মুখ করে বসে রইল।

ঝিকু বলল, "পালাও দিনুদা।"

দিনু বলল, "দাঁড়া না। কেরদানিটা দেখি একটু।"

অত লোক এসে যখন হামলে পড়ল দিনুর ওপর, তখনই দিনুর এলেম বোঝা গেল। ওই হাত-পা-শরীরের ভিড়ে বেঁটে দিনু যেন তালগোল পাকিয়ে একখানা বলের মতো একটা ফাঁক দিয়ে গড়িয়ে গেল শুধু। যখন উঠে দাঁড়াল, তখনও হাতচারেক দূরে সবাই মিলে তাকে খুঁজে বেড়াচ্ছে। একটু হাসল দিনু, তবে আর দাঁড়াল না। একটু জোর পায়ে হাঁটা দিল।

রাত সাড়ে বারোটা নাগাদ কবরেজমশাইয়ের জানালায় একটু ঠুকঠুক শব্দ হল। নন্দ

কবিরাজ জেগেই ছিলেন। এসে জানালা খুলে দিয়ে বললেন, "আমার নাতি কেমন আছে, সত্যি কথা বলো।"

"আজ্ঞে, আমরা সত্যি কথা বললেও কেউ বিশ্বাস করে না। সেই দুঃখে সত্যি কথা বলা প্রায় ছেড়েই দিয়েছি। তবু আজ আপনাকে একটা সত্যি কথাই বলার চেষ্টা করছি, আপনিও বিশ্বাস করার চেষ্টা করুন। আপনার নাতি ভালই আছে। খুব ভাল। এমনকী, সে বাড়ি আসতেই চাইছে না।"

"মিথ্যে কথা।"

"ওই দেখুন, যা বলেছিলাম সত্যি কি না! আমরা সত্যি কথা বললেও কোনও লাভ হয় না।"

"হাতটা পেলেই তাকে ফেরত দেবে তো?"

দিনু ভারী বিনয়ের সঙ্গে বলল, "আজ্ঞে, সে তো বটেই। তবে কিনা ওইসঙ্গে শশীবাবুর ব্যাপারটাও মিটিয়ে ফেললে বড্ড ভাল হয়।"

"শশীবাবুর কী ব্যাপার?"

"ওই যে কথায় বলে, যতক্ষণ শ্বাস ততক্ষণ আশ। তা, শশীবাবুর শ্বাস যতক্ষণ চলছে ততক্ষণ আমাদের আশা নেই। তাই বলছিলাম তাঁর একটা বিলিব্যবস্থা হয়ে যাক, তারপর নাতি।"

"তা হবে না। হাতটা এনে দিতে পারি, তার বিনিময়ে বাবলুকে অক্ষত শরীরে ফেরত দিতে হবে।"

দিনু মাথা নেড়ে বলল, "আজ্ঞে, তা হয় না।"

"কেন হয় না?"

"শশীবাবু যদি বেঁচে ওঠেন, তা হলে আবার বিপদ আছে। হাত যেখানে যার কাছেই থাকুক, শশীবাবুর হুকুম তামিল করবে। কাজেই উনি বেঁচে থাকতে হাত দিয়ে আমাদের লাভ হবে না মশাই।"

"তা হলে?"

"আমার আর-একটা কথাও আজ আপনাকে বিশ্বাস করতে হবে। সেটা হল, হাতটা যদি আমাকে হস্তান্তর না-ও করেন, তা হলেও রক্ষা করতে পারবেন না। ওই হাত কালই গুন্ডা-বদমাশরা ছিনিয়ে নিয়ে গিয়ে নষ্ট করে ফেলবে। আমার কাছে পাকা খবর আছে।"

"আমার নাতির পড়াশোনার ক্ষতি হচ্ছে। তার মা, ঠাকুমা, বাপ, কাকা, পিসি সবাই কান্নাকাটি করছে। তোমার কি মায়াদয়া নেই বাপু?"

"খুব আছে কবরেজমশাই, খুব আছে। তাকে তো আমি পুষ্যি নিয়েই ফেলেছি

প্রায়। ছেলেটাও বড্ড মিষ্টি। ফেরত দিতে আমার কষ্ট হবে।"

নন্দ কবিরাজ একটু ফুঁপিয়ে উঠে বললেন, "তাকে যদি কষ্ট দাও, তা হলে তোমার ভাল হবে না।"

"চিন্তা করবেন না। সে তোফা আছে। কাল সকালেই হাতটা একটু হাত-সাফাই করে নিয়ে আসুন। রাত্রিবেলা আমি এসে নিয়ে যাব। তারপর মাত্র কয়েকটা দিন। শশীবাবু পটল তুললেই নাতি ফেরত পাবেন।"

"ভগবানের নামে দিব্যি করে বলো।"

"ভগবান! তাঁর নামে দিব্যি করে কী হবে? কথা না রাখলেও ভগবানের গায়ে আঁচড়টিও পড়বে না।"

"তবু বলো।"

"যে আজ্ঞে। আপনি বয়স্ক, শ্রদ্ধেয় মানুষ। ভগবানের দিব্যি করেই বলছি, হাতে হাত, শশী কাত, ফেরত নাত।"

"তার মানে কী?"

"মানে খুব সোজা। হাতে হাত, মানে শশীবাবুর হাতটি যখন আমার হাতে আসবে। শশী কাত, মানে শশীবাবু যখন মহাপ্রয়াণ করবেন। আর ফেরত নাত, মানে আপনার নাতি তখনই ফেরত আসবে। জলবৎ-তরলং।"

নন্দ কবিরাজ একটা দীর্ঘশ্বাস ফেলে বললেন, "কাল রাতে এসো।"

"আপনার মতো বিচক্ষণ লোক দু'টি দেখিনি মশাই। যত দেখছি ততই শ্রদ্ধা হচ্ছে। আপনার মতো মানুষের সঙ্গে কাজকারবার করে সুখ আছে। তা ইয়ে, কবরেজমশাই, আমি এই আপনার মতোই একজন বিচক্ষণ মন্ত্রী খুঁজছি। আপনি যদি রাজি হয়ে যান, তা হলে আর বৃথা খোঁজাখুঁজির হয়রানির মধ্যে যাওয়ার মানে হয় না।"

"মন্ত্রী!" বলে নন্দ কবিরাজ হাঁ হয়ে রইলেন।

বিনয়ী দিনু বলল, "মন্ত্রীদেরই এখন রবরবা। কবরেজি করে আর ক' পয়সাই বা হয় আপনার! মন্ত্রীর বেতন ভাল, উপরি আছে, ক্ষমতাও কম নয়। তবে তাড়াহুড়োর কিছু নেই। মাথাটি ঠান্ডা রেখে দু'দিন ভাবুন। ভেবেই বলবেন।"

দিনু আর দাঁড়াল না। সরে পড়ল। পিছু-পিছু আসতে আসতে ঝিকু বলল, "এঃ, তুমি যে কবরেজমশাইকে মন্ত্রীর অ্যাপয়েন্টমেন্টটা দিয়েই ফেললে দিনুদাদা! তা আমার ব্যবস্থাটা কী হবে?"

"কেন, তুই হবি আমার কোটাল।"

"কোটাল! কোটাল মানে কী?"

"মানে কি আমিই জানি? শুনেছি রাজাদের একটা করে কোটাল থাকে, তাই

বললাম। তা কোটালের কাজও খারাপ হওয়ার কথা নয়। বেতন আছে, উপরি আছে, ক্ষমতাও কম নয়।"

"রাজা তা হলে তুমি হচ্ছই?"

"ওরে, রাজা না হয়ে আমার উপায়ও নেই কিনা। আমার কোষ্ঠীতে যে রাজা হওয়ার যোগ আছে। ইচ্ছে না থাকলেও রাজা আমাকে হতেই হচ্ছে। রাজা হওয়ার ঝকমারি কি কম?"

"তুমি যে শশীবাবুর ভৃত্য ছিলে, আর চুরি করেছিলে বলে শশীবাবু যে তোমাকে তাড়িয়ে দিয়েছিল, এ কথাটা কিন্তু আমাকে বলোনি কখনও।"

দিনু একটু হাসল। বলল, "দুঃখের কথা কি মনে রাখতে আছে রে? ওসব ভুলে যাওয়াই ভাল। আমার জীবনটা দুঃখে-দুঃখে একেবারে ঝাঁজরা হয়ে আছে, বুঝলি? সেই যখন ছোট্ট ছিলুম তখন থেকেই বেঁটে বলে ছেলেরা আমার পেছনে লাগত। যখন-তখন মাথায় চাঁটি কষাত। কারও সঙ্গে পারতুম না।"

"তারপর?"

"তারপর কত ঝঞ্ঝাট গেছে। শশীবাবুর বাড়িতে চাকরি পেয়ে প্রথম প্রথম খুব সুখ ছিল। ভারী ভালবাসতেন আমায়। একেবারে নিজের ছেলের মতো।"

"তা হলে তাড়াল কেন?"

"সেইটেই তো ভাবি। দোষও কিছু তেমন করিনি। ক্ষান্তদিদির একটা বালা সরিয়ে রেখেছিলুম, সেই হল অপরাধ।"

"চুরি করেছিলে?"

"ওসব চুরি-টুরি কথাগুলো ফস করে মুখে আসে কেন তোর? আমার এখন একটা সামাজিক মান-মর্যাদা হতে যাচ্ছে। ওসব অসভ্য কথা খবরদার উচ্চারণ করবি না। ব্যাপারটা চুরির পর্যায়েও পড়ে না। নিতান্তই ঘরের ছেলে হিসেবে একটা জিনিস এধার থেকে নিয়ে ওধারে রেখেছিলুম। ওই বদমাশ হাতটা না থাকলে ধরাও পড়তুম না।"

"হাতটা যদি বদমাশই হবে, তা হলে সেটার জন্য এমন হন্যে হয়ে পড়েছ কেন?"

দিনু গম্ভীর হয়ে বলে, "তার কারণ আছে। শশীবাবু মস্ত আহাম্মক। তিনি হাতটা হাতে পেয়েও কাজে লাগাতে পারেননি। কেবল সৎ কাজ করতে লাগলেন। সৎ কাজের দাম কী বল! হাতটার মর্যাদাই উনি বুঝতে পারলেন না। আলাদিনের আশ্চর্য পিদিম যা, এও হল তাই। যা করতে বলা হবে, তাই করবে। শশীবাবু যদি হুকুম করতেন, যাও গিয়ে রিজার্ভ ব্যাংকের ভল্ট থেকে দু'কোটি টাকা নিয়ে এসো, তা হলে হাত তাই করত। তাতে পাপও হত না। নিজে তো আর করছেন না, পাপ-টাপ যা

হওয়ার তা ওই হাতের ওপরেই অর্শাবে। নরকে যেতে হয় তো হাতই যাবে। কথাটা আমি ঠারেঠোরে শশীবাবুকে বোঝানোর চেষ্টাও করেছিলাম। কিন্তু আহাম্মকরা যদি ভাল কথা বুঝতেই পারবে, তা হলে আর তাদের আহাম্মক বলেছে কেন?"

"তুমি কি হাতটা দিয়ে চুরি-ডাকাতি করাবে নাকি?"

"ফের 'চুরি' কথাটা উচ্চারণ করলি! চুরির ব্যাপারই নয়। তোকে একটা কথা বুঝিয়ে বলছি, মন দিয়ে শোন। দুনিয়াটা ভগবানের, ঠিক তো?"

"তা বটে।"

"এই দুনিয়ায় গরিব-বড়লোক মিলে আমরা যারা আছি, সবাই তো ভগবানেরই সন্তান, না কি?"

"তাই তো মনে হয়।"

"আর দুনিয়ার যত টাকাপয়সা, ধনদৌলত, এসবও হরেদরে ভগবানেরই। ঠিক কথা বলছি তো! ভুল বললে ধরিস।"

"ঠিকই বলছ।"

"তা হলে দ্যাখ, বাপের পাঁচ ছেলে যেমন বাপের সম্পত্তির সমান হিস্যাদার, আমরাও ঠিক তেমনই ভগবানের সব জিনিসেরই সমান হিস্যাদার। বুঝলি? ভুল বললে শুধরে দিস।"

"কথাটা তো ন্যায্যই মনে হচ্ছে।"

"তা হলেই দ্যাখ, ভগবানের দুনিয়ায় কিছু লোক লুটেপুটে খায়, কিছু লোক আঙুল চোষে, এরকমটা হওয়া কি ভাল?"

"মোটেই নয়।'

"তা হলে আমি যা করতে যাচ্ছি, সেটাই বা খারাপ হবে কেন? যাদের ফালতু টাকা আছে, তাদের কাছ থেকে খানিকটা নিয়ে গরিবকে দিলাম। তাতে বড়লোকটা একটু নামল, গরিবটা একটু উঠল। একটা বেশ সমান-সমান ভাব এসে গেল। তাই না?"

"খুব ঠিক।"

"তুই দেবী চৌধুরানী বা রবিন হুডের নাম শুনেছিস?"

"কস্মিনকালেও না। তারা কারা?"

"নমস্য ডাকাত। তাদের নাম শুনলে আজও কত সাধুপুরুষও মাথা নোওয়ায়। তা, তারা যা করেছে, তার চেয়ে আমি আর খারাপটা কী করব বল! দুনিয়ায় যে ভগবানের সন্তানদের প্রতি অবিচার চলছে, তার একটা বিহিত করতেই আমার জন্ম। আরও একটা কথা শুনে রাখ।"

"কী কথা দিনুদাদা?"

"আগের দিনে যত রাজারাজড়া ছিল, যত জমিদার মহাজন, সবাই ছিল আদতে ডাকাত আর লুঠেরা। দলবল আর টাকার জোরে দলবাজ সর্দাররাই রাজাগজা হয়ে বসেছিল। বুঝতে পারছিস তো? না বুঝলে বলিস, আবার বুঝিয়ে দেব।"

"দিব্যি বুঝতে পারছি।"

"তা হলে চোর-ডাকাতের সঙ্গে রাজা-মহারাজাদের আর তফাতটা রইল কী, বল! আলেকজান্ডার, তৈমুরলঙ, মামুদ, চেঙ্গিস খানের সঙ্গে রঘু ডাকাত বা কালু সর্দারের কোনও ফারাক দেখতে পাস?"

"কাদের কথা বলছ গো! গণ্ডার, লবঙ্গ, ঝিঙে কীসব বলে গেলে, এরা কারা?"

"ঐতিহাসিক লোক। তোর বুঝে কাজ নেই। এখন চুপ করে থাক। আমাকে একটা গুরুতর কথা ভাবতে হচ্ছে।"

"ভাবো দিনুদা। এই আমি চুপ মারলাম।"

দিনুকে সত্যিই ভাবতে হচ্ছে। কারণ, সে যখন শশীবাবুর বাড়িতে কাজ করত, তখন হাতের কেরামতি দেখে সে তাজ্জব হয়ে যায়। হাতখানা কীভাবে ক্রিয়া করে, সেদিকে তার খুব নজর ছিল। কিন্তু শশীকর্তাও সোজা লোক নন। যা করার করতেন খুব চুপি-চুপি, ঘরের দরজা এঁটে।

তবে দিনু হাল ছাড়ার পাত্র নয়। দিনের পর দিন সে বন্ধ দরজায় আড়ি পাতত। দরজায় গোপনে একটা ছিদ্রও করে রেখেছিল সে। সেই ছিদ্র দিয়ে দেখারও চেষ্টা করত। অনেক দিনের চেষ্টায় সে বুঝতে পেরেছিল, হাতটাকে শক্তি সঞ্চার করার একটা মন্ত্র আছে। প্রত্যেকদিন সকালবেলায়, ব্রাহ্মমুহূর্তে হাতটাকে জাগিয়ে তুলতে হয়। না তুললে হাতটা কাজ করে না।

কিন্তু মন্ত্রটা কী, তা জানা যাবে কী করে? শশীকর্তা বন্ধ ঘরের মধ্যে ব্রাহ্মমুহূর্তে কী মন্ত্র পাঠ করেন, তা শোনার তো উপায় নেই। তবে বুদ্ধি থাকলে উপায় হয়। পাড়ার বসন্ত পাল কানে কম শোনেন। তাঁর একটা কানে শোনার যন্ত্র ছিল। স্নানের সময় সেটা খুলে রাখতে হত। দিনু একদিন ফাঁক বুঝে বসন্ত পালের বাড়ি থেকে সেটা সরিয়ে ফেলল। তারপর যন্ত্রটা কানে লাগিয়ে রোজ ব্রাহ্মমুহূর্তে গিয়ে শশীবাবুর দরজায় কান পাতত।

প্রথম কয়েকদিন তেমন সুবিধে হয়নি। তারপর ধীরে ধীরে যন্ত্রটা কানে সেট করে গেলে একদিন শুনতে পেল, শশীবাবু মন্ত্রটা পড়লেন, "আ মরণ, ফিনাইলের ড্রাম।"

কিন্তু কথাটার তেমন মানে হয় না। 'আ মরণ, ফিনাইলের ড্রাম' কি কোনও মন্ত্র হতে পারে?

আর-একদিন মনে হল, 'আগুন ও পেট্রির ধাম'। এ কথাটারও কোনও মানে খুঁজে

পেল না সে। তবে রোজ কান পাততে পাততে একদিন মনে হল, সঠিক মন্ত্রটা হচ্ছে 'আন উনো, ফেরে...' ব্যস, বাকিটা আর ধরতে পারেনি। পরদিনই তাকে তাড়ানো হয়। হাতটা হাতানোর ইচ্ছে ছিল। তাও হল না। কারণ শশীবাবুর কাছ থেকে বিদায় হওয়ার পর সে একটা চুরির কেসে ফেঁসে গিয়ে তিনটি বছর জেলে কয়েদ ছিল।

রাত্রিবেলা হরিবল্লভ রায়ের বাড়িতে ডাকাত পড়ল। রাত বারোটা নাগাদ ভীম দাস তার দলবল নিয়ে দরজা ভেঙে যখন বাড়িতে ঢুকল, তখন তাকে দেখে সকলেই থ। গলায় গাঁদা ফুলের মালা, মাথাভর্তি আবির, কপালে সিঁদুরের টিপ। হুহুংকারে চারদিক প্রকম্পিত করে লুটপাট সেরে চলে যাওয়ার সময় হরিবল্লভ রায়কে বলল, "বউনিটা সেরে গেলাম।"

মহিম ঘোষের বাড়িতে ঢুকল চোর, তাঁর বড় ছেলে জানালার শিক ভাঙার শব্দ পেয়ে উঠে টর্চ জ্বেলে দেখতে পেল, জানলায় গৌরহরি দাঁড়িয়ে।

তাকে দেখে জিভ কেটে বলল, "ইস, কাঁচা ঘুমটা ভাঙিয়ে দিলাম বুঝি? অনেককালের অনভ্যাস তো, তাই হাতটা সড়গড় নেই। জানলার শিক কাটতে গিয়ে শব্দ করে ফেলেছি। তবে ভাববেন না, কয়েকদিন একটু প্র্যাকটিস করলেই হাত সড়গড় হয়ে যাবে। তখন গেরস্তও নিশ্চিন্তে ঘুমোবে, হস্তশিল্পীরাও নিশ্চিন্তে কাজ করতে পারবে।"

হরিপদ সাহার পাশের বাড়িতেই থাকে তার ভায়রাভাই নবকুমার দাস। দুই ভায়রাভাইয়ে বহুকালের ঝগড়া। হরিপদর জমি নাকি খানিকটা বেদখল করে বসে আছে নবকুমার। নিশুতরাতে জটেশ্বর গিয়ে হরিপদর জানালায় হানা দিল। বলল, "বউনিতে রেট কম করে দিয়েছি। দু'টি হাজার টাকা ফেলুন, আপনার ভায়রার কাটামুন্ডু আপনার সদর দরজায় রেখে যাব।" শুনে হরিপদ মূর্ছা যায় আর কী!

গাঁয়ে এইসব সাংঘাতিক-সাংঘাতিক ঘটনা ঘটায় সকলেই উদ্বিগ্ন। সকালবেলাতেই সবাই শুকনো মুখে শশী গাঙ্গুলির বাড়িতে এসে জড়ো হয়েছেন। ক্ষীণ আশা, যদি শশীবাবু গা-ঝাড়া দিয়ে ওঠেন, তা হলে এখনও কুঞ্জপুকুরের ভবিষ্যৎ তত অন্ধকার নয়।

নন্দ কবিরাজ সারারাত ঘুমোননি। বসে বসে ভেবেছেন। বাড়িতে সারারাত বাবলুর জন্য কান্নাকাটি চলেছে। সকালবেলায় মনঃস্থির করে ফেলেছেন তিনি। হাতটা সরিয়েই ফেলবেন। পাপ যা হওয়ার হবে, কিন্তু নাতিটা তো রক্ষা পাবে। আর

শশীবাবুর জন্য ওষুধটাও তিনি একটু হাতটান করেই করবেন। দুটো-একটা গাছগাছড়া না হয় বাদই দেবেন। মনটা অবশ্য সায় দিচ্ছে না, কিন্তু মায়ায় বড় দুর্বল হয়ে পড়েছেন।

চুরি-টুরি জীবনে করেননি। তাঁর হাত-পা ঠকঠক করে কাঁপছিল। 'দুর্গা' বলে সকালেই বেরিয়ে পড়লেন তিনি। কিন্তু শশীবাবুর বাড়িতে এসে দেখেন, সাতসকালেই গাঁয়ের মাতব্বররা এসে জুটে গেছেন সেখানে। রাতে যেসব রোমহর্ষক ঘটনা ঘটে গেছে, তাই নিয়েই তুমুল আলোচনা হচ্ছে। হরিবল্লভ রায় বলছিলেন, এর একটা বিহিত না করতে পারলে আমাকে সাত পুরুষের ভিটে ছাড়তে হবে।

মহিম ঘোষ বললেন, "আমারও ওই কথা। এই বলে রাখছি, একটা ব্যবস্থা না হলে কুঞ্জপুকুরে আর গেরস্তর বাস থাকবে না।"

সবাই কথা থামিয়ে নন্দ কবিরাজের দিকে উদ্বিগ্ন মুখে তাকাল। হরিবল্লভ বললেন, "ও নন্দ, শশীবাবুকে এবার যদি চাঙ্গা করে তুলতে না পারো, তা হলে সমূহ সর্বনাশ। গুন্ডা-বদমাশরা যে একেবারে কেত্তন করতে শুরু করল!"

নন্দ কবিরাজ গম্ভীর মুখে বললেন, "দেখছি, কী করা যায়!"

শশীবাবুর ঘরে ঢুকে নন্দ কবিরাজ থ হয়ে গেলেন।

শশী গাঙ্গুলির খাটের পাশেই একটা টেবিলে হাতটা রাখা ছিল, এখন সেটা নেই।

ভেতরে ভেতরে ঘাবড়ে গেলেও মুখটা যথাসম্ভব স্বাভাবিক রেখে তিনি শশীবাবুর নাড়ি ধরে বসে রইলেন। নাড়ি রোজকার মতোই ক্ষীণ। শশীবাবু সাড়া দিচ্ছেন না।

একটা পাঁচন খাইয়ে দিয়ে নন্দ কবিরাজ ক্ষান্তমণিকে জিজ্ঞেস করলেন, "তা হ্যাঁ গো ক্ষান্তমণি, বলি শশীবাবুর হাতটা কই? সেটা তো দেখছি না? চুরি হয়ে যায়নি তো?"

"না কবরেজমশাই, সেটা আমি লোহার আলমারিতে তুলে রেখেছি। আমাদের কাজের মেয়ে, রাসু কোত্থেকে শুনে এসেছে, আজ নাকি হাতটা চুরি করতে আসবে ভীম দাস আর গৌরহরি। তাই তুলে রেখেছি।"

"তা ভালই করেছ। কোন আলমারিতে রাখলে?"

"ওই তো, বাবার মাথার কাছেই আলমারি।"

"চাবিটা কোথায় রেখেছ?"

"ওই তো আমার আঁচলে।" বলে ক্ষান্তমণি আঁচলে বাঁধা চাবিটা দেখাল।

নন্দ কবিরাজ হাঁ-হাঁ করে উঠলেন, "না, না, কাজটা ঠিক হচ্ছে না, চাবি তোমার কাছে রাখলে তোমারই বিপদ। ভীম দাস এলে কি সহজে ছাড়বে? গলায় খাঁড়া চেপে ধরে চাবি কেড়ে নেবে। তার চেয়ে চাবিটা বরং আর কারও কাছে পাচার করে দাও। বাড়িতে রেখো না।"

"তার দরকার নেই কবরেজমশাই, আজ সবাই আমাদের বাড়ি পাহারা দেবে। সদাশিব দারোগা নিজেও থাকবে।"

নন্দ কবিরাজ একটু হাসলেন, "ওদের তো চেনো না ক্ষান্তমণি, তাই বলছ। গাঁয়ের লোক আর সদাশিব মিলে কিছুই করতে পারবে না। তারা সব বোমা, বন্দুক নিয়ে আসবে। গাঁয়ের ক'টা লোকের ওসব আছে? দিনু দাসের আর হরিবল্লভ রায়ের দু'খানা গাদা বন্দুক ছাড়া আর কী আছে বলো! আর সদাশিব! ছোঃ। তার যা অবস্থা, তাতে আজকাল ইঁদুরও তাকে ভয় পায় না।"

ক্ষান্তমণি সভয়ে বলল, "তা হলে কী হবে কবরেজমশাই?"

"হাতটাকে যেমন করেই হোক রক্ষা করতে হবে। চাবিটা অন্য জায়গায় থাকলে ডাকাতরা চট করে নিয়ে যেতে পারবে না। লোহার আলমারি ভাঙতে হবে। কিন্তু এ তো বেশ মজবুত আলমারি দেখছি। ভাঙা সহজ কাজ নয়।"

"চাবিটা তা হলে আপনিই নিয়ে যান কবরেজমশাই।"

"না, না, আমি কেন?" বলে নন্দ কবিরাজ একটু আপত্তি প্রকাশ করলেন। তারপর যেন অনিচ্ছের সঙ্গেই বললেন, "আচ্ছা, দাও। কাউকে-না-কাউকে তো দায়িত্ব নিতেই হবে।"

চাবিটা নিতে গিয়ে হাতটা থরথর করে কাঁপছিল তাঁর। গলা শুকিয়ে আসছে। বললেন, "ক্ষান্তমণি, আমার শরীরটা ভাল নেই। নাতির জন্য ভেবে ভেবে মাথাটাই খারাপ হওয়ার জোগাড়! আমাকে পাতিলেবুর রস দিয়ে এক গেলাস জল দাও তো!"

"এই দিই।" বলে ক্ষান্তমণি প্রায় দৌড়ে বেরিয়ে গেল। নন্দ কবিরাজ তাড়াতাড়ি উঠে আলমারিটা খুলে ফেললেন। দিনের বেলা, চারদিকে মানুষজন। যে-কেউ দেখে ফেলতে পারে। হাতটাও বড্ড কাঁপছে। কিন্তু উপায়ই বা কী? এ কাজটা না করলে তাঁর নাতির প্রাণরক্ষা হয় না। আলমারির ওপর-তাকে হাতটা রাখা ছিল। চট করে বের করে এনে চাদরের তলায় লুকিয়ে ফেললেন তিনি। তারপর আলমারিটা বন্ধ করে যেই ফিরেছেন অমনই তাঁর সর্বাঙ্গে যেন একটা বরফের হিমশীতল স্পর্শ খেলে গেল। কেননা তাঁর মনে হল, শশীবাবু যেন এতক্ষণ ঘাড় তুলে তাঁকে দেখছিলেন। তিনি ফিরে তাকানো-মাত্র শশীবাবু যেন মাথাটা বালিশে ফেলে চোখ বুজে ফেললেন।

নন্দ কবিরাজের হাত-পা এত কাঁপতে লাগল যে, তাঁর মনে হল, এবার মূর্ছা যাবেন। হাতটাও তাঁর শিথিল মুঠো থেকে আর একটু হলেই পড়ে যাচ্ছিল।

কিছুক্ষণ দাঁড়িয়ে দম নিলেন তিনি, যা দেখেছেন তা কি ভুল দেখেছেন? দেখেছেন বলাও ভুল। চোখের কোণ দিয়ে যেন আবছা মনে হল, শশীবাবু তাঁকে দেখছেন। ভুলও হতে পারে। মানুষ যখন আতঙ্কে থাকে, তখন কত ভুলভাল অনুমান করে।

সাহসে ভর করে তিনি আবার শশীবাবুর কাছে এসে বসলেন। নাড়িটা আবার পরীক্ষা করলেন, এখনও নাড়ি ক্ষীণ। তাঁর অভিজ্ঞতা বলে, এই অবস্থায় রোগীর বাহ্যচৈতন্য থাকার কথা নয়। তা হলে ভুলই দেখেছেন।

ক্ষান্তমণি যখন লেবুর জল এনে দিল, তখন বাস্তবিকই তাঁর শরীর খারাপ লাগছে, তেষ্টায় বুকটা কাঠ। ঢকঢক করে জলটা খেয়ে নিয়ে উঠে পড়লেন।

বাড়িতে ফিরেই নিজের ঘরে ঢুকে দরজা বন্ধ করে দিয়ে— হাতটা আর চাবিটা নিজের লোহার আলমারিতে তুলে রেখে চাবি ট্যাঁকে গুঁজে ফেললেন। কাজটা বেশ বুদ্ধির সঙ্গেই করেছেন। হাতটা যে চুরি গেছে, তা ক্ষান্তমণি বুঝতেই পারবে না কিছুদিন। চাবি তাঁর কাছে, সুতরাং আলমারি খোলার উপায় নেই।

যারা শশীবাবুর জন্য ওষুধের গাছগাছড়া আনতে গিয়েছিল, তারা সবাই গাছগাছড়া সবই দিয়ে গেছে। নন্দ কবিরাজ সারাদিন ধরে সেইসব গাছগাছড়া সেদ্ধ করতে লাগলেন। কোনওটা রস করলেন হামানদিস্তায়। কোনওটা-বা পুড়িয়ে ভস্ম করতে হল। শক্ত কাজ। তবে দুটো জিনিস ব্যবহার করলেন না। নাতির মুখ চেয়ে এ কাজ তাঁকে করতেই হবে।

ক্রমে রাত হল। চারদিক নিশুতি হয়ে গেল। এমন সময় জানালায় ঠকঠক শুনে, গিয়ে পাল্লাটা খুললেন।

"কে?"

"অধমের নাম দিনু বিশ্বেস। হস্তান্তরটা হয়ে যাক।"

"দিচ্ছি। কিন্তু আগে বলো, হাতটা নিয়ে তুমি কী করবে?"

দিনু একটু হেসে বলল, "আজ্ঞে, হাত জোগাবে ভাত।"

"তার মানে?"

"গরিব মানুষদের তো ওই একটাই চিন্তা, না কি বলুন? হাতটি পেলে আমার ভাতের জোগাড় হবে।"

"তুমি কি এই হাত কীভাবে ব্যবহার করতে হয় তা জানো?"

"আজ্ঞে, শিখে নেব।"

"শিখে নেবে? শশীবাবু কাউকে তো বিদ্যেটা শেখাননি।"

"আজ্ঞে না। তবু চেষ্টা করতে দোষ কী?"

"তুমি পাজি লোক। যদি বিদ্যেটা ধরে ফেলো, তা হলে এই হাতকে তো পাপের কাজেই লাগাবে।"

"কী বলেন কবরেজমশাই!"

"ভুল বলছি?"

দিনু খুবই লাজুক গলায় বলল, "যতসব চোর-ডাকাতদের দেখেন, তারা হল ভারী নিচু নজরের মানুষ। আমি আজ্ঞে তাদের মতো নই। হাতটি কাজে লাগাতে পারলে এই অধম দিনু বিশ্বেস দেখবেন, গাঁয়ের সব দুঃখ ঘুচিয়ে দেবে। শশীকর্তা হাতখানা পেয়ে এতকাল চোর-ডাকাত ঠ্যাঙানো আর ম্যাজিক দেখানো ছাড়া আর কী করেছে বলুন তো! মানুষের দুঃখ ঘুচিয়েছে? হাতটাকে ঠিকমতো কাজে লাগালে কত কী করা যেত! একটা পুকুর খোঁড়া যেত, তাতে গাঁয়ের জলকষ্ট দূর হত। টাকাপয়সা রোজগারের কাজে হাতটাকে লাগালে এ গাঁয়ে আজ একটাও গরিব থাকত না। তারপর ধরুন, এই হাতটাকে লাগিয়ে রাস্তাঘাট তৈরি, হাসপাতালের ব্যবস্থা, কত কী করার ছিল! আমি বলি, শশীকর্তার হাতে পড়েই হাতটার এই দুরবস্থা! এবার উপযুক্ত হাতে পড়ে হাতটা কী খেল দেখায় তাই দেখবেন!"

"তা বাপু, তুমি গতকাল আমাকে মন্ত্রী হওয়ার কথা বলেছিলে। কথাটা একটু খোলসা করে বলবে?"

দিনু খুবই লজ্জিত গলায় বলল, "গরিবের আস্পদ্দাটা যদি না ধরেন তো বলি, আমি এই কুঞ্জপুকুর আর তার সঙ্গে দশ-বারোটা গাঁ নিয়ে একটা রাজ্য প্রতিষ্ঠা করতে যাচ্ছি। একেবারে রামরাজ্য যাকে বলে। কোথাও কোনও অশান্তি-ঝঞ্ঝাট থাকবে না, কোনও অবিচার-অনাচার খুঁজেও পাবেন না। সুখ একেবারে উপচে পড়বে। তা সেই কথা ভেবেই মন্ত্রী হওয়ার কথাটা বলা!"

"তা তুমিই রাজা হবে নাকি?"

একটু আমতা-আমতা করে দিনু বলল, "হাওয়ার ইচ্ছে তেমন ছিল না, বুঝলেন! রাজা হওয়ার অনেক ঝকমারি। চারদিক সামলে চলতে গেলে নাওয়া-খাওয়া অবধি ভুলতে হয়। কিন্তু পাঁচজন ধরে পড়েছে, তাই অনিচ্ছের সঙ্গেই হতে হচ্ছে আজ্ঞে। হস্তান্তরটা কি এইবেলা সেরে ফেলবেন? চারদিকে রাত-পাহারা বসেছে, বেশিক্ষণ বাইরে থাকতে ভরসা হয় না। কাদের যেন পায়ের আওয়াজ পাচ্ছি।"

"আগে বলো, আমার নাতি কেমন আছে!"

"আজ্ঞে, ছোট মুখে বড় কথা হয়ে যাবে। তবু বলি, সে এত ফুর্তিতে আছে যে, বাড়ি ফেরার মোটেই ইচ্ছে নেই। আমারও তাকে বড্ড পছন্দ। আহা, যেন দেবশিশু। আমাকে 'কাকা' বলে ডাকছে।"

"সে কি বাড়ির জন্য কান্নাকাটি করছে না?"

"কান্না! কী যে বলেন কবরেজমশাই! আমরা যত তাকে দেখছি, ততই অবাক হচ্ছি। কান্না তার ত্রিসীমানায় নেই।"

"তুমি কি জানো যে, তুমি অতি পাষণ্ড?"

"লজ্জা দেবেন না কবরেজমশাই। ভাল পাষণ্ড হতে হলেও এলেম চাই, বুকের জোর চাই। আমি বড্ড নরম মনের মানুষ। পাষণ্ড হতে পারলে কষে পায়ের ওপর পা তুলে জীবন কাটাতে পারতুম। তা আর দেরি করাটা কিন্তু ঠিক হবে না। একটু হাত চালিয়ে হাতটা আমার হাতে হস্তান্তর করে ফেলুন। হাতটা বেহাত হয়ে গেলে আমাদের আর কিছু করার হাত থাকবে না। মাথায় হাত দিয়ে বসে পড়তে হবে। এই হাত নিয়ে কারও সঙ্গে হাতাহাতি হোক তা আমি মোটেই চাই না।"

কবরেজমশাই অত্যন্ত ভারাক্রান্ত মনে আলমারি খুলে হাতটা বের করে কিছুক্ষণ চেয়ে রইলেন। একটা মস্ত বড় বিশ্বাসঘাতকতা হয়ে যাচ্ছে। পাপও হচ্ছে। কিন্তু বাবলুকে বাঁচাতে হলে এ ছাড়া আর উপায়ই বা কী? এর পরও আরও পাপ কাজ করতে হবে। শশীবাবুকে সঠিক ওষুধ না দিয়ে মৃত্যুর দিকে ঠেলে দেওয়া! নন্দ কবিরাজের বুক ঠেলে একটা দীর্ঘশ্বাস বেরিয়ে এল। নরকে পচতে হবে। নরক জায়গাটা কতদূর খারাপ, কে জানে!

জানালা দিয়ে হাতটা বাড়াতেই দিনু খপ করে সেটা প্রায় কেড়ে নিয়ে নিল। অমায়িক গলায় বলল, "মন্ত্রী আপনিই হচ্ছেন ধরে নিন। আরও দু'-চারজন উমেদার আছে বটে, কিন্তু আপনার দাবিই জোরালো।"

কবরেজমশাই বললেন, "রক্ষে করো বাপু, আমার মন্ত্রী হওয়ার কোনও ইচ্ছে নেই।"

"আজ্ঞে, আপনি অনেকটা আমারই মতো। কোনও কিছুতেই লোভ নেই। তবে পরের যদি ভাল হয়, দেশের যদি উপকার হয়, তা হলে না হয় অনিচ্ছের সঙ্গেই হলেন। যেমন আমি। পাঁচজনে ধরে না পড়লে আমিই কি রাজা হতে চেয়েছিলুম! যাক গে, একটু ভেবে দেখবেন প্রস্তাবটা।"

"তোমার সঙ্গে কথা বললেও পাপ হয়, এখন বিদেয় হও।"

"যে আজ্ঞে। আপনার সঙ্গে দাঁড়িয়ে দু'দণ্ড কথা বললেও বিস্তর জ্ঞান হয় মশাই। পেন্নাম হই।"

বেঁটে ছায়ামূর্তিটা জানালা থেকে মিলিয়ে যেতেই কবরেজমশাই জানালা বন্ধ করে নিজের চেয়ারখানায় এসে চুপচাপ বসে রইলেন। বুকটা বড় ধুকপুক করছে। সকালবেলায় দৃশ্যটা কি ভুল দেখলেন? শশীখুড়ো যে ঘাড় তুলে মুখ ফিরিয়ে চেয়েছিলেন, সেটা কি একান্তই মনগড়া? মনগড়া হলেও তাঁর কেমন যেন গা-ছমছম করছে। ভয় হচ্ছে। হাতখানা বেহাত হয়ে গেল, সেটাও একটা মস্ত বিশ্বাসঘাতকতা হল। বুড়ো বয়সে এসে এ কী চক্করে পড়ে গেলেন তিনি?

ডাইনি-পুকুরের ধারে অন্ধকারে একটা ঝোপের আড়ালে ঝিকু অপেক্ষা করছিল।

দিনুকে দেখে বেরিয়ে এসে সঙ্গ ধরে বলল, "পেলে জিনিসটা?"

"দেখ ঝিকু, সব ব্যাপারে নাক গলানোটা আমি পছন্দ করি না। তুই আমার কোটাল, কোটাল থাকবে কোটালের মতো। রাজা-গজার সঙ্গে সমানে-সমানে অত মাখামাখি কিসের! ইয়ার-বন্ধু নাকি?"

ঝিকু একটু ঘাবড়ে গিয়ে বলল, "রাগ করো কেন দাদা? যখন রাজা হবে, তখন তো দোবেলা সেলাম ঠুকতেই হবে। এখনও তো হওনি, তাই ক'দিন একটু মেলামেশা করে নিচ্ছি।"

"ট্রেনিং থাকা ভাল। নইলে বেয়াদবি অভ্যেস হয়ে গেলে তখনও হয়তো ফাজলামি করে বসবি।"

জিভ কেটে ঝিকু বলল, "না, না। সেটা খুব খেয়াল থাকবে।"

দু'জনে নীরবে হাঁটল কিছুক্ষণ, তারপর ঝিকু হঠাৎ বলল, "যদি অপরাধ না নাও, তা হলে একটা কথা বলি।"

"কী কথা?"

"বলছিলাম কী, তুমি দরটা বড্ড কম নিলে। অত সস্তায় বাচ্চাটাকে বিক্রি করা তোমার ঠিক হয়নি। মাত্র দু'শো টাকা অমন ফুটফুটে ছেলের দাম হয়? হেসেখেলে দু'হাজার তো হবেই।"

গম্ভীর হয়ে দিনু বলল, "এইজন্যই তো আমি রাজা, আর তুই কোটাল। সংস্কৃতে একটা কথা আছে জানিস? বিপদে পড়লে পণ্ডিতেরা অর্ধেক ত্যাগ করে। একটা ফুটফুটে বাচ্চা নিয়ে এখন যদি আমি দোরে-দোরে ঘুরে দর বাড়ানোর চেষ্টা করি, তা হলে লোকের সন্দেহ হবে না? আমার তখন ঘাড় থেকে জিনিসটা নামানোর দরকার ছিল, তাই বেদেদের কাছে বেচে দিলাম। তারা গতকালই এ তল্লাট ছেড়ে চলে গেছে।"

কুঞ্জপুকুর থেকে মাইলটাক দূরে জঙ্গলের মধ্যে একটা পোড়ো বাড়ি। ধ্বংসস্তূপই বলা যায়। সাপ-খোপের আস্তানা। ওই ধ্বংসস্তূপের মধ্যেই দু'খানা ঘর আজও পড়ো-পড়ো হয়ে কোনওক্রমে টিকে আছে। এখানেই দিনুর আস্তানা। কাছাকাছি লোকবসতি নেই।

ঝিকু বলল, "দেখো দিনুদাদা, তোমার নজরটা কিন্তু তেমন উঁচু নয়। তুমি বলছ, রাজা হলে এই পোড়ো বাড়িটাকেই রাজবাড়ি করবে, এটা আমার মোটেই ভাল ঠেকছে না।"

"তুই বোকা। এই বাড়িটা এমন সুন্দর করে আবার তৈরি করব যে, দেখে লোকের তাক লেগে যাবে। কিন্তু আজ আর কথা নয়। তুই ঘুমোগে, আজ রাতে আমার জরুরি কাজ আছে।"

ঝিকু পাশের ঘরে ঘুমোতে গেল। কিছুক্ষণ পর যখন তার নাক ডাকতে শুরু করল, তখন দিনু হাতখানা চাদরের তলা থেকে বের করে মোমবাতির আলোয় ঘুরিয়ে-ফিরিয়ে দেখল ভাল করে। এটা আসল হাতটাই বটে! সন্দেহের কোনও কারণ নেই।

দিনু শতরঞ্চির ওপর বসে হাতটা মুঠো করে ঘরে ধ্যানস্থ হল, আন উনো এফেন... আন উনো এফেম... আন উনো এফেনড্রাম... না, হচ্ছে না। আন উনো এটেনখাম... নাঃ, ওটাও নয়...

ধৈর্যশীল দিনু সারারাত ধরে চেষ্টা করতে লাগল। শশীবুড়ো অনেকটা এরকমই কী যে বলত, আন উনো... আন উনো এফ এন ডো... আন উনো...

প্রায় ভোরের দিকে দিনু ঢুলতে ঢুলতে হঠাৎ চমকে উঠল। কী হল? হাতটা কি একটু নড়ে উঠল নাকি? না কি মনের ভুল? ঘুম ছুটে গেল দিনুর। হাতটা চেপে ধরে সে মনে করার চেষ্টা করতে লাগল। আন উনো এফ এন ডার... আর উনো এফ এন ড্রো...

দিনুকে প্রায় চমকে দিয়ে হঠাৎ তার হাতের মধ্যে হাতটা নেতানো ভাব থেকে চড়াক করে লাফিয়ে উঠল। পাঁচটা আঙুল টান-টান হয়ে উঠল প্রথমে। তারপর আঙুলগুলো বারবার মুঠো হয়ে খুলে যেতে লাগল। জেগেছে! হাতটা জেগেছে!

দিনু প্রথমটায় হোঃ হোঃ করে খানিকটা হেসে নিল। সারা জীবনের যত স্বাদ-আহ্লাদ সব এবার পূর্ণ হওয়ার মুখে। আর চিন্তা নেই। এখন সে সত্যিই রাজা।

হাতটা শূন্যে উঠে গেল। তারপর ছটফট করতে লাগল। দিনু হাতটার দিকে চেয়ে বলল, "এবার তোর আসল খেল শুরু। শশীকর্তা তোকে কাজেই লাগাতে পারেনি। আহাম্মকের হাতে পড়ে তোর বড্ড হেনস্থাই হচ্ছিল রে! এবার আসল লোকের হাতে এসে পড়েছিস। যা বাবা, প্রথমে একটু হালকা কাজ দিয়েই শুরু কর। হাটগঞ্জের মতি ময়রার দোকানে খুব ভোরবেলা জিলিপি ভাজে, আর হিংয়ের কচুরি। এক চ্যাঙারি জিলিপি আর এক চ্যাঙাড়ি কচুরি নিয়ে আয় তো।"

হাতটা শোঁ করে বেরিয়ে গেল। তারপর পাঁচ মিনিট যেতে-না-যেতেই পাঁচ আঙুলের ফাঁসে দুটো চ্যাঙাড়ি ঝুলিয়ে ফিরে এল।

"ও ঝিকু, ওঠ, ওঠ। দেখ এসে কাণ্ড! মার দিয়া কেল্লা।"

হাতটা শূন্যে ভাসছিল। দিনু সেটিকে ধরে কম্বলের নীচে চাপা দিয়ে রেখে বলল, "একটু জিরিয়ে নাও বাবা। এরপর মেলা মেহনত আছে।"

ঝিকু ঘুম থেকে উঠে জিলিপি আর কচুরির আয়োজন দেখে অবাক! "এ কী কাণ্ড গো দিনুদাদা?"

"কেল্লা মেরে দিয়েছি। কোটালের চাকরি তোর পাকা। এখন আয়, জিলিপি আর কচুরি খা।"

ঝিকুর চোখ চকচক করতে লাগল। বলল, "সত্যি? তা বেতনটা কত দেবে বলো তো?"

"আহা, আগেই বেতনের কথা তুলিস কেন? আগে কাজকর্ম দেখি, তারপর ঠিক হবে। ধর গে, মাসে দু'-তিন হাজার তো হবেই।'

"বটে!"

"তার ওপর উপরি আছে। সেও কম নয়। তার ওপর কোটালের কত বড় সম্মান।"

"কিন্তু কোটাল কাকে বলে তাই তো এখনও জানা হল না!"

"জানা আর শক্ত কী? দু'দিন রোস, তারপর সভাপণ্ডিতের কাছে জেনে নিবি।"

"সভাপণ্ডিত! সে আবার কে?"

"রাজাদের ওসব থাকে। তারা তো লেখাপড়া করে না, তাদের হয়ে ওই পণ্ডিতেরা লেখাপড়া করে। রাজার যখন যা জানার, তা ওদের কাছ থেকে জেনে নেয়।"

"এ তো খুব ভাল ব্যবস্থা গো দিনুদাদা।"

দিনের বেলা হাতটাকে বেশি ব্যবহার করাটা যুক্তিযুক্ত মনে হল না দিনুর। পাঁচজনের চোখে পড়ুক এটা সে চায় না। সারাটা দিন সে তাই চুপচাপ রইল। সন্ধের পর ঝিকুকে একটা কাজের ছুতোয় বাইরে পাঠিয়ে সে হাতটাকে বের করে বলল, "শোনো বাপু, আপাতত শক্ত কাজ দিচ্ছি না। আজ বউনির দিন। আমার কাছে খবর আছে, সুলতানগঞ্জের জমিদার নব মল্লিকের পাতালঘরে এক কলসি মোহর আছে। চট করে গিয়ে কলসিটা নিয়ে এসো তো।"

হাতটা চলে গেল। আধঘণ্টা পরে কলসি নিয়ে ফিরে এল। আহ্লাদে দিনুর চোখে জল এসে গেল। মোহরগুলো ঢেলে গুনে দেখল সে। প্রায় দু'হাজার মোহর। বিরাট ব্যাপার। তবু এও কিছু নয়। এ তো সবে নেমন্তন্ন বাড়িতে পাতে নুন পড়ার মতো। আসল ভোজ এখনও বিস্তর বাকি।

ঝিকু ফিরে এসে মোহর দেখে মূর্ছা যায় আর কী! তোতলাতে-তোতলাতে বলল, "এই ভাঙা বাড়িতে মোহর? ডাকাত পড়বে যে!"

দিনু বিজ্ঞের হাসি হেসে বলল, "আসুক ডাকাত, আসুক চোর, চিন্তার কিছুই নাই রে মোর। ভয় পাসনে।"

ঝিকুকে ভয় পেতে নিষেধ করলেও দিনুর মন থেকে একটা ভয়ের ভাব যাচ্ছে না। শশীকর্তা এখনও বেঁচে আছেন। শশীকর্তার বেঁচে থাকাটাই দুশ্চিন্তার কারণ। পথের

কাঁটা। শশীকর্তা যদি তেড়ে-ফুঁড়ে ওঠেন তা হলে কোন কলকাঠি নেড়ে ফের হাতটাকে বশ করে ফেলবেন, তার ঠিক কী?

খুনখারাপি দিনু করতে চায় না বটে, কিন্তু পথ নিষ্কণ্টক করতে গেলে দু'-চারটে লাশ ফেলতেই হয়। উপায় কী? অনেক ভেবেচিন্তে সে মধ্যরাতে সিদ্ধান্তটা নিয়েই ফেলল। হাতটাকে বলল, "বাপু হে, একটু সহজ কাজই দিচ্ছি। আজ রাতেই শশী গাঙ্গুলিকে খুন করে আসতে হবে। কাজ শক্ত নয়, কারণ তাঁর প্রাণটি গলার কাছে এসে আটকে আছে। কষ্টও পাচ্ছেন। তা, তুমি বাপু ওই গলাটিই বেশ শক্ত করে চেপে ধরবে। প্রাণটি বেরিয়ে গেলে তবে ছাড়বে। আর শোনো, শশীকর্তার গলায় কালো সুতোয় বাঁধা একটা ধুকধুকি আছে, হাতে আছে বগলামুখী কবচ। তাকে যে খুন করতে পেরেছ তার প্রমাণ হিসেবে ও দুটো নিয়ে এসো।"

হাত চলে গেল। ঘণ্টাখানেক পরে কবচ আর ধুকধুকি নিয়ে ফিরে এল।

দিনুর মনটা একটু খারাপ হল। একসময়ে শশীকর্তার নুন খেয়েছে। তবে ব্যাপারটা গায়ে মাখল না। এরকম আরও কত জনাকে নিকেশ করতে হবে, কে জানে! রাজা হওয়ার পথে বাগড়া দেওয়ার লোকের কী অভাব?

সকালেই দিনু বাড়িটা মেরামত করার জন্য মিস্তিরি লাগিয়ে দিল। কার বাড়ি, কী বৃত্তান্ত কিছুই জানা নেই। বাড়ি তৈরি হলেই হয়তো ওয়ারিশন এসে হাজির হয়ে বাড়ি দাবি করে বসবে। তবে চিন্তা নেই, দাবি করলে তারও ব্যবস্থা হয়ে যাবে। হাত যখন হাতে আছে, তখন চিন্তা কী?

ঝিকু সকালে কোথায় বেরিয়েছিল, ফিরে এসে খুব উত্তেজিত হয়ে বলল, "ও দিনুদাদা, কুঞ্জপুকুরে খুব কান্নাকাটি পড়ে গেছে। ভোররাতে শশীকর্তা মারা গেছেন।"

"বলিস কী?"

"মা কালীর দিব্যি। গাঁ সুদ্ধু লোক কাঁদছে আর বলছে, এবার গাঁয়ের বাস তুলে দিতে হবে।"

দিনু একটু হেসে বলল, "না, না, কারও ভয় নেই। যদি দিনু রাজাকে ঠিকমতো খাজনা দেয় এবং মেনে চলে, তা হলে কারও কোনও ভয় নেই। ভীম দাস, গৌরহরি, জটেশ্বর সবাইকে আমি টিট করে দেব।"

"বটে!"

"তবে আর বলছি কী? যা, গিয়ে কুঞ্জপুকুরে কথাটা প্রচার করে আয়।"

ঝিকু রওনা হয়ে পড়ছিল। দিনু ডেকে বলল, "ওরে, ওরকম ছেঁড়াখোঁড়া পোশাকে গেলে তোর কথার দামই কেউ দেবে না। দাঁড়া, ভাল পোশাক পরে যা। আর কী বলছি; তাও শিখে যা।"

"ভাল পোশাক পাব কোথায়?"

ভাল পোশাকের অবশ্য অভাব হল না। দিনুর ফরমাশে হাত গিয়ে কোথা থেকে ঝলমলে পোশাক নিয়ে এল। একটা ঘোড়াও জোগাড় হয়ে গেল। মায় কোমরে একটা তলোয়ার অবধি।

ঝিকু গিয়ে যখন কুঞ্জপুকুরে ঘোড়া দাবড়িয়ে ঢুকল, তখন লোকে অবাক, জরির পোশাক পরা ঘোড়সওয়ার তারা কখনও দেখেনি।

ঝিকু ঘোড়ায় বসেই চিৎকার করে ঘোষণা করল, "আমি দিনুরাজার কোটাল ঝিকু। আপনারা মন দিয়ে শুনুন! এখন থেকে যাঁরা দিনুরাজাকে নিয়মিত খাজনা দেবেন, তাঁদের কোনও ক্ষতি হবে না। দিনুরাজা তাঁদের রক্ষা করবেন। কুঞ্জপুকুর এবং আশপাশের দশখানা গাঁ নিয়ে আপাতত দিনুরাজা তাঁর রাজ্য প্রতিষ্ঠা করেছেন। রাজ্যের পরিধি আরও বাড়বে। রামরাজ্য প্রতিষ্ঠা হয়ে যাবে। কিন্তু বেয়াদবি করলে বিপদ হবে, আগেই বলে দিচ্ছি।"

লোকে এই ঘোষণা শুনে থ' হয়ে গেল।

শুধু অবাক হলেন না কবরেজমশাই। তিনি একটা দীর্ঘশ্বাস ছাড়লেন। দিনু বিশ্বেস যে হাতটাকে কাজে লাগিয়ে ফেলেছে, তাতে আর সন্দেহ নেই। এর জন্য তিনিও পাপের ভাগী।

ঝিকু ঘোষণা করল, "কুঞ্জপুকুরের উত্তর দিকে এক মাইল দূরে দিনুরাজার প্রাসাদ তৈরি হচ্ছে। রাজামশাই এখন সেখানেই তাঁবুতে অবস্থান করছেন। যাঁরা দেখা করতে যাবেন, পাঁচ টাকা নজরানা নিয়ে যাবেন। আর কয়েকদিন বাদেই তাঁর দরবারও শুরু হবে। মামলা-মকদ্দমার বিচার এখন থেকে তিনিই করবেন।"

কবরেজমশাই সকালেই খবর পেলেন, শশীবাবু মারা গেছেন। প্রায় ছুটতে ছুটতে গিয়ে যখন শশীবাবুর বাড়িতে হাজির হলেন, তখন ভিড় জমে গেছে বাইরে। কান্নাকাটি পড়ে গেছে। নন্দ কবিরাজের বুকের ভেতরটা হাহাকারে ভরে যাচ্ছিল। নিমিত্তের ভাগী কি তিনিই হলেন?

ভিড় ঠেলে ঘরে ঢুকে দেখেন, গাঁয়ের মাতব্বররা সব শোকাতুর মুখে দাঁড়িয়ে। শুভ্র শয্যায় শশীবাবু শয়ান। মুখটা একটু কাত হয়ে আছে। একজন মস্ত চেহারার রক্তাম্বর পরা, জটাজূটধারী তান্ত্রিক মাথার কাছে বসা। তাঁর পায়ের কাছে পড়ে কাঁদছে ক্ষান্তমণি আর বলছে, "আমার বাবাকে বাঁচিয়ে দিন... বাঁচিয়ে দিন।"

তান্ত্রিক দুঃখের গলায় বললেন, "তাই কি হয় মা? প্রাণপাখি একবার উড়ে গেলে আর কি খাঁচায় ফেরে? তবে বড্ড অকালেই চলে গেল শশী। এইটুকু দেখেছিলুম। কতই-বা বয়স তখন, সাত-টাত হবে। ওর উপনয়নে আমিই তো ছিলাম আচার্যগুরু। সাবিত্রীমন্ত্রে দীক্ষা দিয়েছিলাম। এই একশো নব্বই বছর বয়সে আমি তো দিব্যি হেঁটে চলে বেড়াচ্ছি, পাহাড়ে উঠছি, কাঠ কাটছি, দিনে দশ-বারো ক্রোশ হাঁটছি। আর দ্যাখো, কচি বয়সেই শশীটা চলে গেল। তাও স্বাভাবিক মৃত্যু হলে দুঃখের তেমন কিছু ছিল না, কিন্তু মরলও তো অপঘাতে কিনা, গতি কী হবে কে জানে?"

নন্দ কবিরাজ অবাক হয়ে বললেন, "অপঘাতে?"

এবার তান্ত্রিক তাঁর দিকে চেয়ে বললেন, "তুমি কে গো খোকাটি?"

ক্ষান্তমণি বলল, "উনি কবরেজমশাই। বাবার চিকিৎসা উনিই করছিলেন।"

"বাঃ বাঃ। তা এসো, দেখে যাও শশীকে। তোমার চিকিৎসা তো কাজে লাগল না বাবা, শশীকে আজ ভোররাতে কে যেন গলা টিপে মেরে রেখে গেছে। গলায় আঙুলের দাগ একেবারে স্পষ্ট।"

নন্দ কবিরাজ ঠকঠক করে কাঁপছিলেন। গ্লানিতে তাঁর ভেতরটা ভরে যাচ্ছে। কোনওক্রমে গিয়ে শশীবাবুর নাড়িটা দেখলেন। নেই। নাকের কাছে হাত দিয়ে দেখলেন। শ্বাস চলছে না। গলাটা একটু ঝুঁকে দেখলেন। কাঁপুনি আরও বেড়ে গেল। গলায় মোটা-মোটা আঙুলের স্পষ্ট দাগ। ও হাত যে কোন হাত, তা তাঁর চেয়ে ভাল আর কে জানে!

তান্ত্রিক বললেন, "তোমরা আর মরা মানুষের ঘরে ভিড় কোরো না। শশীর অপঘাতে মৃত্যু হওয়ায় আমি ওর মৃতদেহ কিছু সংস্কার করব, যাতে ওর আত্মার সদ্‌গতি হয়। অন্তিম সংস্কারও আমিই করব। আমার চারজন চেলা বাইরে অপেক্ষা করছে, তারাই আজ রাতে শ্মশানে নিয়ে যাবে।"

নন্দ কবিরাজ কাঁপতে কাঁপতে এবং কাঁদতে কাঁদতে বাড়ি ফিরে এলেন। দুঃখের মধ্যে একটাই আশার আলো। এবার হয়তো বদমাশ দিনু বিশ্বাস তাঁর নাতি বাবলুকে ফেরত দেবে।

সকালবেলায় যখন একজন ঘোড়সওয়ার এসে গাঁয়ে দিনুর রাজা হওয়ার কথা ঘোষণা করতে লাগল, তখন কবরেজমশাই বুঝতে পারলেন, হাতটাকে দিনু সত্যিই কাজে লাগিয়ে ফেলতে পেরেছে। এর পরিণাম যে কী ভয়াবহ, তা ভেবে শিউরে উঠলেন তিনি। নিজের অবিমৃশ্যকারিতাকে ধিক্কার জানাতে লাগলেন বারবার।

লোকটা যখন কুঞ্জপুকুরে চক্কর দিয়ে ফিরে যাচ্ছিল, তখন বাঁশবনের কাছে তাকে

ধরলেন নন্দ কবিরাজ। পথ আটকে দাঁড়িয়ে বললেন, "ওহে বাপু, তোমার সঙ্গে জরুরি কথা আছে।"

ঝিকু ঘোড়া থামিয়ে বলল, "বলুন কবরেজমশাই।"

"দিনু আমার নাতিকে চুরি করেছিল। দুটো শর্তে ফেরত দেওয়ার কথা। শর্ত দুটোই পুরণ হয়েছে। কিন্তু আমার নাতি কই?"

ঝিকু ঘোড়া থেকে নেমে পড়ল। তারপর কাছে এসে চাপা গলায় বলল, "এরকম আহাম্মক লোক আর দেখিনি, বুঝলেন। একেবারে আকাট।"

"কে? কার কথা বলছ?"

ঝিকু গলা আরও এক পর্দা নামিয়ে বলল, "দিনুদাদার কথাই বলছি। রাজা-গজা মানুষ, প্রকাশ্যে তাঁর নিন্দে করলে গর্দান যাওয়ার ভয় আছে। তবু না বলেও পারছি না। অমন ফুটফুটে নাতি আপনার। ওর দাম কি মোটে দু'শো টাকা?"

নন্দ কবিরাজ হাঁ হয়ে গিয়ে বললেন, "কী বলছ বাপু?"

"সেই কথাই তো বলছি। ওরকম ছেলের এ বাজারে হেসে-খেলে দু' থেকে পাঁচ হাজার টাকা অবধি দর উঠবে। আর দিনুদাদা মাত্র দু'শো টাকায় বেদেদের কাছে বাচ্চাটাকে বিক্রি করে দিল!"

নন্দ কবিরাজ কাঁপতে কাঁপতে বললেন, "বেদেদের কাছে বিক্রি করে দিয়েছে? বেদেদের কাছে..."

"বলে কিনা, উটকো ঝামেলা ঘাড়ে রাখতে চাই না, তাই সস্তায় বেচে দিলাম। সে না হয় হল। কিন্তু দরটা অমন কম করে বলার মানে হয়? আপনিই বিবেচনা করে দেখুন না, আপনারই তো নাতি, হেসে-খেলে দু'টি হাজার টাকা আদায় হত না? এই বুদ্ধি নিয়ে উনি চালাবেন রাজত্ব! তবেই হয়েছে।"

কিন্তু নন্দ কবিরাজের কানে ঝিকুর আর কোনও কথাই ঢুকল না। তিনি মূর্ছিত হয়ে মাটিতে লুটিয়ে পড়লেন।

ঝিকু মাথা নেড়ে বলল, "দুঃখ হওয়ারই কথা। অমন নাতি এত সস্তায় বিক্রি হয়ে গেছে শুনলে কোন দাদুর না দুঃখ হয়?"

এই বলে ঝিকু ঘোড়ায় চেপে চলে গেল।

মূর্ছা ভেঙে নন্দ কবিরাজ উঠলেন আরও আধঘণ্টা পরে। শরীরটা কাঁপছে। মন ভারাক্রান্ত। বুকও ভার হয়ে গেছে। ভাবলেন, বাড়ি ফিরে গিয়ে বিষ খাবেন আজ। তারপর ভাবলেন, নিজের কর্মদোষে যখন এত ঝামেলা পাকিয়ে তুলেছি, তখন মরার আগে এই জট না ছাড়িয়ে মরছি না।

দুর্বল শরীরটা টেনে তুললেন নন্দ কবিরাজ। তারপর বাড়ি ফিরে একটা বলকারক

পাঁচন তৈরি করে খেয়ে নিলেন। পাঁচনের গুণেই হোক, বা তীব্র অনুতাপের দরুনই হোক তাঁর শরীর আর মনের দুর্বলতা কেটে যাচ্ছিল ধীরে ধীরে। চোখ দুটো জ্বালা করছিল।

হুট করে আর কিছু করে বসবেন না বলে ঠিক করলেন তিনি। ঠান্ডা মাথায় ভাবতে হবে। ভেবে তবেই সিদ্ধান্ত নিতে হবে।

দিনকয়েক যেতে-না-যেতেই খবর পাওয়া গেল, রাজ্যের গুন্ডা-বদমাশ, চোর-ডাকাত সব গিয়ে দিনুরাজার আস্তানায় জুটেছে। মোটা নজরানা দিয়ে তারা বশ্যতাও স্বীকার করে নিয়েছে। গাঁয়ের মেলা লোকও রোজ নজরানা নিয়ে দিনুরাজাকে সেলাম ঠুকে আসছে। তাদের নামধাম সব টুকে নেওয়া হয়েছে একটা জাবদা খাতায়। যাদের নাম উঠছে, দিনুরাজা তাদের নিরাপত্তার আশ্বাস দিয়েছে। রাজবাড়িও প্রায় শেষ হয়ে এল। হাতের কেরামতিতে ধাঁ-ধাঁ করে বাড়ি উঠে গেছে। গম্বুজ বসালেই হয়। হস্তশিল্পী গৌরহরিকে মন্ত্রী করা হয়েছে। ভীম দাস হয়েছে সেনাপতি। জটেশ্বরকে দেওয়া হয়েছে প্রজাদের কাছ থেকে খাজনা আদায়ের ভার।

একদিন সকালে হন্তদন্ত হয়ে এসে সদাশিব দারোগা কবিরাজমশাইকে জিজ্ঞেস করল, "নন্দবাবু, 'দৌবারিক' কথাটার মানে কী বলুন তো?"

"দৌবারিক কথাটার মানে? কেন বলুন তো?"

"আজ্ঞে, বড্ড ঠেকায় পড়ে গেছি। দিনুরাজা আমাকে তাঁর প্রধান দৌবারিক করতে চেয়ে একটা প্রস্তাব পাঠিয়েছেন। আমিও রাজি হয়ে গেছি। কিন্তু মুশকিল হল, দৌবারিক কাকে বলে সেটাই জানি না।"

"আপনি কি দিনুর জাবদা খাতায় নাম লিখিয়ে এসেছেন নাকি?"

সদাশিব কাঁচুমাচু মুখ করে বললেন, "কী করব কবরেজমশাই! বদলির দরখাস্ত করেছিলাম, তা সরকারবাহাদুর আমার দরখাস্ত না-মঞ্জুর করে দিয়েছেন। এ তল্লাটে যদি থাকতেই হয়, তা হলে দিনুরাজার কাছে মাথা না মুড়িয়ে থাকব, আমার ঘাড়ে ক'টা মাথা? জানেন তো, দিনুরাজা যে জায়গায় রাজবাড়ি করেছেন, তার দু'জন দাবিদার এসে হাজির হয়েছিল। দিনুরাজার পাইক-বরকন্দাজরা তাদের গর্দান নিয়ে মাটিতে পুঁতে ফেলতে গিয়েছিল। তারা তখন চিঁ-চিঁ করতে করতে গোটা জমিটা দিনুরাজার নামে দানপত্র লিখে সই করে দিয়ে গেছে। নয়াগঞ্জের কুস্তিগির বীরবাহাদুর নজরানা না নিয়ে দিনুরাজার সামনে গিয়েছিল বলে তাকে কান ধরে পাবলিকের সামনে ওঠাবসা করানো হয়েছে। শুনতে পাচ্ছি, শশীবাবুর হাতটা নাকি এখন দিনুরাজার হাতে। তার জোরেই এতসব হচ্ছে। তা, নাম না লিখিয়ে কী করি বলুন!"

কবরেজমশাই একটা দীর্ঘশ্বাস ফেলে বললেন, "তা হলে দৌবারিক কথাটার মানে না জানাই আপনার পক্ষে ভাল। গাঁয়ের লোকও বেশিরভাগ মানেটা জানে না। চাকরিটা বরং নিয়েই ফেলুন।"

"মানেটা কি খুব খারাপ কবরেজমশাই?"

"মাইনেটা যদি ভাল হয়, তা হলে মানেটা খারাপ হলেই বা কী যায়-আসে?"

সদাশিব একগাল হেসে বললেন, "আজ্ঞে, মাইনেটা খুবই ভাল। আপাতত দু'হাজার টাকা। উপরি আছে। ক্ষমতাও মেলা।"

"তা হলে আর কী! লেগে যান কাজে।"

"আপনার কথাবার্তা শুনে মনে হচ্ছে একটু যেন রেগে আছেন। তা আমি বলি কী কবরেজমশাই, রাগ-টাগ করে লাভ নেই। অবস্থা বুঝেই তো ব্যবস্থা করতে হয়। শশীবাবুর হাতটা কীভাবে দিনুরাজার হাতে চলে গেল, তা আমরা জানি না। কিন্তু যখন গেছে, তখন হাকিম সাহেবের হুকুম না মেনে কি উপায় আছে? বলুন আপনি?"

কবরেজমশাই একটা দীর্ঘশ্বাস ফেলে বললেন, "শশীবাবুর হাত আজ খারাপ একটা লোকের হাতে গেছে বলেই কি আমাদেরও খারাপ হতে হবে সদাশিববাবু?"

সদাশিব একটু বিমর্ষ হয়ে বললেন, "শুধু আমাকেই কেন দুষছেন কবরেজমশাই? আপনি কি জানেন, স্কুলের হেডস্যার হয়েছেন দিনুরাজার শিক্ষামন্ত্রী, হেডপণ্ডিতমশাই গতকালই দিনুরাজার সভাপণ্ডিতের চাকরিতে জয়েন করেছেন, বিজ্ঞানের মাস্টার রতন বোস হয়েছেন সভা-প্রযুক্তিবিদ। দিনুরাজা একটা উড়ন্ত চেয়ারে বসে মাঝে-মাঝে গগনপথ থেকে তাঁর রাজ্যের এরিয়েল সার্ভে করবেন। রতন বোস তাঁর চেয়ারে সিটবেল্টের ব্যবস্থা করছেন। দশটা গাঁয়ের আরও কত মানুষ চাকরির আশায় দিনুরাজার দরবারে ঘুরঘুর করছে, তার হিসেব নেই।"

কবরেজমশাই একটু গম্ভীর হয়ে বললেন, "বটে!"

"শুনছি, আপনাকে রাজবৈদ্য করার প্রস্তাব নিয়ে লোক এল বলে!"

কবরেজমশাইয়ের মুখটা রক্তাভ হয়ে গেল রাগে। দাঁতে দাঁত পিষে বললেন, "পাষণ্ডটা আর কী করতে চায়?"

সদাশিব একটু হেসে বললেন, "দিনুরাজা মনে করেন, চুরি-ডাকাতি ইত্যাদি আন-অর্গানাইজড ক্রাইম। ওতে সমাজে বিশৃঙ্খলাই বাড়ে। তাই তিনি একটা সংগঠিত দল তৈরি করছেন। যারা নিয়মিত নজরানা এবং খাজনা দেবে, তাদের কেশাগ্রও স্পর্শ করা হবে না। কিন্তু যারা তা দেবে না, তাদের ঘটিবাটি চাঁটি করার সংগঠিত ব্যবস্থা হবে। যারা তবু বশ মানবে না, তাদের রাজদরবারে নিয়ে গিয়ে বিচার করা হবে। জেল, জরিমানা, বেত্রাঘাত, শূল সব ব্যবস্থাই হচ্ছে।"

কবরেজমশাই এবার আরও একটু গম্ভীর হয়ে বললেন, "কথাটা এতক্ষণ বলতে একটু বাধো-বাধো ঠেকছিল। কিন্তু মনে হচ্ছে, বলে দেওয়াই ভাল। শুনতে যখন চাইছেন তখন বলি, 'দৌবারিক' কথাটার মানে হল দরোয়ান।"

"দরোয়ান?" বলে সদাশিব হাঁ হয়ে রইলেন।

কবরেজমশাই উঠে গিয়ে বাংলা অভিধানটা নিয়ে এসে খুলে দেখিয়ে বললেন, "আমার কথা যদি বিশ্বাস না হয় তো এই দেখুন। এখন ভেবে দেখুন, দারোগা থেকে দরোয়ান হতে আপনার কেমন লাগবে?"

সদাশিব অবিশ্বাসের দৃষ্টিতে অভিধানের দিকে কিছুক্ষণ চেয়ে থেকে হঠাৎ লাফিয়ে উঠে রাগে কাঁপতে কাঁপতে বললেন, "কী! আমাকে এত বড় অপমান! এখনই আমি ব্যাটাকে ধরে থানায় এনে লক-আপে পুরে দিচ্ছি।"

কবরেজমশাই অনুত্তেজিত গলায় বললেন, "মাথা গরম করবেন না। তাতে কাজ পণ্ড হবে। ঠান্ডা হয়ে বসুন।"

সদাশিব ক্রুদ্ধ গলায় বললেন, "এরপরও ঠান্ডা হতে বলছেন? কী স্পর্ধা দেখছেন লোকটার?"

"দেখছি। তবু মাথা গরম করবেন না। মনে রাখবেন, লোকটার হাতে শশীবাবুর হাত আছে। আমাদের সাধ্য নেই তার সঙ্গে মুখোমুখি লড়াই করার। কিন্তু কৌশলে সবই হয়।"

"আমাকে কী করতে বলেন আপনি?"

কবরেজমশাই গম্ভীর হয়ে বললেন, "গায়ের জোর বাড়াতে বলি। আজ থেকেই খাওয়া-দাওয়া ছাঁটকাট করতে হবে। রোজ ব্যায়াম করতে শুরু করুন। যখন প্রথম এ তল্লাটে এসেছিলেন, তখন আপনার বেশ মুগুরভাঁজা চেহারা ছিল। মুগুর আবার ধরুন। আর যারা এখনও দিনুর দলে নাম লেখায়নি তাদের সঙ্গে গোপনে যোগাযোগ করতে থাকুন। আমাদেরও জোট বাঁধার সময় এসেছে।"

"যে আজ্ঞে!"

"চণ্ডীমণ্ডপে কালই আমরা মিটিং করব। একটু বেশি রাতের দিকে। বুঝলেন?"

সদাশিব এখনও রাগে গরগর করছেন। বললেন, "যে আজ্ঞে।"

রাগে ফুঁসতে ফুঁসতে সদাশিব বিদায় নিলেন।

পরদিন সকালবেলায় দশ গাঁয়ের লোক অবাক হয়ে দেখল শূন্যপথে খুব ধীরে ধীরে একটা সিংহাসনের মতো জিনিস ভেসে যাচ্ছে। তাতে বসে আছে দিনুরাজা। পরনে জরির পোশাক, মাথায় ঝলমলে মুকুট, হাতে একটা রাজদণ্ড আর মুখে একটু হাসি। ওপর থেকে সে মাঝে মাঝে বরাভয়ের ভঙ্গিতে হাত তুলছিল।

এই দৃশ্য দেখে অনেকেই সোল্লাসে জয়ধ্বনি দিল, "জয় দিনু মহারাজের জয়!" আবার অনেকে মুখ কালো করে আড়ালে সরে পড়ল।

দিনুরাজার উড়ন্ত সিংহাসন প্রথমেই এসে নামল কুঞ্জপুকুরের চণ্ডীমণ্ডপের সামনে। মুহূর্তের মধ্যে চারদিক ভিড়ে ভিড়াক্কার হয়ে গেল। সবাই দেখতে পেল সিংহাসনটা ধরে রয়েছে শশীদাদুর সেই বিখ্যাত হাত।

দিনুরাজা সবাইকে হাতজোড় করে নমস্কার করে মিঠে মোলায়েম গলায় বলল, "ভাইসব, আপনারা আমার অভিনন্দন গ্রহণ করুন। আপনাদের পাঁচজনের আশীর্বাদ আর শুভেচ্ছায় চারদিকে আজ শান্তি ও শৃঙ্খলা বিরাজ করছে। চুরি, ছ্যাঁচড়ামি, ডাকাতি, রাহাজানি, গুন্ডামি সব বন্ধ। রামরাজ্য প্রতিষ্ঠা হতে আর দেরি নেই। এটা জনগণেরই জয়, আমি আপনাদের সামান্য সেবক হিসেবে আমার সামান্য সীমায়িত ক্ষমতায় যেটুকু করতে পেরেছি, তাও আপনাদেরই সহযোগিতায়। জনগণেরই বিশেষ অনুরোধে নিতান্তই অনিচ্ছায় আর ঠিক কুড়ি দিন বাদে মাঘী পূর্ণিমার দিন এই অধমকে জনগণ সিংহাসনে অভিষিক্ত করবেন বলে মনস্থ করেছেন। রাজার মুকুট মাথায় দেওয়া মানে আসলে কাঁটার মুকুট পরা। তবু আমি আপনাদের মুখ চেয়ে রাজি হয়েছি। ওইদিন আপনারা আপামর জনসাধারণ দয়া করে অভিষেক অনুষ্ঠানে যোগ দেবেন, এই প্রার্থনা। কুঞ্জপুকুরে নেমন্তন্ন করতে আমি নিজেই এসেছি, কারণ এই গ্রামের সঙ্গে আমার অনেক সুখ-দুঃখের স্মৃতি জড়িয়ে আছে।"

সবাই জয়ধ্বনি করল, হাততালিও পড়ল। হাসি-হাসি মুখে দিনুরাজা ফের সিংহাসনে বসল। সিংহাসন শূন্যে উঠে ভেসে চলে গেল!

একটা গাছের আড়ালে দাঁড়িয়ে সদাশিব দাঁতে দাঁত ঘষে বললেন, "দেখলেন কবরেমশাই?"

কবরেজমশাই বললেন, "দেখলাম। আঙুল ফুলে কলাগাছ!"

"ইচ্ছে করছিল পিস্তলটা তুলে গুলি চালিয়ে দিই।"

"তাতে লাভ হত না, পিস্তল তুলবার আগেই হাত এসে পিস্তল কেড়ে নিত। গুলি চালাতে পারলেও দিনুর গায়ে লাগত না, সে বেঁটে মানুষ, লোকজন ঘিরে ছিল তাকে। মাথা ঠান্ডা রাখুন সদাশিববাবু।"

"যে আজ্ঞে। আজ সকালে আমি মাইলটাক দৌড়েছি। খাওয়া অর্ধেক করে ফেলেছি, ডন-বৈঠক শুরু করে দিয়েছি।"

"খুব ভাল।"

"আর দিনু-বিরোধী লোকজনের সঙ্গে যোগাযোগও করে ফেলেছি। আজ রাত বারোটার পর চণ্ডীমণ্ডপে মিটিং। অন্ধকারেই মিটিং হবে।"

"বাঃ, আপনি তো আগের মতোই করিৎকর্মা হয়ে উঠেছেন!"

"যে আজ্ঞে।"

নিশুতরাতে প্রচণ্ড ঠান্ডা পড়ল। কুয়াশায় চারদিক আবছা। তার মধ্যেই গুটিগুটি বারো-চোদ্দোজন লোক এসে অন্ধকার চণ্ডীমণ্ডপে জড়ো হল। সকলেই কেমন মনমরা, হতাশ আর জবুথবু।

কবরেজমশাই উঠে দাঁড়িয়ে শান্ত গলায় বললেন, "আপনাদের মনের অবস্থা আমি জানি। আমরা সবাই আজ এক বিপদের মুখে দাঁড়িয়ে আছি। আগে আমার একটা অপরাধের কথা স্বীকার করে নিই।"

সবাই অন্ধকারেই মুখ চাওয়াচাওয়ি করল। কবরেজমশাই অকম্পিত কণ্ঠে তাঁর নাতির জন্য হাত চুরি করা এবং তা দিনুর হাতে তুলে দেওয়ার বৃত্তান্ত খোলসা করে বললেন। কিছুই লুকোলেন না, সবশেষে বললেন, "অপরাধ আমার। প্রায়শ্চিত্তও আমাকেই করতে হবে। দিনুর অভিষেকের দিনটাকেই আমার পছন্দ। আমার অনুরোধ, আপনারাও সকলে ওইদিন অভিষেকে উপস্থিত থাকবেন। যা হওয়ার ওইদিনই হবে।"

কে একজন মুখ ঢেকে বসে ছিল একটা থামের আড়ালে, সে হঠাৎ ফ্যাসফ্যাসে গলায় বলল, "আপনার নাতি কি ফেরত এসেছে?"

"না। তার আশা ছেড়ে দিয়েছি, দিনু তাকে দু'শো টাকায় বেদেদের কাছে বিক্রি করে দিয়েছে। সেই বেদের দল এ তল্লাট ছেড়ে কোথায় চলে গেছে, কেউ জানে না।"

সবাই চঞ্চল হয়ে উঠল। অনেকেই ক্রোধ এবং ক্ষোভ প্রকাশ করতে লাগল। কবরেজমশাই শান্ত কণ্ঠে বললেন, "আমারই পাপের শাস্তি। আপনারা উত্তেজিত হবেন না। তবে সকলেই প্রস্তুত থাকুন। যাঁরা এখনও দিনুর কাছে মাথা নোয়াননি, তাঁরা দয়া করে মাথা নোয়াবেন না। ভরসা রাখুন। ঠাকুর মঙ্গলময়।"

মিটিংয়ের পর কবরেজমশাই সদাশিবকে জিজ্ঞেস করলেন, "থামের আড়ালে মুখ ঢেকে একটা লোক বসে ছিল, আমাকে আমার নাতির কথা জিজ্ঞেস করল। কে বলুন তো?"

"আমিও ঠিক চিনতে পারলাম না। মিটিং শেষ হওয়ার আগেই সরে পড়ল।"

"দিনুর স্পাই নয় তো?"

সদাশিব দুশ্চিন্তায় পড়ে বললেন, "আশ্চর্যের কী? হতেই পারে।"

কবরেজমশাইয়ের কয়েকদিন নাওয়া-খাওয়া রইল না। নানারকম পাঁচন তৈরি করে দিনু-বিরোধীদের বাড়ি-বাড়ি পাঠাতে লাগলেন।

একদিন সকালবেলা ঝলমলে পোশাক-পরা ঝিকু ঘোড়ায় চেপে এসে হাজির হল।

"পেন্নাম হই কবরেজমশাই, দিনুমহারাজ পাঠালেন।"

কবরেজমশাই স্মিতহাস্যে বললেন, "কী খবর হে ঝিকু কোটাল?"

"আজ্ঞে, খবর সুবিধের নয়। যত রাজ্যের গুন্ডা-বদমাশ এসে রোজ ভিড় করছে। আমি তেমন পাত্তাই পাচ্ছি না। মহারাজের ফাই-ফরমাশ খেটে খেটে জান কয়লা হচ্ছে। এই কি কোটালের কাজ, কবরেজমশাই? ছ্যাঃ ছ্যাঃ।"

কবরেজমশাই আদর করে ঝিকুকে ঘরে এনে বসালেন। বললেন, "বোসো, বোসো, একটু জিরিয়ে নাও।"

তা ঝিকু বসল, মুখ দেখেই বোঝা যাচ্ছে, কোটালের কাজ ঝিকু বিশেষ পছন্দ করছে না। কপালের ঘাম মুছে বলল, "কোটাল মানে কি ভৃত্য নাকি কবরেজমশাই? ওসব শক্ত শক্ত কথা, মানেও জানি না!"

"না হে, কোটাল ভৃত্য হবে কেন? মস্ত সম্মানের কাজ। একদিক দিয়ে দেখতে গেলে রাজার সমানই, সে হল আইনের রক্ষক। মানুষের ধনপ্রাণ তো সেই রক্ষা করে। বীরকে বীর, সাহসীকে সাহসী।"

"ধুর মশাই, কোথায় কী? আমাকে তো বীরের কাজ কিছু দেওয়াই হয় না। কেবল এটা আন, ওটা দিয়ে আয়, অমুককে একটা খবর দে, একটা পান সেজে আন, এইসব।"

"তা হলে তো খুবই দুঃখের কথা!"

"খুবই দুঃখের। একটু আদর-যত্নও তো পাওয়া যায় না। পান থেকে চুন খসলেই দাবড়ায়।"

"তা হলে তো আফসোসের কথাই ঝিকু। এভাবে তো চলবে না।"

"চলছে না মশাই, একদম চলছে না। আগেই ভাল ছিলুম।"

"আগে কী করতে বাপু?"

"বাপের জমি আছে। চাষবাস করতুম। বেশ ছিলুম তখন। দিনুদাদা গিয়ে কানমন্ত্র দিয়ে নিয়ে এল। রাজা হল বটে, কিন্তু সে তো নিজের এলেমে নয়, শশীবাবুর হাতের দৌলতে, রাজা হয়েই একেবারে ধরাকে সরা দেখতে লেগেছে, এখন কাদের খাতির জানেন? ওই ভীম সর্দার, গৌরহরি, জটেশ্বর এরাই সব পেয়ারের লোক। আমি যেন ভেসে এসেছি।"

এই বলে ঝিকু একখানা চিঠি বের করে কবরেজমশাইয়ের হাতে দিয়ে বলল, "আপনাকেও কোন ফেরেববাজিতে ফেলে দেখুন! রাজবৈদ্য হতে ডেকেছে। দু'হাজার টাকা মাইনে আর উপরি। দু'হাজার টাকা মাইনে আমারও, কিন্তু আজ অবধি

দু'শোটি টাকাও পাইনি। যা পাচ্ছে, সব রাজকোষে জমা করে নিচ্ছে। আপনার বেলাতেও তাই হবে দেখবেন।"

কবরেজমশাই চিঠি খুলে দেখলেন, দিনুরাজা পরম বিনয়ের সঙ্গে শতকোটি প্রণাম জানিয়ে তাঁকে রাজবৈদ্য হিসেবে নিয়োগ করতে চেয়েছে। কবরেজমশাই চিঠিটা রেখে দিয়ে বললেন, "দিনুকে বোলো, অভিষেকটা ভালয়-ভালয় হয়ে যাক, তারপর রাজবৈদ্যের চাকরি নেব। অভিষেকে তো যাচ্ছিই, তখন কথা হবে।"

"যে আজ্ঞে! আচ্ছা কবরেজমশাই, এটা কেমন নিয়ম বলুন তো! রাজামশাইয়ের সব কর্মচারীরই মাইনে দু'হাজার টাকা করে? কেউ অবশ্য দু'হাজার পায় না। কিন্তু বলা তো থাকছে।"

"খুব আশ্চর্য কথা! যেখানে মুড়ি-মিছরির এক দর, সেখানে খুব অরাজকতা বলেই ধরতে হবে। তা, রাজবাড়িতে খাওয়া-দাওয়া কেমন?"

"সে আর বলবেন না। রাজা হওয়ার পর থেকেই দিনুদাদা এমন কেপ্পন হয়েছে যে, ডাল, ভাত আর ঘ্যাঁট ছাড়া কর্মচারীদের আর কিছু জুটছে না। ওদিকে হাত-বাবাজিকে রোজই এখান থেকে সেখান থেকে চুরি-জোচ্চুরি করে আনার কাজে লাগাচ্ছে। কয়েক দিনে লাখো-লাখো টাকা করে ফেলল মশাই! যত দেখি তত রক্ত গরম হয়ে যায়। মাঝে মাঝে ইচ্ছে হয়, দিই তলোয়ারের একটা কোপ বসিয়ে ঘাড়ে, তারপর যা হওয়ার হবে। কিন্তু ভয় ওই হাত-বাবাজিকে। গোবিন্দ কী একটু বেয়াদবি করেছিল, হাত-বাবাজির কী উস্তম-কুস্তম মার! যায়-যায় অবস্থা। ফটিককে এই শীতের রাতে পুকুরে চুবিয়ে আনল। অপরাধ কী, না সে খিদের মুখে একটা কলা চুরি করে খেয়েছে। রাজামশাইয়ের খাওয়ার সময় কাজের লোক হাঁচি দিয়েছিল মশাই, তাকে চুল ধরে একটি ঘণ্টা শূন্যে ঝুলিয়ে রেখেছিল। অত্যাচারের শেষ নেই। চাষিদের ঘরের ধান, চাল, সবজি, দুধ, মাছ সব ওই হাত-বাবাজিকে দিয়ে কেড়ে আনছে। তল্লাটের সব দোকানপাট লুট হয়ে গেছে। লোকে ঘরবাড়ি ছেড়ে পালানোর পথ খুঁজছে।"

"তোমরা তবু চুপ করে আছ?"

"কী করব কবরেজমশাই! ওই হাত-বাবাজির ভয়ে কিছু করার উপায় নেই কিনা!"

কবরেজমশাই যত শুনছেন, তত ভেতরে ভেতরে খুশি হচ্ছেন। এই তো চাই। এরকমই তো চাই। তিনি ভাল করে ঝিকুকে মন্ডা-মিঠাই খাইয়ে বিদায় দেওয়ার সময় কানে-কানে বললেন, "প্রস্তুত থেকো, অভিষেকের দিন সুযোগ আসবে।"

"যে আজ্ঞে!"

অভিষেকের দিন এগিয়ে আসতে লাগল। সদাশিববাবু তাঁর সেপাইদের নিয়ে

রোজ লেফট-রাইট করছেন। ডন-বৈঠক কসরত চলছে। ঘরে-ঘরে পাঁচন পৌঁছে যাচ্ছে। দিনু-বিরোধীরা গায়ে বেশ জোর এবং ফুর্তি পাচ্ছেন।

দেখতে না দেখতেই মাঘী পূর্ণিমা এসে পড়ল। দশটা গাঁয়ের লোক সেজেগুজে ভোর থাকতেই রওনা হয়ে পড়ল রাজবাড়ি।

রাজবাড়ি দেখে সকলেই থ। চারদিকে জঙ্গল হাসিল করে বিরাট সাতমহলা বাড়ি উঠেছে। প্রাসাদের মাথায় সোনার চুড়ো। চারদিকে ফুলের বিরাট বাগান। মস্ত দিঘি। মৃগদাব। হাতিশালে হাতি। আস্তাবলে ঘোড়া। চারদিক ঝকঝক, তকতক করছে। বিশাল শামিয়ানার নীচে অতিথিদের জন্য সার-সার চেয়ার। নীচে গালিচা বিছানো। একটা বেদির ওপর নতুন সোনার মুকুট। সোনার রাজদণ্ড। গোলাপজল আর আতরের গন্ধে চারদিক মাত।

বিশিষ্ট গণ্যমান্য অতিথিদের চেয়ারে বসানো হল। সাধারণ লোকেরা বাইরে দাঁড়িয়ে রইল ভিড় করে। ঘন ঘন দিনুরাজার নামে জয়ধ্বনি উঠছে। রাজকর্মচারীদের ছোটাছুটির বিরাম নেই।

বেলা দশটা বাজতেই দিনুরাজা এসে সিংহাসনের পাশে একটা নিচু আসনে বসল। চারদিক ফেটে পড়ল জয়ধ্বনিতে। দিনুরাজা হাসি-হাসি মুখ করে হাত তুলে সকলের অভিনন্দন গ্রহণ করল।

এর পরই উঠলেন রাজপুরোহিত চন্দ্রমাধব। লম্বা, রোগাটে চেহারা। দুধসাদা দাড়ি-গোঁফ, শ্বেতশুভ্র লম্বা চুল। তাঁর চেহারাটা অনেকেরই চেনা-চেনা মনে হল। কিন্তু শোনা গেল, ইনি এ অঞ্চলের লোক নন। তিব্বত থেকে এসেছেন। মস্ত সাধক। শশীবাবুর হাতই তাঁকে সংগ্রহ করে এনেছে।

স্বস্তিবাচন পাঠের পর চন্দ্রমাধব জলদ গম্ভীর স্বরে বললেন, “আজ বড় আনন্দের দিন। আজ আমাদের দিনু বিশ্বেস এই রাজ্যের রাজা হচ্ছেন।”

তুমুল হর্ষধ্বনি।

দিনু-বিরোধীদের নিয়ে কবরেজমশাই সামনের দিকে দ্বিতীয় সারিতে বসে ছিলেন। কবরেজমশাই পাশে বসা সদাশিবকে কনুই দিয়ে একটা ঠেলা দিয়ে বললেন, “তৈরি থাকবেন।”

“আছি। হাতে পিস্তল। সেপাইরা বেদির পেছনে লুকিয়ে আছে।”

“বাঃ।”

রাজপুরোহিত চন্দ্রমাধব তাঁর লম্বা দাড়িতে হাত বুলোতে বুলোতে বললেন, “আমি জানি, দিনু বিশ্বেসকে অনেকেই পছন্দ করে না। কিন্তু আজ আমি তাদের সাবধান

করে দিচ্ছি যে, কোনও হঠকারিতা করবেন না। দিনুর একখানা ঈশ্বরদত্ত জিনিস আছে। হঠকারিতা করলে রেহাই পাবেন না।"

সদাশিব বললেন, "আর তো সহ্য হচ্ছে না কবরেজমশাই!"

"আর একটু। রাজপুরোহিতটা কে বলুন তো! চেনা-চেনা লাগছে।"

"সে আমারও লাগছে। কিন্তু এখানকার লোক নয়।"

চন্দ্রমাধব বললেন, "দিনু বিশ্বেস আজ রাজা হয়েছে, এ অতি আনন্দের কথা। কিন্তু আপনারা অনেকেই দিনু বিশ্বেসের অতীতকে জানেন না। কোন সামান্য অবস্থা থেকে সে আজ এক সংগ্রামী জীবনের ভেতর দিয়ে এতদূর পৌঁছেছে, তা রহস্যাবৃত অনেকেরই কাছে। আপনারা হয়তো জানেন না এই দিনু বিশ্বেস একসময়ে শশী গাঙ্গুলির বাড়িতে ভৃত্যের কাজ করত। একবার চুরি করে ধরা পড়ায়—"

দিনুর মুখখানা হঠাৎ ফ্যাকাসে হয়ে গেল। সে তাড়াতাড়ি উঠে চন্দ্রমাধবকে চুপিচুপি কী যেন বলল। চন্দ্রমাধব বললেন, 'আচ্ছা, আচ্ছা। সেসব কথা প্রকাশ করা দিনুর পছন্দ নয়। সুতরাং সেসব কথা আজ থাক।"

সবাই বলল, "সাধু, সাধু।"

চন্দ্রমাধব নিজের পাকা দাড়িতে হাত বোলাতে বোলাতে বললেন, "দিনুর জীবনটাই এক সংগ্রামী জীবন। সেই সংগ্রামী জীবনের অনেকটাই তাকে কাটাতে হয়েছে জেলখানায়। অন্ধ কারার অন্তরালে—"

ফের দিনু উঠে চন্দ্রমাধবকে কী যেন বলল।

চন্দ্রমাধব সামলে গিয়ে বললেন, "সেকথাও আজ থাক। শুধু বলি, দিনুর কীর্তি আমাদের কাছে একটা দৃষ্টান্ত হয়েই থাকবে। কত প্রতিকূলতার বিরুদ্ধে সে যে আজ এই রাজ্য প্রতিষ্ঠা করেছে, তা ভাবলেও অবাক হতে হয়। যে হাতের জোরে সে আজ এত ওপরে উঠেছে, সেই হাতও সহজে তার হাতে আসেনি। নন্দ কবিরাজের নাতিকে চুরি করে..."

এবার দিনু আর থাকতে না পেরে পেল্লায় একটা ধমক দিল, "চুপ করুন তো ঠাকুরমশাই! ভীমরতি ধরেছে নাকি?"

"তাই তো! বুড়ো বয়সে মুখ বড় আলগা হয়ে যায় কিনা! তা সেসব গুহ্য কথাও আজ মুলতুবি থাক। আমি শুধু আজ দিনুকে প্রাণভরে আশীর্বাদ করব।"

এই বলে চন্দ্রমাধব হাত বাড়িয়ে দিনুর মাথায় পরম স্নেহে হাত বোলাতে লাগলেন। বললেন, "দেখতে এইটুকু হলে কী হবে, সে একজন মস্ত মানুষ। ঠিক যেন ছোট্ট একটু বেলুন ফুলে এই এত বড় হয়েছে।"

শুনে সকলে হেসে উঠল।

দিনুর চোখ-মুখ রাগে লাল হয়ে উঠল। চন্দ্রমাধব সেদিকে খেয়াল না করেই বললেন, "আজ আনন্দের দিনে দিনুর অতীত ইতিহাসকে টেনে না আনাই ভাল। সে ইতিহাস হয়তো সকলের পছন্দ হবে না। কিন্তু আমি আজ দৃঢ়কণ্ঠে দিনুর বিরোধীদের স্মরণ করিয়ে দিতে চাই, তারা যেন হুট করে কিছু করে না বসেন। দিনু চোর বা জোচ্চোর হতে পারে, নানারকম পাপের কাজও করে থাকতে পারে, তবু সে কিন্তু আজ রাজা।"

দিনু আর সহ্য করতে না পেরে চিৎকার করে বলে উঠল, "ওরে হাত, আয় তো। এই ব্যাটা পুরুতের গলাটা টিপে ধরে দে তো ঘা কতক।"

আদেশমাত্র সাঁ করে হাত চলে এল শূন্যপথে। কিন্তু হাত কিছু করার আগেই কবরেজমশাই আর সদাশিব লাফিয়ে উঠলেন। সদাশিব পিস্তল বাগিয়ে ধরে বললেন, "সাবধান দিনু, খুলি উড়িয়ে দেব।"

কবরেজমশাই ধাঁ করে গিয়ে হাতটাকে চেপে ধরে বললেন, "কিছুতেই রাজপুরোহিতের কোনও ক্ষতি করতে দেব না। কিছুতেই না।"

নিয়ম অনুযায়ী ওই কালান্তক হাতের সঙ্গে নন্দবাবুর এঁটে ওঠার কথাও নয়। কিন্তু আশ্চর্যের বিষয়, হাতটা তিনি চেপে ধরতেই হাতটা যেন তাঁর হাতে নেতিয়ে পড়ল।

চন্দ্রমাধব পাকা দাড়িতে হাত বোলাতে বোলাতে সহাস্যে বললেন, "আজ বড় আনন্দের দিন। দিনু-চোর রাজা হবে। আপনারা সবাই তো তাই চান, না কি?"

হঠাৎ সভাস্থলে অনেকেই গর্জে উঠল, "না, চাই না। ও লোকটা ভয়ংকর বদমাশ।"

"বদমাশ!" চন্দ্রমাধব দিনুর দিকে চেয়ে বললেন, "তাই নাকি?"

নানা কণ্ঠ বলতে লাগল, "ও একটা শয়তান। ও ডাকাত। আমাদের ধান, চাল লুট করে নেয়। টাকাপয়সা কেড়ে নিয়ে যায়। দোকানের জিনিস তুলে নিয়ে যায়।"

দিনু লাফিয়ে উঠে চেঁচিয়ে তার হাতকে বলতে লাগল, "ওরে হাত, ম্যাদামারা হয়ে আছিস যে বড়? সব ক'টাকে পিটিয়ে টিট করে দিয়ে আয়। যা বলছি শিগগির!"

কিন্তু হাত কবরেজমশাইয়ের হাতে দিব্যি জমিয়ে বসে রইল। নড়ল না।

রাজপুরোহিত হাত তুলে সবাইকে শান্ত হতে ইশারা করে বললেন, "হাত তো দেখি দিনুর কথা শুনছে না। তা এইবেলা কি দিনুর মাথায় মুকুটটা পরাব? আপনারা কী বলেন?"

"নাঃ, নাঃ কক্ষনও না!"

দিনু কেমন ভ্যাবাচ্যাকা খেয়ে গিয়েছিল। হঠাৎ চারদিকের পরিস্থিতি বেগতিক দেখে বেদি থেকে একটা পেল্লায় লাফ মেরে পালানোর চেষ্টা করতেই সদাশিব তার ওপর গিয়ে পড়লেন। তারপর দু'-তিনটে রদ্দা মেরে হাতে হাতকড়া পরিয়ে

সেপাইদের হাতে দিয়ে বললেন, "সোজা লক-আপে নিয়ে তোলো। আমি বদমাশদের দেখছি।"

চন্দ্রমাধব স্মিতহাস্যে বললেন, "আপনাকে আর কষ্ট করতে হবে না। যার দেখবার, সেই দেখবে।"

বলে চোখের একটা ইশারা করতেই কবরেজমশাইয়ের হাত থেকে শশীবাবুর হাত ছিটকে বেরিয়ে গেল এবং কয়েক মিনিটের মধ্যে ভীম দাস, জটেশ্বর, গৌরহরি ইত্যাদি দশ-বারোটা বদমাশকে আধমরা করে নিয়ে এসে, দমাস-দমাস করে বেদির ওপর ফেলল।

কাণ্ড দেখে সবাই হতবাক! পেছনে মানুষজন হর্ষধ্বনি করে উঠল।

হঠাৎ কবরেজমশাই সোজা গিয়ে চন্দ্রমাধবের পায়ের ওপর পড়ে বললেন, "চিনতে পেরেছি শশীখুড়ো। এ আপনি ছাড়া, আর কেউ নন!" বলে হাউ-হাউ করে কাঁদতে লাগলেন।

চন্দ্রমাধব তাঁর নকল দাড়ি-গোঁফ আর চুল খুলে ফেলতেই চারদিকে তুমুল চিৎকার উঠল, "শশীদাদু, শশীজ্যাঠা, শশীখুড়ো, শশীভায়া যে!"

শশীবাবু নন্দ কবিরাজকে তুলে বুকে জড়িয়ে ধরে বললেন, "কোনও অপরাধ করোনি ভাই। তোমার অবস্থায় পড়লে যে-কোনও মানুষই এমনটি করত। বাবলুর জন্য চিন্তা কোরো না। আমার হাত গিয়ে আজ সকালেই তাকে উদ্ধার করে এনে তার মায়ের কাছে পৌঁছে দিয়েছে। বাড়ি গিয়ে তাকে দেখতে পাবে।"

"কিন্তু শশীখুড়ো, হাতটা যে দিনু বিশ্বেসের হয়ে গিয়েছিল!"

শশীবাবু স্মিতহাস্যে বললেন, "কোনওদিনই হয়নি। দিনু মন্ত্র জানত না। যে মন্ত্র বলেছিল, তাও ভুল। হাতটাকে আমিই বলেছিলাম ওর কথামতো চলতে।"

"কেন শশীখুড়ো?"

"তোমাদের এলেম পরীক্ষা করতে। আমার হাতের ওপর নির্ভর করতে করতে তোমাদের আত্মশক্তি নষ্ট হয়ে যাচ্ছিল। কমে যাচ্ছিল নিজেদের ওপর নির্ভরতা। তাই অসুখের ভান করতাম।"

লোকজন ঘিরে ধরেছে শশীবাবুকে। একজন বলল, "কিন্তু আপনি যে মারা গেলেন!"

শশীবাবু হেসে বললেন, "ও তো সাজানো ব্যাপার।"

কবরেজ বললেন, "আর তান্ত্রিক? সে কি সাজানো? আপনার যে নাড়ি বন্ধ ছিল, শ্বাস চলছিল না?"

শশীবাবু স্মিতহাস্যে বললেন, "তান্ত্রিক তো নয়াগঞ্জের জগা। যাত্রার দলে ভাল পার্ট

করে। আর নাড়ি যে কেউ কিছুক্ষণের জন্য বন্ধ করে দিতে পারে। সহজ প্রক্রিয়া আছে। আর শ্বাস? তুমি যখন আমার নাকের কাছে হাত দিলে, শুধু তখন আমি দমটা বন্ধ করে দিলাম।"

"কিন্তু এসব করলেন কেন? দিনু যে এত কাণ্ড করল!"

"দেখলাম, প্রয়োজন পড়লে তোমরা প্রবল প্রতিপক্ষের বিরুদ্ধে রুখে দাঁড়াতে পারো কি না! তাই হাতটাকেও তোমাদের বিরুদ্ধেই প্রয়োগ করলাম। দেখলাম, নাঃ, তোমরা ততটা অপদার্থ হয়ে যাওনি সবাই। বেশির ভাগ যদিও দিনুর কাছে আত্মসমর্পণ করেছিল, তবু কয়েকজন যে রুখে দাঁড়িয়েছিল তাইতেই আমি খুশি। সমাজে সত্যিকারের সাহসী কয়েকজনই থাকে। তারা যদি গা-ঝাড়া দিয়ে ওঠে, তবে বাদবাকিরা তাদেরই অনুসরণ করে।"

"তা হলে এখন থেকে হাতটা আগের মতোই কাজ করবে তো?"

শশী গাঙ্গুলি একটু হাসলেন। বললেন, "এতদিন হাতের রহস্য তোমাদের বলিনি। আজ বলতে বাধা নেই। প্রায় যাট বছর আগে আলাস্কায় এক রাতে আমি তুষারঝড়ে পড়ে যাই। তেমন ব্লিজার্ড বোধ হয় খুব কমই হয়। পথ হারিয়ে কোন প্রান্তরে গিয়ে যে পড়েছিলাম, কে জানে! দু'হাত দূরের জিনিস দেখা যায় না। বাতাসের সে কী শোঁ-শোঁ শব্দ। প্রাণ যায়। প্রাণপণে 'বাঁচাও বাঁচাও' বলে চিৎকার করছি। কিন্তু শুনবে কে? ভগবানকে ডাকা ছাড়া কিছুই করার ছিল না। যখন সব আশা জলাঞ্জলি দিয়ে ধীরে ধীরে তুষারে কবরস্থ হয়ে যাচ্ছি, তখন কোথা থেকে একটা শক্তিমান হাত এসে আমাকে হাত ধরে তুলল, তারপর টেনে নিয়ে চলল। খানিক দূর নিয়ে গিয়ে সে একটা গোলাকার ঘরের মধ্যে আমাকে ঢুকিয়ে দিল। ঘরের মধ্যে বেশ গরম। আলো জ্বলছে। তখন দেখি, যে আমাকে এনেছে সে একটা কাটা হাত! আমি তো আতঙ্কে চিৎকার করে উঠলাম। সেই সময়ে ঘরের ওপাশের একটা আবডাল থেকে বিরাট চেহারার একজন লোক বেরিয়ে এল। অত বড় মানুষ দেখা যায় না। সাত ফুট লম্বা তো হবেই, তেমনই দশাসই চেহারা। আমার দিকে চেয়ে প্রথমে অং বং করে কী বলল, কিছুই বুঝতে পারলাম না। খানিকক্ষণ আমার দিকে চেয়ে থেকে হঠাৎ পরিষ্কার বাংলায় বলল, 'কোথায় যেতে চাও বলো, পৌঁছে দেব।' কিন্তু বাংলা বললেও সে কস্মিনকালেও বাঙালি নয়। আমি তখন তাকে আমার ঠিকানা বললাম। তখন হঠাৎ সেই গোল ঘরখানা শূন্যে উঠে চলতে শুরু করল। ব্লিজার্ডে তার কিছু হল না। আমাকে জায়গামতো যখন নামিয়ে দিল, তখন হতভম্ব ভাবটা কাটিয়ে আমি জিজ্ঞেস করলাম, 'তুমি কোথাকার লোক?' লোকটা বলল, 'আন উনো সাম্রাজ্যের। সে অনেক দূর।' আমি তখন বললাম, 'এই কাটা হাতটা কি ভূত?' সে বলল, 'না।

এটা এক অগ্রণী বিজ্ঞানের অবদান।' আমি লোভে পড়ে বললাম, 'আমাকে দেবে?' লোকটা হেসে বলল, 'নেবে? নাও। কিন্তু ওটা তোমাদের ক্ষতি করতে পারে।' ”

শশীবাবু একটু দম নিয়ে তারপর বললেন, “আমি বললাম, 'কী ক্ষতি করবে?' লোকটা বলল, 'তোমার কাজ করার ইচ্ছে কমে যাবে, অলস হয়ে পড়বে। তবু নাও। তবে মনে রেখো, যখন দেখবে তোমার আয়ু শেষ হয়ে আসছে, তখন এটা নষ্ট করে ফেলো। আমি তোমাকে দু'রকম মন্ত্র শিখিয়ে দিচ্ছি। একটাতে এটাকে ক্রিয়াশীল করা যাবে। দ্বিতীয় মন্ত্রটা প্রয়োগ করবে এটাকে ধ্বংস করার সময়।' আজ সেই সময় উপস্থিত হয়েছে।”

সবাই সমস্বরে বলে উঠল, “না! না! না! না!”

শশী গাঙ্গুলি বললেন, “হাতটাকে ধ্বংস করে ফেলাই উচিত কাজ। তোমাদের তাতে ভালই হবে। দুঃখ কোরো না। পরনির্ভরতা যত কমে যাবে, তোমরা ততই শক্তপোক্ত হবে।”

শশীবাবু হাত বাড়াতেই শূন্য থেকে হাতটা তাঁর হাতে নেমে এল। তিনি শেষবারের মতো হাতটার গায়ে একবার হাত বুলিয়ে আদর করলেন। তারপর বিড়বিড় করে কয়েকটা শব্দ উচ্চারণ করলেন।

অমনই হাতটা শূন্যে উঠে একটা ডিগবাজি খেল। তারপর প্রচণ্ড শব্দে ফেটে শতখণ্ড হয়ে চারদিকে ছড়িয়ে পড়ল। তারপর সেই টুকরোগুলো আবার ফটাস-ফটাস করে ফেটে আরও ছোট ছোট টুকরো হয়ে ছড়িয়ে পড়ল। তারপর সেই টুকরোগুলোও ফাটতে লাগল। ফাটতে ফাটতে ক্রমে-ক্রমে অণু-পরমাণু হয়ে ধীরে ধীরে মিলিয়ে গেল। আর তার অস্তিত্ব রইল না।

জড়ো হওয়া মানুষজন হরষে-বিষাদে যে যার বাড়ি ফিরে গেল।

ফেরার পথে কবরেজমশাই জিজ্ঞেস করলেন, “শশীখুড়ো, আপনার অসুস্থতাটা না হয় সাজানো হতেই পারে, কিন্তু আমি নাড়ি ধরে বুঝতে পারলাম না কেন?”

“বলেছি তো, নাড়ির গতি নিয়ন্ত্রণের প্রক্রিয়া আছে। অভ্যাস করলেই হয়।”

“আর আপনার গলায় আঙুলের ছাপটা? সেটাও কি নকল?”

“বটেই তো! হাতটাকে বলেছিলুম, গলায় ছাপ ফেলতে। সে আলতোভাবে এমন সুন্দর ছাপ ফেলল যে, তুমি অবধি ধরতে পারোনি।”

“ক্ষান্তমণি কি সবই জানত?”

“জানবে না? খুব জানত।”

কুঞ্জপুকুরে আজ ভারী আনন্দের দিন। হাতটা নেই বটে, কিন্তু শশী গাঙ্গুলির এই বেঁচে-ওঠায় গাঁয়ের লোক খুব খুশি। খুশির আরও কারণ আছে। সদাশিব দারোগা এখন খুব তৎপরতার সঙ্গে গাঁয়ের শান্তিরক্ষা করছেন। চোর-গুন্ডা-বদমাশরা আর ত্রিসীমানায় নেই। গাঁয়ের লোকেরা এখন সদা সতর্ক। চণ্ডীমণ্ডপে বিকেলবেলায় শশীবাবুকে একটা সংবর্ধনা দেওয়া হল। শশীবাবু অনেক স্মৃতিচারণ করে বললেন, "আমার আজ এই ভেবে খুব আনন্দ হচ্ছে যে, নন্দ কবিরাজের তেতো পাঁচনগুলো এখন আর খেতে হবে না।"

সবাই খুব হাততালি দিল।

সদাশিব বললেন, "দেশে চোর-ডাকাতের প্রয়োজন আছে। তাতে লোক তৎপর আর সতর্ক হতে শেখে।"

সবাই হাততালি দিল।

কবরেজমশাই বললেন, "পাঁচন অতি ভাল জিনিস। আমি শশীখুড়োর জন্য চমৎকার একটা পাঁচন তৈরি করেছি। কাল থেকেই খাওয়াব। কারণ, তাঁকে বাঁচিয়ে রাখা আমাদের নিজেদের স্বার্থেই দরকার।"

ফের তুমুল হাততালি পড়ল।

গ্রন্থ-পরিচয়

ঝিলের ধারে বাড়ি

আনন্দ পাবলিশার্স প্রাইভেট লিমিটেড, ৪৫ বেনিয়াটোলা লেন, কলকাতা ৭০০০০৯।

অষ্টম মুদ্রণ: নভেম্বর ২০০৭, পৃ. ১২৪, মূল্য ৬০.০০।

প্রচ্ছদ ও অলংকরণ: সুব্রত চৌধুরী।

উৎসর্গ : "রা-স্বা"/শ্রীতানাজী সেনগুপ্ত/করকমলেষু

প্রথম সংস্করণ: ফেব্রুয়ারি ১৯৮৮।

পটাশগড়ের জঙ্গলে

আনন্দ পাবলিশার্স প্রাইভেট লিমিটেড, ৪৫ বেনিয়াটোলা লেন, কলকাতা ৭০০০০৯।

পঞ্চম মুদ্রণ: এপ্রিল ২০০৭, পৃ. ১০৮, মূল্য ৬০.০০।

প্রচ্ছদ ও অলংকরণ: সুব্রত চৌধুরী।

উৎসর্গ : "রা-স্বা"/তানিয়া ও রেশমীকে

প্রথম সংস্করণ: জানুয়ারি ১৯৮৯।

গোলমাল

দে'জ পাবলিশিং, ১৩ বঙ্কিম চ্যাটার্জি স্ট্রিট, কলকাতা ৭০০ ০৭৩।

তৃতীয় মুদ্রণ: জানুয়ারি ১৯৯৫, পৃ. ১৩৬, মূল্য ৩০.০০।

প্রচ্ছদ : ধীরেন শাসমল।

উৎসর্গ : রা-স্বা/শ্রীমতী সুতপা মিশ্র/শ্রীমান সানুজিৎ মিশ্র/শ্রীমতী সুচেতা মিশ্র/স্নেহাস্পদেষু

প্রথম সংস্করণ: ফেব্রুয়ারি ১৯৮৯।

বনি

আনন্দ পাবলিশার্স প্রাইভেট লিমিটেড, ৪৫ বেনিয়াটোলা লেন, কলকাতা ৭০০০০৯।

সপ্তম মুদ্রণ: ডিসেম্বর ২০০৮, পৃ. ১০৪, মূল্য ৮০.০০।

প্রচ্ছদ : সুব্রত চৌধুরী।

উৎসর্গ : 'রা-স্বা'/দেবাশিস বন্দ্যোপাধ্যায়/সাধনা মুখোপাধ্যায়/শ্যামলকান্তি দাশ/সিদ্ধেশ/ রতনতনু ঘাটী/শিবতোষ ঘোষ/বিমলকুমার পাল/করকমলেষু

প্রথম সংস্করণ : জানুয়ারি ১৯৯০।

চক্রপুরের চক্করে

আনন্দ পাবলিশার্স প্রাইভেট লিমিটেড, ৪৫ বেনিয়াটোলা লেন, কলকাতা ৭০০০০৯।

চতুর্থ মুদ্রণ: নভেম্বর ২০০৫, পৃ. ১০৪, মূল্য ৫০.০০।

প্রচ্ছদ ও অলংকরণ : সুব্রত চৌধুরী।

উৎসর্গ : "রা-স্বা"/শ্রীমতী তিলোত্তমা বসু/শ্রীমান কৃষ্ণপ্রণাম বসু

প্রথম সংস্করণ : নভেম্বর ১৯৯০।

ছায়াময়

আনন্দ পাবলিশার্স প্রাইভেট লিমিটেড, ৪৫ বেনিয়াটোলা লেন, কলকাতা ৭০০০০৯।

চতুর্থ মুদ্রণ : নভেম্বর ২০০৪, পৃ. ৯৬, মূল্য ৪০.০০।

প্রচ্ছদ : সুব্রত চৌধুরী।

উৎসর্গ : "রা-স্বা"/শ্রীমান সম্রাট মুখোপাধ্যায়/কল্যাণীয়েষু

প্রথম সংস্করণ : জানুয়ারি ১৯৯২।

সোনার মেডেল

আনন্দ পাবলিশার্স প্রাইভেট লিমিটেড, ৪৫ বেনিয়াটোলা লেন, কলকাতা ৭০০০০৯।

চতুর্থ মুদ্রণ: অক্টোবর ২০০৩, পৃ. ৮০, মূল্য ৪০.০০।

প্রচ্ছদ : সুব্রত চৌধুরী।

উৎসর্গ : "রা-স্বা"/শ্রীমতী অর্পিতা ভট্টাচার্য/শ্রীমান কাশ্যপ ভট্টাচার্য/স্নেহাস্পদেষু

প্রথম সংস্করণ : জানুয়ারি ১৯৯৩।

নবীগঞ্জের দৈত্য

আনন্দ পাবলিশার্স প্রাইভেট লিমিটেড, ৪৫ বেনিয়াটোলা লেন, কলকাতা ৭০০০০৯।

পঞ্চম মুদ্রণ: নভেম্বর ২০০৭, পৃ. ৯৬, মূল্য ৬০.০০।

প্রচ্ছদ ও অলংকরণ: সুব্রত চৌধুরী।

উৎসর্গ : রা-স্বা/শ্রীমান দিব্যদ্যুতি রায়/কল্যাণীয়েষু

প্রথম সংস্করণ: জানুয়ারি ১৯৯৪।

কুঞ্জপুকুরের কাণ্ড

আনন্দ পাবলিশার্স প্রাইভেট লিমিটেড, ৪৫ বেনিয়াটোলা লেন, কলকাতা ৭০০০০৯।

চতুর্থ মুদ্রণ: মে ২০০৮, পৃ. ৯৪, মূল্য ৬০.০০।

প্রচ্ছদ ও অলংকরণ: সুব্রত চৌধুরী।

উৎসর্গ : রা-স্বা/শ্রীমতী গার্গী চক্রবর্তী/কল্যাণীয়াসু

প্রথম সংস্করণ: জানুয়ারি ১৯৯৫।

শীর্ষেন্দু মুখোপাধ্যায়ের কিশোর উপন্যাস সমগ্র-র প্রথম খণ্ডে

মনোজদের অদ্ভুত বাড়ি • গোঁসাইবাগানের ভূত • হেতমগড়ের গুপ্তধন
নৃসিংহ রহস্য • বক্সার রতন • ভুতুড়ে ঘড়ি • গৌরের কবচ • হিরের আংটি
পাগলা-সাহেবের কবর • হারানো কাকাতুয়া